Donna Tartt

El secreto

En 1992 Donna Tartt se dio a conocer al gran público con *El secreto*, una primera novela que sirvió para situar a la autora en las filas de los clásicos contemporáneos. Tras el éxito deslumbrante de aquella propuesta, transcurrieron once años de silencio. Hubo entonces quien pensó que Donna Tartt pasaría a la historia por ser la autora de una sola y magnífica novela, pero a principios de 2003 la gran escritora sureña volvió a triunfar en todo el mundo con *Un juego de niños*. En 2014 recibió el premio Pulitzer por su obra *El jilguero*.

El secreto

El secreto

Donna Tartt

Traducción de Gemma Rovira

Vintage Español
Una división de Random House LLC
Nueva York

PRIMERA EDICIÓN VINTAGE ESPAÑOL, ENERO 2015

Para Bret Easton Ellis, cuya generosidad agradeceré eternamente; y para Paul Edward McGloin, musa y mecenas, el amigo más querido que jamás tendré en este mundo

Ahora pregunto yo por el origen de los filólogos y afirmo:

Un hombre joven no puede saber quiénes fueron los griegos ni los romanos.

No sabe si está capacitado para estudiarlos.

FRIEDRICH NIETZSCHE,
Consideraciones intempestivas

Venid, pues, y pasemos una hora de ocio contando historias, y nuestra historia versará sobre la educación de nuestros héroes.

PLATÓN, *La República*, libro II

El secreto

Prólogo

No reconocimos la gravedad de nuestra situación hasta varias semanas después, cuando la nieve de las montañas ya se estaba fundiendo. Bunny llevaba diez días muerto cuando lo encontraron. Fue la operación de búsqueda más intensa de la historia de Vermont: policía estatal, el FBI, incluso un helicóptero del ejército. Cerraron la universidad, cerraron la fábrica de tintes de Hampton, acudió gente de New Hampshire, de Nueva York y hasta de Boston.

Cuesta creer que el sencillo plan de Henry funcionara tan bien, a pesar de los imprevistos. No nos habíamos propuesto ocultar el cuerpo en un lugar donde no pudieran hallarlo. De hecho, no lo ocultamos en absoluto, sino que nos limitamos a dejarlo allí, donde había caído, con la esperanza de que algún desafortunado paseante tropezara con él antes de que nadie notara siquiera su desaparición. La historia se sostenía perfectamente: las rocas sueltas, el cuerpo en el fondo del barranco con el cuello roto, y las huellas en el barro señalando la dirección en que había resbalado; un accidente de excursionista, ni más ni menos, y en eso se habría quedado, en unas cuantas lágrimas y un modesto funeral, de no ser por la nieve que cayó aquella noche; lo cubrió completamente, y diez días después, cuando por fin llegó el deshielo, la policía, el FBI y los voluntarios que lo buscaban se dieron cuenta de que habían pasado una y otra vez sobre su cadáver hasta convertir la nieve que lo cubría en una masa compacta, dura como el hielo.

Cuesta creer que se armara tanto alboroto alrededor de un acto del que yo era en parte responsable, y todavía cuesta más creer que yo hubiera pasado por todo aquello —las cámaras, los uniformes, la muchedumbre diseminada por el monte Cataract como hormigas negras en un azucarero— sin levantar la menor sospecha. Pero una cosa era pasar por ello y otra muy distinta, desgraciadamente, era pasar de ello; y, aunque creía que me había alejado para siempre de aquel barranco una tarde de abril, ahora ya no estoy tan seguro. Ahora que los que buscaban se han ido y que la vida ha vuelto a la normalidad, me he dado cuenta de que, si bien durante años puedo haber imaginado que me encontraba lejos de allí, en realidad he estado en ese lugar todo el tiempo: allí arriba, junto a las fangosas roderas marcadas en la hierba reciente, con aquel cielo oscuro sobre los temblorosos manzanos en flor y el primer frío de la nieve que va a caer por la noche ya en el aire.

«¿Qué hacéis aquí arriba?», preguntó Bunny, sorprendido, cuando nos encontró a los cuatro esperándole.

«Nada, buscar helechos», dijo Henry.

Nos quedamos un momento murmurando entre la maleza —un último vistazo al cuerpo y un último vistazo alrededor, a nadie se le han caído las llaves, nadie ha perdido las gafas, ¿todo el mundo lo tiene todo?— y echamos a andar en fila india por el bosque, y yo miré atrás, por entre los arbolitos que se cimbreaban cerrando el paso detrás de mí. Aunque recuerdo el camino de vuelta y los primeros copos de nieve solitarios que caían flotando entre los pinos, y recuerdo cómo nos apretujamos en el coche, agradecidos, y bajamos por la carretera como una familia en vacaciones, y a Henry que conducía con las mandíbulas apretadas sorteando los baches mientras los demás nos reclinábamos en los asientos hablando como niños; aunque recuerdo demasiado bien la larga y terrible noche que teníamos por delante y los largos y terribles días y noches que siguieron, me basta con mirar por encima del hombro, después de tantos años, para volver a ver detrás de mí el barranco, irguiéndose, verde y negro, entre los arbolitos, una imagen que nunca me abandonará.

Supongo que hubo un tiempo en que tenía muchas historias que contar, pero ahora no hay otra. Esta es ya la única historia que jamás seré capaz de relatar.

Primera parte

1

¿Existe, fuera de la literatura, ese «defecto fatal», esa hendidura aparatosa y oscura que marca una vida? Antes creía que no. Ahora creo que sí. Y creo que el mío es este: un deseo enfermizo de lo pintoresco, a cualquier precio.

À moi. L'histoire d'une de mes folies.

Me llamo Richard Papen. Tengo veintiocho años y hasta los diecinueve nunca había estado en Nueva Inglaterra ni en el Hampden College. Soy californiano por nacimiento y, como he descubierto recientemente, también por naturaleza. Esto último es algo que reconozco solo ahora, *a posteriori*. No es que importe.

Crecí en Plano, un pueblecito productor de silicio situado al norte del estado. No tengo hermanos. Mi padre poseía una gasolinera y mi madre se quedó en casa hasta que me hice mayor; luego llegaron tiempos difíciles y se puso a trabajar de telefonista en las oficinas de una de las fábricas de patatas fritas más grandes de las afueras de San José.

Plano. Esta palabra evoca *drive-ins*, casas prefabricadas, oleadas de calor subiendo del asfalto. Los años que pasé allí constituyeron un pasado prescindible, como un vaso de plástico de usar y tirar. Lo cual, en cierto sentido, es una gran suerte. Cuando me marché de casa pude inventar una historia nueva y mucho más satisfactoria, poblada de influencias ambientales sorprendentes y simplistas; un pasado lleno de color, al que los desconocidos podían acceder fácilmente.

Lo deslumbrante de esa infancia ficticia —llena de piscinas y naranjales, con unos padres que pertenecían al mundo del espectáculo, disolutos y encantadores— no logró en absoluto eclipsar el gris original. De hecho, cuando pienso en mi infancia real soy incapaz de recordar gran cosa, excepto un triste revoltijo de objetos: las zapatillas de deporte que llevaba todo el año, los libros de colorear comprados en el supermercado y la vieja y deshinchada pelota de fútbol con la que contribuía a los juegos entre vecinos; pocas cosas interesantes y nada hermoso. Yo era tranquilo, alto para mi edad, propenso a las pecas. No tenía muchos amigos, no sé si debido a una elección propia o a las circunstancias. Al parecer no era mal estudiante, aunque nada excepcional. Me gustaba leer —*Tom Swift*, los libros de Tolkien—, pero también ver la televisión, algo que hacía a menudo al volver del colegio, tumbado sobre la alfombra de nuestra sala vacía durante las largas y aburridas tardes.

Francamente, no recuerdo mucho más de aquellos años, salvo cierto estado de ánimo que impregnó la mayor parte de ellos, una sensación de melancolía que asocio con el programa *El maravilloso mundo de Disney* que emitían los domingos por la noche. El domingo era un día triste —temprano a la cama, colegio al día siguiente, preocupado por si habría hecho mal mis deberes—, pero mientras contemplaba los fuegos artificiales en el cielo nocturno, por encima de los castillos inundados de luz de Disneylandia, me consumía una sensación más general de horror, de estar prisionero en el monótono círculo que me llevaba de la escuela a casa y de casa a la escuela: una circunstancia que, por lo menos para mí, ofrecía sólidos argumentos empíricos para el pesimismo. Mi padre era pobre, nuestra casa era fea y mi madre no me prestaba mucha atención; yo llevaba ropa barata y el pelo excesivamente corto, y en la escuela no caía demasiado bien a nadie; y, dado que así estaban las cosas desde que yo tenía uso de razón, me parecía que las cosas seguirían siempre en ese deprimente estado. En resumen, sentía que mi existencia estaba determinada de alguna manera sutil pero esencial.

Por lo tanto, supongo que no es de extrañar que me resulte difícil conciliar mi vida con la de mis amigos, o por lo menos con lo que a mí me parece que deben de ser sus vidas. Charles y Camilla son huérfanos (¡cuánto he envidiado este cruel destino!) y los criaron sus abuelas y tías abuelas en una casa de Virginia; una infancia en la que me gusta pensar, con caballos, ríos y ocozoles. Y Francis. Su madre, que solo tenía diecisiete años cuando él nació, era una muchacha pelirroja, frívola, caprichosa y con un padre rico, que se fugó con el batería de Vance Vane y su Musical Swains. Al cabo de tres semanas estaba de nuevo en casa, y al cabo de seis el matrimonio había sido anulado. Como a Francis le gustaba decir, sus abuelos los habían educado como hermano y hermana, a él y a su madre, con tanta magnanimidad que hasta los chismosos quedaron impresionados; niñeras inglesas y escuelas privadas, veranos en Suiza, inviernos en Francia. Si se quiere, consideremos incluso al fanfarrón de Bunny. No tuvo una infancia de abrigos caros y lecciones de baile, como tampoco yo la tuve. Pero sí una infancia norteamericana. Era hijo de una estrella del rugby de la Universidad Clemson que se hizo banquero. Cuatro hermanos, todos varones, en una casa grande y ruidosa de las afueras, con barcos de vela, raquetas de tenis y perdigueros de pelo dorado a su disposición; veranos en Cape Cod, internados cerca de Boston y picnics en el estadio durante la temporada de rugby; una educación que había marcado a Bunny en todos los aspectos, desde su forma de dar la mano hasta cómo contaba un chiste.

Ni ahora ni nunca he tenido nada en común con ninguno de ellos, nada excepto el conocimiento del griego y un año de mi vida en su compañía. Y si el amor es algo que se tiene en común, supongo que también compartíamos eso, aunque me doy cuenta de que, a la luz de la historia que voy a contar, puede parecer raro.

Cómo empezar.

Después del instituto fui a una pequeña universidad de mi ciudad natal, pese a la oposición de mis padres, que habían dejado bien claro que lo que querían era que ayudara a mi padre a llevar el negocio, uno de los numerosos motivos por los que yo ansiaba tanto matricularme. Durante dos años estudié allí griego clásico. No lo hice movido por mi estima por esa lengua, sino porque quería hacer los cursos preparatorios de medicina (el dinero, naturalmente, era el único medio de mejorar mi situación y los médicos ganan un montón de dinero, *quod erat demostrandum*) y mi tutor me había sugerido que cogiera una lengua para completar los estudios de humanidades; como además daba la casualidad de que las clases de griego las daban por la tarde, elegí griego para no tener que levantarme temprano los lunes. Fue una decisión totalmente fortuita que, como se verá, resultó bastante fatídica.

El griego se me dio bien; destaqué en esta asignatura y en el último curso incluso gané un premio del departamento de clásicas. Era la clase que más me gustaba porque era la única que se impartía en un aula normal: no había tarros con corazones de vaca, ni olor a formol, ni jaulas llenas de ruidosos monos. Al principio pensé que si me esforzaba mucho lograría superar una fundamental repugnancia y aversión por la carrera que había elegido, que tal vez si me esforzaba aún más podría simular algo parecido al talento. Pero ese no fue el caso. Pasaban los meses y yo seguía igual de desinteresado, por no decir francamente asqueado, por mis estudios de biología; sacaba malas notas y tanto el profesor como mis compañeros me despreciaban. En un gesto que hasta a mí me pareció condenado y pírrico me pasé a la literatura inglesa sin decírselo a mis padres. Tenía la impresión de que yo mismo me estaba poniendo la soga al cuello, de que con toda seguridad me arrepentiría, pues aún estaba convencido de que era mejor fracasar en una actividad lucrativa que medrar en una que, según mi padre (que nada sabía de finanzas ni de estudios académicos), era de lo menos provechosa; en una actividad cuyo inevitable resultado sería que me pasaría el resto de la vida holgazaneando y pidiéndole dinero; dinero que, me aseguró enérgicamente, no tenía la menor intención de darme.

Así que estudié literatura, y me gustó mucho más. Pero no conseguí que me gustara más mi casa. No creo que pueda explicar la desesperación que me causaba aquel ambiente. Aunque ahora sospecho que, dadas las circunstancias y con mi carácter, hubiera sido infeliz en cualquier parte —en Biarritz, Caracas o en la isla de Capri—; por aquel entonces estaba convencido de que mi infelicidad provenía de aquel lugar. Si bien en cierta medida Milton está en lo cierto —el alma tiene un lugar propio y puede hacer de él un cielo o un infierno, etc.—, no por ello es menos evidente que los fundadores de Plano diseñaron la ciudad no como el Paraíso sino como ese otro lugar, más lamentable. Cuando iba al instituto adquirí la costumbre de vagar por las galerías comerciales después de clase, deambulando por los entresuelos brillantes y fríos hasta que estaba tan aturdido por los bienes de consumo y los códigos de los productos, por los pasillos y las escaleras mecánicas, por los espejos y el hilo musical y el ruido y la luz, que un fusible se quemaba en mi cerebro y de repente todo se volvía ininteligible: color informe, una burbuja de moléculas sueltas. Luego caminaba como un zombi hasta el aparcamiento y conducía en dirección al campo de béisbol, donde ni siquiera bajaba del coche, sino que simplemente permanecía sentado con las manos en el volante y contemplaba la verja de hierro y la amarillenta hierba invernal hasta que el sol se ponía y se hacía demasiado oscuro para ver nada.

Aunque tenía la confusa idea de que mi insatisfacción era bohemia, de origen vagamente marxista (cuando era adolescente me las daba de socialista, sobre todo para irritar a mi padre), verdaderamente no alcanzaba a comprenderla, y me habría ofendido si alguien me hubiera insinuado que se debía a una inclinación puritana de mi naturaleza, que era de lo que realmente se trataba. Hace poco encontré este pasaje en un viejo cuaderno, escrito cuando tenía más o menos dieciocho años: «En este lugar hay un olor a podrido, el olor a podrido que despide la fruta madura. Nunca, en ningún lugar, ha sido tan brutal ni ha sido maquillado para parecer tan bonito la terrible mecánica del nacimiento, la copulación y la muerte —esos monstruosos cataclismos de la vida que los griegos llaman *miasma*, corrupción—, ni tal cantidad de gente ha puesto tanta fe en las mentiras y la mutabilidad y la muerte la muerte la muerte».

Esto, me parece, es bastante brutal. Por el tono que tiene, si me hubiera quedado en California podría haber acabado en algún tipo de secta o, cuando menos, practicando una misteriosa restricción dietética. Recuerdo que en esa época leía a Pitágoras y encontré algunas de sus ideas curiosamente atractivas: vestir prendas blancas, por ejemplo, o abstenerse de ingerir alimentos que tienen alma.

Sin embargo, acabé en la costa Este.

Di con Hampden por una treta del destino. Una noche, tras un largo y lluvioso día de Acción de Gracias, con arándanos en lata y sesión continua de deportes en la televisión, me fui a mi habitación después de pelearme con mis padres (no recuerdo esa pelea en particular, pero siempre nos peleábamos, por el dinero o por los estudios) y me puse a rebuscar frenéticamente en el armario tratando de encontrar mi abrigo, cuando salió volando un folleto del Hampden College, en Hampden, Vermont.

El folleto tenía dos años. Cuando estaba en el instituto, un montón de universidades me enviaron propaganda porque había obtenido un buen resultado en el examen de aptitud escolar, aunque desgraciadamente no lo bastante bueno para que me concedieran una beca, y guardé aquel folleto dentro del libro de geometría el año anterior a mi graduación.

No sé por qué estaba en el armario. Supongo que lo había conservado por lo bonito que era. Aquel último año en el instituto pasé cientos de horas mirando las fotografías, como si contemplándolas mucho tiempo y con el anhelo suficiente en virtud de una especie de ósmosis, hubiera podido ser transportado a su claro y puro silencio. Todavía ahora recuerdo aquellas fotos como las ilustraciones de un libro de cuentos que adoraba de niño. Prados radiantes, vaporosas montañas en una temblorosa lejanía; espesos montones de hojas en un camino otoñal y ventoso; fogatas y niebla en los valles; violoncelos, cristales oscuros, nieve.

Hampden College, Hampden, Vermont. Fundada en 1895. (Este simple dato era motivo de asombro para mí; que yo supiera, en Plano no había nada que hubiera sido fundado mucho antes de 1962.) Número de estudiantes: quinientos. Enseñanza mixta. Progresista. Especializado en artes liberales. Altamente selectivo. «Hampden, que ofrece un completo ciclo de estudios de humanidades, tiene el objetivo no solo de proporcionar a los estudiantes una sólida formación en el campo que elijan, sino también una visión de todas las disciplinas del arte, la civilización y el pensamiento occidentales. De esta manera esperamos formar al alumno no solo con hechos sino con la pura fuente de la sabiduría.»

Hampden College, Hampden, Vermont. Incluso el nombre tenía una cadencia austeramente anglicana, al menos para mis oídos, que añoraba desesperadamente Inglaterra y era indiferente a los dulces y oscuros ritmos de las ciudades de misiones. Permanecí largo rato contemplando la fotografía del edificio que llamaban Commons. Estaba bañado de una luz débil y académica —distinta de la de Plano, distinta de todo lo que yo había conocido—; una luz que me evocó largas horas en polvorientas bibliotecas, en viejos libros, en el silencio.

Mi madre llamó a la puerta, me llamó gritando. No respondí. Rasgué el formulario que había al final del folleto y empecé a rellenarlo. Nombre: John Richard Papen. Dirección: 4487 Mimosa Court, Plano, California. ¿Desea recibir información acerca de las ayudas económicas? Sí, evidentemente. Y al día siguiente lo envié.

Los meses venideros fueron una interminable y aburrida batalla de papeleo, llena de puntos muertos, librada en las trincheras. Mi padre se negó a rellenar los papeles para la ayuda económica; finalmente, desesperado, cogí la declaración de la renta de la guantera de su Toyota y los rellené yo mismo. Luego llegó una notificación del decano de admisiones. Tenían que hacerme una entrevista, ¿cuándo podía viajar a Vermont? Yo no podía pagarme un billete de avión a Vermont y le escribí diciéndoselo. Otra espera, otra carta. Me reembolsarían los gastos del viaje si su propuesta de ayuda era aceptada. Entretanto había llegado el sobre con la propuesta de ayuda económica. Mi padre dijo que la contribución que él tenía que hacer era más de lo que podía permitirse y no estaba dispuesto a pagarla. Esta especie de guerra de guerrillas se prolongó ocho meses. Todavía hoy no acabo de comprender del todo la cadena de acontecimientos que me condujo a Hampden. Profesores compasivos escribieron cartas; se hicieron en mi favor excepciones de diverso tipo. Y menos de un año después del día que me senté en la alfombra peluda y dorada de mi pequeño cuarto de Plano y rellené impulsivamente el cuestionario, cogí el autobús a Hampden con dos maletas y cincuenta dólares en el bolsillo.

Nunca había estado más al este de Santa Fe ni más al norte de Portland y cuando bajé del autobús, tras una larga y angustiosa noche que había comenzado en algún lugar de Illinois, eran las seis de la mañana y el sol se levantaba sobre las montañas y había abedules y prados increíblemente verdes; aturdido por la noche que había pasado sin dormir y los tres días de autopista, aquello me pareció un país de ensueño.

Los dormitorios no eran siquiera dormitorios —o, en cualquier caso, no eran como los que yo conocía, con paredes de hormigón y una luz amarillenta y deprimente—, sino casas blancas de madera con postigos verdes, apartadas del comedor, en medio de bosques de arces y fresnos. De todas formas, jamás se me había pasado por la cabeza que mi habitación, estuviera donde estuviese, pudiera no ser fea y decepcionante, y cuando la vi por primera vez me produjo una especie de conmoción: una habitación blanca con grandes ventanas encaradas al norte, monacal y desnuda, con un suelo de nudoso roble y el techo inclinado como el de las buhardillas. La primera noche que pasé allí, me senté en la cama mientras atardecía y las paredes pasaban del gris al dorado y al negro, escuchando la voz de una soprano que subía y bajaba vertiginosamente en algún lugar al otro extremo del pasillo, hasta que ya no había luz y la lejana soprano subía más y más en espiral en medio de la oscuridad como un ángel de la muerte, y no recuerdo que el aire me haya parecido nunca tan alto y frío y enrarecido como aquella noche, ni recuerdo haberme sentido jamás tan lejos del bajo horizonte del polvoriento Plano.

Aquellos primeros días antes de comenzar las clases, los pasé solo en mi enjalbegada habitación, en las brillantes praderas de Hampden. Y durante aquellos días fui feliz como no lo había sido nunca, paseando como un sonámbulo, anonadado y embriagado de belleza. Un grupo de chicas de mejillas encendidas jugaban al fútbol, con sus colas de caballo al viento, sus gritos y su risa que llegaban débilmente a través de los aterciopelados y crepusculares campos. Árboles que crujían por el peso de las manzanas y, debajo, manzanas rojas caídas sobre la hierba; el penetrante y dulce aroma que despedían al pudrirse en el suelo y el incesante zumbido de las avispas a su alrededor. La torre del reloj del Commons: ladrillos cubiertos de hiedra, el pináculo blanco, hechizado en la brumosa distancia. La conmoción de ver por primera vez un abedul de noche, irguiéndose en la oscuridad, impenetrable y esbelto como un fantasma. Y las noches, más grandes de lo que quepa imaginar: negras, borrascosas e inmensas, desordenadas y salvajes, plagadas de estrellas.

Me proponía matricularme otra vez en griego clásico —era la única lengua en que destacaba—, pero cuando se lo dije al tutor académico que me habían asignado —un profesor francés llamado Georges Laforgue, de tez cetrina y nariz aplastada de anchas ventanas, como la de una tortuga—, se limitó a sonreír y a unir las yemas de los dedos.

—Me temo que pueda haber algún problema —dijo en un inglés con acento marcado.

—¿Por qué?

—Aquí solo hay un profesor de griego clásico, y es muy exigente con sus alumnos.

—He estudiado griego dos años.

—No creo que eso cambie las cosas. Además, si va a licenciarse en literatura inglesa necesitará una lengua moderna. En mi clase de francés elemental todavía hay sitio, y quedan también algunas plazas en alemán e italiano. Las clases —miró su lista—, las clases de español están en su mayoría llenas, pero si quiere puedo hablar con el señor Delgado.

—Quizá pueda usted hablar con el profesor de griego.

—No sé si servirá de algo. Solo admite un número limitado de alumnos. Un número muy limitado. Además, en mi opinión, sus criterios de selección son más personales que académicos.

El tono de su voz tenía un deje sarcástico; también parecía

sugerir que, si no me importaba, prefería no seguir con aquel tema de conversación.

—No sé a qué se refiere —insistí. De hecho, creía saberlo. La respuesta de Laforgue me sorprendió.

—No tiene nada que ver con eso —dijo—. Desde luego, es un erudito. Por otra parte, es también un hombre muy agradable. Pero tiene unas ideas acerca de la enseñanza que me parecen muy raras. Él y sus alumnos apenas si tienen contacto con el resto del departamento. No sé por qué siguen incluyendo sus cursos en el folleto de la universidad; es engañoso, cada año se producen malentendidos al respecto, porque prácticamente las clases están cerradas. Me han dicho que para estudiar con él es preciso haber leído las cosas adecuadas, compartir sus puntos de vista. A menudo ha sucedido que ha rechazado estudiantes que, como usted, habían hecho griego anteriormente. Por lo que a mí respecta —levantó una ceja—, si un estudiante quiere aprender lo que enseño y está cualificado, lo admito en mis clases. Muy democrático, ¿no le parece? Es lo mejor.

—¿Ocurren con frecuencia esa clase de cosas aquí?

—Desde luego, en todas las universidades hay profesores difíciles. Y aquí hay muchos —para mi sorpresa, bajó la voz—, muchos que son más difíciles que él. Aunque le agradecería que esto quedara entre nosotros.

—Por supuesto. —Su repentina actitud confidencial me alarmó ligeramente.

—En serio. Es de vital importancia. —Se inclinó hacia delante, susurrando, y hablaba sin apenas mover su diminuta boca—. Insisto. Quizá no esté usted enterado, pero tengo varios enemigos temibles en el departamento de literatura. Aunque le cueste creerlo, los tengo incluso aquí, en mi propio departamento. Además

—prosiguió con un tono más normal—, él es un caso especial. Lleva muchos años dando clases aquí y se niega a que le paguen por su trabajo.

—¿Por qué?

—Es un hombre rico. Dona su sueldo a la universidad, si bien creo que acepta un dólar al año por motivos de impuestos.

—¡Ah! —dije. Aunque llevaba pocos días en Hampden, ya me había acostumbrado a las informaciones oficiales sobre las dificultades financieras, la reducida dotación, la necesidad de ahorro.

—En cambio, por lo que a mí se refiere —dijo Laforgue—, me gusta enseñar, pero tengo mujer y una hija que estudia en Francia, así que el dinero viene bien, ¿no?

—Tal vez hable con él de todas formas.

Laforgue se encogió de hombros.

—Puede intentarlo. Pero le aconsejo que no le pida una entrevista, porque lo más probable es que no le reciba. Se llama Julian Morrow.

Yo no estaba especialmente empeñado en elegir griego, pero lo que me había dicho Laforgue me intrigó. Bajé y me metí en la primera oficina que vi. Una mujer delgada, con cara de pocos amigos y el cabello rubio y castigado, estaba sentada a una mesa en la habitación de enfrente comiéndose un bocadillo.

—Es mi hora del almuerzo —dijo—. Vuelva a las dos.

—Perdone, estaba buscando el despacho de un profesor.

—Bien, yo soy la secretaria, no el plano de la facultad. Pero puede que lo sepa. ¿A quién busca?

—Julian Morrow.

—Vaya. Julian Morrow —dijo, sorprendida—. ¿Qué quiere de él? Creo que está en el ateneo.

—¿En qué aula?

—Nadie más da clases allí. Le gusta la paz y el silencio. Lo encontrará.

De hecho, encontrar el ateneo no fue nada fácil. Era un pequeño edificio situado en un extremo del campus, viejo y tan cubierto de hiedra que apenas se distinguía del paisaje. En la planta baja había salas de lectura y aulas, todas vacías, con pizarras limpias y suelos recién encerados. Vagué por allí, indeciso, hasta que al fin vi la escalera, pequeña y mal iluminada, al fondo del edificio. Me gustaba el ruido de mis zapatos sobre el linóleo y caminé con paso enérgico mientras miraba las puertas cerradas, buscando números o nombres, hasta que encontré una en la que había un soporte de latón con una tarjeta que rezaba «Julian Morrow». Me detuve un momento y luego llamé con tres golpes secos.

Transcurrió un minuto más o menos, luego otro, y entonces la puerta blanca se abrió formando una rendija. Un rostro me observó. Era un rostro pequeño, sagaz, tan despierto y en suspenso como una interrogación, y a pesar de que ciertos rasgos producían una impresión de juventud —la elevación de las cejas, como de elfo, las lábiles líneas de la nariz, mandíbula y boca—, no era el rostro de un hombre joven y el cabello era blanco como la nieve. Tengo buen ojo para adivinar la edad de la gente, pero no habría acertado la suya ni de manera aproximada.

Me quedé allí un momento mientras él me miraba, perplejo, con sus ojos azules. Parpadeó.

—¿Puedo ayudarle en algo? —Su tono era tolerante y amable, como el que a veces adoptan los adultos afables con los niños.

—Yo…, bueno, me llamo Richard Papen…

Ladeó la cabeza y parpadeó de nuevo, con sus ojos chispeantes, amigable como un gorrión.

—… y quiero asistir a sus clases de griego clásico.

Me miró con expresión de abatimiento.

—¡Oh, lo siento! —Por increíble que resulte, el tono de su voz parecía indicar que lo sentía de verdad, mucho más que yo—. Nada me gustaría tanto, pero me temo que mi clase ya está completa.

En aquella excusa aparentemente sincera había algo que me dio ánimos.

—Seguro que hay alguna manera… —dije—, un alumno extra…

—Lo siento muchísimo, señor Papen —dijo, casi como si me estuviera consolando por la muerte de un amigo querido, intentando hacerme comprender que no estaba en su mano ayudarme—. Pero he limitado el número de alumnos a cinco y no quiero ni pensar en añadir otro.

—Cinco alumnos no es mucho.

Meneó la cabeza rápidamente, con los ojos cerrados, como si la súplica le resultara insoportable.

—En realidad me encantaría tenerlo en clase, pero no puedo siquiera considerar esa posibilidad —dijo—. Lo siento muchísimo. ¿Le importaría excusarme? Estoy con un alumno.

Pasó más de una semana. Empecé las clases y conseguí un trabajo con un profesor de psicología llamado doctor Roland. (Tenía que ayudarle con cierta «investigación», cuya naturaleza nunca llegué a descubrir; era un tipo viejo, aturdido, de mirada trastornada, un conductista que se pasaba la mayor parte del tiempo holgazaneando en la sala de profesores.) Hice algunos amigos, la mayoría estudiantes de primero que vivían en el mismo edificio que yo. Amigos quizá no sea la palabra exacta. Comíamos juntos, nos tropezábamos en los pasillos, pero la principal razón que nos había unido era que no conocíamos a nadie más —situación que en aquel momento no nos parecía necesariamente desagradable—. A los pocos que conocí que ya llevaban algún tiempo en Hampden les pregunté por Julian Morrow.

Casi todos habían oído hablar de él y recibí toda suerte de informaciones contradictorias y fascinantes: que era un hombre brillante; que era un farsante; que no tenía ningún título universitario; que en los años cuarenta había sido un intelectual importante, amigo de Ezra Pound y T. S. Eliot; que su fortuna familiar provenía de la participación en una reconocida empresa bancaria o, por el contrario, de la adquisición de propiedades embargadas durante los años de la Depresión; que había escapado al alistamiento en alguna guerra (aunque cronológicamente eso era difícil de calcular); que tenía relaciones con el Vaticano, con una familia real derrocada de Oriente Próximo, con la España de Franco. El grado de veracidad de cualquiera de estos datos era, por supuesto, imposible de comprobar, pero cuantas más cosas oía de él, más aumentaba mi interés. Empecé a buscarle, a él y a su pequeño grupo de pupilos, por el campus. Cuatro chicos y una chica. A distancia no parecían nada fuera de lo común. Sin embargo, vistos de cerca en mi opinión formaban un grupo atractivo. Yo nunca había visto a nadie como ellos, y me sugerían una variedad de cualidades pintorescas y ficticias.

Dos de los chicos llevaban gafas, curiosamente del mismo tipo: diminutas, anticuadas, de montura metálica redonda. El más alto de los dos —y era muy alto, más de seis pies— era moreno, de mandíbula cuadrada y piel áspera y pálida. Si no hubiera tenido las facciones tan marcadas ni unos ojos tan inexpresivos y vacíos, me habría parecido guapo. Vestía trajes ingleses oscuros, llevaba paraguas (una visión estrafalaria en Hampden) y caminaba muy tieso entre la muchedumbre de hippies, beatniks, preppies y punks con la tímida cercmoniosidad de una vieja bailarina, lo que resultaba sorprendente en alguien tan alto como él. «Henry Winter», dijeron mis amigos cuando lo señalé a cierta distancia, mientras él daba un largo rodeo para evitar a un grupo que tocaba los bongós en el jardín.

El más bajo de los dos, aunque no mucho más, era un chico rubio y desgarbado, de mejillas sonrosadas y que mascaba chicle, de conducta implacablemente jovial, y con los puños hundidos en los bolsillos de sus pantalones con rodilleras. Siempre vestía la misma chaqueta, una prenda informe de tweed marrón desgastada por los codos y de mangas demasiado cortas. Llevaba el cabello, de color rubio dorado, peinado con raya a la izquierda, de modo que un largo mechón le tapaba uno de los ojos. Se llamaba Bunny Corcoran (Bunny era una especie de diminutivo de Edmund). Tenía una voz fuerte y chillona que resonaba en los comedores.

El tercer chico era el más exótico del grupo. Anguloso y elegante, era extremadamente delgado, de manos nerviosas, con un rostro muy pálido y de expresión sagaz, y tenía una encendida mata del cabello más rojo que había visto nunca. Yo pensaba (erróneamente) que vestía como Alfred Douglas o el conde de Montesquieu: hermosas camisas almidonadas con puños franceses, magníficas corbatas, un abrigo negro que ondeaba tras él cuando andaba y que le hacía parecer el cruce de un príncipe estudiante y Jack el Destripador. En una ocasión, para mi regocijo, incluso le vi llevar quevedos. (Más tarde descubrí que no eran quevedos de verdad, que llevaba simples cristales sin graduar y su vista era, con mucho, más aguda que la mía.) Se llamaba Francis Abernathy. Cuando quise indagar más, levanté las sospechas de mis compañeros masculinos, a quienes asombraba mi interés por semejante persona.

Y luego había una pareja, chico y chica. Los veía casi siempre juntos y al principio pensé que eran novios, hasta que un día los observé de cerca y me di cuenta de que debían de ser hermanos. Después me enteré de que eran gemelos. Se parecían mucho; tenían el cabello grueso, de color rubio oscuro, y rostros asexuados tan limpios, risueños y graves como los de una pareja de ángeles flamencos. Pero lo que me llamaba la atención en el contexto de Hampden —donde abundaban los seudointelectuales y los adolescentes decadentes y donde vestir de negro era de *rigueur*— era que les gustaba llevar ropas de colores claros, sobre todo blanco. En medio de aquel enjambre de cigarrillos y oscura sofisticación parecían figuras de una alegoría, o asistentes, muertos hacía tiempo, a alguna olvidada recepción al aire libre. Fue fácil averiguar quiénes eran, ya que compartían la distinción de ser los únicos gemelos del campus. Se llamaban Charles y Camilla Macaulay.

Todos ellos me parecían inaccesibles. Pero los observaba con interés cada vez que los veía: Francis, agachándose para jugar con un gato en el umbral de una puerta; Henry, pasando veloz al volante de un pequeño coche blanco, con Julian en el asiento del acompañante; Bunny, asomándose a una ventana del piso superior para gritar algo a los gemelos, que pasaban por el jardín. Poco a poco fui reuniendo mis informaciones. Francis Abernathy era de Boston y, según decían, bastante rico. De Henry también decían que era rico; pero destacaba más por ser un genio de la lingüística. Hablaba varias lenguas, antiguas y modernas, y con solo dieciocho años había publicado una traducción comentada de Anacreonte. (Averigüé esto por Georges Laforgue, quien, por lo demás, se mostraba desabrido y reticente acerca del tema; más tarde me enteré de que, durante el primer curso, Henry había puesto en serios apuros a Laforgue delante de toda la facultad de literatura durante el debate que siguió a su conferencia anual sobre Racine.) Los gemelos tenían un apartamento fuera del campus y eran de algún lugar del Sur. Y Bunny Corcoran tenía la costumbre de poner los discos de marchas de John Sousa en su habitación, a todo volumen y a altas horas de la noche.

Esto no quiere decir que todo eso me preocupara en exceso. En aquella época me estaba adaptando a la universidad; las clases habían comenzado y yo estaba ocupado con mis trabajos. Mi interés por Julian Morrow y sus alumnos de griego, aunque todavía intenso, estaba empezando a desvanecerse cuando ocurrió una curiosa coincidencia.

Sucedió el miércoles por la mañana de mi segunda semana de clase. Yo me encontraba en la biblioteca haciendo unas fotocopias para el doctor Roland antes de la clase de las once. Al cabo de media hora más o menos, unas manchas de luz nadaban ante mis ojos, y cuando regresaba a la mesa de la bibliotecaria a devolverle la llave de la fotocopiadora, me volví para marcharme y los vi. Bunny y los gemelos estaban sentados a una mesa cubierta de papeles, plumas y tinteros. Recuerdo especialmente los tinteros porque los encontré fascinantes, así como las plumas negras, largas y rectas, que parecían increíblemente arcaicas y difíciles de utilizar. Charles llevaba un suéter blanco de tenis y Camilla un vestido de verano con cuello marinero y un sombrero de paja. La chaqueta de tweed de Bunny colgaba desaliñadamente del respaldo de su silla y el forro mostraba varios desgarrones y grandes manchas. Tenía los codos apoyados en la mesa, el cabello sobre los ojos, las arrugadas mangas de la camisa recogidas y sujetas con unas ligas a rayas. Sus cabezas estaban juntas y hablaban en voz baja.

De pronto sentí curiosidad por saber de qué estaban hablando. Me dirigí a la estantería de detrás de su mesa, recorriéndola como si no estuviera seguro de lo que buscaba, hasta que me puse tan cerca que hubiera podido alargar la mano y tocarle el brazo a Bunny. Dándoles la espalda, cogí un libro al azar —resultó un ridículo texto de sociología— y fingí repasar el índice. Análisis Secundario. Desviación Secundaria. Grupos Secundarios. Escuelas Secundarias.

—No lo entiendo —decía Camilla—. Si los griegos navegan *a* Cartago tendría que ser acusativo. ¿Os acordáis? Lugar «a donde». Esa es la regla.

—No puede ser —dijo Bunny. Su voz era nasal, gárrula, como la de W. C. Fields acentuada por un caso grave de trismo de Long Island—. No es lugar «a donde», es lugar «hacia el cual». Me apuesto algo a que es ablativo.

Se oyó un confuso revuelo de papeles.

—Espera —dijo Charles. Su voz se parecía mucho a la de su hermana: ronca, con un acento ligeramente sureño—. Mira esto. No solo navegan a Cartago, navegan para atacar la ciudad.

—Estás loco.

—No, es así. Mira la frase siguiente. Necesitamos un dativo.

—¿Estás seguro?

Más crujir de papeles.

—Completamente. *Epi to karchidona.*

—No lo veo —dijo Bunny. Su voz sonaba como la de Thurston Howell en *La isla de Gilligan*—. Tiene que ser ablativo. Los casos difíciles siempre son ablativos.

Una breve pausa.

—Bunny —dijo Charles—, te equivocas. El ablativo es en latín.

—Bueno, desde luego, eso lo sé —dijo Bunny, irritado, tras un momento de perplejidad que parecía indicar lo contrario—, pero ya sabes lo que quiero decir. Aoristo, ablativo, en realidad todo es lo mismo.

—Mira, Charles —dijo Camilla—. El dativo no va bien.

—Sí que va. Navegan para atacar, ¿no?

—Sí, pero los griegos navegaban por el mar hacia Cartago.

—Pero ya he puesto *epi* delante.

—Vale, podemos atacar y usar *epi*, pero tenemos que poner un acusativo, es la regla principal.

Segregación. Sí mismo. Concepto de sí mismo. Miré el índice y me devané los sesos para encontrar el caso que buscaban. Lugar a donde. Lugar de donde. Cartago.

De pronto se me ocurrió algo. Cerré el libro, lo coloqué en el estante y me volví.

—Perdón —dije.

Inmediatamente dejaron de hablar, dieron un respingo y se volvieron.

—Lo siento, pero ¿no iría bien un locativo?

Durante un largo rato nadie dijo una palabra.

—¿Locativo? —dijo Charles.

—Solo hay que añadir *zde* a *karchido* —comenté—. Creo que es *zde*. Entonces no necesitáis preposición, excepto el *epi* si van a luchar. Implica «hacia Cartago», así que no tenéis que preocuparos de ninguno de los dos casos.

Charles miró su hoja y luego a mí.

—¿Locativo? —dijo—. Eso es bastante ambiguo.

—¿Estás seguro de que existe para Cartago? —preguntó Camilla.

Eso no se me había ocurrido.

—Tal vez no —dije—. Sé que existe para Atenas.

Charles alargó la mano, arrastró el diccionario hacia sí y empezó a hojearlo.

—¡Oh, demonios, no te preocupes! —dijo Bunny con voz estridente—. Si no hay que declinarlo y no necesita preposición, a mí ya me va bien. —Se volvió en la silla y me miró—. Me gustaría chocar esos cinco, forastero. —Le tendí la mano; él la estrechó y la sacudió con firmeza, y al hacerlo estuvo a punto de volcar un tintero—. Encantado de conocerte, sí, sí —dijo, levantando la otra mano para apartarse el pelo de los ojos.

Aquella súbita demostración de consideración me desconcertó; fue como si las figuras de mi cuadro predilecto, absortas en sus propias preocupaciones, hubieran levantado la vista más allá del lienzo y me hubieran dirigido la palabra. El día anterior, por ejemplo, Francis, envuelto en la elegancia del cachemir negro y el humo del cigarrillo, me había rozado al cruzarse conmigo en el pasillo. Por un momento, mientras su brazo tocó el mío, fue una criatura de carne y hueso, pero enseguida se convirtió de nuevo en una alucinación, una ilusión que andaba con paso majestuoso en dirección al vestíbulo y que me había hecho tan poco caso como, según dicen, los fantasmas hacen a los vivos en sus lúgubres rondas.

Charles, que seguía manoseando el diccionario, se levantó y me dio la mano.

—Me llamo Charles Macaulay.

—Richard Papen.

—Ah, eres tú —dijo de pronto Camilla.

—¿Cómo?

—Tú fuiste el que preguntó por las clases de griego, ¿no?

—Esta es mi hermana —dijo Charles—, y este... Bun, ¿le has dicho ya tu nombre?

—No, creo que no. Me ha hecho usted un hombre feliz, caballero. Teníamos diez frases más como esta y solo cinco minutos para hacerlas. Me llamo Edmund Corcoran —dijo Bunny estrechándome de nuevo la mano.

—¿Cuánto tiempo has estudiado griego? —preguntó Camilla.

—Dos años.

—Eres bastante bueno.

—Es una pena que no estés en nuestra clase —dijo Bunny.

Un silencio tenso.

—Bueno —dijo Charles, incómodo—, Julian es raro con estas cosas.

—Ve a verle otra vez. ¿Por qué no lo haces? —dijo Bunny—. Llévale unas flores y dile que adoras a Platón. Comerá de tu mano.

Otro silencio aún más desagradable que el primero. Camilla sonrió, no exactamente a mí, con una sonrisa dulce y desenfocada, totalmente impersonal, como si yo fuera un camarero o el dependiente de una tienda. A su lado, Charles, que seguía de pie, también sonrió y enarcó educadamente una ceja, un gesto que tal vez era nervioso, y que en realidad podía significar cualquier cosa, pero que yo interpreté como un ¿Eso es todo?

Musité algo y me disponía a marcharme cuando Bunny, que miraba en otra dirección, alargó el brazo y me asió por la muñeca.

—Espera —dijo.

Levanté la vista, sobresaltado. Henry acababa de cruzar la puerta, con su traje negro, su paraguas y demás.

Cuando llegó a la mesa fingió que no me veía.

—Hola —les dijo—. ¿Habéis terminado?

Bunny me señaló con la cabeza.

—Mira, Henry, queremos presentarte a alguien —dijo.

Henry me echó un vistazo. Su expresión no cambió. Cerró los ojos y luego volvió a abrirlos, como si encontrara extraordinario que alguien como yo pudiera interponerse en su campo de visión.

—Sí, sí —dijo Bunny—. Se llama Richard… ¿Richard qué?

—Papen.

—Sí, sí, Papen. Estudia griego.

Henry levantó la cabeza para mirarme.

—No aquí, desde luego —dijo.

—No —dije mirándolo, pero la expresión de sus ojos era tan descortés que aparté la vista.

—Oh, Henry, mira esto, ¿quieres? —dijo Charles precipitadamente, revolviendo de nuevo los papeles—. Íbamos a poner un dativo o un acusativo aquí, pero él sugirió el locativo.

Henry miró por encima del hombro de Charles y examinó la página.

—Humm… un locativo arcaico —dijo—. Muy homérico.

Desde luego, sería gramaticalmente correcto, pero, quizá un poco fuera de contexto. —Volvió la cabeza para escudriñarme. La luz incidía en un ángulo tal que se reflejaba en sus diminutas gafas y me impedía verle los ojos—. Muy interesante —dijo—. ¿Eres especialista en Homero?

Podría haber dicho que sí, pero tenía la impresión de que se alegraría de pillarme en falta y de que sería capaz de hacerlo con facilidad.

—Me gusta —dije débilmente.

Me miró con frío desdén.

—Yo adoro a Homero —repuso—. Naturalmente, estamos estudiando cosas bastante más modernas. Platón y los trágicos, cosas así.

Yo intentaba encontrar alguna respuesta, cuando apartó la mirada, desinteresado.

—Tendríamos que irnos —dijo.

Charles amontonó sus papeles y se levantó; Camilla estaba junto a él y esta vez también me dio la mano. Uno al lado del otro, se parecían mucho, no tanto por la similitud de sus facciones como por su forma de comportarse: una correspondencia de gestos que reverberaba entre ellos, de manera que un parpadeo parecía provocar un movimiento espasmódico en el párpado del otro un instante después. Sus ojos, del mismo tono de gris, eran inteligentes y tranquilos. Ella era muy guapa, de una belleza perturbadora, casi medieval, que no percibiría un observador desatento.

Bunny empujó su silla y me dio una palmada entre los omoplatos.

—Bien, caballero —dijo—, tenemos que encontrarnos algún día y hablar del griego, ¿de acuerdo?

—Adiós —dijo Henry con una inclinación de la cabeza.

—Adiós —respondí. Se marcharon juntos, y yo me quedé donde estaba, mirando cómo se dirigían hacia la salida como una amplia falange, hombro con hombro.

Poco después fui al despacho del doctor Roland a dejar las fotocopias y le pregunté si podía adelantarme parte de mi sueldo.

Se reclinó contra el respaldo de la silla y me contempló con sus ojos vidriosos, bordeados de rojo.

—Bueno, sabe usted —dijo—, desde hace diez años tengo por norma no hacerlo. Déjeme explicarle el motivo.

—Lo sé, señor —dije apresuradamente. A veces los discursos del doctor Roland acerca de sus «normas» duraban media hora o más—. Lo comprendo, pero es que se trata de una emergencia.

Se inclinó de nuevo hacia delante y se aclaró la garganta.

—¿Y cuál es esa emergencia? —preguntó.

Sus manos, cruzadas sobre la mesa, tenían venas abultadas y un tono azulado, color perla en los nudillos. Las observé. Necesitaba diez o veinte dólares, los necesitaba con urgencia, pero había ido sin preparar lo que tenía que decir.

—No lo sé —dije—. Ha surgido algo.

Frunció el ceño severamente. Se decía que el comportamiento senil del doctor Roland era una fachada; a mí me parecía completamente genuino, pero a veces, cuando se tenía la guardia baja, mostraba un inesperado destello de lucidez que, si bien con frecuencia no tenía nada que ver con el asunto en cuestión, era una prueba de que el pensamiento racional todavía coleaba en las fangosas profundidades de su conciencia.

—Se trata de mi coche —dije, súbitamente inspirado. No tenía coche—. Tengo que llevarlo al taller.

Yo no esperaba que preguntara más, sin embargo insistió:

—¿Qué le pasa?

—Me parece que es el carburador.

—¿Es de doble transmisión? ¿Refrigerado por aire?

—Refrigerado por aire —dije, apoyándome en el otro pie. No me gustaba el giro que tomaba la conversación. No sé una palabra sobre coches y paso apuros hasta para cambiar una rueda.

—¿Qué tiene? ¿Uno de esos pequeños V-6?

—Sí.

—Todos los chicos parecen desear uno.

No tenía idea de cómo responder a eso. Abrió el cajón del escritorio y empezó a sacar cosas, a llevárselas a los ojos y volverlas a guardar.

—Cuando la transmisión se rompe, el coche está acabado, lo digo por experiencia. Sobre todo un V-6. Lo podría llevar directamente al desguace. Yo, en cambio, llevo un 98 Regency Brougham que ya tiene diez años. Solo tengo que hacerle las revisiones periódicas, un filtro nuevo cada quince mil millas y cambio de aceite cada tres mil. Va de maravilla. Tenga cuidado con estos talleres de la ciudad —dijo secamente.

—¿Cómo?

Por fin había encontrado el talonario.

—Bueno, tendría que ir usted al tesorero, pero supongo que está bien así —dijo, mientras lo abría y empezaba a escribir laboriosamente—. Algunos de esos sitios de Hampden cobran el doble en cuanto averiguan que se es de la universidad. Redeemed Repair suele ser el mejor; son un hatajo de cristianos reformados, pero aun así le sacarán todo el dinero que puedan si no los vigila.

Arrancó el cheque y me lo tendió. Le eché una ojeada y el corazón me dio un vuelco. Doscientos dólares. Y lo había firmado.

—No deje que le cobren ni un centavo de más —dijo.

—No, señor —dije, apenas capaz de disimular mi alegría. ¿Qué iba a hacer yo con ese montón de dinero? Hasta cabía la posibilidad de que el doctor Roland olvidara que me lo había dado.

Se bajó las gafas y me miró por encima de la montura.

—Redeemed Repair —dijo—. Está en la Highway 6. El rótulo tiene forma de cruz.

—Gracias —dije.

Bajé al vestíbulo con el espíritu reconfortado y doscientos dólares en el bolsillo. Lo primero que hice fue ir al teléfono del piso de abajo y llamar un taxi para que me llevara a Hampden. Si para algo soy bueno es para no pegar sello. Es una especie de don que tengo.

¿Y qué hice en Hampden? Francamente, estaba demasiado asombrado por mi buena fortuna como para hacer gran cosa. Hacía un día espléndido. Estaba harto de ser pobre, de manera que, sin pensármelo dos veces, fui a una tienda cara de ropa de hombre que había en la plaza y me compré un par de camisas. Luego fui a la tienda del Ejército de Salvación y rebusqué en las cajas un rato hasta que encontré un abrigo de tweed Harris y un par de zapatos marrones con puntera que me iban bien, y también unos gemelos y una vieja corbata muy curiosa con un estampado de hombres cazando ciervos. Al salir de la tienda comprobé, feliz, que todavía me quedaban casi cien dólares. ¿Me iba a la librería? ¿Al cine? ¿Compraba una botella de whisky escocés? Al final, agobiado por las muchas posibilidades entre las que elegir, murmurando y sonriendo en aquella acera otoñal —como un chico de pueblo acosado por un grupo de prostitutas—, me abrí paso entre ellas y me dirigí a la cabina telefónica de la esquina, desde donde llamé un taxi que me llevó a la universidad.

Una vez en mi habitación extendí la ropa sobre la cama. Los gemelos eran labrados y llevaban unas iniciales, pero parecían de oro puro, centelleando de soporífero sol otoñal que entraba a raudales por la ventana y formaba estanques amarillentos sobre el suelo de roble; un sol voluptuoso, rico, embriagador.

Al día siguiente, por la tarde, tuve una sensación de *déjà-vu* cuando Julian contestó a la puerta exactamente como la primera vez, abriéndola solo un poco y mirando a través de la rendija cautelosamente, como si en su despacho hubiera algo prodigioso que requiriera ser protegido, algo que él tenía mucho cuidado de que nadie viera. Era una sensación que en los meses siguientes llegaría a conocer bien. Aún ahora, años después y lejos de allí, sueño a veces que estoy ante aquella puerta blanca, esperando a que él salga, como el guarda de un cuento de hadas: sin edad, vigilante, astuto como un niño.

Cuando vio que era yo, abrió la puerta un poco más que la primera vez.

—El señor Pepin, ¿no?

No me molesté en corregirle.

—Me temo que sí.

Me miró un momento.

—Tiene usted un nombre estupendo, ¿sabe? —dijo—. En Francia hubo reyes que se llamaban Pepin.

—¿Está usted ocupado?

—Nunca estoy demasiado ocupado para un heredero del trono de Francia, si es que lo es usted —dijo afablemente.

—Me temo que no.

Se rió y citó un breve epigrama griego que decía que la honradez es una virtud peligrosa, y, para mi sorpresa, abrió la puerta y me hizo pasar.

La habitación era bonita (no tenía en absoluto aspecto de despacho) y mucho más grande de lo que parecía desde fuera: espaciosa y blanca, con un techo alto y la brisa que mecía las cortinas almidonadas. En una esquina, cerca de una estantería baja, había una mesa enorme y redonda cubierta de teteras y libros de griego. Había flores —rosas, claveles y anémonas— por todas partes: en su escritorio, en la mesa, en los alféizares. Las rosas eran especialmente fragantes; su aroma flotaba en el aire, mezclándose con el aroma de bergamota, té negro chino y el débil olor a alcanfor de la tinta. Respiré hondo y me sentí embriagado. Dondequiera que miraba había algo hermoso: alfombras orientales, porcelanas, pinturas diminutas como joyas, un resplandor multicolor que me golpeó como si hubiera entrado en una de esas pequeñas iglesias bizantinas que por fuera son tan simples y por dentro tienen unas bóvedas absolutamente paradisíacas, pintadas de oro y recubiertas de mosaicos.

Se sentó en un sillón junto a la ventana y me hizo un gesto para que también yo me sentara.

—Supongo que ha venido por lo de las clases de griego —dijo.

—Sí.

Sus ojos eran amables, francos, más grises que azules.

—El trimestre ya está bastante avanzado —dijo.

—Me gustaría volverlo a estudiar. Me parece una pena dejarlo después de dos años.

Enarcó las cejas —penetrante, malicioso— y se miró las manos un momento.

—Me han dicho que es usted de California.

—Así es —dije, bastante sobresaltado. ¿Quién se lo había dicho?

—No conozco a mucha gente del Oeste —dijo—. No sé si me gustaría ir allí. —Hizo una pausa; parecía preocupado—. ¿Y qué me cuenta de California?

Le solté mi perorata. Naranjos, estrellas de cine fracasadas, cócteles junto a la piscina a la luz de los farolillos, cigarrillos, tedio. Escuchaba con la mirada fija en mí, aparentemente hechizado por mis fraudulentos recuerdos. Nunca mis esfuerzos habían encontrado tanta atención, tan honda solicitud. Parecía hasta tal punto embelesado, que estuve tentado de adornar mi relato más de lo que quizá habría sido prudente.

—¡Qué emocionante! —dijo calurosamente cuando yo, medio eufórico, terminé por fin, agotado—. ¡Qué romántico!

—Bueno, allí estamos todos bastante acostumbrados a esa clase de cosas, ¿sabe? —dije procurando no ponerme nervioso, sonrojado por mi éxito arrollador.

—¿Y qué busca en el estudio de los clásicos una persona con un temperamento tan romántico? —Lo preguntó como si, ante la buena suerte de atrapar a un ave tan rara como yo, estuviera ansioso por arrancarme mi opinión mientras aún estaba cautivo en su despacho.

—Si por romántico entiende usted solitario e introspectivo, creo que los románticos son con frecuencia los mejores clasicistas.

Se rió.

—Los grandes románticos son a menudo clasicistas fracasados. Pero esto no viene al caso. ¿Qué piensa de Hampden? ¿Se siente feliz aquí?

Le proporcioné una exégesis, no tan breve como hubiera sido de desear, acerca de por qué en aquel momento encontraba la universidad satisfactoria para mis propósitos.

—A los jóvenes suele aburrirles el campo —dijo Julian—. Lo cual no quiere decir que no les convenga. ¿Ha viajado mucho? Dígame lo que le atrajo de este lugar. Yo me inclinaría a pensar que un joven como usted se sentiría perdido fuera de la ciudad, pero tal vez está harto de la vida urbana, ¿no?

Llevó la conversación con tanta habilidad y simpatía que me desarmó y me condujo diestramente de un tema a otro; y estoy seguro de que durante aquella charla, que me pareció que había durado tan solo unos minutos, pero que en realidad fue mucho más larga, se las arregló para sonsacarme todo lo que quería saber de mí. No sospeché que su absorto interés pudiera provenir de otra cosa que el precioso placer de mi compañía, y aunque me encontré a mí mismo hablando con entusiasmo de una desconcertante variedad de temas —algunos bastante personales y expresados con más franqueza de lo que era habitual en mí—, estaba convencido de que actuaba por propia voluntad. Me gustaría poder recordar más de lo que se dijo aquel día; de hecho, recuerdo muchas de las cosas que dije, la mayor parte demasiado fatuas para que me apetezca contarlas. El único punto en que difirió de mí (excepción hecha de un incrédulo enarcar las cejas provocado por mi mención a Picasso; cuando le conocí mejor me di cuenta de que debió de considerarlo casi como una afrenta personal) fue sobre psicología, un tema que, después de todo, ocupaba mis pensamientos desde que trabajaba con el doctor Roland.

—Pero ¿de verdad cree usted —preguntó, preocupado— que la psicología puede ser considerada una ciencia?

—Naturalmente, ¿qué es, si no?

—Pero incluso Platón sabía que la clase, los condicionamientos, etcétera, producen un efecto inalterable en el individuo. A mí me parece que la psicología es solo otra palabra para aquello que los antiguos llamaban destino.

—Psicología es una palabra terrible.

Asintió enérgicamente.

—Sí, es terrible, ¿verdad? —dijo con una expresión que parecía indicar que consideraba una falta de gusto por mi parte el mero hecho de pronunciarla—. Tal vez sea, en cierto modo, un concepto útil para hablar de determinada clase de mente. Los campesinos que viven cerca de mí son fascinantes, porque sus vidas están tan estrechamente ligadas al destino, porque están de verdad predestinados. Pero —se rió—, me temo que mis alumnos no me interesan demasiado porque siempre sé exactamente lo que van a hacer.

Yo estaba encantado con aquella conversación, y a pesar de creer que era más bien moderna y digresiva (para mí, la marca de una mente moderna es que le gusta divagar), ahora me doy cuenta de que conducía una y otra vez, mediante circunloquios, a los mismos puntos. Porque si la mente moderna es caprichosa y divagante, la mente clásica es intolerante, segura, implacable. No es una clase de inteligencia que se suele encontrar en la actualidad. Pero aunque soy capaz de divagar, de hecho tengo un alma absolutamente obsesiva.

Hablamos un rato más y luego se hizo un silencio. Al cabo de un momento Julian dijo cortésmente:

—Si quiere, me alegrará tenerle por alumno, señor Papen.

Yo, que miraba por la ventana y casi me había olvidado de dónde estaba, lo miré, boquiabierto, y no supe qué decir.

—No obstante, antes de aceptar, hay unas cuantas condiciones con las que tiene usted que estar de acuerdo.

—¿Qué? —dije, súbitamente alerta.

—Irá mañana a secretaría a cursar una solicitud para cambiar de tutor —Alargó la mano para coger una pluma de una copa que había en el escritorio; era increíble, estaba llena de plumas Mont Blanc, de Meisterstück; por lo menos había una docena. Escribió rápidamente una nota y me la tendió—. No la pierda, porque la administración no me asigna tutorías si yo no las solicito.

La nota estaba escrita con una caligrafía masculina, más bien decimonónica, con eses griegas. La tinta todavía estaba húmeda.

—Pero ya tengo un tutor —dije.

—Mi política es no aceptar a ningún alumno si no soy también su tutor. Algunos miembros de la facultad de literatura desaprueban mis métodos didácticos y usted tendría problemas si alguien pudiera vetar mis decisiones. También debería coger algunos formularios de renuncia. Creo que tendrá que dejar todas las clases a las que asiste actualmente, salvo la de francés, a la que le conviene ir. Parece usted deficiente en el área de lenguas modernas.

Yo estaba atónito.

—No puedo dejar todas las clases.

—¿Por qué no?

—El período de matriculación ya ha terminado.

—Eso no tiene ninguna importancia —dijo Julian tranquilamente—. Las clases a las que quiero que asista las impartiré yo. Probablemente hará tres o cuatro asignaturas conmigo por trimestre hasta que acabe sus estudios aquí.

Lo miré. No era de extrañar que solo tuviera cinco alumnos.

—Pero ¿cómo puedo hacer eso? —dije.

Se rió.

—Me temo que no lleva mucho tiempo en Hampden. A la administración no le gusta mucho, pero no pueden hacer nada. De vez en cuando tratan de crear problemas con las exigencias de distribución, pero eso nunca ha causado ninguna dificultad real. Estudiamos arte, historia, filosofía, toda clase de temas. Si considero que usted es deficiente en determinada área, puede que decida darle alguna clase particular, quizá enviarlo a otro profesor. Como el francés no es mi lengua materna, creo conveniente que siga estudiando con el señor Laforgue. El próximo año le introduciré en el latín. Es una lengua difícil, pero sabiendo griego le resultará más fácil. Estoy seguro de que le encantará.

Yo le escuchaba, un poco ofendido por su tono. Hacer lo que me pedía implicaba salir completamente del Hampden College para trasladarme a su pequeña academia de griego antiguo, con su reducido número de estudiantes, seis contándome a mí.

—¿Todas las clases serán con usted? —pregunté.

—No exactamente todas —respondió muy serio, y luego, al ver mi expresión, se echó a reír—. Considero que tener una diversidad de profesores es perjudicial y confuso para una mente joven, de la misma manera que considero mejor conocer un solo libro a fondo que cien superficialmente. Sé que el mundo moderno tiende a no estar de acuerdo conmigo, pero, después de todo, Platón solo tuvo un maestro, y también Alejandro.

Yo asentía lentamente mientras buscaba una forma diplomática de escabullirme, cuando mi mirada se cruzó con la suya y de pronto pensé: ¿Por qué no? Estaba algo apabullado por la fuerza de su personalidad, pero el radicalismo de su oferta no dejaba de ser atractivo. Sus alumnos —si es que el estar bajo su tutela los había marcado de algún modo— me impresionaban; y aunque eran distintos entre sí, compartían cierta frialdad, un encanto cruel y amanerado que no era moderno en absoluto, pero que tenía un extraño y frío aire de mundo antiguo: eran criaturas magníficas, con aquellos ojos, aquellas manos, aquella apariencia —*sic oculos, sic ille manus, sic ora ferebat*—. Los envidiaba y los encontraba atractivos. Además, aquella extraña cualidad, lejos de ser natural, tenía trazas de haber sido cultivada. (Lo mismo sucedía, como acabaría por saber, con Julian: aunque daba la impresión más bien contraria, de frescura y candor, no era espontaneidad, sino un arte superior lo que le hacía parecer natural.) Afectados o no, yo quería ser como ellos. Era embriagador pensar que aquellas cualidades eran adquiridas y que, tal vez, aquel era el camino para aprenderlas. Había recorrido un largo camino, desde Plano y la gasolinera de mi padre.

—Y si asisto a sus clases, ¿serán todas de griego? —le pregunté. Se rió.

—Claro que no. Estudiaremos a Dante, Virgilio, toda clase de temas. Pero no le aconsejaría que saliera y comprara un ejemplar de *Goodbye, Columbus* —lectura obligatoria, como se sabía, de uno de los cursos de inglés de primero—, si me perdona la vulgaridad.

Cuando le conté lo que pensaba hacer, Georges Laforgue se mostró preocupado.

—Este asunto es muy serio —dijo—. Me imagino que se da cuenta de lo limitado que será su contacto con el resto de la facultad y con la universidad.

—Es un buen profesor —dije.

—Ningún profesor es tan bueno. Y si por casualidad tiene alguna discrepancia con él o es tratado injustamente de una forma u otra, nadie de la facultad podrá hacer nada por usted. Discúlpeme, pero no veo la finalidad de pagar treinta mil dólares de enseñanza para estudiar simplemente con un solo profesor.

Pensé que esa cuestión competía al Fondo de Dotación de Hampden College, pero no dije una palabra.

Se reclinó en el respaldo de la silla.

—Perdóneme, pero pensé que el elitismo del señor Morrow le repugnaría —dijo—. Francamente, es la primera vez que oigo que acepta a un alumno que disfruta de una beca tan considerable. Hampden College es una institución democrática y, por tanto, no se basa en tales principios.

—Bueno, no debe de ser tan elitista si me ha aceptado —dije.

No captó mi sarcasmo.

—Me inclino a especular que no está enterado de que usted recibe una ayuda —dijo, muy serio.

—Bueno, si no lo sabe, no voy a ser yo quien se lo diga.

Julian impartía las clases en su despacho. Éramos muy pocos y, por otra parte, ningún aula podía compararse a aquella habitación en términos de comodidad o privacidad. Sostenía la teoría de que los alumnos aprendían mejor en un ambiente agradable, no escolástico; y aquel lujoso invernáculo que tenía por despacho, con flores por doquier en pleno invierno, era una especie de microcosmos platónico de lo que en su opinión tenía que ser un aula. («¿Trabajo? —me dijo un día, sorprendido, cuando me referí a nuestras actividades con esta palabra—. ¿Realmente cree que lo que hacemos aquí es trabajar?» «¿Cómo podría llamarlo, si no?» «Yo lo llamaría el más glorioso de los juegos.»)

Cuando me encaminaba hacia allí mi primer día de clase, vi a Francis Abernathy cruzando el prado con paso majestuoso, como un pájaro negro, con su abrigo ondeando al viento, oscuro cual cuervo. Iba ensimismado, fumando un cigarrillo, pero la idea de que pudiera verme me produjo una inexplicable ansiedad. Me escondí en un portal y esperé a que pasara.

Al llegar al rellano de la escalera del ateneo, me sobresalté al verlo sentado en el alféizar de la ventana. Le eché una ojeada rápida y luego aparté la vista, y cuando me disponía a dirigirme al vestíbulo me dijo:

—Espera. —Su voz era fría y bostoniana, casi británica.

Me volví.

—¿Tú eres el nuevo *neanias*? —preguntó con sorna.

El nuevo hombre joven. Respondí que sí.

—*Cubitum eamus?*

—¿Cómo?

—Nada.

Cogió el cigarrillo con la mano izquierda y me ofreció la derecha. Era huesuda y de piel suave, como la de una adolescente.

No se molestó en presentarse. Tras un breve e incómodo silencio, le dije mi nombre.

Dio una última calada al cigarrillo y lo tiró por la ventana abierta.

—Ya sé quién eres —dijo.

Henry y Bunny estaban ya en el despacho; Henry leía un libro y Bunny, inclinado sobre la mesa, le hablaba en voz alta, muy serio.

—... de mal gusto, eso es lo que es, tío. Me decepcionas. Creía que tenías un poco más de *savoir faire*, si no te importa que te lo diga...

—Buenos días —dijo Francis entrando detrás de mí y cerrando la puerta.

Henry levantó la vista y saludó con la cabeza, luego volvió a su libro.

—¡Hola! —dijo Bunny, y luego—: ¡Ah, hola! —dirigiéndose a mí—. Adivina —le dijo a Francis—, Henry se ha comprado una pluma Montblanc.

—¿De verdad? —preguntó Francis.

Bunny meneó la cabeza en dirección a la copa de plumas brillantes y negras que había en el escritorio.

—Le he dicho que vaya con cuidado o Julian pensará que se la ha robado.

—Estaba conmigo cuando la compré —dijo Henry sin levantar la vista del libro.

—Por cierto, ¿cuánto cuestan esas cosas? —preguntó Bunny.

No hubo respuesta.

—Venga, ¿cuánto? ¿Trescientos dólares? —Se apoyó con todo su notable peso en la mesa—. Recuerdo que solías decir lo feas que eran. Solías decir que nunca en tu vida escribirías con algo que no fuera una pluma normal y corriente, ¿no es cierto?

Silencio.

—Déjame verla otra vez, ¿quieres? —le pidió Bunny.

Henry dejó el libro, buscó en el bolsillo de su camisa y sacó la pluma, dejándola sobre la mesa.

—Aquí la tienes.

Bunny la cogió y empezó a hacerla girar con los dedos.

—Es como aquellos lápices gruesos que usaba cuando iba a la escuela primaria —dijo—. ¿Te convenció Julian de que la compraras?

—Quería una pluma estilográfica.

—Esa no es la razón por la que te compraste esta.

—Estoy harto de hablar del tema.

—Yo creo que es de mal gusto.

—Tú —dijo Henry, cortante— no eres el más adecuado para hablar de gusto.

Se hizo un largo silencio, durante el cual Bunny permaneció reclinado en el respaldo de la silla.

—Vamos a ver, ¿qué clase de plumas utilizamos todos aquí? —dijo con tono familiar—. François, tú eres un hombre de plumilla y tintero como yo, ¿no?

—Más o menos.

Me señaló con el dedo como si fuera el moderador de un debate televisivo.

—¿Y tú? ¿Cómo te llamas? ¿Robert? ¿Qué clase de plumas te enseñaron a usar en California?

—Bolígrafo —dije.

Bunny asintió con la cabeza.

—Un hombre honesto, caballeros. Gustos sencillos. Pone sus cartas sobre la mesa. Así me gusta.

Se abrió la puerta y entraron los gemelos.

—¿Por qué chillas, Bun? —le preguntó Charles, risueño, mientras cerraba la puerta de un puntapié—. Te hemos oído desde el vestíbulo.

Bunny se lanzó a explicar la historia de la pluma Montblanc. Incómodo, me acerqué al rincón y empecé a examinar los libros de la estantería.

—¿Cuánto tiempo has estudiado a los clásicos? —dijo una voz muy cerca. Era Henry, que se había girado en la silla para mirarme.

—Dos años —contesté.

—¿Qué has leído en griego?

—El Nuevo Testamento.

—Bueno, naturalmente has leído *Koiné* —dijo, irritado—. ¿Qué más? Homero, seguro. Y los poetas líricos.

Estos, lo sabía, eran la especialidad de Henry. Me daba miedo mentir.

—Un poco.

—¿Y Platón?

—Sí.

—¿Todo Platón?

—Algo.

—Pero todo traducido, ¿no?

Vacilé demasiado rato. Me miró, incrédulo.

—¿No?

Hundí las manos en los bolsillos de mi abrigo nuevo.

—La mayor parte —dije, lo que estaba lejos de ser cierto.

—¿La mayor parte de qué? ¿Te refieres a los diálogos? ¿Y qué me dices de cosas más tardías? ¿Plotino?

—Sí —mentí. Nunca he leído, hasta ahora, una palabra de Plotino.

—¿Qué?

Por desgracia, mi mente se quedó en blanco y no se me ocurrió absolutamente nada que tuviera la seguridad de que fuese de Plotino. ¿Las *Églogas*? No, maldita sea, eso era de Virgilio.

—En realidad, Plotino no me interesa demasiado —dije.

—¿No? ¿Por qué?

Era como un policía en un interrogatorio. Pensé con tristeza en mi antigua clase, la que había dejado por esta: introducción al drama, con el alegre señor Lanin, que hacía aque nos tumbáramos en el suelo y realizásemos ejercicios de relajación mientras él paseaba a nuestro alrededor y decía cosas como: «Ahora imaginaos que vuestro cuerpo se llena de un fluido frío y naranja».

No había respondido a la pregunta sobre Plotino con la suficiente celeridad para gusto de Henry. Dijo algo en latín rápidamente.

—¿Cómo dices?

Me miró con frialdad.

—Déjalo —contestó, y se encorvó de nuevo sobre su libro.

Para ocultar mi consternación, me volví hacia la estantería.

—¿Ya estás contento? —le oí decir a Bunny—. Seguro que le has dado un buen repaso, ¿eh?

Para mi alivio, Charles vino a saludarme. Era simpático y muy tranquilo, pero apenas acabábamos de intercambiar un saludo, cuando se abrió la puerta y se hizo un silencio. Julian entró en la habitación y cerró la puerta con cuidado.

—Buenos días —dijo—. ¿Ya conocéis al nuevo alumno?

—Sí —dijo Francis con un tono que me pareció aburrido, mientras le ofrecía una silla a Camilla y se sentaba en la suya.

—Estupendo. Charles, ¿podrías poner el agua a hervir para el té?

Charles fue a una pequeña antecámara, no mayor que un armario, y oí correr el agua. (Nunca supe exactamente qué había en aquella antecámara, ni cómo Julian, de vez en cuando, se las arreglaba para sacar de allí, como por arte de magia, comidas de cuatro platos.) Luego salió cerrando la puerta tras él, y se sentó.

—Bien —dijo Julian mirando en torno de la mesa—. Espero que estemos todos preparados para dejar el mundo fenomenológico y entrar en el sublime.

Era un orador maravilloso, un orador mágico, y me gustaría ser capaz de dar una idea más exacta de lo que dijo, pero a un intelecto mediocre le es imposible reproducir el discurso de un intelecto superior, sobre todo después de tantos años, sin que se pierda una buena parte en la transcripción. Aquel día la discusión versó acerca de la pérdida de sí mismo, las cuatro locuras divinas de Platón, la locura de todas clases. Empezó hablando de lo que él llamaba la carga del yo, y de por qué la gente quiere ante todo perder el yo.

—¿Por qué nos atormenta tanto esa vocecita obstinada en el interior de nuestras cabezas? —dijo, mirando en torno de la mesa—. ¿Será porque nos recuerda que estamos vivos, nuestra mortalidad, nuestra alma individual, a la que, después de todo, nos asusta rendirnos y sin embargo hace que nos sintamos más desgraciados que ninguna otra cosa? Pero ¿no es el dolor lo que a menudo nos hace conscientes de nosotros mismos? Es terrible aprender de niño que uno es algo separado del resto del mundo, que nada ni nadie sufre con nosotros cuando nos escaldamos la lengua o nos hacemos un rasguño en una rodilla, que nuestros males y dolores son solo nuestros. Aún más terrible, a medida que crecemos, es aprender que nadie, por muy querido que sea, podrá nunca comprendernos de verdad. Nuestro propio yo nos hace profundamente infelices, y esa es la razón por la cual estamos tan ansiosos de perderlo, ¿no lo creéis así? ¿Recordáis las Erinias?

—Las Furias —dijo Bunny, con los ojos brillantes y extraviados detrás del flequillo.

—Exacto. ¿Y cómo enloquecían a la gente? Subían el volumen del monólogo interior, magnificaban hasta el límite las características que ya existían en alguien y hacían que la persona fuera tan sí misma que no podía soportarlo.

»¿Y cómo podemos perder este yo enloquecedor, perderlo por completo? ¿Con el amor? Sí, pero el viejo Céfalo oyó a Sófocles decir un día que hasta el último de nosotros sabe que el amor es un maestro cruel y terrible. La persona pierde su yo en favor del otro, pero al hacerlo se esclaviza y se convierte en un desdichado. ¿Con la guerra? Se puede perder el yo en la alegría de la batalla, luchando por una causa gloriosa, pero hoy en día no hay muchas causas gloriosas. —Se rió—. Aunque después de haber leído a Jenofonte y a Tucídides me atrevería a decir que no hay demasiados jóvenes tan versados en tácticas militares como vosotros. Estoy seguro de que, si quisierais, seríais capaces de marchar sobre Hampden y tomarla vosotros solos.

Henry se rió:

—Podríamos hacerlo esta tarde, con seis hombres.

—¿Cómo? —preguntaron todos al unísono.

—Uno corta la línea telefónica y la eléctrica, otro se sitúa en el puente de Battenkill, otro en la carretera principal que va al norte. Los demás podríamos avanzar desde el sur y el oeste. No somos muchos, pero si nos repartiésemos, podríamos cerrar todos los demás accesos... —levantó la mano con los dedos muy separados— y avanzar hasta el centro desde todos los puntos. —Los dedos se cerraron en puño—. Desde luego, contaríamos con la ventaja de la sorpresa —agregó, y la frialdad de su voz me produjo escalofríos.

Julian se rió.

—¿Y cuántos años hace que los dioses han dejado de intervenir en las guerras de los hombres? Espero que Apolo y Atenea Niké bajen a luchar a nuestro lado, «invitados o no», como dijo el oráculo de Delfos a los espartanos. Imaginad qué héroes seríais.

—Semidioses —dijo Francis riendo—. Podríamos sentarnos en tronos en la plaza del pueblo.

—Y los comerciantes del lugar os pagarían su tributo.

—Oro. Pavos reales y marfil.

—Queso Cheddar y galletas corrientes sería más probable —dijo Bunny.

—El derramamiento de sangre es algo terrible —dijo Julian, impaciente (el comentario acerca de las galletas le había molestado)—, pero las partes más sanguinarias de Homero y Esquilo son a menudo las más magníficas, por ejemplo ese discurso glorioso de Clitemnestra en *Agamenón* que a mí me gusta tanto. Camilla, tú eras nuestra Clitemnestra cuando hicimos la *Orestíada*, ¿te acuerdas de algún fragmento?

La luz que entraba por la ventana le daba directamente en la cara. Bajo una luz tan intensa mucha gente parece demacrada, pero sus facciones, claras y delicadas, estaban iluminadas de tal manera que era asombroso mirarla: sus ojos, pálidos y radiantes, de negras pestañas, la luz trémula y dorada en su sien que se mezclaba gradualmente con su cabello lustroso, cálido como la miel.

—Me acuerdo un poco —dijo.

Con la mirada perdida en algún lugar de la pared por encima de mi cabeza, empezó a recitar los versos. Yo tenía la vista clavada en ella. ¿Tenía novio? ¿Francis, tal vez? Eran muy amigos, pero Francis no daba la impresión de interesarse demasiado por las chicas. No es que yo tuviera muchas posibilidades, frente a todos aquellos chicos inteligentes y ricos, vestidos con traje oscuro; yo, con mis manos toscas y mis modales pueblerinos.

Su voz, en griego, sonaba áspera, grave y encantadora.

> *Y así, murió, y su espíritu vomitó;*
> *exhaló, entonces, un chorro de sangre impetuoso,*
> *y me salpicó con gotas oscuras de sangriento rocío;*
> *y yo me alegré no menos que las mieses ante el agua*
> *de Zeus cuando está grávida la espiga.*

Cuando terminó se hizo un breve silencio; para mi sorpresa, Henry le guiñó solemnemente desde el otro lado de la mesa.

Julian sonrió.

—Qué hermoso pasaje —dijo—. Nunca me cansaría de escucharlo. Pero ¿cómo es posible que algo tan horrible, una reina que apuñala a su esposo en la bañera, nos parezca tan bello?

—Es el metro —comentó Francis—. El trímetro yámbico. Esas partes realmente terribles del *Infierno*, por ejemplo, Pier de Medicina con la nariz cortada hablando por una raja sanguinolenta en la tráquea...

—Se me ocurren cosas peores —dijo Camilla.

—Y a mí. Pero ese pasaje es bello y es a causa de la *terza rima*. Su música. El trímetro tañe como una campana en el parlamento de Clitemnestra.

—Pero el trímetro yámbico es bastante común en la lírica griega, ¿no? —dijo Julian—. ¿Por qué resulta este pasaje en particular tan impresionante? ¿Por qué no nos atrae uno más tranquilo y agradable?

—Aristóteles dice en la *Poética* —apuntó Henry— que cosas tales como los cadáveres, desagradables de ver en sí mismos, pueden volverse deliciosos de contemplar en una obra de arte.

—Y yo creo que Aristóteles está en lo cierto. Después de todo, ¿cuáles son las escenas de la poesía que quedan grabadas en nuestra memoria, las que más nos gustan? Precisamente estas. El asesinato de Agamenón y la cólera de Aquiles. Dido en la pira funeraria. Las dagas de los traidores y la sangre de César... ¿Os acordáis de cómo Suetonio describe que se llevan su cuerpo en una litera y un brazo le cuelga fuera?

—La muerte es la madre de la belleza —dijo Henry.

—¿Y qué es la belleza?

—El terror.

—Bien dicho —coincidió Julian—. La belleza raramente es suave o consoladora. Más bien al contrario. La genuina belleza siempre es bastante sobrecogedora.

Miré a Camilla. Su cara resplandecía a la luz del sol, y pensé en aquel verso de la *Ilíada* que me gusta tanto, acerca de Palas Atenea y sus terribles ojos centelleantes.

—Y si la belleza es terror —dijo Julian—, entonces, ¿qué es el deseo? Creemos tener muchos deseos, pero de hecho solo tenemos uno. ¿Cuál es?

—Vivir —dijo Camilla.

—Vivir eternamente —añadió Bunny con la barbilla apoyada en la palma de la mano.

La tetera empezó a silbar.

Cuando las tazas estuvieron en la mesa y Henry, sombrío como un mandarín, hubo servido el té, empezamos a hablar de la locura inducida por los dioses: poética, profética y, finalmente, dionisíaca.

—Que es, con mucho, la más misteriosa —dijo Julian—. Estamos acostumbrados a pensar que los éxtasis religiosos solo se dan en las sociedades primitivas, pero se producen frecuentemente en los pueblos más cultivados. La verdad es que los griegos no eran muy diferentes de nosotros. Eran un pueblo muy convencional, extraordinariamente civilizado y bastante reprimido. Y, sin embargo, con frecuencia se entregaban *en masse* al más salvaje de los entusiasmos (danzas, delirios, matanzas, visiones), lo que a nosotros, imagino, nos parecería una locura clínica, irreversible. Pero los griegos (en cualquier caso algunos) podían entrar y salir de ese arrebato cuando querían. No podemos descartar estos relatos como si fueran mitos. Están bastante bien documentados, a pesar de que a los comentaristas antiguos les desconcertaban tanto como a nosotros. Algunos dicen que todo era resultado de la oración y el ayuno; según otros, lo ocasionaba la bebida. Sin duda la naturaleza colectiva de la historia también tiene que ver con ello. Y aun así, es difícil explicar el radicalismo de este fenómeno. Al parecer, los participantes en la fiesta eran arrojados a un estado no racional, preintelectual, en que la racionalidad era reemplazada por algo totalmente diferente, y por diferente entiendo, según todos los indicios, no mortal. Inhumano.

Pensé en *Las bacantes*, una obra cuya violencia y crueldad hacían que me sintiera incómodo, así como el sadismo de su dios sanguinario. Comparada con otras tragedias dominadas por principios de justicia reconocibles, por muy crueles que fueran, esta representaba el triunfo de la barbarie —oscura, caótica e inexplicable— sobre la razón.

—No nos gusta admitirlo —prosiguió Julian—, pero la idea de perder el control es la que más fascina a la gente controlada, como nosotros. Todos los pueblos verdaderamente civilizados (los antiguos no menos que nosotros) se han civilizado a sí mismos mediante una represión deliberada de su antiguo yo, su yo animal. ¿Somos nosotros, los que estamos en esta habitación, realmente muy distintos de los griegos o de los romanos, obsesionados por el deber, la piedad, la lealtad, el sacrificio? ¿Todas esas cosas que para el gusto moderno son tan frías?

Miré las seis caras alrededor de la mesa. Para el gusto moderno eran algo frías. Imagino que cualquier otro profesor no hubiera tardado ni cinco minutos en llamar al asesor psicológico si hubiera oído lo que Henry había dicho acerca de armar a la clase de griego y marchar sobre Hampden.

—Y es una tentación para cualquier persona inteligente, especialmente para perfeccionistas como los antiguos o nosotros, intentar matar nuestro yo primitivo, emotivo, ansioso. Pero es un error.

—¿Por qué? —preguntó Francis, inclinándose ligeramente hacia delante.

Julian enarcó una ceja; alzó la cabeza, con su larga y sabia nariz hacia arriba, como el etrusco de un bajorrelieve.

—Porque es peligroso ignorar la existencia de lo irracional. Cuanto más cultivada es una persona, cuanto más inteligente y más reprimida, más necesita algún medio de canalizar los impulsos primitivos que tanto se ha esforzado en suprimir. De otro modo, esas poderosas y antiguas fuerzas se concentrarán y fortalecerán hasta que sean lo bastante violentas para estallar, con más violencia a causa de la demora, a menudo lo suficientemente fuertes para destruir por completo la voluntad. Como advertencia de lo que sucede sin esa válvula de escape tenemos el ejemplo de los romanos. Los emperadores. Por ejemplo, pensad en Tiberio, el feo hijastro que intentaba vivir con arreglo a la autoridad de su padrastro Augusto. Pensad en la tremenda, imposible tensión que tuvo que soportar, obligado a seguir los pasos de un salvador, de un dios. El pueblo lo odiaba. Por mucho que lo intentara, nunca fue lo bastante bueno, nunca pudo librarse de su odioso yo, y al final las compuertas se rompieron. Se entregó a sus perversiones y murió, viejo y loco, perdido en los deliciosos jardines de Capri. Ni siquiera fue feliz allí, como se podía haber esperado, sino desdichado. Antes de morir, escribió una carta al Senado: «Ojalá todos los dioses y las diosas me visitaran trayendo una destrucción más completa que la que sufro cada día». Pensad en los que lo sucedieron. Calígula, Nerón.

Hizo una pausa.

—El genio romano, y tal vez su defecto —dijo—, era la obsesión por el orden. Se ve en su arquitectura, en su literatura, en

sus leyes. Esa feroz negación de la oscuridad, la sinrazón, el caos.
—Se rió—. Es fácil comprender por qué los romanos, por lo general tan tolerantes con las religiones extranjeras, persiguieron sin piedad a los cristianos: qué absurdo pensar que un delincuente común había resucitado de entre los muertos, qué detestable que sus seguidores lo celebraran bebiendo su sangre. Lo ilógico de esta religión los aterrorizaba, e hicieron todo lo posible para aplastarla. De hecho, creo que si adoptaron medidas tan drásticas fue no solo porque los aterrorizaba, sino porque los atraía con intensidad. Los pragmáticos son a menudo extrañamente supersticiosos. A pesar de toda su lógica, ¿quién vivía en un terror más abyecto de lo sobrenatural que los romanos?

»Los griegos eran diferentes. Sentían pasión por el orden y la simetría, como los romanos, pero sabían cuán insensato era negar el mundo oculto, los viejos dioses. Emoción, oscuridad, barbarie.
—Miró un momento al techo, con una expresión casi turbada—. ¿Recordáis lo que decíamos antes, que las cosas sangrientas y terribles son a veces las más bellas? —continuó—. Es una idea muy griega y muy profunda. La belleza es terror. Temblamos ante todo lo que llamamos bello. ¿Y hay algo más terrorífico y bello, para almas como las griegas o las nuestras, que perder por completo el control? ¿Librarnos de las cadenas del ser por un instante, suprimir el accidente de nuestro yo mortal? Eurípides habla de las Ménades: la cabeza echada hacia atrás, la garganta hacia las estrellas, «más parecían ciervos que seres humanos». ¡Ser absolutamente libre! Desde luego, es posible rechazar estas pasiones destructivas con medios más vulgares y menos eficaces. Pero ¡qué glorioso liberarlas en un único estallido! Cantar, gritar, danzar descalzo por los bosques en plena noche, con tan poca conciencia de la mortalidad

como un animal. Son misterios poderosos. El bramido de los toros. Manantiales de miel borbotando de la tierra. Si tenemos un alma lo bastante fuerte, podemos arrancarnos el velo y contemplar cara a cara la desnuda y terrible belleza; dejar que el dios nos consuma, nos devore, nos quiebre los huesos. Y luego nos escupa renacidos.

Estábamos todos inclinados hacia delante, inmóviles. Yo tenía la boca abierta y era consciente de cada bocanada de aire.

—Y en esto, para mí, radica la terrible seducción del ritual dionisíaco. Es difícil de imaginar para nosotros, ese fuego de puro ser.

Terminada la clase, bajé como un sonámbulo; la cabeza me daba vueltas, pero era aguda, dolorosamente consciente de que estaba vivo; era joven y hacía un día hermoso; el cielo era de un azul profundo, casi hiriente; el viento esparcía las hojas rojas y amarillas en un torbellino de confeti.

La belleza es terror. Temblamos ante todo lo que llamamos bello.

Aquella noche escribí en mi diario: «Ahora los árboles están esquizofrénicos y han empezado a perder el control, encolerizados por la conmoción de sus nuevos colores, llameantes. Alguien —¿era Van Gogh?— dijo que el naranja es el color de la demencia. La belleza es terror. Queremos que nos devore, ocultarnos en ese fuego que nos purifica».

Entré en la oficina de correos (estudiantes aburridos, ninguna novedad) y, todavía absurdamente exaltado, garabateé una postal para mi madre (arces rojos, un riachuelo en la montaña). Una frase al dorso aconsejaba: «Planee un viaje a Vermont para ver la caída de las hojas entre el 25 de septiembre y el 15 de octubre, época en que está en su momento culminante».

Cuando me disponía a echarla en la ranura del buzón que decía «fuera de la ciudad», vi a Bunny al otro lado de la sala, de espaldas a mí, examinando la hilera de casillas numeradas. Se detuvo ante la que aparentemente me pertenecía y se encorvó para introducir algo en ella. Luego se irguió de una manera subrepticia y salió presuroso, con las manos en los bolsillos y el cabello cayéndole desordenadamente.

Esperé hasta que se hubo marchado y me dirigí a mi casilla. Dentro encontré un sobre color crema. Era de papel grueso, crujiente y muy convencional, pero la escritura, a lápiz, era apretada e infantil como la de un párvulo. La nota que había en su interior también estaba escrita a lápiz; la letra, diminuta y desigual, costaba de leer:

Richard, colega

¿Qué te parecería si Almorzamos el Sábado hacia la una? Conozco un Magnífico lugar. Para unos cócteles. Yo invito. Ven, por favor.

Un abrazo,

BUN

P.D. ponte Corbata. Estoy seguro de que ibas a llevarla de todos modos, pero se sacarán alguna horrorosa del bolsillo y te arán [sic] Ponerla si No la llevas.

Examiné la nota, me la metí en el bolsillo y al salir casi choqué con el doctor Roland, que entraba por la puerta. Al principio no dio muestras de haberme reconocido. Pero justo cuando pensaba que me podría escapar, la agrietada maquinaria de su cara empezó a rechinar y una tarjeta de presentación descendió, dificultosamente, desde el polvoriento proscenio.

—¡Hola, doctor Roland! —dije, abandonando toda esperanza.

—¿Cómo va, chico?

Se refería a mi imaginario coche. Chitty-chitty-Bang-bang.

—Bien —dije.

—¿Lo llevaste a Redeemed Repair?

—Sí.

—Problemas con el colector.

—Sí —dije, y entonces me di cuenta de que le había contado que se trataba del carburador. Pero el doctor Roland había iniciado una conferencia informativa referente a los cuidados y funcionamiento de la junta del colector.

—Y ese —concluyó— es uno de los problemas principales de los coches extranjeros. Se malgasta una enorme cantidad de aceite de esta manera. Esas latas de Penn State van muy bien, pero no se encuentran fácilmente.

Me lanzó una mirada significativa.

—¿Quién te vendió la junta? —preguntó.

—No me acuerdo —dije, muerto de aburrimiento y deslizándome imperceptiblemente hacia la puerta.

—¿Fue Bud?

—Creo que sí.

—O Bill. Bill Hundy es bueno.

—Creo que fue Bud —dije.

—¿Qué opinas de ese viejo arrendajo azul?

No estaba seguro de si se refería a Bud o a un arrendajo azul de verdad, o si nos estábamos introduciendo en el terreno de la demencia senil.

A veces resultaba difícil creer que el doctor Roland fuera profesor titular del departamento de ciencias sociales de aquella distinguida escuela universitaria. Parecía más bien uno de esos vejetes parlanchines que se sientan a tu lado en el autobús y empiezan a mostrarte pedacitos de papel que guardan doblados en la cartera.

Estaba repitiendo parte de la información que me había proporcionado antes acerca de la junta del colector y yo esperaba la ocasión oportuna para recordar, de pronto, que llegaba tarde a una cita, cuando el amigo del doctor Roland, el doctor Blind, subió trabajosamente la escalera, radiante, apoyándose en su bastón. El doctor Blind (pronunciado «Blend») tenía unos noventa años y desde hacía cincuenta daba un curso llamado «Subespacios Invariables», célebre tanto por su monotonía y casi absoluta ininteligibilidad como por el hecho de que el examen final, hasta donde todo el mundo podía recordar, consistía siempre en el mismo cuestionario de sí o no. El cuestionario tenía tres páginas, pero la respuesta era siempre «sí». Eso era lo único que había que saber para aprobar «subespacios invariables».

Era, si cabe, un charlatán todavía mayor que el doctor Roland. Juntos, parecían una de esas alianzas de los superhéroes de cómic invencibles, una inconquistable confederación de aburrimiento y confusión. Mascullé una excusa y me escabullí, abandonándolos a sus propios y formidables recursos.

2

Esperaba que el día de mi almuerzo con Bunny hiciera fresco, porque mi mejor chaqueta era de tweed áspero y oscuro; pero el sábado, al despertarme, vi que hacía calor y que aún haría más.

—Va a hacer un día abrasador —dijo el conserje del vestíbulo cuando pasé por su lado—. El veranillo de San Martín.

La chaqueta era preciosa, de lana irlandesa gris jaspeada de verde musgo —la había comprado en San Francisco y me había costado hasta el último centavo de lo que había ganado trabajando todo el verano—, pero era demasiado gruesa para un día soleado y cálido. Me la puse y fui al cuarto de baño para hacerme el nudo de la corbata.

No me apetecía hablar, y me sorprendió desagradablemente encontrarme allí con Judy Poovey, que se estaba cepillando los dientes. Judy Poovey se alojaba a un par de puertas de la mía y, al parecer, pensaba que como ella era de Los Ángeles teníamos mucho en común. Me abordaba en los pasillos, intentaba sacarme a bailar en las fiestas y les había contado a varias chicas que se acostaría conmigo, aunque su manera de decirlo había sido menos delicada. Llevaba ropas estrafalarias, el pelo con mechas, y un Corvette rojo con matrícula de California en la que ponía «Judy P». Tenía una voz fuerte que a menudo se convertía en chillido y resonaba por toda la casa con los gritos de un terrorífico pájaro tropical.

—Eh, Richard —dijo, y escupió un buche de pasta dentífrica. Llevaba unos tejanos cortados con dibujos grotescos, frenéticos, que le habían pintado en el Magic Market, y un top de licra que dejaba al descubierto una cintura intensamente moldeada por el aeróbic.

—Hola —dije empezando a anudarme la corbata.

—Hoy estás muy guapo.

—Gracias.

—¿Has quedado con alguien?

Aparté la vista del espejo y la miré.

—¿Cómo?

—¿Adónde vas?

A esas alturas ya me había acostumbrado a sus interrogatorios.

—A comer fuera.

—¿Con quién?

—Con Bunny Corcoran.

—¿Conoces a Bunny?

Me volví de nuevo para mirarla.

—Más o menos. ¿Y tú?

—Claro. Iba a mi clase de historia del arte. Es muy divertido. Pero odio a ese monstruo amigo suyo, ese de las gafas, ¿cómo se llama?

—¿Henry?

—Sí, ese. —Se acercó al espejo y empezó a ahuecarse el pelo girando la cabeza a derecha e izquierda. Llevaba las uñas pintadas de Chanel rojo, pero eran tan largas que debían de ser de esas que se compran en la perfumería.

—Es un gilipollas.

—Pues a mí me cae bastante bien —dije, ofendido.

—A mí no. —Se hizo la raya al medio usando la curvada garra del índice como peine—. Siempre me ha parecido un capullo. Y a esos gemelos también los odio.

—¿Por qué? Son muy simpáticos.

—¿Ah, sí? —dijo mirándome por el espejo con sus ojos llenos de rímel—. Mira. El trimestre pasado yo estaba en una fiesta, muy borracha, bailando, ¿vale? Todo el mundo chocaba con todo el mundo, y no sé por qué esa chica cruzaba la pista de baile y, ¡paf!, le di un golpe, un golpe realmente fuerte. Y entonces ella me dijo algo ofensivo, algo totalmente gratuito, y lo primero que se me ocurrió fue tirarle la cerveza a la cara. Era una noche de esas. A mí me habían tirado encima al menos seis cervezas, eso es lo que la gente hacía, ¿sabes? Total, que ella se puso a gritarme y en menos de medio segundo allí estaban el otro gemelo y ese tipo, Henry, mirándome como si fueran a pegarme. —Se echó el pelo hacia atrás recogiéndoselo en una coleta, e inspeccionó su perfil en el espejo—. Yo estaba borracha, y esos dos tipos se inclinaban sobre mí de un modo amenazador, y ya conoces a ese Henry, es realmente alto. Estaba un poco asustada, pero demasiado borracha como para preocuparme, así que les dije que se fueran a tomar por el culo. —Apartó la cara del espejo y me sonrió, radiante—. Esa noche bebí Kamikazes. Cuando bebo Kamikazes siempre me sucede algo terrible. Destrozo el coche, me peleo con alguien...

—¿Qué pasó?

Se encogió de hombros y volvió a mirarme por el espejo.

—Ya te lo he dicho, simplemente los mandé a tomar por el

culo. Y el gemelo empezó a gritarme. Como si quisiera matarme, ¿sabes? Y ese Henry se limitó a quedarse allí parado, vale, pero me daba más miedo que el otro. Total, que un amigo mío, uno que antes venía por aquí y que está muy fuerte, pertenecía a una de esas bandas de motoristas, con cadenas y toda la pesca, ¿no has oído hablar de Spike Romney?

Había oído hablar de él; de hecho, lo había visto en mi primera fiesta del viernes por la noche. Era tremendo, más de doscientas libras, con cicatrices en las manos y punteras de metal en sus botas de motorista.

—Bueno, total, que vino Spike y vio a esa gente insultándome, le dio un empujón al gemelo por la espalda y le dijo que se largara, y en un segundo esos dos se abalanzaron sobre él. La gente intentaba separar a ese Henry, un montón de gente, y no podía. Ni seis tipos pudieron separarle. Le rompió a Spike la clavícula y dos costillas, y le dejó la cara hecha un cristo. Le dije a Spike que tenía que haber llamado a la policía, pero estaba metido en no sé qué lío y se suponía que no podía estar en el campus. Fue una escena horrible. —Se soltó otra vez el pelo, que le cayó alrededor de la cara—. Spike está hecho un toro. Y tiene mala leche. Uno pensaría que era capaz de machacar a ese par de afeminados, con sus trajes y sus corbatas y todo eso.

—¡Hummm…! —exclamé, intentando no echarme a reír. Era divertido imaginarse a Henry, con sus gafitas redondas y sus libros, rompiéndole la clavícula a Spike Romney.

—Qué raro —dijo Judy—. Supongo que cuando esa gente tan estirada se vuelve loca, realmente se vuelve loca. Como mi padre.

—Sí, supongo que sí —dije volviéndome hacia el espejo y ajustándome el nudo de la corbata.

—Que te diviertas —dijo lánguidamente, y se dirigió a la puerta. Luego se paró—. Oye, ¿no vas a pasar calor con esa chaqueta?

—Es la única buena que tengo.

—¿Quieres probarte una de las mías?

Me volví y la miré. Se estaba especializando en diseño de vestuario y tenía toda clase de prendas raras en su habitación.

—¿Es tuya?

—La cogí del guardarropa del taller de disfraces. Iba a cortarla para hacerme una especie de bustier.

Fantástico, pensé, pero de todos modos fui con ella.

La chaqueta, inesperadamente, era maravillosa; tipo Brooks Brothers, de seda sin forro, color marfil con rayas verde pavo real. Un poco ancha, pero me iba bien.

—Judy —dije, mirando los puños—. Es maravillosa. ¿Seguro que no te importa?

—Puedes quedártela —dijo Judy—. No tengo tiempo para hacerme nada con ella. Estoy demasiado ocupada cosiendo esos malditos vestidos para la jodida *Como gustéis*. Se estrena dentro de tres semanas y no se cómo me las voy a arreglar. Tengo a un montón de estudiantes de primero trabajando para mí, pero no distinguen una máquina de coser de un agujero en el suelo.

—Por cierto, me encanta tu chaqueta, tío —dijo Bunny cuando salíamos del taxi—. Es de seda, ¿no?

—Sí. Era de mi abuelo.

Bunny pellizcó un pedazo de la rica y amarillenta tela cerca del puño y la frotó entre los dedos.

—Una prenda preciosa —dijo pomposamente—. Aunque no es lo más adecuado para esta época del año.

—¿No? —dije.

—No. Esto es la costa Este, chico. Ya sé que en esos parajes tuyos son muy *laissez-faire* con la manera de vestir, pero aquí no le permiten a uno andar todo el año en traje de baño. Negro y azul, esa es la norma, negro y azul… Espera, deja que te abra la puerta. ¿Sabes?, creo que te gustará este sitio. No es el Polo Lounge, pero para ser Vermont no está del todo mal, ¿no te parece?

Era un restaurante pequeño, muy bonito, con manteles blancos y miradores que daban a un jardín campestre: setos y rosales emparrados, capuchinos al borde del sendero de losas. La mayor parte de los clientes eran gente adinerada de mediana edad, hombres del tipo rubicundo-abogado-de-provincias, que de acuerdo con la moda de Vermont llevaban zapatos de suela de goma y trajes Hickey-Freeman; señoras con los labios pintados en tonos mate y faldas de chalí, bien parecidas, con un ligero bronceado. Una pareja nos miró cuando entrábamos, y yo era perfectamente consciente de la impresión que causábamos: dos estudiantes guapos, con padres ricos y ninguna preocupación en el mundo. Aunque las señoras eran, por lo general, lo bastante mayores como para ser mi madre, había una o dos realmente atractivas. Buen trabajo, si se pudiera conseguir, pensé, imaginándome a una matrona bien conservada con una gran casa, nada que hacer y un marido siempre de viaje de negocios. Buenas cenas, algún dinero de bolsillo, tal vez incluso algo realmente grande, como un coche…

Un camarero se acercó sigilosamente.

—¿Han reservado mesa?

—Corcoran —dijo Bunny, con las manos en los bolsillos, balanceándose sobre sus talones—. ¿Dónde se ha metido Caspar?

—Está de vacaciones. Vuelve dentro de dos semanas.

—Bueno, le sentarán bien —dijo Bunny cordialmente.

—Le diré que usted ha preguntado por él.

—Sí, hágalo.

»Caspar es un tipo estupendo —dijo Bunny mientras seguíamos al camarero hasta la mesa—. Es el *maître*. Un tipo alto con bigote, austríaco o algo así. Y no... —bajó la voz y susurró— y no es marica, créeme. A los afeminados les encanta trabajar en los restaurantes, ¿no te has fijado? Quiero decir que todos los maricas...

Vi que la nuca del camarero se ponía ligeramente rígida.

—... que he conocido tenían una verdadera obsesión por la comida. Me pregunto por qué. ¿Será algo psicológico? Yo creo que...

Me llevé un dedo a los labios y señalé con la cabeza la espalda del camarero en el preciso instante en que este se giraba y nos lanzaba una mirada increíblemente atravesada.

—¿Les parece bien esta mesa, caballeros? —preguntó.

—Por supuesto —dijo Bunny sonriendo.

El camarero nos ofreció la carta con una delicadeza afectada, sarcástica, y se fue con paso airado. Me senté y abrí la carta de vinos, con la cara ardiendo. Bunny se acomodó en su silla, bebió un sorbo de agua y miró a su alrededor, feliz.

—Es un sitio estupendo —dijo.

—Sí, muy bonito.

—Pero no es el Polo. —Apoyó un codo sobre la mesa y se apartó el pelo de los ojos—. ¿Vas a menudo? Al Polo, me refiero.

—No mucho. —Nunca había oído hablar de aquel lugar, lo cual tal vez era comprensible, dado que quedaba a más de cuatrocientas millas de donde yo vivía.

—Parece ese tipo de sitios a los que uno va con su padre —dijo
Bunny, pensativo—. Para hablar de hombre a hombre y cosas por
el estilo. Mi padre hace eso en el Oak Bar del Plaza. Nos llevó a
mí y a mis hermanos allí para ofrecernos nuestra primera copa
cuando cumplimos dieciocho.

Soy hijo único; los hermanos de la gente me interesan.

—¿Cuántos hermanos tienes?

—Cuatro. Teddy, Hugh, Patrick y Brady. —Se rió—. Fue terrible cuando papá me llevó a mí, porque soy el pequeño, y era
algo tan importante; decía cosas como «Aquí tienes, hijo, tu primera copa», «Pronto te sentarás en mi lugar», «Probablemente no
tardaré mucho en morir» y tonterías así. Todo el rato que pasé allí
estuve muerto de miedo. Hacía más o menos un mes, mi compañero Cloke y yo habíamos salido del Saint Jerome para pasar el
día en Nueva York y trabajar en un proyecto de historia en la biblioteca, y habíamos dejado una cuenta enorme en el Oak Bar,
escabulléndonos sin pagar. Ya sabes, bromas de niños, pero allí
estaba de nuevo, con papá.

—¿Te reconocieron?

—Sí —dijo, sombrío—. Sabía que me reconocerían. Pero son
muy discretos con esas cosas. No dijeron nada, se limitaron a su-
mar la cuenta a la de mi padre.

Intenté imaginarme la escena. El viejo padre borracho, con un
traje de tres piezas, agitando su whisky escocés, o lo que fuera que
bebiera, en el vaso. Y Bunny. Estaba un poco blando, pero era la
blandura de los músculos convertidos en carne. Un chico alto, del
tipo que juega a fútbol en el instituto. Y del tipo que todo padre
desea secretamente: alto, afable y no demasiado brillante, aficionado
a los deportes, con talento para los espaldarazos y los chistes viejos.

—¿Se dio cuenta? —pregunté—. Tu padre.

—Qué va. Estaba borracho. Si yo hubiera sido el camarero del Oak Room no se hubiera enterado.

El camarero se dirigía de nuevo hacia nosotros.

—Mira, aquí viene Twinkletoes —dijo Bunny, enfrascándose en la carta—. ¿Sabes lo que quieres?

—¿Qué lleva eso? —le pregunté a Bunny, inclinándome para mirar la bebida que le había traído el camarero. Era del tamaño de una pecera pequeña, de color coral brillante, con pajitas de colores, sombrillas de papel y pedacitos de fruta flotando en ángulos frenéticos.

Bunny cogió una de las sombrillas y lamió su extremo.

—Un montón de cosas. Ron, zumo de arándano, leche de coco, Triple Sec, licor de melocotón, crema de menta y no sé qué más. Pruébalo, está muy bueno.

—No, gracias.

—Venga.

—No, de verdad.

—¡Venga!

—No, gracias, no me apetece.

—La primera vez que probé uno de estos fue cuando estuve en Jamaica, hace dos veranos —dijo Bunny, ensoñado—. Me lo preparó un barman que se llamaba Sam. «Bébete tres de estos, chico —dijo—, y no serás capaz de encontrar la puerta.» Y por Dios no fui capaz. ¿Has estado alguna vez en Jamaica?

—No, recientemente no.

—Probablemente estás acostumbrado a las palmeras y los cocoteros y todo eso, allí en California. Yo lo encontré maravilloso.

Me compré un bañador rosa con flores y todo. Intenté que Henry me acompañara, pero dijo que allí no hay cultura, algo que, en mi opinión, no es verdad. Tienen una especie de pequeño museo o algo así.

—¿Te llevas bien con Henry?

—¡Oh, claro que sí! —dijo Bunny irguiéndose en la silla—. Fuimos compañeros de habitación durante el primer año.

—¿Y te cae bien?

—Claro, claro. Pero es difícil vivir con él. Detesta el ruido, detesta la compañía, detesta el desorden. Nada de llevar a tu ligue a la habitación a escuchar un par de discos de Art Pepper. No sé si me entiendes.

—Yo creo que es un poco maleducado.

Bunny se encogió de hombros.

—Es su modo de ser. Mira, su cabeza no funciona de la misma forma que la tuya o la mía. Siempre está en las nubes, con Platón o lo que sea. Trabaja demasiado, se toma demasiado en serio a sí mismo, estudiando sánscrito y copto y todas esas lenguas de locos. Henry, le digo, si vas a perder el tiempo aprendiendo algo aparte de griego (eso y un inglés correcto es todo lo que un hombre necesita, es mi opinión personal), ¿por qué no te compras unos cuantos discos de la Berlitz y refrescas tu francés? Búscate a alguna chica cancán o algo así. *Vule vu cuché avec mua* y todo eso.

—¿Cuántas lenguas sabe?

—He perdido la cuenta. Siete u ocho. Sabe leer jeroglíficos.

—¡Caray!

Bunny asintió con la cabeza, lleno de afecto.

—Podría ser traductor de la ONU si quisiera.

—¿De dónde es?

—Missouri.

Lo dijo en un tono tan inexpresivo que pensé que bromeaba y me eché a reír.

Bunny enarcó una ceja, divertido.

—¿Qué pasa? ¿Creías que era del Buckingham Palace o algo así?

Me encogí de hombros, todavía riendo. Henry era tan peculiar que costaba imaginar que fuera de algún lugar.

—Sí —dijo Bunny—. Un chico de San Luis como el viejo Tom Eliot. Su padre es una especie de magnate de la construcción y no muy honesto, según me han contado mis primos de San Luis. No es que Henry dé ninguna pista acerca de lo que hace su padre. Actúa como si no lo supiera y sin duda no le importa.

—¿Has estado en su casa?

—¿Bromeas? Es tan reservado que parece que sea el Proyecto Manhattan o algo así. Pero una vez conocí a su madre. Por casualidad. Se detuvo en Hampden camino de Nueva York y me topé con ella, que deambulaba por la planta baja de la Monmouth preguntándole a la gente si sabía cuál era la habitación de su hijo.

—¿Cómo es?

—Una mujer guapa. De cabello oscuro y ojos azules, como Henry; abrigo de visón y demasiado pintalabios y maquillaje para mi gusto. Increíblemente joven. Henry es su único polluelo y le adora. —Se inclinó hacia adelante y bajó la voz—. La familia tiene más dinero del que te puedes imaginar. Millones y millones. Desde luego, son nuevos ricos, pero un dólar es un dólar, ¿me entiendes? —Guiñó un ojo—. Por cierto, te quería preguntar, ¿cómo se gana tu padre el vil metal?

—Petróleo —dije. En parte era verdad.

La boca de Bunny esbozó una pequeña y redonda «o».

—¿Tenéis pozos de petróleo?

—Bueno, tenemos uno —dije modestamente.

—Pero ¿es un buen pozo?

—Tengo entendido que sí.

—Chico —dijo Bunny meneando la cabeza—. El Dorado Oeste.

—A nosotros nos ha ido bien —dije.

—¡Caramba! —dijo Bunny—. Mi padre no es más que un miserable presidente de banco.

Juzgué conveniente cambiar de tema, aunque fuera de una forma torpe, dado que nos adentrábamos en terreno cenagoso.

—Si Henry es de San Luis —dije—, ¿cómo ha logrado ser tan inteligente?

Era una pregunta inocente, pero inesperadamente Bunny pegó un respingo.

—Henry tuvo un grave accidente cuando era pequeño —dijo—. Lo atropelló un coche, o algo así, y estuvo a punto de morir. Dejó de ir al colegio un par de años. Tenía tutores y todo eso, pero durante una temporada lo único que pudo hacer fue guardar cama y leer. Seguro que era uno de esos niños que leen correctamente cuando tienen solo dos años.

—¿Lo atropelló un coche?

—Creo que sí. No me imagino qué otra cosa pudo ser. No le gusta hablar de ello. —Bajó la voz—. ¿No te has fijado cómo lleva la raya del pelo, de manera que le caiga sobre el ojo derecho? Tiene una cicatriz ahí. Estuvo a punto de perder un ojo, no ve muy bien con él. Y esa forma suya de andar tieso, con una especie de cojera. No es que importe, es fuerte como un buey. No sé lo que hizo, levantó pesas o qué, pero desde luego se puso fuerte de nuevo. Un auténtico Teddy Roosevelt, superando obstáculos y todo eso. Es digno de admiración, desde luego. —Volvió a echarse el pelo hacia atrás y le hizo una seña al camarero de que le trajera otra bebida—. Quiero decir, coge a alguien como Francis. En mi opinión es tan inteligente como Henry. Un chico de la alta sociedad, montones de dinero. Pero lo ha tenido demasiado fácil. Es perezoso. Le gusta el juego. Cuando terminan las clases no da ni golpe, se dedica a beber como un cosaco y a ir a fiestas. En cambio, a Henry —enarcó una ceja— no le podrías apartar del griego ni a tiros. ¡Ah, gracias! —le dijo al camarero, que sostenía otra bebida color coral con el brazo estirado—. ¿Quieres otra?

—No, estoy bien.

—¡Venga, hombre! Por mí.

—Está bien. Otro martini —le dije al camarero, que ya se había vuelto. Se giró para mirarme—. Gracias —dije débilmente, y aparté la mirada de su persistente y odiosa sonrisa hasta que estuve seguro de que se había ido.

—¿Sabes?, no hay nada que odie tanto como un marica entrometido —dijo Bunny amablemente—. En mi opinión, tendrían que reunirlos a todos y quemarlos en la hoguera.

He conocido a hombres que criticaban la homosexualidad porque se sentían incómodos, tal vez porque ocultaban sus propias inclinaciones; y he conocido a hombres que criticaban la homosexualidad y eran sinceros. En principio había incluido a Bunny en la primera categoría. Su efusiva y universitaria camaradería era totalmente extraña y, por tanto, sospechosa; además, estudiaba a los clásicos, que sin duda son inofensivos pero que en ciertos círculos todavía inspiran sospechas. («¿Quieres saber lo que son los clásicos? —me había dicho un decano borracho un par de años atrás—. Te diré lo que son los clásicos: guerras y homosexualidad.» Una afirmación sentenciosa y vulgar, sin duda, pero que, como tantas vulgaridades, no deja de contener una brizna de verdad.)

Pero cuanto más escuchaba a Bunny, más evidente era que no había en él la risa afectada ni ansiedad que satisfacer. Por el contrario, tenía la alegre inconsciencia de un viejo e irritable veterano que ha luchado en una guerra extranjera, lleva años casado, es padre de una multitud de niños y encuentra este tema repugnante y divertido.

—Pero ¿y tu amigo Francis?

Supongo que me proponía ser sarcástico, o tal vez simplemente quería ver cómo salía de aquella. Aunque puede que Francis fuera homosexual, o quizá no —podía ser igualmente un tipo realmente peligroso para las mujeres—, era de esa clase de hombres astutos, bien vestidos, imperturbables, que, en alguien con el pretendido olfato de Bunny para estas cosas, tenía que levantar cierta sospecha.

Bunny enarcó una ceja.

—Qué tontería —repuso secamente—. ¿Quién te ha contado eso?

—Nadie. Solo Judy Poovey —dije, cuando vi que no se contentaría con una evasiva.

—Bueno, entiendo por qué lo dice esa, pero hoy en día todo el mundo es gay esto, gay lo otro. Todavía existe algo como un anticuado niño de mamá. Lo único que necesita Francis es una novia. —Me miró, entrecerrando los ojos, a través de sus diminutas y extravagantes gafas—. ¿Y tú, qué? —dijo en un tono un poco beligerante.

—¿Qué?

—¿Eres un solitario? ¿Tienes a alguna pequeña animadora esperándote en el Hollywood High?

—Bueno, no —dije.

No tenía ánimos de contarle mis problemas sentimentales, no a él. Hacía poco que me había desembarazado de una larga y claustrofóbica relación con una chica de California a la que llamaré Kathy. La conocí en el primer año de instituto, y al principio me había sentido atraído por ella porque me pareció una chica inteligente e insatisfecha, como yo; pero al cabo de un mes, durante el cual se me había pegado como una lapa, empecé a comprender con horror que solo era una versión poco culta, con mentalidad pop, de Sylvia Plath. Duró años, como un lacrimógeno e interminable serial de televisión, con toda la dependencia, todas las quejas, todas las confesiones en el aparcamiento acerca de la «inadaptación», y el «menosprecio de sí mismo», todos esos horrores banales. Ella era una de las razones por las que me moría de ganas de marcharme de casa; también era una de las razones por las que me mostraba tan cauto con el radiante rebaño, aparentemente inocuo, de chicas nuevas que había conocido durante mis primeras semanas en la universidad.

Su recuerdo me había ensombrecido. Bunny se inclinó sobre la mesa.

—¿Es verdad que las chicas de California son muy guapas? —dijo.

Me eché a reír tan fuerte que creí que la bebida me iba a salir por la nariz.

—¿Bellezas en bañador? —Me guiñó un ojo—. ¿Revolcones en la playa?

—Ya lo creo.

Bunny estaba encantado. Animado, se inclinó aún más sobre la mesa y empezó a hablarme de su novia, que se llamaba Marion.

—Seguro que la has visto —dijo—. Pequeñita. Rubia, de ojos azules, así de alta.

Lo cierto es que me sonaba. La primera semana de clase, había visto a Bunny en la oficina de correos hablando familiarmente con una chica que respondía a esa descripción.

—Sí —dijo Bunny, orgulloso, mientras deslizaba el dedo por el borde del vaso—. Es mi chica. Me ha hecho entrar en vereda, te lo puedo asegurar.

Esta vez me pilló a mitad de un trago y me reí tan fuerte que estuve a punto de ahogarme.

—Estudia magisterio. ¿No te parece adorable? —preguntó—. Quiero decir, es una chica como Dios manda. —Separó las manos como para indicar una medida entre ellas—. Pelo largo, un poco de carne sobre los huesos, no le da miedo llevar vestidos. Me gusta eso. Puedes tacharme de anticuado, pero no me interesan demasiado las cerebrales. Mira a Camilla. Es divertida, buena chica y todo...

—Venga —dije, todavía sonriendo—. Es realmente guapa.

—Lo es, lo es —añadió, levantando una mano conciliadora—. Una preciosidad. Siempre lo he dicho. Se parece a la estatua de Diana que hay en el club de mi padre. Lo único que le falta es la mano firme de una madre, pero aun así creo que es lo que se llama una rosa silvestre, totalmente opuesta a esas rosas de invernadero sin aroma. Aunque no se preocupa tanto como debiera, ¿sabes? Y la mitad del tiempo va por ahí con la ropa vieja y desaliñada de su hermano, lo que quizá algunas chicas puedan permitirse; la verdad, no creo que ninguna chica pueda realmente permitírselo, pero ella no, desde luego. Quiero decir, Charles es guapo y tiene un carácter excelente, pero no me gustaría casarme con él, ¿verdad?

Estaba embelesado e iba a decir algo más, pero de pronto se detuvo, con expresión agria, como si se le hubiera ocurrido algo desagradable. Me sentí desconcertado y a la vez divertido. ¿Tenía miedo de haber dicho demasiado, de parecer estúpido? Estaba tratando de encontrar otro tema de conversación para sacarle del apuro, pero en aquel momento cambió de postura y miró de soslayo la habitación.

—Oye —dijo—. ¿Nos vamos? Es un poco tarde.

Pese a la gran cantidad de cosas que habíamos comido —sopa, langosta, patés, mousses, una mezcla espantosa—, todavía habíamos bebido más: tres botellas de Taittinger, además de los cócteles, y al final brandy, de manera que, gradualmente, nuestra mesa se convirtió en el único centro de convergencia del restaurante, alrededor del cual los objetos daban vueltas y se desdibujaban a una velocidad de vértigo. Seguí bebiendo copas que aparecían como por arte de magia, mientras Bunny proponía brindis por todo, desde el Hampden College hasta Benjamin Jowett y la Atenas de Pericles, y los brindis se volvían más y más púrpura a medida que pasaba el tiempo, y cuando llegó el café, ya estaba anocheciendo. Bunny estaba tan borracho que le pidió al camarero que nos trajera un par de puros; los trajo junto con la cuenta, con la cabeza baja, en una pequeña bandeja.

La oscura habitación giraba ahora a una velocidad increíble, y el puro, lejos de impedirlo, me hizo ver una serie de manchas de luz, oscuras por los bordes, y recordé con desagrado esas horribles criaturas unicelulares que solía mirar por el microscopio hasta que la cabeza me daba vueltas. Lo dejé en el cenicero, o en lo que yo creía que era el cenicero, y que en realidad era mi plato de postre. Bunny se quitó las gafas de montura dorada, sacándoselas cuidadosamente de detrás de cada oreja, y empezó a limpiarlas con una servilleta. Sin ellas, sus ojos eran pequeños, débiles y amigables, irritados a causa del humo, con arruguitas en los extremos debido a la risa.

—¡Ah! A esto lo llamo yo comer, ¿no, viejo? —dijo sujetando el puro con los dientes. Parecía un Teddy Roosevelt jovencito, sin bigote, a punto de conducir a los Rough Riders a las lomas de San Juan, o seguir la pista de una fiera salvaje, o algo así.

—Ha sido estupendo, gracias.

Soltó una densa bocanada de humo azulado y pestilente.

—Buena comida, buena compañía, copas a manta… ¿qué más se puede pedir? ¿Cómo decía aquella canción?

—¿Qué canción?

—«Quiero mi cena —canturreó Bunny—, un poco de charla…» y… no sé qué, du, da, du.

—No lo sé.

—Yo tampoco. La canta Ethel Merman.

Estaba oscureciendo, y cuando intenté fijar la mirada en los objetos un poco distantes de nosotros me di cuenta de que nos habíamos quedado solos. Vi una pálida silueta en un rincón; me imaginé que sería nuestro camarero, un personaje oscuro, de aspecto ligeramente sobrenatural, y sin embargo sin ese aire de preocupación que presuntamente tienen los fantasmas. Nosotros éramos el único objeto de su atención, y sentí cómo nos lanzaba sus rayos de odio espectral.

—Uf —dije, y cambié de postura con un movimiento que estuvo a punto de hacerme perder el equilibrio—. Creo que tendríamos que irnos.

Bunny, magnánimo, agitó una mano y repasó la cuenta mientras revolvía en el bolsillo. Luego me miró, sonriente.

—Oye, colega —me dijo.

—Dime.

—Detesto tener que hacer esto, de verdad, pero ¿por qué no invitas tú esta vez?

Levanté una ceja hasta donde me permitió la borrachera y me reí.

—No llevo ni un centavo encima —confesé.

—Yo tampoco —dijo Bunny—. Es curioso. Por lo visto me he dejado la cartera en casa.

—Venga, hombre. Bromeas.

—En serio —dijo con toda tranquilidad—. No tengo ni un pavo. Te enseñaría mis bolsillos, pero Twinkletoes podría vernos.

Reparé en nuestro malévolo camarero, que, protegido por las sombras, debía de estar escuchando nuestra conversación con gran interés.

—¿A cuánto sube? —pregunté.

Bunny recorrió la columna de cifras con un dedo vacilante.

—Doscientos ochenta y siete dólares y cincuenta y nueve centavos —dijo—. Eso sin contar la propina.

La cifra me dejó estupefacto, y la despreocupación de Bunny me desconcertó.

—Es mucho dinero —dije.

—Claro, con tanta bebida…

—¿Qué podemos hacer?

—¿No puedes pagar con un cheque, o algo así? —me preguntó, con la misma tranquilidad.

—No tengo talonario.

—Pues entonces paga con una tarjeta.

—No tengo tarjeta.

—Venga, hombre.

—No tengo, de verdad —insistí. Mi irritación se agravaba por momentos.

Bunny separó su silla de la mesa, se levantó y le echó un vistazo al restaurante con estudiada indiferencia, como si fuera un detective cruzando el vestíbulo de un hotel, y por un momento se me ocurrió pensar que iba a salir corriendo. Pero lo que hizo fue darme unas palmadas en el hombro.

—Tú no te muevas —me susurró—. Voy a llamar por teléfono.

Se fue con los puños en los bolsillos y con sus calcetines blancos destacando en la penumbra.

Tardó mucho en volver; tanto, que me pregunté si habría sido capaz de saltar por una ventana y dejar que yo me las apañara con la cuenta. Pero al final oí cerrarse una puerta, y Bunny cruzó lentamente la sala.

—No te preocupes —me dijo al sentarse—. Todo va bien.

—¿Qué has hecho?

—He llamado a Henry.

—¿Va a venir?

—En un abrir y cerrar de ojos.

—¿Está cabreado?

—En absoluto —dijo Bunny, descartando la idea con un ademán—. Está encantado. Que quede entre tú y yo, pero yo diría que no soporta estar encerrado en casa.

Pasaron unos diez minutos incomodísimos, que dedicamos a fingir que nos bebíamos los cafés, de los que solo quedaban los posos, y entonces apareció Henry con un libro debajo del brazo.

—¿Lo ves? —susurró Bunny—. Sabía que vendría. Hombre, hola —dijo cuando Henry se acercó a nuestra mesa—. Me alegro de verte.

—¿Dónde está la cuenta? —dijo Henry con tono absolutamente neutro.

—Está por aquí —dijo Bunny rebuscando entre las tazas y los vasos—. Muchísimas gracias. Te debo…

—Hola —dijo Henry fríamente, mirándome.

—Hola.

—¿Cómo estás? —Hablaba como un robot.

—Muy bien.

—Me alegro.

—Mírala, tío —dijo Bunny, mostrándole la cuenta.

Henry buscó el total, con expresión impenetrable.

—Bueno —dijo Bunny amistosamente, interrumpiendo el tenso silencio—, si no te hubieras traído el libro me disculparía por haberte apartado de él. ¿Es interesante?

Henry se lo pasó sin pronunciar palabra. El texto de la portada estaba en algún idioma oriental. Bunny le echó un vistazo y se lo devolvió.

—No está mal —dijo.

—¿Podemos marcharnos? —preguntó Henry sin más miramientos.

—Sí, claro —dijo Bunny—. Al levantarse estuvo a punto de tumbar la mesa—. Ándele, ándele. Lo que tú digas.

Henry pagó la cuenta mientras Bunny se escondía detrás de él como un niño travieso. El viaje de regreso fue insoportable. Bunny, sentado en el asiento trasero, hizo innumerables intentos —brillantes, pero todos inútiles— de entablar conversación, mientras Henry conducía sin desviar la vista de la calzada y yo, sentado a su lado, jugueteaba con el cenicero, abriéndolo y cerrándolo hasta darme cuenta de lo irritante que era aquello y obligarme, aunque con dificultad, a estarme quieto.

Primero fuimos a casa de Bunny. Tras una retahíla de cumplidos incoherentes, Bunny me dio un espaldarazo y salió del coche.

—Bueno, Henry, Richard, sí, ya hemos llegado. Genial. Fantástico. Muchas gracias, ha sido una comida maravillosa, bueno, sí, hasta luego. —Dio un portazo y subió por el camino a buen paso.

Cuando Bunny hubo entrado en la casa, Henry se volvió hacia mí.

—Lo siento mucho —me dijo.

—No, hombre, no —repuse, avergonzado—. Ha sido un malentendido. Te devolveré el dinero.

Se pasó la mano por el cabello, y me sorprendió ver que le temblaba.

—Ni pensarlo —dijo bruscamente—. Ha sido culpa de Bunny.

—Pero…

—Te dijo que te invitaba a comer, ¿no? —En su voz había un leve tono acusador.

—Sí, la verdad es que sí —admití.

—Y se olvidó la cartera en casa. Por casualidad.

—Así es.

—Pues no —me atajó Henry—. Es una treta de muy mal gusto. ¿Cómo te lo ibas a imaginar? Bunny da por sentado que cualquiera que está con él puede sacar enormes sumas de dinero como si nada. Él ni se plantea estas cosas, lo desagradable que le resulta a los demás. Además, ¿qué habría pasado si no llego a estar en mi casa?

—Estoy seguro de que sencillamente se dejó la cartera.

—Fuiste al restaurante en taxi —dijo Henry, lacónico—. ¿Quién lo pagó?

Quise protestar, automáticamente, pero entonces me acordé. Bunny había pagado el taxi. De hecho se había empeñado en pagarlo.

—¿Lo ves? —dijo Henry—. Ni siquiera lo sabe hacer bien. No es correcto que se lo haga a nadie, pero debo decir que jamás pensé que tuviera el descaro de intentarlo con un desconocido.

Yo no sabía qué decir. Fuimos hasta la Monmouth en silencio.

—Lo siento —dijo Henry.

—No te preocupes. Gracias, Henry.

—Buenas noches.

Me quedé de pie a la luz del porche viéndolo marcharse. Luego entré y subí a mi habitación, y me desplomé sobre la cama en un estupor alcohólico.

—Ya nos hemos enterado de lo de ayer —dijo Charles.

Me reí. Era domingo por la tarde, y me había pasado casi todo el día sentado a mi escritorio, leyendo a Parménides. El griego era difícil, pero además yo tenía resaca, y llevaba tantas horas leyendo que las letras ya ni siquiera parecían letras, sino algo indescifrable, como huellas de pájaro sobre arena. Estaba mirando por la ventana, en una especie de trance, y contemplando la hierba recién cortada de la pradera, que parecía de terciopelo verde, ondulando hacia las alfombradas colinas del horizonte, y vi a los gemelos abajo, deslizándose por el césped como dos fantasmas.

Me asomé a la ventana y los llamé. Ellos se volvieron haciendo visera con la mano y entrecerrando los ojos para protegerse del resol del atardecer.

—¡Hola! —me gritaron, y sus voces, débiles y lejanas, sonaron como una sola que se alzó flotando hasta mí—. Baja.

Luego caminamos por la arboleda que había detrás de la escuela, junto al pequeño pinar cubierto de maleza al pie de las montañas. Los gemelos me flanqueaban.

Los dos llevaban zapatillas y jerséis blancos de tenis, y el viento despeinaba sus rubios cabellos; estaban de lo más angelical. No entendía del todo por qué me habían pedido que bajara. Los encontré cautelosos y ligeramente desconcertados, como si yo fuera de algún país de costumbres desconocidas y excéntricas, y ellos tuvieran que actuar con gran precaución para no asustarme ni ofenderme. Y sin embargo, se mostraban muy educados.

—¿Quién os lo ha contado? —les pregunté—. Lo de la comida.

—Bun nos ha llamado esta mañana. Y Henry nos lo contó anoche.

—Me parece que estaba bastante mosqueado.

Charles se encogió de hombros.

—Con Bunny, tal vez. Pero contigo no.

—No se caen demasiado bien, ¿verdad?

Mi comentario los sorprendió.

—Son viejos amigos —dijo Camilla.

—Yo diría íntimos amigos —le corrigió Charles—. Hubo una época en que no se separaban para nada.

—Me da la impresión de que discuten bastante.

—Bueno, claro —dijo Camilla—, pero eso no tiene nada que ver con que no se quieran. Lo que pasa es que Henry es muy serio, y Bun es muy…, bueno, no es nada serio. Por eso se llevan tan bien.

—Sí —añadió Charles—. *L'allegro e il penseroso.* Hacen buena pareja. Creo que Bunny es la única persona capaz de hacer reír a Henry. —De pronto se detuvo y señaló algo a lo lejos—. ¿Has estado allí alguna vez? —me preguntó—. En aquella colina hay un cementerio.

Alcanzaba a verla, aunque con dificultad, por entre los pinos: una fila plana e irregular de lápidas desvencijadas, dispuestas de tal manera que daban una extraña sensación de movimiento, como si alguna fuerza histérica, tal vez un *poltergeist*, acabara de desordenarlas.

—Es muy viejo —dijo Camilla—. Del siglo dieciocho. También había un pueblo, una iglesia y un molino. Solo quedan los cimientos, pero todavía se ven los jardines que plantaron. Hay manzanas reinetas y arbustos, *Chimonantus praecox*, y *Portulaca grandiflora* donde antes había casas. No se sabe qué pasó allí arriba. Tal vez fuera una epidemia. O un incendio.

—O los mohawk —dijo Charles—. Un día tienes que subir a verlo. En particular el cementerio.

—Es muy bonito. Sobre todo cuando nieva.

El sol poniente, ardiendo por entre los árboles, proyectaba nuestras sombras, largas y deformadas. Caminamos un rato en silencio. El fresco aire del atardecer traía un lejano olor a hogueras. No se oía otra cosa que el crujir de nuestros zapatos sobre el sendero de grava y el silbido del viento en las ramas de los pinos; yo estaba soñoliento, me dolía la cabeza y en aquello había algo que no era del todo real, algo de ensueño. Tenía la impresión de que en cualquier momento me despertaría en mi escritorio, con la cabeza sobre un montón de libros, en una habitación oscura, a solas.

Camilla se paró súbitamente y se llevó un dedo a los labios. En un árbol muerto, partido en dos por un rayo, había tres pájaros negros y enormes, demasiado grandes para ser cuervos. Yo jamás había visto nada parecido.

—Cuervos —dijo Charles.

Nos quedamos completamente inmóviles, contemplándolos. Uno de los pájaros se trasladó a saltitos, con torpeza, hasta el extremo de una rama que crujió y cedió con el peso. El pájaro echó a volar, dando graznidos. Los otros dos lo imitaron, dando bruscos aletazos. Se alejaron hacia la pradera, volando en formación triangular, arrastrando sus negras sombras por la hierba.

Charles se rió.

—Tres, como nosotros. Podría ser un augurio.

—Un presagio.

—¿De qué? —pregunté.

—No lo sé —me contestó Charles—. El ornitomántico es Henry. El intérprete de entrañas de pájaro.

—Es tan romano. Seguro que él sabría decirnos algo.

Íbamos en dirección a casa, y desde lo alto de una cuesta vi los aguilones de la residencia Monmouth, de aspecto desolado. El cielo estaba frío y vacío. Una luna plateada, como el creciente blanco de una uña de pulgar, flotaba en la penumbra. Yo no estaba acostumbrado a aquellos tétricos crepúsculos otoñales, al frío y a la oscuridad temprana; oscurecía demasiado deprisa, y la quietud que invadía la pradera por la noche me llenaba de una extraña y trémula tristeza. Melancólico, pensé en la Monmouth: pasillos vacíos, hornillos de gas, la llave girando en la cerradura de mi puerta.

—Bueno, hasta luego —dijo Charles cuando llegamos a la puerta principal de la Monmouth, con el rostro pálido a la luz de una farola.

A lo lejos vi las luces del comedor, del otro lado del Commons; vi oscuras siluetas pasando frente a las ventanas.

—Me lo he pasado muy bien —dije, con las manos metidas en los bolsillos—. ¿Queréis venir a cenar conmigo?

—Gracias, pero no. Tenemos que regresar a casa.

—Bueno —dije, decepcionado y al mismo tiempo aliviado—, Otra vez será.

—Oye, ¿por qué no…? —dijo Camilla, volviéndose hacia Charles.

Charles frunció las cejas.

—Hummm —murmuró—. Tienes razón.

—Ven a cenar a casa —dijo Camilla, volviéndose impulsivamente hacia mí.

—Oh, no —respondí sin titubear.

—Por favor.

—No. Pero muchas gracias. De verdad.

—Venga, hombre —dijo Charles animadamente—. No comeremos nada del otro mundo, pero nos encantará que vengas.

De pronto me sentí agradecido. La verdad es que estaba deseando ir.

—Si de verdad no es ninguna molestia… —dije.

—En absoluto —dijo Camilla—. Vamos.

Charles y Camilla vivían en un apartamento de alquiler, en el tercer piso de una casa de North Hampden. Al entrar, te encontrabas en un pequeño salón con paredes inclinadas y ventanas de buhardilla. Las butacas y el sofá, llenos de bultos y con los brazos pelados, estaban tapizados con brocado: dibujos de rosas sobre marrón, bellotas y hojas de roble sobre un verde ceniciento. Había tapetes viejos y raídos por todas partes. Sobre el manto de la chimenea (más adelante descubrí que no funcionaba) relucían un par de candelabros de vidrio emplomado y unas cuantas piezas de plata deslustrada.

En general, el salón tenía un aspecto desordenado. Sobre todas las superficies disponibles había libros apilados; las mesas estaban abarrotadas de papeles, ceniceros, botellas de whisky, cajas de chocolatinas; en el estrecho pasillo, paraguas y chanclos dificultaban el paso. En la habitación de Charles había ropa esparcida por la alfombra, y de la puerta del armario colgaba una nutrida y desordenada colección de corbatas; la mesilla de noche de Camilla estaba llena de tazas vacías, plumas sucias, caléndulas marchitas en un vaso de agua, y a los pies de la cama había una partida de solitario inacabada. La distribución del apartamento era muy extraña, con ventanas inesperadas y pasillos que no conducían a ninguna parte y puertas bajas por las que yo tenía que pasar agachado, y dondequiera que mirara hallaba otro objeto extraño: un viejo estereoscopio (las avenidas con palmeras de una Niza fantasmal, en color sepia); puntas de flecha en una maleta polvorienta; un esqueleto de pájaro.

Charles se metió en la cocina y empezó a abrir y cerrar armarios. Camilla me sirvió un vaso de una botella de whisky irlandés que había sobre una montaña de *National Geographic*.

—¿Has estado en los pozos de alquitrán de La Brea? —me preguntó.

—No. —Me quedé mirando mi copa, desesperadamente perplejo.

—¿Te imaginas, Charles? —dijo hablando en dirección a la cocina—. Vive en California y nunca ha estado en los pozos de alquitrán de La Brea.

Charles se asomó, secándose las manos con un trapo.

—¿En serio? —dijo, con sorpresa infantil—. ¿Cómo es eso?

—No lo sé.

—Pero si son muy interesantes. De verdad, tienes que ir.

—¿Conoces a mucha gente de California que viva aquí? —me preguntó Camilla.

—No.

—A Judy Poovey la conoces.

¿Cómo lo sabía?

—No es amiga mía —contesté.

—Ni mía —dijo Camilla—. El año pasado me tiró un vaso a la cara.

—Algo había oído —le dije, riéndome. Pero ella no sonrió.

—No te creas todo lo que oigas —me dijo, y le dio un sorbo a su bebida—. ¿Sabes quién es Cloke Rayburn?

Lo conocía. En Hampden había una pandilla de californianos modernos y estirados, sobre todo de San Francisco y de Los Ángeles; Cloke Rayburn, el cabecilla, era todo sonrisas aburridas, ojos soñolientos y cigarrillos. Las chicas de Los Ángeles, entre ellas

Judy Poovey, le rendían una ciega admiración. Era el tipo de tío que te encontrabas en el cuarto de baño en las fiestas, haciéndose unas rayas de coca en el borde del lavabo.

—Es amigo de Bunny.

—¿Ah, sí? —pregunté, sorprendido.

—Fueron juntos a la escuela preparatoria. A Saint Jerome, en Pensilvania.

—Ya conoces Hampden —dijo Charles, y bebió un largo sorbo de su bebida—. En estas universidades progresistas les encantan los alumnos problemáticos, los perdedores. Cloke entró en Hampden después de hacer el primer curso en alguna universidad de Colorado. Se pasaba el día esquiando y nunca iba a clase. Hampden es el último rincón del mundo…

—Para la peor gente del mundo —añadió Camilla, riéndose.

—Mujer, no hay para tanto —dije.

—Pues mira, en cierto modo creo que es verdad —dijo Charles—. La mitad de los estudiantes de esta universidad están aquí porque no los aceptaron en ningún otro sitio. No digo que Hampden no sea maravillosa. A lo mejor precisamente por eso es maravillosa. Mira a Henry, sin ir más lejos. Si no lo hubieran aceptado en Hampden, seguramente no habría podido ir a ninguna universidad.

—No me lo puedo creer —dije.

—Ya sé que suena absurdo, pero no quiso terminar el bachillerato, y ya me dirás cuántas buenas universidades están dispuestas a aceptar a semejante bicho raro. Y luego está lo de los exámenes estándar. Henry se negó a hacer el SAT; de haberse presentado, seguramente habría sacado la mejor nota, pero le tiene manía a ese examen, por motivos estéticos. Ya te imaginas cómo le puede sentar eso a la junta de admisiones. —Bebió otro sorbo—. ¿Y tú cómo llegaste aquí?

La expresión de su mirada era difícil de interpretar.

—Me gustó el catálogo —contesté.

—Y estoy seguro de que a la junta de admisiones ese le pareció un motivo perfectamente sensato para aceptarte.

Me hubiera gustado beber un vaso de agua. En el salón hacía calor, y yo tenía la garganta seca y el whisky me había dejado un gusto horrible en la boca. No es que el whisky fuera malo —en realidad era bastante bueno—, pero tenía resaca y llevaba todo el día en ayunas, y de repente me sentí mareado.

Se oyó un golpe en la puerta, al que siguieron otros muchos. Sin pronunciar palabra, Charles se terminó la copa y se metió de nuevo en la cocina mientras Camilla iba a abrir la puerta.

Vi el destello de las gafitas redondas antes de que la puerta se abriera del todo. Hubo un coro de saludos, y allí estaban: Henry; Bunny, con una bolsa de papel marrón del supermercado; Francis, con su majestuoso y largo abrigo negro, agarrando una botella de champán por el cuello con su mano enguantada. Fue el último en entrar, y se inclinó para besar a Camilla, no en la mejilla sino en los labios. Fue un beso sonoro y satisfecho.

—Hola, cariño —le dijo—. Hemos cometido un error maravilloso: yo tengo champán, y Bunny ha traído cerveza de malta. Podemos hacer *black and tans*. ¿Qué hay para cenar?

Me levanté.

Guardaron silencio un instante. Luego Bunny le pasó la bolsa de papel a Henry, y se adelantó para darme la mano.

—Vaya, vaya. Pero si es mi compinche —dijo—. Veo que no te cansas de ir a comer fuera, ¿eh?

Me dio una palmada en la espalda y empezó a parlotear. Yo tenía mucho calor y estaba bastante mareado. Le eché un vistazo a la sala. Francis hablaba con Camilla. Henry, junto a la puerta, me dirigió una leve inclinación de cabeza y una sonrisa casi imperceptible.

—Perdóname —le pedí a Bunny—. Enseguida vuelvo.

Me dirigí a la cocina. Era la típica cocina de viejo, con linóleo rojo andrajoso y una puerta que conducía al tejado, muy acorde con aquel extraño apartamento. Llené un vaso con agua del grifo y me lo bebí de un trago. Demasiada y demasiado deprisa. Charles, con el horno abierto, estaba dándole a unas chuletas de cordero con un tenedor.

Nunca me ha gustado demasiado la carne, en gran parte debido a una excursión bastante angustiosa a una planta de empaquetado de carne que hice en sexto grado. El olor del cordero me habría molestado hasta en las mejores circunstancias, pero dado mi estado me resultaba particularmente repulsivo. Había una silla que mantenía abierta la puerta que conducía al tejado, y pasaba corriente. Volví a llenar el vaso y me coloqué junto a la puerta: «Respira hondo —me dije—, aire puro, ese es el truco…» Charles se quemó un dedo, soltó un taco, y cerró el horno de un portazo. Cuando se dio la vuelta se sorprendió de verme.

—Hombre, hola —dijo—. ¿Qué hay? ¿Te pongo otra copa?

—No, gracias.

Miró mi vaso.

—¿Qué bebes? ¿Ginebra? ¿De dónde la has sacado?

Henry se asomó a la puerta.

—¿Tienes aspirinas? —le dijo a Charles.

—Están allí. Tómate una copa.

Henry se puso unas cuantas aspirinas en la palma de la mano, junto con un par de comprimidos que se sacó del bolsillo, y se las tragó con el whisky que le dio Charles.

Había dejado el bote de aspirinas sobre el mármol, y yo cogí un par disimuladamente, pero Henry me vio.

—¿Te encuentras mal? —preguntó con amabilidad.

—No, solo me duele la cabeza.

—No te pasará a menudo, ¿no?

—¿Pero qué pasa? —intervino Charles—. ¿Es que estáis todos enfermos?

—¿Qué hacéis todos aquí? —se quejó Bunny desde el pasillo—. ¿Cuándo cenamos?

—Calma, Bun, ya falta poco.

Bunny entró en la cocina y se quedó mirando la bandeja de chuletas que Charles acababa de sacar de la parrilla.

—Yo diría que están hechas —dijo. Alargó la mano y cogió una chuleta diminuta por el hueso y empezó a mordisquearla.

—No hagas eso, Bunny —objetó Charles—. No habrá suficiente para todos.

—Me estoy muriendo de hambre —repuso Bunny con la boca llena—. Hasta me encuentro mal.

—Si quieres podemos guardarte los huesos para que los peles —dijo Henry bruscamente.

—Cállate, tío.

—En serio, Bun. Podrías esperarte un momento —dijo Charles.

—Está bien —accedió Bunny, pero alargó de nuevo la mano y robó otra chuleta en cuanto Charles se volvió. Un delgado hilillo de jugo rosado le corrió por la mano y desapareció por el puño de su camisa.

Sería exagerado decir que la cena fue mal, pero tampoco puede decirse que fuera demasiado bien. Me sentía desanimado y malhumorado, aunque no hice ninguna estupidez ni dije nada que no debiera haber dicho; hablé poco y comí todavía menos. Gran parte de la conversación versó sobre sucesos de los que yo no estaba al tanto, y ni siquiera los amables comentarios explicativos entre paréntesis de Charles ayudaban a clarificarla. Henry y Francis discutieron infatigablemente sobre la distancia que separaba a los legionarios romanos: Francis sostenía que iban hombro con hombro, mientras que Henry estaba convencido de que los separaba cerca de un metro. Aquello desembocó en otra discusión, todavía más larga —para mí, difícil de seguir y aburridísima—, sobre si el caos primordial de Hesíodo era simplemente el espacio vacío o el caos en el sentido moderno de la palabra. Camilla puso un disco de Josephine Baker; Bunny se comió mi chuleta de cordero.

Me marché temprano. Francis y Henry se ofrecieron para acompañarme en coche, y eso, no sé por qué, hizo que me sintiera todavía peor. Les dije que prefería caminar, gracias, y salí del apartamento, sonriendo, prácticamente delirante, ruborizado bajo aquella mirada colectiva de fría y curiosa solicitud.

La universidad no estaba lejos —solo a unos quince minutos—, pero empezaba a hacer frío y me dolía la cabeza, y aquella velada me había dejado una profunda sensación de insatisfacción y fracaso que se iba intensificando a cada paso. Rememoré una y otra vez las horas pasadas, esforzándome por recordar las palabras exactas, los tonos de voz, cualquier insulto o cumplido sutil que pudiera haber pasado por alto, y mi mente me proporcionó, gustosamente, varias versiones.

Encontré mi habitación bañada en la luz de la luna, plateada y extraña; la ventana seguía abierta y el volumen de Parménides abierto sobre el escritorio, tal como lo había dejado. Junto al libro había una taza de café de plástico del bar, medio vacía. Hacía frío, pero no cerré la ventana. Me eché en la cama sin quitarme los zapatos y sin encender la luz.

Estaba echado de lado, contemplando un pedazo de suelo iluminado por la luz de la luna, cuando una ráfaga de viento levantó las cortinas, largas y pálidas como fantasmas. Las páginas de Parménides se agitaron, como si una mano invisible lo estuviera hojeando.

Me había propuesto dormir solo unas horas, pero a la mañana siguiente me desperté sobresaltado y vi que el sol entraba a raudales. Eran las nueve y cinco. Agarré mi libro de redacciones de prosa griega y mi Liddell y Scott y salí corriendo para el despacho de Julian, sin afeitarme, sin peinarme y sin cambiarme siquiera la ropa con que me había quedado dormido la noche anterior.

Habían llegado todos excepto Julian, que siempre ponía cuidado en retrasarse unos minutos. Los oí hablar desde el pasillo, pero cuando abrí la puerta se quedaron callados y me miraron.

Por un momento nadie dijo una palabra. Luego Henry me saludó:

—Buenos días.

—Buenos días —respondí. Bajo aquella luz norteña, tan clara, todos tenían un aire de frescura de haber dormido bien. Mi aspecto los sorprendió; se quedaron mirándome mientras yo, cohibido, me pasaba una mano por el despeinado cabello.

—Por lo visto esta mañana no has encontrado la maquinilla, tío —me dijo Bunny—. Parece como si...

Se abrió la puerta y Julian entró en el despacho.

Aquel día teníamos mucho trabajo. Sobre todo yo, que iba muy atrasado. Los martes y los jueves podíamos pasarnos horas hablando de literatura o de filosofía, pero el resto de la semana estaba dedicado a la gramática griega y a la redacción en prosa, y aquello era una tarea brutal, demoledora, que ese día yo —ahora que había envejecido y ya no aguantaba ciertos excesos— me sentía incapaz de cumplir. Tenía muchas otras cosas de que preocuparme además de la frialdad que aparentemente había contagiado de nuevo a mis compañeros de clase, su tajante aire de solidaridad excluyente, la frialdad con que me atravesaban sus miradas. Por un momento habían abierto sus filas, pero habían vuelto a cerrarlas. Por lo visto yo había vuelto exactamente al punto desde donde había empezado.

Aquella tarde fui a ver a Julian con el pretexto de hablar con él sobre convalidaciones, pero con una idea muy diferente en mente. Porque de pronto me parecía que mi decisión de dejarlo todo por el griego había sido precipitada y estúpida, y que había llegado a ella equivocadamente. ¿Cómo se me había ocurrido? El griego me gustaba y Julian me caía bien, pero sus alumnos no me convencían y, en cualquier caso, ¿estaba seguro de que quería dedicar todos mis años de carrera, y por lo tanto mi vida, al estudio de imágenes de *kouroi* rotos y de las partículas griegas? Dos años atrás, había tomado una decisión igualmente precipitada que me costó un año de conejos en cloroformo y viajes al depósito de cadáveres, del que me libré por los pelos. Lo de ahora no era, ni con mucho, tan grave (recordé con un escalofrío el laboratorio de zoología a las ocho de la mañana, las vacilantes cubas de fetos de cerdo), sin ninguna duda. Sin embargo parecía un completo error; además, el curso estaba demasiado avanzado y ya no podía volver a mis antiguas clases ni volver a cambiar de tutor.

Supongo que había ido a ver a Julian para que él me devolviera mi debilitada confianza, con la esperanza de que hiciera que me sintiese tan convencido como el primer día. Y supongo que eso es precisamente lo que habría ocurrido si hubiera entrado a verlo. Pero resulta que no llegué a hablar con él. Al llegar al rellano donde estaba su despacho oí voces en el pasillo y me paré.

Eran Julian y Henry. Ninguno de los dos me había oído subir por la escalera. Henry estaba a punto de marcharse, y Julian estaba de pie en la puerta. Tenía el entrecejo fruncido y parecía preocupado, como si estuviera diciendo algo sumamente importante. Mi vanidad, o mejor dicho mi paranoia, me hizo pensar que quizá estuvieran hablando de mí, así que avancé un paso más y me asomé todo lo que pude.

Julian acabó de hablar. Apartó un momento la mirada, luego se mordió el labio inferior y miró a Henry.

Entonces Henry habló, en voz baja, pero decidida y muy clara:

—¿Hago lo que haya que hacer?

Julian le cogió las manos a Henry, algo que me sorprendió mucho, y contestó:

—Es lo único que debes hacer, siempre: lo que haya que hacer.

«¿Pero qué demonios está pasando?», me dije. Me quedé en el rellano de la escalera, procurando hacer el menor ruido. Quería marcharme antes de que me vieran, pero me daba miedo moverme.

Y para colmo de mi sorpresa, Henry se inclinó y le dio un beso rápido y formal en la mejilla a Julian. Se volvió, pero afortunadamente miró por encima del hombro para hacer un último comentario. Bajé la escalera todo lo discretamente que pude, y al llegar al segundo rellano, una vez seguro de que ya no podían oírme, eché a correr.

La semana siguiente fue solitaria y surrealista. Estaban cayendo las hojas; llovía mucho y oscurecía temprano. En la residencia Monmouth los estudiantes se reunían alrededor de la chimenea de abajo y quemaban leños robados por la noche de la casa del profesorado, y, descalzos, bebían sidra caliente. Pero yo iba directamente de clase a la Monmouth y subía a mi cuarto, pasando de largo ante aquellas escenas hogareñas y sin dirigirle la palabra a nadie, ni siquiera a los tipos más amistosos, que me invitaban a bajar y a participar en aquellas reuniones de residencia universitaria.

Me imagino que sencillamente estaba un poco deprimido, ahora que la novedad de todo aquello se iba esfumando, por el carácter inequívocamente agreste del lugar en que me encontraba: una tierra extraña con costumbres y gentes extrañas y con un clima impredecible. Pensaba que estaba enfermo, pero no creo que lo estuviera realmente; lo único que me pasaba era que siempre estaba resfriado y que tenía insomnio. Había noches que solo dormía una o dos horas.

No hay nada más triste y desconcertante que el insomnio. Me pasaba las noches leyendo griego hasta las cuatro de la mañana, hasta que me escocían los ojos y me daba vueltas la cabeza, hasta que la única luz encendida de toda la Monmouth era la mía. Cuando ya no me podía concentrar en el griego y las letras del alfabeto empezaban a transformarse por sí solas en incoherentes símbolos, me ponía a leer *El gran Gatsby*. Es uno de mis libros favoritos, y lo había cogido de la biblioteca con la esperanza de que me animara; pero claro, lo único que conseguí fue sentirme peor, pues con el poco sentido del humor que tenía, no veía en el libro otra cosa que lo que interpretaba como ciertas coincidencias trágicas entre Gatsby y yo.

—Soy una superviviente —me dijo la chica en la fiesta.

Era rubia, de piel morena y demasiado alta —casi tanto como yo—, e incluso antes de preguntárselo supe que era de California. Supongo que era su voz; o aquella superficie de piel rojiza y pecosa, ceñida sobre una clavícula huesuda y un esternón y una caja torácica todavía más huesudos, y sin rastro de pechos, que asomaba por el top de Gaultier. Yo sabía que era de Gaultier porque ella lo había mencionado con discreción. A mí me parecía simplemente un bañador mojado, toscamente abrochado por delante.

Hablaba a gritos, porque la música estaba muy alta.

—He tenido una vida difícil, con el accidente y demás. —Eso ya lo había oído anteriormente: rotura de ligamentos; una pérdida para el mundo de la danza; una suerte para el mundo del teatro—. Pero supongo que me conozco muy bien, que conozco mis necesidades. Me importan los demás, desde luego, pero siempre consigo lo que quiero de la gente, ¿me explico?

Su voz tenía la brusquedad de *staccato* que a veces imitan los californianos cuando quieren parecer de Nueva York, aunque también había un toque de jovialidad *golden state*. Una animadora de réprobos. Era la típica chica guapa, quemada y superficial a la que en mi tierra no habría hecho ni caso. Pero me di cuenta de que pretendía ligar conmigo. Desde mi llegada a Vermont no me había acostado con nadie, salvo con una cría pelirroja que conocí en una fiesta, el primer fin de semana. Más adelante alguien me dijo que era la heredera de un magnate de Ontario. Ahora, cuando nos encontramos, siempre desvío la mirada (como deben hacer los caballeros, según las bromas de mis compañeros de clase).

—¿Quieres un cigarrillo? —le grité a la rubia.

—No fumo.

—Yo tampoco. Solo en las fiestas.

Se rió.

—Va, dame uno —me gritó—. ¿Por casualidad sabes dónde podríamos encontrar un poco de hierba?

Mientras le estaba encendiendo el cigarrillo, alguien me dio un codazo en la espalda y tropecé. La música estaba exageradamente alta; la gente bailaba, había cerveza derramada por el suelo, y una violenta multitud se agolpaba en la barra del bar. Yo no alcanzaba a ver más que una dantesca masa de cuerpos en la pista de baile y una nube de humo suspendida cerca del techo, pero cuando la luz del pasillo hendía la oscuridad, veía un vaso alzado aquí, una ancha boca muy pintada riéndose allí. La fiesta era horrible, y cada vez se estaba poniendo peor —ya ciertos estudiantes de primer curso habían empezado a vomitar mientras esperaban, medio desmayados, en la cola del lavabo—, pero era viernes y había pasado toda la semana leyendo, y no me importaba. Sabía que allí no me encontraría a ninguno de mis compañeros de la clase de griego. Había asistido a todas las fiestas de los viernes por la noche desde el inicio del curso, y sabía que huían de ellas como de la peste.

—Gracias —me dijo la chica. Se había metido en el hueco de la escalera, donde había un poco más de tranquilidad. Ahora podíamos hablar sin necesidad de gritar, pero yo me había tomado media docena de vodkas con tónica y ya no se me ocurría nada que decirle. Ni siquiera recordaba su nombre.

—¿Cuál es tu especialidad? —le dije por fin, con voz de borracho.

Ella sonrió.

—Teatro. Ya me lo has preguntado antes.

—Lo siento. No me acordaba.

Me miró con aire crítico.

—Tendrías que relajarte un poco. Mira qué manos. Estás muy tenso.

—Esto es lo máximo que yo me relajo —repuse, y no mentía.

Me miró, y de pronto se le iluminó la mirada.

—Sé quién eres —dijo, examinando mi chaqueta y mi corbata con dibujos de cazadores de ciervos—. Judy me ha hablado de ti. Eres el nuevo que estudia griego con esos capullos.

—¿Judy? ¿Que Judy te ha hablado de mí?

Ella no me hizo caso.

—Yo de ti me andaría con cuidado —dijo—. Me han contado cosas muy raras de esa gente.

—¿Por ejemplo?

—Que adoran al diablo.

—Los griegos no creen en el diablo —dije con aire pedante.

—Pues eso es lo que me han contado a mí.

—Y qué. Te equivocas.

—Eso no es todo. También me han contado otras cosas.

—¿Qué cosas?

No quería decírmelo.

—¿Quién te lo ha dicho? ¿Judy?

—No.

—Pues ¿quién?

—Seth Gartrell —contestó, como si con aquello la discusión tuviera que quedar definitivamente zanjada.

Resultaba que yo conocía a Gartrell. Era un pintor (malo), y un chismoso de miedo; su vocabulario se componía casi únicamente de obscenidades, verbos guturales y la palabra «posmodernista».

—Hombre, el cerdo de Gartrell. ¿Lo conoces?

Me miró fijamente, recreándose en el antagonismo.

—Seth Gartrell es amigo mío.

Lo cierto es que yo había bebido demasiado.

—¿Ah, sí? Pues cuéntame cómo es que su novia va siempre con un ojo morado. ¿Y es verdad que se mea en sus cuadros, como Jackson Pollock?

—Seth —dijo ella fríamente— es un genio.

—No me digas. Entonces debe ser un maestro del engaño.

—Es un pintor excelente. Conceptualmente. En el departamento de arte todo el mundo lo dice.

—Bueno. Si todo el mundo lo dice, debe ser cierto.

—Hay mucha gente que no puede tragar a Seth. —Ahora estaba verdaderamente enfadada—. Supongo que hay muchos que le tienen envidia.

Una mano me tiró de la manga desde atrás, a la altura del hombro. Me deshice de ella. Con la gracia que me caracteriza, no podía ser otra que Judy Poovey intentando enrollarse conmigo, como hacía cada viernes por la noche a aquella hora. Pero el tirón se repitió, esta vez más fuerte e impaciente; me volví, irritado, y estuve a punto de darle un golpe a la rubia.

Era Camilla. Al principio lo único que vi fueron sus ojos de color hierro, luminosos, divertidos, relúcientes bajo la tenue luz de la barra.

—Hola —me dijo.

Me quedé mirándola.

—¡Hola! —respondí, intentando sonar imperturbable, pero encantado y radiante al mismo tiempo—. ¿Cómo estás? ¿Qué haces aquí? ¿Te apetece una copa?

—¿Te interrumpo?

Resultaba difícil pensar. Tenía unos atractivos ricitos dorados en las sienes.

—No, no, no interrumpes nada —le dije, mirando el maravilloso contorno de su frente en lugar de sus ojos.

—Si estás ocupado, dímelo —insistió ella en voz baja, mirando por encima de mi hombro—. No quiero interrumpirte.

Claro: Miss Gaultier. Me volví, esperando algún comentario sarcástico, pero la rubia había perdido el interés por mí y se había buscado otro interlocutor.

—No —dije—. No estoy haciendo nada.

—¿Quieres venir al campo este fin de semana?

—¿Qué?

—Nos vamos ahora mismo. Francis y yo. Francis tiene una casa a una hora de aquí.

Estaba muy borracho; de otro modo no habría asentido y no la habría seguido sin hacerle ni una sola pregunta. Para llegar a la puerta tuvimos que abrirnos paso por la pista de baile: sudor y calor, parpadeantes lucecitas navideñas, un terrible montón de cuerpos. Finalmente salimos. Fue como caer en una piscina de agua fría y tranquila. A través de las ventanas cerradas llegaban los gritos y la música escandalosa.

—Dios mío —exclamó Camilla—. Odio estas fiestas. Está lleno de gente vomitando.

El sendero de guijarros relucía a la luz de la luna. Francis estaba de pie en la oscuridad, bajo unos árboles. Al ver que nos acercábamos, salió a la luz de un salto.

—¡Uh! —gritó.

Camilla y yo nos sobresaltamos. Francis sonrió; sus falsos quevedos emitieron un destello. Exhaló el humo de su cigarrillo por la nariz.

—Hola —me dijo, y luego miró a Camilla—. Temía que te hubieras escapado.

—Podías haber entrado conmigo.

—Me alegro de no haberlo hecho —dijo Francis—, porque aquí fuera he visto cosas interesantes.

—¿Por ejemplo?

—Unos guardias de seguridad sacando a una chica en camilla y un perro negro atacando a unos hippies. —Se rió. Lanzó las llaves de su coche al aire y las recogió—: ¿Listos?

Francis tenía un descapotable, un Mustang viejo. Hicimos todo el viaje con la capota bajada, los tres sentados en el asiento delantero. Por extraño que parezca, era la primera vez que montaba en un descapotable. Pero lo verdaderamente extraño es que consiguiera dormirme, cuando los nervios y la velocidad tendrían que haberme mantenido despierto. Sin embargo, me quedé dormido con la mejilla apoyada contra la acolchada piel de la portezuela. La semana de insomnio y los seis vodkas con tónica pudieron conmigo.

No recuerdo gran cosa de aquel viaje. Francis iba a una velocidad razonable; era prudente, no como Henry, que conducía deprisa y a menudo temerariamente, y que para colmo no veía muy bien. El viento nocturno que agitaba mis cabellos, su confusa charla, las canciones de la radio… todo se mezclaba y se confundía en mis sueños. De pronto reparé en el silencio y en la mano de Camilla, que me rozó:

—Despierta —me dijo—, ya hemos llegado. —Yo habría jurado que solo llevábamos unos minutos en el coche.

Aturdido y casi sonámbulo, no muy convencido de dónde me encontraba, agité la cabeza y me incorporé. Tenía babas en la mejilla, y las limpié con el dorso de la mano.

—¿Estás despierto?

—Sí —mentí.

Estaba oscuro y no veía nada. Finalmente mis dedos agarraron la manilla de la portezuela y entonces, justo cuando salía del coche, la luna apareció por detrás de una nube y vi la casa. Era impresionante. Vi la negra y afilada silueta de las torres y las puntas dibujadas contra el cielo.

—Caramba —exclamé.

Francis estaba detrás de mí, pero no me di cuenta hasta que lo oí, y me sorprendió la proximidad de su voz.

—De noche no se aprecia muy bien —me dijo.

—¿Es tuya? —pregunté.

Francis se rió.

—No, es de mi tía. Es demasiado grande para ella, pero no quiere venderla. Mi tía y mis primos vienen en verano, pero el resto del año solo están los guardas.

En el vestíbulo había un olor dulzón a humedad, y estaba tan oscuro que parecía haber lámparas de petróleo. Las palmas dibujaban sombras animales por las paredes, y nuestras deformes sombras se perfilaban en los techos, tan altos que la cabeza me daba vueltas. En la parte trasera de la casa alguien tocaba el piano. El vestíbulo estaba forrado con fotografías y retratos con marcos dorados dispuestos en largas perspectivas.

—Qué mal huele —dijo Francis—. Mañana, si hace buen tiempo, airearemos la casa. A Bunny le da asma con tanto polvo… Esa es mi bisabuela —dijo señalando una fotografía que me había llamado la atención—. Y el que hay al lado es su hermano. Pobrecito, se hundió con el *Titanic*. Tres semanas después encontraron su raqueta de tenis flotando en el Atlántico Norte.

—Ven a ver la biblioteca —me dijo Camilla.

Francis nos siguió. Recorrimos el pasillo y pasamos por varias habitaciones: una sala de estar amarillo limón con espejos y candelabros dorados, un comedor amueblado en caoba… Me habría detenido para examinarlos, pero solo pude echarles un vistazo. La música del piano sonaba más próxima: era Chopin, tal vez un preludio.

Al entrar en la biblioteca suspiré: cuatro metros de estanterías con puertas de vidrio y paneles góticos cubrían las paredes hasta un techo con frescos y medallones de yeso.

Al fondo de la habitación había una chimenea de mármol del tamaño de un sepulcro, y un quinqué adornado con flecos de cuentas de cristal relucía en la penumbra.

También había un majestuoso piano; Charles lo estaba tocando; tenía un vaso de whisky en el taburete junto a él. Estaba un poco borracho; la música de Chopin sonaba fluida y ligada, y las notas se fundían perezosamente unas con otras. Una brisa agitaba las pesadas y apolilladas cortinas de terciopelo y le despeinaba el cabello.

—¡Ostras! —exclamé.

Charles interrumpió su interpretación y levantó la mirada:

—¿Ya estáis aquí? Llegáis tardísimo. Bunny se ha ido a dormir.

—¿Dónde está Henry? —le preguntó Francis.

—Trabajando. A lo mejor baja antes de acostarse.

Camilla se acercó al piano y bebió un sorbo del vaso de Charles. Luego me dijo:

—Tendrías que echarle un vistazo a estos libros. Hay una primera edición de *Ivanhoe*.

—Ese creo que lo vendieron —la corrigió Francis, que se había sentado en una butaca de piel y estaba encendiendo un cigarrillo—. Hay un par de cosas interesantes, pero lo demás es todo Marie Corelli y los *Rover Boys*.

Me acerqué a los estantes. Unos libros enormes, de dos pies de alto, titulados *London*, de un tal Pennant; seis volúmenes encuadernados en piel roja. Al lado, *The Club History of London*, una colección igualmente enorme, encuadernada en piel de becerro clara. El libreto de *The Pirates of Penzance*. Innumerables *Bobbsey Twins*. El *Marino Faliero* de Byron, encuadernado en piel negra, con la fecha 1821 estampada en oro en el lomo.

—Oye, si tienes sed, sírvete una copa —le dijo Charles a Camilla.

—No quiero nada. Solo quiero un poco de la tuya.

Charles le dio su vaso con una mano, y con la otra recorrió el teclado con una difícil escala.

—Toca algo —le dije.

Puso los ojos en blanco.

—Venga, hombre —insistió Camilla.

—No.

—Claro, en realidad no sabe tocar nada —apuntó Francis en voz baja, con tono compasivo.

Charles bebió un trago y subió una escala más, trinando disparatadamente las notas con la mano derecha. Luego le pasó el vaso a Camilla, y, con la mano izquierda libre, inició un rag de Scott Joplin.

Tocaba con entusiasmo, las mangas recogidas, sonriendo, complacido por el resultado, pasando de los acordes bajos a los altos con la engañosa síncopa con que un bailarín de claqué sube una escalera Ziegfeld. Camilla, sentada a su lado, me sonreía. Yo le correspondía la sonrisa, un poco aturdido. Los techos devolvían un eco fantasmal, y daban a aquella apremiante hilaridad el aire de un recuerdo, incluso mientras yo escuchaba. Recuerdos de cosas que yo desconocía.

Charlestones bailados sobre las alas de biplanos. Fiestas en barcos semihundidos, con el agua helada burbujeando a la altura de la cintura de los miembros de la orquesta, que hendían el aire con un último y valeroso coro de «Auld Lang Syne». En realidad, lo que cantaron la noche que el *Titanic* se fue a pique no era «Auld Lang Syne», sino himnos. Muchos himnos, y el sacerdote católico rezaba avemarías en el salón de primera clase, que se parecía mucho a este: madera oscura, palmeras, lámparas con pantallas de seda rosa con flecos oscilantes. No cabía duda de que había bebido demasiado. Estaba sentado de lado en una silla, agarrado a los brazos («Santa María, Madre de Dios»), y hasta el suelo oscilaba, como la cubierta de un barco a punto de hundirse; como si estuviéramos a punto de irnos todos al otro extremo, gritando como histéricos, con piano incluido.

Se oyeron unos pasos en la escalera y Bunny apareció en pijama, con los ojos hinchados y el cabello de punta.

—¿Qué demonios hacéis? —dijo—. Me habéis despertado.

Pero nadie le prestó atención, y finalmente Bunny se sirvió una copa y, descalzo, se fue con ella a la cama.

La ordenación cronológica de los recuerdos es un asunto bastante interesante. Mis recuerdos de aquel otoño anteriores a ese fin de semana que pasamos en el campo son borrosos y lejanos; pero a partir de ahí se vuelven maravillosamente nítidos. Aquí es donde los envarados maniquíes de mis primeras amistades empiezan a bostezar y a desperezarse, empiezan a tomar vida. El brillo y el misterio de la novedad, que me impedían verlos con objetividad, tardaron meses en desvanecerse por completo —aunque su realidad era mucho más interesante de lo que podía ser cualquier versión idealizada—, pero es aquí, en mi memoria, donde dejan de ser totalmente extraños y donde por primera vez empiezan a mostrarse tal como eran.

También yo tengo algo de extraño en esos primeros recuerdos: atento y desconfiado, misteriosamente silencioso. La gente siempre ha confundido mi timidez con alguna modalidad de tristeza, esnobismo o malhumor, «¡No pongas esa cara de arrogante!», me gritaba mi padre cuando yo estaba comiendo, viendo la televisión o sencillamente ocupándome de mis asuntos. Pero esta expresión facial mía (en realidad creo que es eso, la caída de las comisuras de mis labios; no tiene nada que ver con mi estado de ánimo) me ha deparado tantas ventajas como inconvenientes. Varios meses después de conocer a aquellos cinco personajes, me enteré de que al principio yo los había desconcertado a ellos tanto como ellos a mí. Nunca se me ocurrió pensar que mi comportamiento pudiera parecerles otra cosa que torpe y provinciano, ni que pudiera resultar tan enigmático como de hecho resultaba. ¿Por qué no le había contado nada sobre mí a nadie?, me preguntaron finalmente. ¿Por qué me había tomado tantas molestias para esquivarlos? (Por lo visto, mi costumbre de esconderme en los portales no había pasado tan inadvertida como yo creía.) ¿Y por qué no les había devuelto ninguna de sus invitaciones? Yo creía que me ignoraban, pero ahora me doy cuenta de que lo único que hacían era esperar educadamente, como tías solteronas, a que yo hiciera el siguiente movimiento.

En todo caso, aquel fin de semana las cosas empezaron a cambiar, como cuando vas en tren y los oscuros intervalos que separan a las farolas empiezan a acortarse cada vez más y a alejarse; es la primera señal de que te aproximas a territorio familiar y de que tu tren pronto atravesará las conocidas y bien iluminadas calles de la ciudad. La casa era su triunfo, su más valioso tesoro, y aquel fin de semana me lo revelaron con sigilo, gradualmente: las habitaciones de aquellas vertiginosas torrecillas, la soleada buhardilla, el viejo trineo adornado con cascabeles que había en el sótano, lo suficientemente grande para ir tirado por cuatro caballos. El cobertizo de los carruajes era ahora la casa de los guardas. («Aquella mujer que hay en el patio es la señora Hatch. Es muy buena persona, pero su marido es adventista del Séptimo Día o algo parecido, un tipo muy severo. Cuando entra tenemos que esconder todas las botellas.» «¿Y si no qué pasa?» «Pues que se deprime y empieza a repartir octavillas por toda la casa.»)

Por la tarde bajábamos paseando hasta el lago, civilizadamente compartido por varias propiedades vecinas. Por el camino me enseñaron la pista de tenis y el viejo cenador, un *tholos* falso, entre dórico y pompeyano, con algo de Stanford White (y D. W. Griffith y Cecil B. De Mille, matizó Francis, que se mofaba de ese afán clasicista del estilo victoriano). Me dijo que estaba hecho de yeso, y que lo habían mandado desmontado del Sears Roebuck. En ciertos sitios, los jardines tenían señales de la decoración geométrica victoriana que había constituido su forma original: estanques vacíos, largas y blancas columnatas de pérgolas esqueléticas, parterres bordeados de rocas donde ya no crecían flores. Pero la mayoría de aquellos restos estaban descuidados; los setos crecían a su antojo y los árboles del lugar —olmos rojos y alerces americanos— superaban en número a los membrillos y los arces japoneses.

El lago, rodeado de abedules, estaba reluciente y muy tranquilo. Entre los juncos había un pequeño bote de remos de madera, blanco por fuera y azul por dentro.

—¿Podemos cogerlo? —pregunté con curiosidad.

—Claro. Pero no podemos montarnos todos. Se hundiría.

Era la primera vez en mi vida que subía a un bote. Henry y Camilla vinieron conmigo; Henry iba a los remos, con la camisa arremangada hasta los codos y la chaqueta oscura en el asiento, a su lado. Tenía la costumbre —más adelante lo descubrí— de recitar, absorto, monólogos didácticos y completamente originales acerca de cualquier tema en que estuviera interesado en ese momento: los Catuvellauni, o la pintura bizantina tardía, o la caza de cabezas en las islas Salomón. Aquel día iba hablando de la reina Isabel I y Leicester, lo recuerdo: el asesinato de la esposa, la barcaza real, la reina montada en un caballo blanco hablando con las tropas en Tilbury Fort, y Leicester y el conde de Essex sujetando las riendas… El chasquido de los remos y el hipnótico zumbido de las libélulas armonizaban con su académico discurso. Camilla, ruborizada y soñolienta, arrastraba la mano por el agua. Las amarillentas hojas de abedul se desprendían de los árboles y acababan cayendo sobre la superficie. Muchos años después, y muy lejos de allí, tropecé con este pasaje de *La tierra baldía*:

> *Isabel y Leicester*
> *remando*
> *la popa, una concha*
> *dorada*
> *rojo y oro*
> *el enérgico oleaje*
> *azotaba ambas orillas*
> *viento sudoeste*
> *arrastraba río abajo*
> *el repique de campanas*
> *torres blancas*
> *Ueialala leia*
> *Ualala leilala*

Fuimos hasta el otro extremo del lago y volvimos, cegados por la luz que se reflejaba en el agua, y encontramos a Bunny y a Charles en el porche, comiendo bocadillos de jamón y jugando a cartas.

—Rápido, tomad un poco de champán —nos dijo Bunny—. Se está muriendo.

—¿Dónde está?

—En la tetera.

—Al señor Hatch le daría un ataque si viera una botella en el porche —aclaró Charles.

Jugaban a go fish. Era el único juego de cartas que Bunny conocía.

El domingo me desperté temprano y la casa estaba en silencio. Francis le había dado mi ropa a la señora Hatch para que la lavara; me puse el albornoz que me había prestado y bajé a sentarme en el porche para disfrutar de unos minutos de soledad.

Fuera reinaba un ambiente tranquilo y frío; el cielo tenía ese nebuloso tono de blanco típico de las mañanas otoñales, y las sillas de mimbre estaban mojadas. Los setos y los acres y acres de césped se veían cubiertos con una especie de telaraña donde quedaban atrapadas las gotas de rocío, que relucían, blancas, convertidas en escarcha. Los vencejos, preparándose para viajar hacia el sur, batían las alas y se paseaban, inquietos, por los aleros; procedente de la sábana de neblina suspendida sobre el lago, oí los agudos y lánguidos gritos de los patos silvestres.

—Buenos días —dijo una voz a mi espalda.

Me volví, sobresaltado, y vi a Henry sentado en el otro extremo del porche. No llevaba chaqueta, pero por lo demás iba impecablemente vestido para ser tan temprano: pantalones recién planchados, camisa blanca almidonada. Sobre la mesa que tenía delante había libros y papeles, una cafetera humeante y una tacita, y, sorprendentemente, un cigarrillo sin filtro en el cenicero.

—Qué temprano te has levantado —dije.

—Siempre me levanto temprano. Me gusta trabajar por la mañana.

Miré los libros:

—¿Qué es? ¿Griego?

Henry devolvió la taza a su platillo.

—Una traducción de *El paraíso perdido* —contestó.

—¿A qué idioma?

—Al latín —dijo con solemnidad.

—Hummm. ¿Por qué?

—Me interesa ver qué sale. Creo que Milton es nuestro mayor poeta inglés, mayor incluso que Shakespeare, pero en cierto sentido fue una desgracia que eligiera el inglés para escribir. Escribió una considerable cantidad de poesía en latín, por supuesto, pero eso fue en una época muy temprana, en sus días de estudiante. Me refiero a su obra más tardía. En *El paraíso perdido* lleva el inglés hasta sus límites, pero creo que ninguna lengua sin casos nominales podría soportar el orden estructural que Milton intenta imponer. —Volvió a dejar el cigarrillo en el cenicero. Me quedé mirando cómo ardía—. ¿Te apetece un poco de café?

—No, gracias.

—Espero que hayas dormido bien.

—Sí, gracias.

—Yo duermo mucho mejor aquí —dijo Henry al tiempo que se ajustaba las gafas y se inclinaba sobre el diccionario. La curva de sus hombros mostraba una sutil evidencia de cansancio y de tensión que yo, veterano en lo que respecta a noches sin dormir, reconocí de inmediato. De pronto me di cuenta de que seguramente aquella inútil tarea no era otra cosa que un método para hacer pasar las primeras horas de la mañana, igual que otros insomnes hacen crucigramas.

—¿Siempre madrugas tanto? —le pregunté.

—Casi siempre —contestó Henry sin levantar la mirada—. Esto es muy bonito, pero la luz de la mañana puede hacer tolerables hasta las cosas más vulgares.

—Te entiendo —dije, y era cierto. En Plano, el único momento del día que soportaba era la primera hora de la mañana, casi el amanecer, cuando las calles estaban vacías y una luz dorada y suave caía sobre la hierba seca, sobre las verjas y sobre los robles solitarios.

Henry levantó la vista de sus libros y me miró, casi con curiosidad.

—No eras muy feliz donde vivías, ¿verdad? —dijo.

Su suspicacia me sorprendió. Henry sonrió ante mi desconcierto.

—No te preocupes. Lo disimulas muy bien —agregó, y volvió a concentrarse en su libro. Pero levantó la mirada una vez más—: Los otros en realidad no entienden este tipo de cosas, la verdad.

Lo dijo sin malicia, sin empatía, sin demasiado interés siquiera. Yo no estaba seguro de a qué se refería, pero por primera vez tuve una pista de algo que anteriormente no había entendido: por qué los otros apreciaban tanto a Henry. Los niños mayores (ya lo sé, es un oxímoron) tienden instintivamente a los extremos; el joven erudito es mucho más pedante que su contrapartida adulta. Y yo, que era joven, tomaba aquellos pensamientos de Henry muy en serio. Dudo de que el propio Milton pudiera haberme impresionado más.

Supongo que en la vida de todo ser humano hay un momento crucial en que el carácter se fija definitivamente; el mío fue aquel primer trimestre de otoño que pasé en Hampden. Conservo tantas cosas de aquella época: aquellas preferencias en el vestir y en la lectura, e incluso en la comida —adquiridas entonces y en gran parte, debo admitirlo, fruto de la imitación del resto de los alumnos de la clase de griego— me han acompañado todos estos años. Incluso ahora me resulta fácil recordar sus rutinas diarias, que con el tiempo también yo adopté. Llevaban una vida muy ordenada, fuera cual fuese la circunstancia, y sorprendentemente había poco espacio para ese caos que siempre me había parecido una parte inherente de la vida universitaria: alimentación y horario de trabajo irregulares, idas a la lavandería automática a la una de la madrugada. Había ciertas horas del día o la noche en que, pasara lo que pasase en el mundo, sabías que encontrarías a Henry en el estudio de la biblioteca; momentos en que era inútil buscar a Bunny, porque tenía su cita de los jueves con Marion o su paseo de los domingos. (De modo parecido a como el Imperio romano seguía funcionando solo, en cierta forma, hasta cuando ya no había nadie que lo hiciera funcionar y su razón de ser había desaparecido completamente, gran parte de esa rutina siguió intacta incluso durante los terribles días que siguieron a la muerte de Bunny. Hasta el último momento, siempre hubo cena en el apartamento de Charles y Camilla los domingos, salvo la noche del asesinato; aquella noche nadie tenía demasiado apetito y la cena se pospuso hasta el lunes.)

Me sorprendió la facilidad con que me incorporaron a su cíclica y bizantina existencia. Estaban todos tan acostumbrados a los demás que creo que me encontraban refrescante, y hasta el más mundano de mis hábitos los intrigaba: mi afición a las novelas de misterio y mi cinefilia crónica; mi costumbre de utilizar maquinillas de afeitar de usar y tirar que compraba en el supermercado y la de cortarme el cabello yo mismo en lugar de ir al barbero; hasta el hecho de que leyera periódicos y viera las noticias por televisión de vez en cuando (una costumbre que ellos consideraban una extravagancia de lo más escandaloso, propia solo de mí; a ninguno de ellos le interesaba lo más mínimo nada de lo que ocurría en el mundo, y su ignorancia de los acontecimientos e incluso de la historia reciente era asombrosa. Un día, durante la comida, a Henry le sorprendió oírme decir que el hombre había llegado a la Luna. «No»; dijo soltando el tenedor. «Es verdad», corearon los demás, que estaban al corriente de aquella noticia. «No me lo creo.» «Yo lo vi —dijo Bunny—. Lo pasaron por televisión.» «¿Cómo llegaron? ¿Cuándo fue?»).

Como grupo seguían siendo abrumadores, pero en realidad yo los conocí individualmente. De vez en cuando Henry, que sabía que yo también me acostaba tarde, pasaba a verme a última hora, cuando salía de la biblioteca y se iba a su casa. Francis, que era un hipocondríaco acérrimo y se negaba a ir solo al médico, me llevaba a menudo consigo, y curiosamente fue durante aquellos viajes a la consulta del alergólogo de Manchester o a la del otorrino de Keene cuando nos hicimos amigos. Aquel otoño tuvo que someterse a un tratamiento odontológico durante unas cuatro o cinco semanas; cada jueves por la tarde se presentaba, pálido y silencioso, en mi habitación, e íbamos juntos a un bar de la ciudad y bebíamos hasta la hora de su cita, las tres. El propósito práctico de que yo fuera con él era acompañarle en coche a casa cuando salía, atontado por la anestesia, pero como yo lo esperaba en el bar mientras él acudía a la consulta del dentista, generalmente no estaba en mejores condiciones para conducir que él.

Los que mejor me caían eran los gemelos. Eran alegres y espontáneos conmigo, como si nos conociéramos desde hacía mucho tiempo. La que más me gustaba era Camilla, si bien al tiempo que disfrutaba de su compañía me sentía un poco incómodo en su presencia; no debido a falta de atención o amabilidad por su parte, sino a mi afán por demostrarle las mías. Siempre me alegraba de verla, y pensaba en ella con ansiedad y con frecuencia, pero me sentía más cómodo con Charles. Él no era como su hermana, impulsiva y generosa, sino más imprevisible; y aunque a veces tenía momentos depresivos, cuando estaba bien era muy hablador. Yo me llevaba bien con él tanto cuando estaba deprimido como cuando estaba contento. Le pedíamos el coche a Henry y nos íbamos a Maine para que Charles pudiera comerse un bocadillo en un bar de allí que le gustaba; íbamos a Bennington, a Manchester, al canódromo de Pownal, donde Charles acabó llevándose una perra demasiado vieja para correr, para que no la sacrificaran. La perra se llamaba Frost. Adoraba a Camilla, y la seguía a todas partes. Henry citaba largos pasajes sobre Emma Bovary y su galgo: «Sa pensée, sans but d'abord, vagabondait au hasard, comme sa levrette, qui faisait des cercles dans la campagne…». Pero la perra estaba débil, y era muy nerviosa, y una hermosa mañana de diciembre tuvo un ataque de corazón en el campo, cuando salió felizmente del porche para perseguir a una ardilla. Aquello no nos cogió de sorpresa; el hombre del canódromo había advertido a Charles que el animal no viviría más de una semana; pero de todos modos los gemelos estaban apenados, y pasamos una tarde triste enterrándola en el jardín trasero de casa de Francis, donde una de las tías de Francis tenía un cuidado cementerio de gatos, lleno de lápidas.

La perra también quería mucho a Bunny. Solía venir con Bunny y conmigo a dar largos y agotadores paseos por el campo todos los domingos, saltando cercas y arroyos, atravesando pastos y pantanos. A Bunny le gustaba pasear tanto como a un perro viejo

—sus paseos eran tan agotadores que le costaba mucho encontrar a alguien dispuesto a acompañarlo; de hecho, los únicos éramos la perra y yo—, pero gracias a aquellas caminatas me familiaricé con el terreno que rodeaba Hampden, las carreteras de las explotaciones forestales y las pistas de los cazadores, todos sus saltos de agua ocultos y las secretas balsas donde nadar.

A Marion, la novia de Bunny, apenas la veíamos; en parte, creo yo, porque él no quería, pero supongo que también porque Marion se interesaba menos por nosotros que nosotros por ella. («Le gusta mucho salir con sus amigas —nos decía Bunny, jactancioso, a Charles y a mí—. Hablan de trapitos, de chicos y de todas esas chorradas. Ya sabes.») Era una pequeña y petulante rubia de Connecticut, con el mismo tipo de belleza estándar y vulgar de Bunny, y su estilo en el vestir era a la vez infantil y maduro: faldas floreadas, jerséis con iniciales, bolsos y zapatos a juego. De vez en cuando la veía desde lejos en el patio del Early Childhood Center, cuando yo pasaba por delante camino de clase. El Early Childhood Center pertenecía al Departamento de Educación Primaria de Hampden; allí tenían los niños de la ciudad su guardería y su parvulario, y allí estaba ella con sus jerséis con iniciales, soplando un silbato para que los niños se callaran y se pusieran en fila.

Nadie hablaba demasiado de ello, pero me enteré de que anteriormente había habido varios intentos de incluir a Marion en las actividades del grupo, que acabaron en desastre. A Marion le caía bien Charles, que en general era correcto con todo el mundo y tenía una infatigable capacidad de mantener conversaciones con cualquiera, desde niños pequeños hasta empleadas de la cafetería; y, como casi todos los que lo conocían, demostraba una especie de temeroso respeto por Henry; pero odiaba a Camilla, y entre ella y

Francis se había producido algún incidente catastrófico tan espantoso que nadie osaba mencionar. La relación de Marion y Bunny era singular; yo solo podía compararla a la de algunos matrimonios que llevan más de veinte años casados. Era una relación que oscilaba entre lo enternecedor y lo irritante. Marion trataba a Bunny con un aire dominante y práctico, de forma parecida a como manejaba a sus alumnos del parvulario; él respondía amable, zalamero, cariñoso o malhumorado. La mayoría de las veces soportaba con paciencia las machaconas quejas de Marion, pero cuando no lo hacía se desataban unas peleas terribles. A veces Bunny llamaba a mi puerta a altas horas de la noche, ojeroso y extraviado y más irritado que de costumbre, murmurando: «Déjame entrar, tío, tienes que ayudarme, Marion me tiene frito…». Poco después sonaban unos nítidos golpes en la puerta: toc-toc-toc. Era Marion, con los labios apretados, como una muñeca enfadada.

—¿Está Bunny? —preguntaba poniéndose de puntillas y estirando el cuello para mirar en la habitación por encima de mis hombros.

—No, no está aquí.

—¿Seguro?

—No está aquí, Marion.

—¡Bunny! —gritaba amenazadoramente.

No había respuesta.

—¡Bunny!

Y entonces, para mi vergüenza, Bunny se asomaba tímidamente a la puerta.

—Hola, cariño.

—¿Dónde te habías metido?

Bunny carraspeaba, vacilante.

—Oh, en ninguna parte…

—Bueno, creo que tenemos que hablar.

—Ahora estoy ocupado, cielo.

—De acuerdo… —Marion miraba su elegante relojito Cartier—. Ahora me voy a casa. Voy a estar levantada una media hora, y luego me acostaré.

—Muy bien.

—Entonces nos vemos dentro de veinte minutos.

—Oye, espera un momento. Yo no he dicho que tuviera intención de…

—Hasta ahora —decía Marion, y se marchaba.

—No pienso ir —rezongaba Bunny.

—No, yo tampoco iría.

—¡Hombre! ¿Pero quién se habrá pensado que es?

—No vayas.

—Algún día tendré que darle una lección. Tengo mucho trabajo. Siempre de acá para allá. Yo con mi tiempo hago lo que quiero.

—Exactamente.

A continuación había un largo e incómodo silencio. Finalmente Bunny se levantaba:

—Será mejor que me vaya.

—Muy bien, Bun.

—No creas que voy a casa de Marion —decía, poniéndose a la defensiva.

—Claro que no.

—Sí, sí —añadía Bunny distraídamente, y desaparecía.

Al día siguiente, Bunny y Marion estaban almorzando juntos o paseando por el parque infantil.

—Veo que Marion y tú habéis hecho las paces, ¿no? —le decía uno de nosotros cuando lo veía de nuevo a solas.

—Ah, sí —admitía Bunny, avergonzado.

Los ratos más felices eran los fines de semana en casa de Francis. Aquel año los árboles cambiaron pronto de color, pero las temperaturas siguieron siendo suaves hasta bien entrado octubre, y cuando íbamos al campo pasábamos la mayor parte del tiempo al aire libre. Nunca practicábamos actividades deportivas, aparte de algún que otro desapasionado partido de tenis (voleas altas que se salían de la pista, golpes contra el suelo con la raqueta en busca de la bola perdida); aquel sitio tenía algo que invitaba a una magnífica pereza que yo no experimentaba desde la infancia.

Ahora que lo pienso, cuando estábamos allí bebíamos casi constantemente —nunca demasiado de golpe, pero el trasiego de licores que empezaba con los Bloody Mary del desayuno no se interrumpía hasta la hora de acostarnos, y esa era seguramente la causa principal de nuestro letargo—. Si salía fuera con un libro para leer un rato, me quedaba dormido en la silla casi inmediatamente; cuando sacaba el bote, pronto me cansaba de remar y me dejaba ir a la deriva toda la tarde. (¡Aquel bote! A veces, cuando no puedo conciliar el sueño, intento imaginar que estoy echado en aquel bote de remos, con la cabeza apoyada sobre la tablilla de popa, con el agua golpeando la madera hueca y hojas de abedul amarillentas cayéndome con suavidad en la cara.) Ocasionalmente intentábamos algo un poco más ambicioso. Un día, Francis encontró una Beretta y balas en la mesilla de noche de su tía y realizamos una breve sesión de tiro (tuvimos que encerrar a la perra en el sótano, porque con los años se había acostumbrado a la pistola que marcaba la salida de la carrera). Disparábamos contra tarros alineados sobre una vacilante mesita que habíamos sacado al patio. Pero la diversión se acabó cuando Henry, que era muy miope, mató un pato por error. Aquello lo disgustó bastante, así que guardamos la pistola.

A los otros les gustaba el cróquet, pero a Bunny y a mí no; ninguno de los dos llegamos a entender el juego, y siempre golpeábamos la pelota con fuerza y con efecto, como si estuviéramos jugando a golf. De vez en cuando conseguíamos animarnos lo suficiente para ir de picnic. Siempre nos mostrábamos muy ambiciosos a la hora de los preparativos —el menú era complicado; el lugar elegido, lejano e indeterminado—, y solíamos acabar acalorados y soñolientos y ligeramente borrachos, poco dispuestos a iniciar la larga caminata de vuelta a casa con los trastos del picnic. Lo más normal era que pasáramos toda la tarde echados en la hierba bebiendo martinis de los termos y observando cómo las hormigas avanzaban en fila india hacia el plato del pastel, hasta que se terminaban los martinis y se ponía el sol, y teníamos que volver a casa a oscuras.

Siempre que Julian aceptaba una invitación para cenar en el campo se armaba un gran revuelo. Francis encargaba todo tipo de comida en el colmado y se pasaba días hojeando libros de cocina y preocupado por lo que íbamos a servir, con qué vino lo acompañaríamos, que platos utilizaríamos, y qué otro plato había de tener a punto por si el suflé no crecía. Enviaban los esmóquines a la tintorería; llegaban flores de la floristería; Bunny escondía su ejemplar de *La novia de Fu Manchú* y se paseaba por la casa con un libro de Homero.

No sé por qué insistíamos tanto en hacer un espectáculo de

aquellas cenas, porque siempre ocurría lo mismo: cuando llegaba Julian, estábamos todos nerviosos y cansados. Suponían una tremenda tensión para todos, incluido el invitado, estoy seguro —aunque él siempre se mostraba de excelente humor, elegante, cortés, e infatigablemente encantado con todos y con todo—, pese a que solo aceptaba un promedio de una de cada tres invitaciones. Los otros disimulaban mejor, porque tenían mas experiencia. Cinco minutos antes de que llegara Julian, los veías repantigados en el salón —las cortinas cerradas, la cena humeando en el calientaplatos en la cocina, todo el mundo tirándose de los cuellos y con cara de cansancio—, pero en cuanto sonaba el timbre de la puerta se ponían tiesos, empezaban a hablar, y hasta las arrugas desaparecían de su ropa.

Entonces yo encontraba esas cenas cansadas y molestas, y sin embargo el recuerdo que ahora guardo de ellas tiene algo de maravilloso: aquella oscura y cavernosa habitación, con el techo abovedado y el fuego chisporroteando en la chimenea, nuestras caras entre luminosas y fantasmalmente pálidas. La luz del fuego agrandaba nuestras sombras, se reflejaba en la plata, parpadeaba por lo alto de las paredes; su reflejo anaranjado en los cristales de las ventanas hacía pensar que fuera toda una ciudad estaba ardiendo. El ruido de las llamas recordaba a una manada de pájaros atrapados y aleteando en un torbellino cerca del techo. Y no me hubiera sorprendido lo más mínimo que de pronto la larga mesa de caoba, con su mantel de lino, cargada de porcelana, velas, fruta y flores, se hubiera desvanecido, como el cofre encantado de un cuento de hadas.

Hay una escena de aquellas cenas que recuerdo una y otra vez, como el obsesivo fondo de un sueño. Julian, a la cabecera de la larga mesa, se pone en pie y levanta su copa de vino. «Vida eterna», dice.

Y el resto de nosotros también nos levantamos y brindamos, como un regimiento haciendo chocar sus sables: Henry y Bunny, Charles y Francis, Camilla y yo. «Vida eterna», coreamos, vaciando nuestras copas al unísono.

Y siempre, siempre, aquel mismo brindis: «Vida eterna».

Ahora no entiendo cómo sabía tan poco de lo que estaba ocurriendo al final de aquel primer trimestre, pese a la frecuencia con que los veía. Físicamente no había muchos indicios de que pasara nada —eran demasiado listos—, pero además yo reaccionaba con una especie de ceguera voluntaria a las insignificantes discrepancias que se les escapaban. Es decir, yo quería mantener la ilusión de que conmigo actuaban con absoluta franqueza, de que éramos todos amigos, y de que no había secretos entre nosotros. Pero la verdad es que había muchas cosas que no me revelaron y que no me revelarían hasta pasado un tiempo. Y aunque yo intentaba ignorarlo, al mismo tiempo era consciente de ello. Sabía, por ejemplo, que a veces los cinco hacían cosas —no sabía bien qué— sin invitarme, y que si se veían en un aprieto se ponían de acuerdo y mentían acerca de ello, con falsa despreocupación y bastante convincentemente. De hecho eran tan convincentes, las variaciones y los contrapuntos de sus falsedades estaban tan impecablemente orquestadas (los gemelos, con su gélida indiferencia, soltando una nota afinada para contrarrestar las tonterías que decía Bunny, o la irritación de Henry cuando volvían a repetir una secuencia de acontecimientos trivial) que normalmente yo las creía, aunque tuviera motivos para hacer lo contrario.

Retrospectivamente, veo indicios de lo que estaba pasando —aunque lo cierto es que pocos—. En sus misteriosas desapariciones, que iban seguidas de confusas explicaciones de sus andanzas; en sus crípticos chistes y en los apartes en griego o incluso en latín que sin duda ellos sabían que yo no entendería. Aquello me disgustaba, pero aparentemente no tenía nada de alarmante o raro; aunque algunos de aquellos comentarios sin importancia y chistes privados acabaron adquiriendo una terrible significación. Hacia el final de aquel trimestre, por ejemplo, Bunny tenía la exasperante costumbre de ponerse a cantar «The Farmer in the Dell»; yo lo encontraba sencillamente molesto y no entendía la violenta agitación que provocaba en los demás, pues entonces no sabía, como sé ahora, que aquello debía de helarles los huesos.

Notaba cosas, desde luego. Supongo que habría sido imposible que no notara nada, dado el tiempo que pasaba con ellos. Pero se trataba sobre todo de pequeñas contradicciones, detalles por lo general tan insignificantes que quizá sirvan para mostrarles los escasos motivos que tenía yo para imaginar que estuviera pasando algo. Por ejemplo: los cinco parecían exageradamente propensos a los accidentes. Siempre los estaba arañando el gato, o se cortaban afeitándose, o tropezaban con taburetes. Sus explicaciones eran razonables, sin duda, pero para ser gente sedentaria tenían un extraño exceso de magulladuras y pequeñas heridas. También manifestaban una curiosa preocupación por el tiempo; a mí me parecía rara porque ninguno de ellos, que yo supiera, participaba en ninguna actividad en que las condiciones meteorológicas pudieran influir en modo alguno. Y sin embargo aquello los obsesionaba, a Henry particularmente. Le preocupaban sobre todo los descensos súbitos de temperatura; a veces, en el coche, se amorraba a la radio, frenético, como un capitán de barco ante una tormenta, buscando lecturas barométricas, previsiones a largo plazo, datos de todo tipo. La noticia de que bajaban las temperaturas siempre lo sumía en una inmediata e inexplicable tristeza. Yo me preguntaba qué le pasaría cuando llegara el invierno; pero para cuando llegó la primera nevada, su preocupación se había desvanecido para siempre.

Tonterías. Recuerdo que una vez, en el campo, me desperté a las seis, cuando todos dormían todavía, y bajé a la cocina. Acababan de fregar el suelo; estaba mojado, impecable salvo por la misteriosa huella de un pie descalzo —como la huella de Viernes en la playa desierta—. A veces, en el campo, me despertaba medio en sueños, pero vagamente consciente de algo: voces amortiguadas, movimiento, la perra gimiendo débilmente y arañando la puerta de mi dormitorio… En una ocasión oí un sigiloso diálogo entre los gemelos. Hablaban sobre unas sábanas:

—Tonto —susurró Camilla, y conseguí ver un pedazo de tela viejo y manchado de barro—, has cogido las que no debías. No podemos devolverlas así.

—Podemos cambiar las otras.

—Se enterarían. Las del servicio de lencería llevan una marca. Tendremos que decir que las hemos perdido.

Aunque no tardé en olvidar aquella conversación, recuerdo que me desconcertó, y aún más después de la poco satisfactoria respuesta de los gemelos cuando les hablé de ello. Una tarde descubrí un gran cazo de cobre hirviendo en el fogón de la cocina, del que emanaba un olor muy raro. Levanté la tapa y me golpeó una nube de vapor acre y amargo. El cazo estaba lleno de unas blandas hojas en forma de almendra, que hervían en dos litros de agua negruzca. Qué demonios es esto, pensé, perplejo y divertido; y cuando se lo pregunté a Francis me contestó, lacónico: «Es para mi baño».

Es muy fácil ver las cosas retrospectivamente. Pero entonces yo no veía otra cosa que mi felicidad, y no sé qué decir aparte de que la vida parecía mágica en aquella época: una sarta de símbolos, casualidades, premoniciones, augurios. Todo encajaba, no sé cómo; una Providencia benévola y sigilosa se estaba revelando gradualmente, y yo, tembloroso, sentía que estaba al borde de un fabuloso descubrimiento, como si una mañana, cualquier mañana, todo tuviera que cobrar sentido: mi futuro, mi pasado, toda mi vida; y yo tuviera que incorporarme en la cama, como el rayo, exclamando «¡Ohhh!».

Aquel otoño pasamos tantos fines de semana felices en el campo que, desde mi posición aventajada de ahora, los días se pierden en una nube dulce y poco definida. Por Halloween, las últimas flores silvestres se marchitaron y el viento, que se volvió frío e intenso, lanzaba ráfagas de hojas amarillas sobre la superficie gris y arrugada del lago. En aquellas frías tardes, cuando las nubes cruzaban a toda prisa un cielo que parecía de plomo, nos quedábamos en la biblioteca, haciendo una lumbre enorme para mantenernos en calor. Las desnudas ramas de los sauces golpeaban los cristales de las ventanas, como dedos de esqueleto. Mientras los gemelos jugaban a cartas en un extremo de la mesa, y Henry trabajaba en el otro, Francis se sentaba hecho un ovillo junto a la ventana con un plato de pequeños bocadillos en el regazo, leyendo en francés las *Mémoires* del duque de Saint-Simon (se le había metido en la cabeza que tenía que terminarlo). Había estudiado en varias escuelas europeas y hablaba un francés excelente, aunque lo pronunciaba con el mismo acento perezoso y esnob con que hablaba el inglés; a veces le pedía que me ayudara con mis ejercicios de primero de francés, aburridas historias sobre Marie y Jean-Claude yendo al *tabac* que Francis leía en voz alta con un deje lánguido e hilarante (*Marie a apporté des legumes à son frère*) que ponía histéricos a los demás. Bunny se echaba boca abajo sobre la alfombra, delante de la chimenea, y hacía sus deberes; de vez en cuando le cogía un bocadillo a Francis o, quejumbroso, hacía una pregunta. Tenía muchos problemas con el griego, pero lo cierto es que llevaba mucho más tiempo estudiándolo que el resto de nosotros, concretamente desde los doce años, y se pasaba la vida jactándose de esa circunstancia. Siempre decía, muy astutamente, que aquello no había sido más que un capricho infantil, una manifestación de genio temprano estilo Alexander Pope; pero lo cierto (lo supe por Henry) es que de pequeño Bunny tenía una dislexia bastante grave, y le habían impuesto el griego como terapia, pues en su escuela primaria tenían la teoría de que era conveniente obligar a los estudiantes disléxicos a estudiar lenguas como el griego, el hebreo y el ruso, que no utilizaban el alfabeto romano. Su talento como lingüista era, en todo caso, considerablemente menor de lo que él hacía creer a los demás, y era incapaz de resolver hasta los más sencillos ejercicios sin continuas preguntas, quejas e ingestas de comida. Hacia el final del trimestre tuvo un acceso de asma y se paseaba por la casa en pijama y albornoz, estornudando, con el cabello de punta, respirando teatralmente con dificultad en su inhalador. Las pastillas que tomaba para el asma (según me contaron los otros) lo ponían irritable, le producían insomnio y lo engordaban. Y yo acepté aquello como explicación del malhumor de que Bunny hacía gala al final del trimestre, que, como supe más adelante, se debía a motivos completamente diferentes.

¿Qué puedo contaros? ¿Lo de aquel sábado de diciembre en que Bunny recorrió toda la casa a las cinco de la mañana gritando «¡Nieva! ¡Nieva!» y nos despertó a todos saltando en nuestras camas? O la ocasión en que Camilla intentó enseñarme el paso de box; o cuando Bunny hizo volcar el bote, con Henry y Charles dentro, porque le pareció ver una serpiente de agua. Lo de la fiesta de cumpleaños de Henry, o lo de las dos ocasiones en que la madre de Francis —pelirroja, zapatos de piel de cocodrilo, esmeraldas— se presentó en la escuela arrastrando su yorkshire y a su segundo marido. (La señora era todo un personaje, y Chris, su nuevo marido, era actor secundario de seriales, un poco mayor que Francis. Ella se llamaba Olivia. Cuando la conocí acababa de salir del Betty Ford Center, tras someterse a una cura de alcoholismo y de drogadicción no especificada, y había reemprendido con entusiasmo el camino del pecado. En una ocasión Charles me contó que Olivia había llamado a su puerta de madrugada y que le había pedido que se acostara con ella y con Chris. Yo sigo recibiendo sus felicitaciones cada Navidad.)

Pero hay un día que recuerdo particularmente bien, un radiante sábado de octubre, uno de los últimos días veraniegos de aquel año. Habíamos pasado la noche anterior, bastante fresca, bebiendo y hablando casi hasta el amanecer, y me desperté tarde, acalorado y ligeramente mareado; las sábanas estaban hechas un ovillo a los pies de la cama y el sol entraba a raudales por la ventana. Me quedé quieto un buen rato. El sol atravesaba mis párpados con un rojo intenso y doloroso, y el calor hacía hormiguear mis piernas húmedas. Notaba el resto de la casa: silenciosa, iluminada y agobiante.

Bajé la escalera, haciendo crujir los peldaños. La casa estaba inmóvil, vacía. Finalmente encontré a Francis y a Bunny en la parte sombreada del porche. Bunny llevaba una camiseta y bermudas; Francïs, con el rostro enrojecido y los párpados cerrados y casi palpitando de dolor, llevaba un pestilente albornoz robado de un hotel.

Estaban bebiendo *prairie oysters*. Francis me ofreció su vaso, al tiempo que apartaba la mirada:

—Ten, bebe —me dijo—. Si lo vuelvo a ver voy a vomitar.

La yema se estremeció en su baño de ketchup y salsa Worcestershire.

—No, gracias —le dije, y aparté el vaso.

Francis cruzó las piernas y se tapó la nariz con el índice y el pulgar.

—No sé por qué hago estas cosas —dijo—. No sirven de nada. Tengo que ir a comprar Alka-Seltzer.

Charles salió de la casa y cerró la puerta de tela metálica, y caminó por el porche con aire decaído con su albornoz a rayas rojas.

—Lo que necesitas es una bomba helada —sentenció.

—Tú y tus bombas heladas.

—Funcionan, te lo digo yo. Es puramente científico. Las cosas frías van bien para combatir las náuseas, y...

—Siempre dices lo mismo, Charles, pero yo no creo que sea cierto.

—¿Quieres escucharme un momento? El helado retrasa la digestión. La Coca-Cola te recompone el estómago y la cafeína te quita el dolor de cabeza. El azúcar te da energía. Y además te ayuda a metabolizar más deprisa el alcohol. Es el alimento perfecto.

—Ve a prepararme una, corre —dijo Bunny.

—Ve a preparártela tú —contestó Charles, súbitamente irritado.

—En serio —añadió Francis—. Creo que lo que necesito es un Alka-Seltzer.

A continuación apareció Henry —había estado levantado, y vestido, hasta el alba—, seguido de una soñolienta Camilla, recién salida de la bañera, con su cabeza de crisantemo dorado despeinada y caótica. Eran casi las dos de la tarde. La perra estaba echada de costado, dormitando, con uno de sus ojos, color de avellana, parcialmente cerrado y rodando de forma grotesca.

Como no había Alka-Seltzer, Francis entró y trajo una botella de ginger ale, unos cuantos vasos y hielo, y nos sentamos un rato mientras la tarde se hacía más clara y calurosa. Camilla —que raramente se contentaba con quedarse sentada y siempre estaba ansiosa por hacer algo, cualquier cosa, jugar a cartas, ir de picnic o dar un paseo en coche— estaba aburrida e inquieta, y no se esforzaba por disimularlo. Sostenía un libro en las manos, pero no lo leía; tenía las piernas colgadas en el brazo de la silla y con el talón descalzo golpeaba, con un ritmo obstinado y letárgico, el costado de la silla de mimbre. Finalmente, Francis le preguntó si le apetecía ir a dar un paseo hasta el lago, supongo que para animarla. Camilla se alegró instantáneamente. Como no había nada más que hacer, Henry y yo decidimos acompañarlos. Charles y Bunny se habían quedado profundamente dormidos en sus sillas.

El cielo estaba de un azul intenso, y los árboles eran como fieras pantallas rojas y amarillas. Francis, descalzo y con su albornoz, caminaba con dificultad sorteando piedras y ramas, intentando no derramar el vaso de ginger ale. Cuando llegamos al lago, se metió en el agua hasta que le cubrió las rodillas, y se puso a hacernos señas, exageradamente, como san Juan Bautista.

Nos quitamos los zapatos y los calcetines. El agua de la orilla era de un verde pálido y transparente y estaba fría, y la luz del sol moteaba los guijarros del fondo. Henry, con americana y corbata, y con los pantalones arremangados hasta las rodillas, como un anticuado banquero en un cuadro surrealista, se acercó a Francis. Una ráfaga de viento sacudió los abedules, agitando las pálidas caras inferiores de las hojas, y se enredó en el vestido de Camilla y lo infló como si fuera un globo. Ella rió, y se lo alisó inmediatamente, pero el viento volvió a inflarlo.

Camilla y yo nos quedamos caminando por la orilla, con el agua apenas cubriéndonos los pies. El sol relucía sobre la trémula superficie del lago; no parecía un lago de verdad, sino un espejismo sahariano. Henry y Francis se habían alejado bastante: Francis hablaba y gesticulaba aparatosamente con su albornoz blanco, y Henry, con las manos a la espalda, parecía Satán escuchando con paciencia el atolondrado discurso de un profeta del desierto.

Camilla y yo caminamos un buen rato por la orilla del lago, y luego iniciamos el regreso. Camilla, protegiéndose los ojos del sol con una mano, iba contándome una larga historia sobre algo que había hecho la perra —destrozar una alfombra de piel de oveja que pertenecía al casero, sus intentos por disimularlo y finalmente la destrucción de los restos de la alfombra—, pero yo no le prestaba demasiada atención: se parecía mucho a su hermano, y sin embargo la sencilla y absoluta belleza de Charles se volvía casi mágica cuando se repetía, con solo leves variaciones, en ella. Para mí Camilla era un sueño hecho realidad; con solo verla, me imaginaba una serie casi infinita de fantasías que iban de lo griego a lo gótico, de lo vulgar a lo divino.

Iba mirando su perfil, escuchando sus dulces, guturales cadencias, cuando una aguda exclamación me despertó de mis sueños. Camilla se detuvo.

—¿Qué te pasa?

Camilla se había quedado mirando el agua.

—Mira —dijo.

En el agua, un oscuro penacho de sangre asomaba junto a su pie. Parpadeé, y un delgado zarcillo rojo se elevó en espiral por encima de sus pálidos dedos, ondulando en el agua como un hilo de humo carmesí.

—Por Dios. Pero ¿qué has hecho?

—No lo sé. Me he clavado algo. —Se apoyó en mi hombro y yo la sujeté por la cintura. Tenía un casco de vidrio verde de unas tres pulgadas de largo clavado en el pie. Le brotaba abundante sangre, al ritmo del corazón; el casco, brutal, manchado de rojo, relucía al sol.

—¿Qué tengo? —dijo Camilla, intentando inclinarse para ver—. ¿Es grave?

Se había cortado una arteria. La sangre manaba deprisa y con fuerza.

—¡Francis! —grité—. ¡Henry!

—Virgen Santa —exclamó Francis cuando se acercó lo suficiente para ver, y empezó a salpicarnos, sujetándose los faldones del albornoz con una mano—. ¿Cómo te lo has hecho? ¿Puedes caminar? Déjame ver —dijo, casi sin aliento.

Camilla se agarró con fuerza a mi brazo. Tenía la planta del pie teñida de rojo, y le caían unos gordos goterones que se extendían y dispersaban como gotas de tinta en las transparentes aguas.

—Dios mío —dijo Francis, y cerró los ojos—. ¿Te duele?

—No —contestó ella, lacónica. Pero yo sabía que mentía: notaba su temblor, y se había puesto pálida.

De pronto apareció Henry, que se inclinó sobre ella.

—Agárrate a mi cuello —le dijo; la levantó con habilidad y sin esfuerzo, como si Camilla fuese de paja, un brazo debajo de su cabeza y el otro por detrás de las rodillas—. Corre, Francis, ve a buscar el botiquín de tu coche. Nos encontramos a medio camino.

—Muy bien —dijo Francis, contento de que le dijeran lo que tenía que hacer, y se dirigió a la orilla chapoteando.

—Bájame, Henry. Te estoy manchando de sangre.

Henry no le hizo caso y se dirigió a mí:

—Richard, coge ese calcetín y átaselo alrededor del tobillo.

Era la primera vez que hacía un torniquete; y pensar que me había pasado un año estudiando medicina.

—¿Te aprieta demasiado? —le pregunté a Camilla.

—No, está bien. Henry, bájame, por favor. Peso demasiado.

Él le dirigió una sonrisa. Vi que tenía uno de los incisivos ligeramente mellado; eso le daba a su sonrisa un toque muy atractivo.

—Eres ligera como una pluma —dijo.

A veces, cuando ha habido un accidente y no podemos comprender una realidad demasiado repentina y extraña, lo surreal se apodera de la situación. La acción reduce su marcha y adopta un ritmo onírico, imagen por imagen; un ademán, una frase, pueden durar una eternidad. Las cosas pequeñas —un grillo instalado en un tallo, la nervadura de una hoja— se magnifican y resaltan del fondo con una claridad dolorosa. Y eso fue lo que pasó entonces, mientras caminábamos por el prado hacia la casa. Era un cuadro demasiado real para ser cierto: cada guijarro, cada brizna de hierba nítidamente dibujado, el cielo tan azul que me dolían los ojos si lo miraba. Camilla iba desmayada en brazos de Henry, con la cabeza echada hacia atrás, como una niña muerta, luciendo la inerte y hermosa curva de su cuello. La brisa agitaba el borde de su vestido. Henry llevaba los pantalones salpicados de gotas del tamaño de monedas de veinticinco centavos, demasiado rojas para ser de sangre, como si le hubieran salpicado con una brocha. Durante la inquietante quietud que dominaba entre nuestros pasos sin eco, yo oía mi pulso, rápido y leve.

Charles bajó la colina patinando, descalzo. Todavía iba en albornoz, y Francis le seguía detrás. Henry se arrodilló y dejó a Camilla sobre la hierba, y ella se incorporó apoyándose en los codos.

—¿Estás muerta, Camilla? —dijo Charles, sin aliento, al tiempo que se arrojaba al suelo para examinar la herida.

—Alguien va a tener que sacarle ese vidrio del pie —sentenció Francis, desenrollando una venda.

—¿Quieres que lo haga yo? —preguntó Charles, mirando a Camilla.

—Ten cuidado.

Charles le cogió el talón con una mano, y con la otra tiró suavemente del casco. Camilla contuvo la respiración. Charles dio otro tirón, esta vez más fuerte, y ella gritó.

Charles retiró la mano, como si se hubiera escaldado. Se disponía a tocarle de nuevo el pie a Camilla, pero no llegó a hacerlo. Tenía los dedos ensangrentados.

—Venga, sigue —dijo Camilla con voz bastante firme.

—No puedo. Me da miedo hacerte daño.

—Me duele de todas formas.

—No puedo —insistió Charles con tristeza, mirándola a los ojos.

—Apártate —le ordenó Henry, impaciente. Se arrodilló rápidamente y cogió el pie con una mano.

Charles apartó la mirada; estaba casi tan pálido como ella, y yo me pregunté si sería cierto lo que se decía: que un gemelo sentía dolor cuando el otro se hacía daño.

Camilla se encogió, con los ojos muy abiertos; Henry alzó el curvado pedazo de vidrio con una mano ensangrentada.

—*Consummatum est* —dijo.

Francis le aplicó el yodo y la venda.

—Dios mío —dije, cogiendo el casco manchado de rojo y examinándolo a la luz.

—Qué bien te has portado —dijo Francis, vendándole el arco del pie. Sabía comportarse con los enfermos, como la mayoría de los hipocondríacos—. Mira, ni siquiera has llorado.

—No me dolía tanto.

—¡Cómo que no! —dijo Francis—. Has sido muy valiente.

Henry se levantó.

—Ha sido muy valiente —corroboró.

Aquella misma tarde, Charles y yo nos sentamos en el porche. De pronto había refrescado; hacía un sol espléndido, pero se había levantado viento. El señor Hatch había entrado para encender la chimenea, y olía ligeramente a madera quemada. Francis también estaba dentro, preparando la cena; estaba cantando, y su voz, alta y clara, ligeramente desafinada, salía por la ventana de la cocina.

El corte de Camilla no resultó grave. Francis la llevó en coche al ambulatorio —Bunny los acompañó, porque no se perdonaba haberse dormido y haberse perdido el accidente—, y al cabo de una hora ya había vuelto, con seis puntos en el pie, una venda y un frasco de Tylenol con codeína. Ahora Bunny y Henry estaban fuera jugando a cróquet y Camilla estaba con ellos, saltando sobre su pie bueno y con la punta del pie malo, con unos andares que, desde el porche, resultaban extrañamente garbosos.

Charles y yo bebíamos whisky con soda. Charles había intentado enseñarme a jugar a piquet («porque es a lo que juega Rawdon Crawley en *La feria de las vanidades*»), pero yo era demasiado torpe, y habíamos abandonado las cartas.

Charles bebió un trago de su bebida. No se había molestado en vestirse en todo el día.

—Ojalá no tuviéramos que volver a Hampden mañana —dijo.

—Ojalá no tuviéramos que volver nunca —añadí—. Ojalá viviéramos aquí.

—A lo mejor podemos quedarnos.

—¿Qué?

—Ahora no. Pero es posible que podamos. Cuando acabe el curso.

—¿Cómo es eso?

Se encogió de hombros.

—La tía de Francis no quiere vender la casa porque desea que siga en manos de la familia. Francis podría ponerla a su nombre cuando cumpla veintiún años. Y aunque no pudiera, Henry tiene tanto dinero que no sabe en qué gastarlo. Podrían llegar a un acuerdo y comprarla. Así de sencillo.

Su respuesta, tan pragmática, me dejó perplejo.

—Lo único que Henry quiere hacer cuando acabe la carrera,

si es que la acaba, es encontrar un sitio donde escribir sus libros y estudiar las doce grandes culturas.

—¿Si la acaba? ¿Qué quieres decir?

—Quiero decir que tal vez no quiere acabarla. Puede que se aburra. No sería la primera vez que habla de dejarla. No tiene por qué estar aquí, y nunca tendrá un empleo.

—¿Ah, no? —dije, curioso; siempre me había imaginado a Henry enseñando griego en alguna universidad, desamparada pero excelente, del Medio Oeste.

Charles emitió un bufido.

—Claro que no. ¿Por qué iba a hacerlo? No necesita el dinero, y sería un profesor horrible. Y Francis no ha trabajado jamás. Supongo que podría vivir con su madre, pero no soporta a su marido. Prefiere vivir aquí. Además, Julian no estaría muy lejos.

Bebí un trago y dirigí la mirada hacia las distantes figuras que se movían por el césped. Bunny, con el cabello tapándole los ojos, se preparaba para disparar, doblando el mazo y moviéndose atrás y adelante, apoyándose en los pies, como un golfista profesional.

—¿Sabes si Julian tiene familia? —le pregunté a Charles.

—No —contestó él con la boca llena de hielo—. Tiene unos sobrinos, pero los odia. Mira eso —me dijo de pronto, incorporándose en la silla.

Miré. Bunny acababa de disparar; la pelota pasó muy lejos de los arcos seis y siete, pero, increíblemente, golpeó el *turning stake*.

—Mira —dije—. Creo que se propone volver a tirar.

—Pero no lo conseguirá —dijo Charles, volviendo a sentarse aunque sin dejar de mirar a los jugadores—. Fíjate en Henry. Está imponiendo su autoridad.

Henry señalaba los arcos que Bunny se había saltado y, aunque se encontraba lejos, supe que estaba citando el libro de normas; oímos los airados gritos de protesta de Bunny.

—Ya se me ha pasado la resaca —dijo Charles.

—A mí también.

En el jardín había una luz dorada que proyectaba largas y aterciopeladas sombras, y el cielo, radiante y nublado, parecía un cuadro de Constable; pese a que no quería admitirlo, estaba medio borracho.

Nos quedamos quietos un rato, observando. Desde donde estaba oía los débiles toc del mazo contra la pelota de cróquet; por la ventana de la cocina llegaba la voz de Francis, por encima del ruido de cazos y portazos de armario; cantaba como si aquella fuera la canción más alegre del mundo: «We are little black sheep who have gone astray... Baaa baa baa...».

—¿Y si Francis compra la casa? —dije por fin—. ¿Crees que nos dejaría vivir aquí?

—Claro. Si se quedara solo con Henry se moriría de aburrimiento. Me imagino que Bunny tendría que trabajar en el banco, pero podría subir los fines de semana, si dejara a Marion y a los niños en casa.

Me reí. La noche anterior Bunny nos había contado que quería tener ocho hijos, cuatro niños y cuatro niñas; aquello había desencadenado un largo y serio discurso de Henry sobre el hecho de que el cumplimiento del ciclo reproductor era, por naturaleza e invariablemente, el preludio de un rápido declive y, al final, de la muerte.

—Es terrible —añadió Charles—. En serio, me lo imagino perfectamente en el patio, con un absurdo delantal puesto.

—Haciendo hamburguesas en la barbacoa.

—Y veinte criaturas correteando y chillando.

—Picnic de *kiwanis*.

—Hamacas La-Z-Boy.

—Dios mío.

Una brusca ráfaga de viento sacudió los abedules; las amarillentas hojas bajaron revoloteando como confeti. Bebí un trago de whisky. Aquella casa me gustaba tanto como si hubiera crecido en ella; conocía perfectamente el chirrido del balancín, el dibujo de las clemátides sobre el enrejado, la aterciopelada ondulación del suelo que el horizonte dispersaba en tonos grises, y el breve tramo de autopista visible en las colinas, más allá de los árboles. Los colores de aquel lugar rezumaban en mi sangre; así como Hampden, en los años posteriores, siempre aparecía en mi imaginación en un confuso enredo de blanco, verde y rojo, la casa de campo aparecía primero como una preciosa bruma de acuarelas, de marfil y azul de ultramar, avellana y naranja y dorado, que gradualmente se separaban para dibujar los objetos recordados: la casa, el cielo, los arces. Pero incluso aquel día, en aquel porche, con Charles a mi lado y el olor a madera quemada en el aire, todo parecía pertenecer a la memoria; allí estaba, ante mis ojos, y sin embargo demasiado hermoso para ser cierto.

Estaba oscureciendo; la cena no tardaría en estar preparada. Me terminé la bebida de un trago. La idea de vivir allí, de no tener que regresar jamás al asfalto, a los centros comerciales, a los muebles modulares; la idea de vivir allí con Charles y Camilla, con Henry, con Francis, y quizá incluso con Bunny; de que nadie se casara ni volviera a su casa ni se marchara a trabajar a una ciudad lejana ni cometiera ninguna de las traiciones que cometen los amigos cuando acabas la carrera, de que todo siguiera tal como estaba en aquel instante…, aquella idea era tan maravillosa que no creo que pudiera imaginar ni siquiera entonces que llegaría a hacerse realidad, pero me gusta pensar que así fue.

Francis estaba llegando a la apoteosis de su interpretación: «Gentlemen songsters off on a spree… Doomed from here to eternity…»

Charles me miró de reojo.

—¿Y tú qué? —preguntó.

—¿A qué te refieres?

—¿Tienes algún plan? —Se rió—. ¿Qué piensas hacer los próximos cuarenta o cincuenta años de tu vida?

En el jardín, Bunny acababa de golpear la pelota de Henry lanzándola a unos setenta pies fuera del campo de juego. Se oyó una carcajada; débil, pero clara, hendió el aire nocturno. Aquella risa todavía me sobrecoge.

3

En cuanto pisé Hampden por primera vez, empecé a temer el final del trimestre, el día en que tendría que volver a Plano, a los paisajes llanos, a las gasolineras, al polvo. A medida que avanzaba el trimestre, a medida que las nevadas se hacían más intensas y las mañanas más negras, a medida que los días me iban acercando a la fecha de la estropeada fotocopia («17 de diciembre – todos los trabajos entregados») que había pegado en la parte interior de la puerta de mi armario, mi melancolía se iba transformando en alarma. Me sentía incapaz de soportar unas navidades en casa de mis padres, con un árbol de plástico, sin nieve, y con el televisor continuamente encendido. Y a mis padres tampoco les entusiasmaba la idea de que yo pasara allí las vacaciones. En los últimos años habían trabado amistad con los MacNatt, una pareja de charlatanes sin hijos, mayores que mis padres. El señor MacNatt era vendedor de recambios de coche; la señora MacNatt tenía forma de paloma y vendía productos Avon. Habían conseguido que mis padres se apuntaran a actividades como excursiones en autocar a fábricas donde hacían una venta de saldos, o jugar a un juego de dados llamado bunko y frecuentar el piano bar del Ramada Inn. Esas actividades tenían lugar, sobre todo, durante las vacaciones, y mi presencia, que era breve e irregular, suponía un inconveniente y en cierto modo un reproche.

Pero el problema no se acababa con las fiestas. Como Hampden estaba tan al norte, y como los edificios eran viejos y resultaba caro calentarlos, la universidad cerraba los meses de enero y febrero. Me imaginaba a mi padre, apestando a cerveza, quejándose de mí al señor MacNatt, y a este aguijoneándolo astutamente con comentarios que insinuaban que yo era un niño mimado y que él jamás permitiría que un hijo suyo lo pisoteara. Mi padre se pondría furioso, y finalmente irrumpiría en mi habitación y me echaría, señalando la puerta con un índice tembloroso y con los ojos en blanco, como Otelo. Lo había hecho varias veces cuando yo asistía al instituto y luego a la Universidad de California, sin motivo aparente, salvo para imponer su autoridad frente a mi madre y sus colegas. En cuanto mi padre se cansaba de ser el centro de atención y permitía que mi madre «le hiciera entrar en razón», me dejaban volver. Pero ¿y ahora? Ya ni siquiera tenía habitación; mi madre me había escrito una carta en octubre para informarme de que había vendido los muebles y que la había convertido en sala de costura.

Henry y Bunny se iban a Roma a pasar las vacaciones de invierno. Aquella noticia, que Bunny me comunicó a principios de diciembre, me sorprendió, sobre todo porque llevaban más de un mes enfadados el uno con el otro, sobre todo Henry. Yo sabía que Bunny llevaba varias semanas sacándole bastante dinero a Henry, y aunque Henry se quejaba parecía extrañamente incapaz de impedirlo. Yo estaba convencido de que el problema no era el dinero *per se*, sino el concepto; también estaba convencido de que Bunny creía que no había ninguna tensión.

Bunny no hablaba de otra cosa que del viaje. Se compró ropa, guías, un disco titulado *Parliamo italiano* que prometía enseñar italiano en menos de dos semanas («¡Incluso a los que nunca han tenido suerte con ningún otro curso de idiomas!», se jactaba la portada) y un ejemplar de la traducción de Dorothy Sayers del *Infierno*. Bunny sabía que yo no tenía dónde pasar las vacaciones de invierno y disfrutaba hurgando en mi herida. Me guiñaba el ojo y me decía: «Cuando vaya en una góndola bebiéndome un Campari me acordaré de ti». Henry no hablaba mucho del viaje. Mientras Bunny parloteaba él se sentaba y daba profundas caladas a su cigarrillo, fingiendo no entender el incorrecto italiano de Bun.

Francis me dijo que le gustaría que yo pasara las navidades con él en Boston y que luego lo acompañara a Nueva York; los gemelos telefonearon a su abuela, que vivía en Virginia, y esta les dijo que no le importaba que yo pasara las vacaciones de invierno con ellos. Pero estaba el problema del dinero. Tendría que trabajar hasta que se reanudaran las clases. Si quería volver en primavera, necesitaba dinero, y si me dedicaba a corretear con Francis no tendría ocasión de trabajar. Los gemelos, como hacían siempre en vacaciones, trabajarían en el despacho de un tío suyo que era abogado, pero ya les costaba bastante tener trabajo para los dos: Charles le hacía de chófer al tío Orman en sus escasos desplazamientos a alguna que otra tienda y a la bodega, y Camilla se quedaba por el despacho para contestar un teléfono que nunca sonaba. Estoy seguro de que no se les ocurrió que a mí también podía interesarme trabajar, pues se habían tragado todos los cuentos que circulaban sobre la buena vida que me pegaba en California. «¿Qué voy a hacer mientras vosotros estéis trabajando?», les preguntaba, con la esperanza de que picaran el anzuelo; pero no había manera. «Me temo que no tendrás mucho que hacer —se disculpaba Charles—. Leer, hablar con Nana, jugar con los perros.»

Por lo visto, no tenía más remedio que quedarme en Hampden. El doctor Roland estaba dispuesto a mantenerme empleado, pero pagándome un salario con el que no podía cubrir ningún alquiler decente. Charles y Camilla iban a realquilar su apartamento y Francis tenía un primo quinceañero que le había pedido el suyo; el de Henry se quedaba vacío, si bien él no me lo ofreció, y yo era demasiado orgulloso para pedírselo. La casa de campo también estaba vacía, pero quedaba a una hora de Hampden y yo no tenía coche. Entonces me enteré de que había un viejo hippy, ex alumno de Hampden, que tenía un taller de instrumentos musicales en un almacén abandonado. Te dejaba vivir gratis en el almacén con la única condición de que de vez en cuando tallaras alguna clavija o lijaras alguna mandolina.

Como no quería ser objeto de la compasión ni del desdén de nadie, mantuve en secreto mi situación. Como mis modernos y frívolos padres no querían saber nada de mí durante las vacaciones, decidí quedarme solo en Hampden (en un lugar no especificado) y estudiar griego, despreciando, orgulloso, sus tímidas ofertas de ayuda financiera.

Ese estoicismo, esa dedicación a mis estudios y ese desprecio general por las cosas mundanas, más propios de Henry, se ganaron la admiración por parte de todos, particularmente de Henry. «A mí tampoco me importaría quedarme aquí este invierno», me dijo una desapacible noche, a finales de noviembre, mientras volvíamos a casa desde el apartamento de Charles y Camilla, con los zapatos hundidos hasta los tobillos en empapadas hojas que cubrían el camino. «La universidad está cerrada a cal y canto, y las tiendas de la ciudad cierran a las tres de la tarde. Todo está blanco y vacío, y no hay más ruido que el del viento. Antiguamente, la nieve llegaba hasta los aleros de los tejados, y la gente se quedaba atrapada en sus casas y moría de hambre. No los encontraban hasta la primavera.» Lo decía con una voz suave y soñadora, pero a mí me producía inquietud; donde yo vivía ni siquiera nevaba.

Todo el mundo, menos yo, pasaba la última semana de clase haciendo maletas, escribiendo a máquina, haciendo reservas de avión y llamadas a casa. Yo no tenía necesidad de acabar mis trabajos pronto, porque no tenía a donde ir; podía hacer las maletas cuando quisiera, una vez que se hubieran vaciado los dormitorios. Bunny fue el primero en marcharse. Había pasado tres semanas histérico por culpa de un trabajo que tenía que redactar para una asignatura de cuarto que se denominaba algo así como «obras maestras de la literatura inglesa». Consistía en veinticinco páginas sobre John Donne. Todos nos preguntábamos cómo se las ingeniaría, porque no escribía demasiado bien; aunque su dislexia era una buena excusa, el verdadero problema residía en que su capacidad de concentración era tan limitada como la de un niño pequeño. Raramente leía los textos recomendados o los libros suplementarios de ninguna asignatura. Sus conocimientos sobre cualquier materia solían ser un batiburrillo de datos confusos, por lo general sorprendentemente irrelevantes o fuera de contexto, que Bunny conseguía recordar de las discusiones que habían tenido lugar en clase o que él creía haber leído en alguna parte. Cuando tenía que escribir un trabajo, completaba aquellos dudosos fragmentos interrogando a Henry (a quien tenía costumbre de consultar como si fuera una enciclopedia) o con información extraída de *The World Book Encyclopedia* o de un libro de consulta titulado *Men of Thought and Deed*, una obra de seis volúmenes de E. Tipton Chatsford, fechada en 1890, que consistía en breves esbozos de los grandes hombres de todas las épocas, escrito para niños y lleno de exagerados grabados.

Todo lo que escribía Bunny estaba destinado a sonar exageradamente original, pues partía de materiales de trabajo muy extraños que se ingeniaba en alterar aún más mediante su confuso examen, pero el trabajo sobre John Donne debía de ser el peor trabajo que jamás se haya impreso. Después de su muerte, un periodista pidió una muestra del trabajo del joven erudito desaparecido, y Marion le dio una copia. Un párrafo laboriosamente corregido de aquel trabajo se publicó en la revista *People*.

Bunny había oído en algún lugar que John Donne había conocido a Izaak Walton, y esa amistad fue creciendo en algún rincón de su mente, hasta que aquellos dos hombres se hicieron prácticamente intercambiables. Nunca llegamos a comprender cómo había llegado a establecerse aquella fatal conexión; Henry culpaba a *Men of Thought and Deed*, pero nadie lo sabía a ciencia cierta. Una o dos semanas antes de la fecha de entrega del trabajo, Bunny empezó a presentarse en mi habitación a las dos o tres de la madrugada, con aspecto de haber sobrevivido milagrosamente a alguna catástrofe natural, con la corbata torcida y los ojos desorbitados. «Hola, hola —me decía al entrar, pasándose la mano por el despeinado cabello—. Espero no haberte despertado, no te importa que encienda la luz, ¿verdad?, sí, ya está…» Encendía todas las luces y empezaba a pasearse por la habitación sin quitarse el abrigo, con las manos a la espalda, moviendo la cabeza a uno y otro lado. De pronto se paraba y decía, con una mirada desesperada:

—Háblame del metahemeralismo. Dime todo lo que sepas sobre él. Tengo que averiguar algo acerca del metahemeralismo.

—Lo siento. No sé qué es.

—Yo tampoco —decía Bunny con la voz quebrada—. Tiene algo que ver con el arte o con el pastoralismo o algo así. Es lo que me falta para relacionar a John Donne y a Izaak Walton, ¿entiendes? —Empezaba a pasearse de nuevo—. Donne. Walton. El metahemeralismo. Creo que ahí está el problema.

—Bunny, me parece que la palabra «metahemeralismo» ni siquiera existe.

—Claro que sí. Viene del latín. Está relacionado con la ironía y lo pastoral. Eso es. Con la pintura, la escultura…

—¿Sale en el diccionario?

—No lo sé. No sé cómo se deletrea. —Hizo un marco con las manos y añadió—: Es decir, el poeta y el pescador. *Parfait*. Dos alegres compañeros. Por los espacios abiertos. Pegándose la buena vida. El metahemeralismo tiene que ser el elemento consolidador, ¿me explico?

A veces Bunny continuaba así media hora o más, desvariando sobre la pesca, los sonetos, y Dios sabe qué más, hasta que en pleno monólogo se le ocurría un pensamiento brillante, y desaparecía tan súbitamente como había llegado.

Terminó el trabajo cuatro días antes de la fecha límite, y antes de entregarlo se lo enseñó a todo el mundo.

—Está muy bien, Bun —dijo Charles, cauteloso.

—Gracias, gracias.

—Pero ¿no crees que tendrías que mencionar a John Donne más a menudo? ¿No era ese el tema?

—Ah, Donne —dijo Bunny, burlón—. No quiero meterlo en esto.

Henry se negó a leerlo.

—En serio, Bunny, creo que escapa a mi entendimiento —dijo, echando un vistazo a la primera página—. Oye, ¿cómo lo has mecanografiado?

—A triple espacio —contestó Bunny, orgulloso.

—Pero si los espacios tienen casi una pulgada.

—Es como una especie de verso libre, ¿no te parece?

Henry hizo un curioso ruido con la nariz.

—Es como una especie de menú —dijo.

Lo único que recuerdo de aquel trabajo es que terminaba con la frase: «Dejamos a Donne y a Walton a orillas del metahemeralismo y nos despedimos, emocionados, de aquellos famosos compinches de antaño». Nos preguntábamos si le suspenderían. Pero Bunny no estaba preocupado: el esperado viaje a Italia, ahora lo suficientemente inminente para proyectar la oscura sombra de la torre de Pisa sobre su cama por la noche, lo había sumido en un estado de intensa agitación, y estaba ansioso por marcharse de Hampden cuanto antes y liquidar sus compromisos familiares para poder partir.

Me preguntó si quería ayudarle a hacer las maletas, ya que yo no tenía nada que hacer. Le dije que sí, y lo encontré vaciando los cajones en las maletas, con ropa por todas partes. Descolgué cuidadosamente un grabado japonés que había en la pared y lo dejé sobre el escritorio. «No toques eso —me gritó Bunny; dejó caer el cajón de su mesilla de noche en el suelo y se abalanzó sobre mí para quitarme el cuadro de las manos—. Tiene más de doscientos años.» Pero resulta que yo sabía que aquello no era cierto, pues pocas semanas atrás le había visto recortarlo cuidadosamente de un libro de la biblioteca; no le dije nada, pero estaba tan irritado que me marché inmediatamente, sin atender a las parcas excusas que su orgullo le permitía. Más tarde, cuando Bunny ya se había marchado, encontré una torpe nota de disculpa en mi buzón, que envolvía un ejemplar de bolsillo de los poemas de Rupert Brooke y una caja de caramelos Junior Mints.

Henry partió deprisa y sigilosamente. Una noche nos dijo que se iba, y a la mañana siguiente ya se había marchado. (¿A San Luis? ¿A Italia? Nadie lo sabía.) Francis se marchó al día siguiente, y hubo largas y elaboradas despedidas: Charles, Camilla y yo, de pie en el bordillo de la carretera, con la nariz roja y las orejas heladas, mientras Francis nos gritaba con la ventanilla bajada y el motor en marcha y grandes nubes de humo blanco envolviendo el Mustang durante más de tres cuartos de hora.

Lo que más me apenaba era que se marcharan los gemelos, tal vez porque serían los últimos en irse. Tras desvanecerse los bocinazos de Francis en la nevada y silenciosa distancia, volvimos caminando a su casa, sin hablar demasiado, por el camino que atravesaba el bosque. Cuando Charles encendió la luz vi que el apartamento estaba increíblemente ordenado: el fregadero vacío, los suelos encerados y una hilera de maletas junto a la puerta.

Los restaurantes habían cerrado aquel día a mediodía; estaba nevando y oscurecía, y no teníamos coche; la nevera, recién fregada y con olor a Lysol, se encontraba vacía. Nos sentamos a la mesa de la cocina e hicimos una triste cena improvisada a base de sopa de champiñones en lata, galletas saladas y té sin azúcar ni leche. El tema principal de conversación era el itinerario de Charles y Camilla: cómo se apañarían con el equipaje, a qué hora debían llamar al taxi para coger el tren de las seis y media. Yo participé en la charla viajera, pero una honda melancolía que me acompañaría durante semanas había empezado a instalarse a mi alrededor; el sonido del coche de Francis, disminuyendo hasta desaparecer en la nevada y sorda distancia, seguía en mis oídos, y por primera vez me di cuenta de lo solo que estaría en los próximos dos meses, con la escuela cerrada, con todo nevado y desierto.

Me habían dicho que no me molestara en ir a despedirlos a la mañana siguiente porque saldrían muy temprano, pero de todos modos allí estaba yo otra vez a las cinco para decirles adiós. Era una mañana negra, sin nubes, tachonada de estrellas; el termómetro que había en el porche del Commons había bajado a cero. El taxi, envuelto en una nube de humo, esperaba delante. El taxista acababa de cerrar el maletero, lleno de equipaje hasta los topes, y Charles y Camilla estaban cerrando la puerta tras ellos. Se sentían demasiado preocupados e inquietos para alegrarse demasiado de mi presencia. No eran buenos viajeros; sus padres habían muerto en un accidente de coche, cuando cubrían el trayecto a Washington un fin de semana, y siempre que tenían que ir a algún sitio se ponían muy nerviosos días antes.

Además, se estaban retrasando. Charles dejó su maleta en el suelo para darme la mano. «Feliz Navidad, Richard. No te olvides de escribirnos», me dijo, y corrió hacia el taxi. Camilla arrojó a la nieve las dos enormes bolsas con las que se estaba peleando y dijo: «Mierda, no podremos meter todo el equipaje en el tren».

Respiraba entrecortadamente, y tenía las mejillas encendidas; yo jamás había visto a ninguna mujer tan enloquecedoramente

hermosa como ella en aquel momento. Me quedé de pie parpa-
deando como un estúpido, notando el latido de mi corazón, y mis
cuidadosamente ensayados planes de darle un beso de despedida
olvidados; entonces, de manera inesperada, ella saltó, y me abra-
zó. Su ronca respiración sonó en mi oído, y cuando un momento
después apoyó su mejilla contra la mía, la noté fría como el hielo;
cogí su mano enguantada y noté el rápido pulso en su delgada y
desnuda muñeca bajo mis pulgares.

El taxista hizo sonar la bocina y Charles sacó la cabeza por la
ventanilla:

—¡Venga! —gritó.

Llevé sus bolsas a la acera y me quedé bajo la farola viendo
cómo se alejaban. Iban en el asiento trasero, mirando hacia atrás
por el cristal y diciéndome adiós con la mano. Me quedé de pie
observándolos, y observando al fantasma de mi propio reflejo,
distorsionado y cada vez más pequeño, en la curva del oscuro cristal, hasta que el taxi dobló en una esquina y desapareció.

Me quedé en aquella calle desierta hasta que no pude oír el
ruido del motor, solo el silbido del polvo de nieve que el viento
arrastraba formando pequeños remolinos en el suelo. Y entonces
inicié el regreso al campus, con las manos en los bolsillos y con el
insoportable crujido de mis pasos. Las residencias estaban silenciosas y oscuras, y en el amplio aparcamiento que había detrás de
la pista de tenis solo se veían unos cuantos coches del personal y
un solitario camión verde de mantenimiento. Los pasillos de mi
edificio estaban llenos de cajas de zapatos y colgadores; las puertas, entreabiertas, y todo se encontraba oscuro y en silencio como
una tumba. Jamás me había sentido tan deprimido. Bajé las persianas, me estiré en la cama deshecha y me dormí otra vez.

Mis pertenencias eran tan escasas que podía llevarlas en un único viaje. Volví a despertarme hacia mediodía, hice las dos maletas y, tras dejar mi llave en la cabina de seguridad, las arrastré por la calle desierta y nevada hacia la dirección que el hippy me había dado por teléfono.

Estaba más lejos de lo que imaginaba, y pronto tuve que dejar la carretera principal para atravesar un campo particularmente desolado, cerca del monte Cataract. Caminaba siguiendo un río rápido y poco profundo, el Battenkill, cuyo curso estaba atravesado aquí y allá por puentes cubiertos. Había muy pocas casas, incluso escaseaban las siniestras y feas casas móviles que tanto abundan en las zonas apartadas de Vermont, con enormes montañas de leña a un lado y un humo negro saliendo a borbotones por las chimeneas. No había ni rastro de coches, salvo algún que otro vehículo abandonado y apuntalado sobre cuatro ladrillos en el patio de alguna casa.

En verano habría sido un paseo agradable, aunque largo, pero en diciembre, con dos pies de nieve y dos maletas pesadas, ni siquiera estaba seguro de que fuera a conseguirlo. Con los dedos de las manos y los pies congelados, tenía que pararme a descansar de vez en cuando, si bien poco a poco el campo fue perdiendo su aire desierto y finalmente la carretera apareció donde me habían indicado: Prospect Street, en East Hampden.

Nunca había visto aquella parte de la ciudad, que no guardaba semejanza con la que yo conocía —arces, fachadas revestidas con tablillas, jardines públicos y el reloj del palacio de justicia—. Este otro Hampden era una arrasada extensión de depósitos de agua, vías de tren oxidadas, almacenes derruidos, y fábricas con las puertas tapiadas y las ventanas rotas. Era como si todo hubiera estado abandonado desde la Depresión, excepto un sórdido barucho que había al final de la calle y que, a juzgar por los camiones aparcados enfrente, trabajaba mucho, pese a ser muy temprano. Sobre los letreros de neón con anuncios de cerveza colgaban tiras de lucecitas navideñas y de acebo de plástico; eché un vistazo al interior y vi una hilera de hombres con camisas de franela apoyados en la barra, con vasos de cerveza y de whisky delante, y, hacia el fondo del local, un grupo de jóvenes con gorras de béisbol apiñados alrededor de una mesa de billar. Me quedé detrás de la puerta, forrada de vinilo rojo, y miré un poco más por la portilla superior. ¿Y si entraba y le pedía a alguien que me indicara el camino, me tomaba algo y entraba en calor? Decidí hacerlo, y cuando puse la mano sobre el mugriento pomo de latón de la puerta reparé en el nombre del local, escrito en la ventana: Boulder Tap. Según los informativos locales, el Boulder Tap era el epicentro de la poca delincuencia que había en Hampden: apuñalamientos, violaciones… Y jamás ni un solo testigo. No era precisamente el lugar más indicado para que un universitario perdido del barrio alto entrara solo a tomarse algo.

Pero al fin y al cabo no me costó demasiado averiguar dónde vivía el hippy. Uno de los almacenes, situado junto al río, estaba pintado de violeta.

Finalmente me abrió la puerta. Lo hizo de mala gana, como si lo hubiera despertado. «La próxima vez entra sin llamar, tío», me dijo, malhumorado. El tipo, bajo y gordo, con una camiseta con manchas de sudor y barba pelirroja, tenía aspecto de haberse pasado más de una noche con sus amigos alrededor de la mesa de billar del Boulder Tap. Me señaló la habitación que me correspondía, al final de una escalera de hierro (sin barandilla, naturalmente), y desapareció sin pronunciar palabra.

Era una habitación cavernosa y polvorienta con suelo de tablones y techo alto con las vigas vistas. Había un tocador roto y una silla de respaldo alto en un rincón, pero por lo demás el mobiliario se reducía a un cortador de césped, un bidón de aceite viejo y oxidado, y una mesa de caballete llena de papel de lija, herramientas de carpintería y unos cuantos pedazos de madera que podían ser estructuras de mandolinas. Serrín, clavos, envoltorios de alimentos y colillas de cigarrillo, *Playboys* de los años setenta tirados por el suelo; los cristales de las ventanas estaban helados y mugrientos.

Una a una, dejé caer las maletas de mis entumecidas manos; por un momento noté también mi mente entumecida, registrando aquellas impresiones sin hacer comentarios. Y de pronto oí un ruido agobiante, como un rugido. Me acerqué a las ventanas de la parte trasera y me asomé: vi una gran extensión de agua, apenas tres pies más abajo. Un poco más allá, vi cómo el agua golpeaba un dique, y cómo saltaba la espuma. Intenté limpiar un pedazo de cristal con la mano para ver mejor, y entonces me di cuenta de que también mi aliento era blanco, incluso allí dentro.

De pronto, me cayó encima algo que solo puedo definir como un chorro helado, y miré hacia arriba. Había un enorme agujero en el techo; vi un cielo azul, una nube desplazándose de izquierda a derecha, a través del borde negro y mellado. Justo debajo había un delgado montoncito de nieve, que reproducía a la perfección la forma del agujero del techo, e intacto salvo por la firme silueta de una huella, la mía.

Mucha gente me preguntó después si se me había ocurrido pensar en los peligros a que me exponía pasando los meses más fríos del año en un edificio sin calefacción en el norte de Vermont, y para ser franco he de decir que no. Tenía vagamente presentes las historias que había oído sobre borrachos, sobre ancianos, sobre esquiadores temerarios que habían muerto congelados, pero todo aquello no parecía tener nada que ver conmigo. Mi habitación era incómoda, desde luego; sucia y fría, pero lo cierto es que nunca llegué a considerarla peligrosa. Yo no era el primer estudiante que se alojaba allí; el hippy también vivía en aquel edificio; me lo había dicho una recepcionista de la Student Referral Office. Lo que yo no sabía era que la habitación del hippie tenía calefacción, y que los anteriores estudiantes que habían vivido allí se habían llevado estufas y mantas eléctricas. Además, el agujero del techo era una novedad de la que la Oficina de Referencia de Estudiantes no tenía noticia. Supongo que si alguien hubiera sabido todos los detalles me habría advertido, pero resulta que nadie los conocía. Me daba tanta vergüenza vivir en aquel lugar, que no le había dicho a nadie dónde me alojaba, ni siquiera al doctor Roland; el único que lo sabía todo era el hippy, pero a él no le preocupaba en absoluto nada que no tuviera que ver directamente con su bienestar.

Me despertaba temprano, cuando todavía estaba oscuro, envuelto en mis mantas, en el suelo (dormía con dos o tres jerséis, calzoncillos largos, pantalones de lana y abrigo) y me iba caminando, tal como estaba, hasta el despacho del doctor Roland. El camino era largo, y a veces, cuando nevaba o hacía viento, angustioso. Llegaba helado y exhausto al Commons justo cuando el portero estaba abriendo las puertas. Entonces bajaba al sótano a ducharme y afeitarme en una sala bastante siniestra que no se utilizaba —paredes de azulejos, cañerías vistas, un desagüe en el suelo— y que durante la Segunda Guerra Mundial había servido de enfermería. Los porteros utilizaban los grifos para llenar los cubos de limpieza, de modo que todavía había agua, e incluso un radiador. Yo guardaba una maquinilla de afeitar, jabón, y una toalla discretamente doblada en el fondo de uno de los armarios vacíos con puerta de espejo. Luego me preparaba una lata de sopa y un café instantáneo en el hornillo de la oficina de ciencias sociales, y cuando llegaban el doctor Roland y las secretarias, yo llevaba un buen rato trabajando.

El doctor Roland, que a aquellas alturas ya estaba acostumbrado a mis faltas a clase, a mis frecuentes excusas y a mi incapacidad de terminar las tareas en el tiempo previsto, estaba sorprendido y sospechaba de aquel súbito ataque de laboriosidad. Elogiaba mi trabajo y me interrogaba concienzudamente; en varias ocasiones le oí hablar de mi metamorfosis con el doctor Cabrini, el director del departamento de psicología, el único profesor del edificio que no se había marchado. Estoy seguro de que al principio pensó que aquello era otro de mis trucos. Pero a medida que iban pasando las semanas, y como cada día de trabajo entusiasta añadía una estrella de oro más a mi brillante historial, empezó a creérselo, al principio tímidamente, pero al final jubiloso. Incluso me aumentó el sueldo a principios de febrero. Es posible que su conductismo le hiciera pensar que con ello me motivaría aún más. Pero cuando terminó el trimestre de invierno y yo volví a mi cómodo cuartito de la Monmouth y a todas mis malas costumbres, lo lamentó.

Trabajaba en el despacho del doctor Roland todas las horas que podía, y luego iba a cenar al bar del Commons. Había noches afortunadas en que incluso había sitios a los que ir después, y yo repasaba meticulosamente los tablones de anuncios en busca de aquellas reuniones de Alcohólicos Anónimos, aquellas representaciones de *Brigadoon* en el instituto. Pero lo normal era que no hubiera nada; el Commons cerraba a las siete, y solo me quedaba mi largo camino a casa por la nieve y la oscuridad.

En el almacén pasaba más frío del que había pasado nunca y del que jamás he pasado después. Supongo que, si hubiera sido un poco sensato, habría salido y me habría comprado un radiador eléctrico, pero había llegado hacía solo cuatro meses desde una de las regiones más cálidas de Estados Unidos, y ni siquiera estaba seguro de que aquellos artefactos existieran. Nunca se me ocurrió que la mitad de la población de Vermont no estaba experimentando aquello que yo me imponía cada noche: un frío glacial que hacía que sintiera dolor en las articulaciones, un frío tan brutal que impregnaba mis sueños: témpanos de hielo, expediciones perdidas, las luces de aviones de rescate sobrevolando las cabrillas mientras yo forcejeaba, solo, en negros mares árticos. Por la mañana, al despertar, estaba tan tieso y dolorido como si me hubieran dado una paliza. Pensaba que era por dormir en el suelo. Pero más adelante me di cuenta de que la verdadera causa de mi malestar era un intenso y despiadado temblor que hacía contraer mis músculos mecánicamente, como inducidos por un impulso eléctrico, toda la noche, cada noche.

Curiosamente, el hippie, que se llamaba Leo, estaba molesto porque yo no dedicaba más tiempo a tallar mandolinas y alabear maderas y a todas aquellas cosas que se suponía debía hacer. «Te estás pasando, tío —se quejaba cada vez que me veía—. A Leo nadie le toma el pelo. Nadie.» Se le había metido en la cabeza que yo había estudiado fabricación de instrumentos y que estaba capacitado para hacer todo tipo de trabajos técnicos y complejos, aunque yo nunca le había dicho tal cosa. «Tú me lo dijiste —insistía cada vez que yo pretextaba mi ignorancia—. Me lo dijiste. Me dijiste que te habías pasado un verano en las montañas Blue Ridge haciendo dulcémeles. En Kentucky.»

Yo no tenía respuesta para aquello. Estoy acostumbrado a tener que defender mis mentiras, pero las mentiras de los demás siempre me desconciertan. Lo único que podía hacer era negarlo y decir, con bastante sinceridad, que ni siquiera sabía lo que era un dulcémele. «Talla clavijas —me decía Leo con insolencia—. Barre.» A lo que yo contestaba que no podía tallar clavijas en unas habitaciones donde hacía tanto frío que ni siquiera podía sacarme los guantes. «Pues les cortas los dedos», replicaba él, imperturbable. Nuestro contacto se limitaba a aquellos ocasionales acorralamientos en el pasillo. Finalmente me di cuenta de que Leo, pese al gran amor profesado por las mandolinas, jamás pisaba el taller y por lo visto había dejado de hacerlo meses antes de mi llegada. Empecé a considerar que a lo mejor ni siquiera estaba al corriente del agujero del techo; un día cometí el error de mencionárselo. «Creía que esa era una de las cosas que podrías arreglar», me contestó. Y era tan desgraciado que un domingo hasta llegué a intentarlo, con unos cuantos restos de madera de mandolina que encontré por allí. La pendiente del tejado era muy pronunciada, perdí el equilibrio y estuve a punto de caerme en el embalse; en el último momento conseguí sujetarme a una cañería de hojalata que milagrosamente aguantó mi peso. Logré salvarme con dificultad —me había cortado las manos con el metal oxidado, y tuvieron que ponerme la vacuna del tétanos—, pero el martillo y la sierra de Leo y los pedazos de mandolina fueron a parar al agua. Las herramientas se hundieron, y seguramente Leo todavía no se ha dado cuenta de que han desaparecido, pero por desgracia, los trozos de mandolina flotaron y consiguieron agruparse sobre el derramadero, justo bajo la ventana de la habitación de Leo. Y Leo, por supuesto, tuvo que decir lo que pensaba de aquello y de los universitarios a los que no les preocupaban las cosas de los demás, y que todo el mundo se pasaba la vida intentando tomarle el pelo.

Las navidades pasaron discretamente, pero sin trabajo y con todo cerrado no tenía a donde ir a calentarme, salvo a la iglesia, unas cuantas horas. Luego volvía a casa, me envolvía en mis mantas y me mecía, congelado, y pensaba en todas las Navidades soleadas de mi infancia: naranjas, bicicletas y hula-hoops, y los oropeles verdes brillando bajo la cálida luz del sol.

De vez en cuando recibía una carta, dirigida al Hampden College. Francis me escribió una carta de seis páginas sobre lo aburrido y enfermo que estaba, en la que describía prácticamente todo lo que había comido desde que yo lo había visto por última vez. Los gemelos, encantadores, me mandaron cajas de galletas que había hecho su abuela y cartas escritas en tintas alternas: negro para Charles y rojo para Camilla. Hacia la segunda semana de enero recibí una postal de Roma, sin remitente. Era una fotografía de la estatua de Augusto de Prima Porta; junto a ella, Bunny había dibujado una caricatura muy ingeniosa de él y Henry con trajes de romanos (togas, pequeños anteojos redondos) mirando con curiosidad en la dirección señalada por el brazo extendido de la estatua. (César Augusto era el héroe de Bunny; nos había avergonzado a todos vitoreándolo a voz en cuello cuando mencionaron su nombre durante la lectura de la historia de Belén según

Lucas, en la fiesta de Navidad del departamento de literatura. «Qué pasa —dijo cuando intentamos hacer que se callara—. Tendrían que haber puesto impuestos en todo el mundo.»)

Todavía conservo aquella postal. El texto está en lápiz, como era de esperar. Con los años se ha puesto un poco borroso, pero aún es bastante legible. No está firmado, si bien su autoría es inconfundible:

> Richard, colega:
>
> ¿Ya te has helado? aquí hace bastante calor. Vivimos en una Penscione. Ayer en un restaurante pedí Conche por error era malísimo pero Henry se lo comió. Aquí son todos unos malditos católicos. Arrivaderci hasta pronto.

Francis y los gemelos me habían pedido con bastante insistencia mi dirección en Hampden. «¿Dónde vives?», decía Charles en tinta negra. «Eso, ¿dónde?», repetía Camilla en rojo. (Empleaba un tono de rojo marroquí que a mí, que la añoraba desesperadamente, me recordaba la débil y encantadora ronquedad de su voz.) Como no podía darles ninguna dirección, ignoraba sus preguntas y en mis respuestas me extendía hablando de la nieve, de la belleza y de la soledad. A menudo pensaba en lo extraña que debía de parecerle mi vida a alguien que leyera aquellas cartas lejos de allí. La existencia que describían era impersonal y objetiva, global pese a lo impreciso, con grandes espacios en blanco que interrumpían al lector cada dos por tres; con algún que otro cambio de fechas y circunstancias, podrían haber sido atribuibles al Gautama.

Escribía aquellas cartas por la mañana, antes de irme a traba-

jar, en la biblioteca, y durante mis prolongadas sesiones de mero-
deo por el Commons, donde cada noche me quedaba hasta que el
portero me echaba de allí. Daba la impresión de que toda mi vida
estuviera compuesta de aquellas inconexas fracciones de tiempo,
vagando de un lugar público a otro, como si esperara trenes que
no llegaban nunca. Y, como uno de esos fantasmas que según dicen rondan de noche por las estaciones, preguntando a los tran-
seúntes el horario del Expreso de Medianoche que descarriló veinte años atrás, me paseaba de luz en luz hasta aquella temida hora
en que se cerraban todas las puertas y, saliendo del mundo del
calor, de la gente y de las conversaciones lejanas, notaba cómo
aquel frío tan familiar se agarraba de nuevo a mis huesos y entonces todo quedaba olvidado: el calor, las luces. Nunca había estado
protegido del frío, jamás.

Me especialicé en hacerme invisible. Podía pasarme dos horas
delante de un café, cuatro con una comida, sin que la camarera
reparara en mi presencia. Cada noche, los porteros del Commons
me echaban a gritos a la hora de cerrar, pero no creo que se dieran
cuenta de que siempre se dirigían a la misma persona. Los sábados
por la tarde, con mi capa de invisibilidad a los hombros, me sentaba en la enfermería, donde a veces pasaba hasta seis horas seguidas, leyendo plácidamente ejemplares de la revista *Yankee* o del
Reader's Digest, sin que la recepcionista, el médico o el compañero
de fatigas advirtieran mi presencia.

Sin embargo descubrí, como el Hombre Invisible de H. G.
Wells, que mi don tenía su precio, que en mi caso, como en el
suyo, tomaba la forma de una especie de oscuridad mental. Parecía que la gente no pudiera mirarme a los ojos, que intentara pasar a través de mí; mis supersticiones empezaron a convertirse en

una especie de manía. Acabé convencido de que cualquier día uno de los vacilantes escalones metálicos que conducían a mi habitación cedería y yo caería y me rompería el cuello, o peor aún, una pierna; me congelaría o moriría de hambre antes de que Leo acudiera en mi ayuda. Un día subí la escalera con éxito y sin miedo mientras recordaba una vieja canción de Brian Eno («In New Delhi / And Hong Kong / They all know that it won't be long...»), y desde entonces tenía que cantarla cada vez que subía y bajaba.

Y cada vez que cruzaba el puente sobre el río, dos veces al día, tenía que pararme y hurgar en la nieve color café, al borde de la carretera, hasta que encontraba una piedra de un tamaño decente. Entonces me apoyaba en la barandilla helada y la arrojaba a la rápida corriente que burbujeaba sobre los moteados huevos de dinosaurio de granito que formaban el lecho. A lo mejor era una ofrenda al dios del río, por permitirme cruzar, o quizá un intento de demostrar que, pese a ser invisible, yo existía. Había sitios en que el agua era tan poco profunda y tan transparente que a veces oía el ruido de la piedra que había arrojado al dar contra el lecho del río. Agarrado con ambas manos a la helada barandilla, contemplaba el agua que se volvía blanca al golpear los cantos rodados y que burbujeaba sobre las piedras planas, y me preguntaba lo que sentiría si me cayera y me abriera la cabeza contra una de aquellas brillantes rocas: un crujido espantoso, la repentina inconsciencia, los hilillos rojos veteando el agua cristalina.

Si me tiraba, ¿quién me encontraría en medio de aquel silencio blanco?, me preguntaba. ¿Me arrastraría el río por entre las rocas, corriente abajo, hasta escupirme en aguas más tranquilas, detrás de la fábrica de tintes, donde alguna mujer me vería gracias a los faros de su coche mientras salía del aparcamiento a las cinco de la tarde? ¿O me quedaría atrapado, como los pedazos de mandolina de Leo, entre unas piedras, en algún lugar tranquilo, esperando, con la ropa ondeando a mi alrededor, a que llegara la primavera?

Creo que aquello fue hacia la tercera semana de enero. La temperatura seguía bajando; mi vida, que hasta entonces solo había sido solitaria y triste, se volvió insoportable. Iba y venía del trabajo diariamente, aturdido, a veces a diez o veinte bajo cero, a veces en medio de tormentas tan intensas que lo veía todo blanco y conseguía llegar a casa gracias a la valla de seguridad de la carretera. Una vez en casa, me envolvía en mis sucias mantas y me dejaba caer al suelo como un muerto. Los únicos momentos que no consumía con mis esfuerzos por escapar del frío estaban consagrados a una morbosa fantasía estilo Poe. Una noche vi en sueños mi propio cadáver, con el cabello tieso y congelado y los ojos abiertos.

Llegaba al despacho del doctor Roland cada mañana puntualmente. Él, presunto psicólogo, no detectó ni una sola de las «diez señales de alerta del colapso nervioso», pese a estar cualificado para reconocerlas y enseñarlas. Lo que hacía era aprovecharse de mi silencio para hablar de fútbol, y sobre perros que había tenido de niño. Los escasos comentarios que me dirigía eran crípticos e incomprensibles. Me preguntó, por ejemplo, por qué no había actuado en ninguna obra de teatro, estando como estaba en el departamento de arte dramático. «¿Qué te pasa? ¿Eres tímido? Enséñales lo que vales.» En otra ocasión me confesó con tono desenvuelto que mientras estuvo en Brown había compartido habitación con el chico que vivía al final del pasillo. Un día me dijo que no sabía que mi amigo se hubiera quedado a pasar el invierno en Hampden.

—No tengo ningún amigo que se haya quedado en Hampden —le dije, y era la verdad.

—No deberías ahuyentar a tus amigos de esa forma. Las amistades que estás cultivando ahora son las mejores que jamás tendrás. Ya sé que no me crees, pero a mi edad empiezan a fallarte.

Por la noche, cuando volvía a casa, todo quedaba envuelto en blanco, y me daba la impresión de que yo no tenía pasado, ni recuerdos, de que llevaba toda la vida en aquel mismo tramo de carretera, luminosa y sibilante.

No sé exactamente qué me pasaba. Los médicos me diagnosticaron hipotermia crónica, agravada por una alimentación deficiente y un caso leve de neumonía, pero no sé si eso explica todas mis alucinaciones y mi confusión mental. Entonces ni siquiera me daba cuenta de que estaba enfermo; el clamor de mis desgracias más inmediatas apagaba cualquier síntoma, fiebre o dolor.

Porque estaba con el agua al cuello. Aquel enero fue el más frío que se había registrado en los últimos veinticinco años. Me aterrorizaba morir congelado, pero no tenía ningún sitio adonde ir. Supongo que habría podido preguntarle al doctor Roland si podía quedarme en el apartamento que él compartía con su novia, pero me daba tanta vergüenza hacerlo que prefería la muerte. No conocía a nadie más, y aparte de llamar a la puerta de extraños, no podía hacer gran cosa. Una noche, desesperado, intenté llamar a mis padres desde el teléfono público que había enfrente del Boulder Tap; caía aguanieve y yo estaba temblando con tal violencia que apenas podía meter las monedas en la ranura. No sabía qué quería que me dijeran, aunque tenía la tímida esperanza de que me enviaran dinero o un billete de avión. Creo que imaginaba que desde la inhóspita Prospect Street me sentiría mejor simplemente con oír las voces de gente que estaba lejos de allí, en un lugar más cálido. Pero cuando mi padre contestó, al sexto o séptimo timbrazo, su voz, borracha e irritada, me provocó un nudo en la garganta, y colgué.

El doctor Roland volvió a mencionar a mi amigo imaginario. Esta vez lo había visto en la ciudad, caminando por una plaza a altas horas de la noche, cuando él iba a su casa.

—Ya le he dicho que no tengo ningún amigo aquí —insistí.

—Ya sabes a quién me refiero. Aquel chaval tan alto. Con gafas.

¿Alguien que se parecía a Henry? ¿O a Bunny?

—Debe de confundirse —le dije.

La temperatura descendió tanto que me vi obligado a pasar unas cuantas noches en el motel Catamount. Era el único cliente del establecimiento, y mi única compañía era el desdentado viejo que lo llevaba; dormía en la habitación de al lado, y sus toses y sus escupitajos me impedían dormir. En mi puerta no había cerrojo, solo uno de esos anticuados que se pueden abrir con una horquilla. La tercera noche tuve una pesadilla (una escalera cuyos escalones eran de diferente altura y profundidad; un hombre bajaba delante de mí, muy deprisa), y al despertarme oí un débil chasquido. Me incorporé en la cama y, horrorizado, vi que el pomo de la puerta giraba sigilosamente iluminado por la luz de la luna. «¿Quién hay ahí?», grité, y entonces se quedó quieto. Permanecí un buen rato despierto a oscuras. A la mañana siguiente me marché, pues prefería una muerte más apacible en casa de Leo a que me asesinaran mientras dormía.

A principios de febrero hubo una tormenta terrible, acompañada de tendidos eléctricos derribados, conductores que quedaron atrapados en la nieve y, para mí, un montón de alucinaciones. El estruendo del agua, el silbido de la nieve, me traían voces que me susurraban: «Quédate echado», o «Vuélvete hacia la izquierda o te arrepentirás». Yo tenía la máquina de escribir colocada junto a la ventana del despacho del doctor Roland. Una tarde, cuando oscurecía, miré hacia el patio vacío y me sorprendió ver una figura oscura e inmóvil bajo una farola, de pie con las manos en los bolsillos de su abrigo oscuro y mirando hacia mi ventana. Estaba oscuro y nevaba intensamente. «¿Henry?», dije, y cerré los ojos hasta que empecé a ver estrellas. Al abrirlos de nuevo, no vi otra cosa que los copos de nieve cayendo en el brillante y vacío cono de luz.

Por la noche me tendía en el suelo y me echaba a temblar, observando los iluminados copos de nieve espolvoreando una columna a través del agujero del techo. Al borde de la estupefacción, mientras resbalaba por el pronunciado tejado de la inconsciencia, algo me decía en el último instante que si me dormía quizá no despertara jamás: luchaba hasta que conseguía abrir los ojos y de súbito la columna de nieve, que se elevaba, brillante y alta en su oscuro rincón, se me aparecía como una malvada amenaza, un mensajero de la muerte. Pero estaba tan cansado que no me importaba, e incluso mientras la miraba sentía cómo mi mano se iba soltando, y antes de que pudiera darme cuenta había resbalado y había caído en el oscuro abismo del sueño.

El tiempo empezaba a difuminarse. Seguía arrastrándome hasta el despacho, pero solo porque allí no pasaba frío, y realizaba las sencillas tareas que me encomendaban, aunque no sé cómo; pero la verdad es que no sé hasta cuándo habría podido seguir haciéndolo si no hubiera sucedido algo muy sorprendente.

Recordaré aquella noche mientras viva. Era viernes, y el doctor Roland iba a ausentarse de la ciudad hasta el miércoles siguiente. Para mí aquello significaba pasar cuatro días seguidos en el almacén, e incluso en mi aturdido estado era evidente que cabía la posibilidad de que muriera de frío.

Cuando cerraron el Commons me marché a casa. Había mucha nieve, y al poco rato noté que tenía las piernas insensibles hasta las rodillas. Cuando llegué al punto en que la carretera comunicaba con East Hampden, empecé a preguntarme seriamente si conseguiría llegar al almacén, y qué haría cuando llegara. En East Hampden todo estaba oscuro y desierto, hasta el Boulder Tap; la única luz en varias millas a la redonda parecía ser la temblorosa bombilla de la cabina telefónica que había enfrente del bar. Me dirigí hacia ella, como si se tratara de un espejismo. Llevaba unos treinta dólares en el bolsillo, dinero más que suficiente para pagar un taxi que me llevara al Catamount Motel, a un desagradable cuartucho con una puerta que no se podía cerrar con llave y con quienquiera que fuese el que pudiera estar esperándome allí.

Me costaba articular las palabras, y la operadora no quería darme el número de una compañía de taxis.

—Tendrá que decirme el nombre de una determinada compañía —me dijo—. No estamos autorizadas a…

—No sé el nombre de ninguna compañía —repuse con voz poco clara—. Aquí no hay ningún listín telefónico.

—Lo siento, señor, pero no estamos autorizadas…

—Red Top —dije, desesperado, intentando adivinar algún nombre, inventármelo, lo que fuera—. Yellow Top, Town Taxi. Checker.

Supongo que al final acerté, o quizá la operadora se compadeció de mí. Se oyó un chasquido, y luego una grabación que me dio un número. Lo marqué deprisa para no olvidarlo, tan deprisa que me equivoque y perdí la moneda.

Me quedaba otra moneda en el bolsillo, la última. Me quité un guante y hurgué en el bolsillo con los dedos entumecidos. Al final la encontré, pero cuando la tenía en la mano y estaba a punto de meterla en la ranura, se me escurrió entre los dedos y me agaché para recogerla; me golpeé la frente contra la afilada punta de la bandeja metálica que había bajo el teléfono.

Permanecí unos minutos echado boca abajo sobre la nieve. Oía un ruido insistente; al caer, me había agarrado al auricular y lo había descolgado, y la señal del receptor sonaba muy distante.

Conseguí ponerme a cuatro patas. Me quedé mirando el sitio donde había tenido apoyada la cabeza, y vi una mancha oscura en la nieve. Me toqué la frente y me manché los dedos de sangre. Había perdido la moneda; además, ya no recordaba el número. Tendría que volver más tarde, cuando abrieran el Boulder Tap y pudiera pedir cambio. Me puse en pie con gran esfuerzo y dejé el auricular colgando del cable.

Logré subir la escalera, el primer tramo caminando y el resto a gatas. Me sangraba la frente. Al llegar al rellano me detuve para descansar, y noté que lo veía todo borroso; inmóvil, por un instante lo vi todo blanco; luego las líneas negras vacilaron y la imagen volvió, no muy definida pero reconocible. Cámara traqueteante, anuncio de pesadilla. Almacén de Mandolinas Leo. Última parada, el río. Alquileres bajos. Ténganos también en cuenta para todas sus necesidades de almacenamiento de carne en cámaras frigoríficas.

Empujé la puerta del taller con el hombro y empecé a palpar

las paredes a ciegas en busca del interruptor, cuando de pronto vi algo junto a la ventana que me dejó atónito. Había una figura con un largo abrigo negro junto a la ventana, inmóvil, al otro lado de la habitación, con las manos a la espalda; junto a una de las manos distinguí la débil brasa de un cigarrillo encendido…

La luz se encendió, con un chisporroteo y un zumbido. La oscura figura, ahora sólida y visible, se volvió. Era Henry. Estaba a punto de soltar algún comentario gracioso, pero cuando me vio abrió mucho los ojos y se quedó embobado.

Nos quedamos un momento mirándonos el uno al otro.

—¿Eres tú, Henry? —dije por fin, y mi voz era poco más que un susurro.

Dejó caer el cigarrillo que tenía en la mano y dio un paso hacia mí. Era él: mojado, con las mejillas enrojecidas, con nieve en los hombros del abrigo.

—Dios mío, Richard —exclamó—. ¿Qué te ha pasado?

Fue la única vez que lo vi mostrarse sorprendido. Me quedé de pie donde estaba, mirándolo fijamente, vacilante. Lo veía todo demasiado brillante, con una aureola blanquecina. Intenté sujetarme al marco de la puerta, pero me caí, y Henry se adelantó para ayudarme.

Me dejó en el suelo y se sacó el abrigo para cubrirme con él. Lo miré de reojo y me sequé los labios con el dorso de la mano.

—¿De dónde sales? —le pregunté.

—Volví de Italia antes de lo previsto. —Me estaba apartando el cabello de la frente, intentando ver mi herida. Vi sangre en sus dedos.

—¿Te gusta mi nuevo apartamento? —le pregunté, riendo.

Henry miró el agujero del techo.

—Sí —dijo bruscamente—. Se parece al Panteón. —Y volvió a inclinarse para examinarme la cabeza.

Recuerdo que estaba en el coche de Henry, y que había luces y gente que me miraba, y que me obligaban a incorporarme, y también recuerdo que alguien quería extraerme sangre, y que yo me quejaba débilmente; pero lo que recuerdo con mayor claridad es que me incorporaba y me encontraba en una habitación blanca y débilmente iluminada, en una cama de hospital y con suero inyectado en el brazo.

Henry estaba sentado en una silla, junto a mi cama, leyendo a la luz de la lámpara de la mesilla. Cuando vio que me movía dejó el libro.

—La herida no es grave —me dijo—. Es poco profunda y limpia. Te han dado unos cuantos puntos.

—¿Dónde estoy? ¿En la enfermería?

—Estás en Montpelier. Te he traído al hospital.

—¿Para qué es este tubo?

—Tienes neumonía. ¿Quieres algo para leer? —dijo amablemente.

—No, gracias. ¿Qué hora es?

—La una de la madrugada.

—¿Pero tú no estabas en Roma?

—Volví hace un par de semanas. Si quieres volver a dormir, llamaré a la enfermera para que te ponga una inyección.

—No, gracias. ¿Por qué no te has dejado ver hasta ahora?

—Porque no sabía dónde vivías. La única dirección tuya que tenía era la de la escuela. Esta tarde estuve preguntando por los despachos. Por cierto —añadió—, ¿cómo se llama la ciudad donde viven tus padres?

—Plano. ¿Por qué?

—Pensé que tal vez querrías que los llamara.

—No te molestes —le dije, y me dejé caer de nuevo sobre la almohada. Notaba el frío del suero corriendo por mis venas—. Háblame de tu viaje.

—Está bien —accedió, y empezó a hablarme en voz baja sobre las maravillosas terracotas etruscas de la Villa Giulia, y de los estanques de nenúfares y las fuentes del *nymphaeum*; sobre la Villa Borghese y el Coliseo, la vista desde el Palatino por la mañana temprano, y sobre lo bonitas que debieron de ser las termas de Caracalla en los tiempos de los romanos, con aquellos mármoles y aquellas bibliotecas, y el gran *calidarium* circular, y el *frigidarium*, con su gran piscina vacía, que seguía allí, y seguramente de muchas otras cosas que no recuerdo porque me quedé dormido.

Pasé cuatro noches en el hospital. Henry estuvo conmigo casi continuamente; me traía refrescos cuando se los pedía, y una maquinilla de afeitar y un cepillo de dientes, y un pijama suyo de algodón egipcio, muy sedoso, de color crema y maravillosamente suave, con las letras HMW (M de Marchbanks) bordadas en rojo sobre el bolsillo. También me llevó lápices y papel, que a mí de poco me servían, pero sin los que él se habría sentido perdido, y gran cantidad de libros, la mitad de ellos escritos en idiomas que yo no sabía leer y la otra mitad que ojalá lo hubieran estado. Una noche —me dolía la cabeza de leer a Hegel—, le pedí a Henry que me trajera una revista; se mostró bastante sorprendido, y volvió con un periódico comercial (*Pharmacology Update*) que encontró en una sala de espera. Apenas hablábamos. Él se pasaba la mayor parte del tiempo leyendo, con una concentración que me parecía admirable; hasta seis horas seguidas, sin levantar la mirada del libro. No me hacía ningún caso. Pero estuvo a mi lado las noches difíciles, cuando me costaba respirar y me dolían tanto los pulmones que no podía dormir; una vez, la enfermera de guardia tardó tres horas en llevarme el medicamento, y él la siguió en silencio hasta el pasillo, donde le soltó, con su voz baja y monótona, una reprimenda tan seria y elocuente que la enfermera (una mujer desdeñosa y antipática, con el pelo teñido, con pinta de camarera vieja, y que trataba mal a todo el mundo) se quedó como apaciguada; a partir de entonces, ella, que siempre me arrancaba los esparadrapos del suero sin ningún cuidado y que me dejaba lleno de morados buscándome las venas, fue mucho más amable conmigo, y en una ocasión hasta me llamó «guapo» mientras me tomaba la temperatura.

El médico de urgencias me dijo que Henry me había salvado la vida. Aquello sonaba dramático y agradable —y se lo repetí a mucha gente—, pero yo creía que era una exageración. Sin embargo, con el paso de los años he llegado a la conclusión de que puede que el médico tuviera razón. Cuando era más joven, pensaba, como quizá hacíamos muchos de nosotros, que era inmortal. Y aunque a corto plazo me recuperé deprisa, en un sentido más amplio nunca llegué a recuperarme de aquel invierno. Desde entonces siempre he tenido problemas pulmonares, y en cuanto refresca un poco me duelen los huesos, y ahora me resfrío fácilmente, mientras que antes no me pasaba nunca.

Le conté a Henry lo que me había dicho el médico. Se disgustó. Frunció el entrecejo e hizo un seco comentario —la verdad es que me sorprende haberlo olvidado, porque me desconcertó bastante—, y no volví a mencionarlo. Pero creo que me salvó la vida. Y si en algún sitio hay una lista donde se lleva la cuenta de las buenas acciones, estoy seguro de que junto a su nombre hay una estrella dorada.

Pero me estoy poniendo sentimental. A veces me pasa, cuando pienso en estas cosas.

El lunes por la mañana me dieron el alta, y salí de allí con una caja de antibióticos y con el brazo lleno de pinchazos. Insistieron en llevarme hasta el coche de Henry en silla de ruedas, pese a que podía caminar y me ofendía que me llevaran como si fuera un paquete.

—Llévame al motel Catamount —le dije a Henry cuando llegamos a Hampden.

—No. Vendrás conmigo —dijo él.

Henry vivía en el primer piso de una casa antigua de Water Street, en North Hampden, muy cerca de donde vivían Charles y Camilla, y aún más cerca del río. No le gustaba que fuera gente a su casa. Yo solo había estado allí una vez, y únicamente un par de minutos. El piso era mucho más amplio que el apartamento de Charles y Camilla, y estaba más vacío. Las habitaciones eran grandes e impersonales, con suelos de parquet ancho, sin cortinas en las ventanas y paredes de yeso pintadas de blanco. Los muebles, aunque evidentemente buenos, estaban estropeados, y no había muchos. En general, el piso tenía un aire fantasmal y deshabitado; y en algunas habitaciones no había absolutamente nada. Los gemelos me habían dicho que a Henry no le gustaban las lámparas eléctricas, y vi unas cuantas lámparas de queroseno en los alféizares.

En mi anterior visita, el dormitorio de Henry estaba cerrado, sin duda intencionadamente. Allí estaban sus libros —no tantos como cabía esperar—; había una cama individual y poca cosa más, salvo un armario cerrado con un ostentoso candado. De la puerta del armario colgaba una fotografía en blanco y negro de una vieja revista (*Life*, 1945). Era una foto de Vivien Leigh y, para mi sorpresa, de un Julian mucho más joven. Estaban en un cóctel, con las copas en la mano; él le susurraba algo al oído y ella reía.

—¿Dónde está hecha? —le pregunté a Henry.

—No lo sé. Julian dice que no se acuerda. De vez en cuando tropiezas con una fotografía suya en una vieja revista.

—¿Por qué?

—Julian conocía a mucha gente.

—¿A quién?

—La mayoría ya están muertos.

—¿Quién?

—No lo sé, Richard. De verdad —me contestó. Pero cedió—: He visto fotos en que sale con los Sitwell. Y con T. S. Eliot. Y hay otra muy graciosa en que está con aquella actriz…, no recuerdo su nombre. Ya está muerta. —Pensó un momento—. Era rubia —añadió—. Me parece que estaba casada con un jugador de béisbol.

—¿Te refieres a Marilyn Monroe?

—Puede ser. La fotografía no era muy buena. Era de un periódico.

Al parecer, mientras yo estaba ingresado Henry había ido a casa de Leo a recoger mis cosas. Mis maletas estaban a los pies de la cama.

—Henry, no quiero dormir en tu cama. ¿Dónde vas a dormir tú?

—En una de las habitaciones traseras hay una cama de esas que salen de la pared —dijo—. No sé cómo se llaman. Nunca la he utilizado.

—¿Y por qué no me dejas dormir a mí en esa?

—No. Siento curiosidad por saber cómo se duerme. Además, de vez en cuando va bien cambiar de cama. Creo que tienes sueños más interesantes.

Mi intención era quedarme solo unos días con Henry —el lunes siguiente volví al despacho del doctor Roland—, pero acabé quedándome hasta que se reanudaron las clases. No entendía por qué había dicho Bunny que resultaba difícil vivir con Henry. Era el mejor compañero de piso que jamás he tenido: tranquilo y ordenado, y pasaba la mayor parte del tiempo en la parte de la casa que le correspondía. Henry casi nunca estaba en casa cuando yo volvía del trabajo; nunca me decía adónde había ido, y yo jamás se lo preguntaba. Pero a veces, al llegar a casa me encontraba la cena hecha —no era tan buen cocinero como Francis, y solo sabía hacer platos sencillos, pollo asado con patatas, comida de soltero— y nos sentábamos a la mesa de la cocina, donde comíamos y charlábamos.

Por entonces yo había aprendido a no meterme en sus asuntos, pero una noche, vencido por la curiosidad, se lo pregunté:

—¿Sigue Bunny en Roma?

Tardó un rato en contestar.

—Supongo —dijo, y soltó el tenedor—. Seguía allí cuando yo me marché.

—¿Por qué no volvió contigo?

—Creo que no quería irse. Yo había pagado el alquiler hasta febrero.

—¿Te hizo pagar a ti el alquiler?

Henry comió otro bocado.

—Mira —dijo, una vez hubo masticado y tragado—, aunque Bunny te diga lo contrario, la verdad es que ni él ni su padre tienen un centavo.

—Creía que sus padres eran ricos —dije, sorprendido.

—No exactamente —repuso Henry con calma—. Puede que lo fueran, pero hace mucho tiempo. Esa horrible casa debió de costarles una fortuna, y se jactan de pertenecer a no sé cuántos clubes náuticos y clubes de campo y de enviar a sus hijos a colegios caros, pero por culpa de eso están hasta el cuello de deudas. Puede que parezcan ricos, pero no tienen ni un centavo. Creo que el señor Corcoran está poco menos que arruinado.

—Pero Bunny da la impresión de vivir muy bien.

—Desde que lo conozco, Bunny jamás ha tenido ni cinco en el bolsillo —dijo Henry con aspereza—. Y tiene unos gustos muy caros. Es una lástima.

Acabamos de cenar en silencio.

—Si yo fuera el señor Corcoran —añadió Henry al cabo de un rato—, habría metido a Bunny en mi negocio o le habría hecho aprender un oficio después del instituto. Bunny no tiene nada que hacer en la universidad. No aprendió a leer hasta los diez años.

—Dibuja bien —dije.

—Sí, eso es verdad. Verdaderamente no tiene madera de estudiante. Tendrían que haberlo puesto de aprendiz con un pintor cuando era más joven en lugar de enviarlo a todos esos colegios caros para aprender tonterías.

—Me mandó una caricatura muy buena; vosotros dos junto a una estatua de César Augusto.

Henry emitió un quejido de desesperación.

—Fue en el Vaticano —dijo—. Se pasaba el día haciendo comentarios en voz alta sobre los latinos y los católicos.

—Suerte que no sabe hablar italiano.

—Cuando íbamos a un restaurante y pedía los platos más caros del menú lo hablaba bastante bien —dijo Henry con sarcasmo.

Supuse que lo más sensato era cambiar de tema, y así lo hice.

El sábado anterior al inicio de las clases, estaba echado en la cama de Henry leyendo un libro. Henry se había marchado antes de que me despertara. De pronto oí que alguien golpeaba la puerta. Pensé que Henry había olvidado la llave y me levanté para abrir.

Era Bunny. Llevaba gafas de sol y un traje italiano, nuevo y llamativo, que no se parecía en nada a los pingos deformes de tweed que vestía normalmente. Además, había engordado unas diez o veinte libras. Se sorprendió al verme.

—Hombre, Richard —dijo, y me dio la mano con cordialidad—. Buenos días. Me alegro de verte. No he visto el coche, pero acabo de llegar a la ciudad y se me ocurrió parar. ¿Dónde está el amo?

—No está en casa.

—¿Y qué haces tú aquí? ¿Allanamiento de morada?

—He pasado unos días aquí. Recibí tu postal.

—¿Vives aquí? —preguntó, mirándome de una forma rara—. ¿Por qué?

Me extrañó que no lo supiera.

—He estado enfermo —dije, y le conté por encima lo que había pasado.

—Uf —dijo Bunny.

—¿Te apetece un café?

Atravesamos el dormitorio en dirección a la cocina.

—Por lo visto, aquí estás como en tu casa —me dijo con aspereza, mirando mis pertenencias en la mesilla de noche y mis maletas en el suelo—. ¿Solo tienes café americano?

—¿Qué quieres decir? ¿Folger's?

—Me refiero a si tienes *espresso*.

—Ah. No, lo siento.

—Me he aficionado al *espresso* —explicó—. En Italia no bebía otra cosa. Está lleno de sitios para sentarte a tomar café.

—Ya.

Se quitó las gafas de sol y se sentó a la mesa.

—¿Tienes algo decente para comer? —preguntó, echándole un vistazo al interior de la nevera cuando abrí la puerta para coger la leche—. Todavía no he almorzado.

Abrí la puerta del todo para que pudiera mirar.

—Mira, un poco de queso —dijo.

Corté una rebanada de pan y le preparé un bocadillo de queso, pues Bunny no parecía dispuesto a levantarse y hacérselo él mismo. Luego serví el café y me senté.

—Cuéntame algo de Roma —dije.

—Fabulosa —repuso Bunny con la boca llena—. La Ciudad Eterna. Muchas obras de arte. Iglesias por todas partes.

—¿Qué has visto?

—Montones de cosas. Es difícil recordar todos los nombres, ¿sabes? Cuando me marché hablaba el idioma como un nativo.

—A ver, di algo.

Bunny accedió, juntando el pulgar y el índice y agitándolos en el aire para enfatizar sus palabras, como un cocinero francés en un anuncio de televisión.

—Suena bien —dije—. ¿Qué significa?

—Significa «Camarero, tráigame los platos típicos de la región» —dijo, y atacó el bocadillo.

Oí el leve ruido de una llave girando en la cerradura y a continuación un portazo. Unos pasos se dirigieron tranquilamente hacia el otro extremo del apartamento.

—¿Henry? —bramó Bun—. ¿Eres tú?

Los pasos se detuvieron. Luego fueron muy deprisa hacia la cocina. Cuando llegó a la puerta, Henry se paró y se quedó mirando a Bunny con rostro inexpresivo.

—Ya me imaginaba que serías tú —dijo.

—Hombre, hola —dijo Bunny con la boca llena, recostado en la silla—. ¿Qué tal, chico?

—Muy bien —contestó Henry—. ¿Y tú?

—Me he enterado de que ahora te dedicas a acoger a los enfermos —dijo Bunny guiñándome un ojo—. ¿Acaso tienes remordimientos de conciencia? ¿Pensaste que te convenía hacer un par de buenas acciones?

Henry no contestó, y estoy convencido de que en aquel momento a cualquiera que no lo conociera le habría parecido perfectamente impasible, pero yo me daba cuenta de que estaba bastante nervioso. Cogió una silla y se sentó. Luego se levantó y fue a servirse una taza de café.

—Si no te importa, yo también tomaré un poco más —dijo Bunny—. Qué alegría me da estar otra vez en casa. Hamburguesas crepitando en una barbacoa, y todo eso. La tierra de las oportunidades. Larga vida.

—¿Cuánto tiempo llevas aquí?

—Llegué a Nueva York ayer por la noche.

—Lamento no haber estado aquí cuando has llegado.

—¿Dónde estabas? —le preguntó Bunny con desconfianza.

—En el colmado. —Eso era mentira. Yo no sabía dónde había estado, pero desde luego no se había pasado cuatro horas haciendo la compra.

—¿Dónde está la compra? —quiso saber Bunny—. Puedo ayudarte a entrar las bolsas.

—He pedido que me la traigan.

—¿Desde cuándo hacen reparto a domicilio en Food King? —dijo Bunny, sorprendido.

—No he ido al Food King —puntualizó Henry.

Me levanté con intención de volver al dormitorio. Me sentía incómodo.

—No, no te vayas —me pidió Henry. Bebió un largo sorbo de café y dejó la taza en el fregadero—. Bunny, ojalá hubiera sabido que venías. Pero Richard y yo tenemos que irnos enseguida.

—¿Adónde?

—Tengo una cita en el centro.

—¿Con un abogado? —Bunny se rió de su propio chiste.

—No. Con el oculista. Por eso he venido —me dijo—. Espero que no te importe. Me van a poner gotas en los ojos y no podré conducir.

—Claro que no —contesté.

—No tardaremos mucho. No hace falta que me esperes, puedes acompañarme y pasar a recogerme más tarde.

Bunny nos acompañó hasta el coche; nuestros pasos hacían crujir la nieve.

—Oh, Vermont —exclamó, respirando hondo y dándose unas palmadas en el pecho, como Oliver Douglas en la secuencia inicial de *Green Acres*—. El aire me sienta bien. ¿A qué hora volverás, Henry?

—No lo sé —dijo Henry. Me pasó las llaves y se dirigió a la portezuela del lado del pasajero.

—Es que me gustaría charlar un rato contigo.

—Bueno, ya hablaremos. Ahora tengo prisa, Bun.

—¿Esta noche?

—Si quieres —dijo Henry. Se metió en el coche y cerró la portezuela.

Una vez en el coche, Henry encendió un cigarrillo y guardó silencio. Desde que había vuelto de Italia fumaba mucho, casi un paquete diario, lo que era raro en él. Llegamos al centro, y hasta que aparqué frente a la consulta del oculista Henry no se movió. Me miró con una mirada vacía.

—¿Qué pasa?

—¿A qué hora quieres que pase a recogerte?

Henry miró por la ventanilla y vio el bajo edificio gris y el letrero de la fachada: CENTRO OFTALMOLÓGICO DE HAMPDEN.

—Dios mío —dijo, soltando un resoplido y una amarga risita—. No pares.

Aquella noche me acosté temprano, hacia las once; unos sonoros e insistentes golpes en la puerta principal me despertaron a las doce. Permanecí en la cama escuchando un momento, y luego me levanté para ver quién era.

Me encontré a Henry, con su albornoz, en el oscuro pasillo e intentando ponerse las gafas; sujetaba una lámpara de queroseno que proyectaba largas y extrañas sombras en las estrechas paredes. Al verme se llevó un dedo a los labios. Nos quedamos en el pasillo, escuchando. La lámpara daba una luz misteriosa, y allí de pie, inmóviles, con nuestros albornoces, adormilados, con sombras oscilando por todas partes, me sentí como si acabara de despertarme de un sueño y estuviera en otro sueño todavía más remoto, en algún extraño refugio de guerra del inconsciente.

Permanecimos allí un buen rato, o eso me pareció a mí, mucho después de que se interrumpieran los golpes y de que oyéramos unos pasos alejarse. Henry me miró y continuamos inmóviles un rato más. «Creo que ya está», me dijo por fin; de repente se volvió, y se marchó a su habitación con la lámpara bamboleándose en una mano. Me quedé un momento en la oscuridad, y luego volví a mi habitación y me acosté.

Al día siguiente, hacia las tres de la tarde, estaba planchando una camisa en la cocina cuando volvieron a llamar a la puerta. Salí al pasillo y me encontré con Henry.

—¿Crees que será Bunny? —preguntó en voz baja.

—No —contesté. Aquellos golpes eran mucho más flojos; Bunny siempre golpeaba la puerta como si quisiera echarla abajo.

—Ve a la otra ventana, a ver si desde allí consigues ver quién es.

Fui a la habitación que daba a la calle y avancé con cautela hacia la pared; no había cortinas, y era difícil llegar a las ventanas sin arriesgarse a ser visto. Desde donde estaba lo único que veía era el hombro de un abrigo negro, con un pañuelo de seda agitándose al viento. Volví sigilosamente a la cocina, donde me esperaba Henry.

—No se ve muy bien, pero creo que es Francis —le dije.

—Bueno, supongo que puedes dejarlo entrar —dijo Henry, y se dio la vuelta y volvió hacia su habitación.

Fui a la parte delantera de la casa y abrí la puerta. Francis miraba hacia atrás por encima del hombro, supongo que preguntándose si sería mejor marcharse.

—Hola —le saludé.

Se volvió y me vio.

—¡Hola! —exclamó. Francis tenía el rostro más delgado y afilado que la última vez que lo había visto—. Pensaba que no había nadie. ¿Cómo te encuentras?

—Bien.

—Pues te veo bastante desmejorado.

—Tú tampoco tienes muy buen aspecto —dije, riéndome.

—Anoche bebí mucho y me duele el estómago. Tienes que enseñarme esa horrible herida que tienes en la cabeza. ¿Crees que te quedará cicatriz?

Le acompañé a la cocina y aparté la tabla de la plancha para que pudiera sentarse.

—¿Dónde está Henry? —preguntó mientras se quitaba los guantes.

—En la parte de atrás.

Empezó a desanudarse la bufanda.

—Voy un momento a saludarle y vuelvo —dijo, y se escabulló.

Tardó mucho rato. Yo me había cansado de esperar y casi había terminado de planchar la camisa, cuando de pronto oí la voz de Francis, muy exaltada. Me levanté y fui al dormitorio, desde donde podía oír mejor lo que decía.

—... pensando? Dios mío, pero si está fuera de sí. ¿Cómo puedes decirme que ya sabes que sería capaz de...?

Entonces oí un murmullo. Era la voz de Henry. Y a continuación oí de nuevo a Francis.

—No me importa —dijo, acalorado—. Ahora sí que la has liado. Solo llevo dos horas en la ciudad y ya... ¡No me importa! —contestó a un nuevo murmullo de Henry—. Además ya es un poco tarde para eso, ¿no te parece?

Silencio. Henry empezó a hablar, pero yo no podía distinguir sus palabras.

—¿Que no te gusta? ¿Que a ti no te gusta? —replicó Francis—. ¿Me lo dices a mí?

De pronto se interrumpió, y luego volvió a empezar, pero esta vez en voz baja.

Me dirigí sigilosamente a la cocina y puse a hervir agua para el té. Todavía estaba pensando en lo que acababa de oír cuando, varios minutos después, se oyeron pasos y Francis apareció en la cocina. Rodeó la tabla de la plancha para recoger sus guantes y su pañuelo.

—Perdona por las prisas —me dijo—. Tengo que descargar el coche y empezar a limpiar mi apartamento. Ese primo mío lo ha destrozado todo. No creo que sacara la basura ni una sola vez en todo el tiempo que ha estado aquí. ¿Me enseñas la herida?

Me aparté el cabello de la frente y se la enseñé. Hacía ya tiempo que me habían quitado los puntos, y apenas quedaba señal.

Francis se inclinó y la observó con sus quevedos.

—Madre mía, debo de estar ciego, no veo nada. ¿Cuándo empiezan las clases? ¿El miércoles?

—Creo que el jueves.

—Pues hasta el jueves —dijo, y se marchó.

Colgué mi camisa, fui al dormitorio y empecé a hacer las maletas. La Monmouth abría aquella tarde; quizá Henry me acompañara a la universidad en coche con mis maletas.

Cuando casi había terminado, Henry me llamó desde el otro extremo del piso.

—¿Richard?

—¡Sí!

—¿Puedes venir un momento, por favor?

Fui a su habitación. Estaba sentado en la cama plegable, con la camisa arremangada hasta los codos y un solitario sobre la manta. Llevaba el cabello caído hacia el lado contrario, y vi la larga cicatriz que tenía en el nacimiento del pelo, dentada y fruncida, con pedazos de piel blanca zigzagueando hasta el hueso de la frente.

Henry me miró.

—¿Puedes hacerme un favor? —preguntó.

—Claro que sí.

Respiró profundamente por la nariz y se ajustó las gafas.

—Llama a Bunny y pregúntale si quiere venir a verme un momento, por favor —me pidió.

Estaba tan sorprendido que tardé un momento en reaccionar. Luego dije:

—Sí. Enseguida.

Henry cerró los ojos y se frotó las sienes con las yemas de los dedos. Luego me miró y guiñó el ojo.

—Gracias —dijo.

—De nada, hombre.

—Si quieres llevarte tus cosas a la universidad esta tarde, puedes coger el coche —me dijo con tono neutro.

Entendí lo que quería decirme.

—De acuerdo, gracias —dije.

Hice las maletas, las cargué en el coche y me las llevé a la Monmouth; me encargué de que los de seguridad me abrieran la habitación y entonces, una vez hecho todo esto, llamé a Bunny desde la cabina de abajo, media hora más tarde y cuando yo ya estaba a salvo.

4

Por alguna razón, yo pensaba que cuando volvieran los gemelos, cuando hubiéramos vuelto a instalarnos, cuando reabriéramos nuestros Liddell y Scott y cuando hubiéramos descifrado juntos un par de ejercicios de prosa griega, regresaríamos a la cómoda rutina del trimestre anterior y todo volvería a ser como antes. Pero me equivocaba.

Charles y Camilla habían escrito diciendo que llegarían a Hampden en el último tren del domingo, hacia medianoche, y el lunes por la mañana, cuando la Monmouth empezó a llenarse de estudiantes que trajinaban sus esquís, sus estéreos y sus cajas de cartón, pensé que tal vez pasaran a verme, pero no lo hicieron. Tampoco tuve noticias de ellos el martes. Ni de ellos, ni de Henry ni de nadie, y menos de Julian, que me había dejado un cordial mensaje en el buzón dándome la bienvenida a la escuela y pidiéndome que tradujera una oda de Píndaro para nuestra primera clase.

El miércoles fui al despacho de Julian para pedirle que me firmara los impresos de matrícula. Julian se alegró de verme.

—Tienes buen aspecto —me dijo, tuteándome—, pero puede mejorarse. Henry me ha tenido informado de tu recuperación.

—¿Ah, sí?

—Me alegré de que volviera antes de tiempo —dijo Julian mientras examinaba mis papeles—, pero me sorprendió. Vino a mi casa directamente desde el aeropuerto, en plena tormenta de nieve, a altas horas de la noche.

Aquello me interesaba.

—¿Se quedó en su casa? —le pregunté.

—Sí, pero solo unos días. Él también se había puesto enfermo. En Italia.

—¿Qué le pasaba?

—Henry no es tan fuerte como parece. Tiene problemas con la vista, y unos dolores de cabeza espantosos. A veces lo pasa muy mal… A mí no me parecía que estuviera bien para viajar, pero fue una suerte que no se quedara más tiempo en mi casa, o no te habría encontrado a ti. Cuéntame. ¿Cómo fuiste a parar a un sitio tan horrible? ¿Se negaron tus padres a darte dinero, o es que no querías pedírselo?

—No quería pedírselo.

—Entonces eres más estoico que yo —dijo riéndose—. Pero tus padres no parecen muy orgullosos de ti, ¿me equivoco?

—No, la verdad es que no están locos por mí.

—¿Y cómo es eso? Perdona que lo pregunte. En mi opinión tendrían que estar bastante contentos, y sin embargo estás más abandonado que un huérfano. Cuéntame —me dijo, mirándome a los ojos—, ¿cómo es que los gemelos no han venido a verme?

—Yo tampoco los he visto.

—¿Dónde pueden estar? Ni siquiera he visto a Henry. Solo os he visto a ti y a Edmund. Francis me telefoneó, pero solo hablamos un momento. Tenía prisa, me dijo que pasaría más tarde, pero no lo hizo… Me parece que Edmund no ha aprendido ni una palabra de italiano, ¿tú qué crees?

—Yo no hablo italiano.

—Yo tampoco. Ya no. Antes lo hablaba bastante bien. Durante una temporada viví en Florencia, hace ya casi treinta años. ¿Vas a ver a alguien esta tarde?

—Puede ser.

—No tiene mucha importancia, desde luego, pero los formularios de matrícula tendrían que estar en el despacho del decano esta tarde, y le molestará que todavía no se los haya enviado. A mí no me importa, pero si quiere él puede poneros las cosas difíciles a cualquiera de vosotros.

Yo estaba un poco enfadado. Los gemelos llevaban tres días en Hampden y no me habían dicho nada. Después de hablar con Julian, pasé por su apartamento, pero no estaban.

A la hora de cenar tampoco los encontré. No encontré a nadie. Imaginaba que por lo menos vería a Bunny, pero cuando pasé por su habitación antes de bajar al comedor vi a Marion cerrando la puerta. Me dijo con tono oficioso que habían quedado y que volverían tarde.

Cené solo y volví a mi habitación por el nevado crepúsculo, con una amarga sensación de decepción, como si fuera la víctima de una broma pesada. A las siete llamé a Francis, pero no contestaba. Henry tampoco contestó.

Estuve leyendo griego hasta medianoche. Después de cepillarme los dientes y de lavarme la cara, cuando estaba a punto de acostarme, bajé y volví a llamar. Pero seguían sin contestar. Tras la tercera llamada recuperé la moneda y la lancé al aire. Y entonces se me ocurrió marcar el número de la casa de campo de Francis.

Tampoco allí contestaban, pero algo me hizo esperar un poco más de la cuenta, y finalmente, después de unos treinta timbrazos, se oyó un chasquido y Francis contestó con voz ronca «¿Diga?». Su tono de voz era más grave de lo normal, pues intentaba camuflar su voz, pero no consiguió engañarme: Francis era incapaz de no responder al teléfono, y yo ya le había oído utilizar aquella estúpida voz más de una vez.

«¿Diga?», repitió, y la impostada gravedad de su voz le tembló al final dc la palabra. Apreté el botón del auricular y oí cómo la línea se cortaba.

Estaba cansado, pero no podía dormir; mi enfado y mi perplejidad iban en aumento, acompañados de una ridícula sensación de desasosiego. Encendí la luz y busqué entre mis libros hasta dar con una novela de Raymond Chandler que me había traído de casa. Ya la había leído, y pensé que con una o dos páginas me quedaría dormido, pero no recordaba el argumento, y antes de darme cuenta ya había leído cincuenta páginas, y luego cien.

Pasaron varias horas y seguía sin tener sueño. Los radiadores estaban al máximo de potencia y en mi habitación hacía mucho calor. Empecé a sentir sed. Acabé de leer un capítulo y luego me levanté, me puse el abrigo encima del pijama y salí a buscar una Coca-Cola.

El Commons estaba impecable y desierto. Todo olía a recién pintado. Atravesé la lavandería —inmaculada, bien iluminada, las paredes color crema extrañas sin la maraña de grafitos que se habían ido acumulando a lo largo del otoño— y compré una Coca-

Cola en el fosforescente expendedor que zumbaba al final del pasillo.

Al dar la vuelta, me sorprendió oír una débil musiquilla procedente de los salones. El televisor estaba encendido; en la pantalla, enturbiada por las interferencias, Laurel y Hardy intentaban subir un majestuoso piano por una escalera interminable. Al principio me pareció que no había nadie, pero vi una cabeza rubia y despeinada recostada en el respaldo de uno de los sofás, orientado hacia el televisor.

Me acerqué y me senté.

—Hola, Bunny —dije—. ¿Cómo estás?

Bunny me miró con ojos vidriosos y le costó un poco reconocerme. Apestaba a alcohol.

—Hombre, Dickie —dijo con voz pastosa.

—¿Qué haces?

Bunny eructó.

—Si quieres saber la verdad, me encuentro bastante mal.

—¿Estás borracho?

—Nooo —dijo, malhumorado—. Gripe intestinal.

Pobre Bunny. Nunca reconocía que estaba borracho; siempre decía que le dolía la cabeza, o que tenía que ir al oculista a que le revisara la graduación de las gafas. La verdad es que lo hacía con muchas cosas. Una mañana, después de haber salido con Marion, apareció en el comedor con su bandeja llena de leche y donuts y cuando se sentó vi que tenía un enorme mordisco en el cuello. «¿Cómo te has hecho eso, Bun?», le pregunté. Se lo decía en broma, pero él se ofendió muchísimo. «Me he caído por la escalera», dijo, esquivo, y se comió sus donuts en silencio.

Le seguí la corriente con lo del dolor de barriga.

—A lo mejor has pillado algo en Italia —le dije.

—Puede ser.

—¿Has ido a la enfermería?

—No. No pueden hacer nada. Hay que dejar que la enfermedad siga su curso. Será mejor que no te acerques demasiado.

Yo estaba sentado en el extremo opuesto del sofá, pero me aparté un poco más. Nos quedamos un rato viendo la televisión sin decir nada. Se veía muy mal. Ollie le había tapado los ojos a Stan con el sombrero; Stan daba vueltas en círculo, tropezando con todo, tirando desesperadamente de las alas del sombrero con ambas manos. Tropezó con Ollie, que le dio un golpe en la cabeza con la palma de la mano. Bunny estaba concentradísimo. Tenía la mirada fija en el televisor, y la boca ligeramente abierta.

—Bunny.

—Qué —contestó sin mirarme.

—¿Dónde están todos?

—Durmiendo, supongo —repuso con tono irritado.

—¿Sabes si los gemelos están por aquí?

—Supongo.

—¿Los has visto?

—No.

—Pero ¿qué os pasa a todos? ¿Te has enfadado con Henry, o algo parecido?

No me contestó. En su rostro, que yo veía de perfil, no se dibujaba ninguna expresión. Por un momento me desanimé y volví a mirar el televisor.

—¿Os pasó algo en Roma? ¿Os peleasteis?

De pronto Bunny se aclaró la garganta ruidosamente, y pensé

que iba a decirme que me metiera en mis asuntos, pero en cambio me señaló con el dedo y se aclaró de nuevo la garganta:

—¿Vas a beberte esa Coca-Cola?

Me había olvidado de ella por completo. Estaba sobre el sofá, aún sin abrir. Se la di; él abrió la lata, bebió un trago enorme y eructó.

—La pausa que te refresca —dijo, y luego añadió—: Te diré algo sobre Henry, amigo.

—Adelante.

Bebió otro trago y volvió a fijar la vista en la pantalla.

—Henry no es como tú piensas.

—¿Qué quieres decir? —le pregunté después de una larga pausa.

—Quiero decir que no es como tú piensas —repitió Bunny, esta vez en voz más alta—. Ni lo que piensan Julian ni ningún otro. —Bebió un poco más del refresco—. A mí también me ha tenido engañado a base de bien.

—Ya —dije, indeciso, al cabo de otra larga interrupción.

Empezaba a temerme que todo aquello pudiera ser un asunto sexual del que más valía no enterarme. Volví a mirar el perfil de Bunny: petulante, irritable, las gafas caídas en la punta de su afilada naricita, y una incipiente papada. ¿Habría intentado ligárselo Henry en Roma? Parecía increíble, pero era una hipótesis posible. Desde luego, si lo hubiera intentado se habría producido una hecatombe. No se me ocurría ninguna otra cosa que justificara todo aquel silencio y aquel misterio, ni que pudiera afectar tanto a Bunny. Él era el único de nosotros que tenía novia, y yo estaba prácticamente convencido de que se acostaba con ella; pero al mismo tiempo Bunny era increíblemente mojigato —susceptible, se ofendía con facilidad, hipócrita hasta la médula—. Además, había algo extraño en la forma en que Henry le pasaba a menudo dinero a Bunny: le pagaba las cuentas, le daba dinero de bolsillo como un marido hace con una esposa manirrota. Podía ser que Bunny se hubiera visto traicionado por su avidez, y que se hubiera llevado un disgusto al comprobar que la generosidad de Henry exigía ciertas condiciones.

Pero ¿las exigía? Sin duda tenía que haber condiciones, aunque yo no estaba seguro de que fueran las correctas. Sí, claro, estaba lo del beso a Julian en el pasillo; pero aquello había sido muy diferente. Yo había vivido un mes con Henry, y durante aquel tiempo no hubo el más leve indicio de ese tipo de tensión que yo, más bien poco dispuesto a ella, suelo captar rápidamente. Había detectado intensas ráfagas por parte de Francis, a veces alguna débil brisa por parte de Julian; y hasta Charles, del que sabía que le interesaban las mujeres, tenía cierta timidez inocente e infantil que un hombre como mi padre habría interpretado con alarma. Pero de Henry, nada. Cero absoluto. En todo caso, era Camilla la que parecía atraerle más; hacia Camilla se inclinaba amablemente cuando ella hablaba, y Camilla era la principal destinataria de sus escasas sonrisas.

Y aun suponiendo que Henry tuviera una faceta que yo desconocía (lo cual era posible), ¿cómo podía sentirse atraído por Bunny? La respuesta a esta pregunta era inequívoca: imposible. Henry no solo se comportaba como si no se sintiera atraído por Bunny, sino como si apenas pudiese soportarlo. Todo parecía indicar que Henry, que aparentemente despreciaba a Bunny en todos los sentidos, lo habría despreciado todavía más en ese. En cierto modo, yo podía reconocer que Bunny era guapo, pero si lo examinaba de cerca e intentaba enfocarlo desde el punto de vista sexual, lo único que conseguía ver era un confuso miasma de camisas apestosas, músculos convertidos en grasa y calcetines sucios. Aunque a las chicas no parecieran importarles tales detalles, para mí Bunny poseía el mismo erotismo de un viejo entrenador de fútbol.

De pronto me sentí muy cansado. Me levanté. Bunny se quedó mirándome boquiabierto.

—Tengo sueño, Bun —le dije—. Hasta mañana.

—Espero no haberte contagiado, tío —dijo.

—Yo también —repuse. Sentía mucha lástima por él—. Buenas noches.

El jueves me levanté a las seis de la mañana porque quería estudiar un poco de griego, pero no encontraba mi Liddell y Scott por ninguna parte. Lo busqué hasta que de pronto recordé: estaba en casa de Henry. Lo había echado en falta mientras hacía las maletas; por algún extraño motivo no estaba con el resto de mis libros. Había llevado a cabo una apresurada pero bastante diligente búsqueda que finalmente abandoné, diciéndome que ya volvería a buscarlo en otro momento. Ahora me encontraba en un grave aprieto. Mis clases de griego no empezaban hasta el lunes, pero Julian me había dado bastante trabajo y la biblioteca todavía permanecía cerrada, pues estaban cambiando los catálogos y pasándolos al sistema de la Biblioteca del Congreso.

Bajé y marqué el número de teléfono de Henry; tal como imaginaba, nadie contestó. Oí cómo repicaban y susurraban los radiadores del frío pasillo. Mientras dejaba sonar el teléfono, de pronto se me ocurrió una idea: podía acercarme a North Hampden y coger mi libro. Henry no estaba en su casa —por lo menos, eso me parecía— y yo tenía la llave. Él tardaría un buen rato en llegar de casa de Francis. Si me daba prisa, podía llegar en menos de un cuarto de hora. Colgué y me dirigí corriendo hacia la puerta.

Era muy temprano, el apartamento de Henry parecía vacío y su coche no estaba ni delante del edificio ni en ninguno de los sitios de la calle donde solía aparcarlo cuando no quería que nadie supiera que estaba en casa. Pero de todas formas llamé para asegurarme. No obtuve respuesta. Hice girar la llave cautelosamente y entré, con la esperanza de no encontrármelo de pie en el recibidor con su albornoz, mirándome detrás de una puerta.

No había nadie, pero el apartamento estaba hecho un desastre: libros, papeles, tazas de café y copas de vino vacías; todo estaba cubierto por una fina capa de polvo, y el vino de las copas se había secado hasta convertirse en una mancha pegajosa y rojiza en el fondo. La cocina estaba llena de platos sucios, y la leche, que se había quedado fuera de la nevera, se había cortado. Por lo general, Henry era extremadamente limpio, y durante el tiempo que yo había vivido allí con él jamás le había visto quitarse el abrigo sin colgarlo en su sitio. En el fondo de una taza de café había una mosca flotando.

Nervioso, como si hubiera descubierto la escena de un crimen, repasé las habitaciones; mis pasos resonaban en el silencio. Enseguida encontré mi libro: estaba en la mesa del recibidor, uno de los sitios donde era normal que me lo hubiera dejado. ¿Cómo podía habérmelo, olvidado? Antes de marcharme, lo había buscado por todas partes. Cabía la posibilidad de que Henry, habiéndolo encontrado, lo hubiera dejado allí para que yo pasara a recogerlo. Lo cogí con prisas y me dirigí hacia la puerta —con miedo, con ganas de irme de allí—; entonces me fijé en un pedazo de papel que había encima de la mesa.

La letra era de Henry:

TWA 219
795 × 4

Debajo Francis había añadido un número de teléfono con el prefijo 617. Cogí el papel y lo examiné. La nota estaba escrita en el dorso de un aviso de la biblioteca con fecha de tres días atrás.

Sin saber muy bien por qué, dejé mi Liddell y Scott y fui con el papel a la habitación del fondo, donde había un teléfono. El prefijo correspondía a Massachusetts, seguramente a Boston; miré la hora y marqué el número, revirtiendo el cobro al despacho del doctor Roland.

Un momento de silencio, dos timbrazos, un chasquido. «Ha marcado usted el número del despacho de abogados de Robeson Taft de Federal Street —me informó una grabación—. En estos momentos nuestra centralita está cerrada. Por favor, vuelva a llamar entre las nueve y las...»

Colgué y me quedé de pie contemplando el papel. Recordé con cierta inquietud la broma que Bunny le había gastado a Henry preguntándole si necesitaba un abogado. Volví a descolgar el auricular y marqué el número de información para pedir el teléfono de la TWA.

—Soy Henry Winter —le dije a la operadora—. Llamo para confirmar mi reserva.

—Un momento, señor Winter. ¿Puede darme el localizador?

—Huy —dije, intentando pensar deprisa, paseándome arriba

y abajo—, creo que ahora no lo tengo a mano, lo siento… —Entonces me fijé en el número que había en el extremo superior derecho del papel—. Un momento. A lo mejor es este: 219.

Oí que la operadora tecleaba en su ordenador. Impaciente, di unos golpecitos con el pie y miré por la ventana por si aparecía el coche de Henry. Y entonces recordé que Henry no tenía su coche. Yo no se lo había devuelto después de tomarlo prestado el domingo, y seguía aparcado detrás de las pistas de tenis, justo donde lo había dejado yo.

Aterrorizado, estuve a punto de colgar —si Henry no tenía su coche, yo no tenía manera de oírle llegar—, pero en aquel preciso instante volvió la operadora.

—Todo en orden, señor Winter —dijo, lacónica—. ¿No le dijo su agente de viajes que no es necesario confirmar las reservas realizadas con menos de tres días de antelación?

—No —contesté, impaciente, y estaba a punto de colgar cuando me di cuenta de lo que la operadora acababa de decirme—. ¿Tres días?

—Bueno, generalmente las reservas se confirman en la misma fecha de la compra del billete, sobre todo con tarifas como estas, no reembolsables. Su agente debería haberle informado de esto el martes, cuando usted compró los billetes.

¿Fecha de compra? ¿No reembolsable? Dejé de pasear.

—Permítame asegurarme de todos los datos —dije.

—Por supuesto, señor Winter —contestó con tono resuelto—. Vuelo 401 de TWA, sale del aeropuerto Logan de Boston mañana a las 20.45, embarque por la puerta 12; llega a Buenos Aires, Argentina, a las 6.01. Hace escala en Dallas. Cuatro billetes de setecientos noventa y cinco dólares, solo ida, veamos… —pulsó algunas teclas más—, eso hace un total de tres mil ciento ochenta dólares, impuestos excluidos, y pagó usted con tarjeta American Express, ¿me equivoco?

La cabeza me daba vueltas. ¿Buenos Aires? ¿Cuatro billetes? ¿Solo ida? ¿Mañana?

—Espero que usted y su familia tengan un viaje agradable con TWA, señor Winter —dijo la operadora con voz alegre, y a continuación colgó.

Me quedé de pie con el auricular en la mano, hasta que oí un zumbido en el otro extremo de la línea.

De pronto tuve una idea. Colgué el auricular, volví al dormitorio y abrí la puerta de par en par. En la estantería no había libros; el armario estaba abierto, vacío, con el candado colgando. Me quedé un momento mirando las mayúsculas romanas que rezaban YALE, y luego volví al otro dormitorio. En este, los armarios también estaban vacíos; lo único que había eran perchas colgadas en la barra. Me volví rápidamente y estuve a punto de tropezar con dos enormes maletas de cuero, atadas con correas de piel negra, justo junto a la puerta. Cogí una de las maletas y su peso me hizo perder el equilibrio.

«Dios mío —pensé—, ¿qué estarán haciendo?» Volví al recibidor, dejé el papel en su sitio y salí presuroso del piso con mi diccionario.

Ya fuera de North Hampden, aminoré la marcha. Me sentía muy desconcertado, y la ansiedad impregnaba todos mis pensamientos. Sentía que tenía que hacer algo, pero no sabía qué. ¿Estaba Bunny al corriente de aquello? Me imaginaba que no, pero también me imaginaba que sería mejor no preguntárselo. Argentina.

¿Qué había en Argentina? Prados, caballos, una especie de vaqueros que llevaban sombreros de copa plana con borlas colgando del ala. Borges, el escritor. Decían que Butch Cassidy se había escondido allí, igual que Mengele, Martin Bormann y una serie de personajes bastante desagradables.

Recordé haber oído a Henry contar una historia, una noche en casa de Francis, sobre un país sudamericano, quizá Argentina, pero no estaba seguro. Hice un esfuerzo. Algo sobre un viaje con su padre, un viaje de negocios, una isla frente a la costa… ¿O lo estaba confundiendo con otra cosa? El padre de Henry viajaba mucho. Además, ¿qué tenía que ver aquello? ¿Cuatro billetes? ¿Solo de ida? Y si Julian lo sabía —y por lo visto lo sabía todo sobre Henry, incluso más que los demás—, ¿por qué el día anterior me había preguntado dónde estaban?

Me dolía la cabeza. Ya cerca de Hampden, salí del bosque a una extensa y centelleante pradera cubierta de nieve y vi dos hilos de humo elevándose de las ennegrecidas chimeneas en ambos extremos del Commons. Todo estaba frío y quieto, excepto un camión de reparto de leche que traqueteaba junto a la puerta trasera, mientras dos hombres con aire adormecido descargaban en silencio las cestas de mimbre y las dejaban caer ruidosamente sobre el asfalto.

Los comedores estaban abiertos, pero a aquella hora de la mañana no había estudiantes, solo los trabajadores de la cafetería y los encargados de mantenimiento, que desayunaban antes de empezar sus turnos. Subí y pedí una taza de café y un par de huevos pasados por agua, y desayuné solo en una mesa cercana a la ventana en el desierto comedor principal.

Era jueves, y las clases empezaban ese día, pero yo no tenía clase con Julian hasta el lunes siguiente. Después del desayuno volví a mi habitación y empecé a trabajar en los segundos aoristos irregulares. No cerré los libros hasta casi las cuatro de la tarde; miré por primera vez a través de la ventana: por el oeste, la luz se iba apagando, y los fresnos y los tejos proyectaban sus largas sombras sobre la nieve. Era como si acabara de despertarme, medio dormido y desorientado, y me hubiera dado cuenta de que estaba oscureciendo y de que había dormido todo el día.

Aquella era la noche de la gran cena de bienvenida: rosbif, judías, suflé de queso y algún complicado plato de lentejas para los vegetarianos. Cené solo en la misma mesa en que había desayunado. Las salas estaban abarrotadas, todo el mundo fumaba, reía; se añadían sillas a las mesas ya completas, la gente iba de un grupo a otro con su bandeja para saludar. A mi lado había una mesa ocupada por dos estudiantes de arte, reconocibles por las uñas sucias de tinta y las pequeñas manchas de pintura de la ropa; uno de ellos estaba dibujando en una servilleta de tela con un rotulador negro; el otro comía el arroz con dos pinceles cogidos del revés, a modo de palillos. Me bebí el café mientras le echaba un vistazo al comedor, y pensé que al fin y al cabo Georges Laforgue tenía razón: verdaderamente, estaba aislado del resto de la universidad, aunque debo reconocer que en general no me interesaba demasiado intimar con gente que utilizaba pinceles como cubiertos.

Cerca de mi mesa, un par de neandertales intentaban por todos los medios conseguir dinero para una fiesta de cerveza que se iba a celebrar en el taller de escultura. A aquellos dos los conocía; era imposible estudiar en Hampden y no conocerlos. Uno era hijo de un conocido mafioso de la costa Este y el otro era hijo de un

productor de cine. Eran presidente y vicepresidente, respectiva-
mente, del consejo de estudiantes, y utilizaban sus oficinas princi-
palmente para organizar concursos de bebida, concursos de cami-
setas mojadas, y torneos femeninos de lucha en el barro. Los dos
eran altos, malhablados, imbéciles perdidos, e iban sin afeitar; de
esos que en primavera nunca se meten dentro, sino que se quedan
en el jardín con el torso desnudo bebiendo Styrofoam y con el
radiocasete desde el amanecer hasta el ocaso.

Todo el mundo los tenía por buena gente, y puede que fueran
bastante decentes si les dejabas tu coche para que se emborracharan o les vendías hierba o lo que fuera; pero los dos tenían —en
particular el hijo del mafioso— mirada de esquizofrénicos, de vi-
ciosos, que a mí no me gustaba nada. Le llamaban Party Pig, y no
con demasiado cariño; pero a él le gustaba el apodo y hacía todo
lo posible por estar a su altura. Se pasaba la vida emborrachándo-
se y haciendo cosas como provocar incendios, o meter a los novatos por las chimeneas, o tirar barriles de cerveza vacíos por las
ventanas.

Party Pig (alias Jud) y Frank se estaban acercando a mi mesa.
Frank me enseñó un bote de pintura lleno de calderilla y de billetes arrugados.

—Hola —me dijo—. Esta noche hay fiesta de cerveza en el
taller de escultura. ¿Quieres aportar algo?

Dejé la taza de café y rebusqué en el bolsillo de mi chaqueta.
Encontré una moneda de veinticinco centavos y unos cuantos
centavos.

—Venga, tío —dijo Jud con un tono que me pareció bastante
amenazador—. Seguro que llevas algo más.

Hoi polloi. Barbaroi.

—Lo siento —dije. Me levanté de la mesa, cogí mi abrigo y me marché.

Volví a mi habitación, me senté a mi escritorio y abrí mi diccionario, pero no lo miré. «¿Argentina?», dije mirando la pared.

El viernes por la mañana fui a clase de francés. Había unos cuantos alumnos dormitando en las últimas filas, sin duda destrozados por las celebraciones de la noche anterior. El olor a desinfectante combinado con los vibrantes fluorescentes y la monótona cantinela de los verbos condicionales me hizo entrar también a mí en una especie de trance, y me senté en mi sitio balanceándome ligeramente de aburrimiento y cansancio, apenas consciente del paso del tiempo.

Al salir bajé a la cabina y marqué el número de la casa de campo de Francis. Dejé sonar el teléfono unas cincuenta veces. No contestó nadie.

Volví a la Monmouth caminando por la nieve y me dirigí a mi habitación. Me senté en la cama y me quedé pensando, o mejor dicho sin pensar, contemplando a través de la ventana los tejos cubiertos de hielo. Al cabo de un rato me levanté y me senté al escritorio, pero no podía trabajar. Billetes de ida, había dicho la operadora. No reembolsables.

En California eran las once de la mañana. Mis padres estarían trabajando. Bajé otra vez a la cabina, donde empezaba a sentirme como en casa, y marqué el número del apartamento de la madre de Francis, en Boston, con cobro revertido a mi padre.

—¡Richard, querido! —exclamó cuando por fin consiguió identificarme—. Me alegro de oírte. Creí que ibas a venir a pasar las navidades con nosotros en Nueva York. ¿Dónde estás, cariño? ¿Quieres que envíe a alguien a recogerte?

—No, gracias. Estoy en Hampden —dije—. ¿Está Francis?

—¿Francis? Pero si está en la universidad.

—Perdone —dije, repentinamente nervioso; había sido un error llamar sin tener pensado lo que iba a decir—. Lo siento. He marcado un número equivocado.

—¿Cómo dices?

—Me pareció que Francis había hablado de ir a Boston hoy.

—Pues si ha venido yo no lo he visto. ¿Dónde has dicho que estás? ¿Seguro que no quieres que envíe a Chris a buscarte?

—No, gracias. No estoy en Boston. Estoy…

—¿Llamas desde la universidad? —dijo, esta vez con alarma—. ¿Pasa algo, cariño?

—No, no, claro que no —respondí; tuve la tentación de colgar, pero ya era demasiado tarde—. Anoche Francis vino a verme pero yo estaba medio dormido, y juraría que me dijo que se iba a Boston. ¡Oh! ¡ahí está! —mentí estúpidamente, con la esperanza de que ella no se diera cuenta.

—¿Dónde, cariño? ¿Contigo?

—Está en el jardín, lo veo desde aquí. Muchas gracias, señora… hummm, Abernathy —dije, histérico e incapaz de recordar el nombre de su actual marido.

—Llámame Olivia, cariño. Dale un beso al gamberro de mi hijo y dile que me llame el domingo.

Me despedí todo lo deprisa que pude —estaba sudando como un condenado— y ya me disponía a subir por la escalera, cuando Bunny, mascando con energía un chicle enorme, vino hacia mí. Era la persona con la que menos preparado estaba para hablar, pero no tenía escapatoria.

—Hombre, hola —me dijo—. ¿Dónde está Henry?

—No lo sé —contesté después de una pausa.

—Yo tampoco —dijo Bunny con tono beligerante—. No lo veo desde el lunes. Ni a François ni a los gemelos. Oye, ¿con quién estabas hablando?

Vacilé.

—Con Francis. Hablaba con Francis.

—Humm —dijo Bunny, con las manos en los bolsillos—. ¿Desde dónde llamaba?

—Supongo que desde Hampden.

—¿No era conferencia?

Sentí picor en el cuello. ¿Qué sabía él de todo aquello?

—No —dije—. Que yo sepa, no.

—Henry no te habrá comentado nada de marcharse de la ciudad, ¿no?

—No. ¿Por qué?

Bunny guardó silencio. Luego añadió:

—Hace varios días que en su casa no se ve ni una sola luz. Y su coche ha desaparecido. No lo tiene aparcado en Water Street.

Por algún extraño motivo, me eché a reír. Me acerqué a la puerta trasera, que en la parte superior tenía una ventana desde donde se veía el aparcamiento que había detrás de las pistas de tenis. Allí estaba el coche de Henry, justo donde yo lo había aparcado, a la vista de todos. Se lo enseñé.

—Mira, ahí lo tienes —dije—. ¿Lo ves?

Bunny masticó más despacio, y adoptó un aire pensativo.

—Qué raro —dijo.

—¿Por qué?

Un globo rosado salió de sus labios, creció lentamente y estalló.

—Por nada —dijo, cortante, y empezó a masticar otra vez.

—¿Por qué tendría que haberse ido de la ciudad?

Se apartó el cabello que le cubría los ojos.

—Si tú supieras —dijo, sonriente—. ¿Tienes algo que hacer?

Subimos a mi habitación. De camino, Bunny se paró en la nevera comunitaria; se agachó para examinar su contenido con gesto de miope.

—¿Hay algo tuyo? —preguntó.

—No.

Metió la mano y sacó un pastel de queso helado. En la caja había una quejumbrosa nota que rezaba: «Por favor, no robar. Soy becaria. Jenny Drexler.»

—Esto mismo nos vendrá bien —dijo mientras echaba una rápida mirada a uno y otro lado del pasillo—. ¿Viene alguien?

—No.

Se metió la caja debajo del abrigo, y silbando prosiguió hasta mi habitación. Una vez dentro, escupió el chicle y lo pegó en el borde interior de mi cubo de basura con un movimiento rápido y fintado, como si quisiera evitar que yo lo viera. Luego se sentó y empezó a comer el pastel de queso directamente de la caja con una cuchara que había encontrado en mi tocador.

—Uf —dijo—, está malísimo. ¿Quieres un poco?

—No, gracias.

Chupó la cuchara concienzudamente:

—Demasiado limón, ese es el problema. Y poca crema de queso. —Hizo una pausa, y yo imaginé que estaba pensando en los defectos que acababa de mencionar; entonces dijo, bruscamente—: Henry y tú pasasteis mucho tiempo juntos el mes pasado, ¿verdad?

Me puse en guardia.

—Sí, supongo.

—¿Hablasteis mucho?

—Un poco.

—¿Te explicó muchas cosas de cuando estuvimos en Roma? —preguntó, mirándome con expresión amable.

—No demasiadas.

—¿Te dijo algo de por qué se había ido antes de lo previsto?

Por fin, pensé con alivio. Por fin nos acercábamos al meollo de la cuestión.

—No, no me contó gran cosa —dije, y no mentía—. Cuando se presentó aquí supe que se había ido antes. Pero no sabía que tú seguías allí. Finalmente, una noche se lo pregunté. Y me dijo que tú te habías quedado en Italia. Nada más.

Bunny, que ya estaba harto, comió otro poco de pastel.

—¿Te contó por qué se había ido?

—No. —Al ver que Bunny enmudecía de nuevo, añadí—: Lo que sí me dijo era que tú andabas mal de fondos, y que él había tenido que pagar el alquiler y demás. ¿Es verdad?

Bunny hizo un ademán de rechazo con la boca llena.

—Este Henry… Yo lo quiero mucho, y tú también, pero entre tú y yo: creo que tiene sangre judía.

—¿Qué? —dije, perplejo.

Acababa de engullir otro pedazo de pastel de queso, y tardó un poco en contestarme.

—Nunca he visto a nadie que se quejara tanto por tener que ayudar a un colega —dijo—. ¿Quieres saber qué le pasa? Que teme que la gente se aproveche de él.

—¿Qué quieres decir?

Bunny se tragó el pedazo de pastel.

—Pues mira, seguramente cuando era pequeño alguien le dijo: «Hijo mío, estás forrado de dinero, y algún día la gente intentará timarte.» —Se le había caído un mechón de cabello y le tapaba un ojo; me miró astutamente con el otro, y me recordó a un viejo lobo de mar—. No se trata del dinero, no sé si me entiendes. Él no lo necesita. Es el concepto. Le gusta saber que le cae bien a la gente no por su dinero, sino por sí mismo.

Esta exégesis me sorprendió, pues se contradecía con la frecuente y a mi entender extravagante generosidad de Henry.

—Así que no se trata del dinero... —dije.

—No.

—Pues entonces de qué se trata, si no te molesta que te lo pregunte.

Bunny se inclinó hacia delante, pensativo y con una expresión de casi absoluta sinceridad. Cuando volvió a abrir la boca yo esperaba que dijese definitivamente a qué se refería. Pero lo que hizo fue aclararse la garganta y pedirme si no me importaba prepararle un café.

Aquella noche, mientras estaba echado en la cama leyendo griego, lo recordé como si de pronto me apuntasen con un foco: Argentina. La palabra todavía no había perdido su capacidad de sobresaltarme, y debido a mi ignorancia sobre su situación en el mapa había adquirido una curiosa vida propia. El duro sonido Ar del principio evocaba oro, ídolos, ciudades perdidas en la selva, a los que seguía la silenciosa y siniestra Gen, con el brillante interrogante Tina al final. Tonterías, claro, pero en aquel momento tenía la impresión de que en cierto modo el nombre en sí, uno de los pocos hechos concretos a los que yo tenía acceso, podía ser un criptograma o una pista. Pero no fue aquello lo que me hizo incorporarme de un salto, sino el reparar, de súbito, en la hora que era: las nueve y veinte, comprobé cuando miré mi reloj. De modo que estaban todos en el avión (¿no?), viajando hacia la extraña Argentina de mi imaginación a una velocidad increíble, por oscuros cielos.

Dejé el libro y me senté en una silla, junto a la ventana. Aquella noche no trabajé más.

El fin de semana transcurrió con mucho griego, con comidas solitarias en el comedor comunitario y con una intensa sensación de desconcierto cada vez que regresaba a mi habitación. Me sentía herido, y los echaba de menos, más de lo que me habría gustado admitir. Para colmo, Bunny se comportaba de forma extraña. Aquel fin de semana lo vi un par de veces con Marion y sus amigas; hablaba con ellas dándose importancia, mientras ellas lo contemplaban admiradas (la mayoría eran estudiantes de magisterio, y supongo que lo encontraban sumamente erudito porque estudiaba griego y porque llevaba gafitas con montura de metal). En otra ocasión lo vi con su viejo amigo Cloke Rayburn. Pero yo no conocía mucho a Cloke, y no me decidí a pararme para saludarlo.

Aguardaba mi clase de griego del lunes con profunda curiosidad. Aquella mañana me desperté a las seis. Como no quería llegar demasiado pronto, permanecí un buen rato sentado en mi habitación, ya vestido, y cuando miré el reloj me llevé un susto: si no corría, llegaría tarde. Cogí los libros y salí de la habitación; antes de llegar al ateneo iba corriendo, y me obligué a aminorar la marcha.

Cuando abrí la puerta trasera ya había recuperado el aliento. Subí por la escalera despacio, con la mente en blanco, moviendo los pies maquinalmente, como cuando de pequeño, después de una Nochebuena de emoción casi delirante, recorría el pasillo hasta la puerta cerrada detrás de la cual estaban mis regalos, como si aquel día no tuviera nada de especial, súbitamente desprovisto de todo deseo.

Allí estaban todos: los gemelos, serenos y alerta, en el alféizar; Francis dándome la espalda; Henry a su lado; y Bunny al otro lado de la mesa, balanceándose en la silla. Les estaba contando no sé qué historia.

—Escuchad este —les dijo a Henry y a Francis, y se volvió para echarles un vistazo a los gemelos. Todas las miradas estaban fijas en él, y nadie se había percatado de mi llegada—. El guardián dice: «Hijo mío, el gobernador no ha ordenado el indulto, y ya no podemos esperar más. ¿Quieres pronunciar tus últimas palabras?». El tío se lo piensa un momento, y cuando lo están entrando en la cámara —se llevó el lápiz a la altura de los ojos y lo examinó un momento— mira por encima del hombro y dice: «¡Pues desde luego, el gobernador se ha quedado sin mi voto para las próximas elecciones!». —Se echó a reír y se inclinó aún más hacia atrás; entonces me vio allí de pie, como un idiota—. Entra, entra —me dijo, y dejó caer las patas delanteras de la silla ruidosamente.

Los gemelos levantaron la vista, asustados como un par de ciervos. Henry se veía sereno como un Buda, salvo por cierta tensión en las mandíbulas. Pero Francis estaba pálido, casi verde.

—Estábamos contando chistes —dijo Bunny, cordial, inclinándose de nuevo hacia atrás. Se apartó el cabello de los ojos—.

Bueno. Smith y Jones son acusados de robo a mano armada y condenados a pena de muerte. Los dos piden la apelación, por supuesto, pero a Smith se le agotan antes y lo mandan a la silla. —Hizo un gesto filosófico de resignación y luego, inesperadamente, me guiñó un ojo—. Bien —continuó—. Sacan a Jones para que presencie la ejecución, y cuando está mirando cómo atan a su colega —me fijé en Charles, que tenía una mirada inexpresiva y se mordió el labio inferior—, aparece el guardián. «¿Hay noticias de tu indulto, Jones?», le pregunta. «No, de momento no», responde Jones. El guardián mira su reloj y le dice: «Pues entonces no vale la pena que te vuelvas a la celda, ¿no?». —Echó la cabeza hacia atrás y rió, encantado, pero ninguno sonrió siquiera.

Bunny se disponía a empezar otro («Y luego está aquel del Oeste, de cuando todavía colgaban a la gente…»), cuando Camilla, que seguía en el alféizar, se volvió y me dirigió una sonrisa nerviosa.

Me acerqué a la ventana y me senté entre Camilla y Charles. Camilla me besó en la mejilla:

—¿Cómo estás? —me dijo—. ¿Nos echabas de menos?

—Es verdad, todavía no te habíamos visto —intervino Charles, volviéndose hacia mí y cruzando las piernas. Tenía un tobillo sobre la rodilla, y el pie le temblaba con violencia, como si tuviera vida propia; puso una mano encima para pararlo—. Hemos tenido un contratiempo terrible con el apartamento.

No sabía exactamente qué esperaba que me dijeran, pero aquello, desde luego, no tenía nada que ver.

—¿Qué os pasó? —pregunté.

—Nos dejamos la llave en Virginia.

—Nuestra tía Mary-Gray tuvo que ir hasta Roanoke para mandárnosla por Federal Express.

—Tenía entendido que se lo habíais realquilado a alguien —dije, desconfiado.

—Sí, pero el inquilino se marchó hace una semana. Fuimos idiotas: le dijimos que nos mandara la llave por correo. La dueña está en Florida. Hemos estado todo este tiempo en la casa de campo de Francis.

—Atrapados.

—Francis nos llevó en coche, y cuando estábamos a unas dos millas de la casa el coche se estropeó —continuó Charles—. Empezó a echar un humo muy negro y a hacer ruidos rarísimos.

—Se estropeó la dirección. Acabamos metidos en una zanja.

Hablaban los dos muy deprisa. Hubo un momento en que la voz de Bunny se elevó, estridente, por encima de la de los gemelos.

—… y al juez aquel le gustaba seguir un método peculiar. Los lunes colgaba a un ladrón de ganado, los martes a un tramposo, los miércoles a un asesino…

—… y después —prosiguió Charles— tuvimos que ir andando hasta la casa, y nos pasamos días llamando a Henry para que fuese a buscarnos. Pero Henry no contestaba al teléfono, ya sabes lo difícil que es comunicarse con él por teléfono…

—En casa de Francis no había comida. Solo unas latas de aceitunas negras y una caja de Bisquick.

—Sí. Solo comíamos aceitunas y Bisquick.

De pronto me pregunté si sería cierto todo aquello. Por un momento sentí alivio —qué estúpido había sido, Dios mío—, pero luego recordé el aspecto del apartamento de Henry, las maletas que había junto a la puerta.

Bunny se estaba preparando para un final espectacular:

—Y va el juez y dice: «Hijo mío, hoy es viernes, y me encantaría colgarte ahora mismo, pero voy a tener que esperar hasta el martes, porque...»

—Ni siquiera había leche —comentó Camilla—. Teníamos que mezclar el Bisquick con agua.

Alguien se aclaró la garganta; levanté la vista y vi a Julian, que acababa de entrar, cerrando la puerta.

—Madre mía, menudas cotorras —dijo interrumpiendo el abrupto silencio—. ¿Dónde os habíais metido?

Charles tosió y, con la mirada en un punto imaginario al fondo de la habitación, empezó a contarle, de forma bastante mecánica, la historia de la llave del apartamento, del coche y la zanja, las aceitunas y el Bisquick. El sol invernal, que entraba de soslayo por la ventana, le daba a todo un aire helado, precisamente detallado; nada parecía real, y sentí como si aquello fuera una complicada película cuyo principio me había perdido y que no conseguía entender. Por algún extraño motivo, los chistes de prisiones de Bunny me habían sentado mal, pese a que recordaba que durante el otoño había contado montones de ellos. Entonces, igual que ahora, no habían encontrado sino un absoluto silencio, pero entonces no parecían chistes malos y tontos. Yo siempre había dado por supuesto que los contaba porque tenía algún sobado libro de chistes para abogados o algo así en el estante de su habitación, al lado de la autobiografía de Bob Hope, las novelas de Fu Manchú y *Men of Thought and Deed*. (Y resultó que así era.)

—¿Por qué no me llamabais? —preguntó Julian, perplejo y quizá un poco ofendido, cuando Charles terminó de contar su relato.

Los gemelos lo miraron sin saber qué contestar.

—No se nos ocurrió —dijo Camilla.

Julian se rió y recitó un aforismo de Jenofonte que hablaba de tiendas y soldados y enemigos, pero que insinuaba que en tiempos difíciles lo mejor era acudir a los amigos de verdad en busca de ayuda.

Al finalizar la clase, regresé solo andando a casa; me sentía desconcertado y confuso. Ahora mis pensamientos eran tan contradictorios e inquietantes que ya ni siquiera podía especular; lo único que podía hacer era preguntarme como un estúpido qué estaba ocurriendo a mi alrededor. No tenía más clases durante el resto del día, y no soportaba la idea de volver a mi habitación. Fui al Commons y me senté en una butaca junto a la ventana; estuve allí unos tres cuartos de hora. ¿Qué podía hacer? ¿Ir a la biblioteca? ¿Coger el coche de Henry —seguía teniéndolo yo— e ir a dar una vuelta, enterarme de si había alguna sesión matinal en el cine de la ciudad? ¿Pedirle un Valium a Judy Poovey?

Al final llegué a la conclusión de que la última de aquellas posibilidades era una condición previa a cualquier otro plan. Volví a la Monmouth y subí a la habitación de Judy, pero encontré una nota escrita con rotulador dorado enganchada en la puerta: «Beth: ¿Vienes a Manchester a comer con Tracy y conmigo? Estaré en el taller de vestuario hasta las once. J.»

Permanecí contemplando la puerta de la habitación de Judy, que estaba adornada con fotografías de accidentes de coche, llamativos titulares recortados del *Weekly World News* y una muñeca Barbie desnuda colgada del pomo por una soga. Era la una en punto. Me dirigí hacia mi impecable puerta blanca, al extremo del pasillo, la única de aquel piso que no estaba oscurecida con adhesivos de propaganda religiosa, pósters de los Fleshtones y epigramas suicidas de Artaud, y preguntándome cómo era la gente capaz de poner toda aquella porquería en la puerta de sus habitaciones, y por qué lo hacían.

Me tendí en la cama y contemplé el techo, intentando adivinar a qué hora volvería Judy, intentando pensar en algo que hacer mientras tanto. Y entonces llamaron a la puerta.

Era Henry. Abrí la puerta un poco más y lo miré sin decir nada.

Me devolvió una mirada relajada y paciente. Estaba tranquilo y llevaba un libro bajo el brazo.

—Hola —dijo.

Hubo otra pausa, más larga que la primera.

—Hola —respondí.

—¿Cómo estás?

—Bien.

—Me alegro.

Otro largo silencio.

—¿Haces algo esta tarde? —preguntó educadamente.

—No —contesté, sorprendido.

—¿Te apetece venir a dar una vuelta?

Cogí el abrigo.

Cuando ya nos habíamos alejado bastante de Hampden, salimos de la autopista y cogimos una carretera de grava que yo no conocía.

—¿Adónde vamos? —pregunté, inquieto.

—He pensado que podíamos echarle un vistazo a una subasta

privada que hay en Old Quarry Road —contestó Henry, imperturbable.

Cuando cerca de una hora después la carretera nos condujo finalmente a una gran mansión con un letrero en la fachada que rezaba SUBASTA, me llevé la gran sorpresa de mi vida.

La casa era maravillosa, pero la subasta resultó bastante pobre: había un piano enorme cubierto de objetos de plata y de artículos de cristal resquebrajado; un reloj de cuco; varias cajas llenas de discos, artículos de cocina y juguetes; y algunos muebles tapizados con arañazos de gato. Lo habían bajado todo al garaje.

Me puse a hojear unas partituras, sin dejar de mirar a Henry de reojo. Él examinó los artículos de plata con indiferencia y tocó sin mucho interés un compás del *Träumerei* en el piano con una mano; abrió la puerta del reloj de cuco y le echó un vistazo al mecanismo; entabló una larga charla con la sobrina del propietario, que acababa de salir de la mansión, acerca del momento más adecuado para sacar al exterior los bulbos de tulipán. Después de repasar todas las partituras, me dirigí a la cristalería y luego a los discos; Henry se compró una azada de jardinería por veinticinco centavos.

—Lamento haberte hecho venir hasta aquí —me dijo cuando volvíamos a casa.

—No pasa nada —repuse, repantigado en mi asiento, muy cerca de la puerta.

—Tengo un poco de hambre. ¿Y tú? ¿Te apetece comer algo?

Nos paramos en un restaurante de las afueras de Hampden. Era muy temprano y el local estaba prácticamente vacío. Henry pidió una cena muy abundante —crema de guisantes, rosbif, ensalada, puré de patatas con salsa, café, tarta— y la tomó en silencio y con un metódico entusiasmo. Yo comí perezosamente mi tortilla y tuve que hacer grandes esfuerzos para apartar la vista de Henry mientras cenábamos. Me sentía como si estuviera en el vagón restaurante de un tren, por azar al lado de otro viajero solitario, alguien amablemente extraño que tal vez ni siquiera hablaba mi idioma pero que de todos modos se alegraba de poder cenar conmigo, y que despedía un aire de tranquila tolerancia, como si me conociera de toda la vida.

Cuando terminamos de cenar, Henry sacó su paquete de tabaco del bolsillo de la camisa (fumaba Lucky Strike; siempre que pienso en él me acuerdo de aquel círculo rojo justo sobre su corazón); agitó el paquete hasta que asomaron dos cigarrillos, y levantando una ceja me ofreció uno. Negué con la cabeza.

Henry se fumó uno y luego el otro, y cuando nos trajeron la segunda taza de café levantó la vista.

—¿Por qué has estado tan callado esta tarde?

Me encogí de hombros.

—¿No quieres saber nada de nuestro viaje a Argentina?

Dejé la taza en el platillo y lo miré fijamente. Me eché a reír.

—Sí —le dije—. Sí, claro. Cuenta.

—¿No sientes curiosidad por saber cómo me he enterado de que lo sabías?

Aquello no se me había ocurrido, y supongo que él lo adivinó en mi cara, porque se echó a reír.

—No es ningún misterio —me dijo—. Resulta que llamé para cancelar las reservas (me ponían problemas, claro, porque eran billetes no reembolsables, pero creo que eso ya está resuelto). En fin, cuando llamé a la compañía se mostraron muy sorprendidos porque acababa de llamar el día antes precisamente para confirmarlas.

—¿Cómo supiste que había sido yo?

—¿Quién iba a ser? Tú tenías la llave. Lo sé, lo sé —dijo cuando intenté interrumpirlo—. Te dejé aquella llave a propósito. Nos habría facilitado las cosas más adelante, por varios motivos, pero dio la casualidad de que fuiste precisamente cuando no debías. Yo solo había salido del apartamento unas horas, sabes, y no se me ocurrió pensar que fueras a pasar entre medianoche y las siete de la mañana. Creo que fue cuestión de minutos que no nos encontráramos. Si hubieras ido una hora más tarde, no habrías encontrado nada.

Henry se encogió de hombros.

—Porque yo creía —continuó— que no utilizarías la llave a no ser que fuera necesario. Si nos hubiéramos marchado, alguien, tarde o temprano, habría tenido que abrirle el apartamento a la propietaria, y yo te habría mandado instrucciones diciéndote con quién tenías que hablar y qué tenías que hacer con las cosas que había dejado, pero no me acordé del maldito Liddell y Scott. Bueno, no exactamente. Sabía que te lo habías dejado, pero tenía prisa y no pensé que volvieras a buscarlo *bei Nacht und Nebel,* por así decirlo. Sin embargo, fue una tontería por mi parte. Tienes los mismos problemas que yo para dormir.

—A ver si lo he entendido. ¿Así que no habéis ido a Argentina?

Henry soltó un bufido y cogió la cuenta.

—Claro que no —dijo—. Si hubiéramos ido no estaríamos aquí.

Pagó la cuenta y me preguntó si quería ir a casa de Francis.

—No creo que esté —agregó.

—¿Entonces para qué quieres ir?

—Porque mi apartamento está hecho un desastre y me he instalado en su casa hasta que encuentre a alguien que me lo limpie. ¿Por casualidad conoces alguna agencia de asistentas domésticas? Francis dice que la última vez que contrató a una persona que le enviaron de la oficina de empleo le robaron dos botellas de vino y cincuenta dólares del cajón de la cómoda.

De camino hacia North Hampden hubiera acribillado a Henry con preguntas, pero permanecí con la boca cerrada hasta que llegamos.

—Seguro que no está —dijo al abrir la puerta principal.

—¿Dónde está?

—Con Bunny. Se ha ido a cenar con él a Manchester, y creo que luego iban al cine a ver una película que a Bunny le interesaba. ¿Te apetece un café?

El apartamento de Francis estaba en un feo edificio de los años setenta, propiedad de la universidad. Era más amplio y más reservado que las viejas casas de suelo de roble en que vivíamos en el campus, y por consiguiente estaba más solicitado; había suelos de linóleo, salas mal iluminadas y muebles modernos y baratos como en un Holiday Inn. A Francis aquello no parecía molestarle demasiado. Él se había llevado sus propios muebles de la casa de campo, pero los había elegido con descuido y el resultado era una atroz mezcla de estilos, tapicerías y maderas oscuras y claras.

Una breve inspección nos reveló que Francis no tenía ni té ni café («No le iría mal pasar por el colmado», dijo Henry, mirando por encima de mi hombro el interior de otro armario vacío). En realidad lo único que tenía era unas cuantas botellas de whisky escocés y un poco de agua de Vichy. Cogí unos cubitos de hielo y un par de vasos y nos llevamos una botella semivacía de Famous Grouse al oscuro salón, nuestros zapatos taconeando por la espantosa desnudez del linóleo blanco.

—Así que no habéis estado en Argentina —dije cuando nos sentamos y Henry sirvió las copas.

—No.

—¿Por qué no?

Suspiró y se llevó la mano al bolsillo de la camisa para coger un cigarrillo.

—Por culpa del dinero —dijo, y encendió una cerilla que llameó en la penumbra—. Yo no tengo un depósito, como Francis; solo tengo una asignación mensual. Generalmente me sobra para vivir, y llevo años ahorrando gran parte de ella cada mes. Pero Bunny se lo ha cepillado casi todo. No tenía forma de reunir más de treinta mil dólares, ni siquiera vendiendo el coche.

—¿Treinta mil dólares? Eso es mucho dinero.

—Sí.

—¿Para qué querías tanto?

Henry lanzó un anillo de humo hacia el amarillento círculo de luz de la lámpara, rodeado de oscuridad.

—Porque no pensábamos volver —dijo—. No tenemos visados de trabajo. El dinero que nos lleváramos tendría que durarnos a los cuatro mucho tiempo. A propósito —dijo elevando la voz como si yo hubiera intentado interrumpirlo—, nuestro destino no era Buenos Aires. Solo era una escala.

—¿Qué?

—Supongo que si hubiéramos conseguido el dinero, nos hu-

biéramos ido a París o Londres, a un aeropuerto con mucho tráfico, y de ahí a Amsterdam y finalmente a América del Sur. De esta
forma les habría costado más localizarnos, ¿entiendes? Pero como
no teníamos el dinero, la alternativa era ir a Argentina y de ahí a
Uruguay, un país adecuado para nuestros planes. Mi padre tiene
participación en no sé qué negocios de ese país. No nos habría
resultado difícil encontrar un sitio donde vivir.

—¿Lo sabía tu padre? —pregunté.

—Habría acabado enterándose. De hecho, tenía pensado pedirte que te pusieras en contacto con él cuando nosotros hubiéramos llegado. Él habría podido ayudarnos si nos hubiera ocurrido
algo imprevisto; de ser necesario hasta habría podido sacarnos del
país. Conoce a mucha gente. Gente del gobierno. No lo habría
sabido nadie.

—¿Y crees que él lo habría hecho por ti?

—Mi padre y yo no estamos muy unidos —dijo Henry—,
pero soy su único hijo. —Se acabó el whisky e hizo girar el hielo
en el vaso—. En fin. No podía disponer de mucho dinero en efec-
tivo, aunque mis tarjetas de crédito podían servirme; solo quedaba el problema de reunir poco a poco una cantidad suficiente para
vivir un tiempo. Y ahí es donde entraba Francis. Su madre y
él viven de una renta, como creo que ya sabes, pero también tienen derecho a retirar hasta un tres por ciento de la suma total
anualmente, lo cual habría supuesto unos ciento cincuenta mil
dólares. La suma, generalmente, nunca se retira, pero en teoría
cualquiera de los dos puede hacerlo cuando quiera. Los fideicomi-
sarios son un bufete de abogados de Boston, y el jueves por la
mañana nos fuimos de la casa de campo, vinimos a Hampden,
donde estuvimos solo unos minutos para que los gemelos y yo

recogiéramos nuestras cosas, y luego nos marchamos todos a Boston y nos registramos en el Parker House. Es un hotel muy bonito, ¿lo conoces? ¿No? Dickens siempre se hospedaba ahí cuando venía a América.

»En fin. Francis tenía una cita con sus abogados, y los gemelos debían arreglar unas cosas en la oficina de pasaportes. Salir del país no es tan sencillo como te imaginas, si bien lo habíamos solucionado prácticamente todo; nos íbamos la noche siguiente y parecía que nada podía fallar. Estábamos un poco preocupados por los gemelos, pero aunque hubieran tenido que esperarse unos diez días y viajar más adelante, no habría pasado nada. Yo también tenía algunas cosas que hacer, aunque no muchas, y Francis me había asegurado que para retirar el dinero solo tenía que ir al centro y firmar unos papeles. Su madre se enteraría de que lo había sacado, pero ¿qué habría podido hacer una vez nos hubiéramos ido?

»Sin embargo, Francis no volvió a la hora convenida; pasaron tres horas, cuatro horas. Llegaron los gemelos. Los tres habíamos pedido que nos subieran la comida a la habitación cuando apareció Francis, medio histérico. Resulta que el dinero de aquel año había desaparecido. Su madre había sacado todo el capital a principios de año y no se lo había dicho. La sorpresa era desagradable, pero dadas las circunstancias lo era aún más. Había intentado todo lo que se le ocurrió: pedir un crédito a cuenta del depósito e incluso ceder los intereses, que, si entiendes algo de depósitos, sabrás que es lo más desesperado que se puede hacer. Los gemelos eran partidarios de seguir adelante y arriesgarse. No obstante... la situación era difícil. Si nos marchábamos, no podríamos volver, y de todas formas, ¿qué íbamos a hacer cuando llegáramos? ¿Vivir en una cabaña en la copa de un árbol, como los siete enanitos?

—Henry suspiró—. Teníamos las maletas hechas y los pasaportes a punto, pero no teníamos dinero. Nada, ni cinco. Entre los cuatro, no llegábamos a los cinco mil dólares. Discutimos bastante, pero al final decidimos que nuestra única posibilidad era volver a Hampden. Por lo menos de momento.

Hablaba con bastante tranquilidad, pero mientras lo escuchaba se me iba haciendo un nudo en el estómago. El cuadro todavía estaba poco definido, aunque lo poco que alcanzaba a ver no me gustaba nada. Guardé silencio un rato, mirando las sombras que la luz de la lámpara proyectaba en el techo.

—Dios mío, Henry —dije por fin. Mi voz me sonó llana y extraña incluso a mí mismo.

Henry levantó una ceja y no dijo nada; tenía el vaso vacío en la mano, y media cara en la penumbra.

Lo miré.

—Dios mío —dije—. ¿Qué habéis hecho?

Henry forzó una sonrisa y se inclinó hacia delante, saliendo de la luz, para servirse un poco de *scotch*.

—Me parece que ya te lo imaginas —contestó—. Déjame preguntarte una cosa. ¿Por qué nos has estado encubriendo?

—¿Qué dices?

—Sabías que nos íbamos del país. Lo sabías desde el principio, y no se lo dijiste a nadie. ¿Por qué?

Las paredes se habían desvanecido y la habitación estaba a oscuras. La palidez del rostro de Henry, ahora completamente iluminado por la lámpara, contrastaba con la oscuridad, y unos aislados puntos de luz destellaban en el borde de sus gafas, relucían en las profundidades ámbar de su vaso de whisky, brillaban en sus ojos azules.

—No lo sé —contesté.

Sonrió.

—¿No?

Lo miré fijamente, pero no dije nada.

—Al fin y al cabo, nosotros no habíamos confiado en ti —dijo. Me miraba con una expresión firme e intensa—. Habrías podido detenernos, pero no lo hiciste. ¿Por qué?

—Henry, ¿qué demonios habéis hecho?

Sonrió una vez más.

—Dímelo tú.

Y lo terrible era que yo lo sabía.

—Habéis matado a alguien, ¿no es eso?

Me miró un momento y luego se recostó en la silla y se rió. Me quedé estupefacto.

—Muy bien —dijo—. Muy bien, ya veo que eres tan inteligente como pensaba. Sabía que tarde o temprano lo averiguarías. Llevo tiempo diciéndoselo a los otros.

Una oscuridad densa, palpable, colgaba alrededor de nuestro diminuto círculo de luz. Por un momento experimenté el claustrofóbico sentimiento de que las paredes se nos venían encima, y al mismo tiempo tuve la vertiginosa sensación de que se alejaban infinitamente, dejándonos a los dos suspendidos en una extensión de oscuridad sin fronteras. Me sentí mareado. Tragué saliva y miré a Henry.

—¿A quién?

Henry se encogió de hombros.

—No tiene importancia, de verdad. Fue un accidente.

—¿No lo hicisteis a propósito?

—Cielo santo, no —exclamó sorprendido.

—¿Qué ocurrió?

—No sé por dónde empezar. —Hizo una pausa y bebió un sorbo—. ¿Te acuerdas del pasado otoño, en la clase de Julian, cuando estudiamos lo que Platón llamó la locura teléstica? *Bakcheia*. El arrebato dionisíaco.

—Sí —contesté, impaciente. Era típico de Henry ponerse a hablar así en aquel momento.

—Bueno, decidimos intentarlo.

Por un momento pensé que no le había entendido bien.

—¿Cómo dices?

—Digo que decidimos intentar hacer una bacanal.

—Anda ya.

—Lo digo en serio.

Lo miré.

—Me tomas el pelo.

—No.

—Nunca había oído nada tan disparatado.

Se encogió de hombros.

—¿Cómo se os ocurrió una cosa así?

—No sé. A mí la idea me obsesionaba.

—¿Por qué?

—Bueno, que yo sepa, se habían dejado de hacer dos mil años atrás. —Al ver que no me había convencido, hizo una pausa—. Al fin y al cabo, la idea de dejar de ser tú mismo, aunque sea solo por un rato, encierra un gran atractivo —dijo—. Trascender el accidente de tu momento de ser. Hay otras ventajas de las que es más difícil hablar, cosas que las fuentes antiguas mencionan de pasada y que yo solo comprendí *a posteriori*.

—¿Por ejemplo?

—Verás, es algo que se considera un misterio —dijo con amargura—. Créeme. Pero no hay que subestimar el atractivo primordial: salir de uno mismo completamente. Y al salir de uno mismo, nacer al principio de la vida eterna, lejos de la prisión de la mortalidad y el tiempo. A mí eso me atraía desde el principio, pese a que no sabía nada sobre el tema y lo abordaba más como antropólogo que como *mystes* en potencia. Los comentaristas antiguos son muy circunspectos acerca de todo esto. Después de mucho trabajo, pudimos averiguar algunos de los rituales sagrados: los himnos, los objetos sagrados, lo que había que vestir, hacer y decir. El misterio en sí era más difícil: ¿cómo se lanzaba uno a semejante estado, cuál era el catalizador? —Hablaba con voz soñadora, divertida—. Lo probamos todo. Alcohol, drogas, oraciones, hasta pequeñas dosis de veneno. La noche del primer intento solo conseguimos emborracharnos, y acabamos inconscientes cerca de casa de Francis, con nuestras túnicas, en medio del bosque.

—¿Vestíais túnicas?

—Sí —dijo Henry, irritado—. Lo hacíamos todo movidos por el interés científico. Las confeccionamos con sábanas en el desván de Francis. En fin. La primera noche no pasó absolutamente nada, salvo que al día siguiente teníamos resaca y nos dolía todo porque habíamos dormido en el suelo. De modo que la segunda vez no bebimos tanto, pero allí estábamos, en plena noche, en la colina que hay detrás de casa de Francis, borrachos, con nuestras túnicas, y cantando himnos griegos como si aquello fuera la iniciación de una hermandad, y de pronto Bunny empezó a reírse a carcajadas, tanto que se cayó y echó a rodar colina abajo.

»Parecía evidente que el alcohol por sí solo no nos serviría de nada. Madre mía. No sabría decirte todo lo que probamos. Velas. Ayuno. Libaciones. Hasta me deprime pensarlo. Quemamos ramas de cicuta e inhalamos el humo. Yo sabía que las pitonisas mascaban hojas de laurel, pero eso tampoco dio resultado. ¿Te acuerdas de las hojas de laurel que encontraste en el horno de la cocina, de Francis?

Lo miré fijamente.

—¿Por qué no me contasteis nada? —le pregunté.

Henry cogió un cigarrillo.

—Hombre, creo que es evidente.

—¿Qué quieres decir?

—Claro que no te contamos nada. Apenas te conocíamos. Nos habrías tomado por locos. —Se interrumpió un momento—. Ya no sabíamos qué hacer. Supongo que en cierto modo me engañaron las historias de las Pitia, los *pneuma enthusiastikon,* los vapores venenosos y todo eso. Esos procesos, aunque imprecisos, están mejor documentados que los métodos báquicos, y yo pensaba que los dos debían estar relacionados. Pero después de un largo período de intentos y errores llegamos a la conclusión de que no lo estaban, y de que lo que estábamos pasando por alto era, con toda probabilidad, bastante sencillo. Y efectivamente lo era.

—¿Y de qué se trataba?

—Sencillamente: en este como en cualquier otro misterio, para recibir al dios hay que estar en un estado de *euphemia,* pureza cúltica. El misterio báquico gira en torno de eso. Hasta Platón lo menciona. Para poder acoger a lo Divino, el yo mortal (el polvo, la parte que se pudre) debe purificarse todo lo posible.

—¿Y cómo se hace?

—Mediante actos simbólicos, la mayoría bastante universales

en el mundo griego. Verter agua sobre la cabeza, baños, ayuno. Por cierto, a Bunny le costaba bastante entender lo del ayuno y lo de los baños, pero los demás lo hacíamos como es debido. Pero cuanto más hacíamos, menos significado parecía tener todo aquello, hasta que un día se me ocurrió algo bastante evidente: que todo ritual religioso es arbitrario a menos que veas más allá de él y busques un significado más profundo. —Hizo una pausa—. ¿Sabes lo que dice Julian de la *Divina comedia*?

—No, Henry, no lo sé.

—Que si no eres cristiano no puedes entenderla. Que si quieres leer a Dante y entenderlo, tienes que convertirte en cristiano, aunque solo sea por unas horas. Lo mismo pasaba con esto. Tenías que abordarlo en sus propios términos, no enfocándolo desde una óptica voyeurista, ni siquiera erudita. Supongo que al principio era imposible verlo de ninguna otra forma, pues teníamos una visión fragmentada, a través de los siglos. La vitalidad del acto estaba completamente ofuscada, la belleza, el terror, el sacrificio. —Dio la última calada al cigarrillo y lo apagó—. No teníamos fe. Y la fe era la única condición, absolutamente necesaria. La fe y la entrega absoluta.

Esperé a que continuara.

—Como comprenderás, llegó un momento en que estuvimos tentados de dejarlo —dijo con seriedad—. La empresa había sido interesante, pero no demasiado, y además suponía muchos problemas. No te puedes imaginar la de veces que estuviste a punto de tropezar con nosotros.

—¿Ah, sí?

—Sí. —Bebió un poco de whisky—. Supongo que no te acordarás de una noche, en la casa de campo, que bajaste a las tres de la mañana. A la biblioteca, a buscar un libro. Te oímos en la escalera. Yo estaba escondido detrás de un tapiz; de haberlo querido, habría podido tocarte con solo alargar la mano. En otra ocasión te despertaste antes de que llegáramos a casa. Tuvimos que entrar sigilosamente por la puerta de atrás, subir la escalera como ladrones. Era agotador, teníamos que ir constantemente escurriéndonos descalzos en la oscuridad. Además, empezaba a hacer frío. Dicen que los *oreibasia* tenían lugar en pleno invierno, pero imagino que los inviernos del Peloponeso son bastante más suaves que los de Vermont.

»Llevábamos mucho tiempo trabajando y no tenía sentido no intentarlo una vez más antes de que el tiempo empezara a empeorar. De repente todo empezó a cobrar seriedad. Por primera vez ayunamos tres días seguidos. Un mensajero se me apareció en sueños. Todo iba sobre ruedas, y yo tenía una sensación que nunca había tenido: que hasta la realidad que nos rodeaba se estaba transformando de una forma hermosa y peligrosa, que una fuerza inescrutable nos estaba arrastrando hacia un final que yo desconocía. —Bebió otro trago—. El único problema era Bunny. No entendía que las cosas habían cambiado significativamente. Estábamos más cerca que nunca, y cada día contaba; ya hacía un frío espantoso, y si nevaba, algo que habría podido pasar cualquier día, hubiéramos tenido que esperar hasta la primavera. Yo no soportaba la idea de que después de todo lo que habíamos hecho, él lo estropeara en el último momento. Y sabía que lo haría. En el momento crucial se pondría a contar algún chiste estúpido y lo estropearía todo. El segundo día ya tenía mis dudas, y entonces, la tarde de la noche definitiva, Charles lo vio en el Commons tomándose un bocadillo caliente de queso y un batido. Era la gota que colmaba el vaso. Decidimos irnos sin él. Como salir los fines de semana era demasiado arriesgado (tú ya habías estado a punto de descubrirnos varias veces), salíamos los jueves por la noche y volvíamos sobre las tres o las cuatro de la mañana. Pero esa vez nos marchamos temprano, antes de cenar, y no le dijimos nada a Bunny.

Encendió un cigarrillo. Se hizo un largo silencio.

—¿Y? —le pregunté—. ¿Qué pasó?

Henry se rió.

—No sé qué decir.

—¿Cómo que no sabes qué decir?

—Bueno, pues funcionó.

—¿Que funcionó?

—Sí, completamente.

—¿Pero cómo…?

—Funcionó.

—Me parece que no acabo de entender lo que quieres decir con «funcionó».

—Lo digo en el sentido literal de la palabra.

—¿Pero cómo?

—Fue maravilloso. Antorchas, vértigo, cantos. Lobos aullando a nuestro alrededor y un toro bramando en la oscuridad. El río bajaba, blanco. Recuerdo que pensé que era como una película a cámara rápida: la luna creciendo y menguando, las nubes recorriendo el cielo. De la tierra salían enredaderas que crecían a toda velocidad y trepaban por los árboles como serpientes; las estaciones pasaban en un abrir y cerrar de ojos, años enteros… Pensamos en este cambio fenomenal como la misma esencia del tiempo, cuando no es eso en absoluto. El tiempo es algo que desafía la primavera y el invierno, el nacimiento y la decadencia, lo bueno y lo malo, indistintamente. Algo que nunca cambia y que es alegre y absolutamente indestructible. La dualidad deja de existir; no hay «yo», y, sin embargo, nada tiene que ver con aquellas horribles imágenes que a veces nos llegan de las religiones orientales, el yo como una gota de agua engullida por el océano del universo. Es más bien como si el universo se expandiera para llenar los límites del yo. No tienes ni idea de cómo palidecen los límites de la existencia cotidiana tras de un éxtasis como este. Era como ser un bebé. Yo no recordaba mi nombre. Tenía las plantas de los pies destrozadas y ni siquiera me dolían.

—Pero estos rituales son básicamente sexuales, ¿no?

Era una afirmación más que una pregunta. Henry se quedó esperando a que yo continuara y ni siquiera pestañeó.

—¿Sí o no? —insistí.

Se inclinó hacia delante para dejar el cigarrillo en el cenicero.

—Claro —asintió Henry, sereno. Con su traje oscuro y sus sencillas gafas parecía un cura—. Lo sabes tan bien como yo.

Nos quedamos un momento mirándonos mutuamente.

—¿Qué hicisteis exactamente? —le pregunté.

—La verdad, no creo que sea oportuno entrar en detalles —dijo con delicadeza—. En el procedimiento hubo cierto elemento carnal, pero el fenómeno era de naturaleza básicamente espiritual.

—Supongo que visteis a Dioniso.

No lo preguntaba en serio, y me sorprendió que Henry asintiera como si tal cosa, como si le hubiera preguntado si había hecho los deberes.

—¿Lo visteis corpóreamente? ¿Con piel de cabra? ¿Tirso?

—¿Acaso conoces el aspecto de Dioniso? —dijo Henry con cierta suspicacia—. ¿Qué crees que fue lo que vimos? ¿Una caricatura? ¿Un dibujo sacado de un jarrón?

—No puedo creer que hayáis visto con vuestros propios ojos…

—¿Y si nunca hubieras visto el mar? ¿Y si lo único que hubieras visto fuera un dibujo infantil: olas azules con la cresta blanca? ¿Reconocerías el verdadero mar si solo hubieras visto el dibujo? ¿Serías capaz de reconocer lo real si lo vieras? Tú no sabes qué aspecto tiene Dioniso. Estamos hablando de Dios. Dios es una cosa muy seria. —Se apoyó en el respaldo y me examinó—. Mira, no hace falta que me creas. Éramos cuatro. Charles tenía un mordisco en el brazo que no sabíamos cómo se había hecho, pero no era un mordisco humano. Demasiado grande. Y unas extrañas marcas de pinchazos en lugar de dientes. Camilla dijo que durante parte del ritual creyó haberse convertido en ciervo; y eso también es extraño, porque el resto de nosotros recuerda haber perseguido a un ciervo por el bosque, por lo visto varias millas. De hecho, me consta que fueron varias millas. Al parecer estuvimos mucho tiempo corriendo, porque cuando nos recuperamos no sabíamos dónde estábamos. Más tarde imaginamos que habíamos cruzado por lo menos cuatro verjas de alambre de espino, aunque no sé cómo, y que estábamos muy lejos de la casa de Francis, a unas siete u ocho millas. Y aquí es cuando comienza la parte desafortunada de la historia.

»Solo lo recuerdo muy vagamente. Oí algo a mi espalda, o a alguien, y me volví, y al hacerlo estuve a punto de perder el equilibrio. Intenté darle un puñetazo a aquello (una cosa grande, indefinida, amarilla), con la mano izquierda, que es la mala. Sentí un agudo dolor en los nudillos y entonces, casi instantáneamente, algo me dejó sin respiración. Debes tener en cuenta que estaba oscuro, yo no veía nada. Volví a golpear, pero esta vez con la derecha, con todas mis fuerzas y ayudándome con todo el cuerpo, y oí un fuerte golpe y un grito.

»No tenemos muy claro qué pasó después. Camilla se había adelantado bastante, pero Charles y Francis me seguían de cerca y pronto me alcanzaron. Recuerdo perfectamente que estaba de pie y los vi venir abriéndose paso por entre los arbustos. Dios mío. Es como si los estuviera viendo. Tenían el cabello enredado, lleno de hojas y barro y la ropa hecha jirones. Se quedaron de pie, jadeando, con una mirada vidriosa y hostil. Yo no los reconocí, y supongo que habríamos empezado a pelearnos de no ser porque la luna surgió por detrás de una nube. Nos miramos. Empezamos a comprender. Me miré la mano y vi que estaba cubierta de sangre, y de algo peor que sangre. Entonces Charles se adelantó y se arrodilló ante algo que había a mis pies. Yo también me agaché, y vi que era un hombre. Estaba muerto. Tenía unos cuarenta años y llevaba una camisa a cuadros amarilla (ya sabes, esas camisas de lana que llevan aquí). Tenía el cuello roto, y lo más desagradable: los sesos estaban esparcidos por su cara. En serio, no sé cómo ocurrió. Estaba hecho un desastre. Yo estaba empapado en sangre; hasta tenía sangre en las gafas.

»Charles cuenta otra cosa. Recuerda haberme visto junto al cuerpo. Pero dice que también recuerda haber luchado con algo, tirar de algo con todas sus fuerzas, y de pronto darse cuenta de que estaba tirando del brazo de un hombre, con el pie atrapado en su axila. Y Francis… Bueno, no sé. Cada vez que hablas con él recuerda algo diferente.

—¿Y Camilla?

Henry suspiró.

—Supongo que nunca sabremos lo que ocurrió en realidad. No la encontramos hasta pasado un buen rato. Estaba tranquilamente sentada en la orilla de un arroyo, con los pies en el agua y la túnica blanca impecable, y solo tenía sangre en el cabello. Lo tenía oscuro y apelmazado, totalmente empapado. Como si hubiera intentado teñírselo de rojo.

—¿Cómo pudo pasar?

—No lo sabemos. —Encendió otro cigarrillo—. El caso es que el hombre estaba muerto. Y nosotros allí, en medio del bosque, medio desnudos y cubiertos de barro y con aquel cadáver en el suelo. Estábamos todos atontados. Estuve a punto de desmayarme, pero Francis se agachó para examinar al cadáver de cerca y le dio un fuerte acceso de náuseas. Con aquello recobré el sentido. Le dije a Charles que buscara a Camilla y luego me arrodillé y revisé los bolsillos del hombre. No había gran cosa; encontré un par de documentos en que figuraba su nombre, pero aquello no nos servía de ayuda.

»No sabía qué hacer. Debes recordar que empezaba a hacer frío, y que llevaba mucho tiempo sin dormir ni comer, y no tenía la mente muy despejada. Por un momento pensé (Dios mío, era muy desconcertante) en cavar una tumba, pero comprendí que sería una locura. No podíamos quedarnos allí toda la noche. No sabíamos dónde estábamos, ni con quién podíamos encontrarnos, ni siquiera sabíamos qué hora era. Además, no teníamos nada con que cavar una tumba. Hubo un momento en que estuve a punto de desesperarme (no podíamos dejar el cadáver allí en medio, ¿no?), pero finalmente me di cuenta de que era lo único que podíamos hacer. Dios mío. Ni siquiera sabíamos dónde estaba el coche. No me imaginaba arrastrando aquel cadáver por montañas y valles y quién sabe cuánto tiempo; y aunque consiguiéramos llevarlo hasta el coche, ¿qué íbamos a hacer con él? Así que cuando Charles volvió con Camilla, nos fuimos. Y ahora creo que fue lo más inteligente que pudimos hacer. No creo que empiecen a enviar equipos de detectives expertos al interior de Vermont. Es un sitio muy primitivo. Aquí hay muertes violentas y naturales continuamente. Ni siquiera sabíamos quién era aquel hombre; no había nada que nos ligara a él. Únicamente teníamos que preocuparnos de encontrar el coche y volver a casa sin que nos viera nadie. —Se inclinó hacia delante y se sirvió un poco más de whisky—. Y eso fue exactamente lo que hicimos.

Yo también me serví otro vaso, y permanecimos un rato en silencio.

—Santo Dios, Henry —dije por fin.

Él levantó una ceja.

—Fue más desagradable de lo que te imaginas, de verdad —me dijo—. Una vez atropellé a un ciervo. Era una criatura hermosa, y cuando la vi retorciéndose, ensangrentada, con las patas rotas... Esto fue bastante angustioso, pero por lo menos pensé que ya había pasado. Ni se me ocurrió que volviéramos a oír hablar de aquello. —Bebió un trago—. Desgraciadamente, no ha sido así. Bunny se ha encargado de ello.

—¿Qué quieres decir?

—Ya le has visto esta mañana. Nos está volviendo locos con este asunto. Mi paciencia se está agotando.

Se oyó el ruido de una llave girando en la cerradura. Henry levantó el vaso y se bebió el resto del whisky de un solo trago.

—Debe de ser Francis —dijo, y encendió la lámpara del techo.

5

Cuando se encendió la luz y el círculo de oscuridad recuperó su forma mundana y familiar, convirtiéndose de nuevo en el salón —el desordenado escritorio, el sofá bajo y lleno de bultos, las polvorientas y elegantes cortinas que le habían caído a Francis después de uno de los accesos de decoradora de su madre—, fue como si encendiera la lámpara después de una larga pesadilla; pestañeé y me alivió descubrir que las puertas y las ventanas seguían en su lugar y que los muebles no habían cambiado de sitio por sí solos, como por arte de una magia diabólica, aprovechando la oscuridad.

El pestillo giró y Francis entró en la habitación. Respiraba con dificultad, e iba dándole unos desanimados tirones a uno de los guantes.

—Madre mía, Henry —dijo—. Menuda noche.

No podía verme desde donde estaba. Henry me miró y se aclaró la garganta discretamente. Francis se volvió.

Me pareció que le devolvía una mirada bastante despreocupada, pero no fue así. Se me debía de traslucir todo en la cara.

Me estuvo mirando un buen rato, con el guante a medio quitar colgándole de la mano.

—Oh, no —dijo finalmente sin quitarme la vista de encima—. Henry. No puede ser.

—Me temo que sí —dijo Henry.

Francis cerró los ojos con fuerza y luego volvió a abrirlos. Había palidecido, de un blanco seco como la tiza. Por un momento temí que fuera a desmayarse.

—No pasa nada —dijo Henry.

Francis ni se movió.

—En serio, Francis —insistió Henry, ligeramente malhumorado—, no pasa nada. Siéntate.

Francis cruzó la habitación, agitado, y se dejó caer en una butaca; rebuscó el paquete de cigarrillos en el bolsillo.

—Lo sabía —le comentó Henry—. Ya os lo dije.

Francis me miró, con el cigarrillo por encender en la mano.

—¿Lo sabías?

No contesté. Por un momento pensé si todo aquello no sería una monstruosa broma. Francis se pasó una mano por la cara.

—Supongo que a estas alturas lo sabe todo el mundo —dijo—. Ni siquiera tendría que preocuparme.

Henry había ido a la cocina a buscar un vaso. Sirvió whisky y se lo entregó a Francis.

—*Deprendi miserum est* —dijo.

Francis se rió. No fue más que una risotada forzada, pero me sorprendió.

—Dios mío —dijo, y bebió un trago—. Qué pesadilla. Qué pensarás de nosotros, Richard.

—Eso no importa —dije precipitadamente, pero me di cuenta, con cierto asombro, de que era cierto. La verdad era que no tenía demasiada importancia, por lo menos no en el sentido en que cabía esperar.

—Bueno, supongo que comprendes que estamos metidos en un buen lío —dijo Francis, frotándose los lagrimales con el índice y el pulgar—. No sé qué vamos a hacer con Bunny. En la cola de ese maldito cine he estado a punto de abofetearlo.

—¿Te lo has llevado a Manchester? —le preguntó Henry.

—Sí. Pero la gente habla mucho, y nunca sabes con seguridad quién podría estar sentado detrás de ti, ¿sí o no? Y la película ni siquiera era buena.

—¿De qué iba?

—Una tontería sobre una despedida de soltero. Tengo ganas de tomarme un somnífero y meterme en la cama. —Bebió el resto del whisky y se sirvió un poco más—. Madre mía —me dijo—. Te has portado muy bien con nosotros. Todo este asunto hace que me sienta muy mal.

Se hizo un largo silencio. Finalmente dije:

—¿Qué pensáis hacer?

Francis suspiró.

—No teníamos intención de hacer nada —dijo—. Sé que no suena demasiado bien, pero ¿qué podemos hacer ahora?

Su tono de resignación me enfadó y me desanimó simultáneamente.

—No lo sé —dije—. ¿Por qué demonios no fuisteis a la policía?

—¿Bromeas? —dijo Henry con guasa.

—Podíais decir que no sabíais qué había pasado. Que os lo habíais encontrado muerto en el bosque. Cielos, no sé, que lo habíais atropellado, que se había metido debajo del coche.

—Habría sido una tontería —replicó Henry—. Fue una desgracia y lamento que ocurriera, pero francamente no sé de qué nos serviría, ni a mí ni a los contribuyentes, que me pasara sesenta o setenta años en una cárcel de Vermont.

—Pero si fue un accidente. Tú mismo lo has dicho.

Henry se encogió de hombros.

—Si hubieras ido a la comisaría enseguida, habrías podido librarte con alguna acusación leve. Lo más probable es que no hubiera pasado nada.

—Puede que no —dijo Henry—. Pero recuerda que esto es Vermont.

—¿Qué demonios quieres decir?

—Si se celebrara un juicio, nos juzgarían aquí. Y el jurado, por cierto, no lo formaría gente como nosotros.

—¿Y qué?

—Tú dirás lo que quieras, pero no me convencerás de que un jurado compuesto por ciudadanos de Vermont puede mostrar una pizca de piedad por cuatro universitarios juzgados por el asesinato de uno de sus vecinos.

—En Hampden, la gente lleva años soñando que pase algo así —añadió Francis mientras encendía un cigarrillo con la colilla del que acababa de fumar—. Como mínimo nos acusarían de homicidio involuntario. Tendríamos suerte si no nos mandaran a la silla.

—Imagínatelo —dijo Henry—. Nosotros somos jóvenes, cultos, ricos; y además no somos de Vermont. Supongo que cualquier juez mínimamente equitativo tendría en cuenta nuestra juventud y el hecho de que fuera un accidente y demás, pero…

—¿Cuatro universitarios ricos? —dijo Francis—. ¿Borrachos? ¿Drogados? ¿Paseando por la propiedad de aquel tipo en plena noche?

—¿Estabais en su propiedad?

—Sí, parece que sí —dijo Henry—. En los periódicos ponía que lo habían encontrado muerto en su propiedad.

Yo no llevaba mucho tiempo en Vermont, pero sí lo suficiente para saber lo que cualquier habitante de Vermont que se preciara pensaría de eso. Entrar en la propiedad de alguien equivalía a entrar en su casa.

—Vaya por Dios —dije.

—La cosa no acaba ahí —añadió Francis—. Íbamos envueltos en sábanas. Descalzos. Bañados en sangre. Apestando a alcohol. ¿Te imaginas que nos presentamos en la comisaría para contarle todo eso al sheriff?

—No estábamos en condiciones de contar nada —dijo Henry—. En serio, no sé si imaginas en qué estado nos encontrábamos. Apenas una hora antes, estábamos todos absolutamente idos. Habíamos hecho un esfuerzo sobrehumano para desmadrarnos tanto, pero eso no es nada comparado con el esfuerzo que había que hacer para volver a ser uno mismo.

—No bastaba con chascar los dedos y ¡toma!, volvías a ser tú mismo —insistió Francis—. Créeme. Estábamos como para que nos hicieran un electroshock.

—La verdad, no sé cómo conseguimos volver a casa sin que nos vieran —añadió Henry.

—Era imposible intentar ponernos de acuerdo acerca de la historia que había que contar. Madre mía. Yo tardé semanas en recuperarme. Camilla pasó tres días sin poder hablar.

Entonces lo recordé: Camilla con una bufanda roja al cuello, sin poder hablar. Laringitis, dijeron.

—Sí, fue muy extraño —dijo Henry—. Tenía la mente bastante clara, pero no coordinaba bien el habla. Como si hubiera tenido un ataque de apoplejía. Cuando empezó a hablar de nuevo, le salió primero el francés del instituto, antes que el inglés o el griego. Palabras infantiles. Recuerdo que estaba sentado junto a su cama, escuchando cómo contaba hasta diez, y viendo cómo señalaba *la fenêtre, la chaise…*

Francis se rió.

—Estaba muy graciosa —dijo—. Cuando le pregunté cómo se encontraba me dijo: «Je me sens comme Hélène Keller, mon vieux».

—¿La llevasteis al médico?

—¿Estás loco?

—¿Y si no llega a recuperarse?

—A todos nos sucedió lo mismo —dijo Henry—. Pero se nos pasó al cabo de un par de horas.

—¿No podíais hablar?

—Cubiertos de mordiscos y arañazos —prosiguió Francis—, mudos, medio locos… De haber ido a la policía, nos habrían acusado de todos los crímenes por resolver ocurridos en Nueva Inglaterra en los últimos cinco años. —Simuló levantar un periódico—: «Hippies acusados de crimen rural. El viejo Abe Nosequé, brutalmente asesinado».

—«Satanistas adolescentes asesinan a un vecino de Vermont» —añadió Henry.

Francis se rió.

—Si por lo menos tuviéramos la garantía de que el juicio sería justo, la cosa cambiaría —dijo Henry.

—Personalmente, no me imagino nada peor que ser procesado por un juez de un tribunal de distrito de Vermont y un jurado lleno de operadoras de teléfono.

—Las cosas no están demasiado bien —dijo Henry—, pero podrían estar peor, sin duda alguna. Ahora el problema más grave es Bunny.

—¿Qué le pasa?

—A él no le pasa nada.

—Entonces, ¿cuál es el problema?

—Que no sabe tener la boca cerrada, sencillamente.

—¿No habéis hablado con él?

—Unos diez millones de veces.

—¿Ha intentado ir a la policía?

—Si continúa así —dijo Henry— no hará falta que lo haga. Vendrán ellos a buscarnos. No sirve de nada razonar con él. No se da cuenta de la gravedad de este asunto.

—Estoy seguro de que no quiere veros en la cárcel.

—Si lo pensara, se daría cuenta de que no —dijo Henry sin perder la calma—. Y también sé que él tampoco está interesado en acabar en la cárcel.

—¿Bunny? ¿Pero por qué...?

—Porque está al corriente de esto desde noviembre y no nos ha denunciado —dijo Francis.

—Pero eso es otro asunto —dijo Henry—. Incluso él es lo bastante sensato para no entregarnos. No tiene coartada para la noche del asesinato, y creo que debe de saber que si nosotros tuviéramos la desgracia de acabar en la cárcel, yo, por lo menos, haría todo lo que estuviera en mi mano para que él nos acompañara. —Apagó el cigarrillo—. El problema es que es idiota, y tarde o temprano meterá la pata. Quizá no lo haga a propósito, pero tal como están las cosas, el motivo no me importa. Ya le has oído esta mañana. Si la policía abriera una investigación, también él se vería en un buen aprieto, pero cree que esos estúpidos chistes son de lo más sutil y que solo nosotros los entendemos.

—La inteligencia le alcanza lo justo para darse cuenta de que sería un error entregarnos —dijo Francis, y se detuvo para servirse otro vaso—. Pero no conseguimos hacerle entender que por su propio interés no debe ir por ahí hablando como lo hace. La verdad, no estoy convencido de que un buen día no vaya a ponerse confesional y vaya a contárselo a alguien.

—¿Contárselo a alguien? Pero ¿a quién?

—A Marion. A su padre. Al decano. Es el típico tío que siempre se levanta al fondo de la sala en los últimos cinco minutos de *Perry Mason*.

—Bunny Corcoran, el joven detective —dijo Henry con sorna.

—¿Cómo se enteró? Él no estaba con vosotros, ¿no?

—De hecho estaba contigo —dijo Francis. Miró a Henry, y me quedé sorprendido al ver que ambos se echaban a reír.

—¿Qué pasa? ¿Qué os hace tanta gracia? —pregunté, asustado.

Eso los hizo reír todavía con más ganas.

—Nada —dijo Francis por fin.

—De verdad, nada —dijo Henry, reprimiendo sus risas—. Últimamente me río por cualquier cosa. —Encendió otro cigarrillo—. Aquella noche Bunny estaba contigo. ¿No te acuerdas? Fuisteis al cine.

—*Treinta y nueve escalones* —dijo Francis.

Y entonces lo recordé: una ventosa noche de otoño, luna llena oscurecida por desgajados jirones de nube. Me había quedado trabajando hasta tarde en la biblioteca y no había bajado a cenar.

Mientras caminaba hacia casa, con un bocadillo de la cafetería en el bolsillo, con las hojas secas correteando y revoloteando por el camino ante mí, me encontré a Bunny, que iba a ver una película del ciclo de Hitchcock organizado por la Filmoteca y que proyectaban en el auditorio.

Llegamos tarde y no quedaban asientos, así que nos sentamos en una escalera enmoquetada; Bunny se apoyó sobre los codos y estiró las piernas. El viento sacudía las delgadas paredes; una puerta estuvo abriéndose y cerrándose hasta que alguien la apuntaló con un ladrillo. En la pantalla, locomotoras atravesaban ruidosamente una pesadilla en blanco y negro de abisales puentes de hierro.

—Después nos tomamos una copa —dije—. Y luego él se fue a su habitación.

Henry suspiró.

—Ojalá.

—No paraba de preguntarme si sabía dónde estabais.

—Lo sabía muy bien. Lo habíamos amenazado varias veces con dejarlo si no se comportaba.

—Y se le ocurrió la gran idea de ir a casa de Henry a darle un susto —dijo Francis, sirviéndose otra copa.

—Eso no me gustó nada —dijo Henry bruscamente—. Aunque no hubiera pasado nada, era muy rastrero. —Él sabía dónde había otra llave, la cogió y entró.

—Aun así, pudo no haber pasado nada. Pero hubo una serie de lamentables coincidencias. Si nos hubiéramos parado en el campo para deshacernos de la ropa, si hubiéramos venido aquí, o a casa de los gemelos, si Bunny no se hubiera quedado dormido…

—¿Se había quedado dormido?

—Sí. De lo contrario, se habría cansado y se habría ido —intervino Henry—. No volvimos a Hampden hasta las seis de la mañana. Fue un milagro que consiguiéramos llegar al coche a oscuras, atravesando todos aquellos campos… Y la verdad, fue una tontería conducir hasta North Hampden con aquella ropa ensangrentada. Podría habernos parado la policía, podríamos haber pinchado una rueda, cualquier cosa. Pero yo me encontraba muy mal, no podía pensar con claridad, y supongo que conduje hasta mi apartamento por instinto.

—Bunny se marchó de mi habitación hacia medianoche.

—Pues estuvo solo en mi apartamento desde las doce y media hasta las seis de la mañana. Y el forense determinó que la muerte se había producido entre la una y las cuatro. Esa es una de las pocas cosas que el destino puso a nuestro favor. Bunny no estaba con nosotros, pero de todos modos tendría dificultades para demostrarlo. Aunque esa carta solo podríamos jugarla en las circunstancias más adversas, desgraciadamente. —Se encogió de hombros—. Con que hubiera dejado una luz encendida, algo que nos hubiera permitido darnos cuenta…

—Pero aquello tenía que ser una gran sorpresa. Ya ves, saltarnos encima saliendo de las sombras.

—Entramos y encendimos la luz, y ya era demasiado tarde. Se despertó al instante. Y nosotros…

—… allí plantados con nuestras túnicas ensangrentadas, como salidos de un relato de Edgar Allan Poe —dijo Francis, melancólico.

—Madre mía. ¿Y qué hizo él?

—¿A ti qué te parece? Le dimos un susto de muerte.

—Se lo merecía —dijo Henry.

—Cuéntale lo del helado.

—Aquello fue el colmo —dijo Henry, malhumorado—. Sacó un paquete de helado de mi nevera para comérselo mientras esperaba. No se tomó la molestia de servirse un poco, no; tenía que comérselo entero. Y luego se quedó dormido y el helado se le derritió encima y lo puso todo perdido: su ropa, mi silla y mi alfombrilla oriental. En fin. La alfombra era antigua, pero en la tintorería me dijeron que no podían hacer nada. Salió hecha un harapo. Y la silla. —Encendió un cigarrillo—. Cuando nos vio se puso a chillar como un endemoniado…

—… y no había manera de hacerlo callar —añadió Francis—. Recuerda: eran las seis de la mañana, los vecinos durmiendo… —Meneó la cabeza—. Recuerdo que Charles se le acercó para hablar con él, y Bunny hablando a gritos sobre asesinatos. Al cabo de un rato…

—Fueron solo unos segundos —le corrigió Henry.

—… Al cabo de un momento, Camilla le lanzó un cenicero de vidrio. Le dio en medio del pecho.

—No lo arrojó con fuerza —dijo Henry con aire pensativo—, pero sí en el momento preciso. Bunny se calló en el acto y la miró fijamente, y yo le dije: «Cállate, Bunny. Vas a despertar a los vecinos. Hemos atropellado a un ciervo».

—Y entonces —intervino Francis— se secó la frente y puso los ojos en blanco y empezó con lo de siempre: que me habéis asustado, que debo de haberme quedado medio dormido, etcétera, etcétera, etcétera.

—Y mientras tanto —dijo Henry—, nosotros cuatro allí de pie, con aquellas sábanas ensangrentadas, las luces encendidas, sin cortinas en las ventanas, a la vista de cualquiera que pudiese pasar por la calle. Bunny hablaba tan alto, y la luz era tan intensa, y yo me sentía tan débil, tan cansado y tan aturdido, que no podía hacer otra cosa que contemplar a Bunny. Dios mío, estábamos cubiertos de sangre, de la sangre de aquel hombre, había manchas de sangre que llevaban hasta la casa, estaba saliendo el sol, y allí estaba Bunny, para colmo. No se me ocurrió qué podíamos hacer. Y entonces Camilla, muy sensatamente, apagó la luz. Comprendí que teníamos que quitarnos aquella ropa y lavarlo todo sin perder un minuto, sin importar la imagen que diésemos y sin importar quién hubiera allí.

—Tuve que arrancarme la sábana —dijo Francis—. La sangre se había secado y se me había pegado a la piel. Cuando conseguí deshacerme de ella, Henry y los otros estaban en el baño. Había espuma flotando en el aire; el agua de la bañera estaba teñida de rojo y había salpicones en las baldosas. Era una pesadilla.

—No sabes lo desafortunado que fue que Bunny estuviera allí —dijo Henry, agitando la cabeza de un lado a otro—. Pero claro, no podíamos esperar a que se marchara. Había sangre por todas partes, los vecinos no tardarían en levantarse; en un santiamén la policía estaría llamando a la puerta.

—Era una lástima haberlo alarmado, pero bueno, tampoco teníamos la impresión de estar haciendo todo aquello delante de J. Edgar Hoover —dijo Francis.

—Exacto —coincidió Henry—. No quiero que pienses que la presencia de Bunny suponía una amenaza terrible en aquel momento. No era más que un inconveniente, porque yo sabía que él se preguntaba qué estaba sucediendo, pero entonces él era el menos grave de nuestros problemas. Si hubiéramos tenido tiempo, lo hubiera cogido y le hubiese contado lo que pasaba en cuanto entramos. Pero no había tiempo.

—Santo Dios —dijo Francis con un escalofrío—. Yo sigo sin poder entrar en el lavabo de Henry. La porcelana manchada de sangre. La navaja de Henry colgada de un gancho. Íbamos llenos de magulladuras y arañazos.

—Charles era el peor de todos, sin duda.

—Dios mío. Tenía espinas clavadas por todo el cuerpo.

—Y aquel mordisco.

—No te lo puedes imaginar —dijo Francis—. Una herida de cuatro pulgadas, con las marcas de los dientes. ¿Te acuerdas de lo que dijo Bunny?

Henry se rió.

—Sí —contestó—. Díselo.

—Estábamos todos allí, y Charles se dio la vuelta para coger el jabón. Yo ni siquiera había reparado en que Bunny estaba allí, y de repente oigo que dice, con extraño tono formal: «Al parecer, el ciervo te dio un buen mordisco en el brazo, ¿no, Charles?».

—Se quedó un rato allí, haciendo varios comentarios —dijo Henry—, pero de pronto desapareció. A mí me inquietó que se marchara sin decir nada, pero también me alegré. Teníamos mucho que hacer y no demasiado tiempo.

—¿No temíais que pudiera contárselo a alguien?

Henry me miró.

—¿A quién?

—A mí. A Marion. A cualquiera.

—No. Entonces no había motivo para pensar que hiciera tal cosa. Ten en cuenta que él había estado con nosotros en anteriores intentos, de modo que nuestra aparición no podía parecerle tan extraordinaria como a ti. Todo este asunto era secreto. Él llevaba meses implicado. ¿Cómo habría podido decírselo a alguien sin contarlo todo y sin ponerse en ridículo? Julian sabía lo que intentábamos hacer, pero yo estaba convencido de que Bunny no se atrevería a hablar con él sin hablar antes con nosotros. Y más adelante quedó demostrado que yo tenía razón.

Hizo una pausa y encendió un cigarrillo. Luego continuó:

—Estaba a punto de amanecer y todo seguía hecho un desastre: manchas de sangre en el porche y las túnicas en el suelo, donde las habíamos dejado. Los gemelos se pusieron ropa mía y salieron a encargarse del porche y del interior del coche. Yo sabía que habría que quemar las túnicas, pero no quería hacer una hoguera en el patio trasero; tampoco quería quemarlas dentro y arriesgarme a que sonara la alarma de incendios. Mi casera siempre me está recordando que no debo utilizar la chimenea, pero yo siempre sospeché que funcionaba. Me la jugué y, afortunadamente, funcionaba.

—Yo no pude ayudar en nada —dijo Francis.

—No, desde luego —dijo Henry con malhumor.

—No podía evitarlo. Tenía ganas de vomitar. Fui al cuarto de Henry y me quedé dormido.

—Supongo que a todos nos habría gustado irnos a dormir, pero alguien tenía que poner orden —dijo Henry—. Los gemelos entraron hacia las siete. Yo todavía estaba arreglando el baño. Charles tenía la espalda llena de espinas, como un acerico. Camilla y yo estuvimos un rato quitándoselas con unas pinzas; luego volví al baño para terminar la faena. Lo peor ya estaba hecho, aunque me sentía tan cansado que no podía tener los ojos abiertos. No habíamos utilizado las toallas, pero algunas se habían manchado, así que las metí en la lavadora. Los gemelos se quedaron dormidos en la cama plegable de la habitación de atrás; aparté un poco a Charles y me quedé frito al instante.

—Catorce horas —dijo Francis—. Nunca había dormido tanto.

—Ni yo. Como un tronco. Sin sueños.

—Fue muy desconcertante —agregó Francis—. Cuando me acosté, estaba saliendo el sol, y cuando abrí los ojos me pareció que acababa de cerrarlos. Estaba oscuro y sonaba el teléfono, y no tenía ni idea de dónde estaba. El teléfono no paraba de sonar. Finalmente me levanté y conseguí llegar al recibidor. Alguien dijo «No lo cojas», pero…

—No conozco a nadie que disfrute tanto contestando un teléfono —dijo Henry—. Aunque sea en casa de otro.

—¿Qué quieres que haga? ¿Que lo deje sonar? En fin, cogí el auricular, y era Bunny, más contento que unas castañuelas. Nos había visto muy mal, ¿acaso nos habíamos hecho nudistas? ¿Qué tal si íbamos todos a cenar a la Brasserie?

Me erguí.

—Un momento —dije—. ¿Fue la noche que…?

Henry asintió con la cabeza.

—Tú también viniste —dijo—. ¿Te acuerdas?

—Claro —dije, emocionado al ver que por fin la historia empezaba a encajar con mi propia experiencia—. Claro que sí. Me encontré a Bunny, que iba de camino hacia tu casa.

—A todos nos sorprendió un poco verlo aparecer contigo. Espero que no te importe que te lo diga —me dijo Francis.

—Bueno, supongo que estaba deseando cogernos a solas y enterarse de qué había pasado, pero aquello podía esperar —dijo Henry—. Acuérdate de que nuestra aparición no podía haberle parecido demasiado extraña. Él ya había estado con nosotros anteriormente, otras noches muy parecidas a... ¿cómo podría decirlo?

—... a la noche que vomitamos por todas partes y nos pusimos perdidos de barro y no volvimos a casa hasta el amanecer. Estaba lo de la sangre (y claro, él debía de preguntarse qué había pasado exactamente con el ciervo), pero aun así...

Pensé en las *Las bacantes,* no sin cierta inquietud: pezuñas, costillas sangrientas, restos colgando de los abetos. En griego aquello tenía una palabra: *omophagia.* De pronto lo recordé: entrar en el apartamento de Henry, todas aquellas caras de cansancio, el sarcástico saludo de Bunny: «¡*Kairei*, asesinos de ciervos!».

Aquella noche estuvieron muy callados, callados y pálidos, aunque no tanto como para que su actitud me llamara la atención, siendo gente que tenía resacas particularmente malas. Lo único inusual era la laringitis de Camilla. Me dijeron que la noche anterior habían bebido como cosacos; Camilla se había dejado el jersey en casa y se había resfriado al volver caminando a North Hampden. Fuera estaba oscuro y llovía mucho. Henry me dio las llaves del coche y me pidió que lo llevara yo.

Era viernes por la noche, pero hacía tan mal tiempo que la Brasserie estaba casi vacía. Comimos pan tostado con queso fundido y escuchamos la lluvia que azotaba el tejado. Bunny y yo tomamos whisky con agua caliente; los otros bebieron té.

—¿Mareados, *bakchoi*? —preguntó Bunny con sorna cuando el camarero tomó nota de las bebidas.

Camilla le hizo una carantoña.

Después de cenar, cuando salimos a buscar el coche, Bunny lo rodeó, examinó los faros y propinó unas pataditas a las ruedas.

—¿Es con este con el que ibais anoche? —dijo, con los ojos entrecerrados, bajo la lluvia.

—Sí.

Se retiró un mechón de cabello empapado de los ojos y se inclinó para examinar el parachoques.

—Estos alemanes... —dijo—. Detesto tener que decirlo, pero la verdad es que no saben hacer coches. Ni un arañazo.

Le pregunté a qué se refería.

—Es que anoche estuvieron dando un paseo con el coche, borrachos. Poniéndose perdidos en la vía pública. Atropellaron a un ciervo. Por cierto, ¿lo matasteis o no? —le preguntó a Henry.

—¿Qué dices?

—El ciervo. Te pregunto si lo matasteis.

Henry abrió la puerta.

—Me parece que sí —contestó.

Se hizo un largo silencio. Había mucho humo y me escocían los ojos. Cerca del techo se había formado una densa nube gris.

—¿Y cuál es el problema? —pregunté.

—¿Qué quieres decir?

—¿Qué pasó? ¿Se lo contasteis o no?

Henry respiró hondo.

—No —dijo—. Habríamos podido decírselo pero, evidentemente, cuanta menos gente lo supiera, mejor. Cuando lo vi solo por primera vez, saqué el tema a colación cuidadosamente, pero él parecía satisfecho con la historia del ciervo, y decidí dejar las cosas como estaban. Si no lo hubiera imaginado por su cuenta, no habría habido motivo para contárselo. Encontraron el cadáver y salió un artículo en el *Examiner* de Hampden; eso, sin embargo, no suponía ningún problema. Pero dos semanas después... maldita sea, supongo que porque en Hampden no ocurren cosas así a menudo, publicaron una historia complementaria. «Muerte misteriosa en el condado de Battenkill.» Y esa fue la que vio Bunny.

—Tuvimos muy mala suerte —añadió Francis—. Nunca lee el periódico. Nada de todo esto habría pasado de no ser por la estúpida de Marion.

—Tiene una suscripción. No sé qué del Early Childhood Center —dijo Henry, frotándose los ojos—. Bunny estaba con ella en el Commons, antes de comer. Marion hablaba con una de sus amigas, y supongo que Bunny se aburría y se puso a leer su periódico. Los gemelos y yo nos acercamos para decirle hola, y lo primero que nos dijo, a grito pelado, fue: «Mirad, chicos, han matado a un criador de pollos cerca de la casa de Francis». Luego leyó un fragmento del artículo en voz alta. Fractura de cráneo, no habían encontrado el arma del delito, no había móvil ni pistas. Intenté pensar en la forma de cambiar de tema, pero entonces dijo: «Ostras. El diez de noviembre. Fue la noche que estuvisteis en casa de Francis. La noche que atropellasteis al ciervo». «Me parece que te equivocas», le dije. «No, no. Seguro que era el diez. Me acuerdo porque era la víspera del cumpleaños de mi madre. Qué interesante, ¿no?» «Sí, desde luego», le dijimos. «Si fuera desconfiado —dijo Bunny—, pensaría que lo habíais matado vosotros, Henry. Porque aquella noche volvisteis del condado de Battenkill manchados de sangre de los pies a la cabeza.»

Henry encendió otro cigarrillo y prosiguió:

—Recuerdo que era la hora de comer. El Commons estaba lleno de gente, Marion y su amiga lo habían oído todo, y además ya sabes cómo habla Bunny... Nosotros nos reímos, por supuesto, y Charles dijo alguna gracia, y cuando finalmente conseguimos cambiar de tema Bunny volvió a mirar el periódico. «No puedo creerlo, chicos —dijo—. Un asesinato con todas las de la ley, y además en el bosque, a menos de tres millas de donde estabais vosotros. Si aquella noche os llega a parar la policía, ahora estaríais en la cárcel. Hay un teléfono donde se puede llamar si se tiene información. Si quisiera, me parece que podría meteros en un lío...» Etcétera, etcétera, etcétera.

»Yo no sabía qué pensar. No sabía si bromeaba o si sospechaba de nosotros. Finalmente conseguí que lo dejara, pero tenía la desagradable impresión de que él había advertido lo mucho que me había inquietado. Me conoce muy bien, tiene una especie de sexto sentido para esas cosas. Y te aseguro que yo estaba inquieto. Dios mío. Era la hora de la comida, había guardias de seguridad por todas partes, y la mitad de ellos tienen algo que ver con la policía de Hampden... Nuestra historia no se sostendría ni un minuto, y yo lo sabía. Era evidente que no habíamos atropellado a ningún ciervo. No había ningún arañazo ni marcas en ninguno de los coches. Y si alguien llegaba a relacionarnos siquiera casualmente con el muerto... Bueno, como digo, me alegré de que por fin Bunny cambiara de tema. Pero ya entonces tuve el presentimiento de que aquello no terminaría así. Se pasó el resto del trimestre gastándonos bromas. Bastante inocentes, supongo, pero en público y en privado. Ya sabes cómo es. En cuanto se le mete una cosa así en la cabeza, no lo puede dejar.

Yo lo sabía. Bunny tenía una capacidad asombrosa para descubrir temas de conversación que incomodaban a su interlocutor y para ahondar en ellos con ferocidad. Por ejemplo, llevaba meses gastándome bromas acerca de la chaqueta que yo llevaba el día que fui a comer con él por primera vez, y acerca de lo que él llamaba mi deplorable estilo californiano en el vestir. La verdad es que cualquier observador imparcial habría estado de acuerdo en que mi ropa no era muy distinta de la suya, pero supongo que sus sarcásticos comentarios eran tan infatigables e inagotables porque, pese a que yo reía y no les daba importancia, él debía de percatarse de que me estaba haciendo daño, de que lo cierto es que a mí aquellas diferencias en el vestir, prácticamente imperceptibles, y aquellas todavía más imperceptibles diferencias entre mi forma de comportarme y la de ellos, me cohibían. Poseo un don especial para adaptarme a cualquier ambiente —nunca ha habido ningún quinceañero californiano más típico que yo, ni un estudiante de medicina más disoluto e insensible—, pero pese a mis esfuerzos, nunca consigo adaptarme completamente, y en ciertos aspectos me quedo bastante al margen de mi entorno, como ocurre, por ejemplo, con los camaleones verdes, que conservan una entidad diferenciada de la hoja verde sobre la que se posan, por mucha que sea la perfección con que se ha aproximado a un color determinado. Cada vez que Bunny me acusaba en público de llevar una camisa con parte de poliéster, o señalaba que mis pantalones, perfectamente normales, idénticos a los suyos, tenían un aire que le recordaba a algo que él llamaba «estilo Oeste», gran parte del placer que ese deporte le proporcionaba se derivaba de su infalible y policial sentido de que ese era el tema que más podía incomodarme. Era imposible que no hubiera advertido lo mucho que le había afectado a Henry la mención del asesinato; y, una vez detectada su existencia, no habría podido evitar reincidir en el tema.

—No sabía nada, desde luego —dijo Francis—. En serio, no sabía nada. Para él, aquello era una broma fabulosa. Le gustaba soltar comentarios acerca de aquel granjero al que habíamos asesinado, solo para ver cómo nos sobresaltábamos. Un día me dijo que había visto a un policía enfrente de mi casa, interrogando a la casera.

—A mí me hacía lo mismo —dijo Henry—. Siempre bromeaba diciéndome que iba a llamar al teléfono de información que aparecía en el periódico, y que los cinco podíamos repartirnos la recompensa. Cogía el teléfono y fingía marcar.

—Con el tiempo aquello se fue haciendo insoportable, ya te lo puedes imaginar. Dios mío. Decía cada cosa delante de ti. Lo peor era que nunca lo veías venir. Justo antes de que terminaran las clases metió un ejemplar de aquel periódico bajo el limpiaparabrisas de mi coche. «Muerte misteriosa en el condado de Battenkill.» Solo pensar que lo había guardado todo aquel tiempo, era horroroso.

—Lo peor —dijo Henry— era que no podíamos hacer nada. Estuvimos tentados de contárselo todo, de ponernos a su merced, por decirlo así, pero entonces nos dimos cuenta de que, a aquellas alturas, era imposible predecir cómo reaccionaría. Estaba de mal humor, enfermo y preocupado por sus notas. Y además el trimestre estaba a punto de terminar. Nos pareció que lo mejor era aguantarlo hasta las vacaciones de Navidad (llevarlo a sitios, comprarle cosas, hacerle mucho caso), y confiar en que lo olvidara durante el invierno. —Suspiró—. Desde que estudio con Bunny, cada final de trimestre me sugiere que nos vayamos de viaje, lo que significa decir que vayamos a algún lugar elegido por él y que yo pague los gastos. No tiene dinero para irse solo a Manchester. Cuando salió el tema, y yo sabía que saldría, un par de semanas antes de que acabaran las clases, pensé: ¿por qué no? Así, por lo menos, uno de nosotros podría vigilarlo durante el invierno; y quizá un cambio de aires resultara beneficioso. Además pensé que no estaría mal que se sintiera un poco obligado conmigo. Bunny quería ir a Italia o a Jamaica. Yo sabía que no soportaría Jamaica, así que compré dos billetes para Roma y reservé habitaciones cerca de la piazza di Spagna.

—Y le diste dinero para que se comprara ropa y todos aquellos inútiles libros de italiano.

—Sí. Los gastos fueron considerables, pero parecía una buena inversión. Incluso pensé que podría ser divertido. Pero jamás habría pensado… En serio, no sé por dónde empezar. Recuerdo que cuando vio nuestras habitaciones (eran bastante acogedoras, la verdad, con frescos en el techo, un bonito balcón, una vista maravillosa; yo me sentía bastante orgulloso de haberlas encontrado) se puso furioso, y empezó a quejarse de que el sitio era horrible, de que hacía frío y de que la calefacción era mala. Resumiendo, que aquello no era lo que él había imaginado y que no entendía cómo me había dejado engañar. Había pensado que yo era demasiado listo para que me timaran como a un turista cualquiera, pero ya veía que se había equivocado. Me insinuó que podrían degollarnos en plena noche. Yo estaba más dispuesto entonces que ahora a aceptar sus caprichos. Le pregunté dónde le gustaría alojarse, ya que no le agradaban las habitaciones, y me sugirió que reserváramos una suite, no una habitación, sino una suite, en el Gran Hotel.

»Insistió hasta que le dije que se lo quitara de la cabeza. Para empezar, el cambio estaba mal, y las habitaciones (que además estaban pagadas por adelantado, y con mi dinero) ya costaban más de lo que me podía permitir. Pasó días malhumorado, fingiendo ataques de asma, abatido, pegado a su inhalador y dándome la lata constantemente; me acusaba de ser tacaño y decía que a él, cuando viajaba, le gustaba hacerlo bien. Hasta que perdí la paciencia. Le dije que si a mí las habitaciones me parecían bien, sin duda tenían que ser mejores de lo que él estaba acostumbrado. Madre mía, era un palacio, propiedad de una condesa, había pagado una fortuna por ellas. Y no tenía ninguna intención de pagar medio millón de liras por noche para disfrutar de la compañía de turistas norteamericanos y disponer de papel de carta con el membrete del hotel.

»Nos quedamos en la piazza di Spagna, que él se encargó de convertir en un infierno. Me pinchaba continuamente: con las alfombras, las tuberías, con lo que consideraba insuficiente dinero de bolsillo. Vivíamos a solo unos pasos de la via Condotti, el centro comercial más caro de Roma. Me dijo que yo tenía suerte. Sin duda yo me lo estaba pasando en grande, porque podía comprar todo lo que me apetecía, mientras que él solo podía quedarse en la buhardilla, jadeando como un huérfano. Hice todo lo posible por apaciguarlo, pero cuantas más cosas le compraba, más quería. Y casi nunca me perdía de vista. Si lo dejaba solo unos minutos, se quejaba; pero si le pedía que me acompañara a un museo o una iglesia (al fin y al cabo, estábamos en Roma) se aburría solemnemente y no hacía más que repetir que nos marcháramos. Llegó un momento en que ni siquiera podía leer sin que él intentara impedírmelo. Madre mía. Mientras me bañaba, se quedaba en la puerta farfullando. Un día lo sorprendí revolviendo mi maleta. Mira —dijo, e hizo una delicada pausa—, compartir habitaciones con alguien que no se inmiscuye para nada en tu vida ya resulta ligeramente molesto. Puede que me hubiera olvidado del año que convivimos, en el primer curso, o quizá sea sencillamente que me he acostumbrado a vivir solo, pero cuando llevábamos una o dos semanas así me encontré al borde de un ataque de nervios. No podía ni verlo. Y también estaba preocupado por otras cosas. Supongo que te habrás enterado —me dijo bruscamente— de que a veces tengo dolores de cabeza muy fuertes.

Sí, lo sabía. Bunny, que disfrutaba detallando sus enfermedades y las de los demás, me los había descrito con un susurro de admiración: Henry, echado boca arriba en una habitación a oscuras, con cubitos de hielo en la cabeza y un pañuelo tapándole los ojos.

—Ahora ya no son tan frecuentes como antes. Cuando tenía trece o catorce años, los padecía continuamente. Pero por lo visto, ahora, cuando padezco uno (a veces solo una vez al año), es mucho peor. Y cuando llevaba varias semanas en Italia, noté los síntomas. Son inconfundibles. Los ruidos se hacen más estridentes, los objetos relucen, mi visión periférica se reduce y veo todo tipo de cosas desagradables revoloteando en los límites de mi campo visual. Hay una presión terrible en el aire. No puedo leer las señales de tráfico; no entiendo ni la frase más sencilla. Cuando las cosas se ponen así no hay mucho que hacer, pero hice lo que pude: me quedé en la habitación con las persianas cerradas, tomé el medicamento, intenté estar tranquilo. Finalmente comprendí que tendría que avisar a mi médico. Los medicamentos que me dan son demasiado fuertes y no los venden sin receta; generalmente voy al ambulatorio y me ponen una inyección. Pero no sabía lo que haría un médico italiano si un turista norteamericano aparecía jadeando en su consulta pidiendo que le pusieran una inyección de fenobarbital.

»Pero reaccioné demasiado tarde. En cuestión de horas, el dolor de cabeza se había apoderado de mí, y después de eso me sentí incapaz de buscar un médico y de hacerme entender en caso de encontrarlo. No sé si Bunny intentó llamar a uno. Su italiano es tan pobre que cada vez que intentaba comunicarse con alguien acababa insultándole. La oficina de American Express no estaba lejos de nuestro alojamiento, y estoy seguro de que allí le habrían dado las señas de un médico que hablara inglés, pero claro, a Bunny esas cosas no se le ocurren.

»No sé qué pasó exactamente los días siguientes. Continué echado en mi habitación con las persianas cerradas y papel de periódico en las rendijas. Ni siquiera podía pedir que me subieran hielo (lo único que podían traerme eran jarros de agua tibia), pero me costaba mucho trabajo hablar inglés, y todavía más italiano. Dios sabe dónde se había metido Bunny. No recuerdo haberlo visto; la verdad es que apenas recuerdo nada.

»En fin. Pasé varios días tendido boca arriba, a oscuras, apenas capaz de pestañear sin sentir que me estallaba la frente. A ratos estaba inconsciente, hasta que finalmente me fijé en un delgado hilo de luz que entraba por el borde de una persiana. No sé cuánto tiempo llevaba contemplándolo, pero poco a poco me di cuenta de que era de día, de que el dolor había cedido un poco, y que podía moverme sin tanta dificultad. También sentí muchísima sed. El jarro del agua estaba vacío, así que me levanté y me puse la bata, y salí a buscar algo para beber.

»Mi habitación y la de Bunny daban a una tercera habitación central con un techo de quince pies decorado con un fresco al estilo de Carracci; puertaventanas que daban al balcón. La luz del día casi me cegó, pero vi una silueta inclinada sobre unos libros y papeles, en mi escritorio, e imaginé que sería Bunny. Esperé a que mis ojos se acostumbraran a la luz, apoyado con una mano en el pomo de la puerta para conservar el equilibrio, y entonces dije: "Buenos días, Bun".

»Bunny pegó un respingo y revolvió los papeles como si quisiera esconder algo, y de pronto supe qué intentaba ocultar. Me acerqué y se lo quité de las manos. Era mi diario. Siempre estaba metiendo las narices, intentando echarle un vistazo; yo lo había escondido detrás de un radiador, pero supongo que durante mi enfermedad él se había dedicado a buscarlo. Ya lo había encontrado una vez, pero como escribo en latín, no creo que pudiera sacar nada en claro. En el diario ni siquiera utilizaba el verdadero nombre de Bunny. Me pareció que *Cuniculus molestus* lo definía bastante bien. Y él sería incapaz de descifrar aquello sin un diccionario.

»Durante mi enfermedad, Bunny había tenido muchas oportunidades, desgraciadamente, de hacerse con un diccionario. Y a pesar de que siempre nos reíamos de él por lo mal que se le da el latín, lo cierto es que había conseguido componer una traducción bastante competente de los últimos párrafos. La verdad, nunca pensé que fuera capaz de hacer tal cosa. Debió de llevarle días.

»Ni siquiera estaba enojado. Estaba demasiado perplejo. Miré la traducción y luego lo miré a él. De repente, Bunny retiró su silla y empezó a berrear. Habíamos matado a aquel tipo, dijo, lo habíamos matado a sangre fría y ni siquiera nos habíamos molestado en decírselo, pero él ya sabía que le estábamos ocultando algo, y que desde cuándo lo llamaba Conejo, y que estaba pensando en ir al consulado de Estados Unidos para que avisaran a la policía... Y entonces (fue una locura) le di una bofetada con todas mis fuerzas. —Se detuvo y suspiró—. No debí hacerlo. Ni siquiera lo hice movido por la ira, sino por la frustración. Estaba enfermo y cansado, temía que alguien pudiera oírle, no podía aguantarlo ni un segundo más.

»Y le di más fuerte de lo que era mi intención. Se quedó boquiabierto. Mi mano le había dejado una enorme marca blanca en la mejilla. De pronto su sangre volvió a circular y la cara se le puso de un rojo intenso. Empezó a gritar insultándome, bastante histérico, y a soltarme puñetazos. Se oyeron unos pasos rápidos en la escalera, seguidos de unos fuertes golpes en la puerta y una delirante parrafada en italiano. Cogí el diario y la traducción y los arrojé a la estufa; Bunny intentó impedírmelo, pero yo le sujeté hasta que prendieron. Luego grité que entraran. Era la camarera. Irrumpió en la habitación hablando tan atropelladamente que no entendí ni una palabra de lo que decía. Al principio pensé que se quejaba del ruido. Pero luego me di cuenta de que no era eso. Ella sabía que yo estaba enfermo; habían pasado varios días sin que se oyera ni un ruido en mi habitación, y entonces, dijo, exaltada, había oído aquellos gritos. Pensaba que me había muerto en plena noche, quizá, y que el otro joven signor me había encontrado, pero evidentemente no era así, pues ahora estaba de pie ante ella. ¿Quería que llamara a un médico? ¿A una ambulancia? ¿Que trajera *bicarbonato di soda*?

»Le di las gracias y le dije que no, que me encontraba perfectamente bien, e intenté darle alguna explicación y pedirle disculpas por las molestias, pero ella parecía satisfecha y se marchó a buscar nuestro desayuno. Bunny estaba muy sorprendido. No tenía idea de lo que había pasado, por supuesto. Supongo que parecía bastante siniestro e inexplicable. Me preguntó adónde iba la camarera, y qué había dicho, pero yo estaba demasiado mareado y enojado para contestarle. Volví a mi habitación y cerré la puerta, y permanecí allí hasta que la camarera volvió con el desayuno. Lo sirvió en la terraza y nosotros salimos.

»Bunny no tenía mucho que decir, curiosamente. Después de un breve y tenso silencio, me preguntó por mi salud y me dijo lo que había hecho mientras yo estaba enfermo, pero no hizo ningún comentario sobre lo que acababa de pasar. Tomé el desayuno y comprendí que lo único que podía hacer era conservar la calma. Sabía muy bien que había herido sus sentimientos (en el diario había varias cosas muy desagradables), así que decidí mostrarme tan amable con él como pudiera, con la esperanza de que no surgieran más problemas.

Hizo una pausa para beber un poco de whisky. Le miré.

—¿Quieres decir que pensaste que quizá no habría más problemas? —le pregunté.

—Conozco a Bunny mejor que tú —repuso Henry bruscamente.

—Pero ¿y lo que dijo de la policía?

—Richard, yo sabía que Bunny no estaba preparado para ir a la policía.

—¿No lo entiendes? —me dijo Francis, inclinándose hacia delante—. Si se hubiera tratado solo del muerto, las cosas habrían sido diferentes. A Bunny no le preocupa su conciencia. No experimenta ningún tipo de conflicto moral. Solo siente que hemos sido injustos con él.

—Yo pensaba que no contándoselo le hacía un favor, francamente —continuó Henry—. Pero estaba irritado (está irritado) porque lo dejamos al margen. Se siente ultrajado. Marginado.

Y lo mejor que podía hacer yo era reparar la ofensa. Somos viejos amigos.

—Cuéntale lo que compró Bunny con tus tarjetas de crédito mientras estabas enfermo.

—De eso no me enteré hasta más adelante —dijo Henry, melancólico—. Pero qué más da. —Encendió otro cigarrillo—. Supongo que al enterarse sufriría una especie de shock. Y además estaba en un país extranjero, no conocía el idioma y no tenía ni un centavo. Al principio se comportó. Sin embargo, en cuanto advirtió que, pese a que tenía las circunstancias en contra, yo estaba a su merced (y no tardó mucho en darse cuenta), no te imaginas la tortura a que me sometió. Hablaba todo el rato de lo mismo. En restaurantes, en tiendas, en los taxis. Era temporada baja, sí, y no había muchos ingleses, pero estoy seguro de que en Ohio hay familias enteras de norteamericanos preguntándose si… Dios mío. Exhaustivos monólogos en la Hosteria dell'Orso. Una pelea en la via dei Cestari. Una repugnante reproducción de los hechos en el Gran Hotel.

»Una tarde fuimos a una cafetería, y Bunny no paraba de hablar; vi que en la mesa de al lado había un hombre pendiente de lo que decía. Nos levantamos para marcharnos. El hombre también se levantó. Yo no sabía qué pensar. Sabía que era alemán, porque le había oído hablar con el camarero, pero ignoraba si sabía inglés o si había oído a Bunny lo bastante para entenderlo. A lo mejor sencillamente era homosexual, pero yo no quería correr ningún riesgo. Regresamos al hotel por atajos, y yo creía que lo habíamos despistado, pero por lo visto no fue así, porque al despertarme a la mañana siguiente miré por la ventana y lo vi de pie junto a la fuente. Bunny estaba encantado. Le parecía que aquello era como una película de espías. Quería salir y comprobar si el tipo intentaba seguirnos, y prácticamente tuve que impedírselo por la fuerza. Me pasé toda la mañana mirando por la ventana. El alemán se quedó por allí, fumó unos cuantos cigarrillos y al cabo de un par de horas se largó. Sobre las cuatro de la tarde Bunny, que había estado quejándose incansablemente desde mediodía, se puso tan pesado que al final fuimos a comer algo. Pero no nos habíamos alejado más de un par de manzanas de la piazza cuando me pareció ver al alemán de nuevo, siguiéndonos a cierta distancia. Me volví y retrocedí con intención de encararle. El tipo desapareció, pero al cabo de unos minutos me volví y allí estaba él otra vez.

»Hasta entonces había estado sencillamente preocupado, pero a partir de ese momento empecé a sentir verdadero miedo. Enfilamos un callejón y regresamos al hotel dando un amplio rodeo. (Bunny no llegó a almorzar aquel día, estuvo a punto de volverme loco.) Me senté junto a la ventana y permanecí allí hasta que oscureció, diciéndole a Bunny que se callara e intentando pensar en lo que podía hacer. No creía que el alemán supiera exactamente dónde nos hospedábamos; si no, ¿por qué iba a quedarse rondando por la piazza, en lugar de venir directamente a nuestro piso, si es que tenía algo que decirnos? En fin. Abandonamos nuestras habitaciones a altas horas de la noche y nos registramos en el Excelsior, algo que a Bunny le pareció bien. Había servicio de habitaciones. Pasé el resto de nuestra estancia en Roma nervioso y vigilando. Madre mía, pero si todavía sueño con él. Sin embargo, no volví a verlo.

—¿Qué crees que quería? ¿Dinero?

Henry se encogió de hombros:

—Quién sabe. A aquellas alturas, por desgracia me quedaba poco dinero para darle. Las visitas de Bunny al sastre y cosas por el estilo me habían dejado casi sin blanca, y encima habíamos tenido que cambiarnos de hotel. El dinero no me importaba, de verdad, pero Bunny me estaba volviendo loco. No me dejaba solo ni un momento. Era imposible escribir una carta o hacer una llamada telefónica sin que Bunny estuviera al acecho, *arrectis auribus*, intentando escuchar. Mientras me bañaba, él se metía en mi habitación y revolvía mis cosas; yo salía del cuarto de baño y me encontraba la ropa hecha un lío y migas entre las páginas de mis libretas. Todo lo que yo hacía le inspiraba sospechas.

»Lo soporté todo el tiempo que pude, pero empezaba a sentirme desesperado y, francamente, bastante mal. Sabía que dejarlo solo en Roma podría ser peligroso, pero intuía que las cosas empeoraban cada día y al final llegué a la conclusión de que quedándome no solucionaba nada. Sabía que nosotros cuatro no podríamos volver a clase como de costumbre en primavera (y mira, ya nos ves), y que tendríamos que preparar un plan, seguramente uno bastante pírrico e insatisfactorio. Pero necesitaba tiempo y tranquilidad, y unas cuantas semanas en Estados Unidos si es que teníamos que hacer algo. Así pues, una noche, en el Excelsior, aprovechando que Bunny, borracho, dormía profundamente, hice mis maletas (le dejé el billete de vuelta y dos mil dólares, pero ninguna nota) y cogí un taxi que me llevó al aeropuerto, donde tomé el primer avión.

—¿Le dejaste dos mil dólares? —le pregunté incrédulo. Henry se encogió de hombros. Francis meneó la cabeza y soltó un resoplido.

—Eso no es nada —dijo.

Me quedé mirándolos.

—En serio, no es nada —dijo Henry sin darle importancia—. No imaginas lo que me costó ese viaje a Italia. Y mis padres son generosos, pero no tanto. Jamás había tenido que pedir dinero, hasta estos últimos meses. Ahora me he quedado prácticamente sin ahorros y no sé si podré seguir contándoles historias sobre complicadas reparaciones mecánicas y demás. Mira, yo estaba dispuesto a ser razonable con Bunny, pero al parecer él no comprende que no soy más que otro estudiante con una renta, y no la gallina de los huevos de oro… Y lo más terrible es que no le veo final a esta historia. Ignoro qué podría pasar si mis padres se cansaran y cerraran el grifo, y eso es lo que acabará ocurriendo, y en breve, si las cosas siguen así.

—¿Te está chantajeando?

Henry y Francis se miraron.

—Bueno, no exactamente —dijo Francis.

Henry negó con la cabeza.

—Bunny no piensa en esos términos —dijo con cierto hastío—. Para entenderlo tendrías que conocer a sus padres. Los Corcoran mandaron a todos sus hijos a las escuelas más caras en que pudieron meterlos, y dejaron que allí se valieran por sí mismos. Sus padres no le dan ni un dólar. Por lo visto nunca le han dado nada. Me dijo que cuando lo enviaron a Saint Jerome ni siquiera le dieron dinero para los libros de texto. Personalmente, encuentro que es un método de crianza bastante raro; parecido al de ciertos reptiles que empollan sus crías y luego las abandonan a su suerte. No me sorprende que esto le haya inculcado a Bunny la noción de que es más honesto vivir de gorra que trabajar.

—Pero yo tenía entendido que sus padres eran unos aristócratas —dije.

—Los Corcoran tienen delirios de grandeza, pero no tienen dinero. Sin duda a ellos debe de parecerles muy aristocrático y muy elegante el que otra gente mantenga a sus hijos.

—Es un descarado —añadió Francis—. Se aprovecha hasta de los gemelos, que son casi tan pobres como él.

—Cuanto mayor sea la suma, mejor; y jamás se le ocurre devolver nada. Preferiría morir antes que buscar trabajo, claro.

—Los Corcoran preferirían verlo muerto —dijo Francis agriamente; encendió un cigarrillo y tosió al exhalar—. Pero cuando te ves obligado a mantenerte a ti mismo, estos remilgos con el trabajo suelen desaparecer.

—Es inconcebible —dijo Henry—. Yo preferiría tener un empleo cualquiera, seis empleos, antes que mendigar. Mírate a ti —me dijo—: Tus padres tampoco son demasiado generosos contigo, ¿verdad? Pero eres tan escrupuloso, te cuesta tanto pedir dinero prestado, que resultas casi ridículo.

Guardé silencio.

—Creo que habrías preferido morir en aquel almacén antes que ponerte en contacto con alguno de nosotros para que te mandáramos doscientos dólares —añadió. Encendió un cigarrillo y soltó una potente nube de humo—. Es una cantidad ridícula. Estoy seguro de que a finales de la semana que viene ya nos habremos gastado el doble con Bunny.

Me quedé mirándolo.

—Bromeas —dije.

—Ojalá.

—A mí tampoco me importa prestar dinero —dijo Francis—,

siempre que lo tenga. Pero Bunny pide por pedir. Ya en los viejos tiempos no le daba ninguna importancia a pedir cien dólares por la cara, sin dar ninguna explicación.

—Y jamás da las gracias —añadió Henry, irritado—. ¿En qué se lo gasta? Si tuviera un mínimo de dignidad, iría a la oficina de empleo y buscaría trabajo.

—Tú y yo acabaremos en la oficina de empleo si Bunny no cambia de actitud —dijo Francis, taciturno, y se sirvió otra generosa ración de whisky, derramando una buena cantidad sobre la mesa—. He gastado miles de dólares en él. Miles —me dijo, y bebió un sorbo del tembloroso borde del vaso—. Y la mayoría en restaurantes, el muy cerdo. Aparentemente todo es muy amistoso, por qué no vamos a cenar tú y yo, y cosas por el estilo, pero tal como están las cosas, ¿cómo puedo negarme? Mi madre piensa que tomo drogas. Supongo que es comprensible. Les ha dicho a mis abuelos que no me den más dinero y desde enero no recibo ni un dólar salvo los intereses que me corresponden. Con eso voy tirando, pero no puedo invitar a la gente a cenas de cien dólares cada noche.

Henry se encogió de hombros.

—Siempre ha sido así —dijo—. Siempre. Es gracioso. Me caía bien. Sentía un poco de lástima por él. No me importaba prestarle dinero para sus libros de texto sabiendo que no me lo devolvería.

—Con la diferencia de que ahora —añadió Francis— no es solo dinero para libros de texto. Y ya no podemos negarnos.

—¿Cuánto tiempo podréis resistirlo?

—No eternamente.

—¿Y qué pasará cuando os quedéis sin dinero?

—No lo sé —dijo Henry, y se levantó las gafas para frotarse los ojos otra vez.

—A lo mejor, si yo hablara con él...

—No —dijeron al unísono, con una prontitud que me sorprendió.

—¿Por qué...?

Hubo una incómoda pausa, que finalmente Francis rompió.

—Bueno, no sé si lo sabes, pero Bunny está un poco celoso de ti. Está convencido de que nos hemos confabulado contra él. Si encima sospecha que tú te has puesto de nuestro lado...

—No debes decirle que lo sabes —dijo Henry—. Bajo ningún concepto. A no ser que quieras empeorar las cosas.

Guardamos silencio unos momentos. El apartamento estaba lleno de un humo azul a través del cual la amplia extensión de linóleo blanco parecía árida, surreal. La música del estéreo de un vecino se filtraba por las paredes. The Grateful Dead. Madre mía. «Trouble ahead... The lady in red...»

—Lo que hicimos es terrible —dijo Francis de pronto—. El tipo que matamos no era Voltaire, pero de todas formas... Es una lástima. Lo siento mucho.

—Sí, claro, yo también lo siento —dijo Henry—. Pero no lo suficiente para que me metan en la cárcel por eso.

Francis soltó un bufido y se sirvió otro vaso de whisky. Lo bebió de un trago.

—No —añadió—. No tanto.

Nuevamente guardamos silencio. Me sentía adormilado, enfermo, como si aquello fuera un sueño persistente y dispéptico. Ya lo había dicho antes, pero lo dije otra vez, levemente sorprendido por el sonido de mi propia voz en la silenciosa habitación:

—¿Qué vais a hacer?

—No lo sé —contestó Henry, con tanta calma como si le hubiera preguntado qué planes tenía para aquella tarde.

—Yo sé lo que yo voy a hacer —dijo Francis. Se levantó con dificultad y tiró del cuello de su camisa con el dedo índice. Lo miré con sorpresa, y él se rió de mí.

—Me voy a dormir —dijo, con una mirada melodramática—. «Dormir plutôt que vivre!»

—«Dans un sommeil aussi doux que la mort…» —apostilló Henry, sonriente.

—Vaya, Henry, lo sabes todo —dijo Francis—. Me pones enfermo. —Se dio la vuelta, vacilante, y salió de la habitación haciendo eses y aflojándose la corbata.

Oímos un portazo, y a continuación los grifos del lavabo.

—Me parece que está bastante borracho —dijo Henry—. Todavía es pronto. ¿Te apetece jugar a cartas?

Lo miré con asombro.

Alargó la mano y cogió una baraja de una caja que había en la mesa —cartas Tiffany, con el dorso azul celeste y el monograma de Francis grabado en oro—, y barajó con manos de experto.

—Si quieres podemos jugar a bezique o a euchre —me dijo mientras el azul y el dorado se difuminaban en sus manos—. Yo prefiero el póquer; ya sé que es un juego bastante vulgar, y que no tiene gracia jugando solo dos, pero de todos modos me atrae el factor azar.

Le miré, observé sus finas manos, el movimiento de las cartas, y de pronto tuve un extraño recuerdo: Tojo, en el momento crítico de la guerra, obligando a sus oficiales a jugar a cartas con él durante toda la noche.

Empujó la baraja hacia mí.

—¿Cortas? —dijo, y encendió un cigarrillo.

Miré las cartas, y luego la llama de la cerilla que ardía entre sus dedos, con claridad estática.

—No estás demasiado preocupado, ¿verdad?

Henry dio una honda calada, exhaló el humo y apagó la cerilla.

—No —admitió, mirando fijamente el hilo de humo que se elevaba del extremo—. Creo que sé lo que tengo que hacer para salir de esta. Pero eso depende de que la oportunidad se presente por sí misma, y tendremos que esperar. Supongo que en cierta medida también depende de cuánto estemos dispuestos a hacer. ¿Reparto? —dijo, y volvió a coger las cartas.

Me desperté de un sueño sordo y profundo y me encontré echado en una incómoda posición en el sofá de Francis. El sol entraba por la hilera de ventanas que había a mi espalda. Me quedé un rato inmóvil, intentando recordar dónde estaba y cómo había llegado hasta allí; era una sensación agradable que se enturbió de pronto cuando recordé lo ocurrido la noche anterior. Me incorporé y me froté las marcas que el cojín del sofá me había hecho en la mejilla. Al moverme, sentí dolor de cabeza. Miré el cenicero, lleno a rebosar, la botella de Famous Grouse, casi vacía, el juego de póquer dispuesto sobre la mesa. De modo que todo había sido real, no había sido un sueño.

Tenía sed. Fui a la cocina, rompiendo el silencio con mis pasos, y bebí un vaso de agua, de pie frente al fregadero. El reloj de la cocina marcaba las siete de la mañana.

Volví a llenar el vaso, lo llevé al salón y me senté en el sofá.

Mientras bebía, esta vez más despacio —había bebido el primer vaso demasiado deprisa y me había producido náuseas—, miré la partida de solitario de Henry. Debía de haberlo dispuesto mientras yo dormía. En lugar de buscar el flux en las columnas, y full houses y fours en las líneas, que era lo más prudente, había estado buscando los flux en las líneas, y no lo había conseguido. ¿Por qué había hecho una cosa así? ¿Para ponérselo más difícil? ¿O sería que, sencillamente, estaba cansado?

Cogí las cartas, las barajé y volví a ponerlas una a una, de acuerdo con las reglas estratégicas que él mismo me había enseñado, y le gané por cincuenta puntos. Las frías y desenvueltas caras me miraban: jotas blancas y rojas, la reina de picas con su sospechosa mirada. Una ola de fatiga y náuseas me invadió de pronto; me dirigí al armario, cogí el abrigo y me marché, cerrando la puerta con cuidado.

El rellano, con la luz del día, parecía un pasillo de hospital. Vacilante, me detuve en la escalera y me volví para mirar la puerta de Francis, apenas distinguible de las otras en aquella larga y anónima hilera.

Supongo que si en algún momento dudé, fue entonces, de pie en aquella fría y fantasmal escalera mirando el apartamento del que acababa de salir. ¿Quién era aquella gente? ¿La conocía de verdad? ¿Podría confiar verdaderamente en alguno de ellos, llegado el caso? ¿Por qué me habían elegido a mí para contármelo?

Es curioso, pero ahora me doy cuenta de que aquel preciso momento, cuando me quedé de pie, pestañeando, en el rellano vacío, era el momento que habría podido elegir para hacer algo muy diferente de lo que acabé haciendo. Pero no vi lo crucial que era aquel momento; supongo que nunca lo hago. Lo que hice fue bostezar, sacudirme aquel aturdimiento momentáneo y seguir bajando por la escalera.

Una vez en mi habitación, aturdido y cansado, lo único que deseaba era bajar las persianas y echarme en la cama, que de pronto parecía la cama más tentadora del mundo pese a la almohada mohosa y las sábanas sucias. Pero era imposible. Faltaban dos horas para la clase de prosa griega, y no tenía hechos los deberes.

El ejercicio consistía en una redacción de dos páginas en griego sobre cualquier epigrama de Calímaco. Solo había hecho una página, y me puse a hacer el resto, con prisas y de forma ligeramente deshonesta, escribiendo primero en inglés y traduciendo palabra por palabra. Era algo que a Julian no le gustaba. Decía que el valor de la redacción en prosa griega no consistía en proporcionar una particular facilidad con el lenguaje que no pudiera obtenerse por otros métodos, sino que si se hacía debidamente, usando la cabeza, te enseñaba a pensar en griego. Tus esquemas mentales cambiaban, decía, cuando los ceñías a los confines de una lengua rígida y poco familiar. Ciertas ideas vulgares se volvían inexpresables; otras, antes impensables, cobraban vida y encontraban una nueva y milagrosa articulación. A mí me cuesta explicar en inglés exactamente lo que quiero decir, supongo que es inevitable. Solo puedo decir que un *incendium* es completamente diferente del *feu* con que un francés enciende su cigarrillo, y que ambos son muy diferentes del decidido e inhumano *pur* que conocían los griegos, el *pur* que rugía en las torres de Ilión o que saltaba y gritaba en aquella desolada y ventosa isla, procedente de la pira funeraria de Patroclo.

Pur: para mí, esa sola palabra contiene la secreta, radiante y terrible claridad del griego clásico. ¿Cómo puedo describir esa luz extraña y dura que impregna los paisajes de Homero y que ilumina los diálogos de Platón, una luz desconocida, inarticulable en nuestra lengua vulgar? El idioma que compartimos es un idioma de lo complejo, de lo peculiar; un idioma habitado por calabazas, golfos, punzones, cervezas; el idioma de Ahab, de Falstaff, de la señora Gamp; y si bien lo encuentro perfectamente adecuado para este tipo de reflexiones, me falla por completo cuando intento describir con él lo que me encanta del griego, ese idioma que no conoce rarezas ni caprichos; un idioma obsesionado con la acción y con el placer de constatar cómo la acción se multiplica, cómo la acción marcha, implacable, y con más acciones uniéndose a ella a medida que avanza, cogiendo rápidamente el paso en la cola de la columna, formando una larga fila de causa y efecto que conduce a lo inevitable, al único final posible.

Ese es, en cierto sentido, el motivo por el que me sentía tan próximo a los otros en la clase de griego. Ellos conocían también ese hermoso y angustioso paisaje, muerto hace siglos; como yo, habían levantado la vista de los libros con ojos del siglo v y se habían encontrado con un mundo desconcertantemente lento y extraño, como si no fuera el suyo. Por eso admiraba a Julian y a Henry sobre todo. Tenían la razón, los ojos y los oídos, irrevocablemente puestos en los confines de aquellos ritmos austeros y antiguos —de hecho no vivían en el mundo, por lo menos como yo lo entendía—, y en lugar de ser visitantes ocasionales de aquella tierra que yo mismo solo había visitado en calidad de turista admirado, eran sus habitantes permanentes, todo lo permanentes que podían. El griego clásico es una lengua difícil, muy difícil, y puedes pasarte la vida entera estudiándolo y seguir siendo incapaz de hablar ni una sola palabra. Pero incluso hoy en día sonrío cuando pienso en el inglés calculado y formal de Henry, el inglés de un extranjero culto, y lo comparo con la maravillosa fluidez y seguridad de su griego: rápido, elocuente, notablemente ocurrente. Cada vez que oía a Henry conversando en griego con Julian, discutiendo y bromeando, me maravillaba, pues jamás los oí hacerlo en inglés; he visto muchas veces a Henry contestar al teléfono con un irritado y cauteloso «Diga», y nunca olvidaré el duro e irresistible placer de su «Kairei!» cuando resultaba ser Julian el que estaba al otro lado de la línea.

Después de oír la historia que había oído, hacía que me sintiera un poco incómodo que los epigramas de Calímaco hablaran de mejillas ruborizadas, vino y besos de jóvenes imberbes a la luz de las antorchas. Había elegido uno bastante triste, que traducido dice así: «Al amanecer enterramos a Melanippus; al ocaso, la doncella Basilo se dio muerte, pues no soportaba dejar a su hermano en la pira y seguir ella con vida; y la casa vivió un doble infortunio, y todos los Cyrene bajaron la cabeza al ver tan desolado el hogar de aquellos niños felices».

Terminé mi redacción en menos de una hora. Después de repasarla y de revisar las terminaciones, me lavé la cara, me cambié la camisa y me dirigí a la habitación de Bunny con mis libros.

Bunny y yo éramos los únicos de los seis que vivíamos en el campus; la residencia de Bunny estaba al otro lado del jardín, en el extremo opuesto del Commons. Tenía una habitación en la planta baja, y, estoy convencido de que aquello era un inconveniente para él, porque se pasaba gran parte del tiempo arriba, en la cocina comunitaria: planchándose los pantalones, hurgando en la nevera, asomado a la ventana en mangas de camisa para hablar a gritos con la gente que pasaba. Como no me abrió la puerta, subí a buscarlo a la cocina y lo encontré sentado en el alféizar, en camiseta, bebiendo una taza de café y hojeando una revista. Me sorprendió un poco ver que los gemelos también estaban allí: Charles, de pie, con el tobillo izquierdo cruzado sobre el derecho, removía el café, malhumorado, y miraba por la ventana; Camilla estaba planchando una camisa a Bunny, lo cual me sorprendió, porque a Camilla no se le daban demasiado bien las tareas domésticas.

—Hombre, hola —me saludó Bunny—. Entra. Estábamos tomando un *kaffeeklatsch*. Sí, las mujeres sirven para una cosa o dos —añadió al ver que me quedaba mirando a Camilla y la tabla de planchar—, aunque, como soy un caballero y estamos en presencia de una dama —continuó con un guiño—, no diré cuál es la otra cosa. Charles, dale una taza de café, ¿quieres? No hace falta que la laves, está limpia —dijo casi a gritos cuando Charles cogió una taza sucia del fregadero y abrió el grifo.

—¿Has hecho la redacción?

—Sí.

—¿Sobre qué epigrama?

—El veintidós.

—Hummm. Al parecer todos os habéis inclinado por los sentimentaloides. Charles ha elegido el de la niña que se muere y todos sus amigos la echan de menos, y tú, Camilla, tú has elegido…

—El catorce —dijo Camilla sin levantar la vista, apretando con fuerza la punta de la plancha contra el cuello de la camisa.

—Eso. Yo he elegido uno de los picantes. ¿Has estado alguna vez en Francia, Richard?

—No —contesté.

—Pues podrías venir con nosotros este verano.

—¿Nosotros? ¿Quién?

—Henry y yo.

Me quedé tan sorprendido que no reaccioné.

—¿A Francia? —dije al fin.

—Un tour de dos meses. Una verdadera maravilla. Mira. —Me lanzó la revista, que era un folleto turístico.

Le eché un vistazo. El tour era una gozada, desde luego: un «crucero en barcaza de lujo» que empezaba en la cuna del *champagne* y luego te llevaba en globo a Borgoña, donde cogías otra barcaza, pasando por Beaujolais, hasta la Riviera, Cannes y Montecarlo. El folleto tenía lujosas ilustraciones, estaba lleno de fotografías a todo color de comidas de *gourmet*, barcazas con flores en la cubierta, turistas felices descorchando botellas de champán y saludando con la mano desde la cesta de su globo a los contrariados campesinos que los miraban desde los campos.

—¿Qué te parece? —dijo Bunny.

—Fabuloso.

—Roma no estuvo mal, pero cuando la conoces te das cuenta de que no es más que un pozo negro. Además, a mí me gusta moverme más. Ir de un sitio a otro, conocer las costumbres del país. Entre nosotros: creo que Henry se lo va a pasar en grande.

Yo también, pensé, mientras contemplaba una fotografía de una mujer que sujetaba una barra de pan francés y sonreía a la cámara con gesto desencajado. Los gemelos evitaban concienzudamente que nuestras miradas se encontraran: Camilla, inclinada sobre la camisa de Bunny, y Charles dándome la espalda, con los codos apoyados en el aparador y mirando por la ventana de la cocina.

—Esto del globo es fantástico —dijo Bunny, locuaz—, pero la verdad es que siempre me he preguntado cómo haces para ir al lavabo. ¿Por encima de la cesta?

—Mira —le interrumpió Camilla—, creo que esto me va a llevar un rato. Son casi las nueve. Por qué no vas tú con Richard, Charles. Dile a Julian que no nos espere.

—No creo que tardes tanto, ¿no? —dijo Bunny, malhumorado, alargando el cuello para mirar—. ¿Qué pasa? ¿Dónde has aprendido a planchar?

—En ningún sitio. Nosotros llevamos nuestras camisas a la lavandería.

Charles salió conmigo, unos pasos detrás. Recorrimos el pasillo y bajamos la escalera sin decirnos nada, pero una vez abajo se acercó y, cogiéndome por un brazo, me metió en una sala de juegos vacía. En los años veinte y treinta, el bridge se había puesto de moda en Hampden; cuando aquel entusiasmo desapareció, las salas no fueron destinadas a ningún otro uso, y no las utilizaba nadie, excepto para traficar con drogas, para escribir a máquina o para citas románticas ilícitas. Cerró la puerta. Observé la antigua mesa de juego, con un diamante, un corazón, un trébol y una pica incrustados en cada uno de los cantos.

—Henry nos ha llamado —dijo Charles mientras arañaba el extremo levantado del diamante con el pulgar, con la cabeza estudiadamente gacha.

—¿Cuándo?

—Esta mañana, temprano.

Nos quedamos un momento callados.

—Lo siento —dijo Charles, y levantó la vista.

—¿Qué es lo que sientes?

—Siento que te lo haya contado. Siento todo esto. Camilla está muy disgustada.

Me pareció que estaba sereno, cansado pero sereno. Sus ojos

me miraban con un plácido candor. De pronto me sentí muy mal. Francis y Henry me caían bien, pero no soportaba la idea de que a los gemelos pudiera pasarles algo. Sentí una punzada de dolor al pensar en lo amables que siempre habían sido conmigo; en lo dulce que había sido Camilla aquellas primeras semanas tan desagradables; en Charles, que siempre se las había ingeniado para pasar por mi habitación, o para volverse hacia mí en medio de una multitud dando a entender que él y yo éramos amigos, lo cual siempre me emocionaba; en las caminatas y en los paseos en coche, y en las cenas en su casa; en sus perseverantes cartas, que yo había recibido durante los largos meses de invierno y que casi nunca contestaba.

Los ruidos de las cañerías me sacaron de mis cavilaciones. Nos miramos.

—¿Qué vas a hacer? —le pregunté. Tenía la impresión de que durante las últimas veinticuatro horas solo había formulado esa pregunta y sin embargo nadie me había dado todavía una respuesta satisfactoria.

Se encogió de hombros; en realidad encogió solo uno, como hacían siempre tanto él como su hermana.

—No tengo ni idea —dijo con aire cansado—. ¿Nos vamos?

Henry y Francis ya estaban en el despacho de Julian cuando nosotros llegamos. Francis no había terminado su redacción; escribía la segunda página a toda prisa y tenía los dedos manchados de tinta azul. Mientras tanto, Henry revisaba la primera página, y corregía con su pluma. No levantó la mirada.

—Hola —nos dijo—. Cerrad la puerta, por favor.

Charles cerró la puerta de un puntapié.

—Malas noticias —anunció.

—¿Muy malas?

—Económicamente, sí.

Francis maldijo con discreción, sin interrumpir su trabajo, Henry añadió las últimas correcciones y agitó la hoja en el aire para secarla.

—Vaya por Dios —dijo—. Supongo que podrán esperar. No me apetece pasarme la clase pensando en eso. ¿Has terminado la segunda página, Francis?

—Un momento —dijo Francis, que seguía escribiendo a toda velocidad.

Henry se colocó detrás de la silla de Francis, se inclinó por encima de su hombro y empezó a repasar el principio de la última página, con un codo apoyado en la mesa.

—¿Y Camilla? ¿Está con él? —nos preguntó.

—Sí. Planchándole su asquerosa camisa.

—Hummmm. —Henry señaló algo con la punta de su pluma—. Francis, aquí has de poner el optativo en lugar del subjuntivo.

Francis se apresuró a corregirlo, dejando por un momento la línea en que estaba, casi al final de la página.

—Y esta labial se convierte en *pi*, no en *kappa*.

Bunny llegó tarde y de mal humor.

—Oye, Charles —dijo al entrar—, si quieres que tu hermana encuentre marido, será mejor que le enseñes a planchar.

Yo estaba agotado y desanimado, y me costó trabajo seguir la clase. A las dos tenía francés, pero después de griego regresé directamente a mi habitación, me tomé un somnífero y me metí en la cama. El somnífero estaba de más, no lo necesitaba, pero la sola idea de no descansar, de una tarde llena de malos sueños y de lejanos ruidos de cañerías, era demasiado desagradable para arriesgarme.

Así que dormí profundamente, casi demasiado profundamente, y el día transcurrió sin contratiempos. Ya estaba oscureciendo cuando, desde las profundidades, advertí que alguien llamaba a mi puerta.

Era Camilla. Mi aspecto debía de ser horrible, porque levantó una ceja y se rió:

—Te pasas la vida durmiendo —me dijo—. ¿Por qué siempre que vengo a verte te encuentro durmiendo?

La miré. Las persianas de la habitación estaban cerradas y en el pasillo no había luz, y, medio drogado y medio dormido como estaba, Camilla no me pareció la persona inaccesible de siempre, sino una aparición nebulosa e inefablemente tierna de delgadas muñecas, sombras, cabellos despeinados; la Camilla intangible y encantadora que habitaba mis melancólicos sueños.

—Entra —dije.

Camilla entró y cerró la puerta. Me senté en la cama, descalzo y con la camisa desabrochada, y pensé en lo maravilloso que sería que aquello fuera un sueño, que pudiera caminar hasta ella y cogerle la cara con las manos y besarla, besarle los párpados, los labios, aquella parte de sien donde el cabello color miel se volvía de un dorado sedoso.

Permanecimos un buen rato mirándonos.

—¿Te encuentras mal?

El destello de su pulsera de oro en la oscuridad. Tragué saliva. No sabía qué decir.

Camilla se levantó:

—Será mejor que me vaya. No quería molestarte, lo siento. Venía a preguntarte si querías venir a dar una vuelta.

—¿Cómo?

—A dar un paseo. Pero da lo mismo. Otra vez será.

— ¿Adónde?

—A donde sea. Da lo mismo. He quedado con Francis en el Commons dentro de diez minutos.

—No, espera —dije. Estaba maravillado. Sentía una deliciosa pesadez en los miembros, e imaginé lo fabuloso que sería pasear con ella (amodorrado, hipnotizado) hasta el Commons a la luz del ocaso, pisando la nieve.

Me levanté —tardé una eternidad en hacerlo; el suelo se fue alejando ante mis ojos como si yo creciese indefinidamente— y fui hasta el armario. El suelo oscilaba bajo mis pies, pero muy suavemente, como el suelo de un avión. Encontré el abrigo y luego una bufanda. No me molesté en buscar unos guantes.

—Ya está. ¿Nos vamos?

Camilla levantó una ceja y dijo:

—Fuera hace un poco de frío. ¿No crees que deberías ponerte zapatos?

Anduvimos hasta el Commons bajo una lluvia de agua nieve. Charles, Francis y Henry nos estaban esperando. Me pareció significativo que estuvieran todos excepto Bunny.

—¿Qué pasa? —pregunté.

—Nada —me contestó Henry mientras hacía un dibujo en el suelo con la afilada y reluciente contera de su paraguas—. Vamos a dar una vuelta. Me pareció que no estaría mal... —hizo una delicada pausa— salir un rato de la universidad, cenar por ahí...

Sin Bunny, me dije. ¿Dónde estaba Bunny? La contera del paraguas de Henry emitió un destello. Levanté los ojos y vi que Francis me estaba mirando con las cejas levantadas.

—¿Qué pasa? —repetí, irritado, vacilando levemente.

Francis se rió.

—¿Estás borracho?

Todos me miraban extrañados.

—Sí —mentí. No me apetecía dar explicaciones.

Aquel cielo, frío, con una brumosa capa de llovizna a la altura de la copa de los árboles, hacía que hasta el paisaje que rodeaba Hampden resultara indiferente y remoto. La niebla blanqueaba los valles y la cima del monte Cataract estaba completamente tapada. Como no podía ver aquella omnisciente montaña que para mí era inseparable de Hampden y de sus alrededores, me costaba orientarme y me daba la impresión de que estábamos entrando en un territorio desconocido, aunque había bajado por aquella carretera cientos de veces y con todo tipo de condiciones climáticas. Henry conducía bastante deprisa, como de costumbre; las ruedas zumbaban sobre la mojada calzada negra y levantaban agua a ambos lados.

—Hace un mes estuve mirando este sitio —dijo, aminorando la marcha cuando nos acercamos a una granja blanca situada sobre una colina. Unas desoladas balas de heno salpicaban el nevado pasto—. Todavía está en venta, pero creo que piden demasiado.

—¿Cuántos acres? —preguntó Camilla.

—Ciento cincuenta.

—¿Para qué demonios quieres tanto terreno? —Camilla se retiró el cabello de los ojos y volví a captar el destello de su pulsera:

«Dulce cabello al viento, cabello oscuro al viento sobre una boca...»—. Imagino que no irás a cultivarlo.

—En mi opinión —dijo Henry—, cuanta más tierra, mejor. Me encantaría tener tanto terreno que desde donde viviera no se viese ninguna carretera ni ningún poste de teléfono, ni nada que no quisiera ver. Supongo que hoy en día eso es imposible, y esa casa está prácticamente junto a la carretera. Vi otra granja, pasada la frontera del estado de Nueva York...

Un camión nos adelantó, arrojando una ráfaga de agua.

Todos parecían extraordinariamente tranquilos, y yo sabía por qué. Era porque Bunny no venía con nosotros. Evitaban aquel tema con deliberada despreocupación; ahora él debía de estar en algún sitio, me dije, haciendo algo, pero no quería preguntar. Me recosté contra el asiento y contemplé los plateados y temblorosos senderos que las gotas de lluvia dibujaban al recorrer el cristal de mi ventanilla.

—Si tuviera que comprarme una casa, me la compraría aquí —dijo Camilla—. Siempre he preferido la montaña a la playa.

—Yo también —dijo Henry—. Supongo que en ese sentido, mis gustos son bastante helenistas. Me interesan los lugares que no tienen acceso al mar, los paisajes retirados, los terrenos salvajes. El mar jamás me ha interesado lo más mínimo. ¿Os acordáis de lo que dice Homero sobre los arcadios? «No utilizaban los barcos para nada...»

—Eso te pasa porque creciste en el Medio Oeste —sugirió Charles.

—Pero según eso, tendrían que gustarme los terrenos planos y las llanuras. Y no es así. Las descripciones de Troya que hay en la *Ilíada* me parecen horribles: todo llanuras y sol abrasador. No.

A mí siempre me ha atraído el terreno salvaje, escarpado. Las lenguas más extrañas proceden de lugares así, igual que las más extrañas mitologías, y las ciudades más antiguas, y las regiones más bárbaras. Pan nació en las montañas, por ejemplo. Y Zeus. «En Parrhasia fue donde Rheis te tuvo —dijo con aire soñador; luego continuó en griego—: donde había una colina protegida por la más densa maleza…»

Había oscurecido. Nos rodeaba un paisaje velado y misterioso, silenciado por la oscuridad y la bruma. Era una zona remota, poco transitada, un paisaje rocoso con densos bosques, sin el pintoresco atractivo de Hampden y sus suaves colinas, sus chalets de esquí y sus tiendas de antigüedades; era un sitio peligroso y agreste; un lugar dejado de la mano de Dios.

Francis, que conocía el terreno mejor que el resto de nosotros, nos había asegurado que cerca de allí había una taberna, pero parecía mentira que pudiera haber algo habitado a menos de cincuenta millas a la redonda. Entonces, después de una curva, los faros iluminaron un letrero de metal oxidado con señales de bala que informaba de que habíamos llegado a la Hoosatonic Inn, cuna de la tarta *à la mode*.

El edificio estaba rodeado por un porche desvencijado —mecedoras viejas, pintura resquebrajada—. Dentro había un recibidor que era una mezcla de muebles de caoba y de terciopelo apolillado, cabezas de venado, calendarios de estación de servicio, y una amplia colección de salvamanteles conmemorativos del bicentenario, enmarcados y colgados en la pared.

En el comedor solo había unos cuantos vecinos cenando. Cuando entramos, todos nos miraron con franca e inocente curiosidad, intrigados por nuestros trajes oscuros y nuestras gafas, por los gemelos con iniciales de Francis y por su corbata Charvet, por Camilla, con su corte de pelo masculino y su elegante chaquetón de astracán. Tal conducta colectiva tan abierta me sorprendió un poco —ni miradas fijas ni miradas de desaprobación—, hasta que pensé que seguramente aquella gente no había caído en la cuenta de que éramos de la universidad. Más cerca de Hampden nos habrían identificado como niñatos de la facultad, de esos que arman bullicio y no dejan propina. Pero aquí no éramos más que extraños en un sitio donde estos no abundaban.

Ni siquiera se acercaron a preguntarnos qué queríamos tomar. La cena apareció como por arte de magia: cerdo rustido, galletas, nabos y batido de maíz y mantequilla de nueces, servida en gruesos boles de porcelana con retratos de los presidentes (hasta Nixon).

Una vez servidos los platos, el camarero, un joven rozagante con las uñas mordisqueadas, nos preguntó tímidamente:

—¿Sois de Nueva York?

—No —contestó Charles, cogiendo la bandeja de galletas que Henry le había alargado—. De aquí.

—¿De Hoosatonic?

—No. De Vermont.

—¿No sois de Nueva York?

—No —repitió Francis con simpatía, y empezó a cortar su rustido—. Yo soy de Boston.

—Ah, yo he estado en Boston —dijo el chico, impresionado.

Francis le sonrió cortésmente y cogió un plato.

—Seguro que os gustan los Red Sox.

—Sí, a mí sí —dijo Francis—. Mucho. Pero por lo visto nunca ganan, ¿no?

—A veces sí. Aunque supongo que nunca ganarán las series.

Seguía de pie junto a nuestra mesa, intentando pensar en algo más que decir. Henry lo miró.

—Siéntate —le dijo de pronto—. ¿Por qué no comes algo con nosotros?

El chico vaciló un poco, pero al final cogió una silla y se sentó, aunque no quiso comer nada; nos dijo que el comedor cerraba a las ocho, y seguramente ya no entraría nadie.

—Estamos apartados de la carretera —dijo—. Y aquí la gente se acuesta temprano.

Nos dijo que se llamaba John Deacon; tenía veinte años —mi edad—, y había terminado el bachillerato en el instituto Equinox de Hoosatonic hacía solo dos años. Después de graduarse había trabajado en la granja de su tío; aquel empleo de camarero era nuevo, únicamente lo hacía en invierno.

—Solo llevo tres semanas aquí —dijo—. No está mal. Y me dan las comidas.

Henry, a quien en general no le gustaban los *hoi polloi* —una categoría que en su opinión incluía a personas que iban de los adolescentes con equipos de música al decano de la Universidad de Hampden, un hombre adinerado licenciado en estudios americanos por la Universidad de Yale—, sentía en cambio una genuina simpatía por la gente pobre, la gente sencilla, del campo. Los funcionarios de Hampden lo despreciaban, pero los porteros, los jardineros y los cocineros lo admiraban. Aunque Henry no los trataba como a sus iguales —la verdad es que no trataba a nadie como a un igual—, tampoco recurría a la simpatía condescendiente de los ricos. «Creo que somos mucho más hipócritas sobre la enfermedad y sobre la pobreza que la gente de épocas más antiguas —recuerdo haberle oído decir a Julian en una ocasión—. En Estados Unidos, los ricos intentan hacer ver que los pobres son iguales que ellos en todos los aspectos salvo el dinero, y eso, sencillamente, no es cierto. ¿Recuerda alguien la definición de justicia que hace Platón en la *La república*? En una sociedad, la justicia consiste en que cada nivel de una jerarquía funcione en el lugar que le corresponde y esté satisfecho con él. El hombre pobre que pretende superar su estatus solo consigue hacerse innecesariamente desdichado. Y los pobres inteligentes siempre lo han sabido, igual que los ricos inteligentes.»

Ahora no estoy tan seguro de que eso sea cierto —porque si lo es, ¿qué pasa conmigo?, ¿tendría que haberme quedado en Plano limpiando parabrisas?—, pero sin duda Henry tenía tanta confianza en sus propias capacidades y en su posición en el mundo, y se sentía tan cómodo con ellas, que tenía la extraña virtud de hacer que los otros (incluido yo) se sintieran cómodos con sus respectivas posiciones, más bajas, fueran cuales fuesen. En general, a la gente pobre le impresionaba su conducta, salvo quizá los aspectos más ambiguos y admirativos; y de ese modo podían ver más allá, podían ver al verdadero Henry, al Henry que yo conocía, taciturno, educado, tan sencillo y franco, en muchos aspectos, como ellos mismos. Henry compartía ese don con Julian, al que la gente del campo que vivía a su alrededor admiraba profundamente, de forma parecida a como uno se imagina que los pobres de Comum y de Tifernum debían de admirar a Plinio.

Henry y el chico pasaron gran parte de la cena hablando en tono confidencial —y, para mí, desconcertante— sobre los terrenos que rodeaban Hampden y Hoosatonic —divisiones, urbanización, precio del acre, terrenos agrestes sin cultivar, títulos y quién era el dueño de qué— mientras el resto comíamos y escuchábamos. Era la típica conversación que se podría oír en cualquier estación de servicio o tienda de comestibles rurales, pero hizo que me sintiera extrañamente feliz y en paz con el mundo.

Ahora, transcurrido el tiempo, encuentro extraño que aquel granjero muerto ejerciera tan poca influencia sobre una imaginación tan morbosa e histérica como la mía. Puedo imaginar las extravagantes pesadillas que semejante episodio habría podido provocar (abro la puerta de un aula, y veo una figura con camisa de franela y sin rostro macabramente apoyado contra un escritorio, o volviéndose para mirarme desde la pizarra), pero supongo que el hecho de que apenas pensara en él, y de que lo hiciera solo cuando algo o alguien me lo recordaba, es bastante significativo. Creo que a los otros les preocupaba igual o incluso menos que a mí, como demuestra el hecho de que todos se habían incorporado ya hacía tiempo a la vida normal. Aunque aquel asunto era monstruoso, el cadáver en sí no parecía más que un muñecote de atrezo, algo que unos tramoyistas hubieran sacado en la oscuridad y colocado a los pies de Henry y que apareció cuando se encendieron las luces; la imagen de aquel cadáver, con la mirada fija, inerte, cubierto de sangre seca, siempre me provocaba un pequeño *frisson* nervioso, pero aun así, parecía relativamente inofensivo comparado con la amenaza, persistente y mucho más real, que Bunny significaba.

Pese a su apariencia de amable y sólida estabilidad, Bunny era en realidad un personaje sumamente caótico. Eso se debía a varios motivos, pero sobre todo a su absoluta incapacidad para pensar en algo antes de hacerlo. Navegaba guiado únicamente por las tenues luces del impulso y la costumbre, convencido de que en su camino no aparecerían obstáculos que no pudieran ser esquivados improvisadamente. Pero ante las nuevas circunstancias surgidas a raíz del asesinato, su instinto le había fallado. Ahora que habían cambiado los faros de sitio, el piloto automático por el que se regía su mente resultaba inútil; avanzaba con dificultad, a la deriva, con las cubiertas inundadas, encallándose en bancos de arena, virando constantemente en una y otra dirección.

Supongo que a simple vista seguía siendo el de antes, un tipo jovial que saludaba a la gente dándole palmadas en la espalda, que comía Twinkies y HoHos en la sala de lectura de la biblioteca y que siempre dejaba sus libros de griego llenos de migas. Pero detrás de aquella fachada estaban produciéndose cambios concretos y bastante importantes, cambios que yo ya había empezado a sospechar, pero que fueron haciéndose más evidentes con el tiempo.

En muchos aspectos era como si no hubiera pasado nada. Asistíamos a clase, hacíamos nuestros ejercicios de griego, y por lo general nos las ingeniábamos para fingir entre nosotros y de cara a los demás que todo iba bien. Me parecía alentador que Bunny siguiera cumpliendo la rutina de siempre con tanta facilidad, pese a lo trastornado que estaba. Pero ahora comprendo que la rutina era lo único que lo sostenía. Era el único punto de referencia que le quedaba, y se aferraba a él con una tenacidad feroz, en parte por inercia y en parte porque no tenía nada con qué sustituirla. Supongo que, para los otros, la continuación de los viejos rituales era en cierto sentido una charada que servía para tranquilizar a Bunny; pero yo no lo veía así, y tampoco supe lo trastornado que estaba Bunny hasta que se produjo el siguiente episodio.

Estábamos pasando el fin de semana en casa de Francis. Aparte de la tensión, apenas perceptible, que por aquel entonces acompañaba a todas las actividades en que participaba Bunny, las cosas parecían ir bastante bien, y aquella noche, durante la cena, Bunny había demostrado estar de buen humor. Cuando fui a acostarme él todavía estaba abajo, bebiendo el vino que había sobrado en la cena y jugando a backgammon con Charles, y aparentemente era el mismo de siempre; pero de madrugada me despertaron unos fuertes gritos procedentes de la habitación de Henry, que se encontraba al final del pasillo.

Me incorporé y encendí la luz.

—A ti nada te importa, ¿verdad? —gritaba Bunny; a continuación oí un ruido estrepitoso, como si alguien hubiera tirado los libros del escritorio al suelo—. Nada. Solo te importas tú mismo, tú y tus malditos amigos. Me gustaría saber qué pensaría Julian, hijo de puta, si le dijera un par de… ¡No me toques! —chilló—. ¡Apártate!

Hubo más ruidos, como si volcaran muebles, y luego oí la voz de Henry, que hablaba deprisa y furioso. Pero Bunny gritaba más fuerte, tanto que estoy seguro de que despertó a toda la casa.

—¡Adelante! Intenta impedírmelo. No me das miedo. ¡Me das asco, marica asqueroso, nazi, judío de mierda!

Otro estruendo, esta vez de madera astillándose. Luego un portazo y unos pasos corriendo por el pasillo. Y por último sollozos, unos sollozos terribles, profundos y entrecortados.

Hacia las tres, cuando cesaron los ruidos y me disponía a apagar de nuevo la luz, oí pasos en el pasillo y, tras una pausa, llamaron a mi puerta. Era Henry.

—Madre mía —dijo, sorprendido de ver la cama de cuatro columnas deshecha y mi ropa esparcida por la alfombra—. Me alegro de que estés despierto. He visto la luz.

—¿Qué ha sucedido?

Se pasó una mano por el cabello despeinado.

—¿A ti qué te parece? —preguntó con gesto inexpresivo—. No lo sé, la verdad. Debo de haber hecho algo que le ha molestado, pero te juro que no lo sé. Estaba en mi cuarto, leyendo; ha entrado a pedirme un diccionario. Bueno, me ha pedido que le buscara algo en el diccionario y... ¿Por casualidad tienes una aspirina?

Me senté en un lado de la cama y revolví el cajón de la mesilla de noche, lleno de pañuelos, gafas y panfletos de ciencia cristiana pertenecientes a una de las ancianas parientas de Francis.

—No veo ninguna —dije—. ¿Qué ha pasado?

Henry suspiró y se dejó caer en una butaca.

—En mi habitación tengo aspirinas —dijo—. Están en una cajita en el bolsillo de mi gabardina. También hay una cajita de cápsulas azules. Y mis cigarrillos. ¿Te importa ir a buscarlo?

Estaba tan pálido y destrozado que me pregunté si se encontraría enfermo.

—¿Qué te pasa? —le pregunté.

—Yo no quiero entrar.

—¿Por qué?

—Porque Bunny se ha quedado dormido en mi cama.

Lo miré.

—Vaya, pues yo no...

Henry descartó mis palabras con un ademán cansado.

—No pasa nada. De verdad. No voy porque me encuentro mal. Está profundamente dormido.

Salí de la habitación sin hacer ruido y recorrí el pasillo. La habitación de Henry estaba al final. Me paré fuera con una mano en el pomo de la puerta, y oí el característico soplo de los ronquidos de Bunny.

Lo que vi me sorprendió, pese a lo que había oído hacía un rato: había libros esparcidos por todo el suelo de la habitación; la mesilla de noche estaba volcada; los restos de una silla negra de Malaca reposaban junto a una pared. La pantalla de la lámpara de pie, torcida, —proyectaba una luz extraña e irregular. Bunny estaba en el centro de aquel caos, con la cara apoyada en el codo de su chaqueta de tweed y un pie, calzado todavía, colgando del borde de la cama; tenía la boca abierta y los ojos hinchados, que sin las gafas parecían raros, y hacía mucho ruido al respirar. Cogí las cosas que Henry me había pedido y me marché tan deprisa como pude.

Al día siguiente, Bunny bajó tarde, con los ojos enrojecidos y aire taciturno, mientras Francis, los gemelos y yo desayunábamos. Ignoró por completo nuestros tensos saludos y se dirigió directamente al armario a prepararse un bol de cereales. Luego se sentó a la mesa sin pronunciar palabra. En medio de aquel súbito silencio, oí al señor Hatch entrar por la puerta principal. Francis se levantó inmediatamente y pidió disculpas; luego los oí murmurar en el vestíbulo mientras Bunny, malhumorado, masticaba sus cereales. Pasaron unos minutos. Estaba mirando de reojo a Bunny, ocupado con su bol, cuando de pronto vi la distante figura del señor Hatch por la ventana; caminaba por campo abierto, más allá del jardín, con las oscuras y churriguerescas ruinas de la silla de Malaca a cuestas para arrojarlas al cubo de la basura.

Esos arrebatos de histeria, aunque preocupantes, eran poco frecuentes. Pero ponían de manifiesto lo disgustado que estaba Bunny y lo desagradable que podía llegar a ponerse si se le provocaba. Era con Henry con quien estaba más enfadado; era Henry el que lo había traicionado; y Henry era siempre el destinatario de aquellos ataques. Y sin embargo, era a Henry al que mejor toleraba cotidianamente. Bunny solía estar siempre irritado con todos los demás, incluso conmigo. Podía ponerse hecho un basilisco con Francis, por ejemplo, a causa de un comentario que le pareciera presuntuoso, o tomarla inexplicablemente con Charles si este se ofrecía para comprarle un helado; pero con Henry no solía iniciar aquellas riñas insignificantes, tan triviales y arbitrarias. Y eso, pese al hecho de que Henry no se tomaba tantas molestias para aplacar las iras de Bunny como el resto de nosotros. Cuando salía a colación el tema del crucero —y sucedía bastante a menudo—, Henry le seguía el juego sin darle ninguna importancia, y sus respuestas eran mecánicas y falsas. A mí, la confiada expectación de Bunny me asustaba más que cualquier brote de ira; ¿cómo era posible que se engañara a sí mismo de aquella forma? ¿Cómo podía pensar que el viaje llegaría a realizarse, o que sería algo más que una pesadilla? Pero Bunny, feliz como un enfermo mental, se pasaba horas hablando de la Riviera, sin reparar en la tirantez de la mandíbula de Henry, ni en los silencios vacíos y ominosos que se producían cuando se cansaba de hablar y permanecía sentado, acariciándose la barbilla con aire soñador.

Por lo visto, Bunny sublimaba la cólera que le inspiraba Henry con sus relaciones con todos los demás. Era ofensivo, maleducado y violento con prácticamente toda persona con la que tuviera alguna relación. Nos llegaban noticias de su comportamiento por varios canales. Les tiró un zapato a unos hippies que estaban jugando a hackysack cerca de su ventana; acusó al chico que vivía en la habitación contigua a la suya de robarle el dentífrico, y estuvo a punto de pegarse con él; y llamó troglodita a una de las secretarias del despacho de becas. Supongo que para nosotros era una suerte que su amplio círculo de amistades no incluyera a mucha gente a la que tratara a diario. Julian lo veía a menudo, pero apenas tenía relación fuera de clase. Su amistad con Cloke Rayburn, su antiguo compañero de clase, era más preocupante; pero la más inquietante de todas era Marion.

Teníamos constancia de que Marion había detectado, igual que nosotros, el cambio de comportamiento de Bunny, y de que estaba preocupada y molesta. Si hubiera visto cómo se comportaba con nosotros, sin duda se habría dado cuenta de que ella no era el motivo; pero resulta que lo único que veía era citas canceladas, cambios de humor, malas caras y enfados infundados que aparentemente solo iban dirigidos a ella. ¿Estaría saliendo con otra? ¿Querría dejarlo? Una amiga suya del Early Childhood Center le dijo a Camilla que un día Marion había llamado a Bunny seis veces desde el despacho, y que la última vez él le había colgado.

«Ten piedad, Dios mío, haz que lo plante», dijo Francis, mirando al cielo, al oír aquella filtración. No se habló más de aquello, pero los observábamos cuidadosamente y rezábamos para que ocurriera. Si estuviera en su sano juicio, seguro que Bunny tendría la boca cerrada; pero ahora, con el subconsciente descontrolado haciendo estragos por los pasillos de su mente, no había forma de saber lo que era capaz de hacer.

A Cloke no lo veía con tanta frecuencia. Bunny y él tenían pocas cosas en común aparte de la escuela preparatoria, y Cloke —que iba con un grupo muy numeroso, y que además tomaba muchas drogas— era bastante egocéntrico; no parecía que tuviera que preocuparse demasiado por el comportamiento de Bunny, ni siquiera que fuera a notar algo raro en él. Cloke vivía en el edificio contiguo al mío, la residencia Durbinstall —apodada Dalmane Hall por los guasones del campus; era el bullicioso centro de lo que la administración llamaba una «actividad relacionada con los narcóticos», y sus visitas allí solían verse interrumpidas por explosiones y pequeños incendios que eran la consecuencia de los experimentos que realizaban los estudiantes de química con diferentes tipos de drogas—, y afortunadamente para nosotros, Cloke vivía en la parte delantera de la planta baja. Como siempre tenía las persianas abiertas y no había árboles cerca, podíamos sentarnos tranquilamente en el porche de la biblioteca, a unos pocos pies de distancia, y disfrutar de una lujuriosa y clarísima vista de Bunny, que, enmarcado por la ventana, leía cómics, boquiabierto, o hablaba agitando los brazos con un Cloke invisible.

«Me gusta saber adónde va», decía Henry. Pero lo cierto es que era bastante fácil seguirle la pista a Bunny. Supongo que porque también él intentaba no perder de vista a los otros, y especialmente a Henry, por mucho tiempo.

Y si a Henry lo trataba con deferencia, éramos el resto de nosotros los que nos veíamos obligados a soportar el agotador y cotidiano peso de su ira. La mayor parte del tiempo lo único que hacía era ponernos nerviosos: por ejemplo, con sus frecuentes peroratas contra la Iglesia católica. La familia de Bunny era episcopalista, y mis padres, que yo sepa, no tenían ninguna filiación religiosa; pero Henry, Francis y los gemelos habían sido educados en el catolicismo; y aunque ninguno iba a misa, las ignorantes e inagotables blasfemias de Bunny no les hacían ninguna gracia. Le encantaba contar historias sobre monjas corruptas, niñas católicas guarras, curas pederastas. («Y el cura le dice al monaguillo Tim Mulrooney —un chaval de nueve años que iba a mi grupo de boy scouts—: "Hijo mío, ¿quieres venir a ver dónde dormimos los sacerdotes por la noche?"») Relataba escandalosas y elaboradas historias de las perversiones de varios Papas; nos informaba acerca de puntos poco conocidos de la doctrina católica; divagaba sobre las conspiraciones del Vaticano, ignorando las objeciones de Henry y los apartes acerca de los nuevos ricos protestantes murmurados por Francis.

Lo peor era cuando la tomaba con una persona en particular. Tenía una habilidad para saber qué tema tocar y en qué momento para herir y ofender al máximo. Charles tenía buen carácter y no se enfadaba fácilmente, pero a veces las diatribas anticatólicas de Bunny lo alteraban tanto que la taza de té que sostenía en la mano temblaba sobre el platillo. También le afectaban los comentarios acerca de su afición a la bebida. La verdad es que Charles bebía mucho. Todos bebíamos, y sin embargo, aunque él no cometía excesos exagerados, con frecuencia yo había detectado olor a licor en su aliento a horas poco adecuadas; o al pasar por su casa sin avisar a primera hora de la tarde me lo encontraba con un vaso en la mano; lo cual, por otra parte, era comprensible, dadas las circunstancias. Bunny se divertía fingiendo una gran preocupación, que acompañaba con sarcásticos comentarios sobre alcohólicos y borrachos. Llevaba una cuenta exagerada del consumo de alcohol de Charles. Dejaba cuestionarios («¿Tiene usted a veces la impresión de que necesita una copa para acabar el día?») y panfletos (niño pecoso mirando lastimeramente a su madre y preguntándole: «Mami, ¿qué es un borracho?») en el buzón de Charles, y una vez llegó a darle su nombre al representante de Alcohólicos Anónimos del campus, con lo cual Charles fue víctima de una lluvia de octavillas y llamadas telefónicas e incluso una visita personal del bienintencionado representante.

Con Francis, en cambio, las cosas eran más mordaces y desagradables. Todos sabíamos que Francis era gay, pero nadie lo mencionaba jamás. Aunque no era muy promiscuo, de vez en cuando desaparecía bastante misteriosamente de una fiesta; y en una ocasión, cuando casi acabábamos de conocernos, me hizo una sutil pero inconfundible insinuación. Ocurrió una tarde en que nos quedamos solos en un bote, borrachos. Se me había caído un remo, y cuando intentaba recuperarlo sentí sus dedos acariciando de forma casual pero deliberada mi mejilla. Levanté la mirada, perplejo, y nos miramos fijamente, mientras el bote se tambaleaba, con el remo ya perdido. Me puse muy nervioso; aturdido, aparté la mirada, y de pronto, sorprendentemente, Francis se echó a reír de mi apuro.

—¿No? —me dijo.

—No —le contesté, aliviado.

Podría presumirse que aquel episodio enfrió en cierta medida nuestra amistad. Dudo que a nadie que haya dedicado tanta energía al estudio de los clásicos pueda preocuparle demasiado la homosexualidad, y sin embargo es un tema con el que no me siento nada cómodo si me afecta directamente. Francis me caía bastante bien, pero siempre me había sentido incómodo en su compañía; curiosamente, fue aquella insinuación suya lo que aclaró las cosas entre nosotros. Supongo que yo me temía que era inevitable que acabaría pasando. En cuanto aquella posibilidad quedó descartada, empecé a sentirme perfectamente cómodo a solas con él, incluso en las situaciones más dudosas: borrachos, o en su apartamento, o apretujados en el asiento trasero del coche.

Pero con Francis y Bunny era diferente. No les importaba estar juntos siempre que hubiera más gente, aunque cuando pasabas algún tiempo con cualquiera de ellos te dabas cuenta de que casi nunca hacían nada juntos ni se veían ellos dos solos. Yo sabía el motivo, todos lo sabíamos. Sin embargo, nunca pensé que no se tuvieran, en cierto sentido, un aprecio sincero, ni que los antipáticos chistes de Bunny ocultaran una profunda y muy aguda malicia hacia Francis en particular.

Creo que la sorpresa más desagradable es la que te llevas cuando descubres algo de lo que no te habías enterado. Yo nunca había considerado, aunque habría podido hacerlo, que aquellos estúpidos prejuicios de Bunny que yo encontraba tan divertidos no tenían nada de irónico, sino que eran terriblemente serios.

No es que Francis, en circunstancias normales, no fuera perfectamente capaz de cuidar de sí mismo. Era irascible y tenía una lengua terrible, y, aunque habría podido poner a Bunny en su sitio, se controlaba. Todos teníamos presente aquel metafórico frasco de nitroglicerina que Bunny llevaba encima día y noche y al que, de vez en cuando, nos permitía echarle un vistazo, para que nadie olvidara que lo llevaba siempre consigo, y que podía tirarlo al suelo cuando se le antojara.

La verdad es que no tengo ánimo para relatar todas las vilezas que le dijo y le hizo a Francis, las bromas pesadas, los comentarios sobre mariquitas, el humillante y público torrente de preguntas sobre sus costumbres y preferencias: preguntas clínicas e increíblemente detalladas referidas a cosas como enemas, jerbos y bombillas incandescentes.

«Solo una vez —recuerdo haberle oído mascullar a Francis—. Aunque solo fuera una vez, me gustaría...»

Pero nadie podía decir ni hacer absolutamente nada.

En aquella época yo era absolutamente inocente de crímenes contra Bunny o contra la humanidad, y por tanto no tenía por qué convertirme en objetivo de su fuego indiscriminado. Pero desgraciadamente —más para él que para mí— también la tomó conmigo.

¿Cómo pudo no ver el peligro que corría al anular la única parte imparcial, su único aliado en potencia? Porque a mí me caían bien los otros, pero Bunny también, y no me habría unido tan rápidamente a los otros si él no se hubiera vuelto contra mí con tanta ferocidad. Puede que él justificara aquello con los celos; su posición en el grupo había empezado a decaer casi coincidiendo con mi llegada; su resentimiento era de lo más primario e infantil, y estoy seguro de que nunca habría salido a la luz de no haber caído Bunny en un estado tan paranoide, incapaz de distinguir a sus amigos de sus enemigos.

Lo fui aborreciendo poco a poco. Despiadado como un perro de caza, captaba con un instinto rápido e infalible el rastro de todo aquello que hacía que me sintiera inseguro, todo aquello que más me esmeraba por ocultar. Había ciertos juegos repetitivos y sádicos que le gustaba poner en práctica conmigo. Le encantaba tentarme a decir mentiras: «Bonita corbata —me decía—. Es Hermès, ¿no?» Yo asentía, y él alargaba la mano por encima de la mesa y exponía el humilde linaje de mi corbata. O en medio de una conversación, de pronto se interrumpía y me decía: «Oye, Richard, ¿cómo es que no tienes ninguna fotografía de tu familia por aquí?».

Era el típico detalle de que se valía. Su habitación estaba abarrotada de recuerdos de familia, todos ellos impecables como fotos de anuncio: Bunny y sus hermanos, agitando en el aire palos
de lacrosse en un luminoso campo blanco y negro; fotografías de
Navidad, unos padres elegantes con lujosas batas, cinco chiquillos
rubios con pijamas idénticos rodando por el suelo con un alegre
spaniel, y un tren de juguete ridículamente grande, y el suntuoso
árbol al fondo; la madre de Bunny en su puesta de largo, joven y
arrogante, tocada de visón blanco.

«¿Qué pasa? —preguntaba con fingida inocencia—. ¿Acaso no
hay cámaras en California? ¿O es que no te gusta que tus amigos
vean a tu mamá con un vulgar traje chaqueta? Por cierto, ¿dónde
estudiaron tus padres? —me decía, interrumpiéndome antes de
que pudiera responder—. ¿Son de la Ivy League? ¿O fueron a una
especie de universidad estatal?»

Aquellas crueldades eran de lo más gratuito. Las mentiras que
yo contaba acerca de mi familia eran comedidas, pero no podía
soportar tan violentos ataques. Ni mi padre ni mi madre habían
terminado el bachillerato; mi madre, efectivamente, llevaba un
traje chaqueta, se los compraba a un mayorista. En la única fotografía que tenía de mi madre, una instantánea, ella aparecía sonriendo, borrosa, a la cámara, con una mano sobre la Cyclone y la
otra sobre el nuevo cortador de césped de mi padre. Evidente, la máquina era el motivo de que me hubiera enviado la fotografía, pues
mi madre había pensado que me interesaría la adquisición; yo la
conservaba porque era la única fotografía que tenía de mi madre,
y la guardaba entre las páginas de un diccionario Webster (en la
M de madre), que tenía en el escritorio. Pero una noche me levanté de la cama, consumido repentinamente por el temor de que

Bunny se pusiera a revolver mi habitación y la encontrara. Ningún escondite parecía lo bastante seguro. Finalmente la quemé en un cenicero.

Estas inquisiciones privadas ya eran bastante desagradables, pero no tengo palabras para expresar los tormentos que sufrí cuando decidió acosarme con su arte en público. Ahora Bunny está muerto, *requiescat in pace*, pero jamás olvidaré un entreacto de sadismo al que me sometió en el apartamento de los gemelos.

Bunny llevaba varios días insistiendo en que le dijera a qué escuela preparatoria había ido. No sé por qué, no quise revelar sencillamente la verdad: la escuela pública de Plano. Francis había estudiado en colegios sumamente exclusivos de Inglaterra y Suiza, y Henry en sus equivalentes norteamericanos, antes de abandonar los estudios definitivamente sin haber terminado el bachillerato; pero los gemelos habían ido a una pequeña escuela rural de Roanoke, y hasta el tan venerado Saint Jerome de Bunny no era otra cosa que un colegio caro de enseñanza especial, el tipo de sitio que anuncian en la contraportada del *Town and Country* ofreciendo atención especializada para estudiantes con problemas. En aquel contexto, mi escuela no era particularmente vergonzosa, y sin embargo rehuí aquella pregunta cuanto pude hasta que finalmente, encontrándome entre la espada y la pared, le dije que había ido al Renfrew Hall, una escuela para niñatos, pero no demasiado conocida, cerca de San Francisco.

Aquello pareció satisfacerlo, pero un día, para gran inquietud mía, Bunny volvió a sacar el tema delante de todo el mundo.

—Así que estudiaste en Renfrew —dijo con aire amistoso, volviéndose hacia mí y metiéndose un puñado de pistachos en la boca.

—Sí.

—¿Cuándo te graduaste?

Le dije la verdadera fecha de mi graduación en el instituto.

—Ah —dijo, masticando concienzudamente—. Entonces ibas al mismo curso que Von Raumer.

—¿Cómo?

—Alec. Alec von Raumer. De San Francisco. Es amigo de Cloke. El otro día estaba en su habitación y nos pusimos a hablar. Dice que en Hampden hay mucha gente del Renfrew.

Guardé silencio, con la esperanza de que lo dejaría ahí.

—Así que conoces a Alec.

—Sí, de vista.

—Es curioso. Él dice que no se acuerda de ti —dijo Bunny, alargando la mano para coger otro puñado de pistachos sin quitarme los ojos de encima—. No se acuerda para nada.

—Es un colegio bastante grande.

Se aclaró la garganta.

—¿Ah, sí?

—Sí.

—Von Raumer me dijo que era muy pequeño. Unos doscientos alumnos. —Hizo una pausa y se llevó otro puñado de pistachos a la boca, masticando mientras hablaba—. ¿En qué dormitorio dices que vivías?

—Qué más da. Seguro que no lo conoces.

—Von Raumer insistió en que te lo preguntara.

—Qué más da.

—Pero si no pasa nada, hombre —dijo Bunny amablemente—. Es que todo esto es muy raro, *n'est-ce pas*? Resulta que Alec y tú os pasasteis cuatro años juntos en ese minúsculo colegio, y él no te vio la cara ni una sola vez.

—Yo solo pasé dos años allí.

—¿Cómo es que no figuras en el anuario?

—Claro que figuro en el anuario.

—No, tu foto no sale.

Los gemelos no sabían dónde mirar. Henry estaba de espaldas, fingiendo que no escuchaba. De pronto, y sin darse la vuelta, dijo:

—¿Y tú cómo sabes si figura o no en el anuario?

—Me parece que yo jamás he salido en ningún anuario —dijo Francis, irritado—. No soporto que me hagan fotografías. Cada vez que intento…

Bunny no le prestó ninguna atención. Se recostó en la silla.

—Mira —me dijo—. Te doy cinco dólares si me dices el nombre del dormitorio en que vivías. —Me miraba fijamente, con unos ojos en los que brillaba la malicia.

Dije alguna incoherencia y a continuación, consternado, me levanté y me dirigí a la cocina a buscar un vaso de agua. Inclinado sobre el fregadero, me apoyé el vaso contra la sien. En el salón, Francis susurró algo que no alcancé a oír, pero con voz enojada, y entonces Bunny se rió descaradamente. Vacié el vaso en el fregadero y abrí el grifo para no tener que oír aquella risa.

¿Cómo es posible que una mente complicada, nerviosa y delicadamente calibrada como la mía pudiera reajustarse perfectamente después de un shock tan brutal como el asesinato, mientras que la de Bunny, evidentemente más tosca y ordinaria, quedó totalmente desencajada? A veces todavía me lo pregunto. Si lo que Bunny buscaba de verdad era vengarse, habría podido hacerlo fácilmente y sin exponerse. ¿Qué esperaba que iba a ganar con aquella especie de tortura, lenta y potencialmente explosiva, si es que se ima-

ginaba que tenía algún propósito, alguna meta? ¿O eran sus acciones tan inexplicables para él como para nosotros?

Tal vez no fueran tan inexplicables. Porque, como Camilla señaló en una ocasión, lo peor de todo esto no era que Bunny hubiera sufrido un cambio total de personalidad, una especie de crisis esquizofrénica, sino que varios elementos desagradables de su
personalidad que hasta entonces solo habíamos intuido se habían
orquestado y magnificado hasta un grado increíble. Por muy desagradable que fuera su comportamiento, ya lo habíamos visto
antes, aunque no de aquella forma tan concentrada y virulenta.
Siempre, incluso en los momentos más joviales, se había reído de
mi acento californiano, de mi abrigo de segunda mano, y de la
llamativa ausencia de *bibelots* en mi habitación, pero de una forma tan ingeniosa que yo solo podía reírme. («Madre mía, Richard
—exclamaba, cogiendo del suelo uno de mis zapatos y metiendo
un dedo por el agujero de la suela—. ¿Pero de qué vais en California? Cuanto más ricos, más andrajosos. Ni siquiera vais al barbero. En cuanto me despiste, llevarás el cabello por los hombros y te
pasearás por ahí envuelto en harapos como Howard Hughes.»)
Jamás se me ocurrió ofenderme; aquel era Bunny, mi amigo, que
tenía menos dinero de bolsillo que yo y que además llevaba un
desgarrón enorme en los pantalones. En parte, mi horror ante su
nuevo comportamiento se debía al hecho de que se parecía muchísimo al viejo y francamente simpático estilo con que solía
bromear conmigo, y su olvido de las normas me sorprendió y me
enfureció tanto como si, de tener por costumbre practicar un
poco de boxeo, me hubiera acorralado y me hubiera golpeado
hasta dejarme inconsciente.

Y a pesar de todo eso, el viejo Bunny, al que yo conocía y quería, seguía existiendo. A veces, cuando lo veía a lo lejos —con las manos en los bolsillos, silbando, paseando con su paso saltarín—, sentía una aguda punzada de afecto mezclado de arrepentimiento. Lo perdonaba una y mil veces, y nunca basándome en nada más sólido que una mirada, un gesto, cierta inclinación de su cabeza. Entonces parecía imposible que alguien pudiera haberse enfadado jamás con él, cualquiera que fuese la falta que hubiera cometido. Aquellos eran, desgraciadamente, los momentos en que él se decidía a atacar. Estaba de lo más amistoso y encantador, charlando distraídamente, cuando de pronto, sin abandonar aquel tono distendido, se recostaba en la silla y salía con algo tan horrendo, tan ruin, tan incontestable, que yo me prometía no olvidarlo, y no volver a perdonarle nunca. Rompí aquella promesa en numerosas ocasiones. He estado a punto de decir que era una promesa que finalmente tuve que cumplir, pero eso no es del todo cierto. Ni siquiera hoy en día logro sentir nada parecido al odio cuando pienso en Bunny. La verdad es que nada me gustaría más que verlo entrar en la habitación ahora mismo, con las gafas empañadas y oliendo a lana mojada, sacudiéndose la lluvia del cabello como un perro y diciendo: «Oye, Dickie, ¿qué tienes para darle a un tipo sediento?».

Me gustaría pensar que hay algo de cierto en el tópico *amor vincit omnia*. Pero si algo he aprendido en esta corta y triste vida, es que ese tópico es mentira. El amor no lo conquista todo. Y el que lo crea es un insensato.

A Camilla la atormentaba sencillamente por ser una chica. Ella era, en ciertos aspectos, su víctima más vulnerable, no a causa de ningún defecto propio, sino sencillamente porque en el mundo griego, en general, las mujeres son criaturas inferiores, a las que se mira pero no se escucha. Esta opinión, común entre los argivos, estaba tan enraizada que llegó a impregnar incluso el idioma; no se me ocurre mejor ejemplo que el hecho de que uno de los primeros axiomas que aprendí en gramática griega es que los hombres tienen amigos, las mujeres tienen parientes, y los animales tienen a sus semejantes.

Bunny defendía esa opinión, y no atraído por la pureza helénica, sino simplemente movido por su maldad. No le gustaban las mujeres, no disfrutaba en su compañía, y hasta a Marion, su reconocida *raison d'être*, la toleraba a regañadientes, como si fuera una concubina. Con Camilla se veía obligado a adoptar una postura ligeramente más paternalista, y se dirigía a ella con condescendencia, como si fuera una niña tonta. Ante nosotros se quejaba diciendo que Camilla estaba fuera de lugar, y que era un estorbo para el estudio. Nosotros lo encontrábamos divertido. A decir verdad, ninguno de nosotros, ni siquiera el más inteligente, iba a tener ningún futuro académico: Francis era demasiado perezoso, Charles demasiado difuso, y Henry demasiado caótico y extravagante, una especie de Mycroft Holmes de la filología clásica. Camilla no era una excepción; como yo, prefería secretamente los placeres fáciles de la literatura inglesa a la laboriosidad del griego. Lo gracioso era que el pobre Bunny se preocupaba por la capacidad intelectual de los demás.

Para ella debía de ser difícil ser la única mujer de un club de hombres. Milagrosamente, no intentaba compensar la desigualdad siendo pesada o peleona. Todavía era una niña, una niña menuda y encantadora que se echaba en la cama y se ponía a comer chocolatinas, una niña cuyos cabellos olían a jacinto y cuyos pañuelos blancos ondeaban, joviales, agitados por la brisa; la niña más fascinante e inteligente del mundo. Pero con todo lo extraña y maravillosa que era —un vestigio de seda en un amasijo de lana negra—, no era la criatura frágil que aparentaba ser. Era, en muchos aspectos, tan fría y competente como Henry; testaruda y de hábitos solitarios, y muchas veces reservada. Cuando íbamos al campo, no era raro descubrir que se había escabullido sola y se había ido al lago, o al sótano, donde una vez me la encontré sentada en aquel enorme trineo abandonado, leyendo con el abrigo de piel encima de las rodillas. Sin ella, las cosas habrían sido terriblemente extrañas y desequilibradas. Ella era la reina que completaba el oscuro juego de valets, rey y joker.

Creo que el motivo por el que yo encontraba tan fascinantes a los gemelos era que tenían algo un poco inexplicable, algo que muchas veces estuve a punto de captar pero que siempre acababa escapándoseme. Charles, un espíritu amable y ligeramente etéreo, era una especie de enigma, pero Camilla era un verdadero misterio, inescrutable. Yo nunca estaba seguro de lo que ella pensaba, y sabía que Bunny la entendía todavía menos que yo. En los buenos tiempos, Bunny solía ofenderla con su torpeza, sin proponérselo siquiera; pero cuando las cosas se complicaron, intentaba insultarla y rebajarla por todos los medios, aunque casi nunca daba en el blanco. Los comentarios maliciosos acerca de su aspecto no la afectaban en absoluto; ella miraba fijamente a Bunny, sin pestañear, mientras él contaba los chistes más humillantes y vulgares; se reía si intentaba insultar su gusto o su inteligencia; ignoraba sus frecuentes discursos, salpicados de citas eruditas erróneas que debía de haberle costado un gran trabajo encontrar, y con los que pretendía demostrar que todas las mujeres eran categóricamente inferiores a él: no habían sido creadas, como él, para la filosofía, el arte y el razonamiento elevado, sino para conseguir un marido, y llevar la casa.

Solo en una ocasión le vi llegar a molestarla. Estábamos en el apartamento de los gemelos, y era muy tarde. Afortunadamente, Charles había salido a buscar hielo con Henry; había bebido mucho, y si hubiera estado allí la situación se habría complicado. Bunny estaba tan borracho que apenas se sostenía en la silla. Había estado toda la noche de un humor pasable, pero entonces, sin avisar, miró a Camilla y le dijo:

—¿Cómo es que tu hermano y tú vivís juntos?

Ella se encogió de hombros, aquel gesto tan especial de los gemelos.

—Dímelo.

—Porque es cómodo —dijo Camilla—. Y barato.

—Pues yo lo encuentro de lo más raro.

—Hemos vivido juntos toda la vida.

—Pero no disponéis de mucha intimidad, ¿verdad que no? En un piso pequeño como este... Debéis de estar todo el día el uno encima del otro.

—Hay dos dormitorios.

—¿Y qué hacéis cuando por la noche, de pronto, os sentís solos?

Hubo un breve silencio.

—No sé qué estás insinuando —dijo Camilla con frialdad.

—Claro que sí —dijo Bunny—. Cómodo, dices. Ya. Y muy clásico. Los griegos se lo montaban entre hermanos y hermanas por todo lo alto —dijo, cogiendo al vuelo el vaso de whisky que estuvo a punto de caerse del brazo de su silla—. Va contra la ley y todo eso —añadió—, pero a vosotros qué más os da. Una vez violada una ley, por qué no violar todas las demás, ¿no?

Yo estaba perplejo. Francis y yo nos quedamos mirando a Bunny, atónitos, mientras él, como si nada, se bebía el whisky y volvía a llenar el vaso.

Me llevé una gran sorpresa cuando Camilla, cáustica, le respondió:

—No deberías suponer que me acuesto con mi hermano solo porque no me acueste contigo.

Bunny emitió una discreta y desagradable risa.

—Yo no me acostaría contigo ni que me pagaran, nena —dijo—. Ni por todo el oro del mundo.

Ella lo miró con ojos absolutamente inexpresivos. Luego se levantó y se dirigió a la cocina, dejándonos a Francis y a mí ante uno de los silencios más embarazosos que jamás he experimentado.

Difamaciones religiosas, berrinches, insultos, coacciones, deudas, cosas en realidad insignificantes, meros elementos desestabilizadores; demasiado tontas, se diría, para mover a cinco personas razonables a cometer un asesinato. Sin embargo, tengo que decir que hasta que colaboré en matar a un hombre no sabía lo escurridizo y complejo que puede llegar a ser un asesinato, y no necesariamente atribuible a un solo y dramático motivo. Sería muy fácil imputarlo a un motivo así. Había uno, sin duda. Pero el instinto de supervivencia no es un instinto tan apremiante como podría parecer. Después de todo, el peligro que Bunny representaba no era inmediato, sino lento y progresivo, un tipo de peligro que, por lo menos en teoría, podía posponerse o distraerse de varias formas. No me cuesta imaginarnos allí, en el lugar y en el momento acordados, deseando, de pronto, planteárnoslo de nuevo, quizá incluso concediendo un desastroso indulto de última hora. El temor por nuestras propias vidas pudo habernos inducido a llevarlo al patíbulo y ponerle la soga al cuello, pero fue necesario un ímpetu más urgente que nos hiciera continuar y darle una patada a la silla.

Sin darse cuenta, Bunny nos había facilitado ese ímpetu. Me gustaría decir que hice lo que hice movido por algún motivo trágico y abrumador. Pero faltaría a la verdad si les hiciera creer que aquel domingo por la tarde del mes de abril me sentí movido por algo parecido.

Una pregunta interesante: ¿qué pensaba yo, mientras lo veía abrir los ojos con sorpresa e incredulidad («Venga, tíos, es una broma, ¿no?») por última vez? No en el hecho de que estaba ayudando a salvar a mis amigos, ni hablar; no en el miedo; no en la culpa. Pensaba en cosas insignificantes. En los insultos, las indirectas, las crueldades. En los cientos de pequeñas humillaciones sin vengar que llevaban meses acumulándose en mí. Solo pensaba en eso. Y por tal razón pude mirarlo a la cara, sin el más leve asomo de lástima o arrepentimiento, cuando vaciló en el borde del barranco durante lo que me pareció una eternidad —agitando los brazos, con los ojos saliéndose de las órbitas, como un cómico de película muda resbalando con una piel de plátano— antes de caer hacia atrás, hacia la muerte.

Yo sabía que Henry tenía un plan. Pero no sabía en qué consistía. Siempre desaparecía para hacer misteriosos recados, y quizá los de ahora no fueran diferentes a los de siempre; pero yo, deseoso de pensar que por lo menos alguien llevaba las riendas de la situación, les atribuía un cierto y esperanzado significado. Muchas veces se negaba a abrir la puerta, incluso a altas horas de la noche, cuando había una luz encendida y yo sabía que estaba en su casa; en más de una ocasión se presentó tarde a cenar, con los zapatos mojados, el cabello despeinado y barro en el borde de sus impecables pantalones oscuros. En el asiento trasero de su coche apareció un misterioso montón de libros, en un idioma oriental parecido al árabe, con el sello de la biblioteca del Williams College. Aquello era muy desconcertante, pues no me parecía que Henry supiera árabe; y dudaba de que tuviese derecho a retirar libros del Williams College. Subrepticiamente, le eché un vistazo a la solapa de uno de ellos: la tarjeta seguía allí, y la última persona en retirarlo de la biblioteca había sido un tal F. Lockett, en 1929.

Pero creo que lo que más me extrañó fue lo que vi una tarde que Judy Poovey me llevó en su Corvette a Hampden. Yo quería llevar ropa a la tintorería, y Judy, que iba a la ciudad, se ofreció a acompañarme. Habíamos hecho nuestros recados, y también nos habíamos hecho nuestras rayas de cocaína en el aparcamiento del Burger King, y estábamos parados en un semáforo en rojo escuchando una música horrible («Free Bird») por la emisora de radio de Manchester, y Judy, que era una charlatana empedernida, iba hablando de un par de tíos que conocía y que habían follado en el Food King («¡En la mismísima tienda! ¡En el pasillo de los congelados!»), cuando de pronto miró por la ventanilla y se rió. («Mira —me dijo—. ¿No es aquel tu amigo, el cuatroojos?»)

Sorprendido, me incliné hacia delante. En la otra acera había un pequeño mercadillo donde vendían pipas de agua, tapices, pósters psicodélicos y todo tipo de hierbas e inciensos. Yo nunca había visto a nadie en aquella tienda, salvo al triste hippy con gafas de abuelita, un licenciado de Hampden, que la regentaba. Pero ahora vi a Henry —traje negro y paraguas— entre los mapas celestes y los unicornios. Estaba de pie junto al mostrador, mirando una hoja de papel. El hippy fue a decirle algo, pero Henry no le hizo caso y señaló algo que había detrás del mostrador. El hippy se encogió de hombros y cogió una botellita de un estante. Me quedé mirándolos, casi sin aliento.

—¿Qué crees que está haciendo ahí, intentando atormentar a ese pobre colgado? Qué sitio tan asqueroso, por cierto. Una vez entré a comprar una báscula, pero no tenían. Solo había bolas de cristal y mierdas de esas. ¿Sabes esa balanza verde que tengo...? Oye, tú, no me escuchas —se quejó al ver que yo seguía mirando por la ventanilla. El hippy se había agachado y estaba buscando algo detrás del mostrador—. ¿Quieres que toque la bocina?

—¡No! —grité, exaltado por la cocaína, y le aparté la mano de la bocina.

Judy se llevó una mano al pecho.

—¡Oye, que me has asustado! Mierda, estoy histérica. Esa coca estaba cortada con metadrina o algo así. Vale, tío, vale —dijo, irritada, cuando el semáforo se puso verde y el camión que teníamos detrás hizo sonar la bocina.

Libros de árabe robados, un mercadillo de la ciudad... No me imaginaba qué podía estar haciendo Henry, pero por muy incongruentes que parecieran sus actos, yo tenía una fe infantil en él, y lo observaba tan confiadamente como el doctor Watson observaba las acciones de su ilustre amigo, sabiendo que al final acabaría por entender sus intenciones.

Y así fue. Ocurrió al cabo de un par de días.

Un jueves por la noche, hacia las doce y media, estaba en pijama intentando cortarme el cabello con la ayuda de un espejo y unas tijeras de uñas (nunca conseguía un corte decente; siempre me quedaba infantil y lleno de puntas, a lo Arthur Rimbaud), cuando llamaron a la puerta. Fui a abrir con las tijeras y el espejo en la mano. Era Henry.

—Hola —le dije—. Entra.

Henry entró con cuidado de no pisar los montoncitos de pelo diseminados por el suelo, y se sentó a mi escritorio. Me miré el perfil en el espejo y continué con las tijeras.

—¿Qué pasa? —le pregunté, estirando el brazo para cortar un largo mechón que me había quedado detrás de la oreja.

—Tú empezaste la carrera de medicina, ¿verdad?

Sabía que aquello era el preludio de alguna consulta relacionada con la salud. Mi único año de medicina solo me había proporcionado unos escasísimos conocimientos, pero los otros, que no sabían absolutamente nada de medicina, solían pedir mi opinión sobre sus males y dolencias, con el mismo respeto con que los salvajes consultan a su hechicero. Su ignorancia iba de lo enternecedor a lo llanamente asombroso; Henry sabía algo más que los demás, supongo que porque había estado enfermo a menudo, pero de vez en cuando también él me sorprendía con una pregunta perfectamente seria acerca del bazo y los humores.

—¿Te encuentras mal? —le dije, mirándolo por el espejo.

—Necesito una fórmula para hacer una dosis.

—¿Una fórmula para una dosis? ¿Una dosis de qué?

—Hay una fórmula genérica, ¿no? Una fórmula matemática que te indica la dosis adecuada que hay que administrar según la altura y el peso, o algo así.

—Depende de la concentración de la droga. Yo no puedo decírtelo. Tendrás que buscarlo en el *Physicians' Desk Reference*.

—No puedo.

—Es muy fácil.

—No es que no sepa. Lo que pasa es que no sale en el *Physicians' Desk Reference*.

—¿Estás seguro de lo que dices? Búscalo bien.

Por un momento no se oyó otra cosa que el chasquido de mis tijeras. Por fin Henry dijo:

—No me has entendido. Se trata de una sustancia que los médicos no suelen utilizar.

Dejé las tijeras y miré el reflejo de Henry en el espejo.

—Oye, Henry —le dije—. ¿Qué es lo que tienes? ¿LSD o algo así?

—Supongamos que sí —me contestó con calma.

Dejé el espejo y me volví para mirar a Henry:

—Henry, no creo que sea buena idea —dije—. No sé si te lo había dicho, pero he tomado LSD un par de veces. Cuando estudiaba segundo en el instituto. Fue el peor error que jamás…

—Ya sé que es difícil determinar la concentración de una droga así —dijo sin alterarse—. Pero supongamos que tenemos cierta evidencia empírica. Pongamos por caso que sabemos que una cantidad x de la droga en cuestión es suficiente para afectar a un animal de setenta libras, y que otra ligeramente mayor es suficiente para matarlo. Ahí tenemos una fórmula base, pero aun así estamos hablando de una ligera diferencia. Sabiendo esto, ¿cómo puedo calcular el resto?

Me apoyé contra la cómoda y me quedé mirándolo, olvidando la sesión de peluquería.

—Déjame ver qué tienes —le dije.

Me miró fijamente un momento, y luego se metió la mano en el bolsillo. Cuando abrió el puño, no pude creer lo que vi, pero luego me acerqué. Tenía un hongo pálido y de tallo fino en la palma de la mano.

—*Amanita caesaria* —dijo—. No es lo que te imaginas —añadió al ver mi expresión.

—Sé muy bien lo que es una amanita.

—No todas las amanitas son venenosas. Esta es inofensiva.

—¿Qué es? —La cogí y la observé a la luz—. ¿Un alucinógeno?

—No. En realidad son comestibles. A los romanos les encantaban. Pero la gente tiene por norma desecharlas porque se confunden fácilmente con un hongo letal que se les parece mucho.

—¿Con cuál?

—La *Amanita phalloides* —dijo pausadamente—. El hongo de la muerte.

Guardé silencio. Luego le pregunté:

—¿Qué quieres hacer?

—¿A ti qué te parece?

Me levanté, nervioso, y me dirigí a mi escritorio. Henry se guardó el hongo en el bolsillo y encendió un cigarrillo.

—¿Tienes un cenicero? —preguntó educadamente.

Le di una lata de refresco vacía. Cuando volví a hablar él ya había terminado el cigarrillo.

—Henry, no creo que sea una buena idea.

Levantó una ceja.

—¿Por qué no?

¡Y me pregunta que por qué no!

—Porque el veneno se detecta —dije, un poco violento—. Cualquier tipo de veneno. ¿Acaso crees que a nadie le sorprendería que Bunny apareciera muerto? Hasta el más idiota de los detectives podría…

—Ya lo sé —dijo Henry sin perder la paciencia—. Y por eso te estoy preguntando lo de la dosis.

—No tiene nada que ver. Hasta la más pequeña cantidad puede ser…

—… suficiente para que una persona se ponga enfermísima —dijo Henry, encendiendo otro cigarrillo—. Pero no necesariamente mortal.

—¿Qué quieres decir?

—Lo que quiero decir —dijo, ajustándose las gafas al puente de la nariz— es que existen numerosos venenos muy eficaces en términos estrictos de virulencia, muchos de ellos superiores a este. Muy pronto los bosques estarán llenos de dedaleras y de plantas matamoscas. Podría obtener todo el arsénico que quisiera de acónitos. Y hasta hierbas que aquí no son corrientes; madre mía, si los Borgia hubiesen visto la tienda de plantas medicinales que encontré la semana pasada en Brattleboro. Eléboros, mandrágoras, aceite puro de ajenjo… Supongo que la gente está dispuesta a comprar cualquier cosa con tal de que sea natural. El ajenjo lo vendían como repelente de insectos orgánico, como si eso lo convirtiese en más seguro que el que venden en el supermercado. Una botella habría bastado para matar a todo un ejército. —Volvió a juguetear con las gafas—. El problema que tienen estas cosas es que, aunque son muy eficaces, son difíciles, como tú has dicho, de administrar. Las anatoxinas son un lío. Vómitos, ictericia, convulsiones. No como algunos brebajes italianos, que son relativamente rápidos y benignos. Pero, por otra parte, no hay nada más fácil de administrar. Mira, yo no soy botánico. Ni siquiera a los micólogos les resulta fácil distinguir las amanitas. Unas cuantas setas cogidas del bosque…, algunas venenosas se mezclan con las benignas…, un amigo se pone terriblemente enfermo, y el otro…

—Se encogió de hombros.

Nos miramos.

—¿Cómo estarás seguro de que tú no ingieres demasiado? —le pregunté.

—Sinceramente, supongo que no puedo estar seguro. Mi propia vida debe correr un peligro convincente. Así pues, el margen de que dispongo es bastante delicado. Pero aun así, tengo excelentes posibilidades de alcanzar el éxito. Mira, de lo único que tengo que preocuparme es de mí mismo. Lo demás se hará solo.

Sabía a qué se refería. Su plan tenía varios defectos graves, pero en el fondo era inteligente; si en algo se podía confiar con certeza casi matemática, era en que Bunny, sentado a la mesa, se las ingeniaría para comer casi el doble que cualquier otro.

Vi el rostro de Henry, pálido y sereno, a través del humo de su cigarrillo. Se metió la mano en el bolsillo y volvió a sacar la seta.

—Pues bien —dijo—. Un solo hongo, como este, de *Amanita phalloides* basta para poner bastante enfermo a un perro sano de setenta libras. Vómitos, diarrea; convulsiones no, que yo sepa. No creo que le provocara nada más grave que una alteración hepática, pero en fin, dejamos eso para los veterinarios. Es evidente que…

—Henry, pero ¿cómo lo sabes?

Se quedó callado un momento. Luego continuó:

—¿Sabes aquellos dos bóxers horribles, los de mis vecinos de arriba?

Era terrible, pero no pude evitar echarme a reír.

—No —dije—. No puede ser.

—Me temo que sí —dijo Henry secamente, y apagó el cigarrillo—. Por desgracia, uno ha sobrevivido. El otro ya no arrastrará más basura hasta mi porche. Tardó veinte horas en morir, y la dosis solo era mínimamente mayor. No más de un gramo. Sabiendo esto, me parece que podría determinarse cuánta cantidad de veneno puede ingerir cada uno de nosotros. Lo que me preocupa es la variación de la concentración de veneno que pueda haber entre un hongo y otro. No es como si lo midiera un farmacéutico. Quizá me equivoco, y seguro que tú sabes más que yo de esto, pero un hongo de dos gramos puede contener tanto veneno como otro de tres, ¿no? He ahí el dilema.

Se metió la mano en el bolsillo y sacó una hoja de papel con cifras escritas.

—Lamento involucrarte en esto, pero eres el único que sabe algo de matemáticas, y yo no me fío de mí mismo. ¿Te importa echar un vistazo?

Vómitos, ictericia, convulsiones. Cogí la hoja de papel mecánicamente. Estaba llena de ecuaciones algebraicas, pero, francamente, en aquel momento no me sentía capaz de ponerme a hacer números. Meneé la cabeza y estuve a punto de devolverle la hoja, cuando levanté la mirada y se me ocurrió una cosa. Comprendí que yo podía poner fin a aquello, definitiva e inmediatamente. Henry necesitaba mi ayuda; de no ser así, no habría acudido a mí. No conseguiría nada a base de razonamientos emocionales, de eso estaba seguro, pero si fingía saber lo que hacía, quizá pudiera disuadirlo.

Llevé la hoja a mi escritorio y me senté con un lápiz. Repasé paso a paso todo aquel embrollo. Las ecuaciones sobre concentraciones químicas nunca habían sido mi punto fuerte en química, y ya son bastante difíciles cuando lo que intentas es averiguar una concentración fija en una suspensión de agua destilada; pero aquello, que se refería a concentraciones variables en objetos de forma irregular, era prácticamente imposible. Henry debía de haber utilizado todo el álgebra elemental que sabía, y al parecer no había hecho un mal trabajo; pero aquel problema no era de los que se resolvían con álgebra, si es que podía resolverse con algo. Un estudiante de farmacia, por ejemplo, podría haber conseguido algo que por lo menos pareciera un poco convincente; a base de retoques conseguí ajustar ligeramente su proporción, pero el poco cálculo que sabía se me había olvidado, y el resultado que obtuve, aunque probablemente más acertado que el suyo, distaba mucho de ser correcto.

Dejé el lápiz y levanté la mirada. Había tardado una media hora en repasar las operaciones. Henry había cogido un ejemplar del *Purgatorio* de Dante y lo estaba leyendo, muy concentrado.

—Henry.

Me miró, distraído.

—Henry, no creo que funcione.

Cerró el libro, marcando la página con un dedo.

—Cometí un error en la segunda parte —dijo—. Donde empiezan los factores.

—No está mal, pero con solo echarle un vistazo te puedo decir que el problema no se puede resolver sin tablas químicas y una considerable experiencia en cálculo y química. Es la única forma. Las concentraciones químicas ni siquiera se miden en gramos o miligramos, sino en moles.

—¿Y tú no puedes hacerlo?

—Me temo que no, aunque he llegado hasta donde he podido. En resumen: no puedo darte un resultado real. Ni siquiera un profesor de matemáticas lo tendría fácil.

—Hummm —murmuró Henry, echándole un vistazo a la hoja por encima de mi hombro—. Yo peso más que Bun. Unas veinticinco libras. Eso ya es algo, ¿no?

—Sí, pero la diferencia de peso no es como para contar con ella, no con un margen de error potencialmente tan amplio. Mira, si pesaras cincuenta libras más…

—El veneno no hace efecto por lo menos hasta pasadas doce horas —me interrumpió—. De modo que, incluso si tomo demasiado, tendré cierta ventaja, un período de gracia. Con tener un antídoto a mano, por si acaso…

—¿Un antídoto? —dije, sorprendido, y me recliné en la silla—. ¿Estás seguro de que existe?

—Atropina. Se encuentra en la belladona.

—Por el amor de Dios, Henry. Si no te mueres con una cosa, te morirás con la otra.

—En dosis pequeñas, la atropina es bastante inocua.

—Lo mismo dicen del arsénico, pero yo no lo probaría.

—Su efecto es exactamente el opuesto. La atropina acelera el sistema nervioso: taquicardia y demás. Las anatoxinas lo relajan.

—De todas formas, eso de anular el efecto de un veneno con otro veneno no me convence.

—Te equivocas. Los persas eran unos expertos envenenadores, y dicen…

Recordé los libros que había visto en el coche de Henry.

—¿Los persas?

—Sí. Según el gran…

—No tenía ni idea de que supieras árabe.

—La verdad es que no lo domino, pero son las grandes autoridades en la materia, y la mayoría de los libros que necesito no están traducidos. Los he ido descifrando como he podido con un diccionario.

Pensé en los libros que había visto, llenos de polvo y de encuadernaciones viejas.

—¿De cuándo datan esos textos?

—Creo que son de mediados del siglo quince.

Solté el lápiz.

—Henry.

—¿Qué?

—Deberías tener cuidado, Henry. No puedes fiarte de unos textos tan antiguos.

—Los persas eran grandes envenenadores. Esos libros son muy prácticos y sencillos, verdaderos manuales. Nunca había visto nada igual.

—Hay una gran diferencia entre envenenar a la gente y curarla.

—La gente lleva siglos usando esos libros. Su precisión está fuera de toda discusión.

—Mira, yo siento tanto respeto por las enseñanzas de los antiguos como tú, pero no me gustaría jugarme la vida con un remedio de la Edad Media.

—Bueno, supongo que podré comprobarlo en algún otro sitio —dijo Henry, sin mucha convicción.

—Hablo en serio. Este asunto es demasiado serio para…

—Gracias —me dijo afablemente—. Me has ayudado mucho. —Volvió a coger mi copia del *Purgatorio*—. Esta traducción deja bastante que desear —me dijo, hojeando el libro distraídamente—. Si no sabes italiano, la mejor es la de Singleton; bastante fiel, pero te pierdes toda la *terza rima*, claro. Para eso hay que leer el original. Cuando lees buena poesía, la música suele llegarte incluso aunque no conozcas la lengua. Yo empecé a adorar a Dante mucho antes de aprender una palabra de italiano.

—Henry —dije en voz baja, con tono apremiante.

Me miró con fastidio.

—Mira, haga lo que haga será peligroso —me dijo.

—Pero de nada servirá si te mueres.

—Cuanto más oigo hablar de barcazas de lujo, menos terrible me parece la muerte. Me has ayudado mucho, de verdad. Buenas noches.

Charles pasó a verme al día siguiente, por la tarde.

—Qué calor hace aquí —me dijo; se deshizo del abrigo mojado y lo colgó en el respaldo de una silla. Tenía el cabello empapado, y el rostro sonrojado y radiante. Una gota de agua temblaba en el extremo de su nariz, larga y delgada. Aspiró por la nariz y se la secó—. No se te ocurra salir a la calle —añadió—. Hace un día horrible. Por cierto, ¿has visto a Francis?

Me mesé el cabello. Era viernes y no había clase; no había salido de mi habitación en todo el día, y la noche anterior no había dormido demasiado.

—Anoche vino a verme Henry —dije.

—¿Ah, sí? ¿Qué te contó? Ay, casi me olvido. —Se metió la mano en el bolsillo del abrigo y sacó un bulto envuelto en servilletas de papel—. Como no te hemos visto a la hora de comer, te he traído un bocadillo. Camilla dice que la camarera me ha visto robándolo y que ha puesto una cruz junto a mi nombre en la lista.

Era de queso fundido y mermelada, lo supe antes de verlo. A los gemelos los volvían locos aquellos bocadillos, pero a mí no me gustaban mucho. Desenvolví una esquina y le di un mordisco; luego lo dejé sobre el escritorio.

—¿Has hablado con Henry últimamente? —le pregunté a Charles.

—Esta mañana. Me ha acompañado al banco.

Cogí el bocadillo y le di otro mordisco. No había barrido, y el suelo seguía lleno de mechones de pelo.

—¿Te ha comentado algo sobre…?

—¿Sobre qué?

—Sobre invitar a cenar a Bunny dentro de un par de semanas.

—Ah, te refieres a eso —dijo Charles; se echó encima de mi cama y se puso unos cojines detrás de la cabeza—. Creía que ya estabas enterado. Henry lleva tiempo dándole vueltas.

—¿Y tú, qué opinas?

—Pues creo que le costará trabajo encontrar suficientes hongos. Es demasiado pronto. La semana pasada Francis y yo tuvimos que salir con él a ayudarle, pero no conseguimos casi nada. Francis volvió muy emocionado, diciendo «Mira, mira cuántas hongos he encontrado», pero en realidad solo tenía un puñado de pedos de lobo.

—¿Pero crees que encontrará suficientes?

—Sí, claro. Pero tendrá que esperar un poco. No tienes tabaco, ¿verdad?

—No.

—No entiendo por qué no fumas. Cuando ibas al instituto no hacías deporte, ni nada de eso, ¿no?

—No.

—Bunny no fuma por eso. Cuando todavía estaba en la edad impresionable tuvo un entrenador de fútbol que le hizo un lavado de cerebro.

—¿Has visto a Bun últimamente?

—No, no mucho. Pero ayer vino a nuestro apartamento y se quedó hasta tardísimo.

—Dime una cosa, Charles —le dije mirándolo a la cara—. Todo esto va en serio, ¿no? Estáis decididos.

—Prefiero ir a la cárcel que tener a Bunny colgado del cuello por el resto de mi vida. Y no es que me haga demasiada ilusión ir a la cárcel. Oye —dijo; se incorporó y se dobló como si le doliera el estómago—, me muero de ganas de fumar un cigarrillo. ¿Cómo se llama esa tipeja que vive al fondo del pasillo? ¿Judy?

—Judy Poovey, sí.

—¿Por qué no vas y le pides un paquete? Es la típica fumadora que almacena varios cartones en la habitación.

El tiempo estaba cambiando. La nieve, sucia y picada por la lluvia, empezaba a abrir charcos por donde asomaba una hierba fangosa y amarillenta; los carámbanos se quebraban y caían como dagas de los puntiagudos tejados.

—Ahora podríamos estar en Sudamérica —dijo Camilla una noche. Estábamos en mi habitación bebiendo bourbon en tazas de té y escuchando las gotas de lluvia que caían del alero—. ¿No lo encuentras gracioso?

—Sí —dije, aunque nadie me había invitado a ir a ninguna parte.

—Entonces la idea no me atrajo demasiado. Ahora creo que habríamos podido arreglárnoslas bastante bien.

—No sé cómo.

Apoyó la mejilla en un puño.

—No habría estado mal. Habríamos podido dormir en hamacas. Aprender español. Vivir en una casita con gallinas en el patio.

—Ponernos enfermos —dije—. Morir asesinados.

—Se me ocurren cosas peores —dijo ella, con una breve mirada de soslayo que me llegó al alma.

Una ráfaga de viento sacudió los cristales de la ventana.

—Bueno —dije—. Me alegro de que te quedaras aquí.

Ella ignoró mi comentario y, mirando por la oscura ventana, bebió otro sorbo de la taza de té.

Habíamos llegado a la primera semana de abril y todos estábamos bastante alterados. Bunny, que llevaba una temporada relativamente tranquilo, estaba ahora furioso porque Henry se negaba a llevarlo a Washington D.C. para ver una exposición de biplanos de la Primera Guerra Mundial, en el Smithsonian. Los gemelos recibían dos llamadas diarias de un sospechoso B. Perry de su banco, y Henry de un tal D. Wade, del suyo; la madre de Francis había descubierto que su hijo había intentado retirar dinero de su depósito, y él recibía cada día un aluvión de mensajes.

—Virgen Santa —murmuró después de abrir la última carta y leerla a regañadientes.

—¿Qué dice?

—«Cariño, Chris y yo estamos muy preocupados por ti —leyó Francis con tono inexpresivo—. Mira, no quiero dármelas de entendida en problemas de jóvenes, y a lo mejor estás pasando por algo que yo soy demasiado mayor para entender, pero siempre esperé que pudieras hablar con Chris cuando tuvieras un problema.»

—A mí me parece que Chris tiene muchos más problemas que tú —le dije. En *Jóvenes doctores* Chris interpretaba a un personaje que se acostaba con la mujer de su hermano y que estaba involucrado en una red de contrabando de recién nacidos.

—Desde luego que tiene problemas. Tiene veintiséis años y está casado con mi madre, ¿no? «Lamento tener que plantear esto —siguió leyendo Francis—, pero no se me habría ocurrido si Chris no hubiera insistido. Ya sabes, cariño, cómo te quiere, y dice que ya ha visto casos de estos en el mundillo del espectáculo. Así que llamé al Betty Ford Center y, a ver qué te parece, cariño; tienen una habitación monísima para ti.» —Me eché a reír—. Espera, espera: «Ya sé que la idea no te gustará, pero no tienes que avergonzarte, es una enfermedad, cariño, eso es lo que me dijeron cuando fui, y eso hizo que me sintiera mucho mejor, no te lo puedes imaginar. Claro que ni siquiera sé qué tomas, pero de verdad, cielo, seamos prácticos: sea lo que sea, debe de ser tremendamente caro, ¿no? Y para ser sincera contigo, tengo que decirte que no nos lo podemos permitir, ya sabes cómo es tu abuelo, y con los impuestos de la casa y todo…».

—Deberías ir.

—¡Pero qué dices! Está en Palm Springs, o en un sitio así, y además me parece que te encierran y te obligan a hacer aeróbic. Mi madre ve demasiada televisión —dijo echándole un último vistazo a la carta.

El teléfono empezó a sonar.

—Maldita sea —dijo Francis con voz cansada.

—No contestes.

—Si no contesto, llamará a la policía —repuso, y descolgó el auricular.

Dejé a Francis paseándose por la habitación con el teléfono en la mano, «¿Rara? ¿Que tengo la voz rara? ¿Qué quieres decir?», y fui a la oficina de correos. Me llevé una gran sorpresa al ver que en mi buzón había una elegante nota de Julian en la que me invitaba a comer al día siguiente.

De vez en cuando, en ocasiones especiales, Julian invitaba a comer a sus alumnos. Era un cocinero excelente y, cuando era joven y vivía de su renta en Europa, tenía también una excelente reputación como anfitrión. De hecho, en eso se basaba su amistad con la mayoría de los famosos que había conocido. Osbert Sitwell menciona en su diario las «sublimes petit fêtes» de Julian Morrow, y hay referencias similares en las cartas de personas como Charles Laughton, la duquesa de Windsor o Gertrude Stein; Cyril Connolly, que destacaba por ser un invitado difícil de satisfacer, le dijo a Harold Acton que Julian era el norteamericano más cortés que jamás había conocido —un cumplido de doble filo, desde luego—, y Sara Murphy, que tampoco era mala anfitriona, le escribió en una ocasión rogándole que le diera su receta de *sole véronique*. Yo sabía que Julian solía invitar a Henry a comida *à deux*, pero nunca había recibido una invitación para comer a solas con él, y me sentía a la vez halagado y ligeramente preocupado. En aquellos días, cualquier cosa que se apartara mínimamente de lo ordinario me parecía ominosa, y, pese a estar encantado, no podía evitar el temor de que Julian tuviera algún objetivo aparte de disfrutar de mi compañía. Me llevé la invitación a casa y la examiné. Su delicada y oblicua caligrafía no consiguió despejar mi presentimiento de que allí había gato encerrado. Llamé a la telefonista y dejé un mensaje para él diciéndole que llegaría a la una.

—Julian no sabe nada de lo que pasó, ¿verdad? —le pregunté a Henry en cuanto lo vi a solas.

—¿Qué? Ah, sí —me contestó, levantando los ojos del libro que estaba leyendo—. Claro.

—¿Sabe que matasteis a aquel tipo?

—Oye, no hables tan alto —me reprendió Henry, mirando por encima del hombro. Continuó en voz baja—: Julian sabía lo que intentábamos hacer. Y lo aprobaba. El día después de que pasara aquello, fuimos a verlo a su casa de campo. Le contamos lo que había pasado. Se alegró de oírlo.

—¿Se lo contasteis todo?

—La verdad, no me pareció necesario preocuparlo, si te refieres a eso —dijo Henry. Se ajustó las gafas y reanudó la lectura.

Julian había preparado él mismo la comida, por supuesto, y comimos en la gran mesa redonda de su despacho. Después de varias semanas de nervios, de conversaciones desagradables y de comidas tensas en el comedor comunitario, la perspectiva de comer con él resultaba muy agradable; era una compañía excelente y sus comidas, aunque sumamente sencillas, tenían un carácter saludable y exuberante que siempre satisfacía.

Había cordero asado, patatas, guisantes con puerros e hinojo; y para acompañarlo, una hermosa y deliciosa botella de Château Latour. No comía tan a gusto desde hacía años, y de pronto reparé en que un cuarto plato había aparecido, como por un discreto arte de magia, junto a mi codo: setas. Unas setas pálidas y de tallo delgado, como unas que yo había visto hacía poco, humeantes y bañadas en una salsa de vino tinto que olía a ruda y coriandro.

—¿De dónde las ha sacado? —le pregunté.

—Ah. Eres muy observador —dijo Julian, satisfecho—. Son maravillosas, ¿verdad? Poco corrientes. Me las trajo Henry.

Bebí un corto trago de vino para disimular mi consternación.

—Dice que... ¿Me permites? —Señaló la fuente con la cabeza.

Le pasé la fuente, y se sirvió unas cuantas setas.

—Gracias. ¿Qué te estaba contando? Ah, sí. Henry dice que al emperador Claudio le encantaban estas setas. Interesante; porque supongo que recordarás cómo murió Claudio.

Sí, lo recordaba. Una noche, Agripina añadió una seta envenenada en su plato.

—Son bastante buenas —dijo Julian, y le dio un bocado a una—. ¿Te ha llevado Henry con él en alguna de sus expediciones?

—Todavía no.

—A decir verdad, yo nunca había prestado demasiada atención a las setas, pero todas las que me ha traído hasta ahora han resultado deliciosas.

De pronto lo entendí. Aquello era un inteligente detalle que formaba parte de los planes de Henry.

—¿Ya se las ha traído otras veces?

—Sí. Tratándose de estas cosas, no me fiaría de cualquiera, por supuesto, pero por lo visto Henry es todo un experto en la materia.

—Sí, creo que sí —dije, y me acordé de los perros de sus vecinos.

—Todo lo que hace lo hace bien. Sabe cultivar plantas, reparar relojes como un joyero, calcular mentalmente sumas larguísimas. Cualquier cosa; algo tan sencillo como vender un corte en un dedo. Todo lo hace mejor que nadie. —Se sirvió otro vaso de vino—. Tengo entendido que sus padres están disgustados porque consideran que se ha centrado demasiado exclusivamente en los clásicos. No estoy de acuerdo, por supuesto, pero en cierto sentido es una lástima. Habría podido ser un médico excelente, o un soldado, o un científico.

Me reí.

—O un gran espía —dije.

Julian también se rió.

—Buenos espías podríais serlo todos —dijo—. Escondiéndoos por los pasillos de un casino, escuchando indiscretamente a un jefe de Estado… ¿Seguro que no quieres probar las setas? Están deliciosas.

Me bebí el resto del vino.

—Por qué no —dije, y cogí la fuente.

Después de comer, retirados los platos y mientras charlábamos relajadamente, Julian me preguntó a bocajarro si había notado algo raro en Bunny últimamente.

—Pues no, la verdad —le dije, y bebí un sorbo de té. Julian levantó una ceja.

—¿No? Yo tengo la impresión de que se está comportando de una forma muy extraña. Precisamente, ayer Henry y yo estuvimos hablando de lo brusco y caprichoso que se ha vuelto.

—Me parece que últimamente estaba de mal humor.

Julian meneó la cabeza.

—No sé. Edmund es una persona bastante sencilla. Nunca pensé que pudiera sorprenderme nada que dijera o hiciera, pero el otro día tuvimos una conversación muy curiosa.

—¿Curiosa? —dije, precavido.

—Puede que sencillamente hubiera leído algo que lo inquietó. No sé. Estoy preocupado por él.

—¿Por qué?

—La verdad, me temo que pueda estar al borde de alguna desastrosa conversión religiosa.

Me quedé atónito.

—¿En serio?

—He conocido casos parecidos. Y no le encuentro otra explicación a su repentino interés por la ética. No te diré que Edmund sea un libertino, pero la moral no le preocupa demasiado. Me sorprendió mucho que empezara a hacerme preguntas, con toda franqueza, sobre conceptos tan confusos como el pecado y el perdón. Sin duda está pensando hacerse adepto de alguna Iglesia. ¿Te parece que esa chica puede tener algo que ver con esto?

Se refería a Marion. Tenía por costumbre atribuirle todos los defectos de Bunny: su pereza, su mal humor, sus lapsus de buen gusto.

—Es posible —dije.

—¿Sabes si es católica?

—Creo que es presbiteriana —le dije. Julian profesaba un educado pero implacable desprecio por la tradición judeocristiana en todas sus formas. No le gustaba aceptarlo abiertamente, y se escudaba en su admiración por Dante y Giotto, pero cualquier cosa manifiestamente religiosa lo alteraba; y en secreto la consideraba (como Plinio, al que se parecía en muchos aspectos) un culto degenerado llevado a límites extravagantes.

—¿Presbiteriana? ¿En serio? —dijo, descorazonado.

—Creo que sí.

—Bueno, cualquiera que sea la opinión que te merezca la Iglesia católica, hay que reconocer que es un enemigo poderoso y digno. Estaría dispuesto a aceptar ese tipo de conversión. Pero si lo reclutan los presbiterianos, me llevaré un gran disgusto.

De pronto, la primera semana de abril, empezó a hacer un tiempo maravilloso, impropio de la estación. El cielo estaba despejado, la temperatura era agradable y no hacía viento, y el sol calentaba el suelo fangoso con una dulce impaciencia, como si estuviéramos en el mes de junio. En el lindero del bosque, los árboles jóvenes lucían sus primeras hojas; los pájaros carpinteros trinaban y golpeaban los árboles, y, echado en mi cama con la ventana abierta, alcanzaba a oír el rumor y el borboteo de la nieve fundida corriendo por los canalones toda la noche.

La segunda semana de abril todo el mundo esperaba con ansiedad ver si aquel tiempo duraría. Y duró. Los jacintos y los narcisos florecieron en los jardines, las violetas y las vincapervincas en las praderas; unas mariposas blancas, mojadas y manchadas de barro, revoloteaban por los setos como embriagadas. Guardé mi abrigo de invierno y mis botas de goma, y me paseaba por ahí, casi mareado de alegría, en mangas de camisa.

«Esto no durará mucho», presagió Henry.

La tercera semana de abril, el césped del jardín ya había verdecido por completo y los manzanos estaban en flor. El viernes por la noche estaba leyendo en mi habitación, con las ventanas abiertas y un viento fresco y húmedo que revolvía los papeles de mi escritorio. Al otro lado del jardín había una fiesta, y el aire nocturno me traía música y risas. Pasaba de la medianoche. Soñoliento, intentaba sostener la cabeza erguida cuando, fuera, alguien gritó mi nombre.

Sobresaltado, me incorporé justo a tiempo para ver un zapato de Bunny que entraba volando por mi ventana. Cayó al suelo con un ruido sordo. Me levanté y me asomé a la ventana. Vi su figura abajo, tambaleante y desgreñada, intentando conservar el equilibrio con ayuda del tronco de un arbolillo.

—¿Qué demonios te pasa?

No me contestó; solo levantó la mano que tenía libre para hacer un ademán de saludo, y a continuación Bunny empezó a llamar ruidosamente a la puerta de mi habitación.

Abrí la puerta y él entró cojeando, con un solo zapato, dejando un fangoso rastro de macabras y discordantes pisadas. Llevaba las gafas torcidas, y apestaba a whisky.

—Hombre, Dicky —balbuceó.

Por lo visto, el grito proferido bajo mi ventana lo había dejado agotado y sin muchas ganas de hablar. Se sacó el calcetín, manchado de barro, y lo tiró con torpeza todo lo lejos que pudo. Aterrizó en mi cama.

Poco a poco, conseguí sonsacarle los acontecimientos del día. Los gemelos lo habían llevado a cenar, y luego a tomar unas copas a un bar de la ciudad; luego se había ido solo a la fiesta que había en el jardín, donde un holandés había intentado hacerle fumar hierba y una chica de primero le había dado tequila de un termo.

—Una chica bastante mona. Pero un poco hippy. Llevaba zuecos, ¿sabes? Y una camiseta desteñida. No los soporto. «Oye, guapa», le dije, «eres un encanto, ¿pero cómo se te ocurrió meterte en ese rollo?» —Interrumpió su relato súbitamente y salió dando bandazos. Dejó la puerta de la habitación abierta, y oí una ruidosa vomitera.

Tardó bastante en volver. Despedía un olor amargo, y tenía el rostro húmedo y muy pálido; pero me dio la impresión de que se encontraba mejor.

—Uf —dijo, y se desplomó en la silla. Se secó la frente con un pañuelo rojo—. Debe de haber sido algo que he comido.

—¿Has podido llegar al lavabo? —Yo tenía mis dudas. La vomitera había sonado sospechosamente cerca de mi propia puerta.

—No —dijo, respirando con dificultad—. Me he metido en el armario de las escobas. Dame un vaso de agua, ¿quieres?

En el pasillo, vi la puerta del armario de la limpieza parcialmente abierta, proporcionando una tímida visión del desastre que ocultaba. Pasé de largo y fui a la cocina.

Cuando volví, Bunny me miró con ojos vidriosos. Su expresión, que había cambiado por completo, tenía algo que me inquietó. Le di el agua y Bunny bebió un trago largo y ávido.

—No tan deprisa —le dije, alarmado.

Bunny no me hizo caso y se bebió el resto de un solo trago. Luego dejó el vaso sobre el escritorio con mano temblorosa. Le sudaba la frente.

—Dios mío —dijo—. Virgen Santa.

Me senté en la cama, un poco nervioso, intentando dar con algún tema poco comprometido, pero antes de que pudiera decir nada Bunny volvió a hablar.

—Ya no lo aguanto más —balbuceó—. No lo aguanto. Virgen Santísima.

No dijo nada.

Se pasó una mano por la frente. Le temblaba el pulso.

—Ni siquiera sabes de qué demonios estoy hablando, ¿no es así? —me dijo, y su voz adquirió un tono extrañamente desagradable.

Cambié de postura, inquieto. Llevaba meses temiendo que llegara aquel momento. Sentí la tentación de salir corriendo de la habitación, de dejarlo allí sentado. Pero Bunny se tapó la cara con las manos.

—Es todo verdad —murmuró—. Todo verdad. Lo puedo jurar por Dios. Solo yo lo sé.

Pensé, absurdamente, que podía tratarse de una falsa alarma. A lo mejor Marion y Bunny se habían peleado. A lo mejor su padre había muerto de un infarto. Me quedé donde estaba, paralizado.

Retiró poco a poco las palmas de su rostro, como si se lo estuviera secando, y me miró.

—No tienes ni idea —dijo. Tenía los ojos inyectados de sangre, y muy brillantes—. No tienes ni puta idea, tío.

No podía soportarlo ni un momento más; me levanté y eché un vistazo a la habitación distraídamente.

—¿Quieres una aspirina? Había olvidado preguntártelo. Si te tomas un par ahora, no te encontrarás tan mal por…

—Me tomas por loco, ¿no? —me interrumpió.

Siempre me había imaginado que pasaría así: estaríamos los dos solos, Bunny borracho, a altas horas de la noche…

—Pero qué dices. Lo único que necesitas es…

—Me tomas por un lunático. Nadie me escucha —añadió, elevando el tono de voz.

Yo estaba asustado.

—Cálmate —le dije—. Te estoy escuchando.

—Pues escucha lo que te voy a contar.

Acabó a las tres de la mañana. Me contó una historia incompleta e inconexa, desordenada y llena de digresiones; pero no me costó entenderla. Yo conocía aquella historia. Nos quedamos un rato allí sentados, en silencio. Me molestaba la luz de la lámpara del escritorio. La fiesta que había en el jardín todavía seguía, y una canción de rap, débil pero estrepitosa, latía, inoportuna, a lo lejos.

La respiración de Bunny se había vuelto sonora, asmática. La cabeza le resbaló sobre el pecho, y se despertó con un respingo.

—¿Qué? —dijo, confuso, como si alguien se le hubiera acercado por detrás y le hubiera gritado su nombre al oído—. Ah, sí.

No dije nada.

—¿Qué te parece todo esto?

No pude contestar. Por un momento había albergado la esperanza de que Bunny hubiera perdido el conocimiento.

—Parece increíble. Pero la realidad se adelanta a la ficción, tío. No, no es así. ¿Cómo es?

—La realidad supera a la ficción —dije mecánicamente. Por fortuna, no tuve que hacer ningún esfuerzo por fingir sorpresa o perplejidad. Estaba tan disgustado que casi me mareé.

—*Just goes to show* —dijo Bunny con voz de borracho—. Podría ser el vecino. Podría ser cualquiera. Nunca se sabe.

Me cubrí la cara con las manos.

—Díselo a quien quieras —continuó—. Díselo al maldito alcalde. No me importa. Que los encierren en esa birria de cárcel que tienen en el Palacio de Justicia. Se cree muy listo —murmuró—. Te diré algo: si esto no fuera Vermont, no dormirían tan bien por las noches. Mira, mi padre es muy amigo del comisario de policía de Hartford. Si se entera de esto… Madre mía. Fueron juntos al colegio. Yo salía con su hija… —Se le estaba ladeando la cabeza, y pegó otro respingo—. Dios mío —dijo, y estuvo a punto de caerse de la silla.

Me quedé mirándolo.

—Dame el zapato, ¿quieres?

Se lo pasé, junto con el calcetín. Los miró un momento y luego los metió en un bolsillo de su chaqueta.

—Que no te piquen las chinches —dijo, y se marchó dejando la puerta de mi habitación abierta. Lo oí bajar por la escalera cojeando.

Tenía la impresión de que los objetos de mi habitación se inflaban y se desinflaban con cada latido de mi corazón. Sumamente aturdido, me senté en la cama, con un codo en el alféizar de la ventana, e intenté recuperar la compostura. Aquella diabólica música de rap llegaba del edificio de enfrente, desde cuyo tejado un par de siluetas arrojaban latas vacías de cerveza a una desconsolada pandilla de hippies apiñados alrededor de una hoguera encendida en un cubo de basura, intentando fumarse un porro. Una lata de cerveza cayó del tejado, y luego otra que dio en la cabeza de alguien haciendo un débil ruido. Risas, gritos agraviados.

Estaba contemplando las chispas que salían volando del cubo de basura cuando de pronto se me ocurrió una idea angustiosa. ¿Por qué había decidido Bunny venir a mi habitación, en lugar de ir a la de Cloke o la de Marion? Estaba mirando por la ventana, y la respuesta era tan obvia que me estremecí. Porque mi habitación era la que estaba más cerca. Marion vivía en la residencia Roxburgh, en el otro extremo del campus, y Cloke en el extremo más alejado de la Durbinstall. Y Bunny no estaba en condiciones de llegar a ninguno de los dos sitios. Pero la Monmouth estaba a apenas unos treinta pies, y mi habitación, con su llamativa ventana iluminada, debió de surgir en su camino como un faro.

Supongo que sería interesante decir que en ese momento tuve ciertas dudas, que intenté resolver las consecuencias morales de cada uno de los caminos que podía tomar. Pero no recuerdo haber sentido nada parecido. Me calcé los zapatos y bajé a llamar a Henry.

El teléfono público de la Monmouth estaba junto a la puerta trasera, demasiado a la vista para mi gusto, de modo que fui hasta el edificio de ciencias, pisando la hierba húmeda, y encontré una cabina particularmente aislada en el tercer piso, cerca de los laboratorios de química.

El teléfono sonó más de cien veces. No contestaban. Finalmente, desesperado, colgué y marqué el número de los gemelos. Ocho timbrazos, nueve; y entonces oí la soñolienta voz de Charles.

—Soy yo. Tengo que hablar contigo —dije, sin andarme con rodeos.

—¿Qué ha pasado? —me preguntó, súbitamente atento. Oí cómo se incorporaba en la cama.

—Me lo ha contado. Hace un momento.

Se hizo un largo silencio.

—¿Oye?

—Llama a Henry —dijo Charles—. Cuelga y llámalo inmediatamente.

—Ya lo he hecho. No coge el teléfono.

Charles maldijo quedamente.

—Déjame pensar —dijo—. Mierda. ¿Puedes venir?

—Sí, claro. ¿Ahora?

—Voy a casa de Henry a ver si me abre la puerta. Cuando llegues a mi casa nosotros ya habremos vuelto. ¿De acuerdo?

—De acuerdo —dije, pero él ya había colgado.

Unos veinte minutos después de llegar, me encontré con Charles, que venía desde la casa de Henry.

—¿No ha habido suerte?

—No —jadeó. Tenía el cabello revuelto y llevaba una gabardina encima del pijama.

—¿Qué podemos hacer?

—No lo sé. Sube. Ya se nos ocurrirá algo.

Acabábamos de quitarnos los abrigos cuando se encendió la luz de la habitación de Camilla, y ella apareció en la puerta, pestañeando, con rubor en las mejillas.

—¿Charles? —Y al verme añadió—: ¿Qué haces tú aquí?

Charles le proporcionó un relato bastante incoherente de lo ocurrido. Camilla se protegía los ojos de la luz con un soñoliento antebrazo, y escuchaba. Llevaba una camisa de pijama de hombre que le iba enorme, y reparé en que me había quedado mirándole las piernas desnudas: pantorrillas bronceadas, tobillos delgados, unos maravillosos pies de niño, con las plantas cenicientas.

—¿Y está en su casa?

—Tiene que estar a la fuerza.

—¿Estás seguro?

—¿Dónde quieres que esté a las tres de la mañana?

—Espera —dijo, y se dirigió al teléfono—. Quiero probar una cosa. —Marcó, escuchó un momento, colgó y volvió a marcar.

—¿Qué haces?

—Es un código —dijo, sujetando el teléfono con el hombro y la oreja—. Lo dejas sonar dos veces, cuelgas y vuelves a llamar.

—¿Un código?

—Sí. Una vez me lo dijo… Ah, hola, Henry —dijo de pronto, y se sentó.

Charles me miró.

—Maldita sea —dijo en voz baja—. Seguro que estaba despierto.

—Sí —decía Camilla; tenía la mirada fija en el suelo y las piernas cruzadas, y movía distraídamente un pie arriba y abajo—. De acuerdo. Se lo diré. —Colgó el auricular y se dirigió a mí—: Dice que vayas, Richard. Te espera. —Luego se dirigió a Charles, irritada—: ¿Por qué me miras así?

—Conque un código, ¿eh?

—¿Qué pasa?

—Nunca me lo habías dicho.

—Es una tontería.

—¿Para qué necesitáis Henry y tú un código?

—No es ningún secreto.

—Entonces ¿por qué no me lo habías dicho?

—No seas tan infantil, Charles.

Henry —estaba completamente despierto, pero no hubo explicaciones— me abrió la puerta en bata. Lo seguí a la cocina; me sirvió una taza de café y nos sentamos.

—Bueno —dijo—, cuéntame qué ha pasado.

Se lo conté. Él, sentado al otro lado de la mesa, fumaba un cigarrillo detrás de otro, con sus ojos azul oscuro clavados en los míos. Solo me interrumpió una o dos veces para preguntarme algo. Me pidió que le repitiera algunas partes. Yo estaba tan cansado que me desviaba un poco del tema, pero él tuvo paciencia con mis digresiones.

Cuando terminé, había salido el sol y se oían los pájaros. Veía puntos negros. Una fresca y húmeda brisa agitaba las cortinas. Henry apagó la lámpara, se acercó a la cocina y, mecánicamente, se puso a preparar unos huevos con beicon. Observé cómo se movía por la cocina, tenuemente iluminada, con los pies descalzos.

Mientras comíamos, lo miré con curiosidad. Estaba pálido y tenía la mirada cansada y preocupada, pero nada en su expresión dejaba traslucir en qué estaba pensando.

—Henry —dije.

Me miró. Llevábamos más de media hora sin decir palabra.

—¿En qué piensas?

—En nada.

—Si todavía estás pensando en envenenarlo…

—No seas absurdo —me atajó, molesto—. ¿Por qué no te callas un poco y me dejas pensar?

Me quedé mirándolo. Henry se levantó bruscamente y fue a servirse otro café. Se quedó un momento de espaldas, apoyado con las manos en la encimera de la cocina, y luego se volvió.

—Lo siento —dijo con voz cansada—. No es muy agradable considerar algo a lo que has dedicado todo tu esfuerzo y darte cuenta de que es completamente ridículo. Hongos venenosos. Parece sacado de Walter Scott.

Aquel comentario me sorprendió.

—Yo creía que era una buena idea —dije.

Henry se frotó los ojos con el pulgar y el índice.

—Demasiado buena —dijo—. Supongo que cuando alguien acostumbrado al trabajo intelectual se enfrenta a una acción práctica, tiene tendencia al embellecimiento, a ser excesivamente ingenioso. Sobre el papel hay cierta simetría. Ahora que me enfrento a la posibilidad de ejecutarla, me doy cuenta de lo espantosamente complicada que es.

—¿Qué pasa?

Se ajustó las gafas.

—El veneno es demasiado lento.

—Creí que eso era precisamente lo que querías.

—Hay muchos problemas. Algunos los mencionaste. El control de la dosis es arriesgado, pero creo que el verdadero inconveniente es el tiempo. Desde mi punto de vista, cuanto más tiempo mejor, pero… En doce horas se puede hablar mucho. —Hizo una pausa—. No creas que no se me había ocurrido antes. La idea de matarlo es tan repugnante que solo podía planteármela como una especie de problema de ajedrez. Como un juego. No tienes idea de las vueltas que le he dado. Incluso a los efectos del veneno. Tengo entendido que hace que se te inflame la garganta, ¿lo sabías? Dicen que las víctimas se quedan mudas, incapaces de nombrar a su verdugo. —Suspiró—. Es muy fácil dejarse seducir por los Médicis, los Borgia, por los anillos y las rosas envenenados… ¿Sabías que se puede hacer? Puedes envenenar una rosa y regalársela a alguien. La dama se pincha un dedo y muere. Sé cómo hacer una vela que mata cuando la enciendes en una habitación cerrada. O cómo envenenar una almohada, o un libro de oraciones…

—¿Y con pastillas para dormir? —le interrumpí.

Me miró con fastidio.

—Lo digo en serio. Hay muchísima gente que se muere de sobredosis.

—¿De dónde las vamos a sacar?

—Estamos en el Hampden College. Aquí puedes conseguir todas las pastillas que quieras.

Nos miramos.

—¿Y cómo se las damos?

—Podríamos decirle que son Tylenol.

—¿Y cómo haces que se trague nueve o diez pastillas de Tylenol?

—Podríamos abrirlas y ponerlas en un vaso de whisky.

—¿Y crees que Bunny se bebería un vaso de whisky con un dedo de polvos blancos en el fondo?

—Creo que es igual de plausible que haga eso o que se coma una bandeja de hongos venenosos.

Se hizo un largo silencio; un pájaro trinó ruidosamente junto a la ventana. Henry cerró los ojos y se masajeó las sienes con las yemas de los dedos.

—¿Qué piensas hacer?

—Creo que voy a hacer unos recados —me contestó—. Vete a tu casa y métete en la cama.

—¿Se te ocurre algo?

—No. Aunque quiero comprobar una cosa. Te acompañaría al campus, pero no creo que sea conveniente que nos vean juntos precisamente ahora. —Metió una mano en el bolsillo del albornoz y empezó a sacar cosas: cerillas, plumines, su caja de pastillas de esmalte azul. Finalmente encontró un par de monedas de veinticinco centavos y las dejó encima de la mesa—. Ten —me dijo—. Por el camino párate en el quiosco y compra un periódico.

—¿Para qué?

—Por si a alguien se le ocurre preguntarse qué haces por ahí a estas horas. Es posible que esta noche tenga que hablar contigo. Si no te encuentro, dejaré un mensaje diciendo que te ha llamado el doctor Springfield. Y si no te he dejado el mensaje, no intentes comunicarte conmigo, a no ser que sea imprescindible, claro.

—Muy bien.

—Hasta luego —dijo al salir de la cocina. En el último momento se dio la vuelta y me miró—: Nunca olvidaré lo que estás haciendo, de verdad.

—Pero si no hago nada.

—Ya sabes que sí.

—Tú también me has hecho algún que otro favor —le dije, pero Henry ya había salido y no creo que me oyera. Y si lo hizo, no contestó.

Compré un periódico en la tiendecita del final de la calle y volví a la universidad atravesando las húmedas y verdes arboledas, sin seguir el camino, sorteando piedras y troncos podridos que de vez en cuando obstaculizaban mi camino.

Cuando llegué al campus todavía era temprano. Entré por la puerta trasera de la Monmouth y subí por la escalera; en el pasillo, vi a la delegada de la residencia rodeada de chicas en bata junto al armario de las escobas, manifestando su desesperación en diferentes grados de estridencia. Intenté abrirme paso, pero Judy Poovey, ataviada con un quimono negro, me agarró por el brazo.

—Oye —me dijo—, alguien ha vomitado en el armario de las escobas.

—Ha sido uno de esos asquerosos de primero —dijo una chica que tenía a mi lado—. Beben hasta reventar y luego suben aquí a soltar la vomitera.

—Bueno, no sé quién habrá sido —dijo la delegada—, pero había cenado espaguetis.

—Hummm.

—Eso quiere decir que no tenía tíquet de menú.

Conseguí llegar a mi habitación y cerré la puerta con llave. Me acosté casi inmediatamente.

Dormí todo el día, con la cara hundida en la almohada; fue un sueño profundo, solo remotamente alterado por la fría contracorriente de la realidad —voces, pasos, portazos—, que a rachas se deslizaba por las oscuras y tibias aguas de mi sueño. El día desembocó en la noche, y yo seguía durmiendo, hasta que el ruido de la cadena de un retrete me sacó a rastras de mi sueño.

Era sábado por la noche y se estaba celebrando una fiesta en el edificio de al lado, la residencia Putnam. Eso significaba que había pasado la hora de la cena, que el bar estaba cerrado, y que yo había dormido por lo menos catorce horas. La Monmouth se encontraba vacía. Me levanté, me afeité y tomé un baño caliente. Luego me puse la bata y bajé, descalzo, comiendo una manzana que había encontrado en la cocina comunitaria, a ver si había algún mensaje para mí junto al teléfono.

Había tres. Bunny Corcoran había llamado a las seis menos cuarto. Mi madre, desde California, a las ocho cuarenta y cinco. Y un tal doctor H. Springfield quería que pasara a verlo tan pronto como me fuera posible.

Llegué a casa de Henry muerto de hambre, y me alegró ver que Charles y Francis todavía estaban picando un poco de pollo frío y ensalada.

Me dio la impresión de que Henry no había dormido nada desde que yo me marché de allí. Llevaba una vieja chaqueta de tweed con los codos pelados, y tenía manchas de hierba en los pantalones a la altura de las rodillas; llevaba unas polainas caqui atadas sobre los zapatos, manchados de barro.

—Si tienes hambre, coge un plato. Están en el aparador —me dijo mientras retiraba la silla y se dejaba caer en ella, como un viejo granjero que acaba de llegar del campo.

—¿Dónde has estado?

—Ya hablaremos de eso después de cenar.

—¿Dónde está Camilla?

Charles se echo a reír.

Francis dejó el muslo de pollo en el plato.

—Tiene una cita —dijo.

—¿Una cita? ¿Con quién?

—Con Cloke Rayburn.

—Han ido a la fiesta —añadió Charles—. Han quedado antes para ir a tomar algo a otro sitio y todo.

—Marion y Bunny también han ido —dijo Francis—. Ha sido idea de Henry. A Camilla le ha tocado vigilar a nuestro amigo esta noche.

—Nuestro amigo me ha dejado un mensaje esta tarde —les dije.

—Nuestro amigo se ha pasado el día en pie de guerra —dijo Charles, que se estaba cortando una rebanada de pan.

—Ahora no, por favor —dijo Henry con voz cansada.

Una vez retirados los platos, Henry apoyó los codos sobre la mesa y encendió un cigarrillo. No se había afeitado, y tenía ojeras.

—¿Cuál es el plan? —preguntó Francis.

Henry tiró la cerilla en el cenicero.

—Este fin de semana —dijo—. Mañana.

Me quedé inmóvil, con la taza de café frente a los labios, y lo miré.

—Pero cómo —exclamó Charles, desconcertado—. ¿Tan pronto?

—No podemos esperar más.

—¿Y qué vamos a hacer, si no tenemos nada planeado?

—A mí tampoco me gusta, pero si esperamos no tendremos otra oportunidad hasta el próximo fin de semana. Y después puede que no tengamos ya ninguna oportunidad.

Se hizo un breve silencio.

—¿Va en serio? —vaciló Charles—. ¿Es… definitivo?

—No hay nada definitivo —dijo Henry—. No podemos controlar completamente las circunstancias. Pero quiero que estemos preparados por si se presenta la oportunidad.

—Todo esto suena un poco ambiguo —opinó Francis.

—Lo es. Lamentablemente, no puede ser de otra forma, pues Bunny será el que haga casi todo el trabajo.

—¿Qué quieres decir? —le preguntó Charles, apoyándose en el respaldo de la silla.

—Un accidente. Un accidente de excursionismo, para ser exactos. —Henry hizo una pausa—. Mañana es domingo.

—Sí.

—Si hace buen tiempo, es probable que Bunny salga a dar un paseo.

—No siempre lo hace —dijo Charles.

—Pongamos que este domingo sí. Y sabemos por dónde.

—La ruta varía —dije. Durante el trimestre anterior yo solía acompañar a Bunny en sus paseos. Le gustaba cruzar arroyos, saltar vallas, tomar todo tipo de desvíos imprevistos.

—Sí, claro. Pero en líneas generales la conocemos —dijo Henry. Sacó del bolsillo una hoja de papel y la extendió sobre la mesa. Me incliné y vi que era un mapa—. Sale por la puerta trasera de su residencia, rodea las pistas de tenis, y cuando llega al bosque no se dirige hacia North Hampden, sino hacia el este, hacia, el monte Cataract. Por esa zona los bosques son muy frondosos, y no suele haber nadie. Sigue hasta llegar al sendero de caza (y sabes a cuál me refiero, Richard, la pista señalada con una piedra blanca), y gira en dirección sudeste. El sendero tiene menos de una milla, y luego se bifurca...

—Pero si lo esperas ahí, puede que no lo encuentres —le interrumpí—. He ido con él por ese camino. A veces gira hacia el oeste en lugar de seguir hacia el sur.

—Bueno, la verdad es que podemos perderle la pista mucho antes —dijo Henry—. Me consta que a veces no toma ese camino y sigue caminando hacia el este hasta dar con la autopista. Pero estoy dando por sentado que no lo hará. Hace buen tiempo, y no se contentará con un paseo tan fácil.

—¿Y qué pasa con la segunda bifurcación? No puedes saber qué camino tomará.

—No hace falta. ¿Recuerdas dónde está? En el barranco.

—Ah —dijo Francis.

Se hizo un largo silencio.

—Mirad —dijo Henry y sacó un lápiz del bolsillo—. Sale del

campus, es decir que viene por el sur. Nosotros podemos llegar al mismo punto por otra ruta completamente diferente, desde la highway 6, por el oeste.

—¿Iremos en coche?

—Sí, pero solo parte del camino. Justo después del depósito de chatarra, antes de llegar al desvío de Battenkill, hay un camino sin asfaltar. Creía que sería un camino particular, y en ese caso habríamos tenido que evitarlo, pero esta tarde he ido al Palacio de Justicia y me he enterado de que no es más que un viejo camino de leñadores. Conduce al bosque, pero no tiene salida. Y nos llevará directamente al barranco, aproximadamente un cuarto de milla. El resto del camino podemos hacerlo andando.

—¿Y cuando lleguemos?

—Pues esperamos. Esta tarde he recorrido dos veces el camino que hace Bunny desde la escuela hasta el barranco, ida y vuelta, y lo he cronometrado en los dos sentidos. Tardará por lo menos media hora desde que salga de la habitación. Y eso nos da tiempo de sobras para ir por el otro camino y sorprenderlo.

—¿Y si no viene?

—Pues en ese caso solo habremos perdido el tiempo.

—¿Y no sería mejor que uno de nosotros fuera con él?

Negó con la cabeza.

—Ya lo había pensado —dijo—. No nos interesa. Si cae en la trampa por sí solo, por su propia voluntad, es difícil que luego puedan acusarnos.

—Si esto, si lo de más allá —dijo Francis con amargura—. A mí todo me suena bastante fortuito.

—Es lo que interesa: que sea fortuito.

—No entiendo qué tiene de malo el plan original.

—El plan original es demasiado rebuscado, demasiado detallado.

—Pero es mejor el detalle que el azar.

Henry alisó el mapa con la palma de la mano.

—No. Te equivocas —dijo—. Si pretendemos ordenar los acontecimientos demasiado meticulosamente, llegar a un punto x siguiendo un razonamiento lógico, es evidente que ese razonamiento lógico puede ser descubierto en el punto x y conducir hasta nosotros. Una mente perspicaz siempre acaba descubriendo la razón. Pero ¿la suerte? Es invisible, caótica, angelical. Desde nuestro punto de vista, lo mejor es dejar que Bunny elija las circunstancias de su propia muerte.

Todo estaba en silencio. Solo se oía el monótono y penetrante canto de los grillos. Francis, que estaba muy pálido y sudoroso, se mordió el labio inferior.

—A ver si lo entiendo —dijo—. Lo esperamos en el barranco y rezamos para que pase por allí. Y si pasa, le damos un empujón (allí mismo y a plena luz del día) y nos volvemos a casa. ¿Me equivoco?

—Más o menos —dijo Henry.

—¿Y qué pasa si viene con alguien? ¿O si pasa alguien por casualidad?

—No nos pueden detener por pasear por el bosque una tarde de primavera —dijo Henry—. Podemos hacerlo incluso en el último momento, cuando se asome al borde del barranco. Y será solo un instante. Si cuando volviéramos al coche nos cruzamos con alguien (no creo que ocurra, pero cabe la posibilidad), siempre podríamos decir que ha habido un accidente y que vamos a buscar ayuda.

—Pero ¿y si alguien nos ve hacerlo?

—Creo que es muy improbable —dijo Henry al tiempo que dejaba caer un terrón de azúcar en su café.

—Pero posible.

—Todo es posible, pero la probabilidad jugará a nuestro favor —dijo Henry—. ¿Qué posibilidad hay de que alguien aparezca por allí precisamente durante la fracción de segundo que tardaremos en empujarlo?

—Podría ocurrir.

—Podría ocurrir cualquier cosa, Francis. A Bunny podría atropellarlo un coche esta noche, y nos ahorraríamos muchos problemas.

Una ligera y húmeda brisa que olía a lluvia y a flores de manzano entró por la ventana. Yo había empezado a sudar y el aire que me daba en la mejilla hizo que me sintiera destemplado y un poco mareado.

Charles se aclaró la garganta y todos nos volvimos hacia él:

—¿Sabes si…? Bueno, ¿estás seguro de que es lo suficientemente alto? ¿Qué ocurriría si…?

—Hoy lo he medido —le comentó Henry—. El punto más alto tiene cuarenta y ocho pies, y eso es más que suficiente. Lo más difícil consistirá en lograr que vaya hasta ahí. Si cae desde otro punto no tan alto, solo conseguiremos que se rompa una pierna. Claro que en gran parte depende de cómo caiga. Nos conviene que caiga de espaldas.

—A mí me han contado historias de gente que se ha caído de un avión y que no se ha matado —dijo Francis—. ¿Y si no muere?

Henry se frotó un ojo sin quitarse las gafas.

—Bueno, en el fondo del barranco hay un arroyo —dijo—.

No es muy profundo, pero sí lo suficiente. Por lo menos estará atontado. Tendríamos que arrastrarlo hasta allí, sumergirle la cabeza un rato... Sería cuestión de dos minutos. Si estuviera consciente, bastaría con que un par de nosotros nos sentáramos encima...

Charles se pasó la mano por la frente, sudorosa y encendida.

—Madre mía —dijo—. ¿Cómo es posible que hablemos en estos términos?

—¿Qué pasa?

—¿Acaso estamos locos?

—¿Pero qué dices, Charles?

—Nos hemos vuelto locos. ¿Cómo es posible que estemos planificando esto?

—A mí no me hace más ilusión que a ti.

—Es una locura. Ni siquiera sé cómo nos atrevemos a hablar de esto. Tenemos que planear otra cosa.

Henry bebió un sorbo de café.

—Si se te ocurre algo —dijo—, por mí encantado.

—No sé. ¿No podemos desaparecer, sencillamente? Coger el coche y largarnos.

—¿Y adónde iremos? —dijo Henry, sin ninguna emoción—. ¿Con qué dinero?

Charles no contestó.

—Mirad —continuó Henry, dibujando una línea en el mapa con un lápiz—. Creo que no tendremos dificultades para marcharnos individualmente, aunque tendremos que poner especial cuidado al volver al sendero y salir a la carretera.

—¿En qué coche iremos? ¿En el tuyo o en el mío? —le preguntó Francis.

—Creo que en el mío. El tuyo es demasiado llamativo.

—¿Y si alquiláramos uno?

—No. Eso podría estropearlo todo. Si nos comportamos con absoluta normalidad, nadie reparará en nosotros. La gente no le presta atención al noventa por ciento de lo que ve.

Hubo una pausa.

Charles tosió débilmente:

—¿Y después? ¿Nos vamos a casa?

—Nos vamos a casa —dijo Henry, mientras encendía un cigarrillo—. En serio, no hay de qué preocuparse —añadió mientras apagaba la cerilla—. Parece arriesgado, pero si lo piensas fríamente no podría ser más seguro. No parecerá un asesinato. Además, nadie sabe que tenemos un motivo para matarle. Ya, ya lo sé —arguyó, impaciente, al ver que yo intentaba interrumpirlo—. Pero me sorprendería muchísimo que se lo hubiera contado a alguien más.

—¿Cómo puedes saber lo que ha hecho? ¡Puede que se lo haya contado a todo el mundo en la fiesta!

—Me apuesto algo a que no lo ha hecho. Desde luego, Bunny es impredecible, pero de momento sus actos todavía tienen cierto rudimentario sentido. Yo sabía que tú serías el primero al que se lo contaría.

—¿Cómo lo sabías?

—No irás a pensar que fue una casualidad que te eligiera a ti, ¿verdad?

—No lo sé. A mí me tenía más a mano que a nadie.

—¿A quién más podía contárselo? —dijo Henry con impaciencia—. Sería incapaz de ir directamente a la policía. Si lo hiciera, tendría tanto que perder como nosotros. Y por ese mismo motivo, no se atrevería a contárselo a un desconocido. Con lo cual el número de confidentes en potencia queda muy reducido. Por una parte está Marion. Sus padres. Cloke. Julian es una posibilidad más remota. Y tú.

—¿Y qué te hace pensar que no se lo ha contado ya a Marion, por ejemplo?

—Puede que Bunny sea estúpido, pero no tanto. Al día siguiente lo sabría toda la escuela. Cloke tampoco sería el más adecuado. No es tan alocado, pero tampoco es de fiar. Es caprichoso e irresponsable. Y muy egoísta. A Bunny le cae bien (creo que lo admira), pero nunca le contaría una cosa así. Tampoco se le ocurriría contárselo a sus padres. Ellos lo apoyarían, sin duda, pero irían directamente a la policía.

—¿Y Julian?

Henry se encogió de hombros.

—A Julian podría contárselo, eso no puedo negarlo. Pero todavía no se lo ha contado, y no creo que lo haga. Por lo menos, de momento.

—¿Por qué no?

Henry me miró y levantó una ceja.

—Porque ¿a quién crees que Julian creería antes?

Nadie dijo nada. Henry le dio una honda calada al cigarrillo, exhaló y continuó:

—Bueno. Por eliminación. No se lo ha contado ni a Marion ni a Cloke, por miedo a que ellos se lo contaran a terceros. Por el mismo motivo, no se lo ha contado a sus padres, y no es probable que lo haga, salvo como último recurso. ¿Qué posibilidades le quedan? Solo dos. Puede contárselo a Julian (que no le creería) o a ti, que podrías creerle y no se lo contarías a nadie.

Me quedé mirándolo y dije:

—Conjeturas.

—En absoluto. ¿Crees que si se lo hubiera contado a alguien más estaríamos aquí sentados? ¿Crees que ahora que te lo ha contado a ti cometería la temeridad de contárselo a otro, antes de saber siquiera cómo reaccionabas tú? ¿Por qué crees que te ha llamado esta tarde? ¿Por qué crees que se ha pasado el día persiguiéndonos a todos?

No contesté.

—Porque estaba tanteando el terreno —añadió Henry—. Anoche estaba borracho, eufórico. Hoy no está tan seguro de lo que piensas. Quiere comprobar que todo va bien. Y buscará la pista en tu reacción.

—No lo entiendo —dije.

Henry bebió un poco más de café.

—¿Qué es lo que no entiendes?

—Por qué tienes tanta prisa por matarlo si estás convencido de que no se lo contará a nadie.

Se encogió de hombros.

—Lo que yo digo es que todavía no se lo ha contado a nadie. Eso no quiere decir que no vaya a hacerlo, y puede que muy pronto.

—Quizá yo pueda disuadirlo.

—Francamente, no estoy dispuesto a correr ese riesgo.

—Pues en mi opinión estás hablando de correr un riesgo mucho mayor.

—Mira —dijo Henry, levantando la cabeza y fijando sus cansados ojos en mí—. Perdona que sea tan categórico, pero si crees que tienes alguna influencia sobre Bunny, te equivocas. No te guarda un aprecio excesivo, y si he de serte franco, creo que nunca te lo ha guardado. Si intentaras interceder precisamente tú, las consecuencias serían desastrosas.

—Él acudió a mí.

—Por motivos obvios, y ninguno de ellos muy sentimental. —Se encogió de hombros—. Mientras yo estaba seguro de que no se lo había contado a nadie, podíamos esperar indefinidamente. Pero tú eras la alarma, Richard. Después de contártelo a ti (no ha pasado nada, pensará, no ha sido tan grave), ya no le costará tanto contárselo a otro. Y luego a otro. Ha dado el primer paso, y cada vez le costará menos avanzar. Creo que los acontecimientos se precipitarán vertiginosamente.

Me sudaban las palmas. La habitación estaba cargada, pese a que la ventana permanecía abierta. Oía nuestras respiraciones: comedidas, pausadas, espantosamente regulares; cuatro pares de pulmones consumiendo el escaso oxígeno.

Henry entrelazó los dedos y los hizo crujir estirando los brazos.

—Si quieres, puedes irte —me dijo.

—¿Quieres que me vaya? —repuse con aspereza.

—Haz lo que quieras —contestó—. Pero no tienes por qué quedarte. Solo quería que tuvieras una idea general, pero cuantos menos detalles sepas, mejor. —Bostezó—. Había algunas cosas que tenías que saber, o eso me pareció, pero creo que ya te he perjudicado bastante involucrándote en todo esto.

Me levanté y los miré a los tres.

—De acuerdo.

Francis me miró y enarcó una ceja.

—Deséanos suerte —me dijo Henry.

Le di unas palmadas en el hombro, torpemente.

—Buena suerte —dije.

Charles, que quedaba fuera del ángulo de visión de Henry, me hizo una seña. Sonrió y, moviendo los labios, me dijo: «Te llamo mañana, ¿de acuerdo?».

De pronto me sobrevino una oleada de emoción que me cogió por sorpresa. Como temía decir o hacer algo infantil, algo de lo que pudiera arrepentirme, me puse el abrigo, bebí el resto del café de un solo trago y me marché sin pronunciar siquiera el más mecánico adiós.

Cuando volvía a casa por el oscuro bosque, con la cabeza gacha y las manos en los bolsillos, tropecé, casi literalmente, con Camilla. Estaba borracha, y muy animada.

—Hola —dijo, cogiéndome del brazo y arrastrándome en dirección contraria a la que yo llevaba—. ¿Sabes qué? Hoy he salido con un chico.

—Eso me han dicho.

Se rió. Una risa ahogada, dulce, que me enterneció.

—¿No lo encuentras gracioso? Me siento como si fuera una espía. Bunny se acaba de ir a casa. Pero ahora tengo un problema: creo que le gusto a Cloke.

Estaba tan oscuro que apenas la veía. El peso de su brazo resultaba maravillosamente cómodo, y notaba en mi mejilla su cálido aliento, que tenía el olor dulzón de la ginebra.

—¿Se ha comportado? —le dije.

—Sí, ha sido muy amable. Me ha invitado a cenar, y luego me ha llevado a tomar algo. Una bebida muy rara roja, que sabía a polo.

Salimos del bosque y llegamos a las desiertas calles de North

Hampden, con su luz azulada. A la luz de la luna, todo estaba silencioso y extraño. Una débil brisa hacía sonar el carillón de un porche.

Me paré, y ella tiró de mi brazo.

—¿No vienes? —me preguntó.

—No.

—¿Por qué?

Iba despeinada, y sus encantadores labios estaban manchados de aquella bebida extraña; con solo mirarla, supe que Camilla no tenía ni la más remota idea de qué era lo que estaba pasando en casa de Henry.

Ella los acompañaría. Seguramente, alguien le diría que no hacía falta que fuera, pero de todos modos ella acabaría acompañándolos.

—Oye —dije.

—¿Qué?

—Ven a mi casa.

Camilla frunció ligeramente el entrecejo.

—¿Ahora?

—Sí.

—¿Por qué?

El carillón volvió a dejar oír su insidioso sonido.

—Porque quiero que vengas.

Me miró con serenidad, borracha como estaba; tenía un pie doblado por el tobillo formando una «L», y se apoyaba en la cara externa del pie con asombrosa e infantil facilidad.

Le había cogido una mano, y la apreté con fuerza. Las nubes pasaban deprisa por delante de la luna.

—¿Vamos?

Se puso de puntillas y me dio un beso fresco y suave que sabía a polo. Camilla, pensé. El corazón me latía muy deprisa.

· De pronto se separó de mí.

—Tengo que irme —dijo.

—No, por favor.

—De verdad. Se estarán preguntando dónde me he metido.

Me dio un beso rápido, se dio la vuelta y se marchó calle abajo. Me quedé observándola hasta que llegó a la esquina. Luego hundí las manos en los bolsillos y regresé a casa.

Al día siguiente desperté sobresaltado. Hacía sol y se oía música procedente del pasillo. Era tarde, mediodía, o quizá más; cogí el reloj de la mesilla y me llevé otro susto, esta vez mayor. Eran las tres menos cuarto. Salté de la cama y empecé a vestirme a toda prisa, sin preocuparme por afeitarme ni peinarme.

Cuando salí al pasillo, poniéndome la chaqueta, vi a Judy Poovey que caminaba deprisa hacia mí. Iba muy arreglada, sobre todo tratándose de Judy, e inclinaba la cabeza hacia un lado mientras intentaba ponerse un pendiente.

—¿Quieres que te lleve? —dijo al verme.

—¿Adónde? —le pregunté, desconcertado, con la mano en el pomo de la puerta.

—¿Qué te pasa? ¿Vives en Marte, o qué?

La miré fijamente.

—La fiesta —dijo con impaciencia—. La fiesta de la primavera. Detrás de la Jennings. Hace una hora que ha empezado.

Judy tenía las ventanas de la nariz inflamadas e inquietas; se llevó una mano (con las uñas pintadas de rojo) a la cara para frotárselas.

—Me parece que ya sé qué hacías —le dije.

Judy se rió.

—Tengo más. El fin de semana pasado Jack Teitelbaum me llevó a Nueva York, y traje una tonelada. Y Laura Stora tiene éxtasis, y aquel tipo tan horrible del sótano de la Durbinstall (ya sabes, el que estudia química) ha preparado una montaña de metadrina, ¿Intentas decirme que no te habías enterado?

—No.

—La fiesta de la primavera es la más sonada del año. La gente lleva meses preparándose. Lástima que no se celebrara ayer, con el tiempo tan maravilloso que hacía. ¿No has bajado a comer?

En realidad quería saber si aún no había salido de mi habitación.

—No —contesté.

—Pues hace buen tiempo, aunque un poco de frío. Yo he salido y entonces… Bueno, mira. Da lo mismo. ¿Vienes?

La miré y vacilé. Había salido escopeteado de mi habitación sin tener la menor idea de adónde iba.

—Tengo que comer algo —dije por fin.

—Buena idea. El año pasado fui a la fiesta sin haber comido y me puse a fumar hierba y bebí… no sé, unos treinta martinis. Estaba muy bien, pero de repente me metí en el Fun O'Rama, ¿te acuerdas? Aquella feria que montaron. Bueno, creo que tú no estabas. En fin. Qué equivocación. Llevaba todo el día bebiendo y además el sol me había quemado, y estaba con Jack Teitelbaum y con todos aquellos tipos. Yo no tenía intención de montar en ninguna atracción, la verdad, pero me dije, bueno, la noria. En la noria me puedo montar tranquilamente.

Escuché educadamente el resto de su relato, que terminaba,

como era de prever, con Judy vomitando detrás de un carrito de frankfurts.

—Así que pensé: este año, ni hablar, solo coca. La pausa que te refresca. Por cierto, tendrías que ir a buscar a ese amigo tuyo, cómo se llama, Bunny, y decirle que venga contigo. Está en la biblioteca.

—¿Qué? —dije, súbitamente atento.

—Sí. Sácalo de allí, hombre. Y dale algo, a ver si se anima un poco.

—¿Dices que está en la biblioteca?

—Sí. Lo he visto hace un rato por las ventanas de la sala de lectura. ¿No tiene coche?

—No.

—Pensé que tal vez podía acompañarnos. La Jennings está lejos. No sé, a lo mejor soy yo. Estoy hecha un desastre, te lo juro. Tengo que empezar a hacer aeróbic otra vez.

Eran las tres. Cerré la puerta con llave y bajé a la biblioteca, manoseando nerviosamente el llavero con la mano en el bolsillo.

Hacía un día extraño, apacible, agobiante. El campus parecía desierto —supuse que todo el mundo estaba en la fiesta—, y el césped y los llamativos tulipanes dominaban, expectantes, bajo el cielo cubierto. Oí una puerta de tela metálica que se cerraba. Por encima de mi cabeza, en las retorcidas y negras ramas de un olmo, vi un gatito solitario que se agitaba, nervioso, y luego se quedaba quieto. «Esto parece Kansas —me dije—. Parece Kansas poco antes de un ciclón.»

La biblioteca semejaba una tumba; los fríos fluorescentes contrastaban con la luz del exterior y hacían que la tarde pareciera más fría y gris de lo que era en realidad. Las ventanas de la sala de lectura estaban brillantes y vacías; solo se veían estanterías y mesas vacías, pero ni un alma.

La bibliotecaria —una vaca despreciable que se llamaba Peggy— estaba detrás de su mesa leyendo un ejemplar del *Women's Day*, y no levantó la vista. La máquina Xerox murmuraba quedamente en un rincón. Subí al segundo piso, di la vuelta por detrás de la sección de lenguas extranjeras y llegué a la sala de lectura. Tal como había imaginado, estaba vacía, pero en una mesa cerca de las ventanas había un elocuente montoncito de libros, papeles y grasientas bolsas de patatas fritas.

Me acerqué para examinarlo de cerca. Todo indicaba que lo habían dejado allí hacía poco: había una lata de zumo de uva, medio vacía, que todavía rezumaba, fría al tacto. Me quedé un momento pensando qué podía hacer —quizá solo había ido al lavabo y volvía en cualquier momento—. Estaba a punto de marcharme cuando vi la nota.

Sobre un volumen de la *World Book Encyclopedia* había un sucio pedazo de papel rayado doblado por la mitad, donde Bunny había escrito «Marion» con su diminuta y enrevesada letra. Lo abrí y lo leí rápidamente:

> Nena
> Me muero de asco. Bajo a la fiesta
> a tomarme una cerveza. Hasta luego.
>   B.

Volví a doblar la nota y me senté en el brazo de la silla de Bunny. Cuando iba de pasco, Bunny solía salir a la una de la tarde.

Ahora eran las tres. Estaba en la fiesta de la Jennings. Se les había escapado.

Bajé por la escalerilla de atrás, salí por la puerta del sótano y crucé hasta el Commons —su fachada de ladrillo rojo, plana, como un telón de fondo contra el cielo vacío—, y llamé a Henry desde la cabina telefónica. No contestaba. En casa de los gemelos tampoco había nadie.

El Commons estaba vacío, salvo por un par de viejos y macilentos porteros y la telefonista de la peluca pelirroja, que se pasaba el fin de semana haciendo ganchillo y sin prestar atención a las llamadas. Las luces de la centralita, como de costumbre, se encendían y se apagaban incesantemente, y ella estaba sentada dándoles la espalda, ignorándolas igual que hiciera aquel radiotelegrafista de mal agüero del *Californian* la noche que se hundió el *Titanic*. Recorrí el pasillo hasta las máquinas expendedoras, donde cogí un deplorable café instantáneo antes de bajar a probar suerte con el teléfono otra vez. Pero seguían sin contestar.

Colgué y fui a la vacía sala comunitaria, con un ejemplar bajo el brazo de la revista de ex alumnos que había encontrado en correos, y me senté en una silla junto a la ventana a beber el café.

Pasaron quince, veinte minutos. La revista de ex alumnos era deprimente. Por lo visto, cuando salían de la escuela los graduados en Hampden no hacían otra cosa que montar tiendecitas de cerámica en Nantucket o viajar al Nepal. La dejé a un lado y me quedé mirando por la ventana. Fuera había una luz muy extraña. Tenía algo que intensificaba el verde del césped de modo que toda su vasta extensión parecía artificial, luminosa, como de otro mundo. Una bandera estadounidense, desolada y solitaria contra el cielo violeta, ondeaba en su mástil metálico.

Me quedé un minuto sentado mirándola y entonces, de repente, sin poder soportarlo un momento más, cogí el abrigo y me dirigí hacia el barranco.

En el bosque había una quietud sepulcral y el ambiente era terriblemente inhóspito: verde, negro e inmóvil, con los sombríos olores del barro y la putrefacción. No soplaba viento; no cantaba ningún pájaro, no se movía una hoja. Los brotes de cornejo, inmóviles, destacaban, blancos y surreales, contra el cielo que iba oscureciéndose, espesándose.

Me apresuré; oía las ramas quebrarse bajo mis pies y mi ronca respiración. El sendero no tardó mucho en conducirme al claro. Permanecí de pie, casi sin aliento, y tardé un rato en darme cuenta de que allí no había nadie.

El barranco estaba a mi izquierda: brutal, una profunda caída, y abajo las rocas. Me acerqué al borde, con cuidado de no asomarme demasiado. Había un silencio absoluto. Me volví y caminé hacia el bosque, por donde había venido.

Entonces oí un leve susurro y la cabeza de Charles surgió de la nada.

—¡Hola! —susurró alegremente—. ¿Qué demonios…?

—Cállate —dijo una voz más brusca, y un momento después Henry apareció de detrás de un arbusto como por arte de magia.

Yo estaba atónito, intrigadísimo. Henry me miró, enfadado, y se disponía a hablar cuando se oyó un súbito crujido de ramas. Me volví, sorprendido: Camilla, con pantalones caqui, bajaba por el tronco de un árbol.

—Pero ¿qué pasa? —dijo Francis, que estaba por allí cerca—. ¿Ya puedo fumar?

Henry no contestó.

—¿Qué haces aquí? —me preguntó, muy disgustado.

—Hoy hay una fiesta.

—¿Qué?

—Una fiesta. Y Bunny está allí. —Hice una pausa—. No vendrá.

—¿Lo ves? Ya te lo dije —intervino Francis, agraviado, saliendo cautelosamente del arbusto y limpiándose las manos. Como de costumbre, no iba vestido adecuadamente, sino que llevaba un traje bastante elegante—. Nunca me hacéis caso. Hace más de una hora que digo que tendríamos que marcharnos.

—¿Cómo sabes que está en la fiesta? —me preguntó Henry.

—Ha dejado una nota en la biblioteca.

—Vámonos a casa —propuso Charles, secándose una mancha de barro de la mejilla con el dorso de la muñeca.

Henry no le hizo caso.

—Maldita sea —exclamó, e hizo un rápido movimiento con la cabeza, como un perro sacudiéndose agua—. Tenía tantas ganas de resolver esto de una vez.

Se hizo un largo silencio.

—Tengo hambre —dijo Charles.

—Yo me muero de hambre —apuntó Camilla, despistada, y luego abrió mucho los ojos—. Oh, no.

—¿Qué pasa? —preguntaron todos al unísono.

—La cena. Hoy es domingo. Esta noche tiene que venir a cenar a casa.

Se hizo un silencio sepulcral.

—No me acordaba —dijo Charles.

—Yo tampoco —añadió Camilla—. Y no tenemos nada en la nevera.

—Tendremos que pasar por la tienda.

—¿Qué podemos comprar?

—No lo sé. Algo rápido.

—Es increíble —dijo Henry, enfadado—. Os lo recordé anoche.

—Pero nos hemos olvidado —se defendieron los gemelos, con simultánea desesperación.

—Es increíble.

—Hombre, si te levantas con la idea de matar a alguien a las dos de la tarde, la verdad es que no piensas mucho en lo que vas a ofrecer de cenar al cadáver.

—Es temporada de espárragos —comentó Francis.

—Sí, pero ¿venden espárragos en el Food King?

Henry suspiró y echó a andar hacia el bosque.

—¿Adónde vas? —le preguntó Charles con alarma.

—Voy a arrancar un par de helechos. Y luego nos vamos.

—Déjalo, hombre —le dijo Francis, encendiendo un cigarrillo y tirando la cerilla—: Nadie nos verá.

Henry se volvió.

—Podrían vernos, y entonces será mejor que tengamos una coartada sobre lo que hacíamos aquí. Y coge la cerilla —le dijo con amargura a Francis, que soltó una nube de humo y lo miró airadamente.

Estaba oscureciendo, y empezaba a hacer frío. Me abroché el abrigo y me senté sobre una húmeda roca desde la que se veía el barranco; contemplé el riachuelo enlodado y salpicado de hojas que discurría allá abajo, y oí cómo los gemelos discutían sobre qué prepararían de cena. Francis se apoyó contra un tronco, fumando. Al cabo de un rato apagó el cigarrillo en la suela del zapato y vino a sentarse a mi lado.

Pasaron unos minutos. El cielo estaba tan cubierto que parecía de color púrpura. Una ráfaga de viento sopló por entre un grupo de luminosos abedules en la vertiente opuesta, y me estremecí. Los gemelos seguían discutiendo en voz baja. Cuando se ponían así, disgustados, molestos, me recordaban a Heckle y Jeckle.

De pronto Henry salió del bosque sacudiendo los arbustos, restregándose en los pantalones las manos sucias de tierra.

—Viene alguien —dijo en voz baja.

Los gemelos se callaron y lo miraron.

—¿Qué? —dijo Charles.

—Por el camino de atrás. Escuchad.

Permanecimos callados y quietos, mirándonos unos a otros. Una helada brisa sacudió los árboles y una lluvia de pétalos blancos de cornejo cayó en el claro.

—No oigo nada —dijo Francis.

Henry se llevó un dedo a los labios. Los cinco continuamos inmóviles, esperando un momento más. Tomé aliento, y estaba a punto de hablar cuando de pronto oí algo.

Pasos, ramas quebrándose. Nos miramos. Henry se mordió el labio y echó un rápido vistazo alrededor. En el barranco no había dónde esconderse, y no podíamos dirigirnos en absoluto silencio hacia el bosque. Henry iba a decir algo, cuando de pronto se oyó ruido de arbustos, muy cerca, y Henry salió del claro por entre dos árboles, como quien va por la calle y se esconde a continuación en un portal.

El resto de nosotros, desamparados y a la vista, nos miramos y luego miramos a Henry, que estaba a unos treinta pies, a salvo bajo los árboles. Nos hizo señas con la mano, impaciente. Oí el repentino crujir de unos pasos sobre la grava, y, apenas consciente de lo que hacía, me di la vuelta y fingí examinar el tronco de un árbol cercano.

Los pasos se acercaban. Empecé a notar un picor en la nuca, y me incliné para mirar de cerca el tronco del árbol: una corteza plateada, fría al tacto; hormigas saliendo en formación por una fisura. Las contemplé atentamente, mientras contaba los pasos que se aproximaban.

De pronto se pararon, muy cerca de mí.

Levanté la mirada y vi a Charles; miraba al frente con una horrorosa expresión en el rostro. Estaba a punto de preguntarle qué le pasaba cuando, incrédulo, oí la voz de Bunny justo a mis espaldas:

—Pero bueno —dijo, animado—. ¿Qué es esto? ¿Una reunión del club ecologista?

Me volví. Era Bunny, desde luego. Había surgido a mis espaldas con un impermeable amarillo que le llegaba casi hasta los tobillos.

Se hizo un desagradable silencio.

—Hola, Bun —dijo Camilla, débilmente.

—Hola —contestó él. Llevaba una botella de cerveza, una Rolling Rock, a la que dio un largo trago—. Uf, últimamente os estáis aficionando a pasear por el bosque. ¿Sabes qué? —añadió, dándome un golpe en las costillas—: Te he estado buscando.

Su brusca e inevitable proximidad era demasiado para mí. Permanecí mirándolo, aturdido, y él volvió a beber un trago, luego bajó la botella y se secó los labios con el dorso de la mano; estaba tan cerca de mí que hasta notaba su aliento.

—Ahhhh —dijo Bunny, retirándose el flequillo de los ojos. Luego eructó—. Y bien, ¿se puede saber de qué vais, mataciervos? ¿Os ha dado por venir a estudiar la vegetación?

Se oyó un crujido y una tímida tos procedente del bosque.

—No exactamente —dijo una voz serena.

Sorprendido, Bunny se volvió —yo le imité—, y vio a Henry saliendo de las sombras.

Henry se adelantó y miró a Bunny con simpatía. Llevaba un desplantador y tenía las manos negras de barro.

—Hola —dijo—. Qué sorpresa.

Bunny le dedicó una larga y severa mirada.

—Madre mía —suspiró—. ¿Qué estás haciendo, enterrar a los muertos?

Henry sonrió.

—La verdad es que me alegro de que hayas venido.

—¿Qué es esto? ¿Una asamblea?

—Más o menos —dijo Henry amablemente, después de una pausa—. Supongo que podríamos llamarlo así.

—¿Podríamos? —dijo Bunny, burlón.

Henry se mordió el labio inferior.

—Sí —continuó, con toda seriedad—. Podríamos. Aunque yo no emplearía ese término precisamente.

Todo estaba inmóvil. Oí la lejana y necia risa de un pájaro carpintero procedente del bosque.

—Oye —insistió Bunny, y me pareció detectar en su voz, por primera vez, una pizca de sospecha—. ¿Pero qué demonios estáis haciendo aquí? —En el bosque había un silencio absoluto.

Henry sonrió.

—¿Que qué hacemos? Nada, buscar helechos —dijo, y se adelantó hacia él.

Segunda parte

Dioniso, Señor de las Ilusiones, podía hacer que creciera una vid del tablazón de cubierta de un barco, y, en general, que sus adoradores vieran el mundo de forma diferente de como es en realidad.

E. R. DODDS, *Los griegos y lo irracional*

6

Tengo que decir que no me considero mala persona (aunque admito que eso es precisamente lo que diría un asesino). Siempre que leo alguna noticia sobre asesinatos, me sorprende la obstinada, casi enternecedora seguridad con que estranguladores en serie, infanticidas, y en general todo tipo de depravados y culpables niegan su maldad; incluso se sienten inclinados a sostener una especie de falsa decencia. («En el fondo soy una buena persona.» Son palabras del autor del asesinato en serie más reciente —dicen que no se librará de la silla—; no hace mucho, en Texas, se cargó a seis enfermeras con un hacha. He seguido su caso con interés.)

Nunca me he considerado muy buena persona, pero tampoco puedo decir que sea detestablemente malvado. Quizá sea imposible pensar en esos términos de uno mismo, y nuestro amigo de Texas es un buen ejemplo. Lo que hicimos es terrible, y sin embargo no me parece que ninguno de nosotros fuera exactamente malo; pueden llamarlo como quieran: debilidad, en mi caso; arrogancia, en el de Henry; o demasiadas redacciones de prosa griega.

No lo sé. Supongo que debí enterarme mejor de en qué me estaba metiendo. Sin embargo, el primer asesinato —el del granjero— había sido muy sencillo, como cuando tiras una piedra al lago y apenas se forman ondas. El segundo también fue fácil, por lo menos al principio, pero yo ignoraba lo diferente que sería. Lo que tomamos como un paso insignificante (un leve ruido sordo, una rápida caída, las aguas cubriéndolo sin dejar rastro), resultó ser una carga de profundidad, una carga que explotó súbitamente bajo la helada superficie, y cuyas repercusiones puede que ni siquiera ahora se hayan agotado.

Hacia finales del siglo XVI el físico italiano Galileo Galilei realizó varios experimentos relacionados con la caída de los cuerpos, arrojando objetos (según dicen) desde la torre de Pisa para medir la aceleración que sufrían. Descubrió lo siguiente: que al caer, los cuerpos adquieren velocidad. Que cuanto más lejos cae un cuerpo, más deprisa se mueve. Que la velocidad de un cuerpo que cae equivale a la aceleración debida a la gravedad multiplicada por el tiempo de la caída en segundos. Resumiendo: que dadas las variables de nuestro caso, en su caída, nuestro cuerpo viajaba a una velocidad de más de treinta y dos pies por segundo cuando dio contra las rocas del fondo.

Ya se pueden imaginar lo rápido que fue. Y resulta imposible pasar esa película a cámara lenta, examinar cada uno de los fotogramas. Ahora veo lo mismo que vi entonces: imágenes que pasan con la rápida y engañosa facilidad de un accidente: lluvia de grava, brazos agitados en el aire, una mano que intenta agarrarse a una rama y no lo consigue. Una bandada de cuervos asustados surge de los matorrales, graznando, oscura contra el cielo. Henry retrocediendo del borde del barranco. Luego un chasquido de la película en el proyector y la pantalla se oscurece. *Consummatum est.*

Si al acostarme por la noche me encuentro poco dispuesto a

presenciar este desagradable pequeño documental (desaparece en cuanto abro los ojos, pero cuando los cierro siempre vuelve, incansable, desde el principio), me admiro de lo imparcial de su punto de vista, de lo increíblemente detallado; de lo sumamente vacío de fuerza emocional. De esa forma, me devuelve a aquella experiencia con más intensidad de la que uno se pueda imaginar. El tiempo y las repetidas proyecciones han dotado al recuerdo de un carácter amenazador que el original no poseía. Yo presencié el episodio con bastante calma —sin miedo, sin lástima, sin otra cosa que una especie de brutal curiosidad—, de modo que quedó grabado para siempre en mi retina. Pero curiosamente ausente de mi corazón.

Tardé varias horas en saber lo que habíamos hecho; días (¿meses? ¿años?) en empezar a comprender su magnitud. Supongo que sencillamente lo habíamos pensado demasiado, habíamos hablado de ello demasiado a menudo, hasta que el proyecto dejó de ser algo imaginario y adquirió vida propia... A mí jamás se me había ocurrido pensar que aquello fuera otra cosa que un juego. Un aire de irrealidad bañaba hasta los más ordinarios detalles, como si no estuviéramos planeando la muerte de un amigo nuestro, sino el itinerario de un viaje fabuloso que, por lo menos yo, nunca llegué a creer que acabaríamos realizando.

«Lo que no se puede pensar, no se puede, hacer», solía decirnos Julian en la clase de griego. Y aunque creo que lo decía para animarnos a ser más rigurosos respecto a nuestros hábitos mentales, el comentario tiene cierta relación, un tanto perversa, con el tema que nos ocupa. La idea de matar a Bunny era horrorosa, imposible; y sin embargo insistíamos en ella sin cesar, nos convencíamos de que no había alternativa, ideábamos planes que parecían ligeramente improbables y ridículos, pero que en realidad funcionaban bastante bien cuando los poníamos a prueba... No sé. Uno o dos meses antes, la idea de un asesinato, fuera cual fuese, me habría dejado estupefacto. Pero aquel domingo por la tarde, mientras presenciaba uno, me pareció la cosa más fácil del mundo. Qué deprisa cayó Bunny, qué pronto terminó todo.

Me resulta difícil escribir esta parte, supongo que porque el tema está inextricablemente asociado con demasiadas noches como esta (acidez de estómago, nervios, las agujas del reloj avanzando con lentitud de las cuatro a las cinco). Resulta también desalentador, porque reconozco que los intentos de análisis son prácticamente inútiles. No sé por qué lo hicimos. No estoy del todo seguro de que no volviéramos a hacerlo, llegado el caso. Y aunque en cierto sentido lo lamenté, seguramente eso no cambia las cosas.

También lamento presentar una exégesis tan imprecisa y decepcionante de lo que, de hecho, constituye la parte central de mi historia. Me he fijado en que hasta los más gárrulos y descarados asesinos se comportan con una extraña timidez cuando tienen que relatar sus crímenes. Hace unos meses, en la librería de un aeropuerto compré la autobiografía de un famoso asesino, y me decepcionó no encontrar en ella ningún detalle espeluznante. En los momentos de mayor suspense (noche lluviosa, calle desierta, unos dedos cerrándose alrededor del maravilloso cuello de la víctima número cuatro) cambiaba súbitamente de tema, no sin cierta timidez, para mencionar cualquier otra cosa que no venía al caso en absoluto. (¿Sabía el lector que en la cárcel lo habían sometido a un examen de cociente intelectual? ¿Que su puntuación era similar a la de Jonas Salk?) La mayor parte del libro estaba dedicada a aburridos discursos sobre la vida en la cárcel: mala comida, jolgorios, en el patio, tediosos hobbies de presidiario reincidente. Lamenté haberme gastado cinco dólares en aquel libro.

Sin embargo, en cierto modo sé cómo se siente mi colega. No es que todo «se volviera negro», ni nada parecido; solo que el hecho en sí está borroso a causa de algún efecto primitivo y paralizante que en aquel momento lo oscureció; el mismo efecto, me imagino, que hace posible que una madre presa del pánico cruce a nado un río helado o se arroje a las llamas para salvar a su criatura; el efecto que a veces hace posible que una persona profundamente desconsolada presencie un funeral sin derramar una lágrima. Hay cosas tan terribles que no podemos entenderlas inmediatamente. Y hay cosas —desnudas, farfullantes, indelebles de tan horrorosas— demasiado terribles para que lleguemos a entenderlas jamás. Solo más adelante, en la soledad, en la memoria, nos damos cuenta; cuando las cenizas se han enfriado, cuando ya se han marchado los dolientes; cuando miras a tu alrededor y, para tu sorpresa, te encuentras en un mundo completamente diferente.

Cuando llegamos al coche todavía no había empezado a nevar, pero los árboles comenzaban ya a encogerse bajo el cielo, silenciosos, expectantes, como si sintieran el peso del hielo que caería sobre ellos al anochecer.

—Pero cuánto barro —dijo Francis cuando metimos la rueda en otro bache más, y una ráfaga marrón golpeó la ventana con un sordo rataplán.

Henry puso la primera.

Otro bache hizo que me castañetearan los dientes. Intentamos salir de él y las ruedas empezaron a chirriar levantando salpicaduras de barro, y volvimos a caer dentro de golpe. Henry maldijo y puso la marcha atrás.

Francis bajó la ventanilla y sacó la cabeza.

—Oh, no —dijo—. Para el coche. No vamos a poder…

—No nos hemos encallado.

—Te digo que sí. Y lo estás empeorando. Henry, por Dios. Para el…

—Cállate —le ordenó Henry.

Las ruedas de atrás zumbaron. Los gemelos, sentados uno a cada lado de mí, se volvieron para mirar las salpicaduras de barro que manchaban el cristal trasero. Henry puso la primera con un movimiento brusco, y de un salto nos libramos de aquel bache.

Francis se desplomó de nuevo en su asiento. Conducía con mucha precaución, y cuando iba en coche con Henry al volante, incluso en las circunstancias más favorables, se ponía muy nervioso.

Una vez en la ciudad, fuimos al apartamento de Francis. Los gemelos y yo teníamos que separarnos e ir andando a casa —yo al campus, los gemelos a su apartamento—, mientras que Henry y Francis se encargaban del coche. Henry paró el motor. El silencio era fantasmal, horripilante.

Me miró por el retrovisor.

—Tengo que hablar un momento contigo —me dijo.

—¿Qué pasa?

—¿A qué hora saliste de tu habitación?

—Sobre las tres menos cuarto.

—¿Te vio alguien?

—No. Que yo sepa, no.

Después del largo trayecto, el coche seguía haciendo ruidos. Henry se quedó callado un momento, y cuando iba a hablar Francis señaló por la ventana:

—Mirad —dijo—. Está nevando.

Los gemelos se agacharon para mirar. Henry, mordiéndose el labio inferior, no le prestó atención.

—Nosotros cuatro —dijo por fin— hemos ido a la primera sesión del Orpheum, a ver un programa doble que ha durado desde la una hasta las cinco menos cinco. Después hemos ido a dar una vuelta en coche, y hemos vuelto... —miró su reloj— a las cinco y cuarto. Eso por lo que a nosotros respecta. No estoy seguro de qué hacer contigo.

—¿Por qué no puedo decir que he estado con vosotros?

—Porque no es verdad.

—¿Y quién lo va a saber?

—La chica de la taquilla del Orpheum. Le hemos comprado entradas para la primera sesión, y hemos pagado con un billete de cien dólares. Te aseguro que se acuerda de nosotros. Nos hemos sentado en el anfiteatro y hemos salido por la puerta de emergencia unos quince minutos después de que empezara la primera película.

—¿Y por qué no podemos habernos encontrado en el cine?

—Porque no tienes coche. Y no puedes decir que has ido en taxi, porque eso pueden comprobarlo fácilmente. Además, has estado paseando por ahí. Dices que antes de encontrarte con nosotros estuviste en el Commons, ¿no?

—Sí.

—Entonces, supongo que lo único que puedes decir es que te

fuiste directamente a casa. No es una coartada ideal, pero ahora no tienes alternativa. Tendremos que imaginarnos que nos hemos encontrado contigo después del cine, por si alguien te ha visto, cosa bastante probable. Diremos que te llamamos a las cinco en punto y que te recogimos en el aparcamiento. Viniste con nosotros a casa de Francis (la verdad es que no tiene demasiado sentido, pero, qué remedio) y que volviste a casa andando.

—De acuerdo.

—Cuando llegues a casa, pasa por centralita y comprueba si te han dejado algún mensaje entre las tres y media y las cinco. Si hay alguno, tendremos que pensar en alguna razón que explique por qué no recibiste las llamadas.

—¡Mirad, mirad! —nos interrumpió Charles—. ¡Pero si está nevando!

Copos diminutos, solo visibles en las copas de los pinos.

—Otra cosa —dijo Henry—. No tenemos que comportarnos como si estuviéramos esperando una noticia trascendental. Id a casa. Coged un libro. Y esta noche no deberíamos hablar unos con otros, a no ser, por supuesto, que sea absolutamente necesario.

—Nunca había visto nevar en esta época del año —dijo Francis, que seguía mirando por la ventanilla—. Ayer estábamos a veinte grados.

—¿No lo habían anunciado? —preguntó Charles.

—Que yo sepa, no.

—Madre mía. Mira. Pero si estamos casi en Semana Santa.

—No sé por qué estáis emocionados —dijo Henry, molesto. Tenía un conocimiento pragmático, campestre, de la forma en que el tiempo afecta a las fases de crecimiento, germinación, florecimiento, etcétera—. Morirán todas las flores, y no ocurrirá nada más.

Volví a casa caminando a buen paso, porque tenía frío. Una quietud otoñal se estaba apoderando del paisaje primaveral como un terrible oxímoron. Ahora nevaba en serio; grandes y silenciosos pétalos flotando por los bosques verdecidos, ramilletes blancos contrastando con la oscuridad del cielo; una atmósfera de pesadilla, como sacada de un libro de cuentos. Pasé bajo una hilera de hermosos manzanos en flor que se estremecían en la penumbra, semejando una hilera de paraguas blancos. Los grandes copos de nieve pasaban flotando a través de ellos, silenciosos y blandos. Pero no me detuve a contemplarlos, sino que apuré el paso. El invierno que acababa de pasar en Hampden me había hecho aborrecer la nieve.

Abajo no había ningún mensaje para mí. Subí a mi habitación, me cambié de ropa, no se me ocurrió qué hacer con la que me había quitado, pensé en lavarla, pensé si eso parecería sospechoso, y finalmente la metí en el fondo de mi bolsa de la lavandería. Luego me senté en la cama y miré el reloj.

Era la hora de la cena y yo llevaba todo el día sin probar bocado, pero no tenía hambre. Me acerqué a la ventana y contemplé los copos de nieve que se arremolinaban en los arcos de luz que había sobre las pistas de tenis, y luego volví a sentarme en la cama.

Los minutos se sucedían lentamente. La anestesia que me había dominado toda la tarde estaba empezando a desvanecerse y, cada segundo que pasaba, la idea de quedarme toda la noche allí sentado, solo, me resultaba más insoportable. Encendí la radio, la apagué, intenté leer un poco. Al ver que no podía concentrarme en la lectura de un libro, cogí otro. Apenas habían pasado diez minutos. Volví a coger el primer libro y volví a cerrarlo. Finalmente, y aun sabiendo que no debería hacerlo, bajé a la cabina y marqué el teléfono de Francis.

Me contestó enseguida.

—Hola —dijo al reconocerme—. ¿Qué pasa?

—Nada.

—¿Seguro?

Oí a Henry murmurando, algo. Francis, que había apartado el auricular, dijo algo que no entendí.

—¿Qué hacéis? —le pregunté.

—Nada. Estábamos tomando una copa. Espera un momento, por favor —dijo, después de otro murmullo.

Hubo una pausa, otro breve diálogo, y luego Henry se puso al teléfono.

—¿Qué ocurre? ¿Dónde estás? —me preguntó con tono enérgico.

—En casa.

—¿Qué te pasa?

—Nada. ¿Puedo ir a beber una copa con vosotros?

—No creo que sea buena idea. Estaba a punto de marcharme.

—¿Qué vas a hacer?

—Pues mira, la verdad es que tomaré un baño y me meteré en la cama.

Se hizo un breve silencio.

—¿Estás ahí? —preguntó Henry.

—Henry, me estoy volviendo loco. No sé qué hacer.

—Haz lo que quieras —me dijo con tono afable—. Pero no te alejes demasiado de tu casa.

—Hombre, pero qué más da que...

—¿Has probado alguna vez en pensar en otro idioma, cuando algo te preocupa? —me interrumpió.

—¿Qué?

—Eso te tranquiliza. Impide que tus pensamientos se desboquen. Es una buena táctica, en cualquier circunstancia. También podrías probar lo que hacen los budistas.

—¿Qué?

—En el budismo zen hay el ejercicio *mudra*. Te sientas de cara a una pared vacía. Sientas la emoción que sientas, y por fuerte o violenta que sea, te quedas quieto. De cara a la pared. La disciplina consiste en quedarte sentado, claro.

Hubo un silencio durante el que intenté encontrar las palabras adecuadas para expresar la opinión que me merecía aquella chorrada de consejo.

—Mira —continuó Henry antes de que yo pudiera decir nada—. Estoy agotado. Ya nos veremos mañana en clase, ¿de acuerdo?

—Henry —insistí. Pero había colgado.

Subí en una especie de trance. Me moría por una copa, pero no tenía nada para beber. Me senté en la cama y me puse a mirar por la ventana.

Se me habían acabado las pastillas para dormir. Sabía que se habían acabado, pero fui a mi escritorio y lo comprobé, por si acaso. El bote estaba vacío; solo había unas cuantas pastillas de vitamina C que me habían dado en la enfermería. Unas pastillitas blancas. Las puse encima del escritorio, hice unos cuantos dibujos con ellas y luego ingerí una, pensando que el reflejo de tragar haría que me sintiera mejor. Pero no fue así.

Permanecí allí sentado, inmóvil, intentando no pensar. Era como si estuviera esperando algo. No sabía qué; algo que aliviaría la tensión y haría que me sintiera mejor. Pero no se me ocurría nada, absolutamente nada que pudiera tener ese efecto. Parecía que hubiera transcurrido una eternidad. De pronto se me ocurrió una idea horrorosa: ¿Es esto lo que se siente? ¿Es esto lo que voy a sentir a partir de ahora?

Miré el reloj. Apenas había pasado un minuto. Me levanté, y sin molestarme en cerrar la puerta al salir, fui hasta la habitación de Judy. La encontré, afortunadamente. Estaba borracha, pintándose los labios.

—Hola —me dijo, sin desviar los ojos del espejo—. ¿Quieres venir a una fiesta?

Le contesté alguna incoherencia. Que no me encontraba bien.

—Prepárate una copa —me aconsejó, volviendo la cabeza a uno y otro lado para examinarse el perfil.

—Prefiero una pastilla para dormir. ¿Tienes alguna?

Tapó el pintalabios y luego abrió el cajón de su tocador. En realidad no era un tocador, sino un escritorio, como los que había en todas las habitaciones; pero ella lo había convertido esmeradamente en una zona de cosmética, con una cubierta de vidrio, unos faldones de satén y un espejo triple con lámparas de maquillaje —como si fuera una salvaje incapaz de comprender su verdadera función y lo hubiera transformado en armero o en altar—. Empezó a revolver una montaña de polveras y lápices hasta dar con un bote; lo miró a la luz, lo tiró a la papelera y eligió otro.

—Esto te irá bien —dijo.

Observé el bote. Había dos pastillas grisáceas en el fondo. En la etiqueta solo ponía «Para el dolor».

—Pero ¿qué es? —le pregunté, inquieto.

—Tómate una. Te sentará bien. Hace mal tiempo, ¿verdad?

—Sí —dije; tragué la pastilla y le devolví el bote.

—Da lo mismo, quédatelo —dijo, de nuevo concentrada en su toilette—. Vaya, no hace más que nevar. No entiendo cómo se me ocurrió venir aquí. ¿Quieres una cerveza?

Tenía una nevera en la habitación, en el armario. Para conseguir la cerveza tuve que abrirme paso por una jungla de cinturones, sombreros y medias.

—No, no quiero —dijo Judy cuando vio que cogía una para ella—. Ya estoy bastante borracha. No has ido a la fiesta, ¿verdad?

—No. —Me quedé inmóvil, con la botella en los labios. El sabor, el olor de la cerveza tenían algo… Entonces lo recordé: a Bunny le olía el aliento a cerveza. Y la espuma de cerveza derramada en el suelo. La botella cayendo con él.

—Muy inteligente —dijo Judy—. Hacía frío, y los músicos eran malísimos. Vi a tu amigo. ¿Cómo se llama? El Coronel.

—¿Qué?

Se rió.

—Laura Stora lo llama así. Antes eran vecinos, y ella acabó harta de sus discos de marchas de John Philip Sousa.

Se refería a Bunny. Dejé la botella.

Pero afortunadamente Judy estaba ocupada con el pincel de ojos.

—¿Sabes qué? —dijo—. Creo que Laura está enferma. No es anorexia, sino esa otra cosa que te pasas la vida vomitando. Anoche fui con ella y con Trace a la Brasserie, y se puso como una cerda, te juro que no exagero. Y cuando acabó, se fue a vomitar al lavabo de hombres, y Tracy y yo nos quedamos preguntándonos si aquello era normal. Y entonces Trace me dijo: «Mira, ¿te acuerdas de aquella vez que Laura estuvo ingresada en el hospital con un supuesto mono? Bueno, pues en realidad…».

Siguió hablando. Yo la miraba fijamente, perdido en mis propios y espantosos pensamientos.

De pronto, advertí que se había quedado callada. Me miraba, expectante, esperando una respuesta.

—¿Cómo?

—Digo si no te parece de subnormales. Seguro que a sus padres les trae sin cuidado. —Cerró el cajón del maquillaje y se dio la vuelta hacia mí—. En fin. ¿Vienes a la fiesta?

—¿A qué fiesta?

—La de Jack Teitelbaum. No te enteras de nada. En el sótano de la Durbinstall. Viene el grupo de Sid, y Moffat toca la batería. Y me han dicho no sé qué de una go-go girl en una jaula. ¿Te animas?

No podía contestar. Estaba tan acostumbrado a rechazar las invitaciones de Judy, que me costaba decir que sí.

Entonces pensé en mi habitación. La cama, la cómoda, el escritorio. Los libros abiertos, tal como los había dejado.

—Venga, hombre —insistió, coqueta—. Nunca sales conmigo.

—Vale —dije por fin—. Voy a buscar mi abrigo.

Lo que Judy me había dado era Demerol, pero yo no lo supe hasta mucho más tarde. Empezó a hacerme efecto cuando llegamos a la fiesta. Los ángulos, los colores, el espectáculo de los copos de nieve, el estrépito del grupo de Sid…, todo era suave, agradable e infinitamente clemente. Veía una extraña belleza en la cara de personas que antes me parecían repulsivas. Le sonreía a todo el mundo y todo el mundo me devolvía la sonrisa.

Judy (la maravillosa Judy) me dejó con su amigo Jack Teitelbaum y un tipo llamado Lars y fue a buscar bebidas. Todo estaba bañado en una luz celestial. Jack y Lars hablaban de billar automático, de motos, de lucha libre femenina, y su empeño por hacerme participar en su conversación me enterneció. Lars me ofreció un porro. Aquel gesto me pareció tremendamente tierno, y de repente comprendí que me había formado una idea equivocada de aquella gente. Era buena gente, gente sencilla, la sal de la tierra; tenía que considerarme afortunado por conocerla.

Intentaba pensar cómo expresar esa epifanía cuando Judy volvió con las bebidas. Me tomé la mía, fui a buscar otra, me dejé llevar por un fluido y agradable aturdimiento. Alguien me dio un cigarrillo. Allí estaban Jud y Frank, Jud con una extraña y graciosa corona —de cartón, del Burger King— en la cabeza. Con la cabeza echada hacia atrás y soltando carcajadas, blandiendo una enorme jarra de cerveza, parecía Cuchulain, Brian Boru, algún mítico rey irlandés. Cloke Rayburn estaba en la parte de atrás jugando a billar. Él no me veía, pero yo observé cómo le aplicaba la tiza al taco, muy serio, y se inclinaba sobre la mesa, con el cabello tapándole la cara. Clic. Las bolas de colores salieron disparadas en todas direcciones. Unas manchas de luz nadaban en mis ojos. Pensé en átomos, moléculas, cosas tan pequeñas que ni siquiera podías verlas.

Recuerdo que luego me sentí mareado, y me abrí paso por entre la multitud para conseguir un poco de aire. Vi que habían dejado la puerta entreabierta, y noté una ráfaga fría en la cara. Y luego no sé, debí de quedarme en blanco, porque lo siguiente que recuerdo es que estaba apoyado contra una pared, en un sitio totalmente diferente, hablando con una chica.

Poco a poco comprendí que debía de llevar bastante rato allí con ella. Parpadeé e intenté enfocarla. Era muy guapa, con una nariz pequeña y respingona y cara de buena; cabello oscuro, pecas, ojos azul claro. La había visto en algún sitio, quizá haciendo cola en el bar, aunque no le había prestado mucha atención. Pero ahora estaba a mi lado, como una aparición, bebiendo vino tinto de un vaso de plástico y llamándome por mi nombre.

No entendía nada de lo que me decía, pero el timbre de su voz era muy claro pese al ruido: alegre, estridente, extrañamente agradable. Me incliné hacia delante —era bajita, no más de cinco pies— y me llevé la mano a la oreja:

—¿Qué? —dije.

Ella se rió, se puso de puntillas, acercó su cara a la mía. Perfume. La violencia de sus cálidos susurros en mi mejilla. La cogí por la cintura.

—Hay demasiado ruido —le dije al oído; rocé su cabello con los labios—. Vamos fuera.

Ella volvió a reírse.

—Pero si acabamos de entrar —dijo—. Decías que te estabas muriendo de frío.

Hummmm, pensé, me miraba con sus ojos claros, como si me encontrase graciosísimo.

—Vamos a un sitio más tranquilo —dije.

Alzó su vaso y preguntó:

—¿A tu habitación o a la mía?

—A la tuya —respondí sin vacilar.

Era una buena chica. Dulces risas en la oscuridad y su cabello cayéndome sobre la cara; me hizo gracia su respiración entrecortada, que me recordaba a la de las chicas del instituto. Casi había olvidado el calor que se sentía al abrazar otro cuerpo. ¿Cuánto tiempo hacía que no besaba a nadie de aquella forma? Meses, muchos meses.

Era extraño pensar lo fáciles que podían ser las cosas. Una fiesta, unas cuantas copas, una chica guapa y desconocida. Así era como vivían la mayoría de mis compañeros; en el desayuno hablaban con bastante timidez sobre sus aventuras de la noche anterior, como si ese inofensivo e íntimo pequeño vicio, situado por debajo de la bebida y por encima de la gula en el catálogo de los pecados, fuera el colmo de la depravación y la disipación.

Pósters, flores secas en una jarra de cerveza, las luces piloto del estéreo en la oscuridad. Todo aquello me recordaba demasiado a mi juventud, y sin embargo ahora parecía increíblemente remoto e inocente, un recuerdo de algún lejano baile escolar. Su brillo de labios sabía a goma de mascar. Hundí el rostro en su cuello, blando y con un ligero olor acre, y me mecí con ella, murmurando, balbuceando, sintiendo cómo caía más y más en una vida oscura y medio olvidada.

Desperté a las dos y media —lo supe por la demoníaca luz roja intermitente de un reloj digital—, presa del pánico. Había tenido un sueño, en realidad no demasiado terrible, en que Charles y yo viajábamos en un tren, intentando evitar a un misterioso tercer pasajero. Íbamos dando bandazos por los pasillos de los vagones, que estaban llenos de asistentes a la fiesta —Judy, Jack Teitelbaum, Jud con su corona de cartón—. Pero durante el sueño nada parecía tener demasiada importancia, y yo tenía un problema preocupante que no conseguía recordar. Y de pronto lo recordé, y desperté del susto.

Fue como despertar de una pesadilla en otra todavía peor. Me incorporé con el corazón acelerado, y palpé la pared en busca del interruptor hasta que me di cuenta, horrorizado, de que no me encontraba en mi habitación. Extrañas siluetas y sombras se agolpaban a mi alrededor; no había nada que me ayudara a averiguar dónde estaba, y por un momento pensé que me había muerto. Entonces noté el cuerpo que dormía a mi lado. Me retiré instintivamente, y luego le di un suave codazo. No se movió. Me quedé unos minutos en la cama intentando ordenar mis pensamientos. Luego me levanté, busqué mi ropa, me vestí lo mejor que pude a oscuras y me marché.

Al salir, pisé un escalón helado, resbalé y caí de bruces sobre más de un palmo de nieve. Permanecí inmóvil un momento, luego me puse de rodillas y miré alrededor, incrédulo. Una cosa era que cayeran cuatro copos, pero nunca hubiera dicho que el tiempo pudiera cambiar tan repentina y bruscamente. Las flores habían quedado enterradas, igual que el césped; todo había desaparecido. Una capa de nieve limpia e intacta se extendía, azulada y reluciente, hasta donde divisaba.

Tenía las manos y los codos magullados. Me puse en pie, no sin esfuerzo. Al darme la vuelta para ver dónde estaba, descubrí con horror que acababa de salir de la residencia de Bunny. Vi su ventana de la planta baja, negra y silenciosa. Me imaginé sus gafas de repuesto sobre el escritorio, la cama vacía, las fotografías de sus familiares sonriendo en la oscuridad.

Cuando llegué a mi habitación —fui por un camino muy

raro, dando una larga vuelta— me desplomé sobre la cama sin quitarme el abrigo ni los zapatos. Las luces estaban encendidas y me sentí extrañamente descubierto y vulnerable, pero no quería apagarlas. La cama se mecía un poco, como una balsa, y dejé un pie en el suelo para controlarla.

Luego me quedé dormido, y dormí profundamente un par de horas, hasta que llamaron a la puerta. Sobrecogido de nuevo por el miedo, para incorporarme tuve que bregar con mi abrigo, que se me había enredado en las rodillas y parecía atacarme con la fuerza de un ser vivo.

La puerta se abrió con un chirrido. Luego, silencio. Hasta que una voz dijo:

—¿Qué demonios te pasa?

Era Francis. Estaba de pie en el umbral, con una mano enguantada en el pomo de la puerta, mirándome como si yo estuviera loco.

Me dejé caer sobre la almohada, tan contento de ver a Francis que sentí ganas de reír, y estaba tan ciego que seguramente fue lo que hice.

—François —dije como un idiota.

Francis cerró la puerta y se acercó a mi cama; se quedó de pie mirándome. Era él, sin duda: con nieve en el cabello y en los hombros de su largo abrigo negro.

—¿Estás bien? —preguntó, burlón, después de una larga pausa.

Me froté los ojos y lo intenté de nuevo.

—Hola. Lo siento. Estoy bien, de verdad.

Siguió mirándome sin decir nada. Luego se quitó el abrigo y lo colgó en el respaldo de una silla.

—¿Quieres un té? —me preguntó.

—No.

—Si no te importa, voy a hacerme una taza.

Cuando volvió, ya me había recuperado un poco. Puso la tetera sobre el radiador y cogió unas bolsitas de té del cajón de mi cómoda.

—Ten —dijo—. Bebe una taza. En la cocina no he encontrado leche.

Me alivió que Francis estuviera conmigo. Me senté y bebí el té, mientras él se quitaba los zapatos y los calcetines. Los dejó junto al radiador para que se secaran. Tenía unos pies largos y delgados, demasiado largos para sus tobillos pequeños y huesudos. Movió los dedos de los pies, y luego me miró.

—Hace una noche espantosa —dijo—. ¿Has salido?

Le conté lo que había hecho, omitiendo la parte de la chica.

—Madre mía —exclamó, y se desabrochó el cuello de la camisa—. Yo estaba en mi apartamento, muerto de miedo.

—¿Has hablado con alguien?

—No. Mi madre me ha llamado sobre las nueve, pero no podía hablar con ella. Le dije que estaba haciendo un trabajo.

Me quedé mirándole las manos involuntariamente; las tenía apoyadas sobre mi escritorio y no paraba de moverlas. Él se dio cuenta y las puso planas.

—Nervios —dijo.

Guardamos silencio por un rato. Dejé mi taza sobre el alféizar y me recosté. El Demerol me daba la impresión de que dentro de mi cabeza zumbaban ruedas de coche a toda velocidad y alejándose. Estaba atontado, con la vista perdida —no sé cuánto rato estuve así—, y entonces, poco a poco, me di cuenta de que Francis me estaba mirando fijamente con una expresión atenta. Murmuré algo, me levanté y fui hasta la cómoda a buscar un Alka-Seltzer.

Al levantarme me mareé un poco. Me quedé de pie, atontado, preguntándome dónde habría dejado la caja, cuando de pronto advertí que Francis estaba justo detrás de mí, y me volví.

Su cara estaba muy cerca de la mía. Me cogió por los hombros, se inclinó hacia delante y me besó en la boca.

Fue un beso en toda regla: largo, lento, deliberado. Me había cogido por sorpresa, y tuve que agarrarme a su brazo para no caerme. Francis aspiró bruscamente y bajó las manos por mi espalda, y sin darme cuenta, supongo que por reflejo, yo también le besé. Francis tenía la lengua puntiaguda. Su boca tenía un sabor amargo, masculino, a té y tabaco.

Se apartó, respirando ruidosamente, y empezó a besarme el cuello. Me quedé contemplando la habitación. «Dios mío —me dije—. Menuda noche.»

—Para, Francis.

Me estaba desabrochando el botón del cuello.

—Serás idiota —dijo riéndose entre dientes—. ¿Sabes que llevas la camisa del revés?

Estaba tan cansado y tan borracho que me eché a reír.

—Venga, Francis. Déjame.

—Te lo vas a pasar bien —dijo—. Te lo prometo.

Siguió adelante. Yo estaba reventado, pero empecé a inquietarme. Veía los ojos de Francis debajo de sus quevedos: enormes y salvajes. Se quitó los quevedos y los arrojó sobre la cómoda descuidadamente.

En ese momento llamaron a la puerta. Nos separamos bruscamente. Francis tenía los ojos muy abiertos. Nos miramos, y volvieron a llamar.

Francis maldijo por lo bajo, se mordió el labio. Yo, aterrorizado, abrochándome la camisa todo lo deprisa que me permitían mis torpes dedos, iba a decir algo, pero él se llevó un dedo a los labios.

—¿Pero y si es…? —susurré.

Había querido decir «¿Pero y si es Henry?», aunque en realidad pensaba «¿Pero y si es la policía?». Sabía que Francis estaba pensando lo mismo que yo.

Volvieron a llamar, esta vez con mayor insistencia.

El corazón me latía a toda velocidad. Desconcertado por el miedo, me dirigí a la cama y me senté.

Francis se mesó el cabello.

—Está abierto —dijo.

Yo estaba tan demudado que tardé un rato en darme cuenta de que era Charles. Estaba apoyado contra el marco de la puerta con un codo, con la bufanda roja colgándole descuidadamente del cuello. Cuando entró en la habitación comprendí que estaba borracho.

—Hola —le dijo a Francis—. ¿Qué demonios haces aquí?

—Nos has dado un susto de muerte.

—Ojalá hubiera sabido que venías. Henry me ha llamado y me ha sacado de la cama.

Francis y yo lo miramos, esperando una explicación. Se libró de su abrigo trabajosamente y se volvió hacia mí, con una mirada intensa y vidriosa.

—He soñado contigo —me dijo.

—¿Qué?

Me miró, pestañeando.

—Acabo de acordarme. Esta noche he tenido un sueño, y salías tú.

Lo miré. Iba a decirle que yo también había soñado con él, pero Francis, impaciente, nos interrumpió:

—Venga, Charles, dinos qué pasa.

Charles se pasó la mano por el despeinado cabello.

—Nada —dijo. Metió la mano en el bolsillo del abrigo y sacó un fajo de papeles doblados—. ¿Has hecho los ejercicios de griego que había para hoy? —me preguntó.

Puse los ojos en blanco. ¡Los ejercicios de griego!

—Henry pensó que tal vez te habías olvidado. Me llamó y me pidió que te trajera los míos para que los copies, por si acaso.

Charles estaba como una cuba. No articulaba mal, pero olía a whisky y le costaba conservar el equilibrio. Tenía el rostro sonrosado y radiante, como un ángel.

—¿Has hablado con Henry? ¿Sabes si ha oído algo?

—Está muy preocupado por el tiempo. Pero no se ha enterado de que haya pasado nada. Ostras, hace mucho calor —dijo, desprendiéndose de la chaqueta.

Francis, sentado en la silla junto a la ventana con un tobillo apoyado sobre la rótula de la otra pierna y la taza de té en equilibrio sobre el tobillo desnudo, miraba a Charles atentamente.

—Llevas una botella en el bolsillo, ¿no?

—No.

—Venga, Charles. La estoy oyendo.

—¿Y qué pasa?

—Dame un trago.

—Muy bien —dijo Charles, molesto. Metió la mano en el

bolsillo interior de la chaqueta y sacó una petaca—. Ten, pero no te pases.

Francis se acabó el té y cogió la botella.

—Gracias —dijo, y vertió en la taza el dedo que quedaba. Lo miré: traje oscuro, muy erguido, con las piernas ahora cruzadas por la rodilla. Era la respetabilidad personificada, de no ser por los pies descalzos. De pronto podía verlo como lo veía el resto del mundo, como yo mismo lo había visto cuando lo conocí: moderno, elegante, rico, absolutamente irreprochable. Aquella ilusión resultaba tan convincente que hasta yo, que conocía su esencial falsedad, me sentí extrañamente consolado.

Bebió el whisky de un trago.

—Tienes que despejarte, Charles —dijo—. Dentro de un par de horas tenemos que estar en clase.

Charles suspiró y se sentó a los pies de mi cama. Parecía muy cansado; no tenía ojeras, ni estaba pálido, pero se le notaba una especie de tristeza soñolienta.

—Ya lo sé —dijo—. Pensé que el paseo me ayudaría.

—Lo que necesitas es un poco de café.

Tenía la frente húmeda; se la secó con la muñeca.

—Necesito algo más que café —dijo.

Alisé las hojas, me senté al escritorio y empecé a copiar los ejercicios de griego.

Francis se sentó en la cama, al lado de Charles.

—¿Dónde está Camilla?

—Durmiendo.

—¿Qué habéis hecho esta noche? ¿Emborracharos?

—No —dijo Charles, conciso—. Hemos limpiado la casa.

—No puedo creerlo.

—En serio.

Yo seguía tan drogado que no entendía nada del texto que estaba copiando, salvo alguna que otra frase. «Cansados por la marcha, los soldados se pararon a ofrecer sacrificios en el templo. Volví de aquella tierra y dije que había visto a la Gorgona, pero no me había convertido en piedra.»

—Tenemos la casa llena de tulipanes. Lo digo por si queréis unos cuantos —dijo Charles, inexplicablemente.

—¿Qué quieres decir?

—Antes de que se acumulara demasiada nieve, salimos a recogerlos. Ahora hay tulipanes por todas partes, hasta en los vasos de agua.

«Tulipanes», pensé mientras contemplaba aquella mezcla de letras que tenía delante. ¿Los griegos los llamaban por otro nombre, si es que los conocían? En griego, la letra *psi* tiene forma de tulipán. En el denso bosque alfabético de la página empezaron a brotar de pronto pequeños tulipanes negros formando un rápido y desordenado dibujo, como si fueran gotas de lluvia.

Todo me daba vueltas. Cerré los ojos. Permanecí sentado un buen rato, adormilado, hasta que advertí que Charles me llamaba.

Me volví. Se iban. Francis estaba sentado en mi cama, abrochándose los zapatos.

—¿Adónde vais?

—Yo me voy a casa, a vestirme. Se está haciendo tarde.

No quería quedarme solo —más bien al contrario—, pero por otra parte sentía un fuerte deseo de librarme de ambos. Había salido el sol. Francis apagó la lámpara. La sobria y pálida luz de la mañana le infundía una horrible quietud a mi habitación.

—Nos vemos dentro de un rato —me dijo, y luego oí sus pasos bajando la escalera.

A la luz del amanecer, todo quedó borroso y silencioso; las tazas de té sucias, la cama deshecha, los copos de nieve que pasaban flotando por la ventana con una peligrosa y alegre calma. Me zumbaban los oídos. Cuando reemprendí el trabajo, con las manos temblorosas y manchadas de tinta, el rasgueo de la pluma sobre el papel lastimó el silencio. Pensé en la oscura habitación de Bunny y en el barranco, a millas de donde me encontraba; en todas aquellas capas y capas de silencio.

—¿Y dónde está Edmund? —preguntó Julian mientras abríamos nuestros libros de gramática.

—En casa, supongo —respondió Henry. Había llegado tarde y no habíamos tenido ocasión de hablar. Parecía tranquilo, descansado; más tranquilo y descansado de la cuenta.

Los otros también estaban sorprendentemente tranquilos. Hasta Francis y Charles iban bien vestidos, recién afeitados, como si no hubiera pasado nada. Camilla estaba sentada entre los dos, con el codo descuidadamente apoyado en la mesa y la barbilla en la mano, serena como una orquídea.

Julian miró a Henry con una ceja levantada.

—¿Está enfermo?

—No lo sé.

—Es posible que el mal tiempo le haya hecho retrasarse. Esperaremos un poco.

—Creo que es una buena idea —dijo Henry, y volvió a concentrarse en su libro.

Después de clase, una vez lejos del ateneo y cerca del bosque de abedules, Henry echó un vistazo alrededor para asegurarse de que nadie podía oírnos; nos agrupamos para escuchar lo que tenía que decirnos, pero justo en aquel momento, cuando estábamos de pie en círculo y despidiendo nubes de vapor por la boca, oí que alguien me llamaba, y vi al doctor Roland a lo lejos, caminando con dificultad por la nieve como un muerto viviente.

Me separé del grupo y me acerqué a él. Respiraba con dificultad, y entre toses y jadeos empezó a hablarme de algo que quería que hiciera en su despacho.

No tenía más remedio que acompañarle, ajustando el paso a su pesado andar. Una vez dentro, se paró varias veces en la escalera para señalar restos de basura que el portero no había recogido, dándoles débilmente con el pie. Me entretuvo media hora. Cuando por fin conseguí librarme de él, con los oídos zumbándome, y una montaña de papeles sueltos que amenazaban con salir volando, el bosque de abedules estaba vacío.

No sé qué me había imaginado, pero durante la noche la tierra no se había salido de su órbita. La gente iba con prisas de un lado a otro, como de costumbre. El cielo estaba gris y soplaba un viento helado procedente del monte Cataract.

Compré un batido en el snack bar y me dirigí a mi casa. Iba por el pasillo, hacia mi habitación, cuando tropecé con Judy Poovey.

Me miró airadamente. Al parecer tenía una resaca de miedo y sus ojeras eran tremendas.

—Hola —le dije, sin detenerme—. Perdona.

—Oye —dijo Judy.

Me volví.

—Así que has pasado la noche con Mona Beale...

Al principio no la entendí.

—¿Qué dices?

—¿Qué tal? —me preguntó, curiosa—. ¿Te gustó?

Me había cogido por sorpresa. Me encogí de hombros y seguí caminando por el pasillo.

Judy me siguió y me detuvo por un brazo.

—¿Sabes que tiene novio? Ya puedes rezar para que nadie se lo cuente.

—No me importa.

—El trimestre pasado le pegó una paliza a Bram Guernsey porque creía que Bram quería ligar con ella.

—Pero fue ella la que quiso ligar conmigo.

Me lanzó una mirada de soslayo, maliciosa.

—Ya, claro. Es que es un poco zorra.

Justo antes de despertar tuve un sueño espantoso.

Estaba en un cuarto de baño enorme y anticuado, como de película de Zsa Zsa Gabor, con grifos de oro, espejos y azulejos de color rosa en las paredes y el suelo. En un rincón había un pedestal, alto y delgado, con una pecera llena de peces de colores. Me acercaba a verlos —mis pasos resonaban en los azulejos—, y entonces advertía un leve plink plink plink procedente del grifo de la bañera.

La bañera, también de color rosa, estaba llena de agua, y Bunny, completamente vestido, yacía inmóvil en el fondo. Tenía los ojos abiertos, las gafas torcidas y las pupilas con diferente dilatación: una muy grande y negra, la otra apenas del tamaño de una cabeza de alfiler. El agua era transparente y estaba muy quieta. El extremo de su corbata ondulaba cerca de la superficie.

Plink plink plink. No podía moverme. Entonces, de pronto, oí unos pasos que se acercaban, y voces. Aterrorizado, comprendí que tenía que esconder el cadáver, pero no sabía dónde; metí las manos en el agua helada e intenté sacarlo, pero no había forma; la cabeza le colgaba hacia atrás y le entraba agua por la boca...

Forcejeaba con su cuerpo, tambaleándome hacia atrás. La pecera se caía del pedestal y se hacía añicos; había peces de colores saltando alrededor de mis pies, entre los pedazos de cristal. Alguien llamaba a la puerta. Asustado, soltaba el cuerpo, que caía ruidosamente en la bañera, salpicándome, y me despertaba.

Estaba oscureciendo. Notaba un latido horrible e irregular en el pecho, como si un pájaro enorme estuviese atrapado en mi caja torácica y se golpease la cabeza. Me eché en la cama, jadeando.

Cuando me encontré un poco mejor, me incorporé. Temblaba de pies a cabeza y estaba bañado en sudor. Sombras alargadas, luz de pesadilla. Vi a unos niños que jugaban en la nieve: unas siluetas negras contra un cielo terrible, color salmón. Sus gritos y sus risas, con la distancia, tenían un tono muy desagradable. Me apreté los ojos con la parte interior de las muñecas. Manchas lechosas, lucecitas diminutas. «Dios mío», pensé.

La cadena del retrete hizo tanto ruido que temí que me tragase. Era como todos los mareos que recordaba, todas las vomiteras de borracho que había protagonizado en los lavabos de gasolineras y bares. La misma vista de pájaro: aquellos extraños bultos en el fondo del retrete que en ninguna otra circunstancia adviertes; porcelana mojada, el murmullo de las cañerías, el prolongado borboteo del agua.

Mientras me lavaba la cara me eché a llorar. Las lágrimas se mezclaban fácilmente con el agua fría en el luminoso y goteante carmesí del cuenco que formaba con mis manos, y al principio ni siquiera me di cuenta de que lloraba. Los sollozos eran regulares y vacíos de emoción, tan mecánicos como las violentas náuseas que habían cesado hacía solo un momento; no tenían motivo, no tenían nada que ver conmigo. Levanté la cabeza y me contemplé en el espejo con una mezcla de interés e indiferencia. «¿Qué significa esto?», pensé. Tenía un aspecto horrible. Yo era el único que se estaba desmoronando; allí estaba yo, temblando de pies a cabeza y viendo fantasmas, como Ray Milland en *Días sin huella*.

Por la ventana entraba un aire frío. Estaba temblando, pero el aire me refrescó. Me preparé un baño caliente con un buen puñado de sales de baño de Judy, y cuando salí y me puse la ropa me sentí mucho mejor.

«Nihil sub sole novum», pensé mientras caminaba por el pasillo hacia mi habitación. Toda acción acaba perdiéndose en la nada.

Aquella noche habíamos quedado para cenar en casa de los gemelos. Cuando llegué, todos estaban sentados alrededor de la radio y escuchando el parte meteorológico como si se tratara de un boletín de guerra con noticias del frente. «En cuanto a la previsión para los próximos días —dijo la animada voz del locutor—, esperamos temperaturas bajas el jueves, con cielos nublados y la posibilidad de chubascos, mientras que a partir del viernes se espera una ligera mejoría.»

Henry apagó la radio.

—Con un poco de suerte, mañana por la noche ya no habrá nieve. ¿Dónde has estado esta tarde, Richard?

—En casa.

—Me alegro de que hayas venido. Tienes que hacerme un pequeño favor, si no te importa.

—Dispara.

—Quiero que después de cenar vayas al centro para ver esas películas del Orpheum y que luego nos las cuentes. ¿Te importa?

—No.

—Ya sé que entre semana es un inconveniente, pero no creo que sea sensato que ninguno de nosotros vuelva al cine. Charles se ha ofrecido para copiarte los ejercicios de griego, si quieres.

—Si los hago en ese papel amarillo que utilizas —dijo Charles— y con tu estilográfica, es imposible que note la diferencia.

—Gracias —dije. Charles tenía un talento extraordinario para las falsificaciones; según Camilla, lo había desarrollado en la infancia: firmas de experto en los boletines de notas en cuarto; cartas enteras justificando ausencias en sexto. Yo siempre le pedía que me firmara los horarios con la firma del doctor Roland.

—En serio —añadió Henry—, no me hace ninguna ilusión tener que pedírtelo. Creo que las películas son una porquería.

Eran bastante malas. La primera era una *road movie* de principios de los años setenta sobre un hombre que abandona a su esposa para hacer una carrera a campo través. Por el camino se desvía hacia Canadá y se lía con una banda de tramposos; al final vuelve con su esposa y renuevan sus votos, en una ceremonia hippy. Lo peor era la banda sonora: un sinfín de canciones a base de guitarra acústica con la palabra «libertad» cada dos por tres. La segunda era un poco más decente. Era sobre la guerra de Vietnam, y se titulaba *Fields of Shame*. Era una película de gran presupuesto y gran reparto, pero los efectos especiales eran demasiado realistas para mi gusto. Piernas saltando por los aires e imágenes por el estilo.

Al salir vi el coche de Henry aparcado un poco más abajo y con los faros apagados. En casa de Charles y Camilla, todos estaban sentados a la mesa de la cocina con las camisas arremangadas, concentrados en el griego. Cuando entramos, empezaron a moverse, y Charles se levantó y preparó una cafetera mientras yo leía mis notas. Las dos películas tenían un argumento bastante flojo, y me costó bastante comunicar su esencia.

—Qué horror —dijo Francis—. Me avergüenza que la gente piense que nosotros fuimos a ver semejantes películas.

—Espera —dijo Camilla.

—Yo tampoco lo entiendo —comentó Charles—. ¿Por qué bombardea el sargento el pueblo donde viven los buenos?

—Eso —dijo Camilla—. ¿Por qué? ¿Y quién era el chico del cachorro que pasaba por allí? ¿De qué conocía a Charlie Sheen?

Charles había hecho un excelente trabajo con mis ejercicios de griego, y al día siguiente los estaba repasando antes de clase cuando entró Julian. Se paró en el umbral, le echó un vistazo a la silla vacía y se rió.

—Vaya —dijo—. ¿Otra vez?

—Eso parece —dijo Francis.

—La verdad, espero que nuestras clases no se hayan vuelto aburridas. Por favor, decidle a Edmund que si tiene intención de asistir a clase mañana, haré todo lo posible para que la clase resulte particularmente amena.

Hacia mediodía ya era evidente que el parte meteorológico no había acertado. La temperatura bajó diez grados, y por la tarde volvió a nevar.

Los cinco habíamos quedado para ir a cenar. Cuando los gemelos y yo llegamos al apartamento de Henry, lo encontramos más taciturno de lo normal.

—A que no sabéis quién me acaba de llamar —nos dijo.

—¿Quién?

—Marion.

Charles se sentó y preguntó:

—¿Qué quería?

—Quería saber si había visto a Bunny.

—¿Qué le has dicho?

—¿Qué quieres que le haya dicho? Que no —dijo Henry, irritado—. Habían quedado el domingo por la noche y no lo ha visto desde el sábado.

—¿Estaba preocupada?

—No demasiado.

—Entonces, ¿qué pasa?

—Nada. —Henry suspiró—. Espero que mañana cambie el tiempo.

Pero no cambió. El miércoles amaneció despejado y frío, y con dos pulgadas más de nieve acumuladas por la noche.

—No me importa que Edmund se salte alguna clase de vez en cuando, desde luego —dijo Julian—, pero tres seguidas... Y ya sabéis lo que le cuesta ponerse al día.

—No podemos seguir así mucho tiempo —dijo Henry aquella noche en casa de los gemelos. Estábamos fumando ante nuestros platos de huevos con beicon, intactos.

—¿Qué podemos hacer?

—No lo sé. Lo único seguro es que ha desaparecido hace setenta y dos horas y que dentro de poco resultará extraño que no nos mostremos preocupados.

—Nadie está preocupado —dijo Charles.

—Nadie lo ve tan a menudo como nosotros. No sé si Marion estará en su casa —añadió, echándole un vistazo al reloj de pared.

—¿Por qué?

—Creo que voy a llamarla.

—Por el amor de Dios —dijo Francis—. No la metas en esto.

—No pretendo meterla en nada. Lo único que quiero es dejarle en claro que ninguno de nosotros ha visto a Bunny desde hace tres días.

—¿Y cómo esperas que reaccione?

—Supongo que llamará a la policía.

—¿Te has vuelto loco?

—Mira, si no llama ella, tendremos que llamar nosotros —dijo Henry, que empezaba a perder la paciencia—. Cuanto más tiempo lleve desaparecido, más sospechoso parecerá. No quiero que se arme un escándalo y que empiecen a hacer preguntas.

—¿Entonces para qué quieres llamar a la policía?

—Porque si lo hacemos con suficiente antelación, no creo que se arme ningún jaleo. Puede que envíen a un par de agentes a echar un vistazo por aquí, pensando que seguramente es una falsa alarma…

—Si nadie lo ha encontrado todavía —dije—, no sé por qué lo van a encontrar un par de agentes de tráfico de Hampden.

—Nadie lo ha encontrado porque nadie lo ha buscado. Está a menos de media milla de aquí.

Contestaron enseguida, pero Marion tardó un buen rato en ponerse al teléfono. Henry esperó de pie pacientemente, con la vista fija en el suelo; poco a poco empezó a mirar alrededor, y al cabo de unos minutos emitió un gemido de desesperación y miró al techo.

—Madre mía —dijo—. ¿Pero qué pasa? Dame un cigarrillo, ¿quieres, Francis?

Tenía el cigarrillo en los labios y Francis se lo estaba encendiendo cuando Marion se puso al teléfono.

—Hola, Marion —dijo Henry, exhalando una nube de humo y dándonos la espalda—. Me alegro de encontrarte. ¿Está Bunny?

Una pausa.

—Ya —dijo Henry. Alargó el brazo para echar la ceniza en el cenicero—. ¿Y sabes dónde está?

Una larga pausa.

—Pues mira, yo iba a preguntarte lo mismo. Hace dos o tres días que no viene a clase.

Otra larga pausa. Henry escuchaba con el rostro distendido e inexpresivo. De pronto abrió mucho los ojos:

—¿Qué? —exclamó bruscamente.

Todos prestamos atención. Henry no nos miraba; tenía la vista puesta en la pared.

—Ya —dijo por fin.

Marion siguió hablando.

—Bueno, si pasa por ahí, dile que me llame. Apúntate mi teléfono.

Cuando colgó tenía una extraña expresión en el rostro. Todos le miramos.

—¿Qué pasa, Henry? —preguntó Camilla.

—No está nada preocupada. Está irritada. Espera que aparezca en cualquier momento. No sé —agregó contemplando el suelo—. Y una cosa muy rara. Me ha dicho que una amiga suya, una tal Rika Thalheim, ha visto a Bunny paseándose por delante del First Vermont Bank esta tarde.

Enmudecimos. Francis soltó una risa breve e incrédula.

—Dios mío —exclamó Charles—. Pero es imposible.

—Desde luego —dijo Henry secamente.

—Pero ¿por qué iba alguien a inventarse eso?

—No lo entiendo. Supongo que la gente se imagina que ve cosas. Está clarísimo que no lo vio —añadió malhumoradamente y dirigiéndose a Charles, que parecía bastante preocupado—. Pero no sé qué podemos hacer.

—¿Qué quieres decir?

—No podemos llamar y notificar su desaparición si resulta que lo han visto hace seis horas.

—Entonces ¿qué podemos hacer? ¿Esperar?

—No —dijo Henry mordiéndose el labio inferior—. Tendré que pensar en algo.

—¿Dónde demonios está Edmund? —dijo Julian el jueves por la mañana—. No sé cuánto tiempo piensa ausentarse, pero es una descortesía de su parte que ni siquiera me haya dicho nada.

Nadie le contestó. Julian levantó la mirada de su libro, sorprendido por nuestro silencio.

—¿Qué pasa? —dijo, malhumorado—. ¿Qué significan estas caras? ¿Debo entender que estáis avergonzados de lo poco que habíais preparado la clase de ayer? —añadió, más tranquilo.

Vi que Charles y Camilla se miraban. Precisamente aquella semana Julian nos había mandado muchísimo trabajo. Todos nos las habíamos ingeniado, de una forma u otra, para entregar los ejercicios escritos; pero nadie había cumplido con las lecturas, y el día anterior, en clase, hubo varios silencios insoportables que ni siquiera Henry pudo romper.

Julian le echó un vistazo a su libro.

—Antes de empezar, uno de vosotros tendría que telefonear a Edmund y pedirle que se una a nosotros, si no tiene inconveniente. No me importa que no haya leído esta lección, pero esta es una clase importante y no me gustaría que se la perdiera.

Henry se levantó. Pero Camilla, inesperadamente, dijo:

—No creo que esté en su habitación.

—Entonces ¿dónde está? ¿Se ha ido de la ciudad?

—No estoy segura.

Julian se bajó las gafas y miró a Camilla por encima de la montura.

—¿Qué quieres decir?

—Hace un par de días que no lo vemos.

Julian abrió mucho los ojos, con expresión de sorpresa, infantil y teatral. Pensé, y no por primera vez, en lo mucho que se parecía a Henry: los dos tenían la misma extraña mezcla de frialdad y ternura.

—Vaya, vaya —dijo—. Qué raro. ¿Y no tenéis idea de dónde puede estar?

Lo dijo con un tono malicioso que me inquietó. Me quedé mirando los acuosos y ondulantes círculos de luz que el jarrón de cristal proyectaba sobre la mesa.

—No —dijo Henry—. Estamos un poco desconcertados.

—Ya me lo imagino. —Julian y Henry se miraron fijamente.

«Lo sabe —me dije, aterrorizado—. Sabe que le estamos ocultando algo. Pero no sabe de qué se trata.»

Después de comer y tras la clase de francés, me senté en el piso superior de la biblioteca con mis libros esparcidos sobre la mesa. Hacía un día extraño, espléndido, de ensueño. El jardín nevado —salpicado aquí y allá de siluetas distantes— estaba liso como el azúcar de un pastel de cumpleaños escarchado; un perro diminuto corría ladrando detrás de una pelota; de las chimeneas de casa de muñecas salían hilos de auténtico humo.

«Hace un año... —pensé—. ¿Qué estaba haciendo?» Ir a San Francisco con el coche de un amigo; pasearme por las secciones de poesía de las librerías, preocupado por mi solicitud de ingreso en Hampden. Y ahora estaba sentado en una fría habitación, con ropa bastante rara y preguntándome si acabaría en la cárcel.

Nihil sub sole novum. Alguien estaba sacándole punta a un lápiz. Apoyé la cabeza en mis libros. Susurros, pasos quedos, olor de papel viejo. Unas semanas atrás, Henry se había enfadado porque los gemelos planteaban objeciones morales a la idea de matar a Bunny. «No digáis tonterías», les dijo. «Pero ¿cómo puedes justificar un asesinato a sangre fría?», replicó Charles, que estaba a punto de llorar. Henry encendió un cigarrillo y dijo: «Prefiero considerarlo como una redistribución de la materia».

Me desperté, asustado, y me encontré a Henry y Francis de pie delante de mí.

—¿Qué pasa? —pregunté frotándome los ojos.

—Nada —respondió Henry—. ¿Vienes con nosotros al coche?

Los seguí por la escalera, adormilado; el coche estaba aparcado enfrente de la biblioteca.

—¿Qué pasa? —insistí una vez dentro.

—¿Sabes dónde está Camilla?

—¿No está en su casa?

—No. Julian tampoco la ha visto.

—¿Para qué queréis verla?

Henry suspiró. Dentro del coche hacía frío, y una nube de vaho salió de su boca.

—Está pasando algo —dijo—. Francis y yo hemos visto a Marion en la caseta de seguridad con Cloke Rayburn. Estaban hablando con los guardas.

—¿Cuándo?

—Hace aproximadamente una hora.

—No creerás que hayan hecho algo, ¿no?

—No hay que sacar conclusiones precipitadas —dijo Henry, que contemplaba el tejado de la biblioteca, cubierto de hielo y reluciente al sol—. Lo que queremos es que Camilla vaya a ver a Cloke y que se entere de qué está pasando. Iría yo mismo, pero apenas lo conozco.

—Y a mí me odia —dijo Francis.

—Yo lo conozco un poco.

—No lo suficiente. Charles se lleva incluso bien con él, pero tampoco lo encontramos.

Desenvolví una pastilla de Rolaids de un paquete que llevaba en el bolsillo y empecé a masticarla.

—¿Qué comes? —me preguntó Francis.

—Rolaids. —Dame una, ¿quieres? —dijo Henry—. Vamos a pasar otra vez por su casa.

Esta vez Camilla abrió la puerta, con mucha cautela. Henry iba a decirle algo, pero ella le lanzó una violenta mirada de advertencia.

—Hola —dijo—. Pasad.

La seguimos en silencio por el oscuro pasillo hasta el salón. Allí estaba Charles, con Cloke Rayburn.

Charles, inquieto, se levantó; Cloke se quedó donde estaba y nos miró con ojos adormilados, inescrutables. Iba sin afeitar y estaba quemado por el sol. Charles levantó las cejas y nos hizo saber, moviendo los labios, que Cloke estaba «ciego».

—Hola —dijo Henry después de una pausa—. ¿Cómo estás?

Cloke tosió —un ruido profundo y desagradable— y cogió un cigarrillo del paquete de Marlboro que había encima de la mesa.

—Bien —dijo—. ¿Y tú?

—Bien.

Se puso el cigarrillo en la comisura de los labios, lo encendió y volvió a toser.

—Hola —me dijo—. Qué tal.

—Muy bien.

—Tú estabas en la fiesta de la Durbinstall del domingo, ¿no?

—Sí.

—¿Has visto a Mona? —preguntó sin demasiado interés.

—No —dije bruscamente, y de pronto advertí que todos me miraban.

—¿Mona? ¿Qué Mona? —preguntó Charles después de un incómodo silencio.

—La chica esa —dijo Cloke—. Cursa segundo. Vive en la residencia de Bunny.

—Por cierto, hablando de Bunny —intervino Henry.

Cloke se reclinó en la silla y fijó sus enrojecidos e hinchados ojos en Henry.

—Sí —dijo—. Precisamente estábamos hablando de Bun. Hace un par de días que no lo veis, ¿no?

—Así es. ¿Y tú?

Cloke negó con la cabeza.

—No —dijo al fin con voz ronca, al tiempo que alargaba el brazo para coger un cenicero—. No tengo idea de dónde demonios puede haberse metido. Lo vi por última vez el sábado por la noche. Hasta hoy, no me he dado cuenta.

—Anoche hablé con Marion —dijo Henry.

—Ya lo sé —dijo Cloke—. Está un poco preocupada. Esta mañana me la he encontrado en el Commons y me ha dicho que Bunny no pasa por su habitación desde hace cinco días. Creía que se había ido a su casa, pero llamó a su hermano Patrick y le dijo que no estaba en Connecticut. Y también habló con Hugh, y dice que en Nueva York tampoco está.

—¿Sabes si ha hablado con sus padres?

—Hombre, tampoco se trata de buscarle problemas.

Henry guardó silencio un momento. Luego dijo:

—¿Dónde crees que está?

Cloke apartó la mirada y se encogió de hombros, inquieto.

—Tú lo conoces desde hace más tiempo que yo. Tiene un hermano en Yale, ¿no?

—Sí. Brady. Estudia empresariales. Pero Patrick dijo que acababa de hablar con Brady, ¿me entiendes?

—Y Patrick vive en casa de sus padres, ¿no?

—Sí. Está montando un negocio, una tienda de artículos de deporte o algo así.

—Y Hugh es el abogado.

—Sí. Es el mayor. Trabaja en el Milbank Tweed de Nueva York.

—¿Y el otro hermano, el casado?

—El que está casado es Hugh.

—Pero ¿no hay otro que también está casado?

—Ah, Teddy. No, con Teddy seguro que no está.

—¿Por qué?

—Teddy vive con sus suegros. No se llevan muy bien.

Se hizo un largo silencio.

—¿Se te ocurre algún sitio donde pueda estar? —le preguntó Henry.

Cloke se inclinó hacia delante, con su cabello largo y oscuro tapándole la cara, y tiró la ceniza del cigarrillo. Tenía una expresión preocupada y reservada; al cabo de un rato levantó la mirada.

—¿Os habéis fijado —dijo— en que durante las últimas dos o tres semanas Bunny ha estado gastando un montón de pasta?

—¿Qué quieres decir? —le preguntó Henry con cierta brusquedad.

—Ya conoces a Bunny. Nunca tiene dinero. Pero últimamente tenía mucho. Pero mucho. A lo mejor se lo mandó su abuela, yo qué sé, pero seguro que sus padres no se lo dieron.

Otro largo silencio. Henry se mordió el labio.

—¿Qué estás insinuando? —le preguntó.

—Así que lo habéis notado.

—Ya que lo dices, sí.

Cloke cambió de postura.

—Os voy a decir algo en confianza.

Noté una sensación de vacío en el pecho, y me senté.

—¿Qué pasa? —dijo Henry.

—No sé si hago bien al contároslo.

—Si crees que es importante, adelante —dijo Henry secamente.

Cloke le dio una última calada al cigarrillo y lo apagó concienzudamente.

—Bueno, ya sabéis que de vez en cuando paso un poco de coca, ¿no? Poca cosa, algún que otro gramo. Pero solo para mí y para mis amigos. Es muy fácil, y con eso me gano un dinerillo.

Nos miramos. Aquello no era ninguna novedad. Cloke era uno de los camellos más importantes del campus.

—¿Y bien? —le animó Henry.

Cloke se mostró sorprendido. Se encogió de hombros.

—Bueno, pues en Nueva York conozco a un chino de Mott Street, un tipo muy raro, pero le caigo bien y siempre me da lo que le pido con tal de que le pague bien. Sobre todo perica; a veces un poco de hierba, pero eso es un rollo. Cuando Bunny y yo estábamos en Saint Jerome hicimos un par de negocios juntos. —Se interrumpió—. Bueno. Ya sabéis que Bunny nunca tiene dinero.

—Sí.

—La verdad es que siempre se ha interesado mucho por estos asuntos. Dinero rápido, ya me entendéis. Si él hubiera tenido dinero, yo habría podido meterlo en el asunto (me refiero a la parte financiera); pero nunca lo ha tenido y además a Bunny un trato como este no le interesa. —Encendió otro cigarrillo—. En fin… Por eso estoy preocupado.

Henry frunció el entrecejo.

—¿Qué quieres decir?

—Supongo que fue un error por mi parte, pero le dejé venir conmigo hace un par de semanas.

Nosotros estábamos al corriente de aquella excursión a Nueva York. Bunny se había pasado días jactándose de ella.

—¿Y? —preguntó Henry.

—No lo sé. Estoy un poco preocupado, nada más. Bunny sabe dónde vive ese tío, y va por ahí forrado de pasta, y mientras hablaba con Marion, yo…

—¿Crees que puede haber ido él solo? —le preguntó Charles.

—No lo sé. Espero que no. En realidad ni siquiera llegó a conocer a ese chino.

—¿Crees que Bunny sería capaz de hacer una cosa así? —le preguntó Camilla.

—Francamente —contestó Henry, quitándose las gafas y frotándolas con el pañuelo—, creo que es la típica estupidez que Bunny cometería.

Nadie dijo nada. Henry nos miró. Sin las gafas, su mirada era fija, extraña, como de ciego.

—¿Está Marion enterada de esto? —preguntó.

—No —contestó Cloke—. Y preferiría que no se lo contarais, ¿de acuerdo?

—¿Tienes algún otro motivo para pensar así?

—No. Pero, si no, ¿dónde podría estar? Y Marion os dijo que Rika Thalheim lo había visto en el banco el miércoles, ¿no?

—Sí.

—Eso podría parecer extraño, pero si lo piensas bien, no lo es. Pongamos que fue a Nueva York con doscientos dólares. Y que les dijo que tenía mucho más dinero. Esos tíos son capaces de despedazarte y meterte en una bolsa de basura por veinte pavos. No sé, la verdad. Quizá le dijeron que se fuera a vaciar la cuenta y volviera con todo el dinero.

—Pero si Bunny ni siquiera tiene cuenta bancaria.

—En teoría —señaló Cloke.

—Exactamente —dijo Henry.

—¿Y no puedes telefonear a esos tíos? —sugirió Charles.

—¿A quién quieres que llame? El chino no figura en el listín, y no va por ahí repartiendo tarjetas de visita.

—Entonces, ¿cómo te pones en contacto con él?

—Tengo que llamar a otro tío.

—Pues llama a ese —dijo Henry con calma, guardándose el pañuelo en el bolsillo y volviendo a colocarse las gafas.

—No me dirán nada.

—¿No dices que son muy amigos tuyos?

—Pero ¿de qué vas? ¿Crees que son una pandilla de colegiales? Estoy hablando de profesionales.

Por un instante temí que Francis soltara una carcajada, pero milagrosamente consiguió transformarla en una absurda tos, ocultándose la cara con las manos. Sin apenas mirarlo, Henry le dio una fuerte palmada en la espalda.

—¿Y qué sugieres que hagamos? —le preguntó Camilla.

—No lo sé. Me gustaría entrar en su habitación, y ver si se ha llevado la maleta o algo.

—¿No está cerrada con llave? —le preguntó Henry.

—Sí. Marion les pidió a los de seguridad que la abrieran, pero se negaron.

Henry se mordió el labio inferior.

—Bueno —dijo lentamente—. No creo que sea tan difícil entrar, aunque esté cerrada, ¿no?

Cloke apagó el cigarrillo y miró a Henry con renovado interés.

—No —dijo—. Seguro que no.

—Está la ventana. Y han quitado las contraventanas.

—Yo me encargo de las persianas.

Henry y Cloke se miraron.

—Podría ir ahora mismo e intentarlo —dijo Cloke.

—Vamos contigo.

—Hombre, todos no podemos ir —objetó Cloke.

Vi cómo Henry le lanzaba una rápida mirada a Charles, que, de pie detrás de Cloke, la captó.

—Iré yo —dijo con voz demasiado alta, y se acabó la bebida.

—Cloke, ¿cómo demonios te has metido en un asunto así? —dijo Camilla.

Cloke se rió, condescendiente.

—No es tan complicado como parece —dijo—. A esos tipos hay que tratarlos en su propio terreno. Y yo no dejo que me tomen el pelo.

Henry se acercó con discreción a Charles y le susurró algo al oído. Charles asintió con la cabeza, concisamente.

—Siempre intentan joderte, claro —añadió Cloke—. Pero yo sé cómo piensan. Bunny no tiene ni idea, cree que es un juego y que los billetes caen del cielo.

Cuando Cloke acabó de hablar, Charles y Henry ya se habían puesto de acuerdo, y Charles había ido al armario a coger su abrigo. Cloke recogió sus gafas de sol y se levantó. Exhalaba un débil y seco olor a hierbas, una reminiscencia del olor a porrero que siempre flotaba en los polvorientos pasillos de la Durbinstall: pachuli, sándalo, incienso.

Charles se anudó la bufanda al cuello. En su expresión había una mezcla de indiferencia y dramatismo; tenía la mirada distante y la boca firme, pero le temblaban ligeramente las ventanas de la nariz.

—Ten cuidado —dijo Camilla.

Se dirigía a Charles, pero Cloke se volvió y sonrió:

—Está chupado —dijo.

Camilla los acompañó hasta la puerta. Cuando la cerró y se dio la vuelta, Henry se llevó un dedo a los labios.

Nos quedamos en silencio escuchando sus pasos por la escalera, hasta que oímos que Cloke ponía en marcha su coche. Henry se acercó a la ventana y retiró la andrajosa cortinilla de encaje.

—Ya se han ido —dijo.

—Henry, ¿estás seguro de que ha sido una buena idea? —dijo Camilla.

Se encogió de hombros, sin apartar la vista de la calle.

—No lo sé —dijo—. Tenía que improvisar.

—¿Por qué no has ido con Cloke?

—Podría haber ido, pero es mejor así.

—¿Qué le has dicho?

—Bueno, creo que hasta Cloke comprenderá que Bunny no ha salido de la ciudad. Todo lo que tiene está en esa habitación. El dinero, las gafas de repuesto, el abrigo. Imagino que Cloke querrá marcharse y no decir nada, pero le he dicho a Charles que insista en llamar a Marion, por lo menos para que vaya a echar un vistazo. Si ella ve... bueno. Ella no está al corriente de los problemas de Cloke, y si lo estuviera le traería sin cuidado. Si no me equivoco, llamará a la policía, o por lo menos a los padres de Bunny, y no creo que Cloke pueda hacer nada para impedirlo.

—Hoy no lo encontrarán —dijo Francis—. Solo falta un par de horas para la noche.

—Sí, pero con un poco de suerte empezarán a buscar mañana.

—¿Crees que alguien querrá hablar con nosotros?

—No lo sé —dijo Henry, abstraído—. No sé cómo funcionan estas cosas.

Un delgado rayo de sol dio en los prismas de un candelabro que había sobre el manto de la chimenea. Las inclinadas paredes de la buhardilla quedaron cubiertas de motas de luz. De pronto empezaron a asaltarme imágenes de todas las películas sobre crímenes que había visto en mi vida: la habitación sin ventanas, las luces brillantes y los pasillos estrechos, imágenes que no parecían dramáticas ni ajenas, sino imbuidas del carácter indeleble del recuerdo, de la experiencia vivida. «No pienses, no pienses», me dije, contemplando un reluciente y frío charco de luz que había aparecido en la alfombra, junto a mis pies.

Camilla quería fumar un cigarrillo, pero no conseguía encender la cerilla. Henry le quitó la caja de las manos y encendió una; Camilla se acercó a la llama y, protegiéndola con una mano, encendió el cigarrillo.

Los minutos avanzaban con una lentitud tortuosa. Camilla trajo una botella de whisky a la cocina y nos sentamos a la mesa para jugar una partida de euchre. Francis y Henry jugaban contra Camilla y contra mí. Camilla jugaba bien —aquel era su juego favorito—, pero yo no era una buena pareja, y perdimos una partida tras otra.

El apartamento estaba en silencio; solo se oían los vasos y las cartas. Henry se había arremangado la camisa hasta los codos, y el sol arrancaba destellos a los quevedos de Francis. Intenté concentrarme en el juego, pero una y otra vez me quedaba contemplando el reloj del manto de la chimenea a través de la puerta abierta. Era una de esas extrañas baratijas victorianas que tanto gustaban a los gemelos: un elefante de porcelana blanca con el reloj haciendo equilibrios en la silla, y un pequeño cornaca negro con turbante y pantalones de montar dorados señalando las horas. El cornaca tenía algo de diabólico, y cada vez que levantaba la cabeza me lo encontraba sonriéndome con malicia.

Acabé perdiendo la cuenta de los puntos y de las partidas. La habitación se fue quedando en penumbra.

Henry puso sus cartas en el tapete:

—March —dijo.

—No puedo más —dijo Francis—. ¿Dónde se ha metido?

Se oía el metálico y arrítmico tictac del reloj. Dejamos las cartas y nos quedamos sentados, casi a oscuras. Camilla cogió una manzana del cuenco que había sobre el mármol y se sentó en el alféizar de la ventana, comiéndosela lentamente mientras contemplaba la calle. Un llameante contorno de media luz brillaba alrededor de su silueta, ardía en su cabello y se difuminaba en la vellosa textura de su falda de lana, que le cubría descuidadamente las rodillas.

—¿Y si algo ha salido mal? —dijo Francis.

—No seas tonto. ¿Qué quieres que haya salido mal?

—A lo mejor Charles no ha podido aguantar.

Henry lo miró sin demasiada atención y le dijo:

—Tranquilízate. Me recuerdas a Dostoievski.

Francis iba a replicar, pero Camilla pegó un respingo.

—Ya viene —dijo.

Henry se levantó.

—¿Dónde está? ¿Viene solo?

—Sí —dijo Camilla, corriendo hacia la puerta.

Lo recibió en el rellano, y al cabo de unos instantes los dos entraron en el apartamento.

Charles tenía los ojos desorbitados, e iba despeinado. Se quitó el abrigo, lo tiró sobre una silla y se dejó caer en el sofá.

—Una copa, por favor —dijo.

—¿Ha ido todo bien?

—Sí.

—¿Qué ha pasado?

—¿Y la copa?

Henry, impaciente, sirvió un poco de whisky en un vaso usado y se lo dio.

—¿Ha ido bien? ¿Ha estado la policía?

Charles bebió un largo trago, hizo una mueca de dolor y asintió con la cabeza.

—¿Dónde está Cloke? ¿En su casa?

—Supongo.

—Cuéntanoslo todo desde el principio.

Charles apuró el vaso y lo dejó. Tenía las mejillas enrojecidas, febriles, y estaba sudando.

—Tenías razón respecto a la habitación —dijo.

—¿A qué te refieres?

—Era impresionante. Terrible. La cama deshecha, polvo por todas partes, galletas en el escritorio y hormigas correteando sobre ellas… Cloke se asustó y quería largarse, pero llamé a Marion antes de que lo hiciera. Llegó al cabo de unos minutos. Echó un vistazo, se mostró sorprendida y no dijo gran cosa. Cloke estaba muy nervioso.

—¿Cloke le dijo algo a Marion sobre lo de las drogas?

—No. Lo insinuó un par de veces, pero ella no le hizo demasiado caso. —Miró a Henry—. ¿Sabes una cosa? Creo que cometimos un error no yendo allí enseguida. Tendríamos que haber repasado la habitación antes de que la viera nadie más.

—¿Por qué lo dices?

—Mira lo que he encontrado —dijo, y sacó un pedazo de papel del bolsillo.

Henry se lo quitó de las manos y lo examinó.

—¿Cómo lo has encontrado?

Charles se encogió de hombros.

—Cuestión de suerte. Estaba encima del escritorio. Lo cogí disimuladamente en cuanto pude.

Miré por encima del hombro de Henry. Era una fotocopia de una página del *Examiner* de Hampden. Había un pequeño pero sospechoso titular entre la columna de servicios domésticos y un anuncio de herramientas de jardinería:

MUERTE MISTERIOSA EN EL CONDADO
DE BATTENKILL

La oficina del sheriff del condado de Battenkill, junto con la policía de Hampden, sigue investigando el brutal homicidio de Henry Ray McRee, acaecido el pasado 12 de noviembre. El cadáver mutilado del señor McRee, criador de aves y ex miembro de la Asociación de Productores de Huevos de Vermont, fue hallado en su granja de Mechanicsville. Desde el primer momento se descartó el robo como móvil del crimen, y aunque McRee tenía varios enemigos en el sector de la cría de pollos y por todo el condado de Battenkill, no se sospecha de ninguno de ellos.

Horrorizado, me adelanté un poco más —la palabra «mutilado» me había producido escalofríos, y era lo único que conseguía ver—, pero Henry le había dado la vuelta a la hoja y estaba examinando el dorso.

—Bueno —dijo—, por lo menos no es una fotocopia de un recorte. Lo más probable es que la hiciera en la biblioteca, de un ejemplar de la escuela.

—Imagino que tienes razón, pero eso no significa que sea la única fotocopia.

Henry puso la hoja en el cenicero y encendió la cerilla. Cuando la acercó al borde, una veta rojo brillante empezó a recorrerla, y en un momento la había devorado; las palabras se iluminaban un instante, luego se retorcían y desaparecían.

—Bueno —dijo—, ahora ya es demasiado tarde. Por lo menos encontraste esta. ¿Y luego qué pasó?

—Marion fue a la residencia Putnam, el edificio de al lado, y volvió con una amiga suya.

—¿Con quién?

—No la conozco. Uta o Ursula, algo así. Una de esas chicas con aire de sueca y jersey de pescador. En fin, ella le echó un vistazo también, y Cloke se quedó sentado en la cama fumando un cigarrillo y como si le doliera el estómago, y al final esa Uta, o como se llame, sugirió que subiéramos y que habláramos con la delegada de la residencia de Bunny.

Francis se echó a reír. En Hampden, los delegados de las residencias eran las personas a las que te quejabas cuando las contraventanas se atascaban o cuando alguien ponía la música demasiado alta.

—Y me alegro de que lo hiciera —prosiguió Charles—, porque de lo contrario aún seguiríamos allí <de pie. Era esa pelirroja tan vulgar que siempre lleva botas de excursionista. ¿Cómo se llama? ¿Briony Dillard?

—Sí —dije. Además de ser encargada, y uno de los más emprendedores miembros del consejo de estudiantes, era la presidenta de un grupo izquierdista del campus, y se pasaba la vida intentando movilizar a la juventud de Hampden, que respondía siempre con la más absoluta indiferencia.

—En fin. Tomó las riendas inmediatamente y lo puso todo en marcha —continuó Charles—. Anotó nuestros nombres. Nos hizo un montón de preguntas. Reunió a los vecinos de Bunny en el pasillo y los interrogó. Llamó a los Servicios de Estudiantes, y luego a seguridad. Los de seguridad dijeron que enviarían a alguien. —Charles hizo una pausa para encender un cigarrillo—. Pero agregaron que la desaparición de un estudiante no era competencia suya, y que tendrían que llamar a la policía. ¿Me pones otra copa? —dijo, volviéndose bruscamente hacia Camilla.

—¿Y fueron?

Con el cigarrillo entre los dedos, Charles se secó el sudor de la frente con la cara interna de la muñeca.

—Sí —dijo—. Dos agentes. Y también un par de guardas de seguridad.

—¿Y qué hicieron?

—Los guardas de seguridad no hicieron nada. Pero la verdad es que los policías me parecieron bastante competentes. Uno de ellos le echó un vistazo a la habitación mientras el otro reunía a la gente en el vestíbulo y empezaba a hacer preguntas.

—¿Qué tipo de preguntas?

—Quién había sido el último en verlo y dónde, cuánto tiempo llevaba sin aparecer, dónde podía estar. Suena bastante evidente, pero era la primera vez que alguien hacía aquellas preguntas.

—¿Y Cloke? ¿Dijo algo?

—No gran cosa. Había mucha gente y mucho follón; la mayoría se moría de ganas de decir lo que sabía, que no era nada. A mí nadie me hizo el menor caso. Una señora que había bajado de los Servicios de Estudiantes quería entrometerse; decía que aquello no era cosa de la policía, que ya se encargaría la universidad. Finalmente uno de los agentes se mosqueó. «Oiga —dijo—, pero ¿qué se han creído? Hay un estudiante que lleva una semana desaparecido y nadie lo había mencionado hasta ahora. Este asunto es muy serio, y si quiere saber mi opinión, creo que la universidad puede tener responsabilidades.» Aquello puso a la señora de los Servicios de Estudiantes en órbita, y entonces, de repente, el policía que estaba en la habitación apareció con la billetera de Bunny.

»Se hizo un silencio. En la cartera había doscientos dólares, y todos los carnets de Bunny. El agente que la había encontrado dijo: "Será mejor que llamemos a la familia de este chico". Todos empezaron a susurrar. La señora de los Servicios de Estudiantes palideció y dijo que subiría inmediatamente a su despacho a buscar la ficha de Bunny. El policía la acompañó.

»A esas alturas el vestíbulo estaba abarrotado. Habían ido llegando curiosos que querían enterarse de todo. El primer policía les dijo que se marcharan y se ocuparan de sus asuntos, y Cloke, aprovechando la confusión, se escabulló. Antes de irse me llevó a un rincón y me dijo que no mencionara lo de las drogas.

—Supongo que esperarías a que te autorizaran a marcharte.

—Sí. No tardaron mucho. El policía quería hablar con Marion, y a esa tal Uta y a mí nos dijo que podíamos irnos en cuanto anotó nuestros datos. Eso fue hace más o menos una hora.

—¿Y por qué has tardado tanto?

—Eso es lo que os iba a contar. Como no quería encontrarme

a nadie por el camino, atajé por la parte de atrás del campus y bajé por detrás de las oficinas de la facultad. Pero fue un grave error. Ni siquiera había llegado al bosque de abedules cuando esa pesada de los Servicios de Estudiantes, la señora que había iniciado la discusión, me vio desde la ventana del despacho del decano y me llamó.

—¿Y qué hacía ella en el despacho del decano?

—Había ido a telefonear. El padre de Bunny estaba al teléfono; les estaba gritando a todos, y amenazándolos con llevarlos a juicio. El decano intentaba calmarlo, pero el señor Corcoran seguía pidiendo que lo dejaran hablar con alguien a quien conociera. Habían intentado comunicarse contigo por otra línea, Henry, pero no te encontraron en casa.

—¿Había que le dejaran hablar conmigo?

—Por lo visto, sí. Iban a mandar a alguien al ateneo para que avisara a Julian, pero entonces la señora me vio por la ventana. Estaba lleno de gente: el policía, la secretaria del decano, cuatro o cinco personas que había visto en el vestíbulo, esa chalada que trabaja en archivos. En la puerta de al lado, el despacho de admisiones, alguien intentaba ponerse en contacto con el rector. También había unos cuantos profesores. Supongo que el decano estaba en plena reunión cuando la señora de los Servicios de Estudiantes apareció con el policía. Tu amigo también estaba, Richard. El doctor Roland.

»En fin. Cuando llegué la gente empezó a marcharse, y el decano me pasó el auricular. El señor Corcoran se tranquilizó al ver quién era yo. En tono confidencial, me preguntó si todo aquello no sería una gamberrada.

—Oh, no —dijo Francis.

Charles lo miró de reojo.

—Me preguntó por ti. «¿Qué hace el pelirrojo?», dijo.

—¿Qué más dijo?

—Estuvo muy amable. Me preguntó por todos vosotros y me pidió que os saludara de su parte.

Hubo una larga e incómoda pausa.

Henry se mordió el labio inferior y fue al bar a servirse una copa.

—¿Alguien llegó a comentar lo del banco? —preguntó.

—Sí. Marion les dio el nombre de la chica. Por cierto —Charles levantó la mirada, una mirada distraída e inexpresiva—, me olvidé de decírtelo: Marion le dio tu número a la policía. Y el tuyo también, Francis.

—¿Por qué? —dijo Francis, alarmado—. ¿Para qué?

—Querían saber quiénes eran sus amigos.

—Pero ¿por qué el mío?

—Cálmate, Francis.

La habitación se había quedado a oscuras. El cielo estaba de color lila y las calles, nevadas, despedían un fulgor surreal, lunar. Henry encendió la lámpara.

—¿Crees que empezarán a buscar esta noche?

—Sí, lo harán, desde luego. Lo que no sé es si buscarán en el sitio correcto.

Nadie dijo una palabra. Charles, meditabundo, hizo sonar los cubitos de hielo de su vaso.

—¿Sabéis qué? Lo que hemos hecho es terrible.

—Tuvimos que hacerlo, Charles. Ya lo hemos hablado.

—Ya lo sé, pero no puedo dejar de pensar en el señor Corcoran. Las vacaciones que hemos pasado en su casa. Y por teléfono estuvo tan amable…

—Así estamos todos mejor.

—Algunos.

Henry sonrió, sardónico:

—No lo sé —dijo—. Πελλα'ιον βονζ μεγζ ειγ'λιδη.

Aquello quería decir que en el mundo de los muertos un gran buey solo costaba un penique, pero yo sabía a lo que se refería Henry, y me reí, a mi pesar. Entre los antiguos había una tradición según la cual en el infierno las cosas eran más baratas.

Cuando Henry se marchó, se ofreció para llevarme a la universidad en coche. Era tarde, y al detenernos delante de la residencia le pregunté si quería acompañarme al Commons a cenar algo.

Pasamos por la oficina de correos porque Henry quería revisar su correspondencia. Como solo abría su buzón cada tres semanas, había un montón de cartas esperando; se quedó junto a la papelera, repasándolas con indiferencia, y tirando la mitad de los sobres sin abrir. Y entonces se detuvo.

—¿Qué es?

Se rió.

—Mira en tu buzón. Es un cuestionario de la facultad. Le están pasando revista a Julian.

Cuando llegamos estaban cerrando el comedor, y los porteros habían empezado a fregar el suelo. La cocina también estaba cerrada, de modo que fui a pedir un poco de pan y mantequilla de cacahuete mientras Henry se preparaba una taza de té. El comedor principal estaba vacío. Nos sentamos en un rincón; nuestras imágenes se reflejaban en los oscuros cristales de las ventanas. Henry sacó una pluma y empezó a rellenar el cuestionario de evaluación de Julian.

Mientras comía el bocadillo, me puse a mirar mi copia. Las preguntas tenían una puntuación que iba del «uno (pobre)» al «cinco (excelente)»: «¿Opina usted que este miembro de la facultad... es puntual? ¿Tiene una buena preparación? ¿Está dispuesto a ofrecer ayuda a sus alumnos fuera de clase?» Henry había recorrido la lista sin detenerse ni un momento y había rodeado todos los cincos. Ahora lo vi escribiendo el número 19 en un espacio en blanco.

—¿A qué corresponde eso?

—Es el número de clases que he tenido con Julian —dijo sin levantar la vista.

—¿Has tenido diecinueve clases con Julian?

—Hombre, contando las clases prácticas y todo, sí —dijo, molesto.

Hubo un silencio durante el cual solo se oyó el ruido de la pluma de Henry y el lejano ruido de platos procedente de la cocina.

—¿Esto se lo mandan a todo el mundo o solo a nosotros? —pregunté.

—Solo a nosotros.

—No entiendo por qué se toman la molestia.

—Supongo que es para los archivos. —Henry iba por la última página, que estaba prácticamente en blanco. «Por favor, añada cualquier comentario adicional que pueda tener acerca de este profesor. Si es necesario puede añadir más hojas.»

Su pluma se quedó suspendida sobre la página. Luego dobló la hoja y la dejó a un lado.

—¿No vas a poner nada?

Henry bebió un sorbo de té.

—¿Cómo quieres que le haga entender al decano —dijo— que entre nosotros hay una divinidad?

Después de cenar volví a mi habitación. Me horrorizaba pensar en la noche que me esperaba, pero no por lo que podría suponerse: que estaba preocupado por la policía, o que me atormentaba la conciencia, ni nada parecido. Más bien al contrario. A aquellas alturas yo había desarrollado, por no sé qué medios meramente subconscientes, un eficaz bloqueo mental acerca del asesinato y todo lo relacionado con él. Hablaba de aquel asunto cuando era menester, pero rara vez pensaba en él mientras estaba solo.

Lo que sí experimentaba cuando estaba solo era una especie de horror neurótico general, una especie de ataque de nervios y de aversión a mí mismo elevado a la enésima potencia. Todas las cosas crueles y estúpidas que había dicho alguna vez volvían a mí magnificadas, y no servía de nada que intentara librarme de ellas: insultos, culpas y vergüenzas del pasado que se remontaban a la infancia —el niño cojo del que me había reído, el polluelo de Semana Santa al que le había retorcido el cogote—, desfilaban ante mí uno a uno, con vigoroso y cáustico esplendor.

Intenté practicar un poco de griego, pero no sirvió de nada. Buscaba una palabra en el diccionario y cuando me disponía a escribirla ya se me había olvidado su significado; no recordaba ni los casos nominales ni las formas verbales. Hacia medianoche bajé y llamé a los gemelos. Camilla cogió el teléfono. Tenía sueño y estaba un poco bebida, y se disponía a acostarse.

—Cuéntame algo divertido —le dije.

—No se me ocurre nada divertido.

—Lo que sea.

—¿El cuento de Caperucita? ¿Los tres cerditos?

—Cuéntame algo que te haya ocurrido de pequeña.

Y Camilla me contó el único recuerdo que tenía de su padre, antes de que él y su madre se mataran. Estaba nevando, Charles dormía, y ella estaba de pie en su cuna mirando por la ventana. Su padre estaba en el patio con un viejo jersey gris, arrojando bolas de nieve contra la valla.

—Debía de ser media tarde. No sé qué hacía mi padre allí. Solo sé que yo lo veía, y que deseaba tanto ir con él que intenté saltar de mi cuna. Entonces entró mi abuela y levantó las barandillas para que yo no pudiera salir, y me eché a llorar. Tío Hilary (el hermano de mi abuela; cuando éramos pequeños vivía con nosotros) entró en mi habitación y me vio llorando. «Pobrecita», dijo. Se hurgó los bolsillos hasta que encontró una cinta métrica, y me la dio para que yo jugara con ella.

—¿Una cinta métrica?

—Sí. De esas que se recogen solas apretando un botón. Charles y yo siempre nos peleábamos por ella. Todavía corre por casa.

Al día siguiente desperté tarde y con un desagradable susto: alguien llamaba a la puerta.

Me levanté para abrir. Era Camilla. Daba la impresión de que se hubiera vestido muy deprisa. Entró y cerró la puerta con llave; yo me quedé de pie en bata, adormilado.

—¿Has salido ya a la calle? —me preguntó.

Un escalofrío de angustia me recorrió la nuca. Me senté en el borde de la cama.

—No —contesté—. ¿Por qué?

—No sé qué está pasando. La policía está hablando con Charles y con Henry, y no tengo idea de dónde está Francis.

—¿Qué?

—Esta mañana, a las siete, un policía vino a casa preguntando por Charles. No dijo qué quería. Charles se vistió y se fueron juntos, y luego, a las ocho, me llamó Henry. Me preguntó si no me importaba que se retrasara un poco esta mañana. Yo le dije de qué estaba hablando, porque no habíamos quedado. «Gracias —me contestó—, sabía que lo comprenderías. Es que ha venido la policía para hablar de lo de Bunny, y quieren preguntarme unas cuantas cosas.»

—Seguro que todo va bien.

Camilla se pasó la mano por el cabello; era un ademán de exasperación que me recordó a su hermano.

—No es solo eso —continuó—. Hay gente por todas partes. Periodistas. Policías. Parece una casa de locos.

—¿Lo están buscando?

—No sé qué están haciendo. Al parecer, van hacia el monte Cataract.

—Quizá tendríamos que salir del campus un rato.

Sus pálidos y plateados ojos le echaron un nervioso vistazo a la habitación.

—Sí, puede que sí —dijo—. Vístete, y ya veremos qué hacemos.

Estaba en el cuarto de baño afeitándome cuando Judy Poovey entró y se me echó encima con tanta violencia que me hice un corte en la mejilla.

—Richard —dijo, cogiéndome por el brazo—. ¿Te has enterado?

Me toqué la cara y miré la sangre de mis dedos; luego la miré, molesto.

—¿Enterarme? ¿De qué?

—De lo de Bunny —dijo, bajando la voz y con los ojos muy abiertos.

La miré sin saber lo que ella iba a decir a continuacion.

—Me lo ha contado Jack Teitelbaum —prosiguió—. Cloke se lo contó anoche. Nunca había oído nada parecido. Se ha esfumado. No lo entiendo. Y como dice Jack, si a estas alturas todavía no lo han encontrado... Hombre, seguro que está bien, ¿no?, pero... —dijo al ver la cara con que yo la miraba.

No se me ocurría nada que decir.

—Si te apetece pasar, estaré en mi cuarto.

—De acuerdo.

—Lo digo por si quieres hablar con alguien. Siempre estoy. Pásate cuando quieras.

—Gracias —dije bruscamente.

Judy me lanzó una mirada compasiva, solidarizándose con mi soledad y mi pena.

—Todo se arreglará —dijo, y me dio un apretón en el brazo.

Luego se marchó, pero una vez en la puerta se detuvo para dedicarme una última y lastimera mirada.

Pese a lo que Camilla me había dicho, el jaleo que había fuera me sorprendió. El aparcamiento estaba lleno y había vecinos de Hampden por todas partes. A juzgar por su aspecto, en su mayoría eran obreros de fábricas; unos iban con fiambrera, otros con sus hijos. Caminaban hacia el monte Cataract formando unas líneas amplias y espaciadas, golpeando el suelo con bastones, mientras los estudiantes se apiñaban y los miraban con curiosidad. Había policías, funcionarios, un par de policías montados; en el jardín, aparcados junto a un par de vehículos que parecían oficiales, había una camioneta de la radio, un camión de catering, y una camioneta de ActionNews Twelve.

—¿Qué hace toda esta gente aquí? —pregunté.

—Mira —me dijo Camilla—. Me parece que aquel es Francis.

Lejos, mezclado en la atareada multitud, vi una cabellera roja, una garganta tapada, un abrigo negro. Camilla levantó el brazo y lo llamó.

Francis se abrió paso entre un grupo de trabajadores de la cafetería que habían salido a ver qué pasaba. Iba fumando un cigarrillo y llevaba un periódico debajo del brazo.

—Hola —dijo—. ¿Habéis visto?

—¿Qué pasa?

—La búsqueda del tesoro.

—¿Qué?

—Anoche los Corcoran ofrecieron una recompensa. Han cerrado todas las fábricas de Hampden. ¿Alguien quiere un café?

Nos dirigimos hacia el camión de catering, a través de una espesa y taciturna masa de porteros y personal de mantenimiento.

—Dos cafés con leche y uno solo, por favor —le dijo Francis a la gorda que había detrás de la barra.

—No queda leche. Solo Cremora.

—Pues entonces solos. —Se volvió hacia nosotros—. ¿Habéis visto el periódico de esta mañana?

Era la última edición del *Examiner* de Hampden. En la primera página había una columna con una fotografía, reciente y borrosa, de Bunny, con este pie: SE BUSCA A ESTE JOVEN, 24 AÑOS, DESAPARECIDO EN HAMPDEN.

—¿Veinticuatro años? —dije, sorprendido. Los gemelos y yo teníamos veinte años, y Henry y Francis veintiuno.

—Repitió uno o dos cursos en la escuela primaria —me aclaró Camilla.

—Ahh.

El domingo por la tarde, Edmund Corcoran, un estudiante de Hampden College conocido por familiares y amigos como Bunny, asistió a una fiesta del campus, de la que se marchó a media tarde para encontrarse con su novia, Marion Barnbridge, de Rye, Nueva York, también alumna del Hampden College. Desde entonces nadie ha visto a Bunny Corcoran.

La señorita Barnbridge, junto con algunos amigos de Edmund Corcoran, alertaron ayer a la policía local y estatal, que emitieron un boletín notificando la desaparición. Hoy se inicia la búsqueda en la zona de Hampden. La descripción del joven es la siguiente: (continúa en la p. 5)

—¿Has terminado? —le pregunté a Camilla.

—Sí. Pasa la página.

seis pies y tres pulgadas de estatura, pesa ciento noventa libras, cabello rubio y ojos azules. Lleva gafas, y en el momento de su desaparición vestía chaqueta de tweed de color gris, pantalones caqui e impermeable amarillo.

—Aquí tienes el café, Richard —dijo Francis volviéndose cautelosamente con una taza en cada mano.

En la escuela preparatoria Saint Jerome de College Falls, Massachusetts, Edmund Corcoran participó en diversos deportes universitarios, destacando en hockey y regatismo, y en su último año fue capitán del equipo de fútbol, los Wolverines, con el que participó en un campeonato estatal. En Hampden, Edmund Corcoran era jefe de bomberos voluntario. Estudiaba literatura e idiomas, especializándose en los clásicos, y sus compañeros de clase lo consideran «un erudito».

—Ja —dijo Camilla.

Cloke Rayburn, amigo y compañero de Corcoran y uno de los primeros en avisar a la policía, dijo que Corcoran «es un chico muy serio, que no está metido en asuntos de drogas ni nada parecido».

Ayer por la tarde, preocupado, entró en la habitación de Corcoran, y a continuación notificó la desaparición a la policía.

—No fue así —dijo Camilla—. Él no llamó a la policía.

—No dicen ni una palabra de Charles.

—Gracias a Dios —dijo ella, en griego.

Los padres de Edmund Corcoran, Macdonald y Katherine Corcoran, de Shady Brook, Connecticut, llegarán hoy a Hampden para colaborar en la búsqueda del menor de sus cinco hijos (véase «Mensaje de la familia», p. 10). El señor Corcoran, presidente de la Bingham Bank and Trust Company y miembro del consejo de administración del First National Bank de Connecticut, dijo en una entrevista telefónica: «Desde aquí no podemos hacer gran cosa. Queremos colaborar en la medida de lo posible». Dijo que había hablado por teléfono con su hijo una semana antes de su desaparición y que no había notado nada extraño en él.

Katherine Corcoran habló así de su hijo: «Edmund tiene muy en cuenta a su familia. Estoy segura de que si le hubiera ocurrido algo nos lo habría dicho a mí o a Mack». La familia Corcoran, la Bingham Bank and Trust Company y la Highland Heights Lodge of the Loyal Order of the Moose han ofrecido una recompensa de cincuenta mil dólares a quien ofrezca alguna información que ayude a averiguar el paradero de Edmund Corcoran.

Hacía viento. Doblé el periódico con ayuda de Camilla y se lo devolví a Francis.

—Cincuenta mil dólares —dije—. Es mucho dinero.

—Ahora ya no te extrañará ver a toda esta gente de Hampden paseando por aquí —dijo Francis, y bebió un sorbo de café—. Por Dios, qué frío hace.

Nos fuimos hacia el Commons. Camilla le dijo a Francis:

—Sabes lo de Charles y Henry, ¿no?

—Bueno, a Charles le dijeron que seguramente hablarían con él, ¿no?

—Pero ¿y Henry?

—Yo no perdería el tiempo preocupándome por él.

En el Commons, que estaba sorprendentemente vacío, hacía muchísimo calor. Nos sentamos los tres en un desagradable sofá de vinilo negro y nos tomamos el café. La gente entraba y salía, y había corriente de aire; de vez en cuando alguien se acercaba a preguntarnos si había alguna noticia. Jud «Party Pig» MacKenna, en calidad de presidente del consejo de estudiantes, se acercó con su lata de pintura vacía y nos pidió un donativo para organizar un grupo de rescate. Juntando la calderilla, dimos un dólar entre los tres.

Estábamos hablando con Georges Laforgue, que nos contaba con entusiasmo y detalladamente una desaparición similar acaecida en Brandeis, cuando de pronto Henry surgió de la nada.

Laforgue se volvió.

—Oh —dijo fríamente al ver quién era.

Henry hizo una ligera inclinación de cabeza:

—*Bonjour, monsieur Laforgue. Quel plaisir de vous revoir* —le dijo.

Laforgue se sacó un pañuelo del bolsillo y se sonó la nariz durante lo que a mí me parecieron cinco minutos. Luego lo dobló meticulosamente, le dio la espalda a Henry y retomó el hilo de su relato. Resultó que en aquel caso, el estudiante se había ido a Nueva York en autocar sin decírselo a nadie.

—Y este chico… Birdie, ¿no?

—Bunny.

—Eso. Este chico lleva mucho menos tiempo fuera. Ya aparecerá, y todo el mundo se sentirá ridículo. —Bajó el tono de voz—. Creo que la universidad teme que este asunto llegue a los tribunales, y quizá por eso lo están enfocando tan desproporcionadamente, ¿no? Que quede entre nosotros, por favor.

—Por supuesto.

—Ya sabéis que mi relación con el decano es un poco delicada.

—Estoy un poco cansado —dijo Henry en el coche—, pero no hay nada de qué preocuparse.

—¿Qué querían saber?

—Nada especial. Cuánto tiempo hacía que lo conocía, si se estaba comportando de forma extraña, si sabía algún motivo por el que pudiera haber decidido irse de la universidad. Les dije que efectivamente durante los últimos meses se comportaba de forma un tanto extraña, porque es la verdad. Pero también dije que últimamente no nos veíamos mucho. —Meneó la cabeza—. Me han retenido dos horas. No sé si me habría metido en todo esto de haber sabido las tonterías que tendríamos que soportar.

Pasamos por el apartamento de los gemelos y encontramos a Charles dormido en el sofá, boca abajo, con los zapatos y el abrigo puestos, y un brazo colgando que dejaba al descubierto unas cuatro pulgadas de camisa.

Al despertar se llevó un susto. Tenía la cara congestionada, y el relieve de la tela del sofá se le había marcado en la mejilla.

—¿Qué tal te ha ido? —le preguntó Henry.

Charles se incorporó un poco y se frotó los ojos.

—Bien. Supongo que bien. Querían que firmara una declaración sobre lo que había pasado ayer.

—A mí también han ido a verme.

—¿Ah, sí? ¿Qué querían?

—Lo mismo.

—¿Han estado amables contigo?

—No excesivamente.

—Pues conmigo, en la comisaría, se mostraron encantadores. Hasta me dieron el desayuno. Café y donuts rellenos.

Aquello fue un viernes, lo que significa que no había clase y que Julian no estaba en Hampden, sino en su casa. No vivía lejos de donde estábamos nosotros —a mitad de camino de Albany, hasta donde habíamos ido a comernos unas *crêpes*—, y, después de comer, a Henry se le ocurrió proponer que fuéramos a ver si estaba.

Yo nunca había estado en casa de Julian, ni siquiera la había visto, pero suponía que los demás habían estado allí cientos de veces. La verdad es que Julian evitaba las visitas; Henry era, por supuesto, la excepción. Esto puede resultar sorprendente, pero no lo era; Julian mantenía una amable pero firme distancia entre él y sus alumnos; y pese a que nos apreciaba mucho más de lo que suelen apreciar los profesores a sus pupilos, la relación que manteníamos con él no era de igualdad, ni siquiera en el caso de Henry; y las clases que nos daba estaban más cerca de una dictadura benévola que de una democracia. «Yo soy vuestro maestro porque sé más que vosotros», nos dijo en una ocasión. Aunque a nivel psicológico su conducta era casi dolorosamente íntima, superficialmente era fría y práctica. Se negaba a ver en nosotros otra cosa que nuestras cualidades más atractivas, que cultivaba y exageraba al tiempo que excluía las aburridas y menos deseables. Yo sentía un placer delicioso adecuándome a aquella imagen atractiva e imprecisa de mí mismo —al final comprendí que más o menos me había convertido en el personaje que llevaba tanto tiempo interpretando con habilidad—, y sin duda Julian no tenía ningún interés en conocernos enteramente, o en ver en nosotros más que los magníficos papeles que había inventado para nosotros: *genis gratus, corpore glabellus, arte multiscius et fortuna opulentus* («mejillas lisas, piel suave, buena educación y riqueza»). Creo que esa extraña ceguera suya para los problemas de índole personal al final le permitió convertir incluso los problemas de Bunny, puramente reales, en problemas espirituales.

Entonces, como ahora, yo no sabía prácticamente nada sobre la vida que Julian llevaba fuera de clase, y quizá precisamente eso le confería aquel atractivo aire de misterio a todo lo que él decía o hacía. Su vida privada tenía sin duda las mismas mellas que la de cualquier otro, pero él solo nos mostraba una cara de sí mismo, tan pulida y perfecta que yo suponía que cuando no estaba con nosotros debía de llevar una existencia demasiado rara para imaginármela.

De modo que yo sentía bastante curiosidad por ver dónde vivía. Era una gran casa de piedra situada sobre una colina, lejos de la carretera principal y rodeada de árboles y nieve; bastante impresionante, si bien no tan gótica ni tan monstruosa como la de Francis. Me habían contado maravillosas historias sobre su jardín y el interior de la casa —jarrones áticos, porcelanas Meissen, cuadros de Alma-Tadema y Frith—. Pero el jardín estaba cubierto de nieve, y por lo visto Julian no estaba en casa; o por lo menos no nos abrió la puerta.

Mientras esperábamos en el coche, Henry se sacó un pedazo de papel del bolsillo y escribió una nota. Luego la dobló y la dejó en el quicio de la puerta.

—¿Hay estudiantes en los grupos de rescate? —preguntó Henry cuando volvíamos a Hampden—. No quisiera ir a despertar sospechas, pero, por otra parte, ¿no os parece que a alguien podría extrañarle que nos quedáramos tan tranquilos en casa?

Permaneció unos momentos pensativo.

—Quizá tendríamos que bajar a echar un vistazo —añadió—. Charles, tú ya has hecho bastante por hoy. Puedes irte a casa.

Dejamos a los gemelos en su casa y los tres nos dirigimos al campus. Yo suponía que los grupos de rescate ya se habrían cansado y se habrían marchado a casa, pero me sorprendió ver que había más movimiento que nunca. Había policías, empleados de la escuela, boy scouts, trabajadores de mantenimiento y guardas de seguridad, unos treinta alumnos de Hampden (unos cuantos formaban el grupo oficial, y el resto iba por libre), y una multitud de vecinos. Había muchísima gente, pero desde la cuesta nos parecían pequeños y extrañamente silenciosos en medio de toda aquella extensión de nieve.

Bajamos por la colina —Francis, malhumorado porque no quería ir, nos seguía a poca distancia— y nos mezclamos entre la gente. Nadie nos prestó la más mínima atención. Oí, a mis espaldas, el inconfundible y torpe balbuceo de un *walkie-talkie*, y al volverme tropecé con el jefe de seguridad.

—Cuidado —me gritó. Era un hombre achaparrado, con cara de bulldog y granos en la nariz y las mejillas.

—Lo siento —dije—. ¿Puede decirme qué…?

—Estudiantes —refunfuñó, y volvió la cabeza como si fuera a escupir—. Siempre estorbando y metiéndose donde no los llaman. No sé qué demonios tenéis que hacer aquí.

—Eso es precisamente lo que intentamos averiguar —dijo Henry.

El hombre se volvió, y su mirada no se posó en Henry, sino en Francis, que contemplaba las nubes.

—Hombre, mira por dónde —dijo con sorna—. Pero si es mi externo favorito, que se cree con derecho a estacionar en el aparcamiento del profesorado.

Francis le lanzó una mirada furibunda.

—Sí, tú. ¿Sabes cuántas multas tienes acumuladas? *Nueve.* Precisamente la semana pasada le pasé tu expediente al decano. Pueden denunciarte, retenerte la licencia, lo que quieran. Cancelarte el carnet de la biblioteca. Si por mí fuera, te mandarían a la cárcel.

Francis se quedó mirándolo boquiabierto. Henry lo agarró por la manga y lo apartó.

Una larga y dispersa hilera de vecinos avanzaba por la nieve; algunos golpeaban la tierra apáticamente con sus bastones. Nos colocamos al final de la cola.

Como sabíamos que el cuerpo de Bunny yacía cerca de dos millas más al sudeste, la búsqueda no resultaba demasiado interesante ni apremiante. Yo avanzaba, como sonámbulo, con la vista fija en el suelo. Al frente de la fila iba un autoritario grupo de policías y policías montados, con la cabeza gacha, hablando en voz baja mientras un pastor alemán daba vueltas a su alrededor, ladrando. El aire estaba pesado, y sobre las montañas el cielo se veía cubierto y nublado. El abrigo de Francis restallaba al viento ostentosamente; él iba mirando de reojo para ver si su inquisidor estaba cerca, y de vez en cuando emitía una débil y lastimosa tos.

—¿Por qué demonios no has pagado esas multas? —le susurró Henry.

—Déjame en paz.

Nos pasamos una eternidad caminando por la nieve, hasta que

el intenso hormigueo que sentía en los pies se convirtió en una absoluta e incómoda insensibilidad; pesadas botas negras de policía haciendo crujir la nieve, porras colgando amenazadoramente de pesados cinturones. Un helicóptero apareció sobre la copa de los árboles, se quedó un rato suspendido sobre nosotros, y luego se marchó por donde había venido. Estaba oscureciendo y la gente empezaba a remontar trabajosamente la colina para irse a su casa.

—Vámonos —insistió Francis, por cuarta o quinta vez.

Por fin nos íbamos, cuando un policía se interpuso en nuestro camino.

—¿Ya os habéis cansado? —dijo, sonriendo. Era un tipo gordo y rubicundo con bigote pelirrojo.

—Creo que sí —dijo Henry.

—¿Conocéis a ese chico?

—Sí.

—¿No se os ocurre adónde podría haber ido?

«Si esto fuera una película —pensé, mirando con aire despistado la amable y fornida cara del policía—, si esto fuera una película, estaríamos nerviosísimos y poniéndonos en evidencia.»

—¿Cuánto cuesta un televisor? —preguntó Henry mientras volvíamos a casa.

—¿Por qué?

—Porque esta noche me gustaría ver las noticias.

—Me parece que son un poco caros —dijo Francis.

—En el desván de la Monmouth hay un televisor —apunté.

—¿Es de alguien?

—De alguien tiene que ser.

—Bueno —dijo Henry—, ya lo devolveremos.

Francis se quedó vigilando mientras Henry y yo subíamos al desván y buscábamos entre lámparas rotas, cajas de cartón y deplorables óleos de primero de bellas artes. Finalmente encontramos el televisor detrás de una vieja conejera, y lo bajamos al coche de Henry. Antes de ir a casa de Francis pasamos a recoger a los gemelos.

—Los Corcoran han intentado hablar contigo esta tarde —le dijo Camilla a Henry.

—El señor Corcoran ha llamado un montón de veces.

—También ha llamado Julian. Está muy enfadado.

—Y Cloke —añadió Charles.

Henry detuvo el automóvil.

—¿Qué quería?

—Asegurarse de que ni tú ni yo habíamos dicho nada de sus trapicheos a la policía esta mañana.

—¿Qué le has dicho?

—Le dije que yo no, pero que no sabía qué habías dicho tú.

—Vamos —dijo Francis, mirando la hora—. Si no nos damos prisa, nos lo perderemos.

Colocamos el televisor en la mesa del comedor y empezamos a manipular los mandos hasta conseguir una imagen mínimamente decente. Estaban pasando los créditos de *Petticoat Junction*, sobre planos del depósito de agua de Hooterville y del expreso de Cannonball.

A continuación daban las noticias. Después de la sintonía musical, apareció un pequeño círculo en el extremo izquierdo de la mesa de la locutora; dentro había un dibujo esquemático de un policía con una linterna y con un perro atado de una correa y, debajo, la palabra RESCATE.

La locutora miró a la cámara. «Cientos de personas participan en la búsqueda del alumno del Hampden College, Edmund Corcoran, que se ha iniciado hoy.» La imagen dio paso a una panorámica de una zona de bosque denso; una fila de personas, filmadas por detrás, avanzaba golpeando los matorrales con sus bastones, mientras aquel pastor alemán nos ladraba desde la pantalla.

—¿Y a vosotros no os han filmado? —preguntó Camilla.

—Mira —dijo Francis—. El idiota aquel.

«Cien voluntarios —dijo la voz en off— llegaron esta mañana para ayudar a los alumnos del Hampden College en la búsqueda de su compañero desaparecido el pasado domingo por la tarde. De momento no hay pistas sobre el paradero del joven de veinticuatro años Edmund Corcoran, de Shady Brook, Connecticut, pero ActionNews Twelve acaba de recibir una importante información telefónica que, según las autoridades, podría arrojar nueva luz sobre el caso.»

—¿Qué? —dijo Charles dirigiéndose a la pantalla.

«Nos informa Rick Dobson, en directo.»

En la pantalla apareció un hombre con tabardo y sosteniendo un micrófono; al parecer se encontraba en una gasolinera.

—Ya sé qué es eso —dijo Francis inclinándose hacia delante—. Es el taller Redeemed Repair, en la highway 6.

—Chist —siseó alguien.

Hacía mucho viento. El micrófono emitió un chirrido y luego enmudeció. «Esta tarde —dijo el reportero con la barbilla baja—, a las dos menos cinco, ActionNews Twelve ha recibido una importante información que podría significar una ayuda para la policía en el reciente caso de la desaparición en Hampden.»

La cámara se retiró para enfocar a un anciano con mono de trabajo, gorra de lana y una grasienta cazadora oscura. Miraba fijamente hacia un lado; tenía la cabeza muy redonda y un rostro tan apacible y afable como el de un bebé.

«Con nosotros está William Hundy —continuó el reportero—, copropietario de Redeemed Repair, de Hampden, miembro del grupo de rescate del condado de Hampden, que acaba de presentarse con esta información.»

—Henry —dijo Francis, que de pronto había palidecido.

Henry sacó el paquete de tabaco.

—Sí —dijo, muy tenso—. Ya lo veo.

—¿Qué pasa? —pregunté.

Sin apartar la vista de la pantalla, Henry le dio unos golpecitos al cigarrillo contra el paquete.

—Ese tipo es el que me arregla el coche —dijo.

«Señor Hundy —dijo el reportero con aire muy serio—, ¿quiere contarnos lo que vio el domingo por la tarde?»

—Oh, no —dijo Charles.

—Chist —ordenó Henry.

El mecánico miró tímidamente a la cámara, y luego hacia un lado. «El domingo por la tarde —dijo con el marcado acento nasal de Vermont—, un LeMans color crema, bastante viejo, repostó en aquel surtidor de allí.» Con torpeza, a destiempo, levantó el brazo y señaló hacia un lado. «Había tres hombres, dos iban en el asiento delantero y uno detrás. Forasteros. Parecían ir con prisas. No habría reparado en ellos de no ser porque ese chico iba con ellos. Lo reconocí al ver la fotografía en el periódico.»

El corazón me dio un vuelco —tres hombres, un coche crema—, pero los detalles no coincidían. Nosotros éramos cuatro hombres, y Camilla, y Bunny no se había acercado para nada al coche aquel domingo. Y Henry tenía un BMW, que no se parecía demasiado a un Pontiac.

Henry había dejado de golpear el cigarrillo contra el paquete; ahora le colgaba de los dedos, todavía sin encender.

«Aunque la familia Corcoran no ha recibido ninguna nota exigiendo un rescate, las autoridades todavía no han descartado la hipótesis del secuestro. Rick Dobson, en directo para ActionNews Twelve.»

«Gracias, Rick. Si alguno de nuestros espectadores tiene más información sobre esta o cualquier otra noticia, puede llamar a nuestro teléfono de colaboración ciudadana 363-TIPS entre las nueve y las cinco...»

«Hoy la junta del Hampden College votará sobre lo que puede ser el tema más controvertido...»

Durante varios minutos permanecimos contemplando el televisor, perplejos. Finalmente, los gemelos se miraron y se echaron a reír.

Henry meneó la cabeza con aire incrédulo.

—Estos pueblerinos... —dijo.

—¿Conoces a ese tipo? —le preguntó Charles.

—Hace dos años que le llevo mi coche.

—¿Está loco?

Henry volvió a menear la cabeza.

—O está loco, o miente, o quiere cobrar la recompensa. No sé qué pensar. Siempre me pareció bastante normal, aunque una vez me llevó a un rincón, y empezó a hablarme del reino de Cristo...

—Bueno, de cualquier modo —dijo Francis— nos ha hecho un gran favor.

—No estés tan seguro —dijo Henry—. El secuestro es un delito muy grave. Si se inicia una investigación, podrían tropezar con cosas que no nos interesa que se sepan.

—Pero ¿cómo? No hay manera de que lo relacionen con nosotros.

—No me refiero a nada serio. Pero hay muchos detalles que si alguien se tomara la molestia de reunir podrían ponernos en un apuro. Por ejemplo, no debería haber pagado los billetes de avión con mi tarjeta de crédito. Ya me dirás cómo íbamos a explicar eso. ¿Y lo de tu cuenta, Francis? ¿Y nuestras cuentas corrientes? Reintegros considerables durante los últimos meses, y nada en que se hayan materializado. En el armario de Bunny hay un montón de ropa nueva, y no hay duda de que él no habría podido pagarla.

—Pero tendrían que investigar muy a fondo para llegar a eso.

—Bastaría con dos o tres llamadas telefónicas.

Justo en aquel momento sonó el teléfono.

—Oh, no —se lamentó Francis.

—No contestes —le dijo Henry.

Pero Francis contestó, como siempre.

—¿Diga? —dijo con cautela. Pausa—. Hola, señor Corcoran —prosiguió; se sentó y nos hizo la señal de OK con el pulgar y el índice—. ¿Hay alguna noticia?

Una pausa muy larga. Francis escuchó atentamente por unos minutos, mirando al suelo y asintiendo con la cabeza; al cabo de un rato empezó a mover el pie arriba y abajo con impaciencia.

—¿Qué pasa? —susurró Charles.

Francis se apartó el auricular del oído y, mediante mímica, nos dio a entender que Corcoran no paraba de hablar.

—Ya sé qué quiere —dijo Charles sin entusiasmo—. Que vayamos todos a cenar a su hotel.

—La verdad es que ya hemos cenado... —estaba diciendo Francis—. No, claro que no... Sí. Sí, por supuesto. He intentado llamarle varias veces, pero ya sabe el jaleo que hay... Sí, desde luego...

Finalmente colgó. Nos quedamos mirándolo. Se encogió de hombros.

—Bueno —dijo—. Lo he intentado. Nos espera en su hotel dentro de veinte minutos.

— ¿A todos?

—No pretenderéis que vaya yo solo.

—¿Hay alguien con él?

—Sí. —Francis se había ido a la cocina; lo oímos abriendo y cerrando armarios—. Toda la familia. Solo falta Teddy, que llegará en cualquier momento.

Una breve pausa.

—¿Qué haces? —le preguntó Henry.

—Me estoy preparando una copa.

—Ponme una a mí —le dijo Charles.

—¿Escocés?

—Prefiero un bourbon, si tienes.

—Que sean dos —dijo Camilla.

—Anda, trae la botella —sugirió Henry.

Cuando se marcharon, me estiré en el sofá de Francis, fumándome su tabaco y bebiendo su whisky, y me quedé viendo *Jeopardy*.

Uno de los concursantes era de San Gilberto, que está a solo cinco o seis millas de donde yo me crié. Allí, todos esos barrios se confunden unos con otros, así que no siempre puedes decir dónde acaba uno y dónde empieza otro.

Después emitieron un telefilme sobre el riesgo de que la Tierra colisionara con otro planeta, y los intentos de todos los científicos del mundo para evitar la catástrofe. Había un astrónomo de pacotilla que siempre sale en programas de debate, bastante famoso, que se interpretaba a sí mismo.

A las once daban las noticias, y como no me apetecía verlas a solas, cambié de canal y vi un programa titulado *Historia de la metalurgia*. La verdad es que era bastante interesante, pero yo estaba cansado y un poco borracho, y me quedé dormido antes de que terminara.

Al despertar, vi que me habían cubierto con una manta y que la habitación estaba bañada por la fría y azulada luz del amanecer. Francis estaba sentado en el alféizar de la ventana dándome la espalda; llevaba la misma ropa con que se había ido y comía cerezas marrasquino de un bote que tenía sobre las rodillas.

Me incorporé.

—¿Qué hora es?

—Las seis —contestó Francis, dándose la vuelta, con la boca llena.

—¿Por qué no me has despertado?

—He llegado a las cuatro y media. Estaba demasiado borracho para acompañarte a tu casa. ¿Quieres una cerveza?

Francis todavía estaba borracho. Llevaba el cuello de la camisa desabrochado y la ropa arrugada; su voz era monocorde e inexpresiva.

—¿Dónde has pasado la noche?

—Con los Corcoran.

—¿Bebiendo?

—Pues claro.

—¿Hasta las cuatro?

—Cuando nos hemos ido ellos todavía no se habían rendido. En la bañera había cinco o seis cajas de cerveza.

—No sabía que se tratara de una reunión festiva.

—Era una donación del Food King —comentó Francis—. Me refiero a la cerveza. El señor Corcoran y Brady cogieron unas cajas y se las llevaron al hotel.

—¿Dónde se alojan?

—No lo sé, pero es un sitio horrible. Uno de esos moteles de una planta con un letrero de neón y sin servicio de habitaciones. Todas las habitaciones se comunican. Los niños de Hugh no paraban de chillar y de tirar patatas fritas, había un televisor encendido en cada habitación. Un infierno, te lo aseguro —dijo malhumorado, mientras yo me reía—. Después de lo de anoche me siento capaz de cualquier cosa. De soportar una guerra nuclear. De pilotar un avión. Alguien (supongo que uno de aquellos enanos) cogió mi bufanda favorita de encima de la cama y envolvió una pata de pollo con ella. Era de seda con el estampado de relojes. Está hecha un asco.

—¿Estaban muy disgustados?

—¿Quién? ¿Los Corcoran? Claro que no. No creo ni que se hayan dado cuenta.

—No me refiero a la bufanda.

—Ah. —Cogió otra cereza del bote—. Sí, supongo que estaban todos un poco disgustados. Nadie habló demasiado, pero tampoco parecían desesperados. Él interpretó su papel de padre afligido y preocupado, pero al cabo de un rato estaba jugando con los niños y sirviéndonos cerveza.

—¿Estaba Marion?

—Sí. Y Cloke. Cloke fue a dar un paseo con Brady y Patrick y volvieron apestando a marihuana. Henry y yo nos pasamos la noche sentados en el radiador hablando con el señor Corcoran. Creo que Camilla fue a saludar a Hugh y a su esposa y no pudo librarse de ellos. A Charles ni siquiera sé qué le pasó.

Francis se interrumpió. Luego meneó la cabeza y continuó.

—No sé, ¿no piensas a veces, aunque parezca horrible, en lo divertido que es todo esto?

—Hombre, la verdad es que muy divertido no lo encuentro.

—No, claro —dijo. Encendió un cigarrillo. Le temblaban las manos—. Y el señor Corcoran dijo que hoy llega la Guardia Nacional. Qué follón.

Yo miraba el bote de cerezas, sin darme cuenta verdaderamente de lo que eran.

—¿Por qué comes esa porquería?

—No lo sé —dijo, mirando el bote—. La verdad es que son asquerosas.

—Tíralas.

Francis levantó con dificultad la hoja de la ventana, que subió con un chirrido.

Una ráfaga de aire helado me golpeó en la cara.

—¡Eh! —me quejé.

Francis arrojó el tarro a la calle y luego tiró de la hoja de la ventana con todas sus fuerzas. Me levanté y fui a ayudarlo. Finalmente conseguimos cerrar la ventana, y las cortinas bajaron flotando plácidamente. El jugo de las cerezas había dejado un rastro de manchas rojas sobre la nieve.

—Un toque al estilo Jean Cocteau, ¿no te parece? —dijo Francis—. Estoy agotado. Voy a darme un baño, si no te importa.

Mientras Francis llenaba la bañera, y cuando yo estaba a punto de marcharme, sonó el teléfono.

Era Henry.

—Perdona —me dijo—. Pensaba que había marcado el número de Francis.

—Es que estoy en casa de Francis. Espera un momento. —Bajé el auricular y lo llamé.

Francis vino en pantalones y camiseta, con la cara a medio enjabonar y con una navaja de afeitar en la mano.

—¿Quién es?

—Henry.

—Dile que estoy en el baño.

—Está en el baño —dije al auricular.

—No está en el baño —me dijo Henry—. Está de pie a tu lado. Lo estoy oyendo.

Le pasé el teléfono a Francis. Él sostuvo el auricular a cierta distancia de su cara para que no se manchara de espuma.

Oí hablar a Henry, pero no entendí lo que decía. Al cabo de un rato, Francis abrió mucho sus ojos soñolientos.

—Oh, no —dijo—. Yo no.

Luego insistió con su voz seca y muy seria:

—Que no, Henry, en serio. Estoy cansado y me voy a la cama, y no pienso...

De pronto su expresión cambió. Soltó una palabrota, lo cual

me sorprendió, y colgó el auricular con tanta fuerza que emitió un cascabeleo.

—¿Qué pasa?

Francis se quedó mirando el teléfono.

—Maldita sea —dijo—. Me ha colgado.

—¿Pero qué pasa?

—Quiere que vayamos otra vez con el grupo de rescate. Ahora. Yo no soy como él. No puedo pasarme cinco o seis días seguidos sin dormir y…

—¿Ahora? Pero si es muy temprano.

—Dice que hace una hora que han salido. Maldita sea. ¿Acaso no duerme nunca?

Todavía no habíamos hablado acerca del incidente ocurrido en mi habitación varias noches atrás y, aprovechando el soporífero silencio del coche, me propuse aclarar las cosas.

—¿Sabes una cosa, Francis?

—¿Qué?

Me pareció que lo mejor sería ir al grano.

—Mira, la verdad es que no me atraes nada. A ver si me entiendes, no es que…

—Qué curioso —me interrumpió—. Tú a mí tampoco me atraes.

—¿Y entonces…?

—Te tenía a mano, sencillamente.

Hicimos el resto del camino hasta la escuela en un silencio no demasiado cómodo.

Parecía increíble, pero durante la noche las cosas habían ido a más. Ahora había cientos de personas: unos con uniforme, otros con perros, megáfonos y cámaras; comprando pastas en el camión de catering e intentando ver algo por las ventanas oscuras de las furgonetas de la televisión —había tres, una era de una cadena de Boston— aparcadas en el jardín del Commons, junto con los otros coches que no cabían en el aparcamiento.

Encontramos a Henry al lado de la fachada principal del Commons. Leía con interés un diminuto volumen encuadernado en vitela y escrito en no sé qué lengua oriental. Los gemelos —soñolientos, con la nariz enrojecida, despeinados— estaban tumbados en un banco, como un par de adolescentes, compartiendo una taza de café.

Francis tocó con el pie la punta del zapato de Henry, que se sobresaltó.

—Ah, buenos días —dijo.

—¿Buenos días? Pero si todavía no he pegado ojo. Y llevo tres días sin comer.

Henry marcó la página del libro y se lo guardó en el bolsillo de la camisa.

—Bueno —dijo con tono amistoso—, pues ve a comprarte un donut.

—Estoy sin blanca.

—Yo te presto.

—No me apetece un donut.

Fui a sentarme con los gemelos.

—Anoche te perdiste una buena —me dijo Charles.

—Ya me lo han contado.

—La mujer de Hugh se pasó más de hora y media enseñándonos fotografías de bebés.

—Sí, por lo menos —dijo Camilla—. Y Henry se bebió una cerveza de la lata.

Silencio.

—¿Y tú qué hiciste? —me preguntó Charles.

—Nada. Vi una película.

Los gemelos se animaron.

—¿Ah, sí? ¿La de los planetas que están a punto de colisionar?

—El señor Corcoran la estaba viendo, pero alguien cambió de canal antes de que acabara —dijo Camilla.

—¿Cómo terminó?

—¿Dónde os quedasteis?

—Estaban en el laboratorio de la montaña. Los científicos jóvenes y entusiastas habían acorralado a aquel viejo científico cínico que no quería ayudarles.

Cuando les estaba contando el *dénouement,* vimos a Cloke Rayburn abriéndose paso a codazos entre la multitud. Interrumpí mi explicación, porque pensé que se dirigía hacia nosotros, pero pasó de largo en dirección a Henry, que ahora estaba de pie al borde del porche.

—Oye —le oí decir—. Ayer no pude hablar contigo. He hablado con esos tipos de Nueva York y resulta que Bunny no ha estado allí.

Henry guardó silencio un momento. Luego dijo:

—¿Pero no decías que no podías ponerte en contacto con ellos?

—Hombre, poder sí puedo, aunque es muy complicado. Pero el caso es que no lo han visto.

—¿Cómo lo sabes?

—¿Qué?

—Tenía entendido que no podías fiarte de lo que te dijeran.

Cloke se mostró sorprendido.

—¿Ah, sí?

—Sí.

—Oye, mira —dijo Cloke, quitándose las gafas de sol. Tenía los ojos inyectados de sangre e hinchados—. Esos tipos me han dicho la verdad. No se me había ocurrido hasta ahora (bueno, supongo que todo esto es demasiado reciente), pero en fin, la historia ha salido en todos los periódicos de Nueva York. Si verdaderamente le hubieran hecho algo, no se quedarían en su apartamento y no contestarían a mis llamadas... Oye, tío, ¿qué pasa? —dijo, nervioso, al ver que Henry no contestaba—. ¿No le habrás contado nada a nadie, no?

Henry emitió un ruido indefinido con la garganta, que podría haber significado cualquier cosa.

—¿Qué?

—Nadie me ha preguntado nada —especificó Henry.

En su rostro no había ninguna expresión. Cloke, desconcertado, esperó a que continuara. Finalmente volvió a colocarse las gafas de sol, con un aire un poco a la defensiva.

—Bueno, hasta luego. Ya nos veremos —dijo.

Cuando se fue, Francis se volvió hacia Henry con aire divertido.

—¿Qué demonios estás tramando? —le preguntó.

Pero Henry no le contestó.

El día transcurrió como en un sueño. Voces, ladridos, el ruido de un helicóptero. Hacía viento fuerte, y el sonido que producía al agitar la copa de los árboles me recordaba al mar. El helicóptero lo habían enviado desde la sede de Albany de la policía estatal de

Nueva York; nos dijeron que tenía un sensor especial de infrarrojos. Alguien había aportado, además, un ultraligero que revoloteaba por encima de los árboles. Ahora ya había verdaderas tropas, cabecillas de escuadrón equipados con megáfonos, y desfilábamos ordenadamente por las colinas nevadas.

Plantaciones de maíz, pastos, lomas con abundante maleza. A medida que nos aproximábamos al pie de la montaña, el terreno iba descendiendo. En el valle había una densa niebla, una latente caldera blanca de la que solo sobresalía la copa de los árboles, tétricos y dantescos. Fuimos descendiendo poco a poco, y perdimos de vista el mundo. A Charles, que iba a mi lado, lo veía bien, incluso con excesivo detalle, con sus mejillas rubicundas y respirando trabajosamente; pero un poco más abajo, Henry se había convertido en un espectro, y su enorme figura rodeada de niebla tenía un aspecto liviano y extrañamente inconsistente.

Pasadas varias horas, cuando el terreno empezó a ascender surgimos detrás de otro grupo, más reducido, en el que había gente a la que me sorprendió e incluso emocionó ver. Martin Hoffer, por ejemplo, un anciano y distinguido compositor del conservatorio de música; la señora encargada de comprobar las acreditaciones en la cola del comedor, que con su sencillo abrigo tenía un aire inexplicablemente trágico; el doctor Roland, al que se podía oír sonándose desde lejos.

—Mirad —dijo Charles—, ¿no es Julian?

—¿Dónde?

—No puede ser —dijo Henry.

Pero lo era. Julian hizo algo muy típico de él: fingió no habernos visto hasta que estuvimos tan cerca que le resultó imposible ignorarnos. Estaba escuchando a una mujer diminuta y con cara de zorro, una portera de las residencias.

—Dios mío —exclamó cuando ella terminó de hablar, retrocediendo con falsa sorpresa—. ¿De dónde salís? ¿Conocéis a la señora O'Rourke?

La mujer nos dirigió una tímida sonrisa.

—Os tengo vistos a todos —dijo—. Los chicos se creen que las empleadas no se fijan en ellos, pero yo os conozco de vista.

—Solo faltaría —dijo Charles—. No se habrá olvidado de mí, ¿no? Residencia Bishop, número diez.

Lo dijo con tanta ternura que la mujer se ruborizó de satisfacción.

—Claro —dijo—. Ya me acuerdo de ti. Siempre te escapabas con mi escoba.

Mientras tenía lugar aquella conversación, Henry y Julian intercambiaron algunas palabras en voz baja.

—Tendrías que habérmelo dicho antes —le oí decir a Julian.

—Ya te lo dijimos.

—Sí, es verdad, pero bueno. No es la primera vez que Edmund falta a clase —dijo Julian, que parecía angustiado—. Yo pensaba que se estaba haciendo el enfermo. La gente habla de secuestro, pero yo lo encuentro bastante ridículo. ¿Tú no?

—Si se tratara de un hijo mío, preferiría pensar que lo han secuestrado a que anda perdido seis días con esta nieve —dijo la señora O'Rourke.

—Sinceramente, espero que no le haya pasado nada malo. ¿Ya sabéis que ha venido su familia? ¿Los habéis visto?

—Hoy no —dijo Henry.

—Claro, claro —dijo Julian. Los Corcoran no le caían bien—.

Yo tampoco he ido a verlos, no creo que sea el momento adecuado para inmiscuirse. Esta mañana me he encontrado al padre por casualidad, y también a uno de los hermanos. Llevaba un bebé a hombros, como si fuera a un picnic.

—No sé cómo se les ocurre sacar a una criatura tan pequeña con este tiempo —dijo la señora O'Rourke—. Solo tiene tres años.

—Sí, estoy de acuerdo. No sé para qué tienen que traer al niño a un sitio como este.

—Desde luego, yo no permitiría que un hijo mío gritara de esa forma.

—A lo mejor tenía frío —murmuró Julian con un tono de voz que indicaba delicadamente que estaba cansado de hablar de aquel tema.

Henry se aclaró la garganta.

—¿Has hablado con el padre de Bunny? —preguntó.

—Solo un momento. Él... Bueno, supongo que cada uno tiene su propia forma de actuar en estos casos. Edmund se parece mucho a su padre, ¿no?

—Todos los hermanos se le parecen —dijo Camilla.

Julian sonrió.

—¡Sí, es verdad! ¡Y son tantos! Parece un cuento... —Miró su reloj—. Dios mío, qué tarde es.

Francis salió de golpe de su silencio.

—¿Te vas? —le preguntó a Julian—. ¿Quieres que te acompañe?

Aquello era un descarado intento de escapar. A Henry se le hincharon las ventanas de la nariz con una especie de exasperada diversión: le lanzó una furibunda mirada a Francis, pero Julian, que estaba mirando hacia otra parte y no se había dado cuenta de lo crucial de su respuesta, negó con la cabeza.

—No, gracias —dijo—. Pobre Edmund. Estoy verdaderamente preocupado.

—Piense en cómo deben de sentirse sus padres —dijo la señora O'Rourke.

—Sí —coincidió Julián con un tono que fundía la lástima y la antipatía que sentía por los Corcoran.

—Si me pasara a mí, estaría desconsolada.

Repentinamente, Julian se estremeció y se levantó el cuello del abrigo.

—Anoche estaba tan preocupado que casi no pude dormir —dijo—. Es un chico encantador, tan simplón; yo lo aprecio mucho. Si le hubiera pasado algo no sé si lo soportaría.

Estaba contemplando la impresionante extensión de nieve que yacía a nuestros pies, aquel paisaje salvaje por el que se movían los hombres; y pese a que hablaba con cierta ansiedad, en su rostro había una extraña mirada de ensoñación. Yo sabía que aquel asunto lo había disgustado, pero asimismo sabía que el carácter operístico de aquella operación de búsqueda debía de atraerle, y que en el fondo estaba encantado con su aspecto estético.

Henry también lo había pensado.

—Es un poco tolstoiano, ¿no? —comentó.

Julian lo miró por encima del hombro, y me sorprendió descubrir en su rostro una expresión de verdadero deleite.

—Sí, ¿verdad?

Hacia las dos de la tarde se nos acercaron dos hombres ataviados con gabardinas negras.

—¿Charles Macaulay? —dijo el más bajo de los dos. Era un tipo con mandíbula potente y mirada firme y atractiva.

Charles, que estaba detrás de mí, se paró y lo miró.

El hombre metió la mano en el bolsillo interior de su chaqueta y sacó una placa.

—Agente Harvey Davenport, División Regional del Nordeste del FBI.

Por un momento pensé que Charles se iba a desmoronar.

—¿Qué quiere? —preguntó, pestañeando.

—Nos gustaría hablar con usted, si no le importa.

—Será solo un momento —dijo el más alto. Era italiano, cargado de espaldas y con la nariz muy fea. Su voz, en cambio, era suave y agradable.

Henry, Francis y Camilla se habían parado y miraban a los extraños con diferentes grados de interés y alarma.

—Además —dijo Davenport, irritado—, nos vendrá bien quedarnos un rato en un sitio donde no haga tanto frío. Tú también debes de estar congelado, ¿no?

Cuando se marcharon, nos quedamos erizados de angustia, pero como no podíamos hablar, seguimos avanzando, con los ojos fijos en el suelo, sin atrevernos a levantar la vista. Enseguida dieron las tres, y luego las cuatro. Aquello no se había terminado, pero a los primeros signos de que iba a cesar la búsqueda por aquel día, nos fuimos al coche, rápidamente y en silencio.

—¿Qué crees que pueden querer de él? —preguntó Camilla por enésima vez.

—No lo sé —dijo Henry.

—Pero si ya ha hecho una declaración.

—Ha hecho una declaración a la policía, no al FBI.

—¿Qué más da? ¿Por qué querrán hablar con él?

—No lo sé, Camilla.

Al llegar al apartamento de los gemelos descubrimos con alivio que Charles había llegado antes que nosotros. Lo encontramos echado en el sofá, con una copa en la mesa, hablando por teléfono con su abuela.

Estaba un poco borracho.

—Recuerdos de la abuelita —le dijo a Camilla cuando colgó el auricular—. Está muy preocupada. A las azaleas les han salido no sé qué bichos.

—Tienes las manos sucias. ¿Qué has hecho? —dijo Camilla bruscamente.

Charles nos enseñó las palmas, que le temblaban considerablemente. Tenía las yemas de los dedos negras.

—Me han tomado las huellas dactilares —dijo—. Ha sido interesante. Nunca me lo habían hecho.

Los demás no supimos qué decir. Henry se adelantó, le cogió una mano y la examinó a la luz.

—¿Sabes por qué lo han hecho? —le preguntó.

Charles se secó la frente con el dorso de la otra mano.

—Han precintado la habitación de Bunny —dijo—. Ahora hay gente recogiendo huellas y metiendo cosas en bolsas de plástico.

Henry le soltó la mano.

—Pero ¿por qué?

—No lo sé. Quieren tener las huellas de todas las personas que estuvieron en la habitación el jueves.

—¿De qué les va a servir? No tienen las huellas dactilares de Bunny.

—Por lo visto, sí las tienen. Bunny era de los boy scouts, y hace unos años a los de su grupo les hicieron no sé qué acreditación y les tomaron las huellas dactilares. Y deben de estar archivadas en alguna parte.

—Henry se sentó.

—¿De qué querían hablar contigo?

—Eso fue lo primero que me preguntaron.

—¿Cómo?

—«¿De qué crees que queremos hablar contigo?» —Se pasó, la mano por la cara—. Esta gente sabe lo que se hace, Henry. Son mucho más listos que la policía.

—¿Cómo te trataron?

Charles se encogió de hombros.

—Ese tal Davenport es bastante seco. El otro, el italiano, es más agradable, pero me daba miedo. No hablaba mucho; se limitaba a escuchar. Es mucho más inteligente que el otro…

—¿Y? —dijo Henry, impaciente—. ¿Qué ha pasado?

—Nada. No sé. Tendremos que ir con mucho cuidado, nada más. Han intentado confundirme más de una vez.

—¿Qué quieres decir?

—Verás, cuando dije que Cloke y yo habíamos bajado a la habitación de Bunny el jueves hacia las cuatro, por ejemplo.

—Pero si fuiste a las cuatro —dijo Francis.

—Ya lo sé. Pero el italiano (es muy simpático, de verdad) empezó a mostrarse preocupado. «¿Seguro que no te equivocas, hijo? —me dijo—. Piénsalo bien.» Yo no entendía nada, porque sé que fuimos a las cuatro, y entonces Davenport dijo: «Será mejor que te lo pienses, porque tu amigo Cloke nos ha dicho que vosotros dos estuvisteis en aquella habitación una hora entera antes de llamar a nadie».

—Querían saber si Cloke o tú teníais algo que ocultar —dijo Henry.

—Puede ser. Y puede ser que solo quisieran comprobar si estaba dispuesto a mentir.

—¿Y mentiste?

—No. Pero si me hubieran preguntado algo un poco más delicado, con lo asustado que estaba... No os lo podéis imaginar. Ellos son dos, y tú estás solo, y no tienes mucho tiempo para pensar... Ya lo sé, ya lo sé —dijo, desesperado—. Pero no tiene nada que ver con la policía. Estos policías de pueblo en realidad no esperan averiguar nada. Si les contaran la verdad, lo más probable es que no se la creyesen. Pero en cambio estos... —Se estremeció—. Nunca me había fijado en la importancia de las apariencias. No es que seamos inteligentes, sino que no da la impresión de que hayamos matado a nadie. A los demás debemos de parecerles de lo más inofensivo. Pero esos tipos no se dejan engañar por las apariencias. —Cogió el vaso y bebió un poco—. Por cierto, me hicieron un montón de preguntas sobre vuestro viaje a Italia.

Henry lo miró, asustado.

—¿Te preguntaron algo sobre el dinero? ¿Quién lo había pagado?

—No. —Charles terminó la copa e hizo girar los cubitos de hielo un momento—. Yo estaba aterrorizado, pensando que me lo preguntarían. Pero creo que estaban bastante impresionados por los Corcoran. Creo que si les hubiera dicho que Bunny nunca se ponía los mismos calzoncillos dos veces, se lo habrían creído.

—¿Y qué me dices del mecánico? ¿Del que salió anoche por televisión? —preguntó Francis.

—No lo sé. Me dio la impresión de que están más interesados en Cloke que en ninguna otra cosa. Es posible que solo quisieran asegurarse de que su historia coincidía con la mía, pero me hicieron un par de preguntas verdaderamente extrañas que... no sé. No me extrañaría que Cloke fuera por ahí contándole a la gente esa teoría suya, que a Bunny lo han secuestrado unos camellos.

—No puede ser —dijo Francis.

—Hombre, nos lo ha contado a nosotros, que ni siquiera somos amigos suyos. Aunque el FBI piensa que Cloke y yo somos íntimos.

—Esperaba que te encargaras de corregirles —dijo Henry encendiendo un cigarrillo.

—Estoy seguro de que Cloke se lo habrá dejado bastante claro.

—No necesariamente —dijo Henry. Apagó la cerilla y la tiró al cenicero; luego le dio una honda calada al cigarrillo—. Mira, al principio pensé que el vínculo que habíamos establecido con Cloke sería un inconveniente. Pero ahora me doy cuenta de que es una de las mejores cosas que podían pasarnos.

Antes de que nadie tuviera tiempo de preguntarle qué quería decir, Henry miró su reloj.

—Madre mía —dijo—. Tenemos que irnos. Son casi las seis.

Camino de casa de Francis, una perra preñada nos cruzó por delante.

—Eso es un mal presagio —dijo Henry.

Pero no dijo de qué.

El informativo acababa de empezar. El locutor levantó la vista de sus papeles, con aire grave y al mismo tiempo afable.

«Continúa la intensa búsqueda, hasta ahora infructuosa, del estudiante desaparecido, Edward Corcoran.»

—Ya podrían decir bien su nombre, ¿no? —dijo Camilla, mientras metía la mano en el bolsillo de la chaqueta de su hermano para coger un cigarrillo.

En la pantalla apareció un plano aéreo en que se veían las colinas nevadas, salpicadas de diminutas figuras que daban a la imagen el aspecto de un mapa de guerra, y el monte Cataract, perfilándose, enorme y torcido, al fondo.

«Cerca de trescientas personas —dijo la voz en off—, entre las que se cuentan la Guardia Nacional, la policía, los bomberos de Hampden y los empleados del Servicio Público Central de Vermont, han participado hoy, por segundo día consecutivo, en la búsqueda del joven desaparecido. Paralelamente, el FBI ha iniciado hoy una investigación en Hampden.»

La imagen tembló, y a continuación apareció un hombre delgado de cabello blanco y con sombrero tejano que, según los créditos, era Dick Postonkill, sheriff del condado de Hampden. Estaba hablando, pero no se oía lo que decía; los miembros de los grupos de rescate se apiñaban a su alrededor, con curiosidad, y se ponían en cuclillas para asomarse al objetivo de la cámara.

Al cabo de un momento, volvió la señal de audio. El sheriff estaba a mitad de frase.

«... para recordarles a los excursionistas que salgan en grupos, que no se alejen de las pistas, que dejen un plano del itinerario previsto y que lleven abundante ropa de abrigo por si se producen descensos bruscos de la temperatura.»

«Acaban de oír al sheriff del condado de Hampden, Dick Postonkill —dijo el locutor—, que nos ha dado unos buenos consejos sobre el excursionismo de invierno. —Se volvió, y la cámara lo enfocó con un zoom desde otro ángulo—. Una de las únicas pistas, hasta el momento, sobre la desaparición de Edward Corcoran es la proporcionada por William Hundy, empresario local y espectador de ActionNews Twelve, que telefoneó a nuestra línea de colaboración ciudadana para darnos cierta información referente al joven desaparecido. El señor Hundy ha estado colaborando con las autoridades locales y estatales para proporcionar una descripción de los presuntos secuestradores de Corcoran...»

—Locales y estatales —repitió Henry.

—¿Qué?

—No ha dicho nada de las federales.

—Claro que no —dijo Charles—. ¿Crees que el FBI se iba a tragar las tonterías que se pueda inventar uno de estos pueblerinos?

—Pues si no están dispuestos a creérselas, no sé para qué han venido —dijo Henry.

Aquella idea resultaba desconcertante. Se vieron las imágenes en diferido de un grupo de hombres bajando a toda prisa por las escaleras del Palacio de Justicia. Entre ellos se encontraba el señor Hundy, con la cabeza gacha. Llevaba el cabello peinado hacia atrás y vestía un traje azul en lugar del uniforme de la gasolinera.

Una reportera —Liz Ocavello, una especie de celebridad local que tenía su propio programa de actualidad y un apartado titulado «Movie Beat» en el informativo local— se acercó, micrófono en mano. «Señor Hundy —dijo—, señor Hundy.»

El señor Hundy se detuvo, aturdido, y sus acompañantes siguieron adelante, dejándolo solo en la escalera. Luego se dieron cuenta de lo que estaba pasando, retrocedieron y se apiñaron a su alrededor formando un grupo de aspecto oficial, como si quisieran impedir que Liz hablara con él. Cogieron a Hundy por los codos e intentaron llevárselo, pero él se resistía.

«Señor Hundy —dijo Liz Ocavello, acercándose a él con dificultad—. Tengo entendido que hoy ha estado usted trabajando con la policía para hacer los retratos robot de las personas a las que vio el domingo con el chico desaparecido.»

Él asintió con la cabeza. Su timidez y su comportamiento evasivo del día anterior habían dado paso a una postura más desenvuelta.

«¿Podría decirnos qué aspecto tenían?» Los hombres se agolparon otra vez alrededor del señor Hundy, pero él parecía extasiado por la cámara. «Bueno —dijo—, no eran de por aquí. Eran... morenos.» «¿Morenos?»

Ahora lo empujaban escaleras abajo, pero él miró hacia atrás por encima del hombro, como si estuviera desvelando una confidencia: «Árabes, ¿me entiende?».

Liz Ocavello, con sus gafas y su llamativo peinado de locutora, encajó aquella declaración con tanta naturalidad que pensé que yo no lo había oído bien. «Gracias, señor Hundy —dijo, y se volvió mientras Hundy y sus amigos desaparecían escaleras abajo—. Liz Ocavello, desde el Palacio de Justicia del condado de Hampden.»

«Gracias, Liz», dijo el locutor del estudio alegremente, haciendo girar su silla.

—Un momento —dijo Camilla—. ¿He oído bien?

—¿Qué?

—¿Árabes? ¿Ha dicho que Bunny iba en el coche de unos árabes?

«Varias iglesias de la región —prosiguió el locutor— han organizado plegarias por el joven desaparecido. Según el reverendo A. K. Poole, de los Primeros Luteranos, varias iglesias de los tres estados vecinos, entre ellos los Primeros Baptistas, los Primeros Metodistas, el Santo Sacramento y la Asamblea de Dios se han ofrecido...»

—No entiendo qué pretende ese mecánico tuyo, Henry —dijo Francis.

Henry encendió un cigarrillo. Cuando ya se había fumado la mitad, dijo:

—Charles, ¿te preguntaron algo de unos árabes?

—No.

—Pero si por televisión acaban de decir que Hundy no está colaborando con el FBI —dijo Camilla.

—Eso no lo sabemos.

—¿Qué insinúas? ¿Que se trata de un montaje?

—No sé qué pensar.

Una mujer delgada de unos cincuenta años, bien arreglada —chaqueta de Chanel, collar de perlas, melena corta y lisa— estaba hablando con una voz nasal que me resultaba extrañamente familiar.

«Sí —dijo (¿dónde había oído yo aquella voz?)—, la gente de Hampden es muy amable. Ayer tarde, cuando llegamos al hotel, el conserje nos estaba esperando...»

—¿El conserje? —dijo Francis, despectivo—. Pero si en el Coachlight Inn no hay conserje.

Contemplé a aquella mujer con más interés.

—¿Es la madre de Bunny?

—Sí —dijo Henry—. Nunca me acuerdo de que no la conoces.

Era la típica mujer menuda, huesuda y con pecas en el escote; no tenía un gran parecido con Bunny, pero el cabello y los ojos eran del mismo color, y la nariz también era igual: una nariz diminuta, afilada e impertinente que en la madre armonizaba perfectamente con el resto de las facciones, pero que en el contundente rostro de Bunny siempre había resultado un poco incongruente. Sus modales eran arrogantes y distraídos. «Sí, sí, ha habido una avalancha de todo el país. Cartas, llamadas, unas flores preciosas...»

—¿La habrán drogado? —pregunté.

—¿Por qué lo dices?

—Hombre, no parece muy afectada, ¿no?

«Sí, claro —dijo la señora Corcoran, pensativa—, estamos todos verdaderamente desesperados. No le deseo a ninguna madre que tenga que pasar por lo que he pasado yo estos últimos días. Pero parece ser que el tiempo está empezando a cambiar, y hemos conocido a tanta gente encantadora, y la gente de Vermont ha sido tan generosa con nosotros...»

—La verdad, es bastante fotogénica, ¿no? —dijo Henry cuando pusieron los anuncios.

—Es un hueso.

—Es una insoportable —sentenció Charles, que ya estaba medio borracho.

—No, no está tan mal —contemporizó Francis.

—Lo dices porque siempre te está haciendo la pelota —replicó Charles—. Por lo de tu madre y todo eso.

—¿Que me hace la pelota? ¿Pero qué dices? La señora Corcoran no me hace la pelota.

—Es asquerosa —insistió Charles—. Es horrible enseñarles a tus hijos que el dinero es lo único que importa en la vida, pero que trabajar para conseguirlo es una desgracia. Y luego dejarlos colgados sin un centavo. A Bunny jamás le ha dado…

—Pero el padre también tiene la culpa de eso —terció Camilla.

—Sí, puede que sí. No lo sé. Nunca he conocido a gente tan superficial y codiciosa. Cualquiera que los conozca pensará que son una familia de lo más elegante y atractivo, pero no son más que un puñado de inútiles. Son como de anuncio. —Charles me miró—: En su casa hay una habitación que se llama salón Gucci.

—¿Qué?

—Sí. Está decorada a base de ese horrible estampado a rayas de Gucci. Salió en todo tipo de revistas. En *House Beautiful* le dedicaron un artículo de lo más ridículo sobre «caprichos decorativos» o qué sé yo. De esos en que intentan convencerte de que el último grito consiste en pintar una gamba gigante en el techo de tu dormitorio. —Encendió un cigarrillo—. Ya te imaginas el tipo de gente que son. Pura fachada. Bunny era el único que se salvaba, pero incluso él…

—A mí Gucci no me gusta nada —dijo Francis.

—¿Ah, no? —le preguntó Henry, saliendo de su ensimismamiento—. ¿En serio? Yo lo encuentro magnífico.

—Venga, Henry.

—Es que es tan caro y tan feo a la vez, ¿no? Creo que hacen cosas feas a propósito. Y sin embargo la gente lo compra, por pura ignorancia.

—No sé qué tiene eso de genial.

—Cualquier cosa hecha a escala suficientemente grande es magnífica —explicó Henry.

Aquella noche, cuando me dirigía a casa, sin pensar adónde iba, un tipo corpulento y con cara de malas pulgas me abordó cerca de los manzanos que había frente a la residencia Putnam.

—¿Eres Richard Papen? —me preguntó.

Me paré, lo miré, y dije que sí.

El tipo me soltó un puñetazo a la cara. Caí de espaldas en la nieve y me di tal golpe que quedé sin respiración.

—¡Deja a Mona en paz! —me gritó—. Si vuelves a acercarte a ella, te mato. ¿Entendido?

Estaba demasiado atónito para contestarle, y me quedé mirándole. Me dio una violenta patada en las costillas, y luego se largó a grandes zancadas. Oí los pasos sobre la nieve, y luego un portazo.

Miré las estrellas. Parecían muy lejanas. Finalmente me puse en pie —me dolía mucho el costado, pero no me pareció que tuviese algo roto— y me dirigí a casa cojeando en la oscuridad.

Al día siguiente desperté tarde. Al darme la vuelta y apoyar la mejilla en la almohada me dolía un ojo. Continué un rato tumbado, pestañeando, con el sol dándome en la cara, y fui recordando los confusos detalles de la noche anterior, como si se tratara de un sueño. Luego alargué la mano para coger el reloj de la mesilla de noche y vi que era tarde, casi mediodía. ¿Por qué no había venido nadie a buscarme?

Me levanté, y lo mismo hizo mi imagen, reflejada en el espejo que tenía enfrente; se paró y me miró —el cabello erizado, la boca entreabierta con una ridícula expresión de perplejidad—, como un personaje de cómic al que le acaba de caer un yunque en la cabeza, con una sarta de estrellitas y pájaros alrededor de la coronilla. Y lo más sorprendente de todo era el espléndido moretón que tenía alrededor del ojo, perfectamente dibujado y ricamente coloreado a base de azules, cereza y amarillo verdoso.

Me lavé los dientes, me vestí y salí. El primer conocido al que vi fue Julian, que iba hacia el ateneo.

Se apartó de mí con un movimiento de inocente y exagerada sorpresa.

—Dios mío —dijo—, ¿qué te ha pasado?

—¿Ha habido alguna noticia?

—No —me contestó mirándome con curiosidad—. Pero qué ojo. Parece que vengas de una riña de bar.

En otro momento habría sentido demasiada vergüenza para contarle la verdad, pero estaba tan harto de mentir que sentí la necesidad de ser sincero, por lo menos respecto a aquel tema. De modo que le conté lo ocurrido.

Su reacción, me sorprendió.

—Así que ha sido una pelea —dijo con alegría infantil—. ¡Qué emocionante! ¿Y estás enamorado de ella?

—Me temo que no la conozco demasiado bien.

Julian se rió.

—Madre mía, pero qué franco estás hoy —dijo con notable claridad—. De pronto la vida se ha vuelto terriblemente dramática, ¿no te parece? Como si fuera ficción… Por cierto, ¿te he contado que ayer por la tarde tuve visitas?

—¿Quién?

—Dos caballeros. Al principio me puse bastante nervioso.

Pensé que eran del Departamento de Estado o algo peor. Ya te habrás enterado de los problemas que tuve con el gobierno de Isram, ¿no?

No sé qué pensaba Julian que el gobierno de Isram quería de él —sí, claro, es un Estado terrorista—, pero el origen de su temor residía en el hecho de haberle dado clases a la princesa en el exilio de aquel país, unos diez años atrás. La princesa se había visto obligada a esconderse después de la revolución, y había acabado, no sé cómo, en el Hampden College. Durante unos cuatro años, Julian le dio clases particulares supervisadas por el antiguo ministro de Educación de Isram, que de vez en cuando viajaba en avión desde Suiza y le llevaba caviar y bombones, para asegurarse de que el currículum era adecuado para la presunta heredera del trono de su país.

La princesa era inmensamente rica. (Henry la había visto en una ocasión —gafas oscuras, abrigo largo de marta—, bajando apresuradamente por las escaleras del ateneo con sus guardaespaldas pisándole los talones.) La dinastía a que pertenecía se remontaba a la torre de Babel, y había amasado una fortuna monstruosa desde entonces, gran parte de la cual sus familiares supervivientes y sus allegados habían conseguido sacar del país. Pero le habían puesto precio a su cabeza, y la princesa pasó unos años aislada, sobreprotegida y sin amigos en Hampden. Se convirtió en una reclusa. Nunca se quedaba demasiado tiempo en el mismo sitio, pues la aterrorizaba la idea de que la asesinaran; a todos los miembros de su familia —con excepción de una o dos primas y de un hermano retrasado mental que estaba internado en una institución— los habían ido eliminando uno a uno a lo largo de los años, y hasta el anciano ministro de Educación había muerto seis meses después de la graduación universitaria de la princesa, víctima del disparo de un francotirador mientras estaba sentado en el jardín de su chalet suizo, en Montreux.

Pese a la simpatía que le inspiraba la princesa y a su teórica preferencia por los realistas frente a los revolucionarios, Julian no estaba involucrado en la política de Isram. Pero se negaba a viajar en avión y no aceptaba paquetes por correo, evitaba las visitas imprevistas y llevaba ocho o nueve años sin salir del país. Yo no sabía si esas precauciones eran razonables o exageradas, aunque no me parecía que su relación con la princesa fuera excesivamente vinculante, y, personalmente, sospechaba que la yihad islámica tenía cosas más importantes que hacer que perseguir a profesores de filología clásica por Nueva Inglaterra.

—No eran del Departamento de Estado, desde luego, pero tenían algo que ver con el gobierno. Es curioso, tengo un sexto sentido para estas cosas. Uno de ellos era italiano, muy agradable, verdaderamente... distinguido, a su manera. Yo estaba bastante aturdido. Me dijeron que Edmund andaba metido en drogas.

—¿Qué?

—¿Te sorprende? A mí me sorprende muchísimo.

—¿Qué les dijo?

—Que no podía ser. No quiero parecer presuntuoso, pero creo que conozco a Edmund bastante bien. Es bastante tímido, casi... puritano. No me lo imagino haciendo nada parecido, y además, los jóvenes que toman drogas son todos estúpidos y prosaicos. ¿Pero sabes lo que me dijo ese caballero? Me dijo que con los jóvenes nunca se sabe. Yo no estoy de acuerdo. ¿Y tú? ¿Qué opinas?

Pasamos por el Commons —oí el ruido de platos en el comedor— y, con el pretexto de que tenía algo que hacer en aquella parte del campus, acompañé a Julian al ateneo.

Aquella zona de la universidad, la que daba a North Hampden, solía estar tranquila y desolada; la nieve que había bajo los pinos estaba intacta hasta la primavera. Pero ahora se veía pisoteada y sucia, como si hubieran montado una feria. Alguien había chocado con un jeep contra un olmo: cristales rotos, parachoques torcido, una hendidura espantosa, amarillenta, en el tronco. Un grupo de chicos del pueblo, muy escandalosos y malhablados, bajaba por una pendiente con un trineo hecho de cartón.

—Vaya —exclamó Julian—. Pobres niños.

Nos separamos en la parte trasera del ateneo y me dirigí al despacho del doctor Roland. Era domingo y él no estaba; una vez dentro, cerré la puerta con llave y pasé la tarde felizmente retirado, archivando papeles, bebiendo un turbio café de máquina en una taza en la que se leía RHONDA, y escuchando, sin prestar demasiada atención, las voces procedentes del pasillo.

Imagino que, de hecho, aquellas voces eran audibles, y que si les hubiera prestado atención habría podido entender lo que decían. Pero no lo hice. Solo más adelante, después de marcharme del despacho y cuando ya las había olvidado, me enteré de a quién pertenecían y de que aquella tarde quizá no había estado tan a salvo como yo creía.

Henry me contó que los agentes del FBI habían instalado temporalmente su cuartel general en un aula vacía al final del pasillo donde estaba el despacho del doctor Roland, y allí fue donde hablaron con él. Nos separaban unos veinte pies, e incluso bebimos el mismo turbio café de la misma cafetera que yo utilizaba en la sala de profesores.

—Qué raro —dijo Henry—. En cuanto probé aquel café me acordé de ti.

—¿Qué quieres decir?

—Tenía un sabor extraño. A quemado. Como el café que haces tú.

Según me contó Henry, en el aula había una pizarra cubierta de ecuaciones de segundo grado, dos ceniceros llenos y una larga mesa de reuniones, a la que se sentaron los tres. También había un ordenador portátil, un expediente con la insignia amarilla del FBI y una caja de caramelos de azúcar de arce. Los caramelos eran del italiano. «Para mis chicos», comentó.

Henry lo hizo estupendamente, por supuesto. No lo dijo, pero no hacía falta. En cierto sentido, él era el autor de aquel drama, y llevaba mucho tiempo entre bastidores esperando ese momento, el instante en que subiría al escenario y representaría el papel que él mismo se había escrito: frío pero amistoso, vacilante, parco en detalles, inteligente, pero no tanto como lo era en realidad. Me dijo que lo cierto es que se lo había pasado muy bien hablando con ellos. Davenport era muy vulgar, no valía nada, pero el italiano era sombrío y educado, bastante encantador. («Como uno de esos florentinos que Dante conoce en el *Purgatorio*.») Se llamaba Sciola. Estaba muy interesado en el viaje a Roma, y le hizo muchas preguntas sobre aquello, no tanto como investigador sino como turista. («¿Por casualidad fuisteis a ese sitio…, cómo se llama… San Prassede, al salir de la estación de ferrocarril? ¿Con aquella capillita a un lado?») Además hablaba italiano, y Henry y él mantuvieron una breve y alegre conversación que fue rápidamente interrumpida por un irritado Davenport, que no entendía ni palabra y quería ir al grano.

Henry no fue muy explícito, por lo menos conmigo, sobre ese episodio. Pero me dijo que, fuera cual fuese la pista que estaban siguiendo, creía que no era la correcta.

—Es más —agregó—. Creo que ya sé quién les interesa.

—¿Quién?

—Cloke.

—¿Insinúas que creen que Cloke lo mató?

—Creen que Cloke sabe más de lo que ha dicho. Y creen que su comportamiento es sospechoso. Y de hecho, lo es. Saben un montón de cosas que estoy seguro que Cloke no les ha contado.

—¿Por ejemplo?

—Los detalles de sus negocios con los camellos. Fechas, nombres, lugares. Cosas que pasaron antes incluso de que viniera a Hampden. Y me pareció que intentaban relacionarme con algunas de ellas, cosa que por supuesto no consiguieron. Madre mía. Hasta preguntaron por mis recetas, las de los calmantes que me daban en la enfermería en primer curso. Tenían montañas de archivadores, datos a los que nadie tiene acceso: historiales médicos, exámenes psicológicos, comentarios de los profesores, ejercicios, notas… Y se encargaron de hacerme saber que tenían todo eso. Supongo que querían intimidarme. Sé con bastante exactitud lo que hay en mis fichas, pero en las de Cloke… Malas notas, drogas, expulsiones… Me atrevería a decir que ya lleva una buena carrera. No sé si han sido los archivos en sí lo que les ha abierto la curiosidad, o si ha sido algo que el propio Cloke dijo cuando hablaron con él; pero lo que querían de mí (y de Julian, y de Brady y Patrick Corcoran, con los que hablaron anoche) eran detalles de la relación de Bunny con Cloke. Julian no sabía nada, por supuesto. Por lo visto, Brady y Patrick les han contado muchas cosas. Y yo también.

—Pero ¿a qué te refieres?

—Brady y Patrick estuvieron con Cloke en el aparcamiento del Coachlight Inn fumando hierba hace dos noches.

—Pero ¿tú qué les dijiste?

—Lo que Cloke nos contó. Lo de los camellos de Nueva York.

Me recliné en el respaldo de la silla.

—Oh, no —dije—. ¿Seguro que sabes lo que haces?

—Claro —contestó Henry con serenidad—. Es lo que querían oír. Llevaban toda la tarde dándole vueltas al tema sin abordarlo directamente, y cuando finalmente decidí dejarlo caer... Me temo que a Cloke le esperan un par de días malos, pero la verdad, creo que hemos tenido mucha suerte. No se me ocurre nada mejor para tenerlos entretenidos hasta que se funda la nieve. ¿Y te has fijado en el buen tiempo que ha hecho estos dos últimos días? Creo que las carreteras ya se están despejando.

Mi moretón fue objeto de mucho interés, especulaciones y debates —le dije a Francis que me lo habían hecho los del FBI, solo para ver qué cara ponía—, pero no tanto como un artículo que apareció en el *Boston Herald*. El día anterior habían enviado a un reportero, igual que el *New York Post* y el *New York Daily News*, pero el reportero del *Herald* se llevaba la palma.

LA DESAPARICIÓN DE UN JOVEN EN VERMONT PODRÍA ESTAR RELACIONADA CON LAS DROGAS

Los agentes federales encargados de la investigación de la desaparición, ocurrida el pasado 24 de abril, de Edmund Corcoran, un alumno de veinticuatro años del Hampden College de Vermont, al que se busca desde hace tres días, han encontrado indicios de que el joven podría estar relacionado con el tráfico de drogas. Las autoridades federales que registraron la habitación de Corcoran encontraron diversos artículos para la manipulación de estupefacientes y restos de cocaína. Aunque no hay pruebas de que Corcoran haya tenido anteriormente problemas con la droga, según fuentes cercanas al joven, Corcoran, de carácter extrovertido, se había vuelto esquivo y reservado en los meses anteriores a su desaparición. (Véase «Lo que su hijo nunca le contará», p. 6.)

Aquella información nos desconcertó, pero por lo visto el resto de estudiantes del campus estaba al corriente de todo. A mí me lo contó Judy Poovey.

—¿Sabes qué encontraron en su habitación? Un espejo de Laura Stora. No conozco a nadie de la Durbinstall que no se haya hecho rayas en ese espejo. Es viejísimo, con unos surcos grabados en el marco; Jack Teitelbaum lo llamaba «la reina de la nieve» porque siempre podías sacar un par de rayas en un momento de desesperación. Y sí, claro, supongo que técnicamente el espejo es de Laura, pero en realidad es de uso público, y ella dijo que hacía una eternidad que no lo veía, que alguien se lo había llevado de una sala de una de las residencias nuevas, en marzo. Bram Guernsey dijo que Cloke asegura que no estaba en la habitación de Bunny, y que los federales lo pusieron allí, pero luego Bram dijo que Cloke sospecha que todo este asunto es una especie de montaje. Una acusación falsa. Como en *Misión imposible*, o en uno de esos libros de paranoia de Philip K. Dick. Le dijo a Bram que creía que los federales colocaron una cámara oculta en la Durbinstall, y cosas por el estilo. Bram dice que es porque a Cloke le da miedo irse a dormir y que lleva cuarenta y ocho horas de meta. Se sienta en su habitación, con la puerta cerrada con llave, haciéndose rayas y escuchando una y otra vez una canción de Buffalo Springfield... ¿sabes cuál? «Something's happening here... what it is ain't exactly clear...» Es curioso. Cuando alguien se lleva un disgusto, de repente le da por ponerse a escuchar esas horteradas hippies que, si estuviera en su sano juicio, no podría soportar. A mí, cuando murió mi gato, me dio por Simon y Garfunkel. En fin. —Encendió un cigarrillo—. ¿Qué te estaba contando? Ah, sí. Laura está aterrorizada; han averiguado que el espejo era suyo, y ella está en libertad condicional, ya sabes, el otoño pasado tuvo que hacer un montón de trabajo voluntario porque Flipper Leach se metió en un lío y denunció a Laura y a Jack Teitelbaum. Bueno, ya te acuerdas, ¿no?

—Nunca he oído hablar de Flipper Leach.

—Sí, hombre. A Flipper la conoces. Es una zorra. Todo el mundo la llama Flipper porque en primero destrozó el Volvo de su padre unas cuatro veces.

—Pero ¿qué tiene que ver esa Flipper con todo lo demás?

—Es que no tiene nada que ver, Richard. Eres igual que el tipo de *Dragnet*, que siempre quiere hechos. Lo que pasa es que Laura está aterrorizada, ¿me entiendes?, y que los de los Servicios de Estudiantes la han amenazado con llamar a sus padres si no les cuenta cómo llegó aquel espejo a la habitación de Bunny, y ella no tiene ni la más ligera idea y, para colmo, los del FBI se enteraron de los éxtasis que Laura tuvo la semana pasada, y quieren sacarle algunos nombres. Yo le dije: «No lo hagas, Laura, será como aquello de Flipper y todo el mundo te odiará y tendrás que pedir el traslado a otra universidad». Y como decía Bram…

—¿Y Cloke dónde está?

—Eso es lo que te quería decir, pero no me dejas hablar. Nadie lo sabe. Estaba histérico, y anoche le pidió a Bram que le prestara su coche, para irse de aquí, pero esta mañana el coche ha aparecido en el aparcamiento con las llaves dentro, y a Cloke nadie lo ha visto, y en su habitación no está. Seguro que también le ha pasado algo raro, pero no tengo idea de qué… Yo, por si acaso, no vuelvo a tomar meta. Eso seguro. Oye, por cierto, ¿qué te ha pasado en el ojo?

Me reuní con los gemelos en casa de Francis —Henry estaba comiendo con los Corcoran— y les dije lo que me había contado Judy.

—Pero si ya sé de qué espejo hablan —dijo Camilla.

—Yo también —dijo Francis—. Uno viejo y lleno de manchas. Bunny lo tenía en su habitación desde hace tiempo.

—Yo creía que era suyo.

—Me pregunto de dónde lo sacaría.

—Si esa chica lo dejó en una sala —dijo Charles—, seguramente Bunny lo encontró y se lo llevó.

Era muy probable. Bunny tenía una ligera tendencia a la cleptomanía, y era propenso a birlar cualquier objeto, pequeño y sin valor, que le llamara la atención; cortaúñas, botones, rollos de cinta adhesiva. Luego los escondía por su habitación. Practicaba aquel vicio en secreto, pero al mismo tiempo no mostraba ningún escrúpulo en llevarse descaradamente objetos de mayor valor que tuviese a su alcance. Lo hacía con tanta seguridad y con tanta autoridad —escondía botellas de licor o se llevaba desatendidas cajas de la floristería bajo el brazo y salía sin siquiera volver la vista atrás—, que yo dudaba de que supiera que lo que hacía era robar. En una ocasión le oí contarle a Marion con tono enérgico y decidido lo que en su opinión deberían de hacer con la gente que robaba comida de las neveras de las residencias.

A Laura Stora no le iban demasiado bien las cosas, pero al infeliz de Cloke todavía le iban peor. Más adelante nos enteramos de que no había devuelto el coche de Bram Guernsey voluntariamente, sino que los del FBI le habían parado en la carretera cuando no había recorrido ni diez millas y le habían obligado a hacerlo. Se lo llevaron a la habitación donde habían instalado su cuartel general, y lo retuvieron allí casi toda la noche del domingo. No sé qué le dijeron, pero sí sé que el lunes por la mañana Cloke había exigido la presencia de un abogado en el interrogatorio.

Henry nos contó que la señora Corcoran estaba indignada de que alguien se hubiera atrevido a insinuar que Bunny andaba metido en drogas. Durante la comida en la Brasserie, un periodista se había acercado a la mesa de los Corcoran para pedirles algún comentario sobre los «sospechosos artículos» que habían encontrado en la habitación de Bunny.

El señor Corcoran, aturdido, frunció el entrecejo y empezó: «Bueno, sí, verá, eeeh…», pero la señora Corcoran, mientras troceaba su bistec *au poivre* con violencia contenida, inició una amarga diatriba sin siquiera levantar la mirada del plato. Aquellos «sospechosos artículos» no eran drogas, y era lamentable que la prensa hiciera acusaciones contra personas que no estaban presentes para defenderse, y ya lo estaba pasando bastante mal tal como estaban las cosas y solo le faltaba que vinieran unos extraños insinuando que su hijo era un drogadicto. Todo lo que dijo era bastante razonable y cierto, y el *Post* lo reprodujo fielmente al día siguiente, junto con una fotografía poco favorecedora de la señora Corcoran con la boca abierta y un pie que rezaba: LA MADRE DICE: MI HIJO NO.

El lunes, hacia las dos de la madrugada, Camilla me pidió que la acompañara a su casa desde la casa de Francis. Henry se había marchado hacia medianoche, y Francis y Charles, que no habían parado de beber desde las cuatro, no parecían muy dispuestos a dejarlo. Estaban atrincherados en la cocina de Francis, con la luz apagada, preparando, con una hilaridad que me pareció alarmante, unos peligrosos cócteles llamados blue blazers, para lo que había que verter whisky en llamas en dos jarras alternativamente, formando un arco.

Cuando llegamos, Camilla, temblorosa, preocupada y con las mejillas enrojecidas de frío, me pidió que subiera con ella a beber una taza de té.

—No sé si hemos hecho bien dejándolos solos —dijo mientras encendía la lámpara—. No me extrañaría que quemaran la casa.

—No te preocupes —dije, aunque yo me temía lo mismo.

Tomamos el té. La luz era agradable, y el apartamento estaba tranquilo y acogedor. Las escenas con que yo soñaba secretamente en mi cama siempre empezaban así: era tarde y nos quedábamos solos, cansados y un poco borrachos; ella me rozaba sin querer, o se acercaba mucho a mí, hasta que nuestras mejillas se tocaban, para mostrarme una frase de un libro; y yo convertía aquellas oportunidades, suave pero decididamente, en el preámbulo de placeres más violentos.

La taza estaba demasiado caliente; me quemaba los dedos. La dejé y miré a Camilla: distraída, fumaba un cigarrillo, muy cerca de mí. Me sentía capaz de perderme eternamente en aquella singular carita, en el pesimismo de su hermosa boca. «Ven aquí. Vamos a apagar la luz, ¿de acuerdo?» Cuando me imaginaba a Camilla pronunciando aquellas frases, las palabras me parecían casi insoportablemente dulces; ahora, sentado a su lado, ni siquiera podía imaginarme a mí mismo diciéndolas.

Y sin embargo, ¿por qué? Ella había participado en el asesinato de dos hombres; había presenciado la muerte de Bunny con una serenidad de Madonna renacentista. Recordé la fría voz de Henry, apenas seis semanas atrás: «Sí, hubo cierto componente carnal, desde luego».

—Oye, Camilla.

Me miró, distraída.

—¿Qué pasó exactamente aquella noche, en el bosque?

Esperaba que Camilla reaccionara, si no con sorpresa, por lo menos fingiendo sorpresa. Pero ni siquiera pestañeó.

—La verdad es que no recuerdo gran cosa —dijo lentamente—. Y lo poco que recuerdo es casi imposible de describir. Ahora está mucho más confuso que hace unos meses. Supongo que debería haber intentado escribirlo.

—Pero ¿qué es lo que recuerdas?

Tardó un poco en responder.

—Estoy segura de que Henry ya te lo ha contado todo —dijo—. Hasta parece un poco ridículo hablar de ello. Recuerdo una jauría de perros. Serpientes enroscándose en mis brazos. Árboles en llamas, pinos prendiendo como enormes antorchas. Había una quinta persona entre nosotros, aunque no todo el tiempo.

—¿Una quinta persona?

—Sí. Aunque no era persona todo el rato.

—No te entiendo.

—Ya sabes cómo llamaban los griegos a Dioniso. Πολυειδής. El polimorfo. A veces era un hombre, a veces una mujer. Y a veces otra cosa. De una cosa sí me acuerdo —agregó bruscamente.

—¿De qué? —le pregunté, con la esperanza de que fuera por fin algún detalle voluptuoso.

—De aquel muerto. Tendido en el suelo. Tenía el estómago abierto, y emanaba vapor.

—¿El estómago?

—Hacía mucho frío. Nunca olvidaré aquel olor. Me recordó a cuando mi tío despedazaba un venado. Pregúntaselo a Charles. Él también lo recuerda.

Estaba tan horrorizado que no sabía qué decir. Camilla cogió la tetera y se sirvió un poco más de té.

—¿Sabes por qué creo que estamos teniendo tan mala suerte últimamente?

—¿Por qué?

—Porque los cadáveres que no han sido enterrados dan mala suerte. ¿Te acuerdas del pobre Palinuro de la *Eneida* que se pasó una eternidad atormentándolos? Al granjero ese lo encontraron enseguida. Pero me temo que no podremos dormir en paz hasta que Bunny esté bajo tierra.

—No digas tonterías.

Se rió.

—En el siglo cuarto antes de Cristo demoraron la partida de toda la flota ática solo porque un soldado había estornudado.

—Me parece que has hablado demasiado con Henry.

Guardó silencio un momento.

—¿Sabes lo que nos hizo hacer Henry un par de días después de lo del bosque? —me preguntó al cabo de un instante.

—¿Qué?

—Matar un cochinillo.

Aquella declaración no me sorprendió tanto como la pasmosa calma con que la enunció.

—Por el amor de Dios —dije.

—Le cortamos el cuello. Luego nos turnamos para sostenerlo sobre los demás, de modo que su sangre chorreara sobre nuestras cabezas y manos. Fue horrible. Francis se mareó.

La idea de mojarse con sangre —aunque fuera sangre de cerdo— inmediatamente después de cometer un asesinato no me parecía demasiado sensata, pero lo único que dije fue:

—¿Y qué se proponía con eso?

—El asesinato contamina. El asesino mancilla todo el que toca. Y la única forma de purificar la sangre es mediante la sangre. Dejamos que el cerdo se desangrara sobre nosotros. Luego entramos y nos lavamos. Y con eso nos purificamos.

—¿Intentas decirme que…?

—No, no te preocupes —se apresuró Camilla—. No creo que lo intente esta vez.

—¿Por qué no? ¿Acaso no funcionó?

Camilla no captó el sarcasmo de mi comentario.

—No, no. Claro que funcionó.

—¿Pues por qué no repetirlo?

—Porque creo que Henry imagina que la idea podría disgustarte.

Oímos el ruido de una llave hurgando en la cerradura. Era Charles. Se quitó el abrigo y lo dejó caer en la alfombra.

—¡Hola! —canturreó, avanzando a grandes zancadas y librándose de su chaqueta con el mismo descuido con que se había desprendido del abrigo. No entró en el salón, sino que giró bruscamente en el pasillo que conducía a los dormitorios y al baño. Abrió una puerta y luego otra.

—Milly, nena —gritó—. Cariño, ¿dónde estás?

—Oh, no —gimió Camilla—. Estamos aquí, Charles —dijo en voz alta.

Charles acudió al salón. Se había aflojado la corbata y tenía el cabello despeinado.

—Camilla —dijo, apoyándose contra el marco de la puerta—. Camilla. —Y entonces me vio—. Hombre —dijo, sin demasiada educación—. ¿Qué haces aquí?

—Estamos tomando té —dijo Camilla—. ¿Quieres un poco?

—No. —Charles dio la vuelta y desapareció por el pasillo—. Es muy tarde. Voy a acostarme.

Oímos un portazo. Camilla y yo nos miramos. Me levanté.

—Bueno, será mejor que me vaya —dije.

Todavía había grupos de rescate, pero el número de vecinos participantes había descendido notablemente, y apenas quedaban estudiantes. La operación se había vuelto tensa, secreta, profesional.

Oí decir que la policía había hecho venir a un médium, a un experto en huellas dactilares, a un grupo especial de perros rastreadores adiestrados en Dannemora. Como me imaginaba que también yo estaba secretamente contaminado —de forma imperceptible para la mayoría de los mortales, pero quizá discernible para el olfato de un perro (en las películas, el perro siempre es el primero en descubrir al discreto y nada sospechoso vampiro)—, la idea de los perros rastreadores me incomodó, e intenté alejarme todo lo posible de los perros, incluso de los atontados labradores de la profesora de cerámica que se pasaban el día correteando con la lengua fuera, buscando a alguien con quien jugar. Henry —imaginándose, quizá, a una temblorosa Casandra farfullando profecías ante un grupo de policías— estaba mucho más preocupado por lo del médium.

—Si nos descubren —dijo, taciturno—, será por eso.

—No me digas que crees en esas cosas.

—Me sorprendes —repuso—. Solo crees en la existencia de lo que ves.

La médium era una joven madre de familia de un pueblo del interior de Nueva York. Se había electrocutado mientras manipulaba unos cables eléctricos, y había pasado tres semanas en coma; al despertar poseía capacidad de «saber» cosas palpando un objeto o tocándole la mano a un extraño. La policía ya la había utilizado con éxito en varios casos de desapariciones. En una ocasión, con solo señalar una zona en un mapa, había localizado el cuerpo de un niño estrangulado. Henry, tan supersticioso que a veces dejaba un platillo de leche en la puerta de su casa para alejar a los espíritus malignos que pudieran acercarse, la observaba, fascinado, mientras ella paseaba a solas por el campus, con sus gruesas gafas, su abrigo vulgar, su cabello pelirrojo recogido con un pañuelo de lunares.

—Es una lástima —dijo—. No me atrevo a correr el riesgo de encontrarme con la médium, pero me gustaría muchísimo hablar con ella.

Sin embargo, a la mayoría de nuestros compañeros les dio mucho trabajo la noticia —cierta o no, eso sigo sin saberlo— de que la DEA había mandado un par de agentes que estaban realizando una investigación secreta. Théophile Gautier, al escribir sobre el efecto del *Chatterton* de Vigny en la juventud de París, dijo que en el siglo XIX, por la noche, podías oír las detonaciones de las armas de los solitarios; aquí y ahora, en Hampden, durante la noche no se oían más que cadenas de retrete. Los alumnos se paseaban perezosamente, con los ojos vidriosos, aturdidos por la súbita pérdida de sus pastillas y sus papelinas de coca. Hubo uno que tiró tanta hierba por un retrete del taller de escultura, que tuvieron que llamar a un fontanero para que lo desembozara.

Aquel lunes por la tarde, hacia las cuatro y media, Charles se presentó en mi habitación.

—Hola —me dijo—. ¿Vienes a comer algo?

—¿Y Camilla?

—No lo sé —contestó, observando la habitación con sus ojos claros—. ¿Vienes?

—… Sí, claro.

Charles se animó.

—Perfecto. Tengo un taxi esperando.

El taxista, un tipo de rostro colorado que se llamaba Junior —era el que nos había llevado a Bunny y a mí al centro aquella primera tarde de otoño, y el que tres días después llevaría a Bunny a Connecticut por última vez, en esta ocasión en un coche fúnebre—, nos miró por el retrovisor mientras salíamos a College Drive.

—Vais al Brazeer, ¿no, chicos?

Se refería a la Brasserie. Era un chiste tonto que siempre nos hacía.

—Sí —contesté.

—No —me contradijo Charles. Iba repantigado como un niño, apoyado contra la portezuela y golpeando el apoyabrazos distraídamente—. Vamos al número mil novecientos diez de Catamount Street.

—¿Y eso qué es? —le pregunté.

—No te importa, ¿verdad? —me dijo, sin mirarme directamente a los ojos—. Me apetece ir a un sitio diferente. No está muy lejos, y además, estoy harto de la comida de la Brasserie, ¿tú no?

El sitio al que fuimos a parar —un bar llamado The Farmer's Inn— no destacaba por su comida, por su decoración —sillas plegables y mesas de formica—, ni por su escasa clientela, básicamente formada por pueblerinos borrachos de más de sesenta y cinco años. De hecho, era peor que la Brasserie en todos los aspectos salvo en uno: aquellos vasos de whisky sin marca, descomunales, que servían en la barra por cincuenta centavos.

Nos sentamos al final de la barra, junto al televisor. Transmitían un partido de baloncesto. La camarera —de unos cincuenta años, con sombra de ojos color turquesa y muchos anillos de turquesas a juego— nos miró de arriba abajo, sin perderse detalle de nuestros trajes y corbatas. Parecía sorprendida por lo que Charles había pedido: dos whiskies dobles y un bocadillo.

—Vaya —dijo con voz de loro—. Se ve que de vez en cuando os dejan echar un trago, ¿eh?

Yo no la entendía. ¿Se estaba metiendo con nuestra ropa, con el Hampden College, quería que le enseñásemos nuestros documentos de identidad? Charles, que apenas hacía un momento estaba sumido en la tristeza, la miró y le dedicó una cálida y dulce sonrisa. Sabía cómo tratar a las camareras. En los restaurantes siempre le atendían deprisa, y se metían en todo tipo de líos para satisfacer sus deseos.

Esta lo miró —satisfecha, incrédula— y soltó una carcajada.

—¡Qué pasada! —dijo a voz en grito, y cogió el Silva-Thin que ardía en el cenicero con su mano ensortijada—. Y yo que pensaba que los mormones ni siquiera bebían Coca-Cola.

En cuanto volvió a la cocina para pasar nuestra nota («¡Bill! ¡Oye, Bill!», la oímos exclamar), la sonrisa se esfumó del rostro de Charles. Cogió su vaso y se encogió de hombros, taciturno.

—Lo siento —me dijo—. Espero que no te importe que te haya hecho venir aquí. Es más barato que la Brasserie, y además no nos conoce nadie.

No le apetecía hablar —a veces era muy parlanchín pero también podía ser callado y serio como un niño pequeño—, y se puso a beber, con ambos codos sobre la barra y el cabello tapándole la frente. Cuando le trajeron el bocadillo, lo abrió, se comió el beicon y dejó el resto, mientras yo bebía mi copa y miraba a los Lakers. Resultaba extraño estar allí, en aquel cochambroso y oscuro bar de Vermont, viéndolos jugar. En California, en mi antigua universidad, el pub Falstaff's tenía una pantalla gigante de televisión. Yo tenía un amigo bastante tonto que se llamaba Carl y siempre me llevaba allí a beber cerveza barata y ver el baloncesto. Seguramente debía de estar allí ahora, sentado en un taburete de secoya, viendo aquel mismo partido.

Mientras yo me dedicaba a pensar aquellas cosas tan deprimentes y otras por el estilo, y cuando Charles iba ya por su cuarto o quinto whisky, alguien empezó a cambiar de canal con el mando a distancia: *Jeopardy*, *La ruleta de la fortuna*, *MacNeil-Lehrer*, y por fin dejaron una tertulia del canal local. Se llamaba *Tonight in Vermont*. El decorado del estudio imitaba una típica granja de Nueva Inglaterra, con falsos muebles shaker y antigüedades, horcas y demás, colgando del fondo de tablillas. Liz Ocavello dirigía el programa. Tenía un espacio de preguntas y respuestas, como en *Oprah and Phil*, al final de cada programa, que generalmente no era demasiado interesante, porque sus invitados solían ser bastante insulsos: el comisario estatal para los Asuntos de los Veteranos; religiosos fomentando las donaciones de sangre («¿Volvemos a repetir la dirección, Joe?»).

Aquella noche, el invitado era William Hundy. No lo reconocí enseguida. Llevaba un traje —no aquel traje azul de sport, sino uno viejo, como de predicador de pueblo— y, por algún motivo que yo no alcanzaba a comprender, hablaba con tono autoritario sobre los árabes y la OPEP. «La OPEP es la responsable —decía— de que ya no queden estaciones de servicio Texaco. Recuerdo que en mi infancia estaba lleno de gasolineras Texaco, pero estos árabes hicieron una especie de boicot.»

—¡Mira! —le dije a Charles, pero cuando le saqué de su estupor ya habían cambiado otra vez de canal y habían dejado *Jeopardy*.

—¿Qué?

—Nada.

Jeopardy, La ruleta de la fortuna... Luego dejaron *MacNeil-Lehrer* un buen rato, hasta que alguien gritó:

—Quita esa mierda, Dotty.

—¿Pues qué queréis ver?

—*La ruleta de la fortuna* —respondió un coro.

Pero *La ruleta de la fortuna* se estaba acabando (Vanna acababa de lanzar su reluciente beso), y a continuación volvimos a la simulada granja, con William Hundy. Ahora estaba hablando sobre su aparición del día anterior en el programa *Today*.

—Mira —dijo uno de los clientes—. Es el dueño de Redcemed Repair.

—No es el dueño.

—¿Ah, no?

—No. Son dos socios: ese y Bud Alcorn.

—Cállate, Bobby.

«No —dijo Hundy—, no vi a Willard Scott. Si lo hubiera visto, supongo que no habría sabido qué decir. Han organizado una gran operación, aunque por televisión no parezca tan importante.»

Le di una patada en el pie a Charles.

—Ya —me dijo, sin interés, y volvió a levantar el vaso con mano vacilante.

Me sorprendió lo locuaz que se había vuelto el señor Hundy en solo cuatro días. Y me sorprendió aún más la calurosa respuesta del público presente en el estudio: le hacían elaboradas preguntas acerca de temas que iban desde el sistema de la justicia penal hasta el papel de los pequeños empresarios en la comunidad, y se reían a carcajadas cuando Hundy hacía la más mínima broma. Me pareció que semejante popularidad solo podía deberse a lo que él había visto, o a lo que decía haber visto. Había perdido aquel aire de pasmado vacilante. Ahora, con las manos entrelazadas sobre el estómago, respondiendo preguntas con la pacífica sonrisa de un pontífice concediendo dispensas, estaba tan en su salsa que saltaba a la vista que en todo aquello había algo deshonesto. ¿Cómo era posible que nadie lo advirtiera?

Un hombre menudo y moreno, en mangas de camisa, y que llevaba un rato haciendo señas con la mano, consiguió por fin llamar la atención de Liz y se levantó.

«Me llamo Adnan Nassar y soy palestino-americano —dijo—. Llegué a este país hace nueve años, procedente de Siria, y desde entonces he conseguido la ciudadanía estadounidense y ahora soy subdirector del Pizza Pad de la highway 6.»

Hundy ladeó la cabeza. «Mira, Adnan —dijo con cordialidad—, me imagino que en tu país esa historia sonaría bastante extraña. Pero aquí el sistema funciona así. Funciona para todo el mundo. Y no importa la raza ni el color de la piel.» Aplausos.

Liz bajó al pasillo, micrófono en mano, y señaló a una señora que llevaba un peinado encrespado, pero el palestino agitó los brazos con enfado y la cámara volvió a enfocarlo.

«Esta no es la cuestión —dijo—. Yo soy árabe y me resultan ofensivas las calumnias que profieres contra mi pueblo.»

Liz retrocedió hasta el palestino, y apoyó la mano en su brazo para consolarlo. En la tarima, William Hundy, sentado en su silla shaker, cambió lentamente de postura y se inclinó hacia delante.

«Te gusta vivir aquí?», le preguntó. «Sí.» «¿Quieres volver a tu país?» «Un momento —intervino Liz—. Aquí nadie ha dicho que…» «Porque hay barcos de ida y de vuelta», comentó Hundy, elevando aún más la voz.

Dotty, la camarera, se rió, admirada, y le dio una calada al cigarrillo.

—Así se habla —dijo.

«¿De dónde es tu familia? —le preguntó el árabe, sarcástico—. ¿Acaso eres nativo americano?»

Hundy no se dio por aludido.

«Te pago el billete —continuó—. ¿Cuánto cuesta un billete de ida a Bagdad? Si quieres, estoy dispuesto a…» «Creo que no has interpretado bien a este señor —se apresuró a decir Liz—. Lo que intenta decir es que…» Cogió al palestino por los hombros, pero él se soltó, furioso.

«Te has pasado la noche ofendiendo a los árabes —gritó—. No sabes lo que es un árabe. —Se golpeó el pecho con el puño—. Yo lo sé. Lo llevo en el corazón.» «Como tu colega Sadam Husein.» «¿Cómo te atreves a decir que todos somos codiciosos, y que todos ansiamos conducir coches lujosos? Eso me ofende. Yo soy árabe y protejo los recursos naturales…» «Sí, incendiando los pozos petrolíferos, ¿no?» «… conduciendo un Toyota Corolla.» «No me refería a ti en particular —dijo Hundy—. Me refería a esos desgraciados de la OPEP y a los psicópatas que han secuestrado a ese chico. ¿Crees que van por ahí en Toyota Corolla? ¿Crees que aquí perdonamos el terrorismo? ¿Es eso lo que hacen en tu país?» «¡Mientes!», gritó el árabe.

En un momento de confusión, la cámara enfocó a Liz Ocavello; tenía la vista perdida en otra dirección, y yo sabía que ella estaba pensando exactamente lo mismo que yo: Oh, no. Ya está.

«No miento —exclamó Hundy, furioso—. Lo sé. Llevo treinta

años trabajando en estaciones de servicio. ¿Crees que no me acuerdo de cuando Carter era presidente, en el setenta y cinco? ¡En menudos apuros nos pusisteis! Y ahora venís aquí como si fuerais dueños del país.»

Liz se había quedado mirando a un lado, e intentaba dar órdenes.

El árabe soltó una brutal obscenidad.

«¡Basta! ¡Se acabó!», gritó Liz Ocavello, desesperada.

Hundy se puso en pie, echando fuego por los ojos, y señalando con un tembloroso dedo al público y se puso a gritar: «¡Moracos! ¡Moracos! ¡Mor…!».

La cámara dejó de enfocarlo y dibujó una rápida panorámica hasta el otro extremo del estudio. Se vieron unos cables negros enredados, focos. La imagen se desenfocó un par de veces y finalmente pasaron un anuncio de McDonald's.

—¡Uhhhhhh! —gritó alguien, agradecido.

Hubo algunos aplausos.

—¿Has oído eso? —me preguntó Charles al cabo de un rato.

Me había olvidado de él por completo. Hablaba con dificultad, y el cabello sudado le tapaba la frente.

—Ten cuidado —le dije en griego, señalé a la camarera con la cabeza—. Podría oírte.

Charles murmuró algo, tambaleándose en su taburete cromado y envuelto en vinilo.

—Vámonos. Es tarde —dije, buscando el dinero en mi bolsillo.

Charles, vacilante, me miró fijamente a los ojos, se puso en pie y se agarró a mi muñeca. La luz de la máquina de discos le iluminó los ojos, dándoles un aspecto extraño, enloquecido; por un momento me recordaron a la mirada criminal que a veces, inesperadamente, brillaba en el rostro de un amigo en una fotografía instantánea.

—Cállate, tío —me dijo—. Escucha.

Retiré la mano y me di la vuelta sin bajar del taburete, pero entonces oí un tamborileo largo e insistente. Y truenos.

Nos miramos.

—Está lloviendo —susurró Charles.

Durante toda la noche oí la cálida lluvia que goteaba del alero y repiqueteaba en la ventana mientras yo estaba tumbado con los ojos bien abiertos, escuchando.

Llovió toda la noche y toda la mañana siguiente: cálida, gris, cayendo suave y constante, como un sueño.

Cuando me desperté supe que lo encontrarían aquel día; lo supe desde el momento en que miré por la ventana y vi la nieve sucia y encharcada, salpicada de verde y goteando por todas partes.

Era uno de aquellos días misteriosos y opresivos que a veces había en Hampden, uno de aquellos días en que la niebla se tragaba las montañas que se erguían, amenazantes, en el horizonte, y el mundo parecía liviano, vacío y un poco peligroso. Caminabas por el campus, con la hierba húmeda chafándose bajo tus pies, y te sentías como si estuvieras en el Olimpo, el Valhalla o en alguna tierra extraña, por encima de las nubes; los puntos de referencia que conocías —el reloj de la torre, las casas— flotaban como recuerdo de una vida previa, aislados e inconexos en la niebla.

Llovizna y humedad. El Commons olía a ropa húmeda; todo

estaba oscuro y callado. Encontré a Henry y a Camilla arriba, en una mesa junto a la ventana, con un cenicero lleno de colillas entre los dos, Camilla con la barbilla apoyada en una mano y un cigarrillo consumiéndose entre sus dedos manchados de tinta.

El comedor principal se hallaba en el segundo piso, en un anexo que daba a una de las puertas de servicio. Unos cristales enormes, azotados por la lluvia —estaban teñidos de gris, de modo que el día parecía más terrible de lo que era— sustituían a las paredes en tres de los lados, y teníamos una vista excelente de la puerta de servicio, donde a primera hora de la mañana llegaban los camiones de los huevos y la mantequilla, y de la estrecha y negra carretera que serpeaba entre los árboles y desaparecía en la niebla en dirección a North Hampden.

De menú había sopa de tomate y café con leche desnatada, porque la entera se había terminado. La lluvia golpeaba el vidrio de las ventanas. Henry estaba distraído. El FBI había vuelto a visitarlo la noche anterior —no me dijo qué querían—, y estaba hablando en voz baja sobre el *Ilios* de Schliemann, con los dedos de sus enormes y cuadradas manos apoyados en el borde de la mesa, como si fuera un tablero de espiritismo. Durante el tiempo que conviví con él, en invierno, a veces iniciaba aquellos monólogos didácticos que podían durar horas, y soltaba un pedante y sorprendentemente preciso torrente de conocimiento con una tranquilidad semejante a la de un sujeto sometido a hipnosis. Estaba hablando sobre las excavaciones de Hissarlik: «Un sitio terrible, un sitio maldito —dijo, absorto—; ciudades y ciudades enterradas unas debajo de otras, ciudades destruidas, ciudades quemadas y sus ladrillos fundidos convertidos en vidrio... un sitio terrible —dijo, ausente—, un sitio maldito, nidos de diminutas culebras marrones de esas que los griegos llaman *antelion* y miles y miles de pequeños dioses muertos con cabeza de búho (diosas, en realidad, una especie de prototipos monstruosos de Atenea) que miran fijamente, fanáticas y rígidas, desde los grabados».

No sabía dónde estaba Francis, pero no hacía falta preguntar por Charles. La noche anterior había tenido que llevarlo a casa en taxi, ayudarle a subir y a meterse en la cama, donde, a juzgar por el estado en que lo había dejado, debía de seguir. Junto al plato de Camilla había dos bocadillos de queso y mermelada envueltos en servilletas de papel. Camilla no estaba en su casa cuando acompañé a Charles, y me pareció que acababa de levantarse de la cama: despeinada, sin pintalabios, con un jersey de lana gris que le iba grande. Las volutas de humo de su cigarrillo eran del mismo color que el cielo. Un coche blanco, diminuto, bajaba por la húmeda carretera, procedente del pueblo, tomando una curva tras otra y aumentando de tamaño a medida que se aproximaba.

Era tarde. Habían cerrado la cocina y la gente iba saliendo. Un portero viejo y contrahecho entró cojeando con la fregona y el cubo y, gruñendo de cansancio y fastidio, se puso a fregar el suelo, junto al rincón de las bebidas.

Camilla estaba mirando por la ventana. De pronto abrió mucho los ojos. Lentamente, con incredulidad, alargó el cuello; y al cabo de un momento se levantó de la silla para ver mejor.

Yo también lo vi, y me eché hacia delante: había una ambulancia aparcada justo debajo de nosotros. Dos enfermeros, rodeados de fotógrafos, salieron corriendo con las cabezas gachas para protegerse de la lluvia y con una camilla. El cuerpo que transportaban iba cubierto con una sábana, pero justo antes de que lo metieran a toda prisa en la ambulancia (un movimiento largo y fácil, como el de meter el pan en el horno) y cerraran las puertas, alcancé a ver unas seis pulgadas de impermeable amarillo colgando de un extremo.

Gritos lejanos en la planta baja del Commons. Un portazo, la confusión que crecía, voces ordenando a gritos que no gritaran, y luego una voz elevándose sobre las demás:

—¿Está vivo?

Henry respiró hondo. Cerró los ojos; y al exhalar, se dejó caer en la silla como si acabaran de dispararle.

Esto fue lo que ocurrió:

El martes por la tarde, hacia la una y media, Holly Goldsmith, una estudiante de primer curso, de dieciocho años, de Taos, Nuevo México, decidió sacar a pasear a su perro Milo.

Holly, que estudiaba danza moderna, estaba enterada de la desaparición de Bunny y de la operación que habían organizado, pero, como tantos otros estudiantes de su curso, no había participado en ella, aprovechando aquella interrupción para recuperar horas de sueño y estudiar para los parciales. Como no quería encontrarse con ningún grupo de rescate, decidió llevar a Milo por detrás de las pistas de tenis hasta el barranco, porque aquella zona ya la habían rastreado días atrás y además al perro le gustaba mucho.

Esto fue lo que dijo Holly:

«Yo estaba allí [en el borde del barranco] esperándolo. Había estado revolviendo el terraplén y había empezado a ladrar y a correr, como siempre. Aquel día me había olvidado su pelota de tenis. Creía que la llevaba en el bolsillo, pero no era así, por lo que fui a buscar unos cuantos pedazos de rama para tirárselos. Al volver al borde del terraplén, Milo tenía algo entre los dientes y lo agitaba a uno y otro lado. Lo llamé, pero no me obedeció. Pensé que debía de haber cazado un conejo o algo así...

»Supongo que Milo lo había desenterrado, la cabeza y... el pecho, supongo, no lo vi muy bien. Lo que vi fueron las gafas... se le habían soltado de una oreja y le colgaban... Oh, Dios... Milo le estaba lamiendo la cara... Al principio pensé que...» [inintcligible].

Bajamos los tres a toda prisa (el portero boquiabierto; los cocineros sacando la cabeza por la puerta de la cocina; las camareras con sus uniformes asomadas a la barandilla), pasamos por delante del bar, por delante de la oficina de correos, donde por una vez la mujer de la peluca pelirroja de la centralita había dejado a un lado su colcha de punto y su bolsa llena de hilos y estaba de pie en la puerta, con un pañuelo de papel arrugado en la mano, siguiéndonos, curiosa, con la mirada mientras nosotros corríamos por el pasillo hasta la sala central del Commons, donde había un grupo de policías compungidos, el sheriff, el guardabosques, varios guardas de seguridad, una desconocida llorando y un hombre que tomaba fotografías, y todo el mundo hablando al mismo tiempo hasta que alguien nos miró y gritó:

—¡Eh! ¡Vosotros! Vosotros lo conocíais, ¿no?

Empezaron a disparar flashes y nos rodearon de micrófonos y grabadoras.

—¿Desde cuándo lo conocíais?

—¿... conexión con las drogas?

—... de viaje por Europa, ¿no es así?

Henry se pasó la mano por la cara; nunca olvidaré su aspecto:

estaba blanco como la tiza, tenía gotas de sudor en el labio superior y los focos se reflejaban en sus gafas…

—Dejadme en paz —murmuró; cogió a Camilla por las muñecas e intentó llegar hasta la puerta.

La gente se apiñó aún más para cerrarle el paso.

—¿… querrían comentar…?

—¿… íntimos amigos?

Le pusieron una grabadora en las narices. Henry le dio un
manotazo y el aparato salió disparado y dio contra el suelo con
un fuerte ruido, y las pilas rodaron en todas direcciones. Su propietario, un gordo que llevaba una gorra de los Mets, le chilló, se
agachó un poco, consternado, y luego se irguió, soltando tacos,
como si fuera a agarrar a Henry por el cuello. Rozó con los dedos
la parte de atrás de la chaqueta de Henry, y este se volvió con una
agilidad sorprendente.

El hombre se echó atrás. La gente, curiosamente, nunca parecía darse cuenta a primera vista de lo fuerte que era Henry.
Quizá a causa de su forma de vestir; su ropa era como un insulso
pero impenetrable disfraz de un héroe de cómic (¿por qué nadie
se da nunca cuenta de que detrás del formal Clark Kent se oculta Superman?). O quizá fuera que él, deliberadamente, ofrecía
cierta imagen. Otro de sus talentos, bastante más notable, consistía en hacerse invisible en una habitación, en un coche; podía
desmaterializarse a su antojo, y quizá este don no era más que el
opuesto del otro: la súbita concentración de sus moléculas, que
de repente convertían a su imperceptible silueta en un cuerpo
sólido, una metamorfosis que siempre sorprendía al que la presenciaba.

La ambulancia se había marchado. La carretera se extendía resbaladiza y vacía bajo la llovizna. El agente Davenport subía apresuradamente al Commons, con la cabeza gacha, sus zapatos negros golpeando ruidosamente el mármol mojado. Al vernos se detuvo. Sciola, que iba tras él, subió trabajosamente los últimos dos o tres escalones, apoyando una mano en la rodilla. Se quedó de pie detrás de Davenport y nos miró un momento, mientras recobraba el aliento.

—Lo siento —dijo.

Oímos un avión, pero las nubes lo tapaban.

—Así que está muerto —dijo Henry.

—Me temo que sí.

El zumbido del avión se desvaneció en la húmeda y ventosa distancia.

—¿Dónde lo han encontrado? —preguntó Henry por fin. Estaba lívido y con las sienes sudorosas, pero por lo demás muy entero. Hablaba con voz monótona.

—En el bosque —contestó Davenport.

—No muy lejos —añadió Sciola, frotándose un ojo con los nudillos—. A media milla de aquí.

—¿Estaban ustedes allí?

Sciola dejó de frotarse el ojo.

—¿Cómo?

—¿Estaban ustedes allí cuando lo encontraron?

—Estábamos almorzando en el Blue Ben —contestó Davenport, un poco molesto. Respiraba ruidosamente por la nariz, y llevaba el cabello salpicado de gotas de llovizna—. Hemos ido a echar un vistazo. Y ahora vamos a ver a la familia.

—¿Todavía no lo saben? —preguntó Camilla, después de una pausa de sorpresa.

—No, no es eso —contestó Sciola. Se palpaba el pecho, mientras buscaba con sus largos y amarillentos dedos en el bolsillo de su abrigo—. Vamos a llevarles una autorización. Nos gustaría llevarlo al laboratorio de Newark para hacerle unas pruebas. Pero en estos casos... —su mano cogió algo, y lentamente extrajo un arrugado paquete de Pall Mall—, en estos casos no es fácil convencer a la familia de que firme. Es comprensible. Esta gente lleva una semana esperando, está toda la familia aquí, lo que querrán es enterrarlo cuanto antes...

—¿Qué pasó? —le preguntó Henry—. ¿Lo saben?

Sciola buscó sus cerillas, las encontró y, tras dos o tres intentos, encendió el cigarrillo.

—Es difícil decirlo —dijo, dejando caer la cerilla, todavía encendida—. Estaba en el fondo de un precipicio, con el cuello roto.

—Pero no creen que se haya suicidado, ¿verdad que no?

La expresión de Sciola no cambió, pero el humo que salió por su nariz se enroscó de una forma que, sutilmente, indicaba sorpresa.

—¿Por qué lo dices?

—He oído que alguien lo comentaba.

Sciola miró a Davenport, y luego se dirigió a Henry.

—Mira, hijo, yo no le haría mucho caso a esta gente. No sé a qué conclusión llegará la policía, ya se apañarán, pero no creo que lo califiquen de suicidio.

—¿Por qué?

Nos miró con aire tranquilo, con sus ojos de tortuga.

—No hay nada que lo demuestre —dijo—. Que yo sepa. El sheriff cree que salió a dar un paseo, que no iba suficientemente abrigado, que el tiempo empeoró y quizá él iba deprisa porque quería llegar a casa...

—No lo han comprobado —agregó Davenport—, pero por lo visto parece que había estado bebiendo.

Sciola hizo un gesto de resignación, muy italiano.

—Y aunque no hubiera estado bebiendo —continuó—, el suelo estaba embarrado. Llovía. Es posible que ya hubiera oscurecido.

Se hizo un largo silencio.

—Mira, hijo —dijo Sciola con cierta amabilidad—. Ya que me lo preguntas, te diré lo que pienso: tu amigo no se mató. He visto el sitio por donde cayó. La maleza del borde estaba toda... —Hizo un dibujo en el aire: algo tenue, desgajado.

—Despedazada —dijo Davenport bruscamente—. Tenía tierra en las uñas. Al caer debió de intentar agarrarse.

—No intento explicar lo que pasó —dijo Sciola—. Lo único que digo es que no debes creer todo lo que digan. Ese sitio es peligroso, deberían vallarlo o algo... ¿No quieres sentarte un momento? —le dijo a Camilla, que había palidecido.

—De cualquier forma, la universidad tendrá problemas —dijo Davenport—. Supongo que intentarán eludir toda responsabilidad; lo digo por las cosas que decía la mujer de los Servicios de Estudiantes. Si se emborrachó en esa fiesta... Hace unos dos años hubo un caso parecido en Nashua, donde yo vivía. Un chico se emborrachó en una fiesta de un club de estudiantes, se desmayó en la nieve, y no lo encontraron hasta que sacaron los arados. Supongo que todo depende de cuánto se emborracharan y de dónde tomaran la última copa, pero aunque no hubiera estado borracho, no es muy buena publicidad para la escuela. Cuando un muchacho está estudiando y tiene un accidente así en el mismo campus… No quisiera faltarles al respeto, pero he conocido a sus padres, y son los típicos fulanos que denuncian a la universidad.

—¿Y usted? ¿Qué cree que pasó? —le preguntó Henry a Sciola.

Aquella pregunta no me pareció la más acertada, sobre todo allí y en aquel momento, pero Sciola sonrió, mostrando una feroz dentadura de perro viejo o de zarigüeya: demasiados dientes descoloridos y manchados.

—¿Yo?

—Sí.

Le dio una calada al cigarrillo y asintió con la cabeza.

—Lo que yo piense no tiene ninguna importancia, hijo. Esto no es un caso federal.

—¿Qué?

—Que no es un caso federal —repitió Davenport—. Aquí no se ha violado ninguna ley federal. Es competencia de la policía local. A nosotros nos llamaron por lo del chalado ese, ya sabes, el de la gasolinera, y resulta que no tenía nada que ver en todo esto. Antes de que viniéramos nos mandaron bastante información sobre él desde Washington. ¿Quieres saber lo chalado que está? En los años setenta se dedicaba a mandar anónimos al presidente egipcio Sadat: catálogos de venta por correo con fotografías de mujeres orientales desnudas. Nadie le hacía demasiado caso, pero… ¿cuándo fue?, en el ochenta y dos, cuando asesinaron a Sadat, la CIA le siguió la pista a Hundy, y la CIA nos proporcionó los archivos sobre Hundy. No tenía antecedentes, ni nada parecido, pero menudo chalado. Se había gastado miles de dólares poniendo conferencias a Oriente Próximo; yo vi una carta que le había escrito a Golda Meir, y la llamaba su alma gemela... Mira, cuando un tipo así entra en acción, hay que ir con cuidado. Parecía bastante inofensivo, ni siquiera perseguía la recompensa; le mandamos un agente secreto con un cheque jugoso, y ni siquiera lo tocó. Pero con tipos como ese nunca se sabe. Me acuerdo de Morris Lee Harden, en el setenta y ocho: parecía un ángel, se dedicaba a reparar relojes y a regalárselos a los niños pobres, pero jamás olvidaré el día que entraron en la trastienda de su relojería...

—Es imposible que estos chicos se acuerden de Morris, Harv —dijo Sciola, tirando el cigarrillo al suelo—. Ni siquiera habían nacido.

Seguimos allí un rato más, formando un extraño semicírculo sobre las baldosas, y cuando parecía que todos íbamos a decir a la vez que nos íbamos, oí que Camilla emitía un ruido extraño. Me volví, sorprendido. Estaba llorando.

Nadie supo qué hacer. Davenport nos dirigió una mirada asqueada a Henry y a mí y se apartó un poco, como diciendo: «Todo esto es culpa vuestra».

Sciola, sumamente consternado, alargó la mano dos veces para coger a Camilla por el brazo, y al tercer intento finalmente sus lentos dedos llegaron a tocarle el codo.

—¿Quieres que te acompañemos a tu casa? —le dijo.

Tenían el coche —el típico sedán Ford negro— al pie de la colina, en el aparcamiento que había detrás del edificio de ciencias. Camilla caminaba entre los dos hombres. Sciola iba hablando con ella, dulcemente, como si fuese una niña pequeña; su voz nos llegaba por encima del crujir de los pasos, las gotas y el viento que agitaba las ramas de los árboles.

—¿Está tu hermano en casa? —le preguntó.

—Sí.

Sciola asintió con la cabeza.

—Mira, tu hermano me cae bien —continuó—. Es un buen chico. Es curioso, yo no sabía que un chico y una chica pudieran ser gemelos. ¿Y tú, Harv? ¿Lo sabías? —le preguntó a su compañero.

—No.

—Yo tampoco. ¿Os parecíais más de pequeños? Hombre, ahora tenéis cierto aire, pero ni siquiera tenéis el cabello del mismo color. Mi mujer tiene unas primas que también son gemelas. Se parecen mucho, y además las dos son asistentes sociales. —Hizo una pausa—. Tu hermano y tú os lleváis bastante bien, ¿verdad?

Camilla contestó con un breve balbuceo.

Sciola hizo un gesto afirmativo.

—Qué bien —dijo—. Seguro que tenéis alguna historia interesante. Sobre telepatía y esas cosas. Las primas de mi mujer van de vez en cuando a unas reuniones de gemelos, y cuando vuelven nos cuentan cosas increíbles.

Cielo blanco. Árboles desdibujados en el horizonte, montañas invisibles. Mis manos colgaban por los puños de la chaqueta, como si no me pertenecieran. Nunca llegué a acostumbrarme a aquel horizonte que de pronto se borraba y te dejaba a la deriva, abandonado, en un paisaje de ensueño, incompleto, que era una especie de boceto del mundo conocido: la silueta de un solo árbol en representación de toda una arboleda, farolas y chimeneas flotando, fuera de contexto, antes de que el resto del cuadro estuviera completo; una tierra de amnésicos, una especie de cielo distorsionado, donde los antiguos puntos de referencia, aunque reconocibles, estaban demasiado separados y desordenados, y se habían vuelto terribles por culpa del vacío que los rodeaba.

Había una zapatilla vieja en medio de la calzada, frente al almacén, donde pocos minutos antes se había detenido la ambulancia. No era de Bunny. No sé de quién era ni cómo llegó allí. No era más que una vieja zapatilla de tenis. No sé por qué me he acordado de ella ahora, ni por qué me impresionó tanto.

7

Bunny no tenía muchos amigos en Hampden, pero como era una universidad tan pequeña, casi todo el mundo lo recordaba por una cosa u otra; había quien lo conocía de nombre, quien lo conocía de vista, quien recordaba su voz, que sin duda era uno de sus aspectos más característicos. Yo conservo un par de fotografías de Bunny, y aun así, curiosamente, no es su cara lo que me ha acompañado todos estos años, sino su voz, su desaparecida voz: estridente, gárrula, exageradamente resonante; después de oírla una vez, ya no la olvidabas fácilmente. Durante los primeros días después de su muerte, en los comedores se echaba en falta aquel poderoso sonido ronco procedente del rincón donde Bunny solía sentarse, junto al expendedor de leche.

Por tanto, era normal que lo echaran de menos, e incluso que lamentaran su pérdida, porque cuando se muere alguien en una universidad como Hampden, donde todos estábamos tan aislados y tan juntos, no resulta fácil seguir adelante. Pero me sorprendió la desenfrenada manifestación de dolor que se desató en cuanto la noticia de su muerte se hizo oficial. No solo parecía gratuita, sino, dadas las circunstancias, incluso vergonzosa. Su desaparición no parecía haber afectado demasiado a nadie, ni siquiera los últimos días, cuando parecía evidente que cuando hubiera noticias estas serían malas; y la búsqueda, en general, parecía un gran inconveniente, más que ninguna otra cosa. Pero ahora, tras conocerse la noticia de su muerte, la gente se había puesto frenética. De pronto todo el mundo lo conocía, todo el mundo estaba desconsolado, todo el mundo iba a tener que esforzarse para seguir adelante sin él. «Es lo que a él le habría gustado.» Aquella semana oí esa frase en numerosas ocasiones de personas que no tenían idea de lo que Bunny quería: empleados de la universidad, plañideras anónimas, desconocidos que sollozaban fuera de los comedores; el consejo de administración, en una declaración defensiva y meticulosamente redactada, decía que «de acuerdo con el peculiar espíritu de Bunny Corcoran, así como de los ideales humanos y progresistas del Hampden College, se ha hecho una importante donación en su nombre a la Unión Estadounidense por las Libertades Civiles», una organización que sin duda Bunny, de haber conocido su existencia, habría aborrecido.

La verdad, podría extenderme bastante sobre el histrionismo público de los días que siguieron a la muerte de Bunny. La bandera ondeaba a media asta. Los psicólogos estaban de guardia las veinticuatro horas. Unos cuantos chalados de la facultad de ciencias políticas se paseaban con brazaletes negros. Proliferaron las plantaciones de árboles, las misas conmemorativas, las donaciones y los conciertos. Una chica de primer curso intentó suicidarse —por motivos que no tenían relación con la muerte de Bunny— comiendo bayas venenosas que había frente al conservatorio de música, pero aquello formaba parte de la histeria general que se había desencadenado. Todos llevaban gafas de sol. Frank y Jud, convencidos, como siempre, de que la vida debía seguir su curso, iban por ahí con su lata de pintura recogiendo fondos para celebrar una fiesta de la cerveza en honor de Bunny. Algunos empleados de la universidad comentaron que aquella idea era de muy mal gusto, sobre todo teniendo en cuenta que la muerte de Bunny había sacado a la luz el elevado número de celebraciones alcohólicas que tenían lugar en Hampden, pero Frank y Jud no se inmutaron. «A él le habría gustado que lo celebrásemos», dijeron, lacónicos, y desde luego no era el caso. Pero claro, tenían aterrorizados a los de la oficina de los Servicios de Estudiantes. Sus padres eran miembros vitalicios de la junta directiva; el padre de Frank había hecho una donación para la nueva biblioteca, y el de Jud había construido el edificio de ciencias. Corría el rumor de que ambos eran inexpulsables, y una reprimenda del decano no les impediría hacer lo que se les antojara. Así que la fiesta de la cerveza acabó celebrándose, y fue tan incoherente y de mal gusto como cabía esperar. Pero me estoy yendo por las ramas.

El Hampden College, como institución, siempre había tenido una exagerada tendencia al histerismo. La gente, ya sea debido al aislamiento, a la maldad o simplemente al aburrimiento, era mucho más crédula y emocional de lo que generalmente se espera de la gente educada, y ese ambiente hermético y acalorado se prestaba al melodrama y la distorsión. Recuerdo muy bien, por ejemplo, el ciego terror animal que se desató cuando a algún bromista se le ocurrió tocar la alarma de defensa civil. Alguien dijo que era un ataque nuclear. Daba la casualidad de que aquella noche las señales de televisión y de radio, que en aquella zona montañosa nunca eran demasiado buenas, se recibían particularmente mal, y a causa de la estampida que se produjo hacia los teléfonos, la centralita se colapsó, dejando a la universidad sumida en un violento y casi inimaginable pánico. Los coches chocaban unos con otros en el aparcamiento. La gente gritaba, sollozaba, regalaba sus pertenencias, se reunía en pequeños grupos en busca de consuelo y cariño. Hubo unos hippies que se atrincheraron en el edificio de ciencias, en el refugio antinuclear, y se negaron a dejar entrar a nadie que no supiera la letra de «Sugar Magnolia». Se formaron bandos cuyos líderes surgían del caos. Pese a que en realidad el planeta no había desaparecido, todo el mundo se lo pasó en grande y durante años se comentó con nostalgia aquel episodio.

La manifestación de dolor por Bunny, aunque menos espectacular, fue, en muchos aspectos, un fenómeno similar: una afirmación de la comunidad, una expresión metafórica de homenaje y congoja. El lema de Hampden es «Aprender haciendo». La gente experimentaba una sensación de invulnerabilidad y bienestar a base de asistir a sesiones de rap, conciertos de flauta al aire libre; disfrutaba cuando le daban un pretexto oficial para comparar sus pesadillas o desmoronarse en público. En cierto sentido, era mero teatro, pero en Hampden, donde la expresión creativa estaba más valorada que ninguna otra cosa, el teatro mismo era una especie de trabajo, y la gente se dedicaba a su dolor con tanta seriedad como los niños pequeños juegan a veces, con bastante frialdad y sin placer, en imaginarios despachos y tiendas.

El lamento de los hippies era el de mayor significado antropológico. En vida, Bunny había estado en guerra casi perpetua con ellos: los hippies vertían tinte en la bañera y ponían música a todo volumen para molestarlo; Bunny los bombardeaba con latas vacías de soda y llamaba a seguridad cada vez que creía ver a alguien fumando hierba. Ahora que estaba muerto, marcaron su tránsito a otra esfera de forma impersonal y casi tribal: recitando, tejiendo mandalas, tocando los bongós, poniendo en práctica sus propios ritos, inescrutables y misteriosos. Henry los observaba desde lejos, con la punta del paraguas apoyada en la punta de su zapato, envuelto en polainas caqui.

—¿Sabes si «mandala» es una palabra pali? —le pregunté.

Hizo un gesto negativo con la cabeza.

—No. Sánscrito. Significa «círculo».

—Entonces es hindi, ¿no?

—No necesariamente —me dijo, observando a los hippies como si fueran animales del zoo—. Los mandalas se relacionan con el tantrismo. El tantrismo se convirtió en una especie de influencia corruptora del panteón budista hindú, aunque, desde luego, algunos de sus elementos fueron asimilados por la tradición budista básica y reestructurados, hasta que hacia el año ochocientos, más o menos, el tantrismo ya tenía una tradición propia. Una tradición corrupta, a mi modo de ver, pero tradición al fin y al cabo.

Hizo una pausa y se quedó mirando a una chica con una pandereta que, alelada, daba vueltas por el césped.

—Pero para contestar a tu pregunta —añadió Henry—, creo que los mandalas, en realidad, tienen un lugar bastante respetable en la historia del propio budismo. Aparecen en los túmulos de la llanura del Ganges y en muchos otros sitios desde el siglo uno.

Después de releer las últimas páginas, creo que en ciertos aspectos he cometido una injusticia con Bunny. En realidad, a la gente le caía bien. Nadie lo conocía en profundidad, pero una de las extrañas características de su personalidad consistía en que cuanto menos lo conocías, más creías conocerlo. Su carácter, contemplado a cierta distancia, proyectaba una impresión de solidez y de entereza que de hecho era tan inconsistente como un holograma; visto de cerca, era todo motas y luz, podías atravesarlo con la mano. Si te retirabas lo suficiente, sin embargo, la ilusión regresaba, y él aparecía, en tamaño natural, mirándote con los ojos entrecerrados a través de sus gafitas y retirándose un mechón de cabello con la mano.

El suyo era de esos caracteres que se desintegran cuando se los somete a análisis. Solo puede definirse mediante la anécdota, el encuentro fortuito, la frase suelta. Personas que jamás habían hablado con él recordaban de pronto, sumamente emocionados, haberlo visto arrojándole palos a un perro o robando tulipanes del jardín de un profesor. «Influyó en la vida de los demás», dijo el rector de la universidad, inclinándose hacia delante, apoyado en el podio con ambas manos. Aquella misma frase la repitió dos meses después en una misa en memoria por la chica de primer curso (que había tenido más suerte con una hoja de afeitar que con las bayas venenosas); pero de todos modos, en el caso de Bunny era sorprendentemente cierta. Es cierto que Bunny influyó en la vida de otros, en la vida de extraños, de una forma completamente imprevista. Y eran estos los que de verdad lamentaban su muerte —o eso creían ellos— con una pena no menos aguda por el hecho de no conocer íntimamente a su objeto.

Esa irrealidad de su carácter, ese aspecto de personaje ficticio, incluso, era el secreto de su atractivo y lo que finalmente hizo que su muerte fuera tan triste. Como todo gran comediante, Bunny coloreaba su entorno allí donde iba; te lo imaginabas en todo tipo de situaciones extrañas con el fin de maravillarte de su versatilidad: Bunny montando en camello, Bunny haciendo de niño ra, Bunny en el espacio. Ahora, ya muerto, su versatilidad se transformaba en algo completamente diferente: era un conocido actor secundario representando el papel trágico con sorprendente acierto.

Cuando la nieve por fin se fundió, desapareció tan deprisa como había llegado. En veinticuatro horas no quedaba ni rastro de ella, salvo unos pocos charcos en el bosque —ramas blancas abriendo agujeros en las capas más duras con sus goteras— y los grisáceos montones de los arcenes de la carretera. El jardín del Commons se extendía amplio y desolado como un campo de batalla napoleónico: revuelto, sórdido, pisoteado.

Fueron momentos extraños, fragmentados. En los días que precedieron al funeral, no nos vimos demasiado. Los Corcoran habían convencido a Henry de que les acompañara a Connecticut; Cloke, que en mi opinión estaba al borde del ataque de nervios, se instaló, sin que nadie lo invitara, en casa de Charles y Camilla, donde se pasaba el día bebiendo cerveza Grolsch hasta que se quedaba dormido en el sofá con un cigarrillo encendido. A mí se me pegaron Judy Poovey y sus amigas Tracy y Beth. Venían a recogerme, sin falta, a la hora de comer («Richard —me decía Judy, alargando la mano para cogerme la mía y apretármela—, tienes que comer»), y el resto del tiempo tenía que cumplir con las actividades que planeaban para mí: cine al aire libre y comidas mexicanas, o ir al apartamento de Tracy a beber margaritas y ver programas de MTV. El cine no me molestaba, pero enseguida me harté de aquel desfile de nachos y bebidas a base de tequila. Se volvían locas por una cosa que llamaban kamikazes, y les gustaba teñir los margaritas de un azul horroroso.

La verdad es que su compañía me resultaba generalmente agradable. Judy, pese a sus defectos, era una buena persona, y era tan mandona y charlatana que con ella siempre me sentía a salvo. Beth no me gustaba. Era bailarina, de Santa Fe, tenía la cara de goma y una risita idiota, y cuando se reía le salían hoyuelos por todas partes. En Hampden se la consideraba una belleza, pero yo odiaba sus andares —torpes, como de cocker spaniel— y su vocecilla de niña pequeña, que encontraba muy afectada y que frecuentemente degeneraba en un gañido. Además había sufrido un par de ataques de nervios, y a veces, cuando estaba relajada, bizqueaba de una forma que me ponía nerviosísimo. Tracy, en cambio, me caía muy bien. Era guapa y judía; tenía una sonrisa encantadora y cierta debilidad por Mary Tyler Moore, apreciable en la forma en que se abrazaba a sí misma o en que giraba trazando círculos, con los brazos extendidos. Las tres fumaban mucho y contaban historias larguísimas y muy aburridas («Y nos pasamos cinco horas metidos en el avión, haciendo cola en la pista»), y hablaban sobre gente que yo no conocía. Yo, el desconsolado y despistado, tenía derecho a quedarme mirando tranquilamente por la ventana. Pero a veces me cansaba de ellas, y si me quejaba de que me dolía la cabeza o decía que quería irme a dormir, Tracy y Beth desaparecían rápidamente, y me quedaba a solas con Judy. Supongo que Judy tenía buenas intenciones, pero el tipo de consuelo que a ella le habría gustado ofrecerme no me atraía demasiado, y después de diez o veinte minutos a solas con ella yo ya estaba preparado para otra tanda de margaritas y MTV en casa de Tracy.

Francis era el único que seguía libre, y de vez en cuando pasaba a verme. A veces me encontraba solo; cuando estaba con las chicas, se sentaba rígido en la silla de mi escritorio y fingía, como habría hecho Henry, examinar mis libros de griego, hasta que incluso la tontorrona de Tracy captaba la indirecta y se marchaba. En cuanto se cerraba la puerta y Francis oía pasos en la escalera, cerraba el libro, marcando la página con un dedo, y se inclinaba hacia delante, nervioso, pestañeando. Aquellos días, nuestra mayor preocupación era la autopsia que había pedido la familia de Bunny; nos quedamos perplejos cuando Henry, desde Connecticut, anunció que le estaban practicando una; para contárnoslo tuvo que escabullirse de casa de los Corcoran una tarde y llamar a Francis desde una cabina, bajo las ondeantes banderas y los toldos a rayas de un establecimiento de venta de coches de segunda mano, con el ruido de una autopista al fondo. Había oído a la señora Corcoran decirle al señor Corcoran que era mucho mejor, que de otro modo (y Henry juró que había oído aquellas palabras perfectamente) nunca estarían seguros.

Una de las cosas que más me llaman la atención del sentimiento de culpa es la diabólica capacidad de invención que te da. Pasé las dos o tres noches peores de mi vida, despierto y borracho, con un horrible sabor a tequila en la boca y pensando en hilos de ropa, huellas dactilares, restos de cabello. Lo único que sabía sobre autopsias era lo que había visto en *Quincy*, pero no se me ocurrió pensar que mi información podía ser inexacta por venir de un programa de televisión. ¿Acaso no comprobaban aquellas cosas meticulosamente, no trabajaban con un forense? Me incorporé, encendí las luces; tenía la boca teñida de un tétrico azul. Vomité en el lavabo, y el vómito era de un azul transparente, un chorro de intenso y ácido turquesa.

Pero Henry, que tenía plena libertad para observar a los Corcoran en su propio hábitat, pronto averiguó lo que estaba pasando. Francis estaba tan impaciente con aquella alegre noticia que ni siquiera esperó a que Tracy y Judy salieran de la habitación, y me la dijo inmediatamente, en un griego imperfecto, mientras la dulce Tracy se preguntaba en voz alta para qué demonios queríamos estudiar en momentos como aquel.

—No temas —me dijo Francis—. Es la madre. Está preocupada por la deshonra de que el hijo hubiera tenido que ver con el vino.

No entendí lo que quería decirme. La forma «deshonra» (ατιμία) que utilizó también significa «pérdida de los derechos civiles».

—¿Atimía? —repetí.

—Sí

—Pero si los derechos son para los vivos, y no para los muertos.

—Οιμοι —dijo Francis, al tiempo que negaba con la cabeza—. No, hombre, no.

Castañeó los dedos, intentando dar con la palabra adecuada, mientras Judy y Tracy nos miraban con interés. Mantener una conversación en una lengua muerta es más difícil de lo que parece.

—Ha habido muchos rumores —dijo por fin—. La madre está afligida. No por el hijo —añadió al ver que yo iba a interrumpirle—, pues es una mujer malvada. Está afligida por la vergüenza que ha caído sobre su casa.

—¿Vergüenza? ¿Qué vergüenza?

—Οιγογ —dijo, impaciente—. Οαρμαχογ. Ella quiere demostrar que no hay vino en el cuerpo de su hijo. —Y aquí empleó una metáfora muy elegante, intraducible: poso en el vacío odre de su cuerpo.

—¿Y por qué tiene tanto interés en demostrarlo?

—Porque los ciudadanos murmuran. Es una vergüenza para un joven morir borracho.

Eso era cierto; por lo menos lo de las murmuraciones. La señora Corcoran, que al principio se había puesto a disposición de cualquiera que quisiera escucharla, estaba muy molesta por la poco decorosa posición en que ahora se encontraba. Los artículos del principio, que la habían descrito como «bien vestida», «atractiva», «perfectamente correcta», habían dado paso a otros, sarcásticos y vagamente acusatorios, como el titulado LA MADRE DICE: MI HIJO NO. Aunque lo único que sugería la presencia de alcohol era una miserable botella de cerveza, y aunque no había pruebas reales de nada que tuviera que ver con drogas, en el informativo de la noche los psicólogos hablaron de familias conflictivas y señalaron que las tendencias adictivas solían pasar de padres a hijos. Fue un golpe muy duro. Al marcharse de Hampden, la señora Corcoran se abrió paso entre sus antiguos amigos, los periodistas, desviando la mirada y dibujando una brillante sonrisa de odio con los dientes apretados.

Era injusto, desde luego. Según las noticias, uno habría pensado que Bunny era el estereotipo de drogadicto o de quinceañero atormentado. No importaba en absoluto que quienes lo conocían (incluidos nosotros: Bunny no era ningún delincuente juvenil) lo negáramos; no importaba que la autopsia no revelara más que un porcentaje mínimo de alcohol en la sangre y ni rastro de drogas; no importaba que ni siquiera fuera un quinceañero: los rumores, que revoloteaban en círculos por encima de su cadáver, como buitres, habían descendido por fin y habían clavado sus garras. En el *Examiner* de Hampden apareció un párrafo que reproducía llanamente los resultados de la autopsia. Pero en la universidad se le recuerda como un borracho empedernido; todavía se habla, en habitaciones oscuras, de su embriagado fantasma, para asustar a los novatos, junto con los decapitados de aquel accidente de tráfico y la *bobby soxer* que se colgó en la buhardilla de la Putnam y todo el resto de tenebrosos muertos de Hampden.

El funeral iba a celebrarse el jueves. El lunes por la mañana, encontré dos sobres en mi buzón: uno de Henry y otro de Julian. Primero abrí el de Julian. Llevaba matasellos de Nueva York y estaba escrito deprisa, con la pluma roja que utilizaba para corregir nuestros ejercicios de griego.

Querido Richard:

Esta mañana me siento desgraciado, y sé que este sentimiento me acompañará durante un tiempo. La noticia de la muerte de nuestro amigo me ha entristecido enormemente. No sé si habrás intentado hablar conmigo, he estado fuera, no me encontraba bien, no creo que vuelva a Hampden hasta después del funeral.

Qué triste es pensar que el jueves será la última vez que estemos juntos. Espero que estés bien. Un abrazo.

Firmaba con sus iniciales.

La carta de Henry, desde Connecticut, era pomposa como un criptograma procedente del frente del oeste.

Querido Richard:

Espero que estés bien. Llevo varios días en casa de los Corcoran. Aunque tengo la impresión de que les proporciono menos consuelo del que ellos, en su desesperación, creen, me han permitido serles de ayuda en diversos asuntos domésticos.

El señor Corcoran me ha pedido que escriba a los amigos de Bunny de la escuela y que les invite a pasar la noche anterior al funeral en su casa. Imagino que os alojarán en el sótano. Si no tienes intención de asistir, por favor, llama a la señora Corcoran y házselo saber.

Espero verte en el funeral, o mejor aún antes.

La carta no estaba firmada, pero había una cita de la *Ilíada* en griego. Pertenecía al libro undécimo, cuando Odiseo, separado de sus amigos, se encuentra solo en territorio enemigo:

> *Sé fuerte, dijo mi corazón; soy un soldado;*
> *he visto cosas peores que esta.*

Fui a Connecticut con Francis. Esperaba que los gemelos vendrían con nosotros, pero se marcharon un día antes con Cloke —que, sorprendentemente, había recibido una invitación personal de la señora Corcoran—. Nosotros creíamos que no iban a invitarle. Después de que Sciola y Davenport lo pescaran intentando marcharse del pueblo, la señora Corcoran se había negado a hablar siquiera con él. («Lo hace para salvar las apariencias», dijo Francis.) En cualquier caso, Cloke había recibido la invitación, igual que sus amigos Rooney Wynne y Bram Guernsey. Henry se había encargado de hacérselas llegar.

En realidad los Corcoran habían invitado a bastante gente de Hampden: amigos de la residencia, gente que yo ni siquiera sabía que Bunny conociera. Una chica llamada Sophie Dearbold, que yo conocía de vista de la clase de francés, iría con Francis y conmigo en el coche.

—¿De qué la conocía Bunny? —le pregunté a Francis cuando íbamos a recogerla.

—No creo que la conociera demasiado bien. Pero le gustaba. Estoy seguro de que a Marion no le gustará nada que la hayan invitado.

Yo me temía que el viaje pudiera resultar incómodo, pero la verdad es que el ir con una desconocida supuso un maravilloso alivio. Casi nos divertimos, con la radio puesta y Sophie (ojos castaños, voz grave) en el asiento delantero hablando con nosotros, y Francis de mejor humor del que recordaba haberlo visto desde hacía una eternidad. «¿Sabes que te pareces a Audrey Hepburn?», le dijo. Sophie nos dio Kools y caramelos de canela, nos contó historias graciosas. Yo me reía, miraba por la ventana y rezaba para que nos pasáramos la salida. Jamás había estado en Connecticut. Tampoco había estado jamás en un funeral.

Shady Brook estaba en un estrecho camino que arrancaba en la carretera y avanzaba, curva a curva, durante muchas millas, con puentes, atravesando pastizales y campos de cultivo. Al cabo de un rato las colinas dieron paso a un campo de golf. El «Club de campo de Shady Brook», rezaba el letrero de madera que colgaba frente al chalet estilo Tudor. A continuación estaban las casas: grandes y elegantes, muy amplias, cada una con sus seis o siete acres de terreno.

Aquello era una especie de laberinto. Francis buscaba el número correcto en los buzones, equivocándose una y otra vez, maldiciendo, cambiando de marcha bruscamente. No había letreros, ni lógica aparente respecto a los números de las casas, y cuando llevábamos una media hora asomando por la ventanilla sin éxito, empecé a albergar esperanzas de que no llegáramos a encontrar la casa, de que pudiéramos dar media vuelta y volver tranquilamente a Hampden.

Pero la encontramos, por supuesto. Era una enorme casa moderna «de diseño», situada al final de su propio *cul-de-sac*, de cedro descolorido, construida en diferentes niveles, con terrazas asimétricas y deliberadamente desnudas. El pavimento del patio era de ceniza negra, y no había más vegetación que unos cuantos bonsáis colocados en tiestos posmodernos, muy separados unos de otros.

—¡Uau! —exclamó Sophie, que, fiel a la filosofía de Hampden, siempre admiraba lo novedoso.

Miré a Francis, que se encogió de hombros.

—Le gusta la arquitectura moderna —dijo.

Nunca había visto al hombre que nos abrió la puerta, pero lo reconocí al instante, y sentí una sensación de malestar. Era alto y tenía la piel sonrosada, una fuerte mandíbula y una densa mata de cabello blanco. Se quedó un momento mirándonos, dibujando una prieta o con su pequeña boca. Y entonces, rápidamente, con un movimiento bastante infantil, se adelantó y le agarró la mano a Francis.

—¡Hombre! —exclamó. Tenía una voz nasal, gárrula, como la de Bunny—. Pero si es el pelirrojo. ¿Qué tal estás, chico?

—Muy bien —contestó Francis y me sorprendió ligeramente la sinceridad y el cariño con que lo dijo, así como la fuerza con que le devolvió el apretón de manos.

El señor Corcoran lo rodeó con su fuerte brazo.

—Es como de la familia —nos dijo a Sophie y a mí, despeinándole el cabello a Francis—. Todos mis hermanos eran pelirrojos, y en cambio yo no he tenido ni un solo hijo así. No lo entiendo. ¿Y tú quién eres, preciosa? —le preguntó a Sophie, soltando a Francis y tendiéndole la mano a ella.

—Hola. Me llamo Sophie Dearbold.

—Ah, me alegro de conocerte. Qué chica tan guapa. Eres igual que tu tía Jean.

—¿Qué? —dijo Sophie después de una pausa.

—Tu tía. La hermana de tu padre. Jean Lickfold, la que ganó el torneo femenino de golf del club el año pasado.

—No, no. Yo me llamo Dearbold.

—Ah, Dearfold. Ya. Qué curioso. No conozco a ningún Dearfold por aquí. Pero conocí a un tipo que se llamaba Breedlow, aunque de eso hace mucho tiempo, más de veinte años. Era empresario. Dicen que hizo un desfalco de cinco millones.

—Yo no soy de aquí.

La miró con la ceja enarcada, un gesto que me recordó a Bunny.

—¿Ah, no?

—No.

—¿No eres de Shady Brook? —dijo, como si le costara creerlo.

—No.

—¿Y entonces de dónde eres, preciosa? ¿De Greenwich?

—De Detroit.

—Pues te agradezco mucho que hayas venido desde tan lejos.

Sophie, sonriente, hizo un gesto de negación con la cabeza y empezó a explicarse, pero el señor Corcoran de pronto la rodeó con sus brazos y se echó a llorar.

Nos quedamos horrorizados. Veíamos los ojos de Sophie, por encima de los espasmódicos hombros del señor Corcoran, redondos y espantados, como si la hubiera atravesado con un cuchillo.

—Ay, querida —gimió el señor Corcoran, con la cara hundida en su cuello—. Querida, ¿qué vamos a hacer sin él?

—Señor Corcoran —dijo Francis, tirándole de la manga.

—Le queríamos mucho, querida —dijo él entre sollozos—. ¿Verdad? Y él te quería mucho a ti. Seguro que le habría gustado que lo supieras. Lo sabes, ¿verdad, cielo?

—Señor Corcoran —insistió Francis, cogiéndolo por los hombros y sacudiéndolo con fuerza—. Señor Corcoran.

Se volvió y se dejó caer sobre Francis, llorando a lágrima viva.

Me coloqué a su lado y conseguí pasar su brazo por detrás de mi cuello. Le fallaron las rodillas; estuvo a punto de tirarme al suelo, pero tambaleándonos bajo su peso, Francis y yo conseguimos mantenerlo en pie y lo entramos en el recibidor. «Mierda», le oí murmurar a Sophie. Una vez dentro, sentamos al señor Corcoran en una silla.

Seguía llorando. Su cara había enrojecido intensamente. Intenté aflojarle el cuello de la camisa, pero él me cogió por la muñeca.

—Se ha ido para siempre —gimoteó, mirándome fijamente a los ojos—. Mi niño.

Aquella mirada desconsolada, brutal, me hizo añicos. De pronto, y por primera vez, me di verdadera cuenta de lo que estaba pasando, del mal que habíamos hecho. Fue como precipitarse a toda velocidad contra un muro. Desconcertado, le solté el cuello de la camisa. Quería morirme.

—Dios mío —murmuré—. Que Dios me ayude, lo siento…

Noté un duro golpe en el tobillo. Era Francis. Estaba blanco como la tiza.

Un rayo de luz me lastimó los ojos. Me agarré al respaldo de la silla, cerré los ojos y vi una intensa luz roja, mientras el señor Corcoran emitía unos rítmicos sollozos. Y de pronto cesaron. Se hizo el silencio. Abrí los ojos. El señor Corcoran —las últimas lágrimas todavía le bajaban por las mejillas, pero por lo demás había recobrado la compostura— estaba mirando con interés a un cachorro de cocker que le mordisqueaba la punta del zapato.

—¡Jenny! —dijo, severo—. ¡Mala! ¿No te ha sacado mamá? ¿Eh?

Haciendo gorgoritos, levantó a la perrita, que agitó las patas, furiosa, y la sacó de la habitación.

—Venga, vete —le ordenó—. Largo.

Oímos el portazo de una puerta de tela metálica. Y al cabo de un momento el señor Corcoran regresó: tranquilo, radiante, como el padre ideal de anuncio.

—¿A alguien le apetece una cerveza?

Nos quedamos perplejos. Nadie respondió. Yo lo miré fijamente, tembloroso, lívido.

—Vamos, chicos —dijo, y nos guiñó un ojo—. ¿Seguro que no?

Francis, por fin, se aclaró la garganta.

—Bueno, sí, creo que yo tomaré una.

Se hizo un silencio.

—Yo también —dijo Sophie.

—¿Tres? —me dijo el señor Corcoran, jovial, levantando tres dedos.

Moví los labios, pero de mi boca no salió ningún sonido.

El señor Corcoran ladeó la cabeza y me miró fijamente.

—¿Tú y yo nos conocemos? —me preguntó.

Hice un gesto de negación.

—Macdonald Corcoran —dijo, y me tendió la mano—. Llámame Mack.

Murmuré mi nombre.

—¿Cómo? —dijo él, poniéndose la mano detrás de la oreja.

Lo repetí, esta vez más fuerte.

—¡Ah! ¡Pero si eres el de California! ¿Dónde te has dejado el bronceado, hijo? —Se rió de su propio chiste y fue a buscar las cervezas.

Me senté, agotado y casi mareado. Estábamos en una habitación amplísima, estilo *Architectural Digest*, parecida a un loft, con tragaluces y una chimenea de piedra; había sillones tapizados con piel blanca, una mesa baja de diseño —moderna, cara, de esas italianas—. La pared del fondo estaba ocupada por una larga vitrina llena de copas de la amistad, cintas, recuerdos escolares y deportivos; había también, ominosamente cerca, varias coronas funerarias que, junto con los trofeos, le daban a aquel rincón de la habitación un aire de Derby de Kentucky.

—Qué salón tan bonito —dijo Sophie. Su voz rebotó en las lisas superficies y en el suelo encerado.

—Gracias, encanto —dijo el señor Corcoran desde la cocina—. El año pasado salimos en *House Beautiful*, y el año anterior en la sección de decoración del *Times*. No es exactamente mi estilo, pero la decoradora de la familia es Kathy, ¿sabes?

Sonó el timbre de la puerta. Nos miramos. Sonó otra vez —dos melodiosas notas de carillón—, y la señora Corcoran salió de la parte trasera de la casa y pasó entre nosotros sin decirnos nada y sin mirarnos.

—Henry —gritó—. Han llegado tus invitados. —Entonces abrió la puerta de la calle—. Hola —le dijo al mozo que esperaba fuera—. ¿De dónde vienes? ¿De la floristería Sunset?

—Sí, señora. Firme aquí, por favor.

—Un momento. He llamado a la tienda hace un rato. Quiero saber por qué habéis traído todas estas coronas aquí esta mañana, cuando yo no estaba.

—Yo no las he traído. Hacemos turnos.

—Pero trabajas para la floristería Sunset, ¿no?

—Sí, señora. —El chico me daba lástima. Era un quinceañero, con la cara salpicada de crema antiacné.

—Insistí en que aquí no enviaran más que ramos y plantas. Todas esas coronas tendrían que estar en la funeraria.

—Lo siento, señora. Si quiere hablar con el encargado…

—Veo que no lo entiendes. No quiero esas coronas en mi casa. Quiero que las metas en la camioneta y te las lleves a la funeraria. Y esta que traes, también —dijo mientras sostenía en alto una llamativa corona de claveles rojos y amarillos—. Solo quiero que me digas quién la envía.

El chico miró su libreta:

—El señor y la señora Bartle.

—¡Ah! —exclamó el señor Corcoran, que había regresado con las cervezas; las llevaba todas cogidas con las manos, sin bandeja—. ¿Es de Betty y Bob?

La señora Corcoran no le prestó atención.

—Las plantas puedes entrarlas —le dijo al mozo, echándoles un despectivo vistazo a los tiestos envueltos en papel de aluminio.

Cuando se marchó, la señora Corcoran empezó a inspeccionar

las plantas, levantando las frondas para ver si había hojas muertas, y haciendo anotaciones en el reverso de los sobres con un diminuto lápiz de plata.

—¿Has visto la corona que han enviado los Bartle? —le dijo a su marido.

—Sí. Qué amables, ¿no?

—La verdad, no me parece muy adecuado por parte de un empleado enviar una cosa así. ¿No será que Bob está pensando pedirte un aumento de sueldo?

—No, cariño.

—Y lo de estas plantas tampoco lo entiendo —continuó, clavando el dedo índice en la tierra—. Esta violeta africana está casi muerta. Si Louise lo supiera, se llevaría un disgusto.

—La intención es lo que cuenta.

—Ya lo sé, pero de todas formas, si algo he aprendido de esto es que no hay que encargar flores en la floristería Sunset. Todo lo que han traído de Tina's Flowerland está mucho mejor. Francis —dijo con el mismo tono aburrido y sin levantar la mirada—. No habías venido a vernos desde Semana Santa.

Francis bebió un poco de cerveza:

—Tiene razón —dijo con aire teatral—. ¿Cómo está?

Ella suspiró y meneó la cabeza.

—Lo he pasado muy mal. Estamos haciendo todo lo posible por asumirlo. Jamás había pensado lo difícil que puede ser para unos padres encajar una cosa así y… Henry, ¿eres tú? —dijo en voz alta al oír a alguien arrastrar los pies en el rellano.

Una pausa.

—No, mamá. Soy yo.

—Ve a buscarlo, Pat, y dile que baje —dijo la señora Corcoran. Luego se volvió hacia Francis—. Esta mañana hemos recibido un ramo precioso de tu madre —le dijo—. ¿Cómo está?

—Muy bien. Ahora está en la ciudad. Se llevó un disgusto al enterarse de lo de Bunny —dijo, incómodo. (Francis me había dicho que habían hablado por teléfono y que ella se puso tan histérica que tuvo que tomarse una pastilla.)

—Es encantadora —dijo la señora Corcoran con dulzura—. Lo lamenté mucho cuando me contaron que había ingresado en el Betty Ford Center.

—Solo estuvo un par de días —dijo Francis.

La señora Corcoran levantó una ceja.

—¿Ah, sí? Pues sí que le sentó bien. Siempre me habían dicho que era un sitio excelente.

Francis se aclaró la garganta.

—Bueno, la verdad es que fue a descansar. Hay mucha gente que lo hace.

La señora Corcoran se mostró sorprendida.

—No te molesta hablar de este tema, ¿verdad? —dijo—. No tiene por qué molestarte. Creo que tu madre ha demostrado ser muy moderna al reconocer que necesita ayuda. Hace un tiempo, no demasiado, la gente no admitía ese tipo de problemas. Cuando yo era pequeña...

—Hombre, hablando del Papa de Roma... —interrumpió el señor Corcoran.

Henry, con traje oscuro, bajaba la escalera lentamente con paso comedido y rígido.

Francis se levantó. Yo lo imité. Henry nos ignoró.

—Ven aquí, hijo —le dijo el señor Corcoran—. Coge una cerveza.

—No, gracias —dijo Henry.

Me sorprendió ver lo pálido que estaba. Tenía la cara rígida, y en su frente había gotas de sudor.

—¿Qué habéis estado haciendo ahí arriba toda la tarde? —dijo el señor Corcoran, masticando hielo.

Henry lo miró, pestañeando.

—¿Eh? —insistió el señor Corcoran, jovial—. ¿Leyendo revistas de chicas? ¿Montando una radio?

Henry se pasó una temblorosa mano por la frente.

—Estaba leyendo —contestó.

—¿Leyendo? —dijo el señor Corcoran, como si fuera la primera vez que oía aquel verbo.

—Sí, señor.

—¿Qué leías? ¿Algo interesante?

—Los Upanishad.

—Así me gusta. Mira, en el sótano tengo una librería llena de libros. Si quieres puedes echarles un vistazo. Hasta tengo un par de obras sobre Perry Mason. Son bastante buenos. Igual que la serie de televisión, solo que de vez en cuando Perry se le insinúa a Della, y a veces suelta algún que otro taco.

La señora Corcoran se aclaró la garganta.

—Henry —dijo con tono afable al tiempo que cogía su vaso—, estoy segura de que la juventud querrá ver dónde va a alojarse. A lo mejor llevan maletas en el coche.

—De acuerdo.

—Mira en el cuarto de baño de abajo y asegúrate de que haya suficientes toallas. Si faltan, coge unas cuantas del armario del pasillo.

Henry asintió con la cabeza, pero antes de que pudiera responder, el señor Corcoran apareció a sus espaldas.

—Este chico —dijo, y le dio una palmada en los hombros; vi cómo Henry contraía el cuello y se mordía disimuladamente el labio inferior— es único. ¿Verdad que es fabuloso, Kathy?

—Sí, nos ha ayudado mucho —afirmó la señora Corcoran fríamente.

—Desde luego que sí. No sé qué habríamos hecho sin él esta semana. Ya podéis estar orgullosos —dijo el señor Corcoran, con una mano sobre el hombro de Henry— de tener un amigo así. Hoy en día no abundan. No señor. Nunca olvidaré la primera noche que Bunny pasó en Hampden. Me llamó por teléfono. «Papá —me dijo—, tendrías que ver al chalado que me ha tocado de compañero de habitación.» «Aguanta un poco, hijo —le aconsejé—, dale una oportunidad.» Y al cabo de unos pocos días, solo hablaba de él: Henry por aquí, Henry por allá, y va y se cambia de especialidad, ya no me acuerdo cuál era, para estudiar griego clásico. Y sale disparado para Italia. Más contento que unas pascuas. —Se le estaban llenando los ojos de lágrimas—. Sí señor —añadió, meneando el hombro de Henry con una especie de brusco cariño—. Las apariencias engañan. Este Henry puede parecer un tipo estirado, pero os aseguro que es una buena persona. Precisamente, la última vez que hablé con mi hijo estaba emocionado porque se iba a Francia con él este verano…

—Por favor, Mack —dijo la señora Corcoran, pero era demasiado tarde. Estaba llorando otra vez.

No fue tan grave como la primera vez, pero de todos modos fue desagradable. Rodeó a Henry con sus brazos y se echó a sollozar sobre su solapa, mientras Henry, de pie, con la mirada extraviada, aguantaba con una calma estoica.

Nos sentíamos todos muy incómodos. La señora Corcoran se

dedicó a arreglar las plantas y yo, con las orejas ardiendo, me contemplaba fijamente las rodillas cuando oí un portazo y dos jóvenes entraron en la amplia sala de altos techos. No había duda de quiénes eran. Tenían la luz a sus espaldas y no pude verlos muy bien, pero iban riendo y hablando y, Dios mío, me dio un terrible vuelco el corazón al reconocer el eco de Bunny —áspero, burlón, vibrante— en su risa.

Las lágrimas de su padre no los impresionaron, y se dirigieron directamente a él.

—Oye, papá —dijo el mayor. Tenía el cabello rizado, unos treinta años, y se parecía muchísimo a Bunny. Llevaba a un niño pequeño con una gorrita que rezaba «Red Sox» cogido en brazos.

El otro hermano —pecoso, más delgado, con un bronceado demasiado oscuro y con ojeras— cogió al bebé.

—Ven —dijo—. Dile hola al abuelo.

El señor Corcoran dejó de llorar inmediatamente; levantó al niño en vilo y lo miró, embelesado.

—¡Hola, campeón! —exclamó—. ¿Has ido a pasear con papá y tío Brady?

—Lo hemos llevado a McDonald's —dijo Brady—. Se ha tomado una Happy Meal.

El señor Corcoran abrió la boca, maravillado.

—¿Te la has comido toda? —le preguntó al niñito—. ¿Una Happy Meal entera?

—Di que sí —dijo el padre del niño arrullando a su hijo—. Sí, abuelito.

—No mientas, Ted —dijo Brady, riéndose—. Ni la ha probado.

—Pero le ha tocado un premio, ¿verdad que sí? ¿A que sí? ¿Eh?

—A ver, enséñamelo —dijo el señor Corcoran, abriéndole los deditos a su nieto.

—Henry —dijo la señora Corcoran—, ¿te importa ayudar a esta joven con sus maletas y enseñarle sus habitaciones? Brady, tú podrías acompañar a los chicos abajo.

El señor Corcoran le había cogido el regalo al niño —un avión de plástico— y lo estaba haciendo volar.

—¡Mira! —dijo, fingiendo admiración.

—Como solo es una noche —nos dijo la señora Corcoran—, estoy segura de que a nadie le importará dormir acompañado.

Nos fuimos con Brady, y dejamos al señor Corcoran echado en la alfombra, haciéndole cosquillas al niño. Mientras bajábamos la escalera oía los estridentes gritos de terror y placer del niño.

Íbamos a alojarnos en el sótano. Junto a la pared del fondo, cerca de las mesas de billar y de ping pong, habían puesto varias camas de campaña y en el rincón había un montón de sacos de dormir.

—Menuda porquería —dijo Francis cuando nos quedamos solos.

—Solo será una noche.

—No soporto dormir en habitaciones llenas de gente. No podré pegar ojo.

Me senté en uno de los camastros. La habitación olía a humedad y a cerrado, y la luz de la lámpara que había sobre la mesa de billar era verdosa y deprimente.

—Además, hay mucho polvo —dijo Francis—. Creo que deberíamos ir a un hotel.

Olfateó ruidosamente, quejándose del polvo, mientras buscaba un cenicero, pero a mí ni siquiera me hubiera importado saber que estaban llenando la habitación de radón. Lo único que me importaba era saber, en nombre del cielo y de Dios misericordioso, cómo pasaría las horas venideras. Solo llevábamos veinte minutos en aquella casa y ya estaba deseando pegarme un tiro.

Francis seguía quejándose y yo seguía sumido en la desesperación, cuando bajó Camilla. Llevaba unos pendientes de azabache, zapatos de charol y un elegante vestido ceñido de terciopelo negro.

—Hola —le dijo Francis, ofreciéndole un cigarrillo—. Vámonos al Ramada Inn.

Camilla se llevó el cigarrillo a los labios, resecos, y me di cuenta de lo mucho que la había echado de menos aquellos días.

—Mira, no te puedes quejar —le dijo Camilla a Francis—. Anoche yo tuve que dormir con Marion.

—¿En la misma habitación?

—En la misma cama.

Francis abrió mucho los ojos, con admiración y horror.

—¿En serio? Vaya, qué desagradable —dijo en voz baja, con respeto.

—Charles está arriba con ella. Está histérica porque alguien invitó a esa pobre chica que ha venido con vosotros.

—¿Dónde está Henry?

—¿Todavía no lo has visto?

—Sí, verlo sí. Pero no he podido hablar con él.

Camilla exhaló el humo.

—¿Cómo lo has encontrado?

—Hombre, no tenía muy buen aspecto. ¿Por qué?

—Porque está enfermo. Dolor de cabeza.

—¿Uno de los fuertes?

—Eso dice.

Francis la miró, incrédulo:

—¿Y cómo es que está levantado y dando vueltas?

—No lo sé. Se pasa el día drogado. Lleva días tomando esas pastillas suyas.

—¿Y ahora dónde está? ¿Por qué no se queda en la cama?

—No lo sé. La señora Corcoran lo ha enviado a Cumberland Farms a buscar leche para ese maldito niño.

—Pero ¿puede conducir?

—No lo sé.

—Francis —dije—, el cigarrillo.

Francis dio un salto, lo cogió precipitadamente y se quemó los dedos. Lo había dejado en el borde de la mesa de billar y se había consumido hasta llegar a la madera; el barniz se estaba quemando.

—¿Chicos? —dijo la señora Corcoran por el hueco de la escalera—. ¡Chicos! ¿Puedo bajar a mirar el termostato?

—Rápido —susurró Camilla, apagando su cigarrillo—. Aquí abajo no se puede fumar.

—¿Quién hay? —preguntó la señora Corcoran—. ¿No se está quemando algo?

—No, señora —dijo Francis, frotando el chamuscado de la mesa y escondiendo la colilla mientras la señora Corcoran bajaba la escalera.

Aquella fue una de las peores noches de mi vida. La casa se estaba llenando de gente, y las horas transcurrían en medio de una espantosa agitación: parientes, vecinos, llanto de niños, fuentes de comida, bocinazos, timbres de teléfono, luces, caras extrañas, conversaciones desagradables. Un tipo asqueroso me tuvo acorralado en un rincón durante horas, hablándome, jactancioso, de sus torneos de pesca y de sus negocios en Chicago, Nashville y Kansas City, hasta que al final me excusé y me encerré en una habitación del piso superior, ignorando los golpes y los desesperados gritos de un pequeñajo sin identificar que me rogaba, entre sollozos, que lo dejara entrar.

La cena se sirvió a las siete; consistía en una poco atractiva combinación de comida lista para llevar (ensalada *orzo*, pato con salsa de Campari, tartaletas de *foie gras*) y comida que habían preparado los vecinos: cazuela de atún, tupperware de gelatina y un postre espantoso llamado *wacky cake*, verdaderamente inefable. La gente iba de un lado a otro con sus platos de papel. Fuera estaba oscuro y llovía. Hugh Corcoran, en mangas de camisa, iba de aquí para allá con una botella, animando los refrescos, abriéndose paso a codazos entre la oscura y murmurante multitud. Pasó por mi lado sin siquiera mirarme. De todos los hermanos, era el que más se parecía a Bunny (la muerte de Bunny empezaba a convertirse en una especie de acto generativo, y allá donde miraba encontraba un Bunny; se reproducían como setas); era como mirar hacia el futuro y ver cómo habría sido Bunny a los treinta y cinco, así como mirar a su padre era como verlo a los sesenta. Yo lo conocía, pero él a mí no. Sentía una fuerte necesidad, casi irresistible, de cogerlo por el brazo, decirle algo, no sé qué, solo para ver cómo fruncía las cejas de aquella forma que yo conocía tan bien, para ver aquella expresión de asombro en sus ojos, inocentes y aturdidos.

«Yo maté a la prestamista y a su hermana Lizaveta con un hacha para robarles.»

Risas, vértigo. Desconocidos que se acercaban para hablar conmigo. Me libré de uno de los primos adolescentes de Bunny

—que, al saber que yo era de California, había empezado a hacerme un sinfín de preguntas complicadísimas sobre surfing—, y, abriéndome paso por entre la bulliciosa multitud, encontré a Henry. Estaba solo delante de unas puertas de vidrio, de espaldas a la sala, fumando un cigarrillo.

Me quedé de pie a su lado. Él no me miró, ni me dirigió la palabra. Las puertas daban a una terraza vacía, iluminada por focos —ceniza negra, alheña en tiestos de cemento, una estatua blanca, rota, en el suelo—. La lluvia se veía en los focos, dispuestos para proyectar sombras largas y exageradas. El efecto era interesante, posnuclear, pero al mismo tiempo antiguo, como una especie de patio pompeyano cubierto de lava.

—Es el jardín más feo que he visto en mi vida —dije.

—Sí —dijo Henry. Estaba muy pálido—. Cascotes y ceniza.

A nuestras espaldas, la gente seguía hablando y riéndose. La sombra de las gotas de lluvia de la ventana manchaba el rostro de Henry.

—¿No crees que estarías mejor en la cama? —le dije al cabo de un rato.

Se mordió el labio. La ceniza de su cigarrillo medía casi una pulgada.

—No me quedan pastillas —dijo.

Lo miré.

—¿Puedes aguantar sin pastillas?

—Qué remedio, ¿no? —repuso, sin moverse un ápice.

Camilla cerró con llave la puerta del cuarto de baño y, a gatas, nos pusimos a revolver entre los medicamentos que había debajo del lavabo.

—«Para la hipertensión» —leyó.

—No.

—«Para el asma.»

Llamaron a la puerta.

—Está ocupado —grité.

Camilla tenía la cabeza metida en el armario que había junto a las cañerías, de modo que solo le veía el trasero. Oía el tintineo de los botes de medicinas.

—«¿Oído interno?» —dijo—. «Una cápsula dos veces al día.»

—Déjame ver.

Me pasó unos antibióticos que por lo menos tenían diez años.

—No —dije, y me acerqué un poco más—. ¿No ves nada con un envase no rellenable? Como de dentista.

—No.

—Busca algo donde ponga «Puede causar somnolencia», «No conducir», «No manejar maquinaria peligrosa», o algo así.

Volvieron a llamar a la puerta, y esta vez hicieron girar el pomo. Di unos golpecitos desde dentro, luego me levanté y abrí los dos grifos.

No encontramos nada interesante. Si Henry hubiera tenido urticaria, fiebre del heno, reumatismo, conjuntivitis o cualquier otra cosa, habría sido diferente, pero el único calmante que encontramos fue Excedrin. Desesperado, cogí un puñado, y también un par de cápsulas sospechosas que según la etiqueta podían producir «somnolencia», aunque sospechaba que eran antihistamínicos.

Creía que nuestro misterioso amigo se habría ido, pero al salir del cuarto de baño tropecé nada menos que con Cloke. Me miró con desdén, pero al ver que Camilla salía detrás de mí —despeinada, estirándose la falda—, su expresión cambió y me miró fijamente.

Camilla no dio muestras de sorpresa.

—Hola —le dijo a Cloke, y se agachó para sacudirse el polvo de las rodillas.

—Hola. —Cloke desvió la mirada con un gesto estudiado, desenvuelto. Todos sabíamos que Cloke tenía cierto interés en ella, pero aunque no lo hubiera tenido, Camilla no era exactamente el tipo de chica que suele salir acompañada de un cuarto de baño.

Camilla pasó por en medio de los dos y desapareció escaleras abajo. Yo también iba a marcharme, pero Cloke soltó una tosecilla que no podía ignorar, y me volví. Se apoyó contra la pared, mirándome como si me conociera desde la infancia.

—Vaya, vaya —dijo. Llevaba una camisa sin planchar y los faldones salidos de los pantalones; y aunque tenía los ojos enrojecidos, yo no sabía si estaba ciego o solo cansado—. ¿Qué tal?

Me paré en el rellano. Camilla estaba al pie de la escalera, y ya no podía oírnos.

—Muy bien —dije.

—Conque muy bien.

—¿Cómo dices?

—Yo de vosotros procuraría que Kathy no me pescara follando en su lavabo. Podría poneros de patitas en la calle.

Hablaba con tono monocorde. Sin embargo, me recordó el episodio del novio de Mona, hacía solo una semana. Pero Cloke no suponía una verdadera amenaza física, y además, ya tenía bastante con sus propios problemas.

—Mira —le dije—, me parece que te equivocas.

—Pero si no me importa. Solo es un consejo.

—Bueno, piensa lo que quieras, pero te digo que te equivocas.

Cloke, perezoso, se metió la mano en el bolsillo y sacó un paquete de Marlboro, tan arrugado y tan plano que parecía imposible que dentro hubiese un cigarrillo.

—Pensaba que salía con alguien —dijo.

—Por el amor de Dios.

Cloke se encogió de hombros.

—No es asunto mío —dijo, sacando un aplastado cigarrillo y arrugando el paquete vacío con una mano—. En la universidad, la gente se metía mucho conmigo, y me quedé unos días en su casa antes de venir aquí. Y he oído a Camilla hablando por teléfono.

—¿Hablando? ¿De qué?

—De nada, pero es que eran las dos o las tres de la madrugada, y hablaba susurrando, y claro, qué iba yo a pensar. —Sonrió con tristeza—. Supongo que ella se imaginaba que yo estaba dormido, pero la verdad es que últimamente no duermo demasiado bien… En fin —dijo, al ver que yo no contestaba—. Tú no sabes ni una palabra.

—No, no sé nada.

—Ya.

—En serio. No sé nada.

—¿Y qué hacías en el lavabo?

Me quedé mirándolo un momento; luego abrí el puño y le enseñé las pastillas que tenía en la mano.

Cloke se inclinó, con el entrecejo fruncido, y de repente sus nublados ojos recobraron el brillo. Seleccionó una cápsula y la acercó a la luz, con aire profesional.

—¿Qué es esto? —preguntó—. ¿Lo sabes?

—Sudafed —le dije—. No te molestes. Dentro no hay nada.

Cloke chasqueó la lengua.

—¿Sabes por qué? —dijo, mirándome por primera vez con verdadera simpatía—. Porque te has equivocado de sitio.

—¿Qué?

Me indicó la dirección con la cabeza.

—Al fondo del pasillo. Delante del dormitorio principal. Si me lo hubieras preguntado, te lo habría dicho.

Me sorprendió.

—¿Cómo lo sabes? —le pregunté.

Cloke se metió la cápsula en el bolsillo y me miró con una ceja levantada.

—Pero si yo me crié en esta casa, tío —dijo—. Kathy toma unos dieciséis medicamentos diferentes.

Miré la puerta del dormitorio principal.

—No —dijo Cloke—. Ahora no.

—¿Por qué?

—La abuela. Después de comer tiene que hacer la siesta. Ya subiremos más tarde.

Abajo la situación había mejorado un poco, pero no demasiado. No vi a Camilla por ningún sitio. Charles, aburrido y borracho, estaba en un rincón con un vaso pegado a la sien mientras Marion, llorosa, hablaba con él —llevaba el cabello recogido con uno de esos llamativos lazos que salen en el catálogo de Talbots—. Yo no había tenido ocasión de hablar con él, porque desde nuestra llegada Marion lo había monopolizado; no sé por qué se había pegado a él de aquella forma, pero a Cloke no le dirigía la palabra; los hermanos de Bunny estaban casados o comprometidos, y del resto de varones de su edad —los primos de Bunny, Henry y yo, Bram Guernsey y Rooney Wynne—, Charles era el más guapo, con bastante ventaja sobre los demás.

Charles me miró por encima del hombro de Marion. No tuve valor de acercarme y rescatarlo, y desvié la vista; pero justo en aquel momento uno de los mocosos —iba huyendo de su malvado y orejudo hermano— se metió entre mis piernas y estuvo a punto de tirarme al suelo.

Empezaron a perseguirse dando vueltas a mi alrededor. El más pequeño, aterrorizado, chillando, acabó agarrándose a mis rodillas:

—¡Cerdo! —dijo, sollozando.

El otro se paró y retrocedió un paso, y en su mirada vi algo desagradable, casi lascivo.

—¡Papá, papá! —gritó con voz almibarada.

Hugh Corcoran, que estaba en el otro extremo de la sala, se volvió con el vaso en la mano.

—No me hagas ir hasta ahí, Brandon —dijo.

—Es que Corey te ha llamado cerdo, papi.

—Tú eres el cerdo —gimoteó el pequeño—. ¡Tú, tú, tú!

Me lo arranqué de la pierna y salí en busca de Henry. El señor Corcoran y él estaban en la cocina, rodeados de un semicírculo de gente; Corcoran, que tenía a Henry abrazado por los hombros, llevaba unas cuantas copas de más.

—Kathy y yo —dijo en voz alta, con tono didáctico— siempre hemos abierto las puertas a los jóvenes. Siempre ha habido un plato más en nuestra mesa. Sin que te dieras cuenta, venían a hablar con Kathy y conmigo de sus problemas. Como este chico —dijo, zarandeando a Henry—. Nunca olvidaré la noche que vino a verme después de cenar. Me dijo: «Mack», porque a mí todos los chicos me llaman Mack, «me gustaría pedirte consejo sobre una cosa, de hombre a hombre». «Está bien», le dije «pero antes de que empieces, hijo, quiero decirte una cosa. Me parece que conozco bastante bien a los jóvenes. He criado a cinco hijos. Y yo me crié con cuatro hermanos, así que creo que puedes considerarme una autoridad en la materia…»

Siguió hablando de sus engañosos recuerdos mientras Henry, pálido y enfermo, soportaba sus codazos y sus palmadas como un perro bien adiestrado toleraría los tirones de un niño gamberro. La historia, de por sí, ya era grotesca. En ella, un dinámico y sorprendentemente tozudo joven Henry quería comprarse un avión, pese a la oposición de sus padres.

—Pero el chico estaba decidido —dijo Corcoran—. Iba a comprarse aquel avión pasara lo que pasase. Cuando me lo contó todo, me quedé un momento callado; luego respiré hondo y le dije: «Henry, hijo, estoy seguro de que es precioso, pero sintiéndolo mucho, tengo que decirte que estoy de acuerdo con tus viejos. Y te voy a decir por qué».

—Oye, papá —dijo Patrick Corcoran, que acababa de entrar para prepararse otra copa. Era más menudo que Bun, más pecoso, pero tenía el mismo cabello rubio que Bunny y su misma naricita afilada—. Papá, te estás haciendo un lío. Ese no era Henry. Era aquel amigo de Hugh, Walter Ballantine.

—No, hombre, no —dijo el señor Corcoran.

—Que sí. Y acabó comprándose el avión. ¡Hugh! —gritó, asomando la cabeza por la puerta—. Hugh, ¿te acuerdas de Walter Ballantine?

—Sí, claro —dijo Hugh, y se acercó a la puerta. Cogió a su

hijo Brandon por la cintura; el niño intentaba librarse de él con todas sus fuerzas—. ¿Por qué?

—¿Verdad que Walter acabó comprándose aquel Bonanza?

—No era un Bonanza —le corrigió Hugh, ignorando con calma glacial los tirones y los golpes de su hijo—. Era un Beechcraft. Ya sé qué estáis pensando —dijo al ver que Patrick y su padre empezaban a objetar—. Fui con Walter a Danbury a ver un pequeño Bonanza de segunda mano, pero el tipo pedía demasiado dinero. Esos aviones son carísimos de mantener, y además había que hacer muchas reparaciones. Lo vendía porque no podía mantenerlo.

—¿Y qué me dices del Beechcraft? —dijo el señor Corcoran. Había soltado a Henry—. Tengo entendido que es un aparato excelente.

—Walter tuvo algunos problemas con él. Lo consiguió a través de un anuncio en el *Pennysaver*; era de un congresista retirado de New Jersey. Lo había utilizado para ir de un sitio a otro durante la campaña electoral y...

De pronto, Hugh se inclinó hacia delante, mientras el niño se libraba de él de un tirón y salía disparado. Consiguió esquivar a su padre y a su tío Patrick, y mientras corría mirando hacia atrás, se dio de bruces contra el abdomen de Henry.

Fue un fuerte golpe. El niño se echó a llorar. Henry dejó caer la mandíbula y se quedó lívido. Por un momento pensé que Henry iba a desplomarse, pero consiguió mantenerse en pie, con la dignidad y el impresionante esfuerzo de un elefante herido, mientras el señor Corcoran echaba la cabeza atrás y se reía alegremente del desafortunado incidente.

Yo no me creía del todo lo que Cloke me había contado sobre los medicamentos que había en el piso de arriba, pero cuando subí con él otra vez vi que no mentía. Junto al dormitorio principal había un pequeño vestidor, y un pequeño tocador lacado, negro, con numerosos compartimientos y una llave diminuta; dentro de uno de los cajoncillos había una caja de chocolates Godiva y una ordenada colección de pastillas de colores. El médico que las había recetado —doctor E. G. Hart, que por lo visto era más imprudente de lo que sus elegantes iniciales sugerían— era un tipo generoso, sobre todo con respecto a las anfetaminas. La mayoría de las señoras de la edad de la señora Corcoran solían darle bastante al Valium y pastillas por el estilo, pero ella tenía suficientes anfetaminas para organizar una salida al campo con una banda de Ángeles del Infierno.

Yo estaba nervioso. La habitación olía a ropa nueva y a perfume; en el techo había unos grandes espejos que reproducían y multiplicaban cada uno de nuestros movimientos; no había escapatoria ni pretexto posible que explicara nuestra presencia allí en caso de que entrara alguien. Yo tenía un ojo puesto en la puerta, y Cloke, con una habilidad admirable, repasó meticulosamente los botes.

Dalmane. Amarillo y naranja. Darvon. Rojo y gris. Fiorinal. Nembutal. Miltown. Cogí dos pastillas de cada uno de los botes que me dio.

—Pero ¿cómo? ¿Solo te llevas eso?

—No quiero que la señora Corcoran se dé cuenta.

—Que se vaya al infierno —dijo Cloke; abrió otro bote y vació la mitad del contenido en su bolsillo—. Coge las que quieras. Pensará que ha sido una de sus nueras. Mira, coge un poco de esto; son anfetas —dijo, vertiendo el resto del bote en mi mano—. Buenísimas. Farmacéuticas. En temporada de exámenes puedes pedir fácilmente de diez a quince dólares por pastilla.

Bajé con el bolsillo derecho de mi chaqueta lleno de estimulantes y el izquierdo lleno de tranquilizantes. Francis estaba al pie de la escalera.

—¿Sabes dónde está Henry? —le pregunté.

—No. ¿Has visto a Charles? —Estaba medio histérico.

—¿Qué, pasa?

—Me ha robado las llaves del coche.

—¿Qué?

—Ha cogido las llaves del bolsillo de mi abrigo y se ha largado. Camilla lo ha visto salir con el coche. Con la capota bajada. Y además mi coche se cala cuando llueve, pero en fin. Mierda —dijo, pasándose la mano por el cabello—. Tú no tienes idea de adónde iba, ¿verdad?

—Lo he visto con Marion hace cosa de una hora.

—Sí, ya he hablado con ella. Le dijo que iba a comprar tabaco, pero de eso hace más de una hora. No lo has visto, ¿verdad? ¿No has hablado con él?

—No.

—¿Estaba borracho? Marion dice que sí. ¿Te pareció que estuviera borracho?

Francis era el que parecía estar bastante borracho.

—No mucho —le dije—. Venga, ayúdame a encontrar a Henry.

—Ya te lo he dicho, no sé dónde está. ¿Para qué lo buscas?

—Tengo una cosa para él.

—¿Qué? —me preguntó en griego—. ¿Medicamentos?

—Sí.

—Dame un poco, por el amor de Dios —dijo, abalanzándose sobre mí.

Estaba demasiado borracho para tomar tranquilizantes. Le di un Excedrin.

—Gracias —me dijo, y se lo tomó con un largo trago de whisky—. Espero morirme esta misma noche. Pero ¿dónde se habrá metido? ¿Qué hora es?

—Las diez.

—No se habrá ido a casa, ¿verdad? A lo mejor ha cogido el coche y se ha ido a Hampden. Camilla dice que no, que siendo el funeral mañana no sería capaz, pero no sé, el hecho es que ha desaparecido. Si es cierto que ha ido a comprar tabaco, ¿no crees que ya debería haber vuelto? No sé a qué otro sitio puede haber ido. ¿Tú qué crees?

—Ya aparecerá —le dije—. Lo siento, Francis. Tengo que dejarte. Ya nos veremos.

Busqué a Henry por toda la casa y lo encontré solo en el sótano, sentado en un camastro, a oscuras.

Me miró por el rabillo del ojo, sin mover la cabeza.

—¿Qué es? —me preguntó cuando le ofrecí un par de cápsulas.

—Nembutal. Tómatelas.

Las cogió y se las tragó.

—¿Tienes más? —me preguntó.

—Sí.

—Pues dámelas.

—No puedes tomar más de dos.

—Dámelas.

Se las di.

—Oye, Henry, lo digo en serio. Ten cuidado.

Henry las miró, se metió la mano en el bolsillo, sacó la cajita de esmalte azul y las guardó dentro.

—¿Serías capaz de subir y traerme una copa?

—Si tomas las pastillas no deberías beber.

—No importa. Ya he bebido.

—Lo sé.

Se hizo un breve silencio.

—Oye —dijo, ajustándose las gafas—. Tráeme un whisky con soda. En un vaso largo. Largo de whisky, corto de soda, con mucho hielo. Y un vaso de agua, sin hielo, aparte. Me lo traes, ¿vale?

—No. No pienso traértelo.

—Si no me lo traes —me dijo—, subiré yo mismo.

Fui a la cocina y se lo preparé, pero le puse bastante soda.

—Eso es para Henry, ¿no? —me dijo Camilla, que entró en la cocina cuando acababa de preparar el primer vaso y estaba llenando el segundo con agua del grifo.

—Sí.

—¿Dónde está?

—Abajo.

—¿Cómo se encuentra?

Estábamos solos en la cocina. Sin dejar de vigilar la puerta, le conté lo del tocador lacado.

—Muy típico de Cloke —dijo ella, riéndose—. Es bastante simpático, ¿no? Bun siempre decía que le recordaba a ti.

Aquel comentario me desconcertó y me molestó un poco. Iba a contestar algo, pero dejé el vaso y le dije:

—¿Con quién hablas por teléfono a las tres de la madrugada?

—¿Qué?

Su sorpresa parecía perfectamente natural, pero Camilla era una excelente actriz.

La miré a los ojos. Ella me sostuvo la mirada sin pestañear, con el entrecejo fruncido, y cuando empezaba a pensar que permanecía callada demasiado rato, movió la cabeza y se echó a reír otra vez.

—Pero ¿qué te pasa? —me dijo—. ¿De qué estás hablando?

Yo también me reí. Siempre ganaba ella.

—No pretendo ponerte en un aprieto —le dije—. Pero ten cuidado con lo que dices por teléfono cuando Cloke esté en tu casa.

—Ya tengo cuidado.

—Eso espero, porque Cloke te oyó hablar.

—Es imposible que oyera.

—Pues no será que no lo haya intentado.

Nos miramos. Camilla tenía un lunar, diminuto y encantador, justo debajo del ojo. Movido por un impulso irresistible, me incliné y la besé.

Camilla se rió.

—¿Y esto por qué?

De pronto mi corazón, que se detuvo un instante, sorprendido de mi osadía, empezó a latir con fuerza. Me volví y me ocupé de los vasos.

—Por nada —dije—. Es que estás muy guapa. —Y habría dicho algo más si Charles no hubiera entrado por la puerta de la cocina, chorreando, con Francis pisándole los talones.

—Pero ¿por qué no me lo decías? —le recriminó Francis, enfadado, en voz baja. Estaba temblando, y ruborizado—. No me importa que los asientos estén empapados, ni que cojan humedad y se pudran, y que encima tenga que irme a Hampden mañana. Da lo mismo. No me importa. Lo que no me cabe en la cabeza, es que subieras a buscar mi abrigo deliberadamente, que cogieras las llaves y...

—No es la primera vez que te veo conducir bajo la lluvia y sin la capota —dijo Charles secamente. Estaba de espaldas a Francis, sirviéndose una copa. Tenía el cabello empapado, y a sus pies se estaba formando un pequeño charco.

—Qué dices —masculló Francis—. Jamás.

—Mentira —replicó Charles, sin volverse.

—A ver. Dime cuándo.

—Pues mira, aquella tarde que estábamos en Manchester, unas dos semanas antes de que empezaran las clases, y decidimos ir a la Equinox House para...

—Eso fue en verano. Estaba lloviznando.

—Ni hablar. Llovía bastante. Lo que pasa es que ahora no quieres hablar de aquello porque fue la tarde que intentaste hacerme...

—Estás loco —le interrumpió Francis—. Lo de aquel día no tiene nada que ver con esto. Está muy oscuro y llueve a mares, y tú no te enteras de nada. Es un milagro que no hayas matado a nadie. Y dime, ¿adónde demonios has ido a comprar tabaco, si se puede saber? La tienda más cercana está a...

—No estoy borracho.

—Ja, ja. ¿Dónde has comprado el tabaco? Me apuesto algo...

—Te digo que no estoy borracho.

—No, claro que no. Me apuesto algo a que ni siquiera lo has

comprado. Si lo hubieras comprado, estaría chorreando. A ver, enséñame el paquete.

—Déjame en paz.

—No. En serio. Enséñamelo. Me gustaría ver ese famoso...

Charles dejó el vaso de un golpe y se volvió.

—Déjame en paz —susurró.

Lo más terrible no era el tono de su voz, sino su mirada. Francis se quedó mirándolo, con los labios ligeramente abiertos. Durante unos largos diez segundos no se oyó más que el rítmico goteo de la ropa empapada de Charles.

Cogí el whisky con soda de Henry, bastantes cubitos de hielo y el vaso de agua, y salí de la cocina.

Estuvo lloviendo toda la noche. Me escocía la nariz por el polvo que había en el saco de dormir, y el suelo del sótano —de cemento, cubierto con una delgada e incómoda capa de moqueta— hacía que me dolieran los huesos, me pusiera como me pusiese. La lluvia golpeaba las altas ventanas y la luz de los focos del exterior, al iluminar los cristales, proyectaban unas extrañas sombras en las paredes. Parecía que el agua se estuviera colando por el techo y que bajara hasta el suelo.

Charles roncaba en su camastro, con la boca abierta; Francis se quejaba en sueños. De vez en cuando se oía un coche, y los faros iluminaban momentáneamente la habitación: la mesa de billar, las raquetas que había en la pared y la máquina de remo, la butaca en que estaba sentado Henry, inmóvil, con un vaso en la mano y el cigarrillo consumiéndose entre los dedos. Su cara, pálida y atenta como la de un fantasma, destacaba un instante y luego, gradualmente, volvía a desaparecer.

Al día siguiente desperté, dolorido y desorientado, a causa de una contraventana que golpeaba. Llovía todavía más fuerte que el día anterior. La lluvia azotaba con oleadas rítmicas las ventanas de la cocina, blanca y bien iluminada, mientras los invitados, sentados alrededor de la mesa, tomábamos en silencio un triste desayuno de café y Pop Tarts.

Los Corcoran estaban arriba, vistiéndose. Cloke, Bram y Rooney bebían el café con los codos encima de la mesa y hablaban en voz baja. Iban recién duchados y afeitados, con sus trajes de domingo, pero se los veía incómodos, como si tuvieran que presentarse ante un tribunal. Francis, con los ojos hinchados y el cabello, liso y pelirrojo, lleno de absurdos remolinos, todavía iba en bata. Se había levantado tarde y estaba furioso, aunque hacía todo lo posible para contenerse, porque en el depósito del sótano no quedaba agua caliente.

Charles y él estaban sentados frente a frente, y los dos intentaban evitar que sus miradas se encontraran. Marion —los ojos enrojecidos, la cabeza llena de rulos térmicos— también se veía seria y callada. Iba elegantemente vestida, con un traje azul marino, pero con zapatillas de color rosa encima de las medias color carne. De vez en cuando se llevaba las manos a la cabeza para ver si los rulos se habían enfriado.

Henry era el único de nosotros que iba a ser portador del féretro; los otros cinco eran amigos de la familia o compañeros de trabajo del señor Corcoran. Me pregunté si el ataúd pesaría mucho y si Henry podría con él. No me pareció que estuviera borracho, aunque despedía un ligero y amoniacado olor a sudor y whisky. Las pastillas lo habían sumido en una calma impecable e insondable. Un cigarrillo sin filtro ardía peligrosamente cerca de sus dedos, y de él salían delgados hilos de humo. Aquel estado habría podido parecer sospechosamente narcótico, de no ser porque difería muy poco de su comportamiento habitual.

Según el reloj de la cocina, eran poco más de las nueve y media. El funeral empezaba a las once. Francis se fue a vestir y Marion a quitarse los rulos. El resto de nosotros seguíamos sentados alrededor de la mesa de la cocina, incómodos e inertes, fingiendo disfrutar de la segunda y la tercera taza de café, cuando la mujer de Teddy entró en la cocina. Era una abogada bastante guapa que fumaba continuamente y llevaba el cabello rubio recogido en un moño. La mujer de Hugh la acompañaba: una mujer menuda y apacible que parecía demasiado joven y frágil para haber tenido tantos hijos. Por una desgraciada coincidencia, las dos se llamaban Lisa, y aquello creaba una gran confusión en la casa.

—Henry —dijo la primera Lisa, inclinándose hacia delante y dejando el Vantage a medio fumar en el cenicero. Llevaba perfume Giorgio, y se había puesto demasiado—. Nos vamos a la iglesia a arreglar las flores del presbiterio y a recoger las tarjetas antes de que empiece la misa. La madre de Ted (a las dos Lisas les caía mal la señora Corcoran, un sentimiento completamente recíproco) dice que vengas con nosotras para reunirte con los otros portadores.

Henry, con la luz reflejada en la montura metálica de sus gafas, no dio muestras de haberla oído. Yo estaba a punto de darle una patada por debajo de la mesa, cuando, lentamente, levantó la mirada.

—¿Por qué? —dijo.

—Porque los portadores del féretro tienen que estar en el vestíbulo a las diez y cuarto.

—¿Por qué? —repitió Henry con calma védica.

—No me preguntes por qué. Yo solo te digo lo que ella me ha dicho. Todo este numerito está programado como si fuera natación sincronizada. ¿Estás listo o vas a tardar mucho?

—Brandon, por favor —le dijo la mujer de Hugh a su hijo en voz baja; el niño había entrado corriendo en la cocina e intentaba columpiarse de los brazos de su madre como un mono—. Por favor. Vas a hacer daño a mamá. Brandon.

—Lisa, no dejes que se te cuelgue así —dijo la primera Lisa mientras miraba su reloj.

—Brandon, por favor. Mamá tiene que irse.

—Ya es mayorcito para hacer esas cosas. Yo de ti, me lo llevaba al lavabo y le daba una tunda.

La señora Corcoran bajó al cabo de unos minutos, vestida de negro y rebuscando algo en su bolso de piel acolchada.

—¿Dónde están todos? —dijo al vernos a mí, a Camilla y a Sophie Dearbold esperando junto a la vitrina de los trofeos.

Como nadie le contestó, se paró en el escalón, molesta.

—¿Y bien? —insistió—. ¿Ya se han ido todos? ¿Dónde está Francis?

—Creo que se está vistiendo —dije, y me alegré de que hubiera preguntado algo que yo podía responder sin necesidad de mentir. Desde donde ella estaba, en la escalera, no veía lo que nosotros veíamos por las puertas de vidrio de la sala; Cloke, Bram, Rooney y Charles, de pie bajo la parte cubierta de la terraza, fumando porros. No era corriente ver a Charles fumando hierba, y el único motivo que se me ocurría era que con aquello esperaba cobrar ánimo, igual que con una copa. Y si así era, estaba seguro de que se llevaría una desagradable sorpresa. Cuando yo tenía doce y trece años, fumaba porros en el colegio —no porque me gustara, pues me daban unos sudores fríos espantosos—, sino porque la categoría de porrero daba un prestigio fabuloso, y también porque yo era un experto en ocultar los síntomas paranoides que me producían.

La señora Corcoran me miraba como si yo acabara de pronunciar una especie de juramento nazi.

—¿Vistiéndose? —dijo.

—Eso creo.

—Pero ¿cómo es posible que todavía tenga que vestirse? ¿Qué habéis estado haciendo esta mañana?

Yo no sabía qué decir. La señora Corcoran iba bajando la escalera, paso a paso, y ahora nada le impediría ver las puertas del patio —cristales golpeados por la lluvia, y los despreocupados porreros al fondo— si decidía mirar en esa dirección. Estábamos todos sobrecogidos por el suspense. Había madres que no sabían qué era la hierba, pero la señora Corcoran era de las que sí sabían reconocerla.

Cerró el bolso de un manotazo y miró a su alrededor con una mirada de ave de rapiña (era lo único de aquella mujer que habría podido recordarme a mi padre, y me lo recordó).

—¿Y bien? —dijo—. ¿Quiere alguien hacer el favor de decirle que se dé prisa?

Camilla reaccionó.

—Ya voy, señora Corcoran —dijo, pero en cuanto dobló la esquina corrió a la puerta de la terraza.

—Gracias, querida —dijo la señora Corcoran. Había encontrado lo que quería (sus gafas de sol) y se las puso—. No entiendo qué les pasa a los jóvenes —dijo—. No me refiero a vosotros en particular, pero estamos pasando por una situación difícil y todos soportamos una gran presión, y debemos intentar que las cosas salgan lo mejor posible.

Cloke levantó la mirada, una mirada sanguinolenta y desconcertada, cuando Camilla le hizo señas desde la ventana. Luego miró hacia el interior de la sala y de pronto su expresión cambió. Vi que decía «Mierda», y exhalaba una nube de humo.

Charles también lo vio, y se dio un susto de muerte. Cloke le cogió el porro a Bram y lo apagó con el índice y el pulgar.

Afortunadamente la señora Corcoran, con sus grandes gafas de sol negras, no se percató del drama que se estaba representando a sus espaldas.

—La iglesia queda un poco lejos —dijo mientras Camilla pasaba por su lado para ir a buscar a Francis—. Mack y yo iremos en la camioneta. Vosotros podéis seguirnos a nosotros o a los chicos. Creo que tendréis que ir en tres coches, aunque es posible que con dos tengáis suficiente. ¡No corráis en casa de la abuela! —gritó a Brandon y a su primo Neale, que habían pasado corriendo por su lado en la escalera y habían aterrizado en la sala. Llevaban unos trajecitos azules con pajaritas, y sus zapatos de domingo hacían un ruido espantoso.

Brandon, jadeando, se escondió detrás del sofá.

—Me ha pegado, abuela.

—Me ha llamado «cagarruta».

—Mentira.

—Verdad.

—Niños —gritó la señora Corcoran—. Tendría que daros vergüenza. —Hizo una dramática pausa, y se quedó mirando las caras silenciosas e impresionadas de los niños—. Hoy vamos a enterrar a vuestro tío Bunny. ¿Sabéis lo que significa? Significa que se ha ido para siempre. No volveréis a verlo nunca más. —Los miró fijamente—. Hoy es un día muy especial. Es un día para recordarlo. Deberíais estar sentados en silencio en algún sitio pensando en todas las cosas que vuestro tío hacía por vosotros, en lugar de corretear y estropear este precioso suelo que vuestra abuela acaba de pulir.

Se hizo un silencio. Neale le dio un puntapié a Brandon.

—Una vez el tío Bunny me llamó «hijo de puta» —dijo.

Yo no estaba seguro de si verdaderamente la señora Corcoran no lo había oído o de si lo fingía; la fija expresión de su rostro parecía indicar lo segundo, pero entonces las puertas de la terraza se abrieron y Cloke entró con Charles, Bram y Rooney.

—Oh. Pero si estáis aquí —dijo la señora Corcoran con malicia—. ¿Qué hacíais ahí fuera, con la lluvia que está cayendo?

—Hemos salido a tomar el aire —dijo Cloke. Estaba muy ciego. Del bolsillo superior de su chaqueta salía el extremo de un frasco gotero de Visine.

Todos estaban bastante ciegos. El pobre Charles tenía los ojos hinchados y estaba sudando. Aquello era más de lo que él podía soportar: la luz brillante, un adulto malhumorado.

La señora Corcoran los miró. Me pregunté si lo sabía. Pensé que iba a decir algo, pero lo que hizo fue coger a Brandon por el brazo.

—Bueno, será mejor que os mováis —dijo secamente, y se agachó para mesarle el cabello a su nieto—. Se está haciendo tarde y me han dicho que quizá haya problemas con los asientos.

Según el Registro Nacional de Lugares Históricos, la iglesia había sido construida en el setenta y algo. Era un edificio negruzco, con aire de mazmorra y cementerio propio, pequeño y desvencijado, en la parte de atrás. Cuando llegamos, mojados e incómodos a causa de los asientos empapados del coche de Francis, había coches aparcados a ambos lados de la carretera, como si se celebrara un baile rural o un bingo. Estaba lloviznando. Aparcamos cerca del club de campo, un poco más abajo, y recorrimos el cuarto de milla en silencio, ensuciándonos los zapatos de barro.

La iglesia estaba en penumbra, y al entrar me cegó la luz de las velas. Cuando mis ojos se adaptaron a la escasa luz del interior, vi faroles de hierro, un suelo de piedra fría y húmeda, flores por todas partes. Advertí, perplejo, que uno de los arreglos florales colocado cerca del altar tenía la forma del número 27.

—¿Pero no tenía veinticuatro años? —le susurré a Camilla.

—No —me aclaró ella—. Ese es su número del equipo de fútbol.

La iglesia estaba abarrotada. Busqué a Henry, pero solo vi a alguien que parecía Julian, si bien comprobé que no lo era cuando se volvió. Nos quedamos un rato de pie, en grupo, aturdidos. Había sillas de metal plegables a lo largo de la pared del fondo para acomodar a la multitud, pero alguien vio un banco medio vacío y fuimos hacia allí: Francis y Sophie, los gemelos y yo. Charles, que no se separaba de Camilla, estaba aterrorizado. El tétrico ambiente de la iglesia no era de mucha ayuda, y miraba a su alrededor con evidente pánico mientras Camilla lo cogía del brazo e intentaba guiarlo hasta el final del banco. Marion había ido a sentarse con unos recién llegados de Hampden, y Cloke, Bram y Rooney habían desaparecido, sencillamente, entre el coche y la iglesia.

La misa fue larga. El pastor, que había tomado de Corintios I sus ecuménicos y, en opinión de algunos, ligeramente impersonales comentarios del sermón de san Pablo sobre el amor, habló cerca de una hora. («¿No te pareció un texto muy poco adecuado?», opinó Julian, que, como buen pagano, tenía un triste concepto de la muerte, así como verdadero terror por lo no específico.) A continuación habló Hugh Corcoran («Era el mejor hermano pequeño que habría podido tener»); luego el antiguo entrenador de fútbol de Bunny, un tipo muy vivaz que se extendió a placer sobre el espíritu de equipo de Bunny, y contó una graciosa anécdota sobre el día en que Bunny salvó el partido contra un equipo particularmente difícil de la «baja» Connecticut. («Quiere decir que eran negros», me aclaró Francis.) Terminó su historia haciendo una pausa y contemplando el atril hasta contar diez; luego levantó la cabeza, con franqueza. «No sé —dijo— mucho sobre el cielo. Mi trabajo consiste en enseñar a los chicos a jugar un juego y a jugarlo bien. Hoy estamos aquí para honrar a un chico al que han sacado del partido antes de hora. Pero eso no quiere decir que mientras jugara no nos diera todo lo que tenía. Eso no quiere decir que no fuera un ganador.» Una pausa larga, llena de suspense. «Bunny Corcoran —concluyó con dureza— era un ganador.»

Uno de los miembros de aquella congregación emitió un largo y solitario lamento.

No sé si he visto alguna vez, salvo en ciertas películas, una ejecución tan brillante. Cuando se sentó, la mitad de los presentes estaban llorando, incluido el entrenador. Nadie le prestó demasiada atención a Henry, que fue el último en intervenir. Subió al estrado y leyó, con un tono casi inaudible y sin hacer ningún comentario, un breve poema de A. E. Housman.

El poema se titulaba «Mi corazón de resentimiento está cargado». No sé por qué eligió aquel en particular. Sabíamos que los Corcoran le habían pedido que leyera algo y yo imaginaba que confiaban en que Henry elegiría algo apropiado para la ocasión. No le habría costado nada elegir cualquier otra cosa, algún texto sacado del *Lycidas* o los Upanishad, no sé, cualquier cosa menos aquel poema que Bunny se sabía de memoria. Bunny estaba muy orgulloso de aquellos ridículos poemas que había aprendido en el colegio, poemas rarísimos y sentimentales cuyos títulos y autores yo ni siquiera conocía. El resto de nosotros, que respecto a esos temas éramos muy esnobs, lo considerábamos de muy mal gusto, igual que su debilidad por los King Dons y Hostess Twinkies. Yo había oído a Bunny recitar aquel poema de Housman bastante a menudo —si estaba borracho, muy serio; cuando estaba sobrio, con más sorna—, y para mí los versos estaban inevitablemente ligados a la cadencia de su voz; quizá por eso al oír aquel poema en boca de Henry, que lo leyó con su estupendo tono académico, con los cirios derritiéndose y con la corriente de aire haciendo temblar las flores, y la gente llorando a mi alrededor, sufrí un dolor tan breve e insoportable como una de aquellas torturas japonesas calibradas para conseguir la mayor tristeza posible en el espacio de tiempo más breve.

El poema era corto:

> *Mi corazón de resentimiento está cargado*
> *por los amigos dorados del pasado,*
> *por más de una doncella de labios rosados*

y por muchachos de pies alados.

Por arroyos para saltar desmesurados
enfermos están los muchachos de pies alados;
dormidas las muchachas de labios rosados
en campos donde las rosas se han marchitado.

Durante la oración final (exageradamente larga) sentí que me tambaleaba, hasta tal punto que los laterales de mis zapatos nuevos se me clavaban debajo de los tobillos. El aire estaba viciado; la gente lloraba; había un zumbido persistente que se me metía en los oídos y luego desaparecía. Por un momento temí desmayarme. Entonces me di cuenta de que el zumbido procedía de una enorme avispa que revoloteaba, errática, por encima de nuestras cabezas, dibujando líneas y círculos. Francis había conseguido enfurecerla agitando inútilmente su esquela; la avispa bajó en picado hasta la cabeza de la sollozante Sophie, pero al no ofrecer ella ninguna resistencia, volvió a emprender el vuelo y se posó sobre el respaldo del banco para serenarse. Camilla se inclinó hacia un lado y, furtivamente, empezó a sacarse un zapato, pero, antes de que pudiera hacerlo, Charles ya la había matado de un sonoro trompazo con el misal.

El cura, que estaba en el momento culminante de su plegaria, pegó un respingo. Abrió los ojos y miró a Charles, que todavía tenía el misal en la mano. «Que nuestro pesar no quede en meros lamentos —dijo subiendo ligeramente el tono de voz—, ni en una pena inútil, propia de los que no tienen esperanza, sino que nos ayude a acercarnos al Señor...»

Incliné rápidamente la cabeza. La avispa todavía se agarraba al banco con una antena negra. La miré y pensé en Bunny, en el pobre Bunny, experto exterminador de bichos voladores, que siempre eliminaba a las moscas domésticas con un ejemplar enrollado del *Examiner* de Hampden.

Charles y Francis, que antes de la misa no se dirigían la palabra, habían hecho las paces. Después del último «amén», sin necesidad de hacerse ni un solo gesto, desaparecieron juntos por un pasillo lateral. Los vi entrar, en silencio y con prisas, en el lavabo de caballeros; Francis se detuvo un momento, nervioso, y miró atrás mientras se metía la mano en el bolsillo del abrigo. Yo sabía qué llevaba escondido: la petaca que le había visto sacar de la guantera del coche.

Fuimos saliendo al patio de la iglesia. Hacía un día triste y oscuro. Había dejado de llover, pero el cielo estaba negro y soplaba un fuerte viento. Alguien tocaba la campana de la iglesia, y lo hacía bastante mal, pues repicaba una y otra vez, sin ningún ritmo, como una campanilla de una sesión de espiritismo.

La gente se metió corriendo en los coches, sujetándose los vestidos inflados y los sombreros. Camilla, a pocos pasos de mí, luchaba por cerrar su paraguas, que la hacía avanzar de puntillas, cual Mary Poppins con su vestido negro de funeral. Me acerqué para ayudarla, pero antes de llegar el paraguas se invirtió. Por un momento tuvo vida propia y agitó las varillas como si fuera un pterodáctilo; de pronto Camilla lo soltó con un chillido e inmediatamente el paraguas salió volando y se elevó unos diez pies, dando un par de vueltas de campana antes de quedar atrapado en las ramas altas de un fresno.

—Mierda —dijo, mirando el paraguas; luego se miró el dedo,

del que salía un delgado hilillo de sangre—. Mierda, mierda, mierda.

—¿Estás bien?

Se llevó a la boca el dedo herido.

—No, si no es eso —me dijo, malhumorada, mirando hacia las ramas—. El paraguas es de mi abuela.

Le ofrecí mi pañuelo. Ella lo abrió y se envolvió el dedo con él (aleteo blanco, cabello al viento, cielo oscuro), y mientras yo observaba el tiempo se detuvo, y la memoria me jugó una mala pasada: el cielo era del mismo gris tormentoso que aquel día, hojas nuevas, el cabello de Camilla al viento y un mechón atrapado entre sus labios como...

(aleteo blanco)

(... en el barranco. Ella había bajado con Henry, pero subió antes que él, y el resto de nosotros nos quedamos esperando, expuestos a aquel viento helado, temblando de miedo, y la ayudamos a subir; ¿muerto?, ¿está...? Ella sacó un pañuelo de su bolsillo y se limpió las manos, manchadas de barro, sin mirarnos, con el cabello, ligero, ondulando contra el cielo y el rostro vacío de toda expresión...)

—¡Papá! —gritó alguien a nuestras espaldas.

Pegué un respingo, entre sorprendido y asustado. Era Hugh. Caminaba deprisa, casi corriendo y no tardó en alcanzar a su padre.

—Papá —repitió, y le puso una mano en el hombro.

Su padre no reaccionó. Hugh lo zarandeó un poco. Los portadores del féretro, un poco adelantados (Henry no se distinguía de los demás), estaban introduciendo el ataúd en el coche fúnebre.

—Papá —insistió Hugh. Estaba sumamente agitado—. Papá, escúchame un momento.

Las puertas del coche se cerraron de golpe. El señor Corcoran se volvió lentamente. Muy lentamente. Llevaba al niño Champ en brazos, pero hoy su presencia no parecía proporcionarle demasiado consuelo. Estaba absorto, embobado. Se quedó mirando a su hijo como si fuera la primera vez que lo veía.

—Papá —dijo Hugh—. A que no sabes a quién acabo de ver. A que no sabes quién ha venido. El señor Vanderfeller —le dijo, nervioso, apretándole el brazo a su padre.

Las sílabas de ese ilustre nombre —un nombre que los Corcoran invocaban casi con el mismo respeto con que invocaban el de Dios Todopoderoso—, pronunciadas en voz alta, tuvieron un milagroso efecto curativo en el señor Corcoran.

—¿Vanderfeller? ¿Aquí? —dijo, mirando a su alrededor—. ¿Dónde está?

Ese augusto personaje, que en el inconsciente colectivo de los Corcoran cobraba mucha importancia, era el director de una institución benéfica —fundada por su todavía más augusto abuelo— que casualmente poseía una importante participación en las acciones del banco del señor Corcoran. Eso implicaba reuniones de la junta, y alguna que otra reunión social, y los Corcoran gozaban de un inagotable arsenal de anécdotas «maravillosas» sobre Paul Vanderfeller, de lo «europeo» que era, de lo «ingenioso», y aunque a mí no me llamaban demasiado la atención los «ingenios» que a ellos tanto les gustaba repetir (los guardas de seguridad de Hampden eran más inteligentes), conseguían que los Corcoran se rieran con simpatía y con aparente sinceridad. Una de las formas favoritas que tenía Bunny de empezar una frase consistía en decir casualmente: «El otro día mi padre estaba comiendo con Paul Vanderfeller y…».

Y allí estaba ahora, en persona, abrasándonos a todos con sus gloriosos rayos. Eché un vistazo en la dirección que Hugh le señalaba a su padre, y lo vi: un hombre de aspecto ordinario con la expresión amable de alguien acostumbrado a recibir constantes invitaciones; cerca de cincuenta años, bien vestido, nada en particular «europeo» en él, salvo las gafas, muy feas, y el hecho de que estaba considerablemente delgado.

Una expresión de algo muy parecido al cariño se dibujó en el rostro del señor Corcoran. Le entregó el bebé a Hugh sin decirle ni una palabra y salió corriendo en dirección al señor Vanderfeller.

Quizá fuera porque eran irlandeses, o porque el señor Corcoran había nacido en Boston, pero toda la familia parecía sentir cierta misteriosa afinidad con los Kennedy. Intentaban cultivar aquel parecido —sobre todo la señora Corcoran, con su peinado y sus gafas a lo Jackie—, aunque también tenía un ligero fundamento físico: Brady y Patrick, con su extremada delgadez, su eterno bronceado y sus grandes dientes, se parecían un poco a Bobby Kennedy, mientras que los otros hermanos, Bunny entre ellos, se parecían más a Ted Kennedy: más robustos, con facciones redondas y pequeñas agrupadas en el centro de la cara. A cualquiera de ellos habría sido fácil confundirlo con miembros secundarios del clan, primos tal vez. Francis me había contado que en una ocasión entró con Bunny en un restaurante de moda de Boston. El local estaba lleno y no había mesas libres, y el camarero les preguntó su nombre para anotarlo en la lista de espera. «Kennedy», dijo Bun, sin más, balanceándose en los talones, y al cabo de un instante la mitad del personal se afanaba por dejar libre y preparada una mesa.

Y quizá fueran aquellas viejas asociaciones las que rondaban por mi cabeza, o quizá fuera que los únicos funerales que había visto eran en la televisión, acontecimientos de Estado; en cualquier caso, el cortejo fúnebre —coches negros, largos, salpicados de lluvia, el Bentley del señor Vanderfeller entre ellos— me recordaba a otro entierro y a otra comitiva mucho más famosa. Avanzábamos lentamente. Descapotables llenos de flores —como descapotables de una parada militar de pesadilla— avanzaban tras el coche fúnebre. Gladiolos, crisantemos, hojas de palma. Hacía mucho viento, y los pétalos de colores que se desprendían de las coronas iban a dar contra los coches, pegándose como confeti a los parabrisas mojados.

El cementerio estaba en la autopista. Aparcamos y salimos del Mustang (las portezuelas se cerraron con un ruido sordo), y nos quedamos de pie en la sucia cuneta. A menos de diez pies, los coches pasaban zumbando a toda velocidad por la calzada.

Era un cementerio grande, llano, ventoso e impersonal. Las lápidas estaban dispuestas en hileras. El chófer del Lincoln de la funeraria salió del coche y lo rodeó para abrirle la puerta a la señora Corcoran, que llevaba un ramillete de rosas, no sé por qué. Patrick le ofreció su brazo y ella lo cogió por el interior del codo con su mano enguantada, inescrutable detrás de sus gafas oscuras, tranquila como una novia.

Las puertas traseras del coche fúnebre estaban abiertas, y sacaron el ataúd, que empezó a avanzar por el campo, seguido por el silencioso grupo, surcando el mar de hierba como un pequeño bote. Las cintas amarillas de la tapa flotaban alegremente. El cielo era enorme y hostil. Pasamos por delante de la tumba de un niño adornada con una linterna de plástico en forma de calabaza sonriente.

La tumba estaba cubierta con un toldo a rayas, de los que se utilizan en las fiestas al aire libre. Me pareció insulso y estúpido, restallando allí en medio: vacío, bruto, banal. Nos detuvimos y nos quedamos de pie en pequeños grupos. Yo esperaba algo más. Esparcidos sobre el césped había restos de desperdicios, chafados por los cortacésped; colillas, un envoltorio de Twix. «Esto es ridículo —pensé, súbitamente presa del pánico—. ¿Cómo ha podido ocurrir?»

Los coches pasaban zumbando por la autopista.

La tumba era horrible, casi indescriptible. Era la primera vez que veía una. Era una cosa bárbara, un simple agujero arcilloso con sillas plegables para la familia dispuestas en uno de los lados, y un montón de tierra en el otro. «Dios mío», pensé. De súbito empezaba a verlo todo con una claridad insoportable. ¿Por qué se tomaban tantas molestias con el ataúd, con el toldo, con todo aquello, si lo que iban a hacer era meterlo allí dentro, cubrirlo de tierra y marcharse a casa? ¿Eso era todo? ¿Librarse de él como si fuera un desecho?

«Bun —pensé—, oh, Bun, lo siento.»

El pastor no se entretuvo demasiado y ofició deprisa, con su afable rostro teñido de verde bajo el toldo. Julian nos estaba mirando. Francis primero, y luego Charles y Camilla, fueron hacia él, pero yo permanecí donde estaba, atontado. Los Corcoran estaban sentados en silencio, con las manos sobre el regazo. «¿Cómo pueden quedarse ahí sentados —pensé—, junto a ese espantoso agujero, sin hacer nada?» Era miércoles. Los miércoles, a las diez, teníamos clase de prosa griega. Eso era lo que tendríamos que estar haciendo. El ataúd yacía junto a la tumba. Yo sabía que no iban a abrirlo, pero deseaba que lo hicieran. Empezaba a comprender que nunca volvería a ver a Bunny.

Los portadores se quedaron detrás del ataúd, formando una oscura hilera que me recordó al coro de ancianos de una tragedia. Henry era el más joven. Se quedó allí de pie con las manos entrelazadas; unas manos grandes, blancas, de erudito, hábiles y pulcras, las mismas manos que habían buscado el pulso en el cuello de Bunny y que le habían movido la cabeza hacia atrás y hacia adelante, mientras el resto de nosotros nos asomábamos al borde del barranco, conteniendo la respiración. Incluso a aquella distancia alcanzábamos a ver el terrible ángulo del cuello roto, el zapato que se había quedado al revés, el hilo de sangre que le salía de la nariz y la boca. Henry le bajó los párpados con el pulgar, acercándose mucho, con cuidado de no tocar las gafas, que se habían quedado, torcidas, en la frente de Bunny. Un solitario espasmo le sacudió una pierna, que luego, gradualmente, fue calmándose hasta quedar quieta. Camilla llevaba un reloj con segundero. Los vimos mirarlo en silencio. Henry subió la cuesta detrás de Camilla, apoyando la mano en la rodilla; se limpió las manos en los pantalones y contestó a nuestros clamorosos susurros —¿muerto?, ¿está...?— con un breve e impersonal movimiento de la cabeza, como un médico...

«Oh, Señor, te suplicamos, que mientras lamentamos la marcha de nuestro hermano Edmund Grayden Corcoran, tu siervo, pensemos que también nosotros estamos dispuestos a acompañarlo. Danos fuerza para prepararnos para esa última hora, y protégenos de una muerte repentina e inesperada...»

No lo vio venir. Ni siquiera lo entendió; no tuvo tiempo.

Tambaleándose hacia atrás como al borde de una piscina, el cómico canto tirolés, los aspavientos de los brazos. Y a continuación la sorpresa de la caída, la pesadilla. Alguien que ignoraba la existencia de una cosa llamada muerte; que no creía en ella ni siquiera cuando la veía, que nunca había soñado que pudiera sucederle a él.

Cuervos aleteando. Escarabajos relucientes arrastrándose entre la maleza. Un retazo de cielo, eternizado en una retina nublada, reflejado en un charco. Yuuuuu. La existencia, la nada.

«… Yo soy la Resurrección y la vida; los que creen en mí vivirán aunque mueran; y el que viviera creyendo en mí no morirá nunca…»

Los portadores bajaron el ataúd a la tumba con unas cuerdas largas y chirriantes. A Henry le temblaron los músculos a causa del esfuerzo; tenía la mandíbula fuertemente apretada. Llevaba la espalda de la chaqueta mojada de sudor.

Me palpé el bolsillo de la chaqueta para comprobar que los calmantes seguían allí. El trayecto de vuelta sería largo.

Subieron las cuerdas. El pastor bendijo la tumba y luego echó el agua bendita. Tierra, oscuridad. El señor Corcoran, tapándose la cara con las manos, sollozaba monótonamente. El toldo restallaba al viento.

La primera paletada de tierra. El ruido sordo que hizo contra la tapa me produjo una sensación angustiosa, negra, vacía. La señora Corcoran —Patrick a un lado, el sobrio Ted al otro— dio un paso adelante. Arrojó el ramillete de rosas a la tumba con su mano enguantada.

Muy lentamente, con una calma impenetrable, Henry se agachó y cogió un puñado de tierra. Lo sostuvo sobre la tumba y lo dejó caer por entre sus dedos. Y entonces, con una serenidad terrible, retrocedió y se frotó distraídamente la mano contra el pecho, manchándose de barro las solapas, la corbata, la inmaculada camisa blanca almidonada.

Lo miré. Lo mismo hicieron Julian, Francis, los gemelos, horrorizados. No parecía que Henry se diera cuenta de que había hecho algo fuera de lo corriente. Seguía inmóvil, con el viento despeinándole el cabello y aquella luz grisácea centelleando en las monturas de sus gafas.

8

Los recuerdos que guardo de la recepción celebrada en casa de la familia Corcoran después del funeral son muy imprecisos, seguramente debido al puñado de diferentes calmantes que me tragué por el camino. Pero ni siquiera la morfina pudo aliviar completamente el horror de aquel acontecimiento. Afortunadamente, Julian estuvo allí; se paseaba entre la concurrencia como un ángel, charlando con educación con todos, sabiendo exactamente qué decirle a cada uno, y comportándose con tal encanto y diplomacia con los Corcoran (que en realidad le caían muy mal, y viceversa) que hasta la señora Corcoran estuvo simpática con él. Además —el colmo de los colmos de los Corcoran—, resultó que Julian conocía a Paul Vanderfeller, y Francis, que casualmente se encontraba cerca, nos dijo que cuando Vanderfeller reconoció a Julian y lo saludó («a la europea», como la señora Corcoran le comentó a una vecina suya), con un abrazo y un beso en la mejilla, la cara que puso el señor Corcoran era digna de verse.

Los más pequeños de la familia, extrañamente regocijados por los tristes acontecimientos de la mañana, correteaban contentos por la casa: tirándose cruasanes, soltando carcajadas, persiguiéndose entre los invitados con un juguete espantoso que emitía unos ruidos que parecían ventosidades. Los encargados del catering la habían fastidiado: demasiada bebida y comida insuficiente, una fórmula que garantizaba las complicaciones. Ted y su mujer no paraban de pelearse. Bram Guernsey vomitó en un sofá. La señora Corcoran pasaba continuamente de la euforia a la más completa desesperación.

Al cabo de un rato, la señora Corcoran subió a su dormitorio y luego bajó con una expresión terrible en el rostro. Le susurró a su marido que alguien había cometido «un robo», y el comentario, que un oído atento le transmitió a su vecino, se extendió rápidamente por la sala generando una gran preocupación. ¿Qué era lo que habían robado? ¿Cuándo? ¿Habían llamado a la policía? La gente abandonó sus conversaciones y se acercó a la señora Corcoran murmurando, formando un verdadero enjambre. Ella evitó sus preguntas con maestría, adoptando un aire de mártir. No, dijo, no tenía sentido avisar a la policía: los objetos desaparecidos eran insignificantes, su valor era puramente sentimental, y solo ella podía utilizarlos.

Después de eso Cloke encontró una ocasión para marcharse. Y Henry también se había ido, aunque nadie hizo demasiados comentarios sobre aquello. Había recogido sus bolsas casi inmediatamente después del funeral, había subido a su coche y se había marchado, tras saludar brevemente a los Corcoran y sin decirle una palabra a Julian, que estaba deseando hablar con él. «Tiene un aspecto horrible —nos dijo a Camilla y a mí (yo, dominado por el Dalmane, no supe qué responder)—. Creo que debería verlo un médico.» «Esta semana lo ha pasado muy mal», le dijo Camilla. «Desde luego. Pero creo que Henry es más sensible de lo que nos parece. No sé si será capaz de superar esto algún día. Edmund y él estaban más unidos de lo que imagináis. —Suspiró—».

¿No os ha parecido muy raro ese poema que ha leído? Yo le habría propuesto algo del *Fedro*.»

La reunión empezó a disolverse hacia las dos de la tarde. Habríamos podido quedarnos a cenar; habríamos podido quedarnos —si nos hubiéramos tomado en serio las invitaciones del señor Corcoran, que estaba bastante borracho (la gélida sonrisa de la señora Corcoran, sin embargo, invitaba a todo lo contrario)— indefinidamente, como amigos de la familia, y dormir en nuestros catres en el sótano. La familia Corcoran estaba dispuesta a acogernos en su seno, y a compartir con nosotros sus alegrías y sus penas cotidianas: las vacaciones, el cuidado de los pequeños, las tareas domésticas. Trabajaríamos juntos, en equipo (el señor Corcoran insistió mucho en eso), que era como a los Corcoran les gustaba hacer las cosas. No iba a ser una vida fácil —él era duro con sus hijos—, pero sí una vida casi increíblemente enriquecedora respecto a cosas como el carácter, el valor, la moral; sobre esta última, el señor Corcoran daba por sentado que nuestros padres no se habrían molestado en enseñarnos nada de ella.

Cuando por fin nos marchamos eran más de las cuatro. Y ahora eran Charles y Camilla los que no se hablaban. Se habían peleado por algo —yo los había visto discutir en el patio—, y durante todo el trayecto, sentados en el asiento trasero, lado a lado, miraron al frente, con los brazos cruzados exactamente en la misma postura, lo cual resultaba muy cómico, y estoy seguro de que ellos no se daban cuenta.

Parecía que me hubiera ausentado por más tiempo. Mi habitación tenía aspecto de abandonada y pequeña, como si hubiese estado vacía durante semanas. Abrí la ventana y me eché en la cama. Las sábanas olían a humedad. Estaba oscureciendo.

Todo había terminado por fin, pero me sentía extrañamente decepcionado. El lunes tenía clase: griego y francés. Llevaba casi tres semanas sin asistir a francés, y aquel pensamiento me produjo cierta ansiedad. Los trabajos. Me di la vuelta y permanecí boca abajo. Los exámenes finales. Y las vacaciones de verano a solo un mes y medio. ¿Dónde demonios las pasaría? ¿Trabajando para el doctor Roland? ¿Suministrando gasolina en Plano?

Me levanté y tomé otro Dalmane. Luego volví a echarme en la cama. Fuera estaba casi oscuro. Oía la música de mi vecino a través de la pared: David Bowie. «This is Ground Control to Major Tom…»

Me quedé mirando las sombras del techo.

Y luego, en duermevela, me vi en un cementerio, no en el que habían enterrado a Bunny, sino en otro diferente, mucho más antiguo, y muy famoso —espeso, lleno de setos y árboles de hoja perenne, con pabellones de mármol cubiertos de enredaderas—. Yo caminaba por un estrecho camino de baldosas. Al doblar una esquina, las blancas flores de una inesperada hortensia —nubes luminosas flotando, pálidas, entre las sombras— me rozaron la mejilla.

Buscaba la tumba de un escritor famoso —Marcel Proust, creo, o quizá George Sand—. Quienquiera que fuera, yo sabía que estaba enterrado allí, pero había tanta vegetación que apenas veía los nombres de las lápidas, y además estaba oscureciendo.

Me encontraba en lo alto de una colina, en un oscuro pinar. Abajo y a lo lejos se extendía un difuso y humeante valle. Me volví y miré el lugar del que venía: agujas de mármol, lejanos mausoleos, pálidos en la creciente oscuridad. Más allá, una débil luz —quizá una linterna, o un farol— avanzaba hacia mí entre las lápidas. Me adelanté para ver mejor, y entonces oí un ruido a mi espalda, en los matorrales.

Era aquel niño, Champ, el nieto de los Corcoran. Se había caído cuan largo era y estaba intentando ponerse en pie; finalmente desistió y se quedó quieto, descalzo, temblando, boca arriba. Solo llevaba puesto un pañal, y tenía unos largos y feos arañazos en los brazos y las piernas. Me quedé mirándolo, pasmado. Los Corcoran eran descuidados, pero aquello era inconcebible. «Qué monstruos —pensé—, qué imbéciles, se han ido y han dejado al bebé aquí solo.»

El niño lloriqueaba; tenía las piernas azuladas del frío. Cogía el avión de plástico que le habían regalado con su Happy Meal, y su mano, regordeta, me recordó a una estrella de mar. Me agaché para ver si estaba bien, pero al verlo oí, muy cerca, un forzado y ostentoso carraspeo.

Lo que ocurrió a continuación tuvo lugar en un instante. Miré por encima del hombro, y no tuve más que una rapidísima impresión de la figura que había detrás, pero aquel rápido vistazo fue suficiente para tumbarme, y caí, gritando, hasta que al final di contra la cama, que había subido a toda prisa en la oscuridad para recogerme. El golpe me despertó. Permanecí echado boca arriba, temblando, y luego encendí la luz.

Escritorio, puerta, silla. Volví a echarme, tembloroso. Aunque tenía el rostro magullado y estropeado con unas gruesas costras que ni siquiera con la luz encendida me gustaba recordar, yo lo había reconocido inmediatamente, y en el sueño él lo supo también.

Después de todo lo pasado aquellas últimas semanas, no era de extrañar que estuviéramos un poco hartos unos de otros. Por primera vez pasamos unos cuantos días sin vernos demasiado, con excepción de las clases y las comidas. Supongo que, ahora que Bun estaba muerto y enterrado, había menos de qué hablar, y desde luego no había motivo para estar levantados hasta las cuatro o las cinco de la mañana.

Me sentía extrañamente libre. Me iba solo de paseo, o al cine. Un viernes por la noche fui a una fiesta, fuera del campus, y recuerdo que mientras estaba en el porche trasero de la casa de un profesor bebiendo cerveza, oí a una chica hablarle sobre mí a su amiga: «Está muy apenado, ¿no te parece?» Era una noche despejada, con grillos y millones de estrellas. La chica era guapa: ojos relucientes, exuberantes, como a mí me gustan. Ella inició una conversación, y habría podido irme a casa con ella; pero me contenté con flirtear, con aquella dulzura, aquella ambigüedad con que lo hacen los personajes trágicos de las películas (veterano traumatizado por la guerra o joven viudo con hijos pequeños, atraídos por la joven desconocida pero marcados por un oscuro pasado que ella ignora y no puede compartir) y con gozar del placer de ver cómo las estrellas de la empatía brotaban de sus amables ojos; sintiendo su dulce deseo de rescatarme de mí mismo («¡oh, querida! —pensé—, ¡si supieras en qué lío ibas a meterte!»); sabiendo que si quería podía irme a casa con ella.

Pero no lo hice. Porque, pese a lo que pudieran pensar los desconocidos de buen corazón, yo no necesitaba ni compañía ni consuelo. Lo único que quería era estar solo. Después de la fiesta no fui a mi habitación, sino al despacho del doctor Roland, donde sabía que a nadie se le ocurriría buscarme. Por la noche, y los fines de semana, allí se estaba maravillosamente tranquilo, y cuando volvimos de Connecticut pasé muchas horas allí, leyendo, haciendo la siesta en su sofá, haciendo su trabajo y el mío.

A aquellas horas de la noche hasta los porteros se habían ido. El edificio estaba a oscuras. Entré en el despacho y cerré la puerta con llave. La lámpara del escritorio del doctor Roland proyectaba un círculo de luz cálido y acogedor, y, después de poner la radio —la emisora de música clásica de Boston; el volumen bajo—, me instalé en el sofá con mi libro de francés. Más tarde, cuando me entrara sueño, cogería una novela de misterio y si me apetecía me prepararía una taza de té. La luz de la lámpara iluminaba las estanterías del doctor Roland, que tenían un aire misterioso y atractivo. No estaba haciendo nada malo, y sin embargo tenía la impresión de que ocultaba algo, de que llevaba una vida secreta que, por muy agradable que fuera, tarde o temprano acabaría interrumpiendo.

Los gemelos seguían enfadados. A veces se presentaban en el comedor hasta con una hora de diferencia. Yo intuía que la culpa la tenía Charles, que estaba arisco y poco comunicativo y que bebía más de lo que era conveniente para él. Francis aseguraba no saber nada de aquello, pero yo sospechaba que sabía más de lo que decía.

Yo no hablaba con Henry desde el día del funeral; ni siquiera le había visto. No venía a comer y no cogía el teléfono. El sábado, durante el almuerzo, dije:

—¿Y Henry? Supongo que está bien, ¿no?

—Sí —dijo Camilla, atareada con los cubiertos.

—¿Cómo lo sabes?

Hizo una pausa, con el tenedor suspendido en el aire; su mirada fue como una luz enfocada de golpe hacia mi cara.

—Porque le he visto.

—¿Dónde?

—En su apartamento. Esta mañana —me contestó, y volvió a centrarse en su comida.

—¿Y cómo está?

—Bien. Un poco cansado todavía, pero bien.

Charles, sentado a su lado con la barbilla apoyada en una mano, contemplaba furioso su plato todavía intacto.

Aquella tarde los gemelos no vinieron a cenar. Francis estaba de buen humor y muy hablador. Acababa de llegar de Manchester, cargado de bolsas, y me enseñó sus compras una por una: chaquetas, calcetines, tirantes, camisas rayadas y una fabulosa colección de corbatas, de la que me regaló una de seda verde bronce con lunares mandarina. (Francis era muy generoso con su ropa. A Charles y a mí solía regalarnos sus trajes viejos; era más alto que Charles, y más delgado que los dos, y nosotros los llevábamos a arreglar a la ciudad. Todavía llevo muchos de aquellos trajes: Sulka, Aquascutum, Gieves y Hawkes.)

También había pasado por la librería. Se había comprado una biografía de Hernán Cortés; una traducción de Gregorio de Tours y un estudio sobre asesinas victorianas, publicado por Harvard University Press. Asimismo le había comprado un regalo a Henry: una recopilación de inscripciones micénicas de Cnosos.

Le eché un vistazo. Era un libro enorme. No había texto, solo una fotografía tras otra de tablillas rotas con las inscripciones re-

producidas en facsímil al pie. Algunos de los fragmentos solo tenían una letra.

—Seguro que le encanta —le dije.

—Eso espero —repuso Francis—. Es el libro más aburrido
que he encontrado. He pensado llevárselo después de cenar.

—Si quieres te acompaño.

Francis encendió un cigarrillo.

—De acuerdo. Pero no voy a entrar. Se lo dejaré en el porche.

—Muy bien —dije, extrañamente aliviado.

Pasé el domingo en el despacho del doctor Roland, desde las diez
de la mañana. Hacia las once de la noche me di cuenta de que no
había comido nada en todo el día, solo café y unas cuantas galletas del despacho de los Servicios de Estudiantes, así que recogí
mis cosas, cerré la puerta, y bajé, a ver si el Rathskeller todavía
estaba abierto.

Así era. El Rat era un anexo del bar donde servían una comida
por lo general asquerosa, pero había un par de máquinas del millón y una máquina de discos, y aunque ni siquiera podías conseguir una bebida decente, te daban un vaso de plástico con cerveza
aguada por solo sesenta centavos.

Aquella noche estaba lleno y había mucho ruido. El Rat me
ponía nervioso. Había gente, como Jud y Frank, que se pasaba la
vida allí, gente para la que aquel local era su único nexo con el
universo. Los vi: estaban en el centro de un entusiasta grupo de
aduladores y gorrones, jugando a un juego que por lo visto consistía en intentar clavarse un pedazo de vidrio roto en la mano.

Pedí una porción de pizza y una cerveza. Mientras esperaba
que sacaran la pizza del horno, vi a Charles al final de la barra.

Le saludé y él se volvió. Estaba borracho; lo supe por su forma de sentarse. No era la típica postura de borracho, sino como si otra persona —taciturna, perezosa— se hubiera apoderado de su cuerpo.

—Ah, eres tú —dijo.

Me pregunté qué estaría haciendo Charles en aquel sitio tan repugnante, solo, bebiendo una cerveza espantosa cuando en su casa tenía un armario lleno de los mejores licores.

Me dijo algo, pero con la música y los gritos no le oí.

—¿Qué? —dije, acercándome más a él.

—Si me prestas dinero.

—¿Cuánto?

Contó con los dedos.

—Cinco pavos.

Se los di. Estaba borracho, pero no tanto como para aceptarlos sin reiteradas disculpas y promesas de devolución.

—Tenía pensado ir al banco el viernes —me comentó.

—No te preocupes.

—No, en serio. —Cuidadosamente, sacó un cheque arrugado del bolsillo—. Mi abuela me ha enviado dinero. Lo cobraré el lunes.

—Bien —le dije—. ¿Qué haces aquí?

—Me apetecía salir.

—¿Dónde está Camilla?

—No lo sé.

La verdad, no estaba tan borracho como para no poder volver a su casa solo, pero faltaban dos horas para que cerraran el Rat y no me parecía conveniente dejarlo allí solo. Después del funeral de Bunny, varios desconocidos —entre ellos la secretaria del despacho de ciencias sociales— me habían abordado con la intención de sonsacarme información. Yo los había ahuyentado mediante una técnica aprendida de Henry (mirada inexpresiva, impasible, que obligaba al intruso a retirarse avergonzado); era un truco prácticamente infalible, pero una cosa era manejar a esa gente cuando estabas sobrio, y otra muy diferente cuando estabas borracho. Yo no estaba borracho, aunque tampoco me apetecía quedarme por el Rat hasta que Charles decidiera marcharse. Yo sabía que cualquier intento de sacarlo de allí solo serviría para hacer que se quedara más tiempo; cuando estaba borracho siempre se empeñaba en hacer exactamente lo contrario de lo que los demás sugerían.

—¿Camilla sabe que estás aquí?

Se inclinó hacia delante, con la palma de la mano apoyada en la barra para guardar el equilibrio:

—¿Qué?

Repetí la pregunta, esta vez más alta. La expresión de su rostro se ensombreció.

—No es asunto suyo —dijo, y volvió a coger su vaso de cerveza.

Me sirvieron la pizza. Pagué y le dije a Charles:

—Perdóname, vuelvo enseguida.

El lavabo de caballeros estaba en un apestoso y húmedo pasillo perpendicular a la barra. Me metí por él y, cuando Charles ya no alcanzaba a verme, me dirigí al teléfono. Había una chica hablando en alemán. Esperé una eternidad, pero cuando estaba a punto de marcharme la chica colgó; introduje una moneda y marqué el número de los gemelos.

Los gemelos no eran como Henry; cuando estaban en casa,

normalmente cogían el teléfono. Pero no contestaba nadie. Volví a marcar y miré la hora. Once y veinte. No me imaginaba dónde podría estar Camilla a aquellas horas, a menos que hubiera salido a buscar a su hermano.

Colgué el auricular. Recuperé la moneda y volví junto a Charles. Al principio pensé que se había sentado en otro sitio; sin embargo, después de buscarlo entre los parroquianos, comprendí que no lo veía porque no estaba allí. Se había terminado la cerveza y se había marchado.

De pronto Hampden volvía a reverdecer. La nieve había matado la mayoría de las flores, salvo las que florecen tarde, como las madreselvas y las lilas, pero los árboles estaban más espesos que nunca, con un follaje oscuro, tan denso que de pronto el camino del bosque que conducía a North Hampden se volvió muy estrecho, con una exuberante vegetación a ambos lados que impedía que los rayos del sol llegaran al húmedo suelo.

El lunes llegué al ateneo un poco pronto, y en el despacho de Julian encontré las ventanas abiertas y a Henry poniendo un ramo de peonías en un jarrón blanco. Me dio la impresión de que había adelgazado diez o quince libras, que para alguien de la envergadura de Henry no era demasiado; sin embargo, me llamó la atención la delgadez de su rostro e incluso de sus manos y sus muñecas; pero no era aquello, sino otra cosa, algo inexpresable, lo que había cambiado en él desde la última vez que lo había visto.

Julian y él estaban hablando —en un latín jocoso, burlón y pedante— como un par de curas mientras ordenan la sacristía antes de una misa. En el aire había un fuerte olor a té.

Henry levantó la mirada.

—*Salve, amice* —me dijo, y una sutil alegría iluminó sus rígidas facciones, normalmente tan distantes e impenetrables—: *valesne? Quid est rei?*

—Tienes buen aspecto —le dije. Era verdad.

Henry inclinó ligeramente la cabeza. Sus ojos, que durante la enfermedad habían estado nublados y dilatados, habían recuperado su azul transparente.

—*Benigne dicis* —me dijo—. Me encuentro mucho mejor.

Julian estaba retirando los restos de los panecillos y la mermelada. Henry y él habían desayunado juntos, y por lo visto abundantemente. Se rió y dijo algo que no entendí bien, un epigrama de Horacio sobre la carne, que era buena para las penas. Volvía a ser el de siempre: brillante, tranquilo. Se había mostrado casi inexplicablemente encariñado con Bunny, pero le desagradaban las emociones fuertes, y a él le habría parecido exhibicionista y algo sorprendente una manifestación de sentimiento normal según los estándares modernos; yo estaba prácticamente convencido de que aquella muerte lo había afectado más de lo que parecía. Y sospecho que la alegre y socrática indiferencia de Julian por las cosas de la vida y la muerte le ayudaba a no estar demasiado triste a causa de nada por demasiado tiempo.

Llegó Francis, y luego Camilla; Charles no apareció. Supuse que estaría en la cama, con resaca. Nos sentamos alrededor de la mesa.

—¿Preparados para abandonar el mundo fenoménico y entrar en el sublime? —dijo Julian cuando todos nos quedamos callados.

Ahora que, aparentemente, estábamos a salvo, una inmensa oscuridad desapareció de mi mente; el mundo me parecía un lugar maravilloso: verde, vital, completamente nuevo. Daba muchos y largos paseos, yo solo, hasta el río Battenkill. Lo que más me gustaba era ir a la pequeña granja de North Hampden (cuyos ancianos propietarios, madre e hijo, habían servido, según contaban, de inspiración para una célebre historia de terror de los años cincuenta) a comprar una botella de vino, y bajar a bebérmela al río; y luego me dedicaba a holgazanear, borracho, el resto de aquellas gloriosas, doradas y resplandecientes tardes; una pérdida de tiempo, por supuesto. Iba bastante atrasado; tenía trabajos pendientes y se acercaban los exámenes, pero yo era joven. La hierba estaba verde y el zumbido de las abejas llenaba el aire, y yo acababa de volver a la vida, al sol y al aire. Ahora era libre; y mi vida, que creía perdida, se extendía ante mí, indescriptiblemente dulce y preciosa.

Una de aquellas tardes pasé por casa de Henry y lo encontré en el patio trasero cavando un arriate. Llevaba ropa de jardinero —pantalones viejos, camisa arremangada hasta los codos— y en la carretilla había tomateras, pepinos, albahaca, fresas, girasoles y geranios. Apoyados contra la valla había tres o cuatro rosales con las raíces atadas con estopa.

Entré por la puerta lateral. Estaba francamente borracho.

—¡Hola! —grité—. ¡Hola, hola!

Henry se paró y se apoyó en la pala. Tenía el puente de la nariz ligeramente quemado por el sol.

—¿Qué haces? —le pregunté.

—Estoy sacando lechugas.

Se hizo un largo silencio, y reparé en los helechos que Henry había cogido la tarde que matamos a Bunny. Recordé que los había llamado *Asplenium*; Camilla había hecho algún comentario acerca del encanto de aquel nombre que significaba «el mosto de la melancolía». Henry los había plantado en la parte sombreada del jardín, cerca de la bodega, y habían crecido densos y oscuros.

Me tambaleé un poco y me sujeté en un poste.

—¿Te quedarás aquí este verano? —le pregunté a Henry.

Me miró fijamente y se limpió las manos en los pantalones.

—Creo que sí. ¿Y tú?

—No lo sé. —No se lo había contado a nadie, pero el día anterior había presentado una solicitud en el despacho de los Servicios de Estudiantes para un empleo que consistía en cuidarle el apartamento a un profesor de historia de Brooklyn que asistía a un curso de verano en Inglaterra. Sonaba ideal: piso gratis en una zona agradable de Brooklyn, sin más obligaciones que regar las plantas y cuidar a un par de boston terriers. Mi experiencia con Leo y las mandolinas me había vuelto un poco desconfiado, pero la secretaria me aseguró que no, que aquello era diferente, y me enseñó un archivo de cartas de alumnos satisfechos que habían realizado aquel trabajo anteriormente. Yo nunca había estado en Brooklyn y no sabía nada de aquel barrio, pero me gustaba la idea de vivir en una gran ciudad —en cualquier gran ciudad, particularmente en una desconocida—, y pensar en el tráfico, las multitudes, en trabajar en una librería, servir mesas en una cafetería... ¿quién sabía qué tipo de extraña y solitaria vida podía descubrir? Comer solo, pasear los perros por la noche; y sin que nadie supiera quién era yo.

Henry seguía mirándome. Se ajustó las gafas.

—¿Sabes que es bastante temprano? —me dijo.

Reí. Sabía lo que estaba pensando: primero Charles y ahora yo.

—Pero si estoy bien, tío —le dije.

—¿Seguro?

—Claro que sí.

Volvió a su trabajo, clavando la pala en la tierra, pisando fuerte a un lado de la hoja con el pie calzado en una polaina caqui. Los tirantes dibujaban una «X» negra en su espalda.

—Entonces podrás echarme una mano con las lechugas —me dijo—. En el cobertizo hay otra pala.

Aquella noche, a las dos de la madrugada, la delegada de mi residencia llamó a la puerta de mi habitación y gritó que me llamaban por teléfono. Me puse la bata, casi dormido, y bajé corriendo. Era Francis.

—¿Qué quieres? —le pregunté.

—Richard, me ha dado un infarto.

Miré con el rabillo del ojo a la delegada —Veronica, Valerie, o como se llamara—, que se había quedado de pie junto al teléfono con los brazos cruzados y la cabeza ladeada, hondamente preocupada. Me di la vuelta.

—Seguro que no es nada —le dije a Francis—. Métete en la cama.

—Escúchame —insistió él. Parecía aterrorizado—. Me ha dado un infarto. Creo que me moriré.

—No digas eso.

—Tengo todos los síntomas. Dolor en el brazo izquierdo. Tirantez en el pecho. Dificultad para respirar.

—¿Qué quieres que haga?

—Que vengas a buscarme y me lleves al hospital.

—¿Por qué no llamas a una ambulancia? —Los ojos se me cerraban de sueño.

—Porque me da miedo —respondió Francis, pero no oí el resto, porque Veronica, que se había cuadrado al oír la palabra «ambulancia», me interrumpió, muy agitada.

—Si necesitas un médico de urgencias, los de seguridad tienen el número del CPR —dijo, ansiosa—. Están de guardia desde medianoche hasta las seis de la mañana. También tienen servicio de ambulancias. Si quieres, puedo...

—No necesito ningún médico de urgencias —le dije. Al otro lado de la línea, Francis, desesperado, repetía mi nombre.

—Estoy aquí.

—¿Richard? —Tenía la voz débil y entrecortada—. ¿Con quién estás hablando? ¿Qué pasa?

—Nada. Escucha...

—¿Quién decía no sé qué de un médico de urgencias?

—Nadie. A ver, Francis, escúchame —le dije mientras él intentaba que yo le escuchara a él—. Tranquilízate y cuéntame qué te pasa.

—Tienes que venir, Richard. Me encuentro muy mal. Ha habido un momento en que mi corazón ha dejado de latir y...

—¿Tiene algo que ver con drogas? —dijo Veronica con tono confidencial.

—Mira —le dije—. Te agradecería que te estuvieras callada y me dejaras oír lo que mi amigo intenta decirme.

—¿Richard? —dijo Francis—. Ven a buscarme, por favor.

—Está bien —accedí—. Cinco minutos, ¿de acuerdo? —Colgué.

Cuando llegué al apartamento de Francis, me lo encontré vestido, sin zapatos y echado en la cama.

—Tómame el pulso —pidió.

Lo hice, para complacerle. Era rápido y fuerte. Francis estaba tirado como un trapo y le temblaban los párpados.

—¿Qué crees que tengo? —preguntó.

—No lo sé. —Estaba un poco sofocado, pero la verdad es que no tenía tan mal aspecto. Sin embargo, cabía la posibilidad (aunque yo sabía que sería una locura mencionarlo en aquel momento) de que tuviera una intoxicación, una apendicitis o algo así.

—¿Crees que debería ir al hospital?

—Eso tienes que decidirlo tú.

Se lo pensó un momento.

—No lo sé. Creo que sí —dijo.

—Pues si con eso vas a sentirte mejor, vamos. Venga, levántate.

No estaba tan grave como para no poder fumar durante todo el trayecto al hospital. Nos metimos en el camino de entrada y aparcamos frente a la amplia e iluminada puerta donde ponía «Urgencias». Paré el coche. Nos quedamos un momento dentro.

—¿Estás seguro de que lo quieres?

Francis me miró con sorpresa y desprecio.

—¿De verdad crees que estoy fingiendo? —dijo.

—No —le contesté, sorprendido; y la verdad es que no se me había ocurrido pensarlo—. Solo te he hecho una pregunta.

Salió del coche y pegó un portazo.

Nos hicieron esperar cerca de media hora. Francis rellenó el formulario que le dieron y se quedó sentado, con cara de pocos amigos, leyendo ejemplares atrasados del *Smithsonian*. Pero cuando finalmente la enfermera lo llamó, no se levantó.

—Te están llamando —le dije.

Pero seguía sin moverse.

—Venga, Francis —insistí.

No contestó. Había algo extraño en su mirada.

—Mira, he cambiado de idea —dijo por fin.

—¿Qué dices?

—Digo que he cambiado de idea. Quiero irme a casa.

La enfermera estaba de pie en la puerta, escuchándonos con interés.

—No digas tonterías —repliqué, molesto—. Después del rato que llevamos esperando.

—He cambiado de idea.

—Pero si eras tú el que quería venir.

Sabía que aquello lo avergonzaría. Molesto, evitando mi mirada, cerró la revista y entró por la puerta doble sin mirar atrás.

Al cabo de unos diez minutos, un médico con aspecto cansado asomó la cabeza. En la sala de espera no había nadie más.

—Hola —dijo—. ¿Ha venido usted con el señor Abernathy?

—Sí.

—¿Quiere acompañarme, por favor?

Me levanté y lo seguí. Francis estaba sentado en el borde de una camilla, con la ropa puesta, hecho un ovillo y con aire desgraciado.

—El señor Abernathy no quiere ponerse el pijama —comentó el médico—. Y no quiere que la enfermera le extraiga sangre. Si no coopera un poco, no sé cómo espera que lo reconozcamos.

Se hizo un silencio. Las luces del consultorio eran muy intensas. Me sentía sumamente violento.

El médico fue a lavarse las manos.

—¿Os habéis tomado algo esta noche? —dijo distraídamente.

Noté que me ruborizaba.

—No —contesté.

—¿Un poco de cocaína? ¿O quizá algo de speed?

—No.

—Mira, si tu amigo se ha tomado algo, nos iría muy bien saber qué ha sido.

—Francis —dije débilmente; pero su mirada de odio (*et tu, Brute*) me silenció.

—¿Cómo te atreves? —me dijo—. No he tomado nada. Lo sabes perfectamente.

—Cálmate —dijo el médico—. Nadie te acusa de nada. Pero no negarás que tu comportamiento es un poco irracional.

—¿Irracional? —dijo Francis después de una pausa.

El médico se enjuagó las manos y se las secó con una toalla.

—Hombre —dijo—. Vienes aquí a altas horas de la noche diciendo que tienes un infarto y luego no dejas que se te acerque nadie. ¿Cómo pretendes que sepa qué tienes?

Francis no contestó. Respiraba profundamente. Tenía los ojos fijos en el suelo y el rostro de un rosa intenso.

—Yo no soy adivino —dijo el médico—. Pero la experiencia me ha enseñado que cuando se presenta alguien de tu edad diciendo que tiene un infarto, pueden ser dos cosas.

—¿Qué? —le pregunté.

—Primero, sobredosis de anfetaminas.

—No es eso —dijo Francis, enojado y levantando la mirada.

—Está bien, está bien. La otra posibilidad es un ataque de pánico.

—¿Qué es eso exactamente? —le pregunté, poniendo cuidado de no mirar a Francis.

—Es algo parecido a una crisis de ansiedad. Un arrebato súbito de miedo. Los síntomas son palpitaciones, temblor, sudor frío. Puede ser bastante grave. El que lo sufre muchas veces se siente al borde de la muerte.

Francis no dijo una palabra.

—¿Y bien? —preguntó el médico—. ¿Crees que podría tratarse de eso?

—No lo sé —contestó Francis después de otra pausa.

El médico se apoyó en el lavabo.

—¿Sientes miedo a menudo? —le preguntó—. ¿Sin motivo aparente?

Cuando nos marchamos del hospital eran ya las tres y cuarto. Francis encendió un cigarrillo en el aparcamiento. Con la mano izquierda iba arrugando un pedazo de papel en el que el médico había anotado el nombre de un psiquiatra de la ciudad.

—¿Estás enfadado conmigo? —me preguntó una vez dentro del coche.

Era la segunda vez que me lo preguntaba.

—No —contesté.

—Seguro que sí.

Las calles estaban vacías, en penumbra. El coche llevaba la capota bajada. Pasamos por delante de unas casas oscuras, y luego por un puente cubierto. Las ruedas resonaban en las tablas de madera.

—No te enfades conmigo, por favor —insistió Francis.

No le hice caso.

—¿Piensas visitar a ese psiquiatra? —le pregunté.

—No serviría de nada. Sé qué me pasa.

Guardé silencio. Al pronunciar el médico la palabra «psiquia-tra», me había asustado. Yo no tenía demasiada fe en la psiquiatría, pero nunca se sabía lo que un ojo atento podía descubrir mediante un test de personalidad, un sueño o incluso un *lapsus linguae*.

—De pequeño me llevaron al psicoanalista. —Francis parecía estar a punto de llorar—. Debía de tener once o doce años. A mi madre le había dado por el yoga, y me sacó del colegio de Boston y me envió a un sitio horrible, en Suiza. El instituto nosequé. Todo el mundo iba con sandalias y calcetines. Había clases de baile derviche y de cábala. Todos los del nivel blanco (así llama-ban a mi curso, o mi grado, o lo que fuera) tenían que hacer qui-gong chino cada mañana y cuatro horas de análisis reichian a la semana. A mí me obligaban a hacer seis horas.

—¿Y cómo se puede psicoanalizar a un niño de doce años?

—Asociación de palabras, sobre todo. Y también unos juegos muy raros con muñecas anatómicamente perfectas. A mí me pes-caron intentando escaparme con un par de niñitas francesas (es que nos mataban de hambre, solo nos daban comida macrobióti-ca); lo único que queríamos era ir al *bureau de tabac* a comprar chocolatinas, pero claro, a ellos se les metió en la cabeza que aque-llo tenía un claro componente sexual. No es que les importara que se tratara de eso, pero les gustaba que se lo contaras y yo era demasiado ignorante para ceder. Las niñas sabían mucho más de aquellas cosas y se habían inventado no sé qué salvaje cuento fran-cés para complacer al psiquiatra (*ménage à trois* en un pajar; no te imaginas lo grave que les parecía que yo quisiera ocultarlo). La verdad, les habría contado cualquier cosa, si hubiera pensado que así me enviarían a casa. —Se rió con melancolía—. Dios mío. Todavía me acuerdo del director del instituto preguntándome con qué personaje de ficción me identificaba más, y yo le contesté que con Davy Balfour, el de *Secuestrado*.

Doblamos una esquina. De pronto, los faros iluminaron un animal enorme que había surgido en el camino. Pisé el freno con todas mis fuerzas. Por un instante, unos ojos relucientes me miraron. Luego desapareció.

Nos quedamos inmóviles, aturdidos, con el motor parado.

—¿Qué ha sido eso? —dijo Francis al fin.

—No lo sé. Puede que un ciervo.

—No, no era un ciervo.

—Pues un perro.

—A mí me ha parecido un gato.

A mí también me lo había parecido.

—Pero era demasiado grande —dije.

—A lo mejor era un puma, o algo así.

—Pero si por aquí no hay animales de esos.

—Antes los había. Los llamaban *catamounts*, gatos de montaña. De ahí el nombre de Catamount Street.

Soplaba un viento frío. Un perro ladró a lo lejos. En aquella carretera no había demasiado tráfico por la noche.

Encendí el motor.

Francis me había pedido que no le contara a nadie lo de la visita a urgencias, pero el domingo por la noche estuve en el apartamento de los gemelos y bebí un poco más de la cuenta y después de cenar, en la cocina, le conté la historia a Charles.

Charles se mostró muy comprensivo. Él también había bebido

bastante, pero no tanto como yo. Llevaba un viejo traje Seersucker, bastante holgado —también él había adelgazado—, y una vieja y raída corbata Sulka.

—Pobre François —dijo—. Está chalado. ¿Tiene intención de ir al psiquiatra?

—No lo sé.

Sacó un cigarrillo de un paquete de Lucky Strike que Henry se había dejado en la cocina.

—Yo de ti le aconsejaría que no mencionara ese incidente a Henry —dijo, golpeando el cigarrillo contra la cara interior de la muñeca y alargando el cuello para asegurarse de que no había nadie en el pasillo.

Esperé a que continuara. Encendió el cigarrillo y exhaló una nube de humo.

—Mira, últimamente bebo un poco más de la cuenta —dijo con tono pausado—. No lo voy a negar. Pero por Dios, yo fui el que tuvo que vérselas con la policía, no él. Yo fui el que tuvo que vérselas con Marion, por el amor de Dios. Me llama casi cada noche. Que hable él con ella, y a ver qué pasa… Si a mí me diera por beber una botella de whisky diaria, no sé por qué tendría que meterse él conmigo. Le he dicho que lo que yo haga no es asunto suyo. Y lo que tú hagas tampoco.

—¿Yo?

Me miró con expresión inocente. Y luego se rió.

—¿Es que no te has enterado? —dijo—. Ahora la ha tomado contigo. Dice que bebes demasiado. Que vas por ahí borracho de buena mañana. Que vas por el mal camino.

Me quedé pasmado. Charles volvió a reírse al ver mi cara, pero entonces oímos pasos y ruido de cubitos de hielo: era Francis. Asomó la cabeza por la puerta y empezó a charlar animadamente sobre no sé qué, hasta que cogimos los vasos y nos fuimos los tres al salón.

Fue una noche apacible y feliz; las lámparas encendidas, los vasos centelleando, la lluvia, intensa, azotando el tejado. Fuera las copas de los árboles se sacudían produciendo un ruido espumoso, como el de la soda burbujeando en un vaso. Las ventanas estaban abiertas y una fría y húmeda brisa se colaba por las cortinas, fascinantemente dulce e impetuosa.

Henry estaba de un humor excelente. Relajado, sentado en una butaca con las piernas estiradas, estaba fresco, descansado, y no escatimaba risas ni comentarios agudos. Camilla se mostraba encantadora. Llevaba un vestido ajustado y sin mangas de color salmón, que dejaba al descubierto un par de hermosas clavículas y las dulces y frágiles vértebras de la base del cuello —rodillas maravillosas, tobillos maravillosos, maravillosas piernas desnudas de fuertes músculos—. El vestido acentuaba la menudez de su cuerpo, la natural y ligeramente masculina gracia de su postura. Yo la adoraba, adoraba la encantadora forma en que pestañeaba mientras contaba una historia, o la forma en que cogía el cigarrillo (muy parecida a la de Charles), atrapándolo entre los nudillos de sus dedos de uñas mordisqueadas.

Por lo visto, Charles y Camilla habían hecho las paces. No hablaban demasiado, pero la silenciosa afinidad fraterna de siempre parecía recuperada. Se sentaban en los brazos de la butaca del otro, y compartían las bebidas (un ritual muy curioso, complejo y cargado de significado). Pese a no comprender plenamente aquellas prácticas, yo sabía que por lo general eran señal de que todo iba bien. Ella parecía la parte más conciliadora, lo cual en cierto modo contradecía mi hipótesis de que él era el culpable.

El centro de atención era el espejo que había sobre la chimenea, un viejo espejo empañado con un marco de palisandro; no era nada del otro mundo, lo habían comprado en un mercadillo, pero era lo primero que veías cuando entrabas y ahora todavía llamaba más la atención, porque estaba roto: había un llamativo agujero en el centro, del que salían radios como si fuera una tela de araña. La historia era tan divertida que Charles tuvo que contarla dos veces, aunque en realidad lo verdaderamente divertido era su narración: limpieza general de la casa, todo lleno de polvo y él estornudando continuamente, y cayéndose de la escalera del estornudo y aterrizando contra el espejo, que acababan de limpiar y estaba en el suelo.

—Lo que no entiendo —dijo Henry— es cómo conseguiste colgarlo otra vez sin que se hiciera pedazos.

—Fue una especie de milagro. Ahora no me atrevo a tocarlo. ¿Pero no os parece que ha quedado maravilloso?

Y era verdad, eso no se podía negar; el viejo y oscuro cristal estaba completamente fragmentado, como un calidoscopio, y la habitación se reflejaba en cien pedazos.

Justo antes de marcharme descubrí, por casualidad, cómo se había roto el espejo en realidad. Estaba de pie junto a la chimenea con la mano apoyada en el manto, y me dio por mirar hacia el interior. La chimenea no funcionaba. Había una pantalla y un par de morillos, pero los troncos que había colocados sobre estos estaban llenos de polvo. Pero ahora, al fijarme, vi otra cosa: destellos plateados, restos afilados del espejo roto, mezclados con los cascos grandes, inconfundibles, de un vaso largo con borde dorado, idéntico al que yo tenía en la mano. Eran unos vasos viejos, muy pesados, con la base del grosor de un dedo. Alguien había arrojado aquel con fuerza desde el otro extremo de la habitación. Con suficiente fuerza para hacerlo pedazos y para quebrar el espejo que había detrás de mi cabeza.

Un par de noches después, me despertaron unas llamadas a mi puerta. Aturdido y de mal humor, encendí la lámpara y pestañeando miré la hora. Las tres.

—¿Quién es? —pregunté.

—Henry.

Le abrí la puerta, de mala gana. No se sentó.

—Oye —me dijo—, siento molestarte, pero esto es muy importante. He venido a pedirte un favor.

Hablaba con precipitación. Ese tono me alarmó. Me senté en el borde de la cama.

—¿Me estás escuchando?

—¿Qué pasa? —dije.

—La policía me ha llamado hace unos quince minutos. Charles está en la cárcel. Lo han detenido por conducir borracho. Quiero que vayas y lo saques de allí.

Me recorrió un escalofrío.

—¿Qué dices?

—Iba conduciendo mi coche. Encontraron mi nombre en la documentación. No tengo idea de cómo está Charles. —Se metió la mano en el bolsillo y me pasó un sobre abierto—. Imagino que habrá que pagar algo para que lo suelten. No sé cuánto.

Miré dentro del sobre. Había un talón en blanco firmado por Henry y un billete de veinte dólares.

—Ya le he dicho a la policía que le había prestado el coche —dijo Henry—. Si hay algún problema con eso, diles que me llamen. —Estaba de pie junto a la ventana, mirando hacia fuera—. Por la mañana buscaré un abogado. Solo quiero que lo saques de allí lo antes posible.

Tardé un momento en reaccionar.

—¿Y el dinero? —dije por fin.

—Paga lo que te pidan.

—Me refiero a los veinte dólares.

—Tendrás que coger un taxi. He venido hasta aquí en uno. Está esperando abajo.

Se hizo un largo silencio. Yo todavía no me había despertado del todo. Estaba en calzoncillos y camiseta.

Mientras me vestía, él permaneció junto a la ventana contemplando la oscura pradera, con las manos cogidas a la espalda, ignorando el ruido que hacía yo con los colgadores y mi torpeza al rebuscar por los cajones de la cómoda. Preocupado, aparentemente perdido en sus propias y abstractas inquietudes.

Dejamos a Henry en su casa, y mientras me llevaban a considerable velocidad hacia el oscuro centro de la ciudad, de pronto me di cuenta de lo poco informado que estaba respecto a la situación hacia la que me dirigía. Henry no me había contado nada. ¿Se había producido un accidente? Y en ese caso, ¿había resultado alguien herido? Además, si tan importante era todo aquello —de hecho, se trataba del coche de Henry—, ¿por qué no había venido él conmigo? Un solitario semáforo se balanceaba, colgado de un alambre, sobre el cruce vacío.

La cárcel de Hampden estaba en un anexo del edificio del Palacio de Justicia. Era el único edificio de la plaza en que había alguna luz encendida a aquellas horas de la noche. Le dije al taxista que esperara, y entré.

Dos policías permanecían sentados en una sala amplia y bien iluminada. Había muchos archivadores, y escritorios metálicos separados por tabiques; un refrigerador de agua pasado de moda; una máquina de bolas de chicle del Civitan Club («Con tu cambio cambiamos cosas»). Reconocí a uno de los policías —un tipo de bigote pelirrojo—; lo había visto en la operación de rescate. Los dos agentes estaban comiendo pollo frito y mirando *Sally Jessy Raphaël* en un televisor portátil en blanco y negro.

—Hola —saludé.

Me miraron.

—He venido a ver si puedo llevarme a mi amigo.

El del bigote pelirrojo se enjugó la boca con una servilleta. Era robusto y bien parecido, de unos treinta años.

—Me imagino que te refieres a Charles Macaulay —dijo.

Lo dijo como si Charles fuera un viejo amigo suyo. Y quizá lo era. Charles se había pasado bastantes horas allí abajo mientras buscaban a Bunny. Decía que los policías lo habían tratado muy bien. Le habían llevado bocadillos y Coca-Cola.

—Tú no eres el que ha hablado conmigo por teléfono —dijo el otro policía. Era alto, apacible, de unos cuarenta años, cabello canoso y boca de rana—. ¿Es tuyo el coche?

Se lo conté. Me escucharon mientras se comían el pollo. Eran unos tipos amables; impresionantes, con enormes 38 en la cintura. Las paredes estaban cubiertas de pósters gubernamentales: PREVENGA LOS DEFECTOS CONGÉNITOS, CONTRATE A VETERANOS, DENUNCIE EL FRAUDE POSTAL.

—Oye, no te podemos entregar el coche —dijo el del bigote pelirrojo—. El señor Winter tendrá que venir a buscarlo personalmente.

—El coche no me importa. En realidad lo que me interesa es llevarme a mi amigo.

El otro policía miró su reloj.

—Bueno —dijo—, vuelve dentro de unas seis horas.

¿Qué era aquello? ¿Una broma?

—Tengo el dinero —le dije.

—No podemos aceptar una fianza. El juez especificará eso en la acusación. A las nueve en punto.

¿En la acusación? Me dio un vuelco el corazón. ¿Qué demonios ocurría allí?

Los policías miraban con aire afable, como diciendo: ¿Algo más?

—¿Pueden contarme qué ha pasado? —dije.

—¿Qué?

Mi tono de voz me resultaba extraño incluso a mí.

—¿Qué ha hecho exactamente?

—Lo ha parado una patrulla en Deep Kill Road —respondió el de cabello canoso. Hablaba como si estuviera leyendo—. Estaba borracho, y ha aceptado que le hicieran la prueba de la alcoholemia. La patrulla lo ha traído aquí y lo hemos metido en una celda. Ha sido hacia las dos y veinticinco.

Las cosas todavía no estaban claras, pero no se me ocurría qué preguntar.

—¿Puedo verlo? —dije por fin.

—No te preocupes, Charles está bien —repuso el del bigote pelirrojo—. Podrás verlo a primera hora de la mañana.

Todo sonrisas, muy simpáticos. No había más que decir. Les di las gracias y me marché.

Cuando salí a la calle, el taxi ya se había ido. Me quedaban quince dólares de los veinte que me había dado Henry, pero para llamar a otro taxi habría tenido que entrar otra vez en la cárcel, y no quería hacerlo. Así que bajé caminando por Main Street hasta una cabina que había enfrente de una cafetería. No funcionaba.

Estaba tan cansado que casi deliraba; volví a la plaza, pasando por delante de la oficina de correos, de la ferretería, del cine con su vieja marquesina: escaparates, aceras resquebrajadas, estrellas. Gatos monteses en bajorrelieve rondaban por los frisos de la biblioteca pública. Caminé bastante, hasta que las tiendas empezaron a escasear y la carretera quedó a oscuras; caminé por la cuneta de la autopista hasta llegar a la terminal de autobuses Greyhound, que a la luz de la luna ofrecía un aspecto triste. Aquella era la primera imagen que yo había tenido de Hampden. La terminal estaba cerrada. Me senté fuera, en un banco de madera bajo una bombilla amarilla, esperando a que abrieran para entrar y llamar por teléfono y tomar una taza de café.

El empleado —un tipo gordo con ojos inexpresivos— llegó a las seis. Estábamos los dos solos. Fui al lavabo y me lavé la cara, y no me tomé una taza de café, sino dos, que el empleado me sirvió a regañadientes de una cafetera que había preparado en un hornillo detrás de la barra.

Ya había salido el sol, aunque a través de las mugrientas ventanas no se veía gran cosa. Las paredes estaban cubiertas de horarios antiguos; el linóleo, plagado de colillas y chicles incrustados. Las puertas de la cabina de teléfonos estaban llenas de huellas de dedos. Entré en la cabina, cerré las puertas y marqué el número de Henry, pensando que no iba a contestar; pero contestó al segundo timbrazo.

—¿Dónde estás? ¿Qué ha pasado? —dijo.

Le conté lo ocurrido. Un ominoso silencio por respuesta.

—¿Estaba solo en una celda? —preguntó Henry al cabo de un rato.

—No lo sé.

—¿Estaba consciente? Me refiero a si podía hablar.

—No lo sé.

Otro largo silencio.

—Mira —le dije—, a las nueve comparecerá ante el juez. ¿Por qué no quedamos en el Palacio de Justicia?

Henry no contestó inmediatamente:

—Prefiero que te encargues tú. Hay otras cosas a tener en cuenta.

—Si hay otras cosas a tener en cuenta, me gustaría saber cuáles son.

—No te enfades. Ocurre que he tenido que tratar bastante con la policía, nada más. Ya me conocen, y a él también. Además… —hizo una pausa— me temo que soy la última persona a la que a Charles le gustaría ver.

—¿Y eso por qué?

—Porque anoche nos peleamos. Es una historia muy larga —me dijo, mientras yo intentaba interrumpirle—. Cuando lo dejé, estaba muy disgustado. Y de todos nosotros, creo que tú eres el que está en mejores términos con él.

—¿Ah, sí? —dije, pero en el fondo el comentario me agradó.

—A Charles le caes muy bien. Eso ya lo sabes. Además, la policía no sabe quién eres. No creo que puedan relacionarte con ese otro asunto.

—No sé qué puede importar eso a estas alturas.

—Me temo que sí importa. Más de lo que imaginas.

Guardamos silencio, y me di cuenta de que con Henry era imposible llegar al fondo de las cosas. Era como un publicista, siempre se reservaba alguna información y solo la soltaba cuando le interesaba.

—¿Qué intentas decirme, Henry?

—Ahora no es el mejor momento para hablar de eso.

—Si quieres que me encargue de Charles, será mejor que desembuches.

Habló con voz frágil y distante:

—Digamos que durante un tiempo estuvimos corriendo más riesgo del que imaginas. Charles lo ha pasado muy mal. En realidad nadie tiene la culpa, pero él ha cargado con más peso del que le correspondía.

Silencio.

—No te estoy pidiendo nada del otro mundo.

«Solo que te obedezca», pensé mientras colgaba el auricular.

La sala del tribunal estaba al fondo del pasillo, pasadas las celdas. Había que atravesar dos puertas de batiente con ventanillas en la parte superior. Se parecía mucho a lo que yo había visto del resto del Palacio de Justicia, construido hacia 1950, con desgastadas baldosas de linóleo y paredes de revestimiento de madera amarillento y pegajoso, barnizado de color miel.

No esperaba que hubiera tanta gente. Ante el estrado había dos mesas; en una había unos cuantos policías, y en la otra tres o cuatro personajes sin identificar; un secretario con su graciosa máquina de escribir, minúscula; otros tres desconocidos en la zona del público, muy separados unos de otros, y una pobre señora, ojerosa, con una gabardina marrón, con aspecto de recibir palizas con cierta regularidad.

Entró el juez y todos nos levantamos. El caso de Charles fue el primero en ser anunciado.

Charles entró por la puerta como un sonámbulo, descalzo. Tenía el rostro embotado. Le habían quitado el cinturón, la corbata y los zapatos, y parecía ir en pijama.

El juez le echó un rápido vistazo. Era un hombre de unos sesenta años, arisco, con la boca delgada y una enorme papada de bulldog.

—¿Tiene usted abogado? —preguntó con un fuerte acento de Vermont.

—No, señoría —contestó Charles.

—¿Se encuentran su esposa o sus padres en la sala?

—No, señoría.

—¿Puede pagar su fianza?

—No, señoría —dijo Charles. Estaba sudoroso y desconcertado.

Me levanté. Charles no me vio, pero el juez sí.

—¿Ha venido usted para pagar la fianza del señor Macaulay? —me preguntó.

—Sí.

Charles se volvió, con la boca entreabierta, tan embobado como un chico de doce años.

—Fijo una fianza de quinientos dólares. Puede usted pagarla en la ventanilla, al fondo del pasillo a la izquierda —dijo el juez con aburrimiento—. Tendrá que volver a presentarse dentro de dos semanas y le sugiero que venga con un abogado. ¿Necesita usted su vehículo para trabajar?

Uno de los desastrados hombres de mediana edad que había en las primeras filas se levantó para dirigirse al juez.

—El coche no es suyo, señoría.

El juez le lanzó una furiosa mirada a Charles.

—¿Es eso correcto? —le dijo.

—Hemos hablado con el propietario. Un tal Henry Winter. Es alumno de la universidad. Dice que anoche le prestó el vehículo al señor Macaulay.

El juez soltó un resoplido y volvió a dirigirse a Charles:

—Su permiso de conducir queda suspendido hasta nueva orden, y el día veintiocho preséntese con el señor Winter.

Todo fue muy rápido, sorprendentemente rápido, y a las nueve y diez ya estábamos fuera del Palacio de Justicia.

Hacía una mañana húmeda, fría para el mes de mayo. En las oscuras copas de los árboles, los pájaros piaban. Yo estaba atontado de cansancio.

Charles se frotó los brazos.

—Menudo frío —dijo.

Las calles y la plaza estaban vacías. En el banco acababan de subir las persianas.

—Espérame aquí. Voy a llamar un taxi —dije.

Charles me cogió del brazo. Todavía estaba borracho, pero se le notaba más por el estado en que había quedado su ropa que por otra cosa; tenía el rostro fresco y sonrosado, como el de una criatura.

—Richard —me dijo.

—Qué.

—Tú eres amigo mío, ¿verdad?

No estaba de humor para quedarme en los escalones de la entrada del Palacio de Justicia escuchando aquellas cosas.

—Claro —le dije, e intenté soltarme.

Pero él me cogió aún más fuerte.

—Eres buena persona —dijo—. Me alegro de que hayas sido tú el que ha venido. Solo quiero pedirte un favor.

—Adelante.

—Que no me lleves a casa.

—¿Qué quieres decir?

—Llévame al campo. A casa de Francis. No tengo llave, pero la señora Hatch me dejará entrar, y si no, puedo abrir una ventana. No, no. Mira. Puedo entrar por el sótano. Lo he hecho miles de veces. Espera —dijo cuando intenté interrumpirle de nuevo—. Puedes venir conmigo. Puedes pasar por la universidad, coger algo de ropa y...

—Es que no puedo llevarte a ningún sitio, Charles —conseguí decirle al fin—. No tengo coche.

Su expresión cambió súbitamente, y me soltó el brazo.

—Muy bien —me dijo con repentina amargura—. Muchas gracias.

—En serio —le dije—. No tengo coche. He venido en taxi.

—Podemos ir en el de Henry.

—No, no podemos. La policía se ha quedado las llaves.

Le temblaban las manos. Se las pasó por la cabeza.

—Pues entonces ven a casa conmigo. No quiero irme solo a casa.

—De acuerdo —accedí. Estaba tan cansado que veía puntitos negros—. Está bien. Espera un momento; voy a llamar un taxi.

—No, no —me dijo, retrocediendo—. Vamos andando.

Del Palacio de Justicia al apartamento de Charles, en North Hampden, había un trecho considerable. Por lo menos, tres millas. Buena parte del camino había que hacerlo por la carretera.

Los coches pasaban a toda velocidad, humeando. Yo estaba agotado. Me dolía la cabeza y me pesaban los pies. Pero el aire de la mañana, fresco y limpio, había animado un poco a Charles. A mitad de camino, se paró ante la polvorienta ventana de un Tastee Freeze que había en la cuneta de la carretera, enfrente del hospital de Veteranos, y compró una gaseosa.

La grava crujía bajo nuestros pies. Charles fumó un cigarrillo y bebió la gaseosa con una pajita a rayas blancas y rojas. Las mosquitas zumbaban alrededor de nosotros.

—Así que Henry y tú os habéis peleado —dije, por decir algo.

—¿Cómo lo sabes? ¿Te lo ha dicho él?

—Sí.

—No lo recordaba. No me importa. Estoy harto de que me diga lo que tengo que hacer.

—¿Sabes qué es lo que no entiendo?

—¿Qué?

—No por qué nos dice lo que tenemos que hacer, sino por qué siempre le obedecemos.

—La verdad, a veces me pregunto si nos sirve de algo.

—No sé.

—¿Bromeas? La idea de la maldita bacanal, para empezar: ¿a quién se le ocurrió? ¿A quién se le ocurrió llevarse a Bunny a Italia? ¿Y dejar aquel diario por allí? El muy hijo de puta. Él tiene la culpa de todo. Y tú no te has enterado de lo cerca que estuvieron de descubrirnos.

—¿Quién? —pregunté, sorprendido—. ¿La policía?

—El FBI. Al final pasaron muchas cosas que no os hemos contado. Henry me hizo jurar que no os lo diría.

—¿Por qué? ¿Qué pasó?

Tiró el cigarrillo.

—Mira, se hicieron un lío. Pensaban que Cloke estaba implicado, pensaban muchas cosas. Es curioso. Nosotros estamos acostumbrados a Henry. A veces no nos damos cuenta de cómo lo ven los demás.

—¿A qué te refieres?

—No sé. Podría ponerte infinidad de ejemplos. —Se rió desganadamente—. El verano pasado, cuando a Henry se le metió entre ceja y ceja alquilar una granja. ¿Te acuerdas? Lo acompañamos a ver una inmobiliaria del interior. Era todo muy sencillo. Henry tenía una idea bastante precisa de lo que quería: una casa antigua construida en el siglo diecinueve, apartada, con un terreno extenso, habitaciones para el servicio y demás. Hasta tenía pensado el precio. Pasaron dos horas hablando. La chica de la inmobiliaria llamó a su jefe y le preguntó si podía bajar a la oficina. El director le hizo mil preguntas a Henry. Comprobó todas y cada una de sus referencias. Todo estaba en orden, pero aun así no quisieron alquilársela.

—¿Por qué?

Charles se rió.

—Es que Henry… resulta un poco sospechoso, ¿no te parece? Les costaba creer que un chico de su edad, un estudiante universitario, pudiera pagar tanto por una casa tan grande y tan aislada, para vivir solo y dedicado al estudio de las doce grandes culturas.

—Pero ¿cómo? ¿Acaso pensaron que era un estafador?

—Digamos que creyeron que no era absolutamente honrado. Por lo visto, lo mismo pensaron los del FBI. No pensaban que hubiera matado a Bunny, pero sí que sabía más de lo que les había contado. Era evidente que algo les había pasado en Italia. Marion lo sabía, Cloke lo sabía, hasta Julian lo sabía. Incluso intentaron confundirme a mí para que lo admitiera, aunque yo no le dije nada a Henry. La verdad, creo que en realidad pensaban que Bunny y él habían invertido dinero en los negocios de Cloke. Aquel viaje a Roma fue un grave error. Podrían haberlo hecho sin llamar tanto la atención, pero Henry gastó una fortuna, derrochaba el dinero como un poseso. Se alojaron en un *palazzo*, imagínate. Los recordaban en todas partes adonde fueron. Mira, ya conoces a Henry, él es como es; pero tienes que mirarlo con los ojos de los demás. Su enfermedad también debía de parecer bastante sospechosa. No se le ocurre otra cosa que ponerle un telegrama a un médico de Estados Unidos pidiéndole Demerol. Y luego están los billetes de avión a Sudamérica. Va y los paga con su tarjeta de crédito; creo que esa fue la mayor estupidez que ha hecho en su vida.

—¿Lo averiguaron? —pregunté horrorizado.

—Desde luego. Cuando sospechan que alguien está traficando con drogas, lo primero que comprueban son los movimientos de dinero. Y, madre mía, nada más y nada menos que Sudamérica. Afortunadamente, el padre de Henry tiene propiedades en no sé qué país, eso es cierto. Henry consiguió inventarse algo bastante verosímil; no es que le creyeran, pero el caso es que no consiguieron demostrar lo contrario.

—Pero lo que no entiendo es de dónde sacaron lo de la droga.

—Imagínate cómo debían de ver ellos las cosas. Por una parte

estaba Cloke. La policía sabía que traficaba con drogas a una escala bastante considerable; también imaginaron que seguramente
era el intermediario de otra persona mucho más importante. No
había ninguna conexión entre eso y Bunny, pero entonces aparece
el mejor amigo de Bunny, que está forrado y no se sabe bien de
dónde saca el dinero. Y resulta que durante los últimos meses,
Bunny también ha estado gastando como un descosido. Henry
era el que le daba el dinero, claro, pero ellos no lo sabían. Restaurantes caros. Trajes italianos. Y no es solo eso. Es que Henry tiene
aspecto de sospechoso. Su forma de comportarse. Hasta su forma
de vestir. Parece uno de esos tipos con gafas de concha y brazale-
te de las películas de gángsters, ¿me explico?, el que le arregla los
libros a Al Capone. —Encendió otro cigarrillo—. ¿Recuerdas la
noche anterior a que encontraran el cadáver de Bunny? La noche
en que tú y yo fuimos a aquel bar espantoso, el que tenía el televisor, y donde me emborraché tanto.

—Sí.

—Fue una de las peores noches de mi vida. Todos nos encontrábamos en una situación bastante comprometida. Henry estaba
prácticamente convencido de que al día siguiente lo detendrían.

Estaba tan sorprendido que no sabía qué decir.

—Pero ¿por qué? —balbuceé.

Charles dio una honda calada al cigarrillo.

—Los del FBI fueron a verle aquella tarde —continuó—. Acababan de detener a Cloke. Le dijeron a Henry que tenían pruebas
suficientes para detener a media docena de personas, incluso él
mismo, bien por complicidad o por ocultar pruebas.

—¡Dios mío! —exclamé, completamente pasmado—. ¿A media docena? ¿Quiénes?

—No lo sé exactamente. Es posible que no fuera cierto, pero Henry estaba preocupadísimo. Me advirtió que seguramente se presentarían en mi casa, y tuve que irme. No podía quedarme allí sentado esperando. Me hizo prometer que no te lo diría. Ni siquiera se enteró Camilla.

Hubo una larga pausa.

—Pero no te detuvieron —apunté.

Charles se rió. Advertí que todavía le temblaban un poco las manos.

—Creo que eso tenemos que agradecérselo a nuestro querido Hampden College —dijo—. Bueno, claro, había muchas cosas que no coincidían; eso lo averiguaron hablando con Cloke. Pero de todos modos sabían que no les estaban diciendo la verdad, y seguramente habrían insistido si la escuela se hubiera mostrado más dispuesta a cooperar. Pero en cuanto encontraron el cadáver de Bunny, lo único que quería la dirección era silenciar el asunto. Demasiada mala prensa. Las solicitudes para el próximo curso habían descendido un veinte por ciento. Y la policía local (que en realidad era la autoridad competente) es muy comprensiva con estas cosas. Mira, Cloke se había metido en un buen lío; lo del tráfico de drogas iba en serio, habrían podido meterlo en la cárcel. Pero salió en libertad condicional, avalado por la universidad, y con una condena de cincuenta horas de servicio social. Ni siquiera lo hicieron constar en su historial académico.

Tardé un rato en encajar todo aquello. Los coches y los camiones seguían zumbando a poca distancia de nosotros.

Al cabo de un rato Charles se echó a reír otra vez.

—Es curioso —añadió, y metió las manos en los bolsillos—. Nosotros creíamos que con Henry al frente estábamos a salvo, pero de hecho si cualquiera de nosotros hubiera dado la cara, todo habría ido mucho mejor. Tú. O Francis. Hasta mi hermana. Nos habríamos ahorrado muchos problemas.

—No importa. Ahora ya ha pasado todo.

—Pero no gracias a él. El que tuvo que vérselas con la policía fui yo. Él se ponía las medallas, pero en realidad fui yo el que tuve que pasarme horas en la comisaría tomando un café tras otro y haciéndome el simpático, intentando convencerlos de que no éramos más que un puñado de jóvenes normales y corrientes. Y lo mismo con el FBI, solo que eso fue peor. Tenía que dar la cara por todos, imagínate, no podía bajar la guardia ni un instante, tenía que medir cada una de mis palabras y hacer todo lo posible por ver las cosas desde su punto de vista, y con esos no te puedes despistar, no puedes cometer el menor desliz, y además tienes que intentar ser muy comunicativo y abierto y a la vez mostrarte muy preocupado, y, al mismo tiempo nada nervioso, y ya te imaginas, yo apenas podía coger una taza sin temor a derramarla. Hubo un par de veces que me asusté tanto que pensé que me desmayaría o que me daría un ataque, o yo qué sé. ¿Te imaginas lo duro que fue? ¿Crees que Henry sería capaz de rebajarse a hacer algo parecido? No. Yo podía hacerlo perfectamente, claro, pero a él no se le podía molestar. Esa gente nunca había visto a nadie como Henry. ¿Sabes qué tipo de cosas le preocupaban? Si llevaba el libro adecuado, si Homero les causaría mejor impresión que santo Tomás de Aquino. Era como un extraterrestre. Si solo hubieran hablado con él, habríamos acabado todos en la cámara de gas.

Un camión cargado de madera pasó traqueteando.

—Por Dios —dije al fin. Estaba bastante aturdido—. Me alegro de no haberme enterado de todo esto hasta ahora.

Charles se encogió de hombros.

—Bueno, tienes razón. Al final todo salió bien. Pero aun así, no me gusta que intente dominarme.

Caminamos un buen rato en silencio.

—¿Qué harás este verano? —me preguntó Charles.

—Todavía no lo he pensado —le dije. No había recibido ninguna respuesta acerca del empleo en Brooklyn, y empezaba a pensar que no saldría.

—Yo me voy a Boston —dijo Charles—. Francis tiene una tía que posee un apartamento en Marlboro Street. Muy cerca del Public Garden. La tía se va a pasar el verano al campo, y Francis me ha dicho que si quería podía ir.

—No está mal.

—El apartamento es grande. Si quieres puedes venir.

—Puede que sí.

—Te gustará. Francis se va a Nueva York, pero vendrá de vez en cuando. ¿Has estado alguna vez en Boston?

—No.

—Iremos al Gardner Museum. Y al piano bar del Ritz.

Empezó a hablarme de un museo de Harvard, donde había un millón de flores diferentes hechas de vidrio coloreado, y de pronto, con una velocidad alarmante, un Volkswagen amarillo dio la vuelta desde el carril opuesto y se detuvo a nuestro lado.

Era Tracy, la amiga de Judy Poovey. Bajó la ventanilla y nos lanzó una brillante sonrisa.

—Hola, chicos. ¿Os llevo a algún sitio?

Nos dejó en casa de Charles. Eran las diez en punto. Camilla no estaba.

—Uf —exclamó Charles, quitándose la chaqueta. La dejó caer al suelo.

—¿Cómo estás?

—Borracho.

—¿Quieres un café?

—En la cocina tiene que haber —me dijo, bostezando y mesándose el cabello—. ¿Te importa que tome un baño?

—No, claro que no.

—Vuelvo enseguida. La celda estaba asquerosa. A lo mejor he cogido pulgas.

Tardó bastante en salir. Lo oí estornudar, manipular los grifos y tararear una canción. Me dirigí a la cocina y me serví un vaso de zumo de naranja, y puse unas rebanadas de pan de pasas en la tostadora.

Mientras buscaba el café en el armario, encontré un bote semivacío de leche malteada Horlick al fondo de un estante. La etiqueta me impresionó. Bunny era el único de nosotros que bebía leche malteada. La arrinconé en el fondo del armario, detrás de una jarra de jarabe de arce.

El café estaba listo, y yo me estaba comiendo la segunda tanda de tostadas cuando oí una llave en la cerradura. La puerta de entrada se abrió y Camilla asomó la cabeza por la puerta de la cocina.

—Hola —me saludó. Iba despeinada y estaba pálida y desvelada; parecía un niño pequeño.

—Hola. ¿Quieres desayunar?

Se sentó a la mesa, a mi lado.

—¿Cómo ha ido? —preguntó.

Se lo conté. Ella me escuchó atentamente, cogió una tostada con mantequilla del plato y se la comió mientras yo hablaba.

—¿Está bien? —preguntó.

Yo no sabía exactamente a qué se refería.

—Sí —contesté.

Se hizo un largo silencio. A lo lejos se oía el sonido de una radio; una enérgica voz femenina cantaba una canción sobre el yogur, con un coro de mugidos de vacas.

Camilla se acabó la tostada y se levantó para servirse otro café. La nevera hacía un ruido monótono. Camilla se puso a revolver en el armario, buscando una taza.

—Tendrías que tirar ese bote de leche malteada —le dije.

—Ya lo sé —repuso al cabo de un momento—. En el armario hay una bufanda que se dejó la última vez que estuvo aquí. Tropiezo con ella cada dos por tres. Todavía conserva su olor.

—¿Por qué no te deshaces de ella?

—No pierdo la esperanza de que no haga falta. Siempre pienso que un día abriré el armario y habrá desaparecido.

—Me había parecido oírte —dijo Charles, que llevaba un rato, no sé si mucho o poco, en la puerta de la cocina. Tenía el cabello mojado e iba en bata, y en su voz todavía había rastros de aquella pesadez alcohólica que yo conocía tan bien—. Pensaba que estabas en clase.

—Hoy ha sido corta. Julian nos ha dejado salir antes. ¿Cómo te encuentras?

—De fábula —le contestó Charles. Entró en la cocina, y sus pies, húmedos, dejaban huellas que se evaporaban al instante en el reluciente linóleo rojo. Se acercó a Camilla por detrás y le puso las manos encima de los hombros; luego se inclinó y acercó los labios a la nuca de su hermana.

»¿No le vas a dar un beso al delincuente de tu hermano?

Ella volvió un poco la cabeza, como si quisiera tocarle la mejilla con los labios, pero él la cogió por la cintura y con la otra mano le giró la cara y la besó en la boca. No fue un beso fraternal, de eso no había duda, sino un beso largo, lento, ávido, intenso y voluptuoso. La bata se abrió un poco y su mano izquierda pasó de la mandíbula al cuello de su hermana y luego a las clavículas, y sus dedos se quedaron temblando bajo el borde de su delgada camisa de lunares, sobre la cálida piel de su escote.

Yo estaba perplejo. Ella no se resistió, ni se movió. Cuando él se incorporó para tomar aliento, Camilla acercó la silla a la mesa y cogió el azucarero, como si no hubiera pasado nada. La cucharilla tintineó contra la porcelana. El aire estaba impregnado del olor de Charles, un olor húmedo, alcohólico, dulce, mezclado con el de su loción de afeitar. Camilla cogió la taza y bebió un sorbo, y entonces lo recordé: ella nunca ponía azúcar en el café.

Estaba perplejo. Me habría gustado decir algo, cualquier cosa, pero no se me ocurría absolutamente nada.

Fue Charles el que por fin rompió el silencio.

—Estoy muerto de hambre —dijo, anudándose la bata y dirigiéndose a la nevera. La puerta blanca se abrió con un estampido.

Charles asomó la cabeza dentro, y una luz glacial iluminó su rostro.

—Creo que voy a preparar huevos revueltos —dijo—. ¿Alguien se apunta?

Aquella tarde, a última hora, después de pasar por mi casa, darme una ducha y hacer una siesta, fui a ver a Francis.

—Pasa, pasa —me dijo, haciéndome señas. Tenía el escritorio lleno de libros de griego; en el cenicero plagado de colillas había un cigarrillo consumiéndose—. ¿Qué pasó anoche? ¿Detuvieron a Charles? Henry no ha querido contarme nada. Camilla me ha comentado algo, pero ella no sabía los detalles… Siéntate. ¿Quieres una copa?

Contarle una historia a Francis siempre era divertido. Se inclinaba hacia delante y te escuchaba atentamente, reaccionando, en los intervalos correspondientes, con sorpresa, comprensión y consternación. Cuando terminé me acribilló a preguntas. Normalmente habría alargado el relato mucho más para disfrutar de una intensa atención, pero después de la primera pausa le dije:

—Ahora quiero preguntarte una cosa.

Francis estaba encendiendo un cigarrillo. Cerró el mechero y frunció las cejas.

—Adelante.

Yo había pensado en varias formas de formular aquella pregunta, pero me pareció que, en aras de la claridad, lo más adecuado sería ir directamente al grano:

—¿Crees que Charles y Camilla duermen juntos?

Francis acababa de darle una calada al cigarrillo. Al oír mi pregunta, el humo le anegó la nariz.

—¿Sí o no?

Pero estaba tosiendo.

—¿Qué te ha hecho pensar una cosa así? —dijo por fin.

Describí la escena que había presenciado aquella misma mañana. Él escuchó, con los ojos rojos y llorosos.

—Eso no quiere decir nada —dijo—. Seguro que todavía estaba borracho.

—No has contestado a mi pregunta.

Dejó el cigarrillo encendido en el cenicero.

—Está bien —dijo, y parpadeó—. Francamente, sí, creo que de vez en cuando se acuestan.

Se hizo un largo silencio. Francis cerró los ojos, se los frotó con el pulgar y el índice.

—No creo que lo hagan con excesiva frecuencia —aclaró—. Pero nunca se sabe. Bunny siempre decía que una vez los había cogido *in fraganti*.

Lo miré fijamente.

—Se lo contó a Henry, no a mí. Me temo que no estoy al corriente de los detalles. Por lo visto, tenía la llave de la casa, y ya sabes que acostumbraba a entrar sin llamar. Venga, hombre —añadió—. Ya debías imaginártelo.

—No —le dije, aunque en realidad sí lo había pensado, desde el primer día que los vi. Había atribuido aquello a mi propia perversidad mental, a cierto capricho degenerado de mi inconsciente, a una proyección de mi propio deseo, porque él era su hermano y se parecían muchísimo, y el pensar en ellos juntos despertaba, junto con los previsibles accesos de envidia, escrúpulos y sorpresa, otro, mucho más agudo, de excitación.

Francis me miraba fijamente. De pronto me di cuenta de que sabía exactamente lo que yo estaba pensando.

—Están muy celosos el uno del otro —me dijo—. Él mucho más que ella. Yo siempre había pensado que era una cosa infantil y sin importancia, ya sabes, las típicas riñas entre hermanos; hasta Julian les tomaba el pelo. Yo soy hijo único, como Henry, ¿qué sabemos nosotros de esas cosas? Siempre hablábamos de lo divertido que debía de ser tener una hermana. —Chasqueó la lengua—. Por lo visto, más divertido de lo que nos imaginábamos. No es que lo encuentre espantoso (desde el punto de vista moral), pero tampoco es una cosa casual y natural, como podría pensarse. Es más complicado, y más desagradable. El otoño pasado, cuando aquel granjero…

Se contuvo. Fumó un rato en silencio, con una expresión de frustración y de ligera irritación en el rostro.

—¿Qué? —dije—. ¿Qué pasó?

—¿Concretamente? —Se encogió de hombros—. No sabría decirte. Apenas recuerdo qué pasó aquella noche, pero en líneas generales está bastante claro… —Hizo una pausa; se disponía a retomar la conversación pero se lo pensó mejor; meneó la cabeza—. Lo que quiero decir es que después de aquella noche a nadie le quedaron dudas. No es que anteriormente hubiera muchas dudas. Pero Charles se puso mucho peor de lo que nadie esperaba. Yo…

Por un momento contempló el vacío. Luego meneó la cabeza y cogió otro cigarrillo.

—Es imposible de explicar —continuó—. Pero también puedes enfocarlo como una cosa sumamente sencilla. Ellos siempre se han gustado. Yo no soy ningún mojigato, pero esos celos no los entiendo. Y tengo que decir que Camilla es mucho más razonable respecto a eso. Puede que no le quede otro remedio.

—¿Respecto a qué?

—A que Charles se acueste con gente.

—¿Con quién se ha acostado?

Cogió el vaso y bebió un largo trago.

—Conmigo, por ejemplo —dijo—. No creo que te sorprenda. Si bebieras como bebe él, supongo que también me habría acostado contigo.

Pese a la malicia del comentario, que en otro momento me habría molestado, había cierta melancolía en su voz. Se bebió el resto del whisky y dejó bruscamente el vaso en la mesa. Después de una pausa, dijo:

—No ha pasado muchas veces. Solo tres o cuatro. La primera vez fue cuando yo cursaba segundo y él primero. Era tarde y estábamos en mi cuarto, bebiendo, y ocurrió sin que apenas nos diéramos cuenta. Nos lo pasamos en grande, pero tendrías que habernos visto a la mañana siguiente. —Se rió con desgana—. ¿Te acuerdas de la noche en que murió Bunny? ¿Cuando fui a tu habitación? Charles nos interrumpió en aquel desafortunado momento.

—Te fuiste con él —le dije.

—Sí. Charles estaba completamente borracho. De hecho estaba demasiado borracho. Mejor para él, porque al día siguiente fingió no recordar nada. Charles es muy dado a esos ataques de amnesia después de pasar una noche en mi casa. —Me miró con el rabillo del ojo—. Lo niega todo, bastante convincentemente, y el caso es que espera que yo haga lo mismo, que finja que no ha pasado nada. Ni siquiera creo que lo haga porque se sienta culpable. La verdad es que lo hace con una ligereza que me enfurece.

—Te gusta mucho, ¿verdad?

No sé por qué lo dije. Francis ni siquiera pestañeó.

—No lo sé —contestó fríamente, y cogió un cigarrillo con sus dedos largos y manchados de nicotina—. Supongo que sí, que me gusta bastante. Somos viejos amigos. No creas que me engaño pensando que hay algo más que eso, ni hablar. Pero me he divertido mucho con él. Creo que tú no puedes decir lo mismo de Camilla…

Aquello era lo que Bunny habría llamado un disparo a quemarropa. Ni siquiera supe qué contestar.

Aunque evidentemente satisfecho, Francis no le dio importancia a su victoria. Se apoyó en el respaldo de la butaca, junto a la ventana; los bordes de su cabello relucían de un rojo metálico, iluminados por el sol.

—Es una desgracia, pero ahí está. Nadie se preocupa por nadie más que por uno mismo. Les gusta presentarse como un frente unido, pero ni siquiera sé si realmente se quieren. No cabe duda de que disfrutan incitando a otros. Sí, Camilla te incita —dijo al ver que yo intentaba interrumpirle—; la he visto hacerlo. Y lo mismo hace con Henry. Antes Henry estaba loco por ella, estoy seguro de que lo sabes; y que yo sepa, sigue estándolo. En cuanto a Charles, bueno, en principio le gustan las chicas. Si está borracho, se conforma conmigo. Pero cuando yo consigo endurecer mis sentimientos, él se vuelve dulce y cariñoso. Siempre acabo cayendo. No sé por qué. —Se interrumpió un momento—. En mi familia no nos fijamos demasiado en el físico; somos todos huesudos, narigudos y angulosos. Quizá por eso tengo tendencia a equiparar la belleza física con cualidades que no tienen nada que ver con ella. Cuando veo una boca bonita o unos ojos graciosos, me imagino todo tipo de profundas afinidades, de coincidencias privadas. No importa que haya una docena de imbéciles alrededor de esa persona, encandilados, como yo, por sus ojos. —Se inclinó y apagó el cigarrillo con gesto enérgico—. Si la dejaran, Camilla se comportaría igual que Charles; pero él es muy posesivo, la lleva atada muy corto. ¿Te puedes imaginar una situación peor? La está observando continuamente. Y además es bastante pobre. No es que tenga demasiada importancia —se apresuró a decir, al darse cuenta de con quién estaba hablando—, pero eso lo avergüenza bastante. Ya sabes, está muy orgulloso de su familia, y es muy consciente de que él es un borracho. Es una actitud muy romana el poner tanta atención en la *caritas* de su hermana. Bunny no se atrevía a acercarse a Camilla, ni siquiera la miraba. Decía que no era su tipo, pero creo que en el fondo sabía que no le convenía. Dios mío… Recuerdo que una vez, hace mucho tiempo, fuimos a cenar a un ridículo restaurante chino de Bennington. La Lobster Pagoda. Ahora está cerrado. Cortinas rojas de cuentas y un altar con un Buda, con una cascada artificial. Estuvimos bebiendo copas con sombrillitas, y Charles acabó completamente borracho. En realidad no fue culpa suya; todos acabamos borrachos. En esos sitios los cócteles siempre son demasiado fuertes, y además, nunca sabes bien qué les ponen, ¿no te parece? Fuera, en el aparcamiento, un puentecillo cruzaba sobre un foso con patos de plástico y peces de colores. Sin darnos cuenta, Camilla y yo nos adelantamos y esperamos a los demás en el puente. Estábamos comparando nuestras fortunas. A ella le había salido algo así como «Recibirás un beso del hombre de tus sueños», y yo no podía desaprovechar una ocasión semejante, así que, bueno, estábamos borrachos y nos pasamos un poco. Charles apareció de pronto y me agarró por la nuca; pensé que me iba a tirar por la barandilla. Bunny lo sujetó, y Charles reaccionó y dijo que solo era una broma, pero no era ninguna broma, me hizo daño, me retorció el brazo a la espalda, y estuvo a punto de rompérmelo. No sé dónde estaba Henry. Seguramente estaría contemplando la luna y recitando algún poema de la dinastía Tang.

Los acontecimientos posteriores me habían hecho olvidarlo, pero al mencionar Francis a Henry pensé en lo que Charles me había dicho acerca del FBI, y también en otra cosa relacionada con Henry. Me preguntaba si aquel sería el momento adecuado para sacar esos temas, pero Francis dijo bruscamente y con tono de mal agüero:

—Hoy he ido al médico.

Guardé silencio pensando que continuaría, pero no lo hizo.

—¿Qué te pasa?

—Lo mismo del otro día. Mareos. Dolor en el pecho. Me despierto a media noche y no puedo respirar. La semana pasada volví al hospital y me hicieron unas pruebas, pero no me encontraron nada. Me enviaron a otro médico. Un neurólogo.

—¿Y qué te ha dicho?

Cambió de postura, nervioso.

—No me ha encontrado nada. Estos medicuchos no se enteran de nada. Julian me ha dicho que vea a un médico de Nueva York, el que curó al sha de Isram aquella enfermedad de la sangre. ¿Te acuerdas? Salió en todos los periódicos. Julian dice que es el mejor del país diagnosticando enfermedades, uno de los mejores del mundo. Tiene una lista de espera de dos años, pero Julian dice que a lo mejor, si él lo llama, consigue que me dé hora.

Iba a encender otro cigarrillo, y el último todavía reposaba en el cenicero.

—No me extraña que te falte la respiración, con lo que fumas —le dije.

—Eso no tiene nada que ver —replicó con irritación, golpeando el cigarrillo contra la cara interior de su muñeca—. Eso es lo que dicen estos pueblerinos. No fumes, no bebas, no tomes café. Llevo media vida fumando. ¿Crees que no sé cómo me afecta el tabaco? El tabaco no produce calambres en el pecho. Ni la bebida. Además, tengo otros síntomas sospechosos. Palpitaciones. Zumbidos en los oídos.

—El tabaco puede producirte síntomas ciertamente raros —insistí.

Francis solía mofarse de mí cuando yo utilizaba alguna expresión que a él le parecía californiana:

—¿Ciertamente raros? —dijo con sorna, imitando mi acento: vulgar, plano, hueco—. ¿En serio?

Lo miré. Estaba repantigado en la butaca, con su corbata de lunares y zapatos Bally estrechos. Tenía el rostro alargado y anguloso, y una sonrisa astuta, con demasiados dientes. Estaba harto de él. Me levanté. En la habitación había tanto humo que me lloraban los ojos.

—Sí —le dije—. Tengo que irme.

La expresión sarcástica de Francis se desvaneció.

—No te habrás enfadado, ¿verdad? —dijo, preocupado.

—No.

—Ya veo que sí.

—Te digo que no. —Aquellos repentinos y temerosos intentos de conciliación me molestaban más que sus insultos.

—Lo siento. No me hagas caso. Estoy borracho, no me encuentro bien. No lo he dicho en serio.

De pronto tuve una imagen de Francis veinte años después, cincuenta años después, en una silla de ruedas. Y de mí mismo, también mayor, sentado con él en una habitación llena de humo, los dos repitiendo aquel diálogo por enésima vez. Hubo un momento en que me atrajo la idea de que lo sucedido nos había unido; no éramos amigos normales y corrientes, sino amigos hasta la muerte. Inmediatamente después de la muerte de Bunny, ese pensamiento se había convertido en mi único consuelo. Ahora ya no lo soportaba, pues sabía que no había escapatoria. Me había unido a ellos, a todos ellos, eternamente.

En el camino de vuelta a casa desde la de Francis —cabeza gacha, hundido por completo, sumergido en un mar de ansiedad y tristeza— oí la voz de Julian que me llamaba.

Me volví. En ese momento él salía del ateneo. Al ver su cara socarrona y amable —tan dulce, tan agradable, tan contento de verme— algo se desgarró profundamente en mi pecho.

—Richard —volvió a decir, como si no hubiera nadie en el mundo a quien se alegrara más de ver—. ¿Cómo estás?

—Bien.

—Voy a North Hampden. ¿Me acompañas?

Observé aquella cara feliz e inocente y pensé: «Si lo supiera. Saberlo lo mataría».

—Me gustaría acompañarte, Julian. Gracias —dije—. Pero tengo que volver a casa.

Me miró de cerca. La preocupación que vi en sus ojos hizo que sintiera repugnancia hacia mí mismo.

—Te veo tan poco últimamente, Richard —dijo—. Tengo la sensación de que te estás convirtiendo en una sombra para mí.

La benevolencia, la calma espiritual que irradiaba era tan nítida y tan auténtica, que por un vertiginoso momento sentí que la oscuridad se desvanecía en mi corazón de un modo casi palpable. El alivio fue tal, que casi rompí a llorar; pero entonces, lo volví a mirar y sentí el peso de toda la ponzoña embistiendo de nuevo con toda su fuerza.

—¿Seguro que estás bien?

Él nunca lo sabrá. Nunca se lo contaré.

—Claro que sí —respondí—. Estoy bien.

El revuelo levantado por la muerte de Bunny ya había cesado, pero aun así la escuela no había recuperado plenamente la normalidad. Y además, ahora el consumo de drogas estaba duramente perseguido. Lejos quedaban las noches en que, de regreso a casa saliendo del Rathskeller, podías encontrarte con algún profesor bajo la bombilla del sótano de la Durbinstall: Arnie Weinstein, por ejemplo, el economista marxista (Berkeley, 1969); o aquel inglés chalado que daba clases sobre Sterne y Defoe.

Yo había visto a unos inflexibles guardias de seguridad desmantelando el laboratorio del sótano, sacando cajas llenas de cubetas de precipitación y tuberías de cobre, mientras el químico de la Durbinstall (Cal Clarken, un chico menudo y con acné, de Akron) los contemplaba, sollozando, con su bata de laboratorio y sus grandes zapatillas de deporte. El profesor de antropología que llevaba veinte años enseñando «Voces y visiones: el pensamiento de Carlos Castaneda» (un curso que concluía cada año con una excursión obligatoria en la que se fumaba marihuana) anunció, de pronto, que se iba a México en año sabático. A Arnie Weinstein le dio por frecuentar los bares del pueblo, donde intentaba discutir las teorías marxistas con los hostiles clientes. El inglés chalado había vuelto a su interés original: perseguir a las chicas veinte años más jóvenes que él.

En el marco de la nueva campaña de lucha contra la droga, en Hampden organizaron un concurso interuniversitario en el que se evaluaba el conocimiento de los estudiantes sobre las drogas y el alcohol. El Consejo Nacional para la Lucha contra las Toxicomanías se encargaba de redactar las preguntas. Los concursos los presentaba una famosa locutora de la televisión local (Liz Ocavello) y se emitían en directo por el canal 12.

Contra todo pronóstico, los concursos se hicieron muy populares, aunque no en el sentido que los patrocinadores esperaban. Hampden había reunido un equipo imbatible, como uno de esos comandos de las películas integrados por fugitivos desesperados, hombres que no tienen nada que perder y todo por ganar. El reparto era estelar: Cloke Rayburn; Bram Guernsey; Jack Teitelbaum; Laura Stora; y liderados nada más y nada menos que por el legendario Cal Clarken. Cal participaba con la esperanza de que lo admitieran en la universidad el trimestre siguiente; Cloke, Bram y Laura lo hacían como parte de las horas de servicio social que tenían que cumplir; y Jack se había apuntado porque sí. El resultado de tanta experiencia combinada era espectacular. Juntos consiguieron que Hampden avanzara victoria tras victoria derrotando a Williams, Vassar, Sarah Lawrence, respondiendo con asombrosa rapidez y habilidad a preguntas como: «Nombre cinco drogas de la familia de la Thorazina», o «¿Cuáles son los efectos del PCP?».

Pero, pese a que los negocios se habían reducido considerablemente, no me sorprendió enterarme de que Cloke seguía ejerciendo su oficio, aunque con bastante más discreción que en los viejos tiempos. Un jueves por la noche, antes de una fiesta fui a la habitación de Judy para pedirle una aspirina y, tras una breve pero misteriosa inquisición desde el otro lado de la puerta, cerrada con llave, encontré a Cloke con las cortinas cerradas, atareado con sus espejos y sus balanzas de laboratorio.

—Hola —dijo Cloke, haciéndome señas de que entrara deprisa y cerrara la puerta—. ¿En qué puedo ayudarte?

—No, en nada, gracias —le dije—. Estoy buscando a Judy. ¿Dónde está?

—Ah —dijo, volviendo a su trabajo—. Está en el taller; creí que te enviaba ella. Judy me cae muy bien, pero es una charlatana. No tiene remedio. —Con cuidado, puso una medida de polvo en una papelina abierta. Le temblaban las manos; era obvio que había estado probando su propia mercancía a placer—. Pero después de todo aquel follón tuve que tirar mi báscula, y ya me dirás qué coño voy a hacer. ¿Ir a la enfermería? Se pasaba el día por ahí, frotándose la nariz y llamándome por apodos comprometedores. Suerte que nadie sabía de qué coño hablaba, pero bueno, aun así… —Señaló con la cabeza el libro abierto que tenía al lado, la *Historia del Arte* de Janson, prácticamente hecho trizas—. Se mete hasta con las papelas. Se le ha metido en la cabeza que tengo que hacer papelas de diseño, madre mía. Las abres y dentro hay un Tintoretto. Y si recorto la foto de modo que corto un pedacito de ala al cupido, se pone histérica. Tiene que quedar justo en el centro. ¿Qué hace Camilla? —preguntó, levantando la mirada.

—Está bien —contesté. No quería pensar en Camilla. No quería pensar en nada que tuviera que ver con el griego ni con la clase de griego.

—¿Le gusta su nuevo apartamento?

—¿Cómo dices?

Se rió.

—¿No lo sabías? Se ha mudado.

—¿Ah, sí? ¿Adónde?

—No lo sé. Seguramente unas manzanas más abajo. Ayer pasé a ver a los gemelos (pásame esa hoja de afeitar, ¿quieres?) y encontré a Henry ayudándola a meter sus cosas en cajas. —Había dejado de trabajar con la báscula y estaba haciendo líneas en el espejo—. Charles pasará el verano en Boston pero ella se queda aquí. Me dijo que no quería quedarse sola en el piso y que realquilarlo era una lata. Por lo visto, este verano hay mucha gente que se queda aquí. —Me pasó el espejo y un billete de veinte dólares enrollado—. Bram y yo estamos buscando apartamento.

—Es muy buena —dije al cabo de cosa de un minuto, cuando las primeras chispas de euforia empezaron a revolucionar mis neuronas.

—Buenísima, ¿verdad? Sobre todo después de esa mierda asquerosa que estaba pasando Laura. Los del FBI la analizaron y dijeron que tenía un ochenta por ciento de polvos de talco. —Se secó la nariz—. Por cierto, ¿a ti no llegaron a interrogarte?

—¿El FBI? No.

—Qué raro. Después del cuento del bote salvavidas que nos contaban a todos.

—¿Qué es eso del bote salvavidas?

—Uf, decían un montón de tonterías. Alguien había organizado una conspiración. Sabían que Henry, Charles y yo estábamos implicados. Estábamos metidos en un buen lío, y solo había sitio para uno en el bote salvavidas. Para el primero que hablara. —Esnifó otra raya, y se frotó la nariz con los nudillos—. En cierto sentido, las cosas empeoraron cuando mi padre envió al abogado. Si eres inocente, ¿para qué necesitas un abogado? Cosas así. El caso es que ni siquiera el mamón del abogado consiguió averiguar qué intentaban que confesara. No paraban de decir que mis amigos, Henry y Charles, me habían delatado. Que ellos eran los culpables, y que si yo no empezaba a cantar seguramente acabaría siendo acusado de algo que ni siquiera había hecho.

El corazón me latía con violencia, y no solo a causa de la cocaína.

—¿A cantar? —dije—. ¿Sobre qué?

—Ni idea. Mi abogado dijo que no me preocupara, que todo era un montaje. Charles me dijo que a él le habían contado la misma historia. Y mira, ya sé que a ti Henry te cae bien, pero creo que con todo aquello se puso bastante nervioso.

—¿Qué quieres decir?

—Henry es muy formal, seguro que ni siquiera ha dejado de devolver jamás un libro a la biblioteca. De pronto se le echa encima el FBI. No sé qué demonios les dijo, pero desde luego hizo todo lo posible para que se fijaran en los otros.

—¿En qué otros?

—Pues en mí. —Cogió un cigarrillo—. Y creo que también en ti, ya que lo preguntas.

—¿En mí?

—Mira tío, yo nunca mencioné tu nombre. Casi no te conozco. Y sin embargo ellos sabían tu nombre. Lo que está claro es que yo no se lo dije.

—¿Quieres decir que llegaron a mencionar mi nombre? —pregunté después de una pausa de asombro.

—A lo mejor fue Marion la que te mencionó. No lo sé. Quién sabe. Tenían el nombre de Bram, el de Laura, hasta el de Jud MacKenna… El tuyo solo lo mencionaron en una o dos ocasiones, hacia el final. No me preguntes por qué, pero suponía que los del FBI habían ido a hablar contigo la noche anterior al día que encontraron el cadáver de Bunny. Iban a hablar con Charles otra vez, eso lo sé, pero Henry lo llamó cuando ellos estaban de camino y él se marchó. Yo estaba en casa de los gemelos. Y como tampoco tenía ganas de verlos, me fui a casa de Bram, y supongo que Charles, se metió en algún barucho del pueblo y se emborrachó.

El corazón me latía tan deprisa que pensé que iba a estallar en pedazos. ¿Era posible que Henry se hubiera asustado y hubiera intentado poner al FBI tras mi pista? Aquello no tenía sentido. No se me ocurría cómo podía ponerme en evidencia sin incriminarse él mismo. «Paranoia —pensé—, tengo que atajarla como sea.» Quizá no fuera casualidad que Charles pasara por mi habitación aquella noche antes de ir al bar. A lo mejor estaba enterado de la situación y, sin decírselo a Henry, había conseguido alejarme del peligro.

—¿Te apetece una copa? Creo que te sentará bien —dijo Cloke.

—Sí. —Llevaba mucho rato sentado sin decir nada—. Sí, creo que me sentará bien.

—¿Por qué no pasas por el Villager esta noche? Hay una fiesta. Dos copas por el precio de una.

—¿Tú vas a ir?

—Va a ir todo el mundo. Oye, tío, ¿nunca has estado en las fiestas de los jueves del Villager?

De modo que acabé yendo a la fiesta del Villager, con Cloke, Judy, Bram, Sophie Dearbold y unos amigos de Sophie, y con otras personas que ni siquiera conocía, y aunque no sé a qué hora llegué a mi casa, dormí de un tirón hasta las seis de la tarde del día siguiente, cuando Sophie llamó a mi puerta. Me dolía el estómago y parecía que la cabeza iba a estallarme, pero me puse la bata y abrí la puerta. Sophie acababa de salir de clase de cerámica y llevaba una camiseta y unos tejanos viejos y desteñidos. Me traía una pasta del bar.

—¿Estás bien? —preguntó.

—Sí —respondí, pero para levantarme tuve que sujetarme en el respaldo de la butaca.

—Anoche acabaste muy borracho.

—Ya lo sé. —Levantarme de la cama no me había sentado nada bien. Unos puntos rojos empezaron a saltar ante mis ojos.

—Estaba preocupada. Se me ocurrió pasar a ver cómo te encontrabas. —Se rió—. Nadie te ha visto en todo el día. Me dijeron que la bandera de la caseta de vigilancia estaba a media asta, y temí que te hubieras muerto.

Me senté en la cama, respirando hondo, y la miré a los ojos. Su cara era como el fragmento de un sueño «¿Un bar?», pensé. Sí, había estado en un bar: whisky irlandés y una partida en la máquina del millón con Bram; la cara de Sophie, azulada, bajo la sórdida lámpara de neón. Más cocaína, las rayas hechas con una tarjeta de crédito sobre un estuche de compact disc. Luego el asiento trasero de una camioneta, un letrero de Gulf en la autopista... ¿un apartamento? El resto de la noche era un misterio. Recordaba vagamente una seria y larga conversación con Sophie, de pie en una cocina, junto a un fregadero lleno de cubitos de hielo (Meister Bran y Genesee, la programación del MoMA en un calendario en la pared). Se me encogió el estómago de miedo, pero no: estaba seguro de no haber dicho nada sobre Bunny. Seguro. Repasé mis recuerdos, bastante horrorizado. Seguro; si lo hubiera hecho, ella no estaría ahora en mi habitación, mirándome como me estaba mirando; no me habría traído aquella pasta de cebolla, cuyo olor me daba ganas de vomitar, en un plato de papel.

—¿Cómo regresé a mi habitación? —pregunté.

—¿No te acuerdas?

—No. —La sangre me martilleaba las sienes.

—Pues sí que estabas borracho. Llamamos un taxi desde casa de Jack Teitelbaum.

—¿Y adónde fuimos?

—Vinimos aquí.

¿Habíamos dormido juntos? La expresión del rostro de Sophie era neutra, no me daba ninguna pista. Si así era, no lo lamentaba: nos caíamos bien y además era una de las chicas más guapas de Hampden. Pero era una de esas cosas de las que te gusta estar seguro. Estaba pensando cómo preguntárselo discretamente cuando llamaron a la puerta. Los golpes parecían disparos de pistola. Un agudo dolor rebotaba dentro de mi cabeza.

—Está abierto —dijo Sophie.

Francis asomó la cabeza.

—Vaya, mira qué bien —dijo—. Reunión de antiguos pasajeros, y a mí no me avisa nadie.

Sophie se levantó.

—¡Hola, Francis! ¿Qué tal estás?

—Muy bien, gracias. No te veía desde el funeral.

—Ya lo sé. El otro día me acordé de ti. ¿Cómo te va?

Me eché en la cama; tenía el estómago destrozado. Ellos se pusieron a hablar animadamente. Habría dado cualquier cosa por verlos desaparecer.

—Vaya, vaya —dijo Francis después de un largo paréntesis, mirándome por encima del hombro de Sophie—. ¿Está enfermo?

—Anoche bebió demasiado.

Se acercó a la cama. Me pareció que estaba un poco nervioso.

—Bueno, espero que hayas aprendido la lección —me dijo. Y luego añadió, en griego—: Hay noticias importantes, amigo.

El corazón me dio un vuelco. Lo había estropeado. Había hablado demasiado, había metido la pata, había dicho alguna tontería.

—¿Qué he hecho? —pregunté.

Lo dije en inglés. Francis no se mostró preocupado.

—No tengo ni la más remota idea —me dijo—. ¿Quieres un poco de té?

Intenté descifrar lo que Francis pretendía decirme. Me dolía tanto la cabeza que apenas podía concentrarme en nada. Tenía unas náuseas espantosas. Me sentía al borde de la desesperación. Todo se arreglaría, pensé, si conseguía unos momentos de silencio y si me quedaba echado, inmóvil.

—No —dije—. Por favor.

—¿Por favor qué?

Sentí una nueva oleada de náuseas. Me di la vuelta y quedé boca abajo; solté un largo y lastimero gemido.

Sophie fue la primera en reaccionar.

—Vámonos —le dijo a Francis—. Será mejor que lo dejemos dormir un poco más.

Me sumí en un tormentoso duermevela del que desperté varias horas después, al oír unos débiles golpes en la puerta. Ahora la habitación estaba a oscuras. La puerta se abrió lentamente y se coló la luz del pasillo. Francis entró y cerró la puerta.

Encendió la lámpara de lectura de mi escritorio y acercó la silla a mi cama.

—Lo siento, pero tengo que hablar contigo —me dijo—. Ha pasado algo muy extraño.

Yo había olvidado el susto que me había llevado hacía poco; pero ahora lo recordé, y volví a sentirme mareado.

—¿Qué pasa?

—Camilla se ha mudado. Ha dejado su apartamento. Se ha llevado todas sus cosas. Charles está allí, completamente borracho, casi inconsciente. Me ha dicho que su hermana se ha ido a vivir al Albemarle Inn. ¿Te imaginas? El Albemarle.

Me froté los ojos, intentando ordenar un poco mis ideas.

—Ya lo sabía —dije por fin.

—¿Que ya lo sabías? —Francis no entendía nada—. ¿Quién te lo dijo?

—Creo que Cloke.

—¿Cloke? ¿Cuándo?

Se lo conté en la medida en que me fue posible.

—Lo había olvidado —dije.

—¿Que no te acordabas? ¿Cómo podías olvidarte de una cosa así?

Me incorporé un poco. Un nuevo dolor me aguijoneó la cabeza.

—¿Qué más da? —dije, un poco enfadado—. Si quiere irse, que se vaya. Charles ya se las arreglará.

—Pero es que se ha ido al Albemarle —insistió Francis—. ¿Tienes idea de lo caro que es?

—Sí, claro que lo sé —dije con irritación. El Albemarle era el mejor hotel de la ciudad. Presidentes y estrellas de cine se habían alojado en ese establecimiento—. ¿Y qué?

Francis se cogió la cabeza con ambas manos.

—Richard —dijo—, estás un poco espeso. Al parecer, la juerga de ayer te ha afectado al cerebro.

—No sé de qué me hablas.

—Te hablo de doscientos dólares por noche. ¿Crees que los gemelos pueden pagar eso? ¿Quién demonios piensas que lo va a pagar?

Lo miré.

—Pues Henry —dijo Francis—. Fue a casa de los gemelos aprovechando que Charles no estaba y la ayudó a hacer el traslado. Al llegar a casa, Charles comprobó que Camilla se había llevado todas sus cosas. ¿Te imaginas? Ni siquiera puede hablar con ella, porque se ha registrado con otro nombre. Henry no quiere decir nada. Y a mí tampoco. Charles está absolutamente desesperado. Me ha pedido que llame a Henry y que intente sacarle algo, pero no he podido, claro, es como hablarle a una pared.

—Pero ¿qué ha pasado? ¿A qué viene tanto secreto?

—No lo sé. No he oído la versión de Camilla, pero creo que Henry está cometiendo una tontería.

—Quizá Camilla tiene sus motivos.

—Ella no es así —dijo Francis, exasperado—. Conozco muy bien a Henry. Este montaje es típico de él, te digo que ha sido idea suya. Pero aunque haya una razón de peso, no es la manera correcta de actuar. Sobre todo ahora. Charles está histérico. Después de lo de la otra noche, Henry no debería haberse enemistado con Charles.

Recordé con desasosiego el camino de regreso desde la comisaría.

—Quería contarte una cosa —dije, y le conté lo del arrebato de Charles.

—Bah, siempre está cabreado con Henry —dijo Francis—. A mí mc ha dicho lo mismo: que Henry le hizo cargar con toda la responsabilidad. La verdad, no me parece que Henry le exigiera demasiado. Ese no es el motivo de su cabreo. El verdadero motivo es Camilla. ¿Quieres que te cuente mi teoría?

—¿Qué teoría?

—Creo que Camilla y Henry llevan bastante tiempo viéndose a escondidas. Creo que Charles lo sospechaba pero no tenía ninguna prueba. Y ahora ha encontrado alguna. No sé exactamente qué —levantó una mano para impedir que lo interrumpiera—, pero no es difícil imaginárselo. Creo que es algo que descubrió en casa de los Corcoran. Algo que vio u oyó. Y creo que ocurrió antes de que llegáramos nosotros. La noche antes de que se marcharan a Connecticut con Cloke, todo estaba en orden, pero supongo que recuerdas cómo estaba Charles cuando llegamos nosotros a casa de los Corcoran. Y cuando nos fuimos ni siquiera se dirigían la palabra.

Le conté a Francis lo que Cloke me había dicho en casa de los Corcoran.

—Pues para que lo captara Cloke, debió de pasar algo gordo —dijo Francis—. Henry se encontraba muy mal, seguramente no tenía las ideas muy claras. Y cuando volvimos, se encerró en su apartamento toda la semana, y creo que Camilla estaba con él gran parte del tiempo. Sé que ella estaba allí el día que fui a llevarle aquel libro de inscripciones micénicas, y creo que en un par de ocasiones hasta se quedó a dormir allí. Pero luego Henry mejoró y Camilla volvió a su casa, y durante unos días no pasó nada. ¿Te acuerdas? Fue cuando me llevaste al hospital.

—No lo sé —dije, y le conté lo del vaso roto en la chimenea del apartamento de los gemelos.

—Bueno, quién sabe lo que estaba pasando en realidad. En

apariencia no pasaba nada. Y Henry también estaba de buen humor. Luego hubo aquella discusión, la noche que Charles acabó en la cárcel. Por lo visto nadie quiere decir exactamente qué fue lo que la provocó, pero me apuesto algo a que tenía que ver con ella. Y ahora esto. Madre mía. Charles está hecho un basilisco.

—¿Crees que Henry se acuesta con ella?

—No sé si se acuesta con ella, pero desde luego ha hecho todo lo posible para convencer a Charles de que sí. —Se levantó—. Le he llamado otra vez antes de venir aquí. No estaba en casa. Supongo que estará en el Albemarle. Me acercaré a ver si veo su coche.

—Tiene que haber alguna forma de averiguar en qué habitación está Camilla, ¿no?

—Ya lo he pensado. En recepción no me dirán nada. A lo mejor tengo más suerte con alguna camarera, pero me temo que no soy muy bueno en esas cosas. —Suspiró—. Me gustaría verla, aunque solo fuera cinco minutos.

—Si la encuentras, ¿crees que podrás convencerla de que vuelva a su casa?

—No lo sé. Francamente, a mí tampoco me apetecería estar viviendo con Charles ahora mismo. Pero sigo creyendo que si Henry se mantuviera al margen todo iría mucho mejor.

Cuando Francis se marchó volví a quedarme dormido. Cuando desperté eran las cuatro de la mañana. Había dormido casi veinticuatro horas.

Aquella primavera hizo unas noches muy frías; aquella era aún más fría de lo normal, y en las residencias la calefacción estaba encendida (calefacción de vapor, siempre al máximo, que creaba una atmósfera recargada, incluso con las ventanas abiertas). Las sábanas estaban empapadas de sudor. Me levanté, saqué la cabeza por la ventana y respiré hondo. El aire frío era tan refrescante que decidí ponerme algo de ropa y salir a dar un paseo.

Había luna llena, muy brillante. Todo estaba en silencio, excepto el chirrido de los grillos y las espumosas sacudidas del viento en la copa de los árboles. En el Early Childhood Center, donde trabajaba Marion, los columpios se balanceaban suavemente, y el tobogán plateado relucía a la luz de la luna.

Lo más sorprendente del parque infantil era, sin ninguna duda, el caracol gigante. Lo habían construido unos estudiantes de bellas artes, imitando al caracol gigante de la película *Doctor Dolittle*. Era de color de rosa, hecho de fibra de vidrio, de más de ocho pies de alto, con una concha hueca en cuyo interior podían jugar los niños. Bajo la luna, en silencio, era como una criatura prehistórica que hubiera bajado reptando de las montañas: solitaria, silenciosa, esperando su momento, sin preocuparse por los objetos lúdicos que la rodeaban.

Al interior del caracol se accedía por un túnel pensado para los niños, de unos dos pies de altura, que había en la base de la cola. Me llevé una sorpresa al ver, desde el túnel, un par de pies de varón adulto que sobresalían, calzados con unos zapatos marrones y blancos que me resultaron extrañamente familiares.

Me puse a gatas y asomé la cabeza por el túnel, y me invadió un intenso y amargo hedor a whisky. Unos débiles ronquidos resonaban en la oscuridad, cerrada y pestilente. Por lo visto, la concha había actuado como una copa de coñac y había reunido y concentrado los vapores hasta hacerlos tan intensos que con solo olerlos me dieron náuseas.

Alcancé a tocar una rodilla huesuda, y la agité.

—Charles. —Mi voz resonó en el oscuro interior—. ¡Charles!

Empezó a forcejear aparatosamente, como si despertara bajo diez pies de agua. Finalmente, y después de que le asegurara que yo era quien decía ser, volvió a dejarse caer de espaldas, respirando con dificultad.

—Richard —dijo con voz pastosa—. Gracias a Dios. Te había tomado por no sé qué monstruo extraterrestre.

Al principio, el interior del caracol estaba completamente a oscuras, pero ahora mis ojos se habían acostumbrado a la débil y rosada luz que atravesaba las paredes translúcidas, y ya podía ver.

—¿Qué haces aquí? —le pregunté.

Charles estornudó.

—Estaba deprimido —respondió—. Pensé que si dormía aquí me encontraría mejor.

—¿Y te encuentras mejor?

—No.

Estornudó cinco o seis veces seguidas. Luego volvió a desplomarse.

Pensé en los niños del parvulario, agolpados alrededor de Charles al día siguiente, como liliputienses alrededor de Gulliver. La señora que dirigía el Childhood Center —una psiquiatra que tenía el despacho en el mismo pasillo que el doctor Roland— parecía una persona agradable y bondadosa, pero aun así no me imaginaba su reacción de encontrarse a un borracho inconsciente en su parque infantil.

—Despierta, Charles.

—Déjame en paz.

—No puedes seguir aquí.

—Puedo hacer lo que me dé la gana —dijo, arrogante.

—¿Por qué no vienes a tomar una copa conmigo?

—No, gracias.

—Venga, hombre.

—Está bien. Solo una.

Al salir se dio un fuerte golpe en la cabeza. Seguro que a los niños les encantaría aquel olor a Johnny Walker que encontrarían cuando fueran al colegio, al cabo de pocas horas.

Mientras subíamos hacia la Monmouth, Charles tuvo que apoyarse en mi hombro.

—Solo una —insistió.

Yo tampoco estaba en muy buena forma, y me costó trabajo arrastrarlo escaleras arriba. Finalmente llegamos a mi habitación, y una vez allí lo metí en la cama. Charles ofreció poca resistencia y se quedó tendido, murmurando, mientras yo bajaba a la cocina.

Lo de la copa no había sido mas que un ardid. Le eché un rápido vistazo a la nevera, pero lo único que encontré fue una botella de una especie de jarabe judío, con sabor a fresas, que llevaba allí desde la fiesta de las luces. Yo lo había probado en una ocasión, con la intención de robarlo y, tras escupirlo inmediatamente, había devuelto la botella a su sitio. Habían pasado meses. La metí debajo de la camisa; pero cuando llegué a la habitación, Charles se había dado la vuelta y, con la cabeza apoyada contra la pared, donde habría debido estar la cabecera, estaba roncando.

Dejé la botella en el escritorio, con cuidado de no hacer ruido, cogí un libro y me marché. Fui al despacho del doctor Roland y, arropado con la chaqueta, leí en el sofá hasta que salió el sol. Luego apagué la lámpara y me dispuse a dormir.

Desperté sobre las diez. Era sábado, lo cual me sorprendió un poco: había perdido la noción del tiempo. Fui al comedor y pedí té y huevos pasados por agua; no comía nada desde el jueves. Cuando fui a mi habitación para cambiarme, hacia mediodía, Charles seguía durmiendo en mi cama. Me afeité, me puse una camisa limpia, cogí los libros de griego y volví al despacho del doctor Roland.

Me había retrasado bastante en mis estudios, pero, como suele pasar, no tanto como imaginaba. Las horas pasaron sin que me diera cuenta. Hacia las seis sentí hambre, fui a la nevera del despacho de ciencias sociales y encontré unas sobras de entremeses y un pedazo de pastel de cumpleaños. Lo comí todo en el escritorio del doctor Roland.

Como tenía ganas de bañarme, volví a casa hacia las once, pero al abrir la puerta y encender la luz, me sorprendió que Charles siguiera en mi cama. Estaba dormido, pero la botella de vino judío que había dejado en el escritorio estaba semivacía. Charles tenía el rostro sonrosado. Lo zarandeé un poco para despertarlo y me pareció febril.

—Bunny —exclamó, despertando sobresaltado—. ¿Adónde se ha ido?

—Solo era un sueño, Charles.

—Pero si estaba aquí —dijo, mirando alrededor con desesperación—. Ha estado aquí mucho rato. Lo he visto.

—Solo era un sueño, Charles.

—Pero si lo he visto. Estaba aquí, sentado a los pies de la cama.

Fui a la habitación de al lado a pedir prestado un termómetro.

Charles estaba a treinta y nueve y medio. Le di dos pastillas de Tylenol y lo dejé allí, frotándose los ojos y diciendo sandeces; bajé y llamé a Francis.

Francis no estaba en casa. Decidí llamar a Henry. Pero fue Francis, y no Henry, el que cogió el teléfono.

—¿Francis? ¿Qué haces ahí?

—Hola, Richard —dijo Francis con aire teatral, como si Henry estuviera escuchando.

—¿Qué pasa? ¿No puedes hablar?

—No.

—Mira. Tengo que preguntarte una cosa. —Le conté lo de Charles, e incluso lo del parque—. Creo que está bastante enfermo. ¿Qué crees que debería hacer?

—¿En el caracol? —dijo Francis—. ¿Que lo has encontrado dentro de ese caracol gigante?

—Sí, en el Childhood Center. Oye, eso no importa. ¿Qué hago? Estoy un poco preocupado.

Francis cubrió el auricular con la mano. Oí una discusión, amortiguada. Al cabo de un rato Henry se puso al teléfono.

—Hola, Richard. ¿Qué pasa?

Tuve que explicarlo todo otra vez.

—¿Cuánto dices? ¿Treinta y nueve y medio?

—Sí.

—Eso es mucho, ¿no?

Dije que sí, que bastante.

—¿Le has dado una aspirina?

—Sí, hace un rato.

—Bueno, pues espera un poco. Seguro que se le pasa.

Aquello era exactamente lo que yo quería que me dijeran.

—Tienes razón.

—Seguro que ha cogido frío durmiendo a la intemperie. Seguro que mañana se encontrará mejor.

Pasé la noche en el sofá del doctor Roland y después del desayuno volví a mi habitación con un panecillo de arándanos y un cartón de zumo de naranja que había conseguido robar, con muchísima dificultad, del bufet del comedor.

Charles estaba despierto, pero tenía fiebre y se encontraba bastante mal. El estado de la cama —sábanas desordenadas, la manta caída en el suelo, el colchón asomando— me indicó que no había pasado buena noche. Me dijo que no tenía hambre, pero consiguió tragar un par de sorbos de zumo de naranja. Advertí que el resto del vino judío había desaparecido.

—¿Cómo te encuentras?

Apoyó la cabeza en la arrugada almohada.

—Me duele la cabeza —dijo, adormilado—. He soñado con Dante.

—¿Alighieri?

—Sí.

—¿De veras?

—Estábamos en casa de los Corcoran —murmuró—. Dante también estaba con nosotros. Iba con un amigo que llevaba una camisa a cuadros y nos gritaba.

Le tomé la temperatura; había bajado a treinta y siete, pero para ser tan temprano me pareció un poco alta. Le di unas aspirinas y anoté el teléfono del despacho del doctor Roland por si quería llamarme. Cuando se dio cuenta de que me iba, me lanzó una mirada tan aturdida y desamparada que interrumpí mi explicación sobre cómo funcionaban las llamadas telefónicas interiores durante los fines de semana.

—Bueno, también podría quedarme aquí —dije—. Si no te importa, claro.

Charles se incorporó apoyándose en los codos. Tenía los ojos inyectados de sangre y muy brillantes:

—No te vayas —suplicó—. Tengo miedo. Quédate un rato.

Me pidió que le leyera algo, pero no tenía otra cosa que libros de griego, y no quiso que fuera a la biblioteca. Así que jugamos a euchre sobre un diccionario que él sostuvo en su regazo, y cuando nos cansamos cambiamos de juego. Charles ganó las dos primeras partidas. Luego empezó a perder. En la última mano barajó tan mal las cartas que salieron casi en la misma secuencia exacta, con lo cual habría podido ganar fácilmente la partida, pero estaba tan despistado que no supo aprovechar la oportunidad. Al ir a coger una carta del montón mi mano rozó la suya, seca y caliente. Aunque en la habitación hacía calor, estaba temblando. Le tomé otra vez la temperatura. Había subido a treinta y nueve y medio.

Bajé a llamar a Francis, pero ni él ni Henry estaban en su apartamento. Volví a subir. No había ninguna duda: Charles estaba mal. Me quedé un momento en la puerta mirándolo, y luego le dije:

—Espera un momento. —Y fui a la habitación de Judy.

La encontré echada en la cama, viendo una película de Mel Gibson en un vídeo que había tomado prestado del departamento de audiovisuales. Me maravilló ver que se estaba pintando las uñas, fumando un cigarrillo y bebiendo una Coca-Cola light al mismo tiempo.

—¿Te gusta Mel Gibson? —me preguntó—. Si me llamara ahora mismo y me pidiera que me casara con él, diría que sí sin vacilar.

—Judy, ¿qué harías si tuvieras treinta y nueve y medio de fiebre?

—Iría al médico —dijo sin despegar los ojos de la pantalla.

Le conté lo que le pasaba a Charles.

—Está muy enfermo —dije—. ¿Qué me aconsejas que haga?

Agitó una mano en el aire para que se secara el esmalte, con los ojos todavía fijos en la pantalla.

—Llévalo a urgencias.

—¿Tú crees?

—Es domingo. No creo que encuentres un médico. ¿Quieres coger mi coche?

—Si no lo necesitas…

—Las llaves están en el escritorio —dijo, distraída—. Hasta luego.

Llevé a Charles al hospital en el Corvette rojo. Iba muy callado y tenía los ojos llorosos; miraba al frente, con la mejilla derecha pegada al frío cristal de la ventanilla. En la sala de espera, mientras yo hojeaba unas revistas, permaneció sentado sin moverse, contemplando una vieja fotografía en color que había colgada enfrente: una enfermera invitaba a guardar silencio llevándose a los labios un dedo índice con la uña pintada de blanco. Los labios, también pintados de blanco (y en realidad todo el cartel), resultaban un poco pornográficos.

El médico de guardia era una mujer. Cuando solo llevaba unos cinco o diez minutos con Charles salió con su carpeta; se inclinó sobre el mostrador y habló un momento con la recepcionista, que me señaló.

La doctora se sentó a mi lado. Era de la clase de médico alegre y joven con camisa hawaiana y zapatillas de tenis que sale en las series de televisión.

—Hola —me dijo—. Acabo de examinar a tu amigo. Me parece que tendrá que quedarse en el hospital un par de días.

Dejé la revista que tenía en las manos. Aquello me había cogido desprevenido.

—¿Qué le pasa?

—Parece bronquitis. Pero está muy deshidratado. Quiero ponerle un gota a gota. Además hay que bajarle la fiebre. Se recuperará, pero necesita descansar, y una buena dosis de antibióticos, y para que le hagan efecto deprisa hay que administrárselos por vía intravenosa, al menos las primeras cuarenta y ocho horas. ¿Sois alumnos de la universidad?

—Sí.

—¿Sabes si ha sufrido mucho estrés últimamente? ¿Está haciendo la tesis, o algo así?

—Trabaja bastante —dije, con cautela—. ¿Por qué?

—Me da la impresión de que no se alimenta muy bien. Tiene cardenales en los brazos y las piernas, que podrían deberse a una deficiencia de vitamina C, y es posible que también esté bajo de vitamina B. ¿Fuma mucho?

No pude evitarlo: me eché a reír. La doctora se negó rotundamente a dejarme ver a Charles; dijo que quería hacerle unos análisis antes de que los del laboratorio se marcharan. Así pues, fui al apartamento de los gemelos a recoger algunas cosas. El piso estaba sospechosamente ordenado. Cogí un pijama, un cepillo de dientes, sus cosas de afeitar y un par de libros de bolsillo (P. G. Wode-house; pensé que le animaría), y le entregué la maleta a la recepcionista.

A la mañana siguiente, temprano, antes de ir a clase de griego, Judy llamó a mi puerta y dijo que me llamaban por teléfono. Pensé que sería Francis o Henry —la noche anterior había intentado hablar con ellos repetidamente—, o quizá incluso Camilla, pero era Charles.

—Hola —le dije—. ¿Cómo te encuentras?

—Muy bien —respondió. Advertí en su voz cierta alegría forzada—. Esto no está nada mal. Gracias por traerme la maleta.

—De nada, tío. ¿Estás en una de esas camas que suben y bajan?

—Pues sí. Oye, quería preguntarte una cosa. ¿Puedes hacerme un favor?

—Claro.

—Me gustaría que me trajeras un par de cosas. —Mencionó un libro, papel de cartas, y una bata que encontraría colgada en el interior de la puerta de su armario—. Y una botella de whisky que hay en mi mesilla de noche —dijo al final, como de pasada—. ¿Crees que podrás traérmelo esta misma mañana?

—Tengo que ir a griego.

—Bueno, pues después de griego. ¿A qué hora crees que podrás venir?

Dije que tendría que pedir prestado un coche.

—Por eso no te preocupes. Coge un taxi. Yo lo pagaré. Me haces un gran favor, de verdad. ¿A qué hora vendrás? ¿A las diez y media? ¿Las once?

—Seguramente hacia las once y media.

—Perfecto. Oye. Estoy en una sala de recreo. No puedo hablar. Tengo que volver a la cama antes de que me echen de menos. Vendrás, ¿verdad?

—Claro que sí.

—La bata y el papel de cartas.

—Sí.

—Y el whisky.

—Sí.

Aquel día Camilla no asistió a clase, pero Francis y Henry sí. Julian ya había llegado cuando entré, y le conté que Charles estaba en el hospital.

Julian podía mostrarse amable en circunstancias difíciles, aunque a veces me parecía que no lo hacía por la amabilidad, sino por la elegancia del gesto. Pero me animó ver que se mostraba verdaderamente preocupado.

—Pobre Charles —dijo—. No será nada grave, ¿verdad?

—Creo que no.

—¿Sabes si se le puede visitar? Esta tarde le llamaré sin falta. ¿Se os ocurre algo que pueda apetecerle? La comida de los hospitales es espantosa. Hace muchos años, en Nueva York, una amiga mía estuvo ingresada en el Columbia Presbyterian (en el Harkness Pavilion, qué espanto), y el chef del antiguo Le Chasseur le enviaba la cena cada día…

Henry, sentado al otro lado de la mesa, mantenía una expresión inescrutable. Intenté atraer la mirada de Francis; él me miró un momento, se mordió el labio y desvió los ojos.

—… y flores —continuó Julian—. Nunca había visto tantas flores juntas. Tantas, que sospeché que mi amiga se había enviado algunos ramos a sí misma. —Se rió—. En fin. Supongo que no tiene sentido que pregunte dónde está Camilla esta mañana.

Vi que Francis abría los ojos de golpe. También yo me sobresalté por un momento, pero comprendí que lo que Julian suponía —naturalmente, por supuesto— era que Camilla estaba con Charles en el hospital.

—¿Qué pasa? —preguntó Julian, frunciendo el entrecejo.

El absoluto silencio que obtuvo por respuesta, le hizo sonreír.

—No hay que ser demasiado espartano con estas cosas —dijo con tono amable después de una larga pausa; y yo me alegré al ver que, como de costumbre, proyectaba su propia interpretación, de muy buen gusto, por encima de la confusión—. Edmund era vuestro amigo. Yo también lamento muchísimo que esté muerto. Pero creo que os amargáis excesivamente, y eso no solo no le sirve de ayuda a él, sino que os perjudica a vosotros. Y además, ¿es la muerte, realmente, algo tan horrible? Os parece horrible porque sois jóvenes, ¿pero cómo sabéis que él no está mucho mejor que vosotros? ¿O, si consideramos que la muerte es un viaje a otro lugar, que no os volveréis a ver?

Abrió su diccionario y empezó a buscar la página.

—No hay que temer aquello de lo que no se sabe nada —añadió—. Sois como niños pequeños. Os da miedo la oscuridad.

Como Francis no tenía el coche, después de clase le pedí a Henry que me acompañara al apartamento de Charles. Francis, que vino con nosotros, estaba nervioso e irritable; se quedó en el pasillo fumando un cigarrillo tras otro y paseándose arriba y abajo mientras Henry, de pie en el dormitorio, me observaba recoger las cosas de Charles; en silencio, inexpresivo, observándome con una parsimonia que eliminaba por completo la posibilidad de que yo le preguntara por Camilla —algo que había decidido hacer en cuanto nos quedáramos solos— o por cualquier otra cosa.

Cogí el libro, el papel de cartas, la bata. Acerca del whisky tenía mis dudas.

—¿Qué te pasa? —me preguntó Henry.

Volví a dejar la botella en el cajón y lo cerré.

—Nada —contesté. Sabía que Charles se pondría furioso. Tendría que pensarme una buena excusa.

Henry señaló el cajón con la cabeza.

—¿Te ha pedido que le lleves eso?

No me apetecía hablar con Henry de la vida privada de Charles.

—También me ha pedido tabaco —dije—, pero no creo que le convenga.

Francis no había dejado de pasearse por el pasillo, como un gato inquieto. Al oír aquello, se paró delante de la puerta y le lanzó una fugaz mirada de preocupación a Henry.

—Hombre, mira... —dijo, dubitativo.

—Si te ha pedido la botella —me dijo Henry—, será mejor que se la lleves.

El tono de su voz me molestó.

—Está enfermo —repuse—. Tú ni siquiera le has visto. Si crees que le haces un favor llevándole...

—No pasa nada, Richard —intervino Francis, nervioso, haciendo caer la ceniza del cigarrillo en la palma de la mano—. Yo entiendo un poco de estas cosas. Cuando bebes, a veces es peligroso parar de golpe. Te pones enfermo. Hay gente que se muere de eso.

Aquello me inquietó. Nunca había pensado que el caso de Charles fuera tan grave. Pero me limité a decir:

—Bueno, si tan mal está, más le conviene quedarse en el hospital, ¿no?

—¿Qué quieres decir? —preguntó Francis—. ¿Quieres que le hagan un tratamiento de desintoxicación? ¿Sabes lo que significa eso? La primera vez que mi madre dejó la bebida, estaba fuera de sí. Tenía alucinaciones. Se pasaba el día pegando a la enfermera y berreando.

—No imagino a Charles sometido a un programa de desintoxicación en el hospital Catamount Memorial —añadió Henry. Se acercó a la mesilla de noche y cogió la botella—. Le costará esconder esto —dijo, sosteniendo la botella en alto.

—Podríamos pasarla a otra más pequeña —sugirió Francis.

—Será más fácil comprar otra botella. Así no habrá peligro de que se derrame. Le compramos una de esas planas y podrá esconderla debajo de la almohada.

Llovía un poco, y el cielo estaba gris y encapotado. Henry no nos acompañó al hospital. Pidió que lo dejáramos en su apartamento —dio una excusa bastante verosímil, no recuerdo cuál— y al bajarse del coche me ofreció un billete de cien dólares.

—Ten —me dijo—. Saluda a Charles de mi parte. ¿Quieres hacerme el favor de comprarle flores o algo?

Miré el billete, atónito. Francis me lo arrancó de las manos y se lo devolvió a Henry.

—Venga, Henry —le dijo, con un enfado que me sorprendió—. Déjalo ya, ¿quieres?

—Quedáoslo, en serio.

—Sí, tío. Y le compramos cien dólares de flores.

—No os olvidéis de pasar por la tienda —dijo Henry fríamente—. Haced lo que queráis con el resto del dinero. Dadle el cambio, si queréis. No me importa.

Volvió a darme el billete y cerró la portezuela del coche, que produjo un ruido débil, pero más violento que si hubiera dado un portazo. Observé su espalda, rígida y cuadrada, a medida que se alejaba.

Compramos una botella plana de Cutty Sark, una cesta de fruta, una caja de bombones y un juego de damas chino, y en lugar de comprar todo el stock disponible de claveles, compramos una orquídea *Oncidium*, amarilla con rayas rojizas, en un tiesto de cerámica rojo.

De camino al hospital, le pregunté a Francis qué había pasado durante el fin de semana.

—Ha sido muy desagradable. No quiero hablar de ello —contestó—. He visto a Camilla. En casa de Henry.

—¿Cómo está?

—Bien. Un poco preocupada, pero bien. Me dijo que no quería que Charles supiera dónde estaba, y no quiso discutir. Me habría gustado poder hablar con ella a solas, pero Henry no salió ni un momento de la habitación. —Nervioso, buscó el paquete de cigarrillos en su bolsillo—. Puede que te parezca una locura, pero te aseguro que estaba un poco preocupado. Temía que le hubiera pasado algo a Camilla.

No dije nada. Aquella misma idea me había pasado por la cabeza más de una vez.

—Mira, no es que sospechara que Henry la hubiera matado, pero no sé, era muy extraño. Desaparecer de esa forma, sin decirle nada a nadie. —Meneó la cabeza—. No me gusta decirlo, pero a veces no sé qué pensar de Henry. Sobre todo con cosas como esta. ¿Me explico?

Guardé silencio, aunque sabía a qué se refería. Pero era demasiado terrible para que alguno de los dos lo mencionara.

Charles compartía la habitación con otro enfermo. Estaba en la cama que quedaba más cerca de la puerta, separado de su compañero de cuarto por una cortina. Después nos enteramos de que se trataba del administrador de correos del condado de Hampden, al que habían operado de próstata. En su lado de la habitación había muchos ramos de flores y la pared estaba llena de tarjetas cursis, y él estaba semisentado en la cama hablando con unos parientes muy escandalosos: olor a comida, risotadas, todo jovial y encantador. Detrás de nosotros entraron más visitas, que se pararon un instante para echar un vistazo a Charles: callado, solo, echado boca arriba con el gota a gota en el brazo. Tenía la cara hinchada, enrojecida y áspera. Su cabello estaba tan sucio que parecía moreno. Miraba los dibujos animados de la televisión, unos dibujos muy violentos de pequeños animales que parecían comadrejas destrozando coches y atizándose en la cabeza.

Cuando nos acercamos a la cama, intentó incorporarse. Francis corrió la cortina detrás de nosotros, prácticamente en las narices de los inquisitivos visitantes del administrador de correos, un par de señoras de mediana edad que ansiaban pegarle un buen repaso a Charles; una de ellas se había vuelto y había exclamado «¡Buenos días!» por la rendija de la cortina, con intención de establecer conversación.

—¡Dorothy! ¡Louise! —llamaron desde el otro lado—. ¡Venid!

Oímos unos rápidos pasos por el linóleo y ruidosos cloqueos y grititos de saludo.

—Maldita sea —se quejó Charles. Estaba muy afónico y apenas podía hablar—. Siempre está lleno de gente. Y vienen continuamente a curiosear por aquí.

Para distraerle le enseñé la orquídea.

—¿La has comprado para mí, Richard? —Parecía emocionado. Iba a decirle que era de todos nosotros (sin mencionar a Henry directamente), pero Francis me lanzó una mirada de advertencia y no dije nada.

Abrimos los paquetes. Yo había imaginado que se precipitaría sobre la botella de Cutty Sark y la abriría sin más, pero se limitó a darnos las gracias y puso la botella en el compartimiento que había debajo de la bandeja de cama.

—¿Has hablado con mi hermana? —le preguntó a Francis con frialdad, como si estuviera diciendo: «¿Has hablado con mi abogado?»

—Sí —dijo Francis.

—¿Está bien?

—Creo que sí.

—¿Y qué dice ella?

—No sé a qué te refieres.

—Espero que le hayas dicho que se vaya al infierno.

Francis no contestó. Charles cogió uno de los libros que yo le había llevado y empezó a hojearlo distraídamente.

—Gracias por venir —dijo—, pero estoy un poco cansado.

—Está muy mal —me dijo Francis en el coche.

—Tiene que haber alguna forma de solucionar esto —dije—.

Estoy seguro de que podremos convencer a Henry de que le llame y se disculpe.

—¿De qué crees que serviría eso, mientras Camilla esté en el Albemarle?

—Hombre, ella no sabe que Charles está en el hospital, ¿no? Esto es una especie de emergencia.

—No sé.

En el cruce había un policía con un impermeable dirigiendo el tráfico. Era el policía del bigote pelirrojo. Al reconocer el coche de Henry, sonrió e indicó que continuáramos. Le saludamos con la mano como si fuera un día normal y corriente, como si fuéramos dos chicos normales y corrientes, y recorrimos un par de manzanas en un amargo y supersticioso silencio.

—Tiene que haber algo que podamos hacer —insistí.

—Creo que lo mejor es mantenernos al margen.

—No me dirás que si Camilla supiera lo enfermo que está Charles, no iría al hospital inmediatamente.

—Te lo digo en serio —dijo Francis—. Creo que tú y yo deberíamos mantenernos al margen.

—¿Por qué? Pero Francis encendió otro cigarrillo y se negó a seguir hablando.

Al volver a mi habitación, me encontré con Camilla sentada a mi escritorio, leyendo un libro.

—Hola —dijo, levantando la vista—. La puerta estaba abierta. Espero que no te importe que haya entrado.

Al verla experimenté una especie de descarga eléctrica. Repentinamente sentí un arrebato de ira. La lluvia mojaba la persiana y crucé la habitación para cerrar la ventana.

—¿Qué haces aquí?

—Quería hablar contigo.

—¿De qué?

—¿Cómo está mi hermano?

—¿Por qué no lo compruebas tú misma?

Dejó el libro. «Qué encanto», pensé con desesperación; la adoraba, adoraba su imagen: llevaba un jersey de cachemira color verde grisáceo, suave, y sus ojos grises tenían un luminoso tinte verde celedón.

—Te imaginas que tienes que optar por un bando —dijo—, pero te equivocas.

—No opto por ningún bando. Lo único que pienso es que sea lo que sea lo que estás haciendo, has elegido un mal momento para hacerlo.

—¿Y qué momento sería bueno? Quiero enseñarte una cosa. Mira.

Se levantó el fino cabello de la sien. Debajo había una costra del tamaño de una moneda; parecía como si le hubieran arrancado el cabello de raíz. Me quedé sin habla.

—Y esto —añadió. Se arremangó el jersey. Tenía la muñeca hinchada y un poco pálida, pero lo que me horrorizó fue una diminuta quemadura en la parte interna del antebrazo: una quemadura de cigarrillo, profunda, negra y horrible en aquella carne de marfil.

Tardé un poco en reaccionar.

—¡Por Dios, Camilla! ¿Ha sido Charles?

Se bajó la manga.

—¿Ahora lo entiendes? —dijo. En su voz no había emoción; la expresión de su rostro era fría, casi irónica.

—¿Cuándo empezó todo esto?

Camilla ignoró mi pregunta.

—Conozco bien a Charles —dijo—. Bastante más que tú. Lo mejor que puedo hacer es mantenerme alejada de él.

—¿A quién se le ocurrió que te instalaras en el Albemarle?

—A Henry.

—¿Y él qué tiene que ver con todo esto?

No contestó.

Una idea espantosa me pasó por la cabeza.

—No habrá sido él el que te hizo eso, ¿no?

Me miró sorprendida.

—No. ¿Por qué lo dices?

—No lo sé… Estoy confundido.

De pronto el sol asomó por detrás de un nubarrón, iluminando la habitación con una luz espléndida que roció las paredes como si fuera agua. El rostro de Camilla se iluminó. Sentí una dulzura insoportable. Por un momento, todo —espejo, techo, suelo— me pareció inestable y radiante, como en los sueños. Sentí un deseo intenso, casi irresistible, de coger a Camilla por la muñeca, y retorcerle el brazo a la espalda para hacerla gritar, arrojarla sobre la cama, estrangularla, violarla… Y entonces la nube volvió a ocultar el sol, y todo volvió a apagarse.

—¿A qué has venido? —le pregunté.

—Quería verte.

—Supongo que mi opinión te tiene sin cuidado —mi voz me resultaba muy desagradable, no podía controlarla, todo lo decía con el mismo tono altivo y ofendido—, pero creo que alojándote en el Albemarle no haces más que empeorar las cosas.

—¿Y qué me sugieres?

—¿Por qué no te hospedas en casa de Francis?

Se rió.

—Porque Charles y Francis se llevan fatal —contestó—. Francis tiene buenas intenciones. Ya lo sé. Pero no soporta a Charles.

—Si se lo pides, te dejará dinero para que te marches a cualquier parte.

—Ya lo sé. Me lo ha ofrecido. —Sacó un paquete de Lucky Strike del bolsillo. El tabaco que fumaba Henry.

—Puedes coger el dinero y hospedarte donde te venga en gana —dije—. No hace falta que le digas dónde.

—Francis y yo ya hemos hablado de todo esto. —Se interrumpió—. El caso es que Charles me da miedo. Y a Charles le da miedo Henry. En realidad se trata de eso.

La frialdad con que lo dijo me sorprendió.

—¿Y ya está?

—¿Qué quieres decir?

—¿Estás protegiendo tus intereses?

—Ha intentado matarme —dijo. Sus ojos cándidos y claros, se clavaron en los míos.

—¿Y Henry no le teme a Charles?

—¿Por qué lo preguntas?

—Está claro, ¿no?

Cuando comprendió a qué me refería, salió rápidamente en defensa de su hermano.

—Charles es incapaz de hacer una cosa así —me aseguró, ofendida.

—Imagínate que lo hace. Que va a la policía.

—No lo hará.

—¿Cómo lo sabes?

—¿Piensas que es capaz de incriminarnos a todos? ¿De incriminarse a sí mismo?

—A estas alturas no creo que le importe demasiado —repuse con intención de herirla, y comprobé que lo había conseguido.

Me miró, aturdida.

—Es posible —admitió—. Pero no debes olvidar que ahora Charles está enfermo. No es el mismo. Además, creo que él lo sabe. —Hizo una pausa—. Yo le quiero, y le conozco mejor que nadie. Pero ha estado sometido a una tensión muy fuerte, y cuando se pone a beber así, no sé, se convierte en otra persona. No quiere escuchar a nadie, ni siquiera sé si recuerda la mitad de las cosas que hace. Por eso doy gracias a Dios de que esté en el hospital. Si le obligan a parar un día o dos, a lo mejor empieza a pensar con la cabeza otra vez.

Me pregunté qué diría Camilla si supiese que Henry le enviaba whisky a su hermano.

—¿Y tú crees que Henry está haciendo lo mejor para Charles?

—Claro que sí —contestó, sorprendida.

—¿Y lo mejor para ti?

—Claro. ¿Cómo puedes pensar otra cosa?

—Tienes mucha fe en Henry, ¿verdad?

—Nunca me ha decepcionado.

Sentí un nuevo arrebato de ira.

—¿Y qué me dices de Charles?

—No lo sé.

—Pronto saldrá del hospital. Tendrás que verle, te guste o no. ¿Qué piensas hacer entonces?

—¿Por qué estás enfadado conmigo, Richard?

Me miré las manos. Me temblaban. Ni siquiera me había dado cuenta. Estaba temblando de rabia.

—Vete, por favor —le dije—. Déjame.

—¿Qué te pasa?

—Nada. Vete, por favor.

Camilla se levantó y dio un paso hacia mí. Yo retrocedí.

—Está bien —dijo—. Como quieras. —Dio media vuelta y se marchó.

Llovió todo el día y toda la noche. Tomé unas cuantas pastillas para dormir y fui al cine. Daban una película japonesa que fui incapaz de seguir. Los personajes se paseaban por habitaciones vacías, no había diálogo, y durante minutos solo se oía el siseo del proyector y la lluvia que golpeaba el tejado. En la sala solo había otro espectador, un hombre sentado unas filas más atrás. En el haz de luz del proyector se veían motas de polvo en suspensión. Cuando salí estaba lloviendo, no había estrellas, y el cielo se veía tan negro como el techo del cine. Las luces de la marquesina se deshacían en la calzada mojada, formando largos rayos. Me resguardé dentro, tras las puertas de vidrio, mientras esperaba un taxi en el vestíbulo enmoquetado, que olía a palomitas de maíz. Llamé a Charles desde la cabina, pero en la centralita del hospital se negaron a pasar la llamada; la operadora me dijo que las horas de visita habían concluido y que todo el mundo dormía. Todavía estaba discutiendo con ella cuando el taxi se paró en el bordillo; la luz de los faros iluminaban la lluvia y los neumáticos chorreaban.

Aquella noche volví a soñar con la escalera. El mismo sueño que tenía a menudo en invierno, pero que desde entonces raramente se repetía. Estaba, una vez más, en la escalera de hierro de casa de Leo —gastada y oxidada, sin barandilla—, con la diferencia de que ahora bajaba hacia una infinita oscuridad y los peldaños eran de diferente tamaño: unos altos, otros cortos, algunos tan estrechos que apenas me cabía el zapato. No había fondo a ninguno de los lados. Tenía que ir deprisa, no sé por qué, aunque me daba terror caerme. Iba bajando, bajando. La escalera cada vez estaba en peor estado, hasta que finalmente ya ni siquiera había escalera; más abajo —y aquello, no sé por qué, siempre era lo más terrorífico— veía a un hombre que bajaba delante de mí, muy deprisa...

Desperté sobre las cuatro y no pude dormirme otra vez. Había tomado demasiados tranquilizantes, y me alteraban el sistema nervioso. Ahora los tomaba durante el día, ya no me producían sueño. Me levanté y fui a sentarme junto a la ventana. Notaba el pulso sanguíneo en las yemas de los dedos. Más allá de los cristales, más allá de mi fantasma reflejado en ellos oía el viento en los árboles, sentía las colinas rodeándome en la oscuridad.

Me habría gustado ser capaz de no pensar en nada. Pero se me ocurría todo tipo de cosas. Por ejemplo: ¿por qué me había metido Henry en aquello, hacía solo dos meses (aunque parecía haber pasado años, toda una vida)? Porque ahora era evidente que su decisión de contármelo había sido un movimiento calculado. Había aprovechado mi vanidad y me había hecho creer que yo lo había averiguado todo por mí mismo («Muy bien —me dijo aquella vez recostándose en el asiento; todavía recordaba su mirada—. Muy bien, ya veo que no eres menos inteligente de lo que pensaba»); y a mí me había enorgullecido su alabanza, cuando en realidad —en aquel momento mi vanidad me impidió comprenderlo— él me había manipulado con sus halagos desde el principio. Quizá —aquella idea me provocó un escalofrío— hasta mi primer descubrimiento accidental había sido tramado. El diccionario que había olvidado, por ejemplo: ¿lo había escondido Henry, sabiendo que yo volvería por él? Y el desordenado apartamento en que sin duda entraría; los números de vuelo anotados en aquel papel, deliberadamente olvidado, como ahora parecía, junto al teléfono; ambos eran detalles poco propios de Henry. Quizá quería que yo lo averiguara. Quizá había adivinado en mí esa cobardía, ese repugnante instinto de rebaño que me haría seguir la corriente, sin ninguna duda.

Y no solo se trataba de que yo tuviera la boca cerrada, pensé mientras contemplaba con desagrado mi imagen reflejada en el cristal de la ventana. «Porque sin mí no habrían podido hacerlo.» Bunny había acudido a mí, y yo se lo había entregado directamente a Henry. Y ni siquiera me lo había pensado dos veces. «Tú eras la alarma, Richard —me había dicho Henry—. Yo sabía que si se lo decía a alguien, sería a ti. Y ahora que te lo ha contado, creo que los acontecimientos se precipitarán vertiginosamente.»

«Los acontecimientos se precipitarán vertiginosamente.» Se me puso la carne de gallina al recordar el tono irónico, casi cómico, que Henry había imprimido a esas palabras. «Dios mío —pensé—. Dios mío, ¿por qué le escuché?» Y tenía razón, por lo menos respecto a la precipitación. En menos de doce horas, Bunny estaba muerto. Y aunque yo no había sido el autor del empujón —un detalle que en su momento me había parecido esencial—, ahora eso ya no significaba nada.

Seguía intentando reprimir el más terrible de los pensamientos, aquel que me hacía temblar de pánico. ¿Pretendía Henry que yo pagara los platos rotos en caso de que fallara su plan? Ignoraba cómo se las habría ingeniado, pero no me cabía duda de que, de habérselo propuesto, lo habría conseguido. Había muchas cosas que yo solo sabía de segunda mano, muchas cosas que él me había contado; y en realidad había muchas más que ignoraba por completo. Y, pese a que aparentemente el peligro inmediato había desaparecido, no había ninguna garantía de que reapareciera al cabo de uno, de veinte, de cincuenta años. Yo sabía que el delito de homicidio no tenía plazo de prescripción. Si se descubrían nuevas pruebas, el caso se reabriría. Continuamente leía cosas así.

Todavía estaba oscuro. Los pájaros piaban en los aleros. Abrí el cajón de mi escritorio y conté el resto de los somníferos: pastillas de colores, como caramelos brillantes, sobre una hoja de papel de mecanografiar. Todavía quedaban bastantes, más de las que necesitaba. (¿Se sentiría mejor la señora Corcoran al saber que las pastillas que le robaron habían acabado con el asesino de su hijo?) Era tan fácil sentir cómo se deslizaban garganta abajo; pero mientras pestañeaba a la luz de la lámpara de mi escritorio, experimenté una oleada de repulsión tan intensa que fue casi una náusea. Pese a estar en una oscuridad horripilante, temía sumirme en la otra, en la definitiva, un abismo de lodo. Había visto su sombra en la cara de Bunny: un estúpido gesto de terror, el mundo abriéndose de arriba abajo; su vida estallando en un trueno de cuervos y el cielo extendiéndose sobre su estómago, como un océano blanco. Y luego nada. Cepas podridas, cochinillas arrastrándose por las hojas caídas. Tierra y oscuridad.

Me estiré en la cama. Notaba los latidos del corazón y sentí repulsión hacia aquel patético músculo, asqueroso y sanguinolento, que latía contra mis costillas. Veía la lluvia golpeando los vidrios de las ventanas. El jardín estaba empapado, encharcado. Cuando salió el sol vi, a la fría y débil luz del amanecer, que las baldosas estaban cubiertas de lombrices: delicadas y asquerosas, cientos de lombrices ciegas y desamparadas retorciéndose sobre la pizarra ennegrecida por la lluvia.

El jueves, en clase, Julian comentó que había hablado por teléfono con Charles. «Tenéis razón —murmuró—. Debe de estar bastante mal. Me pareció aturdido y desconcertado, ¿a vosotros, no? Creo que están dándole sedantes.» Sonrió y empezó a examinar cuidadosamente sus papeles. «Pobre Charles. Le pregunté dónde estaba Camilla (quería hablar con ella, porque no conseguía entender ni una palabra de lo que él intentaba decirme), y me dijo —aquí su voz cambió un poco, y quien no le conociera podría haber creído que intentaba imitar la de Charles, pero en realidad era la voz de Julian, cultivada y ronroneante, solo que ligeramente subida de tono, como si fuera incapaz, aun haciendo una imitación, de alterar sustancialmente su propia y melodiosa cadencia—, me dijo, con voz sumamente melancólica: "Se esconde de mí". Estaba soñando, por supuesto. Lo encontré enternecedor. Y para animarlo un poco, le dije: "Pues entonces tienes que cerrar los ojos y contar hasta diez, y verás cómo aparece". —Julian se rió—. Pero se enfadó conmigo. Me pareció encantador. "No", insistió, "no aparecerá". "¿No ves que estás soñando?", le dije. "No", me contestó, "no estoy soñando. Esto es real".»

Los médicos no se ponían de acuerdo sobre Charles. Habían probado dos antibióticos en una semana, pero la infección, o lo que fuera, no remitía. El tercer intento tuvo más éxito. Francis lo visitó el miércoles y el jueves, y le dijeron que Charles estaba mejorando, y que si todo iba bien podría irse a casa el fin de semana.

El viernes, hacia las diez, después de otra noche de insomnio, fui andando hasta casa de Francis. Era una mañana bochornosa, y un viento cálido azotaba los árboles. Estaba agotado. El aire estaba pesado y cargado de zumbidos de abejas y rugidos de cortacéspedes. Las parejas de vencejos se perseguían y piaban en vuelo.

Me dolía la cabeza. Me habría gustado tener unas gafas de sol. Había quedado con Francis a las once y media, pero mi habitación estaba hecha un desastre, hacía semanas que no llevaba la ropa a la lavandería y el bochorno me obligaba a permanecer echado en mi desordenada cama, sudando e intentando no oír los graves de la cadena musical de mi vecino. Jud y Frank estaban construyendo en el jardín del Commons una estructura enorme, desvencijada y modernísima, y los martillos y los taladros se dejaban oír desde primera hora de la mañana. Yo no sabía qué era —me habían llegado varias versiones diferentes: un escenario, una escultura, un monumento estilo Stonehenge en honor del grupo de rock Grateful Dead—, pero al mirar por la ventana por primera vez, atontado por el Fiorinal, y ver los firmes postes de soporte elevándose desde el suelo, me sobrecogió un terror irracional: «Una horca —me dije—, están levantando una horca, van a colgar a alguien en el jardín del Commons…» Superé aquella alucinación, pero en cierto modo la imagen persistió manifestándose de diferentes formas, como las cubiertas de los libros de terror de bolsillo; visto desde un ángulo, un niño rubio y sonriente; visto del otro, una calavera en llamas. A veces la estructura parecía vulgar, tonta, perfectamente inofensiva; pero a primera hora de la mañana o hacia el atardecer, el mundo desaparecía y surgía el cadalso, negro y medieval, con los pájaros sobrevolándolo. Por la noche proyectaba su larga sombra sobre mis pocas horas de sueño.

Básicamente, el problema consistía en que había tomado demasiadas pastillas; ahora estimulantes mezclados con tranquilizantes, porque aunque estos ya no me ayudaban a dormir, durante el día me colocaban, de modo que vivía permanentemente amodorrado. Me resultaba imposible conciliar el sueño sin tomar nada. Pero los tranquilizantes se me estaban acabando y aunque sabía que seguramente podría conseguir más a través de Cloke o Bram, o de alguien, había decidido tomar menos durante unos días. La idea era buena, en teoría, si bien resultaba terrible salir de aquella existencia submarina y fantástica, y emerger en un violento ambiente de luces y ruidos. El mundo era de una claridad aguda y discordante: por todas partes había verde, savia, sudor, plantas que se abrían camino entre las grietas de las losas de las aceras; losas blancas, veteadas, levantadas y combadas por un siglo de duras heladas invernales. Aquellas losas de mármol las había hecho poner un millonario, un hombre que veraneaba en North Hampden y que en 1920 se arrojó por una ventana de Park Avenue. Más allá de las montañas, el cielo estaba cubierto y oscuro como la pizarra. Había tensión en el aire; seguramente iba a llover. En las fachadas blancas resplandecían los geranios, de un rojo fiero y amenazador.

Giré por Water Street, en dirección norte, y al pasar por casa de Henry vi una sombra oscura en la parte trasera de su jardín. «No», pensé.

Pero sí, era él. Estaba arrodillado junto a un cubo de agua, con un trapo en la mano. Al acercarme comprobé que no estaba limpiando las baldosas, como me había parecido, sino un rosal. Estaba inclinado ante él y limpiaba las hojas meticulosamente, como un jardinero loco de *Alicia en el País de las Maravillas*.

Pensé que pararía, pero no lo hizo, y al final entré por la puerta de atrás.

—¿Qué haces, Henry? —le dije.

Me miró con parsimonia. No le sorprendió verme.

—Acáridos —dijo—. La primavera ha sido muy húmeda. Los he fumigado dos veces, pero la mejor forma de eliminar los huevos es lavarlos a mano.

Dejó el trapo en el cubo. Me fijé en el buen aspecto que tenía. No era la primera vez que lo veía así en los últimos días. Ya no tenía aquel aire tenso y triste, sino que se le veía más relajado. Henry nunca me había parecido guapo —siempre había sospechado que, en lo referente al aspecto físico, la formalidad de su porte era lo único que lo salvaba de la mediocridad—, pero ahora que sus movimientos no eran tan rígidos y contenidos, mostraba una seguridad, una gracia felina y una soltura que me sorprendieron. Un mechón de cabellos le caía sobre la frente.

—Esto es una *reine des violettes* —dijo señalando el rosal—. Una rosa preciosa, muy antigua. Se introdujo en mil ochocientos sesenta. Y aquello es una *madame Isaac Pereire*. Las flores huelen a frambuesa.

—¿Está Camilla? —le interrumpí.

Su rostro no reveló ninguna emoción, ni esfuerzo por disimularla.

—No —contestó, y siguió con lo que estaba haciendo—. Cuando me fui estaba durmiendo. No quise despertarla.

Me sorprendió oírle hablar de ella con semejante intimidad. Plutón y Perséfone. Observé su tensa espalda de sacerdote e intenté imaginar a los dos juntos. Las grandes y blancas manos de Henry, con sus uñas cuadradas.

Repentinamente, Henry preguntó:

—¿Cómo está Charles?

—Bien —contesté después de una incómoda pausa.

—Espero que salga pronto del hospital.

Una lona alquitranada y sucia restalló en el tejado. Henry siguió trabajando. Con aquellos oscuros pantalones de tirantes y su camisa blanca, tenía cierto aire amish.

—Henry.

No levantó la vista.

—Henry, sé que no es asunto mío, pero confío en que sepas lo que estás haciendo. —Hice una pausa, esperando una respuesta, pero no la obtuve—. Tú no has visto a Charles, pero yo sí, y creo que no sabes en qué estado se encuentra. Si no me crees, pregúntaselo a Francis. Hasta Julian se ha dado cuenta. Mira, he intentado explicártelo, pero por lo visto no me comprendes. Está fuera de sí y Camilla no lo sabe; no sé qué vamos a hacer cuando le den el alta. Ni siquiera estoy seguro de que pueda apañárselas solo. Mira…

—Perdona —me interrumpió Henry—, ¿te importa pasarme esas tijeras?

Hubo un largo silencio. Finalmente, Henry alargó el brazo y las cogió.

—Está bien —dijo, condescendiente—. No importa. —Separó los tallos, muy concienzudamente, y cortó uno por la mitad, inclinando con cuidado las tijeras para no estropear el que había al lado, más grueso.

—¿Qué demonios te pasa? —Me esforzaba por no levantar la voz. Las ventanas del piso superior estaban abiertas; oí voces, una radio, pasos—. ¿Por qué te empeñas en complicarle tanto las cosas a todo el mundo? —No se volvió. Le arrebaté las tijeras y las arrojé contra la pared de ladrillo—. ¡Contéstame!

Nos miramos fijamente. Detrás de sus gafas vi unos ojos serenos y muy azules.

Finalmente respondió con tranquilidad:

—Dímelo tú.

La intensidad de su mirada me asustó.

—¿Qué?

—A ti la gente no te emociona demasiado, ¿verdad?

—¿Pero de qué estás hablando? Claro que sí.

—¿En serio? —Henry levantó una ceja—. Creo que no. Pero no importa —añadió tras una tensa pausa—. A mí tampoco.

—¿Qué insinúas?

Se encogió de hombros.

—Nada. Solo que mi vida siempre ha sido insulsa y gris. Muerta. El mundo siempre me ha parecido vacío. Era incapaz de disfrutar hasta de las cosas más sencillas. Hiciera lo que hiciese, siempre me sentía muerto. —Se limpió las manos, sucias de tierra—. Pero todo cambió la noche que maté a aquel hombre.

Me impresionó aquella referencia tan directa a una cosa a la que, por acuerdo tácito, nos referíamos casi exclusivamente mediante códigos, indirectas y toda clase de eufemismos.

—Fue la noche más importante de mi vida —dijo con serenidad—. Me permitió hacer lo que siempre había deseado.

—¿Qué?

—Vivir sin pensar.

Las abejas zumbaban en la madreselva. Henry volvió a su rosal y empezó a entresacar los tallos pequeños de la parte superior.

—Antes estaba paralizado, aunque no me daba cuenta —di-

jo—. Y era porque pensaba demasiado, vivía en un plano demasiado mental. Me costaba tomar decisiones. Me sentía inmovili-
zado.

—¿Y ahora?

—Ahora… ahora sé que puedo hacer lo que quiera. —Levantó la vista—. Y si no me equivoco, tú has experimentado algo
bastante parecido.

—No sé de qué hablas.

—Yo creo que sí. Ese arranque de poder y de encanto, de seguridad, de control. Ese repentino descubrimiento de la riqueza
del mundo. De su infinito potencial.

Se refería al barranco. Y comprendí, horrorizado, que en
cierto modo Henry tenía razón. Pese a lo espantoso que había
sido, no se podía negar que el asesinato de Bunny había coloreado todos los sucesos posteriores con una especie de reluciente
tecnicolor. Y pese a que aquella nueva lucidez resultaba a menudo horripilante, no era una sensación completamente desagradable.

—No veo la relación —repliqué. Henry me daba la espalda.

—Yo tampoco estoy seguro de verla —dijo, comprobando el
equilibrio de su rosal; luego retiró con cuidado otro tallo del centro—. Salvo que no hay nada que importe demasiado. Estos seis
últimos meses lo han demostrado. Y últimamente parecía importante encontrar un par de cosas que importaran. Nada más.

Retrocedió unos pasos.

—Ya está. ¿Ha quedado bien? ¿O crees que tendría que abrirlo
un poco más por el centro?

—Henry —dije—. Escúchame.

—No quiero podarlo demasiado —dijo sin prestarme atención—. Debería haberlo podado hace un mes. Si los podas tan tarde, los tallos sangran. Pero, como dice el refrán, más vale tarde que nunca.

—Henry. Por favor. —Estaba a punto de echarme a llorar—. ¿Qué te pasa? ¿Te has vuelto loco? ¿No ves qué está pasando?

Se levantó y se limpió las manos en los pantalones.

—Tengo que entrar —dijo.

Colgó las tijeras en un gancho y se alejó. Pensé que en el último momento se volvería y me diría algo: adiós o algo así. Pero no lo hizo. Entró en la casa y la puerta se cerró tras él.

El apartamento de Francis estaba a oscuras. La luz se colaba por las brevísimas rendijas de las persianas venecianas. Francis dormía. Olía a encierro y a humo. Varias colillas flotaban en un vaso de ginebra. En la mesilla de noche junto a su cama había una quemadura, negra y redonda.

Abrí las persianas para que entrara el sol. Francis se frotó los ojos y me llamó por otro nombre. Luego me reconoció.

—Ah, eres tú —dijo. Tenía el rostro desencajado y lívido—. ¿Qué haces aquí?

Le recordé que habíamos quedado para ir a ver a Charles.

—¿Qué día es?

—Viernes.

—Viernes. —Se desplomó de nuevo en la cama—. Odio los viernes. Los jueves también. Traen mala suerte. —Estaba bocá arriba, contemplando el techo. Añadió—: ¿No crees que está a punto de ocurrir algo espantoso?

Me alarmé y mentí a la defensiva.

—No. ¿Qué quieres que pase?

—No lo sé —contestó Francis, sin moverse—. Es posible que me equivoque.

—Tendrías que abrir una ventana. Huele mal.

—No me importa. Yo no huelo nada. Tengo sinusitis. —Buscó a tientas los cigarrillos que tenía en la mesilla de noche—. Vaya, estoy deprimido. No me veo con ánimos de ver a Charles.

—Tenemos que ir.

—¿Qué hora es?

—Alrededor de las once.

Guardó silencio y luego dijo:

—Oye, vayamos a comer algo. Luego vamos al hospital.

—No comeremos tranquilos.

—Pues pidamos a Julian que nos acompañe.

—¿Para qué quieres a Julian?

—Estoy deprimido. Y siempre es agradable verlo —Se dio la vuelta y se puso boca abajo—. O puede que no. No lo sé.

Julian abrió la puerta con precaución —como la primera vez que fui a su casa—, y al ver quiénes éramos la abrió del todo. Francis le preguntó si le apetecía comer con nosotros.

—Claro que sí. Me apetece mucho. —Sonrió—. Ha sido una mañana muy extraña. Muy extraña. Ya os lo contaré de camino.

Lo que Julian definía como «extraño» solía resultar curiosamente mundano. Su contacto con el mundo exterior era tan limitado que solía considerar lo vulgar como sumamente raro: un expendedor automático, por ejemplo, o algún artículo nuevo del supermercado —cereales con forma de vampiro, o yogures que no necesitan conservarse en frío—. Nos encantaba que contara sus pequeñas incursiones en el siglo xx, así que Francis y yo insistimos en que nos explicara lo ocurrido.

—Bien. Ha venido la secretaria de la sección de lengua y literatura —dijo—. Me traía una carta. En el despacho de literatura tienen unos cestos para el correo de entrada y salida; puedes dejar cosas para que las pasen a máquina, y también recoger mensajes, aunque yo nunca lo utilizo. Aquellos con los que me interesa mínimamente hablar saben dónde encontrarme. Esta carta —la señaló; estaba abierta sobre la mesa, junto a sus gafas—, que iba dirigida a mí, acabó, no sé cómo, en el buzón del profesor Morse, que por lo visto está en año sabático. Su hijo vino a recoger el correo esta mañana y vio que la habían dejado por error en el buzón de su padre.

—¿Y de qué trata la carta? —le preguntó Francis, acercándose más—. ¿Quién te la ha enviado?

—Bunny —dijo Julian.

El terror me atravesó el corazón como un cuchillo helado. Lo miramos, perplejos. Julian sonrió y se permitió el lujo de una dramática pausa, para que nuestra perplejidad se acrecentara.

—Bueno, en realidad no es de Edmund, por supuesto —dijo—. Es una falsificación, y por cierto no muy inteligente. La carta está mecanografiada y no lleva firma ni fecha. No parece muy legítimo, ¿no os parece?

Francis había recuperado el habla.

—¿Mecanografiada?

—Sí.

—Bunny no tenía máquina de escribir.

—Bueno, fue alumno mío durante casi cuatro años, y a mí jamás me entregó ningún trabajo escrito a máquina. Que yo sepa, ni siquiera sabía escribir a máquina. ¿Me equivoco? —Nos miró con perspicacia.

—No —contestó Francis después de una seria y meditada pausa—. Creo que tienes razón.

Yo lo corroboré, aunque me constaba —y también a Francis— que Bunny sí sabía escribir a máquina. No tenía máquina de escribir —eso era cierto—; pero a menudo le pedía prestada la suya a Francis, o utilizaba uno de los viejos cacharros de la biblioteca. El caso era —pero ninguno de los dos tenía intención de mencionarlo— que ninguno de nosotros le entregaba trabajos mecanografiados a Julian, jamás. Y por una razón muy sencilla: era imposible escribir en griego con una máquina de escribir inglesa. Henry poseía una pequeña máquina portátil de alfabeto griego, que había comprado durante unas vacaciones en Grecia, pero nunca la utilizaba porque, como me comentó en una ocasión, el teclado era diferente del inglés y tardaba cinco minutos en escribir su nombre.

—Es muy triste pensar que a alguien se le haya ocurrido gastarme una broma como esta —dijo Julian—. No imagino quién puede haber sido.

—¿Cuánto tiempo llevaba en el buzón? —preguntó Francis—. ¿Lo sabes?

—Ah, además eso —dijo Julian—. Pues no lo sé. La secretaria me dijo que el hijo de Morse no pasaba a recoger el correo de su padre desde marzo. Y eso quiere decir, por supuesto, que podrían haberla echado ayer. —Señaló el sobre—. Mirad. Solo pone mi nombre, a máquina; no hay remite, ni fecha, ni sello. Esto es obra de un chiflado, evidentemente. Pero el caso es que no entiendo por qué querrían gastarme una broma tan cruel. Es como para contárselo al decano, pero después de todo el jaleo habido no quisiera complicar las cosas, desde luego.

Una vez superado el shock del primer momento, empecé a respirar más fluidamente.

—¿Qué tipo de carta es? —le pregunté.

Julian se encogió de hombros:

—Échale un vistazo.

La cogí. Francis la miró por encima de mi hombro. Eran cinco o seis cuartillas escritas a un espacio. Algunas se parecían a un papel de carta que tenía Bunny. Las cuartillas no eran todas del mismo tamaño. Vi que había letras impresas mitad en rojo y mitad en negro, y supe que la carta había sido escrita con la máquina del estudio de la biblioteca.

La carta era inconexa, incoherente, e incuestionablemente auténtica. La leí por encima, y recuerdo tan poco acerca de su contenido que no puedo reproducirla aquí, pero sí recuerdo lo que pensé: si Bunny la había escrito, estaba mucho más desesperado de lo que habíamos imaginado. Estaba llena de palabras soeces que parecía difícil, incluso en las circunstancias más adversas, que Bunny hubiese utilizado en una carta dirigida a Julian. No estaba firmada, pero había varias referencias inequívocas que evidenciaban que Bunny Corcoran, o alguien que pretendía suplantarle, era el autor. Contenía muchas faltas de ortografía, típicas de Bunny, pero afortunadamente a Julian no podían sugerirle nada, pues Bunny escribía tan mal que solía pedir a alguien que le corrigiera sus ejercicios antes de entregarlos. Incluso yo habría podido tener dudas sobre la autoría de aquella carta tan truncada y paranoide, de no ser por la referencia al asesinato de Battenkill: «Es un monstruo asqueroso (Henry, claro está). Ha matado a un hombre y ahora quiere matarme a mí. Están todos implicados. Al hombre que mataron en octubre, en el condado de Battenkill (se llamaba McRee), creo que lo mataron a golpes, no estoy seguro». Había otras acusaciones —algunas ciertas (las prácticas sexuales de los gemelos), otras no—, tan brutales que lo único que conseguían era desacreditar el conjunto. Mi nombre no se mencionaba. En general, la carta tenía un familiar tono de borracho desesperado. Más adelante supuse que debió de escribirla en el estudio de la biblioteca la misma noche que acudió borracho a mi habitación, justo antes o justo después —seguramente después—, en cuyo caso fue puro milagro que no nos cruzáramos cuando bajé al edificio de ciencias a telefonear a Henry. Solo recuerdo otra cosa: la última frase, la única que hizo que sintiera cierto remordimiento: «Ayúdame, por favor, por eso te escribo, eres el único que puede ayudarme».

—No sé quién lo habrá escrito —dijo Francis con tono indiferente y despreocupado—, pero sea quien sea, no sabe escribir.

Julian se rió. Obviamente, no sabía que la carta era auténtica.

Francis cogió la carta y le echó un vistazo, meditabundo. Al llegar a la penúltima cuartilla, de un color ligeramente distinto del resto, se detuvo y le dio la vuelta distraídamente.

—Por lo visto… —se interrumpió.

—¿Por lo visto qué? —dijo Julian con tono amable.

Tras una breve pausa, Francis añadió:

—Por lo visto, quienquiera que la escribiera necesitaba una cinta nueva.

Pero aquello no era lo que Francis estaba pensando, ni lo que yo estaba pensando, ni lo que había estado a punto de decir, sino lo único que se le ocurrió decir cuando, al darle la vuelta a la última cuartilla, los dos vimos, horrorizados, lo que había en el dorso. Era una hoja de papel de carta de hotel, y en el encabezamiento se veía la dirección y el membrete del Excelsior: el hotel donde Bunny y Henry se habían alojado en Roma.

(Más adelante, con la carta en la mano, Henry nos dijo que el día antes de su muerte Bunny le había pedido que le comprara otro paquete de papel de carta. Era un papel muy caro, de color crema, importado de Inglaterra; el mejor que tenían en la tienda de la ciudad. «Ojalá se lo hubiera comprado —nos dijo—. Me lo pidió una docena de veces. Pero pensé que no valía la pena, ¿entendéis?» El papel del Excelsior no era tan grueso, ni tan refinado. Henry especuló —y seguramente tenía razón— que Bunny había terminado su paquete y que encontró aquella cuartilla, prácticamente del mismo tamaño que las otras, revolviendo en su escritorio, y que le había dado la vuelta para escribir en el dorso.)

Hice todo lo posible por no mirarla, pero seguía asomando en los límites de mi campo de visión. Un palacio, dibujado con tinta azul y trazos alargados, como los trazos de los menús italianos. Márgenes azules. Inconfundible.

—A decir verdad —dijo Julian—, ni siquiera he terminado de leerla. Su autor, sin duda, es un perturbado. No puedo asegurarlo, desde luego, pero creo que debe de haberla escrito algún estudiante, ¿no os parece?

—No concibo a ningún miembro de la facultad escribiendo una cosa así, si a eso te refieres —dijo Francis, dándole la vuelta a la hoja que llevaba el membrete. No nos miramos. Yo sabía exactamente lo que Francis estaba pensando: «¿Cómo podemos robar esta cuartilla? ¿Cómo podemos hacerla desaparecer?».

Me acerqué a la ventana para distraer a Julian.

—Hace un día precioso, ¿verdad? —dije, dándoles la espalda a los dos—. Parece mentira que hace apenas un mes estuviera nevando... —Seguí diciendo tonterías, sin volverme.

—Sí —contestó Julian cortésmente—, hace un tiempo estupendo.

Pero su voz no provenía de donde yo esperaba, sino de más allá, cerca de la librería. Me volví y vi que se estaba poniendo la chaqueta. Miré a Francis y comprendí que no lo había conseguido: estaba mirando a Julian de soslayo. Al volver este la cabeza para toser, Francis cogió la cuartilla, pero justo entonces Julian se volvió y Francis tuvo que dejarla disimuladamente donde estaba, fingiendo que había cogido la carta para ordenar las cuartillas.

Una vez en la puerta, Julian sonrió.

—¿Nos vamos?

—Sí, vámonos —dijo Francis, con más entusiasmo del que sentía.

Dejó la carta sobre la mesa, y los dos seguimos a Julian, sonriendo y hablando. Pero noté la tensión en los hombros de Francis, y yo iba mordiéndome el labio inferior, con sensación de frustración.

El almuerzo fue triste. No recuerdo casi nada, salvo que hacía un día espléndido y que nos sentamos a una mesa demasiado cerca de la ventana. La luz no hacía más que aumentar mi desconcierto y mi desasosiego. No hablamos de otra cosa que de la carta, la carta, la carta. ¿Estaría el autor resentido con Julian? ¿O irritado con nosotros? Francis conservaba la calma mejor que yo, pero iba vaciando los vasos de vino de la casa uno tras otro, y tenía la frente perlada de sudor.

Julian opinaba que la carta era falsa. De eso no había duda. Pero si reparaba en el membrete, todo cambiaría, porque él sabía tan bien como nosotros que Henry y Bunny se habían alojado en el Excelsior un par de semanas. No perdíamos la esperanza de que la tirara a la papelera sin enseñársela a nadie y sin volverla a examinar. Pero a Julian le gustaba la intriga, los secretos, y podía pasar varias semanas especulando acerca de cosas como aquella («¿En serio? ¿De verdad crees que ha sido alguien de la facultad?»). Yo seguía pensando en lo que Julian había dicho sobre la conveniencia de enseñarle la carta al decano. Tendríamos que hacernos con ella a cualquier precio. Entrando furtivamente en su despacho, por ejemplo. Pero aun suponiendo que la dejara allí, en un sitio donde nosotros pudiéramos encontrarla, eso significaría esperar seis o siete horas.

Durante la comida bebí bastante, pero cuando terminamos estaba tan nervioso que en lugar de café tomé brandy con el postre. Francis hizo un par de llamadas telefónicas. Sin duda intentaba hablar con Henry, para pedirle que fuera al despacho y se apoderara de la carta mientras nosotros entreteníamos a Julian en la Brasserie. Pero, a juzgar por las tensas sonrisas que exhibía al volver a la mesa, no había tenido suerte. Cuando volvió por segunda vez se me ocurrió una idea: si podía levantarse para telefonear, ¿por qué no salía por la puerta de atrás, cogía el coche e iba a buscarla él mismo? De haber tenido las llaves del coche, yo mismo lo habría hecho. Cuando ya era demasiado tarde —Francis había pedido la cuenta— me di cuenta de lo que habría tenido que decir: que me había dejado algo en el coche y que necesitaba las llaves para ir a buscarlo.

Por el camino de regreso a la universidad comprendí que siempre habíamos contado con la posibilidad de comunicarnos en clave: cuando se presentaba una emergencia decíamos algo en griego, disfrazándolo de aforismo o de cita. Pero con Julian aquello era imposible.

Julian no nos invitó a subir a su despacho. Esperamos a que subiera por el sendero, y cuando llegó a la puerta trasera del ateneo y se volvió, lo saludamos con la mano. Era la una y media de la tarde.

Nos quedamos un momento en el coche, inmóviles. La amistosa sonrisa de despedida de Francis había desaparecido de su rostro. De pronto se agachó y se golpeó la frente contra el volante, con tanta violencia que me asusté.

—¡Mierda! —gritó—. ¡Mierda! ¡Mierda!

Lo cogí por el brazo.

—Cállate —le ordené.

—Mierda —se lamentó Francis, echando la cabeza hacia atrás y con las manos en las sienes—. Mierda. Esto es el fin, Richard.

—Cállate.

—Es el fin. Se acabó. Nos meterán entre rejas.

—Cállate —insistí. Curiosamente, su pánico, me tranquilizó—. Tenemos que pensar algo.

—Vámonos —dijo Francis—. Podemos llegar a Montreal al anochecer. No nos encontrarán.

—No digas tonterías.

—Podemos quedarnos un par de días en Montreal. Vendemos el coche, luego cogemos un autocar y nos vamos a… Saskatchewan. Al sitio más raro que se nos ocurra.

—Francis, cálmate, por favor. Creo que podremos arreglárnoslas.

—¿Cómo?

—Primero tenemos que encontrar a Henry.

—¿A Henry? —Me miró con expresión de sorpresa—. ¿Qué te hace pensar que él puede ayudarnos? Está tan chalado que no sabe ni…

—¿No tiene Henry una llave del despacho de Julian?

—Sí, creo que sí. Por lo menos la tenía.

—¿Lo ves? Buscaremos a Henry y lo traeremos aquí. Ya se le ocurrirá alguna excusa para hacer salir a Julian de su despacho. Y entonces uno de nosotros entrará por la puerta de atrás.

El plan era bueno. Solo tuvimos un problema: encontrar a Henry. No estaba en su apartamento, y en el Albemarle no vimos su coche.

Regresamos al campus y miramos en la biblioteca; luego volvimos al Albemarle. Esta vez, Francis y yo bajamos del coche y dimos una vuelta por el jardín.

El Albemarle, un antiguo hotel construido en el siglo XIX, era un edificio sombreado y lujoso, con postigos altos y un porche amplio y fresco, pero no era mucho mayor que una casa privada grande.

—¿Has preguntado en conserjería? —inquirí a Francis.

—No servirá de nada. Se han registrado bajo un nombre falso y creo que Henry le contó alguna historia a la recepcionista, porque la otra noche, cuando intenté hablar con ella, no pude sacarle ni una sola palabra.

—¿Hay alguna forma de entrar sin pasar por el vestíbulo?

—No lo sé. Una vez mi madre y Chris se alojaron aquí. En realidad no es un edificio muy grande. Que yo sepa solo hay una escalera, y para llegar a ella hay que pasar por delante de conserjería.

—¿Y el piso de abajo?

—Me parece que están en uno de los pisos superiores. Camilla mencionó algo de subir maletas. Puede que haya una escalera de incendio, pero no sé dónde.

Subimos al porche. Por el balcón vimos un vestíbulo fresco y oscuro; detrás del mostrador de recepción había un hombre de unos sesenta años con las gafas apoyadas en la punta de la nariz; leía un ejemplar del *Bennington Banner*.

—¿Esa es la persona con la que hablaste? —susurré.

—No. Hablé con su esposa.

—¿Te ha visto alguna vez?

—No.

Abrí la puerta y asomé la cabeza. Luego entré. El recepcionista levantó la vista del periódico y nos miró de arriba abajo con desdén. Era uno de esos jubilados remilgados que tanto abundan en Nueva Inglaterra (se suscriben a revistas de antigüedades y se pasean con esas bolsas de lona que regalan en la televisión pública).

Le dediqué una de mis mejores sonrisas. Detrás del mostrador había un armario con las llaves de las habitaciones dispuestas en hileras, según los pisos. En el segundo piso faltaban tres llaves —2B, 2C y 2E—, y en el tercero solo una, la 3A.

—¿En qué puedo ayudarles? —preguntó mirándonos fríamente.

—¿Puede decirnos si nuestros padres han llegado ya de California? —pregunté.

Se mostró sorprendido. Abrió el libro de registro.

—¿Qué nombre es, por favor?

—Rayburn; señor y señora Rayburn.

—No veo ninguna reserva.

—Creo que no habían reservado habitación.

Me miró por encima de las gafas.

—Generalmente exigimos una reserva, con depósito, con una antelación de por lo menos cuarenta y ocho horas —me comentó.

—No lo consideraron necesario… en esta época del año.

—Pues no le garantizo que cuando lleguen encuentren habitaciones libres —dijo secamente.

Me habría gustado decirle que el hotel estaba prácticamente vacío y que no había gente haciendo cola para entrar, pero volví a sonreír y le dije:

—Bueno, supongo que tendrán que correr ese riesgo. Han llegado al aeropuerto de Albany este mediodía. No creo que tarden mucho.

—Bien, en ese caso…

—¿Le importa que esperemos aquí?

Era evidente que le importaba. Pero no podía decirlo. Asintió, con los labios apretados —pensando sin duda en la monserga sobre procedimientos de reserva de habitaciones que les soltaría a mis padres— y volvió a enfrascarse en la lectura del periódico con un ostentoso ruido de papel.

Nos sentamos en un exiguo sofá victoriano, el más distante del mostrador.

Francis tenía miedo y no dejaba de mirar alrededor.

—No quiero quedarme aquí —me susurró al oído—. Podría venir la mujer.

—Ese tipo es un antipático, ¿no?

—La mujer es aún peor.

El recepcionista evitaba mirar en nuestra dirección. De hecho, estaba dándonos la espalda. Aflojé la mano en el brazo de Francis.

—Ahora vuelvo —susurré—. Dile que he ido al lavabo.

La escalera estaba alfombrada y conseguí subir sin hacer mucho ruido. Corrí por el pasillo hasta llegar a las habitaciones 2C y 2B. Dudé un momento y me decidí por la 2C. Llamé. No contestaron. Insistí, esta vez más fuerte. «¡Camilla!», dije.

Al final del pasillo, en la 2E, un perro empezó a ladrar. Esa tampoco, pensé, pero cuando iba a llamar a la tercera puerta, esta se abrió y una señora ataviada con una falda de golf me preguntó:

—Disculpe, ¿busca usted a alguien?

Curiosamente, había tenido el presentimiento de que estarían en el piso superior. Subí rápidamente el último tramo de escaleras. Por el pasillo me crucé con una desagradable mujer de unos sesenta años —vestido estampado, gafas de cristales gruesos, cara de caniche— que llevaba un montón de toallas dobladas:

—¡Alto ahí! —me ordenó—. ¿Adónde va?

Pero yo ya me había alejado de ella y estaba llamando a la puerta de la habitación 3A.

—¡Camilla! —grité—. ¡Soy Richard! ¡Déjame entrar!

Entonces abrió, como una aparición milagrosa: iba descalza y el sol entraba a raudales en la habitación. Se quedó mirándome, sorprendida.

—Hola —dijo—. ¡Hola! ¿Qué haces aquí?

La mujer del recepcionista, que me había seguido, preguntó:

—¿Qué está haciendo usted aquí? ¿Quién es usted?

—No se preocupe —le tranquilizó Camilla.

—Déjame entrar —dije casi sin aliento.

Pasé y Camilla cerró la puerta. La habitación era bonita: revestimiento de madera de roble, chimenea; en el dormitorio había
una sola cama, deshecha...

—¿Está Henry contigo?

—¿Qué ocurre? —Se le encendieron las mejillas—. Se trata de
Charles, ¿no? ¿Qué ha pasado?

Charles. Lo había olvidado por completo. Hice lo posible por
recobrar el aliento.

—No tengo tiempo de explicártelo. Tenemos que encontrar a
Henry. ¿Dónde está?

—En el despacho de Julian —dijo Camilla, mirando su reloj.

—¿En el despacho de Julian?

—Sí. ¿Qué ocurre? —insistió al ver mi expresión de desconcierto—. Creo que tenían una cita a las dos.

Bajé corriendo a recoger a Francis antes de que el recepcionista y
su esposa tuvieran ocasión de cotejar nuestras versiones.

—¿Qué hacemos? —me preguntó Francis, una vez en el coche—. ¿Lo esperamos fuera?

—Podría escapársenos. Creo que será mejor que uno de nosotros suba a buscarlo.

Francis encendió un cigarrillo. La llama de la cerilla vaciló.

—Puede que no pase nada —dijo—. A lo mejor Henry ha
conseguido cogerla.

—No lo sé. —Pero yo había pensado lo mismo. Estaba convencido de que si Henry veía aquella hoja intentaría cogerla, imaginaba que él lo haría mejor que Francis o que yo. Además, Henry
era el favorito de Julian; sonaba mal, pero era la verdad. Si se lo
proponía, podría coger la carta con el pretexto de entregársela a la

policía, de hacer analizar la letra... ¿Quién sabe qué podría ocurrírsele?

Francis me miró de soslayo.

—¿Qué crees que haría Julian —preguntó— si se enterara de esto?

—No lo sé. —Era la verdad. Ante una perspectiva tan impensable, las únicas reacciones que esperaba de Julian eran melodramáticas y poco probables: que sufriera un infarto, que se echara a llorar desconsoladamente.

—No creo que nos delatara.

—No lo sé.

—No puede ser. Julian nos quiere.

Guardé silencio. Independientemente de lo que Julian sintiera por mí, yo le quería y confiaba en él. A medida que mis padres se habían ido distanciando de mí —un proceso iniciado muchos años atrás—, Julian se había convertido en la única figura representante de la benevolencia paternal o de cualquier tipo de benevolencia. Para mí, él era mi único protector.

—Fue un error —dijo Francis—. Tiene que entenderlo.

—Puede ser —dije.

No concebía que Julian lo averiguara, pero al intentar imaginarme a mí mismo contándole aquella catástrofe a alguien, me di cuenta de que nos costaría menos contársela a Julian que a cualquier otra persona. Quizá su reacción fuera parecida a la mía, pensé. Quizá considerara aquellos asesinatos como algo triste y extraño, un episodio misterioso y pintoresco («Lo he hecho todo —solía decir Tolstói para pavonearse—; hasta matar a un hombre»), en lugar de un acto vil y egoísta, que es lo que era en realidad.

—¿Recuerdas lo que solía decir Julian? —me preguntó Francis.

—¿Qué?

—Que un santo hindú podía liquidar a mil soldados en una batalla sin que fuera pecado, a no ser que sintiera remordimientos.

Se lo había oído decir a Julian, pero nunca había entendido qué significaba.

—Nosotros no somos hindúes —dije.

—Richard —dijo Julian con un tono que me daba la bienvenida y a la vez sugería que lo había cogido en un mal momento.

—¿Está Henry? Tengo que hablar con él.

Julian me miró con sorpresa.

—Sí, cómo no —dijo, y me abrió la puerta.

Henry estaba sentado a la mesa donde dábamos las clases de griego. La silla de Julian estaba junto a la suya. Sobre la mesa había otros papeles, pero lo que Henry tenía delante era la carta.

—¿Puedo hablar contigo, Henry?

—Sí, claro —contestó fríamente.

Me di la vuelta para salir al pasillo, pero él no me siguió. Evitaba mirarme a los ojos. «Maldita sea», pensé. Henry creía que yo quería retomar la conversación que habíamos interrumpido en el jardín.

—¿Puedes salir un momento? —insistí.

—¿Qué pasa?

—Tengo que decirte algo.

Henry enarcó una ceja.

—¿A qué te refieres? ¿Tienes que contarme algo en privado?

Me habría gustado estrangularlo. Julian, cortésmente, fingía no oír nuestro diálogo, pero aquello despertó su curiosidad. Estaba de pie detrás de su silla, esperando.

—Lo siento —dijo—. Espero que no sea nada grave. ¿Me voy?

—No, no, Julian —dijo Henry, mirándome—. No hace falta que te molestes.

—¿Va todo bien? —me preguntó Julian.

—Sí, desde luego —le dije—. Solo quiero hablar con Henry un momento. Se trata de algo importante.

—¿No puede esperar? —me preguntó Henry.

La carta, abierta, permanecía sobre la mesa. Horrorizado, vi que Henry la hojeaba lentamente, como si fuera un libro, fingiendo examinar las páginas una a una. No había reparado en el membrete.

—Es urgente, Henry. Tengo que hablar contigo ahora mismo.

El tono de mi voz lo impresionó. Se volvió y me miró fijamente —ahora los dos me miraban fijamente—, y al hacerlo le dio también la vuelta a la página que tenía en la mano. El corazón me dio un vuelco. Allí estaba la hoja del Excelsior, con el membrete hacia arriba, encima de la mesa. Un palacio blanco dibujado con tinta azul.

—Está bien —accedió Henry. Y luego se dirigió a Julian—: Lo siento, volvemos enseguida.

—De acuerdo —dijo Julian, serio y preocupado—. Espero que no sea nada grave.

Me habría echado a llorar. Había conseguido que Henry me prestara atención, pero ahora ya no servía de nada. La hoja yacía sobre la mesa.

—¿Qué pasa? —dijo Henry, clavándome los ojos con recelo.

Julian también se había quedado mirándome. La carta permanecía entre ellos dos, a la vista de Julian. Con solo agachar la cabeza la vería.

Le lancé una rápida mirada a la carta y luego miré a Henry. Henry lo entendió al instante y se volvió, sin precipitarse pero deprisa. Pero no lo bastante deprisa: Julian miró hacia abajo, distraídamente, como si hubiera tenido una ocurrencia tardía.

Un espantoso silencio se apoderó de nosotros. Julian se inclinó y contempló el membrete. Luego cogió la hoja y la examinó. «Excelsior. Via Veneto». Almenas azules. Me sentí extrañamente liviano y casquivano.

Julian se puso las gafas y se sentó. Examinó cuidadosamente la cuartilla por ambas caras. Oí débiles risas de niños procedentes del exterior. Finalmente dobló la carta y se la metió en el bolsillo interior de la chaqueta.

—Vaya —dijo—. Vaya, vaya, vaya.

Como siempre suele ocurrir en los prolegómenos de las desgracias de la vida, yo no estaba preparado para aquella situación. Y no sentía miedo ni arrepentimiento, sino una terrible y aplastante humillación, una espantosa e insoportable vergüenza que no había sentido desde la infancia. Pero lo peor fue ver a Henry, y darme cuenta de que él sentía lo mismo que yo, y más intensamente si cabe. Lo odiaba —estaba tan furioso que lo habría matado—, pero no estaba preparado para verlo así.

Nadie dijo nada. Había motas de polvo suspendidas en un rayo de sol. Pensé en Camilla, que estaba en el Albemarle; en Charles, en el hospital; y en Francis, que esperaba confiadamente en el coche.

—Julian —dijo Henry—, puedo explicártelo.

—Pues hazlo —repuso Julian.

Su voz me dejó helado. Henry y él tenían en común una marcada frialdad —a veces, en su presencia te daba la impresión de que bajaba la temperatura—, pero yo siempre había considerado la frialdad de Henry como esencial e intrínseca, y la de Julian como una máscara de una naturaleza que en el fondo era cordial y cariñosa. Pero el brillo que entonces vi en la mirada de Julian era mecánico, mortal. Parecía haberse desprendido de su disfraz de cordialidad, mostrando por primera vez cómo era en realidad: no un viejo sabio bondadoso, el indulgente y protector padre de mis sueños, sino un ser ambiguo, amoral, cuyas engañosas trampas ocultaban a un personaje implacable, caprichoso y cruel.

Henry empezó a hablar. Me resultaba tan doloroso oírlo —se le trababa la lengua; ¡a Henry!— que ni siquiera reparé en lo que decía. Empezó intentando justificarse, desde luego, pero la severa mirada que acompañaba el silencio de Julian pronto descalificó sus palabras. Y luego —todavía me estremezco al recordarlo— su voz adquirió una nota desesperada, suplicante.

—No me gustaba tener que mentir. —¡No le gustaba!, como si estuviera hablando de una corbata fea, o de una cena aburrida—. No teníamos intención de mentirte, pero no podíamos hacer otra cosa. El primero fue un accidente; no tenía sentido molestarte, ¿no te parece? Y luego, con Bunny... últimamente no era muy feliz. Estoy seguro de que lo sabes. Tenía muchos problemas personales, problemas con su familia...

No paraba de hablar. Julian seguía sumido en un silencio sepulcral. Empecé a notar un molesto zumbido en la cabeza. «¡No lo soporto! —pensé—; tengo que marcharme», pero Henry seguía hablando, y yo seguía allí de pie, cada vez más enfermo de oír la voz de Henry y de ver la expresión de Julian.

No pude soportarlo más. Finalmente me volví para marcharme. Julian me vio e interrumpió a Henry bruscamente.

—Basta —dijo.

Hubo una desagradable pausa. Lo miré. «Ya está —pensé, con
una especie de horror fascinado—. Ya no quiere oír más. No quiere quedarse a solas con él.»

Julian se metió la mano en el bolsillo. La expresión de su rostro era inescrutable. Sacó la carta y se la dio a Henry.

—Será mejor que guardes esto —le dijo.

No se levantó de la silla. Henry y yo nos marchamos del despacho sin pronunciar palabra. Ahora que lo pienso, resulta gracioso. Fue la última vez que lo vi.

En el pasillo, Henry y yo guardamos silencio. Salimos despacio, esquivando mutuamente nuestras miradas, como extraños.
Mientras yo bajaba por la escalera él se detuvo junto a la ventana
del rellano, mirando sin ver.

Al verme, Francis se asustó.

—Oh, no —dijo—. Dios mío. ¿Qué ha pasado?

Tardé unos momentos en responderle.

—Julian la ha visto.

—¿Qué?

—Ha visto la cuartilla. Ahora la tiene Henry.

—¿Cómo ha conseguido cogerla?

—Se la dio Julian.

Francis estaba alborozado.

—¿Que se la ha dado? ¿Que le ha dado la carta a Henry?

—Sí.

—¿Y no dirá nada a nadie?

—No, no lo creo.

El pesimismo de mi voz lo desconcertó.

—Pero ¿qué ocurre? —preguntó con tono estridente—. La tenéis, ¿no? No pasa nada. Ya está arreglado, ¿no?

Me quedé contemplando la ventana del despacho de Julian.

—No. No lo creo.

Hace años escribí en una libreta: «Una de las cualidades más atractivas de Julian es su incapacidad de ver a alguien, o algo, objetivamente». Y debajo, con otra tinta: «Quizá esa es precisamente una de mis cualidades más atractivas (?).»

Siempre me ha resultado difícil hablar de Julian sin fantasear sobre él. En muchos sentidos yo lo apreciaba más que a los otros, y con él me siento tentado a embellecer, a recrear, a perdonar al fin y al cabo. Creo que eso se debe a que Julian continuamente recreaba a la gente que lo rodeaba y los sucesos que ocurrían, atribuyendo bondad, sabiduría, valor o encanto a acciones que no contenían nada semejante. Esa era una de las razones por las que yo lo apreciaba: por la subjetividad con que me veía, por la persona en que me convertía cuando estaba con él, por lo que él me permitía ser.

Ahora podría inclinarme fácilmente hacia el extremo opuesto, decir que el secreto del encanto de Julian consistía en que se relacionaba con jóvenes que anhelaban ser mejores que los demás, que tenía un don especial para convertir los sentimientos de inferioridad en sentimientos de superioridad y arrogancia. También podría decir que no lo hacía por motivos altruistas, sino egoístas, para satisfacer sus propios impulsos. Y podría extenderme en esta dirección sin faltar a la verdad. Pero de todos modos eso no explicaría la magia de su personalidad ni por qué sigo sintiendo —incluso a la luz de los acontecimientos posteriores— un intenso deseo de verlo tal como lo vi la primera vez: como el sabio anciano que se me apareció en una carretera vacía, con la tentadora oferta de hacer realidad todos mis sueños.

Pero esos bondadosos y ancianos caballeros con sus fascinantes ofertas no siempre son lo que aparentan, ni siquiera en los cuentos de hadas. Tendría que aceptarlo sin más, pero me cuesta, no sé por qué. Daría cualquier cosa por poder decir que el rostro de Julian se contrajo cuando se enteró de lo que habíamos hecho. Me gustaría poder decir que apoyó la frente sobre la mesa y se echó a sollozar, a sollozar por Bunny, por nosotros, por los errores cometidos y por la vida perdida; a sollozar por él mismo, por estar tan ciego, por haberse negado a ver una y otra vez.

Y el caso es que, pese a no ser cierto, tuve la extraña tentación de decir que Julian había hecho esas cosas.

George Orwell —sagaz observador de lo que ocultan las fachadas sociales o de otro tipo— conocía a Julian, y no le caía bien. Le escribió lo siguiente a un amigo suyo: «Al conocer a Julian Morrow, tienes la impresión de que es un hombre extraordinariamente simpático y cariñoso. Pero creo que lo que tú llamas su serenidad asiática no es otra cosa que la máscara de una gran frialdad. Siempre te devuelve la expresión que tú muestras en tu rostro, creando una ilusión de cariño y profundidad, cuando en realidad es quebradizo y superficial, como un espejo. Acton —al parecer se trata de Harold Acton, que también estaba en París entonces y era amigo de Orwell y de Julian— no está de acuerdo. Pero yo creo que no es una persona digna de confianza».

He pensado mucho en este pasaje, y también en un comentario de Bunny particularmente atinado: «Julian pertenece a la clase de personas que se come los bombones que más le gustan y deja el resto en la caja». A primera vista parece una frase enigmática, pero lo cierto es que no se me ocurre ninguna metáfora mejor para describir la personalidad de Julian. Se parece a un comentario que hizo Georges Laforgue en cierta ocasión en que yo ensalzaba a Julian: «Julian —dijo secamente— nunca será un erudito de primera fila, porque solo sabe ver las cosas con mentalidad selectiva.»

Expresé mi desacuerdo enérgicamente y pregunté qué había de malo en que uno centrara toda su atención solo en dos cosas, si esas dos cosas eran el arte y la belleza, y Laforgue me contestó: «No hay nada de malo en el amor a la belleza. Pero la belleza, salvo que vaya ligada a algo más significativo, siempre es superficial. El problema no reside en que tu amigo Julian decida centrarse únicamente en ciertas cosas muy elevadas, sino en que ha decidido ignorar otras igualmente importantes».

Es curioso. En los primeros borradores de este libro he luchado contra la tendencia de sentimentalizar a Julian, de falsificarlo y presentarlo como un santo de modo que nuestra veneración hacia él resultase justificada y mi fatal tendencia a convertir en buena a la gente interesante pasara inadvertida. Antes he dicho que Julian era perfecto, pero no lo era; en ocasiones era tonto y vacío, y a menudo cruel; no obstante, y precisamente por eso, nosotros lo apreciábamos.

Charles salió del hospital al día siguiente. Francis insistió en que pasara unos días en su casa, pero él se empeñó en volver a su apartamento. Tenía las mejillas hundidas, había adelgazado mucho y necesitaba un buen corte de pelo. Estaba triste y deprimido.

No le contamos lo que había ocurrido.

Yo sentía lástima por Francis. Lo veía preocupado y disgustado por la hostilidad que mostraba Charles.

—¿Te apetece ir a comer algo? —le preguntó.

—No.

—Venga, hombre. Vamos a la Brasserie.

—No tengo hambre.

—Nos lo pasaremos bien. Te compraré una de esas pastas que tanto te gustan.

Fuimos a la Brasserie. Eran las once de la mañana. Por casualidad, el camarero nos condujo a la mesa en que Francis y yo nos habíamos sentado con Julian solo veinticuatro horas antes. Charles apartó el menú y pidió dos bloody mary. Se los bebió de un tirón. Luego pidió otro.

Francis y yo, inquietos, dejamos los tenedores y nos miramos.

—Charles —dijo Francis—, ¿no te apetece una tortilla o algo así?

—Te he dicho que no tengo hambre.

Francis cogió el menú y le echó una ojeada rápida. Luego llamó al camarero.

—He dicho que no tengo hambre, mierda —dijo Charles sin levantar la vista. Le costaba sujetar el cigarrillo con el índice y el pulgar.

Después de aquello ninguno de los tres dijo gran cosa. Terminamos la comida y pedimos la cuenta. Mientras tanto, Charles se había bebido el tercer bloody mary y había pedido el cuarto. Luego tuvimos que ayudarlo a llegar al coche.

Llegó el lunes y, aunque no me apetecía mucho, asistí a clase de griego. Henry y Camilla llegaron por separado, supongo que por si Charles decidía aparecer. Pero no lo hizo, gracias a Dios. Henry estaba adormilado y muy pálido. Miraba por la ventana, sin prestarnos atención ni a Francis ni a mí.

Camilla parecía nerviosa; quizá el comportamiento de Henry hacía que se sintiera incómoda. Estaba ansiosa por saber de Charles y nos hizo varias preguntas, pero no obtuvo respuesta. Pasaron diez minutos, y luego quince.

—Julian nunca se retrasa tanto —comentó Camilla, mirando su reloj.

De pronto, Henry se aclaró la garganta. Su voz sonó ronca y extraña, como si llevara mucho tiempo sin hablar.

—No vendrá —dijo.

Lo miramos.

—¿Qué? —dijo Francis.

—Hoy no creo que venga.

En ese momento oímos unos pasos y llamaron a la puerta. No era Julian, sino el decano. Abrió la puerta y se asomó.

—Vaya, vaya —dijo. Era un hombre de unos cincuenta años, con calva incipiente y fama de impertinente—. Así que este es el santuario secreto. El sanctasanctórum. Nunca me habían dejado subir aquí.

Lo miramos.

—No está mal —dijo—. Recuerdo que hace unos quince años, antes de que se construyera el edificio nuevo de ciencias, hubo que alojar a varios asesores aquí. Había una psicóloga que siempre dejaba su puerta abierta, porque creía que eso creaba un ambiente más agradable. «Que tenga un buen día», le decía a Julian cada vez que él pasaba por delante de su despacho. Y Julian llamó a Manning Williams, mi feroz predecesor, y le amenazó con marcharse si no la trasladaban. —Chasqueó la lengua y añadió—: «Esa espantosa mujer.» Así la llamaba. «No soporto que esa espantosa mujer me aborde cada vez que paso por delante de su despacho.»

No era la primera vez que oía aquella historia, y el decano no lo había dicho todo: la psicóloga, además de dejar su puerta abierta, también pretendía que Julian hiciera lo mismo.

—A decir verdad —continuó el decano—, me esperaba algo un poco más clásico. Lámparas de aceite, lanzamiento de disco, jóvenes desnudos luchando por el suelo.

—¿Qué quiere? —le preguntó Camilla con cierta brusquedad.

El decano hizo una pausa y le dirigió una sonrisa zalamera.

—He venido a hablar con vosotros —dijo—. Acabo de saber que Julian ha tenido que marcharse de la universidad repentinamente. Ha solicitado un permiso indefinido y no sabe cuándo regresará. Huelga decir —añadió con delicioso sarcasmo— que eso os pone en una situación ciertamente interesante en términos académicos, sobre todo teniendo en cuenta que solo faltan tres semanas para que finalice el curso. Tengo entendido que Julian no acostumbraba hacer exámenes escritos, ¿me equivoco?

Nos quedamos mirándolo.

—¿Hacíais trabajos? ¿Cantabais canciones? ¿Cómo determinaba Julian la nota final?

—Hacíamos un trabajo y un examen oral de civilización —respondió Camilla. Era la única lo bastante serena para hablar—. Y para las clases de redacción, una traducción del inglés al griego, de un pasaje elegido por él.

El decano fingió reflexionar sobre aquello. Luego tomó aliento y dijo:

—El problema al que os enfrentáis, y estoy seguro de que ya

lo sabéis, es que en este momento no disponemos de ningún profesor que pueda ocuparse de vuestra clase. El señor Delgado tiene conocimientos de griego y podría corregir vuestros trabajos escritos, pero este año tiene mucho trabajo. Julian no nos ha facilitado las cosas a este respecto. Le pedí que me sugiriera algún suplente, pero dijo no conocer a ninguno.

Sacó un pedazo de papel de su bolsillo.

—He pensado en tres posibilidades. La primera, que terminéis el curso el otoño que viene. Pero no estoy seguro de que el departamento de lengua y literatura esté dispuesto a contratar a otro profesor de clásicas. La asignatura tiene muy poca aceptación y la opinión general es que debería suprimirse, sobre todo ahora que intentamos abrir un departamento de semiótica.

Respiró hondo y continuó:

—La segunda, que terminéis el curso asistiendo a clase este verano. Y la tercera, que contratemos temporalmente a un profesor suplente. Quiero que tengáis en cuenta que es bastante improbable que Hampden siga ofreciendo una licenciatura de clásicas. Los que decidáis quedaros con nosotros podréis integraros en el departamento de inglés, aunque me temo que para cumplir los requisitos de ese departamento tendréis que retrasar vuestra graduación un par de semestres. En cualquier caso —agregó, consultando su lista—, estoy seguro de que ya habéis oído hablar de Hackett, la escuela preparatoria masculina. En Hackett se imparten varias asignaturas de clásicas. Esta mañana he hablado con el director, y me ha dicho que no tiene ningún inconveniente en enviarnos a un profesor dos veces por semana para supervisar vuestros trabajos. Es posible que esta os parezca la mejor opción, pero desde luego no es la ideal, puesto que...

En ese momento Charles entró tambaleándose en el despacho.

Se quedó mirándonos. Es posible que en aquel preciso instante no estuviera teóricamente intoxicado, pero resultaba evidente que lo había estado hacía poco. Llevaba los faldones de la camisa colgando, y unos largos y sucios mechones de cabello le tapaban la frente.

—¿Qué pasa? —dijo—. ¿Dónde está Julian?

—¿No sabes llamar a la puerta? —le preguntó el decano.

Charles se volvió, vacilante, y lo miró.

—¿Qué es esto? ¿Quién demonios es usted?

—Soy el decano de esta institución —dijo el decano dulcemente.

—¿Qué ha pasado con Julian?

—Os ha dejado. Y me atrevería a decir que en la estacada. Ha tenido que marcharse repentinamente y no sabe cuándo volverá. Me dio a entender que tenía relación con el Departamento de Estado, con el gobierno de Isram y todo eso. Creo que es un milagro que no hayamos tenido más problemas de este tipo, a raíz de la estancia de la princesa en Hampden. En situaciones así solo se tiene en cuenta el prestigio de una alumna como ella, y nadie se para a pensar en las posibles consecuencias. Aunque he de admitir que no se me ocurre qué pueden querer de Julian las autoridades de Isram. El Salman Rushdie de Hampden. —Chasqueó la lengua y volvió a consultar su lista—. En fin. He hablado con el profesor de Hackett. Vendrá a veros mañana a las tres de la tarde. Espero que nadie tenga problemas de horario. En cualquier caso, os agradecería que reconsideraseis vuestras prioridades, ya que será vuestra única oportunidad para…

Camilla llevaba más de una semana sin ver a Charles, y desde luego no estaba preparada para verlo en aquel estado, pero se quedó mirándolo no con expresión de sorpresa, sino de pánico y horror. Hasta Henry parecía sorprendido.

—… y desde luego, esto también exigirá cierto compromiso de vuestra parte, porque…

—¿Qué dice? —le interrumpió Charles—. ¿Que Julian se ha ido?

—Permítame que le felicite, joven, por su dominio del idioma.

—¿Qué ha pasado? ¿Se ha marchado así, sin más?

—Sí; a fin de cuentas, sí.

Charles reflexionó un momento y luego se dirigió a Henry, con voz alta y clara:

—Henry, no sé por qué, pero me huele que todo esto es culpa tuya.

Hubo un largo e incómodo silencio. Finalmente, Charles se volvió y salió a toda prisa dando un portazo.

El decano se aclaró la garganta:

—Como os iba diciendo…

Tengo que admitir que en aquellos momentos la conciencia de haber arruinado mi carrera en Hampden todavía me produjo disgusto. Cuando el decano habló de aquellos dos semestres extra se me heló la sangre. Yo tenía muy claro que no conseguiría que mis padres contribuyeran para pagar otro año de estudios. Ya había perdido bastante tiempo con mis tres cambios de especialidad y con el traslado de California, y todavía perdería más si volvía a pedir un traslado. Y eso, suponiendo que consiguiera entrar en otra universidad y que me concedieran otra beca, dado mi historial y mis notas, que dejaban mucho que desear. Me preguntaba cómo podía haber sido tan estúpido, por qué no sabía elegir algo y llevarlo adelante, cómo era posible que estuviera a punto de acabar mi tercer curso de universidad y que no me hubiera servido de nada.

Lo que más me molestaba era que a los demás no parecía importarles. Desde luego, para ellos aquello no significaba nada. No les preocupaba tener que hacer un curso más, ni siquiera no poder graduarse o tener que volver a casa. Por lo menos tenían casas a las que ir. Disponían de rentas, subsidios, dividendos, abuelas chochas, tíos con influencias, familias que los querían. La universidad no era más que un apeadero, una especie de distracción. Pero para mí era una gran oportunidad, la única. Y la había desperdiciado.

Pasé dos horas paseándome frenéticamente por mi habitación —que en realidad no era «mía»; tendría que abandonarla dentro de tres semanas, y ya estaba adquiriendo un cruel aire de impersonalidad— y redactando un memorando para la oficina de ayudas financieras. La única forma de acabar mi licenciatura —y la única forma de que en el futuro consiguiera un medio de vida mínimamente decente— era que Hampden accediera a hacerse cargo del coste de mi educación durante aquel año adicional. Señalé, con cierta agresividad, que yo no tenía la culpa de que Julian hubiera decidido marcharse. Anoté todos y cada uno de los irrisorios premios y recomendaciones que había conseguido desde octavo grado. Argumenté que con un año más de clásicas reforzaría y enriquecería mis conocimientos de literatura inglesa.

Una vez concluido mi alegato, me dejé caer en la cama y me dormí. Desperté a las once, hice algunas rectificaciones y fui al estudio de la biblioteca para pasarlo a máquina. De camino me detuve en la oficina de correos, donde tuve la grata sorpresa de encontrar una nota en que se me comunicaba que me habían asignado el empleo de Brooklyn, y que el catedrático quería entrevistarse conmigo la semana siguiente para hablar de mi programa. «Bien, el verano ya está solucionado», pensé.

Hacía una noche magnífica; había luna llena, la pradera parecía de plata y las fachadas de los edificios proyectaban sombras negras y geométricas asombrosamente nítidas. La mayoría de las habitaciones tenía las luces apagadas; todo el mundo se había ido a dormir pronto. Crucé el jardín hacia la biblioteca; más allá de los árboles vi las amarillentas luces del estudio —«la casa del eterno saber», como Bunny lo había llamado en una ocasión— en el piso superior. Subí por la escalera exterior —de hierro, como una escalera de incendios, como la de mi pesadilla—; de no haber estado tan distraído, el ruido de mis pasos me habría hecho temblar de miedo.

Vi a alguien a través de la ventana. Era Henry. Llevaba traje oscuro y estaba sentado delante de un montón de libros, pero no estaba trabajando. Recordé, no sé por qué, la noche de febrero en que lo vi de pie entre las sombras bajo las ventanas del despacho del doctor Roland, oscuro y solitario, con las manos en los bolsillos de su abrigo y la nieve cayendo entre las farolas.

Entré.

—Hola, Henry. Soy yo.

Me habló sin volverse.

—Acabo de llegar de casa de Julian.

Me senté.

—¿Y bien?

—Está cerrada a cal y canto. Se ha marchado.

Se hizo un largo silencio.

—Me cuesta mucho creer que haya hecho esto. —La luz se reflejaba en los cristales de sus gafas. Tenía el cabello muy brillante y negro, y el semblante pálido—. Lo considero un cobarde. Por eso se ha ido. Porque tenía miedo.

Las persianas estaban abiertas. Un viento húmedo agitaba las ramas de los árboles. Las nubes pasaban, veloces, por delante de la luna.

Henry se quitó las gafas. Yo no estaba habituado a verlo sin ellas, a ver aquella mirada desnuda y vulnerable.

—Es un cobarde —añadió—. En nuestra situación, él habría hecho exactamente lo mismo que nosotros. Pero es demasiado hipócrita para admitirlo.

Guardé silencio.

—Ni siquiera le importa que Bunny esté muerto. Si fuera eso lo que hace que se sienta así, lo entendería, pero no se trata de eso. Le tendría sin cuidado que hubiéramos matado a una docena de personas. Lo único que le importa es no verse mezclado. Básicamente, eso es lo que me dijo anoche cuando hablé con él.

—¿Fuiste a verlo?

—Sí. No me esperaba que su reacción fuera tan egoísta. Si por lo menos nos hubiera delatado, habría demostrado cierto carácter. Pero no, no es más que cobardía. Escapar así.

Pese a todo lo ocurrido, la amargura y la decepción de su voz me llegaron al alma.

—Henry… —Quería decir algo profundo: que Julian era un ser humano, que era viejo, que la carne es débil y que llega un momento en que tienes que dejar atrás a tus maestros. Pero fui incapaz de pronunciar palabra.

Henry me miró sin verme.

—Lo quería más que a mi propio padre —dijo—. Lo quería más que a nadie en este mundo.

El viento soplaba con fuerza. Una fina lluvia repiqueteaba en el tejado. Continuamos largo rato sentados allí, en silencio.

Al día siguiente, a las tres, fui a conocer al nuevo profesor.

Al entrar en el despacho de Julian me llevé una sorpresa: estaba completamente vacío. Los libros, las alfombras, la gran mesa redonda… todo había desaparecido. Lo único que quedaba eran las cortinas y un grabado japonés que Bunny le había regalado a Julian. Camilla, Francis y Henry estaban allí. Este permanecía de pie junto a la ventana haciendo todo lo posible para ignorar al extraño.

El profesor había traído unas cuantas sillas del comedor. Era un hombre de unos treinta años, rubio y de cara redonda. Llevaba tejanos y un jersey de cuello vuelto. Tenía las manos rosáceas y en una de ellas brillaba una alianza; había también un patente olor a loción de afeitar. «Bienvenido —me dijo, y se adelantó para darme la mano. Identifiqué en su voz el entusiasmo y la condescendencia de la gente acostumbrada a trabajar con adolescentes—. Me llamo Dick Spence. ¿Y tú?»

Fue una hora de pesadilla. La verdad es que no tengo ánimos para describirlo: su tono condescendiente (nos dio una página del Nuevo Testamento y dijo: «No espero que lo entendáis todo, por descontado; basta con que captéis el sentido») se fue transformando gradualmente en sorpresa («¡Vaya! ¡Bastante bien!») y en defensiva («Hacía tiempo que no veía estudiantes de este nivel»), para convertirse finalmente en desconcierto. Era el capellán de Hackett, y su griego, que había aprendido en el seminario, hasta a mí me resultaba elemental. Era de esos profesores de lengua que se basan en la nemotecnia. («Agathon. ¿Sabéis cómo recuerdo yo esa palabra? Por Agatha Christie.») La cara de desprecio de Henry era absolutamente indescriptible. El resto de nosotros guardábamos silencio y nos tragábamos nuestra humillación. Y para colmo, Charles entró dando trompicones, borracho, veinte minutos después de que comenzara la clase. Con su aparición se repitió la patética escena de las presentaciones («¡Bienvenido! Me llamo Dick Spence, ¿y tú?»), y aunque parezca inaudito, también el comentario sobre Agatha Christie.

Henry, con bastante frialdad y en un elegante griego ático, dijo: «Sin tu paciencia, queridísimo amigo, nos revolcaríamos en la ignorancia como cerdos en una pocilga».

Al terminar la clase («¡Bien! ¡Creo que nos hemos quedado sin tiempo!», exclamó el profesor tras mirar su reloj), salimos los cinco en fila, en solemne silencio.

—Bueno, solo quedan dos semanas —se consoló Francis una vez fuera.

Henry encendió un cigarrillo y dijo:

—Yo no vendré más.

—Sí —dijo Charles con sarcasmo—. Así se enterará.

—Pero Henry —intervino Francis—, no puedes hacer eso.

Henry le dio una calada al cigarrillo.

—Claro que puedo.

—Dos semanas. Y ya está.

—Pobre tipo —dijo Camilla—. Hace lo que puede.

—Pero a él no le basta —dijo Charles—. ¿Qué coño esperabas? ¿Que trajeran a Richmond Lattimore?

—Henry, si no vas a clase te suspenderán —insistió Francis.

—No me importa.

—Él no tiene por qué coño estudiar —dijo Charles—. Él puede hacer lo que le dé la gana. ¿Qué coño le importa que le suspendan? Su padre le seguirá enviando el cheque cada mes.

—No vuelvas a decir «coño» —dijo Henry sin levantar la voz, pero imperioso.

—¿Que no diga «coño»? ¿Pero qué pasa, Henry? ¿Nunca habías oído esa palabra? ¿No es eso lo que le tocas a mi hermana todas las noches?

Una vez, cuando era pequeño, vi a mi padre pegar a mi madre sin ningún motivo. A veces también me lo hacía a mí, pero yo no me daba cuenta de que lo hacía únicamente por mal humor, y creía que sus torpes pretextos («Hablas demasiado», «No me mires así») eran la causa del castigo. Pero el día que le vi pegar a mi madre (porque ella comentó, inocentemente, que nuestros vecinos estaban ampliando la casa; más adelante, él argumentó que mi madre lo había provocado, que le había reprochado que no se ganaba bien la vida, y ella, entre sollozos, le dio la razón) me di cuenta de que la infantil impresión que siempre había tenido de mi padre era equivocada. Mi madre y yo dependíamos completamente de mi padre, que además de ser un ignorante y un iluso, era un inepto en todos los sentidos. Pero mi madre era incapaz de resistírsele. Era como entrar en la cabina de un avión y encontrarse al piloto y al copiloto borrachos e inconscientes. Al salir del ateneo, un horror terrible e incrédulo se apoderó de mí; un horror parecido al que sentí cuando tenía doce años, sentado en un taburete en nuestra soleada cocinita de Plano. «¿Quién está al mando? —pensé, desconsolado—. ¿Quién pilota este avión?»

Y el caso era que Charles y Henry tenían que presentarse ante el tribunal dentro de unos días para solucionar lo del coche de Henry.

Camilla estaba muy angustiada. Nunca le temía a nada, pero ahora tenía miedo. Y aunque en cierto modo me alegraba de verla preocupada, no cabía duda de que si Henry y Charles —que cada vez que se encontraban en la misma habitación estaban a punto de llegar a las manos— tenían que presentarse ante el juez y demostrar cooperación y amistad, el resultado no podía ser más que un desastre.

Henry había contratado a un abogado de la ciudad. Camilla confiaba en que la intervención de un tercero conseguiría reconciliar aquellas diferencias, y eso le había infundido una pizca de optimismo, pero el día de la citación me llamó por teléfono.

—Richard —me dijo—, tengo que hablar contigo y con Francis.

Me asusté. Cuando llegué al apartamento de Francis lo encontré a él muy afectado y a Camilla llorando.

Solo la había visto llorar una vez, de nervios y de cansancio. Pero esto era diferente. Estaba pálida y ojerosa, y en su rostro se adivinaba una profunda desesperación. Las lágrimas le resbalaban por las mejillas.

—¿Qué pasa, Camilla?

No me respondió de inmediato. Se fumó un par de cigarrillos y, poco a poco, fue contando la historia. Henry y Charles habían ido a ver al abogado, y Camilla los había acompañado en calidad de pacificadora. Al principio pensó que no pasaría nada. Por lo visto, Henry no había contratado al abogado solo por altruismo, sino porque el juez ante el que tenían que comparecer tenía fama de ser muy duro con los conductores borrachos y cabía la posibilidad —puesto que Charles no tenía permiso de conducir ni figuraba en el seguro de Henry— de que Henry perdiera su permiso o su coche, o ambas cosas. No obstante, Charles, al que todo aquel asunto lo martirizaba, se había mostrado dispuesto a acompañar a Henry. Y no porque sintiera afecto por Henry, como le dijo a todo el mundo, sino porque estaba harto de que le acusaran de cosas de las que él no tenía la culpa. Si a Henry le retiraban el permiso, se pasaría el resto de sus días recordándoselo.

Pero la entrevista fue una catástrofe. En el despacho, Charles estuvo callado y melancólico. Eso, por sí solo, ya era violento, pero entonces, tal vez excesivamente aguijoneado por el abogado, de repente perdió los estribos.

—Tenías que haberlo oído —me comentó Camilla—. Le dijo a Henry que no le importaba que le quitaran el coche. Le dijo que no le importaba que el juez los condenara a los dos a cincuenta años de cárcel. Y Henry…, bueno, ya te imaginas cómo reaccionó. Estalló. El abogado pensó que se habían vuelto locos. Intentó tranquilizar a Charles, hacerlo razonar. Y Charles le dijo: «No me importa lo que pueda pasarle. Por mí se puede morir. Ojalá se muera». Me puse tan nerviosa —continuó—, que el abogado los echó de su despacho. Empezaron a abrirse puertas a uno y otro lado del pasillo. Un agente de seguros, un gestor, un dentista… Todos se asomaban para ver qué pasaba. Charles salió dando zancadas y se fue a casa, no sé si andando o en taxi.

—¿Y Henry?

—Estaba furioso —dijo Camilla, desesperada—. Cuando iba a salir tras él, el abogado me detuvo y me dijo: «Mira, yo no sé de qué va todo esto, pero es evidente que tu hermano está bastante trastornado. Por favor, intenta hacerle entender que si no se calma tendrá más problemas de los que imagina. Ese juez no se mostrará muy simpático con ellos, ni siquiera si entran en la sala hechos unos corderitos. Probablemente a tu hermano lo obligarán a seguir un programa de desintoxicación, lo cual no sería mala idea, por lo que he podido observar hoy. Pero también es muy probable que el juez lo someta a libertad vigilada, y eso no es tan sencillo como parece. Incluso cabe la posibilidad de que lo metan en la cárcel o de que lo encierren en un centro de desintoxicación de Manchester».

Camilla estaba muy disgustada. Francis había palidecido.

—¿Qué dice Henry? —le pregunté a Camilla.

—Dice que el coche no le importa. No le importa nada. «Que lo metan en la cárcel», dice.

—¿Tú viste al juez? —me preguntó Francis.

—Sí.

—¿Cómo es?

—Francamente, me pareció bastante severo.

Francis encendió un cigarrillo.

—¿Qué pasaría —me preguntó— si Charles no se presentara?

—No estoy seguro. Pero imagino que irían a buscarlo.

—¿Y si no lo encontraran?

—¿Qué insinúas?

—Creo que deberíamos llevarnos a Charles —dijo Francis. Estaba nervioso y preocupado—. El curso casi ha terminado. No hay nada que lo retenga aquí. Creo que deberíamos enviarlo a pasar un par de semanas en Nueva York, a casa de mi madre.

—¿Tal como se comporta últimamente?

—¿Te refieres al alcohol? ¿Crees que a mi madre le puede importar? Con ella estará seguro.

—No creo que acepte ir —dijo Camilla.

—Puedo llevarlo yo mismo —dijo Francis.

—Pero ¿y si se escapa? —intervine—. Vermont es una cosa, pero en Nueva York podría meterse en un buen lío.

—De acuerdo —dijo Francis, irritado—. Solo era una idea. —Se mesó el cabello—. ¿Sabéis lo que podemos hacer? Llevárnoslo al campo.

—¿A tu casa?

—Sí.

—¿Y qué conseguimos con eso?

—Para empezar, será fácil llevarlo. Y una vez allí, ¿qué puede hacer? No tendrá coche. La casa está lejos de la carretera. Y desde allí no puedes pedir un taxi.

Camilla le miraba con aire pensativo.

—A Charles le encanta ir al campo —dijo.

—Lo sé —dijo Francis, más contento—. Será muy sencillo. Y no hace falta que lo retengamos allí mucho tiempo. Richard y yo podemos quedarnos con él. Compraré una caja de champán. Haremos que parezca una fiesta.

Charles no abría la puerta. Estuvimos llamando un buen rato, casi media hora. Camilla me había dado una llave, pero no queríamos utilizarla a menos que fuera imprescindible. Cuando estábamos a punto de hacerlo, Charles abrió la puerta y se asomó con cautela.

—¿Qué queréis? —nos preguntó. Tenía un aspecto horrible y trastornado.

—Nada —respondió Francis con toda la naturalidad de que fue capaz—. ¿Nos dejas entrar?

Charles nos miró sucesivamente y preguntó:

—¿Habéis venido solos?

—Sí —contestó Francis.

Abrió la puerta y nos dejó entrar. Las persianas estaban bajadas y el piso olía a suciedad. Cuando mis ojos se acostumbraron a la penumbra vi platos sucios, corazones de manzana y latas de sopa esparcidos por todas partes. Junto a la nevera había una hilera de botellas de whisky.

Una sombra recorrió el mármol de la cocina, esquivando con agilidad las sartenes sucias y los cartones de leche vacíos. «Dios mío —pensé—, ¿una rata?» Pero entonces saltó al suelo, meneando la cola, y vi que era un gato. Nos miró y sus ojos relucieron en la oscuridad.

—La he encontrado en un solar —nos dijo Charles. No le olía el aliento a alcohol, sino a menta, lo que me pareció sospechoso—. Es un poco nerviosa. —Se arremangó la bata y nos enseñó los arañazos que tenía en el brazo.

—Charles —dijo Francis, nervioso, haciendo sonar las llaves del coche—, hemos pasado porque nos vamos al campo. Hemos pensado que nos irá bien airearnos un poco. ¿Te apetece venir?

Charles nos miró con los ojos entrecerrados. Se bajó la manga.

—¿Os envía Henry? —preguntó.

—No, tío, no —dijo Francis, sorprendido.

—¿Seguro?

—Hace varios días que no lo veo.

Charles todavía no estaba convencido.

—Ni siquiera hemos hablado con él —dije.

Charles me miró. Tenía los ojos vidriosos y un poco hinchados.

—Hola, Richard —me dijo.

—Hola.

—¿Sabes una cosa? Siempre me has caído bien.

—Tú a mí también.

—Tú no serías capaz de engañarme, ¿verdad?

—Claro que no.

Señaló a Francis y añadió:

—Porque sé muy bien que él sí.

Francis abrió la boca, pero la volvió a cerrar. Era como si acabaran de darle una bofetada.

—Me parece que subestimas a Francis —le dije con suavidad. Los otros solían cometer el error de intentar razonar con él de una forma metódica y agresiva, cuando lo único que él necesitaba era que lo tranquilizaran, como si fuera un niño pequeño—. A Francis le caes muy bien. Es amigo tuyo. Como yo.

—¿Como tú?

—Sí, claro.

Cogió una silla de la cocina y se sentó. La gata se acercó y empezó a enroscarse en sus tobillos.

—Tengo miedo —dijo Charles con voz ronca—. Temo que Henry me mate.

Francis y yo nos miramos.

—¿Por qué? —dijo Francis—. ¿Por qué querría matarte?

—Porque le estorbo. —Nos miró—. Es capaz. Os lo aseguro. —Señaló un envase de medicamentos, sin etiqueta, que había sobre el mármol—. ¿Veis eso? Me lo dio Henry hace un par de días.

Lo cogí. Reconocí, horrorizado, el Nembutal que yo mismo había robado en casa de los Corcoran para Henry.

—No sé qué es —dijo Charles, retirándose el sucio cabello de los ojos—. Me dijo que me ayudaría a dormir. Y lo necesito. Pero no lo voy a tomar.

Le pasé el envase a Francis. Lo miró, y luego me miró a mí con espanto.

—Y son cápsulas —añadió Charles—. No puedo saber qué contienen.

Pero eso ni siquiera hacía falta: recordaba haberle insistido a Henry acerca de lo peligroso que podía ser mezclar aquel medicamento con alcohol.

—Lo he visto merodeando por aquí de noche —continuó Charles—. No sé qué se propone.

—¿A Henry?

—Sí. Pero si intenta hacerme algo, cometerá un grave error.

Llevarlo al coche no nos costó tanto como habíamos imaginado. Estaba aturdido, paranoico, y nuestra solicitud lo consolaba. Nos preguntó repetidamente si Henry sabía adónde íbamos.

—¿Seguro que no habéis hablado con él?

—No —insistimos—. De verdad que no.

Se empeñó en llevarse la gata. Nos costó mucho trabajo cogerla. —Francis y yo tuvimos que perseguirla por la cocina, haciendo caer platos al suelo, intentando acorralarla tras el calentador mientras Charles permanecía de pie repitiendo cosas como «Ven, gatita guapa»—. Al final, desesperado, la agarré de una pata trasera, negra y flacucha —el animal se retorció y me clavó los dientes en el brazo—, y conseguimos envolverla en un pequeño mantel de forma que solo le saliera la cabeza: los ojos desorbitados y las orejas pegadas al cráneo. Le dimos el fardo a Charles: «Aguántala con firmeza —le iba diciendo Francis en el coche, mirando, nervioso, por el retrovisor—. Cuidado, que no se escape…»

Pero se escapó, por supuesto; saltó al asiento delantero y Francis estuvo a punto de salirse de la calzada. Primero se enredó entre los pedales del freno y el acelerador —Francis, espantado, intentaba no tocarla y sacarla de allí a patadas simultáneamente—; y luego se instaló en el suelo, delante de mí, donde tuvo una fuerte diarrea. Finalmente se quedó como en trance, con una mirada feroz y el pelo erizado.

Yo no iba a la casa de campo de Francis desde la semana anterior a la muerte de Bunny. Ahora los árboles del camino estaban cubiertos de hojas y el jardín, de hierba. Había abejas zumbando en las lilas. El señor Hatch, que estaba cortando césped, nos saludó desde lejos.

La casa estaba oscura y fresca. Habían tapado los muebles con sábanas, y en el suelo de madera había borra. Encerramos a la gata en un lavabo del piso superior y Charles bajó a la cocina «a buscar algo de comida». Volvió con un bote de cacahuetes y un martini doble. Se metió en su habitación y cerró la puerta.

Durante las treinta y seis horas siguientes apenas lo vimos. Permaneció en su habitación comiendo cacahuetes, bebiendo y mirando por la ventana, como el viejo pirata de *La isla del tesoro*. En una ocasión bajó a la biblioteca mientras Francis y yo jugábamos a cartas, pero no quiso unirse a nosotros; estuvo buscando en las estanterías, con indiferencia, y finalmente volvió a subir sin haber escogido ningún libro. Por la mañana bajaba, enfundado en una vieja bata de Francis, a buscar café y se sentaba en el alféizar de la ventana de la cocina, malhumorado, mirando al jardín como si esperara a alguien.

—¿Cuántos días dirías que lleva sin bañarse? —me susurró Francis.

Había perdido todo interés por la gata. Francis le pidió al señor Hatch que comprara comida para gatos, y cada mañana y cada noche iba al baño para darle de comer («Apártate —le oía gritar—. Apártate de mí, demonio») y salía con un papel de periódico arrugado que sostenía lejos de su cuerpo.

El tercer día, hacia las seis de la tarde, Francis estaba en el desván bajando una caja de monedas antiguas que su tía le había dicho que podría quedarse, y yo estaba abajo, echado en el sofá y bebiendo té helado mientras intentaba memorizar el subjuntivo de los verbos irregulares franceses (tenía examen final dentro de unos días). De pronto sonó el teléfono de la cocina. Me levanté para cogerlo.

Era Henry.

—Así que estáis ahí —me dijo.

—Sí.

Hubo un silencio largo y crepitante. Finalmente Henry dijo:

—¿Richard, puedes decirle a Francis que quiero hablar con él?

—Ahora no puede ponerse —dije—. ¿Qué quieres?

—Supongo que Charles está con vosotros.

—Mira, Henry… ¿Cómo se te ocurrió darle a Charles aquellos somníferos?

Me respondió con un tono frío y cortante:

—No sé de qué me hablas.

—Sí lo sabes. Los he visto con mis propios ojos.

—¿Te refieres a aquellas cápsulas que me diste?

—Sí.

—Si las tiene Charles, debe de haberlas cogido de mi botiquín.

—Dice que tú se las diste. Cree que quieres envenenarlo.

—Eso es una tontería.

—¿Seguro?

—Está con vosotros, ¿no?

—Sí. Lo trajimos anteayer... —No terminé la frase, porque me pareció oír un débil chasquido, como si alguien hubiera descolgado un supletorio.

—Mira —dijo Henry—, os agradecería mucho que lo retuvierais ahí un par de días. Por lo visto, todo el mundo piensa que esto debería guardarse en secreto, pero me alegro de que me lo hayáis quitado de en medio por unos días, Charles está hecho una lady Macbeth. Si no comparece ante el tribunal pueden condenarlo en rebeldía, pero no creo que eso sea muy grave.

Me pareció oír a alguien respirar.

—¿Qué pasa? —dijo Henry, súbitamente alarmado.

Guardamos silencio por un momento.

—¿Charles? —dije—. ¿Eres tú, Charles?

Charles colgó el auricular.

Subí y llamé a la puerta de Charles. No contestó. Intenté abrir, pero estaba cerrada con llave.

—Déjame entrar, Charles —dije.

No obtuve respuesta.

—No es lo que imaginas, Charles. Henry ha llamado por casualidad. Lo único que he hecho ha sido coger el teléfono.

Charles seguía sin contestar. Continué unos minutos en el pasillo; la luz del sol, dorada, iluminaba el lustroso suelo de roble.

—En serio, Charles, no seas tonto. Henry no puede hacerte ningún daño. Aquí estás completamente a salvo.

—Y una mierda —repuso Charles desde el otro lado de la puerta.

No había más que decir. Bajé y volví a concentrarme en los subjuntivos.

Francis me despertó con bastante brusquedad. Debí de quedarme dormido en el sofá, y no sabía qué hora era, pero fuera todavía había luz.

—Richard —me dijo—. Despierta, Richard. Charles se ha marchado.

Me incorporé y me froté los ojos.

—¿Que se ha marchado? ¿Pero adónde?

—No lo sé. No está en la casa.

—¿Estás seguro?

—He mirado en todas partes.

—Tiene que estar por ahí. A lo mejor está en el patio.

—No está.

—Quizá se ha escondido.

—Levántate y ayúdame a buscarlo.

Subí al piso de arriba. Francis salió fuera, y la puerta de tela metálica se cerró de golpe detrás de él.

La habitación de Charles estaba desordenada, y en la mesilla de noche había una botella de ginebra Bombay del bar de la biblioteca, medio vacía. Charles no se había llevado sus cosas.

Inspeccioné todas las habitaciones, y luego subí al desván. Pantallas de lámpara y marcos de cuadro, vestidos de fiesta de organdí que el tiempo había amarilleado. Suelo de tablones gastado. Por la portilla que daba a la fachada de la casa entraba un polvoriento rayo de luz.

Bajé por la escalera trasera —de apenas tres pies de ancho—, pasé por la cocina y la despensa y salí al porche de atrás. Vi a Francis y al señor Hatch de pie en el camino. Hatch le estaba diciendo algo. Yo nunca había visto a Hatch hablar mucho con nadie, y noté que se sentía muy incómodo. No paraba de pasarse la mano por la calva. Me pareció intimidado, como si se estuviera disculpando.

Esperé a Francis.

—Esto no me gusta nada —me dijo—. Hatch dice que le ha dado las llaves de su camión a Charles hace una hora y media.

—¿Qué?

—Dice que Charles le ha dicho que tenía que ir a hacer un recado. Ha prometido devolver el camión enseguida.

Nos miramos.

—¿Dónde crees que ha ido? —le pregunté.

—¿Cómo quieres que lo sepa?

—¿Crees que se ha largado?

—Eso parece, ¿no?

Volvimos dentro —ahora la casa estaba en penumbra— y nos sentamos junto a la ventana, en un sofá cubierto con una sábana. El aire, cálido, olía a lilas. Al otro lado del jardín, el señor Hatch intentaba poner de nuevo en marcha la cortadora de césped.

Francis tenía los brazos cruzados sobre el respaldo del sofá, y la barbilla apoyada en los brazos. Estaba mirando por la ventana.

—No sé qué hacer —dijo—. Ha robado un camión.

—A lo mejor vuelve.

—Me da miedo que tenga una avería. O que lo pare la policía. Apuesto a que está borracho. Es lo único que le faltaba, que lo paren por conducir borracho.

—¿Y si fuéramos a buscarlo?

—No sabría por dónde empezar. A estas alturas podría estar en Boston.

—¿Qué otra cosa podemos hacer? ¿Quedarnos sentados esperando a que suene el teléfono?

Primero miramos en los bares: el Farmer's Inn, el Villager, el Boulder Tap y el Notty Pine. The Notch. The Four Squires. The Man of Kent. Hacía una noche agradable y tranquila, y los aparcamientos estaban llenos de camiones, pero ninguno era el del señor Hatch.

Luego fuimos a la bodega, por hacer algo. Los pasillos, relucientes, estaban vacíos. Había llamativos expositores de ron (¡Viaja al Caribe!) que competían con sombrías y medicinales botellas de vodka y ginebra. Un letrero de cartón colgaba del techo anunciando una marca de vino. No había ningún cliente, y el cajero, un viejo gordo con el tatuaje de una mujer desnuda en el antebrazo, estaba hablando con un chico que trabajaba en el supermercado de al lado.

—Y entonces —le oí decir en voz baja al pasar por su lado— el tío saca una escopeta recortada. Emmett estaba aquí, a mi lado, justo donde estoy yo ahora. «No tenemos llave de la caja», le dice. Y el tío aprieta el gatillo y los sesos de Emmett —dijo, acompañándose de gestos— volaron por los aires…

Dimos una vuelta por el campus y pasamos por el aparcamiento de la biblioteca, y luego volvimos a los bares.

—Se ha marchado de la ciudad —dijo Francis—. Estoy seguro.

—¿Crees que Hatch llamará a la policía?

—¿Qué harías tú si el camión fuera tuyo? No creo que haga nada sin consultármelo antes, pero si Charles no ha vuelto mañana por la tarde…

Decidimos ir al Albemarle. El coche de Henry estaba aparcado delante de la puerta. Francis y yo entramos en el vestíbulo con cautela, sin saber qué íbamos a decir al recepcionista, pero afortunadamente no había nadie detrás del mostrador.

Subimos a la 3A. Camilla nos abrió la puerta. Henry estaba con ella; habían llamado al servicio de habitaciones y estaban comiendo. Costillas de cordero y una botella de borgoña. Había un jarrón con una rosa amarilla.

Henry no se alegró de vernos.

—¿Qué queréis? —preguntó, dejando el tenedor en el plato.

—Se trata de Charles —dijo Francis—. Ha desaparecido.

Les contó lo del camión. Yo me senté junto a Camilla. Tenía hambre, y las costillas de cordero tenían buen aspecto. Ella vio cómo las miraba y empujó su plato hacia mí distraídamente.

—Ten, come un poco —me dijo.

Acepté la invitación, y me serví un poco de vino. Henry siguió comiendo mientras escuchaba.

—¿Dónde crees que está? —le preguntó a Francis cuando este acabó su relato.

—¿Cómo demonios quieres que lo sepa?

—Puedes impedir que Hatch lo denuncie, ¿no?

—Si no devuelve el camión, no. O si lo estropea.

—¿Cuánto puede costar un camión de esos? De todos modos, supongo que no lo ha comprado él, sino tu tía.

—Eso no tiene nada que ver.

Henry se limpió los labios con la servilleta y cogió un cigarrillo.

—Charles se está convirtiendo en un problema —dijo—. ¿Sabéis qué he estado pensando? Si nos costaría mucho dinero contratar a una enfermera.

—¿Para que deje de beber?

—Sí, claro. Lo que no podemos hacer es internarlo en un hospital. Pero si cogiéramos una habitación en un hotel (no en este, desde luego) y encontráramos a alguien de confianza, quizá alguien que no hablara inglés demasiado bien...

—Pero, Henry, ¿qué quieres hacer? —dijo Camilla, desconsolada—. ¿Secuestrarlo?

—Yo no lo llamaría secuestro.

—Temo que tenga un accidente. Creo que deberíamos ir a buscarlo.

—Hemos buscado por toda la ciudad —dijo Francis—. No creo que esté en Hampden.

—¿Habéis llamado al hospital?

—No.

—Lo que tendríamos que hacer —opinó Henry— es llamar a la policía. Preguntar si ha habido algún accidente de tráfico. ¿Crees que Hatch accedería a decir que le ha prestado el camión a Charles?

—Es que se lo ha prestado.

—En ese caso —continuó Henry— no tiene por qué haber ningún problema. A no ser que lo paren por conducir borracho, claro.

—O que no lo encontremos.

—Desde mi punto de vista —añadió Henry—, lo mejor que podría hacer Charles ahora mismo es desaparecer de la faz de la Tierra.

De pronto oímos unos estrepitosos golpes en la puerta. Nos miramos.

El alivio iluminó el rostro de Camilla.

—Charles —dijo—. Es Charles. —Se levantó de un salto de la silla y se dirigió hacia la puerta; pero no habíamos cerrado con llave, y antes de que Camilla llegara se abrió de golpe.

Era Charles. Se quedó en el umbral, recorriendo la habitación con su mirada de borracho. Me llevé una sorpresa tan grande y me alegré tanto de verlo, que al principio no reparé en que llevaba una pistola en la mano.

Entró y cerró la puerta de una patada. Era la pequeña Beretta que la tía de Francis guardaba en la mesilla de noche, la que en el otoño anterior habíamos utilizado para hacer prácticas de tiro. Lo miramos, estupefactos.

—¿Pero qué haces, Charles? —preguntó Camilla al fin, con una voz bastante serena.

—Apártate —le contestó su hermano. Estaba como una cuba.

—Así que has venido a matarme… —dijo Henry. Seguía con el cigarrillo en la mano y no parecía muy alterado—. ¿Correcto?

—Sí.

—¿Y crees que con eso vas a solucionar algo?

—Me has arruinado la vida, hijo de puta. —Le apuntaba al pecho. Recordé lo bien que disparaba, y noté que me flojeaban las rodillas.

—No seas idiota —le dijo Henry, y sentí el primer escalofrío de pánico en la nuca. Aquel tono beligerante e intimidador podría haber funcionado con Francis, e incluso conmigo, pero emplearlo con Charles podía resultarle desastroso—. No culpes de tus problemas a los demás.

Iba a decirle a Henry que se callara, pero en ese momento Camilla se interpuso entre su hermano y él.

—Charles, dame la pistola —dijo.

Charles se apartó el cabello de los ojos con el antebrazo, mientras sostenía con firmeza la pistola con la otra mano.

—Te lo advierto, Milly —dijo Charles—. Quítate de en medio.

—Charles —intervino Francis. Estaba blanco como el papel—. Siéntate. Toma un poco de vino. Vamos a dejarlo, ¿de acuerdo?

La ventana estaba abierta y entraba el estridente canto de los grillos.

—Eres un hijo de puta —dijo Charles retrocediendo, vacilante. Y entonces me di cuenta, horrorizado, de que no se dirigía a Francis ni a Henry, sino a mí—. Yo confié en ti. Le dijiste a Henry dónde estaba.

No supe qué contestar, y lo miré fijamente.

—Yo ya sabía dónde estabas —dijo Henry con frialdad—. Si quieres matarme, mátame. Será la mayor estupidez de tu vida.

—La mayor estupidez de mi vida es escucharte —rectificó Charles.

Todo ocurrió muy deprisa. Charles levantó el brazo, y Francis, que era el que estaba más cerca de él, le arrojó un vaso de vino a la cara. Al mismo tiempo Henry saltó de la silla y se le echó encima. Sonaron cuatro detonaciones sucesivas, como de ametralladora. Con el segundo disparo, oí ruido de cristales rotos. Y con el tercero noté un ardiente pinchazo en el abdomen, a la izquierda del ombligo.

Henry cogió el brazo de Charles y lo levantó al tiempo que le doblaba el tronco hacia atrás; Charles intentó coger la pistola con su mano izquierda, pero Henry le dobló la muñeca y el arma cayó sobre la alfombra. Charles se agachó para cogerla, pero Henry fue más rápido.

Yo todavía estaba de pie. «Me ha dado —pensé—, me ha dado.» Me toqué el vientre. Sangre. Tenía un pequeño orificio, ligeramente chamuscado, en mi camisa blanca. «Mi camisa Paul Smith», pensé, angustiado. Me la había comprado en San Francisco por ciento cuarenta dólares. Notaba un intenso calor en el vientre. Oleadas de calor que irradiaban del orificio.

Henry había cogido la pistola. Tenía a Charles agarrado por el brazo y se lo dobló a la espalda —Charles se defendía con furia—; le puso el cañón entre los omóplatos y lo apartó de la puerta.

Yo seguía sin entender qué había pasado. «Será mejor que me siente», pensé. ¿Tenía la bala dentro? ¿Me estaba muriendo? Aquella idea me pareció ridícula. Era imposible. Me ardía el vientre, pero estaba muy tranquilo. Siempre había pensado que una herida de bala tenía que doler mucho más. Retrocedí cuidadosamente, hasta que choqué con la silla. Me senté.

Charles intentaba golpear a Henry con el codo, pero este lo arrastró por la habitación hasta una silla.

—Siéntate —le ordenó.

Charles se resistió. Henry lo obligó a sentarse. Intentó levantarse otra vez, y Henry le dio una sonora bofetada. Luego se acercó a las ventanas y cerró las persianas, sin dejar de apuntar a Charles.

Me cubrí con la mano el agujero de la camisa. Me incliné un poco hacia delante y sentí un dolor intenso. Imaginé que todos se quedarían mirándome, pero nadie lo hizo. Me pregunté si sería conveniente llamar la atención.

Charles tenía la cabeza apoyada en el respaldo. El labio le sangraba y tenía los ojos vidriosos.

Henry se quitó las gafas con un movimiento torpe —sostenía la pistola en la mano derecha— y las frotó contra el pecho. Luego volvió a colocárselas.

—Muy bien, Charles —dijo—. Ya la has liado.

Oí ruidos en el piso de abajo: pasos, voces, un portazo.

—¿Nos habrán oído? —preguntó Francis, nervioso.

—Supongo que sí —respondió Henry.

Camilla se acercó a Charles, que intentó apartarla con un manotazo.

—Apártate de él —dijo Henry.

—¿Qué pensáis hacer con esta ventana? —preguntó Francis.

—¿Qué pensáis hacer conmigo? —pregunté yo. Todos se volvieron—. ¡Me ha dado!

Mi comentario no produjo la dramática reacción que había esperado y, antes de que tuviera ocasión de entrar en detalles, oímos pasos en la escalera y llamaron a la puerta.

—¿Qué está pasando? —Reconocí la voz del recepcionista—. ¿Qué ocurre ahí dentro?

Francis se tapó la cara con las manos.

—Mierda —dijo.

—¡Abran inmediatamente!

Charles murmuró algo e intentó levantar la cabeza. Henry se mordió el labio. Se acercó a la ventana y miró por una rendija de la persiana.

Luego se volvió. Todavía sostenía la pistola.

—Ven aquí —le dijo a Camilla.

Ella lo miró, horrorizada. Francis y yo hicimos otro tanto.

Henry le hizo señas con el brazo con que sostenía la pistola.

—Ven aquí —insistió—. Deprisa.

Me sentía mareado. «¿Pero qué está haciendo?», pensé, desesperado.

Camilla dio un paso atrás. Lo miró con los ojos muy abiertos, asustada.

—No, Henry —dijo—. No...

Henry sonrió.

—¿Me crees capaz de hacerte daño? Ven aquí.

Camilla obedeció. Henry le dio un beso en la frente y luego le susurró al oído. Nunca supe qué le dijo.

—Tengo una llave —gritó el recepcionista, que seguía aporreando la puerta.

Empezó a darme vueltas la cabeza. «Idiota —pensé—, no está cerrada.»

Henry volvió a besar a Camilla.

—Te quiero —le dijo. Y luego exclamó—: ¡Entre!

La puerta se abrió. Henry levantó el brazo. «Los va a matar», pensé, aturdido. El recepcionista y su esposa pensaron lo mismo, porque dieron tres pasos y se pararon en seco. Oí gritar a Camilla: «¡No, Henry!». Y entonces comprendí lo que Henry iba a hacer, pero era demasiado tarde.

Se encañonó la sien y disparó dos veces. Dos secas detonaciones. La cabeza se ladeó hacia la izquierda. Creo que fue el impacto del primer disparo lo que desencadenó el segundo.

Henry esbozó una mueca desencajada. Al abrirse la puerta se había creado una corriente de aire, y las cortinas se adhirieron a la persiana. Luego salieron despedidas hacia dentro otra vez, con una especie de suspiro. Y a Henry, con los párpados muy apretados, se le doblaron las rodillas y cayó ruidosamente sobre la alfombra.

Epílogo

Ay, pobre caballero,
no era su juventud en ruinas,
sino las ruinas de aquellas ruinas.

JOHN FORD, *Corazón roto*

Me libré de los exámenes de francés gracias a una excelente excusa: una herida de bala en el vientre.

En el hospital dijeron que había tenido suerte, y supongo que es cierto. La bala pasó rozando la pared intestinal y el bazo, y se instaló a un par de milímetros a la derecha del orificio de entrada. En la ambulancia, tendido boca arriba, veía pasar aquella noche de verano, cálida y misteriosa —niños en bicicleta, mariposas nocturnas alrededor de las farolas— y me preguntaba si aquella sería la sensación de que cuando estás a punto de morir la vida se acelera. Sangraba mucho, y todas las sensaciones se volvían imprecisas. Encontraba gracioso aquel viaje al mundo de los muertos, el túnel iluminado con un letrero de Shell Oil, de Burger King. El enfermero que iba conmigo en la parte de atrás no era mucho mayor que yo; en el fondo no era mas que un crío con acné y un incipiente bigotillo. Era la primera vez que veía una herida de bala. No paraba de preguntarme qué sentía, si un dolor agudo o pesado, frío o caliente. La cabeza me daba vueltas y no pude darle ninguna respuesta coherente, pero recuerdo que pensé que era como la primera borrachera, o la primera vez que te acostabas con una chica; no era exactamente como te lo esperabas, pero cuando ya había ocurrido te dabas cuenta de que no habría podido ser de otra forma. Luces de neón: Motel 6, Dairy Queen. Unos colores tan brillantes que casi me herían.

Henry murió, por supuesto. Supongo que era lo único que podía hacer con dos balas en la cabeza. Sin embargo, vivió más de doce horas, una proeza que sorprendió a los médicos (yo estaba sedado; eso me lo contaron). Cualquier otro con aquellas heridas habría muerto instantáneamente. Me pregunto si eso significa que él no quería morir; y si es así, por qué se disparó. Sigo pensando que habríamos podido curarlo, pese a lo grave que estaba. No lo hizo por desesperación. Y tampoco creo que fuera por miedo. No se podía quitar de la cabeza lo de Julian; aquello lo había impresionado mucho. Creo que sentía la necesidad de realizar un acto noble, algo que nos demostrara a nosotros y a él mismo que verdaderamente era posible llevar a la práctica aquellos elevados principios que Julian nos había inculcado: deber, piedad, lealtad, sacrificio. Recuerdo su imagen reflejada en el espejo en el momento en que levantó la pistola y se la apoyó contra la sien. Tenía una expresión de concentración, de triunfo, como la de un saltador de trampolín a punto de lanzarse: los ojos apretados, feliz, esperando el gran chapuzón.

La verdad es que pienso bastante en aquella expresión. Pienso en muchas cosas. Pienso en la primera vez que vi un abedul, en la última vez que vi a Julian, en la primera frase en griego que aprendí: Χαλεπὰ τὰ καλὰ («La belleza es dura»).

Finalmente me gradué en Hampden, en literatura inglesa. Y fui a Brooklyn, con el vientre vendado como si fuera un gángster «¡Vaya! —dijo el catedrático—. ¡Esto es Brooklyn Heights, no Benson-hurst!»), y me pasé el verano dormitando en una buhardilla, fumando, leyendo a Proust, soñando con la muerte, la indolencia, la belleza y el tiempo. La herida se cerró y en el estómago me quedó una cicatriz oscura. En otoño volví a la universidad: un septiembre seco, hermoso. Aquel año los árboles estaban muy bellos. Cielos despejados, arboledas cubiertas, y la gente susurrando a mi paso.

Francis no volvió a la universidad aquel otoño. Y los gemelos tampoco. La historia del Albemarle era sencillísima: Henry quería suicidarse, nosotros intentamos impedírselo y el arma se disparó. Él murió y yo resulté herido. En cierto modo, yo sentía que aquello era una injusticia cometida contra Henry, pero en realidad no lo era. Y hacía que me sintiera mejor; me imaginaba a mí mismo como un héroe, abalanzándome sobre la pistola temerariamente, en lugar de recibir un balazo por casualidad, por estar allí en medio, como el mero espectador que en realidad soy.

El día del entierro de Henry, Camilla se llevó a Charles a Virginia. Fue el mismo día, casualmente, en que Henry y Charles estaban citados en el tribunal. El funeral se celebró en San Luis. El único que asistió fue Francis. Yo todavía estaba en el hospital, delirando; aún veía aquel vaso de vino rodando por la alfombra y el papel imitación roble de las paredes del Albemarle.

Unos días atrás había venido a verme la madre de Henry, después de ver a su hijo en el depósito de cadáveres del hospital. Me gustaría recordar mejor aquella visita, pero lo único que recuerdo es a una mujer guapa, morena, con los mismos ojos de Henry:

otro personaje más de los muchos que pasaban por mi habitación y se apiñaban alrededor de mi cama a todas horas, reales e imaginarios, vivos y muertos. Julian. Mi abuelo, difunto. Bunny, indiferente, tocándose las uñas.

Me cogió la mano. Yo había intentado salvarle la vida a su hijo. En la habitación había un médico y un par de enfermeras. Vi también a Henry por encima del hombro de su madre, apostado en un rincón con sus viejas ropas de jardinero.

Cuando me marché del hospital y encontré las llaves del coche de Henry entre mis cosas, recordé algo que aquella mujer había intentado contarme. Al recoger las cosas de su hijo, había descubierto que antes de morir Henry tramitó el cambio de nombre de los papeles de su coche y lo puso a mi nombre (lo que encajaba perfectamente con la historia que nosotros habíamos contado: el joven suicida desprendiéndose de sus posesiones; a nadie, ni siquiera a la policía, se le ocurrió relacionar aquella generosidad con el hecho de que antes de morir Henry estaba a punto de perder su coche). En cualquier caso, el BMW me pertenecía. Lo había elegido ella misma, me dijo, y se lo había regalado el día que Henry cumplió diecinueve años. No quería venderlo, ni volverlo a ver. Eso fue lo que intentó decirme mientras lloraba discretamente, sentada en una silla junto a mi cama, y mientras Henry andaba a pasos quedos en las sombras; preocupado, invisible para las enfermeras, arreglando con esmero un ramo de flores.

Hubiese sido comprensible que Francis, los gemelos y yo, después de lo que habíamos pasado juntos, hubiéramos seguido viéndonos. Pero cuando Henry murió, fue como si se cortara el hilo que nos unía, y poco después empezamos a separarnos.

Francis pasó todo el verano en Manhattan, mientras yo estaba en Brooklyn. Hablamos por teléfono una media docena de veces, y nos vimos en dos ocasiones en un bar del Upper East Side, justo debajo del apartamento de su madre. Francis me dijo que no le gustaba alejarse mucho de su casa, pues las multitudes lo ponían nervioso y, si recorría dos manzanas, pensaba que los edificios se le iban a desplomar encima. Mientras jugueteaba con el cenicero, me dijo que iba al psicólogo y que leía mucho. En el bar todos lo conocían.

Los gemelos estaban en Virginia, aislados en casa de su abuela. Aquel verano, Camilla me envió tres postales y me llamó dos veces. En octubre, cuando volví a la escuela, me escribió para decirme que Charles había dejado la bebida y que llevaba más de un mes sin probar una copa. Luego me envió una felicitación de Navidad. En febrero, una tarjeta de felicitación el día de mi cumpleaños —sospechosamente, no decía nada de Charles—. Y luego, durante mucho tiempo, nada.

Poco antes de mi graduación volví a tener noticias esporádicas de ellos. «Quién iba a decir —me escribió Francis— que tú serías el único que acabaría consiguiendo un diploma.» Camilla me felicitó por carta y me llamó un par de veces. Tanto ella como Francis hablaron de venir a verme el día de la graduación, pero sus planes no se concretaron, lo que no me extrañó demasiado.

Yo había empezado a salir con Sophie Dearbold durante el último curso, y en el último trimestre me mudé a su apartamento (fuera del campus, en Water Street, unas puertas más allá de la casa de Henry), en cuyo patio florecían las rosas madame Isaac Pereire (él no llegó a ver aquellas flores que olían a frambuesa). El bóxer de los vecinos, único superviviente de sus experimentos químicos, salía a ladrarme cada vez que yo pasaba por delante. Cuando terminó el curso, Sophie encontró trabajo en una compañía de baile de Los Ángeles. Creíamos estar enamorados. Hablamos de casarnos. Pese a que mi subconsciente me aconsejaba que no lo hiciera (por la noche soñaba con accidentes de tráfico, con francotiradores que disparaban a los coches, con relucientes ojos de perros feroces en aparcamientos de barrios residenciales), solo envié solicitudes de becas para posgraduados a instituciones del sur de California.

Cuando no llevábamos ni seis meses allí, Sophie y yo nos separamos. Decía que yo era muy poco comunicativo. Que nunca sabía en qué estaba pensando. Que a veces, cuando me despertaba, la miraba de una forma que le daba miedo.

Me pasaba todo el día en la biblioteca leyendo a los dramaturgos de la época de Jacobo I de Inglaterra. Webster y Middleton, Tourneur y Ford. Era una especialización difícil, pero el crepuscular y engañoso universo en que se movían —de pecados no castigados, de inocencias destruidas— me resultaba atractivo. Hasta los títulos de sus obras eran extrañamente seductores, puertas secretas que conducían a algo hermoso y perverso que discurría bajo la superficie de la mortalidad: *El revoltoso*, *El diablo blanco*, *Corazón roto*. Las estudiaba detenidamente, escribía notas en los márgenes. Esos dramaturgos tenían un concepto muy claro de la catástrofe. No solo entendían el mal, sino también los extravagantes trucos con que el mal se disfraza de bien. Me parecía que llegaban a la mismísima raíz de la cuestión, a la corrupción subyacente al mundo.

Christopher Marlowe siempre me había encantado, y también pensaba mucho en él. «Kind Kit Marlowe», como lo llamaba un contemporáneo suyo, era un erudito, amigo de Raleigh y de Nashe, y el genio más destacado y culto de Cambridge. Se movía en los círculos políticos y literarios más elevados; de todos sus amigos poetas, él fue el único al que Shakespeare aludió directamente. Y sin embargo también era un falsificador, un asesino, un hombre que tenía hábitos y compañeros de lo más disoluto, que «murió blasfemando» en una taberna a la edad de veintinueve años. Aquel día se encontraba en compañía de un espía, un carterista y un «criado indecente». Uno de ellos le propinó un golpe mortal encima del ojo, «de cuya herida el mencionado Christopher Marlowe murió instantáneamente».

Solía pensar en estos versos suyos de *La trágica historia del doctor Faustus*:

Creo que mi señor se propone morir pronto
porque me ha regalado todos sus bienes...

y también en este, pronunciado en un aparte el día en que Fausto se presenta en la corte del emperador vestido de negro:

A fe mía que parece un mago.

Mientras escribía mi tesis sobre *The Revenger's Tragedy*, de Tourneur, recibí esta carta de Francis:

24 de abril

Querido Richard:

Ojalá pudiera decir que me resulta difícil escribir esta carta, pero en realidad no es así. Mi vida lleva muchos años en proceso de disolución y creo que ahora, finalmente, ha llegado el momento de hacer lo que tengo que hacer.

Así pues, esta es mi última oportunidad de hablar contigo, por lo menos en este mundo. Lo que quiero decirte es lo siguiente. Trabaja mucho. Sé feliz con Sophie. [Francis no sabía lo de nuestra separación.] Perdóname por todo lo que he hecho, pero en particular por todo lo que no he hecho.

Mais, vrai, j'ai trop pleuré! Les aubes sont navrantes. Qué verso tan triste y tan hermoso. Siempre confié en que un día tendría ocasión de utilizarlo. Y es posible que en ese país para el que pronto partiré los amaneceres no sean tan desgarradores. Y además, los atenienses creen que la muerte no es más que un sueño. Pronto podré comprobarlo por mí mismo.

Me pregunto si veré a Henry en el otro mundo. Si lo veo, le preguntaré por qué demonios no nos mató a todos y punto.

No te lamentes demasiado por nada. En serio.

Una sonrisa,

FRANCIS

Llevaba tres años sin verlo. El matasellos de la carta era de Boston, y de hacía cuatro días. Lo dejé todo y me dirigí al aeropuerto. Cogí el primer avión para Logan, donde encontré a Francis en el hospital recuperándose de dos cortes de cuchilla de afeitar en las muñecas.

Tenía un aspecto espantoso, pálido como un cadáver. Me dijo que la asistenta lo había encontrado en la bañera.

Estaba en una habitación privada. La lluvia golpeaba los cristales de las ventanas. Yo estaba contentísimo de verlo, y creo que él de verme a mí. Nos pasamos horas hablando de nada en particular.

—¿Te has enterado de que me caso? —dijo de pronto.

—No —contesté, sorprendido.

Pensé que bromeaba. Pero Francis se incorporó un poco en la cama, revolvió en los cajones de la mesilla de noche y sacó una fotografía de la chica. Una rubia de ojos azules, elegantemente vestida, con un tipo parecido al de Marion.

—Es muy guapa.

—Es muy estúpida —dijo Francis con firmeza—. La odio. ¿Sabes cómo la llaman mis primos? El agujero negro.

—¿Y por qué?

—Porque cada vez que ella entra en la habitación, la conversación se interrumpe.

—¿Y entonces por qué te casas con ella?

Francis no contestó inmediatamente.

Luego dijo:

—Yo tenía un amigo. Un abogado al que le gusta beber, pero nada más. Estudió en Harvard. Seguro que te caería bien. Se llama Kim.

—¿Y qué?

—Mi abuelo se enteró de la forma más aparatosa que te puedas imaginar.

Cogió un cigarrillo. Tuve que encendérselo, porque se había lastimado un tendón y tenía el pulgar impedido.

—Y ahora tengo que casarme —añadió al tiempo que exhalaba el humo.

—¿Y si no lo haces?

—Si no lo hago, mi abuelo me dejará sin un centavo.

—¿No puedes ganarte la vida por tus propios medios?

—No.

Me molestó la seguridad con que lo dijo.

—Pues yo lo hago.

—Pero tú estás acostumbrado.

En ese momento la puerta de la habitación se abrió. Era la enfermera; no la del hospital, sino una enfermera particular que su madre había contratado.

—¡Señor Abernathy! —dijo jovial—. ¡Aquí hay una señorita que quiere verle!

Francis cerró los ojos un momento y luego los abrió:

—Es ella —me dijo.

La enfermera se retiró. Francis y yo nos miramos.

—No lo hagas, Francis —dije.

—No me queda otro remedio.

La puerta se abrió del todo y vi a la rubia de la fotografía, toda sonrisas. Llevaba un suéter de color rosa con un dibujo de copos de nieve, y el cabello sujeto con una cinta rosa. La verdad, era bastante guapa. Iba cargada de regalos: un oso de peluche, bombones envueltos en celofán, ejemplares de *GQ*, *The Atlantic Monthly*, *Esquire*. «Vaya —pensé—, ¿desde cuándo lee Francis revistas?»

La chica se acercó a la cama y besó en la frente a Francis.

—Cariño —le dijo—, tenía entendido que habías dejado de fumar.

Le quitó el cigarrillo de los dedos y lo apagó en el cenicero. Luego me miró, resplandeciente.

Francis se pasó una mano vendada por el cabello.

—Priscilla —dijo monótonamente—, te presento a mi amigo Richard.

Priscilla abrió aún más sus azules ojos:

—¡Hola! ¡Me han hablado mucho de ti!

—Y a mí de ti —contesté cortésmente.

Acercó una silla a la cama de Francis y se sentó, contenta, sin dejar de sonreír.

Y de pronto nos quedamos callados, como por arte de magia.

Al día siguiente Camilla se presentó en Boston; ella también había recibido una carta de Francis.

Yo estaba dormitando en la habitación de Francis. Le había estado leyendo *Nuestro amigo* (ahora que lo pienso, es curioso lo mucho que se parecía el tiempo que pasé con Francis en el hospital de Boston al que Henry pasó conmigo en el hospital de Vermont). Me despertó la exclamación de sorpresa de Francis, y cuando vi a Camilla bañada por la triste luz de Boston pensé que soñaba.

Parecía mayor. Tenía las mejillas un poco hundidas. El cabello diferente, muy corto. Yo había acabado considerándola un fantasma, pero al verla en carne y hueso, pálida pero aun así hermosa, mi corazón dejó de latir, y pensé que iba a estallar de alegría, que me iba a morir allí mismo.

Francis se incorporó y le tendió los brazos.

—Ven aquí, querida —le dijo.

Pasamos cuatro días juntos en Boston. No paraba de llover. Francis salió del hospital al segundo día, que casualmente era Miércoles de Ceniza.

Era la primera vez que visitaba Boston y pensé que se parecía mucho a Londres, otra ciudad que no conocía. Cielos grises, casas de ladrillo cubiertas de hollín, magnolias asomando de la niebla. Camilla y Francis decidieron ir a misa. La iglesia estaba llena de gente. Los acompañé hasta el altar para recibir las cenizas, avanzando lentamente en fila india. El anciano sacerdote, vestido de negro, hizo la señal de la cruz en mi frente con el pulgar. «Polvo eres y en polvo te convertirás.» En el momento de la comunión volví a levantarme, pero Camilla me cogió por el brazo e hizo que me sentara. Permanecimos los tres sentados mientras los bancos se vaciaban y la larga y oscilante cola volvía a avanzar hacia el altar.

—En una ocasión —dijo Francis cuando salimos— cometí el error de preguntarle a Bunny si pensaba alguna vez en el pecado.

—¿Qué te contestó? —quiso saber Camilla.

—Me dijo: «No, claro que no. Yo no soy católico».

Nos pasamos la tarde holgazaneando en un pequeño y oscuro bar de Boston Street, fumando y bebiendo whisky irlandés. Hablamos de Charles. Me enteré de que durante los últimos años había pasado varias temporadas en casa de Francis.

—Francis le prestó dinero hace unos dos años —me comentó Camilla—. Fue un detalle por su parte, pero no debió hacerlo.

Francis se encogió de hombros y terminó su copa. Comprendí que aquel tema hacía que se sintiera incómodo.

—Lo hice porque quise —dijo.

—Nunca te lo devolverá.

—No me importa.

Yo me moría de curiosidad.

—Pero ¿dónde está Charles?

—Bueno, se las arregla —dijo Camilla. Era evidente que también ella se sentía incómoda—. Estuvo un tiempo trabajando con mi tío. Luego trabajó en un bar, tocando el piano. Pero no le fue muy bien, ya te lo puedes imaginar. Mi abuela estaba desesperada. Al final le pidió a mi tío que le dijera que si no se enmendaba tendría que echarlo de casa. Y Charles se marchó. Alquiló una habitación en la ciudad y siguió trabajando en el bar. Pero acaba-ron despidiéndolo y tuvo que volver a casa. Entonces fue cuando empezó a venir aquí. —Y dirigiéndose a Francis, añadió—: Te agradezco muchísimo que te encargaras de él.

Francis, con la cabeza gacha, miraba el interior del vaso.

—No tiene importancia —dijo.

—Te portaste muy bien con él.

—Era mi amigo.

—Francis le prestó dinero para ingresar en un centro —me comentó Camilla—. En un hospital. Pero solo se quedó una se-mana. Se escapó con una mujer de treinta años. No supimos nada de ellos durante dos meses. Finalmente, el marido de la mujer...

—¿Estaba casada?

—Sí. Y tenía un hijo. El marido acabó contratando a un de-tective privado y los encontraron en San Antonio. Vivían en un tugurio horrible. Charles trabajaba en un restaurante, lavando platos, y ella... bueno, ella no sé qué hacía. Estaban los dos muy mal. Pero no querían volver. Decían que eran muy felices.

Hizo una pausa y bebió un poco de whisky.

—¿Y?

—Pues nada, allí siguen. En Texas. Pero ya no están en San Antonio. Primero fueron a Corpus Christi. Y lo último que supi-mos fue que vivían en Galveston.

—¿Y Charles no llama nunca?

Hubo un largo silencio. Luego Camilla dijo:

—Charles y yo no nos hablamos.

—¿Que no os habláis?

—No. —Bebió otro sorbo—. Mi abuela está muy triste.

Estaba oscureciendo y llovía. Regresamos a casa de Francis caminando. Cruzamos un parque. Las farolas estaban encendidas.

—A veces me parece que voy a encontrarme con Henry —dijo Francis de pronto.

Aquello me inquietó un poco. Yo no lo había mencionado, pero también lo había pensado. Es más, desde que llegué a Boston continuamente me parecía verlo: en un taxi que circulaba por la calle, o entrando en un edificio de oficinas.

—El otro día estaba en la bañera y me pareció verlo —continuó Francis—. Un grifo goteaba, y todo estaba cubierto de sangre. Y él, con su bata (aquella con bolsillos donde guardaba el tabaco), permanecía junto a la ventana, dándome la espalda, y me decía despectivamente: «Muy bien, Francis. Debes de estar contento».

Seguimos caminando.

—Es curioso —dijo Francis—. Me cuesta creer que esté muerto. Sé que es imposible que fingiera morirse, pero si hay alguien capaz de resucitar, es él. Es como Sherlock Holmes pasando por las cataratas de Reichenbach. Tengo la impresión de que en cualquier momento descubriré que todo era un truco, que cualquier día aparecerá con alguna explicación complicada.

Estábamos cruzando un puente. La luz amarillenta de las farolas se reflejaba en las oscuras aguas.

—A lo mejor sí lo viste —dije.

—¿Qué quieres decir?

—A mí también me pareció verlo —agregué después de meditar un momento—. En mi habitación. Mientras estaba en el hospital.

—Bueno, ya sabes lo que diría Julian —dijo Francis—. Los

fantasmas existen. Eso lo sabe todo el mundo. Y nosotros creemos en ellos tanto como Homero. Lo que pasa es que ahora los llamamos de otra forma. Recuerdos. El inconsciente.

—¿Os importa que cambiemos de tema? —dijo Camilla—. Por favor.

Camilla tenía que marcharse el viernes por la mañana. Dijo que su abuela no se encontraba bien. Yo no tenía que volver a California hasta la semana siguiente.

Estaba con ella en el andén —ella, impaciente, daba golpecitos con el pie y asomaba la cabeza para mirar las vías— y no soportaba verla partir. Francis había ido a comprarle un libro para que se distrajera durante el viaje.

—No quiero que te vayas —le dije.

—Yo tampoco quiero irme.

—Pues quédate.

—Tengo que hacerlo.

Nos miramos. Llovía. Camilla me miró con sus ojos color lluvia.

—Te quiero, Camilla. Cásate conmigo.

Ella tardó una eternidad en contestarme:

—Richard, sabes muy bien que no puedo hacer eso.

—¿Por qué no?

—No puedo. No puedo marcharme a California por las buenas. Mi abuela es muy mayor. Ya no puede apañárselas sola. Necesita que alguien cuide de ella.

—No hace falta que vengas a California. Puedo ir yo al Este.

—No, Richard, no puedes. ¿Y tu tesis? ¿Y tu carrera?

—No me importa mi carrera.

Nos miramos fijamente, hasta que ella apartó la mirada.

—Tendrías que ver cómo vivo ahora, Richard —dijo—. Mi abuela está muy mal. No dispongo de tiempo más que para cuidar de ella, y para encargarme de la casa. No tengo ningún amigo de mi edad. Ni siquiera recuerdo la última vez que leí un libro.

—Yo puedo ayudarte.

—No quiero que me ayudes. —Levantó la cabeza y me miró. Su mirada era dura y dulce, como una inyección de morfina.

—Si quieres me arrodillo —dije—. En serio.

Camilla cerró los ojos; tenía los párpados oscuros, y ojeras; verdaderamente había envejecido y ya no era la niña de mirada esquiva de la que yo me había enamorado, pero seguía igual de hermosa. Ahora, la suya era una belleza que no me excitaba tanto los sentidos, pero que en cambio me encogía el corazón.

—No puedo casarme contigo —añadió.

—¿Por qué?

Creí que iba a decir: «Porque no te quiero». Seguramente era la verdad. Pero dijo:

—Porque quiero a Henry.

—Henry está muerto.

—No puedo evitarlo. Todavía lo quiero.

—Yo también lo quería.

Me pareció que titubeaba, pero solo un momento. Apartó la mirada.

—Ya lo sé —dijo—. Pero con eso no basta.

La lluvia me acompañó durante todo el trayecto a California. Sabía que no soportaría irme de golpe; si tenía que irme del Este, solo podría hacerlo gradualmente, de modo que alquilé un coche y conduje hasta que el paisaje empezó a cambiar y llegué al Medio Oeste, y lo único que conservaba del beso de despedida de Camilla era la lluvia. Gotas de lluvia en el parabrisas, emisoras de radio sucediéndose. Desolados campos de maíz que se extendían hasta horizontes grises, infinitos. Ya me había despedido de ella en una ocasión, pero para despedirme de nuevo, por última vez, tuve que hacer un esfuerzo sobrehumano. *Hinc illae lacrimae*, de ahí las lágrimas.

Supongo que solo falta que les cuente qué pasó con el resto de personajes de nuestra historia.

Cloke Rayburn acabó, por extraño que resulte, estudiando derecho. Ahora trabaja en el departamento de fusiones y adquisiciones de Milbank Tweed, en Nueva York, empresa de la que curiosamente se hizo socio Hugh Corcoran. Dicen que Hugh le consiguió ese trabajo. Puede que sea cierto y puede que no, pero yo creo que sí, porque estoy seguro de que Cloke no destacó mucho allá donde se graduara. Vive cerca de casa de Francis y Priscilla, en la esquina de Lexington con la calle Ochenta y uno (por cierto, Francis tiene un apartamento fabuloso, regalo de bodas del padre de Priscilla, que posee una agencia inmobiliaria), y Francis, que todavía no duerme bien, dice que de vez en cuando se lo encuentra de madrugada en el *delicatessen* de la esquina donde ambos compran el tabaco.

Judy Poovey se ha convertido en poco menos que una celebridad. Obtuvo el título de monitora de aeróbic, y aparece regularmente —junto con unas cuantas hermosas y musculosas chicas— en un programa de gimnasia de la televisión por cable.

Después de la universidad, Frank y Jud se asociaron y compraron el Farmer's Inn, que se ha convertido en el local de moda de Hampden. Dicen que les va muy bien. Según un artículo publicado hace poco en la revista de la escuela, entre los empleados hay varios ex alumnos de Hampden, como Jack Teitelbaum y Rooney Wynne.

Alguien me dijo que a Bram Guernsey lo habían fichado los Green Berets, pero no me lo creo.

Georges Laforgue sigue en el departamento de lengua y literatura de Hampden, del que sus enemigos todavía no han conseguido echarlo.

El doctor Roland ha dejado la enseñanza. Vive en Hampden y ha publicado un libro de fotografías que ilustra la historia de la universidad. Varios clubes de la ciudad se lo disputan para sus charlas de sobremesa. Estuvo a punto de conseguir que no me aceptaran en el curso de posgraduados, porque en la carta de recomendación que me escribió —que por lo demás era espléndida—, me llamaba repetidamente «Jerry».

La feroz gata que Charles había recogido se convirtió en una mascota bastante buena. Durante el verano se encariñó con Mildred, la prima de Francis, y en otoño fue a vivir con ella a Boston, donde sigue ahora, en un apartamento de diez habitaciones de Exeter Street. Se llama Princesa.

Marion se casó con Brady Corcoran. Viven en Tarrytown, Nueva York —desde ahí Brady puede viajar diariamente a Manhattan—, y tienen una niña. Ostenta la distinción de ser la primera hembra nacida en el seno de la familia Corcoran desde no se sabe cuántas generaciones. Francis dice que el señor Corcoran está prendado de ella, y que ya no presta atención a sus hijos, nietos ni mascotas. La bautizaron Mary Katherine, pero ya prácticamente nadie la llama por ese nombre, pues los Corcoran, a saber por qué, la han apodado Bunny.

De vez en cuando tengo noticias de Sophie. Se lesionó una pierna y estuvo una temporada de baja en la compañía de baile, pero recientemente le asignaron un papel muy importante en una obra. A veces vamos a cenar juntos. Casi siempre me llama a altas horas de la noche para hablar de los problemas con su novio. Sophie me gusta mucho. Supongo que podría decirse que es la mejor amiga que tengo aquí. Pero en el fondo nunca la perdoné por hacerme volver a este lugar dejado de la mano de Dios.

A Julian no he vuelto a verlo desde aquella tarde en su despacho, con Henry. Francis consiguió hablar con él —después de muchos esfuerzos— un par de días antes del entierro de Henry. Dijo que Julian lo saludó con cordialidad, escuchó cortésmente la noticia de la muerte de Henry y luego dijo: «Te lo agradezco mucho, Francis, pero me temo que ya no puedo hacer nada».

Hace más o menos un año, Francis me comentó el rumor —luego comprobó que era absolutamente falso— de que Julian había sido nombrado tutor del príncipe de Suaoriland, un pequeño país de África oriental. Pese a ser falsa, esta historia adquirió vida propia en mi imaginación. ¿Qué mejor destino para Julian que convertirse algún día en el poder oculto tras el trono suaori y transformar a su alumno en un rey filósofo? El príncipe de la leyenda solo tenía ocho años. Me pregunto qué habría sido de mí si Julian me hubiera cogido a la edad de ocho años. Me divierte pensar que tal vez él, al igual que Aristóteles, habría educado al hombre que conquistaría el mundo.

Pero como dijo Francis, puede que no.

No sé qué fue del agente Davenport —espero que siga viviendo en Nashua, New Hampshire—, pero el detective Sciola murió de cáncer de pulmón hace tres años. Me enteré por un anuncio que vi una noche en televisión. En él aparecía Sciola, demacrado y dantesco, contra un fondo negro. «Cuando veas este anuncio —decía—, yo ya estaré muerto.» Luego decía que no lo mataba su profesión, sino los dos paquetes de cigarrillos que se fumaba diariamente. Lo vi a las tres de la mañana, solo en mi apartamento, en un televisor en blanco y negro con muchas interferencias. Parecía hablar directamente conmigo. Me quedé desconcertado, presa del pánico; ¿podían los fantasmas materializarse mediante longitudes de onda, puntos electrónicos, tubos de imágenes? ¿Qué son los muertos, al fin y al cabo, sino ondas y energía? ¿Luz procedente de una estrella muerta?

Esa frase, por cierto, es de Julian. La recuerdo de una conferencia suya sobre la *Ilíada*, cuando Patroclo se le aparece en sueños a Aquiles. En un pasaje muy emotivo, él, alborozado ante aquella aparición, intenta abrazar al fantasma de su viejo amigo, y este se desvanece. «Los muertos se nos aparecen en sueños —dijo Julian—, porque esa es la única manera de que nosotros los veamos; lo que vemos solo es una proyección lanzada desde la distancia, luz procedente de una estrella muerta.»

Y eso me recuerda un sueño que tuve hace un par de semanas.

Estaba en una ciudad desierta y extraña —una ciudad antigua, como Londres—, diezmada por la guerra o por una epidemia. Era de noche; las calles estaban a oscuras, abandonadas, maltrechas. Andaba sin rumbo fijo y pasaba por parques destrozados, estatuas en ruinas, jardines cubiertos de malas hierbas y edificios de apartamentos derruidos con vigas oxidadas sobresaliendo de las fachadas, como huesos. Pero aquí y allá, esparcidos entre los desolados armazones de los edificios antiguos, empecé a ver también edificios nuevos, conectados por puentes futuristas iluminados desde abajo. Fríos y alargados elementos de arquitectura moderna que surgían, fosforescentes y fantasmales, de los escombros.

Entraba en uno de esos edificios modernos. Parecía un laboratorio, o quizá un museo. Oía el eco de mis pasos sobre el suelo de baldosas. Había unos cuantos hombres, todos ellos fumando en pipa y reunidos alrededor de un objeto expuesto en una caja de cristal que relucía en la penumbra e iluminaba las caras de forma macabra, desde abajo.

Me acerqué un poco. Dentro de la caja había una máquina que daba vueltas lentamente sobre un plato giratorio, una máquina con partes de metal que se doblaban hacia adentro y hacia afuera y que se transformaba para dar lugar a nuevas imágenes. Un templo inca…, las pirámides…, el Partenón. La Historia ante mis ojos, cambiando sin pausa.

—Sabía que te encontraría aquí —dijo una voz a mi lado.

Era Henry. Su mirada era firme e impasible. Encima de su oreja derecha, tras la montura metálica de sus gafas, vi la quemadura y el oscuro orificio.

Me alegré de verlo, aunque no me sorprendió.

—Todo el mundo dice que estás muerto —dije.

Henry miró la máquina. El Coliseo…, el Partenón.

—No estoy muerto —dijo—. Solo he tenido problemas con mi pasaporte.

—¿Qué?

Se aclaró la garganta.

—Mis movimientos están limitados —dijo—. Ahora ya no puedo viajar con toda la libertad que quisiera.

Santa Sofía… San Marcos…

—¿Dónde estamos? —pregunté.

—Lo siento, pero eso es información confidencial.

Eché un vistazo alrededor con curiosidad. Por lo visto, yo era el único visitante.

—¿Está abierto al público?

—No. Generalmente, no.

Miré a Henry. Quería preguntarle tantas cosas, decirle tantas cosas. Pero sabía que no había tiempo y que aunque lo hubiera, no tenía sentido.

—¿Eres feliz aquí? —pregunté por fin.

Henry se lo pensó un momento.

—No demasiado —contestó—. Pero tú tampoco eres muy feliz donde estás.

San Basilio… Chartres… Salisbury… Amiens…

Henry miró su reloj.

—Tendrás que perdonarme —dijo—. Llego tarde a una cita.

Se dio la vuelta y se marchó. Me quedé mirando cómo se alejaba por el largo y destellante pasillo.

Agradecimientos

Gracias a Binky Urban, para cuyos innumerables esfuerzos por sacar adelante este libro no tengo palabras; a Sonny Mehta, que lo hizo todo posible; a Gary Fisketjon, *il miglior fabbro*; y a Garth Battista y Marie Behan, por la increíble paciencia que han tenido conmigo.

Y, pese al riesgo de que parezca como un catálogo homérico de barcos, quiero dar las gracias a quienes enumero por su ayuda, inspiración y amor: Russ Dallen, Greta Edwards-Anthony, Claude Fredericks, Cheryl Gilman, Edna Golding, Barry Hannah, Ben Herring, Beatrice Hill, Mary Minter Krotzer, Antoinette Linn, Caitlin McCaffrey, Paul y Louise McGloin, Joe McGinniss, Mark McNairy, Willie Morris, Erin «Maxfield» Parish, Delia Reid, Pascale Retourner-Raab, Jim y Mary Robison, Elizabeth Seelig, Mark Shaw, Orianne Smith, Maura Spiegel, Richard Stilwell, Mackenzie Stubbins, Rebecca Tartt, Minnie Lou Thompson, Arturo Vivante, Taylor Weatherall, Alice Welsh, Thomas Yarker y, sobre todo, a mi querida y vieja familia Boushé.

EL JILGUERO

Al empezar *El jilguero*, entramos en una habitación de hotel en Amsterdam. Theo Decker lleva más de una semana encerrado entre estas cuatro paredes, fumando sin parar, bebiendo vodka y masticando miedo. Es un hombre joven, pero su historia es larga y ni él sabe bien por qué ha llegado hasta aquí. ¿Cómo empezó todo? Con una explosión en el Metropolitan Museum de Nueva York hace unos diez años y la imagen de un jilguero de plumas doradas, un cuadro espléndido del siglo XVII que desapareció entre el polvo y los cascotes. Quien se lo llevó fue el mismo Theo, un chiquillo entonces, que de pronto se quedó huérfano de madre y se dedicó a malgastar su vida, mientras el recuerdo de una niña pelirroja llenaba sus noches y un bulto sospechoso iba pasando de mano en mano hasta llegar a Holanda. ¿Cómo acabará todo? Para saberlo hay que dejarse llevar por el talento de Donna Tartt, la autora que ha conseguido poner al día las reglas de los grandes maestros, *El jilguero* es probablemente el primer clásico del siglo XXI.

Ficción/Literatura

EL PRISIONERO DEL CIELO
de Carlos Ruiz Zafón

Barcelona, 1957. Daniel Sempere y su amigo Fermín, los héroes de *La Sombra del Viento*, regresan de nuevo a la aventura para afrontar el mayor desafío de sus vidas. Justo cuando todo empezaba a sonreírles, un inquietante personaje visita la librería de Sempere y amenaza con desvelar un terrible secreto que lleva enterrado más de dos décadas en la oscura memoria de la ciudad. Al conocer la verdad, Daniel comprenderá que su destino le arrastra irremediablemente a enfrentarse con la mayor de las sombras: la que crece en su interior. Rebosante de intriga y emoción, *El Prisionero del Cielo* es una novela magistral donde los hilos de *La Sombra del Viento* y *El Juego del Ángel* convergen a través del embrujo de la literatura y el enigma que se oculta en el corazón del Cementerio de los Libros Olvidados.

Ficción

EL HOMBRE QUE PERSEGUÍA AL TIEMPO
de Diane Setterfield

William acababa de cumplir diez años cuando consiguió la admiración de todos los amigos: su ojo experto apuntó a un grajo que descansaba en un árbol lejano y, tras un instante de concentración, el tirachinas dio en el blanco. Nada grave, en apariencia; solo una chiquillada, pero a partir de entonces su vida cambió y William se propuso olvidar el pasado, trabajando duro para adelantarse al tiempo y a sus leyes. Los años fueron pasando y un hombre vestido de negro empezó a rondar a William en las circunstancias más trágicas. Nació así una extraña unión entre los dos caballeros y se inauguró en Londres una tienda espléndida, donde se exponían las telas y los complementos adecuados para el duelo de los difuntos. El negocio fue un éxito y durante un tiempo William pensó que su apuesta por el olvido era acertada, pero llegó un día en que un grajo muy negro surcó el techo acristalado del almacén: de golpe el pasado volvió, cargado de secretos y dispuesto a tomarse su venganza.

Ficción

LOS ENAMORAMIENTOS
de Javier Marías

Cada mañana María Dolz contempla en una cafetería a una pareja a la que no conoce de nada, cuya felicidad intuye y acaso envidia. Este ritual la ayuda a empezar la jornada, hasta que un día se entera de la muerte del hombre a manos de un enajenado. Más tarde, una relación imprevista, quizá imprudente, acerca a María a los pormenores del suceso. El embriagador estado de enamoramiento y las acciones que desencadena, positivas o viles, generosas o egoístas, la impunidad, la presencia casi permanente de los muertos en nuestras vidas, la memoria, la imposibilidad de conocer cabalmente la verdad son algunos de los temas por los que discurre, firme y sinuosa, una de las mejores novelas de su autor.

Ficción

VINTAGE ESPAÑOL
Disponibles en su librería favorita.
www.vintageespanol.com

Louis XIV

*

Le lever du Soleil
1637-1661

DU MÊME AUTEUR

AUX EDITIONS PLON

Bref traité de la colère, une passion interdite

AUX EDITIONS RAMSAY

Le Procès perdu de Thomas D

AUX EDITIONS BERNARD GRASSET

La vie est un jeu d'enfant
Mémoires d'un homme amoureux
Le Dernier Amour d'Aramis (Prix Interallié)
Boire

AUX EDITIONS BELFOND

Le Génie des Orifices (Esthétique des plaisirs de la table et du lit)

AUX EDITIONS MAZARINE

Stephen King, le faiseur d'histoires

AUX EDITIONS FLAMMARION

La Prochaine Polaire
Je danse pour les cannibales
Supplique au roi de Norvège

Jean-Pierre Dufreigne

Louis XIV

*

Le lever du Soleil
1637-1661

Roman

Plon

7/2014

ISBN 2.259.19503-2

A Noëlle

« *Le Roi de France n'a point de mines d'or
comme le Roi d'Espagne,
mais il a plus de richesses que lui,
parce qu'il les tire de la vanité de ses sujets,
plus inépuisable que les mines.* »

MONTESQUIEU,
Lettres persanes.

« *Qu'en quelque obscurité que le sort l'eût fait naître,
Le monde, en le voyant, eût reconnu son maître.* »

RACINE,
Bérénice.

AVERTISSEMENT

Ceci est un roman, non un essai historique.

Mais toute ressemblance avec des personnages ayant réellement existé est voulue et certifiée.

Aucun personnage imaginaire n'a été introduit dans ce récit.

Les dialogues dans leur majorité sont « vrais », à ceci près que les propos tenus furent plus écrits que parlés, souvent imprimés dans des correspondances ou rapportés dans les nombreux Mémoires de l'époque.

L'auteur avoue avoir joué avec la durée ; certains événements s'étalant sur une semaine voire un mois ont été condensés parfois en une journée ; le lecteur nous permettra ce respect de la règle des trois unités, de temps, de lieu et d'action, à laquelle se sont tenus nos plus grands dramaturges, nos meilleurs auteurs de comédie (les autres aussi d'ailleurs) de cette époque classique, afin de condenser au mieux la réalité historique avec la nécessité dramatique.

Certains Mémoires, journaux intimes, correspondances ou « historiettes » que nous avons eu le plaisir de consulter (et nous en remercions les auteurs) se sont permis aussi, et dans le seul dessein de « plaire au public » comme l'eût dit Molière, qui s'y connaissait, cette même condensation.

Le temps d'une vie n'est fait que d'instants qu'il importe à tout auteur de saisir au vol afin de leur donner la vraie saveur de la vie. Et c'est d'une vie d'homme, longue, prodigieuse, glorieuse et tragique qu'il s'agit ici. Mais il ne s'agit pas d'une hagiographie : Louis XIV, archétype du Roi dans l'imaginaire français, fut aussi un despote, assez éclairé, un enfant qui n'aurait jamais dû naître, un monarque à nul autre pareil, un homme complexe qu'il faut tenter de comprendre sans l'aduler et qui teinta tout « son » siècle, l'éclairant ou l'assombrissant, mais lui laissant une épithète : le Grand Siècle.

Nous devions cet avertissement à nos lecteurs ; comme nous sollicitons humblement l'indulgence des historiens.

Nous devions aussi à Alexandre Dumas, qui entre au Panthéon quand « sort » ce livre, de le dédier à sa délicieuse mémoire qui enchanta notre jeunesse et nous donna, sans doute, l'envie d'écrire.

J.-P. D.

LIVRE PREMIER

« *C'est assez que d'être.* »
Mme de LA FAYETTE.

UN ROI EN TEMPÊTE

Louis le Juste était triste, à son habitude, pis qu'à son ordinaire. Le roi Louis XIII souffrait ; ainsi entrait-il dans Paris au retour de la chasse en carrosse sans dorures, il les avait interdites, et non à cheval où il avait belle prestance et qu'il préférait de beaucoup à l'enfermement derrière les mantelets de cuir d'une voiture. Mais il faisait grand vent froid de novembre et Louis souffrait du ventre encore. Le mal ne l'avait point quitté depuis l'âge de ses quinze ans.

La douleur l'avait saisi au val de Galie. Guitaut, son capitaine de garde, avait alerté Héroard, le premier médecin. On s'était retiré dans un fourré, Guitaut veilla pendant qu'on administrait un lavement. Le deux cent douzième depuis le début de cette année 1637. Héroard tenait une comptabilité et un journal. Il soignait mal mais notait bien. Le Roi avait également subi quarante-sept saignées en ces onze mois. Se relevant, pâle, Louis XIII s'était appuyé sur le bras de son capitaine.

« Mon bon Guitaut, voilà que cela me reprend », et il avait, d'un geste, intimé silence au médecin que l'intention démangeait de pérorer sur l'inflammation des humeurs digestives et des vapeurs intestines.

Le Roi ce jour-là n'avait presque rien mangé : un pâté de venaison, une caille fourrée et deux truffes à l'huile arrosés de trois verres de clairet de Suresnes. Le capitaine avait appelé le carrosse. Louis avait acquiescé. Pas de chevauchée avec le ventre en ruine.

« Vous tiendrez ma portière, Guitaut. » Le capitaine salua machinalement pour un honneur qui lui revenait de droit. Le Roi voulait-il bavarder avec son discret capitaine ? Non, il voulait éviter la leçon d'anatomie du médicastre, qui normalement eût dû voyager sur un mulet, mais Louis le Juste avait ses faiblesses et ne détestait pas être accompagné quand le prenait l'envie de mordre. Lorsque l'on est d'exécrable humeur, il est bon de garder sous la dent un souffre-douleur.

Le vent soufflait si fort que la pluie hésitait à tomber. Quelques gouttes vous giflaient puis tarissaient. Le Roi détestait les gifles et les hésitations. Chez les autres.

De plus, en présence de Guitaut, on se taisait et Héroard n'oserait faire la leçon. Guitaut en imposait car il savait se taire comme le Roi aimait. Guitaut savait écouter, comprendre sans un mot. Ainsi avait-il, après l'administration du clystère, tendu son bras pour que Sa Majesté s'y appuyât, non pour infliger au Roi l'évidence de sa faiblesse physique, mais parce que son service commandait qu'il gardât le roi de France de toute faiblesse publique. Le Roi pouvait donner, sans déroger, le bras à un gentilhomme, qui plus est, à un de ses soldats. C'était marque d'honneur et camaraderie de combat. Il y en avait eu des combats, botte à botte, capitaine et Roi cousinant au plus près de la mêlée. La cuisse gauche de Guitaut lui rappelait parfois, par une douleur arrivant en coup de poignard, le passage d'une balle de la mousqueterie espagnole lorsqu'il avait fallu reprendre Corbie et fermer à jamais la route de Paris à l'ennemi qui, venu du Nord, avait franchi la Somme. La contre-attaque fut décidée contre l'avis du Cardinal. Louis XIII était encore fier de son coup d'audace, de l'enrôlement forcé des valets, chenapans, tire-laine, rôdeurs de Paris et de la confiscation de tous les carrosses pour mener les troupes contre l'Espagnol, audace que Guitaut saluait de brave à brave.

Une pensée fugace traversa l'esprit de Louis assis en sa berline de riche bourgeois : Guitaut qui chevauchait tout droit à sa portière, le menton haut, la moustache salée de blanc, était le seul à l'aimer sans rien quémander. Il soupira. Que celui-ci, au moins, on ne me l'enlève pas. Ou que je n'aie pas à l'exiler. Je le ferai mestre de camp. Promesse tacite que le Roi ne tiendrait pas.

Louis se trompait, Guitaut n'aimait pas son Roi, il le respectait. Il n'était plus jeune, Guitaut, qui comptait cinquante-six ans, mais il restait fidèle. Une complexion et un esprit faits pour être soldat.

Qu'être d'autre quand on naît pauvre et nobliau ? On s'engage, on gravit les degrés au mérite, au combat, on ne craint rien quand on n'a rien à perdre, on commande enfin une compagnie de gardes puisqu'on ne peut s'acheter un régiment.

François de Peichepeyrou-Comminges, sieur de Guitaut, dit aussi comte de Comminges, était donc soldat. A la meilleure place, lui enviait-on, au plus près du Roi. A la plus triste place aussi, il le savait d'expérience, celle où l'on s'ennuie. Celle où l'on assiste en silence à l'ennuyeux rabâchage quotidien des vilenies.

Louis le Juste était cruel. A seize ans, il avait fait assassiner son Premier ministre, chéri de sa mère, Concino Concini, maréchal de France et marquis d'Ancre, puis décapiter et brûler la femme de celui-ci, Leonora Galigaï. Sur une fausse accusation de sorcellerie, montée de toutes pièces par Luynes, le plus puissant et le premier des favoris du jeune roi. Il avait aussi fait la guerre à sa mère, qu'il maltraita ensuite et exila. Tuer Galigaï avait d'ailleurs été tuer sa mère, mais sournoisement, comme en effigie. Leonora n'était-elle pas la sœur de lait de Marie de Médicis ? Elles avaient été élevées ensemble à Florence, au palais Pitti, demeure des grands-ducs de Toscane.

Luynes avait su, du haut de ses quarante-deux ans, être un père de remplacement pour ce roi trop jeune, trop seul, trop peu sensuel pour être sensible, trop mal aimant car depuis toujours mal aimé, sa mère lui préférant son frère cadet, Gaston, un bellâtre, un élégant, plein d'esprit, et qui, lui, ne bégayait pas alors que Louis, rouge de honte quand les mots ne sortaient pas, menaçait de se déchirer la bouche avec ses mains nues. Luynes, aussi aventurier que le Concini dont il avait décidé la perte, en avait profité.

Louis le Treizième avait failli devenir Louis le Bègue, à la manière d'un vieux roi carolingien bien oublié. Parler lui était un effort tel, surtout en présence des dames, qu'il envoyait des émissaires à la Reine son épouse ou bien des lettres ; ce qui rendait peu fertile toute forme de conversation conjugale.

Il eût pu rester aussi dans l'Histoire comme Louis le Chauve, à l'instar de cet autre vieux carolingien, Charles II. Car, à ses vingt-trois ans, ses cheveux chutèrent. La parade fut immédiate, il porta et fit porter ces grandes perruques bouclées tombant jusqu'aux épaules, qui allaient durer un siècle qu'on appellerait bientôt Grand, qualificatif inimaginable ce jour-là, et remplacèrent les cheveux libres et fous qui donnaient, aux gentilshommes des règnes précédents, des allures de ruffians ; ce qui n'était guère menterie, toute noblesse s'étant taillée à coups d'épée dans le bien d'autrui, dans le butin, dans le pillage.

Plus modestement, Louis le Glabre lui eût également convenu. La barbe de son père Henri IV, aussi célèbre que la blancheur de son panache et la chaleur de ses frasques, n'était sur ses joues ou son menton que vestiges de chaume après le passage des glaneurs. Louis inventa la mince barbichette sous la lèvre inférieure, toupet taillé en fer de lance effilé, et qu'on nomma *illico* la « royale ». On l'adopta, et qui s'y refusa, fût-il duc et pair, se vit souvent rasé par le Roi soi-même, devant toute la Cour. Louis ne dédaignait pas de montrer des vertus de valet, de crainte de ne guère posséder celles d'un maître.

Il se choisit donc ses maîtres. Luynes et Richelieu.

Par désir d'éloigner ce surnom de revenir à Louis le Bègue, qui lui allait hélas comme un gant, les maîtres, qui savaient flatter pour mieux commander, de Louis le Treizième choisirent Louis le Juste, selon le qualificatif attribué par un Parlement de Paris convaincu – sous la menace – par les deux importants personnages au rappel d'une repartie du Roi, alors orphelin âgé de treize ans, à un gentilhomme qui lui adressait une plainte : « Mon ami, je vous ai présenté une oreille, je garde l'autre pour la partie adverse. »

Le qualificatif fut accepté avec un haussement d'épaules dans les ambassades des cours étrangères, où l'on chuchota qu'il ne devait une telle épithète qu'à son signe de naissance, la Balance. On chuchotait beaucoup dans les années 1630, dans le royaume de France. Le silence règne quand un mot peut assombrir un Roi ou appeler le billot, par un simple geste du principal ministre tout vêtu d'écarlate.

Le roi Louis, d'assez belle stature, avait le visage long, la lèvre lourde, et offrait une triste et jaune figure. Car Louis le Juste était surtout Louis le Malade. Les intestins en bouillie, gavés de gibiers et de graisse, mal soignés par des incapables qui ignoraient tout de l'entérocolite et des tuberculoses.

Terrifié dans son enfance par la vue du cadavre ensanglanté de son père Henri IV dit le Grand, que sa mère, Marie de Médicis, l'avait forcé à contempler dans l'ancienne salle de bal de François Ier au Louvre, il en garda une curieuse manie, celle de contrefaire en public les grimaces des agonisants ; demandant, au temps des échafauds dont abusa le Cardinal, quelle tête avait fait tel ou tel condamné titré au moment où s'élevait et s'abattait la hache du bourreau ; et si celui-ci s'y était repris à plusieurs fois (vingt coups furent nécessaires pour décoller le comte de Chalais). Louis imitait même la grimace d'agonie de personnes qui lui avaient été chères. Après tout, ne lui avait-on pas infligé la grimace de douleur de son père assassiné, qui s'en allait rejoindre Mme Angélique Paulet qu'il n'avait pas eu loisir de trousser ce jour-là ?

Plus que la justice Louis aimait la vengeance. Comme, au contraire de son père, de l'amour il ne savait vivre que la jalousie.

Il se trouvait réduit, adulte, à craindre sa femme, qu'il n'aimait pas mais qu'il tenait en un filet d'espionnes et d'espions, et dont il ne partageait plus la couche depuis vingt-trois ans, embarrassé de ce qu'il craignait être sa propre impuissance. Il craignait aussi son frère, ne savait trop que faire de sa mère exilée, et se montrait plus embarrassé encore du cardinal de Richelieu dont il sentait le joug, qui n'avait rien de paternel. Et pourtant l'enfant étiré dans le temps qu'était encore Louis, roi de France, décida de trouver en son ministre un nouveau père. Il camoufla ce désir de parenté en l'affichant et donna du « mon cousin » à l'Eminence.

Le Cardinal était plus cruel encore que son royal maître et valet, et fit couler le sang sur le billot. Le sang des Grands, des princes, des maréchaux. Bientôt ce serait le sang des amis, des favoris, dont Cinq-Mars, grand écuyer de France, Monsieur le Grand. Mais on n'en était pas là. Quoique le Cardinal déjà y pensât : Luynes mort, le Roi avait épuisé le catalogue des favoris, et Richelieu avait repéré ce jeune marquis de quinze ans, fils de la Maréchale d'Effiat. Il en ferait sa créature, croyait-il. Comme des autres, ou alors il lui en cuirait. Comme aux autres. Pour l'instant, il l'avait fait entrer dans les gardes, là où régnait l'irréprochable Guitaut. Trop irréprochable au gré du ministre, mais nécessaire auprès du Roi, car Guitaut, en dehors des factions, protégeait Sa Majesté, sans laquelle Richelieu ne serait rien. Guitaut permettait que l'esprit du

Cardinal fût libre, libre de décider ; Cinq-Mars, lui, serait utile par sa joliesse pour séduire, espionner mais, hélas, comploter à en perdre la tête.

Du temps de Louis le Juste, il n'y eut pas dans le royaume d'année sans factions. Il n'y eut pas de paix. La guerre s'éternisait contre les Habsbourg de Vienne et désormais rougeoyait contre les Habsbourg d'Espagne. Or la Reine était deux fois Habsbourg, des deux côtés qui prenaient le royaume en tenaille, d'Outre-Pyrénées et d'Outre-Rhin, que la mélancolie native du Roi traduisait en deux fois ennemie. Pourtant la bouche du Roi affichait elle aussi la lippe des Habsbourg, venue de son ancêtre Marguerite d'Autriche. Mais le Cardinal aidait à l'addition chez la Reine, à la soustraction chez le Roi.

Les soupçons, la crainte, la désolation baignaient la famille royale et la Cour. Ils rôdaient partout dans Paris. Ils ajoutaient à la boue de ses rues et à l'aigreur des chansons. Et aux puanteurs du Louvre.

Contre la mélancolie, les débâcles intestinales, les querelles intestines, les trahisons, les embarras de Paris et l'ennui, Louis le Juste cuisait des confitures, fabriquait des arquebuses et des canons de cuir, lardait des longes de veau, cousait des tentures, jouait de la guitare et chassait. Sa guitare sonnait des chaconnes tristes ; le Roi composa, on juge sa gaieté, un *Office des Ténèbres* et un *De Profundis*. La chasse prenait la plus grande partie de son temps. Il avait fait Luynes connétable de France, gloire indue puisque ce faux nobliau surtitré n'avait jamais mené bataille, pour son habileté à dresser les pies-grièches.

Louis aimait les oiseaux. Dès ses dix ans, il avait eu son « cabinet des volatiles », et six cents personnes soignaient dans sa fauconnerie du château de Saint-Germain cent quarante rapaces : gerfauts, laniers, crécerelles, émerillons. Luynes n'avait pas commandé de troupes mais un régiment de charognards.

Régiment n'est pas trop fort. Le Connétable des pies menait quatre lieutenants de vénerie, louveterie et autres, quatre sous-lieutenants, trente-neuf gentilshommes, cinq valets de chiens, quatre fourriers, quatre valets ordinaires, deux pages, deux maréchaux-ferrants, un chirurgien (qui haïssait Héroard et que ce dernier méprisait), plusieurs dizaines de lieutenants et valets de

meute, des gardes forestiers, des piqueux, des gardes à pied, des
gardes à cheval, autant de mercenaires engagés au service du seul
« plaisir du Roi ».

Luynes était mort comme il avait vécu, cocu. Sa femme, la belle
Marie de Rohan, avait épousé son amant, le duc de Chevreuse, et
cette « Chevrette », amie de la Reine qui la traitait en sœur, était,
elle, une ennemie du Roi. Et toujours une femme infidèle. Mais
ravissante ; M. de Guitaut, capitaine aux gardes, fouetté par le
vent sur la route de Paris, sourit sous son chapeau. Un souvenir,
sans doute.

Louis détestait cette engeance et lui préférait la chasse aux
oiseaux. Les valets lançaient ses gerfauts contre des pigeons auxquels ils avaient crevé les yeux avant de les libérer. Ils filaient
droit vers le ciel et les faucons de Sa Majesté les rattrapaient et
les lardaient de tant de coups de becs qu'ils en retombaient déchi-
quetés. Cette forme de volerie donnait beaucoup de plaisir à Louis
le Juste. Mais le plaisir l'inondait quand, en juin, les pies-grièches
si chères à son cher Luynes s'en revenaient d'Afrique.

Il en frissonnait alors. Les pies-grièches à la vêture modeste de
bon chasseur, cape brune et ventre gris, attendent perchées sur une
cime de roncier. Passent les libellules, toutes de saphir, de turquoise et d'émeraude au soleil, dansant autour des mûriers comme
autant d'élégantes autour de la Reine.

Bien qu'à peine plus grosses qu'un moineau, les pies-grièches
se lancent dans la chasse au vol comme leurs grands cousins les
aigles et les faucons. Leurs becs crochus, acérés, puissants, tran-
chants embrochent les courtisanes légères. Le Roi, immobile,
jubile.

Alors, elles fondent du ciel au sol, vers une grenouille, un
lézard, un mulot, une musaraigne imprudents, sortant des abris
pour goûter le soleil. Ces minuscules rapaces empalent leurs
proies sur les lardoires offertes par la nature, sur les épines des
ronciers et des acacias. Là, elles écorchent leurs victimes, les
déchiquettent pour en offrir les morceaux sanglants à leurs petits.
Le Roi pouvait rester des heures à les observer. Et Luynes, qui
aidait la nature cruelle du Roi à se repaître de ce spectacle où Sa
Majesté lisait maints symboles, aidait la Nature, la vraie, qui n'est
ni cruelle, ni affectueuse, mais divinement indifférente, en faisant
tailler en pointes aiguës badines et baguettes, pour fournir des

haies de lardoires mieux placées pour le spectacle du Roi vêtu lui aussi de cape brune et de veste grise. Voilà comment on fait sa cour de favori, quand on renifle chez le maître le goût du sang. Sans oublier de rappeler que pie-grièche désigne aussi, dans le familier de la langue, une femme acariâtre. Louis souriait devant le massacre.

A l'automne, ou aux grosses chaleurs d'août, le Roi et ses meutes forçaient des cerfs, des biches dans les bois entourant une butte venteuse à l'ouest de Paris, où un moulin à vent, une tour ruinée étaient les seuls fanions d'un domaine de cent dix-sept arpents, nommé Versailles, que le Roi avait confisqué autant qu'acheté à la famille de Gondi, famille distinguée venue d'Italie sous Henri II, celle de l'archevêque de Paris, qui n'avait que faire de ces bois et ces marécages, avant de le porter par un nouvel achat à cent soixante-sept arpents pour y chasser plus à l'aise dans un désert personnel et vaste comme l'oubli.

Louis XIII, le mélancolique, ne souffrait pas de nostalgie. Il haïssait son passé, son enfance et sa jeunesse, rêvait de futur qu'il ne réussissait pas à imaginer, mais qu'il eût aimé s'acharner à magnifier. Parfois il faisait montre d'audace, laissait voir son courage guerrier, ou s'enfermait en sa tristesse face à ses desseins contrariés.

Sur la butte trop venteuse il fit construire un pavillon pour ne plus dormir sur la paille du vieux moulin ou dans l'auberge sale, quand la chasse s'éternisait. Le pavillon était de briques rouges, de pierres blanches et d'ardoises bleu nuit. Le rouge et le bleu de Paris honni, mais aussi le rouge et le bleu des gardes de Sa Majesté, rehaussés par le blanc du Roi. On ferait un drapeau avec cela. Il n'y invitait plus personne depuis que sa seule inclination féminine, Marie de Hautefort, avait déclaré s'y ennuyer. Hautefort s'était moquée de lui, de ses chasses, de ses oiseaux, de son « château de cartes » fouetté de courants d'air ; et qui plus est, en présence de la Reine dont elle était dame d'atour. Et la plus chère amie.

Une gamine de seize ans à qui l'on disait Madame, et qui avait détesté Versailles et ses grands vents. Elle détestait la chasse et n'aimait pas le Roi ni son babil hésitant. Lui l'avait aimée. Le Cardinal aussi. Richelieu avait songé à se servir de Marie pour espionner au plus près, mais aussi à l'entraîner en son lit. Elle qui, revenant de Rueil, avait averti tout Paris qu'il arrivait à l'Eminence de hennir, faisant le cheval de manège autour d'une table, en la présence de la favorite du Roi, et ce pour la séduire. Devant les deux refus, espionner et coucher, Richelieu avait décidé de la perdre. Elle vivait actuellement un exil feutré d'ennui dans un manoir grand-maternel près du Mans, le château de La Flotte.

« Qu'elle s'y noie ! » avait simplement commenté le Roi.

Ici, au pied de la butte de Versailles, le Roi galopait, loin du Cardinal, loin de Paris, loin des ragots, loin de la Cour, loin de l'ironie, loin des femmes, donc loin de la Reine. Le vent ôtait l'odeur des intrigues, même autour de l'étang Puant, pourtant bien nommé, mais qui entêtait moins que tous les parfums de félonie de la Cour ou des couloirs du Louvre.

Louis ricana dans son carrosse, son médecin se pencha vers lui, le Roi le foudroya du regard. Héroard n'ajouta rien, le Roi avait sa mine à « tâter le vinaigre », ainsi que le médecin l'écrirait ce soir de novembre 1637 en son journal au seul profit des historiens du futur, et d'Alexandre Dumas.

Louis le Juste était cruel comme une épigramme. A la seconde fausse couche d'Anne d'Autriche, il y avait seize ans de cela, il décréta que « son ventre était un cimetière ». Autant gifler l'Espagne tout entière ! Il n'en approchait plus. Chaque jour, dans les couvents et monastères, moines et nonnettes priaient, chaque dimanche à toutes les messes les prêtres et les fidèles imploraient Dieu que le Roi se couche près de la Reine et que le royaume ait un Dauphin.

Dieu ignorait la France comme le Roi ignorait la Reine. L'Europe ricanait, Paris chansonnait, Locret rimait ses gazettes. Monsieur, Gaston d'Orléans, frisait sa moustache et souriait aux Grands ; il demeurait seul héritier direct du trône, dont l'éloignait encore la stature courte et rouge de Richelieu, à l'ombre pourtant immense, qui tenait autant à conserver ses quatre pieds carrés dans le cabinet du Roi qu'à réduire les places aux frontières et tenter d'unifier un royaume décousu. Gaston désirait l'abattre et le remplacer, ayant choisi déjà son titre de Lieutenant général du Royaume. Ou bien de Régent, ou de Roi, si Louis le Malade trépassait sans héritier mâle.

Gaston aimait les complots, on ne pouvait l'embastiller, étant frère de Sa Majesté. Alors, Monsieur, veule, fourbe, intriguait impunément. Avec tout le monde avant de trahir chacun. Il avait intrigué contre le Cardinal avec la favorite, la chastement favorite, Marie de Hautefort, mais avait laissé exiler la belle quelque part, près d'un bout de la Loire. Les autres, tous les autres, avaient perdu la tête ou la liberté.

Gaston était plaisant mais indécis. Louis le Juste n'était pas aimé. Son ministre était craint. Paris brocardait les trois. La plume acérée menait droit à la Bastille, forteresse près de la porte Saint-Antoine, prison et coffre-fort du Trésor royal. Les geôles et les caisses y répondaient au principe savant des vases communicants. Richelieu emplissait les unes et puisait dans les autres. Elles s'ouvraient d'ailleurs derrière de mêmes portes bardées de fer et scellées de trois serrures.

Ce jour-là, donc, un jour froid du mois le plus triste de l'année, novembre finissant, Louis, au ventre enfin apaisé après les débâcles de la chasse, approchait de l'ombre des tours de la vieille forteresse pour se rendre à quelques pas de là, au couvent des Sœurs de la Visitation Sainte-Marie ; il rendait visite en effet. Et à une vierge, bien humaine, celle-là.

Louis le Juste, le Cruel, le Malade soupirait une nouvelle fois. Guitaut, son capitaine des gardes, se taisait. Son premier médecin, Héroard, tentait de se faire oublier. Le Roi en ce jour de fin novembre 1637 était de mauvaise humeur. Le vent soufflait trop fort dans le val de Galie, près de la butte de Versailles, et un gerfaut s'était perdu dans la bourrasque. Louis le Juste perdait ses derniers amis : après Luynes mort, et Saint-Simon, premier écuyer, exilé pour un mot de trop sur une dame, après Saint-Amour, le cocher, Haran, le valet de chiens, le marquis de Montpouillan, François de Barradat, chassés hors de Paris, il perdait son faucon préféré. « Ce sont amis que vent emporte », avait chanté Rutebeuf trois siècles auparavant. Et le vent soufflait comme jamais en cette fin de novembre.

M. de Guitaut ordonna la halte à sa troupe. On ouvrit la portière de la berline du Roi qui en descendit maussade, dans le velours feuille morte de sa tenue de chasse ornée simplement de la poussière grise de la chevauchée venteuse. Son uniforme de rapace. Ce soir il dormirait à Saint-Maur. En attendant... on l'attendait au couvent.

Elle n'a pas dix-neuf ans, elle est brune et pourtant ravissante alors que les canons en vigueur chantent plutôt la blondeur ; elle est intelligente, musicienne elle aussi. Ancienne suivante de la Reine, Louise Angélique de La Fayette fait retraite et pense à choisir définitivement le couvent.

Le Roi est fou d'elle ; elle ne songe nullement à céder aux ennuyeuses volontés de ce barbon dont le non-désir lui répugne. Autant parce que les trente-six ans de Sa Majesté lui paraissent canoniques, à elle qui en compte la moitié, que parce qu'elle sait trop bien que ladite Majesté ne se résoudra pas à la toucher. Ainsi le Roi a-t-il éloigné son très cher Claude de Saint-Simon, son premier écuyer, laid comme un pou, un vrai « punais », mais excellent chasseur, qui lui conseilla d'user de toute sa prérogative royale pour basculer la blonde Hautefort en son lit. Louis le Juste, s'il a ses amours de tête, est chaste comme un nonain. Après Mme de Hautefort, Mlle de La Fayette. Et de celle-ci, à son habitude, le Cardinal se méfie, et ne se trouve pas mécontent qu'elle loge ici en un couvent.

Louis le Chaste est pieux. Déjà, il a usé six confesseurs : le RP Coton, qui fut celui de son père le roi Henri, et dont il entendit donc de belles au registre des péchés les plus plaisants ; les RP Arnoux, Séguiran, Suffren, Maillant et Gordon, un Ecossais épuisé par les ans autant que par l'ennui du trop véniel des péchés du roi Louis. Tous appartiennent à la Compagnie de Jésus, installée elle aussi en ce faubourg Saint-Antoine. Tous usés en effet, usés par leurs efforts à pousser le Roi dans le lit de la Reine.

Leur successeur, le RP Nicolas Caussin AMDG, a décidé de réussir là où ses saints confrères ont échoué. S'il réussit, il arborera vite le chapeau de cardinal. Et un cardinal peut en chasser un autre. Richelieu règne sur le présent du Roi, et croit Caussin de son clan, mais Caussin songe, lui, qu'il pourrait régenter l'avenir de la monarchie. Déjà il est du mieux possible avec le frère du Roi, Gaston, le seul héritier qui patiente devant la litanie des maladies de son royal frère, mais le jésuite n'ignore pas qu'il serait encore plus en grâce s'il fournissait au trône l'héritier légitime, ce Dauphin impossible. Aussi, le pieusement politique Nicolas Caussin visite-t-il fort souvent le couvent des Sœurs de la Visitation, et la jeune future novice Louise Angélique. Il parle, elle écoute, il conseille, elle promet. Elle a choisi l'établissement de la porte Saint-Antoine pour répondre à la volonté de Dieu.

Et puis la porte Saint-Antoine est dite porte des Champs, celle par laquelle il est le plus aisé de fuir Paris. Sous le ministère du Cardinal-Duc, la fuite n'est pas une lâcheté, mais une sage décision de prudence. Il n'est que deux portes ici, au faubourg ; l'une s'ouvre par la clef des champs, l'autre par celles, plus funestes et mieux gardées, de la Bastille.

Dieu le veut, avait dit le RP Caussin comme s'il prêchait une nouvelle croisade. Dieu veut que le Roi engrosse la Reine.

On n'a pas encore coupé les cheveux bruns de Louise Angélique, dont quelques mèches s'échappent du voile de linon. Son visage est tout d'enfance. Le Roi sourit pour la première fois aujourd'hui. Louise Angélique est belle et sa rêche tenue de novice la rend plus attirante et fraîche que ses anciens atours de suivante et de dame de cour. C'est au Louvre, ou sur l'esplanade de Saint-Germain, d'où l'on a une si belle vue sur la forêt giboyeuse de la Laye, dans les jardins de Fontainebleau, il ne sait plus, la Cour est si nomade, que le Roi a remarqué son minois. Marie de Hautefort échangea alors un sourire complice avec la Reine. Le Roi les haïssait.

Le monarque et l'enfant chuchotent dans l'ombre du parloir maigrement éclairé par deux chandelles. Une religieuse assiste à l'entretien dans un recoin. De par sa volonté, le Roi pourrait exiger la solitude. Mais il est chez Dieu, et pense qu'il n'y commande pas. Solitaire et torturé, il se confie sans se confesser ; il croit découvrir ici, devant ce visage de pureté, la sérénité qui le fuit depuis sa naissance. Une jeune fille douce et forte, droite, vierge, et éprise de lui car sa couronne ne lui vient que de la grâce de Dieu. L'amour du Roi, qui n'a rien de charnel, survit, sublimé, à cet enfermement dû à l'héroïque décision de la demoiselle.

Que se disent-ils, ce jour de novembre à travers le vain mais infranchissable obstacle de la clôture ?

Même la sœur surveillante ne l'entend pas. Ce qu'on en sait est que le Roi ne bredouille ni ne bégaie.

Dehors, Guitaut qui attend voit le ciel se couvrir. Les casaques bleu et rouge des gardes se soulèvent dans le grand vent. Il vient de l'ouest, de Versailles et de l'Océan, il a poursuivi le Roi après lui avoir volé un gerfaut. M. de Guitaut pèse de la main sur son chapeau. Fasse Dieu que le Roi ne tarde pas. Cet homme qui a reconquis à peu près son royaume, qui mène une guerre étrangère interminable depuis vingt ans, a eu la ténacité, contre l'avis des stratèges, de reprendre Corbie, la cuisse gauche du capitaine ne l'ignore pas, échoue au siège du cœur d'une pucelle afin de la ramener au monde des vivants.

Et ce vent, mon Dieu, ce vent qui a gâché la journée et renforcé le caractère sombre du Roi ! Sa détestation de tout ce qui est gai, joyeux, charmant, galant. Le fils du Vert-Galant se rembrunit devant les femmes, quand il ne rougit pas. La Hautefort s'amusait de cette palette de couleurs, et ce, devant lui, et le Roi s'en retournait pleurer. Dans son dos, Chevreuse, sœur de cœur de la Reine, toutes deux blondes aux yeux verts, en plaisanta jusqu'à l'exil. Guitaut soupire dans le violent courant d'air de la rue Saint-Antoine. Chevreuse, la plus rouée des Rohan, veuve du dernier connétable, maîtresse d'un ambassadeur d'Angleterre, d'un évêque, d'un envoyé de l'Espagne, épouse nouvelle d'un duc et pair, est actuellement occupée à séduire le duc de Lorraine, à moins que ne ce soit le roi d'Espagne. Chevreuse change souvent de nid. Comme de lit. Guitaut sourit.

Guitaut aimait les femmes. S'il respectait le Roi, il aimait la Reine, d'une affection chaste, d'une admiration sincère, et, malgré la petitesse de sa noblesse, avec une véritable compassion pour les tourments à elle infligés. Et puisque M. de Guitaut avait un demi-flacon de sang gascon par les Peichepeyrou, son cœur allait donc à Mme de Hautefort. La belle Marie, premier grand amour raté de Louis le Chaste. Une Gasconne qui, homme, fût devenue mousquetaire et qui, femme, belle et jeune, remplaça la rapière par une langue acérée. Au contraire du silencieux Guitaut. Mais comme le capitaine des gardes, la jolie Marie qui flattait l'œil vouait un parfait amour à sa Reine.

L'inclination de Marie de Hautefort pour Anne d'Autriche était telle que, négligeant les bonnes grâces du Roi qui lui étaient acquises – pour Marie, le Roi joua de la guitare et organisa des ballets, choses qu'il détestait mais se surprit à aimer –, hasardant entièrement sa fortune, Marie préférait secourir une princesse d'un tel mérite dans son malheur que profiter de sa faveur. Guitaut saluait la fidélité. Il avait connu le père de la délicieuse Marie, Charles, marquis de Hautefort, qui, en bon et franc Gascon, enfilait cinq ou six titres dès son lever. Le marquis était aussi comte de Montignac, baron de Themon, seigneur de Savignac, d'Auriac, de Saint-Orse, de La Motte, de La Borie, d'Ajat. Guitaut en oubliait, parmi les titres et lieux en ribambelles, lui qui n'avait que trois noms dont un d'emprunt, Comminges, pour se vêtir au matin.

Aujourd'hui Cheveuse est en exil en Flandres, Hautefort au Mans, La Fayette au couvent, Guitaut capitaine aux gardes, le Roi aux pieds d'une nonnette, et ce qui n'était que mauvais temps de novembre tourne à la tempête.

— Mais Dieu est avec nous, Capitaine.

Une ombre s'est approchée. Guitaut se penche sur l'encolure de son cheval.

— Dieu vous bénisse, mon Père.

Il vient de reconnaître le confesseur du Roi, le RP Caussin. Une belle âme. Un artiste qui a tenté de tromper Richelieu et que Guitaut soupçonne donc de niaiserie patentée.

— Dieu nous bénit en effet par cet orage. Par cette tempête et vos conseils, Capitaine, le Roi ne doit pas coucher à Saint-Maur.

— Trop tard. Ses appartements y sont déjà tendus...

— Le ciel ne le veut pas.

En effet, un éclair jaillit et dans l'instant le tonnerre craque au-dessus de Paris.

— Capitaine, reprend le jésuite, vous êtes bon chrétien et dévoué à la monarchie.

Guitaut se signe sans répondre.

— Le Roi doit dormir au Louvre, insiste le confesseur.

— Vous voulez dire chez la Reine.

Le RP Caussin sourit.

— Un bon catéchumène comprend à demi-mot.

— Un bon jésuite n'emploie que le quart d'un mot. Mais le Roi veut Saint-Maur.

— Voulait. Il change d'avis.

— Louise Angélique de La Fayette ?

— Oui, mon fils. Bénies soient les Sœurs de la Visitation.

Guitaut se signe une nouvelle fois.

— Amen. Vous finirez ministre, mon père.

— Et vous maréchal de France. Si...

— Si le Roi loge au Louvre cette nuit. J'ai compris. Mais ses appartements n'y sont pas tendus.

— Justement. Il demandera asile à la Reine.

— Elle le lui offrira. De bon gré. Je connais la sèche mais parfaite courtoisie espagnole de Sa Majesté Anne.

— Bon gré, mal gré, c'est ainsi que cela doit être. Voyez, il pleut.

— Je sais, hélas, mon Père, je fréquente cette tornade depuis quatre heures.

— Dieu fertilise la terre.

Guitaut rit.

— Oui, mais la Reine ?

— Elle fut indisposée il y a treize jours.

— Je ne vous savais pas si féru des mystères du ventre féminin.

— Je soigne les âmes, les âmes vivent dans les corps, les corps sont surveillés par les médecins. Ames et corps ont leurs secrets liés...

— Sauf pour médecins et confesseurs. Et quand ceux-ci sont amis...

— Vous êtes un bon chrétien, Capitaine, et un esprit éclairé. Notre Compagnie n'oppose pas la science à la foi. Et œuvre dans le monde entier pour le rapprochement des peuples.

— Cette nuit, entre la France et l'Espagne, votre Compagnie souhaiterait qu'il n'y eût plus de Pyrénées. Fussent-elles métaphoriques et au mitan d'un lit.

— Et donc plus de guerre ; qu'elle reste en Flandres et ne menace plus Paris ! Pour un soldat vous êtes fort diplomate.

— Mais le Roi et la Reine ont passé leurs trente-six ans déjà.

— Vous êtes brave, diplomate mais piètre théologien ! Selon saint Luc, Zacharie était vieux et son épouse Elisabeth avancée en âge, comme dit l'Evangéliste, quand l'ange Gabriel les avertit que Dieu les rendrait fertiles d'un fils qui « sera un sujet d'allégresse et plusieurs se réjouiront de sa naissance. Il sera grand devant le Seigneur. Il marchera devant Dieu avec l'esprit et la puissance d'Elie pour ramener les cœurs des pères vers les enfants, et les rebelles à la sagesse des justes, afin de préparer au Seigneur un peuple bien disposé. » Ainsi naquit le Baptiste. Ainsi nous naîtra un Dauphin.

— Belle prophétie : « ramener les rebelles à la sagesse des justes ». A défaut d'ange, nous avons une Angélique.

— Suivez-moi, Capitaine, allons chercher Sa Majesté. Je l'ai surprise à sourire. Cela vous réchauffera.

— Si le feu couve, mon Père, tisonnons.

— Dieu et la France nous en donneront raison.

Guitaut qui méprisait la médisance et l'évitait, voyant trop comment son goût assombrissait encore plus son Roi qui s'y complaisait, Guitaut qui évitait aussi de juger son prochain, connaissant trop les faiblesses de l'humaine nature, et préférait s'en tenir au premier coup d'œil pour jauger un homme à moins qu'une action ne le démente, ayant confiance en cette impression acquise d'office dont on disait qu'il fallait se méfier, mais que lui savait être la bonne car il avait vécu, ce Guitaut tenait le RP Nicolas Caussin, confesseur du Roi, pour un imbécile. Un mauvais intrigant.

Le jeune Cinq-Mars, que Richelieu avait fait nommer aux gardes pour avoir une oreille de plus dans la compagnie du Roi, le jeune Henri d'Effiat, marquis de Cinq-Mars, était bavard. Guitaut y vit un défaut et en pesa l'utilité. Ainsi Guitaut savait, par la bouche de l'élégant et trop jeune homme (à seize ans et avec un nom, on mérite une carabine de parade au régiment des pages, pas une compagnie des gardes), comment Caussin avait été choisi par le Cardinal même et non par le Roi. Son lieutenant, Comminges, neveu de Guitaut, car un Guitaut n'a confiance qu'en un autre Guitaut, avait entendu le jeune marquis de Cinq-Mars le conter, car ce gamin, protégé du Cardinal et tenu en réserve de l'amitié du Roi, avait lui-même mené Caussin à Rueil, où logeait le Cardinal, lorsque le RP Gordon, sympathique Ecossais, avait renoncé, épuisé par l'âge et par le chaste ennui des péchés du Roi ainsi que nous l'avons dit.

Mgr Desclaux, chanoine de Bordeaux et confesseur de Son Eminence, avait dressé une liste de religieux parmi lesquels Richelieu choisit un jésuite, réputé « simple et modeste », auteur d'un livre à succès, *La Cour sainte*, le père Nicolas Caussin. Ses supérieurs avertirent que le jésuite manquait « de cette prudence parfaite que ne suppléent ni l'intelligence, ni le bon vouloir, ni la vertu ».

Son Eminence s'en tint au bon vouloir et à la vertu, la prudence il l'enseignerait par la férocité et la menace distillée ; quant à l'intelligence, il en disposait à son gré. Le 24 mars 1637, il envoya donc le fils du maréchal d'Effiat quérir ce Caussin au siège de la Compagnie de Jésus pour le lui mener à Rueil.

Cinq-Mars se souvenait que l'Eminence avait chapitré le jésuite, lui recommandant d'éviter la politique, de ne pas se mêler des attributions de bénéfices ecclésiastiques et, surtout, « de ne pas prononcer des sermons excédant trois quarts d'heure », phrase retenue par le jeune marquis qui souvent sommeillait pendant l'office. Richelieu ajouta, et là Cinq-Mars fut tout ouïe :

« Le Roi est sans vices. Sa vertu fait la bénédiction de son état. A la vérité, il paraît actuellement attaché à une demoiselle de la Reine. Je n'y soupçonne aucun mal, mais une si grande affection entre personnes de sexe différent est toujours dangereuse... »

Le RP Caussin avait acquiescé en silence, obséquieux à souhait.

« Il ne faut pas rompre cette liaison tout à coup, mon Père, avait suggéré Richelieu, mais il serait à propos pour votre ministère de la découdre. »

Caussin promit de « faire le serpent », de juger ainsi les véritables sentiments de Mlle de La Fayette, dame d'honneur de la Reine.

Faire le serpent avait plu au jeune Cinq-Mars qui, dans son coin, oublié comme un meuble, ne perdait pas une miette et jugea le jésuite fourbe.

Il ne se trompait pas, du haut de ses quinze ans, à l'époque. Caussin était hostile à Richelieu pour avoir allié la France aux princes protestants d'Allemagne contre le très catholique roi d'Espagne.

Caussin fait le serpent, mais serpente mal. Il monte la jeune Louise Angélique contre ledit Cardinal, qu'il qualifie de mauvais prêtre. Elle dit ces choses à son royal soupirant. Richelieu fait semblant de les ignorer et de nouveau pousse Caussin à « découdre la liaison ». Louise Angélique est fort pieuse et songe au couvent. Cette fois Caussin obéit à l'Eminence et encourage la jeune femme.

Celle-ci, moins niaise, avoue :

« Mon Père, alors que je vais quitter le monde, je n'en emporterai qu'un déplaisir, qui est de donner de la joie au Cardinal par ma retraite. »

Louis XIII pleure, veut l'enlever à la Reine, l'installer à Versailles. Mauvais choix, personne n'aime Versailles, ses courants d'air et ses lassants récits de chasse ; Louise Angélique préfère le couvent.

— Qu'est-ce qui la hâte ? demande le Roi à Son Eminence, ne pourrait-elle attendre quelques mois, j'en suis à mourir.

Son Eminence jubile, malgré son impatience à compter une « Espagnole » de moins près du Roi. Il console Sa Majesté, lui parle de Dieu dont les desseins ne peuvent être détournés. Louis se résigne :

— Mon cousin, dit-il à Richelieu, jamais rien ne m'a tant coûté, mais il faut bien que Dieu soit obéi.

Le Cardinal l'embrasserait s'il ne se retenait. Et regarde avec plaisir s'enterrer entre une enfant et un Roi déjà grisonnant une passion toute vive. Richelieu se croit chez Corneille, fort à la mode depuis un an. Son Eminence est friande de théâtre, de beaux écrits, de tragédie dans les règles. Il en a signé de fort mauvaises ; à sa décharge, il n'en a que peu composé de vers.

Caussin décide qu'il a rempli au mieux sa mission. Ignorant que le Cardinal sait tout de ce qu'il a dit sur le mauvais prêtre et patientera jusqu'à la prise de voile de Mme de La Fayette avant d'éjecter le « serpent » du confessionnal du Roi, et lui prépare déjà un exil à Rennes.

Le roi Louis était pensif. Pourquoi n'avait-il pas su détourner Mlle de La Fayette de sa vocation ni de son désir de prononcer ses vœux ? Fort pieux lui-même, le Roi respectait ce choix, mais, homme tout à coup, il regrettait l'émotion que ce visage angélique mettait en son corps.

Au travers de la grille de la clôture du parloir, il s'était enhardi à baiser une main et un front comme un père son enfant. Les derniers mots chuchotés avec plus de force par la voix douce de cette enfant promise à la Vierge auraient dû le mettre en colère. Pourtant, ils l'avaient apaisé :

— Le Roi se doit à la Reine puisqu'il se doit à la France. Dieu bénit et fructifie le saint sacrement du mariage. Et le royaume ne saurait perdurer autour d'un berceau vide. Sire, aimez la Reine.

Bah ! allons à Saint-Maur, nous y réfléchirons.

Le tonnerre reprit. Guitaut approchait, statue sombre dans un oratoire sombre, figure d'un saint vengeur ou d'un ange annonciateur en grand arroi.

— Sire, c'est tempête. Les chevaux s'affolent. Il faut renoncer à poursuivre. Le Louvre est à un quart de lieue. Sa Majesté veut-elle s'y réfugier ?

— J'ai dit, capitaine, que nous allions à Saint-Maur.

— Sire, permettez à ce capitaine d'insister. Je veille sur la sécurité de Votre Majesté. Et, vous conseillant ce détour, je remplis la fonction que vous avez eu la bonté de m'octroyer. Nous ne tenons plus les chevaux. Ils craignent plus le feu du ciel que celui des canons.

Le roi préférait Dieu et les animaux aux humains. A l'exception des soldats. Or Guitaut et ses gardes formaient une compagnie de braves. Louis XIII bougonna, marmonna, hésita. Guitaut chercha des yeux le confesseur mais en vain. Le « serpent » avait trouvé quelque fosse pour y patienter ou y digérer durant le mauvais temps.

— La Reine soupe trop tard, reprit le Roi. Et éteint ses feux trop tard.

— Sire, la Reine applique l'heure espagnole. Après votre courageuse décision de reprendre Corbie, la descendante de Charles Quint, qui, comme son aïeul, salue la bravoure, acceptera, pour vous, de retrouver l'heure française.

La foudre frappa quelque part vers la tour Saint-Jacques.

— Voyez, Sire, le Ciel nous montre la route.

— Tout le monde veut ce soir que je loge au Louvre.

— Tout le monde, Sire ?

— Oui. Sauf le Cardinal qui ne m'a pas encore donné son avis. Uniquement parce qu'il est absent et dans ses terres de Rueil. Savez-vous qu'on y fait un vin exécrable ? Il sied pourtant d'en boire pour lui complaire. Mais il m'est bien d'autres tâches plus amères.

Le vent s'engouffra sous le porche et fouetta le Roi.

— Il est vrai, Guitaut, que Paris connaît là une rude tempête.

— Celle-là même qui vous a volé un gerfaut entre l'étang de Clagnie et l'étang Puant et nous poursuit jusqu'ici. En route, son acharnement a forci.

— Bien. Allons au Louvre. Il ne sera pas dit que cette tempête me vole aussi des chevaux, ou le chapeau de mon plus valeureux capitaine.

Guitaut faillit en oublier de saluer ; Louis le rêveur triste avait souri en émiettant sans appuyer la rareté d'un compliment.

LA *GAZETTE* DE LA BASTILLE

C'est la Chandeleur. Toute la France est en fête. Le Roi, radieux d'une grossesse, a décidé de vouer sa personne et le Royaume de France à la Vierge Marie. Cette Chandeleur de février 1638, fête de la Présentation de Jésus au Temple mais aussi fête de la Purification de la Vierge, prend donc des allures de Pâques par le soleil qui assèche les boues de Paris, et de Noël, qui les glace ; et la grande ville-cloaque s'en trouve purifiée. Le gel tue les odeurs, fait sonner plus clair les cloches et le pas des chevaux, les cris et bruits de la vie et de la ville qui ne connaît jamais le repos.

Tous les hôtels des Grands et des princes sont illuminés même en plein midi, toutes les façades décorées de branchages et de draperies de bleu et de blanc aux couleurs de Marie. On y obéit aux vœux du Roi, ce qui n'est pas un mince détail, presque un changement politique. C'est qu'un bruit court, dans les salons et sur les places, jusqu'au Pont-Neuf, où tout se sait, même le faux, où tout s'affiche, cloué sur des poteaux, libelles et flagorneries : la Reine serait grosse d'enfant.

On n'y croit qu'à moitié. Deux fois déjà cela est arrivé. Autrefois. Il y a longtemps, il y a seize ans. Deux fois, l'enfant n'a pas tenu, et le Roi, si délicat, avait même dit à la Reine : « Votre ventre est un cimetière. » On ne fait pas plus galant.

Pourtant, en cette Chandeleur, on songe à cette nouvelle, on la suppute vraie, on en attend la confirmation, car ce serait en cet honneur que le Roi, radieux on l'a dit, ce qui arrive une fois par décennie, a décidé de vouer la France à la plus Sainte Mère de l'histoire du monde, celle du Christ. Les prières montent plus ferventes des églises. La France veut un Dauphin et prie avec la plus grande sincérité. Dieu s'est souvenu du plus grand royaume après celui des Cieux.

Il est un autre château dans Paris, où une fête s'organise, où les plats arrivent de chez M. Ragueneau, le meilleur traiteur, sis rue de la Cerisée. M. le Maréchal de Bassompierre a décidé de traiter tous ses amis du dîner jusqu'au souper, durant la journée entière de cette Chandeleur inespérée. Ce ne sera pas repas fait de crêpes et de beignets, mais de pâtés, de hures, de rôts, on parle même d'un chevreuil entier, à partager dans le logement occupé depuis huit ans par l'ami d'Henri IV, l'homme qui osa courtiser la reine mère, Marie de Médicis, « la grosse banquière », qui, mon Dieu, en fut troublée, ce dont le roi Henri avait ri. M. de Bassompierre jouit en cette Bastille d'une certaine liberté, pour l'avoir lui-même gouvernée pendant quelques mois, il y a bien de cela quinze ans.

Bassompierre regardait l'aménagement de sa réception, la disposition des nappes damassées, le cortège des gâte-sauce de Ragueneau apportant les couverts et plats d'argent d'où s'échappaient d'appétissants fumets, en bavardant avec le capitaine gouverneur de la forteresse, M. du Tremblay.

Charles Le Clerc du Tremblay, qui commandait le château et ne se montrait pas mauvais hôte, était le frère cadet du père Joseph, terrible éminence grise de la terrible Eminence écarlate. Et puis, tout Paris savait que le Roi et la Reine étaient réconciliés depuis certaine tempête de novembre et que Richelieu devrait donc reconquérir une fois encore ses quatre pieds carrés dans le cabinet du Roi. Tout Paris soupçonnait depuis peu que la Reine était grosse d'enfant, il suffisait de contempler la mine exceptionnellement réjouie du Roi, et qu'Anne d'Autriche recouvrerait son pouvoir sur la Cour et le Roi, si visiblement fier de l'état de son épouse. M. du Tremblay en déduisit finement qu'il y aurait quelques changements et déménagements chez ses locataires. Il avait décidé de les bien traiter. Et puis la Chandeleur étant fête religieuse, il était d'un bon chrétien de permettre à ses hôtes forcés de la célébrer. M. du Tremblay pouvait se vanter que sa forteresse du faubourg Saint-Antoine fût le lieu le mieux fréquenté de France, mis à part la Cour.

Mais ce que Bassompierre attendait, outre les victuailles de Ragueneau, tout en devisant avec son aimable gouverneur (et successeur), n'était point cérémonie religieuse, mais des informations.

Celles de M. La Porte, ancien porte-manteau de la reine Anne
d'Autriche, et celle de Bois d'Arcy. Bois d'Arcy, majordome du
maréchal, avait tout loisir de quitter la Bastille et d'y revenir,
n'étant pas condamné mais ayant suivi son maître ici pour le
mieux servir et veiller à son bien-être. Et Bois d'Arcy rôdait à
cette heure dans Paris, faisant son marché de nouvelles pour divertir son maître et ses convives. La Porte, lui ? Il avait dit monter
prendre l'air frais et pur sur les remparts. Promenade que M. du
Tremblay permettait sans trop faire mine de s'en préoccuper à ses
prisonniers les plus distingués.

Pierre La Porte prenait le froid sur les remparts. Le ciel était
blanc d'acier, un ciel d'hiver quand il fait beau et sec sur Paris,
comme souvent. La Porte contemplait Paris de la terrasse de la
Bastille. Tout, étrangement, paraissait calme dans les rues de la
ville. Seule une rumeur en montait, et l'on aurait pu se croire en
une province assoupie. Pourtant, en se penchant au-delà des créneaux sous l'œil tout à coup inquiet du garde, La Porte distinguait
les marchands qui s'époumonaient, les cochers qui insultaient les
piétons, des gesticulations, des horions, des saute-ruisseau patau-
geant dans la boue heureusement gelée qui huilait les pavés. Rien
de ces cris ni de ces mauvaises odeurs n'atteignait le faîte de la
forteresse. Le froid gelait les sons comme les puanteurs. Parfois
un cri, une voix d'enfant, sonnait plus clair, comme un carillon.
Et le pas des chevaux semblait un sec roulement de tambour sur
une peau trop tendue.

Le gros canon inutile était gris de givre. Et le garde, à six pas,
s'enveloppait de son manteau. Le canon avait peu servi, sauf certains jours de fête. La forteresse, formidable d'aspect, méritait sa
réputation de fille des faubourgs (elle montait la garde au faubourg
Saint-Antoine), car la Bastille se rendait sans résistance. Elle le fit
durant des siècles, se donnant aux Bourguignons, aux Anglais, aux
Ligueurs, à Henri IV enfin, toujours sans combat ou bien après un
vague simulacre. Elle connaîtrait des jours plus aventureux.

En vraie fille des faubourgs, elle recevait en son giron la meilleure et la pire société, comme Marion de L'Orme ou Delorme,
fille de baron et courtisane à la mode, que, disait-on, Richelieu
disputait à des Barreaux. Duel inégal de versificateurs plus que de
vrais poètes.

Dans le ciel froid mais clair de février 1638, Pierre La Porte attendait un signe. Le signe d'une main. D'une des mains les plus ravissantes du royaume, que Rubens et Mignard se complaisaient à peindre, un signe de la main de Sa Majesté la reine de France, Anne d'Autriche, sœur du roi Philippe IV d'Espagne et arrière-petite-fille de Charles Quint. Pierre La Porte aimait la reine de France, née Doña Ana Maria Mauricia, du roi Felipe d'Espagne et de Marguerite d'Autriche, héritant de la lippe et de la morgue d'être deux fois Habsbourg, ce qui lui donnait une belle bouche et l'air hautain mais déplaisait au Roi et au Cardinal. Et ensorcelait La Porte. Pour elle, il avait appris l'espagnol, comme il avait appris l'histoire des Habsbourg et de leurs querelles avec la France depuis François Ier. Il n'ignorait rien non plus des codes secrets pouvant régir une correspondance ni de l'encre invisible qu'on tirait d'un jus de citron quand ce fruit ne manquait pas dans Paris. Il devait à cette science son séjour ici. Au citron et à la fidélité à sa Reine.

Un billet passé par le chevalier des Jars, qui servait de vague-mestre à toute l'honorable compagnie embastillée par la remarquable invention d'une poste non officielle mise sur pied au sein de la forteresse même, lui avait annoncé la veille qu'on parcourrait le faubourg Saint-Antoine ce matin. Le « on » roulait carrosse entouré d'un peloton de mousquetaires ou de gardes du Roi commandé par l'affable Guitaut.

La Porte guette donc un signe.

Le signe arrive, fait par la plus jolie main du royaume alors qu'il gèle à moitié sur sa tour.

La Porte a reconnu l'attelage sobre, mais entouré de gardes. La main se glisse au travers des mantelets de cuir frappés de lys d'argent, car le Roi interdit les ors, d'un carrosse. Le mouchoir que tiennent les fins doigts est blanc et La Porte, s'il ne les voit pas, y peut deviner, là encore, les lys du Roi. Cette main agite en fait un drapeau. La Porte, sur les créneaux, se sent vaillante estafette d'une victoire proche ; la Reine a investi le Roi, la citadelle de son indifférence est tombée. Les tambours pourraient battre la chamade, bruit doux à l'oreille des vainqueurs et que La Porte décèle dans le piaffement des sabots de la suite de la Reine sur la boue gelée. Victorieuse, Anne signifie à son féal ami qu'elle ne l'abandonnera pas ici.

La Reine sort du couvent des Sœurs de la Visitation, qui se

trouve à deux pas, et où elle est venue embrasser sa chère Louise Angélique, et la remercier de ses bons conseils au Roi fort aidés par une tempête tombée du ciel. Puis, dans sa randonnée affectueuse, elle ne pouvait faire moins que d'avertir son porte-manteau, qui givrait sur les remparts et soufflait sur son onglée, de sa prochaine quoique encore putative libération.

La Porte redescend en sifflotant manger son pâté et faire bombance aux frais d'un maréchal de France. Cette main agitant un mouchoir, voilà de quoi dérider son noble ami Bassompierre. Et éviter ainsi à la compagnie invitée par le vieux maréchal son rabâchage éhonté sur les six mille lettres d'amour qu'il se vantait d'avoir brûlées au jour de son arrestation, seuls papiers compromettants en sa possession. Ce qui n'était nullement vanterie de vieux galant. Mme de Bassompière l'avouait elle-même dans un sourire indulgent. On éviterait aussi la relation détaillée de ses démêlés avec le cardinal de Richelieu, que Bassompierre avait pourtant soutenu et appuyé à ses débuts sous la régence de la reine Marie de Médicis, et que le maréchal continuait d'appeler Monsieur de Luçon eu égard à l'évêché tenu de si loin par le Principal Ministre de Sa Majesté.

Bassompierre n'avouait qu'un espoir : la mort d'Armand du Plessis, cardinal duc de Richelieu, afin de quitter sa geôle où il disposait de trois appartements car M. du Tremblay, et le Roi soi-même, n'avaient pas voulu que le maréchal, ancien ami d'armes et de bamboche du feu roi Henri, fût trop mal logé.

Au registre du confort octroyé au noble maréchal on notait une liaison charnelle avec une rare pensionnaire de la prison, une dame Marie d'Estournelle, liaison qu'il entendait garder secrète, mais dont M. du Tremblay faisait rapport au Cardinal, autant dire qu'elle était publiée dans Paris.

La Porte jugeait Mme d'Estournelle, dame de Gravelle, très sotte. Il l'avait connue libre et entretenue par M. de Rosny, un des fils du duc de Sully, ministre chéri du feu roi Henri. Sa sottise l'avait poussée à fort mal intriguer. Cela, La Porte ne le lui reprochait point, et même il lui vouait quelque affection, car Richelieu avait eu la cruauté de faire appliquer la question à cette femme ; La Porte se souviendrait longtemps de la visite guidée que lui infligea M. de Laffémas, lieutenant civil et bourreau du Cardinal, parmi les ustensiles destinés à briser, brûler et trancher de la chair vive. Aussi l'amourette entretenue en cette Bastille par ce vieux galant de maréchal avec cet étourneau femelle d'Estournelle laissait penser à notre ami Pierre que c'était là une manière douce de panser les plaies d'une torture. On dit bientôt la dame enceinte du maréchal, mais nul ne le put prouver : la Bastille n'avait pas d'oubliettes mais savait garder ses secrets ; bien parisienne et en fille des faubourgs, elle ne détestait pas non plus le ragot.

La Porte caressait un autre espoir en un autre ventre : la naissance d'un enfant, et il priait Dieu que celui-ci prospérât jusqu'à son terme dans les entrailles de sa Reine. Et qu'il fût un garçon.

Un Dauphin inespéré, miraculeux. S'il eût été dehors, La Porte eût fait une gazette de ce miracle. La Porte nommait cet espoir de Dauphin, accroché enfin aux entrailles de sa mère, l'enfant de son silence. Il l'écrirait plus tard dans ses *Mémoires*. Il s'était tu, il avait caché le courrier de la Reine à son frère le roi d'Espagne alors que la guerre était déclarée et que les Espagnols avaient pris Corbie, et quelques missives aussi, oh, deux seulement, entre Anne la reine délaissée par Louis le Juste et ce bellâtre de duc de Buckingham envoyé de Sa Majesté d'Angleterre. Donc, dans l'esprit logique de Pierre La Porte, si le Roi s'était enfin approché de la Reine, alors qu'il songeait surtout à la répudier, et le Cardinal s'y employait, c'était aussi que les sbires et envoyés du Diable rouge n'avaient rien trouvé chez lui puisque tout était celé dans le trou d'un mur.

Ignorant des manigances du RP Caussin et de l'influence notable de Mlle de La Fayette, La Porte s'attribuait un mérite qui le flattait et décorait sa cellule pas si inconfortable, meublée de coussins, fauteuils et tables de marqueterie venus directement des réserves mobilières de Sa Majesté Anne d'Autriche en son privé du Val-de-Grâce.

Quand La Porte entra, M. du Tremblay prit congé. Apprendre certaines choses eût pu ternir sa tranquillité. Et le vin de Faro que le maréchal de Bassompierre lui offrait était bien trop amer à son palais. Le gouverneur savait que le maréchal agissait ainsi exprès pour le mortifier, lui offrir le vin de la péninsule avec laquelle la France était en guerre ! Il fit simplement doubler la garde près des appartements du maréchal.

Tremblay sorti, Bassompierre sourit.

— Monsieur de La Porte (le maréchal anoblissait son commensal quand il était de bonne humeur, ou plutôt lui rendait son nom de petite noblesse retiré à sa famille pour avoir dérogé peu après la funeste Saint-Barthélemy), monsieur de La Porte, êtes-vous sûr de ce que vous avancez ? demanda Bassompierre en se servant une troisième tranche, épaisse comme un missel, de hure de sanglier.

— La nouvelle vient de Sa Majesté la Reine. Via des Jars ; qui me l'a passée par la voie directe.

— Votre plafond ?

— Mon plafond.

La Bastille était un lieu d'inventions.

En 1637, l'année précédente, si la reine Anne avait toute confiance dans le silence de La Porte, elle n'ignorait pas que La Poterie et Laffémas l'avaient sérieusement interrogé les 13, 15 et 18 août, et que si on ne le harcelait plus, le but pouvait en être de l'amollir et de le rendre moins résistant à la prochaine entrevue. Planait toujours aussi la menace qu'on lui administrât la question. Il convenait donc que La Porte sût ce qu'il pouvait avouer et ce qu'il devait taire. C'est Marie de Hautefort, fidèle amie, et moqueuse de roi chastement énamouré, qui inventa alors le stratagème.

A la Bastille logeait François de Rochechouart, chevalier des Jars, écuyer de la Reine, chassé par Richelieu pour avoir participé à l'intrigue amoureuse avec Buckingham et à une autre affaire plus grave. Exilé en Angleterre, de retour en 1632, il s'était compromis avec le marquis de Chateauneuf, garde des Sceaux, en 1633. Celui-ci livrait à la duchesse de Chevreuse, dont il était fou amoureux, les secrets du Conseil des ministres. Chevreuse les livrait à la Reine qui en bavardait par lettre avec ses frères espagnols. Cela peut se nommer de la haute trahison.

Il ne s'agissait pas moins non plus que de remplacer Richelieu, qu'on savait malade et que Chevreuse surnommait avec poésie « cul pourri », à cause des ravages de ses hémorroïdes. Or Chateauneuf était un bon ministre et pouvait prendre la place.

La répression fut féroce. Le trou dans le mur de Pierre La Porte fut utile à cacher certaines épîtres.

Bref, des Jars à la Bastille, La Porte à la Bastille, l'un et l'autre amis par le service de la Reine, Marie de Hautefort, non encore exilée mais cela ne tarderait pas, eut une idée. Par sa naissance, des Jars avait droit à des visites. Dont principalement celles de la marquise de Villarceaux, sa plus qu'amie, et, bien sûr, du clan de la Reine. Elle le rencontre aux grilles du corps de garde. Lui fait quelques présents, même d'argent pour améliorer son ordinaire et rafraîchir ses dentelles. Elle lui passe des missives en forme de billets doux. La garde s'habitue à cet échange de poulets. Donc Marie de Hautefort suggère qu'on utilise cette tolérance en passant non une lettre affectueuse de la marquise à des Jars mais, *via* des Jars, les recommandations de la Reine à La Porte. Au chevalier de se débrouiller puisqu'il est dans la place.

— Marquise, il n'en est pas question, Chateauneuf a failli me coûter la tête !

— Chevalier ; il n'en coûtera rien.

— Non, c'est non. De plus La Porte loge quatre étages en dessous de moi.

Alors la suivante de Mme de Villarceau s'approcha de la grille, leva son fichu, la blondeur resplendit, le chevalier reconnut Mme de Hautefort. Elle montra un sceau imprimé dans la cire rouge d'un pli. Celui de la Reine.

— Ah madame ! est-ce vous ? Il faudra donc obéir à ce que commande la Reine.

Hautefort sourit. Il est des sourires irrésistibles aux prisonniers.

— Il n'est donc point de remède quand on est atteint de la maladie du complot. Voilà qu'il faut que je m'y remette.

Des Jars s'y remet avec une belle application.

Il bavarde avec Bois d'Arcy, maître d'hôtel de Bassompierre, ils baguenaudent sur la terrasse, des Jars joue avec une bague, tendre gage, que lui a donnée sa marquise, la laisse tomber, elle roule près du gros canon ; Bois d'Arcy la ramasse pour des Jars et remarque, en se penchant, une dalle disjointe et rompue à un coin. Le garde est de l'autre côté de la terrasse. Les compères soulèvent la pierre et entendent venir d'en dessous les voix de croquants parlant la langue d'oc ; des protestants enfermés pour sédition. On parlemente, on chuchote, on négocie, on paie. Avec la bague.

Les croquants creusent le plafond, puis leur plancher, et parlementent à leur tour avec le prisonnier d'en dessous, le baron de Tenance. A son tour il perce le plancher, camouflant le trou en portant sa table par-dessus.

Ainsi, par le passe-plat de M. des Jars, la lettre parvient à La Porte. Et, depuis ce jour, le chevalier des Jars distribue le courrier.

Bassompierre adore cette histoire et tire gloire que par le truche-ment de son maître d'hôtel, l'aimable Bois d'Arcy, il participe à cette muscade qui trompe toute la garde et cet excellent M. du Tremblay qui le traite en prince du sang.

— Des Jars a-t-il encore hurlé cette nuit ?

— Non, monsieur le Maréchal, le chevalier a sommeillé paisi-blement, m'a écrit son voisin le baron de Tenance, répond La Porte.

Le chevalier des Jars, bel homme, grand gaillard, était sujet à des cauchemars épouvantables qui l'amenaient à pleurer nuitam-ment comme un enfant.

On lui avait fait au moment du procès de Chateauneuf une niche cruelle. Chateauneuf emprisonné, des Jars qui n'était point ministre fut condamné à mort. On l'avait traîné jusqu'à l'échafaud, le bourreau lui avait lié les mains et bandé les yeux, mis la tête sur le billot. Alors l'exempt avait lu la sentence. Des Jars occupé à recommander son âme à Dieu dit avoir toutefois entendu Mon-sieur de Paris essayer de son pouce le tranchant de la hache. Le crissement de l'acier sur le grain grossier de la peau du bourreau le faisait encore aujourd'hui frissonner dans le dos et, donc, il n'écouta guère les premiers mots de l'exempt mais comprit tout à coup, terminant sa courte prière, que celui-ci lisait non pas la sen-tence de mort pour haute trahison et rébellion mais la grâce accor-dée par le Roi, muant la décollation en prison. Grâce due à quelques larmes et maints cris de la Reine qui, en bonne infante d'Espagne, pouvait passer dans la seconde de la piété éplorée aux imprécations de la Chimène de son cher Corneille.

Ce bref séjour sur le billot hantait des Jars. Comme la visite des chambres de question et l'explication détaillée des utilisations de chaque instrument de M. La Poterie et d'Isaac de Laffémas hantaient parfois La Porte et lui laissaient la bouche sèche.

Il reprit un verre du vin d'Espagne du maréchal de Bassompierre.

— Des Jars est un brave, monsieur de La Porte. Il a connu la pire peur, la mort lui a chatouillé le cou au plus près. Et il ne craint pas de la risquer encore pour l'honneur de sa Reine. C'est un Roland, un Perceval, un héros à l'antique que notre chevalier. Il devrait rester dans l'Histoire.

Des Jars y resterait, mais par la bande. Ami bientôt de Guitaut et de son neveu Comminges, durant la régence d'Anne d'Autriche, dont il sera au plus près, François de Rochechouart, chevalier puis commandeur des Jars, est aussi le cousin du marquis de Morte-mart, qui sera gentilhomme de la Chambre du Roi, de ce Roi encore à naître dans les sept mois, dont le fils M. de Vivonne sera camarade de jeu du futur Louis XIV et la fille épousera le marquis de Montespan. De cette jeune et jolie marquise, on sait quel doux et fougueux usage ferait dans les vingt ans le futur bambin Louis le Quatorzième.

Aussi le chevalier des Jars occupait-il la place d'honneur à la table du maréchal de Bassompierre en ce jour de Chandeleur, où s'installait la compagnie : M. de Chavaille, lieutenant général d'Uzerche ; le comte d'Achon, qui avait projeté d'enlever Mme de Comballet, nièce trop aimée du Cardinal, songeant à l'échanger contre Montmorency, condamné à la décollation pour duel ; M. du Fargis, cousin du marquis de Rambouillet, ancien ambassadeur en Espagne, ami du comte de Cramail, amant de sa femme, dont les intrigues les faisaient se retrouver ici ensemble ; le maréchal de Vitry, fort sombre et silencieux, assassin, sur ordre d'un Roi allant sur ses dix-sept ans, de Concini, maréchal d'Ancre, ministre favori de Marie de Médicis. Son séjour ici résultait d'une gifle dûment assenée à l'évêque de Bordeaux, âne mitré qui l'avait calomnié au sujet de la non-reprise des îles de Lérins aux Espagnols. On ne giflait pas un évêque, même vipérin et injuste, au temps de Louis le Pieux et du Cardinal. Etait aussi là M. Vautier, oublié, fort discret, qui avait été premier médecin de la reine mère Marie, et qui désormais s'intéressait plus à l'astronomie qu'à la chimie, que le lieutenant de police confondait trop souvent avec la distillation des poisons. Tous attendaient.

— Enfin, vous voici, Bois d'Arcy. La chasse fut-elle bonne ?

Le majordome du maréchal entra, apportant avec lui un exem-plaire de *La Gazette* de Théophraste Renaudot.

Bois d'Arcy prit la pause devant l'assemblée et lut, de cette manière emphatique qui exaspérait La Porte mais que Bassom-pierre appréciait comme il avait aimé les pires cabotins jouant sur la scène de l'hôtel de Bourgogne :

— « Saint-Germain, le 30 janvier. Les princes, seigneurs et gens de qualité sont allés conjouir Leurs Majestés à Saint-Germain sur l'espérance conçue d'une très heureuse nouvelle de laquelle, Dieu aidant, nous vous ferons part dans peu de temps. »

— Si la *Gazette* le dit, il faut le croire, déclara M. de Cramail. Renaudot est protestant. Honnête, donc, comme un huguenot.

— Certes, ajouta Bassompierre. Mais on doit surtout le croire puisque la *Gazette* est dirigée par Richelieu. Vous voyez que ce bougre à chapeau rouge ne se mouille pas : « Une très heureuse nouvelle, Dieu aidant... », etc. Une autre fausse couche et il oblige le Roi à répudier la Reine. Quoi d'autre, Bois d'Arcy ?

— Monseigneur, la ville ne bruit que de cela. Pensez donc ! Vingt et trois ans d'union stérile et l'espoir d'un Dauphin ! Ah, si : on a ouvert pour l'occasion un concours de poésie. Une gamine de douze ans l'a emporté.

— Les Françaises sont douées en tout. Ma grand-mère, me revient-il, qui était toutefois allemande, me disait des vers de Louise Labbé. Récitez !

— Oh, je ne le sais point par cœur. Mais il y avait quelque chose d'assez plaisant, le titre d'abord : « Sur le mouvement que la Reine a senti de son enfant ».

La Porte grinça des dents devant cette infernale diction. Bien sûr que Bois d'Arcy savait le poème par cœur ; il avait dû le remâcher pendant tout le trajet pour le servir ici, bien ampoulé !

— Allez, Bois d'Arcy !

— Bien, monsieur le Maréchal. Cela donnait :

> *Cet invisible enfant d'un invincible père*
> *Déjà nous fait tout espérer ;*
> *Et quoiqu'il soit encore au ventre de sa mère*
> *Il se fait craindre et désirer.*
> *Il sera plus vaillant que le dieu de la guerre*
> *Puisque avant que son œil ait vu le firmament,*
> *C'est à nos ennemis un tremblement de terre.*

— La gamine n'y va pas de main morte, dit Bassompierre, mais ce n'est pas du Corneille.

— A ce sujet, Monseigneur, la Reine, à laquelle désormais le Roi n'ose plus rien refuser, sur les conseils des médecins, a obtenu que le père de l'auteur du *Cid* soit anobli.

— Et pourquoi pas l'auteur lui-même ? demanda Bassompierre.

— C'est là grande finesse et élégance de Sa Majesté notre reine enceinte. A cette question qu'on n'a pas manqué de lui poser comme vous venez de le faire avec tant de justesse, elle a répondu : « Ainsi l'auteur du *Cid* pourra se dire de noble extraction. »

— Messieurs, du vin d'Espagne et portons une tostée à la Reine, dit Bassompierre en levant son verre. Voilà une trouvaille de vraie gente dame.

— Elle l'est, dit sombrement des Jars, on pourrait mourir pour elle.

— Il paraît, murmura simplement La Porte.

— Le Cardinal n'a pas protesté ?

— Pourquoi l'aurait-il fait ? demanda M. du Fargis. Il aime la tragédie. Et Monsieur *de* Corneille a eu la prudence élégante de dédier *Le Cid* à la nièce de Son Eminence, Mme de Comballet, duchesse d'Aiguillon, son incestueuse maîtresse.

— Belle prudence, reprit Bassompierre, car qu'est-ce que *Le Cid* ? Un chant à l'Espagne et aux duels, ces ennemis du Cardinal.

— Comment le savez-vous, Monseigneur ? Lors du triomphe de la pièce vous logiez déjà ici, et n'avez pas pu l'applaudir, sourit, moqueur, La Porte.

— Mon cher La Porte, Bois d'Arcy me l'a lue.

Pierre La Porte en frémit !

M. Bois d'Arcy continua le récit de ses découvertes hors les murs.

— Le Cardinal a offert à Sa Majesté une nouvelle compagnie de gardes, elle a été confiée au très jeune marquis de Cinq-Mars. Et le Roi, en cette Chandeleur, a émis le vœu, comme vous le savez, de confier sa personne et la France à la Vierge, en l'honneur de la grossesse de la Reine.

— Au fait, Bois d'Arcy, demanda Cramail, auteur d'un recueil de vers fort médiocres, *Le Jeu de l'inconnu*, qui avait fait hurler de rire Richelieu et Paul de Gondi, qui était pourtant ami de l'auteur et venait ici parfois le visiter. Qui est la pucelle poétesse déjà si flagorneuse ?

— Une jeune fille de douze ans. Elle se nomme Jacqueline Pascal, fille d'un second président à la cour des Aides de Montferrand en Auvergne. Mais ce père aurait participé à la protestation contre le non-paiement des rentes sur l'Hôtel de Ville depuis qu'il est installé à Paris, en face de l'hôtel de Condé. Il a fui, sinon il serait en votre auguste compagnie. Elle a aussi un jeune frère, Blaise, qui fait merveille dit-on en mathématiques ; il aurait retrouvé seul la trente-deuxième proposition d'Euclide, écrirait un

Traité des coniques et parle en professeur à l'académie mathématique du Père Mersenne.

M. d'Achon qui se piquait, avec succès, de mathématiques, tentant de faire entrer un peu de haute logique dans son esprit aventureux, leva la tête puis haussa les épaules.

— Dommage en effet qu'on n'ait pas embastillé toute la famille, un *Traité des coniques*, voilà qui me passionne. Qu'il commette vite quelque sottise et qu'on nous amène ce jeune homme !

— Ce n'est pas tout, la jeune Jacqueline est la coqueluche du moment. Et Scudéry lui réserva le rôle de Cassandre dans son *Amour tyrannique*. Que croyez-vous qu'il arriva ? Notre poétesse en herbe donna la réplique à l'immense Mondory, devant le Cardinal qui applaudit et l'appela près de lui. La jeune fille se présente et éclate en sanglots. Eh bien, messieurs, le tyran écarlate a pris la gamine sur ses genoux, l'a câlinée fort paternellement et lui a annoncé la grâce de son père !

— Que n'avons-nous douze ans et des jupons ! dit Chavaille, qui écrivait un roman, selon le raisonnement que si la Scudéry, laide comme teigne, avait écrit *L'Astrée*, que n'écrirait-il pas, lui que la Nature avait si bien tourné ?

— Une autre jeune fille fait grand bruit. Quatorze ans, joue du luth comme un ange, chante à ravir des cantilènes espagnoles et orne les belles soirées de l'hôtel de Rohan. On la nomme Ninon de L'Enclos. Sa mère serait demoiselle, et son père un forban.

— C'est ainsi que l'on fait des reines dans Paris, soupira Bassompierre. Ou des duchesses.

— Rien d'autre à la Cour, monsieur Bois d'Arcy ? demanda doucement La Porte qui n'avait que faire des coniques ni d'Euclide ni du luth.

— La Cour est à Saint-Germain, le Louvre est redevenu une échoppe et un cloaque. Mais on chuchote que Mme de Hautefort pourrait bientôt revenir à Paris. Le Cardinal a tenté de trouver une autre favorite au Roi, Mlle de Chemelrault, grasse à souhait, mais ce dernier l'a récusée et le jeune marquis d'Effiat l'a mise dans son lit. Le Roi a réclamé plutôt son ancienne « inclination », comme il la nommait. Et puis la Reine aimait cette Hautefort, or je vous l'ai dit, on ne refuse plus grand-chose à la Reine.

Cela suffisait. Pendant que la journée s'étirait dans la bamboche et les souvenirs et racontars qu'il connaissait par cœur pour les avoir ouïs mille fois, La Porte quitta discrètement l'assemblée qui disputait sur l'avenir. L'après-midi sombrait déjà vers la nuit, le porte-manteau remonta sur cette terrasse qui lui avait tant plu dans la matinée. Certes un geste de la Reine n'était que fumée donnée à sa propre vanité, mais aussi, avec les rares moyens de liberté à elle accordés par le Roi et les espions du Cardinal, ce geste n'en était pas moins un présent.

La Porte se dirigea, sous l'œil indifférent du garde, du côté du canon. La pierre du passe-plats de M. des Jars était bien remise en place ; Bois d'Arcy était sérieux mais cette journée presque de liesse en une prison aurait pu le pousser à l'inattention. Tout allait bien du côté du canon. Une promesse d'abondance de nouvelles qui ne tarderaient pas.

La Porte sursauta. Là-bas, sur la tour de gauche, une ombre. Or le garde était sur sa droite. Il s'approcha. L'ombre fixait le ciel étoilé d'un ciel d'hiver, clair comme le verre. Ce n'était que Vautier, le médecin astronome qui observait les cieux.

— Savez-vous pourquoi les étoiles tremblent, monsieur Vautier ?

— Oui, monsieur La Porte, elles semblent trembler parce qu'elles sont éloignées plus que l'esprit humain enfermé dans notre coque ne peut l'imaginer, et que les millions de lieues que leur lumière doit parcourir à travers l'éther...

— Non, monsieur Vautier. Elles tremblent parce que le rire les secoue. Elles se moquent de nous. Elles rient de nous voir dans le froid les observer, rient des horoscopes que nous tirons de leurs voyages célestes, et rient ici et en ce moment d'un premier médecin d'une reine mère exilée, d'un porte-manteau d'une reine régnante espionnée, qui se trouvent en prison pour avoir cru en leur destin, en leur fortune faite et en la fidélité.

— Nous sortirons, monsieur La Porte, de cette prison où j'ai le bonheur de vous fréquenter. Les étoiles sont patientes et éternelles, elles sont blanches, certaines bleues dit-on ou bien rouges, en fin de leur vie, avant de se muer en autre chose d'encore inconnu mais que l'esprit humain un jour comprendra. L'étoile rouge qui gouverne le Roi et torture la Reine muera aussi un jour en quelque chose de connu, cette fois : un cadavre. Regardez mieux les étoiles, monsieur La Porte. Derrière ce rire que vous leur attribuez, moi je vois leur patience. Je ne tire pas d'horoscope, simplement chaque nuit je les retrouve, et chaque nuit elles m'apprennent que demain elles seront là, que le lendemain de demain elles seront là. Qu'elles n'ont pas d'âme, que le pape n'y peut rien, ni le diable, ni les Rois. Et que mon esprit qui les observe bien mieux que mes yeux, que les calculs que j'en tire, et que discute M. le comte d'Achon, avec pertinence souvent, que tout esprit, le mien comme le vôtre, fût-il ou non mathématicien, est libre comme elles qui semblent pourtant enchaînées à des lois mathématiques qui les obligent chaque nuit à se retrouver dans les mêmes constellations. Les lois ne sont pas des carcans, monsieur La Porte, quand ces lois sont justes. Elles sont des garants. Nous sommes dans la constellation de la Bastille. Nous n'en pensons pas moins librement. Le temps que nous y avons passé n'est plus à endurer et nous rapproche du jour de notre liberté. J'entends celle de nos corps qui dépend d'un décret. Celle de notre esprit ne dépend que de nous.

Vautier se tut, La Porte aussi.

— C'est ici un merveilleux observatoire. Grâce à vous, La Porte et au chevalier des Jars qui nous entretenez en nouvelles et gazettes, nous observons ces planètes errantes que sont nos très puissants seigneurs de la Cour, des armées, des évêchés. Jupiter peut entrer en Scorpion, aucune étoile, aucune partie du Ciel n'en bouge pour autant. Luynes fut une planète, il n'est que cendre. Richelieu, ce soleil rouge, nous a expédiés ici, il disparaîtra et nous luirons une nouvelle fois. Un Roi remplacera le Roi. Ce n'est point écrit dans les étoiles mais dans l'Histoire. On trouve toujours un Roi. Si ce n'est un fils ce sera un frère.

— Ce sera un fils, monsieur Vautier. Remerciez-en votre Ciel étoilé.

— Qu'en savez-vous ?

— La planète Vénus est passée ce matin et m'a fait un signe de la main.

— La Reine ?

— La Reine, monsieur Vautier. Peut-être est-ce pour cela aussi que les étoiles rient, de bonheur, et ne se moquent pas de nous.

— De qui ?

— Du Roi, du Cardinal, de Monsieur Gaston...

— Voici un autre bienfait de la patience, monsieur La Porte. Mais si c'est une fille ?

— Une fille ? pour quoi faire ? Eh bien vos étoiles se moqueront de nous. Encore sept ou huit mois de votre sainte patience, monsieur Vautier.

— Huit mois sont vite passés. Même ici. J'y suis depuis cinq ans et ne me plains pas de la compagnie.

— Vous êtes gentilhomme, monsieur Vautier, en esprit.

Ce que La Porte ignorait c'est que si M. Vautier eût tiré un horoscope des constellations, il lui eût découvert un avenir doré.

La Porte serait le premier valet de chambre de ce Roi qui peinait tant à naître, Louis XIV, et verrait un de ses fils premier président du Parlement, et sa fille épouser un marquis.

La main fine au mouchoir blanc n'avait pas menti.

LE CHAPON DU PLUS BEAU CUL DE FRANCE

La Reine reposait sans dormir. Elle dissimulait derrière cet apparent sommeil mille pensées qui l'assaillaient. Certes, autour d'elle, tout avait changé. Le Roi la visitait chaque jour, assez timide, rajeuni presque, elle esquissait un sourire, mais inquiet que tout cela soit mené à bonne fin.

Tout cela était dans son ventre ; tout cela était encore un chérubin qui ne s'échapperait pas du chœur des anges avant septembre. Si tout se passait bien. Tout se passerait bien. Elle se le répétait, et sa fidèle dame de compagnie, la marquise de Sénecey, le lui rappelait chaque jour quand elle voyait le visage de sa souveraine et presque amie se refermer.

— Tout se passera bien, Majesté.

Mme de Sénecey était pieuse à la manière qu'Anne, très croyante elle aussi, aimait qu'on le soit : sincère mais non bigote.

Mme de Sénecey devenait une amie. Mais elle ne remplaçait pas Marie, la jolie et mutine Marie de Hautefort, au cœur de Gasconne, à la langue en rapière, et si amusante. Elle remplaçait toutefois Chevreuse, la « sœur » si aimée mais qui avait poussé Anne vers tant de sottises, que la Reine, désormais, se reprochait.

Un souvenir la terrifiait que ne pouvait connaître Mme de Sénecey. Ce qui vivait dans son ventre avait failli naître. A l'automne 1622. Mais il avait disparu au printemps. Anne venait de passer ses vingt ans, le Roi guerroyait en Languedoc contre les protestants. Il était tard un soir d'avril et, le Roi absent, la Reine vivait à l'espagnole, la nuit. La reine était accompagnée de sa Chevrette, encore veuve du connétable de Luynes, le favori, mais que courtisait (et bien plus !) déjà le duc de Chevreuse ; elle était accompagnée aussi de la sœur du feu connétable, Mme du Vernet, sa dame d'atour ; le reste de la Cour suivait ou s'était allé coucher.

Les trois jeunes filles, à peine si elles paraissent dix-huit ans dans leurs jupons simples et sur leurs talons plats – on reste vêtue dans son privé quand le Roi n'est pas là, et le Louvre et les Tuileries, si renfrognés, prennent des allures de collège –, traversent la grande salle, celle où se tient le trône sur son estrade. Elles se lancent, bras dessus, bras dessous, courant et glissant sur les dalles, aux applaudissements de ce qui reste de la Cour à veiller.

Anne bute, trébuche sur l'estrade, son ventre heurte l'accoudoir du trône, tête de lion d'or. Elle crie, elle souffre, elle pleure. Guitaut, capitaine aux gardes, La Porte, son porte-manteau et vrai confident, la soutiennent. Chevrette et du Vernet s'affolent. La Porte et Guitaut la mènent dans sa chambre. Le vieux maréchal de Bassompierre se penche sur elle, la console, il sait parler aux jolies femmes, fait mander son propre médecin et intime à tous qu'on taise la funeste aventure au Roi. Fausse couche. Du sang, et une éclaboussure de chair qui ne vivra pas. « Mon ventre est un cimetière. »

La terreur de ce souvenir est encore là. Ce soir près de la Chandeleur. Il est souvent là. Elle se le reproche. Voilà qui à jamais a éloigné le Roi, qui n'attendait certainement qu'une bonne raison. Cette raison fut la pire.

La Reine feint le sommeil pour songer à cela et éloigner ce songe qui fut réalité. Elle tente de se rappeler, plus joyeux, plus tendres, ceux qui lui manquent et celui qui va advenir : un garçon. Elle sait que ce sera un garçon. Plusieurs saintes personnes ont eu des visions et le lui ont fait dire. Parfois, la superstition est douce et réconfortante. Surtout quand on est seule et que ceux que vous chérissez vous manquent.

Marie. Stéphanille. Stéphanille surtout en cet instant de paix menacée dans l'antichambre par les espions et espionnes appointés par le Cardinal et le Roi : les dames de Lansac, de Brassac, le valet La Chesnaye. Seule Mme de Sénecey est restée. Grâce à sa piété ? Elle l'ignore. Peut-être, oui, le Roi son mari respecte cette piété qui ne s'affiche pas. Tant mieux. Au moins une amie.

Entre ses paupières à peine closes, d'où ne filtrait pas le vert émeraude des iris qui enchantait la Cour, elle scrutait sa marquise de compagnie. Elle glissait vers le demi-siècle, et elle la trouvait fort belle pour cet âge avancé. Un peu de Marie quant à la beauté, beaucoup de Stéphanille quant à la ferveur et la fidélité.

« En mal d'enfant, formule idiote, pensa la Reine, c'est pour moi bonheur plus que mal » : Anne redevenait infante et songeait à sa nourrice et plus encore, bien plus, que nourrice.

Doña Estefania de Villarguiran... La Reine murmura ce nom en castillan, Mme de Sénecey crut que la Reine rêvait en son sommeil. Non, la Reine prononçait ce nom pour se rassurer, se conforter. Et éloigner définitivement le souvenir terrifiant d'un jeu d'enfants sur les dalles du Louvre, ce catafalque des espoirs éventrés.

Doña Estefania, dite Stéphanille, dès qu'elles eurent passé les Pyrénées, il y a si longtemps, quand l'infante avait treize ans et s'allait marier au roi de France. Vieille et affectueuse Stéphanille, rugueuse duègne, la seule personne des cent huit fidèles de sa suite espagnole qui avait suivi l'infante que son mari et le Cardinal ministre n'avaient pas au fil des ans renvoyée au-delà des Pyrénées. Mais Dieu s'en était chargé et l'avait reprise. Anne d'Autriche redevint Doña Ana Maria Mauricia, l'insolente gamine, et en voulut un peu à Dieu.

Elle soupira.

Mme de Sénecey s'approcha, la Reine ouvrit les yeux, lui sourit.

— Vous êtes ma seule amie.

— Je suis flattée de l'affection avouée de Votre Majesté.

— Vous souvenez-vous de Stéphanille ?

— Certes ! la femme la plus dévouée qu'eut à son service Votre Majesté.

— Oui. Mais je vous remercie, marquise, de tout tenter, je le sais, pour la remplacer par vos conseils et votre discret dévouement.

Révérence de la marquise.

La Reine lui fit signe de se relever.

— Le protocole est bon pour l'Espagne, il y est rude, croyez-moi. Nous sommes en France et nous sommes amies.

Elle insista sur le mot, la gracieuse marquise rougit de plaisir.

— Et nous allons, si vous le voulez bien, écrire à une autre amie.

— Marie... dit Sénecey.

— Oui, Marie de Hautefort. Merci de n'être point jalouse de cette amitié.

La Reine émit un gloussement moqueur.

— C'est si rare en cette Cour.

La marquise hocha la tête.

— Désirez-vous votre écritoire ?

— Je suis lasse, écrivez, je signerai. Mais cette lettre sera lue par les gens du Cardinal et du Roi, grondez-moi si je dicte un mot dangereux. Et corrigez-le.

— Bien, Votre Majesté.

— Je voudrais y parler non de moi, marquise, mais de l'enfant à naître. Il me semble que si je trace sa vie sur le papier, il existera déjà.

— Il existe déjà, selon Dieu.

— Encore au registre des anges.

— Dans votre chair, Majesté. Et, comme vous, il naîtra en septembre.

— Oui. Je n'y avais point pensé... Je suis née le jour de l'automne 1601, l'enfant naîtra en fin d'été si les médecins savent compter. J'aime cette saison. Pourtant...

Cette saison d'entre deux, encore belle et déjà nostalgique, cette saison où les jours rétrécissent mais que nimbe avec tant de superbe le soleil qui joue des ors, des rouge sang, des ocres clairs sur les vertes forêts de France, sombres soies douces et musicales dans les brises, à l'opposé de l'aridité brutale des sierras espagnoles où rôdent les bourrasques et les peurs. Et de malheureux fantômes, disait Stéphanille.

— Oui, Madame, septembre est un beau mois pour venir au monde. Le soleil mûrit le raisin, illumine ses couchers, crée des ciels à faire pâmer les peintres et craindre aux libertins que Dieu existe malgré tout.

La Reine sourit et se releva sur sa couche pour s'asseoir.

— Oui, marquise, jusqu'aux libertins ! Mais je suis en mon automne, dont vous venez de brosser un si radieux portrait. A trente-six ans, je suis vieille parmi des demoiselles de quinze ou vingt ans.

— Sauf moi. Et vous êtes très belle, le soleil d'automne a la couleur même de vos cheveux quand il dore les toits de Paris ou la Seine et ses vaguelettes d'or assombri.

— Voilà un compliment que je ne prendrai pas pour une flagornerie.

— Je ne suis pas un petit marquis mais une vieille marquise, dit, coquettement, et la Reine en sourit en elle-même, Mme de Sénecey.

Mais la remarque de sa dame de compagnie avait rasséréné la Reine. Sur sa couche, elle se sentait belle. Elle jeta un œil au portrait qu'avait tiré d'elle M. Rubens, ce Flamand que toute l'Espagne et la France vénéraient. M. Rubens l'avait peinte dans une luminosité solaire qui ne venait de nulle part sinon de son visage, des dentelles du col immense en auréole. Sur ce tableau, la lumière émane d'elle, qui se morfond pourtant, de sa peau de lis, de ses yeux verts, de ses cheveux châtain clair à bouclettes qui triomphent de la nuit profonde des soies et velours noirs d'une robe furieusement espagnole. Une reine des solitudes, pense Anne.

Mme de Sénecey suit le regard de sa Reine. Ce portrait peint avec tout le génie des lumières du Nord est trop beau ; il en sourd une tristesse, comme une fin de moisson quand la terre et les hommes vont se résoudre au repos. Quand tout se prépare dans l'attente des récoltes futures... Mais il est vrai que la Reine est belle et l'enfançon à naître s'enchantera de la beauté de sa Maman.

— Ecrivons-nous, Madame ?

— Oui, dit la Reine. Ne rêvons plus ! Faisons exister par les mots ce qui m'habite tant et m'amollit. « A ma chère Marie... »

C'est à la veille de la Chandeleur que Marie de Hautefort reçut le courrier de la Reine dans l'hôtel de sa grand-mère, la comtesse de La Flotte, en son exil du Mans. Elle y remarqua deux choses : l'écriture qui n'était point celle d'Anne d'Autriche mais de Mme de Sénecey, Dieu soit loué, elle la savait fidèle. Et que le sceau de Sa Majesté avait été décollé et replacé, signe que les espions de Sa Majesté le Roi et du cardinal « Cul Pourri » avaient pris connaissance des propos.

Pourtant ces propos étaient des plus encourageants. Non seulement la Reine confirmait sa grossesse mais évoquait un prochain retour de son amie exilée à la Cour. Et cela les censeurs l'avaient laissé passer... C'était donc vrai que le Roi admettait désormais bien des volontés de sa femme. Il accepterait que son ancien grand amour de tête reparût à ses côtés. Mais pas avant la naissance, très certainement. La Reine avait déjà eu deux fausses couches.

Marie compta sur ses doigts comme une petite fille en âge d'apprendre ses rudiments.

Septembre, il faudrait patienter jusqu'en septembre ! Et Marie n'était pas patiente.

Elle relut la lettre. Cette amitié, cette affection qui transparaissent, cet espoir aussi. Allons, la Chandeleur cette année était vraiment une fête.

Sa grand-mère la surprit alors qu'elle dépliait une nouvelle fois la lettre.

— La Reine est enceinte.

— Mais je le sais, ma fille, tout Le Mans le sait, où avais-tu la tête ?

— Je retournerai à la Cour.

— Certainement.

— Et je vous ferai nommer gouvernante du Dauphin !

— Et si c'est une fille ? plaisanta la comtesse.

— Nous l'habillerons en garçon, tromperons tout le monde, et nous aurons le premier roi de France de sexe féminin !

— Tu es folle, ma fille ! Mais quand tu es folle c'est que tu es heureuse. Prépare-toi, nous allons entendre prêcher ton chanoine préféré.

— Paul ?

— Oui, Paul Scarron le jeune, le fils de l'Apôtre.

— Cette Chandeleur est vraiment une fête.

Et Marie appela ses servantes pour se vêtir décemment (mais pas trop) pour paraître devant Paul Scarron, chanoine qui prêchait si bien en la cathédrale Saint-Julien et troussait, dans les salons, des vers licencieux encore mieux !

Marie rougit à quelque souvenir qui ne lui déplaisait pas. Si elle était sage, l'ancienne « inclination » du Roi n'était pas prude. Et le petit chanoine de Saint-Julien avait l'œil brillant, la main leste et la langue ravageuse. Il lui proférait des compliments osés dont elle n'aurait su se fâcher, ni se passer.

Paul Scarron avait été le chanoine favori de Mgr Lavardin, qui pour être évêque du Mans n'en était pas moins bonhomme et fort tolérant. Le prélat aimait les gens, en bon chrétien, et les gens d'esprit, en ancien Parisien. Parmi ses amis, un robin, juge à la cour des Aides, M. Paul Scarron, dit Scarron l'Apôtre, car il exagérait à citer saint Paul dans ses péroraisons, muant chaque conseiller parisien en un Corinthien bâillant. Ce Scarron avait un fils de dix-huit ans, également prénommé Paul, qui fréquentait avec une belle assiduité des manants de la poésie, comme Saint-Amant, Tristan-L'Hermitte, Georges de Scudéry, et qui marquait son goût pour la beauté en ayant visité le lit de Mlle Marion Delorme ; comme bien des gens de qualité et autres libertins, dont un ami d'enfance, Paul de Gondi, connu au collège.

Mais M. Scarron père, membre du Parlement, était méfiant. Il jugeait que son fils serait mieux auprès d'un évêque que dans une chambre de courtisane. Et la seconde Mme Scarron était bien de cet avis, pour d'autres raisons.

Scarron l'Apôtre était seigneur de Beauvais et de La Guespière, fils d'un trésorier de France et échevin. Il ne manquait pas de bien. Il fut veuf quand son fils Paul eut trois ans, se remaria avec une femme qui détesta l'orphelin. Substitut du Roi au Parlement, l'Apôtre devint conseiller à la Grand-Chambre sous le roi Henri. Temps où l'on parlait assez librement. Temps enfui. Paul Scarron n'avait pas vu ce temps passer et continuait, citant Paul de Tarse, à critiquer les édits. Le cardinal de Richelieu appréciait fort peu ce tonitruant juriste évangéliste plus revêche que Caton. L'exila du côté de La Guespière en bord de Loire, et le priva de son office, donc par là diminua son crédit. Et l'avenir de son fils. Mme Scarron *bis* tourmenta son mari, le petit Paul II Scarron ne serait pas magistrat ainsi que son père, car il eût fallu lui acheter une charge, mais devait être d'Eglise pour ne rien coûter. Va pour le collet.

Mgr Lavardin engage le garçon. Il est brillant, cultivé, connaît son latin, l'espagnol (la langue de l'ennemi, mais de la Reine aussi, celle donc qu'il convient de parler et comprendre), et lui promet un canonicat à la cathédrale Saint-Julien, au Mans. M. Scarron est content, son fils Paul plutôt satisfait de devenir chanoine. L'exil ne durera pas longtemps, moins que celui de son père pense-t-il, et puis être d'Eglise est un passeport pour entrer là où vous prend le désir d'entrer. Fût-ce en secret. On ouvre les portes des salons à un abbé, celle de chambres aussi quand on sait y gratter.

Paul est charmant ; son esprit fait rire les dames, parfois grincer les messieurs, et Mgr Lavardin sourit sous sa moustache et sa barrette violette. Ce secrétaire est bien divertissant. On commente les faits de la Cour, on commente plus encore les décisions du cardinal-duc et ministre, on s'amuse aussi. Paul Scarron trace quelques épigrammes, et fait rougir bourgeoises et aristocrates. Il a accompagné son évêque à Rome et s'est fort bien tenu. Il y a aussi appris l'italien. Ce jeune homme a tous les dons. Il est parfait.

En ce février 1638, Paul Scarron fils est fort adulte, déjà vingt-huit ans ou presque. Sa carrière est prometteuse, il ne manque de rien et Mgr Lavardin veut bien fermer les yeux sur quelques écarts de conduite, son secrétaire lui est trop précieux. Il donne à certains sermons, certaines homélies, une touche de style qui fait parfois, voire souvent, frissonner les fidèles. Or Mgr Lavardin meurt. Quel avenir sous le collet ? De plus Paul Scarron, fidèle en amitié et ce trait lui restera, est sincèrement triste de la disparition de son maître et protecteur. Il faudra quitter Le Mans. Et retourner à Paris ? Soit, mais qu'y faire ? Réfléchissons, ourdissons, puisque l'Eglise est veuve d'un excellent évêque et Paul orphelin d'un subrogé père, lui qui le fut de sa mère encore bambin. Il abandonnera le collet, c'est certain. Mais pas la prébende ni le bénéfice, seules sources de revenu compte tenu de l'avarice de sa marâtre. Et de l'exil de l'Apôtre.

C'est la Chandeleur. Le Mans est en fête ainsi que toute la France en espoir de Dauphin. Comme à Paris, les hôtels des nobles, des gens de robe et des financiers sont illuminés. Les cloches de la cathédrale Saint-Julien sonnent à la volée. Certes, il fait froid. Et M. le secrétaire de l'ex-évêque, ce petit chanoine dont on raffole pour ses traits d'esprit assassins mais sans vraie méchanceté, pour ses propos lestes, mais il l'est plus en discours que dans les actes, et ce de son propre et honnête aveu, est convié partout dans la ville. On a fort apprécié son prêche tout dédié à la Reine et au Roi, et à ce qui bouge déjà et vit dans le royal ventre. Certaines matrones ont même essuyé une larme.

Comment se distinguer par son déguisement pour ce carnaval ? Sous Monseigneur, il eût paru en abbé frivole ou en capitan Matamore, mais vêtu de rouge cardinal, afin qu'on vît bien l'allusion à ce ministre trop important dont il imitait à la perfection l'habileté à se grandir par des talons et le port de tête à la romaine. La mort de l'évêque lui rend certes toute liberté de conduite ou de pensée même si elle lui brise un peu le cœur. Faisons la fête et oublions les deuils.

Dans les rues du Mans qui prépare bombance, sa province d'adoption semble à Paul plus riche que Paris, où beaucoup vont pieds nus, où l'on vole pour manger, où l'on tue pour un denier. Ici, il voit aux étals des chapons, la plus grande production des paysans de la région, et la plus célèbre au nord de la Loire. La viande la plus douce et tendre, l'onction faite volaille.

Un chapon, il en est un pendu dans sa cuisine. Marie de Hautefort le lui a adressé pour cette fête. L'exilée du château de La Flotte, chez sa grand-mère, où elle partage son temps avec son hôtel du Mans, a remarqué dès son arrivée le jeune chanoine et surtout ses vers burlesques. Il la désennuie dans sa retraite forcée. Il parle avec drôlerie du « tyran à la robe écarlate » qui vaut à Marie ce séjour dans une province qui ne lui déplaît pas.

A une veille de Noël, le « petit Scarron », comme l'on dit, lui adressa même une *Etrenne*, qui faisait d'elle plus qu'une Reine, avec la pointe de vantardise qui ne saurait choquer une Gasconne recluse dans le Maine :

> *Objet rare et charmant, merveille incomparable,*
> *Visible déité d'un monarque généreux*
> *Qui logez dans le corps d'une fille adorable*
> *Le courage et l'esprit d'un homme généreux,*
> *Si le Ciel vous donnait ce que je désire,*
> *Le Ciel d'où vous tenez vos rares qualités*
> *Vous seriez pour le moins maîtresse d'un empire,*
> *Et seriez pourtant moins que vous ne méritez.*

Il y eut de meilleurs vers, mais pour Marie pas de meilleur Noël. Elle adore ce chanoine disert et drôle qui brosse le portrait des nobles dames mancelles avec férocité, quand il décrit « le parfum de leurs redoutables aisselles », leur abus de l'anis, de la cannelle, de la menthe, de la marjolaine, du thym, du pouliot, de la lavande, du mélilot pour refouler de leur haleine les éructations coutumières. Il y a une pointe de Rabelais dans les accumulations de mots ou d'épithètes, du Marot dans la sensualité des idées, que Scarron débite pour amuser sa belle et noble amie.

Promis, si d'aventure elle rentre à Paris, elle présentera son chanoine à la Reine dont la grandeur espagnole ne déteste pas les bons mots à la française, ni les médisances. Ni les propos lestes.

Paul sourit et devant elle demande un papier, une plume et de l'encre, et lui dit :

— Tenez-vous bien, Madame, je vais vous louer. En quoi puis-je vous peindre ? En votre avenir. En duchesse.

— Je le serai. Après la mort du tyran écarlate.

— Or quel est l'attribut d'une duchesse chez la Reine ?

— Un tabouret.

— Pour y installer quoi ?

— Cher chanoine, comme si vous ne le saviez pas.

— Le vôtre, Madame, mérite une symphonie. J'improvise ?

— Improvisez. Mais je n'écouterai pas.

— Un verre de bourgueil pour m'éclaircir les idées.

On sert le chanoine. Il boit. Renifle, il a pris froid. Et se lance :

> *On ne vous verra plus en posture de pie*
> *Dans le cercle accroupie*
> *Au grand plaisir de tous et de votre jarret*
> *Votre cul qui doit être un des plus beaux culs de France*
> *Comme un cul d'importance*
> *A reçu chez la reine enfin le tabouret...*

— Dois-je continuer ?

— Arrêtons au tabouret. On ne sait trop où le goût de la rime pourrait vous mener.

— A Chartres.

— Et pourquoi à Chartres ?

— Parce que, Madame, vous avez un pied à Paris et l'autre au Mans, et que Chartres est au mitan !

Marie n'est pas bégueule, elle rit beaucoup, et sans rougir, mais refuse un éloge de son « mitan ».

Le remerciement pour la *Symphonie en cul majeur*, et en mirliton, a tenu en ce chapon destiné à fêter dignement la purification de la Vierge.

Paul le regarde et l'admire.

Le chapon est dodu, Scarron n'est pas maigre. Le chapon est châtré, de belles Mancelles savent que Paul n'est en rien coupé. De cette notable différence naît justement l'idée d'un déguisement parfait.

Paul Scarron pour ce soir de fête se déguisera en chapon. Ce qui évitera l'achat et le fourniment d'un déguisement chez un fripier. Depuis la mort de Mgr Lavardin, son secrétaire est assez serré et a déjà dépensé le pécule que Monseigneur lui a laissé. Quant au bénéfice de l'abbaye, autant dire qu'il est mangé en naissant et que la prébende de chanoine au chapitre de Saint-Julien est une misère.

Il lui faut des plumes. Et de quoi les faire tenir sur ses cuissots et autres abattis dodus.

Scarron réfléchit.

Dans son garde-manger, trois pots de miel.

Dans sa chambre, un matelas, un édredon.

Dans un tiroir un couteau.

Paul éventre matelas et édredon et en répand la plume sur le sol. Il se met nu, s'enduit de miel. Et se roule dans tant de plumes épandues. Il tousse beaucoup. Mais qui remarquera sa toux, quand toute la France grelotte ; on dit le Roi lui-même enchifrené en ce février glacé. On sait que Sa Majesté n'a pas de santé, à la différence de Scarron qui, ce soir, se sent immortel.

Il a encore eu l'idée d'une nouvelle, *L'Espagnole*, qui plairait à la Reine. Il la faudra dédier à Marie de Hautefort. Après le chapon peut-être méritera-t-il un bœuf. Au moins un veau gras. On peut gagner sa vie avec des dédicaces. M. Voiture en vit, ce chien burlesque de Cyrano aussi.

Oui, décidément, après la fête, après le carnaval et ses amusements, Paul vendra son canonicat et rentrera à Paris. Il n'est que temps d'y luire de tout son talent. C'en est assez des succès faciles du Mans. Il peut être épique, il peut être comique, il peut écrire à l'italienne, à l'espagnole, il manie fort bien le style français.

Paul Scarron est sûr de lui : à Paris il connaîtra le vrai succès. On le jouera à l'hôtel de Bourgogne, on le recevra dans les salons, même celui si beau, si bleu de toute sa soie tendue, de la dolente marquise de Rambouillet.

Déjà, ici, il a fait sourire Mme de Sablé qui a des terres à trois lieues à l'ouest du Mans et qui à Paris est à la fois amie et rivale de la marquise. Elle reçoit Voiture et Ménage, on lui sait des faiblesses pour La Rochefoucauld, est amie avec le grand Arnaud, ne jure que par Guez de Balzac, étudie, raille ou défend, préfère Chapelain le Parisien docte académicien, puis s'entiche de Corneille le Normand, car Mme de Sablé est folle de galanterie espagnole à la manière de Perez de Hita.

L'Espagne est une mine d'or pour les écrivains français, qui la pillent. D'où ce fameux *Cid*. Et la nouvelle espagnole de Scarron.

Mme de Sablé a d'autres qualités ; elle est gourmande, on s'en moque ; elle est cultivée et plus que lettrée, on l'en admire ; elle codifie les règles de la « belle galanterie », les Précieuses en naissent ; elle est infidèle avec vigueur, on en chuchote et sourit. Enfin, elle connaît Scarron. Et semble l'apprécier.

Ce Paul Scarron qui s'emplume et grelotte sous sa carapace gluante en ce crépuscule du 2 février.

Paul Scarron est en train de sceller un pacte en effet avec le succès. Pour ses écrits, certes, pour son beau style aimable, plaisant, féroce, et pour autre chose qu'il ne saurait imaginer car, alors, peut-être tremblerait-il plus que de froid dans le logis qu'on lui laisse encore à l'évêché alors que nu et emmiellé il se couvre du duvet de son lit qui vit passer d'autres peaux plus douces que la sienne, non pour reposer mais pour également... plaisanter. Paul Scarron secoue la tête, ce soir il sera bon de s'amuser et d'étonner, une fois de plus, la noble et riche compagnie.

Et quel hommage, une fois de plus, à la charmante Marie de Hautefort que de se travestir en son cadeau ! Elle en rira quand on lui contera. A moins qu'il ne la rencontre au hasard d'une fête.

Vite une plume (d'oie) et un mot pour elle. Un *Rondeau du chapon*. Ecrit à la va-vite, les doigts collants de miel, par un chapon géant tel qu'on n'en a jamais élevé entre Loué et Mamers.

> *En la voyant, chacun avec effort*
> *Criait : « Vivat, l'illustre Hautefort ! » ;*
> *Car ils savaient que cette illustre dame,*
> *De qui le corps n'est pas si beau que l'âme,*
> *Bien que le corps de cette âme animé,*
> *De tous les corps soit le mieux formé,*
> *Car ils savaient, dis-je, que libérale,*
> *Par sa bonté qui n'eut jamais d'égale,*
> *Elle m'avait envoyé ce chapon*
> *Frais et friand, gros et gras, bel et bon.*

Il relit, fait la moue, il s'est connu moins laborieux, mais pour un impromptu de la Chandeleur cela fera l'affaire.

Transformé en une volaille extravagante, il visite les hôtels du Mans, se mêle aux autres invités, battant des bras et piaillant au milieu de faux Richelieu, car le Cardinal abonde dans les déguisements, manière de ridiculiser sans grand risque puisque, la Reine enceinte, l'étoile rouge va se ternir, manière aussi de se moquer de Paris, jeu favori et général en province.

D'abord effrayés par cette apparition emplumée de chimère inquiétante qu'est Scarron, les autres masques le reconnaissent et les dames rient de bon cœur avant, émoustillées, d'entreprendre de le plumer.

Paul rit aussi puis comprend que ses folles admiratrices, à force de lui arracher son duvet, vont le laisser nu comme Adam au milieu du salon.

Le scandale, Scarron ne l'accepte que secret, non en public, encore moins en province. Il saute par une fenêtre, manque se casser une jambe, mais il est jeune et souple quoique replet. Les bacchantes hurlantes font mine de le poursuivre aidées par des chenapans qui sont leurs galants.

La chasse au chapon enflamme toute la société du Mans. Certains ont même sorti les chiens. Serré de près parmi les rues, Paul louvoie, choisit les plus sombres et gagne essoufflé les berges de l'Huisne où il se tapit dans les roseaux. La meute passe, crie, rit, boit, se lasse.

On est en février, l'eau est glacée. Scarron perd ses plumes durant ce bain forcé ; il grelotte, se raidit, sa peau devient cuirasse, il attend que la nuit noircisse encore pour rentrer chez lui. Evitant dans la rue les masques en goguette, les torches que l'on porte devant les gens de qualité, les fenêtres trop éclairées.

Il s'écroule enfin dans sa chambre. Il brûle de fièvre, ses articulations se révoltent. Il se frotte d'une couverture vite souillée de miel et de duvet, il tente d'activer sa cheminée, souffle sur les braises, ajoute deux bûches, mais chaque mouvement est douleur fracassante, il souffre trop, ses gestes sont maladroits, les vertiges l'assaillent, il croit mourir, s'évanouit et dans son évanouissement s'endort comme un plomb.

Au matin, il bouge à peine.

Dans la semaine, il ne bougera plus.

Le devoir d'un chanoine est d'assister au chapitre. Or en ce lendemain de Chandeleur il y a chapitre en la cathédrale Saint-

Julien. Appuyé sur deux bâtons, Scarron tente de s'y rendre. Un vrai chemin de croix. Il s'avance dans le marché sur la place toute proche, il détourne les yeux des étals de volailles, aujourd'hui Scarron vomit tous les chapons !

Un homme en noir, jeune et souriant, l'aborde. Scarron s'excuse de ne le pas saluer. Le jeune homme le connaît, et se dit médecin. Attaché, c'est-à-dire domestique, à Mme de Sablé. Scarron sourit malgré ses douleurs, il sait Mme de Sablé à la mode du temps. Elle s'attache des médicastres et s'imagine, comme beaucoup de dames de qualité qui ont trop d'attache à une vie si généreuse à leur égard, s'assurer ainsi contre les attaques sournoises de la mort. Scarron pense qu'elles n'en mourront pas moins. Simplement l'issue fatale ne viendra-t-elle pas du mal mais des traitements infligés par leurs charlatans. Mais Mme de Sablé est intelligente et encore vivante.

— Vous semblez souffrir, monsieur le chanoine.

— Aucune partie de moi-même n'est autre qu'une douleur. Et une fièvre continue me ronge jusqu'à la moelle.

— Il vous faut garder le lit.

— Il y a chapitre aujourd'hui.

— Je connais des médecines merveilleuses dont Mme de Sablé dit grand bien. Ne voyez-vous pas sa santé, la fraîcheur de son teint ? Or elle a quarante années. Evidemment, Madame ne peut souffrir d'une « maladie de garçon » dont je vous soupçonne atteint.

— Mais non, monsieur, je pisse froid, il ne s'agit pas de cela, mais d'un rafraîchissement total dû au temps.

— Allons, monsieur Scarron, on connaît votre réputation.

— Elle n'est que légende.

— Admettons. Mais comment vous soignez-vous ?

— De bouillons, de bouillottes.

— Goûtez à ma médecine, après votre chapitre. Je vous attendrai devant la cathédrale.

Scarron, qui n'en pouvait mais, souffrit comme un diable durant la sainte assemblée, bourdonna les répons de l'office, ne retint rien de ce qui fut dit. Accepta que le médecin l'accompagne à son logis, l'aide à en gravir les degrés. Et avala avec une grimace le contenu d'une fiole orange, puis celui d'une fiole bleue.

Le résultat premier fut qu'il s'assoupit.

Une terrible contraction le réveilla. Il appela. Un valet monta et s'horrifia. Scarron sur son lit était recroquevillé, raide, contrefait. Et le valet alla avertir la ville que la vérole avait estropié Scarron.

Paul Scarron, poète dédicataire, chanoine d'occasion, abbé à bénéfice, était paralysé. La veille il voulait conquérir Paris. Ce soir il était cloué au lit.

Ce fut le désespoir. Sa vie était finie. Pour un déguisement mal choisi, pour une plaisanterie de trop. Il lui fallait d'abord quitter le Mans. Impossible à cet esprit fin et inventif de mourir en province, il méritait des obsèques à Paris. Les homélies y étaient mieux écrites. On l'y enterrerait dignement.

Son ami d'enfance, Paul de Gondi, destiné de naissance ou plutôt par la mort d'un frère aîné à porter un jour un chapeau de cardinal, à tenir comme son oncle Retz l'évêché de Paris, l'aidera à trouver quelque église convenable où en chaire il aura droit à un véritable éloge funèbre et non, comme ici, à quelques saintes paroles, fielleuses et revanchardes, d'un curé effronté, jaloux et encouragé dans la médisance par la mort du protecteur Mgr Lavardin.

Paul Scarron doit écrire à son ami. Il peut encore écrire, il peut toujours penser, il peut rimer, il peut bander.

Mais à quoi tout cela sert-il ? A quoi surtout cela servira-t-il puisque le voilà cloué comme un magot au cul de plomb que les enfants font basculer en chantant des comptines ?

Paul Scarron s'interdit de pleurer alors qu'il a envie de se pendre, ce qui est un péché d'ailleurs.

Je suis de ces corps physiques non décrits par les savants, sauf peut-être par M. Gassendi, et qui ne tiennent pas leur conservation. C'est un péché en effet dont Dieu seul me rendra raison.

Il songe vraiment au suicide, un acte noble qu'on tolère sur les scènes de théâtre quand on y interdit le meurtre. Il a vingt-huit ans.

Non, écrire d'abord. Ecrire à Paris. A celui qui pourra le comprendre, le garnement de Montmirail qui porte le collet et se bat en duel, l'ingambe abbé qui a servi lui aussi dans le corps de Marion Delorme, ce qui les fait camarades de régiment.

Paul de Gondi, mon ami, mets ta noblesse ancienne et italienne, et tout l'esprit de Machiavel, ton cousin de Toscane où ta famille est née, mets tout cela au service de ton pauvre ami roturier, ton pauvre et autre Paul. Le Scarron. Je fus chanoine au Mans tu le fus de Notre-Dame de Paris, à quatorze ans. Soyons des frères, au-delà des blasons. Ce que ne voulut point le sang, ce que désiraient enfants nos esprits.

Gondi est un enfant comme moi. Il faut donc le faire rire.

Scarron demande qu'on installe un fauteuil, sur ce fauteuil une planche retenue par les bras, qu'on taille deux plumes et lui porte un encrier. On lui obéit, comme au temps de l'évêque. Avec lui, on s'est tant amusé.

Soyons drôle quand les sanglots nous étouffent à ne pouvoir exploser. Voilà bien des fâcheux qu'il convient de tenir embastillés au plus profond de ce corps ruiné. Jamais un sanglot, Scarron. Toujours le rire, même si désormais les nerfs du visage sont brûlés par le poison du charlatan ignorant, ce souris ne sera que grimace. Laideur.

Gondi est laid. Noiraud, petit, tordu, et Paul Scarron vient de le rattraper dans la laideur, et conserve avec lui le cousinage de leurs sensualités effrénées. Comment Gondi séduit-il, lui qui accumule les bonnes fortunes ? Par son esprit. Scarron, mon ami, tu dois l'imiter. C'est le seul bien qui te reste.

Certes, d'amis, nous deviendrons frères. « Frères de laid. »

Scarron sourit en souffrant. Oui, l'esprit fonctionne encore. Profitons-en.

On vient le visiter, comme un animal de foire, comme un monstre il trouve la force de plaisanter avec un abbé, un marchand, un baron. Qui s'empressent de colporter le nouvel aspect du chanoine. Il ordonne qu'on lui construise une caisse, plus pratique qu'un fauteuil, lui fait adjoindre des coussins et des roulettes. Le Mans ne parle que de cette « boîte ». Puis se désintéresse.

Tant mieux. Il peut enfin composer sa lettre à l'autre Paul, le riche, le chanoine de Paris.

« Mon ami, les uns disent que je suis cul-de-jatte, les autres que je n'ai point de cuisses et que l'on m'enfile sous une table comme en un étui où je cause telle la pie borgne. Et les autres, que mon chapeau tient à une corde qui passe dans une poulie et que je le hausse et le baisse pour saluer ceux qui me visitent.

« Sans prétendre faire un présent au public, je me serais bien fait peindre, si quelque peintre avait osé l'entreprendre. A défaut de la peinture, je vais te dire à peu près comme je suis fait. J'ai la taille bien prise, quoique petite, mais ma maladie l'a raccourcie d'un bon pied. Ma tête est un peu grosse pour ma taille ; j'ai le visage assez plein pour avoir le corps très décharné ; j'ai la vue assez bonne, quoique les yeux gros ; je les ai bleus, j'en ai un plus enfoncé que l'autre du côté que je penche la tête ; j'ai le nez d'assez bonne prise. Mes dents, hier encore perles carrées, sont de couleur de bois, et seront bientôt de couleur d'ardoise ; j'en ai perdu une et demie du côté gauche, deux et demie du côté droit, et deux un peu égrignées. Mes jambes et mes cuisses ont fait premièrement un angle obtus, et puis un angle égal, et enfin un angle aigu. Mes cuisses et mon corps en font un autre et, ma tête se penchant sur mon estomac, je ne ressemble pas mal à un Z.

« J'ai les bras raccourcis aussi bien que les jambes, et les doigts aussi bien que les bras ; enfin, je suis un raccourci de la misère humaine. »

Paul Scarron se souvient qu'il a deux amis. L'autre est une femme. Elle est jeune et belle, et exilée. S'il ne s'est pas adressé à elle en premier, Paul le comprend en l'instant, c'est à cause du chapon. Marie de Hautefort est à deux pas, disons deux lieues, et ce n'est pas à elle qu'il a écrit mais au lointain Gondi de Paris.

Paul souffre dans ses membres et pour la première fois ressent une même paralysie de l'esprit. Du moins l'esprit renâcle-t-il autant que les muscles. Cette première missive l'a épuisé.

Mais il lui faut le secours de Marie. Et Paul revoit la lettre, en change deux ou trois formules, la féminise, elle aime ses vers burlesques, elle en a ri et en a déclamé elle-même chez la comtesse de Tude.

Paul Scarron recopie la lettre destinée à Gondi pour l'adapter à l'esprit du « plus joli cul de France » et la fait porter à l'hôtel de la Flotte, ou, si elle n'y réside pas, au château de Bellefille le bien nommé, chez la grand-mère de son amie, Marie de Hautefort.

A Paris, Paul de Gondi, vingt-cinq ans, rentrait d'Italie, où il avait failli se faire assassiner pour avoir courtisé une noble vénitienne, la contessa Vendramina. Il ne dut qu'à l'ambassadeur de France près la Sérénissime, le président de Maillé, de pouvoir filer vers la Lombardie. Il alla ensuite montrer sa soutane à Rome, se querella avec l'ambassadeur de l'Empereur, le prince de Schemberg, ce qui n'échappa pas à un dénommé Mazarini, employé à quelques œuvres de la papauté. Là encore, l'ambassade de France en la personne du secrétaire de Roze lui conseilla de décamper.

Il était donc, en ces lendemains de Chandeleur, place Saint-Sulpice où se tenait la foire de Saint-Germain.

Ce voyage italien qu'il contait à satiété avait été un voyage forcé. Paul de Gondi avait été reçu premier à la licence de théologie en Sorbonne, par une majorité de quatre-vingt-quatre voix des docteurs. Cela pourrait se fêter, Gondi pour une fois a préféré la modestie : il a battu et devancé dans une dispute fort savante son meilleur rival, l'abbé de La Mothe-Houdancourt, beau jeune homme, élégant, qui ajoute à ces mérites celui, plus dangereux pour son vainqueur, d'être un parent de Richelieu.

Richelieu avait envoyé en Sorbonne le grand prieur La Porte pour recommander La Mothe. Gondi, le sachant, fit dire à Son Eminence que par respect il se désistait de sa prétention à être premier à la licence puisque le ministre s'attachait au triomphe de son parent. Le Cardinal répliqua que M. La Mothe ne devrait pas sa première place au désistement d'un abbé.

Gondi sourit, fit la révérence. L'emporta. Le Cardinal menaça docteurs et recteurs de raser les travaux qu'il avait entrepris pour embellir la Sorbonne. Et la famille de Paul de Gondi s'épouvanta, envoyant l'intraitable théologien en Italie, dont il était ainsi rentré sans blessure.

Il piaffe aujourd'hui entre les tentes et les étals, entre les belles dames masquées et les nobles travestis qui s'encanaillent ici. Sa vision de taupe ne lui permet de reconnaître personne, parfois il bouscule quelqu'un. Mme de Guéménée le guide, le retient, le pousse, le gronde, le tance.

Il rit ou s'époumone à gloser devant un verre de sirop d'orgeat.

Un valet lui porte une lettre, Gondi lit, s'épouvante, décide, agit.

Le futur cardinal de Retz, le futur frondeur, déjà fort trublion, sait être un ami.

Il fallait une voiture. Il fallait un logement, il fallait de l'argent. Gondi les trouve l'espace de ce carnaval où tout Paris côtoie tout

Paris. Et par coursier de Mme de Guéménée en avertit son ami du Mans.

L'ami du Mans est aux mains douces de Marie et de sa sœur Charlotte d'Escars. Elles fournissent pruneaux veloutés, pâtés énormes comme des forteresses, et de l'argent. Marie lui choisit des aides, des relations, le comte de Béthune, le comte de Saint-Aignan, Mme de Lesdiguières, Mme de Contade. Scarron n'est pas seul, Scarron ne veut plus mourir. Scarron a la plus jolie des marraines et le plus actif des parrains.

Au Mans il a appris la grossesse de la Reine, on lui apprendra à Paris, en l'hôtel de Troyes, dans sa chambre tendue de damas jaune, couleur opposée au bleu de la marquise de Rambouillet, il l'a voulu ainsi, la naissance d'un Dauphin.

Encore une dédicace à monnayer.

Ce qu'il ignore et le rendrait peut-être fier, mais rien n'est moins sûr, est qu'il va bientôt épouser, chose impossible à un estropié, invraisemblable mais vraie, une ravissante demoiselle ruinée, Françoise d'Aubigné, et que celle-ci sera le dernier amour et la dernière épouse (morganatique, certes) du bambin que la reine Anne porte encore en son ventre, une fois qu'elle sera devenue marquise de Maintenon.

Dieu est taquin comme un chanoine, monsieur Scarron. Il a parfois, Lui aussi, le goût du burlesque en créant l'Histoire.

PREMIER LEVER DE SOLEIL

Découvrons-nous, lecteur, et rendons grâces à Dieu, notre Héros va, enfin, apparaître.

Dimanche 5 septembre 1638.
Inter feces et urinas, Delphinus nascit.
A inscrire par de doctes personnes au registre des Archives du Royaume de France.

A midi moins le quart, il hurle. Trois médecins commentent, un bourdonnement incompréhensible l'environne, des exclamations, des voix autres, plus dures que celles déjà connues avant, au son feutré par les palpitations, les respirations du lieu où il était. Certains bruits lui semblent pleins de joie, qui sont rires ou sanglots, d'autres de douleur. Sa douleur, vive comme la foudre, s'est éteinte. L'entrée de l'air en sa bouche, son nez, sa poitrine, fut un trait de feu, il a crié, hurlé, puis tout s'est calmé.

Donc, voici le monde : flou, brillant, aveuglant, brûlant les poumons. Et si doux tout à coup.

Douceur des mains, d'un linge tiède, d'une peau, très bien la peau, et ce nom qu'on hèle, qu'on répète, qui ronronne, dame Péronne.

Cela pue.

Il bouge un doigt, deux, un bras, des jambes. Il entend le mot Dauphin.

Il entend Reine, il entend Roi. Mais son esprit est ailleurs encore, cherche à s'installer, prendre place ; c'est son corps tout neuf qui pense.

Il a la tête en bas, puis est remis en une plus agréable verticale, il y a donc un haut et un bas. On le presse avec délicatesse contre un linge bombé par deux hémisphères tendres. Encore un nom qui ronronne : dame Péronne.

Et puis des noms en « ard », plus durs, Bouvard, Héroard. Eux ordonnent. Dame Péronne approche un linge à la forte odeur, le linge glisse sur son corps, il est imbibé d'huile de rose. Son corps en est bien aise quand on le débarrasse, par ce mélange odorant, agréable, des derniers filaments venus du ventre de Maman.

Sur ses lèvres, un doigt frotte une pâte molle, miel thériaque détrempé de vin de grenache. Amertume et suavité, le médecin, Bouvard, dit qu'il y a aussi de la poudre d'os de cerf.

Il est séché dans de grands draps doux devant la cheminée, l'enfant voit l'éclat mouvant des flammes. Le feu est beau et chaud.

Dame Péronne, la sage-femme, présente l'enfant au Roi, et lui fait constater physiquement qu'il s'agit d'un garçon.

Le Roi tombe à genoux. Une jolie voix, une jeune femme, chuchote au Roi le conseil d'embrasser la Reine.

Et tout à coup il est emprisonné. Oh, bien doucement, les bras le long du corps, les jambes serrées, il est emmailloté. Ne peut plus bouger. Il proteste, on lui murmure des mots doux et pleins de respect. Toujours dame Péronne.

Epuisé, il s'endort.

Il n'a que trois minutes d'âge. Il s'est battu huit heures durant pour son chemin vers le monde des vivants.

Huit heures de souffrances pour la reine de France ; la prime douleur à quatre heures du matin. Bouvard, premier médecin de la Reine, prit le pas sur Héroard, premier médecin du Roi ; immédiat conflit de préséance, les trois autres bonnets noirs n'étaient là qu'au registre de l'assistance. Seule dame Péronne était efficace. Elle connaît tout du mal d'enfant qui est fortes douleurs mais pas grand mal.

La Cour doit assister pour authentifier l'événement. Duchesses, comtesses, princes du sang, M. le Chancelier Séguier, qui est une forme obligée de la Loi. Et Dieu par ses représentants, aumôniers, chapelains, moines bénédictins, l'évêque de Limoges. On sort de la chapelle la sainte relique, un os de cadavre, la mâchoire de sainte Marguerite, reine d'Ecosse, fille d'Edouard le Confesseur, présent de la reine Marie Stuart qui fut un temps reine de France ; on adore un fragment de morte pour espérer cette vie toute neuve.

Accalmie.

Les douleurs reprennent à onze heures. Violemment.

Le Roi vient de se mettre à table, il interrompt son dîner de midi. Marche vers l'antichambre. Marie de Hautefort, son inclination passée, revenue de son bref exil à la demande de la Reine, est dans l'antichambre. Elle pleure. Le Roi la regarde. Il a eu la faiblesse d'accepter son retour, qu'elle ignore être éphémère.

Le Roi la voit et remarque ses larmes. Il déteste ces larmes-là.

— Ne pensez qu'à l'enfant. Vous vous consolerez de la mère.

Elle rougit. Ce père tout neuf et imprévu envisage crûment la mort de la mère !

— On m'a tant lu d'histoires de rois veufs qui épousèrent une sujette en secondes noces.

Elle le regarde. Comment a-t-elle pu aimer ce monarque ? L'a-t-elle aimé ? Mais là, ne vient-il pas de lui proposer sournoisement, à sa manière de malade, de l'épouser ? Marie, reine de France ? C'est honteux en ce moment, mais c'est tentant.

Le Roi entre dans la chambre de la Reine, Mme de Sénecey lui annonce la vraie nouvelle : « Sire, c'est un garçon. » Dame Péronne, la sage-femme, le lui prouve en lui mettant sous les yeux le « guilleri » en bas du ventre de cet espoir de chair encore violet, marbré de rose et tout ridé de plis, qu'on va laver et enfermer dans un cocon, chenille braillarde qui sera ou ne sera pas papillon.

Une main saisit celle de Louis. Une main ferme, la main de Marie dont les yeux s'assombrissent.

— Sire, allez vers la Reine.

Il hésite et obéit. Il sourit et baise la main de sa femme.

— Merci, Madame.

Il se penche encore, baise ses lèvres.

— Vous avez beaucoup souffert, m'a-t-on dit. (Le roi de France ne connaît sa femme que par on-dit.) Mais vous m'avez donné un fils.

— C'est Dieu, Sire, qui vous l'a donné.

Elle est pâle et sa peau si claire et lisse s'efface sous la sueur.

Dame Péronne donne l'enfant à son aide, Fillandre, qui le montre à sa mère.

Le Roi tombe à genoux. Imité par le chancelier Séguier, le duc d'Uzès, le comte de Tresme, le duc de Monbazon, gouverneur de Paris, l'archevêque de Bordeaux, les évêques de Lisieux, de Beauvais, de Dardanie et de Châlons.

Le frère du Roi, Gaston, reste debout près de la fenêtre et mâche sa moustache. Il fut le premier prince dans cette chambre de Saint-Germain-en-Laye, Monsieur Gaston aime savoir en premier, voilà pourquoi lui aussi paie des espions, et parle et correspond avec trop, beaucoup trop de monde. Des gens, princes, manants, militaires, religieux qui sont, aussi, des dangereux.

Il fut le premier en cette chambre, bien avant l'aube. Il vécut les premières douleurs de sa belle-sœur. Il tenait à savoir ce qui se passait, comment cela se passait, si cela se passerait. Il eut à ce sujet bien des pensées contradictoires mais dont aucune ne prit le pas sur l'autre. Il eut aussi envie de vomir, se réfugia dans l'antichambre, but un verre d'eau puis deux d'hypocras ; la nausée s'enfuit. Il retourna sur le champ de bataille et refusa de déloger de la fenêtre que Bouvard avait ordonné qu'on ouvre.

Le Roi, à genoux, remercie Dieu fort hautement devant son frère debout qui voit par cette fenêtre du château de Saint-Germain s'envoler à jamais son rêve de trône. Il restera Monsieur, il sera l'oncle, ne sera jamais roi. A moins d'un accident, d'une maladie. A-t-il vraiment rêvé d'être roi un jour ? Il ne sait plus, Monsieur Frère du Roi. Vraiment, Gaston n'en est pas certain. Une fugace pensée, éclairée par la lumière douce sous la désolante et discrète splendeur d'un ciel pommelé de fin d'été en Ile-de-France, le traverse : on meurt beaucoup nourrisson. Quelque chose l'espère, et quelque chose, de peu connu de lui mais qui prend alors une grande place en son esprit, le refuse. Et ce refus lui donne un curieux bonheur. Il se sent noble en esprit et vraiment fils de France.

M. de Brienne entre. Et va baiser les doigts las de la main ravissante de la Reine, qui lui sourit. Quelques mots échangés à voix basse, à voix émue ; que nul ne comprend ni n'entend. Le Roi, relevé, lui tend la sienne, Brienne la baise aussi. Il est du Conseil, il entend y rester. Il a pour la Reine une respectueuse affection d'oncle extravagant ou de serviteur grincheux. Un cliché de la fidélité et de la noblesse, sur la scène des comédies de Tabarin. Les clichés sont des vérités qui fanent peu à peu.

— Vous participez à ma joie, mon cher comte, mais elle mécontente bien des gens, dit le Roi, évitant de regarder vers son frère.

— Sire, que ne les faites-vous jeter par la fenêtre ?

— Non, dit le Roi, Monsieur mon frère se consolera avec six mille écus. Il les recevra après le *Te Deum* en la chapelle.

— Trois grâces à la fois ! Frère de Roi, oncle d'un futur Roi, et trente mille livres de rente.

— Mon cher Brienne, Gaston est homme qui se console facilement. Rien ne semble jamais l'atteindre.

— Dieu aime les âmes simples, Sire.

— Brienne, demandez à Guitaut de faire doubler la garde autour du château. Cet enfant compte déjà des ennemis. Il ruine tant d'espoirs, il naît entouré d'une meute de perfidies.

— Sire, nul n'oserait.

— On ose tout, c'est la mode des temps troublés. Son premier vagissement a claironné la reddition de trop de prétentions. La famille de Monsieur le Prince est-elle ici ?

— Oui, Sire, le fils du prince Condé, Monsieur le Duc, est dans l'antichambre et dans le parc s'égaillent au moins cent de ses chevau-légers.

— Vendôme, Monsieur mon grand bâtard de frère ?

— Il est venu avec une compagnie de ses gens d'armes.

— Mon frère, ici présent ?

— Monsieur est discret, il n'a gardé que quatre officiers.

— Je ne crois pas en certaines discrétions. Dites à Guitaut de tripler la garde. Et qu'il consigne trois compagnies pour le jour de ma mort. Ce sera pire.

— Pourquoi, Sire, penser à la mort alors que l'espoir vient de naître ?

— Monsieur de Brienne, mon successeur annonce forcément ma disparition. Et que croyez-vous que regarde Gaston par cette fenêtre ? La flèche de la basilique de Saint-Denis où l'on enterre les Rois.

« Curieux bonheur quand une espérance, enfin réalisée comme par miracle, amène le spectre d'une mort certes inéluctable, mais encore lointaine », pensa Brienne qui sortit dans l'antichambre pour alerter Guitaut.

Le capitaine n'eut qu'une question :

— Monsieur le Conseiller, comment se porte la Reine ?

— Très lasse, capitaine. Mais heureuse, je crois.

— Comme toute cette assemblée... A quelques exceptions près. Je vais dépêcher les courriers vers le pont de Neuilly. Paris doit être averti. J'envoie mon lieutenant et neveu, Comminges.

Il se retourna à un bruit de pas et de portes qu'on ouvrait à deux battants, comme pour un prince du sang.

— Ah ! dit M. de Brienne, il n'était pas attendu mais le voici !

Le Cardinal entrait. Suivi d'un jeune homme, en qui Guitaut reconnut Cinq-Mars, et de son confesseur.

— On le disait à Saint-Quentin, murmura Brienne. Aux armées de Picardie, surveillant la Somme.

— Il y était mais Son Eminence est où il faut être et, aujourd'hui, il faut être ici. Le cardinal-infant d'Espagne n'attaquera pas alors qu'un neveu vient de lui naître. Il a envoyé ses ambassadeurs avec des présents. Il est encore des trêves qu'on se doit de respecter. Et puis notre armée est sous les ordres du maréchal de Châtillon et du marquis de Brézé. Il paraît qu'on assiégera Saint-Omer.

Guitaut abandonna Brienne, s'avança et salua l'Eminence chapeau bas.

— Bonjour, monsieur de Guitaut.

— C'est un bon jour il est vrai pour la France, Votre Eminence.

— Capitaine, toujours vous parlez vrai.

Richelieu sourit à l'homme qu'il n'avait jamais pu acheter. Il n'adressa qu'un signe de tête à Brienne, que le ministre savait de la coterie de la Reine. Il pénétra dans la chambre déjà fort encombrée. On fit place à l'homme en rouge.

Le roi en second venait féliciter le premier roi de la naissance du futur roi. Et faire, sincèrement, vraiment sincèrement, avec une sorte de joie, cela se lisait dans l'aigu de son visage, et au nom du royaume qu'il régentait et défendait de toutes ses dernières forces, son compliment à la Reine. Voilà bien le premier service politique que l'Espagnole rendait à son pays d'adoption. Ce service était de taille : un garçon.

— Madame, cet enfant entre Vos Majestés est l'ultime terme du contentement de votre ministre et serviteur. Aujourd'hui le Royaume vous doit son avenir et sa perpétuité. Permettez à un homme d'Eglise, et à un guerrier obligé par les circonstances, de se prosterner devant ce présent inestimable que vous venez de faire à votre vrai pays, la France. Le pays que vous avez conquis aujourd'hui.

Il souriait, et ce sourire ne dissimulait nulle menace, ni ironie. Anne aussi lui sourit, et aujourd'hui sans se forcer, sans la contrainte de la nécessité. Les deux ennemis ou, mieux, le bourreau et sa victime partageaient alors la même pensée : l'avenir était assuré et cessait d'être suspendu à la vie d'un monarque malade. Et cette pensée partagée était la vérité.

Puis le Duc Rouge se tourna vers le Roi :

— Sire, cet enfant est couronné des cheveux bruns de son royal père. Dieu vous l'a donné, mais le donne aussi au monde, et, je le crois, pour de grandes choses.

Les cheveux bruns étaient une trouvaille, Anne d'Autriche les avait châtain clair. L'enfant, Mgr le Dauphin, n'appartenait donc qu'au Roi et le ministre le faisait savoir publiquement. Un Richelieu ne se refait pas.

Ces cheveux bruns, oh, tout juste un duvet, faisaient taire aussi la rumeur qui avait enflé les couloirs du château de Saint-Germain, les estaminets et salons de Paris et autres officines de la médisance : qui était le père puisque le Roi, n'est-ce pas, le Roi avait si longtemps ignoré la Reine ?

— L'enfant du miracle, s'était exclamé, sûr de la flagornerie de son bon mot, un courtisan qui ne tarderait pas à changer d'emploi.

— Le beau miracle pour un mari de voir sa femme enfanter quand il couche avec elle, avait rétorqué le Roi.

Le courtisan rentra sous terre, certain que dans le mois il devrait regagner les siennes avec ordre d'y rester à perpétuité.

Son Eminence était venue décréter qu'il n'était plus question de parler de miracle ou de douter de la paternité.

Les félicitations sincères passées – le trône était assuré, on ne cessait de le répéter dans tout le palais –, une autre lutte s'ouvrait ; une nouvelle lutte de pouvoir ; celui qu'il faudrait avoir sur cet enfant.

Richelieu regardait Mme de Sénecey, et dans ce regard brillait déjà le départ de cette autre fidèle de la Reine et cousine de cette peste de duc de La Rochefoucauld.

— Comme vous l'avez dit, mon éminent cousin, déclara haut et fort le Roi, et ce, sans bégayer, Dieu nous l'a donné (autant dire que la Reine n'y était pour rien). Il se nommera donc Louis

Dieudonné. Nous avons fait dire au nonce que nous souhaitons que Sa Sainteté le Pape en soit le parrain.

— Sage proposition, Sire. Qui pansera la plaie de Sa Sainteté Urbain VII, plaie ouverte de voir votre Très Chrétienne Majesté et Sa Très Catholique Majesté espagnole guerroyer.

« Par pitié, pas de politique en cet instant », pensa Brienne encore ému. Conseiller sévère au langage rugueux, Brienne était un tendre et contemplait encore la chevelure châtain doré étalée sur les oreillers, le visage las mais resplendissant, l'élégance des mains qui reposaient sur les draps froissés, les souillés ayant été changés à la hâte, que Mme de Sénecey avait fait recouvrir d'une courtepointe damassée.

Monsieur n'avait dit mot, depuis le baiser donné du bout des lèvres à la Reine sa belle-sœur, et ouvrit plus grand la fenêtre qu'il n'avait pas quittée, s'étant à peine détourné pour un signe de tête adressé en salut au Principal Ministre. Il se pencha pour mieux guetter les lointains ensoleillés et écouter, toutes oreilles en affût, ce qui se disait en cette chambre encore emplie des odeurs d'un accouchement et que les femmes et servantes venaient tout juste de débarrasser des bassines et des pots couverts d'un linge propre au-dessus des déjections nécessaires à la naissance de ce qui était plus qu'un prince.

Les princes justement, Gaston en comptait mentalement les troupes, amenées en hommage et aussi par bravade, qui piétinaient les allées et les pelouses du château royal de Saint-Germain-en-Laye. Il les connaissait trop bien, pour avoir partagé leurs complots et les avoir tous trahis.

Maintenant, cette chambre aérée par le frère du roi qui avait besoin de respirer après le décès de son avenir, aération faite désormais contre l'avis des sept médecins dont sept inutiles, la Nature, Mme de Sénecey et dame Péronne suffisant à aider Sa Majesté la Reine et son Dauphin nouveau-né à exécuter leur office de vivre et de survivre, allait recevoir les princes afin qu'ils admirent et constatent qu'un maître tout neuf existait et qu'il leur réclamait allégeance. Pure formalité exigée par la coutume, Gaston savait que ces importants continueraient d'agir comme ils l'entendraient.

Lui aussi.

L'objet de tant d'adoration obligée mais non feinte, car il y avait une once de la grâce de Dieu en tout Dauphin de France, et même un furieux libertin admettait cette idée, l'objet aussi de futurs conflits, il n'était nullement nécessaire de savoir tirer des horoscopes pour les prévoir, s'était endormi dans les bras de sa nourrice, Mlle La Giraudière, femme d'un procureur des finances d'Orléans, qui lui offrit son premier lait.

Il dormait.

On l'éveilla à peine quand M. de Meaux, premier aumônier du Roi, l'ondoya, le baptême cérémonial étant différé jusqu'à la reprise de santé de la Reine, la première victoire des armées royales qui se battaient en Picardie, et jusqu'à ce que le pape eût envoyé un *monsignore* pour figurer le parrain en représentant Sa Sainteté.

De cette froide et plate Picardie on avait tiré le Roi deux semaines auparavant, il avait d'ailleurs maugréé, où il ne désirait rien tant que retourner. Avec son cher et éminent « cousin », le Cardinal.

Puis on porta l'enfant entre deux haies de gardes commandés par Guitaut, plus beau de rubans, de dentelles, de plumets, plus « capitan » que jamais, vers les jardins. Et vers le Château Vieux qui lui servirait de résidence.

Il faisait beau, comme un dimanche en effet, et le futur Louis le Quatorzième connut son premier défilé triomphal, entre deux haies de Cent-Suisses alignés à la parade entre les deux châteaux, le chemin lui étant ouvert par le triple panache et la cuirasse étincelante de Guitaut.

Louis Dieudonné gagnait son logis du premier étage tendu de damas blanc pour être remis à sa gouvernante, imposée depuis un mois par Richelieu, Mme de Lansac, fille de M. de Souvré, qui avait été gouverneur de Louis XIII enfant. La reine Anne avait voté, elle, pour la grand-mère de son amie Marie de Hautefort, Mme de La Flotte, on imagine si on l'avait écoutée ! La gouvernante fit la révérence en nommant la petite chose aux cheveux bruns :

— Monseigneur le Dauphin, vous voici en vos appartements.

Du blanc. Partout du blanc et ces ombres parfumées et musquées, senteurs que l'enfançon, demi-réveillé, ne reconnaît pas.

Ombres qui bougent et chuchotent et s'exclament. Il en cherche une autre qui n'est pas là et lui manque déjà.

La faim, la soif. Besoins nouveaux. La défécation et la miction. Besoins plaisirs. Il est grand plaisir à satisfaire un besoin. Il apprend vite. Un va-nu-pieds eût appris de même. Mgr le Dauphin apprend la nature humaine. Quelque chose gêne sa gencive. Quelque chose pousse dans sa chair. C'est dur et vivant. Sans souffrance. Le mal, la douleur (la douleur est-elle un mal ?), surgit parfois du ventre. Rien que du ventre ; il s'y fabrique quelque chose dont il n'a pas conscience mais qui existe.

Il crie. Il pleure. Il réclame. Nul ne comprend encore que désormais le servir est lui obéir.

Un bain, l'eau est tiède, comme dans l'avant de son apparition sur Terre ; il est nu. On le frotte, une poudre tombe en pluie de chatouilles sur sa peau, des linges à nouveau l'enveloppent. Des bras encore. Tiédeur.

Bruits de pas cadencés, disparition du blanc remplacé par une alternance de sombre et des trouées de lumière, le jardin encore, les gardes immobiles, les feuillages vert tendre qui bruissent, un soleil qui ocelle toute cette allée, il retourne d'où il est venu, quelqu'un l'a redemandé.

Il est contre deux volumes doux, on marche, on parle fort ; on annonce dans un bruit de portes qui s'ouvrent :

— Monseigneur le Dauphin !

La lumière est tamisée ici, le linge plus moelleux, des bras presque hésitants puis fermes, puis plus doux encore le saisissent délicatement, le pressent contre un corps où bat un cœur. Il en connaît le rythme. Et la voix qui susurre :

— Bonjour, Monsieur mon fils.

C'est bien. Cette voix là, qui calme et réjouit d'aise, la Voix s'imprime quelque part en lui. Il ne l'oubliera pas. La Voix va avec l'odeur et les tambours doux du cœur.

— Je suis votre mère, Monsieur mon fils, mon gentil Dauphin. Je suis reine de France. Votre père est roi de France. Votre oncle, mon frère Philippe, est roi d'Espagne. Votre tante Henriette, la sœur du Roi votre père, est épouse du roi Charles Ier, qui règne sur l'Angleterre. Votre tante, Madame Chrétienne, autre sœur de votre père le Roi, est duchesse régente de Savoie. Votre tante Maria, ma sœur, est épouse de Ferdinand empereur des Allemagnes. Un autre oncle, mon jeune frère, le Cardinal-Infant, gouverne les Flandres et les Pays-Bas. Tous sont en guerre. Vous ignorez la guerre, mon gentil Dauphin, vous ignorez qu'une Pucelle appelait ainsi de ce doux nom de gentil Dauphin un futur roi Charles VII et que cette Pucelle battit les Anglais. Vous ignorez ce qu'est une pucelle.

La Voix et le rire cristallin et doux qui a surgi après le son joliment modulé de pucelle. Il aime cela, un rire chez Elle. Comment a-t-elle dit ?

— Je suis votre Maman et je suis la reine de France... Un jour vous serez Roi, gentil Dauphin, et je ne sais si on le devra à une pucelle. On les dit bien rares en cette Cour.

D'autres rires venant d'autres cristaux alentour. Ils ne sont pas seuls. Jamais seuls. Il cherche, des yeux, dans ce vague brumeux, il cherche avec ses oreilles, il distingue des souffles, des mots, des ris, des bruissements de tissus, du bois qui souffre sous l'arrogance d'un talon, des entrechocs de verre ou de porcelaine, une corde qui vibre ; il cherche dans la direction de ce nouveau bruit plaisant.

— Cela se nomme un luth et cela une guitare. On en joue des berceuses, des psaumes et des chansons d'amour.

Il aime ce son-là aussi, il aime tout ce qu'il ne connaît pas mais il apprend vite. Il apprend tout, tout de suite. Tout un monde, ce monde qui vit autour de lui, qu'il a sans doute créé en naissant puisque, avant, il n'a rien vu ni entendu ni goûté ni senti. Un monde à maîtriser. A posséder, à régenter. La vie qu'il a déjà conquise est pour lui jeu d'enfant.

Il sursaute. Un bruit fort.

— On tire le canon en votre honneur. On tire le canon pour avertir le monde de votre naissance. Le comte de Comminges, neveu de M. de Guitaut, galope pour aller secouer son chapeau à Neuilly devant le pont qui est brisé, et son plumet blanc signifie sur l'autre rive : « C'est un garçon. » On court avertir Paris. Voilà, mon fils, ce canon qui vous a fait trembler n'annonce pas la guerre mais la joie et la fête. Il vous annonce au Royaume. Et vous annonce à tous vos oncles et tantes qui règnent sur l'Europe.

L'Europe est loin, Paris est proche et Paris brûle. Paris tonne, chante, boit, s'énerve. Un grand feu luit sur le Pont-Neuf, toutes les cloches tonitruent, on installe des tréteaux, des nappes à même la rue, dans la « moutarde noire » faite de la boue et du crottin des chevaux. Des fontaines coulent du vin, on met des muids en perce, le banquier La Rallière a fait édifier un mur de tonneaux, toutes les lanternes brillent, on allume les flambeaux, les hôtels des nobles, des robins, des marchands brûlent les chandelles d'un an, le lieutenant civil, M. de Laffémas, l'a ordonné. On boit, on mange au seul prix de crier « Vive le roi, vive Monseigneur le Dauphin ». Très peu crient « Vive la Reine ». On chante. Tabarin joue, et Gros-Guillaume aussi, des prisonniers du commun, petits tire-laine, vagues escrocs soudainement élargis reprennent leur office.

Paris ne dessoûlera pas jusqu'à mardi.

Une pyramide de feu s'élève sur la place de Grève, une pyramide de quinze pieds, aux armes du Roi, de la Reine et du Dauphin. Elle est entourée d'allégories dénudées mais grandioses, la Prudence, la France, le Soleil, la Paix, l'Abondance, la Science, l'Harmonie, tout ce qui manque au pays. Tout ce qui manque, hormis le Soleil de septembre, le plus doux, le plus doré. On tient des discours sur ce « Soleil naissant qui rendra serein le ciel de France en chassant les nuées belliqueuses ». Au fil des heures de ce dimanche les discours s'avinent. On cite la Bible. On lance de bons mots et de très méchants.

Surtout à l'hôtel de Rohan.

Ce Dauphin né représente l'avenir assuré, qui rend l'ancienne politique inutile, et la politique c'est le Duc Rouge au cul pourri d'hémorroïdes. On le hait ouvertement. Quand la fête sera finie, recommençons à comploter.

« Comme il est facile ici de dresser des barricades », pense un petit homme noiraud, mal fait, tout myope, qui contemple des fenêtres de l'hôtel de Rohan, et voit mal les rues encombrées, la place Royale prise d'assaut. Il voit mal mais comprend bien. Les feux, les rassemblements de buveurs joyeux, les masques, les torches et les lanternes, brossent, dans sa brume due au ratafia, à l'hypocras et à son imagination bien plus corsée que toutes les boissons, le tableau d'une ville qui fait la fête comme elle se soulève. Ici, c'est de joie, mais il suffirait d'un tison de colère... Comme tout semble facile, comme il serait aisé de se révolter. Malgré sa laideur, il enlace la taille de Mme de Guéménée plus séduite par son esprit et son entregent que par sa beauté. Il y a une beauté de la grandeur chez le laid.

Paul de Gondi rêve dans son ébriété. Il va proférer une énormité.

— Il n'y a qu'un coup d'épée ou Paris, ce Paris que je vois tant remuer ici, qui puisse nous défaire du Cardinal.

Si sa vue est faible, sa voix est forte et porte. Mme de Guéménée interdit aux valets de lui remplir son verre.

Il n'a que trois jours. Et une dent, cette première dureté qu'il avait sentie pousser en lui.

La nourrice change. On ne sait plus à quel sein le vouer. Il a mordu au sang la demoiselle La Giraudière qui a renoncé. Sang plus lait, salé et fade, lait et amertume. Une goutte de sang dans le lait, sur ses lèvres et sa langue. La dent signifierait que Mgr le Dauphin est précoce.

Maman a ri. Un flatteur a déclaré que les voisins de la France devraient se méfier de la voracité de ce futur roi. Le flatteur sera ambassadeur quelque part en Europe.

L'Europe participe à la fête des trois jours de Paris. L'Angleterre offre à boire, la Savoie à souper, la Hollande illumine un quartier entier et déverse ses bières.

Venise triomphe. Aristocratique république arrogante, elle entend tout surpasser. Son ambassadeur, Alvise Contarini, fut le premier étranger arrivé à Saint-Germain pour présenter ses hommages au Dauphin et à Leurs Majestés. Il avait veillé la nuit entière en son carrosse, mangeant des massepains arrosés de vin de Frioul. A Paris, dès le lundi, après le *Te Deum*, l'ambassade Sérénissime fut un écrin de feu, lumignons colorés, cercles de flammes, feuillages, herbes, fruits, s'ouvrant pour laisser passer un char triomphal chargé de bergers et bergères ravissantes dansant au son de vingt violons.

La musique réveilla les rues hébétées par tant d'ébriété. Paris dessoûlé ne se souvint que de la splendeur de Venise.

Alors les jésuites qui attendaient la fin des beuveries donnèrent grand spectacle dans la cour de leur hôtel. Un feu d'artifice italien, un ballet, une comédie jouée par leurs écoliers devant des colonnes et des tentures couvertes d'argent autour d'un Dauphin de cire posé en un berceau comme Jésus en sa crèche. On distribua pitance et boissons à tous les pauvres. Et le mardi matin, on organisa la grande procession puisque, après celle du Dauphin, le calendrier voulait que l'on fêtât la Nativité de la Vierge.

Le Roi, la Reine, le Dauphin traversèrent Paris sous les acclamations.

A deux pas de là, sur la terrasse de la Bastille, une belle compagnie regardait et commentait les festivités, attendant nonchalamment sa liberté. Si l'on avait ouvert les prisons des manants, la Bastille, elle, restait fermée. Le maréchal de Bassompierre avait longuement secoué son meilleur chapeau, le plus emplumé, pour saluer le petit-fils d'Henri IV. Puis il redescendit, silencieux, vaguement ému, pour banqueter, il prit même par le bras son cher La Porte, ayant remarqué que ce dernier avait les larmes aux yeux. Chacun se taisait, chacun s'enfermant dans son propre espoir de liberté.

On s'est exclamé plus que de raison dans cette Cour bruyante où on le mène une heure par jour, comme à la dernière mode on exhibe au public son bichon qu'on dorlote.

Il n'est guère dorloté, lui. Après le tumulte du château, le tumulte des rues qui l'a étonné et qu'il a détesté, on ne lui parle plus. Une autre voix est omniprésente qui n'est pas la voix qu'il aime.

Une voix qui ordonne toujours. Une voix coupante, dangereuse, indifférente.

Celle de Mme de Lansac, dit-on. Qui est ce dragon ? Il apprend à détester certains noms.

Il s'ennuie. Détester l'ennuie et il déteste l'ennui ; il en fera le sceau de sa vie.

Il mord encore. On rit. Ce rire-ci aussi est toute douceur. Il a entendu le nom du rire : Perrette. Elle est fraîche et jeune. Elle rit de ses morsures. Elle le compare à son grand-père Henri IV, né lui aussi avec des dents. Elle y voit un signe, elle lui parle tout le temps pendant qu'il joue le vorace au bout de son sein si doux, si gonflé.

Perrette ne sera jamais oubliée. Il l'ignore encore, Perrette Dufour, jeune femme de vingt et un ans, veuve d'un voiturier de Poissy, aura l'insigne honneur, privilège unique jusqu'à sa mort, d'embrasser le roi Louis le Quatorzième, chaque matin à son réveil, dans son lit, à sept heures.

L'enfant se construit et y met du talent.

Le petit esprit qui englobe tout ce qui l'entoure n'oubliera jamais que ce qu'il décidera d'oublier.

On n'en est pas encore au cérémoniel lever, qu'il réglera en tyran minutieux, et là, il a les tyrannies d'enfant mené par la nature, il réveille Perrette la nuit aussi et sa bouche mord le sein de Perrette ; elle le gronde quand Monseigneur refuse la tétée ou pique une colère, hurlant dans tout le château pour une raison que l'ignorance ignore. Elle le gronde et il l'adore.

Il adorera bientôt qu'elle lui donne la fessée.

Une autre voix rôde autour de lui quand il tète, quand on le baigne, quand il remue, quand il s'endort. Une voix qui ne s'adresse pas à lui, comme si cette voix mâle était timide, aimante, vaguement apeurée, une voix qui parle aux dames, à Perrette, et qui ne parle que de lui. Voix plus rauque, plus forte, voix grave et triste, voix du Père. Une voix qui vient à lui manquer. Dont il remarque l'absence.

Le roi Louis le Treizième a repris sa baguenaude, se préoccupe d'autres affaires, fuit aussi.

Il a fui tôt, autant le dire. Apprenant la défaite du duc de La Valette et du prince de Condé, bousculés par les Espagnols et défaits alors qu'ils assiégeaient Fontarabie, Louis XIII a fui vers Chantilly, passer sa colère. C'était le 7 septembre, son fils avait deux jours. Rentre-t-il à Saint-Germain, qu'il loge au Château Vieux, celui de son père Henri IV, désormais celui de son fils, et non au Château Neuf où loge la Reine.

Le Cardinal entraîne le Roi au loin. Au plus loin de la Reine.

Richelieu emmène le Roi aux armées. Inspection de la Picardie, de la Bourgogne, de la Champagne. La trêve due à la naissance d'un dauphin de France, neveu du roi d'Espagne est finie, on se bat de nouveau aux frontières.

Il emmène le Roi à Grenoble, car une nouvelle brouille vient de naître avec Madame Chrétienne, sœur du Roi et duchesse régente de Savoie. La Savoie commande le passage entre la Suisse et le Milanais, entre l'Allemagne et les terres d'empire d'Italie. S'il revient, c'est pour peu de temps.

On voit le roi à Versailles en octobre. Il chasse, s'aère.

Son fils a un mois.

Le Roi est à Saint-Maur, à Grosbois, à Rueil (chez le Cardinal où se tient le Conseil) en novembre. Son fils a deux mois.

Cela dure trois mois.

Trois mois sans roi.

Trois mois sans père.

Mgr le Dauphin, car pour le Cardinal, comme sans doute pour Louis, éloigné, le bébé est plus un titre qu'un enfant de chair, apprend l'oubli du père. Ce qu'on apprend d'entrée dans la vie ne s'efface jamais. La mémoire de l'esprit, la mémoire de tout le corps se forme de ce qu'on oublie au premier trimestre de sa vie. Elle se forme aussi des presences habituelles. Des tendres comme des haineuses.

Il en est.

Madame de Sénecey était douceur. Une lettre du Roi, dictée par le ministre, la supplante par Mme de Brassac, dont le mari devient surintendant de la Maison de la Reine, autant dire son premier espion, son principal geôlier. Mme de Brassac alliée de Mme de Lansac veut choisir une nouvelle nourrice.

Alors, la Reine espagnole montre les dents, la colère, le poignard. On ne touchera pas à Perrette Dubois : Louis Dieudonné, seul amour d'une reine dans un monde hostile, devenu Petit Louis, aime Perrette. Il aimait aussi Mme de Sénecey.

Mgr le Dauphin goûte avec Perrette l'expression de l'ultime douceur. Et la Reine enhardie, et en pleine colère, a donc fait revenir Marie, son amie Marie de Hautefort que le Roi disait aimer.

Autant de bonnes raisons pour Richelieu d'emmener le Roi aux armées.

Aux armées, il n'y a plus Guitaut botte à botte avec le Roi. Richelieu a conseillé au Roi de le laisser commander la garde de Mgr le Dauphin, bien le plus précieux du royaume. En soi, l'idée est excellente. Guitaut est la confiance incarnée, la fidélité à la Couronne, la respectueuse tendresse envers l'héritier. Guitaut n'a pas, n'aura jamais de fils. Un guerrier peut s'enticher d'un enfant. Mais un roi peut rougir devant le regard d'un guerrier silencieux, qui juge selon l'honneur. Richelieu a vu Louis sous le regard de Guitaut, quand le Roi proférait une menace contre la Reine. Puis se rétractait. Cela aussi est à éviter.

Petit Louis a conquis, en deux sourires et en tripotant le panache d'un chapeau qu'un homme aux cheveux gris a baissé devant lui, une des meilleures épées et le meilleur cœur de son royaume. Un surplus d'amour bourru mais inexpugnable entoure donc le bambin. Tant mieux pour lui.

Les Princes, les Grands, les Importants, Gaston, l'oncle déçu, l'héritier déchu, n'oseraient rien devant Guitaut, ses gardes et ses silences aux sourcils en fascines. Guitaut est un rempart imprenable.

Aux armées, à la tête des gardes qui veillent au plus près du Roi, le jeune marquis de Cinq-Mars. L'arme secrète tenue en réserve pour gouverner les « amitiés » de Louis XIII et renvoyer l'incontrôlable Hautefort dans les jupons de la Reine, hors de l'esprit du Roi. Et le Roi, père d'un enfant, s'attache à celui qui pour lui, à dix-neuf ans, est encore un enfant. Un bel enfant insolent.

Quand on est Louis le Treizième on ne se refait pas.

D'ailleurs il n'est plus temps. Le Roi vieillit, le Roi est malade, le Roi danse éperonné, cuirassé, la dernière ronde de sa pavane.

Elle est glorieuse, elle est amère.

Trop peu sensuel pour être sensible, il ne connaît de l'amour que la jalousie. Une jalousie qui englobe ce qui l'entoure. Jaloux de la grandeur de son ministre, il ne peut être heureux avec lui, ni sans lui.

Aucune passion, aucune belle passion ne peut avoir place en son cœur ni son corps meurtris ; il le sait et s'en désespère. Il vient de refuser à sa mère, la reine Marie, qui vient de quitter la Flandre, où elle était chez l'ennemi, pour la Hollande, de venir voir son petit-fils le Dauphin.

Louis le Juste se connaît désormais, et ce qu'il connaît de lui ne lui plaît pas. Le Roi ne s'aime pas, on ne l'a jamais aimé.

Sa tendresse vraie pour son fils l'envahit à l'improviste, comme un coup de colère ou une de ses nombreuses estocades au ventre, et lui fait mieux ressentir ses douleurs et ses peines.

Dieu épargne le désespoir à mon fils ! Dieu lui épargne les impertinences du sexe féminin ! Dieu lui épargne la guerre dont la perpétuité ternit la beauté ! Et surtout le joug d'un ministre à qui j'ai tout donné et qui pense m'avoir créé.

Mon fils, la solitude est notre secrète couronne.

LIVRE SECOND

« Pourquoi me tuez-vous ? »

Blaise PASCAL.

DEUX ENFANTS DE FRANCE

La Reine s'était épanouie.

La blonde Habsbourg, infante d'Espagne, laissait place à la mère de France. On chantait encore en mauvais sonnets les yeux verts et les superbes mains qui faisaient défaillir les muguets de dix-neuf à soixante ans, dès que Sa Majesté Anne ôtait ses gants.

Petit Louis, comme le surnomme sa Maman, Mgr le Dauphin, vit en quelques mois le brun de ses cheveux muer en châtain venu des ancêtres austro-flamands de Maman. La Reine s'en réjouit, le Cardinal regretta son éloge des cheveux bruns du Roi qu'il avait fait si hautement au jour de la naissance.

Le Roi se rembrunit mais nul ne remarqua ce changement ordinaire du temps. Et puis le Dauphin avait ses yeux bruns dont on remarqua alors la douceur du regard, celle de son père qui échappait aux spectateurs de la royauté fascinés par la grandeur du titre et par le revêche du visage.

Louis XIII posait sur le monde un regard d'abord doux qu'il dissimulait immédiatement sous la sévérité. Nul et, pis, nulle ne s'étaient jamais demandé pourquoi, ni n'avaient mesuré la longueur de temps de l'entraînement qui fut nécessaire à Sa Majesté pour enfouir cette douceur première sous sa housse de fer. Mais Louis le Treizième avait, lui, remarqué et aimé d'un seul mouvement, convenablement mesuré et estropié comme l'essentiel de ses sentiments, la douceur brune des yeux ourlés des cils Médicis de Louis son Dauphin.

C'était avec la plus grande solennité que le Roi disait « Mon Fils », telle était l'apparence voulue, ce qui amena certains à en déduire qu'il cherchait à se persuader lui-même de cette paternité inespérée, alors que le roi de France laissait dans ce possessif sourdre toute sa douceur native embastillée depuis plus d'un tiers de siècle dans son corps souffrant d'enfant mal vieilli.

La Reine reprenait goût aux plaisirs de la table, à la galanterie contée par ses dames, la galanterie honnête s'entend, celle des contes et *novellas* espagnols, et la naissance du Dauphin avait fait réapparaître ce qui avait marqué sa jeunesse avant son mariage avec le roi Louis : l'humeur joyeuse, le plaisir de la vie, le bavardage, la coquetterie, l'indolence.

Mère, Anne d'Autriche s'accordait le droit de montrer sa féminité, telle qu'on l'entendait alors ; et telle que le Roi la réprouvait, par méfiance innée de fils de ce dragon femelle, Marie de Médicis.

Les yeux verts de la reine Anne, aux regards pétillants ou adoucis, eux aussi, désarmaient même le Cardinal qui vieillissait et s'enfonçait dans la maladie. Il abandonnait le plus souvent la soutane rouge pour l'habit de cavalier qui lui donnait plus fière allure et le rajeunissait. La soutane qu'il bordait de fourrure et la cape étaient réservées aux cérémonies, car leur lourdeur le gênait maintenant et le fatiguait. Elles étaient nécessaires à l'imagerie de son pouvoir comme les sursauts douloureux de volonté étaient obligatoires à la tenue des affaires : la guerre, les révoltes, les factions chez les Grands et leur rapacité à avaler provinces et gouvernements.

Lui aussi était rapace et engouffrait les écus, les millions de livres, mais s'il ne cessait d'agrandir en plein Paris, face au Louvre, son hôtel pour le muer en Palais Cardinal, c'était aussi dans le noble dessein de le léguer à sa mort au seul héritier qu'il en jugeât digne : le trône de France, et principalement, à l'espoir même de ce trône, un tout petit enfant.

Son âme de ministre voulait laisser au Dauphin, dont la naissance l'avait empli d'une joie sincère alliée à l'intense satisfaction d'écarter Monsieur d'une couronne imméritée, une France apaisée, sinon en paix perpétuelle, un royaume plus uni même si l'on verrait longtemps encore les gros points des coutures du rapetassage au fil rouge comme sa barrette ou comme le sang.

Le temps lui manquait, il le sentait en ses membres, en ses entrailles, pis, en sa tête, mais ne s'en levait pas moins à six heures du matin pour contempler sur sa table de travail les dossiers et rapports sur les dernières déchirures de ce royaume dont il était devenu le tyran obligé ; et, comme tout tyran de bonne volonté et d'action féroce, il montrait désormais un visage d'une tragique beauté. Il avait signé de bien malheureuses tragédies mais se muait en héros d'une vraie, d'une sublime.

Le cardinal-duc de Richelieu mourrait grand. Immense sans doute et, comme à un membre de la famille royale dont il était le « cousin » d'élection, et ce de par le Roi, l'Histoire lui ouvrirait ses portes à deux battants ainsi qu'il l'avait exigé, et obtenu, de son vivant dans les palais royaux. Il était épuisé mais acharné à poursuivre l'œuvre entreprise, avec désormais l'obligation d'impatience, lui qui avait su si bien attendre.

Le Roi était malade aussi et cela se voyait. Monsieur Gaston surveillait l'évolution du mal sur le teint jaune de son frère, sur sa maigreur augmentée, et retrouvait le vieux projet d'un complot de naguère qui s'était terminé par vingt coups de hache d'un bourreau toulousain d'occasion sur le cou du comte de Chalais, épouvantable carnage qui avait déclenché les ricanements du Roi : ce Roi mort, il épouserait sa belle-sœur, éléverait ou étoufferait le Dauphin, du moins le contrôlerait. L'enfant faisait bonne figure et adressait ses premiers et rares sourires à cet oncle fringant, élégant, vif et joli comme un page, avec des gentillesses héritées de son père le Vert-Galant, un oncle sans cervelle mais couvert de rubans avec lesquels jouer et qui sentait si bon la friandise. Gaston augmenta sur ses habits et sa perruque son parfum préféré : la frangipane.

Plaire à son royal neveu ne déplaisait pas à ce tragique étourneau qui personnifiait une cause dont il ignorait que ce bambin Dauphin incarnait la fin. Une France au bord de la disparition, une France encore sauvage et passionnée, la vieille France féodale, dont Louis XIII et le cardinal-duc sapaient depuis des années les derniers bastions, une France patriarcale, insoumise, qui, encore vivante pourtant chez les amis et les princes cousins de Gaston, appelait chez lui, frère et oncle de Roi, une vraie nostalgie. Le vif page plus monté en graine que vieilli, l'enfant gâté d'une mère injuste et sotte n'étant devenu qu'un ornement de cour qui se patinait mais ne vieillissait pas comme son royal frère, rêvait d'un dernier et très beau « grand désordre » avant que de penser à s'assagir et de décider de se repentir.

Mgr le Dauphin aimait bien cet oncle pimpant, souriant mais qui le troublait ; sa mère était rassurante, tendre, accueillante et moelleuse. Son père, sec, jaune, triste mais aimant par bouffées de tendresse qui pouvaient passer pour violentes.

Son père était un silence qui le contemplait avec amour et un brin d'étonnement. Une grande ombre sèche au visage plissé mais ému derrière la sévérité. Louis Dieudonné adressait alors un sourire, tendait un petit bras potelé, une main minuscule mais ouverte à cette mince apparition silencieuse vêtue de brun ou de gris ventre de louve, aux yeux brûlants et beaux, car Louis XIII des Médicis de sa mère avait hérité plus que le goût des arts, qu'il négligeait, ne s'entichant que de musique et des tableaux aux éclairages bibliques de La Tour, la profondeur de lumière noire du regard. Et l'enfant voyait chez « le Roi mon Papa » les traits se détendre et s'amollir en ce qu'il savait déjà être la tendresse. Puis le grand corps assis près de lui et seulement occupé à le contempler se dépliait lentement, dissimulant quelque douleur, et s'en allait sans un mot ou bien après un murmure que le Dauphin ne comprenait pas, une sorte de fredonnement, non de chanson, comme dame Perrette Dufour, la généreuse, mais peut-être un vœu, une exhortation adressée à Dieu.

Le Roi souhaitait voir grandir son futur roi de fils aimé. Louis le Treizième aimait comme n'avait jamais aimé de sa vie Louis le Triste. Il en ressentait un bonheur uniquement attaché à cet enfançon qui déjà dévorait la vie comme le sein de sa nourrice, un bonheur dont il savait qu'il arrivait trop tard pour qu'il en profite jusqu'à ce que l'enfant soit en âge d'être vraiment roi. Ah, s'il pouvait terminer cette guerre et lui laisser près de son berceau le cadeau de la paix...

Pour la terminer, il devait lui-même la faire. Ou désobéir à Richelieu, ce qui était impossible.

La grande et maigre apparition silencieuse quittait Petit Louis dans un marmonnement mi-religieux mi-affectueux que rythmait le bruit des bottes sur les parquets. Bruit que le Dauphin reconnaissait, espérait et craignait un peu aussi.

Les autres ? Tous courbaient l'échine et balayaient ces mêmes parquets de leurs plumets ou des soies de leurs jupons, devant cet enfant qu'on leur montrait en raides habits de cérémonie, puis qu'on abandonnait en un coin du palais dans ses appartements au damas blanc déjà poussiéreux et jauni.

Il y avait deux vies dans la vie. Il ne sentait toutefois qu'un seul petit être en lui. Mais n'en était pas certain.

Il s'éveillait très tôt comme un bambin et, il l'ignorait, comme un Roi, déjà. Or désormais sa Maman traînait au lit, jusqu'à dix heures, onze heures, midi.

Papa Roi, lui, dès sept heures déclarait souvent : « Je m'en vais à la chasse tenter de me réjouir. » Chasser moins le cerf que sa mauvaise humeur, l'aigreur de ses douleurs, le délétère de cette Cour, l'ennui, le chagrin qui ne lui donnaient plaisir à rien ; chasser la guerre de ses pensées et au grand vent n'être plein que de cet enfant qu'il avait préféré quitter pour le mieux aimer en songeant à lui. En sa tête, comme ses amours de tête dédiées aux péronnelles de la Reine, mais aussi en son cœur, dans le silence apaisé de son cœur, apaisé par les campagnes, le soleil, le vent, la pluie et le vol cruel des gerfauts aveuglant à coups de bec les colombes.

Souvent, alors que tout l'équipage de la chasse l'attendait dans la cour en grand arroi, il remontait au premier étage du Château Vieux, repassait par la chambre de damas blanc, sec échalas botté, sanglé, et donnait un baiser à la va-vite au bambin ballotté entre servantes et nourrices. A la va-vite comme par timidité, un peu confus d'avoir un héritier, un successeur, et d'imaginer ce petit bloc de chair rondelet un jour Roi à cette place dont il mesurait la grandeur unique et les embarras infinis. Cette image était la rare chose qui ne l'attristât pas.

Alors Louis Dieudonné le Petit entendait le bruit et le crissement des bottes qui revenaient, plus lentement pour effacer le remords de l'avoir quitté. Le silence s'installait et Petit Louis sentait passer quelque chose entre eux, qu'il ne définissait pas mais que son esprit et son corps comparaient aux flammes de la cheminée qu'il aimait tant contempler la bouche vissée au sein de Perrette. Puis, de nouveau, la maigre présence disparaissait. Il lui semblait qu'il lui manquait certains jours, du moins à certains brefs instants de la journée.

Le Roi venait tôt matin, puis partait, le Roi revenait puis repartait. Et Mme de Lansac s'agaçait de ces allées et venues car toujours Mme la Gouvernante de Mgr le Dauphin, titre prodigieux, devait en grande tenue et non en simple robe de chambre accueillir le Roi. Ce fut déjà un enfer pour elle que les visites des ambassadeurs et des princes du sang. Et voilà que le Roi venait à l'improviste, à l'aube ou presque, et revenait de manière totalement impromptue. Madame de Lansac n'en pouvait plus et haïssait ces allées et venues. Et donc s'agaçait de leur objet minuscule et mal tenu.

Puis le Roi disparaissait des semaines voire des mois. Et le seul bruit de bottes agréable que repérait ensuite les oreilles du Dauphin était celui d'un homme au nom en sons simples, en « i » et en « o », le vieux capitaine Guitaut.

Parfois Petit Louis pleurait, parfois babillait. Et marquait aux aubettes l'humeur du royal visiteur de l'aube pour la journée.

Mieux que les révoltes en Normandie, que la guerre aux frontières, cet enfant posait au Roi des questions sans réponses. On peut écraser les Jean-nu-pieds, parlementer avec l'ennemi, mais avec un enfant ?

L'enfant, que ce Roi vient visiter chaque matin, qu'il soit au Louvre ou à Saint-Germain, surtout à Saint-Germain, son véritable logis, loin de Paris et ses maladies, pour en contempler l'éveil et s'en réjouir secrètement, cet enfant qui, lui, ne chasse pas, ne chevauche pas, mais le regarde avec l'intensité que seuls osent les bébés, pleure, se tait, tète puis mange une bouillie, marche bientôt à quatre pattes, tire le bas d'un jupon pour obtenir un peu d'attention et va s'enfermer en lui-même.

Montre-t-on une once d'affection au bambin qu'il fond. Il est bien de son père malgré ses cheveux virant au châtain clair et bien au-delà des longs cils de son regard brun. Louis a d'abord grimacé de cette nuance de cheveux que le temps a apportée à son Dauphin mais il n'est pas mécontent que son fils ait la beauté de sa mère.

La beauté de celle pour qui aux débuts de leur chaste mariage, ils étaient si jeunes, trop jeunes, trop inexpérimentés, il composa à la guitare la « Chanson d'Amaryllis ». Aujourd'hui, il en estropie les paroles qu'il eût aimé chanter maintenant à son fils. Manière joliment détournée pour ce père timide de parler à l'enfant à propos de sa mère sans lui dire qu'elle fut aussi une ennemie. Et sans doute le demeure.

Quelle ne fut pas la joie de la Reine quand elle apprit, Louis Dieudonné avait deux jours, que de l'autre côté des Pyrénées, en son cher Escurial, une petite infante était née, Doña Maria Teresa ! Pour elle Dieu tout à coup comblait sa famille : les Habsbourg.

Rien n'était plus proche du Petit Louis que cette enfant nouveau-née. L'infante était la fille de la sœur du Roi, Madame Elisabeth, et du roi Philippe le frère de la Reine. Maria Teresa était donc presque une sœur pour Louis Dieudonné et la Reine voulut y voir un signe de la paix par-dessus les Pyrénées, ces montagnes de l'incompréhension et de l'acharnement à se combattre de deux monarques qui par leurs alliances et leurs ascendances étaient parents.

Louis lui pardonnait mal qu'elle ait déclaré l'infante toute neuve « sœur » du Dauphin. Il le lui pardonnait moins que la joie qui savait résider au cœur de la Reine et qu'elle dissimulait, car ce même 7 septembre La Valette et Condé, pour s'être chamaillés à qui commanderait, avaient été défaits à Fontarabie. Fontarabie, bâtie, fortifiée par Charles Quint, le glorieux ancêtre, était aussi la ville où Anne, alors l'infante Doña Ana Mauricia, avait vu et embrassé pour la dernière fois son père, le feu roi Philippe III d'Espagne, avant d'être « livrée » à la France et à un gamin roi de treize ans tout bégayant et déjà malade. Elle n'avait jamais revu son père, n'avait pu lui tenir la main sur son lit d'agonie, n'avait pu assister à ses funérailles.

Louis, malgré sa rage contre cette défaite, contre Condé, surtout contre La Valette qui avait fui, prudent, en Angleterre, admettait que sa femme ait pu secrètement soupirer de plaisir de savoir la dernière ville qui l'ait jamais rattachée à son pays natal, là où l'on avait coupé le lien avec son vrai pays pour la lier à un autre, totalement étranger, ait pu rester dans sa terre natale et échapper à l'emprise de son mari.

Peut-être l'aimait-il mère, lui qui n'avait su la faire épouse. Sans doute il l'aimait au travers de la beauté de ce déclamatoire « Mon Fils », qui sacrait Louis Dieudonné leur fils.

Le roi Louis le Juste, le Cruel, le Malade, devenu Louis le Père, avait des pudeurs qui sans doute l'honoraient et beaucoup l'entravaient. Chanter « Amaryllis » devant son fils pour évoquer sa mère ? Il en fut tenté avant de se rendre compte que les paroles par lui-même composées il y avait vingt et quelques années fuyaient sa mémoire. Et puis, aurait-il chanté sans bégayer devant son fils qui, certes, n'était pas encore en âge de se moquer ?

L'enfant est beau, comme le Roi s'en enchante en secret, mais l'enfant est seul. Seul au milieu d'une foule de dames, de gouvernantes, de femmes de chambre, de valets, de bas domestiques qui s'agitent dans l'indifférence. Manger, dormir, s'ennuyer. Ne pas s'ennuyer, jamais ! Il s'en occupera plus tard, par décret. Imaginer. Inventer. Un jour il décidera.

Il a cinq mois.

On vient de découvrir qu'il babillait. Un charmant galimatias. On l'a découvert trois jours après qu'il eut débuté dans ce nouveau métier d'enfant gazouilleur.

Madame sa maman le demande-t-elle, et elle le fait avec tendresse toujours, que c'est branle-bas de combat. On le baigne, on l'habille, on examine son allure alors que pendant les trois heures précédentes nul ne s'est préoccupé de lui. Si, Perrette au moment du sein et aussi un peu après, elle a joué au chatouillis, au babil, aux bulles avec lui. Mais on l'expédie vite ailleurs, son emploi de laitière terminé.

Les autres s'en fichent, les grandes dames vouées à son service ont tant d'affaires en train. Elles ont fait des pieds et des mains pour obtenir le poste, le titre, l'emploi, qui vaut tabouret de duchesse chez la Reine. Pour elles, il n'est que le prestige du moment et pension à vie, et elles laissent le bambin à leurs servantes, leurs souillons.

Mais, Mesdames, il sera roi de France !

S'il vit, mon ami. S'il vit !

Gaston sent de plus en plus la frangipane et de plus en plus souvent passe voir son neveu. Une marionnette, un jouet, il apporte un cadeau mais est surtout préoccupé de la santé du divin et royal neveu. Le gamin se porte bien. Il forcit. Gaston plaisante avec les dames et disparaît dans son odeur de pâtisserie.

Maman est indolente, dit-on. En fait, elle est devenue paresseuse. On dit alors la Reine « patiente », ce qui est vertu et non vice. La Reine épaissie par la maternité l'est aussi par la crainte. On a déjà pensé à lui enlever l'enfant. Le faire vivre à Amboise, ou ailleurs. Même Gaston a protesté auprès de son frère le Roi tisonné en ce sens par son « cousin » le Cardinal qui entend avoir pouvoir sur ce futur de la France qui quitte à peine ses langes pour de vrais vêtements.

Gaston a protesté ouvertement, fermement, sincèrement, et cette protestation est une première fois qui compte. Cinq-Mars aussi, du haut de l'insolence de ses dix-neuf ans, Cinq-Mars, le favori qui a pris la place de Marie de Hautefort dans le cœur du Roi, le cœur suffit puisque le Roi ne partage pas son lit, a défendu la Reine. Elle se demande bien pourquoi.

Monsieur et Monsieur le Grand sont des alliés. Monsieur le Grand, car le fils du maréchal d'Effiat a été nommé Grand écuyer, pas premier écuyer comme Barradat et Saint-Simon, non, Grand, poste énorme, à la gloire instantanée, et depuis il n'en fait qu'à sa tête. Et le Roi ennemi de la dépense, si scrupuleux, si économe, et il le faut avouer, qui reste aussi lui l'homme pieux bouleversé par la révolte des Jean-nu-pieds, ces familles entières de la riche Normandie n'ayant plus rien à manger, cherchant dans les campagnes ravagées par le gel et la misère de la guerre des racines, de l'écorce et de l'herbe, lui, a puisé 400 000 écus dans les coffres de la Bastille pour payer la charge à son favori, charge qu'occupait M. de Bellegarde. Bellegarde, vieux compagnon du roi Henri, a renâclé d'abord puis a abandonné la charge en se moquant du titre, que toute grandeur avait fui, quand ont tinté les pièces d'or.

Bullion le surintendant des finances s'en est épouvanté. A prétexté un rhume, un rhume pour retarder le paiement, pour détourner un bon plaisir du Roi ! Un rhume, bien pauvre rempart. Il a dû s'exécuter. Et risqué une fluxion fatale quand le Roi fit don à son favori, comme il n'y en eut jamais à la cour du roi Henri III, le comté de Danmartin et ses 250 000 livres de revenus. Même le Cardinal dont Cinq-Mars était l'arme ultime en fut alerté. L'« amitié » voulue, prévue, désirée, allait trop loin.

Monsieur le Grand a tout empoché.

Monsieur et Monsieur le Grand soutiennent ainsi la Reine qui n'y voit qu'une seule raison : le Roi est un vieillard quand elle, au même âge, est encore pleine de vie, la taille simplement moins svelte. Si le Roi meurt... Elle frissonne. Ne l'a-t-elle jamais souhaité au plus profond d'elle-même ? Sans doute, autrefois, jadis, naguère, avant-hier.

Elle n'a eu que deux années heureuses dans sa vie de reine de France, qui se résume à celle d'épouse négligée du roi de France. Quand Louis courait la bague en son honneur place Royale, quand il composa la « Chanson d'Amaryllis ». Elle sourit. Les vers n'étaient pas très bons. N'importe quel rimeur espagnol des rues de Madrid, où ils abondent, en eût fait de cent fois meilleurs. Ils savent au moins ce que sont le soleil et la passion. Ils inondent les nuits de sérénades, qu'une infante ne doit pas écouter mais qu'elle est bien obligée d'entendre quand les guitares montent de la ville qui vit pendant la nuit comme Paris en plein midi et qu'elle entrouvre les fenêtres du palais forteresse que les duègnes ont fermement verrouillées après la prière du soir.

Une enfant de douze ans en robe de chambre se penche sur cette ville qui résonne des guitares et des chants d'amours désespérées, et rêve sous le ciel étoilé dont son palais est le plus près puisqu'il surplombe Madrid, la capitale la plus élevée de toutes celles d'Europe.

Louis ne composa pas une chanson digne de ces nuits chaudes pleines de rêves et de désir, Amaryllis venait d'un printemps plus pudique.

> *Tu crois, ô beau soleil,*
> *Qu'à ton éclat rien n'est pareil*
> *En cet aimable temps*
> *Que tu fais le printemps.*
> *Mais quoi ! tu pâlis*
> *Auprès d'Amaryllis*
>
> *Oh ! Que le ciel est gai*
> *Durant ce gentil mois de mai !*
> *Les roses vont fleurir,*
> *Les lys s'épanouir.*
> *Mais que sont les lys*
> *Auprès d'Amaryllis ?*

S'en souvient-il, ce roi dit Louis le Juste qui, elle doit l'avouer, mériterait maintenant d'être nommé Louis le Prévenant ? Sait-il seulement qu'il a versifié sur un air de cantilène ces vers trop pudibonds pour sa femme épousée ? On le lui rappellerait qu'il en serait étonné à lui redonner sa mine à tâter le vinaigre.

Peut-être ; peut-être que non. Sait-elle ce que pense son époux ? Elle ignore qu'il en recherchait les premières notes ce matin sur le chemin qui le menait en grand équipage vers la forêt de la Laye. Il suffirait d'un rien pour que tout aille bien entre ces deux-là autour du berceau de l'enfant futur roi.

Si le Roi meurt, elle, mère du nouveau Roi, sera aussi puissante que l'homme en rouge tout aussi malade que son maître et esclave. Et Monsieur se verrait bien régent et Monsieur le Grand principal ministre, ou connétable... L'évêque de Lisieux son confesseur lui a affirmé que désormais elle était « pleinement reine ». Mme de Sénecey l'a confirmé, mais elle est une si fidèle amie et trop bonne catholique pour ne pas être du parti espagnol, surtout trop parente de La Rochefoucauld pour ne pas être trop intelligente. Un autre Monseigneur, l'évêque de Bordeaux, a également renouvelé ce sacre verbal. Mais il est l'oncle de Louise Angélique de La Fayette. S'ils avaient raison, si la peur était terminée comme toute menace de répudiation. Si une sorte de règne commençait...

Elle doit s'endurcir alors. S'intéresser, ne plus intriguer. Observer ; les jauger ; les dominer.

L'ambition les mène, ils n'ont aucun sentiment ; elle en a encore. Il faut qu'elle se reprenne, ne paresse plus, s'occupe de son fils, se préoccupe de la France autrement qu'autrefois. Cette France que Petit Louis héritera. Si seulement La Porte était là ! Déjà il n'est plus à la Bastille mais près de Saumur où le vin est bon et la Loire si belle sous ses ciels de tarlatane. Elle se souvient des séjours à Amboise ou à Blois, chez son beau-frère Monsieur, et des aubes saisies par la fenêtre quand elle se levait tôt, comme autrefois jeune infante à la vie secrète dans une forteresse endormie.

Une petite fille oubliée resurgit, immortelle, devant l'image d'un petit garçon né d'elle.

Mais la reine Anne, mère de Roi plus qu'épouse de Roi, fille de Roi, arrière petite-fille d'Empereur, n'a plus de volonté. La reine Anne se laisse aller.

Stéphanille n'aurait jamais dû mourir. Un souvenir passe en tornade sur l'âme de la Reine dans son oratoire, un grand vent d'Espagne, fier, ardent, brûlant. Un vent de nuit d'été, celui des guitares madrilènes quand son jeune mari ne sut que chanter la brise des mois de mai. Un vent d'Empire allant des Amériques aux Flandres et à l'Italie. Ce vent-là est dans ses poumons, ce sang de conquérants coule dans ses veines, et la Reine fait du lard en se complaisant à paresser.

Pourtant l'arbre desséché des Habsbourg a produit cette fleur qui croît même à l'ombre d'un époux tuberculeux et neurasthénique, et qui protège la graine d'une race plus forte et plus vigoureuse. Une race qui dévore ses nourrices, et lui redonne confiance en elle après les terreurs incessantes de la stérilité.

Elle n'a même pas prié, à genoux sur le velours rouge, derrière les grilles dorées de son oratoire, la mantille sur la tête. L'autel est couvert d'une dentelle de soie, les cierges brûlent.

Non elle n'a pas prié, elle a pleuré sur elle, sa solitude, les espions qui l'entourent, sa disgrâce, ses malheurs qui lui tiennent lieu de vertu. Stéphanille...

Madrid. Elle est enfant. Stéphanille la berce après l'avoir grondée. Elle la tient sur ses genoux, elle l'Infante, elle la tient ainsi en cachette contre toute l'étiquette de cette cour rugueuse d'Espagne plus militaire qu'un régiment de *tercios*. Stéphanille la tient en l'enlaçant sur ses genoux, lui sèche les larmes en fredonnant une chanson sur le Roi David ; se rappelle-t-elle encore les paroles ? Presque. A peu près.

> *Car à l'image de notre enfance,*
> *Comme nous il a grandi,*
> *Il était petit, faible et désarmé,*
> *Comme nous il connaissait les sourires et les larmes.*

En castillan, c'était ravissant.

La Reine se lève du prie-Dieu. Pourquoi donc en ce matin lui reviennent ainsi des chansons ?

Le cri jaillit, faible pourtant, rauque d'émotion venue d'ailleurs, mais cinglant comme le vent des sierras de Castille quand l'hiver approche. Ici l'hiver s'enfuit.

— Je veux mon fils ! *Niño mio !*

Quand la Reine crie en castillan, nul n'a le temps de lanterner.

— Non, Mesdames, qu'on ne me l'amène pas, je vais visiter Mgr le Dauphin dans ses appartements.

Elle quitte le Château Neuf et dans le froid monte la grande allée vers le Château Vieux, résidence forteresse du futur roi.

Elle arpente les corridors, les antichambres, on se lève à son approche, elle franchit les portes dont on n'a pas le temps d'ouvrir les deux battants, nul n'a le temps d'annoncer la Reine. Elle est déjà là, dans les appartements tendus de damas qui fut blanc.

Elles bavardent et pérorent, elle les traverse comme une renarde un poulailler. La volaille de soie, de satin, de brocart bat des ailes et s'affole.

Il dort, il est sale. Ses joues mouillées de larmes.

En elle l'Espagnole hurle ! la Reine crie et tempête. Elle gifle quelqu'un qui ose la vouloir calmer.

Le Dauphin s'éveille, pleurniche, la voit, sourit. Il est dans ses bras. Contre elle.

— Restez toutes ici, loin de ma vue. Le Dauphin s'installe désormais dans mes appartements. Perrette, vous seule suivez-moi.

Et la Reine en carrosse sans ses dames, simplement avec Perrette, emmène en promenade Mgr le Dauphin, Petit Louis son fils, dans les jardins, et lui énonce les noms des fleurs d'hiver qui malgré le froid ornent les parterres des nuances de bleu et des nuances de blanc.

Car il n'est pas qu'un seul blanc, voit l'enfant, tout à coup heureux, le nez rougi par les derniers frimas d'un printemps qui s'annonce.

Le jaune des perce-neige arrive en une vague, au dernier parterre devant l'esplanade d'où de bons yeux aperçoivent Paris.

Mgr le Dauphin gigote, ravi.

La Reine est radieuse, ces terrasses à perte de vue, qui descendent vers la Seine et la forêt giboyeuse, lui sont tout à coup les terrasses anciennes d'une enfance oubliée, les terrasses de l'Alcazar d'où, avec Stéphanille, elle contemplait Madrid et le Manzarenes.

Perrette a la larme à l'œil, les derniers gels valent la plus chaude émotion. Perrette voit une mère. Cet enfant qu'elle attache à son sein qu'il meurtrit a vraiment une Maman. La Reine a mis pied à terre, tient l'enfant contre elle et sa chaleur, le recouvre d'un châle.

— Chaque jour, mon fils, Maman vous promènera. Les beaux jours arrivent, vous verrez les hérons, les hirondelles, les fruits et les fleurs resplendiront. Vous vivrez dans la beauté. Consacrez-lui votre vie.

Le soir même Louis Dieudonné, Dauphin de France, dormit dans ses draps troués que personne ne pensait à changer. Chacun déléguant à son délégué qui déléguait lui-même au lendemain c'est-à-dire à jamais.

Henri a dix-neuf ans et paraît un enfant. Jamais enfant n'obtint tant de charges en si peu de temps. Il est marquis, Grand Écuyer, Maître de la Garde-Robe, commande une compagnie des gardes, charge qu'il laisse à son lieutenant. Henri Coiffier dit Ruzé, marquis de Cinq-Mars, règne aussi sur le cœur du Roi.

Il est riche et ne donne rien au Roi en échange des milliers de livres qu'il en reçoit. Sinon sa présence insolente. Il est la vie, le monarque qui lui paraît centenaire a sur lui l'odeur de la mort qui le grignote. Son haleine est un enfer, une rue de Paris qui se néglige, et Cinq-Mars s'interdit de grimacer.

La nuit Henri passe par les fenêtres, fait seller son cheval et galope à Paris faire l'amour et la fête avec Marion de L'Orme.

Il déteste chasser au matin avec Sa Majesté. La chasse, cette forme d'amour, la seule que le Roi sache partager et que toutes ses inclinations, ses amitiés comme il dit, ont détestée : Marie de Hautefort, Louise Angélique de La Fayette et maintenant Henri de Cinq-Mars.

A cet enfant-là, la tristesse du roi, sa traque des renards, ses vols de pies-grièches, sont insupportables. Il est impatient. Et la tendresse de son âge lui fait remarquer la Reine, une mère, un pouvoir, un avenir aussi par le Dauphin auquel il s'attacherait bien si Marion de L'Orme, que les esprits libertins nomment déjà Madame La Grande, ne lui prenait pas son temps, n'occupait pas toujours ses pensées, celles qui viennent du corps, comme lui assiège et conquiert son lit. Et la Reine, à l'esprit fin, remarque ses intentions et ne se déplaît pas en sa compagnie, à ses furtives apparitions au sourire éclatant. Elle sourit à M. de Cinq-Mars. Une nouvelle crainte l'a assaillie : elle sait que le Cardinal songe à demander la tutelle de l'enfant, de son Petit Louis. Elle ne sera plus rien qu'avoir été un ventre. Elle préférerait de beaucoup Cinq-Mars, le beau, le brillant, le charmant. Il la traitera en reine, il la traitera en femme. Alors la Reine flatte Monsieur le Grand.

Le Cardinal est mécontent de son « arme secrète » tenue ainsi en réserve depuis quatre ans. Il s'est trompé. Il a vieilli. Sa poigne de fer sur la France et les ennemis de ce pays qu'il aime et qu'il torture à la fois ne peut rien contre la créature qu'il a inventée de toutes pièces. Pour désennuyer le Roi. Pour régner, lui, sur cet ennui qui est le pilier de son propre et immense pouvoir.

Sa créature de dix-neuf ans veut lui prendre son pouvoir. Il l'en soupçonne fortement.

Que ne patiente-t-il, je vais mourir ? Tous les autres patientent, il le sait, dans leur exil ou à la Bastille. Il a des rapports des ambassadeurs en Hollande, en Angleterre et ceux de ce bon M. du Tremblay, frère de son père Joseph qui vient de trépasser et pour lequel il proposait à Rome le cardinalat au registre de la France. Il a un autre homme en réserve pour remplacer la grise éminence de ce capucin, un fidèle bien qu'italien, un dénommé Mazarini, ancien nonce, ancien capitaine des troupes de Sa Sainteté. Il faudra que le Roi accepte de le proposer au Pape pour le chapeau ; on verra.

La douleur de la perte du fidèle Joseph fut compensée le même jour par la prise de Brisach aux Espagnols. Le temps des victoires était revenu.

Selon les rapports croisés des ambassadeurs, des gouverneurs de province et de M. du Tremblay en sa Bastille, ils et elles, tous ces révoltés contre sa toute-puissance, patientent. Ceux et celles qu'il a éloignés ne peuvent comploter mais ils reviendront quand le glas de son trépas n'aura pas fini de sonner. Il le sait.

Cinq-Mars l'ingrat veut sa place, voire sa mort. S'il le faut, il tuera Cinq-Mars, détruira ce qu'il a fait, empêchant ainsi cet enfant turbulent de défaire ce qu'il lui a si longuement, courageusement, brutalement cousu. Déjà il a commencé, l'imbécile ! Il a fait renvoyer un valet. Un valet ? Belle affaire ! Non, il s'agissait de La Chesnaye, principal et plus discret espion du Cardinal à Saint-Germain, homme tout oreilles arpentant sans qu'on s'en méfie le Château Neuf, le Château Vieux. Renvoyé pour une histoire de bottes égarées !

Convocation à Rueil. Monsieur le Grand debout, bien campé, le Cardinal assis.

— Vous n'êtes rien sans moi, une merde, un petit étron sec dans des velours écarlates. Je peux vous écraser, vous jeter à la fosse si vous n'obéissez pas. Rengagez La Chesnaye. Ne croyez pas en votre pouvoir sur le Roi. Vous n'êtes qu'outil de ce pouvoir et si l'outil s'ébrèche ou blesse son maître, on le jette.

Les yeux du bel enfant de dix-neuf ans n'étaient que fureur. L'espion La Chesnaye reprit sa place. Le Roi aimait bien sa servilité efficace. Cinq-Mars fut insupportable deux semaines durant.

Le Cardinal sait désormais qu'il doit compter avec sa propre créature comme la reine mère, Marie de Médicis, dut compter avec lui-même qui était la sienne.

Mais le petit marquis de Cinq-Mars n'a pas mon génie qui est de servir, puis de me servir.

Mais Cinq-Mars a le génie de séduire. Cinq-Mars séduit le Dauphin.

La méthode du Cardinal ne changeait pas. Si trouble règne en Cour, faisons la guerre. Et la victoire de Brisach et le retour en gloire des armes de Sa Majesté avaient activé son idée. Eloignons le Roi qui s'attendrit sur la Reine *via* l'enfant. Enlevons Cinq-Mars à la Cour où il possède sa meute de propres courtisans et surtout à Paris où il fait mille folies qui mettent Louis de très méchante humeur... contre le Cardinal même. Paris conquis par l'élégante gloriole du favori chansonne de plus belle le Roi et son ministre. Si Cinq-Mars échauffe cette ville sale et intenable... Où se vautrent les princes, les évêques, les rimailleurs de libelles, les duchesses insolentes qui ne prennent pas amants pour le plaisir mais pour le complot.

Le Cardinal-Duc a étudié les cartes, le Cardinal ministre a choisi. Le Roi prendra Hesdin, vieille place forte sur la Canche. Le siège y sera commandé par M. de Gassion, formidable soldat, excellent colonel. Un des rares capables de mener le Roi sur les remparts. Il nous faut de la gloire. Il nous faut que Cinq-Mars soit là, au plus près de Sa Majesté, que tout se rabiboche, que tout continue. Que lui, principal ministre, puisse conclure, peut-être, un traité de paix.

Il y a là le symbole d'une revanche. Après l'échec de Fontarabie, forteresse édifiée par Charles Quint, prenons Hesdin, cette Fontarabie de Picardie, élevée elle aussi par le grand empereur. Il faut une victoire menée par le Roi. Elle sera la sienne.

Le Roi accepte la guerre et d'y paraître en chef. Cinq-Mars accepte de l'y accompagner à la tête de ses gardes, bien obligé. Et puis la guerre est moins ennuyeuse que la chasse.

Le Roi veut que son fils, que l'on n'emmaillote plus car il n'est plus nourrisson, qui porte bonnet de satin, robe de dentelles armoriées et un petit cordon bleu de Saint-Louis, assiste à son départ.

Il fait grand soleil, clair et lumineux dans un ciel pommelé comme seule sait en produite l'Ile-de-France en mai. Comme dans sa chanson ancienne. Les casaques à trois volants des mousquetaires jouent dans le vent des reflets de leurs croix d'argent sur la grande esplanade du Château Neuf de Saint-Germain.

Louis paraît, vêtu de sombre, galonné d'argent, il a banni l'or de ses uniformes.

Vive le Roi !

Deux régiments le crient à l'unisson, les mousquetaires et les gardes, mer bleu, mer rouge.

La Reine apparaît suivie de Mme de Brassac, de Mme de Lansac, de Mme de Sénecey, de Guitaut qui regarde, nostalgique ou heureux, on ne sait trop ce que pense ce grand taiseux, ces quinze cents cavaliers en si bon ordre de marche. Puis vient un huissier portant Mgr le Dauphin. C'est La Chesnaye monté en grade après son renvoi éphémère.

L'enfant regarde de tous ses yeux, de toute son âme le flot de couleurs vives et de chevaux hennissants

Cinq-Mars met pied à terre, s'avance, présente ses gardes au Roi. Il est vêtu de gris tourterelle doublé d'écarlate, d'un jabot de soie noué à la dernière mode, à la croate, ses gants sont brodés de faucons d'argent, une grande écharpe blanche de commandement barre sa poitrine. Des dentelles en cascade retombent sur ses bottes souples d'Italie aux éperons d'argent.

Il salue de son chapeau à triple panache réservé aux gardes du Roi. Il avance vers le Dauphin et dit dans son plus terrible sourire :

— Dieu vous protège, Monseigneur, pendant que je mène à la guerre Sa Majesté votre père.

Le bambin lui tend la main, le gant au faucon du gandin le frôle, le bébé lui saisit l'index. Il rit et secoue le doigt comme il fait de ses hochets.

Le Roi s'approche en riant et détache la main de son fils du doigt de son favori.

— Laissez, mon fils, le marquis de Cinq-Mars qui s'en va se battre pour l'amour de vous.

Le Roi pose un baiser sur le front de son fils. Le bambin grimace sous la caresse piquante de la moustache. Louis sourit.

— Soyez sage, mon fils. Nous vous rapporterons des drapeaux pour orner vos appartements.

Et le Roi s'incline devant la Reine, lui baise la main, qu'il retient dans son gant noir, fixe sa femme au fond des yeux.

— Souhaitez-moi la victoire, Madame.

Elle lui donne la révérence, relève ses yeux verts à hauteur du regard noir adouci :

— Sire, je vous souhaite la vie.

Louis monte à cheval, négligeant l'étrier que lui tend l'écuyer, se campe fièrement, soulève son chapeau. Louis le Malade a disparu derrière Louis le Guerrier.

Une nouvelle fois, il part faire la guerre dans les terres du Nord, en Picardie, contre ses trois beaux-frères, l'empereur, le roi d'Espagne, le Cardinal-Infant.

Les frères de sa femme.

Les oncles de son fils.

Les tambours battent.

— Boum, boum, boum, scande Mgr le Dauphin qui bat des mains.

On s'esclaffe, on s'émerveille.

Aux premières heures de l'après-midi, Mme de Brassac écrira son rapport circonstancié à Son Eminence.

Son Eminence le lendemain fera porter en cadeau à Mgr le Dauphin un tambour paré de bleu aux armes de la Royauté.

Il est tranquille à Rueil. Il soupire. Sans Louis l'Attendri, heureux d'être avec ses armées, sans Cinq-Mars qui, malgré ses défauts, saura s'y conduire, et peut y mourir, Son Eminence le cardinal-duc de Richelieu, principal ministre du roi de France, va entreprendre la lourde et importante tâche de terminer son grand ménage entrepris dans les deux châteaux de Saint-Germain.

Il ne s'agit plus de préserver ses quatre pieds carrés dans le cabinet du Roi mais de conquérir le pouvoir sur le Fils de France. Bataille plus hasardeuse que la prise de Hesdin.

LES CADEAUX DE SON ÉMINENCE

Forte fièvre et grandes diarrhées, le Dauphin souffrait, les joues en flammes, la bouche baveuse. On s'excédait au Château Vieux à changer l'enfant, le laver, le baigner dans l'eau tiède, à l'enduire de vin miélé ou d'huile d'amande, à lui passer sur les lèvres un électuaire à la corne de cerf, les médecins parlaient latin, Guitaut les écoutait et boitait.

Sa cuisse ne lui pardonnait pas sa traversée des fascines sous la mitraille pour ouvrir un chemin au Roi à Corbie. Guitaut n'était pas mécontent de commander ici à la garde du futur roi. Tant pis pour les éclats de gloire à récolter en Picardie. Gassion connaissait son métier. Guitaut avait pris bien des étendards, forcé bien des brèches, couvert de son corps et de ses soldats la personne du Roi, parfois celle du Cardinal. Ici il fallait protéger le Dauphin. Aimable gloire au milieu d'aimables dames.

Les Grands rapaces rôdaient tout autour du Château Vieux comme requins autour d'un vaisseau marchand. Un sien neveu lui avait conté des histoires de marins.

Guitaut accompagnait Mme de Sénecey, désormais dame sans titre et qui s'installait dans un rôle de « marraine » du Dauphin. Devant les médecins outrés, elle ouvrit la bouche de l'enfant en lui disant des mots doux, promena un doigt fin et pommadé sur la gencive de Louis Dieudonné.

— La belle maladie que voilà ! Le Dauphin met trois dents d'un coup ! Sa future Majesté sera un monarque qui n'aimera pas perdre son temps.

Guitaut la salua :

— Vous êtes le meilleur médecin de France.

— Peut-être suis-je le seul à aimer mon patient plus qu'Aristote, le latin et moi-même.

Guitaut frisa sa moustache ; pourquoi ne pas épouser Mme de Sénecey ? Il était de trop petite noblesse, mais avait belle renommée. Et quand le regard de cette rieuse amie de la Reine se posait sur lui, sur ses bottes, sur son chapeau au triple panache, il s'attardait. Il rompit. Non, trop vieux, trop solitaire, trop rugueux. Mme de Sénecey le suivit des yeux. Timidité de héros en temps de paix. Cela lui plaisait bien. Elle revint au Dauphin.

L'enfant était calmé. Mme de Sénecey fit quérir un os de poulet aux cuisines, un os tendre du pilon, un os trop cuit ; elle en frotta la gencive, le bambin trouva cela bon et saisit lui-même le pilon qu'il enfourna dans sa bouche, et serra les mâchoires sur ce bâton tendre et juteux quand il était bien trempé de salive.

Après la nuit de pleurs, la fièvre tomba, le sourire revint, les joues ne rougeoyèrent plus, Louis le Jeune comptait quatre petites perles carrées visibles à son premier sourire de la matinée.

Mme de Lansac, après avoir protesté qu'une personne non désignée eut soigné le Dauphin, recula mollement devant le regard vert d'Anne, et fut séduite par la nouvelle bouche de l'enfant dont les lèvres ourlées venues de Papa et de Maman s'ouvraient en babillant sur les quatre minuscules miracles de porcelaine, joua avec ce Dauphin qui n'était plus une charge, l'espace d'un instant fugace, mais un ravissement.

L'air se fit plus doux au premier étage du Château Vieux. Ce qui était confinement entre les murs de la méfiance, les grilles des énervements, devint brise en accord avec le beau temps qui armoriait les parterres de Saint-Germain. La Reine était heureuse des dents de son fils et s'installa plus longtemps dans sa chambre du Château Vieux afin de profiter de ce petit bonheur trop rare en France. Mme de Brassac rédigea vite une lettre qui galopa jusqu'à Rueil, où souffrait le Cardinal.

Richelieu se félicita que l'enfant soit bien portant et montrât par cette dentition toute neuve et fort impatiente une vigueur qui lui permettrait d'affronter les maladies qui assiégeaient tout nouveau-né. Celui-ci vivrait. Certes, le bambin installait la Reine dans une perpétuité, mais une perpétuité de mère de France et non d'infante d'Espagne.

La Reine en effet avait l'esprit et le cœur pleins de son gentil

Dauphin. Son fils remplaçait ses frères et beaux-frères, oubliés aux frontières du Sud, du Nord et de l'Est. Le choix était fait : armés jusqu'aux dents en Roussillon, en Alsace, en Picardie, ils menaçaient l'avenir et les biens de son fils ; elle ne les traitait pas encore en ennemis, mais en cousins éloignés et voraces. La bataille que Richelieu lui avait laissé gagner contre une nourrice montrait que la reine Anne d'Autriche s'était muée en Anne mère de Roi. Elle s'oubliait Habsbourg par amour d'un bourgeon de Bourbon. En fait, l'abandon de la nourrice avait été un bon investissement.

Une phrase de la comtesse de Brassac retint aussi l'attention du « monstre » ; elle concernait des regards échangés et un « début d'amitié » entre le comte de Guitaut et Mme de Sénecey. Guitaut ne trahirait pas ; du moins pas tout de suite, mais pouvait succomber à un sentiment que Son Eminence prévoyait encombrant.

Il s'agirait d'exiler la Sénecey.

Sacré Guitaut tout de même ! A cinquante-sept ans ! Mais il est vrai, Son Eminence l'avait remarqué, que le visage souvent inquiet de la Reine s'éclairait, aussi, lorsqu'il apparaissait. Il plaisait, ce vieux gens d'armes.

Et cette Brassac qui le fait comte ! Mais pourquoi pas ? Oui, pourquoi pas ? Un généalogiste va nous arranger cela. Le Cardinal savait comment, de petit hobereau au nom emprunté d'un vague hameau, on devenait duc et pair. Et ce hameau oublié par les cartes s'était mué, par des millions dépensés et par la grâce du bon architecte Le Mercier, en la ville nouvelle de Richelieu. Une splendeur quasi italienne en plein Poitou. Florence habitée par des paysans et des vaches.

Guitaut, comte ? Oui, grâce à ce brin de Comminges qui traînait dans la famille comme un vieux meuble hérité d'un ancêtre. Un trait de plume, le cachet du Roi avaient des vertus magiques. Ils muaient, efficace alchimie, un fils de faquin italien en duc et connétable, comme Luynes.

Le mot italien lui remémora le nom de Mazarini. Le mot faquin aussi. Malgré les souffrances qui ravageaient le fondement de Son Eminence et faisaient s'amonceler les coussins sur chacun de ses sièges, sans parler des onguents que sept mulets (du nom de la monture traditionnelle des médecins) lui administraient avec des gestes indus par la force du lieu malade et des paroles plus onctueuses et énervantes que les ingrédients de leurs baumes, la tête fonctionnait. Il fallait préparer le signor Mazarini à de grandes choses. Il serait bon écolier. Il serait un excellent espion, un irremplaçable second. Et il était beau. Ce Romain fils de Sicilien ressemblait au très anglais lord duc de Buckingham. Ce qui donnait bien des idées. Le Cardinal qui traitait depuis vingt ans avec les princes protestants d'Allemagne et le roi de Suède pour combattre la très catholique Espagne se montrait fort libéral sur le choix de ses alliés. Nécessité commande ; l'intelligence aussi, et cette dernière ne manquait pas au signor Mazarini.

La lecture finie, la prise de Saint-Germain par le seigneur de Rueil venait d'être inscrite au rôle des grandes actions d'un esprit fertile et désormais pressé par la fuite du temps accélérée encore par la permanence des souffrances.

Les quatre dents du Dauphin donnaient de l'appétit à un ogre qui ne pouvait plus se nourrir que de bouillons, après avoir dévoré la France.

Son Eminence se leva, elle pensait mieux en marchant à pas lents ; seul, Richelieu pouvait traîner la patte, s'appuyer à un meuble, non pas se laisser aller, mouvement d'indolence impropre à sa nature, mais se dégourdir, réactiver la faiblesse de ses jarrets, sans que nul n'en soit témoin. Arrivé près de la fenêtre de son cabinet, il contempla le jardin, les gardes, les aumôniers et chapelains qui allaient et venaient ; combien d'affairés, combien d'inutiles ? Qu'importe ? Tous étaient unis par la crainte qu'il leur inspirait.

S'ils savaient. Richelieu grimaça un rictus : ils savent mais n'osent le penser tant cela leur paraît impossible alors qu'ils l'espèrent. Ils sont à une table de jeu dont ils n'osent doubler la mise alors qu'elle leur est forcément acquise. C'est ainsi que je gagne. Bien sûr, je perdrai au dernier tirage. La dame noire fauchera le roi rouge.

Nous verrons.

Quel calme !

Respirer ce calme comme un air fleuri. Le ventre lui aussi, et plus bas encore, tout est calme dans ce vieux corps. Il aspire l'air confiné du cabinet, ouvre la fenêtre sur le jardin. Un cavalier franchit les allées au galop. Casaque bleue, panache blanc sous la poussière ocrée des routes d'été.

Hesdin est tombée, n'est-ce pas, Seigneur Dieu des armées ?

Alors, nous allons à Saint-Germain.

L'été s'annonçait victorieux pour le Cardinal. Il fut plaisant pour le Dauphin. D'abord il eut la gale. Des croûtes sous ses cheveux châtains, et l'on s'aperçut que dans son gigantesque entourage, gigantesque pour un bambin, pas moins de soixante-sept personnes sans les gardes, une femme de chambre était galeuse. Choisie par Mme de Lansac. Un mauvais point. La Reine gronda en castillan, le Cardinal cingla de deux mots, Mme de Lansac rougit, la comtesse de Brassac bicha. Mme de Sénecey trouva le remède, une pommade qui lui venait de sa mère. Les croûtes disparurent, les démangeaisons abandonnèrent.

Le Dauphin ne s'en était jamais plaint. Il s'amusait de ces petits fragments de peau tout secs dessus, purulents dessous, ce qui leur donnait un drôle de goût lorsque du bout du doigt il les portait à sa bouche. Cela valait pour lui la gelée de rose qu'on lui offrait dans des pots de grès et dont il raffolait. Surtout quand la cuillère était tenue par Marie de Hautefort.

C'est parce qu'il se gratta les cheveux, qu'il saupoudra son bol de lait sucré de ces éclats jaunasses qu'on s'aperçut que le Dauphin avait le crâne couronné de squames galeux. Marie en tacha sa robe dans un hoquet. Il y eut du remuement.

Quand Marie était là, le Dauphin ne la quittait pas.

« Il marche sur les traces de son père », dit un courtisan à qui la Reine rappela que ses affaires allaient le retenir à Paris et ce, jusqu'au retour lointain du Roi, qui après Hesdin allait assiéger deux ou trois autres places fortes pour ne pas perdre la main. Ni celle de Cinq-Mars, seul être à qui le Roi désormais donnait du « cher ami », d'après les rapports qu'adressait chaque semaine M. de Chavigny, espion aux armées, à Mazarini, qui en faisait lecture avec son inimitable accent transalpin, accent qui ajoutait au plaisir des nouvelles attendues. Cet homme savait pousser Son Eminence à sourire, quel talent !

Le Dauphin, comme tout grand seigneur, possédait désormais son épée. Le cadeau lui venait de Richelieu, comme le tambour, son jouet préféré : il le voulait dans son lit pour ses siestes obligées et ne se lassait pas de rompre les oreilles de la Cour, principalement celles de Mme de Lansac, qui avait la sottise de s'en plaindre au généreux donateur, le vieil homme en rouge qui parfois grimaçait, parfois souriait. Son Eminence avait armé le prochain roi de France.

— Vous aussi, Monseigneur, comme votre glorieux père, vous forcerez les villes. En attendant le canon et le mousquet, voici, au fils de Louis le Victorieux, une belle et bonne épée.

Le Dauphin écarquillait de grands yeux. On reçoit moins de cadeaux fils de Roi que fils de bourgeois. Toute la volaille s'exclama, la Reine s'inquiéta devant ces six pouces d'acier (« de Tolède, Madame », tint-il à préciser) mais le Cardinal lui sourit.

— Si Votre Majesté permet ce présent guerrier de son fidèle ministre au premier fils de France.

La Reine rendit ce sourire qu'elle se surprit à juger doux. Les yeux de l'homme en rouge étaient joyeux, et son visage funèbre affichait l'air bonasse et malicieux du vieil oncle venu de sa campagne gâter un sien neveu. C'était un peu vrai.

Le présent était somptueux. On sortit, d'un fourreau en cuir de Russie brodé de fils d'argent qui esquissaient la forme souple d'un dauphin, une fine lame savamment émoussée ; à la pointe arrondie étaient gravés deux L entrelacés en une couronne de lauriers. Elle s'enfonçait dans une garde de deux anneaux d'or, d'un quillon en cuivre terminé au pommeau par une noisette d'or sertie d'une couronne de diamant. Le tout se portait avec un baudrier recouvert de soie bleu roi aux armes du Dauphin. Brassac en ceignit l'enfant, qui se tint droit et roide immédiatement.

— Déjà une humeur de capitaine, n'est-ce pas, monsieur Guitaut ? dit le Cardinal. Le Dauphin est-il assez martial à votre goût, mon cher comte ?

Le cher comte avala la flatterie et salua :

— Mgr le Dauphin est Mars en personne.

— La duchesse d'Aiguillon, ma nièce, a pensé que l'uniforme ne serait pas complet sans ce qui sied le mieux aux nobles soldats, le panache.

Et Richelieu sortit de son dos où il la tenait cachée une boîte ronde dont on tira un petit chapeau de feutre au triple panache de plumes blanches, modèle en réduction de la coiffure du beau Cinq-Mars et du brave Guitaut.

Ce dernier salua l'enfant d'une envolée de son chapeau qui balaya trois fois le parquet. Louis Dieudonné s'essaya à faire de même devant son capitaine. Il montra moins d'aisance mais autant de bonne volonté. On applaudit très fort.

— N'oubliez pas, mon fils, de remercier le Cardinal des bontés dont il vous comble.

L'enfant regarda sa mère puis se tourna vers l'homme rouge, et, le visage sérieux, recommença l'exercice du chapeau avant de s'en recoiffer de travers.

— Madame, dit Richelieu à la Reine, Mgr le Dauphin allie la prestance guerrière de son père à la grâce que toute l'Europe vous reconnaît.

Le mot aimable du tyran à la Reine allait galoper vers Paris, où l'on parlerait trois jours du rapprochement entre Son Eminence et l'Espagnole alors que le Roi guerroyait.

L'Espagnole avait reçu le compliment comme une nouvelle déclaration de guerre. Derrière la douceur de brise des propos échangés elle voyait déjà le ciel se couvrir et s'annoncer un orage.

Son fils avait été conçu pendant un orage, et il ne se passait pas de semaine en ce chaud mois de juin sans que le ciel grondât.

Mais il fallait offrir au Cardinal un visage serein de plein été. Sans pour cela lui faire avancer un siège alors qu'elle savait que la station debout telle qu'il la pratiquait, étiré sur les ergots de ses talons comme un if en rouge, lui infligeait mille morts des genoux au bas des reins.

Qu'il souffre !

« Quelqu'un ici va mourir bientôt, mourir au monde, rejoindre l'exil sinon le caveau, pensa Guitaut et son regard parcourut l'assistance : Hautefort ? Lansac ? Brassac ? Mme de Sénecey ? Moi-même ? »

Mme de Sénecey croisa le regard du capitaine et lui sourit de ses yeux bleus de Provence. « Diable, se dit tristement Guitaut, ce sera elle. »

Le Cardinal regardait le capitaine. Guitaut croisa et soutint le regard de l'aigle rouge. Oui, ce serait Mme de Sénecey.

Le Cardinal prenait congé. Guitaut eut l'honneur, sur un signe de la Reine, de l'accompagner jusque dans la cour. Dans l'escalier Richelieu hésita, Guitaut lui présenta son bras.

— Sa Majesté l'accepte dans certains embarras.

— Merci, comte, je sais que votre bras ne faillit pas, mais je ne suis pas le Roi. Vous ne m'en voulez pas de vous avoir privé d'une nouvelle victoire, à Hesdin ?

— Nul n'avait besoin de moi là-bas. Et peut-être suis-je utile à quelqu'un ici.

— Le Dauphin a besoin qu'on veille sur lui. Et qui veillera mieux que M. de Guitaut ?

— Lui aussi peut compter sur mon bras.

— Et votre tête, Guitaut, votre tête. Merci pour votre bras, j'en veux bien. Vous êtes plus qu'un grand soldat, comte. Vous êtes fringant, un trésor à nos âges, et puis vous pensez, vous savez, vous comprenez.

— Et j'obéis. Sans juger.

— Bien sûr que si, vous jugez ! Et vous condamnez. En cet instant vous aidez un ministre, un prince de l'Eglise, à regagner sa voiture, mais vous le jugez. Mais si au final j'avais eu raison...

— Je suis capable de comprendre que vous avez souvent raison.

— Merci. Laissez mon bras dans la cour. J'irai seul. L'image, mon cher Guitaut, l'image. On me guette à l'étage.

— On ne peut être la boussole d'un royaume et regretter qu'on vous observe pour prévoir le vent.

— En plus, vous auriez fait un excellent courtisan ! Que n'êtes-vous chez moi, vous seriez maréchal de France !

— Nous habitons la même maison, Eminence, le Royaume. Chacun à son étage.

— Sans doute êtes-vous un sage.

Guitaut était ce jour de juin un malheureux.

Ils descendirent les degrés, détachés l'un de l'autre, le Cardinal peinant, Guitaut boitant.

Louis Dieudonné était heureux. Il jouait du tambour, tirait son chapeau devant les dames, défilait dans les corridors du Château Vieux, soutenu par des lisières attachées à sa robe d'apparat, qui lui permettaient de marcher ; en carrosse il passait la revue des deux haies de suisses qui l'acclamaient comme leur colonel, ou commandait à la compagnie des bichons de dame Michelette, qui n'en faisaient qu'à leur tête sauf quand il partageait avec eux des pilons de poulet ou de chapon, qu'il mâchonnait encore pour aider à l'érection de sa dentition. Les chiens reniflaient et léchaient sur lui son odeur de bébé nourri de bouillie au lait. Lui pensait qu'ils l'aimaient pour de bon.

On fêta la victoire du Roi, très librement, au luth, à la guitare, au violon, avec des romances espagnoles, plus charmantes que les psaumes que Sa Majesté grattait élégamment sur ses cordes. On fêtait son absence en quelque sorte. Rien n'était guindé, les feux, les chandelles, brillaient tard dans la nuit, Louis Dieudonné dormait dans un berceau de cantilènes et d'air tiède, on surveillait désormais l'état de ses draps, ses petits doigts aimaient gratter la soie de sa courtepointe brodée, cadeau de Monsieur, son oncle, dont le crissement sous les ongles le ravissait comme le chant des criquets, nouveaux maîtres des jardins.

Et ce fut la Saint-Louis en août.

Mgr le Dauphin connut ses premières acclamations sans avoir à les partager avec son père. Cela lui plut, il faisait beau et il avait son tambour, son chapeau, son épée, ces « bontés » de Richelieu. Il ne se rendit compte de rien sinon de l'alignement des gardes, de la hauteur du balcon, de la foule plus basse que lui de l'autre côté des fossés du Château Vieux. De la frangipane de Monsieur, du sourire de Marie, de la fierté de Maman.

C'était aussi la fête de Papa roi mais Papa n'était pas là. Une ombre, il en avait oublié le visage dans la ronde de ceux plus ravissants qui entouraient Maman reine. C'est Mme de Brassac qui tenait Louis Dieudonné sur le balcon comme s'il se fût dressé lui-même sur ses jambes potelées. Accroupie derrière lui elle l'encourageait. Cet honneur lui avait été octroyé contre l'avis de Mme de Lansac, gouvernante en titre, car la comtesse de Brassac avait fait un grand aveu à Sa Majesté la Reine.

Elle avait parlé du courrier qu'elle se devait de faire parvenir à Son Eminence sur tout ce qui concernait le Dauphin et la cour autour du Dauphin. Ne supportant plus cette duplicité cachottière, elle préférait s'en ouvrir à la Reine. Elle ne remplissait cet office d'informatrice, « pas d'espionne, Madame, je dis toujours les grands soins et le grand amour dont vous entourez le Dauphin », que pour protéger son mari et assurer sa fortune, assujettie au bon vouloir du Cardinal.

— Je comprends. Je vous remercie de votre franchise. Continuez.

— Madame voudra-t-elle lire ce que j'écris ?

— Chez moi, contrairement à Rueil, est terre de liberté. Et je sais ce qu'est écrire en secret.

La Reine avait souri. Brassac était rouge violine.

— N'en laissez jamais rien paraître.

Puis, après un instant de réflexion et dans un sourire venu droit des malices de sa jeunesse :

— Demain pour la Saint-Louis, c'est vous qui présenterez le

Dauphin à ceux qui viendront l'acclamer. Je dois bien ce tour à votre amie Lansac.

Mme de Brassac se jeta aux pieds de la Reine. Le « votre amie » l'avait conquise par son ironie. Voilà un trait dont le Cardinal n'aurait pas le rapport dans le prochain courrier. Du reste de la conversation non plus.

Elle tenait le Dauphin sous les vivats. C'est pour lui, pour l'affection de cet enfant, qu'elle avait fait pénitence devant la mère. Cette reine aux yeux rieurs d'infante indocile lui en imposait plus que toute impératrice.

« Mon fils séduit, pensait Anne. Jusqu'à ses ennemis, car cette femme qui le soutient est du clan cardinal, mais elle l'aime comme moi. Quel avenir, *Niño mio*, s'ouvre à toi ! »

La hauteur bienveillante avec laquelle elle contempla le peuple agenouillé puis lançant en l'air ses chapeaux, des fleurs, du blé fraîchement moissonné, lui fut pour une fois naturelle et non imposée. L'aveu de Brassac et l'amour respectueux que tous portaient à son fils la sacraient vraiment reine. Anne se reprocha immédiatement de croire en une telle vérité. L'âme d'une ex-infante reste à jamais à l'image de la cour d'Espagne au protocole gelé depuis le deuil de Charles Quint : ceinte de diamants, ornée d'or, brodée de croix en feu et de fleurs aux pétales de sang, mais vêtue de noir.

Petit Louis battait tambour comme un suisse ivre.

Le peuple adressait des prières à Dieu et tendait les bras vers l'enfant comme s'il le suppliait d'intercéder. On dressa des tréteaux dans la cour, distribua pain et vin et victuailles, au risque de faire maigre ce soir : la Reine n'était pas si riche, le Roi était au loin, le Cardinal à Rueil. Louis Dieudonné entendait ce bourdonnement monter vers lui et leva le nez au ciel, d'habitude c'était par là qu'arrivait le tonnerre qui l'envoyait dans les premières jupes à sa portée. Le ciel était pur.

Il ne jouait plus du tambour qu'on avait fini par lui ôter, profitant que son attention filait ailleurs, vers le grand feu de joie que l'on dressait comme à la Saint-Jean avec la paille des blés coupés pour que le soleil eût un rival sur terre.

Des garçons sautèrent par-dessus les brasiers et, ce qui plut davantage, des filles aussi, jupons battant les flammes. Leur toile,

leur droguet engendraient des essaims d'escarbilles. Du balcon de
la salle des fêtes où Brassac suait à le tenir, il battit des mains
puis, las, suça son pouce. Marie de Hautefort le lui retira de la
bouche avec une douce gronderie. Lansac observait Sénecey penchée au balcon et dont l'élégante et fine main pommadée s'était
posée par crainte du vertige sur le bras de son voisin, Guitaut. Un
Guitaut fier, prévenant, et qui recouvrit la main d'une marquise
de celle d'un guerrier enfin en paix.

La Reine remarqua que la modestie de dentelles du corsage de
Mme de Sénecey avait raccourci depuis quelques jours et que la
marquise, prude sans ostentation, sincèrement dévote sans provo-
cation, laissait voir des seins qui, quoique petits, vrais seins de
jeune fille, étaient joliment rehaussés par le busc comme pommes
en un compotier.

Ayant observé tout son soûl le spectacle près des douves, Marie
Catherine de La Rochefoucauld-Randan, marquise de Sénecey,
oublia sa main sous le crispin du comte de Guitaut vers qui elle
se tourna pour lui adresser deux mots qui n'étaient rien puisque
le sourire qui les accompagnait était tout.

Hautefort chuchota à l'oreille de la Reine. La Reine leva les
yeux au ciel comme en une prière muette. Et voyant que l'enfant
commençait à s'ennuyer proposa que l'on aille écouter des violons
dont ils raffolaient.

— Soyez des nôtres, et accompagnez ces dames, cher capitaine.
Il n'est pas bon que le Dauphin reste seul garçon parmi tant de
ravissantes péronnelles.

Guitaut rougit face au visage rieur de la Reine, salua et mena
vers la salle des fêtes Mme de Sénecey.

— Allons plutôt aux grottes, dit Marie. Il fait si chaud,
Madame, les fontaines nous rafraîchiront.

— Vous avez raison, des violons et des fontaines, des parterres
verts, vous me rajeunissez, je vais me croire dans les jardins
d'Aranjuez.

Une grotte ! Guitaut trouva l'idée excellente. Quel plus joli lieu
que ces grottes aménagées par les frères Francine (nés Francini,
Italiens de Florence auxquels un roi avait donné leurs lettres de
« naturalité », comme tout ce qui avait du talent en France) qui
inventaient et fabriquaient, eux et leurs fils, les quinze cents
pompes alimentant les bassins de Versailles d'un Dauphin enfin

roi. Mais en ce jour de la Saint-Louis qui l'eût cru, qui l'eût dit ?
Tout le monde avait la tête ailleurs qu'au futur.

Les grottes dataient du roi Henri et figuraient une ravissante
escapade. Le Vert-Galant les avait mises à profit pour autre chose
que des promenades. Il y avait même conçu quelque frère bâtard
de Louis XIII, qui, lui, allait y rêver seul ou bien remâcher quelque
déplaisir. Marie de Hautefort y avait persiflé, Mlle de La Fayette
y avait pleuré et prié. Le Roi s'y était plaint au Cardinal de n'être
point aimé.

Elles étaient animées de personnages qui arrosaient parfois les
promeneurs. La grotte de la Demoiselle qui jouait des orgues, celle
du Dragon au jet puissant, celle de Neptune où le dieu lançait
l'eau à gros bouillons contre qui s'approchait trop au moment où
il s'y attendait le moins. Celle-ci avait toutes les faveurs
d'Henri IV qui y menait ses conquêtes afin de les ramener plus
humides encore d'eau que de son dieu « guillery ».

Creusées sous les terrasses, on pouvait à leur sortir descendre
jusqu'à la Seine. Moyen discret de quitter ou gagner le château
quand on avait à faire ailleurs et qu'un bateau vous attendait.
Quand l'écurie était trop bien gardée pour emprunter discrètement
un cheval, Cinq-Mars les utilisait pour rejoindre Marion. Et
Guitaut lui-même avait employé ce chemin pour quelque mission
que seul le roi Louis avait à connaître.

En descendant les degrés qu'il avait tant pris, de jour et de nuit,
Guitaut traîna ostensiblement la patte, pourtant sans douleur à
cette heure et ce depuis des semaines. Il convenait de s'écarter de
la troupe et des oreilles des dames voletant autour du Dauphin
auquel elles annonçaient déjà les merveilles à découvrir.

Guitaut dit entre ses dents mais la voix adoucie :

— Faites-vous oublier, Madame, le Cardinal ne vous veut pas
de bien.

— Vous désirez m'oublier, capitaine ?

Mme de Sénecey joua la coquette.

— Madame !

La marquise de Sénecey rit.

— Que je m'éloigne un peu du Dauphin et que je sois discrète
chez la Reine, c'est cela ?

— Oui, Madame, pour votre avenir.

— Hélas, j'ai commandé des robes à Paris, elles sont d'été,

d'automne radieux, et point faites pour une nonnette. J'ai envie de paraître. La piété n'interdit pas le plaisir de l'élégance. Est-ce péché que de plaire quand c'est la loi royale de la Cour ?

— Non, je l'espère, mais je suis piètre théologien, ainsi que me l'a dit un jour le Père Caussin.

— Mais vous croyez en Dieu, vous n'êtes pas libertin ?

— Je ne suis ni un muguet ni un homme à la mode, Madame la marquise, ni de vêture, ni d'esprit.

— Vous êtes à ma mode, cher Guitaut. Ce soir je prierai Dieu qu'Il vous garde pour mon fidèle ami.

— Dieu prévoit tout. Il me fait déjà cette grâce de m'en avoir inspiré l'idée ou, plutôt, l'espoir.

— Je suis bonne croyante, on m'en moque ici parfois, sauf la Reine, bien sûr, et une croyante se doit d'exaucer les vœux de Dieu qui sont autant de commandements. Capitaine, vous êtes mon tendre ami.

Elle serra le bras de Guitaut, sa chevelure frôla la joue du soldat.

Ils descendirent les derniers degrés en silence ; on entendait les fontaines dont on sentait la fraîcheur puis les orgues d'eaux de la grotte de la Demoiselle, accompagnées de roulements de tambours peu harmonieux : Louis Dieudonné avait retrouvé son jouet d'élection. Il poussait aussi des cris de joie.

La marquise prit le bras de Guitaut.

— Le Roi, c'est-à-dire le Cardinal, m'exilera, mon ami, il est vrai et je le sais. Je choisirai pour ma retraite ma campagne de Milly. Elle est proche de Fontainebleau. La Reine aime aussi ce château et y établira souvent sa cour au grand plaisir de son royal époux qui y courre le cerf. Or combien de temps met un cavalier émérite pour franchir cinq lieues en forêt ?

— Avec mon bon cheval, le temps d'un baiser de colombe, aurait dit M. de Luynes, Connétable des volières.

— Comme ce baiser-ci ?

OÙ L'AUTEUR DOIT QUELQUE AVEU AU LECTEUR

Déjà, et sans aller plus avant, nous devons avouer une faiblesse pour M. de Guitaut. Et en rendre compte au lecteur.

Guitaut est un nom qui rôde autour du roi Louis, de la reine Anne, des duchesses, dont celle de Chevreuse, ex-veuve du connétable de Luynes, mais aussi un nom qui claque comme un mousquet au plus fort des combats.

Un nom de gentilhomme dont l'âme est plus noble encore que la famille. Avec juste assez de faiblesses pour lui conserver la chair, le sang, et les nerfs, de l'humanité. Certainement courtisan, et pas moins soldat. Belle prestance, longue vie, il mourut à quatre-vingt-deux ans, doté de fière allure, ayant des neveux auxquels laisser des biens, des survivances et une réputation. Point d'enfant. François de Peichepeyrou-Comminges, seigneur de Guitaut, ne se maria jamais. Une sorte d'homme libre par sa solitude même, qui vaut principauté dans une société cadenassée.

S'il n'est guère connu, dans tous les écrits du temps, surgit çà et là, en quelques lignes, par allusions, ou en quelques pages, le nom d'un Guitaut ; comme un emploi de second rang dans les tragédies et nobles comédies à la française, qui permet aux grands rôles de briller, mais le supprimerait-on que les actes de la pièce n'auraient plus d'étais et que les alexandrins avanceraient à cloche-pied.

De second rang sans doute, mais omniprésent ; un Guitaut est capitaine aux gardes du roi Louis XIII et, ce dernier mort, la reine Anne le choisira pour commander aux siens. Voilà qui vaut brevet d'honnêteté et de confiance. Guitaut fut au-dessus des mesquineries conjugales bien que royales.

Un Guitaut neveu arrête M. le Prince (Condé) et le prince de Conti, son frère, le plus courtoisement du monde et sans que ces Grands lui en veuillent jamais. Au contraire. Condé donnera ses chevau-légers à ce Guitaut, le préférant à la haute naissance d'un Bussy, qui ne le lui pardonnera pas.

Un Guitaut arrête aussi un duc, M. de Longueville, un maréchal de France, du Daugnon, mieux, un petit-fils d'Henri IV, le duc de Beaufort, qui sont menés à la Bastille ou au donjon de Vincennes par cette tribu de grands silencieux.

A l'aube de la Fronde, un conseiller au Parlement est mis en carrosse grillagé, M. Broussel. C'est une sottise politique, Paris s'enflamme. Qui ose le dire dans cette Cour un peu effarée de sa propre audace ? Guitaut l'Ancien, qui grommelle : « Mon avis est de rendre ce vieux coquin de Broussel, mort ou vif. » On dispute mais on l'écoute. On parlemente avec ce Parlement qui se croit celui d'Angleterre. Et le futur cardinal de Retz, encore coadjuteur de son oncle l'archevêque de Paris sous son vrai nom de François Paul de Gondi, se vantera auprès des émeutiers d'avoir, lui, arraché la libération du vieux conseiller qui n'a rien compris et qui doit sa liberté à un grognement du capitaine qui a commandé son arrestation. Menée par son lieutenant, un de ses neveux, évidemment.

Guitaut l'aîné a secouru la Reine blessée et enceinte qui a glissé sur les parquets trop cirés, pour une fois, de la salle du trône au Louvre. Chute qui déclenchera une fausse couche ; un espoir de Dauphin mourant du choc de sa mère contre un trône encore pour un temps sans héritier.

Ce Guitaut se bat à Corbie, grande bataille, grande reprise d'une place forte qui arracha aux griffes des Espagnols la clé de la route de Paris.

Un Guitaut neveu est ami de Mme de Sévigné qui l'accueille en sa maison après l'incendie de son logis et cite dans sa correspondance plus de vingt fois son nom, toujours avec affection, souvent avec humour.

Tous les Guitaut figurent dans les *Historiettes* du fringant et insolent Gédéon Tallemant des Réaux.

Guitaut, Guitaut, encore Guitaut. Le nom traverse trois quarts d'un siècle encore en attente d'être baptisé Grand, mais qu'il verra naître et prospérer. Et se déliter par sa croissance et sa gloire mêmes. Retz le côtoie, on l'a vu, mais ne le remarque pas trop, tout empêtré qu'il est de sa myopie extravagante et de son talent qui le mènera à l'échec, sauf en littérature, évidemment. Retz le myope ne voit pas les lointains, les futurs, les conséquences.

Richelieu renonça à acheter Guitaut, ce qui est une preuve de sa probité, et Mazarin s'en méfiera, ce qui est la confirmation de son état d'honnête homme.

Guitaut se veut gascon, c'est la mode du temps pour qui regrette le règne du roi Henri et du parler franc frappé du roulement des galets en gaves. Gascon par son nom de Peichepeyrou, il est de Saintonges comme l'indique le fief de son père, seigneur de Meché. Qu'importe, il suffit de friser sa moustache, d'avoir la botte usée mais cirée, la rapière longue à rayer les parquets, et l'on est un brave, sans avoir besoin d'être né au pays du feu Roi, dont le fantôme hante encore les esprits du peuple, et de quelques Grands, des maréchaux, des ducs et duchesses nés dans la bâtardise des exploits du Vert-Galant et qui sont princes et princesses du sang reconnus, demi-frères et demi-sœurs légitimés du Roi régnant, Louis le Treizième, auquel ils ont laissé la couronne, gardant pour eux – et pour elles, ô combien ! – la chaleur des sens venue du brasier qui ébouillantait les veines du Navarrais.

Guitaut eût pu être d'Artagnan, avec les silences d'Athos (et sans doute les séductions d'Aramis, car on connaît de flatteuses bonnes fortunes à notre Guitaut), si Alexandre Dumas s'en était emparé. Mais non, et Guitaut resta Guitaut de l'ombre, et il en est très bien ainsi.

Pourtant la justice de l'Histoire veut que ce fut Guitaut l'aîné, de garde au soir du 5 janvier 1649, au Palais-royal, qui aida la reine Anne, régente de France, et le petit roi Louis, dont ce même Guitaut hâta en quelque sorte la conception un soir de tempête sur Paris, à s'enfuir vers Saint-Germain-en-Laye.

Dumas crédita d'Artagnan de cette affaire-là, et Alexandre le grand eut certes bien raison, mais c'est Guitaut qui organisa et commanda l'expédition à deux heures du matin, en grand secret, par un escalier dérobé, avec, encore et toujours, son neveu Comminges, le maréchal de Villeroy, Villequier, autre capitaine des gardes, la duchesse de Beauvais, première femme de chambre et célèbre « Cathau la Borgnesse », qui dans les deux ans allait déniaiser le jeune roi. En cette nuit des rois, Guitaut commande, assisté de son lieutenant Comminges, à la sauvegarde de la monarchie et de la légalité.

C'est un autre neveu Comminges – Guitaut l'aîné, qui gardait le Roi à la chasse et la Reine au Louvre, adorait ses neveux, et leur conseillait de prendre le nom de Comminges qui sonnait plus antique, mais eux, souvent, arborèrent le nom de l'oncle dont la renommée valait blason – qui grand maître de l'artillerie baptisa les bombardes et mortiers de gros calibres. Au motif que ce Guitaut-là passait pour mieux monté que son cheval. Cela fit sourire jusqu'au roi Louis XIV. Un exploit. Louis XIV s'attribua même le bon mot.

Eh oui, les Guitaut, les Comminges furent traités avec familiarité par leurs monarques. Saint-Simon soi-même rapporte le fait. Dire que cela lui plaît est une autre affaire.

Notre grand petit duc qualifie les Guitaut-Comminges « d'une grosseur énorme », il parle de réputation et d'entregent, non d'embonpoint, « de beaucoup d'esprit, d'assez de lettres, d'honneur et de valeur, fort du grand monde, et plus que fort libertins ». Il entendait par là une forme affirmée de liberté de pensée.

Le Cominges dont Saint-Simon (il ne lui accorde qu'un *m*) prend la peine et trois pages pour signaler la mort en 1712 était fils et neveu d'un autre Comminges et de notre Guitaut, « tous deux gouverneurs de Saumur, tous deux capitaines des gardes de la Reine mère [Anne d'Autriche], tous deux chevaliers de l'Ordre en 1661, tous deux affidés du gouvernement, tous deux employés aux exécutions de confiance les plus délicates. Guitaut [le nôtre] mourut subitement au Louvre, à quatre-vingt-deux ans, en 1663, sans avoir été marié. Comminges, son neveu, son survivancier, fut un homme important toute sa vie. [...] Il commanda en 1652 et 1653 en Italie et en Catalogne. Il alla depuis ambassadeur en Portugal et en Angleterre et mourut en mars 1670, à cinquante-sept ans. Il avait épousé la fille d'Amalby, conseiller au parlement de Bordeaux. »

Et maintenant la vacherie : « Sa mère valait encore moins comme toutes celles de ces Cominges, hors une ou deux. Ils portaient en plein le nom et les armes de Cominges, se prétendaient être descendus des comtes de ce nom ; ils n'en ont pourtant jamais pu en aucun temps prouver aucune filiation ni jonction, et on ne sait quels ils étaient avant 1440. »

Bien grave péché, on l'avouera, que de ne compter que deux siècles et demi d'histoire ! Et ne pas survivre au décès de ce dernier neveu des Guitaut-Comminges, dont le « guillery » valait le calibre des bombardes et mortiers, et qui « trouvait cette plaisanterie très mauvaise et ne s'en accommoda jamais ». Il eut un frère, « fort honnête garçon, qui avait servi sur terre et sur mer, qui avait de l'esprit et s'attacha fort d'amitié au comte de Toulouse. Il avait été fort du grand monde et bien voulu partout. Il se retira les dernières années de sa vie, qu'il passa dans une grande piété. Il était chevalier de Malte et avait une commanderie et une abbaye. Leur sœur, vieille fille de beaucoup d'esprit aussi, de vertu et assez de monde, voulut faire une fin comme les cochers : elle épousa La Tresne, premier président du parlement de Bordeaux, qui était un très digne magistrat fort ami de mon père, dont elle fut la seconde femme, et n'en eut point d'enfants. Le gouvernement de Saumur, gouvernement fort gros et indépendant de celui de la province, fut donné à d'Aubigny, ce cousin prétendu de Mme de Maintenon. » Fin des Guitaut-Comminges.

Ce siècle n'en produira plus. Que justice leur soit ici rendue. Ils durèrent ce que dura le crépuscule de l'ère des rois chevaliers – et Louis XIII le Malade en fut le dernier. Ils pouvaient disparaître, quand le royaume sombrait dans la servitude programmée et voulue par l'enfant grandi, conçu une nuit de tempête.

Le dernier de cette famille d'acteurs discrets de l'Histoire qui ne se fait pas sans eux éteint le nom à jamais trois ans avant que ne meure le roi Louis XIV.

Ce Roi que notre Guitaut aida à naître un soir de tempête et ainsi alluma la mèche de la grande histoire qui enfanta ce que tous appellent le Grand Siècle. Et qui lui survécut peu.

LE ROI LOUIS DE GUERRE REVINT...

Octobre mourait ; la triste Toussaint allait pointer son vilain nez vers le bénitier du jour des Morts.

L'été passa entre orages, chaleurs, violons, danses et fontaines, pas mal d'ennui aussi, le temps s'étirant ; des dents qui poussent dans de brefs accès de fièvre, on grandit ; la langue forme des mots estropiés joliment ; à petits pas maladroits, on se lance sur les parquets, soutenu par les lisières cousues aux épaules pour vous maintenir droit ; pourpoints et robes battent des mains à ces exploits pourtant bien communs, mais qui pour leur jeune auteur sont autant de premières fois ; on fait la ronde entre jupons virevoletant malgré l'empesage et canons de dentelles retombant sur les jambes des hommes, les bottes luisent, les visages se penchent pour livrer un sourire de commande, parfois réellement amusé. Et le froid survient.

Un froid de petites pluies, de nuages maussades, de lumière tombant du ciel, grise, incapable d'atteindre le fond des pièces où règne une demi-nuit éternelle. Certes, les bûches craquent dans les cheminées, les flammes s'élèvent dont on aime le bruit et le lumineux désordre mouvant, c'est une débauche de chandelles en plein midi. Tout cela n'est pas gai, on enterre son premier été. Le triste peut être beau.

Comme on marche peu, depuis un matin où l'on s'est lancé, l'a-t-on seulement fait exprès, simplement un bijou brillant où se reflétait une flamme de l'âtre nous a attiré et nous sommes parti à pied comme un grand, au milieu de ces dames qui se sont précipitées dans de hauts cris de joie qui nous ont tant surpris que nous tombâmes sur nos fesses. Maintenant ces dames s'assoient en rond sur des carreaux de velours ou soie, et l'on joue à cache-cache mitoulas :

> *Mis tout cy, mis tous là,*
> *Est-il chu dans mes draps ?*

On marche de l'une à l'autre pour trouver une prune, une noisette, un grain de raisin, un éclat de sucre candi ou de sucre rosat, un brimborion de verre coloré, un affiquet dont on s'est entiché qui passe de mains en mains, qui tourne et revient et finit dans le creux d'une jupe. Alors il faut fouiller dans la soie et le satin, entendre des encouragements de pure circonstance, des plaisanteries que l'on ne comprend pas encore, trouver le trésor enfoui, recevoir les félicitations et parfois, joie, un baiser de Marie de Hautefort. Marie est la plus gaie.

L'amusement est plaisant un temps, l'enfant recommence, se lasse, ne veut plus chercher. Pourtant les soies et les satins sont parfumés, les dames aident joliment les petites mains à découvrir ce qui n'est pas à chercher, mais niche toutefois en leur giron, en se lançant des œillades et des mots d'esprit sur la manière propre aux garçons de fouiller les filles.

Le Dauphin bénévolent admet que les faire rire ou glousser vaut mieux que de sortir emmitouflé et de contempler le vilain temps dans un carrosse à la Bassompierre, c'est-à-dire muni de glaces plutôt que des mantelets qui laissent passer les vents coulis qui pincent la peau et giflent le bout du nez. Depuis sa Bastille le vieux maréchal a imposé sa mode. Il en serait content.

Cache-cache mitoulas ne remplit pas une vie d'enfant.

Il sent que tous ces sourires s'obligent à paraître devant lui ; mais leur tourne-t-il le dos que les murmures, les chuchotis lui parviennent aux oreilles. Que se dit-on ? Que craint-on ?

On dit que Richelieu est allé rejoindre le Roi et les armées à Dijon pour les ramener vers Paris. Que le long tête-à-tête du Roi et de son Principal Ministre tant en Bourgogne que sur la route du retour est une meule qui affûte des décisions et les lames qui couperont des têtes. Non des haches et des espadons que le bourreau tient à deux mains comme au temps des échafauds, mais des lignes écrites de la main du Roi, qui tremble un peu sur certains mots, griffées d'un simple Louis au bas du papier scellé de cire rouge, comme si l'inspirateur secret voulait, camouflé à l'abri du sceau royal, imposer sa couleur.

Il sera de bonne politique d'accueillir avec chaleur le retour du prince guerrier, qui plus est victorieux, de ne pas outrer cet accueil afin qu'il paraisse sincère et respectueux, que la joie soit présente mais ne déborde pas. Il n'est pas homme à apprécier de trop grands transports. C'est un autre jeu de cache-cache mitoulas, à l'échelle d'un Roi, à cette variante près qu'on ignore ce qu'on doit chercher, qu'on ne sait ce qu'on trouvera dans les plis du manteau du Roi et de la soutane écarlate. Pas obligatoirement un cadeau, mais une surprise à n'en pas douter.

Le Roi est vainqueur donc il sera glorieux. Il sera bon d'être adorateur du triomphant, sans tomber dans la basse flagornerie.

C'est un métier. Cet été, il fut trop oublié.

Le mot Papa aussi. On le réapprend à l'enfant avec des formules polies, « Quelle joie, mon Papa ! » et autres expressions abstraites qu'il répète en un charmant galimatias.

Petit Louis a oublié le visage attaché au mot Roi et le mot papa ne représente plus rien. Une entité qu'il sait exister mais plus un être de sang et de chair. Une ombre triste, au sourire étrange, parfois lui revient. Il a le souvenir d'un silence essoufflé.

Le Roi sera reçu à Fontainebleau, résidence plus proche que Saint-Germain quand on revient de l'Est et de Savoie. Et peu après la Toussaint, on fête la Saint-Hubert. Fontainebleau à la forêt giboyeuse est un paradis pour courre le cerf. Son château se montre plus confortable aussi que Saint-Germain, sans cette esplanade battue par les vents qu'il faut traverser pour aller chez Maman, mais avec un escalier majestueux qui tourne comme un fer à cheval dans la grande cour dite du Cheval blanc, où peuvent se déployer les cavaliers. Le Roi a choisi cet endroit pour reprendre pied chez lui et revoir son fils. Il l'a fait savoir, il l'exige.

Et puis Fontainebleau est tout aussi loin de Paris, où il faudra aller aussi pour le toucher des écrouelles. Toucher les plaies des scrofuleux, les bubons, les impétigos, « Le Roi te touche, Dieu te guérit », alors qu'un gentilhomme distribue quelques pièces aux malades. Louis ne déteste pas cette cérémonie, qui donne au Roi le pouvoir de guérison miraculeuse et lui permettait de voir sur d'autres, parfois des enfants, les effets des ravages de la maladie, cette si fidèle et si triste compagne. Puis il quitte vite la ville qui n'est pas sûre, trop turbulente. Déjà les rois s'exilent du Louvre et des Tuileries. On l'attend, à Fontainebleau, pour les lendemains de la Toussaint.

La Cour de Saint-Germain se hâte, fait ses bagages, déménage, les charrois se mêlent aux carrosses, les intendants et leurs valets préparent les logis. Trois mille moutons brodés d'or sont en transhumance. L'enfant s'amuse de ce tohu-bohu. Il aime ces changements. Mais regrettera les fontaines chantantes.

Les jardins à l'italienne de Fontainebleau sont moins réglés qu'à Saint-Germain mais plus vastes, on pourrait s'y perdre ou s'y cacher. Et puis il y a les hauts murs des grandes salles et d'une longue galerie où s'accrochent des nudités pâles dans des paysages d'Acadie, des Diane, un Actéon à tête de cerf, une Sabina Poppea qui ne baisse pas les yeux sous son voile, des voiles légers dévoilant des seins parfaits, des cuisses longues, le tout encadré d'or et de stuc, des bambins nus joufflus, fessus, des *putti*, animaux et guirlandes, chimères et cerfs, chiens à l'arrêt immobilisés dans leur blancheur de plâtre. L'art des Italiens du roi François Ier.

L'enfant regarde. Sa part de sang Médicis en lui remarque tel visage de nymphe qui sourit tourné au-dessus d'une épaule nue, un jeune sein fleurit dans l'angle d'un bras. Les pieds se cambrent, les hanches ondoient, des femmes faites pour bondir dans les bois à la poursuite de biches. Dans le parc montent des odeurs de mousse et d'herbe mouillée qui lui reviennent à la simple vue de ces grâces. Il ignore les noms du Rosso, du Primatice, de Jean Goujon, mais il comprend l'élégance d'un corps féminin libre dans la nature. C'est un monde qui lui paraît sans souffrance, car il les ignore encore. Son royaume, un nom ici souvent prononcé, tient donc en tant de beauté dans ce château qu'il découvre et lui paraît un palais des rêves alors qu'il est d'abord un rafistolage dû à tous ceux qui l'y ont précédé. Il ignore le siècle de douleurs traversé par ce royaume et qui dure autrement. Il s'étonne et s'émerveille. Un éléphant à faire écarquiller les yeux porte les fleurs de lys, les mêmes qui sont brodées sur sa robe.

Fontainebleau lui paraît un château fantastique, sorti d'un conte comme on en lit le soir avant que le sommeil vienne. Louis Dieudonné découvre un château de rêve qui comme tout rêve est constitué de bric et de broc. Vraiment, ce méli-mélo de style français et de goût italien, cela lui plaît.

On lui explique devant une cuve d'eau que là, son Papa, Louis le Victorieux, fut baptisé. Il imagine des fées et peut-être des dragons y venant boire l'eau bénite réservée aux rois et se relevant princesses ou souillons, bien punis ou exaucés d'avoir touché à cette eau régale. M. de Fontrailles, si laid, une bosse derrière, une bosse devant, et dont on a tenté vainement de lui éviter la vue sur ordre du Cardinal, en aurait-il bu ? Petit-Louis ne déteste pas le marquis contrefait, il lui sourit dès qu'il le croise, parfois bat des mains, tant il lui paraît un jouet à faire rire. Il ignore la haine ensevelie dans les deux besaces qui déforment le marquis.

Dans les jardins s'alignent ou plutôt apparaissent çà et là douze statues qui représentent les mois de l'année. On lui montre le sien, septembre, une femme aux seins lourds de Perrette, vêtue de pampres et de lauriers.

Pour Louis Dieudonné, Fontainebleau est une autre facette de la vie, avec des mystères, et aussi le désordre de la liberté. Une vie non réglée par les rigueurs géométriques d'un protocole, une vie à recoins, à cachettes, à découvertes un peu inquiétantes mais au si doux frisson ; on s'y dissimule, on y joue. On pourrait y oublier tout.

Un défilé des bichons de Mariette a eu lieu dans la grande galerie du roi François Ier. Mme de Brassac en était la colonelle chapeautée de feutre, le baudrier d'un suisse en travers la poitrine barrée aussi de l'écharpe blanche du commandement ; Mme de Lansac n'avait accepté cette martiale exhibition que si elle était maréchale, et Petit Louis un fringant enseigne portant le fanion de son régiment : une serviette de son goûter et tachée de confiture où Maman reine avait fait broder trois lys de France. Mme de Sénecey et Mme de Hautefort, empruntant pourpoints, chausses et bottes à valets et seigneurs, étaient travesties en courrier et en page.

Grand péché que de se vêtir en homme, Mme de Sénecey ne l'ignorait point, mais elle se souvenait de la belle Chevrette de Chevreuse traversant la Loire puis le Languedoc vêtue en fringant cavalier pour échapper, aux portes des villes où elle faisait étape, aux sbires cardinalices qui la voulaient saisir et la mener de force en un couvent, et gagnant l'Espagne où Fontrailles, ambassadeur itinérant et tordu, la dit maîtresse du Roi. Après tout, cet amusement uniquement destiné à un enfant qui régnerait sur la France par la Grâce de Dieu lui accorderait, elle l'espérait, auprès du Seigneur et de son Eglise terrestre, une bienveillante indulgence. Et puis elles étaient si jolies, toutes les deux, vêtues en élégants muguets. Les regards suivaient leurs jambes bottées et moulées de velours ornées sous le genou de canons de dentelles. Les aumôniers piquaient du nez devant une telle transgression qui autrefois méritait le bûcher, les gentilshommes frisaient leurs moustaches. Dans un coin, Guitaut souriait, conseillait et vérifiait la bonne ordonnance de la parade. On réussit enfin à aligner quelque peu les bichons récalcitrants à force de cajoleries et de sucreries. Plus indisciplinés que des mercenaires poméraniens ne touchant pas leur solde ! Il sembla à Guitaut qu'ils jappaient en allemand.

L'enseigne Louis Dieudonné de France était aux anges et voulut troquer son fanion contre son cher tambour.

C'en furent d'autres qui battirent la marche du côté de la cour du Cheval blanc.

Guitaut s'assombrit. Jamais un Roi n'arrivait sans se faire annoncer par un peloton de courriers. Sa Majesté suspicieuse avait voulu surprendre, elle surprenait. Elle comptait deux jours d'avance sur le calendrier.

« Ne paraissez pas ainsi » fut la seule phrase qu'il eût le temps de chuchoter à Mme de Sénecey.

Les grands yeux bleus acquiescèrent, subitement apeurés. Pour la première fois, Guitaut, qui savait désormais y lire comme en son manuel d'escrime, y décela une vraie crainte.

Il la partageait.

Pour prévenir Hautefort il était trop tard. Marie, page insolent, se campait déjà sur le perron.

Les tambours montés, les gardes, le carrosse du Roi, et point celui du Cardinal qui avait poussé jusqu'à Rueil, épuisé par le voyage, chiant du sang. Et puis, outre la maladie, autant être absent d'ici après avoir laissé une liste de recommandations, modestes propositions au Roi, pour assainir l'entourage du Dauphin, espoir de la France.

L'une d'elles concernait Marie de Hautefort. L'inclination ancienne (cinq ans !) qui murmurait des moqueries à l'oreille de la Reine, et dont Richelieu savait par La Chesnaye, valet réintégré en huissier, plus que par Brassac son épistolière régulière, que Sa Majesté Anne lui offrait désormais le couvert dans ses propres appartements, voire certaines nuits de papotage dans sa chambre. La seule ici qui pût, auprès du Roi, ébrécher l'influence de son pantin élégant, Cinq-Mars, marionnette et favori.

Cinq-Mars qui sauta du carrosse du Roi pour tendre la main et aider Sa Majesté à descendre.

Le Roi était altier, droit, le visage rose, on avait maintenu les mantelets ouverts aux portes du carrosse pour que l'air froid et sec lui fouettât le visage et lui donnât des roseurs de teint. La guerre lui avait été une excellente médecine, et les victoires les meilleures purgations de tous ses embarras. Ainsi avait-il décidé d'apparaître. Et il apparaissait vraiment en Roi s'en revenant de guerre, l'ennemi défait, sur la Somme, et en Savoie, son royaume agrandi de quelques acres de territoire et d'autant de places fortes, et dépeuplé de trois régiments tués et de villages laissés à la folie meurtrière des *tercios* en retraite.

Seul et sans ministre. Sans ombre donc. Resplendissant dans le temps maussade. Accompagné d'un favori brillant de bijoux, de broderies et de cuir souple, un soleil de velours gris.

Un retour de voyage de noces ou de lune de miel pourtant sanglante, pensa Guitaut en se le reprochant aussitôt.

Guitaut était sur le perron, avec les dames de la Reine, celles du Dauphin, deux gardes, les aumôniers dont le bon M. de Lisieux, en camail et rochet. La Reine et l'enfant étaient restés dans l'entrée par crainte des vents froids.

Il revenait au capitaine de descendre les degrés et de souhaiter militairement la bienvenue au Roi en son château. Pour la première fois de sa vie de campagnes plus ou moins heureuses, Guitaut pensa, en descendant les degrés en fer à cheval, qu'il apportait la reddition d'une place à plus fort que lui.

Le Roi répondit à son salut par un sourire, Cinq-Mars l'ignora. Il vit les deux visages se rembrunir. Il comprit pourquoi.

Aux côtés du Roi comme naguère, le devançant d'un demi-pas à gauche pour lui faire le chemin, il vit ce que le Roi voyait et, surtout, ce que voyait son favori aussi.

Un pastiche, une parodie. Un élégant cavalier blond aux traits fins, souriant et chuchotant près d'une Majesté. Marie de Haute-fort, en garçon près de la Reine, renvoyait en miroir la réplique cinglante et ironique du couple formé par Cinq-Mars aux côtés du Roi. En voulant, par jeu innocent, amuser l'enfant, on moquait le Roi, en apparence.

Guitaut, qui sentait ces choses et les savait d'expérience, jugea que la tuerie allait commencer.

Le rose du grand vent fit place au jaune malsain de la colère maladive sur les joues du Roi. Il suivit Guitaut sans un mot, se dirigeant vers son fils et la Reine, négligeant révérences des robes et moulinets des jeux de chapeaux bas. Il baisa la main de sa femme, resta aveugle au faux cavalier qui était à la gauche d'Anne, et se pencha ensuite vers Louis le Petit.

L'enfant piqua du nez dans le col empesé de l'huissier La Chesnaye. Perrette s'avança, le prit dans ses bras.

— Voyez, Monsieur, votre père Sa Majesté le Roi qui s'en revient vers vous. Souhaitez-lui le bonjour comme vous savez bien parler.

Le nez de Louis chercha refuge dans le cou plus doux de Perrette.

— Enfin cet enfant ne veut-il pas me voir ?

Le Roi se redressait.

— Je ne ressemble pas à Fontrailles.

Le marquis, dans l'ombre, pâlit de haine contrainte.

— Or je suis son père et je suis son roi. Aurait-on oublié de le lui rappeler ? Lui aurait-on caché mon existence ?

Cinq-Mars approcha. Se pencha vers Perrette apeurée, pétrifiée.

— Monseigneur, souvenez-vous de moi, vous jouâtes avec mon doigt quand je partis à la guerre avec le Roi votre père. Nous en rapportons de fort beaux étendards qui vous feront plaisir à voir.

Le Dauphin jeta un œil timide en direction de cette voix douce. Le sourire le plus éblouissant de France ne put rien ce jour-là. Louis Dieudonné éclata en sanglots.

Le Roi fendit les flots de courtisans suivi de son favori, et disparut dans l'ombre.

— Nous sommes perdus, dit la Reine.

— Je lui parlerai, dit Marie, enjouée.

— Vous êtes perdue, mon amie.

Et la Reine lui prit la main.

En chemin, dans l'ombre, le Roi avait presque bousculé Mme de Sénecey qui, suivant les conseils de son tendre ami Guitaut, s'était abonnée à la discrétion parfaite et avait réussi à enfiler une robe sur ses chausses de cavalier.

Le Roi la vit et lui adressa un sourire mielleux.

— On m'a dit, Madame, que vous aviez merveilleusement soigné les douleurs du Dauphin.

Mme de Sénecey fit sa plus profonde révérence.

— Que n'avez-vous un onguent pour son caractère. Cet enfant est opiniâtre et ingrat, nous allons y remédier. Avec les verges et le fouet s'il est nécessaire, et sans besoin de vos talents d'apothicaire.

Ce fut Cinq-Mars qui plaida : l'extrême jeunesse, la longue absence du prestigieux père due à la guerre, empêchant ainsi Mme de Sénecey de répondre, et de se montrer maladroite. Au contraire de Marie, Mme de Sénecey n'était pas sa rivale. Avançant toujours, il se retourna pour sourire à la marquise dont il remarquait pour la première fois l'insolente beauté du corsage. Les pauvresses vont pieds nus, les nobles dames vont seins nus. Mais ce n'était pas aujourd'hui une pensée à partager pour rire avec son royal maître. Le jeune homme soupira. Nous allons recommencer à nous ennuyer et à boire vinaigre.

Guitaut comprit qu'il lui fallait reprendre du service. Le Roi présent, il retombait sous sa coupe. Il emboîta le pas de Sa Majesté et de son mignon, se reprochant d'employer ce mot fût-ce en pensée tacite, releva Sénecey encore effondrée en corolle sur les parquets.

— Cinq-Mars vous protège, vous voilà en sursis, chère amie.

— Dieu vous entende, François.

Guitaut souhaita que Dieu ne fût point devenu sourd après vingt ans de guerre et de bruits des canons et bombardes. Il n'était plus très sûr de l'omniprésence de la divine oreille. Dieu avait subi vingt-deux ans de litanies de prières d'un royaume entier avant d'accorder un Dauphin. Par le biais d'une tempête. Les voix discordantes de la France et, principalement, les geignements de la Cour, qui n'étaient rien à sa Gloire et tout aux ambitions égoïstes, devaient désormais lasser sa sublime patience.

Dieu permit en réponse un grand massacre dans la douce Normandie. Une province révoltée mérite le bâton, la Normandie eut droit à la corde, au feu, à la hache. Jean de Gassion, le vainqueur d'Hesdin, Gassion que désormais Richelieu surnommait La Guerre, Gassion opérait du côté d'Avranches, où était cloîtré, séquestré même en sa forteresse, son gouverneur, le marquis de Canisy.

Richelieu y avait envoyé la piétaille wallonne et les reîtres poméraniens. Quinze cents cavaliers, autant de fantassins, pour leur particularité à ne pas comprendre un traître mot de patois du Cotentin, et donc aucun cri implorant pitié. Les Poméraniens ne comprenaient même pas un mot de pur allemand. Quant à Gassion, né dans la Navarre du feu roi Henri, il ne connaissait que le français de cour, l'espagnol de Castille et le fil de l'épée.

Gassion prit Avranches, libéra le marquis, démantela les remparts, pendit par bottes de trente les Nu-pieds des salines aux branches des ormes et des plus hauts pommiers, nouveaux fruits des vergers du roi Louis. Poméraniens et Wallons tuèrent et pillèrent, rôtirent le bétail, dévalisèrent les bourgeois, brûlèrent les maisons des mutins et des autres.

A chaque dépêche venue d'Avranches le Roi exultait comme une pie-grièche. Son autorité était restaurée dans la couronne de feu qui en détruisait les faubourgs. Les femmes et les filles étaient violées ou éventrées. La paix régnait. Il en avait oublié le fâcheux caractère du Dauphin.

Le Roi écrivit une lettre de félicitations au colonel Jean de Gassion, lui affirmant son grand contentement, lui promettant de flatteuses satisfactions. Que Gassion s'occupe maintenant de Vire et autres villes de l'armée de misère des Nu-pieds. Ainsi nommés car ils travaillaient pieds nus à ramasser le sel si précieux dont le transport et la vente donnaient la gabelle, principale mine des impôts indirects du Roi, pour payer les guerres. Et les mercenaires qui les tuaient.

On pouvait passer à l'autre guerre. Celle de Fontainebleau, de Saint-Germain, un peu moins du Louvre, car le Louvre était dans Paris et Paris se donnait un peu trop les manières sombres d'Avranches, criardes, au bord de la rébellion. Quand le roi Henri s'y promenait en carrosse dans les cris de joie et les hourras jusqu'au fatal poignard, son fils Louis ne traversait sa ville capitale qu'entouré de deux compagnies qui ordonnaient qu'on fît place à grands coups de fouets.

La guerre des trois châteaux royaux ressemblait plus à une fin de campagne, quand on traite avec l'ennemi vaincu, lui accordant l'honneur d'une noble reddition ou bien le déshonneur cruel de devoir fuir sans armes ni drapeaux. La tactique en fut la sournoiserie, la stratégie la surprise.

Marie de Hautefort était en joie. Elle venait de tenir parole à une promesse naguère faite au Mans. Elle présenta son ami Paul Scarron à la Reine assez éberluée de ce corps contrefait arrivant roulé dans sa boîte par deux laquais. Scarron l'amusa, ainsi que la compagnie, on vit le marquis de Fontrailles sourire à plus laid que lui et commander une dédicace pour cinquante écus. Paul débita quelques vers et fit sa requête devant Anne d'Autriche.

— Une charge, monsieur Scarron. Certes mais laquelle ? Je n'en dispose plus de vacante.

— Madame, créez dans votre bonté celle de premier Malade de la Reine ! J'ai tous les maux possibles, avec ma seule personne vous tiendrez un hôpital.

Anne d'Autriche rit aux éclats et accorda au poète une rente de 600 livres. Il repartit vers son hôtel de Troyes, on y souperait bien ce mardi soir qui serait un grand mardi gras hors du calendrier. Encore « Vivat Hautefort ! » à clamer haut en débouchant les bouteilles de chinon. Il avait remarqué que le divin cul disposait d'un tabouret, ainsi qu'il l'avait prédit, sans le besoin d'être le fondement d'un duché. Il s'en réjouissait.

Marie en riait encore quand, aux premières heures du mercredi, La Chesnaye, valet, huissier, espion, âme damnée, courrier, lui porta un pli. Le Roi lui signifiait de décamper. En termes plus polis, de ne plus jamais croiser sa vue.

Il ne s'agissait plus de se cacher trois semaines ou un mois du regard haineux du cardinal « Cul pourri », mais de disparaître, s'enterrer, loin de la Reine, loin de l'adorable bambin dauphin. Marie, orpheline, s'était tendrement attachée à cet enfant ; il existait entre elle et lui la complicité des fils et filles sans parents présents. Son père lui avait manqué, Louis Dieudonné ne rencontrait le sien que rarement, et pour pleurer.

L'orpheline réagit en bonne Gasconne. Elle prit un bain dans le cuveau de la Reine, habitude qui n'avait guère cours en cet entourage qui préférait les parfums au décrassage quotidien, se fit poudrer le corps entier par ses servantes, choisit ses vêtements, rehaussa la délicate splendeur de sa jeune gorge d'une touche de blanc, d'une pointe de rouge, et se campa sur le chemin du Roi, tôt matin, quand il partait à la chasse. Le Roi la vit, pâlit, rougit, jaunit, balbutia. Bégaya. Cinq-Mars, tiré du lit aux aubettes, lui qui ne l'avait regagné que depuis deux heures au retour d'une escapade à Paris, chez les filles ou bien dans l'hôtel de la princesse de Gonzague qu'il s'était mis en tête d'épouser pour changer les feuilles d'ache de sa couronne de marquis en perles de couronne princière sur les armoiries peintes à ses portières, donna fort librement un coup de coude à Sa Majesté.

— J'avais votre parole, Sire, disait Marie, fleur effondrée en la corolle de sa révérence. Une parole de Prince. La promesse que je ne serais plus exilée.

Une bruine du matin perlait ses cheveux, ses longs cils, sa gorge délicieuse, sa colère rentrée.

Louis bégaya encore, regarda Cinq-Mars, marmoréen et déjà triomphant, bredouilla que le temps passerait vite, que le Cardinal... se reprit, que le Dauphin... que... pour conclure enfin :

— Mariez-vous, madame, et je ferai votre fortune !

Voilà tout ce que Sa Majesté trouva pour signifier son congé à une « inclination » de cinq années, à l'esprit le plus mutin de la Cour, à la plus ravissante des filles de la Reine. Avec Mme de Sénecey.

Son fils Louis Dieudonné pleura de bon cœur, les joues trempées contre les seins de son amie de cœur, quand Marie vint lui faire ses adieux.

La Reine fut au désespoir, tempêta en castillan, jura en latin, pleura, lui donna une bague et ses pendants d'oreilles de diamant, lui promit amitié éternelle, la baisa mille fois. S'inclina. Tout recommençait. On lui enlevait ses plus proches soutiens. Elle ne se trompait point.

Deux jours après ce fut Sénecey, ainsi que Guitaut l'avait prévu, déjà ulcéré. La Cour s'étonna, aucune raison ne justifiait ce renvoi, on supputa, se trompa. Supportant le voyage depuis Rueil, Richelieu réapparut. Il sourit au capitaine.

— J'apprends, monsieur de Guitaut, que Mme de Sénecey a décidé de se retirer en sa propriété de Milly. Bien proche de Paris et des résidences du Roi.

— Votre Eminence, Mme de Sénecey a obéi, Sa Majesté lui a laissé le choix de sa retraite.

— Certes. Mais ses terres en Bourbonnais, près de Moulins, sont superbes, et son château fort confortable et agréable. Curieux choix que Milly.

— Mgr le Dauphin est fort attristé de ce départ.

— Le Dauphin ? Bien sûr, Guitaut, le Dauphin... Il est bon

qu'un futur roi apprenne aussi les nécessités du pouvoir, comme un soldat apprend l'obéissance.

— J'ai pour ma part longtemps appris et on m'enseigne encore...

Le Cardinal lui sourit aimablement. Un regret ?

« Cet homme tient à ma virginité, pensa amèrement le capitaine. On m'interdit toute amitié du côté de la Reine espagnole. On me veut "français" et puceau. Politiquement s'entend. »

Mais Guitaut capitaine aux gardes avait de bons chevaux et, quand il n'était pas de quartier, ces chevaux pouvaient galoper, comment avait-il dit, « le temps d'un baiser de colombe », vers Milly ; entre forêts et champs, ses briques rouges, ses pierres blanches, les fleurs de ses parterres, son lierre de velours vert dessinant l'image d'un ravissant pigeonnier. Et la marquise l'y espérait, couverte d'une indienne, en une simple robe d'intérieur, des mules aux pieds. Pénétrait-il dans la place qu'elle se rendait...

Dès lors, Monsieur le Grand, Henri d'Effiat, marquis de Cinq-Mars, se montra insupportable. Il découchait chaque nuit, ne retrouvant le Roi qu'au lever de celui-ci, où il bâillait, les yeux bouffis, quand il lui tendait la chemise, souvent au grand déplaisir du premier valet de chambre dont c'était la charge cérémonielle. Il refusait d'aller à la chasse, jurant ne plus tuer un animal, dont la poursuite l'ennuyait. Le Roi l'ennuyait. Et le favori regardait sur le visage tourmenté par le mal qui rongeait tout le corps du souverain passer les jours de survie. On chuchotait de plus en plus que dans quelques mois, quelques semaines, peut-être... Le premier médecin, Héroard, hochait la tête.

Le Cardinal n'était pas mieux loti. Le Cardinal qui avait pris l'orphelin sous sa protection, en avait fait un de ses pages, l'avait instruit, protégé et jeté en l'amitié du Roi. Un grand vide s'annonçait au sommet du royaume. Monsieur Gaston souriait à Monsieur le Grand qui lui rendait ses sourires. Monsieur Gaston souriait à la Reine, esseulée, au milieu de ses chrysalides, comme le frère du Roi surnommait ses filles d'honneur, et offrait de plus en plus de cadeaux à son cher neveu le Dauphin. Le frère du Roi savait que le favori du Roi l'avait remplacé dans le cœur de la belle Marie, princesse de Gonzague, mais que le jeune homme ne le remplacerait vraiment au plus près de cette noble et riche jeune femme que s'il devenait connétable, duc et pair, principal ministre... On n'abandonne pas un prince du sang pour un petit marquis, si bien fait qu'il soit de sa personne et qui prend ses consolations chez Marion de L'Orme.

Cinq-Mars et Monsieur attendaient que les entrailles se déchirent, empoisonnent le sang, détruisent les corps et emportent Louis et Armand vers un royaume plus glorieux que celui où ils régnaient sans partage, celui des Cieux. Eux s'occuperaient du trône terrestre. Monsieur savait être patient, c'était son métier de frère cadet ; Cinq-Mars ignorait cette qualité. Il était lui aussi un enfant. Orphelin, il avait fait chasser une orpheline, la jolie Marie à la langue cruelle et aux yeux perçants. Il voulait déjà que son avenir apparaisse dans le présent ; et il voulait cette Marie de Gonzague, ambitieuse et fière de son état. Il s'en était ouvert à Richelieu, tant est fort parfois le besoin de se trouver un père, et le Cardinal après tout avait fort bien rempli ce rôle.

— Une Gonzague n'épouse pas un petit monsieur de Cinq-Mars, aussi Ruzé soit-il, avait coupé l'Eminence avec un haussement d'épaules. Oubliez ces fumées ridicules. Et si la Princesse, elle, oublie la gloire de son rang, nous la lui rappellerons, même au couvent !

Cinq-Mars enrageait. Il contemplait la Reine qui se consolait de la perte de ses amies en redoublant de tendresse et de jeux avec son fils. Il contemplait le Roi qui, épuisé, se déclarait las de cette guerre dont on ne voyait pas la fin et que le Cardinal attisait en faisant avorter toutes les tentatives de négociations, n'admettant que la victoire pour signer la paix.

La Reine était espagnole, Cinq-Mars apprit cent mots de castillan. Il s'agirait un jour de faire la paix avec l'Espagne, la guerre ne durerait pas cent ans. Et ce serait son nom à lui, son nom de petit marquis, de Ruzé d'Effiat, qui serait apposé au bas du traité au côté de celui de la Reine devenue régente. Cinq-Mars rêvait d'un futur glorieux. Il s'acheta un carrosse orné d'or, comme le roi l'avait interdit sur toute l'étendue du royaume. Qu'avait-on à faire des interdictions de deux agonisants en sursis ?

Cinq-Mars enrageait, Monsieur souriait, Fontrailles, laid comme deux poux bossus mais fin diplomate, parlait, expliquait, en bon connaisseur de l'Espagne. Ils soupèrent souvent tous les trois, fort avant dans la nuit. Monsieur recevait du courrier de sa mère, et donc mère oubliée du roi, Marie de Médicis, là-bas, dans son exil de Cologne. Elle se plaignait à ce second fils tant chéri de l'indifférence de l'aîné, et de l'ingratitude de ce petit prélat dont elle avait fait la fortune, Richelieu, qui ruinait le royaume et semblait vouloir régenter l'Europe. Pourquoi Dieu ne le rappelait-Il pas à Lui ?

On pouvait aider Dieu, c'était une sainte tâche, libérer le Roi, qui aspirait à la paix, les campagnes l'épuisant, Cinq-Mars en avait été témoin, dans la Somme, à l'Est, en Savoie. Les trois soupeurs parlaient de paix, sans avouer que c'était d'un complot qu'il s'agissait.

Le Roi se fâcha avec Cinq-Mars, désobéissant, bouduer, impatient. Cinq-Mars se rabibocha avec Sa Majesté. Cinq-Mars assiégea doucement la Reine, la visitant, lui souriant, faisant risette au Dauphin. La Reine vit en lui l'enfant qui demeurait sous les velours, les soies, les dentelles. Et Cinq-Mars eut un coup de génie : pour la Noël, il fit en sorte, par mille câlineries et douceurs de mots à cet homme de quarante ans à peine mais qui était déjà un vieillard et demeurait le Roi, que Louis XIII fasse dresser son chevet dans la chambre de la Reine.

Et en fin janvier de l'an nouveau 1640, la reine fut annoncée grosse d'une second enfant de France, par la voix de *La Gazette* sur laquelle régnait Richelieu. Monsieur grimaça, mais bon... Le Roi ne se tenait plus de joie ! Plus heureux encore que de la naissance de son Dauphin. Plus prévenant que jamais avec son épouse. Et assez reconnaissant à son favori de l'avoir invité à ce dernier exploit, un soir de Noël.

Voilà sans doute le moment de pousser son avantage, pensa le jeune impatient.

Gaston d'Orléans ne dit rien. Il verrait bien, et fila dans son château de Blois.

JUSTE AVANT LE DÉLUGE

Le Roi s'avouait content de son épouse enceinte, content de son favori radouci, content de ses armées qui avaient conquis l'Artois et l'Alsace, content de la politique du Cardinal qui faisait vaciller l'Espagne et trébucher l'Empire, content de lui qui avait soutenu cette politique fermement et contre l'avis de tous, même du pape, et il enrageait contre son fils.

Pendant trois semaines on l'avait cru agonisant. Lui aussi l'avait pensé. Tout fut préparé pour l'extrême-onction. Son aumônier dormait dans son antichambre sur un lit de lanières dressé à côté de celui du Premier Gentilhomme dont on avait relié le poignet à celui du Roi par un long fil de soie. Mais c'était trop tôt, le Dauphin trop bambin encore, il lui fallait vivre pour terminer le travail depuis si longtemps ébauché et livrer à l'enfant un vrai royaume de France où chacun ait sa place sous la protection de la Vierge. Louis croyait autant au pouvoir du sacré qu'en celui de la politique.

Il avait vaincu son ventre mis en brèche, comme ses armées avaient vaincu les *tercios* de Molina, troupes terribles du Cardinal-Infant, son jeune beau-frère. Un dur combat que cette campagne du ventre et des intestins. Il avait encore maigri, encore jauni, encore triomphé. Il avait offert un tableau de Poussin, tout nouveau peintre du Roi, à Héroard, non pour le remercier de ses soins, le premier médecin avait fait comme à son habitude, de son mieux, qui n'était pas grand, mais au moins montrait-il de l'affliction devant les douleurs de son maître au lieu de baragouiner en mauvais latin. Une nuit le Roi avait mandé qu'on appelât Guitaut.

— Montez la garde près de mon lit, s'il vous plaît, mon bon Guitaut, cette nuit j'ai peur d'avoir peur.

— Au Pas-de-Suse, j'ai eu peur, c'est Votre Majesté qui m'a rasséréné et m'a fait l'honneur de ne pas s'en apercevoir.

— Merci, Guitaut, de m'y avoir mené sur les remparts. Mais cette nuit, il ne s'agira pas de canons, bombardes et mousquets.

— Non, hélas.

— Menez-moi jusqu'au matin de demain.

— Sire, je vous promets que nous franchirons encore ensemble ce fossé.

— Dieu vous entende. Si vous jugez que nous échouons, appelez le Père Caussin. Il suffit de tirer ce cordonnet.

— Bien, Sire.

Guitaut veilla le Roi au sommeil agité, geignant, grimaçant, grinçant des dents, luttant certainement contre des cauchemars qui l'assaillaient par vagues. La tactique même des *tercios* qui avaient tant ravagé les soldats de Sa Majesté.

Guitaut regardait son Roi, et l'admira. Il tiendra ! Il en a la volonté. Il semblait même au capitaine que c'était là le seul sang qui courait les veines du Roi : voir demain.

Pourquoi moi près de son lit et non pas son favori ? Belle question, Louis XIII savait que Cinq-Mars aurait dormi !

Le Roi sans joie qu'était son roi n'était pas homme sans jugement.

Au matin le Roi s'éveilla, et vit au pied du lit le visage raviné par une nuit sans sommeil de son capitaine. Il lui sourit.

— Eh bien nous avons traversé. Vous êtes un bon médecin.

— Merci. Pour les mêmes raisons que Mme de Sénecey le fut pour le Dauphin...

Le Roi rougit un peu, ce qui était un exploit compte tenu de l'ivoire de son teint. Il mâcha sa moustache, tic de vrai vieux soldat.

— La marquise reviendra, mon ami. Je vous en fais la promesse. Je convaincrai le Cardinal.

Les rois ne sont-ils vraiment rois qu'au moment de leur mort, quand ils veulent lui arracher encore quelques heures de vie ? La lumière revenue, ils dépendent de la contingence et du ministre qu'ils ont choisi. Enfin, le voilà adoubé « ami » d'un Roi !

— Le lever, Sire ?

— Il le faut bien.

Guitaut claqua des mains. Son roi s'agaçait de ces cérémonials empesés mais eût été outré qu'ils manquassent à l'appel.

La volaille bottée pénétra dans la chambre, le sanctuaire de la royauté. Et ne manqua pas de graver en sa mémoire que le capitaine aux gardes, le petit Guitaut, minuscule nobliau d'occasion, avait passé la nuit entière au plus près de Sa Majesté. Et que Cinq-Mars était absent, abandonné encore aux bras de Morphée ou de Marion... Il était six heures pourtant.

— Cher Guitaut, mon ami, présentez-moi la chemise.

Le premier valet de chambre, comte depuis Philippe IV dit le Bel, blêmit.

Mon ami... Cher... Mon Dieu, les courtisans allaient se pâmer. Guitaut savait qu'ils ne le quitteraient pas d'une botte de la journée. Joli cadeau royal. Le Roi offrait son rictus des bons tours joués les bons jours. Mais la journée ne faisait que commencer.

— Et je vais voir mon fils.

— Sire, il est tôt, et encore nuit !

— C'est l'heure des Rois. Qu'ils soient présents ou futurs.

En chaussons, la chemise passée, le bonnet de coton à deux pointes en tête, le Roi précédé de Guitaut sortit dans le long corridor qui menait aux appartements de la Reine enceinte et de l'enfant déjà né.

On eût dit une charge ou une escorte d'honneur allant recevoir la reddition d'une place. Guitaut n'aimait pas cette allure martiale frisant le ridicule par la chemise même et le bonnet de Sa Majesté. Le Roi ne pouvait-il attendre d'être vêtu ? Non, il était pressé, mais par quel mauvais rêve ? Louis le Pieux était superstitieux. Craignait-il de mourir avant de voir son Dauphin joufflu, lui l'Emacié ? Quelque chose comme cela. Le jour ne pointait pas encore, on portait des flambeaux pour éclairer l'étrange troupe qui avançait vers les appartements de la Reine. Un chuchotement quinze fois répété les précédait. Guitaut brisa le pas afin de ralentir, qu'on ait le temps là-bas d'être prévenu, préparé.

— Qu'y a-t-il, Guitaut, votre jambe vous fait souffrir ?

— Cela passera vite, Sire. Une attaque sournoise... une mecklembourgeoise. Une bien vilaine danse.

Le Roi sourit, la cuisse de Guitaut avait souffert d'un coup de mousquet tiré par un régiment allemand de l'Empire. Il ralentit toutefois le pas.

On secouait Mme de Lansac pour tirer la rondelette paresseuse de son occupation préférée, dormir. On s'agitait chez la Brassac, la Reine buvait un chocolat et enfila une robe de chambre par-dessus sa tenue de nuit. On la peignait, voulut la coiffer d'une mantille.

— Non, ne soyons pas trop espagnole. Louis dort-il encore ?

— Hélas, Madame, oui.

— Tant mieux, tant mieux... Qu'on ne le réveille pas.

Une servante zélée pourtant avait réussi, par quelque chansonnette, à tirer le Dauphin tout hébété de sommeil imparfait vers la conscience d'une nouvelle journée.

Les portes s'ouvrirent.

— Le Roi !

Une immense ombre envahit la pièce encore mal éclairée, ombre poussée par les torches qui encadraient l'apparition maigre et blanche, fantomatique, qui s'encadrait au seuil de la porte, ombre qui se multiplia sur les murs et sur le parquet quand les torchères se placèrent en quinconce, dessinant quatre démons aux bonnets cornus, décharnés dans des vêtements flottants, rayons d'un cercle infernal ayant son centre sous les pieds d'un grand diable sévère qui envahissait cette pièce où flottaient des parfums de dames, de mère, de fleurs séchées en pot-pourri, et des tiédeurs corporelles de tissus froissés de qui vient d'être tiré trop tôt du lit.

L'enfant hurla de terreur devant ce qu'il n'avait pas reconnu être son Papa. Papa le vrai était une moustache et une barbichette en pointe de flèche, un grand feutre à panache noir ou gris perle, des bottes fauves luisantes qui faisaient sur les parquets ce bruit à nul autre pareil, un doux roulement de tambours quand ils sont voilés de crêpe, bruit tendre et triste, mesuré, bridé, qui annonçait une visite pleine d'attentions, un sourire désenchanté, dessinant sur les lèvres minces un espoir toutefois maintenu. Un enfant sent tout cela sans le concevoir, il est un petit bloc d'intelligence charnelle.

Et puis il y a les yeux. Les grands yeux sombres du Roi hérités des Médicis, venus des nuits de Toscane, ces yeux qui se posent sur lui comme des colombes noires, le frôlent à peine et se plissent dans ce qui doit bien être un sourire emperlé d'une larme naissante et retenue près du nez, là où il est un petit point rouge irrigué par les canaux de veinules fines comme des fils de soie écarlate.

Jamais les yeux de Papa Roi ne reflètent des flammes de torchères !

Louis Dieudonné, donc, hurla.

Il en appelle à Maman, refuse d'embrasser le démon en camisole qui repart courroucé en lâchant à la porte :

— Quelle étrange nourriture d'éducation donne-t-on, ici, à mon fils pour qu'il refuse son père ? Nous y mettrons bon ordre. Ici, ou ailleurs.

On va le lui enlever. Elle est enceinte et une nouvelle fois la menace plane : arracher Louis Dieudonné à Maman Anne. La guerre ne finira jamais entre la France et l'Espagne, jusque dans ces appartements froids et enténébrés d'ennui et de crainte. Elle hait le Louvre.

Retourné chez lui, le Roi prend la plume, et l'homme qui ne sait parler écrit, comme d'habitude, pour se plaindre à l'autre malade, plus puissant que lui peut-être : « Je suis mal satisfait de mon fils... » Et d'évoquer le transport du Dauphin à Amboise, loin de l'influence pernicieuse de la reine espagnole.

La Reine, elle, vomit, secouée par une terrible nausée, dans une bassine d'argent. Perrette a réussi à calmer le Dauphin qu'elle tient éloigné du mal qui secoue sa mère. Perrette aux doux seins a une idée. Mgr de Lisieux, confesseur et bon politique la soutient.

Pendant deux jours entiers, tout ce que reçoit Louis, du sucre rosat, un brimborion, des graines de céleri confites, ce qu'il aime le plus, lui est dit « envoyé par votre Papa ». Louis sourit, chantonne ce nom « Papa ». Le rythme en mélopée sur son tambour préféré. Et Monsieur de Lisieux, évêque, a sa meilleure idée. Le Roi aime les ambassades. Il apprécie, dans la Grande Salle du Louvre (qu'il ne tolère qu'en ces instants-là), de recevoir le compliment, les salutations des cours étrangères, plus ou moins alliées, plus ou moins ennemies, qui viennent dans les soieries, les panaches, les rubans, lui faire révérence. Et Monsieur de Lisieux demande à être introduit chez le Roi.

Louis le Pieux reçoit, bien sûr, un évêque.

— Je viens, Sire, traiter de la paix avec Votre Majesté de la part de l'un des plus grands princes du monde.

Le Roi le regarde sans comprendre.

Et l'évêque fait entrer le Dauphin, tout de soie brodé, sa petite

poitrine barrée du baudrier de soie bleue, l'épée au côté, le minuscule feutre de poupée à la main. Et qui sourit...

— A pardon, mon Papa, d'avoir fassé.

Il s'incline. Puis relève la tête aux magnifiques yeux sombres
vers ce père qu'il reconnaît ainsi vêtu de velours ventre de louve ;
la mine sévère mais déjà fondante, Papa Roi sourit. Le gamin
court vers les longues jambes maigrelettes qu'il entoure de ses
bras. Et le Roi l'enlace, le hisse jusqu'à son épaule. Lui chatouille
la joue de sa moustache. Cet enfant est beau comme lui ne le fut
jamais, et cette beauté, au lieu de rancir encore l'esprit jaloux de
Louis l'Aigre, le remplit d'aise. Et de ce sentiment qu'il ne ressent
que devant Arras repris aux Espagnols, devant le Pas-de-Suse
forcé, Corbie délivrée, Hesdin aux remparts effondrés par l'artillerie qu'il a lui-même commandée, en bon mathématicien qu'il
est : la fierté. Avec toujours au fond de l'âme cette morbide pensée
qui ne le quitte pas tant son ventre la lui rappelle quotidiennement : lorsque Louis le Juste reposera en la basilique de Saint-
Denis près de ses prédécesseurs, le trône appartiendra à Louis le
Beau. Si Dieu lui prête vie. Et le grand échalas spectral, hanté
par la mort des autres comme par la sienne, pense en cet instant
d'embrassement que rien ne vaut la vie. Résumée en un paquet de
soie gigotant et rieur sous les chatouillis. Louis XIII baise encore
les joues fermes et rebondies, adresse une rapide prière muette à
Quelqu'un de plus haut placé que lui, dépose le petit paquet à ses
pieds, le prend par la main, le mène à la grande croisée.

— Regardez, Petit Louis, comme il fait soleil. Il n'est que le
soleil, mon fils, pour chasser toutes les nuits de l'âme et des
guerres entre les hommes, des rancœurs entre les fils et les pères
que Dieu veut toujours unis.

Le Dauphin sourit et cligne de l'œil, ébloui par la lumière. La
paix est faite.

Pour la première fois, Louis, roi de France, a donné un sobriquet
affectueux à Louis Dieudonné, Dauphin, celui que lui donnait
aussi sa mère. Cela vaut duché, pairie, et Petit Louis va avoir force
de loi à la Cour.

Une autre paix se fait. Par traité. Entre le Roi et son favori, qui
n'est plus un enfant quoiqu'il en garde encore l'esprit. Cette paix-
là est signée à Rueil chez l'Eminence qui se déplace le moins
possible ou plutôt qu'on déplace le moins possible, comme si

l'homme rouge allait se briser. Il n'est pas si fragile, mais il souffre. Et c'est le Roi, tout aussi mal fichu, qui fait le chemin de Rueil. Au moins Sa Majesté supporte-t-elle encore de chevaucher ou de rouler carrosse. Le Cardinal, lui, ne peut endurer la vie que couché ou debout. Il lit étendu sur une longue indienne, il écrit ou plutôt dicte debout, planté sur ses ergots, le jarret tendu, le visage sévère pour ne pas grimacer, passant le poids de son corps qui s'étiole d'une jambe sur l'autre. « Je suis le manant du Roi. » Celui qui reste : *maneo* en latin.

Louis XIII a l'œil qui pétille. La souffrance de son immense ami ennemi ne lui déplaît pas. Il se sent moins seul et cette souffrance les rapproche encore. Le roi, lui, s'assoit. Cinq-Mars est derrière lui, debout, le visage gonflé de fatigue, mais portant beau une forme d'insolence et toisant son ancien maître et professeur, le redoutable cardinal, du haut de sa taille mais aussi de son arrogante santé. En lui tout est insolence en présence de ces deux corps ravagés. Mais que l'espérance est lente ! Le futur prend tout son temps.

Le ridicule, lui, envahit le présent. Henri Ruzé d'Effiat, marquis de Cinq-Mars, Monsieur le Grand, est-il le seul à le sentir rôder entre les vignes à piquette de Rueil ? Il semblerait, c'est du moins ce que pense le chenapan venu chez le Principal Ministre signer un traité de bonne entente avec Sa Majesté. Le Cardinal tend le projet au Roi, qui lit lentement, mot à mot, comme le jeune Henri, il n'y a pas si longtemps, déchiffrait ses rudiments de latin avec son précepteur. Le Roi n'afficherait pas plus de sérieux à lire une offre de paix du Cardinal-Infant.

— Comme d'habitude, mon cousin, votre prose est parfaite.

Le Cardinal salue le Roi avec une raideur inaccoutumée.

— Lis !

Le roi tend à Cinq-Mars le traité par-dessus son épaule, las de se retourner.

Mais le Roi l'a tutoyé. Cinq-Mars sourit et prend la feuille griffonnée de la belle cursive du secrétaire particulier de Son Eminence, à la plume élégante.

« Nous, cy dessous signés, certifions à qui il appartiendra être très contents et satisfaits l'un de l'autre, et n'avoir jamais été en si parfaite intelligence que nous sommes à présent. En foi de quoi nous avons signé le présent certificat. »

— Qu'en penses-tu ?

— Cela me semble fort bon, Sire.

Il n'en croit pas un mot.

— Parfait.

Le Roi saisit la plume et trace : « Louis. » Ajoutant dessous son paraphe : « Par mon commandement. »

— Signe !

« Effiat de Cinq-Mars », griffe Monsieur le Grand. Il se retient de hausser les épaules dans le dos du Roi car le Cardinal le fixe comme un busard fixe un serpent. Il se méfie encore, le vieux tyran... Il faut accélérer le temps.

La Nature s'en chargea mieux que Monsieur le Grand. Le ventre de la Reine devint contre toute attente le centre de la Cour. Le Roi, apaisé par son fils et son favori enfin rentrés dans l'obéissance, se préoccupa de cet état. Il chassa, certes, et Cinq-Mars l'accompagna sans trop grimacer. Et l'enfant naquit. Un second fils pour Sa Majesté.

Le Roi exulta. Il s'appellerait Philippe. Voulut en faire un comte d'Artois, en l'honneur de la belle province, riche en blé, autrefois apanage des ducs de Bourgogne et reprise aux Espagnols. Mais Philippe fut duc d'Anjou. Titre porté par les frères de Saint Louis, de Charles V et de Charles IX. Surtout en l'honneur de Saint Louis. Car Philippe était blanc de peau et noir de cheveux, Louis XIII le Pieux en réduction. On était le 21 septembre, jour d'automne. Les cloches, les canons, les feux de joie de nouveau prirent possession de Paris et des villes royales. Le Roi riait. Oui, riait.

Lui qui avait craint de n'avoir pas d'enfants avait deux fils. Il pardonnait à Anne d'Autriche d'être tellement femme, puisque seule une femme pouvait lui faire un tel présent. Car elle ne ressemblait plus en rien à la très belle infante dont l'apparition avec ce port noble acquis en Espagne faisait frémir ce que la Cour comptait de galants ou de rufians, c'est-à-dire tout le monde. La belle Anne, princesse désirable, était désormais une Cérès française, épanouie, très blonde et très blanche, et elle se prit à aimer la chasse qu'elle suivit en carrosse. Elle félicita même son royal époux d'avoir tué deux loups dans la plaine de Monceau. Leur fourrure était belle, d'un gris attendri de blanc. Et le Roi en fit tirer, pour elle, une toque et une étole doublées de soie pour l'hiver annoncé. Il lui pardonnait, aujourd'hui, ce qui l'avait toujours rendu morose pendant tant d'années : sa féminité qui transpirait par tous ses pores et s'affirmait par la splendeur de son corsage. A trente-neuf ans, elle n'offrait plus la beauté troublante qui lui avait attiré bien des hommages, dont ceux du Cardinal, mais elle affichait le port d'une Reine. Et le Roi s'enchantait de cette mutation. Il admirait enfin sa splendeur charnelle. Le Roi y voyait une vraie mère, ce qui lui avait manqué en sa pauvre jeunesse. Une vraie mère qui aimait tout uniment ses enfants. De l'inconnu pour lui, et une merveilleuse invention.

Le roi Louis XIII était heureux. Il vivait un crépuscule de printemps aux nuages roses sur des nuits de profond saphir. Des crépuscules comme dans les contes ou les histoires que sa propre mère n'avait pas pensé à lui lire, tout occupée à bichonner son jeune frère Gaston. Qui en effet était aussi bouclé, pommadé et parfumé qu'un vieux bichon jappant aux chevilles d'une dame d'atour, d'une duchesse douairière, honorée d'un tabouret chez la Reine, conquis à l'ancienneté. Les bichons aboyaient, se goinfraient de friandises, pissaient sur les parquets mais ne mordaient pas. Il regardait autrement son frère aux visites impromptues. Il suffirait de lui lancer quelque os de poulet. Un autre duché, une pension, un titre ronflant... Lieutenant général du royaume peut-être... nous verrons dans notre testament.

Le Roi se débrida, perdit toute timidité, choya ses deux fils, encore maladroit par crainte de les mal traiter sans le vouloir. Son père le roi Henri avait failli le laisser tomber, lui encore nourrisson, en le tenant mal en ses bras plus habitués à saisir des galantes. L'affection l'envahissait, repoussant la méfiance au loin, et il sentit que cette invasion-là lui procurait un grand bien. Il organisa des jeux, des bals, des sorties champêtres, montra ses enfants et sa femme au pays. La Reine était reine et aux côtés du Roi. La lune de miel avortée il y a un quart de siècle revenait, pleine, brillante, s'emparant du ciel de France.

Ils suivirent le Val de Loire, notre vallée des Rois. S'arrêtèrent à Amboise où il avait menacé d'envoyer le Dauphin être élevé loin de sa mère, ils firent halte à Blois, refuge de son frère Gaston. La Reine s'y enticha d'une petite fille, une orpheline de père, celle de Mme de La Vallière nouvellement remariée au Premier Chambellan de Monsieur, M. de Saint-Remy. On partit pour la Bourgogne, rendre honneur à ses cousins Condé qui en détenaient le gouvernement.

Louis grattait la guitare, non plus pour bégayer des psaumes assommants, mais pour fredonner des airs à la mode, voire des berceuses, le soir, au coucher de ses enfants. Une vieille romance espagnole qu'il estropia fit sourire la Reine, flattée de cette sérénade boiteuse mais sans doute venue d'un cœur qu'elle croyait sec. Sa voix était douce, on la découvrit mélodieuse. C'était que chaque mot, pour une fois, venait en effet du cœur et que, quand le Roi fredonnait, il ne bégayait pas.

On surprit le Dauphin, enchanté de tant de musiques, à vouloir danser, se trémoussant sur certaines mélodies venues de la guitare paternelle. Le Roi, dans ses combles du Louvre qui lui servaient d'atelier, lui confectionna une arquebuse en cuir et un cheval de bois.

Le royaume, lui, crevait de misère. La vue de la famille royale au grand complet, de la Reine en splendeur, du Roi victorieux, des enfants porteurs d'espoir d'un nouveau règne et donc de la paix, enfin la paix, qui mettrait fin aux privations, et l'absence du Cardinal dans ces cortèges, cloué sur un lit à Rueil où on lui perçait ses abcès, ne suffisaient plus. Cinq-Mars avait reçu l'ordre, écrit de la main de Louis et avec fermeté, de paraître en plus modeste appareil : économiser sur les dentelles et les velours ; être seigneur certes, mais pas étal de joaillier. Et on avait enlevé tout parement d'or au carrosse du favori qui en bouillait de rage et de haine derrière ses sourires pleins de dents.

Les parements avaient été fondus en lingots remis au chapitre de Notre-Dame pour les œuvres. Le jeune Paul de Gondi avait remplacé son oncle l'archevêque pour la distribution. Il y avait montré une sainte componction, avait-on rapporté au Roi qui nota ce nom.

Contre la misère, deux solutions : la répression à la normande, ou une victoire, ce baume pour un peuple glorieux. La Catalogne et le Roussillon envoyaient des émissaires : ils voulaient rejoindre le royaume de France et se délier de l'occupation espagnole, qui n'était pas tendre. Le Roi fut élu par acclamation comte de Catalogne. Il en fit peindre les armes sur les portières de son carrosse.

Excellente occasion de traverser le royaume pour montrer au peuple que le Roi continuait son métier. Eviter les pillages en ne prenant que des troupes sûres : mousquetaires et gardes, régiments royaux, bien vêtus, bien nourris, éloigner les mercenaires envoyés aux frontières de l'Est et du Nord qu'ils pourraient dévaster.

Le Cardinal voulut en être et il en serait. Aucune victoire ne devait lui échapper, lui qui avait usé sa santé à toutes les préparer.

« Excellente occasion de l'y faire crever », pensait Cinq-Mars.

Prudent, Monsieur le Grand convainquit le Roi de laisser Guitaut près du Dauphin, encore une fois, compte tenu de l'affection que semblait lui porter le fils aîné « qui a hérité de Sa Majesté, outre ses beaux yeux sombres, son goût pour les braves ».

Le Roi protesta que Guitaut avait été privé déjà de la gloire de Hesdin. Qu'il méritait cette campagne qui s'annonçait une promenade militaire.

Cinq-Mars sourit comme il savait le faire : « Et laisser le Dauphin entre les princes du sang... et Monsieur... »

Cinq-Mars ne voulait pas de Guitaut dans les pattes, un homme qui avait tout vu, tout vécu, gloires et vilenies, batailles et complots. On ne s'embarrasse pas d'un honnête homme quand on veut abattre un tyran. On lui préfère des spadassins. Et, grâce à la fréquentation de Marion et deux sourires de Marie de Gonzague, dans la manche de dentelle de Cinq-Mars se cachait M. de Tréville, capitaine général de la première compagnie des mousquetaires, ennemi juré du Cardinal. Un de ces hommes « sûrs » évoqués par le Roi.

Guitaut resta près de Petit Louis. Il n'y eut jamais autant de dents dans le sourire du jeune marquis.

LE CHAPEAU DE MONSEIGNEUR COUPE-CHOU

Un autre visage rôdait dans les couloirs du Louvre, de Saint-Germain et surtout de Rueil. Un bel homme. La taille bien prise, le teint vif, les yeux pleins de feu, le front large et majestueux, les cheveux châtains et un peu crépus. Un homme qui prenait grand soin de ses mains qu'il savait belles. Un homme qui voyait et comprenait vite, un homme précieux pour un malade comme Richelieu dont il avait happé la confiance et pour qui il voyageait. Un mois à Turin, une semaine à Münster, une intelligence en marche, un fringant cavalier apte à parcourir l'Europe, apte aussi à déjouer les pièges de tout traité, de tout accord, à renifler la trahison la mieux travestie de bienveillance. Un homme qui avait fréquenté la Curie, les corridors bruissant de soutanes des *monsignore* du Vatican, un homme qui fut nonce à Paris et jugé trop français, nommé vice-légat de Sa Sainteté en Avignon, qui lui parut terre d'exil, un homme enfin qui admirait le Cardinal-Duc, pour lui véritable plus grand chef d'Etat de cette Europe à feu et à sang. Et qui avait choisi son camp.

Né dans les Abbruzes, élevé à la cour des Colonna dont son père avait été intendant, il avait élu la France et le service de son maître Richelieu.

Giulio Mazarini était beau, rapace et intelligent, ambitieux, intrigant, fourbe, énergique. Les qualités de son maître moins sa brutalité. Il camouflait un orgueil immense derrière ses sourires sucrés et une voix chantante dont il outrait à peine, mais suffisamment, l'accent transalpin afin de l'adoucir encore, enveloppant son interlocuteur d'une musique méliflue dont chaque note pourtant était une lame de rasoir. Le contraire du Père Joseph du Tremblay, décédé et dont Richelieu lui avait, de fait, confié la place. Et l'espoir du chapeau de cardinal.

Il était les yeux et les jambes de l'impotent. Leurs esprits ourdissaient et comprenaient à l'unisson. Pourtant Mazarini, qui connaissait maintenant bien des secrets d'Etat et œuvrait en grand travailleur pour cet Etat, ne souhaitait pas, lui, la mort du « vieux satrape », comme l'appelait toute la tribu princière des Condé. Il admirait sincèrement le Cardinal-Duc. Sans lequel il ne serait rien que ce qu'il était en naissant : rien.

C'est avec lui que Richelieu riait les rares fois où il riait. Le nommant Monsignore Colmardo, besogneuse adaptation de « coupe-chou » en mauvais italien. Qu'importent les mauvais jeux de mots !

Louis XIII avait Cinq-Mars, Richelieu avait Mazarin, pour d'autres buts et d'une tout autre ampleur. Le teint de l'Italien, son éclatante santé, la hardiesse de son maintien rappelaient à l'Eminence un autre ambitieux venu non d'Italie mais des terres de l'Ouest et qui, attaché à Marie de Médicis, Reine régente mère de Roi, était parvenu (il accepta mentalement le mot) aux plus hautes fonctions, aux plus grandes richesses, au pouvoir le plus absolu. Ce pouvoir absolu qu'il avait réussi à imposer au Parlement grincheux, protestataire surtout par la bouche d'Omer Talon, redoutable discoureur en bonnet et en hermine, mais qui avait plié, ou à Paul Scarron l'Apôtre, assommant de pieuses citations et vitupérant des vérités, qu'il avait exilé.

La monarchie française était désormais absolument absolue, absolument de droit divin, et le Principal Ministre était l'outil absolu de ce pouvoir et son principal usager.

Mazarini était de la trempe du petit Armand du Plessis devenu le grand Richelieu. Il n'était plus question de l'envier, pour sa plus grande jeunesse et sa meilleure santé, mais de l'instruire, ce faquin apprenait vite, et de s'en servir.

De plus, ce diable d'homme plaisait. Souriant, sirupeux à souhait avec l'accent chantant de ses Abbruzes, le poil dru luisant bouclé. Mais attention de ne pas le confondre avec un bichon ou un Cinq-Mars, il n'avait rien d'un animal de compagnie. Il était né pour la chasse, la traque, le traquenard. Richelieu en raffolait au point d'avoir commis un impair.

Il y avait deux ans de cela, l'ayant tiré d'Italie après un glorieux épisode où, capitaine dans la garde pontificale, Mazarini avait galopé entre les rangs espagnols et français, mousquets prêts à tirer, et défiant les balles de plomb qui allaient dans la seconde jaillir des bouches à feu, il avait surgi donc entre les deux armées, secouant son chapeau à plumet blanc et criant « *Pace, Pace* », puis brandissant une bulle de Sa Sainteté du bout de ses gants de daim taillés à la mesure de ses belles mains. Du courage physique donc. Et ce jour-là, à Casals, on ne s'était pas étripé. Bien. Mais présentant alors ce héros à la Cour, Richelieu n'avait pu s'empêcher un mot moutardé, déclarant à la Reine, et ce devant le Roi, pour leur annoncer la future présentation de l'éminent Italien :

— Vous verrez, Madame, il vous plaira, il ressemble au duc de Buckhingham.

Il faut éviter de gifler une Reine. Même quand le Roi ne l'aime pas. Anne ne rougit ni ne pâlit, elle avait toisé le Principal Ministre, son principal ennemi, avait rameuté en elle tout ce que sa naissance avait de grandeur, le feu de l'infante, la glace de descendante des Empereurs, contemplant du haut de ses deux tours de Habsbourg le nobliau français monté en graine, méprisant en cet instant le pouvoir conquis, méprisant par là même cette sortie indigne de lui, et qui l'était encore plus de la toucher elle, et elle avait à peine accordé un regard impoli au fringant cavalier mi-soldat mi-abbé que le Cardinal poussait devant lui.

Son Eminence avait admiré cette véritable attitude d'altesse, vainquant il le savait la peur qu'il lui inspirait pour, au nom de l'honneur, le ramener à sa petitesse. Cette femme sublime, qui fut d'une beauté sublime et qui le troubla tant, en imposa ce jour-là à Richelieu, ébahi, ébaubi. Louis, lui, s'était renfrogné.

Un bon mot sans doute mais une belle sottise ! Et une vilaine action. Il en aurait eu honte encore aujourd'hui si la honte n'était une perte de temps.

Richelieu fit appeler l'Italien qu'il savait au travail dans le cabinet mitoyen.

— Laissez ces papiers, Signore Colmardo.

Son Eminence était donc d'excellente humeur. Mazarini obéit.

— Qu'était-ce au fait ?

— Les rapports de Chavigny et de Mme de Brassac.

— Des redites et des rabâchages. Ce n'est pas du sujet de leurs écrits que je voulais vous entretenir.

— Je vous écoute, Monseigneur.

— Mon cher Mazarini, le pape vous accordera le chapeau de cardinal, à n'en point douter. Et pour activer l'affaire, je vais vous renvoyer à Münster, en Westphalie, que vous connaissez déjà, et nous ferons grand bruit sur les prémisses d'un traité de paix... à venir bien sûr, car il nous manque encore quelques conquêtes. Mais pour Sa Sainteté et ses espions, que vous connaissez tous puisque vous en fûtes, vous paraîtrez comme l'artisan de ce traité encore à naître... d'où votre chapeau assuré.

Mazarin ne dit mot, attendit.

— Nous parlions de naître. Il est né, à la cour de France que je désire que vous considériez maintenant comme votre vraie patrie, un Dauphin puis un autre petit prince. A moins d'épidémie, ou de meurtre, la succession du Roi est assurée. La mienne non. Par la force des choses et de ma prélature. Mais si je ne puis engendrer, je peux désigner. Et vous êtes mon successeur désigné, Monsieur « de » Mazarin. Voici vos lettres de naturalité, signées par moi et par le Roi. Vous pouvez donc faire affaires dans le royaume, y posséder des terres, obtenir des revenus ecclésiastiques, et l'abbaye de Corbie, nom cher au cœur du Roi, vous siérait car c'est un des plus beaux revenus de France et vous aurez besoin d'argent. On a toujours besoin d'argent pour gouverner et paraître puissant. Ne me remerciez pas, ne jouez pas l'ancien serviteur des princes Colonna, désormais vous êtes presque ministre du plus puissant roi d'Europe et donc de la terre. Vous entrerez au Conseil dès demain matin.

— Mais le marquis de Cinq-Mars vient d'en être interdit par Votre Eminence.

— Cinq-Mars est un gamin, un lampion pour amuser la Cour en temps de carnaval, une poupée pour occuper les humeurs du Roi. Cinq-Mars n'est rien sinon un bichon, une fanfreluche. Vous êtes un outil, un cerveau, soyez une volonté.

Mazarin fut un silence. Mazarin resta immobile debout, raide, fixant le ministre au milieu de trop de coussins en son fauteuil.

La voix se fit plus rauque et plus basse, Richelieu ne regardait plus Mazarini mais par la fenêtre ses vignes de Rueil qu'on vendangeait.

— Le vin ne sera pas meilleur que l'année passée mais, qu'importe, toute la Cour en boira, pour me satisfaire, comme elle a applaudi ma tragédie *Mirame*, qui, je dois le reconnaître, n'est pas du Corneille, et sans oser une seule grimace. (Il rit.) Je m'en suis montré bien glorieux, bien souriant, jusqu'au bord du ridicule... Sans en avoir écrit plus de dix vers. Ceux-là mêmes dirigés en piques, disons en pointes d'épingle, contre Sa Majesté la Reine. Mais *Mirame* est un torchon. Un torchon politique, mais c'est tout. Bien. Cessons cette digression et évoquons une vraie tragédie. Mazarini, je vais mourir avant deux ans. Le Roi ne se porte guère mieux. Le Dauphin a trois ans, son frère Philippe d'Anjou un. La Reine sera régente. J'ai connu deux régentes. Catherine de Médicis, et la France fut à feu et à sang, ses fils assassinés, les huguenots massacrés... J'ai connu la veuve du roi Henri, Marie de Médicis. Elle m'a fait, je l'ai trahie car elle trahissait l'idée d'un royaume indépendant et uni. Elle fut une reine sans vision et une mère sotte, elle a préféré Gaston à Louis. Servez Louis, éloignez Gaston le plus que vous pourrez. Surtout des appartements des enfants royaux... Monsieur sent la frangipane mais rêve d'arsenic.

— Mais, Monseigneur, je ne suis rien et ne peux rien.

— Si. Vous êtes mon héritier. Non de mes biens, ils iront à la France, et à ma délicieuse nièce. Mais de mon pouvoir. Voici la lettre testamentaire que je remettrai moi-même au Roi quand je sentirai l'agonie ouvrir le long corridor noir au bout duquel on dit briller la seule Vraie Lumière. Lisez-la ! Ne la lisez qu'une fois, ensuite elle sera scellée à jamais jusqu'à mon avant-dernier souffle, quand elle atteindra son destinataire. Lisez, Colmardo ! N'en oubliez pas un mot. Et asseyez-vous, je vous déteste plus haut que moi. (Cela dit dans un grand sourire.) Déjà que vous avez l'outrecuidance de votre santé ! Je vous la pardonne, elle sert la France.

Mazarin s'assit dans une chaise à bras à tapisserie de soie et pieds dorés.

— Vous présentez ainsi la figure d'un convenable ministre. Non, pas de merci, lisez.

Mazarin, studieux travailleur, lut. Relut. Il comprenait chaque mot et chaque mot le sacrait. Le valet des Colonna, le capitaine du pape atteindrait le firmament : gouverner le plus grand royaume du monde connu. Et certainement de l'autre aussi.

— Votre Eminence est trop bonne. Yé né souis...

— Pas avec moi, Colmardo ! Jouez le faquin avec les princes

du sang, les maréchaux, le courtisans, les importants qui n'ont plus aucun pouvoir sinon celui d'être les rapaces des provinces dont ils possèdent le gouvernement. Inutile de jouer les humbles, vous ne l'êtes pas ! Et ne le soyez plus jamais avec moi. Ni avec le Roi. Ni avec la Reine. Cette lettre est une recommandation à Sa Royale Majesté. A mon dernier souffle, il n'y aura que vous à ses côtés.

— Et si Sa Majesté refuse...

— Sa Majesté s'agace contre moi, se plaint à Cinq-Mars, cet imbécile qui colporte ces plaintes dans tout Paris, mais ne sait pas qu'elles ne sont que bouffées de chaleur, exhalaisons d'un esprit un peu étouffé, il est vrai, sous les exigences de ma volonté. Mais le Roi est un roi intelligent qui, toujours, s'est appuyé sur moi pour gouverner ce pays que nous avons trouvé, lui et moi, déchiqueté. Des lambeaux de royaume recousus par nos soins. Donc Louis le Juste vous agréera.

Le Cardinal grimaça, changea de position dans ses coussins, Mazarini fit mine de se lever pour l'aider, un regard et un simple geste de la main le rassirent.

— Il faut mon ami vous préparer à cela. Vous me suivrez désormais chaque fois que je paraîtrai à la Cour. Vous parlerez au Roi, vous parlerez à la Reine, vous sourirez à Guitaut, il n'est rien, sinon brave et respecté. Approchez-vous de tout ce qui est respecté, la liste n'est pas si longue, mais ce Guitaut est craint même des princes du sang, même de Monsieur. N'essayez pas de l'acheter, de le séduire, et Dieu sait si cela vous savez le faire, bougre d'Italien ! Vous n'êtes plus à la Curie. Guitaut est la résistance même, une place forte. Faites-en un allié par votre dévouement au Trône. Servez-vous de sa seule faiblesse : la tendre joliesse mûre de la pieuse marquise de Sénecey.

Il songea. Puis reprit :

— Vous la tirerez, vous, de l'exil où je l'ai enfouie. Guitaut vous en saura gré. Obtenir l'agrément de Guitaut est gagner la confiance de la Reine. Rapprochez-vous de la Reine. La Reine, Signor Colmardo, a changé. Remarquez les regards qu'elle pose sur son Dauphin, notre Dauphin. Cette infante insolente, arrogante, à juste titre par sa plus haute des plus hautes naissances, est en passe de devenir une vraie reine de France. Je fus son ennemi quand elle était le mien, je reste son admirateur. Elle a le sang de Charles Quint, la fidélité à son père le grand roi Philippe II est respectable, et elle donne son amour, un grand et véritable amour, à l'avenir de la France, ce Petit Louis qu'il vous faudra protéger, éduquer en Roi, gronder parfois, toujours servir.

Le Duc Rouge reprit souffle, leva les yeux vers son plafond étoilé, il y avait fait peindre un ciel, le mois précédent, en prévision d'un voyage... Autant consulter les cartes avant d'entreprendre une ultime expédition.

— Dans ces lettres de Chavigny et de la Brassac que vous avez déposées ici, est-il un mot qui me contredise ?

— Non, Monseigneur, il y est dit que la Reine s'occupe depuis des mois exclusivement du Dauphin et du duc d'Anjou. Qu'elle chante parfois en espagnol mais que ce sont des berceuses.

— Il est bon qu'un Roi parle les langues de ses voisins. Que Louis le Prochain parle l'espagnol ! Vous lui enseignerez l'italien, il l'apprendra vite, le sang Médicis lui coule dans les veines. (Un temps, une grimace.) Mazarini, je n'ai confiance qu'en vous.

L'Italien salua de la tête mais n'insista pas et changea le cours des pensées de l'Eminence.

— Mme de Brassac dit aussi que la Reine a refusé un courrier de la duchesse de Chevreuse, faisant jeter la lettre au feu de l'âtre avec ce mot : « Je ne veux plus de nouvelles de cette femme qui m'assiège de ses demandes. »

— La Reine sera une grande régente.

L'aveu fit souffrir le vieil homme rouge qui grimaça. Mazarini se leva de nouveau et de nouveau un geste le rassit.

— Je ne suis pas encore mort. Mais presque. Le Roi est encore chasseur mais... cela non plus ne durera pas. Une dernière campagne se prépare, une dernière annexion. Le Roussillon.

Mazarini hocha la tête.

— Monseigneur, la France sera étendue jusqu'au piémont des Pyrénées.

— Oui. Ce ne sera pas si aisé. Mais il faut le faire. Le Roi y partira. Je l'y suivrai. Nul ne sait qui en reviendra vivant. A part vous ! Il vous faut le chapeau avant notre départ ! Nous l'aurons. Alors vous serez craint ! Ce qui vaut bien d'être aimé.

Le Cardinal rit.

— Mais, diable d'homme, vous êtes aussi capable d'être aimé !

— Votre Eminence n'ignore pas que je suis surtout méprisé.

— Par les princes ! Ils me haïssent, complotent, échouent. Ils continueront avec vous. Mais ils ne sont plus rien !

— Mais le peuple ?

— Il vous ignore encore. Je crois qu'il apprendra à vous connaître. Certes son amour ne vous est pas acquis : il a quelque rancœur contre tout ce qui porte chapeau de cardinal ! De toute manière, le peuple n'y comprend rien. Le Parlement, si. Vous le mettrez à genoux en lui faisant les yeux doux. Chacun sa manière, mon cher Coupe-Chou. Moi c'était la menace. Et puis soyez riche ! Les hommes à bonnet respectent les caisses d'or. Ce sont des marchands, des banquiers, leur noblesse fut achetée sous les plis de leurs robes bordées d'hermine. Vous en ferez deux bouchées. Flattez-les et brisez-les !

— Vaste programme, Eminence.

— Bah ! notre métier. Vous commencez dans une heure. Il faut toujours réfléchir avant d'agir. C'était là ma première et unique leçon. Avec ce seul et dernier conseil : ne vous demandez jamais ce que, moi, j'aurais fait. Agissez selon vos propres idées. Et tenez-vous-y. Dans le triomphe et l'adversité, la réussite et la trahison. Vous serez trahi... Mais pas comme un mari cocu, comme on trahit un... roi. Un presque-roi.

Le Cardinal-Duc se tut. Mazarini attendit qu'il soit assoupi, cela arrivait désormais après un cruel et long effort. Il repensa à la lettre à présent scellée et qui était destinée au roi de France.

Mazette ! Quelle carrière ! Il sourit. Le vieux ministre ronflotait, l'Italien le contemplait avec une sorte de tendresse. « Les Français sont sots, pensa-t-il, ils ne savent pas admirer, ils préfèrent geindre ou comploter. Moi, j'ai besoin d'admirer. »

Le 15 décembre 1651, Giulio Mazarini reçut, malgré quelques dernières réticences du pape Urbain VIII, le chapeau de cardinal des mains de Sa Majesté Louis le Treizième. La reine de France ne lui accorda qu'à peine un regard. Le temps de constater qu'une fois de plus Richelieu avait raison, Mazarini, devenu Son Eminence Jules Mazarin, ressemblait à Lord Buckingham.

DEUX NIDS D'AMOUR

Madame de Sénecey, en sa retraite feuillue de Milly, demandait pardon à Dieu d'être si fortement amoureuse d'un homme qui était un brave, amour de grand âge, les deux frôlant le demi-siècle de vie. Et justement, Mme de Sénecey revivait. Un exil, un amour, qu'elle imaginait chaste à sa naissance, dû à la fréquentation incessante du chapeau à plumets, des bottes usées et cirées, du pourpoint barré d'un baudrier qui avait vu bien des batailles mais ne servait plus qu'à maintenir le fourreau d'une épée qu'elle savait ne pas être de parade.

Le Roi avait éloigné son Guitaut des combats pour lui confier la sécurité du Dauphin et désormais celle aussi du second fils de France. Elle en était ravie. Jamais elle ne s'était sentie si chaudement à l'aise, avant l'exil, que depuis que le capitaine aux gardes était continuellement de quartier au plus près de la Reine. Et, se disait-elle ce soir, l'attendant comme une jeune promise et mieux qu'elle attendit jamais Henri de Beauffémont, marquis de Sénecey, épousé à dix-neuf ans, sans doute était-elle la récompense en ardeur amoureuse de ce manque de combats qui avaient tant rempli la vie du comte de Guitaut. Ardeur de l'âge mûr qui lui offrait le visage même d'un bonheur buriné par son propre choix venu de son cœur et venu aussi, et elle s'en repentait chaque matin dans son oratoire, de ses sens.

Marie-Catherine de La Rochefoucauld-Randan, marquise de Sénecey, aimait de tout son corps François de Peichepeyrou-Comminges, « comte » de Guitaut, capitaine aux gardes de Sa Majesté, et à la nuit tombée attendait que résonnât, venu de la route de Fontainebleau à travers la forêt, le galop d'un cheval d'armes. Si la Cour était au Louvre ou à Saint-Germain l'attente était plus longue. Mais toujours le « cher Guitaut » venait. La Reine, auprès de laquelle il était plus souvent désormais qu'auprès du Roi et, sur les ordres mêmes de celui-ci, pour veiller sur le Dauphin et son frère le jeune duc d'Anjou, avait aménagé l'emploi du temps et les quartiers du capitaine pour que, trois fois la semaine, ses nuits lui appartinssent.

Guitaut n'avait pas quémandé une telle faveur, la reine Anne l'avait accordée sans en donner raison, tous les deux savaient de quoi il s'agissait. Et venant saluer avant la fin de son service ces soirs-là et présenter son neveu Comminges lieutenant le remplaçant, Guitaut avait droit à un sourire de l'ancienne ravissante infante et nouvellement mère de l'avenir de la France qui lui accordait l'une de ses belles mains à baiser. Muni de ces deux bénédictions, le « bon Guitaut » partait pour ses amours.

Il lui fallait suivre la route poudreuse puis pénétrer en forêt. Son instant préféré, la nuit s'y faisait plus noire même en période de pleine lune. Guitaut appréciait alors sa solitude. Celle-là même qui anéantissait un Roi le revigorait.

Il n'était que lui, ni « comte », ni capitaine de quartier, l'œil à l'affût doublant les gardes au château des petits princes quand surgissaient les Grands, les « importants » comme on avait dit, ou le pire, car le plus souriant, Monsieur. Le Roi était prudent et tenait à ses fils, se sachant malade à mourir avant qu'ils ne fussent majeurs. Ces deux enfants étaient donc des barrières devant le trône, qu'un cousin, un Bourbon, qu'il soit Condé, Conti ou Montpensier, ou Gaston d'Orléans, pouvait être tenté de briser.

Guitaut, ici sous la lune, au pas de son cheval au trot, au galop, était seul avec le vent, courant la poste vers deux yeux bleu foncé dans un fin visage blanc qu'encadraient des cheveux de nuit. Mme de Sénecey, parente de La Rochefoucauld, était aussi cousine de Mlle de La Fayette enfermée en son couvent. Elles avaient la même chevelure de nuit qui faisait que Guitaut en approchant de Milly rêvait d'Italie. C'est pour ces deux cousinages aussi qu'on avait exilé la femme qu'il aimait.

Il aimait. Seul, chevauchant, par froidure ou pluie, il aimait. Un collégien, un page grisonnant, un autre Monsieur ! Que ne se parfumait-il aussi de frangipane ? Il en admettrait le ridicule, n'avait peur de rien, même pas de ce mal qui vous détruisait dans Paris, recherchait plutôt cet état que toute la Cour fuyait. Oui, à cinquante et sept ans, Guitaut, six blessures, quinze campagnes, douze duels, aimait une exilée, ancienne dame d'honneur de la Reine, qui l'attendait en un berceau de feuilles et de branchages, dans la plus délicieuse campagne près de Paris. Parfois il mettait son cheval au pas, pour que le temps lui dure. Il brisait un rameau, cueillait une fleur, une fougère qui lui paraissait belle quand la lune l'argentait, examinait ses bottes, son plumet, le baudrier luisant de cire, la dentelle à la croate qui jaillissait du pourpoint, et de nouveau s'enveloppait de son grand manteau et reprenait le galop.

La maison était belle en son jardin. Moins imposante que le château qui régnait sur les terres de Randan en Auvergne, moins somptueuse que l'hôtel de Moulins en Bourbonnais, lieux lointains où le Cardinal eût tant aimé la voir s'enterrer, mais le charme désuet, l'entretien parfait, sa petitesse même, elle ne comptait que douze chambres et salons, la muaient en nid d'amour, peut-être – Marie-Catherine l'espérait – en écrin d'une beauté qui se fanait.

Il s'agissait de ne pas faner trop vite ! Voire de recouvrer quelque éclat. La jeunesse s'était enfuie, certes, mais la volonté demeurait. Celle de son enfance qui faisait rire son père par ses caprices de petite fille brune aux yeux bleus et pourtant de feu. Celle de sa jeunesse, que même son cousin La Rochefoucauld saluait avec tant d'esprit et d'amusement, jamais contre elle il ne lança une de ses maximes fusantes et fusillantes, mais toujours, derrière le bon mot, il glissait le sourire vrai d'une pensée amicale, d'une admiration amusée. Ce brillant cousin insolent, dont la parenté lui procurait aussi cet exil, avait bien fleureté sans qu'elle ne s'en plaignît. Qui s'en fût plainte d'ailleurs ! Avec elle, du moins, n'y eut-il nul péché.

Soupir. La pensée s'était arrêtée comme la musique l'espace d'une mesure. Avec Guitaut c'était péché divin ! A l'automne de leurs âges ils péchaient avec grandes délices en cette retraite forestière et fleurie de Milly. Marie-Catherine de Sénecey sourit, en chemise dans son bain. Elle partageait avec son amie la reine Anne le goût du bain qui n'était pas si répandu en le royaume, d'où certains effluves à la Cour qui fronçaient son joli nez. Car le nez était joli.

La Reine se baignait comme on le faisait chez son père le roi Felipe, Marie comme elle le faisait en son enfance dans les rus, lacs et rivières d'Auvergne. Un peu sauvageonne noiraude de cheveux, un peu nymphe pâle de peau avec ce bleu profond des yeux. Et une sévère éducation religieuse lui venant de sa mère et à laquelle applaudissait son père. Chez les La Rochefoucauld, tous n'étaient pas libertins, comme le charmant cousin. Elle sourit au nouveau broc d'eau chaude que versait Madelon.

— Quelle heure est-il, ma bonne Madelon ?

— Huit heures sonnées, Madame. Vous souriez, Madame, en rêvant je crois.

— Un souvenir de jeunesse, ma bonne.

— J'en ai aussi parfois qui surgissent sans prévenir.

— Je l'espère bien, Dieu nous a faits tous égaux pour les bonheurs passés.

— Et pour les présents...

Ce fut Madelon, quarante ans, qui, là, sourit...

— Le vicaire, Madelon ?

— Oui, Madame. C'est grand péché !

— Pour lui, Madelon, pour lui... Que ne se fait-il protestant, il pourrait vous épouser !

— Oh, Madame, vous si pieuse, dire cela !

— Mon ami M. Renaudot est protestant, il n'en est pas moins homme d'esprit et de moralité. Un peu trop même. Et certains Grands, ducs, pairs ou bâtards du sang du feu roi Henri restent au chaud dans leur humeur hérétique... Qu'importe, Madelon, à Dieu la manière dont on l'honore et le sert !

— Madame, vous défendez ces Messieurs de la religion, ces hérétiques...

— Au moins ont-ils une religion. Et un Dieu tout semblable au nôtre. Si vous aimez tant les vicaires, ma bonne, prenez-en un huguenot !

— C'est celui-ci qui me plaît !

— Je sais ce que c'est, ma Madelon, je sais ce que c'est.

La marquise rit :

— Il est temps de sortir de notre trempette et de vérifier notre état.

— Madame rajeunit et toutes et tous en sommes bien aises. Le capitaine-comte est fort courtois, galant, élégant et... généreux.

— Et délicieusement vieux ! Il montre la courtoisie de l'être plus que moi ! Quelle chance j'ai encore là ! Madelon, le miroir, les chandelles, nous passons l'examen. D'abord débarrassez-moi de cette chemise, séchez-moi et admirons-nous en coquette ! Ce qui, ma chère bonne, est tout autant pécher que de s'abandonner à un vicaire... Me servirez-vous encore en Enfer, chère Madelon ? Je ne saurais m'y passer de vos services !

— Nous irons en Paradis, Madame, nous n'avons fait qu'aimer ! Madeleine, ma patronne, n'eut point une vie de pucelle...

— Vous êtes fine théologienne. D'une très aimable théologie, que ne contredit en rien l'action de Notre-Seigneur Jésus sur terre. Il sauva Madeleine, qui fut catin et nous demeure sainte, et la vie d'une veuve adultère, ce que je suis à cette heure. Elle me plaît, votre théologie. Mais avant l'Enfer, nous retournerons à la Cour ! Je vous y ramènerai comme promis !

— Il faudra mort d'homme pour cela ! Plus que d'homme, d'un prince de l'Eglise et d'un Roi !

— Leur retour à Dieu !

— On peut le voir ainsi, Madame.

— C'est cela le bénéfice d'une âme pieuse, elle ne souhaite jamais la mort d'un ennemi... Et prie pour lui lorsque Dieu le rappelle en Son Royaume, et se réjouit de son éternelle félicité. Mais, Madelon, il me faut passer l'examen car le temps galope... et quelqu'un d'autre aussi !

— Madame est si belle !

— Tsst ! Il est des dégâts, on le sait.

Madelon apporta une large bergère devant une psyché dorée, alluma les chandeliers.

— Assieds-toi là, Madelon. Et traquons le défaut.

La marquise se contemplait dans la psyché. Un moment de tristesse et aussi de complaisance teintée du mauve de la morosité. Le front était haut mais non ridé. Les griffes aux coins des yeux, de la bouche ? Bah, il suffisait de sourire à peine, une simple esquisse ; le cou ? Deux fanons très doux.

— Madelon, donne-moi mon ruban de velours noir orné d'un camée.

Les épaules étaient bien, droites et arrondies, les robes dûment choisies les rehaussaient.

— Il faudra les poudrer, mademoiselle Madeleine. Ainsi que les seins !

— Des seins de jeune fille, Madame, toutes vous les envient !

— Ils ne sont pas mal car ils ont su, les prudents, rester petits.

Savez-vous, Madeleine, qu'ils ont attiré l'œil du plus bel homme de la Cour, du plus jeune, du plus... grand ?

— M. de Cinq-Mars ?

— Il les a salués d'un sourire.

— Le comte de Guitaut fut-il jaloux ?

— Rassuré un temps : ils retardèrent mon exil de trois semaines ! A poudrer donc pour les remercier. Et pour que Guitaut leur pardonne en les trouvant à son goût. Ne rougis pas, sotte fille, le vicaire n'aime-t-il pas les tiens ?

La marquise contempla son image. Fronça le nez.

— Bon, le reste est dissimulable avec moins de chandelles et plus de dentelles. Le ventre est toujours plat de n'avoir porté qu'une fille. Nous a-t-elle écrit ?

— Non, Madame, la comtesse de Fleix ne nous a rien fait parvenir depuis deux semaines.

— L'oublieuse enfant ! Elle néglige sa mère.

— Madame, vos jambes, vos pieds sont d'une finesse exquise.

— Paraître trop maigre pour la Cour sert, l'âge venant ; il est d'ailleurs déjà venu, cet âge, hélas ! dans la pénombre, il se gomme, comme se cache un sournois, mais il est là. Nous moucherons encore quelques chandelles, qu'on ne voie que la ligne générale et qu'on ombre les détails. Bas blancs.

— Dois-je poudrer maintenant ?

— Poudrez tout, chère Madeleine, cela gomme aussi le faux pli, la crevasse, le bouton. Nous nous installerons dans la chambre des fleurs. Que Bonsergent illumine le jardin de torchères, qu'il accueille le capitaine avec ce qui lui reste de son passé militaire, que toute la maisonnée soit pimpante, fraîche, bien repassée, bien peignée. Je ne veux pas une agrafe de cuivre manquant aux livrées. Une sorte de haie d'honneur, mais non militaire. La place est conquise au capitaine, ne lui offrons pas une revue mais un accueil et un accompagnement. Et la robe ?

— Celle de crème rehaussée de blanc, les épaules y sont nues, et par-dessus le négligé fleuri, qui bouge joliment au moindre geste...

— Madeleine, vous êtes fine stratège. Allons, préparez-moi ! Ah, il me faut un livre. N'ayons pas l'air d'attendre, mais de nous délasser, et qu'on nous surprenne occupée. Les poèmes de ce vieux Malherbe feront l'affaire. Y avez-vous lu celui dédié à « Une Belle Vieille » ? (Elle rit.) Il sera le mieux d'actualité.

Loin de Milly, et au cœur de Paris, près la place Royale, Marion de L'Orme aussi attendait à nuit tombée. Sans se repentir et sans besoin d'oratoire à cet effet. Madame la Grande, comme la surnommait Paris, attendait Monsieur le Grand et ses vingt ans. Elle l'attendait en compagnie d'une très jeune amie, Ninon, fille de L'Enclos, un forban, nobliau déchu, un père et mari qui avait tout abandonné pour des fumées et faire la vie. Ninon était plus que jolie, chantait d'une voix d'ange, jouait du luth à ravir. Marion de L'Orme, de bonne famille, était reçue partout, sauf dans le salon de Mme de Rambouillet ; Ninon, elle de bien moindre extraction, et pauvresse patentée, fréquentait chez la belle et dolente Arthénice, comme l'avait surnommée en son temps ce vieux mais talentueux courtisan de Malherbe par une heureuse anagramme de Catherine. Arthénice recevait les talents, se moquant, parfois, des quartiers de noblesse, mais refusant les courtisanes, fussent-elles blasonnées, pour préserver la pudeur virginale de sa fille Julie. Alors Ninon, qui connaissait depuis quelques jours seulement « la chosette », ce dont se vantait son premier amant, Saint-Etienne, sans lui avouer que la trousser et la prendre n'avait été que l'objet d'un pari entre libertins, Ninon toute ravie de son dépucelage contait à Marion les bons mots entendus entre deux airs de luth chez la belle Catherine de Rambouillet. Et Marion riait.

Il faisait nuit déjà et Monsieur le Grand tardait. Quand Cinq-Mars tardait, Marion s'inquiétait. Empêchement dû au Roi ne pouvant se séparer d'un favori parfois même pour la nuit, ce qui jetait ledit favori dans les basses-fosses du dégoût. Le Roi puait de la gueule pis qu'un de ses chiens courants qu'il préférait aux femmes et Cinq-Mars s'en plaignait, s'enduisant le corps d'huile et d'essences d'Orient pour vaincre cette odeur d'haleine malade. Ou bien, et là Marion tremblait, Monsieur le Grand encore trempait dans un complot. Il en avait un en train, la chose était sûre. Elle avait surpris des regards avec François de Thou, vilain rousseau mais fidèle ami, un billet abandonné en un pourpoint et signé de Fontrailles où était tracé le nom de Monsieur, dangereuse engeance. Et souvent Cinq-Mars prononçait celui du duc de Bouillon, prince souverain de Sedan, et qui donc ne risquait rien et pouvait tout se permettre. Aussi la présence amicale de Ninon, enjouée, piquante, jolie, jeunette, chantant divinement, écartaitelle une soirée durant les nuages qui s'amoncelaient au-dessus de la tête charmante de son amant.

Il était minuit, elles avaient soupé, chanté, médit, et songeaient à dormir, le favori se faisant oublier. Marion garda Ninon dans son lit. Il régnait un noir trop sombre dans Paris aux mille pièges où l'on égorgeait pour un poisson pourri, une bague de bimbeloterie ou cinq sols, trop sombre pour laisser Ninon regagner son logis, rue des Trois-Pavillons, même accompagnée de deux valets porteurs de torches et qui prendraient la fuite à la première menace.

Ninon, déjà, avait failli être violée. Un malandrin l'avait coincée sous une arcade et un coutelas en main s'aventurait à la trousser de l'autre, déjà glissée en son « endroit ». Sans se démonter la gamine, qui aujourd'hui encore paraissait quinze ans, avait déclaré : « Vous pouvez prendre mes bagues, mais ce "bijou" là, nenni ; il m'est trop cher et personnel. » Décontenancé, l'agresseur avait fui. Ninon en riait quand Marion, bonne aînée, en frémissait encore.

Paris était un coupe-gorge affamé et Cinq-Mars y traînait, quand le Roi évitait sa capitale, craignant quelque esclandre de la populace, le jet de trognons de choux, voire le poignard d'un autre Ravaillac, non poussé par la ferveur catholique ou politique mais par la simple misère. Et on ne pouvait réduire Paris comme Gassion l'avait fait d'Avranches. Ce qui était bien dommage.

Ninon, donc, était un réconfort pour Marion. Courageuse Ninon, si plaisante et fine, qui se glissait dans le lit de son amie, toujours et encore babillante. Marion enfin sourit. Son amie lisait son inquiétude, elle le savait, et la combattait avec ses armes. Et comme le malandrin violeur cette inquiétude fuyait décontenancée. Elles bavardèrent, les mots chassent la peur. Puis Marion vit qu'elle soliloquait, le souffle de Ninon, régulier, dénonçait son assoupissement. Elle avait fermé ses beaux yeux et dormait comme une enfant. Marion lui sourit et la baisa en colombe, au front. Déjà, le sommeil l'assiégeait elle-même doucement.

Cinq-Mars arriva. Il avait soupé chez la princesse Marie de Gonzague. Avait sur le chemin distribué deux coups de poing et un coup d'épée à quelque crocheteur saignant encore sur le pavé. Il montrait une humeur de massacre. On ne dormirait pas de sitôt. Il avait l'âge de Ninon mais eût pu passer pour son grand frère. L'ambition vieillit les hommes. Marion l'aimait ainsi, sans aimer ses désirs de gloire. Il aimait Marion à sa façon, pour se laver des caresses d'un roi mourant et qui ennuyait par sa trop lente agonie.

A chaque visite, Cinq-Mars se plaignait, et Marion voyait en ces plaintes reparaître l'enfant qu'il était encore sous les titres ronflants, la fortune dilapidée pour six cents paires de bottes, ou bien pour payer à son amie de quoi changer trois fois de gants en la journée.

Marion ôtait de lui l'odeur de la mort, comme il se faisait huiler chaque soir de parfums d'Orient pour chasser cette mort que, pour lui, figurait l'affection trouble et énorme que lui portait le Roi, cette mort même qui en cet instant lui envahissait l'esprit. Cinq-Mars souhaitait ardemment deux décès, et avait décidé d'en hâter un sur la route trop longue menant en Roussillon.

— Tu sens bon, le Grand.

Il fit la grimace.

— Je sens la peste et la chiasse, je sens le Roi.

— Je n'aime pas ton humeur, marquis. Ni ta haine. On la laisse à la porte en entrant chez moi. Je suis demoiselle. Traite-moi comme telle. Sans traîner derrière toi les déplaisirs qui font ta fortune.

— Tu es mon seul plaisir.

— Alors tiens-t'en là !

Le discours vif des amants réveilla Ninon qui rabattit le drap sur elle pour que Cinq-Mars ne la voie pas. Quand leurs deux corps s'écroulèrent sur le lit, elle se poussa vers la ruelle pour leur laisser la plus grande place nécessaire. Et les contempla en souriant, s'activant en la chosette.

Bien éveillée maintenant, elle se glissa hors du lit, frissonna sous sa mince chemise, s'installa près de la cheminée, prit son luth, et fredonna :

> *Sans savoir ce que c'est qu'amour*
> *Ses beaux yeux la mettent au jour...*

Cinq-Mars leva la tête, sourit :

— Bonsoir, Ninon.

— Bonne nuit, marquis.

Elle poursuivit sa chanson.

A Saint-Germain, la Reine contemple ses deux fils endormis. Le damas jauni a été remplacé, la chambre est chaude, le jour elle est lumineuse, la nuit, calfeutrée, sans bruit, sans courants d'air. Le souffle du Dauphin répond à celui de son petit frère. Ils ont chahuté. Elle sourit. Il faudra bientôt les séparer. Ils devraient l'être, le Dauphin mérite tout, Anjou rien. Pour Anne, l'amour pour Louis Dieudonné ne s'effrite pas des caresses données à Philippe. Elle aime ainsi, la nuit, veiller sur son sommeil. Même Mme de Lansac s'en attendrit. Le verbe est un peu fort, mais l'espionne en chef ne contemple plus là une prisonnière dorée, une Espagnole indocile, dont il faut reporter chaque fait et geste, mais une mère. Qui est aussi reine en France.

La Reine se moque bien de ces espions, elle se sait irréprochable. Elle a renvoyé sans l'ouvrir une lettre de Chevreuse, l'ex-« sœur » bien-aimée, qu'elle sait être l'amante de son frère le roi d'Espagne ; de plus en plus sœur, la Chevrette, mais elle a renvoyé le pli au Cardinal par Chavigny. « Que me veut donc cette femme ? », seul commentaire négligemment tombé de sa bouche, avant de jouer de nouveau avec Louis et de dorloter Philippe.

Elle sait par Mme de Brassac que le Cardinal avait simplement hoché la tête avec un vague sourire.

— Son Eminence ne vous veut plus de mal, Madame, avait dit la Brassac. Il a toujours en vous respecté la Reine.

Anne avait souri, de ce sourire qui naguère (ou, hélas, déjà jadis) séduisait tous les muguets de la Cour.

— Son Eminence n'a plus le temps de haïr.

Elle n'a pas ajouté que le Roi non plus. On dit que Guitaut doit souvent monter la garde au chevet du monarque contre la camarde. Pas cette nuit... Anne sourit. Si je me sentais mourir, appellerais-je Guitaut à mon chevet ? Sans doute... Non. Je lui confierais la garde des enfants. Leur sécurité. J'appellerais près de moi La Porte, et Marie de Hautefort, et Marie-Catherine de Sénecey. Et mon père... Du moins son fantôme. J'ai eu, enfant, une chance que Dieu ne vous a pas accordée, mes fils : un père aimant, sachant aimer, le dire et, ce qui est mieux, le montrer. Le vôtre vous aime mais dans l'exaspération et je sais, moi, que vous ne l'aimez pas. L'Espagne m'était raideur assouplie par l'amour d'un père, la France pour vous n'est que peur suscitée par un père maladroit.

Avant de dormir, Louis a pissé sur le lit de Philippe. En riant aux éclats. Et Philippe aussi a ri de bon cœur et voulu autant pisser que son frère, ce qu'on ne lui permit pas. C'est ainsi aussi que l'on devient roi, c'est ainsi qu'un cadet apprend à être Monsieur frère du Roi, si Dieu laisse la vie à l'aîné. Courte prière à peine formulée au fond de l'âme d'Anne, au tréfonds des tripes aussi, avec une fine coulée de sueur, celle des angoisses à venir, celle des présentes, à maintenir en vie et en santé sa double couvée. Etre une mère quand on n'a pas de modèle !

Elle pourrait savoir être roi, comme Papa, mais non mère comme Maman. Trop peu connue. Elle lui doit ses immenses yeux verts. Et la lippe Habsbourg, ce charnu des lèvres qui donne aux hommes qui en héritent l'apparente faiblesse du boudeur et triomphe sur la bouche des femmes en blason de la sensualité. Elle doit aussi à cette mère le retard de sa fécondité. Anne est née quand sa mère affichait trente-sept ans. Mais sa mère eut six enfants, elle n'en est qu'à deux et s'en tiendra là, la santé du Roi ne laisse plus rien espérer. Louis Dieudonné, dit Petit Louis, Mgr le Dauphin, et son frère Philippe seront bientôt orphelins. Elle, Anne, le fut de mère à dix ans, de père à vingt. Mais bien avant dans les faits, depuis les adieux d'une infante aux yeux verts à Fontarabie lorsque le roi Philippe III l'« échangea » contre une paix jamais venue, et contre une autre princesse de France, la sœur du jeune roi son mari, Elizabeth, donnée au jeune frère d'Ana Luisa Mauricia, le prince des Asturies, futur Philippe IV.

Philippe III ne fut pas grand roi, dit-on aujourd'hui, mais Anne sait qu'il fut un merveilleux père. Je ne suis pas si grande reine de France, Dieu fasse que je sois bonne mère. Pis, que je sois aussi, et cela s'annonce, s'avance et menace, une bonne régente. Cela va se produire, à n'en plus douter, et bien trop tôt. Louis a quatre ans, Philippe, deux.

Ils dorment. Louis ronflote, Philippe suce son pouce. Elle les regarde et les veille. Ils partagent encore la même chambre parce qu'elle l'a voulu ainsi, et cela contre tous les avis, contre le Cardinal, contre le Roi, mais ils sont déjà seuls. Elle l'a toujours été depuis son arrivée en France. Du moins, voilà bien un danger qu'elle connaît et qu'elle saura combattre.

Non, on ne combat pas la solitude, surtout celle d'un Roi, mais on peut y naviguer comme en un océan, utiliser ses courants aussi pour rentrer au port ou conquérir quelque Amérique inconnue. Et

pour traverser cette mer-là, Anne possède le portulan et la boussole. Dieu tienne encore un peu le Roi en vie ! Sa mort serait la
fin brutale de l'enfance de Petit Louis, le deuil de joies encore ni
frôlées ni connues. Laissez-le grandir, laissez-moi le temps de lui
enseigner le bonheur. Ensuite, nous nous préoccuperons de
politique.

Guitaut se leva avant le soleil. Il baisa le pied nu de Marie-
Catherine, fleur aux cinq pétales sortis du drap. On émit un balbu-
tiement ronronnant du côté de l'oreiller ; il sourit ; recommença.
Une main se leva à peine, le cherchant sans doute, puis retomba.
Il baisa le bout des doigts, attendit, rien, simplement le souffle
doux. Il se releva pour se vêtir.
— François.
La voix à peine audible venait du lit.
Le visage était invisible, enfoncé dans les oreillers. La main
alanguie tâta le drap, l'écarta. Guitaut vit l'air froid saisir la peau
et y dessiner une éruption de chair de poule.
— Viens, François.
Il alla.

Ninon pieds nus ravageait l'office en quête de boisson chaude
et de pain beurré. En chemise, un châle sur les épaules, elle faisait
cuire un œuf coque, buvait un bol de lait où trempait un peu de
pain brioché. Dorine parlait, Ninon n'écoutait guère, personne
chez Marion n'écoutait Dorine, c'était une tradition et un embarras
de moins puisque Dorine jamais ne se taisait. Pourtant un mot, un
lambeau de phrase avait alerté l'oreille encore ensommeillée de la
belle enfant.
— Que disiez-vous, Dorine ?
— Je parlais du Roi. Personne ne m'écoute jamais.
— Le Roi ?
— N'est-ce pas ici la place Royale ? Il y est donc chez lui.
— Mon Dieu !
Ninon pieds nus en chemise gravit les degrés de l'étage, entra
dans la chambre de Marion et dit :
— Marquis ! Le Roi arrive.
Cinq-Mars fut debout sans qu'elle pût voir le mouvement qui
lui avait ainsi permis de se dresser dans un claquement de draps,

comme les voiles d'un vaisseau surpris par la tempête. Marion pâlit puis cria. Ninon ouvrit les rideaux de velours cramoisi.

— Oui, le Roi va passer, il approche, dit-on, de la place Royale.

— Mais Sa Divine Puanteur devait chasser en forêt de la Laye !

Ninon remarqua que la voix de Cinq-Mars était un glapissement. Pour la première fois, Monsieur le Grand, si beau, si jeune, si fringant, lui déplut.

— Un jour, ta haine te tuera, marquis.

Elle couvrit sa nudité d'un drap enroulé d'un seul geste, résultat élégant de l'expérience acquise.

— La haine, c'est la peur, bien souvent. Monsieur le Grand a peur ce matin, ma Ninon, dit Marion en abandonnant le drap pour passer une robe bordée de loutre au col et aux manches. Qu'est-ce que cette histoire du Roi en visite si matinale sur la place Royale ?

— A l'office, Dorine...

— Dorine dit n'importe quoi, ma chérie.

— Pas cette fois-ci. Picard a confirmé...

— Picard. Diable ! Cinq-Mars, habille-toi.

Cinq-Mars fixait la fenêtre debout, raide, en chemise.

— C'est lui qu'il faut tuer... nous avons tort de commencer par l'autre.

— Henri, que dis-tu ?

— Rien, Marion. Rien.

— Presque rien, chantonna Ninon, Cinq-Mars, Fontrailles et de Thou, plus Monsieur, veulent assassiner Richelieu. Tout le Marais en plaisante. Epernon a parié mille nouvelles pièces de louis d'or que le complot n'était que plaisanterie.

— Contre qui ? demanda Cinq-Mars, nouant son jabot, contre qui, ces vingt mille francs ?

— M. le Coadjuteur, François Paul de Gondi.

— Qui a dit cela, Ninon jolie ?

— La princesse de Rohan. Elle a prêté l'argent à Gondi, qui dit que tout honnête homme doit mourir endetté.

— Cinq-Mars, dis-moi la vérité.

Marion s'approchait de son amant et le saisit aux épaules.

— Quelle vérité ? Que Richelieu va crever et le Roi aussi avant trois ans ? A-t-on besoin de les tuer alors que le Ciel a déjà signé leur arrêt ? Gondi va être encore plus endetté. D'où lui est venue cette idée ?

— Le coadjuteur est myope comme un escadron de taupes, marquis, il n'est pas sourd. De Thou boit trop, il aura parlé.

— Lui, François, mon quasi-frère, le meilleur ami du monde, Son Inquiétude céleste, ce brave garçon si patriote, tu vois bien Marion que ce n'est que rêve.

— Tu mens, Henri. Je le sais quand tu plaisantes sans talent. Tu es trop ambitieux, tu veux être connétable pour épouser la Gonzague. Duc et pair ? C'est ce que t'a promis Monsieur qui se voit déjà régent ? Ou bien Grand Chancelier, ou Principal Ministre ? Tu rêves, Cinq-Mars ! Et ton rêve est stupide et dangereux. Monsieur vous trahira tous.

— Je le sais. Bientôt nous partons en campagne vers le Roussillon et Monsieur sera du voyage, ordre du Cardinal. Monsieur et la Reine elle-même... Donc il ne se passera rien. Calme-toi, Marion.

— S'il se passe quelque chose, tu ne reviendras jamais. Ils t'exécuteront en route, comme un bandit de grand chemin. Renonce, Henri.

— Renoncer à quoi ? Je n'ai rien entrepris.

Rien en effet sinon peaufiner un traité à soumettre à l'Espagne, inspiré par Fontrailles, qui s'y connaissait, combattu par de Thou, accepté par Monsieur et par le duc de Bouillon, et écrit de la main de Cinq-Mars, qui calligraphiait mieux. Il ne s'agissait que de faire la paix... Combien de fois Henri n'avait-il pas entendu le Roi se plaindre de cette guerre qui ruinait le royaume, se plaignant ainsi de la main de fer de Richelieu qui continuait la guerre jusqu'à une victoire décisive, et improbable pour l'instant, afin de négocier enfin, en position de force !

Tuer ou renverser l'Eminence était satisfaire le Roi, et apaiser le royaume, dont la meilleure réduction était ce Paris que Cinq-Mars aimait tant, Paris ruiné, toujours au bord de l'émeute et que le Roi évitait ou ne traversait en certaines obligations qu'au galop avec une garde triplée. Il s'interrogeait. Le Roi place Royale, et lui qui n'en savait rien ! Impossible. La Majesté avait-elle tenu ce voyage secret par souci de sécurité ?

Il baisa la main de Marion pour la rassurer. Le Roi interdisait Paris à Mme de L'Orme quand il s'y rendait, n'ignorant rien de ses amours avec son favori.

— Il suffira, m'amie, de tirer les rideaux et de ne vous faire point voir, ce que tout Paris regrettera, je sais, surtout en ce négligé.

A la fenêtre, en son propre négligé aux dentelles qui rafraîchissent les traits fins de son visage et lui attribuent à peine quinze ans, Ninon se prend à rire.

— Ah, le beau roi que voilà !

Venant de l'Hôtel de Ville, un cortège avec à sa tête Hercule de Rohan, duc de Montbazon, des chevaux en caparaçon, des huissiers en bonnets et hermine, des échevins en rouge, des archers aux cuirasses luisantes, ils franchissent le porche du côté de la rue Saint-Antoine, le Roi enfin, casqué comme un Romain. Un Roi de bronze ; sur un cheval de bronze. La statue équestre du souverain va trôner à nouveau au milieu de la place, après réfection et son nettoyage des fientes de pigeons. Là où, en septembre 1639, Richelieu l'avait fait installer pour rappeler aux bretteurs l'édit interdisant les duels qui ensanglantèrent trop le sable fin de cette arène superbe, et dévastèrent le nobiliaire de France. Le visage de la statue n'offre pas l'émacié du visage actuel de Louis.

Cinq-Mars ricane, Ninon applaudit et se signe, criant « Vive le Roi » au passage sous les fenêtres. Hercule de Rohan lui accorde une œillade et un sourire, son oreille a reconnu la voix cascadante et le rire de cristal. Tout remuement dans Paris est pour Ninon une fête.

Marion soupire de soulagement. Ce n'est qu'un roi de métal. Une effigie vieille déjà de trois ans, l'âge de ses amours avec Cinq-Mars, et des amours chastes mais puantes de celui-ci avec le Roi.

— Un jour, et qui sera bientôt, on ne le mènera pas ici, mais, tout aussi raide, en sa basilique de Saint-Denis, lâche Cinq-Mars encore renfrogné de s'être réveillé si tard.

L'Autre, le couronné, ici casqué à l'Imperator, doit le faire chercher dans les corridors pour partir encore à la chasse ! Tant pis, il boudera, sermonnera, grondera ; Cinq-Mars, lui, va traquer plus gros gibier que le plus gros cerf de la forêt de la Laye.

Une vague peur lui glace les os, pendant une seconde et demie, et s'évanouit quand, une nouvelle fois, l'adorable Ninon, que Marion surnomme « ma dangereuse amie », se prend à plaisanter :

— Regarde, marquis, on installe la statue le nez du Roi dirigé vers nos fenêtres. Sa Majesté sait que tu es chez Marion ! A moins que ce ne soit son étalon qui renifle la présence de deux pouliches.

Cinq-Mars lui sourit. Il n'a qu'à peine passé ses vingt ans, lui aussi. Ils ne lui feront plus grand usage.

LE SACRE DE SANG

La Reine veillait sur ses enfants, vêtue de noir. Comme chaque nuit qu'elle décidait de passer au Château Vieux, délaissant ses appartements du Château Neuf. Elle ne sentait la vie que près de ses fils. Les contes sombres qu'on lui débita dans son enfance ensoleillée mais tant tranchée d'ombres étranges lui rappelaient parfois les malheurs qui attendaient les enfants turbulents. Louis et Philippe l'étaient, à son avis, délicieusement. Mais ce n'était pas ces insolences et mauvaises actions – bien vénielles – de chenapans royaux qui tenaient Sa Majesté Anne en état d'alarme. Le présent était pesant, menaçant. Il n'y a pas si longtemps, les dernières nouvelles de Rueil l'eussent réjouie : le corps de Son Eminence se couvrait d'ulcères et d'abcès. Son ennemi allait crever. Anne savait aussi que cet ennemi n'en était plus un, du moins n'était-il pas l'ennemi de Louis le Dauphin. Bien au contraire. Et les cadeaux, les colifichets destinés au Dauphin et son frère, les gants parfumés de jasmin qu'il chargeait Mazarin de lui faire parvenir de Rome pour ses belles mains, montraient un autre Richelieu, plus sincère en mourant à petit feu. Le Principal Ministre traitait Anne en Reine, un peu plus qu'épouse de Roi, mère de Roi. Mourante, l'ombre rouge, désormais squelettique et dont toute chair, tout muscle étaient souffrance ou purulence qu'onguents, fards, gaze, sous les dentelles, peinaient à cacher tant elles se révélaient par leur douceâtre pestilence, affichait la plus grande courtoisie envers la mère de celui qui serait bientôt Louis Le Quatorzième. Et donc la régente de France.

Car le Roi n'allait guère mieux que son ministre aux abcès. Le ventre, toujours le ventre. Ce ventre, royaume des Reines qui portent des Dauphins, était cette fois le principal souci d'un Roi qui lui aussi s'aventurait vers les bords, les rivages de l'agonie. Le sien, son ventre de femme, avait donné un futur au royaume, le ventre du Roi allait enterrer le passé avec son possesseur, en le tuant.

Il y avait là de quoi garder en éveil une ancienne beauté aux entichements hasardeux, aux souvenirs familiaux sincères ; aux amours fraternelles traîtresses.

La reine de France était en deuil d'un ennemi de ses deux tourmenteurs. Le Cardinal-Infant, frère cadet tant chéri, était mort en novembre. Anne, depuis deux mois, se vêtait de noir, grand deuil de sœur aimante, mais dissimulait désormais son reste d'accent venu de Castille pour parler le français si pur des Tourangeaux et des Blaisois. Stèle sur la jeune doña Ana, disparue à jamais. Anne d'Autriche se voulait Anne de France. Plus de cantilènes et berceuses aux raucités de sierras, au verdoiement des jardins d'Alcazar pour les deux fils de France. Mais des couplets médiévaux, Rutebeuf pleurant ses amis, bergères rentrant leurs blancs moutons, chevaliers errants vers des princesses pures comme Graal ou dangereuses comme sorcières... Sonnets mièvres et énamourés des Modernes, ces précieux.

Un portrait du Cardinal avait été placé dans son antichambre. Vingt ans auparavant il en eût été fou, eût joué les muguets – elle sourit, avait-il été assez ridicule ; aujourd'hui, il savait la présence de ce nouveau meuble dans les appartements de Sa Majesté et sans le dire s'en montrait ému. Et ce portrait, elle le contemplait désormais sans angoisse, ni haine. Avec une espèce de sérénité. Elle y trouvait même une force qu'elle s'ignorait posséder. Cet homme vieillissant malgré la flatterie du pinceau du peintre léguerait le royaume à Louis Dieudonné, oui, le don du pouvoir viendrait plus de lui que de l'autre vieillard couronné qui siégeait encore, tordu de souffrances intestines, sur le trône de France. Elle n'avait jamais eu d'amour pour lui, mais elle se reconnaissait désormais une tendresse. Une tendresse inconnue. Une sympathie, mot savant chéri des derniers sonnets à la mode.

Cinq-Mars complotait, avec Gaston, ce vieux gamin qui serait blet sans avoir mûri. Avec le duc de Bouillon aussi, qui tenait Sedan. Cinq-Mars voulait évincer l'ombre rouge aux ulcères. Il savait que la Reine savait, par Gaston, et lui offrait drageoirs et confitures, baume de Venise, jouait avec les enfants. Il la croyait acquise à ses vues. Gaston l'en avait assuré. Mais Gaston avait menti par omission, elle avait prié Monsieur de ne jamais faire connaître à quiconque qu'elle avait lu le traité que Cinq-Mars, mirobolant d'excitation et de goût de la perdition, avait tenu à écrire de sa main. Là, Monsieur tiendrait peut-être parole, elle avait laissé miroiter une Lieutenance générale du Royaume, une vice-régence pour lui, et à ses côtés. Monsieur se tut, sur tout. Et sur le fait que la Reine avait reconnu aisément l'écriture d'Henri de Cinq-Mars sur ce traité où si sûr de son fait il n'obtiendrait de l'Espagne que vingt mille écus, quand Bouillon en engrangerait le triple et Gaston le sextuple.

Le pauvre enfant, si galant, si plaisant. Comment lui dire que le jeu qu'il menait désormais se jouait contre Louis Dieudonné ? Livrer la France à l'Espagne, du moins une partie de ses places fortes et de ses provinces, était en priver le futur roi. Comment le joli marquis ne comprenait-il pas combien elle avait changé ? L'Espagne si chère était puissance étrangère.

Il va mourir si je parle. Petit Louis aura un royaume estropié si je me tais.

La reine de France, endeuillée de la mort d'un guerrier d'Espagne, soupirait dans la nuit de janvier, froide, glacée, étoilée.

— Pardonnez-moi, Henri, vous auriez dû rester page.

Demain matin, elle parlerait au Père Carré... Dormons. Du moins tentons. Anne avait pris sa décision.

Louis et Philippe jouaient dans le cuveau de marbre adouci de draps fins où Sa Majesté leur mère prenait son bain d'ordinaire. La Cour et les dames s'étonnaient d'une telle folie des bains, voilà qui n'était guère sain, l'eau et le savon malmenaient la peau que seuls les onguents, crèmes et parfums adoucissaient. Encore une fantaisie espagnole, la seule, il est vrai, qu'elle n'avait pas encore abandonnée. Anne d'Autriche songeait. Il faudrait supprimer les bains des fils de France, qu'elle savait pourtant bénéfiques à la santé de ses enfants. La France les préférait sales... Elle étouffa un ricanement. Pour l'instant laissons-les s'éclabousser et éclabousser l'entourage, les meubles et les parquets.

Louis Dieudonné et Philippe riaient, vaguement étonnés que, pour cette fois, leur mère vêtue de noir ne rît point avec eux.

La Reine attendait le Père Carré, si proche du Cardinal. Il ne tarda pas. Elle laissa les deux baigneurs aux dames, leur recommandant de les sécher et vêtir, n'ayant pourtant aucune confiance en le fait que ces dames les protégeraient ; une fois déjà, Louis avait failli se noyer, du moins avait-il bu de son bain et vomi après avoir glissé, sous leur oublieuse surveillance.

Le Père Carré l'écoutait dévotement. Elle parlait de ses amies et amis, La Porte et Mme de Sénecey, oubliant Chevreuse délibérément, disant combien elle regrettait que ces deux-là du moins, et la belle Marie de Hautefort aussi, lui manquassent et manquassent par leur fidélité et leur affectueuse dévotion aux deux fils du Roi (elle s'oublia volontairement derrière l'ombre sèche de son mari). Elle comprenait, bien sûr, que le Cardinal ne leur pardonnât point des péchés politiques dont elle s'avoua seule coupable par faiblesse familiale, eux n'étant que coupables de fidélité. Avec un Dauphin et un autre fils, désormais le trône avait besoin de cette fidélité et Son Eminence savait à quel point, et ce jusqu'à la Bastille, jusqu'à l'exil, ces amis de la Reine en étaient capables pour elle et, donc, pour leur futur roi.

Le Père Carré opinait. Il désirait être convaincu et tout ce discours modeste et sincère allait dans le sens de ses conseils, ceux qu'il osait donner à Son Eminence et que Son Eminence tolérait qu'il donnât. Et puis la Reine en noir était fort belle, il l'imaginait déjà veuve du Roi. Elle conquerrait alors tous les cœurs... Et il songea qu'elle essayait, à travers le deuil de son jeune frère qu'elle avait aimé sincèrement, son attitude et ses vêtures de veuve du Roi. Le Père Carré avait trop longtemps fréquenté trop de politiques.

Cette fidélité n'était pas si bien partagée dans le monde, poursuivit Anne. Carré opina plus lourdement. Ainsi s'étonnait-elle de l'ingratitude du marquis de Cinq-Mars envers son ancien protecteur à qui il devait tout ! Certes, il était bien jeune pour se mêler de politique, mais il s'en mêlait. Bien sûr il subissait de mauvaises influences dues elles aussi à sa folle jeunesse, l'influence de l'hôtel de Rohan, ce lieu si plein de médisances des rencontres faites au chevet de Marion, mais, plus grave, de celle du duc de Bouillon, prince imposant, de De Thou, dont l'intelligence était dangereuse en politique, qu'on se souvienne de son libelle de protestation lorsque le Parlement avait décrété l'absolutisme du pouvoir royal, il y a deux ans, le 21 février 1640 ; et les mauvaises influences que subissait ce charmant marquis de Cinq-Mars venaient de plus haut encore, dans la royale famille...

Le Père Carré était tout ouïe... Bouillon, Monsieur, de Thou... Ennemis jurés du Cardinal, et Marie de Gonzague, les Rohan et ce Gondi contrefait...

La Reine ajouta aussi, au registre des nabots fort laids, le marquis de Fontrailles, hautain détestable et haineux mais si bon connaisseur d'Espagne. Et si dangereusement intelligent.

Le Père Carré ouvrit grand les yeux. Ses oreilles ne pouvaient croire recevoir tant de noms de la bouche de la Reine. Il examinait le visage de la Majesté. Elle était sincère, il en eût juré devant Dieu. Et elle dénonçait là une conspiration. Il se montra presque impoli de se retirer si vite de sa présence pour se ruer à Rueil. La Reine le lui pardonnait bien volontiers. Elle soupira. Le Cardinal saurait tout dans les deux heures... Tous les noms. Elle retourna dans la chambre du bain et se lava les mains dans les eaux de ses enfants. Ses belles mains sentaient le parfum de ses fils mêlé de savon doux. Sous un ongle la peau avait rougi, elle y vit comme une minuscule tache de sang.

Elle avait besoin de Guitaut. Un réconfort. Guitaut. Une statue bifrons de la bienveillance et de la morale.

Elle entendit des cris de joie, qu'elle jugea hors de saison dans son deuil. Mais comment des enfants pourraient-ils pleurer un oncle qu'ils ne connaissaient pas ?

Louis jouait les pages, pis qu'un page, un valet, un porte-manteau comme ce cher Pierre La Porte tenant la traîne d'une fillette qu'Anne ne reconnut pas sous les dentelles dont on l'avait affublée. Et Philippe d'Anjou, maladroit sur ses pattes, bombait son torse de moineau pour jouer les importants. Elle sourit. Puis réfléchit.

Elle saisit tendrement Petit Louis par la main. Posa un baiser sur le front de Philippe et l'entraîna avec son frère aîné. Elle fit donner des confiseries à la petite fille, enfant d'une femme des cuisines apprit-elle, et convoqua Lansac et Brassac à se présenter en ses appartements dans le quart d'heure suivant.

Elle fit ôter la livrée de Louis, le cordon bleu de Philippe. Leurs yeux immenses fixaient ce visage maternel doux mais empreint d'une fermeté qui les inquiétait quelque peu. Les enfants n'osaient bouger. Elle soupira, leur sourit. Pourtant il lui fallait gronder.

Son père grondait-il, lui qui fut roi d'un empire sur trois continents ? Oui et non. Il expliquait, sans punir. Elle se souvint de ses craintes de petite fille qui se terminaient, après le sermon, non ce n'était pas un sermon mais une leçon, par des embrassades.

— Louis...

Le Dauphin se tint plus droit. Elle sourit.

— Et vous Philippe...

Le bambin tenta d'atteindre l'allure fière de son grand frère. Elle faillit pouffer, mais leurs attitudes justifiaient la leçon.

— Vous aimez cette fillette ? Jouez-vous souvent avec elle ?

— Tous les jours, ma Maman, après le goûter. Elle a un si joli port... Et sait chanter.

— Oui, Louis, elle est charmante. Mais venez tous les deux, je vais vous expliquer. Philippe, vous êtes duc d'Anjou et fils du roi et de la reine de France.

— Oui, ma Maman.

— Bien... Vous, Louis, êtes le Dauphin, c'est-à-dire le futur roi de France.

— Louis XIV, ma Maman, Louis XIV, Papa me l'a dit en me demandant de patienter un peu.

Anne s'en souvenait. Le Roi avait même souri. Avec cette tendresse triste qui pouvait désormais le rendre si touchant même pour cette femme qu'il n'avait jamais aimée.

— Oui, Louis XIV. Et Philippe sera Monsieur, frère du Roi.

— A moins que grand Petit Louis mourût dit le bambin, et je serai le Roi tout seul.

— A moins qu'il ne meure, mon chéri, meure, certes, mais Petit Louis ne mourra pas !

— Pourquoi ?

— Parce que Dieu ne le veut pas !

— Mais Dieu veut que Papa mourût ?

— Quand il sera vieux... (Elle réfléchit.) Quand il aura fini de vivre. Vous, Louis et toi, vous commencez votre vie. Votre Papa le Roi va terminer la sienne. Dieu respecte les âges.

— Vous avez l'âge de Papa m'a-t-on dit, ma Maman, dit Louis.

— Oui, mon fils, mais Dieu garde parfois les mamans jusqu'à ce que les enfants soient grands.

— Alors je ne grandirai pas ! dit le futur tyran.

— Moi non plus, susurra le petit duc d'Anjou.

— Si, justement, vous grandirez l'un et l'autre.

Ses enfants lui avaient fait perdre le fil de sa pensée. Comment leur expliquer...

— Louis, vous ne jouerez plus au valet. Vous êtes le futur roi. Vous ne jouerez même pas au maréchal de France, au capitaine des mousquetaires.

— Comme l'ami de M. Guitaut, M. d'Artagnan ?

— Même à M. d'Artagnan ou au noble capitaine Guitaut...

— Pourquoi, ma Maman, ce sont de nos amis... Vous l'avez dit à Marie de Hautefort, un soir que vous me croyiez endormi.

— Ce sont nos serviteurs, Louis, un Roi n'a pas d'ami.

— Mais Papa roi a M. de Cinq-Mars comme ami...

— Pour son amusement.

— Donc pour m'amuser, je...

— Non, Louis, personne. Bientôt même pas votre frère. A peine moi. Vous êtes déjà au-dessus de moi, mon fils béni, mon fils chéri. Mes amies, mes amis, celles et ceux que je croyais tels, sont au loin. Je suis seule et je suis reine...

— Et votre frère est mort, ma Maman, ainsi êtes-vous vêtue de noir.

— Oui et vous deux vous êtes vivants, c'est ce qui importe à votre mère et à toute la France.

— Et votre ami M. Bouquinquant ? Qu'est-ce donc que ce Bouquinquant, Maman, dont tout le monde parle ?

Anne rougit devant les deux regards de ses enfants.

— Le duc de Buckingham, mes enfants. Les Français écorchent tous les noms étrangers. Un ministre du roi Charles d'Angleterre. Il est mort lui aussi... Et son roi aussi.

Mais elle ne dit pas comment...

— Qui vous a parlé de Buckingham, Louis ? Qui vous a dit qu'il était de mes amis ?

— La Lansac elle a dit que le nouveau cardinal, M. Mazarini, ressemblait à Bouquinquant, et elle a ri. Et que c'était pourquoi on l'avait choisi pour être mon parrain.

« Je vais tuer Lansac », pensa Anne.

— C'est le pape, votre parrain, mon fils, mais Sa Sainteté ne pouvant venir de Rome jusqu'ici Mgr Mazarini l'a représentée.

Comment gronder ses enfants maintenant ? Comment leur dire qu'un futur roi ne joue pas au valet d'une fille de femme de cuisine ? Comment leur dire que bientôt ils seraient séparés ? Comment arracher Louis et Philippe à leur réciproque affection ?

Philippe n'avait-il pas pleuré deux nuits durant quand Louis avait été malade ? Et menacé de se jeter dans le fossé si son frère mourait ?

Elle aurait le courage de les séparer. Elle le savait, elle le devait. Mais pas aujourd'hui. Elle les pria de l'embrasser, ce qu'ils firent de grand cœur. Je n'ai rien su leur expliquer, se reprocha-t-elle.

Dans le quart d'heure qui suivit, Lansac et Brassac furent moins bien traitées.

Le Roi lui l'était bien, trop bien, par son favori. Jamais Monsieur le Grand n'avait prodigué autant de soins et d'attention à Sa Majesté. Alors que Son Eminence redoublait de sécheresse et d'impatience. Cinq-Mars pensait disposer du futur, quand Richelieu savait son présent menacé. Le Cardinal souffrait mille morts en tentant de retarder l'Unique, le Roi lui aussi dépérissait, craignant l'issue fatale avant que ne commence cette campagne de Roussillon. Le Roi et son ministre étaient pressés et cette presse créait force tensions et horions, verbaux seulement, mais les énervements du Cardinal poussaient le Roi à bout, qui s'en vint se confier à l'oreille de ce favori si attendri tout à coup.

— Ah, Henri, pourquoi n'y a-t-il pas un parti contre lui, comme il y en eut au début de mon règne contre le maréchal d'Ancre ?

Cinq-Mars sursauta : ce parti, il en était l'âme, mais il se devait méfier du Roi lorsque celui-ci s'épanchait.

— Pourquoi, Sire, ne pas simplement renvoyer Son Eminence ? Il est grand homme, mais il est grand malade. Le royaume entre les mains d'un homme couvert d'ulcères...

— Moi aussi je suis malade, Cinq-Mars, mais je tiens debout. Une bévue !

— Mais, Sire, vous n'êtes pas serviteur, mais le Roi. Richelieu n'est que ministre ; un ministre se remplace.

— Le Cardinal est le plus grand serviteur que la France ait jamais eu...

Le Roi réfléchit et comme toujours s'assombrit. Il reprit.

— Et le jour où il se déclarerait ouvertement contre vous, je ne pourrais même pas vous conserver.

Cinq-Mars occupé à faire bouffer son jabot écouta à peine cet avertissement.

— Voilà, Henri, en quel esclavage mon ministre m'a réduit.

Cela Cinq-Mars ne l'entendit que trop bien.

— Il ne manque pas en France de seigneurs et de valeureux soldats qui ne sont qu'au service de leur Roi... et prêts pour tous les services... Vous libérer de cet esclavage serait pour eux un devoir sacré... Et la voie la plus sûre et la plus courte...

— Oui ? demanda Louis.

— Serait de le faire assassiner comme vous l'ordonnâtes pour Concini, maréchal d'Ancre, que vous venez d'évoquer. Quand le Cardinal viendra dans vos appartements, où ses gardes ne peuvent pénétrer.

Louis s'en tint à un long silence, regarda les flammes qui montaient à l'assaut de la cheminée. Elles se reflétaient sur le sombre de ses yeux.

— L'Enfer, Henri. L'Enfer. Il est cardinal et prêtre, je serais excommunié.

— Non, Sire, si vous n'en donnez pas l'ordre, ce sont les exécutants qui le seront... Vous n'avez jamais ordonné à Vitry de décharger ses pistolets sur le maréchal d'Ancre au pont-levis du Louvre.

— Taisez-vous, Henri. Vitry pourrit à La Bastille dont je ne puis moi-même le tirer. Oubliez-vous, mon enfant, que nous avons aussi une campagne à préparer ?

— Sire, Richelieu est le seul obstacle à cette paix que le royaume et son Roi appellent de leurs vœux. Partons en campagne, mais avant d'arriver en Roussillon nous aurons une idée. Et puis... la route est longue et difficile pour un ministre qui ne voyage qu'en litière.

Son sourire était éblouissant. Celui du Roi un mauvais rictus, les souffrances de son « cousin » rouge ne lui déplaisaient pas même si elles ne pouvaient calmer les siennes. Au moins lui supportait-il le carrosse et, quand la gloire le commandait, de monter à cheval !

En février donc, sous un ciel gercé, le Roi partit en campagne pour prendre la tête de son armée et assiéger Perpignan. Cinq-Mars l'accompagnait et Richelieu s'apprêtait aussi à ce très long voyage. Le Roi y invita Monsieur qu'il ne voulait laisser s'agiter dans Paris. Son frère renâcla, puis céda : après tout, autant être aux premières loges du spectacle.

La route en effet était longue. Entouré de ses gardes et de ses mousquetaires, le Roi galopait quand Richelieu se traînait en litière qui nécessitait vingt-quatre paires de gros bras pour la soulever. Le Roi courait les routes et chemins quand le Cardinal devait emprunter les rivières et canaux, accompagné sur les berges par deux compagnies de ses gardes. Il se savait en danger depuis les confidences de la Reine au Père Carré. A chaque étape on élargissait à la pioche les portes ou les fenêtres pour y faire passer sa litière, on effondrait des murs, jetant en partant une poignée d'or pour les reconstruire.

Le Cardinal ne se pouvait plus lever. Il ne voyait plus le Roi, laissé aux mains des autres, dont ce foutu page de Monsieur le Grand ! Il approchait toutefois d'Arles. Envoyait des courriers au Roi, en recevait, qui ne montraient rien d'autre que le souci des affaires, sans jamais évoquer le moindre souhait pour sa santé.

Il est là entre de bien vilaines mains, et mon esprit ne peut franchir les lieues qui me séparent de lui. Il va me laisser crever. Ou bien espère que je crève sans lui.

Le Cardinal se redressa sur ses coussins.

Il faut agir et mieux que par écrit.

C'est alors que Guitaut vint de Saint-Germain.

— Ainsi, monsieur Guitaut, la Reine est souffrante...

Le capitaine acquiesça.

— Et le Roi veut qu'elle le rejoigne. En laissant ses enfants à Saint-Germain.

Guitaut ne dit mot.

— Connaissez-vous cette missive que vous me remettez au nom de la Reine ?

— Mot à mot, Monseigneur, au cas où elle m'aurait été volée !

— Vous a-t-on déjà volé un message, monsieur Guitaut ?

— Personne vivant encore ne s'en peut vanter.

— Bien bien. Alors vous savez que la Reine m'écrit : « Me séparer de mes enfants dans la tendresse de leur âge m'a fait une douleur si grande que je n'ai pas assez de force pour y résister. » A votre avis, capitaine, la Reine me demande-t-elle médecine ? Je ne suis que prêtre et ministre, pas docteur ! Et puis, pourquoi à moi, qu'elle ne tient guère pour son ami...

— Elle vous tient, Monseigneur, pour le meilleur ami du royaume qui un jour sera celui de son fils Louis ; elle vous tient aussi en une singulière estime, que vous ne sauriez désirer plus grande.

— Ah, vous voilà diplomate, Guitaut, je croirais entendre l'ambassadeur de Venise, ce souriant Girolamo Giustiniani, dont toutes les dents resplendissent dans ses sourires comme autant de voiles des galères de sa République...

Son Eminence sourit, elle aussi, mais de toutes ses dents de vieil ivoire bruni, encore capables de mordre au sang, et attendit.

— Autre chose peut-être ?

Guitaut tira du soufflet de sa botte un second pli cacheté.

— Oui, Monseigneur.

— Vous avez le sens de la tragédie et de la dramaturgie. Vos bottes renferment ces machines du théâtre italien dont raffole ce cher Mazarini et qui font apparaître un dieu ou une nymphe. Alors, Guitaut, désir de Zeus ou plainte de Daphnis ?

Il brisa le cachet.

— Connaissez-vous aussi la teneur de ce pli qui voyageait dans vos bottes à secrets ?

— Certes, Monseigneur.

— Qu'en pensez-vous ?

— Monseigneur, je n'ai pas à penser mais à obéir.

— Et défendre le royaume, ce que vous venez de faire une fois de plus en courant la poste de Paris jusqu'ici.

— Ordre de la Reine...

— La Reine, oui... Ce traité, du moins sa copie, nous vient de ses mains.

— Pour être remis entre les vôtres quoi qu'il en coûte au porteur, a précisé Sa Majesté.

— Votre avis, alors, de gentilhomme et de soldat ?

— Anne d'Autriche vient de se sacrer reine de France.

— C'est bien dit. Sa Majesté vient de toucher « l'instinct de royauté », comme je l'ai écrit naguère en remontrance au Roi. C'est un dur combat, Guitaut, même pour une descendante de l'immense Charles Quint, cet instinct est presque sauvage quoique raisonné, il fait fi de toute reconnaissance et de toute fidélité. Même de la vôtre, peut-être.

Il eut son sourire de vieux carnassier. Mais Guitaut savait quand Son Eminence plaisantait sans vouloir mordre, certaines de ses menaces suspendues en l'air valant cordon de l'Ordre barrant une poitrine. Il savait transformer une méchanceté, un trait de fiel en haute distinction.

Il termina sa lecture.

— Eh bien, mon cher capitaine, nous allons nous rendre auprès du Roi son mari. Vous m'accompagnerez, je serais honoré de votre escorte. De mon côté j'envoie d'abord une lettre à la reine Anne. Mazarini ! Monsignore Colmardo ! nous avons à écrire.

Une svelte Eminence en rouge pénétra dans la chambre et salua (un peu trop) Guitaut, qui préférait les manières plus sèches de la maigreur allongée sur sa litière.

— Signore Giulio, vous remonterez vers Paris et irez voir la reine Anne.

« Deux fois "la reine Anne", songea Guitaut, deux fois en si peu de temps et si peu de mots ; la Bastille s'ouvrira bientôt sur les amis de l'ancienne Chesnelle ! et Mme de Sénecey quittera Milly et sa forêt. »

— Mazarin, qu'on montre ses quartiers au comte de Guitaut !

— Bien, Monseigneur... Comte, si vous voulez bien...

Ce fut affreux. Ce qui s'ensuivit fut affreux. Ce que Guitaut vit et vécut l'épouvanta. Tout le reste de son âge, et cet âge fut long (le petit Dauphin était déjà grand Roi, et le plus grand Roi de son siècle quand Guitaut rendit son âme à Dieu), Guitaut se souviendrait, dans ses insomnies, dans ses cauchemars, voire au plus fort des combats qu'il mènerait encore, de la haine dans les regards que son Roi posa sur son ministre et bourreau.

Les temps étaient sauvages, pensera-t-il plus tard, et conterat-t-il à ses neveux qu'il avait richement installés, et auxquels il avait fourni les meilleurs établissements que nobliau puisse espérer, à eux et à leurs enfants, et un soir même à la marquise de Sévigné qui montrait quelque tendresse et respect pour ce vieux soldat aux manières si courtoises, alliant la force des gens vivant au bivouac à l'élégance de ceux qui se frottent à la Cour. Ce fut une vengeance sauvage plus que de la justice, bien que Cinq-Mars fût coupable. On trancha deux jeunes vies, Cinq-Mars l'arrogant, De Thou le doux, l'inquiet, l'ami, dans un dernier duel entre deux vieillards malades. Comme si le jeune sang versé allait couler dans leurs veines et les fortifier.

Guitaut le capitaine boiteux aux cent combats pensa qu'il vivait là ce qu'il haïssait dans la guerre, son seul métier, un carnage.

Il tira de sa poche un médaillon, qu'il contempla en silence. Puis disposa un pistolet sous son oreiller, une dague sous le drap, là où se poserait sa dextre, laissa une épée nue à son chevet.

Il eût détesté la douleur de Mme de Sénecey – le médaillon la représentait à vingt-cinq ans – apprenant son assassinat. Il allait être celui qui en savait trop. Métier dangereux dans le monde.

Il tenait aussi à ce qu'on ne tuât point un autre homme, tout de rouge vêtu et à qui il devait sa foi de soldat.

Guitaut tenta alors de dormir.

PARFOIS LES MOTS SONT DES HACHES

Depuis longtemps il n'y avait eu, dans les guerres, siège plus courtois que celui de Perpignan. Louis XIII s'y sentait l'égal du roi chevalier, François Ier, dont en secret il admira toujours la grandeur, l'honneur, la prestance, le panache jusque dans les désastres de Pavie. Louis admirait les hommes dans la défaite tout en craignant celle-ci, et tout en aspirant à elle pour sa dimension tragique et chrétienne. Louis gardait ses admirations secrètes, un roi n'admirait pas ; mais tout homme, et surtout tout ancien enfant qui fut malmené par sa mère comme par l'Histoire, a besoin d'admirer. La seule partie visible de cet esprit en iceberg était l'admiration contrainte, agaçante mais fidèle qu'il accordait à son éminent « cousin » Richelieu. Tout en ayant, devant son cher Henri, marquis de Cinq-Mars, laissé dire qu'il serait bon de l'assassiner. Et avoué que la tenaille de l'Eminence meurtrissait sa royauté. Ce qui était vrai mais qui ne saurait être un ordre, plutôt le soupir d'un corps malade et d'une âme tourmentée.

Mais devant Perpignan, Louis se ragaillardissait. Il regardait le campement des vingt-deux mille fantassins, de quatre mille cavaliers, dont quinze cents gentilshommes volontaires qui avaient désiré l'honneur de participer à l'ajout, à sa couronne, du fleuron du Roussillon.

Quinze cents gentilshommes dont trois cents habitués de la Cour s'amusaient, jouaient de la guitare et aux cartes, enchantaient le Roi de bons mots pleins de fiel qui paraissait miel pendant que Perpignan qui se serait tant voulu française déjà allait vers la famine. A la table sous la tente du Roi, on dînait fort bien, même si Sa Majesté se contentait le plus souvent d'un bouillon de poule et d'un verre de banyuls qui lui redonnait couleurs. Voir manger ces santés de fer près de lui ne suscitait aucune jalousie. Les soldats avaient tout son respect et tant mieux s'ils faisaient bombance.

On soupait encore mieux à la table de Monsieur le Grand, le jeune Cinq-Mars qui, sans les conseils modérateurs de la princesse Marie de Gonzague qui, bien qu'elle sût qu'elle ne se donnerait jamais à lui, suppléait le désir qu'elle avait de se donner pourtant en servant d'âme et de pare-feu aux sottises de cet amant impossible, se montrait arrogant, insupportable, menteur et désastreusement puéril.

Un soir, au souper, on accorda asile à un capucin mal attifé, mal formé et bossu qui disait se rendre en pèlerinage. Dieu fut clément et le Roi ne le vit pas. C'était le marquis de Fontrailles, travesti en saint homme, porteur d'inquiétudes sortant du four.

Le capucin but et mangea, dut bénir une compagnie, évita Cinq-Mars tout en écoutant ses vantardises et bons mots – c'est-à-dire les plus méchants et si traditionnels – sur le cul du Cardinal et l'haleine du Roi. Fontrailles le retrouva après souper, pour l'avertir que l'affaire était connue de tout Paris aussi assurément qu'on sait que la Seine y coule sous le Pont-Neuf. Qu'il s'agissait d'abandonner le projet, de brûler l'accord et que lui fuyait. Vers un bateau qui le mènerait non en Espagne mais en Angleterre.

— Filez à Sedan, Monsieur le Grand.

— Non. Un sourire au Roi, tout sera gommé.

— Ne croyez pas cela. Abandonnez toute croyance ancienne, nous sommes perdus et nous perdrons la tête. Richelieu sait tout. Et Monsieur nous trahira.

— Qu'importe, mon ami. Le Roi va prendre Perpignan, et sa gloire lui fait tout oublier. Le Duc Rouge crève à petit feu en descendant le long du Rhône torturé par mille souffrances qui ne sont rien à côté de ce qui l'attend en enfer.

— Marquis, tu as déjà perdu la tête ! Le Roi te hait désormais et tu ne le vois pas ! Tes dernières arrogances le poussent à bout.

— Je raccommoderai.

— On ne raccommode pas une tête tranchée. Et je tiens à la mienne, fût-elle si mal plantée qu'elle déplaît tant qu'on m'interdit de paraître devant les enfants.

Cinq-Mars lui versa un verre de vin.

— Bois, Fontrailles ! Oublie tes peurs. Tu surpasses de Thou ! Son Immense Inquiétude soi-même est plus sereine que toi.

— De Thou est du Parlement, les juges n'oseront l'envoyer au billot. Et puis il tenta toujours de nous dissuader, on lui en saura gré. Va à Sedan, Monsieur le Grand ! Chez Bouillon qui lui est aux armées d'Italie, bien loin d'ici ! Tu es seul dans la tanière du loup.

— Je sens son odeur de fauve d'ici, il est vrai.

— Moi je pars !

— Bon voyage, fidèle ami.

Le capucin sortit. Fit vingt pas loin des feux du bivouac, se retourna. Cinq-Mars grattait une guitare avec nonchalance.

Je ne le reverrai pas, du moins vivant. Et sur le visage affreux d'un bossu coula une larme que l'homme aux mots les plus cruels de la cour de France ne songea ni à sécher ni à regretter. Il disparut entre les arbres, dans la direction de la mer dont il sentit sous sa capuche la brise fraîche au parfum iodé.

A Saint-Germain M. de Brassac tourmentait la Reine comme on le lui avait intimé, mais, brave homme, se le reprochait. Enlever ses enfants à une mère aimante ! Jusqu'où donc irait cette politique ? Politique à laquelle toutefois il devait ses gouvernements de Saintonges et d'Angoumois après une ambassade à Rome. Récompenses d'obéissance qui pouvaient s'évaporer comme buée. Donc Brassac obéissait. Et puis, Dieu merci, Mme de Brassac réconfortait la Reine alors que Mme de Lansac en rajoutait dans l'arrogance. Elle se voyait déjà Reine des enfants. Leur seule gouvernante. La Reine à Fontainebleau, première étape vers le Roussillon, les deux princes à Vincennes encore domicile royal avant que d'être prison, et elle maîtresse du château.

Anne craignit de devenir folle. Elle devint hypocrite. Profita de Brassac, son surintendant de maison qui écrivait tout ce qu'il voyait, elle le savait. Mme de Brassac, latiniste, mathématicienne, et bonne pâte, tempérait les missives de délation que son mari, qui craignit toute sa vie qu'on lui enlevât ses positions, adressait de plus en plus souvent au Cardinal.

Mais que dire de la Reine, si bonne mère, de si bonne composition, si soumise désormais aux intérêts de l'Etat c'est-à-dire du duc de Richelieu ? La vraie question demeurait : que souhaitait lire Richelieu ? Mme de Brassac, femme savante, osa avancer que Son Eminence souhaitait simplement connaître la nouvelle vérité de la souveraine ; à savoir qu'elle était assagie, et plus française que jamais ! Rien d'autre, sinon qu'elle souffrait d'un sérieux refroidissement.

Cela était vrai mais volontaire. La Reine, dès que sa dernière dame était sortie de sa chambre, se relevait et ouvrait les fenêtres, s'étendait sur son lit et, en simple chemise, se livrait au froid de la nuit. Jusqu'à ce qu'un matin on la trouvât brûlante de fièvre. Impossible pour elle d'entreprendre ce long voyage vers les armées du Roussillon. M. de Brassac pouvait en témoigner, Son Eminence s'en repaître. Et le Roi en ricaner.

Mais l'angoisse était pire que le froid. Et si l'on s'étonnait et s'enchantait de la beauté de la Reine « en veuve », car dans le deuil de son frère qu'elle fit durer quarante jours comme pour celui d'un Roi elle préfigurait aux yeux de beaucoup ce qui passait désormais pour inéluctable, la mort de Louis XIII, dont Perpignan, jugeait-on, serait la dernière campagne, cette beauté pâle et amaigrie venait des craintes de se voir séparée de ses enfants, que M. de Brassac attisait quotidiennement, et ce contre son gré.

Crainte inutile, Richelieu avait pris sa décision. Descendant lentement dans cette litière immonde et si luxueuse, il envoyait courriers, lisait dépêches, noircissait papiers, réfléchissait. Avait hâte de rencontrer son Roi et lui mettre son nez bourbonien sur certain traité. Encore n'en avait-il que copie. Fournie sur ordre de la Reine par l'estimable Guitaut, qui, Mazarin le lui avait rapporté, dormait tout armé.

Guitaut n'était pas un ruffian mais un homme intelligent et Son Eminence songea que Guitaut ne dormait pas avec dague sous les draps, pistolet chargé et épée nue pour sa seule sauvegarde personnelle, mais peut-être aussi pour celle du Principal Ministre, ce qui était son rôle quand il le côtoyait. Et Guitaut avait surgi au galop à ses côtés, sur ordre de la Reine. Donc...

Donc la Reine Anne d'Autriche prenait soin, avec discrétion, de la sécurité de celui qui fut son pire ennemi.

Richelieu comprit ou du moins se persuada qu'on songeait à l'assassiner et que le Roi... Il n'osa pousser sa phrase plus loin, disons que le Roi ne l'ignorait pas, mais se taisait. Alors que la Reine, elle, lui envoyait Guitaut.

Voilà qui changeait quelques données.

Tout s'embrouillait. Richelieu se crut dans un rapport de M. de Brassac, au style si pompeux et filandreux qu'il eût fallu un interprète. Que ne laissait-il sa femme si instruite les rédiger !

Le 23 mai le cardinal-duc de Richelieu dicta son testament à Giulio Mazarini. Si le Roi admettait sa mort, il n'y avait plus à tarder. Mais sa litière désormais descendit le long du Rhône avec une compagnie sur chaque rive.

Il relut un mot de la Reine : « Me séparer de mes enfants dans la tendresse de leur âge m'a fait douleur si grande que je n'ai pas assez de force pour y résister. » Il appela Chavigny, il écrirait à la Reine et au Roi.

Il sourit. Richelieu adorait faire rougir Chavigny, lui rappelant qu'il était quelque peu neveu de Ravaillac.

— Et pas d'arme blanche devant un Roi ; abandonnez tout esprit de famille !

Un rien vous amuse quand on sait qu'on va crever.

L'annonce de l'écriture du testament fit ouvrir bien des bouteilles à la table de Cinq-Mars et tira un rare sourire au Roi. On supputa la mort du « cousin » dans la semaine. Jamais il n'atteindrait le Roussillon.

« Fontrailles, mon ami, tu as fui bien inutilement ! » songeait Cinq-Mars, ne remarquant pas comment le regardait désormais Louis le Renfrogné.

Deux jours après, Richelieu entrait dans Narbonne. Sur son bras apparut un nouvel abcès. On charcuta, il hurla pendant deux heures, bava, vomit, chia sous lui. Le lendemain l'Eminence était debout, du moins l'esprit alerte, commanda tout de son lit. Et dicta une lettre.

« Si Dieu me rappelle, Votre Majesté mesurera la perte qu'elle aura de moi. Si Votre Majesté hâte le bras de Dieu, elle perdra tout crédit en la confiance des peuples en sa sainte personne. »

Le neveu de Ravaillac la porta au Roi, accompagnée d'un autre dossier. Et l'Eminence décida que ses médecins jugeaient le climat de Narbonne, si proche de Perpignan, pernicieux à sa santé. Elle ordonna à la lourde et lente litière de se diriger vers Tarascon, une vraie forteresse.

Une lettre royale la rattrapa à Saint-Privas.

« Quelque bruit qu'on fasse courir, je vous aime plus que

jamais. Il y a trop longtemps que nous travaillons ensemble pour ne jamais être séparés. » La signature était tremblante (fatigue ou rage ? se demanda l'Eminence) mais affirmait avec force : Louis. Le point sur le « i » semblait coup de poing sur une table.

Le Roi regardait son favori avec haine mêlée de désir.

Il venait d'apprendre que Cinq-Mars avait répondu à une question concernant sa santé : « Il traîne et nous ennuie. »

— Il y a six mois que je le vomis ! Et voilà qu'il souhaite que je sois mort.

Chavigny, messager, était tout ouïe.

Richelieu aussi lisait son courrier devant Comminges, neveu de Guitaut, qui lui servait une nouvelle lettre de la Reine. Elle s'y disait « fermement décidée à être de son parti, sachant bien que Son Eminence sera elle aussi de son côté et ne l'abandonnera point ». Ni elle ni le Dauphin.

La paix était scellée.

Le 12 juin le Roi avait lu la lettre du Cardinal et les feuillets joints ; il hurla, tempêta, accusa Richelieu de mensonge. Puis le chagrin, le dégoût prirent la place de la révolte. Il regardait Chavigny porteur du lourd pli de quarante feuillets adressé par le Cardinal.

— Il faut que je rencontre Son Eminence. Courez l'en avertir, où qu'il soit.

Un orage éclata sur Perpignan, apportant un peu d'eau aux assiégés mais amenant le Roi à éternuer, moucher, s'enfiévrer. Et c'est dans les orages que Louis savait agir. Il confia l'armée au jeune duc d'Enghien, fils de son cousin Condé, et depuis peu neveu par alliance du Cardinal.

— N'entreprenez rien d'aventureux. Laissez-les crever de faim, ils se rendront.

La galanterie du siège prenait une autre tournure.

— N'y aurait-il point, Sire, un coup d'épée à donner ?

Le jeune Condé, prince du sang, encore enfant à ses dix-neuf ans, ne pensait pas à la garnison espagnole mais à quelqu'un dans les rangs français.

Louis le comprit.

— Non, mon jeune cousin. Pas encore. Et si c'est ce que je

crois, l'épée est trop bonne pour ce bestiau-là. La hache du boucher seule lui conviendrait.

Louis retourna sous la tente royale, après une dernière inspection du camp.

Il s'assit à sa table de campagne, songea, griffonna, déchira, reprit.

Cinq-Mars soupait à l'auberge des *Trois Nourrices* où la chère était la meilleure à Béziers. Il sortit dans la cour pour pisser le vin ingurgité. Un homme en cape noire lui remit un message : « On en veut à votre personne. »

Il en reconnut l'écriture quoique tremblée. Ainsi Fontrailles... avait raison. Il demanda son cheval, laissa ses commensaux et trouva refuge chez une dame de Siouzac dont il fut l'amant.

On arrêta de Thou, le Roi avait signé enfin, pensant son favori à l'abri. Le comte de Charost le traquait, on le lui apprit. Le lendemain on sonnait trompe et battait tambour que quiconque cacherait Monsieur le Grand serait arrêté et exécuté. Dans son grenier, Cinq-Mars apprit par une autre lettre non signée qu'une porte de la ville n'était point fermée. Il envoya un valet, qui au lieu de courir les murailles se rendit à l'estaminet où tout se savait. Et revint dire que toutes portes étaient closes. On ne savait pas tout dans les estaminets. Seul le Roi savait qu'une porte restait ouverte, attendant le maréchal de Meilleraye et son armée qui venaient de prendre Collioure. Le Roi avait ouvert une dernière fois la volière pour que s'envole son amant pie-grièche. Un lieutenant des gardes et une compagnie saisirent Cinq-Mars sous un lit. La dame de Siouzac et son mari l'avaient dénoncé.

— Faut-il mourir à vingt-deux ans ? demanda-t-il à Comminges (c'était lui) qui n'en comptait qu'un de plus.

— Fallait-il, Monsieur le Grand, conspirer contre sa patrie et son Roi de si bonne heure ?

Ils continuèrent en bavardant dans un carrosse grillagé vers la forteresse de Montpellier.

Dans les quarante feuillets du Cardinal alité au Roi en guerre, deux concernaient Monsieur.

Le Roi envoya à son frère une lettre le faisant commandant général des armées de Lorraine qui venaient d'être défaites à

Honnencourt et lui ordonnant de reprendre la place pour la gloire et l'honneur de nos armes.

Louis avait suivi à la lettre le conseil du Cardinal : offrons une marque de confiance énorme à Monsieur et il ne passera pas en Espagne.

Monsieur remercia en une missive d'une grande bassesse, parlant de « Monsieur le Grand comme de l'homme du monde le plus coupable. Les grâces qu'il recevait de Votre Majesté m'ont toujours fait garder de lui et de ses artifices. »

Louis cracha sur le sceau de son frère.

Et Louis, seul, éloignant tout valet, brûla lui-même des liasses de papiers dans une cheminée. Il retrouva le plaisir de ses travaux manuels quand il se réfugiait loin des engeances dans les combles du Louvre, usinant une épée, cousant une tapisserie, limant un outil. Au plaisir s'ajoutait la délectation morose de brûler les traces d'un des plus grands amours vierges de sa vie. Et celle d'approcher la mort violente d'un autre.

Le 1er juin, la *Gazette* de M. Renaudot fut lue par Bois d'Arcy à la Bastille devant la société des amis de M. Bassompierre. On y contait tout du complot, on y lisait la liste des conjurés (sauf Monsieur). Les comtes se taisaient, le maréchal de Vitry ne dit mot, La Porte ouvrait des yeux grandis d'épouvante ; ainsi sa Reine avait pactisé avec l'ennemi juré. Lui avait compris, étant le mieux informé. Il jeta un œil à des Jars qui hocha simplement la tête.

M. de Bassompierre se tut quelques minutes. Puis souffla :

— Les pauvres sots ! mais surtout le pauvre enfant.

Cinq-Mars ignora qu'un vieillard, compagnon d'Henri IV, fut la seule personne du royaume à exprimer une pensée affectueuse pour lui et sa folie.

Le lendemain M. Vautier fut libéré et vint faire ses adieux à ces nobles personnes qui l'avaient reçu comme un frère. La reine mère se mourait à Cologne et Richelieu lui envoyait le médecin en qui elle avait confiance. Vautier serait la seule personne amicale présente pour adoucir son agonie.

Richelieu à Tarascon réussit à se tenir assis. Il avait élargi le médecin favori de la vieille femme qui l'avait lancé à la conquête du pouvoir, par bêtise plus que par générosité, mais il lui devait bien ce réconfort. Cette âme de fer s'émut de la mort de son ancienne protectrice, car elle lui laissait par testament, et le lui avait fait savoir, le perroquet que jadis lui-même lui avait offert.

Guitaut était à ses côtés.

— Vous allez, cher comte, pouvoir prendre du repos et retourner près de la Reine et du Dauphin et du petit Monsieur.

— Pas avant, Monseigneur, que le Roi n'arrive car il est en chemin vers Tarascon et n'a plus à cette heure de « vrai » capitaine des gardes.

— Non, Guitaut. Vous voulez assister à la fin de la pièce. Ce ne sera pas une tragédie, mon ami, ce sera un massacre !

— Je sais.

Richelieu regarda celui qu'il avait presque supplié d'être son garde du corps quand on voulait l'assassiner (avec l'accord muet du Roi).

— Etes-vous si terrible capitaine ?

— Je ne suis que soldat. Seul le pouvoir est terrible. Moi j'obéis, je vois, je combats.

— Il n'est plus rien à combattre ici, mais tout à voir. Vous regretterez de l'avoir vu.

— Je sais.

— Vous savez tout.

— Non, mais qu'un duc et prince de Sedan se donne le ridicule de se cacher dans des bottes de foin au milieu d'une armée en Italie m'accable !

— Ah, oui, Bouillon ! Certes, la farce manque de panache. Se cacher dans les fourrages de l'armée à Casale, voilà qui sent son âne. Quelle bassesse d'âme ! Mes derniers ennemis sont des histrions. Je méritais mieux. Mais, Guitaut, nous ne sommes plus au temps des chevaliers. Louis XIII est le dernier héritier de François Ier. Le monde a changé, votre monde, et celui dans lequel je suis né, moi aussi, et le Roi, et la Reine qui, infante, fut élevée comme un prince du sang, un prince de guerre. Oui, Guitaut, j'ai bien dit « la Reine ». (Le Cardinal sourit sans trop grimacer.) Elle aussi est de notre race. Vous l'aimez. Depuis toujours. Quand elle me combattait, quand elle combattait son roi et époux, quand elle... trahissait. Trahissait-elle ? Elle est Habsbourg, après tout. Son sang, son rang la menaient. Aujourd'hui elle a sauvé le Roi, le royaume et moi-même, et l'avenir que ni moi ni le Roi ne verrons. Vous si. Sans doute. Restez près d'elle, cette tragédie finie, elle croit encore aux chevaliers, bien qu'elle ait enfin compris la nouvelle politique.

— J'y serai jusqu'à ma mort.

— Tenez. (C'était un diamant.) Prenez, vous dis-je ! Elle l'a donné un jour à M. d'Artagnan, qui était mousquetaire. Vous le connaissez.

— Nous sommes gascons ! Et nous sommes parfois amis, en certaines circonstances.

— Comme à Corbie ?

— Comme au Pas-de-Suse, aussi, au plus près du Roi, comme à La Rochelle également, sous les ordres de Votre Eminence.

— Prenez ce diamant. D'Artagnan a dû le vendre pour payer je ne sais quoi. Gardez-le ou le lui rendez ! il est à vous désormais. C'est moi qui l'ai fait racheter à un banquier chez lequel il l'avait mis en gage.

— Je le rendrai à la Reine.

Richelieu resta silencieux un instant.

— Oui. Peut-être. Il lui venait du duc de Buckingham.

M. Guitaut, libéré du service pour deux heures, écrivit. Il écrivait à Marie-Catherine de Sénecey. Le cœur du vieux soldat fondait. Il conta tout bientôt, passant outre les phrases de tendresse profonde. Il conta Bouillon en son tas de foin, il conta Cinq-Mars élégant dans son carrosse à grille bavardant avec Comminges, il conta le diamant, sachant que la Reine l'apprendrait et en aurait deux secondes de bonheur. Le diamant lui fit songer à faire fortune pour agrémenter la vie de Mme de Sénecey. Il n'en imagina pas le moyen. Il écrivit et rêva, ce qui n'était en rien son ordinaire. Et on lui annonça l'approche du Roi.

Le Cardinal l'appela :

— Guitaut, il est un placard derrière ce rideau. On s'y tiendrait à l'aise.

On était le 28 juin.

On fit installer deux lits à baldaquin. Le voyage, les orages, la fatigue d'un siège avaient épuisé le Roi. Le Cardinal retombait lui aussi en sa terrible fatigue traversée de douleurs. Ainsi restèrent-ils quatre heures interrompues par des prises de bouillon de poulet qui les nourrissaient à peine et les torturaient beaucoup.

Ils parlèrent.

Le Roi avait-il envisagé le meurtre de son ministre ? Il mentit.
Le Roi envisageait-il de sauver la tête de son favori ? Il hésita.

Alors on conta tout : les horreurs dites sur la mauvaise haleine, le corps immonde de Sa Majesté, son goût dénaturé pour la chasse, l'ennui qu'elle procurait. Et ce fameux « Il traîne » !

Le Roi se souvint du corps nu et huilé de parfums du jeune homme un soir où il partageait sa couche, oh, sans caresses, et haït ces parfums qui l'avaient enchanté mais étaient avant tout destinés, il le comprit, à cacher sa propre odeur. Et puis ce « Il traîne » !

Alors le roi Louis le Juste se laissa aller à la plus terrible haine ; une de celles qu'il n'avait jamais conçues sinon pour sa mère il y avait longtemps, mais qui sommeillaient, latentes, vipères enroulées dans le froid d'un cœur. Jamais il n'avait haï sa femme, simplement détestée et ignorée. La haine s'éveilla, ouvrit un œil, darda sa langue bifide. L'aspic avait cessé d'hiberner.

— Le billot ; mon cousin, le billot !

— Oui, Sire. Il y aura un billot.

— Deux ! de Thou aussi ! Et des juges choisis. Il ne s'agit plus de justice mais de vengeance !

— De Thou, Sire, est du Parlement et se comporta très bien soldat, sous La Valette ! Il en garde un bras estropié.

— De Thou a aimé ma femme !

— Sire, de Thou est l'amant de la princesse de Guéménée ! Comme Gondi, comme d'autres. De Thou a failli tout vous avouer ! Il a tenté de convaincre les conjurés de cesser.

— Il ne l'a pas fait !

Depuis un tiers de tour d'horloge, la haine du Roi s'exprimait par des larmes. L'œil froid du ministre contemplait son Roi qui sanglotait aussi abondamment qu'une bête blessée saigne à mort.

— Eminence, mon cousin ! Ils mourront ! Mais je veux que jusqu'au dernier moment Cinq-Mars croie à sa survie ! Croie que je l'épargnerai ! Croie que je l'aime encore ! Croie que ma faiblesse l'emportera, croie qu'il aura la vie sauve !

Richelieu tourna la tête vers le mur. Respira fort car son bras, après les supplices infligés par les chirurgiens, s'enflammait et il voulait cacher sa souffrance au Roi qui en cet état s'en serait repu. Or c'était lui qui buvait avec délice chacune des larmes de son maître esclave.

— Je crains, Sire, que ce jeune homme ne croie en effet tout cela.

— Qu'on le maintienne en cette erreur.

Richelieu jeta un œil vers une vaste tenture représentant une Diane, et dans l'ombre d'un pli luisait la garde de l'épée de Guitaut. Il entend tout. Que dira-t-il ? Il s'étonna d'accorder quelque intérêt au jugement d'un vieux soldat. Son regard se reposa une nouvelle fois sur le Roi fulminant et pleurant.

— Voilà six mois que je le vomis !

Certains mots sont des haches, et ces mots le Cardinal les avait souvent prononcés. Le Roi prenait la relève comme bourreau.

— Je vais rentrer à la Cour. Enghien et La Meilleraye commandent l'armée. Vous commanderez le supplice.

Guitaut regardait. Que le Dauphin n'apprenne jamais cela ! Quel roi deviendrait-il avec un tel modèle paternel !

Louis Dieudonné l'apprit. Il apprit tout ou presque. Il apprenait déjà surtout à dissimuler. A quatre ans ? A quatre ans.

Il était à la Cour un marquis qui l'amusait beaucoup, par son nom d'abord, M. de Chouppes, qui lui semblait venir de quelque conte que Marie lui lisait, et par une étrange faculté dont souvent on se moquait. M. de Chouppes passait pour invisible. On l'inscrivait ainsi au registre des « grands particuliers » comme la sœur du Cardinal, Nicole du Plessis, maréchale de Brézé, qui ne s'asseyait jamais car elle se croyait le cul en cristal. Eh bien, on disait que M. de Chouppes apparaissait tout à coup en une conversation, en un lieu du salon sans que nul ne l'ait vu entrer.

Louis Dieudonné surveillait donc les apparitions du marquis de Chouppes. Et lui le voyait. Il le voyait se mêler au flot des courtisans, longer un mur, s'acoigner près d'un oranger ou d'une plante en pot, approcher un groupe, glisser vers un autre et lâcher un mot qui surprenait alentour. Comment ne le voyaient-ils pas alors qu'à lui il n'échappait pas ? Louis Dieudonné, devant lequel se balayaient les parquets à coups de plumets et de soiries, en conclut que sa vision lui venait de la grâce divine d'être un jour, bientôt, roi de France. Don auquel n'auraient su prétendre les autres, même les princes du sang, même cet oncle Gaston qu'on ne rencontrait plus depuis des mois. Donc, Louis décida d'outrer ce don divin en se rendant aussi invisible aux autres que ce Riquet à la Chouppes !

Il rit. Et écouta.

On allait tuer quelqu'un du côté de Lyon.

La Reine attendait dépêches et courriers. Marie de Hautefort, revenue, négligeait Louis Dieudonné qui s'en attristait, livré à Mmes de Brassac et de Lansac. Lansac lui conta tout.

Elle y mit une cruauté qui fit se dresser sur les bras de l'enfant le fin duvet. Mais aussi enflamma quelque chose en son cœur ; quelque chose qu'il ne connaissait pas.

Et qu'il reconnut sur le visage de son père quand celui-ci atteignit Fontainebleau, au retour du Roussillon.

Louis embrassa ses deux fils, les trouva grandis. Le jeune Philippe marchait désormais. Il félicita sa « chère épouse » (la Cour n'en revint pas) de tels progrès chez le Dauphin et le « nouveau Monsieur » (la Cour s'interrogea sur le seul Monsieur encore connu et qui avait disparu).

Louis Dieudonné regardait Papa roi. Un feu brûlait dans ses yeux noirs qui n'était pas celui de la fièvre. Le Roi semblait trembler, du moins quand il serrait son fils en ses bras le Dauphin sentait-il une vibration dans tout le grand corps décharné. Il eût aimé vibrer ainsi.

Louis Dieudonné aimait cette humeur chez son père. Cela avait un goût de bataille, de sang, de violence, de rapace fondant sur sa proie pour apporter des morceaux de charogne à sa nichée. Le Roi montrait les dents parfois, le Dauphin en fit autant.

— N'ayez jamais d'amis, de favoris, et aucun amour !

Louis Dieudonné regarda vers Marie. Le Roi suivit son regard et rougit.

— Tout n'est que trahison, mon fils, et nous contraint à la cruauté. Elle est l'ultime raison des Rois, comme la guerre. Une guerre sans gloire, certes, que cette guerre individuelle et personnelle, mais si efficace ! Et parfois... le plaisir...

La voix bégaya.

— Je serai cruel, mon Papa.

L'été passait. On se promenait dans les jardins, canotait sur les lacs et Louis Dieudonné se sentit une âme d'amiral ou de général des galères, on dansait le branle chez la Reine, le Roi s'esquivait et chassait. Louis Dieudonné vit son premier sanglier ensanglanté et écorché par les valets de chasse, son premier cerf éventré aux entrailles livrées à la meute. Frisson devant tout ce sang, que

Lansac se complaisait à lui montrer, dont Marie tentait de le détourner. L'odeur forte des fauves aux chairs mises à vif enivrait le Dauphin. Un peu trop, jugeait la belle Marie, douce et acérée.

Et les nouvelles vinrent avec l'anniversaire du Dauphin. Les nouvelles de Son Eminence, dont on remarqua tout à coup qu'on ne regrettait pas l'absence et même qu'on oubliait. Non, Son Eminence n'était pas morte, Son Eminence punissait encore. Il conduisait lentement, au pas de sa litière, MM. de Cinq-Mars et de Thou vers le château de Pierre-Encize près Lyon, escortés par six cents cavaliers. En une semaine le procès fut bâclé, bouclé, la condamnation à mort prononcée. Quelques juges renâclèrent pourtant... Ils furent destitués.

Guitaut reparut à la Cour, poussiéreux, vieilli de dix ans, s'évada à Milly trois jours durant. La Reine dut envoyer d'Artagnan l'en tirer avec une douce gronderie.

Les deux Gascons ne se dirent rien en route. Le mousquetaire songea que l'affaire avait dû être terrible, pis que terrible, sale. Arrivé à Rambouillet, Guitaut n'eut que ce mot :

— Merci.

D'Artagnan le salua.

Guitaut chez la Reine ne subit aucune autre remontrance. Il conta à ces dames ce qu'elles voulaient savoir.

Monsieur le Grand était vêtu d'un habit couleur ponceau, cousu de dentelles d'or et couvert d'un manteau doublé d'écarlate. Il saluait la foule sur le chemin qui le menait là où on savait. Il ne broncha pas à l'énoncé du jugement ni à la vision de l'échafaud sur la place des Terreaux. De Thou, lui, de gris vêtu avec des parements bleu, ne dit que :

— Allons à la mort, allons donc au Ciel.

Ils firent leurs dévotions, s'embrassèrent d'amitié forte, et certains gardes pleurèrent. Guitaut lui-même avait boule en gorge.

On les mena à l'échafaud en carrosse, ce qui suscita quelque plaisanterie de De Thou sur la magnanimité de Son Eminence, qui fit rire Cinq-Mars. C'est donc réjoui qu'il reçut la bénédiction d'un père jésuite. Le Père Malvalette en pleura. Cinq-Mars le réconforta.

— Vous avez besoin de toute votre résolution pour fortifier la nôtre.

Puis il embrassa encore son cher de Thou.

— A bientôt, Henri, dans quelques minutes nous seront réunis pour l'éternité. Et près de Dieu.

— A bientôt, donc, noble Auguste. Quel plaisir de te voir ayant quitté toute inquiétude.

Auguste de Thou sourit à son ami.

— En effet, on m'en a guéri !

Un coup suffit. La belle tête de Cinq-Mars tomba puis fut montrée.

Auguste de Thou embrassa le bourreau, l'appelant son frère, refusa lui aussi d'avoir les yeux bandés, enserra de ses bras le billot comme une bien-aimée, et mourut le regard fixé sur un crucifix.

— Dieu reçoive l'âme de ces deux jeunes gens, dit Anne en se signant.

Louis Dieudonné fit aussi le signe de croix. Presque machinalement et par imitation.

Pendant que Guitaut contait ceci, Louis Dieudonné connut enfin la vibration en son corps. Cette vibration ressentie chez celui décharné du Roi quand il l'avait serré contre lui à son retour.

Il chercha son père, il voulait savoir ce que l'on ressentait après... Il le trouva aux cuisines. Le Roi cuisait des confitures mais il sembla à l'enfant que le Roi pleurait en même temps dans la chaude odeur de son fruit préféré, l'abricot, qui ressemble au conin des filles lui avait-on dit en riant, rire qu'il n'avait pas compris et qui lui mettait l'eau à la bouche où il comptait désormais vingt-quatre dents.

Le Roi le vit, lui sourit les yeux rouges, tourna la grande cuillère de bois dans la mousse sucrée. Lui tendit un peu de cette émulsion que le Dauphin hésita à goûter avec la crainte de se brûler. Le Roi souffla dessus. C'était bon.

— Mon fils, M. de Cinq-Mars avait l'âme plus noire que le cul de ce chaudron. Mais lui, c'est en Enfer qu'il cuira ses confitures d'œufs de vipère.

Louis Dieudonné essaya d'imaginer ce qu'était un enfer et une âme en métal. Et ne s'intéressa pas plus longtemps à cet éloge funèbre du plus grand ami de son père ainsi expédié. Toutefois, dans ce Fontainebleau qu'il aimait tant, il vit une apparition.

Mme la Princesse Marie de Gonzague, de la famille des ducs régnants de Mantoue, parut deux après-midi de suite dans les

salons et jardins. Longue et brune, accompagnée de six gentilshommes italiens, elle avançait en souveraine dans une robe de
velours et de faille noirs, rehaussée de diamants et d'éclats de jais,
son long cou d'aristocrate, si blanc, si souple, si fier, cerclé de
deux rangs de rubis rouge sang.

Louis Dieudonné ne pouvait détacher ses yeux de cette ombre
qui glissait entre statues et bosquets, sur les tapis, devant les
tableaux italiens, saluant la Reine comme une égale, n'accordant
aucun regard aux princes ou ducs, faisant la révérence devant lui
comme s'il était déjà le Roi et son père déjà mort. La blancheur
de cette peau au cou, à la gorge, aux épaules bouleversa l'enfant.

— Elle porte le deuil de M. de Cinq-Mars, lui souffla Marie
de Hautefort, et les pierres rouges de son cou figurent le passage
de la hache. Une rangée pour Cinq-Mars, une rangée pour de
Thou.

Louis Dieudonné regarda Marie, qu'il aimait tant. Au côté de
la princesse revenue de l'Enfer ou bien de l'empire des morts, sa
plus tendre amie lui parut une souillon.

— Marie de Gonzague. Je n'oublierai pas ton nom.

C'est à peine s'il murmura, envoûté par l'apparition. La mort
pouvait être si belle que cette femme ! Il se jura de la voir de près.

Il reverrait Marie. Lui serait roi de France, elle reine de
Pologne.

LA MORT EN ROBE ROUGE

— Combien de temps m'accordez-vous ?

La voix était sèche quoique faible, n'admettait qu'une réponse nette et précise. Et cela le médecin le comprit.

— Monseigneur, dans deux jours ou vous serez mort ou vous serez guéri.

— Cela devra donc suffire. Monsieur Chicot, vous êtes médecin, mais vous venez de me parler net comme un ami, je vous en remercie. C'est parler comme il faut à un mourant.

Chicot qui était bonhomme et n'agrémentait pas trop sa médecine de mauvais latin rougit de confusion et d'émotion sincère devant le masque déjà cireux de celui qui avait été le vrai maître de ce si beau royaume, qu'on disait le second après celui des Cieux.

— Votre Eminence...

— Chut, Messer Chicot ! Vous avez dit deux jours...

— Deux jours... au plus.

— Je vois avec plaisir que vous êtes aussi ami de la vérité, ou de la prudence.

— La médecine n'est qu'un art, seule la foi est science.

— Disons un jour donc, ou faisons comme si...

— Un jour, oui.

— En sortant du Palais Cardinal dites à Mazarin de mander mon confesseur et le curé de Saint-Eustache. Et que Mazarin écrive à Sa Majesté. Je sais qu'elle est restée au Louvre, qui ne lui plaît guère, uniquement par amitié pour moi, au cas où... ce serait pressé. Ce n'est point pour guetter ma dernière grimace, je ne le crois pas, mais pour échanger encore quelques paroles ; il arriva au Roi de me considérer comme un ami. Je sais qu'en ce moment il est dans cet état d'esprit.

— Le Roi vous respecte et vous admire...

— Et vous, doctus doctissimus Chicotus, vous grignotez mes dernières heures que j'entends passer dans la méditation...

Le masque sourit. Quand donc Chicot l'avait-il surpris à lui sourire ? Un jour qu'il lui avait administré un empirique d'herbes et de graines venues de chez Le Fèvre qui avait bien soulagé le Cardinal durant une semaine.

— Appeler l'évêque de Chartres, le curé de Saint-Eustache et Mazarini doit écrire au Roi, répéta Chicot.

— Vous avez bien entendu. Allez. Et demandez aussi à Mazarin un certain rouleau qui vous est destiné. J'y ai posé mon sceau et ma griffe et inscrit votre nom... en latin.

— Bien, Eminence.

— A demain, monsieur Chicot.

— A demain matin, Eminence.

— Mon Dieu, si tôt... dit Richelieu à mi-voix.

Pourquoi tant d'ombre ? Ne peut-on mourir en voyant le soleil, doit-on déjà être plongé dans la ténèbre ? Personne n'ouvrira donc ces rideaux ? De plus, je dois puer. Tant d'abcès, si peu d'air, tant de souillure sur un corps qui n'en peut mais. Des flambeaux en plein après-midi alors que malgré décembre il fait beau. Laissez entrer le froid, il apure les corps comme les âmes.

Ce matin du 3 décembre 1642, c'est Mgr Lescot, évêque de Chartres, qui servit de valet de pied à Son Eminence et ouvrit les rideaux et les fenêtres du Palais Cardinal ; celles donnant sur les jardins assez désolés, où des ombres furtives semblaient s'affairer et faisaient mine de ne jeter jamais un œil vers ses fenêtres.

— Ils guettent, n'est-ce pas, Monseigneur ? Ils attendent. Les espions des princes, de la Reine et sans doute du Roi.

— On passe et repasse en effet dans vos allées.

— Qu'ils gèlent ! Les hellébores ont-elles enfin fleuri ?

— Près du bassin ? Oui. On dirait un massif de neige.

— Monseigneur, aimez-vous les fleurs ?

— J'avoue, Eminence, ne m'en être jamais préoccupé...

— Moi non plus... jusqu'à cette minute. Mais, curieusement, que ces roses blanches d'hiver aient fleuri me satisfait.

L'évêque regardait son pénitent allongé, maigre comme une bique, jaune comme un cierge de Pâques.

— Je sais, vous n'êtes pas là pour que je vous parle de botanique et mon âme n'a pas la pureté d'un massif d'hellébores.

— Votre Eminence est homme d'Eglise et...

— Oui, mais aussi homme de guerre et, pis, ministre ! J'ai mandé aussi, Monseigneur, le Père Le Tonnelier, curé de Saint-Eustache ma paroisse, pour l'extrême-onction. Il lui revient de m'apporter le viatique à nuit tombée.

— Nous en sommes donc là, mon fils...

— Je crains, mon Père, que cette fois-ci le savantissime Chicot ne se soit pas trompé. Je demande pardon à Dieu et à vous-même de cette dernière moquerie, Chicot m'a souvent bien soulagé de mes douleurs. Mieux que cet âne de... Non, ne médisons pas.

L'évêque sourit.

— Eminence...

— Non, non, je suis à confesse, comme tout chrétien, le « mon fils » qui vous a échappé était bien le mot de saison, mon Père.

Et Son Eminence récita son acte de contrition, devant un évêque assis sur un tabouret, le pallium baissé et passé sur les épaules, la tête penchée vers le lit du mourant.

Richelieu ne balbutiait pas, la voix était basse et faible mais claire. Les péchés défilaient presque avec arrogance, dans un dernier sursaut de fierté avant de rendre les armes. « Cet homme ne se faiblira jamais, pensait le confesseur, il n'a rien à voir avec ce corps qui gît là, tout s'est porté dans cette tête qui commanda à des millions d'autres et en trancha une bonne centaine. »

Il faisait très froid dans cette chambre et le feu lui-même s'endormait dans l'âtre. Mgr Lescot frissonna.

— Ce péché-là vous étonne, mon Père ?

Le regard de l'agonisant pétillait de malice. L'évêque n'avait pas entendu de quoi il s'agissait. Il marmonna en latin. Le Cardinal se tut.

— *Te absolvo in nomine...*

Voilà, c'était fait. Richelieu était seul, la goutte au nez. La porte s'ouvrit à deux battants. Une grande ombre décharnée, un autre visage de cire, un chapeau à plumet noir, un ruban bleu, des bottes marquant le pas, le Roi.

Le Roi moucha Son Eminence.

— Vous voilà enchifrené, mon cousin, mais rester ainsi, dans ce froid de gueux !

— Si Votre Majesté a froid...

— Laissez si cela vous plaît. Il règne le gel même au Louvre. Je suis venu...

Louis hésita. Richelieu l'aida :

— Me dire adieu. J'en suis flatté, ému, reconnaissant...

— Laissez, vous dis-je, cousin, je suis venu vous voir. Et s'il le faut vous tenir la main. La mienne est encore assez bonne. Elle est celle d'un ami.

— Avons-nous, Sire, encore des amis ?

Louis XIII resta silencieux, dans son esprit passait une longue cohorte d'exilés ou pire... des ombres au royaume des ombres.

— Mais, Sire, pour ce dernier adieu, et c'en est un, j'ai la consolation de laisser votre royaume dans le plus haut degré de gloire et de réputation où il a jamais été.

Il prit son temps, inspira une modeste goulée d'air frisquet et poursuivit d'un air vainqueur alors qu'il était terrassé :

— ... et tous vos ennemis abattus et humiliés.

Le Roi triste serra la main de sec parchemin :

— Amis, ennemis, furent parfois les mêmes.

— Oui, Sire, il leur arrive, comme à nous tous chaque matin, de changer d'habits. Il me fallait veiller à la bonne tenue des uniformes.

Le Roi sourit en même temps que son ministre.

On ouvrit timidement la porte, Chicot faisait présenter au Cardinal deux jaunes d'œufs en un bouillon de poule. Il hésita devant le Roi qui se leva du chevet, prit le bol d'argent reposant sur un plat et donna, cuillerée par cuillerée, cette ultime nourriture que les intérieurs du corps épuisé pouvaient encore avaler sans vomir.

Chicot et le valet s'en allèrent rapporter à voix basse l'immense honneur que le Roi accordait ce jour funeste à son « cousin ».

Richelieu en était conscient et se redressa tant qu'il put, aidé par le royal bras, sur ses oreillers, toujours secs ; son corps se refusait même à suer sa fièvre. Entre chaque cuillerée, il recommanda un des siens :

— Chavigny, Sire, a bien servi la France. De Noyers aussi. Et Mazarin la servira mieux encore. L'employer le plus possible sera l'employer au mieux.

— Il a de l'esprit et une belle écriture...

— Ma famille, ma nièce duchesse d'Aiguillon, mon neveu...

— Mon cousin, ils sont désormais de la mienne, reposez tranquille, vos recommandations me sont sacrées, comme elles le furent toujours, et je les appliquerai, quoique, j'espère, plus tard que vous ne croyez.

— Je crains, Sire, que ce ne soit dès demain.

— Nous verrons bien.

— Sire, on ouvrira mon testament. Le Palais Cardinal en son entier et ses meubles reviennent de droit, et par amitié, à mon « cousin » le Roi, puis il iront au Dauphin, ainsi que mon grand buffet d'argent ciselé, ma chapelle d'or et de diamants, cet autre grand diamant que Votre Majesté a souvent admiré, mais pas assez envié pour que je le lui donnasse et mes huit plus belles tentures ; celles qui représentent des victoires de tous les héros de l'Histoire jusqu'à vous.

— Nos victoires, mon cousin.

Richelieu sentit sur les os et la peau de ses doigts, y restait-il seulement un peu de chair, se refermer avec tendresse la main de son Roi, tout aussi maigre mais encore vivace ; une poigne qu'il envia. Ce fut le seul signe d'affection manifeste, mais cette affection-là était forte, sincère, étreignante.

Le regard dans le visage de cire s'éteignait peu à peu, comme une chandelle à bout de mèche. Le Roi fixait ces yeux qui perdaient leur éclat. Il se leva et lui-même tisonna l'âtre, y prit un brandon, ralluma quatre chandeliers. C'étaient petites tâches qu'il aimait à faire lui-même, quand après une journée de chasse il s'installait dans son petit château de cartes des Quatre-Vents construit à Versailles, ce relais entre le plaisir de traquer le fauve et celui de la nuit. Et Richelieu, bon piqueux mais qui n'avait jamais participé à ce divertissement que Louis préférait à tous, la chasse, lui avait permis d'attraper au collet le palais le plus élégant et le plus riche de Paris, ce Palais Cardinal, à trente pas du Louvre, forteresse antique, incommode et presque barbare. Où six jours durant il avait vu le cadavre de son père le roi Henri sur un lit de parade, pleurant devant ou du moins les yeux pleins de larmes mais refusant qu'elles coulent. Il avait appris bien longtemps après, à sa première calvitie, qu'il avait pleuré un faux corps, moulé de cire, empli de paille, le vrai cadavre, trop puant pour rester exposé ainsi, étant caché en un coffre de plomb sous le lit. Sa mère honnie, Marie de Médicis, avait laissé son fils pleurer pour père un épouvantail !

Ce corps-là, allongé dans ses brocarts, ses draps, ses courte-

pointes, sans bonnet et en chemise, et qui sentait plutôt les fleurs
séchées d'un pot-pourri que la mort et ses odeurs d'égout, lui
sembla un vrai cadavre de vrai père, devant lequel il était permis
de s'affliger. Oui, le cousin Richelieu avait sans doute été un peu
un père. Le vieil orphelin eut, l'espace d'un bref instant, envie de
pleurer la vraie mort d'un vrai protecteur. Mais il retint une fois
encore ses larmes, resserra la main avec plus de chaleur, se leva
et laissa son ministre reposer.

Dans l'antichambre et les couloirs, parmi les révérences, les
chapeaux balayant les parquets, il croisa le curé de Saint-Eustache,
M. Le Tonnelier ; il fut le seul à recevoir un mot du Roi.

— Son Eminence se repose, et reprend ses forces, afin de
mieux recevoir votre viatique. Permettez-lui, mon Père, de faire
le mieux possible et de la manière la plus légère ce dernier voyage,
à lui qui a si souvent parcouru notre royaume, et quelques provinces appartenant aux autres. Souvent dans les plus grandes douleurs. Qu'il ne souffre pas, oh je ne parle pas du corps, il est au-
delà de la souffrance, mais de son bien le plus précieux, de ce
qu'il eut de plus noble, son âme. Bénissez-moi, je vais perdre mon
dernier ami.

Le curé de Saint Eustache trembla mais bénit le Roi qui venait
d'ôter son chapeau à plumets d'encre, faits d'empennes de geai,
et mettait genou en terre. Les murmures courtisans s'en émerveil-
laient, avec pudeur pour une fois.

Ce fut la dernière question avant l'onction extrême :
— Pardonnez-vous à vos ennemis ?
— Non ! Car je n'eus d'ennemis que ceux de la France !

Le saint homme sursauta. L'orgueil, encore l'orgueil, jusqu'au
dernier souffle ! La mort peut venir, elle l'emmènera mais ne le
réduira pas. Seul Dieu le pourra. Du moins le Père Le Tonnelier
l'espérait-il.

Jusqu'alors, Richelieu avait fait preuve d'une pieuse humilité,
« disant préférer mille morts plutôt que commettre un seul péché
mortel » ou bien « avoir mille vies pour les consacrer toutes à la
foi ». Et Le Tonnelier avait cru à la sincérité, étant lui-même sincère, mais, responsable de la paroisse la plus dans le vent du
temps, à deux pas du Louvre, cinq du Palais Cardinal, de l'hôtel
de Chevreuse, de l'hôtel de Bourgogne, des Halles ou régnaient
le tonitruant duc de Beaufort et sa clique Vendôme, il saisissait

toutes les nuances et variantes de la sincérité. Le Cardinal était chrétien sincère, mais le chrétien le plus puissant de toute la chrétienté, fût-elle catholique ou – et Le Tonnelier se signa – hérétique comme celle des princes allemands et de la couronne de Suède. Il savait aussi que les Grands ne confessaient point certains péchés car ils ne les considéraient pas comme tels, les laissant au commun, pour eux ils n'étaient que manières du monde, voire qualités. Le Cardinal-Duc n'échappait pas à cette interprétation que le curé ne pouvait s'empêcher de juger abusive... Mais la paroisse de Saint-Eustache, où communiaient les Rois quand ils n'étaient encore que Dauphins, où les plus somptueuses funérailles de princes et de ducs se déroulaient, était de forte rente. Sans songer à des accommodements avec le Ciel, le Père Le Tonnelier s'accommodait de l'humaine nature ; qu'elle fût titrée, blasonnée, couronnée ou non. Et pour cette humaine nature, le curé nourrissait quelque tendresse : ainsi se montrait-il vrai chrétien.

Pas de pardon à ses ennemis ! La chose était un peu forte, tout de même.

Le mourant le scrutait et lisait dans l'esprit du saint bonhomme.

— Non, mon Père, aucun pardon. Sauf à la Reine, qui n'est plus me dit-on ennemie de la France, mais le fut. Dans l'état où je suis, je dois lui pardonner mais puis-je la croire ?

Le Tonnelier soupira d'aise ; en effet le visage de la souveraine le hantait. Cet homme ne pouvait mourir béni tant qu'il haïrait cette femme... après l'avoir trop désirée.

— Vous voilà satisfait, il paraît...

Richelieu souriait au curé, et poursuivit :

— Je vous comprends. Et votre vœu était pieu. Le voilà exaucé. Mais comprenez-moi aussi... Nous parlions de ma vie, qui ne fut pas celle d'un débauché ni d'un criminel, non plus celle d'un saint, et puis, tout à coup, vous avez parlé d'Histoire. Nous entrions dans une autre sphère d'éternité, l'humaine, moins parfaite que la divine, mais où j'entends bien rester. Sans orgueil, péché capital, mais au mérite !

Le Tonnelier administra les sacrements qu'Armand du Plessis duc de Richelieu reçut fort saintement.

L'âme en paix ? En sortant de la chambre, le curé en doutait encore : cet homme haïssait trop mourir.

Il mourut le lendemain peu après midi sonné.

Il le voulut faire seul, ayant passé une bonne nuit grâce encore à quelques « petites graines » dont il ignorait tout mais dont Chicot disait grand bien et qu'il avait acquises chez Le Fèvre. Il dut encore accueillir l'abbé La Rivière, favori de Monsieur, autant dire un traître. Il lui fit bonne figure, du moins ce qu'il en restait, et le méprisa, ce qui le revigora un temps. Il attendit aussi le passage de sa nièce qu'on lui avait annoncé. Une douleur, une espérance et un regret ; il ne souhaitait ni la recevoir ni l'éviter, l'âme inflexible qui avait tout fléchi en Europe s'épouvanta presque de cette entrevue ultime : c'est qu'il s'agissait en la ravissante personne de la duchesse d'Aiguillon de la seule femme sur terre qu'il ait aimée depuis sa mère. Amour que sa nièce lui avait rendu et dont il ne savait quelle manifestation ce sentiment prendrait aux derniers instants. Elle s'était montrée si jalouse de certains attachements de son cher oncle en rouge pour certaines dames.

Point trop de pleurs, point trop de sentiments... Mais faire confiance était au-dessus de ses forces... Si elle se laissait aller à des débordements, que faire ? Il la ferait chasser.

Il se moqua de cette crainte qui arrivait à une bien curieuse heure ! Non, elle se tiendrait. Il savait dans l'antichambre la présence du Père Léon, supérieur des Carmes, qui aurait la sainte charge d'oindre son front et de clore ses paupières après la dernière absolution. Il ne voulut pas voir Chavigny auquel il avait donné ses instructions, ni Mazarini. Il ne voulait voir personne et rester avec ses pensées. Les mettre en ordre, sans remords, sans regret, sans juger même ses actions. Etre seul face à l'Histoire comme il l'avait dit au curé de Saint-Eustache, seul surtout face à lui-même, enfin. Aurait-il peur ? Aurait-il mal ? La mort n'est rien, puisqu'elle est anéantissement des douleurs, c'est mourir, l'acte même, qui est tout ; et fait peur.

Il verrait bien.

La bien-aimée était à son chevet. S'était-il assoupi ? Il vit d'abord la bouche et les yeux et le corsage, le grain de peau si frais et lisse comme bébé.

Dieu qu'elle était belle ! La plus jolie veuve de France, aimée de son autre oncle le maréchal de Brézé, dont elle était nièce de l'épouse, Nicole, sœur du Cardinal. Il jeta dans un souffle :

— Marie-Madeleine...

— Oui, mon seigneur, mon maître.

— Je vous ai recommandée au Roi, il prendra soin de vous. Les Rois sont parfois de parole, celui-ci le sera pour moi.

— Je me retirerai au Carmel si vous disparaissez.

— Non pas, ne vous faites pas oublier. Vous êtes chef de famille, l'aînée et mon héritière, mes neveux et mes nièces doivent prospérer ; remariez-vous.

— Mon premier mariage avec M. de Combalet...

— Etait une affaire, aujourd'hui vous êtes duchesse, faites ce qu'il vous plaît. Epousez un prince, liez-vous à ces traîtres de Condé. Ils aspirent à envahir notre famille.

— Je suis liée à vous.

Elle dégrafait son corsage et approchait ses seins nus du visage de son oncle, les voulant donner à téter :

— Le meilleur remède ; n'est-ce pas ainsi que dans l'Antiquité un père disgracié fut nourri dans sa geôle par sa fille ?

— Laissez les légendes et couvrez-vous. On pourrait entrer. On entre beaucoup dans une chambre d'agonie. Pour vérifier si le passage est en route.

Il grimaça un sourire que vinrent baiser les lèvres de sa nièce. La main du Cardinal vint frôler d'un doigt sec et léger le front, le nez, le cou.

— Cessez, Marie-Madeleine. Vous fûtes la seule femme à avoir tout pouvoir sur moi.

— Il n'y aura plus d'homme après vous pour moi. Je m'installe avec la baronne du Vigean.

— On fait des gazettes de vos amours tribades.

— Elles sont vraies. Peu m'importe. Nul homme, vous ai-je dit, après vous.

— Marie-Madeleine, vous parlez à un mourant... Et ne lui rappelez pas...

— Vous ne mourrez pas, une sainte carmélite l'a su dans une vision.

— Ma nièce, il n'est de vérité que dans l'Evangile. Je meurs, comprenez-vous. Et vous montrez une trop grande tendresse. Souvenez-vous que je vous ai toujours aimée et estimée plus que personne au monde ; gardez ce seul souvenir de moi et retirez-vous ; il ne serait pas à propos que vous me voyiez mourir.

— Mon seigneur, non !

Il refusa ses cris, tira sur le cordonnet de soie qui pendait en tête de son lit et commanda qu'on ôtât sa nièce de son chevet, la faisant sortir par une porte dérobée, car elle manifestait trop de douloureuse tendresse.

Le départ de la nièce, la fin de sa vue, le mena dans une dernière faiblesse. Il cria, le Père Léon des Carmes accourut. Il bénit le visage fané où roulait une larme et dont la bouche murmura :

— *In manus tuas, Domine...*

Le Cardinal-Duc venait de passer en invoquant une dernière fois son seul Seigneur.

Le Roi grignotait des confitures sèches, son seul repas ce midi, quand il l'apprit. Il se signa, et pensa à Cinq-Mars. On l'entendit étrangler un rire. Le bourreau de son favori n'avait pas survécu trois mois à celui-ci. Puis, à son ordinaire, il se rembrunit. Le roi de France n'avait plus un seul ami, la paix n'était pas faite, la Reine sans doute encore rebelle, Mazarini était-il vraiment de confiance ? Et il eut de nouveau mal au ventre.

Non de douleur pour cette perte énorme mais qui le libérait, mais parce qu'il voyait déjà venir l'assiéger la meute de ceux que Richelieu avait matés et qui réclameraient compensation. Aussi, avant de quitter ce Louvre détesté pour retourner dans l'air pur de Saint-Germain aux fontaines gazouillantes, à la forêt calme et déserte d'âmes sinon de celles des cerfs, chevreuils et sangliers, ces compagnons qu'il devait tuer, mais sans haine, avec respect, il fit dire qu'il « savait des gens qui croiraient désormais avoir gagné leur procès devant l'Histoire, mais qu'il voulait qu'ils sussent que l'on ne changerait point de maximes ni de politique et que l'on agirait avec encore plus de vigueur, si Dieu lui en donnait la force, que durant la vie de M. le Cardinal ».

Le message était aussi destiné à la Reine. Et Louis XIII se consacra aux grandioses funérailles, invitant toutes les cours d'Europe, sans omettre celles qui étaient en guerre avec lui, pour le 19 janvier 1643, à Notre-Dame. Où il décida dans le même temps de ne pas paraître.

Le pape envoya un légat, qui rapporta le bon mot du vieux Urbain VIII : « S'il y a un Dieu, il va payer ! Mais vraiment, s'il n'y a pas de Dieu, le fameux homme ! »

A la très pieuse, en apparence, Cour du très pieux, en toute sincérité, Louis XIII, seul Mazarin sourit de l'épigramme papale dans le secret de son cabinet. Mais quel sourire !

Il attend. Il observe.

Le Roi fait gratter « Palais Cardinal » et le remplacer par l'inscription « Palais Royal ». Mme d'Aiguillon proteste. Le Roi ricane. Mazarin se tait.

Le Roi coupe les pensions des poètes et écrivains : « Maintenant nous n'avons plus besoin de cela ! » Mazarin opine au Conseil.

Le corps de Richelieu part le 13 décembre pour la Sorbonne, où le Cardinal a souhaité reposer. Et à laquelle il a légué sa bibliothèque et les moyens de l'entretenir. Richelieu fut toujours fier d'en avoir été le recteur.

Quand le cortège arrive vers le Pont-Neuf pour traverser la Seine, le peuple l'attend et danse autour du carrosse drapé de noir. On entend des cris, « voilà Jean Cul qui passe », oraison funèbre des hémorroïdes, « frère de Jean Fesse ». Un feu brûle au pied de la statue du bon roi Henri, la ronde englobe Henri IV et le cadavre du ministre, pourtant escorté d'une compagnie de ses gardes.

Lui vivant, ils eussent fendu cette foule, cassé des têtes, brisé des jambes au galop des chevaux noirs. Là, la compagnie attend, casques rouges au vent. Devant les chansons que l'on cloue sur ce pont qui fut, dès sa construction, l'étal de tous les libelles, on voit sous les chapeaux à panache noir, au-dessus des casques écarlates comme le sang, des sourires que soulignent les moustaches des meilleurs bretteurs de France hors les mousquetaires.

Ils ne feront pas un geste contre la liesse aigre de ce peuple qu'ils ont toujours méprisé et fendu comme blé pendant une chasse. Ils attendent qu'il en ait fini de se réjouir, se lasse, boive trop, s'endorme. Et le Cardinal repart vers la Sorbonne.

Le feu né au Pont-Neuf à Paris va faire des enfants dans les provinces au fur et à mesure que des cavaliers viennent annoncer que le Cardinal-Duc, « Cul Pourri », a crevé. Cela brûle et se répand : la Picardie, la Champagne, le Berry, le Bourbonnais, l'Auvergne, la Guyenne, la Provence, le Dauphiné. C'est en Normandie qu'ils sont les plus hauts.

Un courtisan a décloué un rondeau malicieux des poteaux du Pont-Neuf. Le Roi le met en musique sur sa guitare, il le siffle et persifle sur un air guilleret, qui fait traîner la fin de chaque vers en vocalises mièvres et réjouies. On est loin des psaumes et des Leçons de Ténèbres où sa guitare se complaisait.

L'émotion vraie passée, le Roi déguste sa liberté nouvelle. Il est le premier à recevoir dépêches et courrier, ce qu'il ne connut jamais. Mazarin les lui porte comme un modeste secrétaire et se tait, sauf quand le Roi questionne. Il est discret, on ignore qu'il est aussi efficace.

A la Noël, le roi s'est déjà lassé de ce plaisir auquel il n'est pas habitué.

Prendre des décisions l'assomme. Le modeste Mazarin propose modestement à Sa Majesté de s'en remettre à lui.

Sitôt dit, sitôt fait.

Mazarin sourit.

Ce fut une reine, un Dauphin et un prince son frère qui furent la France dans la grande nef de Notre-Dame emplie de l'Europe entière. Etait-elle venue prier ou bien vérifier que la nouvelle était vraie : le grand tyran était bien au cercueil. Sur cette estrade, dans ce haut catafalque couvert du manteau, de la couronne de duc et du chapeau de cardinal. Le service fut long. La Reine perdue dans des prières ou des pensées, on ne sut. Mais tous la jugèrent altière, grave, royale. On nota que Mgr le Dauphin toussa sept fois. Comme tousse un enfant qui s'ennuie devant des péroraisons interminables et qui vainc cet ennui en faisant du bruit. Le seul bruit possible en un tel lieu, pour une telle cérémonie.

La Reine le regarda sévèrement mais affectueusement. Que pensait donc cet enfant d'un tel événement ? Qu'en pensait-elle, elle-même ? Philippe duc d'Anjou tripotait un de ses rubans. Il était ailleurs. Louis ne toussa point pendant les chants, trop funèbres pourtant, même aux oreilles de la dévote espagnole. Louis toussa encore, regarda sa Maman. Ses yeux se mouillaient. Anne sut que son fils n'était pas triste mais malade.

LA MORT EN POURPOINT BLEU

Décembre fut le mois de la mort du Cardinal. Janvier fut celui de la maladie de Louis Dieudonné Dauphin de France. Février cloua le roi Louis XIII au lit. Une contagion s'était élevée du cercueil drapé de rouge dans la grande nef de Notre-Dame. Le mal ne mourut pas avec le corps du pire ennemi que connut la Reine, il attaqua son fils qu'elle aimait, puis celui qu'il lui fallait bien appeler son mari puisqu'il était le père de ses enfants.

La toux de Louis pendant quatre heures dans le froid de la cathédrale n'était pas un bruit d'enfant qui s'ennuie. Mais un signe avant-coureur, comme un chevau-léger venant annoncer la prise ou la chute d'une place forte.

Le jour des Rois, la toux fut grasse et incessante, du nez du Dauphin s'écoulait une morve abondante, ses yeux se firent chassieux, sa tête lourde. Il pleurnichait éveillé, dans son sommeil, il geignait.

Courat, médecin de la Reine, le noie de tisanes. Le pouls bat trop fort. Louis brûle de fièvre. A minuit il hurle de douleur, se touche une oreille. Quelque chose lui vrille la tête en torture éternelle. Il est en sueur et appelle Maman. Il le fait même dans cette langue interdite par son père, le castillan. Mme de Lansac n'en fera pas rapport ; maintenue éveillée contre son gré elle se résout à aller chez la Reine.

Celle-ci vient, entoure son fils de ses bras. Elle fait mander le médecin du Roi, Bouvard. Il lui arrive de si bien soulager Sa Majesté. Il est deux heures après minuit, une pluie glacée bat les fenêtres, que secoue un vent violent. Elle sent Louis déchiré entre

la douleur et la peur. Il hurle dans les cauchemars, elle lui dit
« *querido*, n'aie pas peur. » Et Bouvard n'arrive pas. La Reine ne
dort pas, Lansac n'ose se reposer.

Enfin l'oreille coule au matin quand Bouvard apparaît ; il lave
cette humeur jaunasse avec de l'eau de rose. Et donne un lavement
de séné au petit corps endolori. Louis s'endort.

Sa Maman s'installe en un fauteuil, mettant Dubois, un valet,
au chevet du Dauphin. Elle ne regagnera pas ses appartements
avant que son fils ne soit guéri.

Elle a songé à un empoisonnement. Le Cardinal mort, certains
se croient tout permis. Elle pense à Gaston, l'oncle frangipane qui
a fui. Quand Gaston fuit, c'est qu'il laisse derrière lui un piège,
une bombe. Il soigne dit-on une goutte imaginaire aux eaux de
Bourbon-L'Archambault. Attend-il la mort du Dauphin ?

Quatre jours avant la mort de Richelieu, Louis XIII a signé
l'ordre de déchéance de son frère dans la lignée royale et a fait
enregistrer cet ordre au Parlement. Si Gaston s'était vengé...

Anne n'ose s'en ouvrir au Roi. Car le Roi vient. Durant des
heures en cette chambre du Château Vieux où souffre son enfant.
Mazarin aussi, qui s'entretient longuement avec la Reine, en castillan, qu'il parle mieux que le français et sans accent. Il apporte
des cadeaux à l'enfant ; il est sincèrement inquiet de sa santé.

Le Roi vient trois fois en un jour. Le matin, le soir, la nuit. Assis
silencieux près de la Reine il entend le valet Dubois chantonner en
berçant le lit du Dauphin qui souffre moins, ou lui donne un lait
de poule avec deux jaunes d'œuf et du miel pour adoucir ses repas.

Et le Roi parle à la Reine.

— Ce valet est une Maman poule, dit-il en souriant.

La Reine se méfie puis sourit à son mari.

— Louis le réclame dès qu'il sort. Je crois qu'il aime ses
chansons.

— C'est un Savoyard d'Italie, il a servi ma sœur Madame
Chrétienne. Elle me l'avait prêté après la campagne...

Il se tait. Il ne veut pas parler de guerre devant sa femme,
l'Espagnole.

Elle le regarde. Ce Roi, ce mari trop silencieux ne lui a jamais
autant parlé depuis deux ans et la naissance de Philippe, qu'on a
éloigné de Louis par crainte de contagion.

— Gardons-le à notre fils puisqu'il apprécie ses chansons.

— Oui, dit Louis, gardez-le-lui. Prenez-le dans sa maison.

Il vient de reconnaître l'autorité d'Anne sur ses enfants.

Anne lui sourit :

— Ne soyez pas soucieux, Sire, Louis est fort, il guérira vite. Les enfants doivent vivre, comme les guerres doivent finir un jour.

Ce qu'elle vient de dire est d'une audace folle devant ce Roi guerrier et victorieux, qui, elle le sait par Mazarin, envisage de prendre la tête de ses armées en Picardie.

— Oui, Madame, les guerres doivent finir. Elles finiront. Toutes les guerres. Celles avec les beaux-frères, celles entre frères, celles...

« Entre époux », pense-t-elle en secret.

— Il tousse moins et repose bien.

Leurs deux regards plongent vers le lit où Louis, bercé par Dubois, ronronne plutôt qu'il ne ronfle.

— Allez dormir, Dubois, nous veillerons notre fils.

Notre fils...

— Sire, je... chuchote le valet.

— Allez, bon Dubois, nous vous ferons éveiller lorsque le Dauphin vous demandera. C'est aux parents aussi de veiller leur enfant.

Des parents...

La Reine regarde le Roi, qui évite son regard. Elle sait qu'il n'en dira pas plus. Il a déjà tout dit. La paix n'est pas faite en Picardie, mais à Saint-Germain, si.

Un mur s'est écroulé entre Louis et Anne, dans les odeurs d'embrocation d'une chambre d'enfant malade. Sans coup de canon, simplement mot après mot, sourires après regards adoucis. Les minutes passent rythmées par le souffle du Dauphin.

Le Roi allonge ses jambes, grimace à peine.

« Il souffre, pense-t-elle, mais veut demeurer près de son fils », « notre fils », se corrige-t-elle.

Il soupire. Non de douleur, elle le sait, mais, comme elle, de délivrance. N'y aurait-il plus aucune méfiance entre eux ? Il est sec, il est jaune, il est malade, mais il est là, près d'elle.

— Madame...

Va-t-il en plus se confier ?

— Madame, j'ai décidé de pardonner à mon frère.

L'aveu, l'effort qu'il induit, la confiance qu'il demande semblent épuiser le Roi.

— Ce sera la sixième fois.

Un rire s'échappe de la gorge du Roi et n'est pas un ricanement. La Reine sourit et lâche :

— C'est d'un Roi Très Chrétien...

Ils rient tous les deux.

— Il faut parfois mériter son titre... mais je ne sais pas si c'est d'un Roi surnommé le Juste. Sans doute une faiblesse. Mais la paix est-elle une faiblesse ?

— La paix a pour sœur la victoire.

— Il est vrai. Victoire sur soi-même, quand il s'agit de Gaston. Je souhaite de tout cœur, Madame, que vous assistiez à cette cérémonie du pardon entre frères. Elle aura lieu quand Louis sera guéri. Il... je... Que la famille soit unie à jamais.

La famille ! Plus de Bourbons ni de Habsbourg, de Médicis. Une famille.

— Ce sera pour moi un bonheur, Sire.

Bonheur est bien, honneur eût été trop protocolaire. Anne ne sait qu'ajouter. Le silence est peut-être meilleur avec cet homme muet.

— Et puis...

Il rougit sous l'ivoire. Se renfrogne, la regarde, esquisse un geste comme s'il voulait lui prendre la main. Regarde les fenêtres où l'aube pointe. Un jour de plus à vivre alors qu'il n'a pas dormi.

— Et puis, nous nous occuperons des autres paix.

Elle sait qu'entre eux, sans ces ridicules traités qu'auparavant il exigeait par écrit, comme entre Cinq-Mars et lui, la paix est signée. Anne en est heureuse. Cela ne lui est pas arrivé depuis leurs seize ans à tous les deux, quand ils étaient amoureux.

— Je veux...

Cet homme n'arrivera-t-il jamais à se lancer d'un trait dans une phrase entière ? Mais cette irrésolution qui l'a tant agacée, elle l'émeut en ce jour qui lève, maussade, plein de pluie et de glace. Il est vrai qu'il est bègue, elle rougit de l'avoir oublié un instant.

— Je souhaite laisser à Louis Dieudonné un royaume sans guerre...

Il regarde le lit où dort l'héritier, puis le plancher.

— Et à votre régence, un pouvoir assuré et apaisé.

Elle pâlit.

— Mais Sire...

— Si, Madame, il faut y songer. Il faut vous y préparer, pensez-y chaque jour. Car un jour...

— Jour lointain, Sire. Je prie pour votre guérison.

— Je sais, Madame, chaque soir dans votre oratoire, j'en suis certain. Et pour cette certitude, je n'ai pas besoin d'espion !

Il lui sourit, malicieux. Il montre le lit.

— Je lui donnerai le royaume. A vous d'en faire un grand roi. De cela aussi, je suis certain.

Il se lève. Elle a vu sa difficulté. Elle fait mine de quitter son fauteuil. Il la rassied.

— Reposez, Madame, vous veillez chaque nuit. C'est déjà une régence. C'est aussi d'une vraie mère. De cela encore je vous remercie.

Le Roi s'éloigne de quelque pas raides, hésitants.

— Non, n'appelez pas. Je vais sortir seul.

Il s'arrête, se retourne.

— Autre chose que je vous demande de ne pas oublier. Ecoutez M. Mazarin, c'est un homme de paix et de bon conseil. L'idée du pardon à Gaston vient de lui. Et elle est fort bonne.

Et la paix avec moi ?

Le Roi est sorti.

Le mardi 13 janvier, Gaston fut à Saint-Germain.

Le Cardinal est mort, le Roi souffre du ventre, mais le cache, le Dauphin relève de maladie, seul Monsieur est fringant et n'eut jamais de goutte qui nécessitât les eaux de Bourbon. Mazarin arbore un teint discrètement coloré et regarde l'œil perçant. Les princes du sang attendent. Anne pense aux cérémonies chez son père avec les rangées de Grands d'Espagne et des chevaliers de la Toison d'or. La cour de France prend des allures de Madrid !

Genou en terre, chapeau bas, soie grise, parements d'argent, bottes noires, Gaston courbe la tête et déclare d'une voix forte afin que tous entendent (c'est un ordre de son frère dans la préparation de ce qui doit paraître spontané mais qu'il est prévu qu'il renouvelle par trois fois) :

— Je vous supplie très humblement, Sire, de me faire la grâce de pardonner ma conduite, comme je vous promets de l'amender.

Le Roi trône, à côté de lui sont la Reine, le Dauphin et le petit duc d'Anjou.

— Relevez-vous, Monsieur mon frère, je vous pardonne.

— Je vous supplie...

Le Roi annule les deux autres suppliques et va relever son frère sur-le-champ.

— Voilà la sixième fois que je vous pardonne...

Sa voix est enjouée, presque malicieuse, il ne bégaie pas.

— Aussi, je vous prie de vous ressouvenir de vos promesses.

Il reprend souffle.

— Et de ne point retomber dans vos erreurs passées. De ne prendre conseil pour votre conduite que de moi-même.

— J'en fais le serment, dit Gaston un peu éberlué.

— Je suis résolu de ne vouloir croire que les actes, non les paroles.

« Ciel, pense Gaston, Louis plaisante ! On nous l'a changé. »

Louis le prend par le bras.

— Je vous accueille non comme votre roi, non comme votre aîné, mais comme votre ami.

Et il le conduit vers la Reine et les enfants. Gaston s'incline, baise la si belle main d'Anne. Louis Dieudonné et Philippe lui sourient. Et Louis l'embrasse puis l'emmène vers ses appartements, pour un pardon privé après le public et aussi pour lui demander quelques explications sur certains points encore secrets...

« Mon Dieu, pense Anne, s'il avait menti pour me sonder et qu'il confie la régence à Gaston pour qu'il ne tue pas le Dauphin ! »

Son sang se glace.

Ce serait tant dans ses manières...

On remarque la démarche raide du Roi. Il n'a pas grimacé quoique son ventre le poignarde.

Le 15 janvier, le roi Louis XIII élargit le maréchal de Bassompierre de la Bastille, après onze ans et demi, et le duc de Vitry, locataire depuis cinq ans, qui jadis l'avait si bien débarrassé de Concini.

Enhardie, Anne plaida pour des Jars. Le Roi promit.

Elle demanda le retour de Mme de Sénecey qui, comme le savait le Roi, avait naguère si bien soigné les dents et gencives du Dauphin.

Le Roi sourit.

— Madame, il est plus urgent. Mais en attendant ce retour, je vous donne Guitaut, comme capitaine des Gardes de la Reine et du Dauphin, avec rang de colonel mestre de camp. Cela permettra à votre amie la marquise d'avoir, à la Cour, un chevalier servant digne de son rang.

Non, il n'avait pas menti. En effet, cet homme voulait la paix.

Louis Dieudonné, lui, jouait à la guerre.

Gaston avait offert à son neveu un mousquet de bois et Louis décimait sa garde de femmes et d'enfants d'honneur pendant que Dubois battait tambour. Le tambour tant chéri offert autrefois par Richelieu. Louis était heureux.

A son ami Brienne, ami des premiers mois, on avait ajouté un garçon gai, joufflu comme lui, rieur plus que lui, le jeune comte de Vivonne, fils de Louis de Rochechouart, marquis de Mortemart. Comme Louis aimait son petit frère Philippe, qui avait rejoint sa compagnie depuis sa guérison, Vivonne aimait sa petite sœur, Françoise Athénaïs, qui tenait à peine sur ses jambes, une enfant brune de deux ans.

Louis, de qui sa mère exigeait déjà la plus extrême courtoisie, s'enquérait chaque jour auprès de Vivonne, qui égalait Brienne dans ses préférences, des nouvelles de la fillette.

Vivonne dit au fringant Dauphin mousquetaire :

— Que ne l'épousez-vous ? Nous serions beaux-frères, nous ferions la guerre ensemble.

— Je le veux bien, répondit le Dauphin.

Vivonne rit de plus belle.

— Je ne veux pas qu'on rie, ordonna Louis et il tapa du pied.

Même un prince ne peut rien contre le destin et taper du pied sur un parquet de palais n'arrête pas le temps. Françoise Athénais de Rochechouart, sœur de son cher Vivonne, épousera dans quelques années le marquis de Montespan... Et si Louis ne l'épousera pas, Vivonne aura des neveux qui seront tous ducs et pairs, princes du sang et bâtards.

Au début de février, le Roi souffrait. Seule la chasse le pouvait délasser, les potions de Bouvard le faisaient vomir, il décida de se soigner par le grand air. Et dans son lieu préféré, son château de cartes, son pigeonnier battu par les vents de Versailles.

Il y pria un soir M. Mazarin à souper, énorme marque d'estime, insigne honneur qui stupéfia la Cour. Il ajouta à la liste des convives Gaston et Chavigny. Deux cardinalistes impénitents, un frère traître repenti ! On s'en plaignit devant la Reine et le Dauphin.

Elle répondit :

— Le Roi règne et gouverne. Il prend modèle sur mon frère Philippe IV (elle dit *Felipe*) qui vient d'éloigner Olivarès...

Plus d'Olivares, plus de Richelieu, la paix pouvait pointer son nez en l'absence des forcenés de la guerre.

Mazarin charme le Roi. A l'opposé de l'austère et cassant Richelieu, ce cardinal-là est souple, disert, plaisant.

A ce souper de Versailles, entre Chavigny et Gaston, on parle donc d'Olivares (en effet la Reine aussi a ses espions qu'elle n'a pas débauchés, elle se méfie encore), également de Charles Ier d'Angleterre, qui n'en peut mais de la rébellion que lui fait son parlement et s'est réfugié à Oxford. Mazarin connaît les affaires, il amène le Roi à envisager d'envoyer des émissaires à Cromwell, car on ne sait jamais...

Louis ne serait pas mécontent de laisser tomber le roi Charles son beau-frère, tout en donnant refuge au prince de Galles qui va sur ses douze ans.

Louis roi dit de plus en plus souvent « j'ai décidé », « je ferai »... ce qui vaut tous les onguents du sieur Bouvard. Mazarin laisse dire et agit.

Mars cloue le Roi au lit.

Il ne peut se lever alors qu'il rêve d'aller commander l'armée de Picardie, pour un dernier combat avant la paix, pour une dernière victoire. L'armée est aux ordres de Gassion le terrible, celui-là qui reprit Hesdin et ravagea la Normandie.

Et l'armée de Flandres ? Sur les conseils de Mazarin, le Roi la confie à un Condé ; en signe de paix avec les princes. Il la donne au jeune duc d'Enghien, vingt ans, qui a fait tomber Perpignan l'été dernier.

Il vomit de plus en plus. Il rejette désormais tout remède de Bouvard qui lui tord les boyaux. Avale deux cuillerées de bouillon de poule, six fois par jour.

Il sait.

Et déménage : il installe ses appartements hors du Château Neuf et choisit l'aile du septentrion au Château Vieux. De son lit, voit les flèches de la basilique de Saint-Denis, son prochain domicile pour l'éternité.

Dans l'aile du midi, logent ses deux fils.

Il est venu pour eux.

Il les gave de cadeaux comme jamais.

Ce samedi, ses enfants le visitent. Il offre à Philippe des chiens de verre soufflés à Nevers, industrie où Mazarin a des intérêts. Et au Dauphin un cabinet d'Allemagne en marqueterie rehaussée d'opale, d'argent et de turquoise, et doté, pour son compartiment à secrets, d'un cadenas à chiffre.

— Regardez, Louis, il faut choisir quatre lettres et les mettre les unes en face des autres, et le secret s'ouvre. Choisissez, Louis, et chuchotez-les à mon oreille, que nul ne les entende. Seuls les Rois savent garder les secrets.

Louis Dieudonné fronce les sourcils, prend cet air de gravité qui enchante tant ses femmes et sa mère. Il approche du lit du Roi, grimpe en s'aidant d'un tabouret, s'accroche aux oreillers et murmure :

— S.I.R.E.

— Bien trouvé, dit le Roi ravi.

Une quinte de toux le saisit, il vomit sur ses draps, perd haleine.

Son fils lui essuie la bouche. Louis Dieudonné n'a plus peur de son père. Ce n'est plus le démon nocturne à bonnet crochu, c'est un homme à la voix douce, un peu éteinte même quand il rit, car il rit. Avec des petits poils blancs dans sa barbe en flèche sous la lèvre inférieure, la « boudeuse » qui ne boude plus. Le Dauphin s'enhardit jusqu'à tirer ces fils d'argent de la « royale ». Le Roi le laisse faire.

— Je tirais aussi la barbe du feu roi Henri, mon père. Mais elle était plus fournie.

Louis et Louis ont fait connaissance. Il était temps.

C'est un printemps qui naît dans le long hiver d'une famille royale. La Reine, qui visite son mari chaque jour, lui propose de s'installer dans la salle de bal, au premier étage, là où le soleil entre le plus volontiers.

On y transporte le malade. La salle est immense, on y voit le val de Seine, on y voit au loin Paris, les enfants peuvent jouer pendant que mari et femme se parlent. Chahutent-ils que Roi et Reine interdisent qu'on les gronde.

Souvent la Reine tient la main de son mari, qui lui chuchote des mots que le Dauphin voudrait entendre.

Ils ne se taisent que pour l'écouter réciter ses leçons, des proverbes, dix mots d'italien, un peu de latin, une nouvelle prière.

— Celle-ci est fort belle, dit le Roi. Elle doit toucher Dieu au cœur...

— Madame ma mère m'a demandé de la Lui dédier pour votre guérison.

Une larme pointe à l'œil rougi, terni d'un Roi allongé. La Reine détourne la tête par pudeur mais presse la main sèche.

Et le Roi se remet avant Pâques. Il marche. Lentement, parfois aidé de deux valets et suivi de Dubois qui porte un fauteuil car le Roi doit s'asseoir tous les vingt pas.

Devant la Reine et devant le Dauphin qu'il a appelés, il dit un matin d'avril :

— Savez-vous, mon fils, ce qu'est le roi de France ?

— Le lieutenant de Dieu sur terre, Sire.

— C'est bien. Et savez-vous ce que ce lieutenant a pour charge le Jeudi saint ?

Louis regarde sa mère, son père, se creuse la tête, avec ce sérieux si plaisant.

— Je l'ignore, pardonnez-moi.

— Le Roi fait revivre la dernière Cène. Demain nous recevrons douze pauvres, comme les douze apôtres, et vous m'imiterez, il faut apprendre ce métier.

Douze vrais pauvres de Paris, amenés au Château Vieux sur une charrette, sont installés dans une salle du premier. Le Roi, accompagné du seul Dauphin et de Dubois, se penche, lave les pieds de chacun, en baise les orteils, puis leur offre à manger. Le Roi les sert lui-même, aidé par le Dauphin.

Les invités n'osent manger. Le Roi les y encourage. Sa voix éteinte chuchote à peine. Le Dauphin sert à boire. Et lève lui même un verre de bourgogne coupé d'eau :

— Au Christ et au Roi !

Les pauvres portent la tostée et boivent et mangent enfin.

Le Roi sort.

Dubois l'assied dans son fauteuil et, suivi du Dauphin, Louis XIII regagne sa chambre, porté par quatre laquais.

Il demande qu'on lui lise le chapitre XVII de saint Jean, la méditation du Christ sur la mort. Et demande que le Dauphin l'écoute.

Louis Dieudonné a pleuré. Louis XIII le remarque sur la joue rebondie de l'enfant.

— J'ai eu tort, Madame, il est trop jeune pour écouter ces choses. Il n'est pas bon que je reste ici, si près de Philippe et de Louis. Je vois bien qu'il faut mourir, mais ne pas infliger ce spectacle aux enfants.

— Sire, dit Anne. Prenez mes appartements au Château Neuf. Ils sont les plus clairs et les mieux meublés. Je logerai près des enfants.

Dans les appartements du Roi, les pluies terribles de l'hiver ont gâté un mur qui menace de crouler et qu'on ressable et rechaule depuis les premiers soleils.

— Merci, mon amie. Je le veux bien.

C'est Anne qui refoule une larme.

Bouvard entre suivi de Dubois portant une cruche de petit-lait, dernière panacée prescrite pour les maux du Roi.

Sur son lit, Louis se redresse :

— Marauds, sortez d'ici. Ce n'est pas la bile que je vomis après vos poisons, c'est vous !

Bouvard s'enfuit. Le Roi tourne son visage vers la Reine.

— Faites demander l'évêque de Meaux. J'aurais à confesser... et qu'il apporte les sacrements.

— Sire !

— Ne protestez pas. Je vois mes forces décliner de manière fatale. J'ai demandé à Dieu cette nuit d'abréger la sinistre longueur de ma maladie. Qu'on m'ouvre les fenêtres.

Il se rappelle que ce fut aussi une des dernières volontés du Cardinal. « Comme c'est étrange, ce besoin d'air, pense-t-il, qu'est-ce qu'un mourant espère donc y aspirer ? »

Il a dans ce but servi de valet au Cardinal, la Reine lui sert de femme de chambre. La lumière et l'air frais envahissent la pièce. Anne se rend compte qu'elle n'en a pas remarqué la puanteur précédente. Pourtant, en effet, le roi de France pue.

— Il me faut deux jours de repos. Il est deux choses à faire Madame. Une pour vous, une pour le Dauphin. Faites venir Mazarin.

— Bien, Sirc.

Il lui sourit.

— Puis je m'installerai dans vos appartements si aimablement prêtés. J'y mourrai dans vos parfums, qui eux ne font pas plisser les jolis nez des dames et des enfants.

Elle s'étonne : le Roi a l'air coquin. Elle se penche et le baise au front.

— Il sera fait comme vous désirez, mon ami.

Le 20 avril, il eut la force de convoquer les princes, le duc d'Orléans, Condé, la Reine, Mazarin, la princesse Charlotte de Condé, la comtesse de Soissons, les grands officiers de la Couronne, et six membres du Parlement. Il reçut dans sa chambre du Château Neuf, qui fleurait en effet les parfums de la Reine et s'emplissait de soleil. On ouvrit les rideaux du lit, rideaux venus d'Espagne, cadeaux du Cardinal-Infant à sa sœur, cet ennemi trépassé. Il s'éclaircit la voix, toussa deux fois. Et commanda à M. de La Vrillère, secrétaire d'Etat, de lire la déclaration de régence. La Vrillère se tint au pied du lit, Louis fit aimablement signe à Anne de siéger près de lui.

On parlait d'hérésie mise à bas, de reprise de possession des Etats conquis par l'étranger, de séditions matées, de France unie et invincible, d'amour pour la conservation de nos peuples.

Puis la voix de La Vrillère trembla :

« Nous ordonnons et voulons qu'advenant notre décès avant que notre fils aîné le Dauphin soit entré dans la quatorzième année de son âge, ou en cas que notre dit fils le Dauphin décédât avant la majorité de notre second fils le duc d'Anjou, notre très chère et très aimée épouse et compagne, la Reine Mère de nos dits enfants, soit régente de France, qu'elle ait l'éducation et l'instruction de nos dits enfants, avec l'administration du royaume, avec l'avis du Conseil et en la forme que nous ordonnerons ci-après. »

Le ci-après fit frémir la Reine.

« Comme la charge de régente est de si grand poids et qu'il est impossible qu'elle puisse avoir la connaissance parfaite et si nécessaire pour la résolution de si grandes et difficiles affaires, qui ne s'acquiert que par longue expérience, nous avons jugé à propos d'établir un Conseil. Et pour dignement composer ce Conseil, nous avons estimé que nous ne pouvions faire meilleur choix pour être ministres d'Etat que nos très chers et aimés cousins, le prince de Condé et le cardinal de Mazarin, et de notre très cher et très féal seigneur le sieur Séguier, chancelier de France, garde des Sceaux, et de nos très chers et bien-aimés Bouthillier, surintendant des Finances, et Chavigny, secrétaire d'Etat et de nos commandements. »

Un prince et les créatures de Richelieu. La régente était enchaînée, Gaston devenant lieutenant général du Royaume.

Nul visage n'exprima quoi que ce soit. Le Roi avait eu un retour de méfiance comme il avait un regain de santé. Chacun prêta serment. On se retira, le Roi s'endormait venant de préparer la fin de sa trente-troisième année de règne.

Le mardi 21 avril, le soleil se cacha, la grisaille reprit le dessus, la pluie glaça les vitres, mais le Roi était pressé et ne se préoccupait plus d'ouvrir ses fenêtres ni d'inviter le Soleil. Cet après-midi, il fallait baptiser le Dauphin qui n'avait été qu'ondoyé. Il se fit porter en la chapelle qui se trouvait au Château Vieux un peu avant cinq heures.

Soucieux de ménager et le clan Richelieu et le clan des princes, Louis avait décidé de les attacher par des liens indéfectibles à son Dauphin. Mazarin était parrain en tant que représentant du pape, et la marraine était la princesse Charlotte de Condé.

Le Dauphin était vêtu d'une robe de taffetas d'argent par-dessus son habit. Il était suivi de sa marraine et des duchesses ; la Reine était sur son prie-Dieu garni d'un carreau de velours rouge à glands d'or.

Louis, intimidé et grave, vit son ami Vivonne lui sourire au milieu des pages placés dans le chœur. L'évêque de Meaux officia accompagné de huit autres évêques. Mme de Lansac assit le Dauphin sur l'accoudoir de la Reine qui le présenta au prélat. La princesse de Condé se plaça à droite, Mazarin à gauche.

— Monsieur, que demandez-vous ?

L'enfant répondit d'une voix trop grave pour son âge :

« Je demande les cérémonies sacramentelles du baptême », répétant ce que Maman reine lui soufflait à l'oreille.

Il reçut ses prénoms de la bouche de sa marraine. L'évêque l'exorcisa au sel béni dont il mit deux grains sur la langue du bambin. La Reine défit la robe et le collet découvrant la peau de la poitrine pour qu'on y applique les saintes huiles.

L'enfant joignait les mains avec grâce et piété.

Il n'y eut pas d'aspersion d'eau, cela ayant été fait lors de son ondoiement à sa naissance.

On lui oignit le front qu'on couvrit d'un bonnet de dentelles pour protéger l'onction des souillures.

On conta au Roi la bonne tenue du Dauphin.

En mai, la santé du Roi empira. La Reine commanda qu'on installât sa chambre à côté des appartements du Roi, qui furent les siens, de l'autre côté de l'antichambre.

Le Roi entre spasmes et renvois pourrissait. Des vers montaient de son corps. Il se transformait en cadavre avant sa mort. Dubois veillait ainsi que Guitaut, que le Roi avait demandé à la Reine de lui prêter.

L'odeur était pis que violente, le pus était blanc. Guitaut restait ferme et affermissait la Reine qui depuis le vendredi 1er mai ne quittait le chevet de son mari purulent que pour dormir deux ou trois heures. Les selles s'épanchaient sans retenue, grouillantes de vers. Enfant, elle avait vu mourir son grand-père dans de telles conditions.

Elle priait pour son mari. Il hoquetait, étouffait, vomissait du sang. Elle avait ordonné qu'il ne vît plus ses enfants, il avait ouvert un œil pour aquiescer.

Le roi s'assoupit le 9 vers la nuit tombée. Dernier sommeil ? Les médecins le secouèrent, lui crièrent dans l'oreille.

Le Roi n'eut même pas un frisson.

Le Père Dinet hurla à son tour, les médecins s'étant brisé la voix.

— Eh quoi, quel bruit est-ce là, mon Père ?

On crut que le Père tomberait à la renverse. Le Roi était éveillé et dardait un œil de rubis.

— Je ne dors point la nuit et me reposais-je qu'on me réveille !

Il vit Guitaut, lui sourit, hocha la tête, épuisé.

Le capitaine sortit, se rendit chez la Reine.

— Madame, le Roi va...

— Il faut le laver, que ses enfants le voient roi.

— Il faut inviter les princes du sang.

— Chargez-vous-en !

Le Roi fut lavé pendant son sommeil. Le Dauphin et Philippe le virent sec, jaune, décharné, le visage adouci par le repos.

— Souvenez-vous de lui, leur chuchota leur mère.

Louis Dieudonné aquiesça. Blotti contre son frère, Philippe

l'imita. Ils ouvraient grand leurs yeux, voulant pénétrer leur mémoire de tout ce grand corps allongé.

— N'ayez pas peur, votre père dort, c'est tout.

Mme de Lansac les emmena prendre leur collation d'avant-coucher.

Au matin les princes prirent d'assaut la chambre. Un mouchoir sous le nez comme s'ils pleuraient alors qu'ils y avaient déversé des bonbonnes de parfums qui empestaient.

Ils attendirent jusqu'à dix heures du soir, n'osant se demander si le cousin était mort.

— Condé !

Le prince sursauta.

— Condé, j'ai vu ton fils en rêve.

— Mon fils, Sire ?

La voix du prince n'avait jamais été aussi douce. Son fils était en Flandres... le Roi perdait la tête.

— Ton fils a vaincu l'ennemi.

Les yeux du Roi fixaient le plafond.

— Il a bousculé l'Espagnol, a failli succomber, mais par un coup de bravoure est resté le maître.

— Où ? mais où, mon cousin ?

— A Rocroy, j'ai lu le nom de ce village dans le ciel. Regarde, Condé.

Condé suivit le regard du Roi, ne vit qu'un plafond lambrissé.

Le Roi ne parla plus. La Reine le veilla. Elle le vit souffrir, vomir, geindre. Il tendit une main vers son chevet. Elle trouva un papier plié couvert de l'écriture de Chavigny.

Louis XIII voulait être mené en toute simplicité jusqu'à la basilique de Saint-Denis. Il y regrettait l'état des chemins, plaignant son corps d'être menacé de trop de cahots. C'est à lui que sourit la Reine de ce bon mot, sourire qu'il ne vit pas.

Le mardi, alors qu'elle somnolait et que sa tête piquait vers l'oreiller de son mari dans ce demi-sommeil, elle entendit un chuchotis :

— Madame, ne vous approchez pas tant de moi, il sent trop mauvais en mon lit.

Elle sursauta. Il la regardait.

— Je veux la messe et mon fils Louis.

On expédia la messe. On amena le Dauphin.

— Mon fils, vous allez être roi. Aimez Dieu, la paix et vos peuples.

— Oui, mon Papa.

Puis il resta silencieux, regardant à nouveau ce visage dont il s'était empli l'esprit deux jours avant.

— Ne me direz-vous pas adieu ?

Louis hésita, se rembrunit, regarda autour de lui : il était seul malgré sa mère, son frère, ses dames, les chevaliers de Saint-Louis, les princes, son père.

— Adieu, mon Papa.

— Et vous, Phi...

Le Roi n'eut pas le temps de finir sa phrase que Philippe d'Anjou claironna :

— Adieu mon Papa !

La voix était enjouée, le Roi sourit de cet enfantillage.

— Adieu, dit Louis XIII.

Les enfants sortis, la Reine s'approcha.

— Il me vient, Madame, des pensées qui me tourmentent. Appelez le Père Dinet.

Le vieux confesseur était là mais Louis ne le voyait plus.

— Sire, tout le monde ici vous aide de ses prières.

Trente personnes étaient à genoux.

On était jeudi 14 mai, à deux heures et trois quarts d'après-midi, Louis XIII eut un hoquet.

La France avait un nouveau roi nommé Louis XIV.

OÙ LA REINE FAIT SON MÉNAGE ET
MAZARIN SES MALLES

Il convenait de partir. Rejoindre les princes Colonna et reprendre leur service ? Il était désormais plus riche qu'en les quittant et coiffé d'un chapeau d'écarlate. Flatter le pape Urbain ? S'installer à Rome et s'y créer un emploi, mieux, un établissement. Il était prince de l'Eglise, que Diable. Il se signa après une telle évocation du Malin.

Il convenait de partir car la Reine régente faisait le ménage. Mazarin n'était ni triste ni inquiet. Simplement préférait-il quitter la France avant que la Reine ne l'en chasse. Ainsi allait le pouvoir, *sic transit gloria*, il eût agi de même, mais ne se jugeait pas cardinal que l'on chasse ou ministre qu'on éloigne. Il n'était pas Chavigny, secrétaire d'Etat et espion, ou Bouthillier, surintendant des Finances et valet, que la Reine avait immédiatement écartés. Bien que le feu Roi et Sa Défunte Eminence l'aient nommé lui au Conseil de régence et au poste de principal ministre, il savait son rôle terminé. La pièce est dite, sortons de scène. Mais n'oublions aucun de nos oripeaux de théâtre. Aussi M. Mazarin avait-il mandé son banquier le signor Cantarini, lombard.

On ne quitte pas le ministère les mains vides. Nul n'avait commis cette faute depuis le roi Henri et son bon Sully. Certaines choses accordées par le Roi, mieux, par Son Eminence, lui revenaient de droit et la Reine ne connaissait rien aux comptes. Dans sa grande bonté, et son sens de l'Etat, dont il se targuait lui, Giulio Mazarini, car il redevenait cet Italien ancien mercenaire de la France, d'avoir empêché Sa Majesté Anne régente de France de commettre sa première bévue financière.

Tant pressée de jeter les cardinalistes et d'accueillir à nouveau ses amis et les récompenser, tant ignorante de l'état des deniers du royaume, que, en l'absence de budget écrit, seuls Richelieu et donc Mazarin connaissaient, Anne avait décidé de redorer leurs belles fidélités. Voulant récompenser Marie de Hautefort, la Reine décida de lui donner le revenu d'une propriété appartenant à la Couronne et nommée Les Cinq Fermes. Elle le dit au Conseil, elle vit la tête des ministres et secrétaires plonger dans leurs papiers, regarder le plafond, esquisser un rictus de fauve. Mazarin, lui, prit le temps d'expliquer à une reine rosissante de honte que Les Cinq Fermes étaient énormes et que leur revenu faisait vivre toute la Cour. Il plaisanta sur leur dénomination, jouant sur les mots, indiquant qu'il ne s'agissait pas de domaines mais des vraies rentes de l'Etat, ses impôts « affermés » comme les aides, la taille, la gabelle, et autres taxes, que la pudeur française, qu'il admirait tant, avait une fois de plus joué avec cette si belle langue qui était en train depuis des siècles de conquérir l'Europe, mieux ou autant que ses armées, payées justement par ces Fermes-là. Il s'en tira très bien.

La Reine s'en tint à un « merci monsieur ».

Il sourit.

— *Ma*, j'ai été honnête. On ne ruine pas ce qu'on a installé. Ce n'est pas digne ni d'un gentilhomme, ni d'un ministre tel que moi. Ni de celui qui fut mon maître, le Cardinal-Duc. Et puis j'aime bien ce pays.

C'était vrai. Il aimait la France et il aimait le petit roi. Il s'était attaché à cet enfant comme naguère il était attaché à ses nièces, qu'il avait songé un temps à faire venir d'au-delà des Alpes. Et que depuis il négligeait. Giulio Mazarini était sentimental et aimait la jeunesse, mais aussi oublieux. Ce n'aurait pas été une si mauvaise idée que de les faire venir comme il l'avait promis et les faire engager dans les enfants d'honneur du gamin roi.

Les Italiens aiment les *bambine*. Mais quand ils ne les gênent pas.

Dommage, Petit Louis, mon filleul, roi de France, je t'aurais appris à gouverner. Pas comme cet âne mitré d'évêque de Beauvais qui est plus sot que le dernier de ses valets. Et que la Reine va nommer à ma place, j'en parierais bien mon bénéfice.

Mazarin aimait jouer et jouant il aimait tricher.

Il contempla ses malles.

— *Bene, bene.*

Il alla vers la fenêtre. Le carrosse était en bas. Il en avait fait décrocher les armes surmontées de son chapeau de cardinal.

— Nous voyagerons en bourgeois, incognito.

Une habitude de vraie modestie, ministre il traversait Paris dans une voiture sans ornement et accompagné de deux seuls laquais ; Richelieu, lui, était annoncé par une compagnie de gardes en casaques rouges. Ne pas éblouir par l'apparence, séduire par l'humilité, agir avec fermeté et silence.

Une autre voiture, noire, sans ornement, entrait dans sa cour.

— Voici le signor Cantarini.

Il retourna à sa table de travail où six pages manuscrites dressaient la liste de ses avoirs.

— Si j'ai oublié quelque chose, le Lombard inventera une réparation. Et puis en repartant pour l'Italie je passerai par Lyon voir les excellents frères Cenami.

L'Italien est homme d'affaires. Il achète, il vend. Du fourrage mais aussi des fusils, des mousquets, des pistolets, du plomb pour les armées du Roi. Mazarin avait confiance en ses associés et eux en lui puisqu'il fournissait les marchés.

Le signor Cantarini était grand, svelte, n'avait rien d'un prêteur sur gages, ni d'un banquier enfermé derrière son comptoir ; s'il savait compter, il savait risquer. Il tenait assez du corsaire, bien campé sur des jambes de fer, il ne paraissait pas ses quarante ans. Le cheveu plus clair que Mazarin, il venait du val d'Aoste, un coup français, un coup à la Savoie, il eût pu passer pour son frère. Corsaire ? Un peu ma foi. Mazarin et lui possédaient deux navires de course, le *Fort* et le *Berger*, avaient une troisième construction, l'*Espérance*, qui se nommerait la *Cardinale*. Ces bateaux, bricks rapides, faisaient la course à l'Espagnol, voire à l'Anglais, et les prises revenaient au ministre. Chacun valait entre 40 000 et 120 000 livres. Et rapportaient plus du double chaque année. S'il partait, il les vendrait à la marine du Roi. Son associé les vendrait. Et il n'y aurait pas car il n'y eut jamais de querelle de partage ; corsaires mais non forbans.

Un peu pirates, seulement !

Cantarini sortait les papiers de son portefeuille de beau cuir marqué d'une grande initiale chantournée et, s'asseyant de lui-même au bureau de son auguste associé, les comparait avec ceux préparés par Mazarin.

Les civilités avaient été réduites au minimum ; le temps manquait peut-être et devait être consacré aux additions et, hélas, aux soustractions.

Cantarini énonçait les avoirs :

— Pension de cardinal, 18 000 livres ; appointements au Conseil, 6 000 livres ; appointements de ministre, 20 000 livres ; pension extraordinaire accordée par le Roi, 100 000 livres ; gratifications exceptionnelles venues de même source, 60 000 livres ; surintendance des Bâtiments, 50 000 livres ; conciergerie de Fontainebleau, 55 000 livres ; Compagnie du Nord, 32 000 livres ; redevance de franchise de la Franche-Comté, 100 000 livres ; prises de mer par vos vaisseaux, 200 000 livres ; pension sur le bénéfice d'Auch, 22 000 livres ; ventes d'armes, de blé, pierres précieuses, 300 000 livres ; loyers des maisons et boutiques à Paris, 12 000 livres ; intérêts sur prêts, 34 000 livres ; bénéfices ecclésiastiques divers : le total cet année, Eminence, est de 200 000 livres. Ce qui nous donne un total fixe annuel de 1 400 000 livres. Ceci, je répète, en fixe.

— Le compte est conforme au mien, dit Mazarin en repliant ses papiers.

Son associé n'avait pas à connaître quelques gains supplémentaires qui n'étaient bien sûr que personnels, sur les pots-de-vin concernant les charges attribuées, les pourcentages pris sur les gouvernements accordés et certifiés.

— Et ces biens sont-ils en sûreté ?

— Chez vous, chez moi et nos amis de Lyon ; plus, pour les trafics aux armées, chez mon beau-frère à Toulon. Disponibilité immédiate sur simple billet. Envisageons, Eminence, le pire maintenant.

— Envisageons, signor Cantarini...

— Ainsi, vos meubles et œuvres d'art.

— J'en laisserai au Roi.

— Tout ?

— Un peu.

— Le reste déménagera chez moi et sera dispersé chez nos amis abbés, marchands, banquiers, et vous reviendra quand vous le désirerez.

— En totalité ?

— Presque...

— Discutons des commissions à verser.

— Voilà, Eminence, ce que j'ai préparé...

Pendant que Son Eminence faisait ses comptes, la Reine réfléchissait. Elle avait chassé ses plus proches de ses appartements et désirait être seule, ne tolérant que Louis le nouveau roi en sa chambre. Elle avait même éloigné Philippe qui pourtant la réclamait, s'étant écorché le genou en glissant et trébuchant sur les parquets de ce funeste Louvre.

La Reine régente et le Roi, c'est tout, l'heure était grave et le visage de son gentil fils l'était aussi. Elle admira son profil encore joufflu mais déjà sévère. A cinq ans ! même pas cinq ans sonnés.

Elle sourit. Elle avait pris sa décision, enfin presque. Elle savait qu'on attendait dans son antichambre. M. de Beauvais, évêque et stupide, le duc de Beaufort, prince du sang bâtard et cupide. Et puis les douces péronnelles, Chevreuse, Hautefort, Longueville, Sénecey. Soupir de Reine attendrie par ses amies. Qui trahit-on sinon ses amis ? Ses ennemis on les combat.

Chevreuse d'abord, ma Chevrette, ma sœur du temps des folies.

— Vous vous ennuyez, Sire ? Nous allons recevoir.

— Je ne m'ennuie pas, Madame maman. Je songe.

— Moi aussi j'ai beaucoup pensé depuis ce matin, désormais il s'agit de décider. En votre nom, Louis, ce qui n'est pas une mince affaire.

— Vous ferez bien, Maman.

— Merci, mon doux sire.

Et elle lui fit une révérence avant de l'embrasser sur les deux joues. Baisers que le Roi lui rendit avec un chatouillis de ses longs cils de fille.

— Nous allons recevoir de gentes dames et de nobles seigneurs... mais il ne s'agira pas de conte de fées.

— Je n'aime plus les contes de fées, Madame ma mère. Je préfère l'Histoire, que me lit notre bon La Porte.

— Ce sera donc une page d'histoire. Petite sans doute, mais nécessaire. A votre grandeur future.

La Chevrette entra, mêmes yeux verts aussi brûlants, même sourire qui fait frémir maréchaux et cardinaux, le duc de Lorraine comme le roi d'Espagne. Et le cœur d'Anne.

— Ma chère sœur...

Chevreuse fait sa révérence au Roi, baise la main de la longue femme en noir plus espagnole encore que du temps où elle était infante et qui porte le deuil d'un époux qu'elle n'a jamais aimé.

— Votre sœur, Madame, mais votre sœur bien oubliée... Ainsi que vos amis. Vous venez d'exiler Mme de Montbazon, haute dame des Vendôme, qui assiègent aujourd'hui votre porte et au nom desquels je viens parler avant son frère, le duc de Beaufort, dont vous connaissez les emportements.

— Je les connais et nous les apprécions peu, le Roi et moi.

— Ils sont ses cousins, Madame, descendants eux aussi d'Henri IV le Grand.

— Par Mme d'Estrées, sa maîtresse. Avez-vous, mon amie, quelque chose de plus nouveau à m'apprendre ?

La sœur descendue au rang d'amie reste silencieuse. Puis s'enhardit.

— Vous avez repris le gouvernement du Havre à Mme d'Aiguillon, nièce trop aimée de notre ennemi, Richelieu...

— Oui. Et j'ai chassé Chavigny et Bouthillier, cela aussi est vrai...

— Et vous chasserez Mazarin, créature du feu Cardinal.

— Le Roi mon mari en a fait son Principal Ministre, sur recommandation du Cardinal-Duc, il l'est encore.

— Mais si vous m'en croyez, Madame, si vous en croyez votre sœur ou votre amie, choisissez, demain il ne le sera plus.

— Peut-être, ainsi va la vie.

— C'est lui, Madame, qui a rédigé le codicille vous enlevant le pouvoir de régence s'il vous en accorde le titre...

— Sous la dictée, mon amie, sous la dictée. Cela ne venait pas de lui.

— Il n'était pas que la main du greffier, il était aussi l'âme damnée de Richelieu ; la terrestre, la céleste, elle, doit être à cette heure la proie des flammes.

— M. Mazarin ne m'a jamais heurtée. Il est modeste, parrain du Roi, et fort instruit des affaires du royaume.

— Mgr de Beauvais aussi...

— Vous abandonnez les Vendôme pour cet évêque, notre Grand Aumônier... Ma sœur, vous jouez trop au reversi, à force de défausser vos cartes où allez vous arriver ?

— M. de Beauvais est saint homme.

— J'ai demandé le chapeau de cardinal pour lui. Comme mon feu mari l'a demandé pour M. Mazarin.

— Vous me rassurez...

— Et il attend lui aussi dans l'antichambre. Vous l'y avez dû rencontrer.

— Certes, Madame, et je crois qu'il attend beaucoup de vous.

— Je vais en effet le charger d'une mission très importante...

— Ah, Madame, vous rassurez votre sœur, pardon, votre amie...

Et Anne eut un de ces sourires qui la rajeunissaient de quinze ans, du temps où Chevreuse et elle faisaient les folles et se déchaînaient en complots.

— Ne lui dites rien, je veux lui réserver la surprise.

Chevreuse baisa le bas de la robe d'Anne qui la releva et la tint deux secondes dans ses bras.

— C'est au Roi, chère sœur, que vous devez hommage.

Nouvelle révérence devant la minuscule Majesté.

— Vous avez, madame de Chevreuse, les belles mains de Maman. Et belle main vaut blason.

— Merci, Sire.

« Cet enfant promet, il sera un vrai prince, il sait parler aux femmes et les regarder », se dit Chevreuse en sortant et elle désobéit en avertissant M. de Beauvais que Sa Majesté allait lui confier mission.

Beaufort soupira. Bon, un évêque chasse un cardinal, mais de cet évêque-là nous ferons notre singe savant, si tant est qu'un peu de science puisse pénétrer sous cette mitre.

— Monsieur de Beauvais, dit Anne après avoir baisé sa bague épiscopale, que pensez-vous de la guerre qui traîne depuis trente ans ou presque ?

— Qu'elle doit cesser.

— En effet. Mais encore... Si, par exemple, vous étiez aux affaires...

— D'abord, Madame, je demanderais aux Provinces-Unies ct aux princes allemands qui sont protestants de se convertir, comme le fit le roi Henri, à l'Eglise catholique apostolique et romaine s'ils désirent encore voir nos armées, pardon, Sire, les armées de Votre Majesté les soutenir contre le roi très catholique d'Espagne, le frère de Votre Majesté.

« Il s'embrouille et ne sait à qui parler, le Roi enfant ou la Reine veuve. Quel âne. Quelle idée stupide », pensait Anne.

— Monseigneur le Grand Aumônier, je vais pour l'instant vous charger d'une mission délicate. Porter cette lettre au cardinal Mazarin et attendre sa réponse.

— Ecrite ?

— Je pense, monsieur de Beauvais, que la vraie réponse sera de sa part de venir céans m'écouter et saluer le Roi.

— J'y cours de suite.

— Prenez Guitaut pour vous escorter et six de ses gardes.

— Sa Majesté craint une rixe ? Mazarin ne l'oserait pas.

— Prenez Guitaut.

Elle sourit. Vraiment un âne mitré.

Elle l'entendit chuchoter comme un imbécile chuchote, c'est-à-dire en claironnant son chuchotement :

— Je cours disgracier Mazarin, ordre de la Reine. Monsieur Guitaut, vous devez m'accompagner.

Guitaut salua et emboîta le pas de l'évêque.

On murmura immédiatement que si Guitaut prenait service, c'est que Mazarin était arrêté.

Chevreuse triomphait, Beaufort riait, on envoya un laquais chez les Condé, on dépêcha chez Monsieur qu'on avait eu la peau du faquin italien.

Et la porte de la Reine restait obstinément fermée, et le gentilhomme huissier n'appelait personne.

« Elle ourdit, elle attend le Mazarin pour en faire de la charpie. »

— Ma mère, dit Louis, allez-vous renvoyer mon parrain ?

— A votre avis, Louis ?

— Mon avis est que vous avez menti à cet évêque, sans mentir toutefois. En n'expliquant pas et en ne le détrompant pas.

— Tant pis pour lui s'il s'est trompé lui-même. N'est-ce pas ?

— Oui, Maman.

Et Louis sourit. Jouer un bon tour à un évêque était sans doute un des avantages d'être roi.

Aymard, marquis de Chouppes, qui était à M. le maréchal de la Meilleraie, Grand Maître de l'Artillerie, fut ce jour-là le seul homme de la Cour à visiter encore le cardinal Mazarin ; l'Italien lui plaisait. Assez modeste, le marquis hantait bien la Cour mais observait plutôt que de médire. On ne le remarquait pas et on s'étonnait parfois qu'il fût là alors qu'on ne l'avait pas vu paraître. Cette invisibilité plaisait à son protecteur le maréchal car Chouppes pouvait espionner à tout loisir ; mais devant Mazarin, comme devant le Dauphin devenu le Roi, nul n'était invisible et l'Italien semblait fort satisfait de sa présence.

— Son Eminence fait ses malles à contretemps. A moins que ce ne soit pour s'installer au Louvre.

— Marquis, vous êtes galant homme mais je préfère partir de mon plein gré plutôt que d'être renvoyé.

— Qui parle de renvoi ?

— La Reine fait son ménage parmi les gens du Cardinal. Or j'en suis une créature, tirée des limons du Tibre pour orner bien humblement les quais de la Seine.

— Vous êtes toujours ministre.

— Pour combien d'heures ?

— Combien est-il d'heures en dix années ? Disons huit, jusqu'à la majorité du Roi.

— Vous rêvez. Aimablement à mon égard, mais vous rêvez.

— Avez-vous jamais manqué de respect à la Reine ?

— Jamais, Dieu m'en préserve, c'eût été d'un bien piètre politique.

— Ne l'avez-vous pas sortie d'une sottise au sujet de Cinq Fermes ?

— Vous savez cela ?

— On sait tout du Conseil sans y être.

— Et la Reine est...

— Est ?

— Disons indolente. Ne connaît pas la finance, ni la politique. Vous êtes politique et, si j'ai bien vu qui je viens de croiser sortant de votre hôtel, pas mal financier.

— Vous avez reconnu...

— Cantarini, oui, je lui dois 30 000 livres.

Mazarin regarda le marquis.

— Vous ne les lui devez plus.

— Pardon ?

— Nous sommes associés, ce Lombard et moi. Votre dette est effacée.

— Pourquoi ?

— Mais, marquis, parce que vous êtes resté près du rejeté

quand tout le monde le fuit comme une peste. Et que j'aime que cette peste prenne cette dernière décision de ministre.

— Alors tout le monde court grand risque d'attraper ailleurs une pire maladie que votre peste généreuse.

— Laquelle, marquis ?

— Le ridicule de s'être fourvoyé.

Du bruit dehors, des appels. Mazarin écarte un rideau, regarde, commente, rembruni :

— Me voici surpris au gîte comme lièvre par la meute. Une voiture encadrée de six gardes commandés par Guitaut. Et d'où sort...

— Oui...

— Auguste-Poirier de Blancmesnil, évêque de Beauvais. Cela ressemble à une arrestation. Certes la présence du capitaine est un honneur. Mais le messager est une humiliation.

— Il est Grand Aumônier, énorme titre. Messager convenable pour un cardinal.

— Non. Le titre est là pour me rappeler que je ne suis pas prêtre.

— Attendez de lire le billet dont il est porteur.

On annonça Monseigneur et le capitaine-comte.

— Eminence, la Reine vous adresse ce poulet, dit Beauvais tout miel tout sucre, tout fiel, tout benêt.

Déjà le ton était déplaisant, ce singe triomphait.

— Merci, Monseigneur, d'en être le porteur.

— C'est un immense plaisir d'être messager de la Reine, au nom du Roi, vers leur Principal Ministre.

Mazarin lut l'écrit de la Reine, évita le regard souriant de Beauvais, lança un coup d'œil acéré à Guitaut qui fixait avec un trop grand intérêt les jardins par la fenêtre.

Mazarin toussa. Guitaut se retourna vers lui.

— Je vous suis, capitaine, la Reine me mande au Louvre.

— L'escorte de Mgr le Cardinal ! cria d'une voix forte Guitaut.

L'évêque suivit la troupe à petits pas rapides, loin des enjambées de Mazarin et du vieux soldat. Mais en pensant que Guitaut avait outré ses propos en donnant du Monseigneur à l'Italien, le titre étant réservé au Cardinal, le grand, le mort, et non à ce « Pantalon », ce valet de comédie. A moins que ce fût-là un trait cruel de vieux soldat, Beauvais était peu versé dans l'esprit militaire qu'il jugeait trop brutal pour sa théologie.

« Quelle belle arrestation, pensait-il. Il faut dire que cet italiote a joliment réagi. Je le dirai à la Reine afin qu'on ne meuble pas trop mal sa cellule à la Bastille ou à Vincennes. »

— Marquis, venez-vous ? demanda Mazarin à Chouppes que Beauvais n'avait pas vu.

— Je serai au Louvre avant vous, Eminence.

— Et n'oubliez pas, marquis, ce que je dis je le tiens.

— Je n'oublie jamais rien. Même pas mes dettes.

Tous dans l'antichambre se détournèrent quand l'Eminence arriva et qu'on ouvrit à un seul battant les portes des appartements de la Reine. Richelieu en exigeait deux.

Mazarin salua le jeune Roi en trois révérences rituelles et Mme la Régente.

— Monsieur, dit la veuve royale, élégante, droite, Madone en deuil de Dieu, pensa l'Italien, gardienne des âmes antiques, il ne se rappelait plus, la plus belle stature depuis le port du deuil de Cinq-Mars par la princesse de Gonzague, je renouvelle à Votre Eminence l'offre du seul poste qui convienne à sa dignité, celui de Principal Ministre que mon mari le feu Roi vous avait assigné. Vous avez toujours montré envers le Roi mon fils une grande et affectueuse ferveur, vous avez toujours respecté ma personne, malgré des pressions certaines venues de plus haut que moi et peut-être de plus haut que le feu Roi. Avec le Roi mon fils, sachez Monsieur qu'il n'y aura jamais plus haut que lui. Vous serez son guide et le mien jusqu'à sa majorité. Et je tenais à vous remercier d'avoir corrigé avec discrétion et modestie la bévue que j'allais commettre au sujet de quelques Fermes ; continuez à m'aider dans cette régence, continuez en ministre à gouverner la France, pour mon fils et en son nom. N'oubliez jamais quel que soit le décret ou l'édit que c'est au nom de Louis le Quatorzième qu'il est écrit et promulgué. Mais je dis là des banalités.

— Ce sont des vérités, Madame. Et que Sa Majesté le Roi et vous-même fassiez confiance à mon peu d'expérience acquise toutefois auprès du plus grand ministre que l'Europe ait connu et du Roi le plus glorieux de cc siècle. Pour l'instant s'entend, car Louis le Quatorzième n'est qu'à l'aube de son soleil. La tâche ne sera en rien une promenade du matin au Mail, le pouvoir enchaîne, Madame, il nous interdit les caprices, il contraint à des décisions qui sont autant de responsabilités qui ne s'effacent jamais.

— Monsieur, j'en suis incapable seule, on m'a cloîtrée trop longtemps en dehors des affaires, et je m'en suis laissé éloigner moi-même par trop d'indolence. Mais l'avenir du Roi mon fils m'oblige aujourd'hui...

Elle se tourna vers Louis et lui sourit. L'Italien aima ce sourire de Mamma.

— Je suis entièrement au service de Vos Majestés, conclut Mazarin avec cet air de modestie qui le faisait déjà détester des Grands et apprécier de la Reine.

Sa modestie était un masque. Mais le masque plaisait à Anne.

— Je vais annoncer votre maintien en fonction, ou, mieux, votre nomination au nom de Louis XIV.

— Les princes vont protester... Ils attendent...

— Ils attendent que j'ouvre les coffres à leur rapacité. Or ces coffres, j'ignore ce qu'ils contiennent.

— Moi je le sais. Ils contiennent peu ou, du moins, pas assez. Les princes s'agiteront.

— Eh bien, qu'ils s'agitent, il feront un joli vent avec le remuement de leurs rubans, et cette brise éloignera peut-être les puanteurs du Louvre, que nous devons encore habiter quelque temps, il est le sanctuaire de la royauté. Vous êtes Premier ministre, et nous avons besoin de votre présence. Le comte de Guitaut vous mènera à vos appartements. Le Roi vous y a fait installer quelques meubles qui nous l'espérons vous plairont.

— J'en remercie du fond du cœur Sa Majesté.

Louis, l'enfant silencieux, le visage grave mais aimable, murmura :

— Ainsi nous serons voisins, mon parrain.

L'âmc italienne de Mazarin fondit à cette voix enfantine. Ne pouvant embrasser le Roi enfant il baisa les mains de la Régentc.

— Que Leurs Majestés croient sincèrement en mon parfait dévouement.

— Ce n'est pas une croyance, Monsieur, c'est une science. Il y aura Conseil demain après présentation du Roi au Parlement. Ce testament que vous connaissez bien (la Reine sourit, moqueuse) sera cassé, du moins ce qui doit l'être. Vous trouverez les arguments politiques à présenter à ces Messieurs. Je crains qu'ils ne vous aiment guère.

— Ils aiment le Roi. Ils obéiront. Et nous leur offrirons quelques délicats brimborions. Et puis le Parlement de Paris casse toujours le testament du Roi mort au profit du pouvoir qui se met en place, la régence. Il respectera la tradition. Il aime les changements de pouvoir, dont il ramasse les miettes, aime que tout change pour que tout se perpétue, du moins pour que se perpétue son existence.

— Allez, Monsieur, mais ne soyez jamais trop loin de nous. Les portes vont s'ouvrir, la meute va m'assiéger. Je vais leur jeter quelques os enrubannés comme les aiment leurs bichons. Os qui ne vous plairont guère, hélas je ne puis faire autrement. M. de Beauvais sera ministre, M. le Bailleul, chancelier, Beaufort sera au Conseil, j'y suis obligée, et Particelli d'Emery contrôleur des Finances, mais ce n'est qu'un titre officiel, un hochet pour sa suffisance : il a une grande qualité qui ne vous gênera point, il est ignorant. Et il m'y faut aussi un membre du feu clan espagnol, j'y mets le marquis de Chateauneuf. Saurez-vous les mater ?

— Madame, à Rome, Sa Sainteté à ses « moutardiers », nobles, titrés, gageant des offices ronflantes mais qui ne sont que l'ombre du pouvoir. J'y ai appris des choses... et surtout comment servir les condiments. Ils ne sont là que pour rehausser les plats, mais n'entrent pas en cuisine. Mais Particelli, Madame, est un maître queux inventif ! Et je crois m'y connaître.

La Reine sourit. Elle semblait libérée d'un poids.

Mazarin sortit. Les Grands tournèrent la tête, Guitaut le guida. Le marquis de Chouppes jaillit de derrière un oranger ;

— Alors, que vous avais-je prédit ?

— Vous êtes le meilleur astrologue du royaume, marquis.

— Mâchez le travail de la Reine et charmez la femme qui est en elle. L'affaire est aisée. Avez-vous remarqué comme la Reine est redevenue belle ?

— Nous en reparlerons en privé.

Le soir tombait. Marie de Hautefort se jeta aux pieds de sa souveraine qu'elle avait charge de déshabiller et de changer pour le souper.

— Madame, ne soyez pas ingrate avec vos anciens amis exilés, avec les princes du sang de Sa Majesté, avec ceux qui ont souffert sous Richelieu... Garder Mazarin serait les...

— Marie, nos amis sont récompensés. Sénecey remplace Brassac et Lansac à mes atours et devient gouvernante du Roi, le commandeur des Jars est revenu en cour, Chevreuse a touché

250 000 livres, La Porte est premier valet de chambre de Sa Majesté en remplacement de Beringhen et cette charge vaut noblesse, et vous avez le privilège du tabouret comme une duchesse, plus mon amicale tendresse. Nous vous trouverons un mariage somptueux. Que diriez-vous d'un maréchal ? Mais si vous voulez rester près de moi et du Roi, fermez votre jolie bouche et ouvrez ces rideaux. Le crépuscule sur Paris est si beau. Il dore la tête et la cime des églises et des palais. Marie, obéissez ou disparaissez.

Marie blanchit et trembla. On avait changé la Reine. Le jeune Roi, heureusement, la regardait toujours avec les mêmes yeux noirs brillants de tendresse. Il était amoureux comme on l'est à cinq ans. Elle lui rend bien cette tendresse, ignorant que c'est là son seul lien avec la Régente qu'elle agace déjà, malgré leur amitié. L'amitié rend aveugle et Marie, dans toute sa dévotion pour la Reine et sa fougue gasconne à défendre ses amis, ne voit pas qu'il lui faut, elle aussi, changer.

On va le lui apprendre, comme on a appris au jeune Roi à ne pas s'attacher, fût-ce à la plus ravissante et pétillante jeune amie de sa mère. Au plus grand amour que connut son père qui, pourtant, ne savait pas aimer, si ce n'est sur son lit de mort.

LIVRE TROISIÈME

« Allons, il nous faut faire le roi... »
Louis XIV, à quatorze ans.

LES INSTITUTEURS D'UN ROI

Un beau dimanche de mai 1643, Louis XIV et non plus Louis Dieudonné âgé de presque cinq ans entreprit sa première action de Roi. Il tint son premier lit de justice au Parlement.

Il était vêtu d'un justaucorps de velours violet, seule couleur de deuil seyant à un roi ou un prince, dessous brillait un pourpoint à crevés brodé d'or. Son frère Philippe aussi, bien que si petit, et tous ceux du sang, les immenses, les importants, descendants du roi Henri, les Condé et les Conti, et l'immense Beaufort qu'on disait roi des Halles au vu et à l'entendu de son langage de portefaix ; un parterre de lilas ou de violettes, dont ils n'arboraient pas la modestie, avait envahi le Parlement de Paris.

Maman Reine était en noir, à deux pas derrière lui, quand il s'assit sur la tribune, face aux conseillers couverts tout de rouge et d'hermine comme si la mort du Roi son père ne saurait commander un deuil au Parlement mais au contraire en exhaussait la superbe. Sa mère la Reine ne s'assit pas à son côté. Elle avait fait placer, entre leurs sièges, un autre siège qui resta vide. Un monde désormais les séparait, celui de la Grâce de Dieu qui l'avait choisi mais pas encore sacré, lui, Louis le Petit qui n'était plus Dieudonné mais Quatorze, le chiffre de l'éternité dans l'Antiquité, lui avait dit Pierre de La Porte, rentré d'un certain château sombre du faubourg Saint-Antoine et d'un exil au milieu des vergers et des vignes du val de Loire, et qui semblait tout savoir ayant eu le temps de beaucoup apprendre, puisqu'on fréquentait sous le feu Cardinal de beaux esprits en prison et qu'on voyageait pour meubler l'ennui de l'exil.

Louis s'étonna de ce vide qui le séparait d'elle, mais n'osa questionner Maman. Elle lui sourit, comme naguère quand elle exigeait quelque chose qu'il ne savait pas encore accomplir, comme écrire son nom ou bien un premier verset de prière, et qu'il y réussissait avec maladresse mais à son grand contentement.

Il se sentit seul devant cette foule. Cela devait faire partie de la leçon. Son frère Philippe le regardait, avec un mauvais sourire qui seyait mal au bambin qu'il était encore. Pourtant j'aime mon petit frère, mon Féfé.

Il se tourna vers sa mère une fois de plus. Elle lui lança un regard ferme, les yeux pleins de chaleur, superbe en ses voiles de veuve. Il aimait que Maman soit belle.

Il comprit qu'il ne devait montrer ni inquiétude ni peur. De la superbe, Louis, de la superbe. Elle lui montrait en exemple, dans son privé, le portrait de Philippe II d'Espagne dans sa chambre. Un Roi, Louis, un vrai. Papa a-t-il été un faux ? Trônait aussi dans le cabinet de la Reine un portrait de Richelieu. Le grand ennemi était-il devenu, la mort aidant, un inspirateur ? Ou bien Anne se réconfortait-elle de voir que ce puissant ministre était mort ?

La leçon de royauté se donnait au plus intime, pendant le bain, auquel Maman tenait encore, cette incongruité venue d'Espagne et dernière habitude « étrangère » de la Régente de France. La leçon était en images, car les images frappaient plus l'enfant que les longs discours, et Sa Majesté Anne tenait à l'enseignement concret plutôt qu'au théorique. « Voir, Louis, c'est comprendre mieux. »

Elle ordonna qu'on présentât au Roi les études comme un jeu. Il sut lire puis écrire avant ses cinq ans. Il avait appris aussi par affection pour cette femme souriante, tendre et grondeuse, très parleuse, parfois sautant du coq à l'âne mais qui l'aimait, il le savait. Et dans le silence de sa chambre se le répétait quand tout à coup il se sentait seul.

Quand il apprenait que Maman Reine allait prendre ce bain qui semblait à toute la Cour une bien étrange étrangeté, il se précipitait en ses appartements, se faisait déshabiller par sa gouvernante Mme de Sénecey et, vêtu d'une longue chemise, rejoignait Maman vêtue de même sorte en son cuveau de marbre.

Il aimait la chaleur de l'eau, la présence pudique du corps quasi nu de sa mère, les murs tendus d'azur et d'or comme blason géant de France, les voûtes soutenues par des colonnes de marbre, entre lesquelles on voyait, peints par Vélasquez, les parents espagnols d'Anne, empereurs, rois, cardinaux, princes... Ils étaient beaux, du moins les tableaux étaient beaux et les visages empreints à la fois d'humanité grave et de surhumanité d'altesses. Dans la baignoire (le mot est trop moderne pour ce lieu) creusée dans la pierre, tendue de draps de batiste et au fond adouci par des oreillers, Louis enfant redevenait sans doute Louis bébé des limbes avant sa sortie dans le monde réel. Une petite chaudière à bois maintenait l'eau à douce chaleur, Louis était bien, aussi bien que dans un ventre maternel, et comme en ce ventre autrefois il entendait la voix qui murmurait et ce murmure tendre était enseignement. Louis faisait mieux qu'entendre, il écoutait.

Le cuveau était un monde paisible, chaud, le monde du tête-à-tête unique avec Maman qui était à la fois Maman et vraie Reine, sous les seuls regards d'ancêtres magnifiés par la peinture d'un grand peintre d'un pays fier mais devenu ennemi. La vapeur montant du cuveau semblait par ses volutes leur redonner vie, et rois, princes, cardinaux paraissaient le contempler, lui, cet autre roi débutant, depuis les nuées fragiles du Paradis.

Ainsi pour Louis si petit encore, mais très vite moins petit, l'enseignement du métier de Roi, car c'est là que commençaient les leçons, était-il d'abord tendresse et art. La voix ne bêtifiait pas comme celle d'une nourrice à un enfant auquel elle s'attache, une rareté en soi, sauf chez dame Perrette Dufour, la voix énonçait aussi, en douceur, des cruautés nécessaires.

« N'ayez jamais, Louis, d'attachement pour personne. » Et c'était la personne à laquelle il était en ces moments le plus attaché, et il savait qu'il le serait longtemps, qui dans un sourire lui conseillait cette énormité ! Mais elle avait montré l'exemple, avec ses amis recouvrés : Chevreuse ne paraissait pas à la Cour, Bouillon n'avait pas récupéré Sedan, et elle avait continué la guerre avec l'Espagne, sa propre famille... La Reine s'était forgée une âme ingrate de Roi. Qu'il ne l'oublie pas !

Impossible d'oublier. Mais comment ne pas montrer d'attachement pour Marie de Hautefort, qu'il aimait tendrement, pour Mme de Sénecey, si souriante et attentive, pour l'« ami Pierre » de la chanson, ce gai La Porte aux yeux sombres qui contait si bien l'Histoire et les histoires et ne se privait pas d'ironie ? Peut-être aussi pour son petit frère... C'était aller bien loin. Petit Louis était un peu perdu.

Il n'aimait pas être roi comme cela, voilà ; il n'aimait pas que

Maman s'incline en entrant dans sa chambre, il n'aimait rien, ni les mots ni l'état, il n'aimait pas cet éloignement mental qui les séparait désormais, bien qu'il sentît toujours l'affection présente, et qu'ils prissent leur bain ensemble. Mais déjà, sans Féfé, le turbulent, l'éclabousseur, comme autrefois. S'il savait lire sans ânonner et écrire avec moins de maladresse, Louis appelait encore Philippe Féfé, comme il avait traduit en babil de bambin, naguère, le mot frère.

Seul par la faute d'un siège vide en ce Parlement, que devait-il dire à ces étranges personnages recouverts de rouge et d'hermine et qu'il détestait déjà ? Car, il le sentait, ces gens se permettaient de le jauger. De quel droit ? Il allait grandir, alors ils verraient !

Sa mère d'un léger mouvement du dos lui enjoignait de se tenir droit, il se raidit. Un piquet harnaché de violet et de lilas.

Mais qu'ai-je donc à faire ici ? Du théâtre, peut-être.

Ecouter que ces messieurs acceptent de proclamer Maman régente jusqu'à sa majorité et sur sa propre proposition, au nom du feu Roi son père, proposition qu'il avait déclamée haut et clair. Bon. Et que le Parlement brise le testament de Papa, auquel il ne comprenait goutte mais qui disait-on – un enfant entend tout – partageait les pouvoirs qui ne devaient appartenir qu'à un seul, fût-il une... Mais qu'importe... Si cela était pour Maman, il l'accomplirait fièrement.

Il n'eut que quatre mots à dire en plus, et il le fit sans hésitation, regardant du haut de son trône surélevé de trois marches où l'installèrent, non sa mère, car on n'était plus en famille mais en représentation royale, le duc de Joyeuse, grand chambellan, et le duc de Charost, capitaine des gardes du corps, un honneur plus qu'un commandement. La voix claire mais émue, Louis ne lança que cette phrase : « Messieurs, je vous suis venu voir pour vous témoigner mes affections ; Monsieur le Chancelier vous dira le reste. » M. Séguier dit donc le reste ; en son nom. Au nom du jeune Roi, ce hyacinthe violet en son pot qui était aussi un trône.

La Reine souriait. L'âme damnée du Cardinal, ce chancelier qui avait osé fouiller en son corsage, mais à qui elle avait su pardonner sans oublier, lut tout ce qui était contraire à la volonté de feu Richelieu dictée à la main du feu Roi. La Régente rendait le droit de remontrance au Parlement, quitte à s'en ficher plus tard, et en échange ces messieurs cramoisis et rehaussés d'hermine anéanti-

rent les dernières volontés de Louis XIII et accordèrent, séance
tenante, séance tenue, « l'administration libre, absolue et entière
des affaires du royaume » à la Reine Régente Anne de France.
Gaston ne dit rien, ni Henri, prince de Condé. Le premier était
lieutenant général du Royaume, le second ajoutait, à son gouvernement de Bourgogne, celui d'Auvergne ôté à sa famille après la
conspiration du pauvre étourneau de Cinq-Mars. Anne d'Autriche
avait appris de Richelieu que ce qu'on ne pouvait convaincre on
pouvait l'acheter. La Régente avait fait son marché.

Louis, quittant peu sa mère sinon pour certaines leçons, avait
été le témoin silencieux de maintes tractations. Ils les avaient vus
défiler devant la Régente, avec ou sans Mazarin, ceux qui aujour-
d'hui en ce dimanche de mai formaient le plus prestigieux des
parterres de lilas et violettes de France. Ils réclamaient. Le regard
vert de la Régente leur fit comprendre, sensation non raisonnée de
l'enfant qu'il était, qu'il leur valait mieux, sinon quémander, du
moins solliciter.

Louis se tenait coi en ces moments-là. Emportés par leur rapacité, ils oubliaient être en présence de leur Roi. Lui se promettait
de ne l'oublier jamais, et leurs hautes figures, leurs grands noms
se gravaient en sa mémoire d'enfant.

L'oncle Gaston, aux yeux doux et sombres, le fils que Grand-
Mère, la reine Marie, avait préféré à Louis XIII, et qui de cet
amour n'avait su tirer que la trahison de ses amis. Sa fille Mademoiselle, qui n'épouserait jamais qu'une tête couronnée, clairon-
nait déjà et regardait, avec un appétit de pie-grièche devant un
étourneau rondelet, ce cousin enfant roi, qui lui siérait. Elle a seize
ans, mais qu'importe l'âge dans le mariage. A côté de son père
Gaston, cette Mademoiselle fait figure, par son maintien, l'arrogance de son chapeau, de chef de famille. Et Louis, par brefs
coups d'œil, surveille les regards de cette jeune fille maigre mais
prête à gober le monde. Les regards de Mademoiselle pèsent sur
Louis, et là se montrent attendris, sans doute faussement, puis
filent vers le cousin, le jeune duc d'Enghien, nouvel Achille des
Condé, cette famille de guerriers. Il est nerveux, son visage bouge
tout le temps, à la limite du grimaçant. Parfois Louis a envie d'en
rire, mais maintient à son visage la gravité qui sied à entendre les
palinodies chantournées de ces messieurs du Parlement. Enghien,
quand même, est chargé de gloire après Rocroi. Et son père, le
prince de Condé, le couve d'un regard de feu, affaibli par la mala-

die. Sa mère Charlotte de Montmorency, duchesse douairière, est encore belle, et la Cour se souvient – et elle aussi – qu'à seize ans, l'âge de Mademoiselle, elle fut le dernier amour du roi Henri IV, qui approchait les soixante. Elle contemple ce petit roi, du haut de son nid d'aigle femelle où elle tient sa couvée, son autre fils, le prince de Conti, plutôt mal fait, et sa fille Anne Geneviève de Bourbon, beauté éclatante qu'elle vient de marier au duc de Longueville. Elle n'a du violet du deuil princier que l'iris de ses yeux. Elle sait en jouer. Elle en jouera.

Louis la trouve ravissante. Elle le voit, esquisse un mince sourire, le petit roi rougit, détourne la tête. C'est pour tomber sur les grands bâtards. Le duc de Vendôme né des amours illicites mais brûlantes entre Henri IV et Gabrielle d'Estrées, dont un portrait nu où elle pince le sein tout aussi nu de sa sœur orne quelque pièce à Fontainebleau, et ce souvenir incongru en plein Parlement intrigue Louis. A côté de lui, le duc de Beaufort son fils, le géant de cette assemblée, dont le plus brillant mathématicien ne saurait tenir le compte des maîtresses ni des intrigues.

Louis écarquille les yeux. Voilà donc la famille vêtue de lilas et qui ne songe qu'à s'entredéchirer, mais est en ce parterre unie pour casser un testament de Roi et comme des ronciers accrocher à ses griffes des lambeaux de pouvoir.

Monsieur Gaston reçut le gouvernement du riche Languedoc, et assez de louis d'or pour éponger ses dettes de jeu et de grand train, et mieux en contracter encore. Le duc d'Enghien, fils de M. le prince de Condé, obtint la Champagne. Il était là, jeune iris violet en ce parterre, couvert de la rosée de gloire de Rocroi et de ses vingt-deux ans. Louis l'admirait, sans dire mot. On rendit Chantilly et Danmartin (qui appartenait à Cinq-Mars) aux Condé, qui l'avaient confisqué à M. de Montmorency, frère de la princesse de Condé. Tous acceptaient que le testament fût cassé.

Peu leur importait que la Reine refuse de rendre Sedan à Bouillon, qui fut compensé par de l'argent. Qu'elle envoie par Mazarin 200 000 écus à Mme de Chevreuse, qui fut l'amante de combien d'entre eux, pour qu'elle ne paraisse plus. Et qu'Anne se rembourse en prenant aux parents de Richelieu, les Brézé, La Meilleraie, Mme d'Aiguillon, ce qu'on leur avait si généreusement distribué. Et qu'elle laissât la liberté aux conspirateurs d'antan, même au pire, à Fontrailles le contrefait. Tous ces princes en avaient été.

Pourquoi donc cela ? Pour la paix intérieure, souhait de la Régente, pour la paix d'un royaume à laisser à son fils et pour faire passer la nomination de Mazarin, cet élève et plus de Richelieu au ministère. Mazarin, un homme de Richelieu ! Rictus chez les princes, froncement de sourcils chez les cramoisis du Parlement. Elle avait le pouvoir, il lui fallait l'exercer et l'aide de l'Italien, mieux au courant des affaires que quiconque en cette assemblée, lui était nécessaire. De plus l'Italien était charmant. Quoiqu'elle ne trouvât plus qu'il ressemblât en rien à celui qu'ils nommaient sottement « Bouquinquant ».

Louis se souvint qu'elle avait dit, en commentant ses immenses libéralités, « la pilule passe mieux quand elle est dorée ». Louis avait ri. Plus tard, bien plus tard, il s'en souviendra encore, dans un bosquet d'un Versailles qui n'existe même pas dans ses rêves, en regardant l'*Amphytrion* de Molière et en écoutant ce vers : « Le seigneur Jupiter sait dorer la pilule. » Un coup d'enfance le saisira alors. Et le souvenir de sa mère. Il écrasera une larme pendant une comédie.

Pour l'instant, en cet ennuyeux dimanche, Louis contemplait l'assemblée des conseillers et des grands cousins rapaces qui lui sembla redoutable. Voilà pourquoi Maman demandait qu'il se tînt droit. Il se redressa un peu plus, quitte à se martyriser les muscles du dos. Il était pâle et se sentait pâlir. Il avait aimé être le Dauphin, les cris étaient si doux, si joyeux, sur le passage de son carrosse, avec quelle joie et quelle affection les femmes, les filles, les bourgeoises, les souillons criaient « Vive Mgr le Dauphin »... Mais avec quelle gravité les marchands, les manants, les exempts, leurs femmes, les servantes, les putains avaient crié sur le chemin du Parlement : « Vive le Roi, vive la Reine, vive Leurs Majestés ! » On secouait les chapeaux, les mouchoirs, mais on ne souriait pas.

Ils ne l'aimaient plus depuis qu'il n'était plus Dauphin ! Même Philippe le bambin, le petit Monsieur comme on l'appelait, pour le distinguer de l'oncle au parfum de frangipane, l'avait remarqué et s'en était moqué. Maman Reine l'avait grondé.

Depuis qu'il était le roi Louis le Quatorzième, le rire était-il banni ? Pour cause de deuil, sans doute, du feu Roi son père... certainement pas du Cardinal ! Il y avait eu des bals sur les ponts de Paris, avait-il entendu dire, pour la mort de l'Eminence au cul pourri. Il avait répété le mot (entendu de la jolie bouche de la belle Marie de Hautefort, sa préférée) et pendant deux jours Maman Reine l'avait enfermé dans sa chambre avec interdiction d'en sortir ou de jouer. Consigné, avait-elle dit, comme un mauvais soldat pour avoir rapporté des grossièretés ! Mais le mot l'amusait. Il répéta mentalement « cul pourri » et pensa à la bouche de Marie le prononçant. Sans le vouloir, son visage s'éclaira.

Un jeune homme lui sourit. Le duc d'Enghien, vainqueur de Rocroi, et qui paraissait encore un écolier aux tics nerveux de qui a trop étudié. Louis hésita et lui rendit le sourire. Des gravures n'avaient-elles pas montré Louis portant tous les attributs de la royauté, globe et sceptre et couronne, félicitant son jeune cousin de ses exploits en Flandres et pourtant cinq fois plus vieux que lui ? Cérémonie qui n'eut jamais lieu.

Il y a quelques semaines, on l'avait aussi engoncé en une armure, offerte par les Vénitiens, pour le peindre. Il y avait eu chaud, trop chaud. Mais il l'avait portée cinq heures durant, dix jours de suite, car un roi de France est aussi un chef de guerre, n'eût-il encore que quatre ans et trois quarts d'année.

Et puis son cousin Enghien était pourtant beau, couvert de la gloire d'Achille, mais son nez était terrifiant, si fort, si busqué, nez en bec de gerfaut ou de milan. Louis cessa de rêver, Maman Reine avait toussoté et le Roi écouta à nouveau ces messieurs du Parlement. Y sera-t-il encore contraint quand il sera grand ? Il y mettra le holà ; donc il faut grandir.

Il grandit. Hors des dames qu'on lui enleva pour ses sept ans, sauf sa gouvernante Mme de Sénecey, afin de les remplacer par un abbé, M. de Baumont, Hardouin de Péréfixe, et un marquis, M. de Vitry, qui ne savait dire que « oui, Sire » avant que Louis eût terminé une quelconque demande.

Il grandit dans les appartements de sa mère où La Porte lui lut l'histoire des rois de France dans le grand livre de Mézeray, et aussi l'histoire des rois de quelques autres contrées. La Porte lisait cela comme on débite des contes, Louis se passionnait, attendait la suite, pour le prochain coucher. En Angleterre on tuait les Rois, pour changer les dynasties. On avait tué son grand-père Henri IV aussi, et le cousin Valois et les frères de celui-ci... Cela faisait frémir mais il refusait de le montrer devant La Porte. Il aimait bien ce Pierre qui vouait un culte à sa mère. Il aimait Guitaut aussi, ombre familière et protectrice dont il admirait la manœuvre militaire des gardes dans la cour de Saint-Germain ou devant le grand escalier de Fontainebleau, et Mazarin, cet Italien suave qui était son parrain et que sa marraine, princesse de Condé, avait toisé pendant que l'évêque de Beauvais le baptisait. Papa alors n'était pas encore mort...

Maman, qui avait traversé à pied les jardins séparant le Château Neuf du Château Vieux de Saint-Germain, ne s'était pas encore jetée à ses pieds pour l'appeler « Sire » et « Votre Majesté ». Imitée par toute la Cour. Cela aussi lui avait fait un peu peur. Il préférait le temps du « gentil Dauphin » et des contes souriants sur la « pucelle » qui sacra un roi Charles.

M. de Mazarin le fit assister au Conseil, lui expliquait tout et le poussait à poser cent questions. Les ministres rechignaient parfois à exposer des évidences, mais obéissaient. Doit-on se méfier des ministres ? M. Mazarin l'aimait et lui aimait M. Mazarin, son parrain. Le Cardinal tout neuf avait le plus chaleureux sourire de France, pour un homme s'entend.

Il recevait en sa présence et sous la surveillance de sa mère, Régente de France, les ambassadeurs étrangers venus de toute l'Europe le féliciter au nom de leur monarque, leur roi, leur empereur, leur Grand-Duc, leur Prince, leur tsar, de son propre avènement. Elle lui avait enseigné les mots de courtoisie, de politesse qu'il devrait conserver toute sa vie, et il le lui avait promis. Mazarin et La Porte lui faisaient répéter, avant ces audiences, l'histoire des Rois étrangers qui lui envoyaient leurs ambassadeurs, leurs vœux et des présents.

Les ambassades se déclaraient enchantées de cet enfant roi si disert et paraissant si au courant des affaires et de l'histoire des monarchies d'Europe.

Maman Reine et Régente lui disait que tout cela était bien, et Mazarin souriait en frisant sa moustache et en lui chuchotant : « Maintenant, Sire, n'oubliez pas de vous amuser... un Roi doit avoir l'esprit libre pour des travaux qui sont dignes d'un jeune Hercule, et pour cela, il n'est que la détente, les arts, les divertissements, les chevaux, la chasse, plus tard vous goûterez aux dames.... » L'élégant homme en rouge souriait avec malice. Et

Louis regardait autrement la rieuse Marie, que son père avait aimée disait-on. Il la voulait pour femme et lui donna ce nom, « ma femme » ; Marie s'en enchantait et en riait à gorge déployée, une gorge fort belle dont Louis pensait sans savoir tout qu'elle n'aurait pas le même usage que celle de dame Perrette.

Louis XIV ne détestait pas être encore un enfant. Mais la joie le fuyait sans qu'il en prît conscience.

Il lui fallut prendre le goût d'être roi tout en étant enfant. Les deux états en un seul corps et à chaque moment. Sans bouder ni s'en plaindre. C'est-à-dire, il le sentait confusément mais avec pragmatisme, marier deux impossibilités.

Il avait vu à quatre ans, une heure après la mort de son père, la Cour entière, princes et prélats, officiers et conseillers, ministres et duchesses, cousins et oncle Frangipane, pensionnés et inutiles, capitaines des Gardes et des Mousquetaircs, il les avait vus, tous et toutes, traverser au pas de charge les jardins séparant le Château Neuf du Château Vieux, il avait entendu leurs pas, lourds de bottes, légers d'escarpins, roulements de caisses différentes de l'avant-garde des régiments, frapper les escaliers, ruiner les parquets, et les portes s'ouvrant à la volée pour les voir, telle une marée de bleu, de rouge, de blanc de vert et de brun des bures, s'incliner, balayer le sol des plumets pour rendre hommage au Roi tout neuf, lui.

Il avait eu envie de pleurer. Philippe d'Anjou avait hurlé. Et Maman Reine avait obligé ce petit frère si drôle, avec lequel il aimait s'amuser, auquel il aimait faire des niches, à saluer lui aussi son aîné, un genou en terre. Enfin, du moins, un minuscule genou sur le tapis. Et un regard un peu perdu, et qui ne comprenait plus ce qui arrivait.

Et à partir de cet instant Philippe, dit « mon Féfé », devint dans la bouche, en public, « Monsieur mon frère », et cela dit nettement articulé, sans pouffer !

Evidemment les dames s'effondrant en des révérences lui offraient la vision délicate et blanche de leurs décolletés. Doux, blancs, tièdes... Il garda en secret l'habitude que Perrette vienne l'embrasser dès son réveil. Maman Régente l'accorda bien volontiers. Un Roi débutant a besoin de souvenirs d'enfance comme un royaume a besoin de son histoire.

Il devait se montrer roi. Un bien étrange état. Et feu Papa l'avait dit, se souvenait-il, et d'une voix douce pour une fois, un état bien solitaire aussi. Surtout au milieu de la foule et même dans les appartements de Maman où la tendresse régnait et où il retrouvait ce petit Féfé trublion devenu Monsieur mon frère.

M. de Mazarin, qu'on n'appelait pas encore « Le Cardinal », comme si le titre était mort avec le cadavre maigrichon rongé par les abcès, devint surintendant au gouvernement et à la conduite de la personne du Roi et de celle de M. le duc d'Anjou. Ce parrain choisit les maîtres qui, le rappelait Maman, étaient autant de serviteurs de Sa Royale Grandeur. Mais qu'il devait écouter, imiter, avec lesquels il devait apprendre le métier qu'eux n'exerceraient jamais, ni eux, ni son Féfé.

L'abbé de Péréfixe enseignait le latin et la morale. Un brin d'histoire antique aussi, mais moins vivante que les lectures de La Porte au coucher. Pierre La Porte, ancien porte-manteau, étrennait son nouveau titre, le valet de chambre était courtisé comme un prince. Les sieurs Bernard et Bertaut, ce dernier frère de Mme de Motteville, étaient « lecteurs de la chambre » ; M. Le Camus, maître à enseigner les mathématiques ; Jean le Blé enseignait l'écriture ; Antoine Oudin, l'italien ; Henri Davire, le dessin. L'espagnol c'était Maman qui le professait depuis sa naissance.

Bernard Jourdan de La Salle grattait la guitare, Fleurent Indret le luth ; le Roi se jugeait bien moyen en ces deux activités, lui qui toujours honorerait la musique et ses musiciens.

A cheval, il suivait les cours du maître Arnolfini, venu de Lucques, jouait à la paume avec Jean Dauchin, et eut un maître pour les exercices de la guerre, le sieur de Bretonville, imposant moustachu aux joues burinées.

Un maître d'armes apparut bientôt : M. Vincent de Saint-Ange lui apprit à tirer l'épée quand Bretonville enseignait le maniement de la pique, de l'arquebuse et du mousquet contre les oiseaux des Tuileries. Mazarin lui construisit un fortin avec enceinte bastionnée dans ces jardins près du Louvre, un autre en bord de l'eau à Melun.

Il eut sept ans et rencontra son premier maître à danser, Henri Prevost. Le maître fut étonné, l'élève enchanté ; il adorait danser et se montra doué. Mieux que doué. Le plaisir était là, et la beauté gîtait dans les mouvements de son corps et des autres corps dans un ballet. Cela tenait de l'art militaire qui serait régi par un rêve, ou bien par des divinités de l'Olympe, comme on le lui apprenait, ou qui figuraient dans les tableaux couronnant les Rois passés et le petit Roi présent.

La guerre et la danse... Voilà les deux plus beaux métiers où le corps se dépense. Et se montre à son avantage. Louis réfléchit, car il sent là quelque chose d'important. L'épée ce n'est ni la force ni le talent mais une manière d'être seul face à Dieu puisque face à la mort reçue ou donnée. C'est un spectacle aussi à offrir aux autres que l'on doit dominer. Et l'escrime est une danse. La danse, elle, est la perfection de l'humanité. Le corps, fût-il beau ou laid, s'exalte et se sacre par la grâce du mouvement. On dansait sous Henri II, Henri III, Louis XIII qui composa des musiques de ballet entre deux *De profondis*. C'est là que le Roi se montre en grâce et masqué, nul ne voit son visage mais tous voient sa majesté. On ne doit plus voir en lui que la majesté, non du titre porté, mais de sa personne même, et la personne se nimbe d'une autre aura en dansant. Louis vient de découvrir le paraître, qui n'est pas hypocrisie de l'être mais son exaltation ; il est très satisfait.

Sa mère l'emmène aux frontières. Les troupes l'acclament, il a la poitrine barrée d'une écharpe blanche de maître de camp. Mazarin les rejoint, et l'ancien capitaine des troupes du pape enseigne au jeune colonel les méthodes d'approvisionnement, car une troupe ne se bat bien que le ventre plein et les barils emplis de poudre. Sinon, elle ravage le pays. Ce qui peut se faire quand le besoin est pressant, mais inutile de le dire si tôt à un enfant. L'enfant roi « fourrage » même pour les chevaux avec des sergents au rude langage. Louis aime ! Ramasser le bois pour les feux de bivouac. Il a neuf ans et couche sous la tente avec des officiers subalternes, enseignes et capitaines, puis dîne avec les généraux ; ses généraux. Il sait parler à tous, et voit la condition de soldat, de troupier qui lui paraît bien difficile et amère. Il trouve là aussi, avec chacun, jeune recrue ou vieux guerrier, les mots qu'il faut, se fait surnommer « Lafleur » comme n'importe quel coquin de n'importe quel régiment. On l'acclame.

Au siège d'Etampes, une volée de boulets tirée des canons d'Espagne ne passe pas loin. Il n'a pas frémi sur son cheval. Il jette un œil à Mazarin, de rouge vêtu mais cuirassé lui aussi. L'Italien n'a plus son œil de velours mais un regard d'aigle. D'aigle satisfait de l'aiglon qu'il couve. Le roi Louis est aguerri.

A Paris, qu'il craint car la ville est bruyante et pue, à Saint-Germain qui est son berceau, à Fontainebleau qu'il chérit, où il rêve encore de cet éléphant fantastique entrevu enfant et de ces nymphes courant nues les prés et les forêts, venues de la peinture italienne, il danse et il chasse. Mazarin lui explique les beautés de l'art, le Primatice et plus moderne encore. Louis est ravi. Ce qu'il n'avait que confusément ressenti un jour où père s'en revenait de guerre, à moins qu'il n'y partît, le souvenir était vague, se révèle à lui.

Et Mazarin lui offre une splendeur venue de bien loin, d'au-delà des Alpes. Le premier opéra monté en France, *L'Orfeo*, de Rossi ; musique, chants, danses, ballets d'animaux, de singes et d'ours au-dessus desquels volent des perroquets rapportés de toutes les Amériques, la machinerie des décors qui change un temple en palais, un palais en forêt de bergerie, une bergerie en Olympe des dieux, l'Olympe en Enfers ou gémit Eurydice. Le spectacle dure six heures, la Cour s'y ennuie, les princes y bâillent, Louis reste de marbre, immobile, parfois fasciné par les machineries parfois somnolent, étouffant, lui, tout bâillement.

Louis veut tout cela chez lui, à Fontainebleau. Il l'a.

C'est aussi cela être roi, le « bon plaisir », qui date des édits du roi François Ier, qui aimait tant l'art... ce bon plaisir du Roi qui vaut loi.

Est-il satisfait de lui ? Il ne sait. Il n'est satisfait que si le regard de la Régente se pose sur lui avec approbation, que si le sourire malicieux mais inquiétant parfois de parrain Mazarin se dessine avec une certaine fierté sous la moustache élégante. Car Louis l'enfant roi sait que ces deux-là ne flagornent pas. Quand ils félicitent, le compliment est mérité. Sinon, ils grondent. Et le Roi juge cela juste. Les pitreries, les désobéissances sont permises à Philippe, pas à lui. Et c'est de cela que Louis est le plus fier, on ne lui passe rien car on attend tout de lui ; il en acquiert une certaine gravité. Trop peut-être. Trop certainement. On craint l'assombrissement qui nuisit tant au caractère de son père.

Mazarin lui conseille donc de s'amuser. De bavarder, de danser, de galoper, de lanterner, de paresser, de désobéir un peu, de rêver. D'écrire des poèmes, d'estropier les vers, de concasser les notes d'un luth, de regarder les jeunes filles mais toujours de les saluer, au détour d'un couloir ou d'une allée, fussent-elles princesse du sang, dame de la suite, cousine, ou fille de chambre.

Le jeune Roi salue les dames avec élégance et un mot aimable.

Ces mots vont jusqu'à Paris. Paris, qui n'aime rien sinon lui-même, aime ce Roi-là. Mais déteste son ministre.

Paris n'a jamais su être parfait puisqu'il pense l'être.

Paris est un Parlement, des salons et des hôtels, des traits assassins sortant de bouches cruelles. Paris est à conquérir qui n'appartient pas au Roi. Une tradition de famille puisque son grand-père Henri l'assiégea. Paris un peu assagi depuis cette époque-là.

Mais Louis écoute les rapports faits de la grand ville à sa mère régente. Souvent elle en rit. Louis est tout ouïe.

Une certaine Ninon a rompu le Carême ! Car Paris a ses reines, princesses, duchesses, mais aussi filles de rien, de simples prénoms (comme un roi qui n'est que Louis), de cette simplicité qui sacre un règne, Marion, Ninon, Louison, Arthénice, Roxane... Il les pare dans ses rêves de toutes les beautés et de toutes les vertus. Elles n'ont aucune vertu sinon celles du plaisir du corps et de l'esprit mais règnent sur la mode de Paris.

Donc Mlle de L'Enclos, dite Ninon, a rompu le Carême. Un os de gigot est tombé de sa fenêtre sur la tonsure d'un prêtre de Saint-Sulpice. Ce n'était qu'un pilon de poulet, volaille maigre, mais la mauvaise vue ou la mauvaise pensée en fit un bel os d'agneau. Paris enjolive quand il s'agit de nuire. C'est une ville de légende, depuis qu'elle ne fait plus l'Histoire, et s'en venge par des mots. Pour l'instant, seulement par des mots.

Maman est pieuse. Et l'os de gigot ou le pilon de poulet tombé des fenêtres de Ninon de L'Enclos fait grand bruit. Le curé de Saint-Sulpice, le bailli de Saint-Germain hurlent au crime, au blasphème, à l'irréligiosité. Paris s'amuse.

La Reine dépêche Guitaut, il faut bien un capitaine des gardes buriné par les combats pour affronter la joliesse de la reine de Paris. Il a pour mission de dire à la belle enfant aux yeux de braise et bouche en cerise cœur-de-bœuf de se retirer en un couvent quelque temps, sur ordre de la Régente. Mazarin en a souri.

Mais l'affaire est politique, la Reine a décidé de se réinstaller à Paris, non au Louvre trop grand et trop sinistre, où ils vécurent les quarante jours qui seyaient au deuil du Roi Papa, mais à deux pas, dans l'ancien Palais Cardinal, devenu Palais royal quand Richelieu le légua à la Couronne à sa mort. Adieu, Saint-Germain et Fontainebleau, le pouvoir se réinstalle en bord de Seine entre les ponts si beaux sur les levers de soleil, les cris des mariniers et des marchands, à deux pas de l'hôtel des mousquetaires gris, dans ce vaste rectangle qui enclôt un jardin où pourra jouer et manœuvrer Louis. Y tirer le merle aussi dans les arbres, plus tard y traquer quelque sanglier ou daim, fauves lâchés entre les pelouses.

Il faut que le Roi connaisse cette ville qui gronde, chante et rit, il faut que cette ville aime enfin un de ses Rois.

Guitaut revint de sa mission délicate, de la rue Saint-Benoît.

— Alors, Guitaut ? dit la Reine.

— Mlle de L'Enclos se montra fort obéissante, Madame.

— Lui avez-vous dit qu'elle avait le choix du couvent où se retirer ?

— Elle en rend grâce à Votre Majesté.

— Qu'a-t-elle choisi ? Les Madelonettes ou les Filles de la Visitation ?

— Madame, Mlle de L'Enclos a dit choisir le couvent des Cordeliers.

L'œil du capitaine s'éclairait d'esprit malin, Ninon avait élu un couvent d'hommes pour sa retraite forcée.

Louis, qui était dans les appartements de la Régente, vit sa mère éclater de rire, comme il ne l'avait jamais vue. A s'en rendre malade, quand le grave capitaine lui-même souriait.

— Ah Ninon, dit Anne, tu portes mon prénom, et je comprends que tu règnes aussi, fût-ce sur les vices. Joue-t-elle aussi bien du luth que l'on dit ?

— Madame, oui. Elle chante aussi à ravir des airs espagnols...

— Elle ira aux Madelonettes y chanter des psaumes, sa voix plaira à Dieu mieux que sa conduite ; mais laissons-lui la semaine pour faire ses adieux à tous ses... amis. En avez-vous rencontré durant votre visite ?

— J'ai eu, Votre Majesté, l'honneur d'y croiser Monsieur le Prince, son frère Conti, M. de Beaufort, M. d'Entraigues, le marquis de Villarceau, M. de Coligny, deux maréchaux et trois académiciens plus le bonhomme Scarron et un dénommé Poquelin, qui dirige la troupe de l'Illustre Théâtre. J'oubliais Paul de Gondi, le neveu de l'archevêque, qui, myope, me prit pour un autre et m'entretint de politique, me répétant mille fois, comme envoi de quelque sonnet, « la Reine est si bonne ». Etaient là Voiture aussi et La Rochefoucauld qui disputaient un bel assaut.

— Un duel !

Anne avait sursauté.

— ... de bons mots.

— Guitaut...

— Oui, Madame, dit le capitaine en rectifiant sa tenue.

— Vous êtes-vous bien amusé ?

— Je le crains, Votre Majesté.

— Dommage que Ninon ne puisse être reçue à la Cour. Elle nous désennuirait parfois. Et Louis ferait peut-être avec un tel professeur des progrès en luth. Mais qu'en a-t-elle à faire, n'est-ce pas, c'est chez elle que va notre Cour.

Louis écoutait et murmura « Ninon ». Il avait vu un médaillon de celle qui mettait Paris à ses pieds. Elle n'avait pas la joliesse de Marie de Hautefort, femme selon son cœur d'enfant, mais en effet l'œil pétillait. Maman Reine ordonnait et régnait, Ninon de L'Enclos séduisait et régnait autrement. Il y a là réflexion à approfondir pour un Roi.

— Mlle de L'Enclos se tient donc aux ordres de Sa Majesté.

La Reine sourit.

— Quelle bêtise que cette histoire de gigot en plein Carême ! Mais cela remue tout le faubourg de l'autre côté de la Seine. Il faut calmer le quartier et les dévots du Saint-Sacrement, qui verraient bien reflamber les bûchers pour les jansénistes comme pour les protestants.

La Reine avait craché plus que prononcé le mot « dévot », elle si croyante.

— Madame, j'ai appris deux choses.

— Dites.

— La première est qu'il s'agissait bien d'un pilon de poulet.

— Mais l'Eglise veut que ce fût du gigot ! C'en sera donc. Et la seconde ?

— Que Marie Barbe, sa mère, est morte hier. Ninon était en noir.

— Je lui laisse une semaine de deuil. Lui envoie cent écus d'or pour les funérailles. Mais ensuite, mes dames la conduiront aux Madelonnettes. Elle y trouvera d'autres Madeleines en pénitence. Envoyez-lui un courrier. A moins, Guitaut, que vous ne teniez à la revoir et faire la course vous-même.

— Madame, je ne puis servir qu'une Reine, Régente de France et mère de mon Roi...

Le capitaine balaya les tapis devant Anne et Louis.

Guitaut sortit en entendant Louis demander à sa mère :

— Parlez-moi de cette Ninon, ma Maman.

A la porte, Guitaut sourit.

Il se rembrunit aussi. La Reine distribuait trop d'argent. Quand Louis XIII avait été avare et le Cardinal économe, sauf pour lui s'entend. Cent écus pour adoucir le deuil d'une courtisane et la faire mieux briller dans Paris. Mais il irait en l'église de Saint-Germain voir ces funérailles... Et voir surtout qui y assistait. Paris a ses mystères. Des mystères qui s'affichent pour étonner en espérant éblouir.

PAUL ET PAUL OU LES FRÈRES DE LAID

M. de Beaufort était plus sot que son valet de chambre, l'évêque de Beauvais ne méritait que le bâton, et pas celui de maréchal, celui qui pousse les ânes ; or ces oreilles-là dépassaient de sa mitre. Ils firent mine, l'un et l'autre et l'espace d'un clin d'œil sur le vert iris de Sa Majesté la Reine, de gouverner. Après une mômerie d'une rare stupidité de l'évêque demandant aux Hollandais des Provinces-Unies de se bien vouloir convertir au catholicisme pour demeurer nos alliés, ce dont la Reine eut honte, Mazarin fut donc installé. Quelques jours seulement de flottement et d'honneurs pour deux histrions titrés, et la politique retrouvait un homme qui en possédait l'esprit.

Un autre homme d'esprit, plus laid et fort myope, allait profiter de la même manne. Et s'acharner à construire un véritable échec de sa vie, victime de son talent même, et qui lui assurerait plus tard la gloire. Posthume, celle qui ne satisfait pas.

Paul de Gondi n'imaginait pas l'échec. De pion il devenait fou et se rêvait cavalier. De la Reine bien sûr, qui à la Cour comme sur l'échiquier était à l'instant plus puissante que le Roi, cet enfant qu'il s'ingénierait à conquérir aussi. Mais il pensait avoir le temps. Paul de Gondi songeait et ouvrait ses songeries à ses amis. Car que faire en Paris à moins que l'on n'y songe ? Et qu'y fréquenter sinon qui peut servir ou qui on aime ? Paul fréquentait Mme de Guéménée qui le plaqua parfois pour le couvent, toujours sa vie fut une dispute entre les armes et l'état ecclésiastique, et l'abbé à petit collet se battait en duel pour échapper à l'état d'Eglise que voulait son père. Paul aimait Paul, l'autre, le plus que contrefait, Paul Scarron en son appartement de l'hôtel de Troyes. Scarron s'affaiblissait, et rêvait d'Amérique. Gondi rêvait de plus haut quand Scarron rêvait de plus loin. Mais les garnements du passé au collège de Montmirail se retrouvaient dans le privé, quand il ne s'agissait pas de paraître ce qu'ils n'étaient pas, et chacun d'eux le savait, dans la pavane mondaine, cet autre ballet qui régissait Paris qui commandait à la France. Du moins le croyaient-ils encore.

— Vous voilà coadjuteur, mon ami, et cela de votre oncle, dit Scarron.

— Qui me déteste d'être à ce poste. Et se montre mauvais archevêque.

— J'irai écouter votre premier prêche.

— Mon premier sermon de l'Avent se tiendra pour la Toussaint. A Saint-Jean-de-Grève.

— On m'y véhiculera. Dites quelques mots pour ceux qui souffrent et vivent l'Enfer sur terre sans espoir non plus de Paradis.

— Le désespoir est le pire péché, Scarron, mon ami.

— Paul, la souffrance du corps nuit à l'esprit. Ce matin je me sens grave. Et ne trouve pas les mots pour vous amuser comme vous le méritez.

— Laissez les mots au repos, qu'ils se refassent eux aussi une santé. Qu'importe de briller avec moi ? Le silence ne nuit pas à notre amitié.

— Le silence ! L'éloge du silence, par vous qui êtes si bavard.

— Oui, j'aime me taire quand je suis en confiance. Il faut savoir garder l'épée au fourreau, et vous ne cessez de dégainer !

— Laid, je dois plaire. Laid, vous plaisez ! Frères de laid nous resterons.

— Voyez, vous dégainez encore votre langue rapière. J'aimerais vous rendre un sourire qui ne soit pas une méchanceté.

— Contez-moi vos amours encore, l'amour est aveugle et vous aviez un avantage, vous êtes myope !

— Je ne rêve pas d'amour ni de fredaines.

— Ah !

— Mais de pouvoir.

— Diable !

— Voilà qui vous renfrogne. J'en suis navré.

— Voilà qui m'apeure, pour vous.

— Me croyez-vous incapable ?

— Je vous sais capable de tout, surtout du meilleur. Avec moi du moins. Depuis Le Mans, personne ne fut si généreux que vous. Mis à part Marie de Hautefort et la Reine soi-même. Elle a daigné sourire de mes forfanteries et me donner pension de 600 livres puisque j'en suis « Premier malade de Sa Majesté » il faut dire qu'elle fait là une belle économie car mon corps recèle les maux d'un hôpital entier.

— La Reine est si bonne ; mais elle oublie le peuple. Je serai bon, et plus encore, avec le peuple. J'aime le peuple, Scarron.

— Je suis le peuple, Gondi. Le seul spécimen qui te soit connu de cette *terra incognita* pour toi.

— Ne crois pas cela, chanoine.

— Si Monseigneur me l'ordonne... Je suis las, Paul, désenchanté, plus souffrant qu'un galérien.

— Chut, mon ami.

— Votre oreille aujourd'hui n'est pas ouverte au malheur, votre oreille espère fanfare et hourra !

— Mon oreille écoute le bruit de la ville quand vous n'écoutez que vous. Ecoutez Paris comme il vit !

— Paris ne vit pas dans une boîte ! Moi, si !

— Et au milieu de tentures de soie jaune, et des meilleurs mauvais esprits ; Paris, lui, vit dans la boue, dans sa merde de moutarde brune et mendie.

— Allez-y, sermonnez-moi, mettez-vous en bouche avant la Toussaint à Saint-Jean !

— Ne ricanez pas ! Je crois ce que je dis. Et je dirai ce que je crois.

— Paul de Gondi, je vous connais, dites-moi à moi, votre ami, ce qui vous démange le cœur et l'esprit. Dans cette boîte, ce cercueil à roulettes, je puis être une tombe, et si je claironne quelques bons mots dans Paris, plus quelques perfidies, jamais ils ou elles ne sauraient nuire à mes amis.

Paul de Gondi resta un instant silencieux. Il observait son ami qui baissait la tête non en signe de pénitence mais cloué ainsi par la maladie qui empirait certains jours.

— Scarron, tu connais tout de ma vie.

— Oui, et même ce que tu caches derrière ce que tu en inventes. Comme toi de la mienne. Il faut bien enjoliver le monde quand on est laid. Et que nul parent ne vous a jamais aimé.

— On subit sa famille, on choisit ses amis.

— Tu choisis aussi très bien tes ennemis.

— Amis, ennemis, c'est la même engeance que l'on nomme le monde.

— Et que tu parcours comme les anciens capitans espagnols sur leurs bateaux de fortune, ta soutane d'abord, claquant au vent des rues et des persiflages des hôtels, et maintenant tout camail et rochet dehors, tel un galion, que dis-je un galion, un vaisseau de haut bord, une galère amirale.

— Scarron, tu n'es pas là pour écrire une de tes dédicaces qui valent de l'or mais pour m'entendre et deviser dans le privé.

— Je ne suis qu'une oreille. Je ne promets rien de l'autre.

Gondi se leva, marcha dans la chambre, examina les tentures de soie jaune et ternie.

— Nous ne nous en sortirons pas par des mots d'esprit.

— Bon, Paul, parlons cœur à cœur, deux cœurs qui ont bien du mérite d'accepter d'irriguer sans relâche nos laideurs. Mais tu perds ton temps ici, toi qui galopes les ruelles, de l'évêché au Palais royal, de la place Royale à l'hôtel de Condé, qui écoutes Monfleuri à l'hôtel de Bourgogne, lis Bensérade et la gazette de Loret.

— Mon père, que j'estime encore et à qui j'ai pardonné cet habit que j'ai dû prendre, a choisi un couvent, moi j'ai élu ton ermitage avant qu'il ne se peuple afin de t'écouter distiller ton vin parfois aussi aigre que celui de Suresnes, mais tant plus charnu que celui de Bourgogne qu'il faut le couper d'eau.

— Il faut bien, pour que je mange, offrir l'ivresse d'un bon mot. Cela me vaut chapons et gigots. Un éclat de rire de la Reine me vaut pension.

— 1 500 livres l'an, plus un bénéfice de je ne sais quelle abbaye.

— 600 livres seulement et c'est faux quant au bénéfice, ce n'est qu'une prébende, c'est le Mazarin qui fait courir le bruit. Il s'est servi de toi d'ailleurs !

— De moi ! Cet Italiote !

— D'un mot de toi quand tu colportas partout « la Reine est si bonne »... Il en outra la bonté, du moins à mon sujet.

Paul de Gondi rit.

— Je salue ce nouveau Machiavel. Que ne puis-je le provoquer en duel !

— Un coadjuteur ne ferraille pas contre un cardinal !

— C'est à un coup d'épée que je dois cette mitre. Un coup d'épée fort apprécié par le feu roi Louis.

— Tu ne vas pas chanter sa gloire après l'avoir tant moqué chez Mme de Guéménée !

— Ce ne sont pas les Rois qui m'insupportent mais leurs cardinaux.

— Tu finiras sous un chapeau.

— Non, j'y débuterai !

— Paul, l'orgueil est péché ! Mais tu te trompes. Moi, auteur comique, je te sais, toi mon ami, personnage tragique.

Le coadjuteur haussa les épaules. Et se dirigea vers la fenêtre qu'il ouvrit.

— Referme cela, je vais mourir de froid dans ma boîte !

— Les bruits de Paris te réchaufferont. Ils sont mon âtre, mon foyer, le vin de mes pensées, mon sang qui bouillonne.

— Calme-toi. Ou ce sera la Bastille ou Vincennes, ou, pis, un couvent !

— Alors, celui de Ninon !

— Je crains que non. Aux Madelonettes on n'accepte que les repenties. Tu n'en prends pas le chemin et je te vois mal, avec ta face noiraude et ta barbe à six sous, te travestir en nonette.

— Tu t'ennuies, Scarron, moi aussi. Il y a là sous tes fenêtres quatre garnements qui tirent les pigeons. Les entends-tu rire ?

— Ils ne rient pas, Gondi, tu entends aussi mal que tu vois. Ils crient comme des chiens en chasse. Car ils ne s'amusent pas à tuer les volatiles qui chient sur les statues de nos Rois pour leur divertissement, mais pour les manger.

— Les pigeons de Paris sont immangeables.

— Ces gamins nous tueraient pour manger nos souliers, dont le cuir est assez fin. Tu ignores tout de la faim.

— Il est vrai.

— Quelles armes emploient ces jeunes Nemrod affamés ?

— Des frondes.

— Comme nous à Montmirail en notre enfance et aussi par-dessus les murs du collège à nuit tombée, quand nous trompions toute surveillance.

— Nous chassions plus gros gibier : bourgeois ou prélat revenant des bouges.

— Et nous étions fouettés... quand nous réussissions notre

coup ! Nous collectionnions les chapeaux à faire voler loin des têtes.

— Dieu, que tu visais mal ! Tu as éborgné plus d'un bourgeois ou bosselé leur front pensif en visant seulement le plumet ! Quel coup de fronde as-tu dans l'esprit, Gondi ?

— Un autre chapeau. Je le vois bien celui-là, il est tout d'écarlate.

— Le Mazarin.

Scarron réfléchit puis chantonna : « Un vent de fronde s'est levé ce matin, Je crois qu'il gronde contre le Mazarin... »

— Déjà un hymne pour entrer en guerre !

— Ne déclare pas cette guerre-là, Gondi !

— Tu n'en serais pas ?

— Je n'abandonne jamais mes amis quand ils entreprennent une sottise. La bêtise me désennuie. Mon âme a l'impression d'avoir quinze ans et mon corps croit être ingambe. Mauvais rêve.

— Je t'expliquerai après mon prêche.

— Prends ton temps. Et tourne tes phrases à la virevolte, qu'une fois au moins les mots dansent dans une église et ne pèsent comme du plomb.

— J'y travaille, à la danse, et au plomb. Ce sera un sermon luisant comme un mousquet de parade.

— Et de pétarade ! ne mets pas trop de poudre, elle pourrait t'exploser au visage.

— Il est déjà noirci et noiraud ! Ce ne serait pas toi, par hasard, qui m'aurait surnommé Mgr Moricaud de Corinthe à cause de mon évêché *in partibus* ?

Gondi rit de sa laideur. Pour cela Scarron l'aima un peu plus. Il le cacha bien sûr. A quoi sert de déclarer son amitié à un ami, ce serait arroser l'océan ; pis, commettre un pléonasme.

UN VENT DE FRONDE S'EST LEVÉ CE MATIN...

Le roi Louis XIV est né quand le *Discours de la méthode* de M. Descartes avait un an. Le roi Louis l'ignore encore. M. Descartes évite Paris, vit aux Pays-Bas, songe à la Suède, répond aux jésuites, lie science et théologie, pense, croit, est malheureux, a peu de santé, a donné quelque idée au jeune Blaise Pascal et, pour se désennuyer et ôter ses tracas, songe au *Traité des passions*, une autre manière de voir la science, l'homme, l'univers, et toute déité. M. Descartes se sent incompris, rejeté, honni, et il l'est.

Et se lève dans Paris qu'il visite un exemple parfait du contraire de sa Méthode. Comme si l'humain défiait la Science (et donc Dieu). La Fronde... Nul n'y comprendra jamais rien, ni ses participants, ni ses victimes, ni ses historiens. Nul historien en effet n'en tirera jamais une logique, elle eut vingt raisons, ou vingt mille, c'est tout comme, mais ne répondit à aucune règle de la Raison. Il n'y eut sans doute rien à comprendre.

Sinon qu'elle fut une maladie, une de ces fièvres quartes qui bouillonnent, s'effacent et resurgissent. Fut-elle seulement une maladie ou un signe d'une maladie d'un corps où chaque pustule a bien sûr une cause, chaque abcès est le résultat d'une négligence, chaque saignement celui d'une démangeaison. Le tout, brutal comme une attaque dont la totalité est un mal aberrant. Une maladie à plaire aux médecins que fustigera bientôt Molière et qui existent déjà, une de ces maladies qui signifient le triomphe de leur profession car elle permet toute glose dans une logorrhée de latin, un vomissement.

La Fronde, au nom de jeu de galopin, ne fut soignée que par la Régente et Mazarin dont le rejet par le corps français était le dessein avoué. Or il se passa que le mal invoqué était également son médecin, qui en triompha et ne provoqua nulle amputation. Il n'en va pas de même pour la saignée, cette supposée panacée qui tuait plus qu'elle ne soignait.

Dans le même temps, cette aberration forgea le caractère de l'enfant roi menacé par cette pandémie, le roi Louis. Au sortir de cette turbulence des sens plutôt que des esprits, car la rapacité vient du ventre et non des idées, il fut vraiment roi. Dessein également proclamé par l'immense et anarchique turbulence qui ravageait le royaume, mais pas selon le modèle dont les participants avaient rêvé, pur fantasme d'esprits vérolés.

Louis le Très Jeune suivit aussi, en dérive souvent, les méandres complexes de l'être humain, aux côtés desquels ceux de la rivière Seine, dans ses boucles de Paris, Boulogne, Saint-Germain, et bien d'autres villes, retardant son arrivée à la mer, n'étaient que ligne droite chère à M. Descartes le Raisonneur et au jeune M. Pascal le Géomètre.

Les mots déjà, depuis certaine séance au Parlement, régentaient la vie du Roi qui ne voyait le monde qu'à travers eux, mots incantatoires ; « Sire », « Votre Majesté », « au nom du Roi », « les armées du Roi », les mots plus que les concepts qu'ils tentaient d'exprimer, leur musique habituelle plus que leur sens vrai. Et Louis jouait avec eux. Y prenait goût au fur et à mesure qu'il devenait plus silencieux ; ils jouaient dans sa tête, il les basculait l'un contre l'autre, les intervertissait, et parfois lui échappait une espèce de gloussement dont on s'étonnait et dont il essayait de ne pas rougir, comme surpris à mal faire. S'il avait lu le *Traité des coniques* du trop sérieux jeune Blaise Pascal, dont la sœur aînée avait si bien flagorné la Reine enceinte du futur Roi en quelques vers troussés comme l'hagiographie (et la prébende) le commandait, et qui avait plu à Richelieu jusqu'à être assise sur ses genoux, il eût été tenté de voir en toute relation de la Fronde un traité des Comiques. A cela près qu'il joua bien involontairement dans la pièce. A cela près aussi que la comédie des erreurs des parlementaires puis des princes fut sanglante pour le peuple.

Mais déjà Louis, Quatorzième du nom, ignorait son peuple, s'en méfiait.

Il ne s'aperçut pas que jamais il ne lui avait souri et, quand il s'était étonné que sur son passage de Roi les acclamations dirigées vers sa mère et lui fussent certes fougueuses et sincères, de cette sincérité qui accompagnait le soulagement d'une crainte désormais morte (Richelieu et son père Louis), mais n'exprimaient aucune joie à le contempler vêtu de velours violet et brodé de tous les ors possibles. Depuis sa première séance au Parlement, ce sentiment le piquait comme une mouche intempestive et importune, acharnée à l'agacer. On écrase les mouches, on les chasse. Il ignorait que ce changement était dû au fait que Louis enfant devenu roi ne souriait pas.

Louis s'était claquemuré, cadenassé, tout occupé, trop occupé à paraître la fonction dans laquelle l'avaient engoncé – avec tendresse, avec respect – sa mère et son ministre. Mais ce n'était que paraître et ce paraître étouffait l'être d'un enfant oublieux qu'il avait été malicieux.

— Vous boudez, Sire ?

Il y avait une pointe d'ironie dans la voix de la Régente alors que ses yeux brillaient de tendresse moqueuse.

— Je ne boude pas, Madame (et il appuya sur ce mot), je fais le Roi.

— Depuis quand un Roi doit-il montrer triste figure ?

— Depuis qu'il est Roi.

— Le Roi s'ennuie donc...

— Seuls les enfants s'ennuient et les courtisans aussi. C'est là leur paiement à la vie qui les a fait bien naître. A l'agonie de mon père j'ai entendu un duc dire « Le Roi ennuie les spectateurs », comme si la mort de mon père eût été une pièce de votre Corneille.

— Corneille n'ennuie pas...

— Oh que si, Madame. Vous ne pensez qu'au *Cid* qu'il écrivit pour vous...

— Louis, qui vous a dit cela ?

— La Cour.

— La Cour a mille méchantes langues, on ne peut les couper toutes. *Le Cid* fut dédié à la duchesse d'Aiguillon, nièce du Cardinal.

— Et son incestueuse maîtresse ! Couper les langues... non, Madame ma mère. Mais les faire taire... Je les ferai taire. Du moins en ma présence.

Anne regarda son fils. Etait-il ridicule, était-il inquiétant ?

Elle rougit d'une telle pensée. Etait-il roi seulement ? Elle le vit tout à coup comme il était. Jou!flu et pourtant efflanqué, son pourpoint usé et trop petit, les chausses mal tirées, le cheveu sale, la chemise douteuse, une ride de tristesse traversant le front vers le nez, ce genre de rides qu'on n'a pas avant trente ans de soucis. Elle n'avait rien vu, personne ne lui avait rien dit. Le roi Louis s'était enlaidi et il n'avait pas dix ans. On eût dit un pantin, un de ces mauvais comédiens sur les tréteaux de province, un acteur nain, sans âge à cause de sa taille, mais aigri. Les nains de la cour d'Espagne, ces bichons humains, étaient vêtus de velours et de soie. Louis était sale.

On négligeait le Roi. Elle avait échoué ; le pouvoir, certes, était ailleurs, dans le portefeuille de Mazarin, et tous le savaient.

— Mon Dieu, Louis...

— Quoi donc, ma mère ?

— Rien. Il vous faut vous habiller en Roi.

— Y aurait-il Conseil ? Nous ne sommes ni lundi ni jeudi.

— Non non, ni audience aujourd'hui. M. Mazarin...

— Roule carrosse suivi de trente gardes. M. Mazarin est un Sardanapale !

— Qui vous a dit cela ? La Cour encore ?

— Paris. On le chante dans Paris...

Il prit un air sournois et poursuivit, détournant les yeux et rougissant :

— On le chante et vous chante aussi dans les mêmes couplets, qu'on cloue sur le Pont-Neuf et que je trouve sur ma courtepointe à mon lever. Comme si, la nuit, les diables se faisaient imprimeurs et voulaient m'informer.

Ainsi, il savait. Mais par qui ? La Porte ? Impossible. Ses maîtres... Non, ils n'oseraient, à moins que de perdre l'or de leurs leçons et leur position dans la Cour. Son jeune ami Brienne ? Peut-être. Mais à vérifier. Le jeune Brienne était plus enfant encore que le Roi bien qu'ayant le même âge ; il se préoccupait plutôt de ses soldats de bois, des jeux dans les jardins, à éclabousser les dames et les mousquetaires avec les jets du grand bassin, que des libelles contre le ministre. Et puis actuellement il souffrait de petite vérole et on l'avait éloigné du Roi.

— Mon Dieu, laissa-t-elle échapper à voix haute, puis pensa : son frère...

Louis la regardait, un mauvais sourire entre ses joues rebondies.

Lit-il aussi dans mes pensées ? Je perds la tête, la grâce de Dieu qui est sur un roi de France ne va pas jusqu'à l'omniscience.

Son frère est perfide, jaloux, plein du plus mordant esprit et rôde dans cette Cour comme renard au poulailler. C'est Philippe qui lui rapporte ces horribles « mazarinades ». Philippe qui n'aurait jamais erré en ce palais dans cette tenue lamentable, toujours à l'affût du dernier affiquet, de la dernière dentelle, du dernier ragot, de la dernière médisance, Philippe d'Anjou, le petit Monsieur, qu'elle voyait devenir pire que Monsieur Gaston frère de Louis XIII.

— Louis, avez-vous vu votre frère ces temps-ci ?

Le Roi rougit... Allons, tout est bien, il est encore enfant qui se trouble devant sa Maman.

— Vous savez bien, Madame, que M. Mazarin et vous nous avez séparés puisqu'il ne sera jamais roi... à moins qu'il ne m'assassine !

— Allons, Louis. Votre frère vous manque ? Je vais...

— Personne ne me manque, même pas Papa. J'ai oublié son visage, à peine si je le reconnais en profil sur ces pièces qui, elles, me manquent et qui vont droit chez M. Mazarin. Il aime tellement, ce cher Italien, tous les portraits, qu'ils fussent en peinture ou frappés sur les écus ; moi, je n'ai que les liards. Mon père n'est que cuivre pour moi, mais d'or pour mon ministre.

— Louis, M. de Mazarin est un grand ministre et votre parrain.

— Alors pourquoi dans Paris le pend-on en effigie ?

— On faisait de même pour le duc de Richelieu.

— Non pas ! nul n'aurait osé. On le haïssait mais on le craignait. On me craindra.

— Non, Louis, vous êtes un Roi aimé.

— Parce que je ne suis pas encore roi. D'où ces vêtements. D'où cet oubli, je peux traverser les corridors sans que nul ne songe à veiller où je vais. Mon frère est un vrai prince, je suis un faux roi. Mes garçons d'honneur sont vêtus de velours noir doublé de petit gris, mais il s'agit d'uniformes. Les beaux soldats qui obéissent à un roi mendiant et qui ne peut même les récompenser quand il lui plairait. Ma mère, on me craindra. Je ferai en sorte. Je me moque d'être aimé. Louis XI, paraît-il, s'habillait en bourgeois, mais la France tremblait devant ses pourpoints de gros draps. Je ne suis même pas en bourgeois, je ressemble à...

— Votre père aimait aussi ces vieux habits pour menuiser, cuisiner, composer des chansons, se détendre l'esprit.

— Ma mère, vous venez de couper la parole au Roi !

— Excusez-moi, Louis.

— Faites de moi un roi... Vous aviez si bien commencé l'ouvrage. Ma mère, ma mère, pourquoi m'avoir abandonné ? Pour quoi ? Pour qui ?

Elle rougit.

— Nos frères d'Angleterre sont encore plus mal lotis. On décapite le roi Charles, et sa femme et sa fille gèlent de froid au Louvre l'hiver, M. Mazarin ne leur sert même pas de petit bois. Que mangent-ils ? Ah, Madame, on agit « au nom du Roi », mais cette époque déteste les Rois. Et notre Parlement où je dois paraître, où vous me forcez à paraître, où Dieu même veut que je paraisse, remâche son envie d'égaler Cromwell et Fairfax, ces tueurs de leur Roi ! Je me sens ignorant mais je sais l'histoire de mon temps.

Un grand vent de semonce se leva sur l'entourage du Roi. La Reine régente tempêta. Elle tança Villeroi, le gouverneur, le double de Mme de Sénecey décrétée gouvernante.

Les tailleurs s'affairèrent, et les coiffeurs, on doubla les gardes d'honneur, les enfants de compagnie, on changea le carrosse, Mazarin en commanda six, il choisit lui-même les chevaux, qu'il offrit de sa bourse. Sardanapale savait donner quand il s'agissait d'acheter. Le Roi sut recevoir dans un sourire. Ce fut une nouveauté qui méritait d'être saluée. Le ministre lâcha dans les jardins cerfs et sangliers, le Roi chassa comme un Bourbon. Il y prit le goût du sang et du parfum des entrailles fumantes des cerfs et des daims livrées à ses chiens mieux nourris que lui.

Le Roi portait beau les tenues de chasse, comme son père avant lui. Elles affinaient sa silhouette, le velours jouait des reflets du temps, les bottes luisaient, la cravache fouettait l'air ou les basses feuilles des arbres avec élégance. Il parut au Parlement ainsi, et le Parlement fut outré de le voir ainsi vêtu « dans son privé » alors que Louis parla à ces messieurs d'hermine aux âmes de fouine avec une jeune arrogance.

Le gamin se sentait âme à régner. Il se sentait premier de tous, au-dessus de tous, vénéré par tous. Il ignorait que tous étaient sur le point de se rebeller. Et ce même pas contre lui... contre ce qu'ils jugeaient bien plus important et importun que lui.

Il pensait que sa mère ne comprenait pas ce que lui, à dix ans, comprenait ! Qui lui avait ainsi embastillé l'esprit ? L'indolence ou le ministre ? Il questionna La Porte sur le roi Charles Ier d'Angleterre.

Le valet de chambre soupira.

— Pourquoi s'est-il rendu, pourquoi a-t-on osé le tuer ?

— Sire, je l'ignore, ce n'est pas encore dans les livres d'histoire...

— La Porte, vous êtes au courant de tout depuis bien des années et vos fréquentations à l'hôtel de Chevreuse quand le roi d'Angleterre avait ici envoyé M. de Buckingham, celui que le peuple appelle Bouquinquant et que ma mère aima, dit-on.

— Sire, vous risquez de mal prendre...

— Je ne prendrai rien si vous ne dites pas, sinon une colère.

— Sire, le Roi Charles est allé contre les lois coutumières d'Angleterre et s'est voulu absolu.

— Les Rois ne sont-ils pas absolus ?

— Pas tous, Votre Majesté. Ce qui est vérité sur les bords-ci de la Manche ne l'est pas de l'autre côté.

— Admettons. Ensuite ?

— Sire, la faiblesse...

— Quelle faiblesse ?

— C'est la faiblesse qui a mis la tête du roi Charles sur le billot. Il aurait dû renvoyer son ministre que le peuple haïssait, mais il avait la faiblesse de le traiter en favori. Les sentiments sont mauvais étudiants en politique.

— Donc quand tout va mal, on renvoie son ministre...

— Sire, ce n'est pas ce que je voulais dire.

— La Porte, ce qui est dit est dit. Vous êtes courageux, n'est-ce pas, La Porte ?

— Je fus gens d'arme de Sa Majesté la Reine.

Louis rit, s'esclaffa, faillit s'étouffer.

— Ce n'est pas là que vous fîtes vos meilleures campagnes. Je vous sais courageux ; vous n'avez qu'à peine pâli devant la salle des tortures de notre bonne Bastille.

Sourire cruel de gamin.

— Je n'ai sans doute rien dit, mais j'ai beaucoup pâli.

— Je vous aime bien, La Porte, mais je n'aurai jamais de favori et un jour je n'aurai plus de ministre... Et pourquoi pas, aussi, de Parlement.

— Merci, Votre Majesté, de vos bons sentiments qui honorent et blasonnent ma minuscule personne.

Louis lui envoya un sourire éblouissant, certainement appris bien avant, en appréciant celui d'un certain Cinq-Mars. Tiens, qu'était-il devenu, ce marquis insolent mais que son père aimait tant ?

La Porte se risqua aussi à sourire à son Roi. L'enfant ne s'en montra pas mécontent. Ignorant qu'il ne sourirait plus avant ses quatorze ans. Mais il apprit à ricaner.

Le jeune Brienne, son préféré des quinze de ses garçons d'honneur en velours noir, revint le visage grêlé. Louis le jugea affreux. On les surprit souvent à chuchoter et Brienne, les larmes aux yeux. Puis un sourire éclaira la mine à petits points du favori.

Ils inventèrent la chasse au dames ! Dans les corridors mal éclairés au crépuscule du Palais royal, malgré les hautes fenêtres donnant sur le jardin ou les superbes couchers de soleil de Paris, Louis poussait Brienne à se cacher derrière les pots d'orangers, les tentures, et lorsqu'une suivante de la Reine, une dame d'honneur quittait les appartements de sa maîtresse royale, il lançait Brienne contre elle, son visage grêlé cherchant à l'embrasser. La dame hurlait, les deux chenapans s'échappaient en courant. Ils notaient dans les carnets les noms de leurs victimes et le nombre de fois qu'elles avaient hurlé, ainsi que l'endroit où Brienne avait pu poser ses lèvres.

Cela les troublait un peu également.

— Il me manque Marie de Hautefort pour parfaire le tableau, dit Brienne. Et Mme de Sénecey.

— Non, pas elles, dit Louis.

— Pourquoi ? Chasse gardée du Roi ?

— Tu mérites les verges.

— Marie mérite la mienne.

Et ils pouffaient, même Louis tout en rougissant.

— J'ai baisé au sein Cathau la Borgnesse. Je vous les recommande, Majesté, fermes et ronds et parfumés. Mais elle, elle ne crie pas d'horreur... Elle n'a peur de rien.

— Ni de personne, dit-on dans cette Cour où elle fit des heureux malgré son œil en moins. Arrache-lui son bandeau, Brienne, c'est pis que la trousser. Cette orbite est-elle vide ? L'œil est-il mort ou ôté ? Ce serait bien la seule cavité qu'elle cachât par pudeur. Enlevons-lui cette dernière.

— Je suis aux ordres de Sa Majesté.

Les deux jeunes loups ricanants se mirent en traque de Mme de Beauvais.

Cathau déniaiserait Louis bientôt ; il l'ignorait. Elle ne déniaiserait que le corps : Paris allait se charger de l'esprit.

Louis dans ses jeux fait le faraud, ne parle qu'à Brienne et Vivonne. Récite devant ses maîtres, sinon il se tait. Louis est en fait quasi muet, sauf quand on le déguise en roi pour quelque cérémonie. Muet, Louis est à l'école, il apprend quelque chose d'inconnu mais qui lui plaît. Le Roi apprend la haine. Il s'y montre doué.

Lansac et Brassac avaient été chassées. Il le regrettait, il les aurait tourmentées. Mais il avait d'autres cibles : Mazarin et, plus proche de lui, son frère. Le Grand Turc et le Petit Monsieur. Aussi un nouvel apparu dans les couloirs et antichambres du Palais royal, un être laid, presque autant que Fontrailles, que Louis aimait car il lui semblait que chaque bosse de ce marquis à qui sa mère avait tout pardonné, et dont elle riait, fût une réserve de fiel ou d'épines cruelles. Cet autre laideron était François Paul de Gondi, coadjuteur de l'évêque de Paris. Louis le surveillait à chacune de ses visites, de plus en plus fréquentes. De plus en plus bavardes. Il haïssait ce pruneau en soiries et dentelles, et qui le saluait sans donner l'impression de le reconnaître, de savoir qu'il était un être vivant, de chair, de sang, de pensées et non seulement un enfant représentant l'image de la Majesté.

Quelque chose s'était brisé en Louis, sans que nul n'y songeât. On ne lui avait rien fait, aucune maltraitance, aucune mauvaise action. Non, cela venait de lui. Au milieu des valets paresseux du ministre affairé de la Reine inquiète et mal à l'aise, Louis peu à peu se sentait aussi transparent que ce marquis de Chouppes qui faisait sursauter tout le monde dès qu'il ouvrait la bouche, sauf Mazarin et Louis, car rien n'échappe à un regard d'enfant, car nul ne semblait avoir vu sa présence avant qu'il ne prononce ses premiers mots.

Il y avait des leçons d'invisibilité à prendre de ce marquis appartenant au maréchal de La Melleraie. Etre invisible et omniprésent... Ricanement. Savoir enfin la vérité. Et non des bribes arrachées çà et là, l'oreille aux aguets, ou bien à Philippe, à qui semblait-il tout le monde parlait et contait tous les ragots de cette capitale qui vivait et complotait hors des murs du Palais royal.

JE CROIS QU'IL GRONDE CONTRE LE MAZARIN...

Le Roi aime les femmes, à n'en pas douter, quand son frère Philippe aime la médisance. Mazarin a une idée ! Il en fourmille. Il fait venir nièces et neveux. Les petites Mancini sont jolies quoique trop brunes.

Louis XIV s'en fiche, il n'aime pas les petites filles, sauf celle de la cuisine, qu'on lui a enlevée et qu'il ne reconnaîtrait plus s'il la croisait. Il aime ce qu'il entrevoit des dames. Et on entrevoit beaucoup selon la mode. Lansac et Brassac parties, sa gouvernante est Mme de Sénecey. Son âge lui paraît canonique mais son cou « est à rendre les cygnes jaloux », lui dit-il un soir.

La marquise remercie le Roi comme s'il était un galant. Le gamin de dix ans ne sait quelle attitude prendre. On dit la marquise entichée de Guitaut qui serait son amant, parole de Philippe duc d'Anjou qui sait tout. Louis trouve Guitaut bougon et impressionnant.

La marquise, écroulée dans une révérence quelque peu outrée après le (joli, il faut l'avouer) compliment, dévoile des seins de jeune fille. Louis se penche, s'agenouille aussi et la marquise relevant la tête voit la bouche du jeune garçon se pencher vers son corsage.

— Sire...

Que faire, que dire ?

Il sursaute. Ses yeux brillent et risquent de s'emplir de larmes. Le jeune Roi rougit. Il a peur mais... La marquise voit tout cela en un éclair. Ils sont seuls avec La Porte. Elle regarde le valet de chambre, qui lève les yeux au ciel, hausse les épaules. Il est là pour préparer le Roi à son coucher.

— Que dirait, Sire, mon amie Marie de Hautefort ?

Elle sourit au Roi en s'agenouillant devant lui. Ils pourraient sembler en prière.

— N'est-elle pas votre plus tendre amie ?

Il hoche la tête, incapable de répondre, rouge comme lapin qu'on écorche. La marquise continue à voix douce et belle qui, elle l'ignore, rend le jeune Roi fou.

Son cou, sa voix, son allure très fine au milieu des rondeurs de la Cour lui rappellent une apparition vêtue de noir, un après-midi de Fontainebleau, et qui promena dans les jardins, dans les couloirs, entre les statues et fourrés, entre les tentures et portraits italiens, deux lignes de sang sur un cou de cygne blanc.

— Marie est aussi à la Cour ma meilleure amie.

Louis balbutie.

— Alors soyez aussi mon amie, Madame.

Cette fois, elle voit que le Roi va pleurer. Elle regarde à nouveau La Porte, lui-même ému et qui se fait discret. Louis se jette dans les bras de Mme de Sénecey qui le presse contre elle. Cet enfant a besoin de tendresse qui ne soit pas maternelle. Œil interrogateur vers La Porte pendant que les cheveux châtains de Louis sont sous son menton. La Porte s'attendrit. Elle a confiance en lui, elle le connaît depuis si longtemps.

Louis baise ses seins et elle sent sur sa peau une autre humidité que celle de sa jolie bouche d'enfant, une larme qui roule. Elle l'étreint un peu plus et fredonne à mi, à tiers de voix. N'a-t-elle pas l'âge d'être sa mère ? Maintenant le jeune roi sanglote.

— Vous êtes roi, Sire, et vous pleurez.

Elle pose ses lèvres sur les cheveux de l'enfant désemparé. Une jeune main cherche la sienne et la pose sur sa joue douce de Roi enfant au teint de lys qui fait fondre les dames. Elle le tient ainsi en silence, le laissant épancher un chagrin que nul ne connaît ; même La Porte, à qui parfois Louis se confie, présente un visage qui reflète l'ignorance. Il met son doigt sur ses lèvres.

Le silence devant ce chagrin d'enfant et ce réconfort somme toute bien innocent. Doucement, la marquise de Sénecey défait son corsage sous la bouche du jeune Roi. La Porte a la courtoisie de se détourner. Le busc s'est écarté et le jeune prince caresse timidement ces seins qui lui sont si aimablement destinés. Il lève ses immenses yeux sombres vers la marquise, presque implorant, et il découvre chez sa gouvernante un sourire. Ses paupières battent vite sur ses grands yeux sombres Médicis. Il découvre la présence de La Porte, s'apeure un peu, la marquise lui caresse à nouveau la joue. Il lui baise le bout des doigts et pose sa fossette sur les seins blancs. Il soupire.

— Il est l'heure du coucher, Sire.

La voix de la marquise est tendre, chuintante, toute consonnes sifflantes moelleusement enrobées du velours du *che* ou du *je*. Louis en redemande, elle le sent.

— Moi aussi je suis votre amie. Nous n'en dirons rien à Marie.

La voix est malicieuse, rajeunie et enfin l'enfant sourit. Puis se rembrunit ; il murmure trois mots à peine audibles :

— Ni à Maman.

Mme de Sénecey le relève, remet de l'ordre en son corsage, La Porte s'approche, déshabille le Roi et le couche.

— Ni à dame Perrette Dufour, poursuit la marquise à mi-voix. Voulez-vous qu'elle vienne vous donner son baiser de tendre nourrice ?

— Non, Madame. Perrette est le baiser du matin.

— Alors, bonne nuit, Sire, et n'oubliez pas votre prière, n'est-ce pas, La Porte ?

— Ce sera, Madame, une prière secrète dédiée à l'amitié tendre.

— La Porte, est-il convenable que j'obtienne un baiser de Madame ?

— Sire, dit le valet de chambre, on se baise entre amis et nul n'y voit mal.

Il l'installe au lit et le borde. Le Roi regarde par-dessus l'épaule de l'ami Pierre vers sa gouvernante. Elle s'approche, se penche et le baise au front.

— Dormez, Sire, et rêvez suavement.

— Madame, le Roi n'oubliera jamais son amie de ce soir. On m'a dit que vous m'avez soigné quand j'étais petit.

— Cela est vrai. Votre Majesté était si pressée de mettre des dents que cette impatience se mua en fièvre.

— Je n'ai pas oublié.

Oh que si, pense la marquise, les Rois oublient. Les valets de chambre doivent faire de même ! Elle observe une nouvelle fois La Porte. Celui-ci se taira.

— Ce sont les enfants qu'on embrasse sur le front, Madame, pas ses amis.

La marquise sourit. Ainsi ce grand timide d'enfant peut être entreprenant. Elle se penche et effleure ses lèvres. Ou bien on lui a lu de vieux romans courtois.

— Sa Majesté est-elle satisfaite de l'obéissance de sa gouvernante ?

Le Roi s'éclaire.

— Non, Madame, de sa tendre amie.

Nouvelle révérence de la marquise.

— La Porte, raccompagnez Madame mon amie.

— Avec le plus grand plaisir, Sire.

La Porte ouvre le chemin à la marquise vaguement émue.

— Merci, Madame, lui chuchote-t-il, d'avoir mué ses larmes en sourire. Depuis de longs jours ce n'est pas la première fois que le Roi pleure, mais c'est la première fois qu'il sourit.

— On n'aime pas assez le Roi, cher La Porte.

— Et le Roi n'aime pas assez.

— Il est encore très enfant.

— Justement ! il lui faut recouvrer des sentiments. Merci, Madame, pour lui.

Dans son lit dont La Porte n'a pas encore tiré les rideaux, le Roi les regarde, les yeux brillants, presque joyeux.

La marquise sort. La Porte revient vers le lit, approche un tabouret.

— Quelle histoire voulez-vous entendre ce soir, Sire ? Une victoire, de longues batailles ?

— Non, Henri II et Diane de Poitiers.

— Ah, Sa Majesté se préoccupe donc d'amour... Très bien.

Louis glousse.

Dix secondes après il sursaute, et La Porte reste la bouche ouverte devant le livre qu'il feuilletait.

Des coups de fusils, de mousquets. Dans Paris, à nuit tombée, on vient de tirer sur la maréchaussée.

Guitaut sort de chez la Reine, croise dans l'escalier un mousquetaire qui se précipite hors de l'aile où loge Mazarin.

— Bonsoir, d'Artagnan.

— Bonsoir, Guitaut.

— Je fais doubler la garde.

— Je fais appeler des renforts.

— Que pensez-vous du Palais ?

— Comme vous, capitaine, il est indéfendable.

— On ne l'attaquera pas ce soir mais un jour sans doute.

— Ou une nuit. Conseillez à la Reine de se replier au Louvre.

— Elle le refuse, et Saint-Germain aussi. Elle croit y voir des fantômes. Ou, du moins, elle craint que le Roi n'ait peur d'en voir.

— Il faut que nous passions accord. Le temps est maussade dans Paris.

— Il menace de tempête, je sais. Mais vos mousquetaires plus mes gardes...

— J'obéis surtout au Cardinal, et vous à la Reine...

— Je sais, d'Artagnan, que vous ferez tout pour elle, et elle le sait mieux que moi encore.

Guitaut hésite. Puis tire, de la poche du pourpoint, un sac de cuir minuscule.

— Je crois que cela vous appartient.

D'Artagnan le regarde sans comprendre, ouvre le petit sac de cuir. Un diamant monté en bague.

— Mais...

— La Reine vous l'a donné, n'est-ce pas ?

Le Gascon ne dit rien, tournant la pierre entre ses doigts, ôtant un de ses gants à crispin pour en mieux sentir la dureté de la pierre, sa pureté enchâssée dans la douceur molle de l'or.

— Oui... Où l'avez-vous...

— Richelieu. Il m'en a fait don peu de jours avant sa mort. A ma charge de la garder ou de la rendre à son ou sa propriétaire. Vous en fûtes le dernier.

— La Reine en fut la première, cette bague venait...

— D'un certain Bouquinquant.

— Alors, rendez-la-lui. Je n'en ai plus besoin. Je touche ma solde désormais, grâce à M. Mazarin. La Reine en a plus nécessité que moi... Pour traverser ce qui semble se préparer dans Paris, je pense que cette bague lui sera un réconfortant talisman. Ou bien elle est vôtre, désormais...

— J'ai peu de besoins, d'Artagnan. Encore moins d'avenir. Et aucun enfant.

D'Artagnan remet la bague en son sachet de cuir, referme les cordelettes presque tendrement.

— Alors, à la Reine.

— Ne voulez-vous pas la lui remettre vous-même ?

— Elle me répondra qu'une reine ne prête pas quand elle donne ! Et puis je suis timide.

— Vous !

— Comme vous, Guitaut. Elle nous intimide car nous l'aimons.

— La Reine... Mazarin... N'oublions pas que nous sommes d'abord capitaines du Roi.

— Comment est-il ? Je le vois si peu.

— Je parlerai franc. Le Roi est malheureux, coléreux, silencieux, un jour il explosera.

— Si nous lui organisions une parade ? Vos gardes, les mousquetaires... Des tambours, des trompettes, des dames...

— Surtout des dames, d'Artagnan. Elles semblent le réveiller, lui redonner vie et sourire.

Le mousquetaire rit.

— Il ne ressemble pas à son père, alors !

Ils s'interrompent pour donner leurs ordres, envoyer des patrouilles dans les rues proches, des escouades dans les étages, appartements de la reine, du roi, de Mazarin, du duc d'Anjou.

— Indéfendable, maugrée Guitaut... Vous avez raison. Je remonte chez le Roi.

— Vous l'aimez bien, lui aussi, Guitaut ?

— Il faut bien que quelqu'un l'aime !

D'Artagnan frise sa moustache.

— Oui, oui, mais est-il aimable ?

La Reine et Mme de Sénecey étaient dans la chambre du Roi qui retenait La Porte près de son lit.

La Reine vit son fils saisir la main de sa gouvernante. Celle-ci jeta un regard suppliant à la Reine qui ne dit mot mais s'approcha et entoura son fils de ses bras.

— Ce n'est rien, Louis, une échauffourée du côté de Saint-Eustache. M. d'Artagnan et M. Guitaut ont fait doubler la garde. Et puis nul n'oserait venir ici importuner son Roi.

— Les Anglais l'ont fait, ma mère. Et plus qu'importuner !

— Le Parlement anglais...

— Nous avons un Parlement à Paris. Et on dit qu'il remue.

— Où avez-vous entendu cela, mon fils ?

— Chez vous, de la bouche de cet affreux Gondi.

Il se tourna vers Mme de Sénecey.

— Ma mère a parlé de M. de Guitaut, Madame, on le dit votre bon ami.

— C'est exact, Sire.

— C'est bien, Madame. C'est un brave, pense ma mère. Pour sa bravoure et pour l'amour de vous, je le ferai maréchal de France.

Mme de Sénecey n'y crut pas, mais... être maréchale par un second mariage... Ou par la main gauche de l'amour... Comme Marion de L'Orme fut « madame la Grande » ! Elle rougit plus de la pensée que de la comparaison. Rougir à mon âge. Elle se jugea ridicule.

Pas aux yeux du Roi. Ni de la Reine qui la regardait avec une sorte d'attendrissement.

La Reine s'approcha de sa dame et, pendant que La Porte contait quelque histoire au jeune roi, chuchota :

— Mon fils est amoureux de vous...

— Non, Madame, de ma gorge, qui fut là au moment où Sa Majesté en eut un besoin... enfantin.

— Comme Cinq-Mars, dit la Reine, malicieuse, j'ai pu remarquer qu'il y posa souvent son beau regard.

La marquise esquissa le geste de se signer, renonça.

— Dieu ait l'âme de ce jeune homme, qui ne vieillira pas.

— Votre gorge, Marie-Catherine, est un refuge pour enfants par temps troublés. Parce qu'elle semble celle d'une jeune fille... Qu'en pense un vieux guerrier comme notre cher Guitaut ?

Mme de Sénecey baissa les yeux.

Guitaut lui-même la tira d'embarras en apparaissant porteur de nouvelles.

— Madame, on tire, cette nuit, dans Paris. Et ce contre les gens d'arme du Roi, du moins son lieutenant civil.

— Qui tire ? Et pourquoi ?

— J'ai envoyé mon neveu Comminges et des gardes vêtus en bourgeois. D'après les premiers rapports, ce sont justement des bourgeois qui font le coup de feu. Plutôt des pétarades. Avec poudre et bourre et sans balle parfois. Des tirs de sommation. Du bruit pour attirer l'attention.

— Le cardinal de Mazarin est-il au courant ?

— A cette heure, Madame, M. de Batz-Castelmore d'Artagnan lui tient le même rapport.

— Sont-ce des émeutiers ?

Guitaut hésita, réfléchit, opta :

— Pas encore.

— Vous sous-entendez qu'ils le deviendront.

— Ils annoncent, en effet, qu'ils le pourraient devenir.

— En a-t-on attrapé ?

— Comminges s'en charge, mais je sais que ces gens si habiles du mousquet sont habiles aussi à se fondre dans l'ombre. Paris est si mal éclairé. Et cette nuit, semble-t-il, aucun bourgeois, aucun noble n'est sorti précédé de torches. Les hôtels des Grands et des financiers ne sont pas non plus illuminés. On croirait Paris en deuil !

— Comme c'est curieux, en cette ville qui dit ne dormir jamais...

La Reine resta pensive.

— Je ne sais, Madame, si Paris dort parfois, mais cette nuit Paris ne repose pas.

— Il y a là conspiration.

— Disons fort soupçon d'agitation.

— Quelles dispositions pouvons-nous prendre ?

— Des pelotons de gardes et de mousquetaires parcourent les rues, avec armes et torchères. Principalement vers les quartiers de Saint-Martin et Saint-Denis ; c'est là qu'on a le plus fait de bruit.

— Merci, Guitaut.

— Et les lieutenants civils ont été éveillés afin qu'ils prennent leurs propres mesures.

— Oui, bien sûr...

La Reine ne savait que dire ni que faire. Pourquoi donc le ministre ne la rejoignait-il pas ?

— Ma mère, Paris reste donc dans le noir la nuit ? Est-ce normal pour la ville où réside le Roi ?

La voix claire de Louis venait de rompre le silence embarrassé de sa mère.

Guitaut l'en remercia mentalement, il détestait voir Anne d'Autriche dans l'hésitation. Il remarqua aussi que le jeune Roi conservait en sa main celle de la gouvernante. Il n'en ressentit que plus d'amour pour Mme de Sénecey, qui avait conquis le plus haut cœur du royaume.

— Voyez-vous, Louis, la ville est trop vaste...

— Et si Sa Majesté le permet (Guitaut s'approcha du lit), Paris est toujours sillonné de torches portées par ses habitants qui ont bien des habitudes nocturnes. Flambent aussi les quinquets des cabarets. Aujourd'hui seules brillent encore quelques chandelles dans l'île de la Cité, dans le très ancien palais de nos très anciens Rois, là où siège votre Parlement. Mais, c'est tradition, elles montrent dans les salles pourtant vides qu'en votre royaume la loi ne sommeille jamais.

— Il n'est donc, monsieur de Guitaut, que le Palais royal et le Parlement d'illuminés ?

— Oui, Sire, à cette heure, c'est l'exacte vérité.

— Eh bien, faites souffler les chandelles du Parlement sur son île, que Paris sache bien qu'il n'est qu'un phare en ce pays et en cette ville, et que ce phare porteur de lumière ne peut être que là où le Roi réside.

« Oh là, pensa Guitaut, voici qu'il fait le Roi ! A dix ans, voilà aussi qui promet ! Je le conterai à d'Artagnan. Ces choses-là lui plaisent ! » Il regarda la Reine qui, quelque peu éberluée, considérait son fils désormais assis bien droit en son lit et que n'avaient plus besoin de soutenir ses oreillers.

— Louis...

— N'ai-je point raison, ma mère ? N'est-ce point ce que vous m'avez enseigné ?

— Si fait... Sire.

Elle cacha le sourire qui lui venait devant ce qu'elle prit pour un mot d'enfant.

Pas Guitaut, qui savait reconnaître un ordre et salua en s'approchant d'un pas, et déclara hautement :

— Il en sera fait selon l'ordre de Votre Majesté.

— C'est bien ainsi qu'il faut agir. Et vite maintenant !

Voilà que cet enfant me tance ! Et tout en tenant la main de la femme que j'aime ! François Ier vient de toucher son véritable héritier ! Il se préparait à sortir et se morigéna : Non, monsieur Guitaut, Louis XIV fait en ce moment l'apprentissage de lui-même. Un sourire s'esquissa.

— Ce qui serait mieux, cher capitaine, c'est que ces quinquets trépassassent non par le souffle ou l'éteignoir mais à coups de mousquets. On saurait aussi que la force des armes vaut loi, et n'appartient qu'au Roi !

— Je prendrai, Sire, mes meilleurs tireurs.

— Et ces messieurs d'hermine n'auront qu'à commander et payer le travail des vitriers. Car j'entends qu'on tire à travers les fenêtres et que les rues de Paris entendent la mousquetade du Roi, en réponse à celle d'on ne sait encore qui !

— Bien, Sire.

Et le voilà qui déclare la guerre à son Parlement ! Et sans son ministre encore !

Ministre qui arrivait accompagné du capitaine-lieutenant d'Artagnan.

— Où courez-vous, Guitaut ? dit Mazarin toutes dents et tout miel.

— Ordre du Roi, Monseigneur, Sa Majesté m'envoie moucher des chandelles !

Ainsi d'Artagnan, au-delà du ministre auquel on l'attachait, vit enfin son Roi de près, c'était la vingtième fois, certes, mais la première où le mousquetaire le rencontrait en son privé. L'enfant ne lui déplut pas. En chemise, sur ses oreillers, il avait une allure de jeune Gascon sur le point d'entreprendre une aventure, un duel, bref, une aimable et téméraire sottise.

Le lendemain dimanche, la Reine est assaillie par deux cents femmes hurlantes sur le court chemin qui mène son carrosse du Palais royal à la messe de Notre-Dame. Si la Reine est pieuse et suit chaque matin le service divin, elle est aussi devenue politique par nécessité ; or en ce dimanche en la cathédrale doit prêcher M. le Coadjuteur, François Paul de Gondi. Sur les conseils de Mazarin, nul n'est averti de la future présence de cette fidèle pas comme les autres parmi les ouailles de la grand-messe du matin. Surtout pas le prédicateur, a bien conseillé Mazarin. Elle y va masquée, comme toute dame de qualité, et escortée de gardes travestis en valets mais cachant sous manteau pistolets, dagues et rapières.

Deux cents femmes sont là, contre une autre femme. Car le Roi n'accompagne pas sa mère. Les dévotions du jeune homme seront faites en son oratoire. Il n'est pas question pour le Prince de quitter son palais. Cette Reine que l'on clame « si bonne » seule part à l'aventure et à la reconnaissance du terrain. Brave soldat en éclaireur, eût dit Guitaut, à qui on a aussi caché l'aventure, le capitaine n'étant pas de quartier en ce jour du Seigneur.

Elles sont là et hurlent et supplient. On pourrait cravacher, frapper du plat de l'épée... Non. Ces femmes, épouses d'artisans et de boutiquiers, forces vives et nombreuses qui enrichissent Paris de leur travail, s'agenouillent sur le Pont-Neuf et supplient. Mères de famille, elles s'adressent à la première mère de France, la plus sacrée, la plus sincèrement pieuse aussi, la mère de l'enfant qui reçoit par fonction et naissance la grâce divine, la mère de l'Enfant-Roi, et à genoux comme elles se seraient prosternées devant la mère de l'Enfant Jésus, ces mères réprimandent une mère.

Elles lui reprochent d'avoir « un homme chez elle, qui prend tout », et qu'« avec lui elle dissipe le bien de son fils ». La Reine frémit. Les agenouillées persistent, et évoquent « l'intendant de votre maisonnée, Madame, le contrôleur général des finances, Particelli d'Emery, qui dépense le reste avec des garces ». Elle sait que ce Particelli, si inventif en nouvelles taxes, entretient Marion de L'Orme, depuis la mort de Cinq-Mars, et ne manque pas d'offrir des cadeaux à Ninon de L'Enclos, cette ravissante Madeleine si peu repentante des Madelonettes que les plus beaux carrosses des meilleures familles et des plus riches bourgeois font queue devant le couvent. Les femmes ayant dit leur protestation lui laissent la voie libre. Anne peut assister enfin à la messe. Mais son incognito n'est plus qu'une farce, on l'admet pour ne pas la froisser quand elle pénètre en la cathédrale en masque, comme une simple dame de qualité.

Bien qu'on ne fût point au jour des Rois, M. de Gondi trouva dans le calendrier occasion de glisser de royauté céleste et de loi divine vers la royauté terrestre et la loi de ce royaume, qu'un empereur, Charles Quint, arrière-grand-père de certaine dame assistant à l'office, avait décrété plus beau royaume après celui des Cieux, en déclarant un soir que, s'il eût été Dieu et qu'il eût deux fils, il eût fait le premier Dieu, le second roi de France.

On l'avait serinée, Stéphanille l'avait fait dans l'enfance d'Anne, cette phrase du grand homme et la bonne Doña Stefania n'avait pas manqué de la répéter encore avant le mariage avec Louis XIII, et la rencontre de Fontarabie.

Gondi savait qu'elle était ici. Elle ne s'en étonna pas. S'il était myope, d'autres voyaient pour lui.

« Il y a plus de douze cents ans que la France a des Rois. Leur autorité n'a jamais été réglée comme celle des rois d'Angleterre et d'Aragon par des lois écrites. Elle a été seulement tempérée par des coutumes reçues et mises en dépôt dans les mains des Parlements. Les enregistrements des traités et les vérifications des édits pour les levées d'argent sont des images presque effacées de ce sage milieu que nos pères avaient trouvé entre la licence des Rois et le libertinage des peuples. Ce juste milieu a été considéré par les bons et sages princes comme un assaisonnement de leur pouvoir, très utile pour le faire goûter à leurs sujets ; il a été regardé par les malhabiles et par les malintentionnés comme un obstacle à leurs dérèglements et à leurs caprices. »

Les chuchotis incessants, qui accompagnent tout sermon dans une église comme toute tirade au théâtre entre les gens que la qualité de leur naissance ne saurait condamner au silence, se turent. Le coadjuteur apprécia du haut de sa chaire ce silence. Il poursuivit, renforcé par une si belle écoute :

« Les Rois qui ont été sages ont rendu les Parlements dépositaires de leurs ordonnances pour se dégager d'une partie de l'envie et de la haine que l'exécution des plus saintes lois et même des plus nécessaires produit quelquefois. »

Il prit un temps et sa voix se fit plus forte. « Voilà Jean Bouche d'or qui va nous assener une vérité assassine », pensa une dame masquée...

« Ces sages Rois n'ont pas cru s'abaisser en se liant eux-mêmes à ces lois, semblables en cela à Dieu, qui obéit toujours à ce qu'Il a commandé une fois ! »

Un frisson dans l'assemblée silencieuse.

« Les ministres, eux, qui sont toujours aveuglés par leur fortune pour ne se pas contenter de ce que ces ordonnances permettent, ne s'appliquent qu'à les renverser ; et feu le Cardinal de Richelieu, plus qu'aucun autre, y a travaillé avec autant d'imprudence que d'application. Or il n'y a que Dieu qui puisse subsister par Lui seul. Les monarchies les plus établies et les monarques les plus pleins d'autorité ne se soutiennent que par l'assemblage des armes et des lois. Les lois désarmées tombent dans le mépris ; les armes qui ne sont pas modérées par les lois tombent dans l'anarchie ou la tyrannie. »

Il attaque Mazarin sous la pourpre de Richelieu... La Reine masquée en eût souri si Gondi ne vilipendait pas à cette heure, dans une cathédrale, tout ce qui vivait au Palais royal.

« Qui eût dit qu'il peut naître en un Etat où la maison royale est parfaitement unie [il flatte, songea Anne], où la Cour était esclave du Ministre [il distille son fiel], où les provinces et la capitale lui étaient soumises, où les armées étaient victorieuses [il encense les Condé, ce chien noiraud], qui eût dit qu'il pût naître assez de malheur pour pousser des mousquets à tirer dans Paris contre les armes de la sainte autorité royale ! A moins que ce ne fût contre certain édit né de la plume d'un ministre. Paris gronde, en effet. Car Paris cherche à tâtons des lois justes venues du Parlement garant des droits et des franchises. On ne trouve plus ces lois, on s'effare, on crie, on questionne ; les réponses sont obscures, on les soupçonne d'être odieuses ! Le peuple vient d'entrer en un sanctuaire et de lever le voile qui doit toujours couvrir tout ce que l'on peut dire des droits des peuples et de celui des Rois qui ne s'accordent jamais aussi bien ensemble que dans le silence. Or, les mousquets du Roi ont répondu en mouchant les chandelles du palais de nos lois ! On a profané un mystère, on a besoin que la loi des Rois et des sujets soit restaurée, en un autre palais, ce palais des lois en l'île de la Cité. »

François Paul de Gondi, évêque *in partibus infidelium* de Corinthe, avait livré son épître aux Corinthiens de Paris, mais peu dans la manière du grand saint Paul.

Rentrée au Palais royal, rouge derrière son masque, la Régente de France songea à l'exiler, l'emprisonner, le décapiter. Mazarin souriant proposa plutôt de souvent l'inviter à la visiter, de lui laisser entendre qu'on promettait et de ne jamais tenir. Ou du moins de tarder toujours, de lanterner, de rendre le prélat patient ou, s'il montrait de l'impatience, de le laisser commettre la bévue qui le perdrait à jamais. Gondi était trop ambitieux et trop myope pour ne pas se réveiller un jour aveuglé de sa propre fausse gloire.

— Le temps, Madame, joue toujours pour le vrai pouvoir. Et ce pouvoir vrai et sacré ne repose nulle part ailleurs qu'en vos mains avant que vous ne le déposiez en celles du Roi votre fils.

Elle craignait son pouvoir qui lui semblait de sable et insaisissable entre ses propres mains, qu'elle regarda, désemparée. On en vantait la beauté, elle n'y vit qu'impotence.

Gondi visita, la Reine lui sourit, le Roi le détesta un peu plus, Mazarin l'écouta.

— On m'a dit, monsieur le Coadjuteur, que vous déclamâtes en chaire un vibrant éloge des lois divines et terrestres et que vous comparâtes deux sanctuaires, la Sainte Eglise et le Parlement.

— Sans oublier, Eminence, le palais du Roi.

— On a sans doute oublié de me le rapporter, tant votre harangue était vibrante et si bien composée à étourdir les âmes.

— Il est vrai que j'y ai mis du feu, le sujet n'était pas tiède que de parler de loi Royale et de loi de Dieu.

— A quoi donc, monsieur le Coadjuteur, vouliez-vous mettre ce feu ?

Le sourire du cardinal de Mazarin était des plus engageants. Gondi le myope n'en vit pas tout l'éclat des dents.

Louis, présent et silencieux, le vit, lui. Il en frissonna sous le velours et le petit gris. Encore ce goût de sang...

LA NUIT DES ROIS ET AUTRES FACÉTIES

Si François Paul de Gondi s'était entiché du peuple jusqu'à le traiter en maîtresse dispendieuse, lui distribuant 12 000 écus venus du comte de Soissons et qu'il confia à sa pieuse tante, Mme de Maignelais, à sa charge de les distribuer, en précisant bien que c'était en son nom, aux nécessiteux – et à quelques autres, plus utiles – afin de les chauffer, les frimas passés, non dans leurs corps mais dans leurs esprits jusqu'au point d'ébullition, et les nourrir, malgré la cherté permanente des denrées, plus d'idées séditieuses que de chapons, Louis, roi, allait, lui, connaître ce peuple qu'il ignorait, les princes dont il ne mesurait pas encore la nuisance dissimulée sous leurs rubans et révérences et ce Parlement contre qui une détestation immédiate l'avait saisi, à son premier lit de justice, sur ses quatre ans.

Dans le Nord, l'armée de Condé, l'ancien duc d'Enghien, devenu Monsieur le Prince à la mort de son père, remporta la glorieuse victoire de Lens, le 21 août. La nouvelle en fut connue à Paris le 24. Comme c'était la date d'une funeste Saint-Barthélemy, qui hantait encore les esprits des témoins de ces ruisselets de sang qui augmentèrent le sombre des eaux de la Seine, on ne fit chanter un *Te Deum* que le 25, jour de la Saint-Louis, jour de la fête du Roi, autant dire jour de la fête de tout le royaume.

Dans sa cathédrale, dans ses ors, dans ses drapeaux espagnols pris de haute lutte qui décoraient les statues des saints, les piliers et jusqu'au chœur qui pourtant recelait, en son tabernacle, les hosties muées en chair du Christ de paix, le Roi n'imaginait pas vivre gloire plus grande. Un Roi en Victoire, béni par un Dieu qui aimait la France et son lieutenant couronné. La prophétie de Charles Quint se réalisait au-dessus de la tête d'un enfant de onze ans. Louis Dieudonné se sentit ce jour-là le fils puîné de Dieu. On avait tout fait pour cela et même M. le Coadjuteur, qui remplaçait une nouvelle fois son oncle en pieuse retraite quelque part en Anjou, ajouta une couche de miel plus brillant que l'or, commentant le testament de Saint Louis, Roi ayant atteint la béatitude et qui chantait le soin que tout monarque à venir se devrait de prendre de ses grandes bonnes villes, miel enrobant le poivre, mais rehaussant encore cette sorte de sacre d'avant-majorité qui ne tomberait que dans les deux ans.

La gloire des armes avait toujours enfiévré les Français et les Parisiens qui s'en estimaient la crème sur le lait. La gloire des armes impliquait la gloire des Lois, Paris avait bien entendu le prêche de Gondi devant une Reine masquée et n'avait pas oublié.

Le Parlement non plus, qui savait que les victoires faisaient passer les pilules amères ; pas cette fois. Paris était ville franche, dispensée de taxes. Or l'édit du tarif, que l'on contestait, taxait les propriétaires d'offices. On acclama le Roi, moins la Reine, se tut devant le Ministre, applaudit ces messieurs d'hermines qui entraient en Notre-Dame, Omer Talon, Potier de Blancmesnil, le conseiller Broussel, âme de la Grand Chambre, sévère et honnête comme un « vieux Romain », disait-on, c'est-à-dire comme un républicain !

Toutes les rues entre le Palais royal et la cathédrale étaient bordées de gardes de Guitaut et d'autres compagnies. Trois bataillons en tout dont le commandement se partageait entre le Pont-Neuf et la place Dauphine.

Après la cérémonie somptueuse, chantée divinement par les chœurs, le Roi retourna en son palais sous des acclamations payées de 36 000 écus dépensés en libéralités et aumônes entre le 28 mars et le 26 août par M. de Gondi, si friand désormais de garder pour soi « l'amitié des peuples » qu'il avait découverte un après-midi en devisant avec son ami Scarron. Qu'on acclame le Roi, c'était acclamer Dieu sur terre, mais personne d'autre ! sauf les tenants de la Loi terrestre, ces messieurs du Parlement qui avaient déclaré la réunion des Cours souveraines (les Aides, la Chambre des comptes et ledit Parlement) afin de réformer l'Etat. La Reine, ancienne infante d'une monarchie cadenassée, avait renâclé. Mazarin avait laissé faire. Il avait une idée.

L'idée, Comminges, lieutenant et neveu de Guitaut, l'exécute le lendemain à l'heure du dîner de midi. Il frappe à la porte et pénètre au nom du Roi en la maison modeste, rien d'un hôtel à l'extérieur, à la façade roide et sévère semblable à l'âme incorruptible de Pierre Broussel, cet homme qui se prend pour un sénateur romain. Ses mœurs sont simples, son intérêt pour le peuple sincère, sa probité inattaquable, donc même un Mazarin ne saurait l'acheter, et il œuvre au bénéfice des lois depuis quinze ans déjà.

Il est le symbole d'un « parliament » à l'anglaise. Or on martèle les symboles lorsqu'ils sont gênants, depuis l'Egypte antique.

Le symbole est à table, devant ses potages. Comminges entre et demande que le symbole le suive jusqu'au Palais royal.

Pierre Broussel répond qu'il vient de prendre médecine, un lavement, après les fatigues de la cérémonie, et qu'il doit se retirer dans le cabinet de sa chaise percée, quelques minutes.

Minutes fatales et mensongères. Une servante crie par les fenêtres que Mazarin arrête M. le Conseiller.

La rue s'émeut, Comminges saisit le Romain sur sa chaise percée, on lui remonte les chausses, le sort par le collet, l'enfourne en carrosse et fend la foule qui commence à s'assembler pour barrer la route jusqu'au Palais royal, mais on galope vers l'ouest jusqu'à Saint-Germain. Potier de Blancmesnil, lui, est saisi au logis et mené à Vincennes avec moins de bruit.

Louis apprend les nouvelles par les rapports des officiers. Sa mère bat des mains, Mazarin sourit, le roi Louis à son habitude ne dit rien.

Au coucher il demandera un baiser à Perrette Dufour, qui est pourtant seulement « le baiser du matin », car elle est pour lui aussi le seul exemple connu du peuple, et donc que le peuple le baise aussi au soir, et commande à La Porte un chapitre d'histoire ; sur la justice de Saint Louis et le chêne sacré qui est l'âme même des Rois. Il se souvient que dans ses lettres codées Richelieu nommait le roi Louis XIII le Chesne, et sa mère Anne, La Chesnelle. La Porte est un historien précis et une bibliothèque d'intrigues.

Laissons-le s'endormir, rêver peut-être ; quand il se réveillera, six cents barricades bloqueront Paris.

M. de Gondi tint bien sûr à endosser la livrée du messager, en grande tenue au motif qu'il n'avait pu se changer après l'office. Or Gondi ne célébrait jamais de messe avant onze heures, ayant occupé sa nuit « à faire le mal par dessein » et le jour le bien par fonction imposée en évitant le ridicule de mêler à contretemps le péché et la dévotion. Le messager entrait donc en camail, dans une main le fantôme du drapeau de la rébellion, dans l'autre un espoir tout aussi dissimulé de chapeau cardinalice et de pouvoir de ministre. Difficile de saluer avec deux mains aussi étrangères l'une à l'autre mais Gondi est habile, du moins le croit-il. Louis se renfrogne et garde le silence. Le marquis de Chouppes, au nom qui l'amuse tant, passe pour invisible, le Roi, lui s'est déclaré muet, on ne l'entend pas.

Gondi conta que même les enfants jetaient des pierres sur le maréchal de La Meilleraie et ses troupes, qui ne pouvaient manœuvrer dans les ruelles sordides, que le peuple partout criait « Broussel, Broussel ! ». La Reine l'écoutait, l'œil espagnol flambant, entre M. Gaston, M. de Longueville, le maréchal de Villeroy, Mazarin, Guitaut et le Roi.

Gondi ne vit ou ne voulut voir que la Reine et Mazarin, c'est-à-dire le pouvoir, et Monsieur, qui pouvait parfois passer pour l'espoir. Il négligea le jeune enfant silencieux le cul posé sur son velours. Le chancelier Séguier entra et flatta la Reine. Et conta aussi ce qu'il avait vu dans les rues... Guitaut s'impatienta de tant de dissimulation et fourberie caressantes, et grinça entre ses dents :

— Qu'on rende ce vieux coquin de Broussel mort ou vif !

Le jeune Roi sourit.

Gondi s'enflamma :

— Mort, ce ne serait digne ni de la piété ni de la prudence de la Reine ; vif, cela pourrait faire cesser le tumulte.

Louis ricana en silence. La Reine s'approcha de Gondi.

— Je vous entends, Monsieur, vous voudriez que je donnasse la liberté à Broussel. Je l'étranglerais plutôt de ces mains !

Elle agita ces belles mains d'étrangleuse des sierras près du visage de Gondi afin qu'il les vît mieux et sa voix gronda :

— Lui et tous ceux qui...

Gondi recula, le Roi se retint de rire. Observa Mazarin chuchoter deux mots à l'oreille de sa mère qui se radoucit.

L'affaire méritait réflexion.

Mazarin endormit Gondi sous des flots de paroles qui se contredisaient mais par lesquelles l'esprit échauffé quoique fin du coadjuteur se laissa bercer :

— Il n'est que vous, Monsieur, qui pouvez faire cesser l'émotion.

— Qu'elle cesse en effet, dit la Reine non plus radoucie, mais doucereuse, et nous libérerons Broussel. Et cela au nom du Roi.

Gondi avait oublié celui-ci. Mon Dieu, c'est vrai, il existe un Roi aussi.

Et rochet et camail au vent, porteur de nouvelle, distribuant bénédictions, donnant sa bague à camée à baiser comme bague épiscopale, François Paul franchit la foule, harangua, promit, s'enfla de la promesse de libération par lui extorquée alors que l'idée venait d'un capitaine bougon, et tomba sur La Meilleraie à la tête de chevau-légers prêts, lui semblait-il, à le soutenir, ou à le tuer au premier faux pas.

« Liberté à Broussel et vive le Roi ! » criait-on, mais on prenait les armes au lieu d'effondrer les barricades.

« Ah Paris, comme je t'aime », pensait Paul heureux en son tumultueux diocèse.

Un coup de pistolet tiré par le maréchal cassa la tête d'un crocheteur qui le menaçait d'un sabre. A ses côtés, le marquis de Fontrailles fut blessé au bras en se portant au-devant d'un vilain armé d'un mousquet. Gondi jugea temps de s'interposer. On finit par le reconnaître, selon le dessein même de cette vêture de grande cérémonie.

« Vive monsieur le Coadjuteur ! »

Il n'est pas de parole plus douce. Gondi mena la troupe des émeutiers vers les Halles, les alentours du Palais royal étaient libérés et La Meilleraie sauvé. Il fit déposer les armes, vieilles pétoires et sabres ébréchés, et songea qu'il devait séance tenante retourner au lieu du pouvoir suprême narrer sa belle action.

Le peuple le suivit à pas moins de quarante mille têtes, plus ou moins apaisées. La Meilleraie l'attendait aux barrières, l'embrassa et le mena lui-même chez la Reine qui tenait conseil en son cabinet.

— Voici celui, Madame, dit le maréchal, à qui je dois peut-être la vie, mais à qui Votre Majesté doit sûrement la sûreté de son palais.

La Reine sourit, de ce sourire que Louis le Muet savait moqueur, et plein de future vengeance. Le sourire qu'on donne à une Lansac, à un Chavigny avant de les chasser.

Gondi atténua l'éloge du maréchal :

— Non, Madame, il ne s'agit pas de moi qui vous visite ici, mais de Paris soumis et désarmé qui se vient jeter aux pieds de Votre Majesté.

— Il est bien coupable et bien peu soumis, monsieur le Coadjuteur, répondit la Reine aux joues flambantes, et s'il a été si furieux qu'on l'a dit, comme s'est-il radouci en si peu d'heures ?

Louis admira la logique de Maman.

Gondi ouvrit la bouche, un geste de la main de la Reine la lui ferma.

— Allez vous reposer, Monsieur, vous avez bien travaillé.

Gondi enragea, le roi Louis s'en aperçut et lui sourit avec un coquin petit geste d'adieu de la main.

Gondi sortit en se demandant ce que lui avait signifié ce gamin.

Au souper chez la Reine et en présence de Louis, que la Régente ne voulait pas éloigné de plus de dix pas d'elle en cette période, on moqua sérieusement Gondi. Deux heures entières de raillerie, de bouffonnerie, d'imitation de sa myopie, on se noircit même le visage au bouchon brûlé à une chandelle, de fausse compassion de Mazarin, de perfidies cruelles, d'éclats de rire de Sa Majesté. Louis se pensait au théâtre en une de ces nouvelles comédies des médisances qui paraît-il faisaient les beaux soirs de l'hôtel de Bourgogne.

Le gamin selon Gondi avait senti le peuple et son odeur fauve. Et vu le mensonge à l'œuvre.

Il se moquait bien qu'on rendît ou non Broussel à la populace.

Le 24 octobre la guerre de Trente Ans prit fin en Westphalie, dans les villes de Münster et d'Osnabrück. Mazarin avait bien agi et rétabli la paix avec l'Empire. Anne d'Autriche était en paix avec la moitié de sa famille. Restait l'Espagne...

Louis se fit expliquer par son parrain tous les codicilles de ces traités. Il régnait désormais sur la haute et basse Alsace, sur Brisach et Philipbourg, belles places sur le Rhin, sur les Trois Evêchés de Toul, Metz et Verdun, sur la Décapole et sur Haguenau.

Paris n'en fit pas compliment à Mazarin, qui pourtant l'eût mérité.

Gondi s'occupait lui aussi à étendre son royaume, sur les

mécontents du Parlement, les dévots, les membres de la Compagnie du Saint-Sacrement qui auraient bien brûlé Ninon de L'Enclos, héritiers de cette Ligue qui déclencha un massacre de protestants et assassina un Roi, il enjôla le prince de Conti, frère du Condé victorieux, et sa sœur Anne Geneviève, duchesse de Longueville. On la disait incestueuse, elle était superbe, comme une héroïne de roman à clef. Il reçut même un député d'Espagne comme s'il était à lui seul un gouvernement. Gondi gouvernait un fantôme, son propre fantasme.

On l'avait moqué deux heures chez la Reine et le Mazarin, et toutes les perfidies et, ce qui est pis, toutes les vérités lui avaient été rapportées. Pendant un an, il ourdit, le Palais royal allait voir qui était le maître de Paris !

Le Palais royal ne vit rien.

Par une nuit de janvier, la nuit des Rois la bien nommée, Gondi ignora qu'existait plus ingénieux que lui : Guitaut, qu'il traitera en ses Mémoires de sot et d'esprit commun ; et Anne d'Autriche, qu'il jugeait indolente et un peu lente quant à l'intelligence.

Guitaut l'omniprésent et qui aimait sa Reine et son Roi ; et avec d'Artagnan protégeait le Cardinal. L'esprit fécond mais brouillon de Gondi n'aurait pu machiner ni moudre une telle merveille de tromperie et d'organisation.

Les bruits disaient que la Reine allait éloigner le Roi de Paris. Paris voulait garder son jeune Roi, par respect mais aussi en otage. On espionnait, on écoutait, on chuchotait. On ne trouvait rien.

Ce soir d'hiver glacé, la Reine et Mazarin se séparèrent. Le ministre soupait et jouait – donc trichait, sauf que ce soir-là il ne tricha pas, ce qui eût pu mettre puce à quelque oreille – chez le maréchal de Gramont. L'esprit préoccupé d'autre machination, Mazarin acceptait de perdre en cette partie de bassette pour mieux gagner ailleurs.

La Reine recevait en ses appartements avec les courtisans et ses deux enfants. Elle proposa qu'on tirât les Rois. On apporta brioches aux fruits et galettes à la Gaston (fourrées de frangipane). On banda les yeux de Marie de Hautefort qui désigna à qui allait chaque part. La fève échut à la Reine sous les applaudissements de circonstance d'une Cour conquise par tant de légèreté en une période grave, et ceux, plus sincères, du petit Roi, qui abandonna toute gravité pour s'aller agenouiller aux pieds de Maman et baiser le bas de sa robe en toute humilité pendant que Féfé (le duc d'Anjou redevenait Féfé dans les moments de calme et d'affection ou de fête), empruntant un manteau de duc adulte et s'en faisant un surplis d'archevêque, couronnait l'heureuse élue par le sort d'une tiare babylonienne de carton doré.

— Il nous faut de l'hypocras, cria Louis, la Reine a soif !

On passa les verres, les coupes, les gobelets, et Louis XIV, bon échanson des temps anciens, clama :

— La Reine boit !

Anne souriante trempa ses lèvres dans une coupe de vermeil avant de la présenter à son fils pour qu'il y goûtat une gorgée. On s'amusait. Les bruits d'une revanche du Palais royal sur Paris étaient oubliés. La Reine fit coucher ses enfants par Mme de Sénecey, Mme de Beauvais et le fidèle La Porte. On salua leur sortie avec encore plus de pompe qu'à l'ordinaire, le duc d'Anjou et le Roi lui-même s'en amusèrent, outrant la noblesse de leur port et se laissant aller à envoyer des baisers aux dames et de grands saluts aux messieurs. On les jugea merveilleux.

La Reine vécut ainsi sa soirée à l'espagnole, c'est-à-dire fort tard, nonchalante, accoudée à une table de marqueterie, infante au milieu de ses nains, écoutant chansons et ragots, et se déclara lasse vers une heure. Le ruban des courtisans s'effilochait au fil du temps, allant à d'autres plaisirs, rapportant ailleurs que le Palais royal allait s'endormir jusqu'au lendemain où nul ne savait ce qu'il adviendrait de Paris.

A deux heures, la Reine quitta son lit. Fit réveiller ses fils.

On descendit au jardin par l'escalier dérobé de ses appartements. Deux carrosses attendaient. Dans le second prirent place le maréchal de Villeroy, précepteur du Roi, Guitaut et Comminges son lieutenant, un autre capitaine des gardes, Villequier, Mme de Beauvais, cette Cathau la Borgnesse, qui se rendrait bien utile. On sortit sans encombre par une rue donnant sur les arrières, les foules parisiennes de surveillance étant endormies du côté du Louvre et de la Seine, de la tour Saint-Jacques et du Faubourg Saint-Antoine, et de sa porte dite « de la clé des champs » sous la haute stature de cette chère Bastille.

En route vers l'ouest, dans Paris abruti de folie et de vin, on rejoignit d'autres carrosses de femmes dépeignées, de gentilshommes froissés. Officiers et ministres avaient eux aussi réveillé leurs familles et les avaient tassées comme bétail dans le charroi. Même Monsieur avec sa femme et sa fille, Mademoiselle, qui comptait bien épouser le petit Roi, à demi-vêtue, simple beauté un peu maigre de seize ans, dans un simple appareil. Condé avec sa mère, sa femme, son fils emmailloté, Conti et Longueville qui n'avaient pas pu résister au prince et abandonnaient donc Gondi sans le lui avoir fait savoir, timidité due au regard de Guitaut leur annonçant en fin d'après-midi l'ordre de la Reine mais surtout du prince de Condé – ce Guitaut avait les sourcils les plus sévères de France.

De son côté Mazarin était resté jusqu'à deux heures chez les Gramont, mais ses domestiques et ses nièces étaient déjà parties, veillées par Mme de Sénecey, en qui le ministre avait confiance. Son fidèle Millet de Jeure, factotum, secrétaire et espion, avait sorti de certain coffre deux boîtes de velours contenant des pierreries, de haute valeur mais de petit volume. Car on ne sait jamais.

Quant à d'Artagnan, il avait dès l'après-midi filé à Saint-Germain, reconnu les lieux, inhabitables lui sembla-t-il, aussi acheta-t-il toutes les réserves de paille de toutes les écuries car il y aurait du monde à dormir cette nuit-là et même la paille est plus confortable qu'un parquet ou que les dallages de pierre du château déserté depuis des mois. Evidemment, contrairement à la coutume, aucun meuble, tenture, lit, buffet n'avait précédé la Cour dans son déménagement. Il régnait un froid de gueux, le capitaine-lieutenant vola le bois d'un appentis qu'il démolit, le porta dans les chambres destinées à Leurs Majestés, dénicha trois lits de campement de bas-officiers en un réduit, laissa un mousquetaire de garde devant ses montagnes d'emplettes, souffla dans ses doigts, regagna Paris à la nuit et attendit près d'une certaine porte, ne portant ni casaque ni chapeau à plumet mais deux dagues, sa meilleure épée de longueur et quatre pistolets chargés.

Il attendait dans une taverne que se présente un autre cavalier. En ces périodes troublées où la conversation des buveurs était toute politique et souvent fort sotte, d'Artagnan méconnu passait pour quelque frondeur attendant un autre comploteur ; et puis on s'en fichait.

Devant sa pinte de vin blanc de Touraine, d'Artagnan supputait la somme que lui rapporteraient ses bottes de paille en multipliant le prix par dix. A cinq heures du matin, il le multiplierait par vingt.

Un cavalier apparut à la porte : Millet de Jeure, en manteau noir du parfait comploteur. D'Artagnan jeta une pièce sur la table pour son vin, sortit de la taverne, et aperçut tant bien que mal un autre cavalier qui attendait déjà à cheval, dans l'ombre d'un angle de mur, vêtu de gris et de ponceau, sous un grand chapeau. On n'échangea pas un mot, pas un salut et on prit la route de Saint-Germain.

Le mousquetaire embourgeoisé par ses vêtements mais armé comme un ruffian songea que le Cardinal n'était pas peureux d'avoir traversé Paris seul avec Millet au risque d'être reconnu, sa face pendant en effigie à bien des potences. Il estimait les ministres courageux. Et Mazarin avait belle allure en cavalier. On galopa dans la froidure.

Paris s'éveilla dans un gel qui mordait les lèvres et sans Roi. Un canard auquel on coupe le cou continue de marcher, mais ne sait où il va. Paris, sans sa tête sacrée du Roi, se montra assez bon canard de basse-cour. Il courut partout, donna contre les murs, tomba à la Seine, trébucha, ne sut où aller ni que faire, brûla quelque hôtel pour chauffer sa colère plus que ses onglées, voulut battre un financier en chemise et bonnet, cracha sur des mousquetaires, ce qui valut quelques coups d'épée, cogna à des portes et réveilla Gondi qui dormait tard.

Le coadjuteur était bien maître dans Paris. Mais maître de quoi ? Il fut assailli des bruits les plus fous. La reine Christine de Suède marchait à la tête de ses troupes inoccupées depuis les traités de Westphalie pour aider le Roi. Elle viendrait à Paris, mais ce serait pour assassiner son amant Monaldeschi et tenter d'enlever Niwen dont elle était tombée folle. Les mercenaires allemands de Condé, vainqueurs de Lens, viendraient assiéger la ville et lui réserver le sort que les Poméraniens de Gassion réservèrent à la Normandie. Le Parlement avait trahi ! Gondi harangua, caressa, menaça, calma, bénit. Il s'adorait bénissant ces foules tout à sa dévotion et qui ne voyaient que par lui, c'est-à-dire pas plus loin que son nez retroussé et noiraud.

Dans sa boîte Scarron riait de ce chahut et de tout ce qu'on lui rapportait, tenant en sa main torse celle, blanche et jeune, d'une demoiselle d'Aubigné, nobliaute ruinée depuis les guerres de religion et descendante du grand et si grincheux Agrippa, et à laquelle il avait dit : choisissez le couvent ou bien m'épousez. Elle n'avait pas encore répondu ; mais se savait réduite à ces extrémités. Qu'arrivait-il, là, à Scarron, peu chantre du mariage ? Rien ou tout. Un effet de mode : la jeune Françoise d'Aubigné, née aux Indes Occidentales de la Martinique, ancienne pensionnaire des Ursulines, évadée de Niort et autres lieux sans intérêt, comme Scarron du Mans, avait su, par sa fraîcheur et son apparition en Lysiane dans la *Clélie* de Mlle de Scudéry, séduire l'esprit vif et le corps contrefait de l'auteur du *Roman comique*. De plus Somaize la mit en scène en Stratonice. Scarron s'enchanta donc en se mettant en tête d'épouser une héroïne de roman.

Que faire en une boîte à moins que l'on y songe ? Et que faire à Paris sinon étonner Paris ? Elle avait une jolie voix, non pour chanter comme Ninon, courtisane à voix d'ange, mais pour lire. Et Scarron lui faisait lire les descriptions faites d'elle par ces auteurs à la mode. Pour la Scudéry, Françoise d'Aubigné – Lysiane – était « grande et de belle taille, le teint uni et beau, les cheveux d'un châtain clair, le nez bien fait, la bouche bien taillée, l'air noble, doux, enjoué, modeste, et pour rendre sa beauté plus parfaite et plus éclatante, les plus beaux yeux du monde ; noirs, brillants, doux, passionnés, pleins d'esprit. La mélancolie douce y paraissait quelquefois avec les charmes qui la suivaient toujours ; l'enjouement s'y faisait voir à son tour avec les attraits que la joie peut inspirer... Elle ne faisait pas la belle quoiqu'elle le fût infiniment. »

Françoise, de plus, rougissait à lire ces portraits d'elle. Elle comptait seize ans, orpheline et sans fortune, écrivant des lettres à ravir, et sans dot pour trouver un mari convenable ni être acceptée par un couvent. Scarron adorait cette rougeur de la modestie. Il savait soigner cela !

Scarron avait belle âme dissimulée sous les sarcasmes, et grand cœur dissimulé sous la difformité. Cette fille lui plaisait et puis elle n'était plus vierge, ayant été culbutée en une grange, disait-on, en quelque campagne des bords de l'Eure par un marquis. Elle ne s'offusquerait de rien, sinon, en jolie Précieuse, des fautes de vocabulaire. On la courtisait chez lui, cela l'amusait en sa boîte, mais l'esprit qu'elle mettait à répondre pour ne pas succomber enchantait le chanoine et le rassurait sur sa pudeur.

Alors que Paris bouillonnait, défilait, s'armait, s'inquiétait, se révoltait, courait çà et là, Scarron menaçait de faire une fin de sa vie de garçon avec une beauté inespérée qui, bien sûr nous le savons mais il ne pouvait malgré son esprit fertile l'imaginer, régnerait sur le plus grand Roi que connaîtrait la France, jusqu'à l'épouser. Roi vieillissant il est vrai, alors qu'il était encore un puceau grelottant sur un lit de camp dans le matin glacial de Saint-Germain. Méconfort que sa mémoire, bâtie comme forteresse, n'oubliera jamais.

En effet, le Roi, non plus que Scarron, n'oublierait cette journée-là.

Le Roi n'oubliera rien de ce qu'il entendit. Il entendit le Parlement décréter Mazarin « perturbateur du repos public, ennemi du Roi et de l'Etat », lui accorder vingt-quatre heures pour quitter la Cour, une semaine pour franchir les frontières du royaume et, passé ce délai, ordonner à tout Français de lui « courre sus ». Ainsi les gardiens de la loi selon Gondi rejetaient toute loi de justice, condamnant un Cardinal, ils n'y étaient pas habilités, refusant à un « accusé » tout moyen de défense. Qu'étaient donc ces supposés gardiens de la loi qui choisissaient l'illégalité ? Et qu'étaient ces têtes de fouine engoncées dans l'hermine qui séparaient la notion de Roi de celle d'Etat ? Louis, à son habitude, garda ses interrogations pour lui, il connaissait ses propres réponses.

Il apprit qu'on rançonnait les banquiers. Il sourit.

Il apprit que Mme de Longueville, qui avait prétexté d'une fièvre la nuit des Rois pour rester à Paris, avait fait quitter Saint-Germain à son frère Conti, qu'on bombarda généralissime des armées du Parlement, vagues bataillons de bourgeois, d'artisans, de marauds qui ignoraient tout des armes. Louis ricana.

Il apprit qu'on avait libéré Ninon des Madelonettes. Louis soupira.

Il apprit que Turenne passait en défection ! On avait licencié son armée d'Allemagne, inutile. Louis songea à la guerre et à la paix et à l'ennui des généraux qui n'ont plus de bataille à livrer. Turenne était protestant. Louis se signa.

Turenne commandait aussi la meilleure armée d'Europe depuis le retour de Condé, et la Reine elle-même le nommait « le bras droit de la Régence », bien que composée de reîtres allemands de Saxe-Weimar. Et s'ils marchaient sur Paris et Saint-Germain... Louis s'inquiéta.

Il apprit alors le coup de dés de Mazarin. Qui trouva dans un Trésor supposé vide de quoi payer les soldats de Turenne qui lâchèrent leur généralissime. Louis comprit que donner tard était donner bien. Et que les banquiers étaient précieux aux Rois puisque la solde des reîtres fut tirée des coffres de Barthélemy Hervart, qui fit le voyage d'Allemagne lui-même avec de bons arguments, dictés par Mazarin et étayés par un million et cinq cent mille livres. Turenne dut prendre la fuite jusqu'à Heilbronn.

Pendant ce temps, Condé le Victorieux établissait le siège de Paris, avec l'art que chacun lui reconnaissait. Louis l'observa, visita les campements, les placements d'artilleries, les contrescarpes. Ils marchèrent bras dessus, bras dessous, s'appelant « mon cousin ». Louis aima beaucoup et comprit en contemplant le nez de son glorieux et grand cousin pourquoi feu son père le roi Louis XIII aimait tant ses gerfauts et autres rapaces. Ils exhaussaient par métaphore l'idée de race.

Condé fit tirer une canonnade sur la ville, pour le plaisir du Roi.

Paris creva de faim, mangea des rats. Louis jubila.

Paris se rendit après quelques escarmouches où de vrais soldats faisaient détaler de simples bourgeois. Le Parlement n'eut pas de Cromwell et le Roi avait Condé. On signa une paix à Rueil chez l'ancien Cardinal, cet ennemi de tout Parlement.

Louis sourit en douce du choix du lieu.

Le 18 août, Condé ramena le Roi et la Régente sa mère, après une préparation monétaire et psychologique (le mot n'existait pas mais la technique si), sous des acclamations d'une spontanéité stipendiée, les harengères criant haut le nom même du Cardinal, qui avait annulé le paiement de leur droit à l'étal. Ce fut triomphal, ce fut brouillon, ce fut faux, mais ce fut !

Le 5 septembre, on fêta l'anniversaire du Roi et ses retrouvailles en sa capitale par un bal à l'Hôtel de Ville. Il n'eut pas lieu en soirée mais dans l'après-midi, la Régente était prudente. Et puis ainsi on invitait les bourgeoises qui faisaient concurrence à bien des duchesses dont la majorité fut frondeuse. Le Roi ouvrit le bal avec sa cousine Mademoiselle, seize ans et une tête de plus que lui, par une courante durant laquelle elle le regarda de haut ; il la trouva attrayante sensuellement mais détestable. La Reine, elle, s'étonna de la munificence des bijoux des dames non titrées. Ces bourgeoises étaient de vrais étals de joailliers, mieux que bien des corsages de duchesses à tabouret. Elle en fut songeuse. Le bourgeois est meilleur économe que le duc.

Gondi, lui, vécut une scène de ménage. Son amante Guéménée avait fui Paris, et donc avait abandonné son amant dès l'installation du siège. Elle revenait de Port-Royal-des-Champs, outrée que Gondi ait tant visité l'hôtel de Chevreuse pendant son escapade, au moins autant que le Parlement, et pour d'autres satisfactions et intrigues, la belle Chevrette étant rentrée de Lorraine aux premiers troubles, car on ne se refait pas, et ayant recommencé à changer d'amant comme de jupe et d'enjôler le coadjuteur.

Pris de folie, Gondi saisit son amie à la gorge ; prise de furie, Mme de Guéménée le frappa d'un chandelier. Et menaça l'assommé de lui couper les parties et de les envoyer en un bassin d'argent à la si accueillante duchesse blonde, comme la tête du Baptiste à Salomé, afin qu'elle se les monte en parements et affiquets.

Dans les dix minutes, on pansa les bleus, soigna l'estafilade et se raccommoda au lit, sans rien trancher à personne. On ne se réveilla qu'à midi.

On tut ces événements-là à Louis. Ce qui peut se révéler dommage, l'affaire était riche d'enseignement pour un jeune corps encore puceau et qui rêvait de ne l'être plus.

De son côté Mazarin, qui avait plus d'esprit que d'âme, s'apprêtait à rouler Condé comme poisson dans la farine, après lui avoir beaucoup promis, M. le Prince lui ayant reconquis Paris, plus sur son nom que par les armes.

Dieu merci, tout n'était pas fini.

L'AMOUREUX DE LA REINE

Pendant les émeutes, la Régente avait caché Louis, que le peuple voulait emmener avec lui à l'Hôtel de Ville, et c'est ainsi qu'on avait dû fuir à Saint-Germain. Maintenant l'enfant savait la version de ce désagrément. Un jeune officier, Roger du Plessis de La Roche-Pichemer, marquis de Jarzay, le lui avait conté, et comment avec quelques autres « braves » il avait proposé à la Reine de se faire tuer à sa porte. Louis dans sa jeunesse le jugea bien exalté. Il l'était. Puis l'enfant comprit que ce Jarzay était amoureux de sa Reine. Cela passionna et intrigua les onze ans de Louis.

C'était ridicule, émouvant, mais affaire d'Etat et fit voir à Louis le monde autrement. Il épia la Cour. Il épia sa mère. Et si ces libelles que lui passait en douce son frère Philippe d'Anjou disaient vrai sur ce satrape de Mazarin ? Louis rougit. Mais en son jeune corps bien des choses avaient changé, bien des choses le torturaient. Il eut des boutons, des crises de larmes et de colère. En cette complexion vive de garçon, la raison toujours étouffait tout, sentiments et pulsions ; Louis donna des coups de pied à son frère, gifla Brienne méchamment, voulut se battre avec Vivonne. Ses instituteurs se plaignirent, la Reine gronda. Louis quitta la pièce et rôda dans les jardins.

Il chassa de sa compagnie M. de Villeroy, l'homme qui disait toujours oui. Mme de Sénecey, sa gouvernante, s'approcha du jeune Roi.

— Sire, confiez-vous. A vos amis, à votre mère. Quel chagrin, quelle colère vous meut ainsi ?

— Madame, vous passez pour la personne la plus sage et

pieuse de cette Cour. Je vous sais aussi la plus généreuse. De cette générosité du cœur que tous ici étouffent.

— Merci, Votre Majesté. Accordez alors à cette générosité de lui dire ce qui vous tourmente. Je suis également discrète, silencieuse, et sais garder ce qu'on me confie.

— Ma mère la Reine régente a un amant !

— Jarzay... mais c'est une calomnie ! Ce jeune exalté pousse en effet des soupirs à fendre les pierres, regarde ses mains comme des reliques saintes, se parfume, devient ridicule.

— Ma mère lui a donné le commandement des gardes de mon frère.

— Jarzay appartient à Condé, ce commandement est destiné à remercier M. le Prince de ses bonnes actions durant les émotions qui ont secoué Paris. De la politique.

Louis resta rêveur et fit quelques pas dans les allées. Regarda la marquise dans les yeux.

— Ma mère a quarante-neuf ans. Et ce Jarzay...

— Oh, vingt-cinq ! C'est un muguet, comme il en pousse cent par mois en ce Palais.

— Vous, Madame...

— Moi, Sire ?

— Avancez en âge et avez un amant. Que nul ne vous reproche. Le comte de Guitaut est brave, mon père l'aimait, ma mère a toute confiance en sa protection, moi-même lui remettrais en gage ma vie et ma couronne.

— Sire, M. de Guitaut en effet mérite ces louanges.

— Et vous, Madame, méritez l'amour de Guitaut. Mais...

— Mais, Sire... ?

— Madame, le Roi vous en prie, donnez-moi votre main.

— Elle est à vous, Sire.

Le jeune homme prit doucement la main de sa gouvernante, la contempla, baisa le bout des ongles et la retint entre ses doigts.

— Mais vous n'êtes pas Reine régente de France et mère du Roi.

— Je ne suis que votre gouvernante, honneur que je sais grand, mais qui fait de moi votre servante, et c'est un autre honneur que de servir le Roi. Une servante peut avoir un amant et non une Reine ? Est-ce cela, Sire, que votre discours signifie ?

Louis se tut. Ils marchèrent en silence ; Mme de Sénecey, de gestes discrets, éloignait qui songeait à s'approcher.

Le jardin du Palais royal leur appartenait, son autre population de promeneurs longeait les arcades.

— Sire... Puis-je ?

— Oui, Madame, vous, vous pouvez.

— Sire, une femme, fût-elle duchesse ou lavandière, marquise ou reine, peut refuser l'amour de qui que ce soit. Mais doit-elle refuser toute admiration ? Etre admirée n'est pas contraire à son honneur.

Louis réfléchissait ; Mme de Sénecey trouva qu'en ce garçon monté en graine ressortaient tout à coup des rondeurs et un regard revenus de l'enfance qui n'était pas si loin, et rôdaient encore en ce jeune corps trop grave, au port d'une noblesse outrée. Un gamin qui joue à la parade, mais sans doute un homme déjà. Quel combat enfance et maturité naissante devaient se livrer en cette âme. « Et en son corps, ajouta-t-elle en rougissant. Il est jaloux de sa mère car il est jaloux de l'amour dont il ignore tout. »

— L'honneur... oui. Les femmes bien sûr ont leur honneur...

« Au moins aura-t-il appris quelque chose », pensa la marquise. Se tenant par la main, ils regardaient le grand bassin.

— J'aime les eaux jaillissantes. Je ferai construire un château dont les parcs seront des parterres d'eau. C'est un joli mot, par-terre d'eau. Il y aura des grottes aussi, comme à Saint-Germain. J'étais très enfant mais j'aimais ces grottes avec leurs statues et leurs fontaines, quand vous m'y meniez.

— En effet, Sire, les grottes de Saint-Germain...

— Saint-Germain où nous avons couché sur la paille dans le froid d'un janvier glacial. Mais nous parlions de l'honneur des femmes, qui, en effet, bafoué est aussi gravement blessé que l'honneur d'un Roi contraint de fuir sa capitale.

— Sire...

— Je sais, Madame, je deviens ennuyeux.

— Non, Sire, profond et grave. Cela se nomme intelligence. Elle ne règne pas que dans les sphères de la mathématique et de l'érudition, son meilleur lieu d'expression est la vie du quotidien, et elle seule, cette intelligence, peut rendre cette vie meilleure ; pour soi et ceux d'alentour. Etouffée par une certaine lâcheté devant les passions qui nous assaillent, elle mène alors la vie au pire. Je ne parle pas des débordements, qui ne sont que fumées qui passent et disparaissent, mais de l'état d'aigreur qui en résulte, de la méchanceté, de l'abus de sa position, d'une tyrannie qui étouffe ladite intelligence. Je la crois lumineuse mais fragile.

Louis se tourna vers la marquise. La regarda, qui franchissait la quarantaine, son élégance discrète, sa beauté se fanant, l'éclat superbe et joyeux de ses yeux qui balayaient les traces du temps. Il sourit.

— Madame ma gouvernante, savez-vous pourquoi je vous aime ?

— Sire, je suis...

— Parce que vous me parlez comme à un homme, non comme à un enfant. Parfois pas comme à un Roi !

Il rit de bon cœur.

— Je n'oublie jamais que vous êtes le Roi. Mais vous fûtes un roi enfant. Maintenant cet état est passé. Aussi, si Votre Majesté voulait bien m'entendre, et vous le désirez puisque vous me questionnez, considérez Madame votre mère la Reine régente avec votre hauteur et votre intelligence d'homme, non avec vos besoins d'enfant ; si j'osais...

— Osez, vous, vous le pouvez. Voilà que je rabâche !

— Vous aurez des amours, Sire. Et au-delà du plaisir que l'amour donne aux sens, ce qui n'est pas rien, il octroie aussi aux deux personnes, aimée et aimante, une nouvelle intelligence de la vie.

— Vous aimez Guitaut de cet amour-là ?

— Oui, Sire. Ce qui n'advint pas hélas avec feu mon mari. Ni de sa part, ni, je me le reproche, de la mienne.

Louis la regarda droit dans les yeux.

— Et vous eûtes des amants avant ce veuvage, pendant votre mariage ?

— Je l'avoue. Des passades charnelles, et quelque peu sentimentales. Ma piété me les fait reprocher, mais non regretter. Je fus discrète, seuls Dieu, mon confesseur, moi-même et ces hommes savent ce qu'il en fut. Tant pis si certains eurent la lâcheté de s'en vanter... Maintenant le Roi aussi le sait.

Et ce fut la marquise qui offrit, aux massifs de pivoines venues de Chine et dont son teint prenait peu à peu la couleur d'un pourpre si soyeux, son plus éblouissant sourire. Celui auquel rêvait encore son cousin le duc de La Rochefoucauld.

— On pourra toujours tout confier au Roi, sans crainte jamais qu'un autre sache ce qu'on dit à son oreille. Je serai secret ; je le suis déjà. Ce secret est de ma fonction. Mais je suis franc aussi. Ainsi, je suis heureux, Madame, que vous soyez ma gouvernante.

Louis tira son chapeau et salua la marquise. La marquise fit la révérence.

— Mais Jarzay ?

Ainsi il ne lâchait pas le lièvre, chasseur comme son père !

— Sire, c'est un pitre. Mais il amuse. Un divertissement pour période troublée.

— Oui, une marionnette, sans doute, mais que Condé anime !

Ainsi, il voit cela !

— M. le Prince en effet le protège.

— Et Jarzay, petit marquis, n'appartient qu'à lui. A ce grand cousin victorieux. Qui l'a placé ici comme un coin dans une pierre à fendre. Comme une dague de théâtre dans le dos du Cardinal.

Le Roi fit quelques pas, baissant la tête, ce qu'il semblait d'habitude s'interdire.

— Un jour, Madame, je n'aurai plus de ministre. Plus de princes au Conseil, mais des hommes utiles, des intelligences (il sourit à la marquise) nécessaires et qui me devront tout, à qui je ne devrai rien, surtout pas un retour à Paris !

— Et en ce jour-là, Sire, vous n'aurez plus non plus de gouvernante !

— Voilà bien la seule fâcheuse nouvelle de ce futur changement d'état. Aurai-je mon baiser d'amie, ce soir au coucher ?

— Sire, si vous le désirez.

— C'est bien la seule chose à laquelle un Roi ne peut contraindre.

La marquise ne dit rien. Un enfant, encore ! Qui ignore qu'il contraindra à bien pis. Mais déjà il désire des lèvres de femme sur les siennes. Et pas des lèvres de nourrice. Il serait temps que sa mère la Reine lui fournisse plus... et une bouche plus jeune que la mienne.

— J'ai vu des couples s'embrasser en ce jardin. Il m'est arrivé de les envier. Embrassez-vous Guitaut derrière ces arbres ?

— Oh, Sire ! M. Guitaut est aussi discret que moi. Et si j'osais, aussi « secret » (elle appuya le mot) que Votre Majesté.

Elle avait lâché la main du Roi dans son mouvement de retrait ; il ne dit rien mais la reprit.

— Il n'empêche...

— Oui, Sire ?

— J'aimerais recevoir un baiser. Ou vous le donner.

Mme de Sénecey pencha à peine son visage, le Roi avait grandi, et les lèvres de Louis se pressèrent sur les siennes. Il écarquillait ses yeux sombres venus des Médicis, elle eut l'idée de clore un instant ses paupières. Mon Dieu ! que fais-je ? lui montrer comment une femme se rend !

Il tenait son chapeau à la main, se recoiffa.

— Merci, Madame. C'était un baiser d'amour, je crois.

— En effet, Sire. Et je l'ai reçu de vous.

— Mieux, Madame, vous l'avez accepté comme tel. Il semble que ma mère en ait accepté d'ainsi tournés de M. de Buckingham dans certain jardin d'Amiens.

« Et plus encore, pensa Mme de Sénecey. Le voilà qui se tourmente au sujet de sa mère. Ce Jarzay lui empoisonne l'esprit... et les chansons sur Mazarin aussi. »

— Je suis une femme, la Reine aussi.

— Je dois veiller sur elle. Comme je veillerai sur vous. Je vous ferai duchesse.

Et si je comptais vingt ans de moins, ta maîtresse ! Elle frissonna.

M. de Jarzay déplaisait à Mazarin comme il déplaisait au Roi, et pour des raisons voisines. Capitaine des gardes de Mgr le duc d'Anjou, Jarzay était admis dans le particulier de la Régente au nombre des rares gentilshommes, comme des Jars, Mortemart, père du jeune Vivonne, et Guitaut. Une intimité, donc, réservée aux proches féaux. Si ces messieurs savaient faire leur cour à la souveraine, Jarzay, lui, tentait de lui faire la cour. Les compliments pleuvaient ; les regards s'éternisaient, et tous s'en amusaient.

Mme de Sénecey ne cacha rien à la Reine de sa promenade et de la conversation dans les jardins, car en une Cour tout se sait, donc autant confirmer.

La Reine écouta son amie. Mais toléra encore Jarzay, car, depuis le siège de Paris, la Reine ne comptait guère de distractions mais multipliait les soucis. Mazarin lui-même ne réussissait pas à la divertir et n'en avait guère le temps, ni le goût, épuisé par le travail, énervé par les libelles contre lui, craignant même pour sa vie.

Jarzay s'en donnait à cœur joie et, aux dires de tous, ne manquait pas d'esprit. Trop. Il dit chez Condé qu'« une femme espagnole, quoique dévote et sage, se pouvait attaquer avec quelque espérance ». Il avait par ailleurs, avec maints cadeaux et promesses, gagné sa dame de chambre, Cathau la Borgnesse, Catherine Bellier, dame de Beauvais et future comtesse dans l'année pour services rendus à la Couronne...

Par Cathau, un poulet amoureux atteignit la toilette de la Reine. Mazarin exigea les renvois ! Louis le Silencieux observait sans mot dire. La Reine défendit Mme de Beauvais qui la coiffait si bien. Pour Jarzay...

Devant ses dames, elle s'écria :

— Il paraît que j'ai un amant ! Un jeune muguet, sans doute en mal de mère.

On se moqua fort du jeune capitaine et marquis. Les traits de ces dames, dont certains de Mme de Sénecey qui y prit, dût-elle en convenir, grand plaisir dans la férocité, furent bien sûr rapportés.

Jarzay ne désarma pas pour autant. Bravant le ridicule, cette arme fatale des cours souveraines, et ce depuis les siècles des Valois, il se présenta encore au particulier de la Reine.

Là, la Reine, qui avait appris son texte sur une lettre de Mazarin, tint son rôle de grande comédienne.

— Voyez-moi ce joli galant ! Vous me faites pitié avec vos soupirs. Il faudrait vous enfermer avec les fous des Petites Maisons, mais il est vrai qu'il ne faut pas s'étonner de votre folie présente, car vous la tenez de race. Un de vos oncles n'a-t-il pas courtisé Marie de Médicis jusqu'à l'exil !

C'était une insulte publique. Jarzay fit front, se redressa :

— L'aventure était belle, le crime honorable, et je ne suis nullement honteux d'en être accusé.

Il quitta les lieux, rendit sa charge. Condé entra en rage !

« Le vieux galant italien a chassé le jeune Français ! » hurlait M. Le Prince à qui voulait l'entendre, ou ne voulait pas d'ailleurs, tant il criait haut. Le prince commanda des mazarinades immondes qui ne lui firent pas honneur sur la sexualité du « bougre de Calabre » et divers aspects de ses rapports charnels avec la souveraine... et les fils d'icelle.

Insultant à foison, il se clama insulté. Fort d'avoir sauvé la monarchie, il l'attaqua. Il entra chez la Reine comme en place forte, demanda explication : comment osait-on chasser de la Cour le protégé d'un prince du sang ?

La Reine plaida que le marquis n'avait rien voulu entendre, et qu'elle avait donc dû recourir à certaine sévérité, toute femme ayant le souci de sa réputation.

Condé opina mais rugit et exigea le pardon de Sa Majesté et cousine à son ami et féal Jarzay.

Jarzay revint aux gardes mais non au particulier.

Condé avait cherché et trouvé la rupture. Poussé par sa sœur amoureuse, Anne Geneviève de Longueville, mauvais ange mais fougueuse maîtresse, qui exigeait que la famille qui avait sauvé la monarchie et le bougre de Calabre chapeauté de rouge obtînt plus. La Reine avait déjà donné le gouvernement de Champagne à Conti, celui de Damvillers à Marcillac, duc de La Rochefoucauld, cousin de Mme de Sénecey dont il fit l'amoureux et amant de la duchesse de Longueville, dont le mari deux fois cocu obtint celui de Pont-de-l'Arche, place forte clé de la Normandie.

Condé se montre insociable, insultant, ignore « Louison », baptisé ainsi d'un nom de servante alors qu'il s'agit de son Roi, ne salue personne, bouscule les gardes du Cardinal, fait imprimer dans ses caves des horreurs à placarder dans Paris.

> *Peuple, n'en doutez plus il est vrai qu'il la fout,*
> *Et que c'est par ce trou que Jules nous canarde ;*
> *Les grands et les petits s'en vont à la moutarde :*
> *Respect bas, il est temps qu'on le sache partout.*
> *Son crime est bien plus noir que l'on ne pense pas ;*
> *Elle consent l'infâme au vice d'Italie,*
> *Et croirait sa débauche être moins accomplie,*
> *Si son cul n'avait part à ses sales ébats.*

Ce n'est plus Mazarin qu'on brocarde, c'est la Reine qu'on insulte. De faux attentats contre un frondeur qui n'est que paille dans un pourpoint, contre le carrosse vide de Condé, deux coups de feux sont tirés. Qui machine ? qui invente ? qui ment ? A qui profite le mensonge ? Nul n'a plus d'ami, tous sont ennemis. Chacun invente contre soi un complot, Gaston crie à son assassinat, Mazarin sait qu'on veut sa peau, interdit à la Reine de sortir sans une forte escorte, le Roi ne doit pas quitter Guitaut de la longueur d'une botte. On a surpris des échevins buvant à la santé de Cromwell !

Condé, lui, enrage. Les nerfs ont pris le dessus ainsi que le fiel de sa si belle sœur. L'ami cousin du Roi devient fou dangereux.

Et Louis, qui ne digère pas Louison, vit comment se faisait la politique, selon du moins le génie de M. Mazarin.

Il fit revenir, invités, l'oncle Gaston et sa fille Mademoiselle, qu'il dut faire danser tant qu'il put, ce qui le vexait, bien qu'il aimât la danse, la duchesse de Chevreuse, et donc les Lorraine, les Rohan. Même M. le Coadjuteur, le grand vaincu des émeutes de Paris. Louis grimaça mais apprit que Condé et tous ses princes faisaient procès à Gondi au nom de qui, sinon du Roi ? A Gondi et ses amis, et au conseiller Broussel ! M. le Prince se plaignait qu'on avait voulu le tuer ! Le procès était faux et truqué, et la Reine donc prenait parti pour la justice, fût-elle en faveur de ses anciens ennemis. Du moins était-ce la noble apparence donnée. Il était si facile de pousser Condé à la rage, grand nerveux qu'il était, et, partant, à la sottise.

La Reine, après avoir acheté en vain les Bourbons, acheta les frondeurs parlementaires et il fut décidé, devant Gondi soi-même, que les princes seraient arrêtés. A Guitaut, Condé ; à son neveu Comminges, Conti ; à Villequier, le duc de Longueville.

Ce 18 janvier 1650, Conseil à la Cour. Les carrosses des princes se font attendre. Par principe : des Bourbon-Condé viennent de leur plein gré, on ne les convoque pas. La Reine a la migraine, diplomatique ou réelle ? Dans ce tumulte on l'aurait à moins. Aussi ferme-t-on les portes de son appartement pour lui épargner tout bruit. La princesse douairière de Condé la visite, inquiète de sa santé. La Reine rougit, bredouille, semble fort malade. Condé les aperçoit ensemble, cherche dans un couloir Mazarin pour lui extorquer une nouvelle requête. Arrivent alors Conti et Longueville enchiffrené qui ne cesse de moucher. Le Conseil de régence est enfin réuni.

On ouvre les portes de la grande salle, à son habitude Louis de Bourbon Condé passe le premier, suivi de ses frère et beau-frère. S'approche alors, venant d'une fenêtre où il attendait, le capitaine Guitaut. Condé l'accueille très honnêtement, enfin un brave dans cette engeance de poulailler.

Que Guitaut lui demande une grâce, un de ses régiments de chevau-légers, il l'aura de suite. M. le Prince n'a cessé de distribuer des grâces depuis la fin du siège de Paris. Il fait le roi.

— Ah, Guitaut, je suis aise de vous rencontrer. Que me voulez-vous ? vous l'aurez ! Enfant sachez que je vous ai admiré, adulte il plairait de vous avoir à mes côtés dans nos futures batailles.

— Monseigneur, ce que je veux c'est que j'ai ordre de vous arrêter.

— Moi, monsieur Guitaut ! Vous, vous m'arrêtez !

— Oui, Monseigneur. Ordre de la reine régente de France.

Dans la suite de Condé qui est resté à la porte, Jarzay surgit l'épée à la main.

Guitaut lui saisit le bras, sans dégainer :

— Marquis, n'en avez-vous pas assez fait ? Une sottise de plus, et je vous casse la tête. Voilà où nous en sommes grâce à vos poulets.

Guitaut tient un pistolet.

Condé éloigne Jarzay, demande à voir la Reine. Guitaut promet de la trouver et laisse le prince seul, dans la galerie. Il pourrait s'évader. Guitaut n'est pas contre ; vilain métier que d'arrêter un héros.

La Reine est guérie, certainement par grâce divine, toute migraine l'a quittée ; en grande robe d'apparat, tenant Louis près d'elle, elle reste dans l'encoignure d'une porte et regarde. Elle ne recevra pas Condé.

Guitaut revient, Condé n'a pas bougé.

— Monsieur le Prince, veuillez me remettre votre glorieuse épée.

— A vous, Guitaut, je le veux bien. Mais je ne comprends pas. N'ai-je pas été le plus fidèle soutien de mon cousin le Roi, et le ministre ne m'a-t-il pas assuré de son amitié ?

Guitaut prend l'épée du valeureux soldat comme une sainte relique. Condé lui sourit :

— Eh bien, obéissons ; où m'allez-vous mener ? J'espère en un lieu chaud. Il gèle en ce janvier.

— Monseigneur, au château de Vincennes.

— Demeure royale et forteresse. C'est un bon lieu pour un soldat. J'y pourrai parfaire mes connaissances en architecture militaire.

Condé s'approche de Guitaut et lui prend le bras.

— Vous m'accompagnez dans mon carrosse, j'espère. On arrêtera aussi ma sœur ? Elle a des talents pour faire passer le temps.

— Mme de Longueville doit être à cette heure en route vers la Normandie, qui est du gouvernement de son mari.

Condé regarde le capitaine. Guitaut lève le sourcil.

— Vous êtes bon soldat, capitaine, vrai gentilhomme, et de plus galant homme. Cette affaire terminée, revenez me voir, je vous donnerai un régiment.

— Pas à moi, Monseigneur, mais pour un mien neveu j'y consens.

Ainsi ce prince qui affama Paris fréquente les rats de Vincennes. Du moins c'est ce que pense le peuple. Condé et ses frère et beau-frère sont plutôt bien logés. Mazarin a fait bâtir deux gracieuses ailes dans les cours.

Paris allume des feux de joie, crie « Vive la Reine » et même « Vive Mazarin ».

Ce que Richelieu et Louis XIII mirent vingt ans à coudre, un enfant le réalisa en deux ans. Comme ses deux grands prédécesseurs, il le fit contraint et forcé et, mieux qu'eux, en tira immédiatement des conséquences qui s'imprimèrent fortement en son esprit et ne le quittèrent jamais.

Louis allait reconquérir son royaume en fuyant. M. Pierre de Corneille avait écrit *Horace*, et son célèbre duel inégal, un contre trois, dans l'arène ; Louis battit ses propres Curiaces, princes du sang, seigneurs de la guerre, héros du royaume, en attendant qu'ils se lassent. Parfois, simplement, en apparaissant.

Mens agitat molem, lui avait enseigné dans Virgile l'abbé Hardoin de Péréfixe, qui lui inculquait la morale et le latin que Louis maniait avec certaine grâce et un classicisme tout cicéronien. Oui, l'esprit du roi Louis meut la masse. Et, aurait-il pu ajouter, et il le faisait *in petto*, doit la mouvoir. Le fervent latiniste silencieux, avec une patience qu'on ne lui connaîtra plus bientôt, et cela il le sait, l'a décidé, va le montrer, l'imposer, il en est sûr, pour fixer à jamais son univers sur lequel ne régnera que sa volonté, version moderne du vers panthéiste de l'auteur de l'*Enéide*, est pour l'instant bringuebalé, en voyages incessants, fuites camouflées, par les « masses » agitées de mouvements incontrôlables.

Alors il découvre ce qu'il ignore : son royaume et ses habitants.

Il a tout vu, il n'a guère compris l'incompréhensible, mais il a compris les hommes, Gondi, Condé, Mazarin.

La Bourgogne est séditieuse, la Normandie peu sûre, on y traque la duchesse de Longueville qui change de refuge chaque jour et semble avoir trouvé quelque bateau pour passer en Angleterre ; on l'oublie. On ignore qu'elle a rejoint Turenne, qui s'est enfermé à Senay, place forte sur la Meuse, et qui attend les troupes espagnoles de l'archiduc Léopold Guillaume. Bordeaux est révoltée, qui a accueilli Claire Clémence de Maillé-Brézé, épouse de Condé.

Tous ces gouvernements qu'on a généreusement distribués à leurs maîtres princiers ne sont plus au Roi.

On s'occupe d'abord de la Bourgogne.

Le Roi doit y rejoindre ses armées, une idée du Cardinal.

Louis voit. La Bourgogne fut terrain de combats, théâtre des opérations entre la France et l'Empire, cette guerre terminée en Westphalie. Les trois mille personnes qui l'accompagnent traversent villages détruits, aux paysans nus comme vers marchant dans la boue, femmes hagardes qui tendent la main, enfants semblant des squelettes à gros ventre et qui ne mangent que des brins d'avoine. Que faire pour eux quand dans son pourpoint de velours on n'a pas une seule pièce. Ici on trouve un troupeau de cinq cents orphelins de moins de sept ans accueillis par un couvent. La Reine donne deux pendants d'oreilles pour les nourrir. On traverse sans trop regarder, on va à l'armée qui assiège Bellegarde.

La pluie noie tout. Des soldats se traînent sur des béquilles, les tentes laissent passer les gouttes froides d'eau noire mêlées à la suie des incendies. Mazarin est là, qui dirige les travaux, se prenant pour Richelieu devant La Rochelle.

Un cavalier fend le déluge, un cri :

— Le Roi vient ! le Roi arrive ! le Roi est là !

On tente de présenter ce qui ressemblerait à une armée.

Il approche, sort de son carrosse. Guitaut inondé du plumet aux bottes lui présente un cheval. Le Roi monte, il est très expert en ces choses. Il a grandi, il a minci, est beau. Les soldats ne l'ont jamais vu, ils sont séduits. Ils mangent des écorces, de la paille mêlée de farine à charançons qui sont leur seule viande, ou des produits de rapines, mais il ont le Roi.

On lui présente une lunette, à cheval il regarde les remparts de la ville rebelle, voit s'en échapper un nuage de fumée, puis entend une seconde plus tard une détonation, puis encore un sifflement, et à six pas de lui s'écrase un boulet.

Louis n'a pas frémi ! Ses troupes l'acclament. Un drapeau blanc flotte à la porte de Bellegarde, un cavalier en sort, galope jusqu'aux royalistes. Il remet un pli que Guitaut tend au Roi. Le commandant de la place présente ses excuses à Sa Majesté de cette canonnade insensée et sacrilège.

Des remparts, viennent les cris en écho de « vive le Roi ». Bellegarde se rendra dans les deux jours. Et les soldats des deux camps pactiseront dans une fête générale, pour laquelle on pillera les villages voisins.

Il suffit d'apparaître, et l'ordre renaît. Quel enfant de douze ans ne penserait pas ainsi ? Parade et impassibilité.

Bordeaux la Rebelle. La Meilleraie commande le siège. Escarmouches, quarante morts en deux heures. Mazarin dit qu'il songe à négocier. C'est une feinte. M. de Gourville vient parlementer. On offre un mariage : Mlle Martinozzi, nièce du Cardinal, avec un Conti : elle deviendrait princesse du sang royal. C'est que les vendanges approchent et la guerre va tout gâter ! Or l'été fut bon dans les vignobles. On ouvre les portes, tant pis pour Condé. La récolte est sauvée.

On peut rentrer à Paris et retraverser ce pays que Louis guette derrière les glaces de son carrosse à la Bassompierre. Il voit la Guyenne, le Poitou, la Saintonge, la France lui plaît. Il voit des collines, des châteaux tranquilles, des églises blanches ou dorées, de longues rangées de peupliers qui bruissent dans le couchant. De ce côté, les villages sont encore pimpants, la guerre n'est pas passée ou si peu, par la faute des princes. Il semble qu'on vit bien, il mange sa première fougasse, elle est parfumée au cumin.

Mais nul visage ne rit. Le Roi ne rit pas plus.

A Paris, Maman est malade, Mazarin reparti aux frontières où M. de Turenne commande des Espagnols ! M. Gaston offre des dîners. On y médit sur tout. M. Molé, du Parlement, vient faire la leçon. Il parle des causes des désordres de la France. De ces causes, la principale est venue naguère d'Italie et impose une politique jugée infortunée. Louis écoute, enrage autant qu'un Condé. Se tait.

Gaston, qui se souvient d'être lieutenant général, propose qu'on relâche les princes et chasse Mazarin. Il est intouchable et en profite.

Louis songe. Paris hurle et clame encore cette fois pour les princes que la ville a tant honnis il n'y a pas deux ans ; Louis sourit de tant de versatilité.

C'est que le peuple crève de faim et cela il l'ignore. Le Roi ne fait pas bombance mais il mange, ce n'est pas le cas aux entours de son palais. La vieille Fronde, silencieuse, mendie au coin des rues, assassine pour un pilon de poulet, un reste de poisson. Elle ne porte pas le camail de Gondi, les rubans de Condé, elle crève et se raccroche à qui la veut. Scarron avait raison avec ses pigeons chassés par des garnements et que Gondi n'a pas compris.

Tout pourrait être renversé ; tout va demeurer.

Sauf Mazarin.

Le Roi est prisonnier en son palais, la Régente aussi. Le coadjuteur a fait tendre des chaînes dans les rues alentour, pas question de repartir nuitamment pour Saint-Germain.

On a osé pénétrer jusque dans la chambre du Roi pour le voir dormir. C'est Monsieur qui a fait ce coup-là, allié à Gondi. Mais le peuple a mis chapeau bas et genou en terre devant le sommeil feint du petit Roi. Derrière son rideau de tête de lit, une ombre, un éclat. L'ombre est celle d'un homme, l'éclat, celui d'une épée. Guitaut.

Louis a vu tout cela, dont le sang-froid de sa mère. A minuit, devant une foule criant : « Le Roi va quitter Paris », elle fait ouvrir toutes les portes, baisser les armes aux gardes ; mais leur nombre a doublé, ils sont camouflés partout dans le palais ; elle pense que Gaston, lieutenant général du Royaume, veut enlever le Roi et le conduire en son propre palais du Luxembourg. Le capitaine des suisses de Monsieur, des Souches, est là. Il voit le Roi endormi, ressort le dire. Les bourgeois veulent aussi le voir.

Ils courent dans les couloirs, ralentissent, marchent sur la pointe des pieds, sont dans la plus grande intimité, Mme de Sénecey et la Reine soulèvent le rideau du lit. Louis ronflote, le visage tourné vers le mur. « C'est un enfant », murmure une marchande de dentelles. L'enfant tourne la tête vers eux dans son sommeil.

Il est beau.

Certains mettent genou en terre.

On se relève, sort de la chambre en silence.

Louis entrouvre un œil. Il a senti l'odeur du peuple, maintenant il voit son dos.

Le lendemain, dans le jardin du palais où il est consigné, il joue à la guerre avec Vivonne et Brienne. Et un nouvel enfant d'honneur, Paul Mancini, neveu du Cardinal. Il avait détesté nièce et neveu du Grand Turc au premier regard, maintenant il s'en accommode : ce Paul est de bonne compagnie et sa sœur Marie très gaie. Une Marie encore, une Hautefort jeune !

Le Roi joue mais compte aussi. Un compte à rebours, aussi précis que la mèche d'une bombe : dans quatre mois, le 6 septembre 1651, Louis XIV sera majeur.

— Ne peut-on sortir d'ici ? demande Brienne.

— Nous sortirons, dit Louis. Quand je serai le maître j'irai où je voudrai, et je le serai bientôt.

En attendant, au Parlement on se traite de « fils de putain » entre le clan Condé et le clan Gondi.

On libère les princes qu'on avait éloignés jusqu'au Havre. Mazarin s'est chargé lui-même d'ouvrir les geôles. La duchesse de Longueville change d'amant et prend le duc de Nemours, comme Mme de Clèves dans le roman de la comtesse de La Fayette, mais avec plus d'ardeur et moins de pudeur.

Mazarin sait qu'il doit partir. Un temps seulement. Il prépare tout devant la Reine, en l'absence du Roi qui écoute aux portes.

Il prépare son exil. Se confie à Le Tellier, excellent administrateur, puis se souvient d'un homme aux yeux creux, aux sourcils charbonneux, un homme tête baissée sur les papiers, un calculateur émérite, un comptable honnête, bien que parfois astucieux. Un tenace ; il vient de Reims où ses parents tiennent négoce. Il est dans les bureaux de Le Tellier, où il est chargé des biens du Cardinal. Un emploi de haute confiance.

Si je dois quitter Paris, je lui donne procuration générale. Mais donner à un seul, c'est se livrer poings et mains liés, et tout permettre. Et puis le Parlement pourrait tout confisquer.

A moins que...

Ils seront deux à gérer mes biens ; le comptable Colbert, chez Le Tellier, et ce jeune procureur général qui vient d'acheter sa charge et qui a aidé dans l'armement d'un vaisseau de course, la *Cardinale*. Ce brillant esthète de Nicolas Fouquet.

Le Cardinal les rencontre, séparément, ne parle pas à l'un de l'autre, signale simplement l'existence d'un second « conseiller ». Et dans une cassette met des joyaux de la Couronne. En prévision, en provisions.

On veut des états généraux ; Gondi les veut, le Parlement les exige, Condé songe à s'en servir, Monsieur à les pirater. La Reine hésite ; les annonce pour septembre...

Dans l'hôtel de Condé la presse à mazarinades tourne jour et nuit. Scarron y gagne quelque 2 000 livres pour quelques vers bien tournés mais se refuse, lui, à injurier la Reine ; il est son « Malade ».

Mazarin décide de faire ses adieux. Il prend un manteau à Millet de Jeure, un chapeau à Guitaut, « pour me sentir en sécurité » dit-il au capitaine, et quitte Paris une nouvelle fois en cavalier. Il emporte aussi la cassette de la Couronne. Les adieux furent fort nobles, pas de larmes, de l'impassibilité ; le Roi y assista, salua son parrain. Il franchit la porte. Un mousquetaire l'y attendait, qu'on venait de licencier mais que Mazarin s'attachait, Charles de Batz Castelmore d'Artagnan. Il connaissait les routes jusqu'aux frontières, les ayant parcourues plus qu'à son saoul.

Le Parlement avait gagné, la Reine avait cédé. Louis connut pour la première fois l'impatience ; et se le reprocha. La Reine régente était seule. Il lui fallait la soutenir. Mme de Sénecey n'avait-elle pas montré en un baiser qu'il était homme, et lui ne savait-il pas qu'il était roi ?

Alors Louis comprit que sa mère aimait Mazarin ; chaque jour elle écrivait au ministre, chaque jour des lettres arrivaient de Brühl où l'archevêque de Cologne l'avait logé au château.

Il chaparda des lettres, lui ou l'ingénieux Brienne. Ils lurent, le langage était codé. Une phrase le retint : « Je finirai en vous disant que jamais vous ne vous expliquez mieux et ne dites des choses plus obligeantes que quand vous retenez la plume et vous empêchez de déclarer certains sentiments. Croyez, je vous en supplie, la même chose de moi et comptez-moi en tout temps et en toute rencontre pour votre serviteur obligé, et sans réserve, et pour dire quelque chose de plus :*. »

Ainsi sa mère écrivait « des choses obligeantes » et « retenait sa plume pour déclarer certains sentiments ». Et le Cardinal ressentait « la même chose », « quelque chose de plus :* ». Figuré dans leur code par cette étoile, ce quelque chose devait être céleste !

Ces deux-là s'aimaient. Louis songea, se renferma, évita Brienne et Vivonne durant trois jours. Il rêvait d'une étoile à partager avec une femme.

MADEMOISELLE A « TOUÉ » SON MARI

Demain il sera roi mais ne peut dormir. La journée fut superbe, ensoleillée comme seul Paris sait l'être à l'automne avec ses ciels pommelés de nuages en moutons qui ne sauraient cacher le soleil. Le ciel est de tarlatane bleu pastel. Il a fait doux, un peu de brise, les buissons de fleurs attiraient les abeilles. Vivonne et lui ont fait courir en manège les chevaux de la Reine, Brienne, intrépide à son habitude, a failli se casser un bras.

Mais la Reine était en noir encore ; elle le fait souvent depuis le départ du Cardinal, et cette femme en noir émeut son fils le Roi. Il revoit autre chose, un fantôme certainement, dans les allées de Fontainebleau ou bien de Saint-Germain... ces châteaux aimés dont on l'a privé pour l'enfermer dans Paris dont il ne peut s'éloigner.

Une femme en noir, une princesse de conte de fée avec deux rangs de pierres sang au cou.

Sa mère la Reine qu'il aime d'un immense amour tout à coup en cette nuit débutante qui est la veille d'un autre jour fabuleux, sa mère porte, elle, deux rangs de diamants et un rang de pierres de jais.

« Ma mère », dit l'enfant en ce dernier jour où il est un enfant. En ces dernières heures d'enfance. « Ma mère je vous remercie pour tout. »

Il fit une prière pour elle. Il fit une prière pour lui.

Il avait éloigné La Porte. Il se voulait seul en cette nuit. Il se souvenait de ces contes lus par le bon valet de chambre, des contes de chevalerie. Le jeune écuyer y passait la nuit en prière avant que le matin l'adoube en une chapelle et qu'il se relève chevalier.

Et puis il sentit une larme perler.

Mme de Sénecey avait été pâle la journée durant, et avant le coucher avait fait la révérence. Avait baisé le Roi au front dans son lit.

— Sire, demain je ne serai plus votre gouvernante. La loi du royaume, la loi de Dieu le veulent ainsi. M. de Villeroy demeure votre gouverneur jusqu'à demain après la cérémonie. Moi je vous quitte ce soir. Vous n'avez plus besoin de moi.

— Si, Madame.

— Non, Sire. Je retourne auprès de la Reine votre mère. Elle a besoin de toutes et tous ses amis.

— Restez, Madame, comme mon amie.

— Sire, mon dévouement vous est acquis. Pour toujours. Λ vous et à Sa Majesté la Reine. Mais ma tendresse reste à l'enfant que vous fûtes. Et que demain vous ne serez plus.

— Change-t-on tant en une nuit ?

— Votre âme non, et je l'espère, mais votre corps a déjà changé. Votre état dans le monde sera demain ce que nul autre ne sera jamais. Je vous souhaite, Sire, la meilleure de vos nuits, la plus belle de votre enfance, puisqu'il s'agit de la dernière.

— Vous voyez, je suis encore enfant, Madame ma gouvernante.

La marquise eut son merveilleux sourire triste qui fendit même le cœur de son féroce cousin La Rochefoucauld.

— Oui, Sire, jusqu'à la minuit, selon le calendrier.

— Alors, Madame ma gouvernante, restez près de moi jusqu'au douzième coup du carillon de Saint-Germain-l'Auxerrois. Comme il arrive dans les contes que vous m'avez lus, l'instant où la princesse retrouve ses haillons ou, à l'inverse, où le crapaud redevient prince.

— Ou l'enfant roi devient roi. Je resterai.

— Merci, Madame. Merci pour vos soins, vos gronderies, vos rires, votre tendresse à laquelle j'ai répondu bien maladroitement. Je fus pataud, Brienne le disait, Vivonne s'en moquait. Mais je les aime quand même eux aussi. On m'a dit autrefois de ne jamais avoir d'attachement. Maman me l'a dit ; j'ai donc désobéi à ma mère que je vénère. Je lui ai désobéi pour vous. Ma tendresse est allée vers vous toujours et trop souvent en secret. Elle n'est pas celle que j'ai pour dame Perrette, ma nourrice. Elle fut pour vous toute d'admiration. Des princesses de contes et de la réalité, aucune ne vous a égalée dans mon esprit.

L'enfant muet parlait longuement. Puis se tut. Il regardait la fenêtre. Mme de Sénecey changea de sujet.

— Fin d'un beau jour, Sire. Le ciel est en accord avec votre vie. Il ne se fit jamais aussi doux qu'aujourd'hui. Vos mots non plus. Ils me touchent profondément au cœur.

— Ce cœur, Madame, fait de vous, pour moi, la plus belle femme du royaume.

— Oh, Sire, qu'en penserait Marie de Hautefort ?

— Marie, Madame, était jolie. C'est tout !

Il est bien devenu roi !

Une cloche, puis deux.

— Il est l'heure, Sire.

— C'est Saint-Eustache ! La Porte dit toujours que son horloge avance de deux minutes. La Porte ne ment jamais ! du moins à moi. Attendons Saint-Germain ; votre main !

Mme de Sénecey la tendit, effleura le front, la bouche de son souverain, ce que nulle autre ne s'était jamais permis. Louis retint cette main sur sa joue. Il murmura :

— Encore une minute, Seigneur Dieu !

La marquise le baisa au front.

Le carillon sonnait, limpide, dans une nuit claire et douce.

Elle retira sa main, se releva, s'écroula en révérence.

— Que Dieu, Sire, vous accorde longue vie et long règne. Vive le Roi !

— Vous êtes, avec ma mère, la seule personne que Dieu daigne écouter dans Paris.

— Dormez maintenant, Sire. J'appelle La Porte ?

Louis rit :

— La Porte dort en travers de ma porte ! Ne le réveillez pas en sortant.

— La Porte ne dort jamais tant que Votre Majesté ne sommeille pas.

— Je sais. Je vais donc dormir. Je ne le veux pas épuiser. Il se fait vieux. Bonne nuit, Madame.

— Bonne nuit, Sire.

Il se fait vieux ! La Porte a trois ans de moins que moi ! Mais j'ai eu droit à une déclaration d'amour du Roi !

Louis ne dormait pas.

Il craignait les rêves et les fantômes. Il craignait les souvenirs des misères, des abandons, des fuites, du froid, des révoltes ; il ne dormait pas pour obliger son esprit à tout oublier de son enfance. Mais il souffrait d'une infatigable mémoire. Il fallait pourtant la maîtriser et tout oublier. Tout. La vie jusqu'ici ne lui avait pas plu. Il en exigeait une nouvelle, qu'il construirait de lui-même, qui naîtrait de ce même cerveau où tout se bousculait en images qui ne signifiaient rien mais surgissaient contre sa volonté.

Il devait trier, il devait effacer, barrer comme une erreur, un solécisme dans ses devoirs de latin devant l'abbé de Péréfixe. Faire de cette enfance une boulette de papier qu'on jette en la corbeille dans la salle des études. Un livre qu'on referme et qu'on demande à La Porte de cacher au plus haut dans la bibliothèque.

Il ne devait avoir aucun regret.

Louis nageait dans une étrange complexité où il craignit de se noyer. Tuer son enfance ! Voilà ! Comme un bourreau tranche un cou.

Tuer tout ce qui l'avait entouré. Pour pouvoir tout changer, même le passé. Le réinventer comme les historiens le réinventent. Non pas ainsi, les historiens rapportent les faits désincarnés, politiques, hagiographiques. Non, ce n'était pas cela encore.

Changer le passé. Le sien, créer un passé de Roi.

Déjà il avait oublié son père, lui dont la mémoire n'oubliait rien. Le visage ne lui en revenait pas, sinon ces bonnets à deux pointes, des chapeaux, peu de poil sur la lèvre du dessus et sous l'autre, cette pointe de flèche qui picotait.

Tiens, il avait oublié que Mazarin existait, alors qu'il n'était absent que depuis... depuis combien de mois ?

Faire comme si ce cardinal qui écrivait à sa mère n'était jamais apparu en France.

Mais il était son parrain.

Tuer Gondi.

Ne pas tuer Condé, il est si glorieux, mais l'abattre. Pourquoi n'est-il pas mon ami ?

Oublier le conin de Mme de Beauvais où il avait joui trois fois un après-midi d'accalmie au milieu des tempêtes de Paris dans une chambre près de celle de sa mère. Certes il devait être déniaisé, mais par celle-ci ! Avec son œil de verre et qui avait couché avec Chamarande qu'on disait bougre, et Vardes qui se montrait frondeur.

Tuer Vardes. Il est aux Condé.

Louis sourit de la sottise de Mme de Beauvais la Borgnesse quittant la chambre des ébats en robe d'intérieur de soie de Chine et claquant dans ses mains trois fois devant la Reine, Mazarin et Mme de Sénecey ! Imposture. Un peu de honte aussi. Trois fois Louis, à treize ans en ce jour fatidique et nécessaire, et somme toute plaisant, avait songé, et cela l'avait grandement aidé, que c'était en le conin de sa gouvernante que son guilleri s'était épanché ! Que c'étaient ses lèvres qu'il avait baisées. Seules lèvres de femme jamais posées sur les siennes, sauf celles de cette Cathau la Borgnesse en service commandé.

Choisir ses amours désormais.

Il fut ravi de la nuit et que le quinquet de veilleuse fût si faible car il rougissait d'une honte agréable, et merveilleusement sensuelle et troublante, à imaginer sa gouvernante tant aimée à la place de Cathau de Beauvais.

Il gloussa. La marquise l'ignorerait toujours. Mais lui, il décida de garder ce faux souvenir à la place du vrai. Et c'est sur un sourire que le roi Louis XIV devenu majeur s'endormit.

Un mensonge fait à soi-même est parfois le plus doux des oreillers.

Cinquante gardes françaises en casque de parade et aux couleurs royales, cent chevau-légers de la Reine, deux cents chevau-légers du Roi en uniforme bleu chargé d'or, cent gardes suisses en toque de velours noir à gland d'or ; les trompettes en velours noir aussi et passementeries d'argent, les hérauts d'armes en cotte de velours cramoisi fleurdelysé, les pages coiffés de plumes bleues, blanches, rouges, le grand prévôt sur son cheval caparaçonné d'une housse d'or, le colonel des suisses en satin couleur de feu ; les gouverneurs des provinces désunies, les maréchaux de France, les grands officiers de la maison du Roi. Des haies de suisses et de gardes entre le Palais royal et celui du Parlement. Les fenêtres louées à des prix honteux d'être sans concurrence, les toits noirs de monde jusqu'au Pont-Neuf d'où six personnes tombèrent en Seine et quatre se noyèrent.

Et lui, monté sur un cheval barbe isabelle dont la fougue maîtrisée attestait la maîtrise de son cavalier à tenir les rênes d'un royaume. Le visage dont tout le joufflu de l'enfance avait disparu et qui affichait la gravité que certains avaient connue à son père et la majesté que tous reconnaissaient à sa mère.

Louis croulait sous des broderies d'or qui interdisaient de connaître la couleur de son pourpoint. Il était beau, et se savait l'être, sans complaisance aucune. Il tenait son chapeau à la main plutôt que de s'en coiffer, car il saluait le peuple tout entier.

Ce fut un cri d'amour mêlé d'un hurlement de joie.

Il avait réussi, tout était oublié, seul le présent comptait ; le présent d'où naissent tous les avenirs. Il brillait comme un soleil en cette matinée de 7 septembre, fête de saint Cloud.

Suivait sa mère en un carrosse d'or avec son frère le petit Monsieur, son Féfé, et le grand Monsieur son oncle plus parfumé que jamais, plus souriant qu'après une trahison, plus aimable qu'après un pardon extirpé.

Il allait vers le Parlement qu'il eût bien brûlé la veille ! Patientons.

Il arrive.

S'avance le prince de Conti, qui le salue bas et lui tend une missive de son frère le prince de Condé, qui présente ses excuses de ne pouvoir assister à la cérémonie.

Louis XIV touche à peine l'épître du bout des doigts, ne la lit pas, la tend sans un regard à M. de Villeroy, encore son gouverneur pour quelques minutes. Le dédain répondant au mépris.

Il y aura messe en la Sainte-Chapelle. Elle est célébrée par le confesseur de Sa Majesté en présence de M. le Coadjuteur dans le chœur. Louis ne voit personne ; du moins l'a-t-il décidé. Gondi un jour a trouvé l'enfant « sot ». Il verra à quelle aune il conviendra de mesurer sa propre sottise.

La procession quitte les lieux saints pour la grande salle des lieux de la loi.

Le chancelier fait son discours, très bref, Dieu merci.

Alors sa mère, en velours noir, en diamants, s'agenouille sur les degrés qui montent en quatre rangs vers le trône ou siège le Roi. Les hérauts lui ont remis la couronne et l'épée de gloire.

— Sire, voici la neuvième année que, par la volonté du défunt

Roi mon seigneur et votre père, j'ai pris soin de votre éducation et du gouvernement de votre Etat. Dieu ayant par sa bonté donné bénédiction à mon travail et conservé votre personne qui m'est si chère et est si précieuse à vos sujets, à présent que la loi de votre royaume vous appelle au gouvernement de cette monarchie, je vous remets avec grande satisfaction la puissance qui m'avait été donnée pour la gouverner et j'espère que Dieu vous fera la grâce de vous assister de son esprit de force et de prudence pour rendre votre règne heureux.

Tous les parlementaires mettent genou en terre pour rendre hommage au souverain.

Dans le même mouvement Louis se lève et relève sa mère, l'embrasse par deux fois, garde sa main en la sienne, la faisant monter au degré où il se trouve, et force sa voix :

— Madame, je vous remercie du soin qu'il vous a plu de prendre de mon éducation et de l'administration de mon royaume. Je vous prie de continuer à me donner vos bons avis et je désire qu'après moi vous soyez le chef de mon Conseil.

Et le Roi baise une des deux plus belles mains de son royaume.

Il faut retourner au palais, recevoir les hommages des fidèles et des traîtres, replonger dans le chaudron des réalités dont il a pu s'évader deux heures, en gloire.

Condé n'était pas venu. Le lendemain Condé était là. Pour quoi faire ? Pour protester. Prince du sang, cousin du Roi, membre du Conseil, il refusait l'entrée en ce même Conseil à Chateauneuf, Molé et La Vieuville.

Monsieur, élégant, souriant, appuya son cousin puis s'assombrit comme un acteur du théâtre italien, en fronçant le sourcil, et déclara qu'il ne paraîtrait au Palais royal si ces ministres étaient ici acceptés. Louis XIV assis écouta, se tut. Puis se tourna vers le chancelier Séguier, lui réclamant les sceaux qu'il donnerait à Molé. Il fit appeler La Vieuville et Chateauneuf, et indiqua leur place à la table. Condé pâlit, Monsieur se tut.

Le Roi avait décidé.

Le lendemain Monsieur, qui n'en était pas à une promesse oubliée près, assistait au premier lever du Roi, le premier de soixante-trois ans de règne, et le soir soupait au Palais royal.

Et y dansait.

Le Roi était moins roi qu'il ne le croyait. Il dut une fois de plus ouvrir le bal avec cette grande haquenée (il aimait les mots) de Mademoiselle, sa cousine, fille de Monsieur, qui du haut de ses vingt-cinq ans entendait toujours épouser ce cousin couronné. Il y nota une différence. Désormais elle n'avait plus une tête de plus que lui. Si cela était il la couperait volontiers.

On ne peut dire que le visage du Roi reflète une grande joie bien qu'il aime tant danser, seulement danse-t-il avec élégance et y prend-il peu à peu plaisir, oubliant cette étrange cavalière qui pourrait s'engager dans ses dragons.

Son frère Philippe, duc d'Anjou, le nouveau Monsieur, s'amuse comme un fou. C'est son emploi dans la pièce, le cadet désinvolte et capricieux. Il invite même la fille de Cathau la Borgnesse pour un branle, pensant au passage que nul n'a songé, lui, à le déniaiser. Cela tombe très bien, il sait depuis longtemps qu'il préfère les garçons. Comme Papa mais avec plus d'ardeur. Mais Mlle de Beauvais lui plaît bien, elle rit, est insolente, se moque de tout et des gens trop guindés de cette Cour, dit des cruautés, rit aux grossièretés qu'il adore claironner. Il l'aime beaucoup, elle l'aime bien, ils s'amusent.

Ils changent les pas de la danse, du branle, de la gavotte, n'en font qu'à leur tête. Le Roi, lui, respecte les règles, Philippe et sa cavalière inventent. Avec tant d'audace que le duc d'Anjou glisse, se prend un pied dans le bas de la robe de Mlle de Beauvais et tombe sur son derrière.

On se précipite, Louis arrête de danser, salue et remercie Mademoiselle (cette haquenée !).

Mlle de Beauvais éclate d'un rire que seules les filles des rues savent lancer sur le passage d'un galant éconduit ou à l'idée d'une bonne farce à lui faire.

Philippe se relève, rouge pivoine sous ses rubans de feu, regarde autour de lui, scrute les visages contrits d'hypocrisie, celui sévère (comme à chaque heure du jour) de Louis (ce roi balourd) et déteste le rire de folle de la fille de Cathau la putain du roi gamin. Il la gifle à toute volée.

La musique cesse alors que le Roi ne l'a pas ordonné.

Mlle de Beauvais reste ainsi la bouche ouverte, surprise, glacée d'effroi, regardant le visage de Monsieur pâle comme la mort et prêt à recommencer. Elle lève un bras, attendant un prochain coup. La main de Philippe en effet le démange.

— Cessez, Monsieur mon frère.

Philippe se retourne vers le Roi, image de la fureur.

Louis est calme, raide, le regarde. Philippe reprend contenance mais ses yeux le trahissent.

Et le Roi sans ciller, sans crier, mais à voix très audible, dit :

— Qu'on le fouette !

Un murmure, une vague inonde la salle de bal. Fouetter le frère du Roi, la seconde personne dans la hiérarchie du Trône, l'héritier immédiat de la Couronne !

— On ne gifle pas une dame devant le Roi. Qu'on le fouette !

Le Roi là aussi a décidé.

Mais sait-il qu'un Roi a besoin de mesure ?

Pendant ce temps Condé hésite. Ce que Richelieu et Louis XIII réussissaient en tergiversant, soudoyant, ondoyant, installer et imposer un ministère, le gamin l'a réussi en restant assis sur son cul et en décidant. Il sourit, du moins un rictus se dessine-t-il sous le bec d'aigle qui lui sert de nez ! C'est bien un Bourbon, que ce cousin-là. Un vrai ! Condé aurait presque envie d'applaudir. Avec une telle volonté, pourquoi aurait-il besoin d'un Mazarin ?

Se rallier à lui, être ministre, gouverner ensemble, en cousins. La Reine est fatiguée, parle de plus en plus du Val-de-Grâce où elle veut reposer, prier, se défaire de ce pouvoir qui l'enchaîne plus qu'il ne lui plaît.

Se rallier, devenir ministre. Laisser tomber ses amis, ses frères... Ce nabot noiraud de Gondi ! devenir... non.

Jamais Condé ne sera un bichon du petit Roi. L'instabilité du caractère est là, et le coup de folie, qui donne la victoire, comme à Lens, comme à Rocroi.

Ce gamin était pataud, il lui semble benêt. C'est sa mère qui lui a tricoté le camouflet de ce ministère. Bien sûr que ce n'est pas Louison. Trop enfant encore. La preuve, il fait fouetter son frère. Une bêtise de gamin.

Mais Condé hésite encore. Lui, se soumettre ! comme un vulgaire Gaston !

Il a vaincu la fronde du Parlement. Il veut bander la sienne.

Sa sœur vient le voir. Elle a quitté M. de Longueville, bien obligé de s'occuper de la Normandie. Elle vient entreprendre son frère, car Anne Geneviève veut la guerre et le pouvoir. Et sait que son frère hésite. Elle sait ce qui peut le décider ; il a trente ans, il est fou, il est génial, il est faible devant elle. Elle a deux ans de plus que lui, elle est belle, sensuelle, experte, impudique.

— Louis, allons à Bordeaux. La Guyenne est ton royaume, Louis II de Bourbon Condé. L'Espagne est à côté. Nous prendrons...

— Nous ne prendrons rien, le Roi est mon cousin.

— Le Roi n'est rien ! une apparence, un enfant étiré qui se prend pour le maître et n'est que capricieux. La Habsbourg en joue comme d'une marionnette, et la Habsbourg c'est le Mazarin. Ils s'écrivent chaque jour. Il envoie ses ordres de Cologne, elle se prépare à son retour. Elle t'endort. Alors que tu as sauvé le Trône on te mortifie en dédaignant ton avis et nomme les ministres contraires à ta volonté. Es-tu encore un Condé ? Comme à Rocroi, frère mon amour, à Nordlingen ? à Lens ? devant Paris ?

— Anne Geneviève, ma sœur. Il faut réfléchir.

— Tu es aussi lent qu'on dit l'autre Louis l'être, celui qui trône, parade et danse ! Viens.

Il la regarde, baisse la tête. « Voilà qu'il me fait la mine de ses seize ans », songe la pétroleuse.

— Viens, te dis-je, Condé, baiser ta sœur comme tu aimes !

Il ne bouge pas.

— Louis chéri.

Il se lève.

Anne Geneviève le mène au lit. Il ne lui a jamais résisté.

Ici, en ce lieu, en ce lit, en cet après-midi, dans le même temps les sens du plus grand général que la France ait connu se réveillent et rallument la guerre civile. Le frère ne peut offrir grande résistance dans les bras d'Anne Geneviève de Longueville. Nul homme ne l'a pu.

La Reine veut le retour de Mazarin.

Il faut poursuivre Condé et sa sœur, à Bourges puis en Guyenne ; Charles IV de Lorraine, nouveau prince pillard, comme aux temps barbares ravage l'Est ; on dénombrerait si l'on y pensait 60 000 mendiants dans Paris. On y attaque le carrosse de Mlle de Guise pour la détrousser et la trousser, le maréchal d'Ornano doit fuir à pied, on tue ses chevaux pour les manger.

Mazarin revient. Les mains pleines. Les petites boîtes de velours noir enfermant les diamants se sont délestées. Mais il amène avec lui 4 000 hommes, une armée modeste mais on peut en multiplier le nombre par dix, car à sa tête il a pu acheter le vicomte de Turenne, ancien général des rebelles qui commandera en chef contre l'ancien général du Roi, Condé.

Il rattrape le Roi et la Reine sur la route de Guyenne, le 30 janvier 1652, à Poitiers. Le Roi fait à son parrain l'honneur d'aller à sa rencontre et de l'inviter en son logis.

Mazarin absent trop longtemps voulut voir ses comptes et Cantarini. N'avait-il pas offert une armée et un général à la France, et cela avait coûté. On devait calculer et trouver des dédommagements.

Les nerfs de Cantarini avaient menacé de craquer mais M. Colbert veillait et tenait les livres de comptes dont Cantarini était ravi de se débarrasser, car si on les avait trouvés chez lui il était sûr d'être pendu et sa maison brûlée, dénoncé comme financier du bougre de Calabre et de ses voleries. Colbert ajusta les comptes en faveur de son maître et fut aidé en cela sur le plan jurique par M. le procureur général Nicolas Fouquet.

La Reine trouva 120 000 livres, mit au nom de son fils Philippe le régiment italien de Mazarin, et fit de ses vaisseaux corsaires des vaisseaux du Roi. Elle paya. Seul Fouquet, qu'elle chérissait pour ses inventions de magicien, sut avec quoi.

La Reine n'avait pas chômé et s'était gagné Gondi. Le chapeau de cardinal contre une accusation en bonne et due forme de Condé pour crime de lèse-majesté. Gondi écrivit le réquisitoire, Fouquet l'aménagea.

On rentra à Paris qu'on quitta vite pour Saint-Germain, les armées de Condé renflouées d'Espagnols remontant au pas de charge pour conquérir ce qu'il avait déjà assiégé, la capitale. On se battit à Bléneau, près de Gien, en avril. Condé quitta son armée pour entrer dans Paris. Turenne vainquit à Etampes cette armée privée de son esprit. Il fallut à Condé quitter les bras de Mme de Châtillon sa maîtresse pour reprendre le service. Condé réussit à ramener les troupes dans Paris.

Turenne prépara l'affaire, sans bruit, sans rumeur, discrètement. L'armée frondeuse campait au Faubourg Saint-Antoine, à l'ombre de la Bastille. Et faisait face à l'est. Turenne attaqua vers la route de Charenton au sud, et dans le même temps à l'est vers la route de Charonne. Là, sur la colline, le Roi et Mazarin, cuirassés, regardaient l'échauffourée.

Enfin Turenne attaqua au centre, en direction du faubourg. Les charges se succédaient. La mêlée se fit sanglante. Turenne patientait. Il attendait. Il attendait que le maréchal de La Ferté amenât son artillerie.

Condé et les siens furent bombardés. Ils reculaient vers les fossés et allaient mourir fusillés, canonnés contre les remparts. Alors la porte de la clé des champs, la lourde porte de la ville, s'ouvrit. Ils s'y engouffrèrent. Quand retentit la détonation inattendue. Le canon de la Bastille qui servait si peu et si mal venait de tirer sur les troupes royales.

Tiré par une femme.

Mademoiselle avait tenté de persuader Monsieur son père de prendre les armes pour Condé. Monsieur se dit malade, pas assez pour garder le lit mais trop pour sortir. Alors elle sortit, casquée. Courut au faubourg, à l'Hôtel de Ville, obtint des échevins qu'on ouvrît la porte au Grand Condé. Grimpa à la Bastille, vit le canon pointé sur la ville, c'était une tradition, le fit tourner vers l'extérieur, convainquit le gouverneur, fils du conseiller Broussel, de le faire charger. Le fils de Broussel ne pouvait rien refuser à Mademoiselle.

Elle rencontra Condé, le col de chemise plein de sang, les cheveux mêlés, le visage poussiéreux, la cuirasse bosselée de coups, l'épée à la main ayant perdu son fourreau. Beau comme un dieu ! féroce comme un fauve blessé. Mademoiselle ordonna au canon de tirer.

Le Roi et Mazarin virent le panache de fumée qui s'élevait de la plus haute tour, puis entendirent la détonation. Louis sourit, cela lui rappelait une vision dans une lunette, il y avait peu, à Bellegarde, quand on avait tiré sur lui.

Mazarin contempla l'affaire, puis laissa tomber : « Ce canon-là a toué votre mari, Mademoiselle ! »

La fille de Monsieur n'épouserait jamais son cousin Louis et ne serait pas reine de France.

Deux mille morts, La Rochefoucauld aveugle, un neveu de Mazarin la tête cassée. Condé est dans Paris, vaincu mais en vie. Entouré d'Espagnols dont les écharpes rouges ont sur les Parisiens l'effet qu'elles ont sur les taureaux : la haine. L'ennemi chez eux.

Il y a pis. La chasse aux « mazarins » ou supposés tels est

ouverte. On massacre tout ce qui peut sembler partisan du ministre et Condé laisse faire. Qui est un mazarin, qui est un condé ? Les riches sont mazarins car on peut les piller. Le 4 juillet trente notables sont massacrés à l'Hôtel de Ville. Une partie de la ville brûle.

Monsieur en son palais rappelle qu'il est lieutenant général du Royaume. Beaufort est nommé gouverneur, Condé généralissime des armées, et décide que pour vaincre il lui faut 800 000 livres. On prend l'or de l'Hôtel de la Monnaie et décrète un impôt sur les portes cochères. Les Parisiens fuient par la Seine et la ville se vide du tiers de sa population.

La Cour s'installa à Pontoise, le Roi y organisa un Parlement avec Matthieu Molé et Nicolas Fouquet. Mais que décider ?

Mazarin eut l'idée :

— Ce Parlement me demande de quitter le ministère, le Roi me l'ordonne, je pars... *ma*, pas très loin. A Bouillon !

Auparavant le frère de Turenne, le duc de Bouillon, avait été nommé ministre pour s'assurer la fidélité d'un général doué mais versatile.

A Paris on réclamait le retour du Roi en longue procession autour du Palais royal, comme autour d'un catafalque.

Condé hésita. Sa sœur n'était pas là. Il partit une nuit vers les Pays-Bas. Le prince de Condé se faisait général espagnol. Une semaine après la Cour entrait à Paris mais oublia le Palais royal pour le vieux Louvre plus défendable.

Monsieur fut prié de rejoindre ses terres de Blois dès le 22 octobre en emmenant sa fille. Gondi se fit discret. Il avait marié son ami Scarron au plus fort de la tourmente et avait apprécié ce moment de paix.

Le mariage fut simple, un notaire, deux témoins puis la cérémonie religieuse célébrée par l'aumônier de l'hôtel de Troyes dans le petit oratoire particulier.

Gondi se rappela que la nappe qui couvrait l'autel était un jupon de Mme de Fiesque, qui avait des bontés dans tout Paris, dont on distinguait sous ciboire et cierges les grandes fleurs de brocatelles jaunes. Un mariage du religieux et de la galanterie. Scarron oublia, trop heureux, d'en traire un sonnet.

Désormais, Gondi voyait la Reine qui lui faisait bonne figure, le Roi qu'il trouvait trop silencieux et sévère pour avoir de l'esprit. Et, Mazarin parti, il se reprit à rêver.

Il vit le Roi tenir un lit de justice, dans la grande galerie des Peintures, et écouta aussi peu qu'il voyait. Cela l'ennuyait. Simplement constatait-il que Sa Majesté, du moins sa mère pensait-il, amnistiait tous les Frondeurs à l'exception de Condé, Beaufort, Broussel, La Rochefoucauld (« Pauvre duc, pensa-t-il, il voit encore moins que moi puisqu'il ne voit rien »), et Rohan.

Il ne prêta nulle attention au fait que le Roi décidait que le Parlement ne s'occuperait plus de finances ni d'autres affaires de l'Etat comme les relations avec l'étranger. François Paul avait la tête ailleurs : sous un chapeau rouge. La Reine avait accepté, le pape aussi, il était cardinal de Retz. La Reine lui avait proposé l'ambassade de Rome ; il préférait le trône archiépiscopal de Paris et le fauteuil de Mazarin. Il en rêvait encore.

Il sortit du Louvre en pensant que ce lit de justice avait été fort ennuyeux. Irait-il chez Scarron ? Sa femme était jolie. Il vit dans la grande salle de bal qu'on dressait des tréteaux.

— Qu'est-ce là ?

— Un théâtre, Monseigneur, que l'on construit.

— Et pourquoi donc ? Corneille aurait-il encore usiné une de ses infernales et interminables tragédies ?

— Non, M. de Benserade a écrit un ballet dit *Ballet de la nuit*. La musique est de M. de Cambefort.

— Ah oui, un ballet bien sûr. N'en est-on pas las ?

— Sa Majesté en raffole et danse fort bien.

— La Reine danse !

— Le Roi, Monseigneur.

— Bien sûr, le Roi.

Pour Gondi, « Sa Majesté » était une femme, ancienne infante espagnole, et non ce fils ingrat, silencieux, au regard de fourbe timide qu'on disait être roi de France.

— Il dansera pour la Noël.

— Fort bien, fort bien.

Et Gondi quitta le Louvre en se demandant qui visiter depuis l'exil de ses amis et le départ à Port-Royal de Mme de Guéménée. Elle s'était trouvé une âme janséniste et faisait là-bas des escapades plutôt que des retraites. Il se moquait bien qu'elle y eût des amants chez les sévères théologiens du Grand Arnaud.

Il frissonna dans l'air frais. Après tout c'était mieux de se faire oublier. Et, contre toute intelligence et la résolution qu'il venait de prendre à l'instant, il se rendit à l'hôtel de Chevreuse, si proche et si tentant.

La duchesse avait de si beaux yeux et, croyait-il, un faible pour lui. Et puis il avait les prêches de l'Avent à préparer, et rien ne valait une jolie femme pour inspirer, même des textes pieux.

Mme de Chevreuse portait une soie verte qui allumait encore l'émeraude de ses yeux. La gorge était toujours ravissante et l'allure celle d'une princesse de Rohan. Mme de Chevreuse n'avait recouvré ni près de la Reine ni de toute la Cour son ancienne position, ni la confiance qu'elle avait espérée. Elle et Gondi parlaient donc, de souvenirs plaisants, d'aimables farces, peu de la Fronde, beaucoup du passé et du succès en Cour.

— Je n'y paraîtrai plus, Madame, dit le Cardinal tout neuf.

— Et pourquoi donc ?

— On m'y fait mauvaise figure.

— Je n'ai pas non plus beaucoup de grâces à y trouver.

— Vous que la Reine appelait sa sœur !

— Cela est du passé mort. Le présent est terne et malade. Mais vous êtes d'avenir. On sait des choses.

— Et que sait-on ?

— Que la Reine veut se raccommoder avec vous et donc avec l'archevêché, et, par ce siège, avec tout le clergé de Paris qui a tant souffert... et protesté. Vous en êtes une sorte de général.

— Vous croyez que la Reine se trouve en ces dispositions ; mais le Roi ?

— La Reine gouverne le Roi quoi que ce jeune homme en pense. Et le Roi est trop entiché du ballet qu'il prépare pour s'inquiéter d'autre chose. N'oubliez pas qu'il n'a que quatorze ans et toute cette politique l'ennuie. Il préfère danser. Savez-vous que ce ballet est fort joli, j'en ai vu des répétitions.

— Vraiment.

— On y voit le petit Monsieur travesti en Aurore, je dois avouer qu'il cst né pour être fille, il est à croquer.

— On le dit assez fille, en effet, avec le comte de Guiche.

— Et sa voix est belle.

— Il chante aussi ?

— Oui, il prépare l'arrivée du Roi qui apparaîtra en Soleil. Le costume est fort beau, resplendissant d'or.

Mme de Chevreuse fit appeler sa fille, Charlotte, qui avait hérité des grâces de sa mère et de ses yeux à fracasser les âmes.

— Charlotte, voulez-vous chanter pour M. le cardinal de Retz ?

— Oui, Madame.

— L'entrée du *Ballet de la nuit* que nous vîmes répéter hier par le Roi, le petit Monsieur et M. de Villequier.

— Ah, dit Gondi, le capitaine des gardes du corps danse aussi.

— Quand le Roi danse, mon ami, tout est mobilisé. Rappelez-vous comme le Cardinal, le grand, le mort, dansait mal !

Gondi s'esclaffa.

— On eût dit un cheval. Mais j'empêche mademoiselle votre fille de faire entendre son adorable voix.

— Chantez, Charlotte. L'air de l'Aurore.

Charlotte chanta.

> *Le Soleil qui me suit, c'est le jeune Louis.*
> *La troupe des autres s'enfuit,*
> *Dès que ce Grand Roi s'avance,*
> *Les nobles clartés de la Nuit,*
> *Qui triomphaient de son absence,*
> *N'osent soutenir sa présence.*
> *Tous ces volages feux s'en vont évanouis,*
> *Le Soleil qui me suit, c'est le jeune Louis.*

Gondi applaudit doucement, avec élégance. Charlotte de Chevreuse salua, rangea son luth, sa mère l'embrassa et la congédia.

— Qu'en pensez-vous ?

— Flagorneur. Benserade chasse une pension !

— Mais encore ?

— La musique est jolie et la voix de mademoiselle votre fille a l'éclat de vos yeux, donc des siens.

— Arrêtez vos galanteries. Avez-vous compris ?

— Il y avait quelque chose à comprendre dans ces platitudes ?

— Voyons, mon ami. Supprimez certains mots : « La troupe s'enfuit », « Les nobles qui triomphaient en son absence n'osent soutenir sa présence », « Tous ces volages s'en vont évanouis »...

— De la politique en musique !

— Oui, le triomphe sur la Fronde. Et cette célébration où nous sommes tous conviés est en quelque sorte un pardon dont le Roi fait un spectacle.

— Il n'est roi qu'au théâtre, dit-on.

— On dit tout ! Et nous-mêmes avons tout dit, et des choses bien pires.

La duchesse rit à fracasser le cristal.

— Voyez, il faut paraître, le Roi même nous y invite, pour sa propre gloire.

— Vous avez sans doute raison, Madame, vous avez su décrypter bien des secrets de l'histoire.

Gondi décida de retourner au Louvre dès qu'il aurait écrit ses prêches de l'Avent.

Il s'y rend. Dans un couloir il rencontre le Roi avec ses gardes qui sort de chez sa mère et dit à Villequier, son capitaine des gardes du corps :

— Eh bien voilà, il me faut faire le Roi.

Gondi sourit en son intérieur. Oui, faire et ne pas être. Petit pantin benêt. Le Roi le voit et s'approche de lui, souriant. Gondi salue.

— Sire.

— Ah, bonjour, monsieur le Cardinal.

Le Roi est gai avec un grand regard d'enfant heureux après s'être ennuyé.

— Avez-vous vu ma mère, monsieur de Retz ? Elle souhaitait vous parler. De la Noël, je crois, en votre cathédrale.

— Non, Sire, je n'ai pas rencontré ni salué Sa Majesté.

— Venez, je vous y mène.

Et le Roi prend Gondi par le bras.

— Savez-vous que nous allons donner le *Ballet de la nuit,* où curieusement je danse le rôle du Soleil ?

Le Roi rit.

— Le soleil en pleine nuit. M. de Benserade a de ces idées. Mais la comédie est fort jolie.

Le père Paulin les rejoint.

— Il est, Sire, l'heure de la messe.

— Oui, mon Père, une seconde encore, je voudrais montrer les décors à M. de Retz.

— Sire, Dieu passe avant la comédie.

— Vous avez raison, monsieur Paulin. Je vous suis.

Et Louis se tourne vers M. de Villequier :

— Capitaine, prenez soin que nul ne monte sur le théâtre.

— Il en sera fait selon vos ordres, Sire.

Et Villequier se tourne vers Gondi :

— Suivez-moi, Monsieur, de par l'ordre du Roi.

— Quel ordre ? De me mener chez Sa Majesté la Reine ?

— De vous arrêter. Au mot théâtre, avait ordonné Sa Majesté... le Roi.

M. de Villequier le mena en ses appartements où on servit au prisonnier un fort bon dîner. Puis, sur les trois heures, on le fit passer par la grande galerie du Louvre. Descendre vers le pavillon de Mademoiselle qui en était exilée. Et dans la cour, on lui retourna ses poches, comme l'on fait aux coupeurs de bourses. Un carrosse attendait. Villequier monta avec son hôte, la voiture fut entourée de gardes et de gendarmes, roula vers la porte de la Conférence, la porte Saint-Antoine, et se dirigea vers Vincennes.

Trois exempts attendaient le cardinal de Retz, qui vit que sa chambre dans le donjon n'était pas chauffée.

— Mais il n'est pas de feu !

— Le Roi manque de bois ! Comme en la nuit des Rois à Saint-Germain !

LES EFFETS D'UNE COMPLEXION AMOUREUSE

A son premier lit de justice tenu à quatre ans, Louis XIV avait reçu comme conseil du président du Parlement, M. Omer Talon, d'imiter en toute chose la mémoire de son grand-père Henri IV dit Le Grand.

Il imita.

Louis XIV touchait un âge où tout homme a besoin d'admirer. Il admirait avec tendresse sa mère, qui avait gouverné son royaume en des périodes où bien des hommes s'étaient montrés faibles et versatiles, où elle, une femme veuve et qu'on avait tenue loin des affaires, avait malgré quelques heurts tenu ferme les rênes du carroi afin qu'il ne verse pas, et il n'avait pas versé ; elle avait eu sous les yeux l'exemple anglais qui fut un temps la mort de la monarchie. Il avait eu sous les yeux, lui, la dissimulation ondoyante d'un Italien saisi par l'amour de la France, et il côtoyait assez ce Mazarin tant vilipendé, lui-même parlant à son sujet de Grand Turc et de Sardanapale, avant que de passer au plus affectueux nom de parrain, pour déguster à la fois ses victoires, celle de Rethel lui revenait bien que le peuple ne lui en fasse pas crédit, et la fin de la Fronde aussi, sur son coup de dés audacieux, faisant mine de se retirer, son nom attirant toutes les haines, afin de mieux revenir, et, on pourrait le dire, en gloire.

Louis était d'un âge aussi où on a besoin de s'admirer soi-même, et d'affirmer sa présence autrement que par le titre de Roi. Il admirait avec satisfaction la manière qu'il avait eue de faire arrêter un cardinal en son propre palais par ce que l'on peut appeler un coup de théâtre, puis son dernier mot qui avait été le mot de code par lequel Villequier devait se saisir de Retz né Gondi, et le mener à Vincennes d'abord, avant qu'on l'expédie plus loin, à l'autre bout de la France.

On le disait d'esprit lent, il savait qu'il prenait son temps pour réfléchir, et il prit celui de se pencher sur lui-même. Ce qui n'est pas mauvaise occupation ni suffisance quand on la pratique honnêtement. Et Louis se voulait honnête homme, comme les auteurs qualifiaient déjà l'homme idéal de son temps. Le Moyen Age avait eu le chevalier, la Renaissance l'humaniste, eh bien sous Louis XIV il ne détestait pas que l'honnête homme triomphât. Un homme ayant des connaissances dignes d'un humaniste, une morale digne d'un chevalier, une détermination dans l'action, une volonté dans la pensée qui ne dédaignait pas qu'on l'enseigne.

Il remerciait d'ailleurs sa mère et son parrain d'avoir voulu que son éducation soit la plus concrète possible, en quelque sorte empirique, comme l'on disait en médecine ; et que seuls les faits avérés lui enseignent la compréhension de la vie.

Louis se jugea sage. Il jugea aussi que son valet de chambre La Porte lui avait plus appris que son gouverneur M. de Villeroy, qui en remerciement de son inefficacité avait été fait duc. Et rougit que sa gouvernante Mme de Sénecey n'ait point eu, elle, un tabouret de duchesse. Sa mère certes la traitait comme telle, mais le brevet du titre ne lui avait pas été accordé. Il se rembrunit à cette pensée, car le remords est désagréable à tout souverain ; il avait vu la marquise, à laquelle il avait voué un amour d'enfant mais quasi charnel, occupée à soigner les yeux blessés de son cousin frondeur, le duc de La Rochefoucauld, qui avait perdu la vue après l'engagement du faubourg Saint-Antoine et la recouvrait.

Là encore la leçon était tout empirique. Marie Catherine de La Rochefoucauld-Randan, marquise de Sénecey, aimée de Guitaut, le plus fidèle de ses officiers, et aimant celui-ci, trahissait-elle son Roi en soignant un de ses ennemis, ou bien, telle Antigone, soignait-elle cet ennemi qui était de sa propre famille au nom d'une morale qui transcendait les lois ? Louis se montra friand de ces débats intérieurs que Corneille, tant chéri par sa mère, et auquel elle avait donné un temps le gouvernement de Rouen car il avait été fidèle à la royauté pendant ces troubles agaçants, montrait en alexandrins sur le théâtre.

Un vers lui revenait d'une de ses nobles tragédies : « *Enfin je vous veux roi, regardez si vous l'êtes.* »

Louis regardait donc, en lui et alentour. Dans les Rois passés dont La Porte lui avait lu les portraits, les grandeurs, les bassesses, les sagesses et les folies, et en l'avenir, c'est-à-dire en l'image que, dans ce grand livre d'histoire, lui, Louis XIV roi de France et de cette Navarre qu'il ne connaissait pas, y laisserait. Il ne rêvait plus alors comme il rêva enfant, n'osant pas trop vivre et s'affirmer en toute clarté ; il imaginait et désirait, ce qui en son esprit était déjà vouloir et agir.

Et le benêt et le sot selon Gondi-Retz (il en sourit sans trop de rage) fut gommé quand on lui rapporta ce mot du cardinal de Mazarin au maréchal de Villeroy, si mauvais gouverneur : « Le Roi se mettra en chemin un peu tard, mais il ira plus loin qu'un autre. » Vérité, pensa-t-il, et sans complaisance, ce qu'il commençait à aimer tout en le redoutant. Et cet autre mot du même homme paraissant si ondoyant et dissimulateur au commun, mais qui livrait des lumières de l'esprit, ce mot-là avait été asséné à la table de jeu du maréchal-duc de Grammont, chez qui il aimait tricher (Louis sourit là encore, d'une coquine affection) : « Vous connaissez mal notre jeune Prince, il y a en lui quatre Rois et un honnête homme. » Tout compliment débité dans votre dos et dont on ignore s'il sera rapporté est de grande sincérité.

Il regarda Mazarin d'un autre œil. Etait-il en amour avec sa mère ? Si sa mère avait besoin d'« amitié », elle était femme, la belle affaire ! Il la préférait heureuse à la Cour qu'au Val-de-Grâce dont elle parlait souvent pour s'y retirer. Ce que Louis craignait, et aussi espérait, comme cette solitude qu'avait évoquée son père sur le métier de Roi. Louis avait besoin d'elle, comme il avait encore besoin de Mazarin son parrain. Ce parrainage n'était point celui qu'avait célébré l'évêque de Meaux à son baptême, et Louis en cette cérémonie était en âge assez grandi pour s'en souvenir, mais un parrainage qui avait reçu l'onction de la vie. De la vie, de la révolte, de la guerre civile et de la victoire sur les séditions. Ainsi que d'autres victoires aux frontières.

La vie, le théâtre et la guerre. Un vers de Corneille et une canonnade, voilà qui était tout comme. Arrêtant Retz, et « faisant le Roi », comme il s'en était vanté, il avait inscrit le mot *fin* au dernier acte de cette bouffonnerie tragique que fut la Fronde ; et ce, il l'avait réalisé en prononçant le mot de code « théâtre ». Le mot préféré de cet amoureux des mots.

Les mots avaient leur importance dans le destin des hommes.

Certains mots vous marquaient au front, comme l'huile sainte des sacres, ou l'eau lustrale des baptêmes. Et pour se faire lui-même roi, il s'était marqué du masque du théâtre. Il était assez jeune pour que cela l'amuse ; il devenait assez roi pour en tirer une leçon.

Il se savait encore assez timide, sauf dans son apparence qu'il imposait à la Cour, pour dissimuler ses pensées, qu'il aimait, car c'était plaisir, confier parfois au papier.

« Un prince, et un roi de France, peut considérer quelque chose de plus dans les divertissements publics, qui ne sont pas tant les nôtres que ceux de notre Cour et de tous nos peuples. Il y a des nations où la majesté du Roi consiste à ne point se laisser voir, et cela peut avoir ses raisons parmi les esprits accoutumés à la servitude, et que l'on gouverne par la terreur ; mais ce n'est pas dans le génie de nos Français et, d'aussi loin que nos histoires nous le peuvent instruire, s'il y a quelque chose de singulier dans cette monarchie, c'est l'accès libre et facile au Prince. »

Ainsi, entrant en lui-même, Louis XIV entreprend de vaincre cette timidité native qu'il se reconnaît, héritée aussi de son père, par l'accès facile et la monstration publique. Il danse, il paraît, il est. Si la porte de son cabinet s'ouvre et qu'il la doit passer, dans un seul mouvement se produit une métamorphose, Louis devient le Roi, il compose son attitude, prend une autre expression de figure, un masque noble, comme lorsqu'il paraît en Soleil dans un ballet, il fait le Roi ! Même s'il n'a pas tous les jours un cardinal frondeur à emprisonner, il a chaque jour son image à imposer.

De plus, il est beau. Il l'est devenu. Il y a travaillé. Par la danse bien sûr, par la chasse, le tir, le jeu de paume. Il aime le grand air, il aime l'exercice, répète tel ballet à s'en rendre malade, se baigne en rivière nu et nage. Et aussi il fait la guerre, ou du moins y paraît, mais y paraître c'est aussi essuyer un tir de boulets ou d'obus, c'est rester ferme sur son cheval à contempler l'assaut ou le siège, c'est être l'image sainte pour le soldat et le général, c'est le grand vent, la pluie, la neige, le froid ou la canicule qu'on affronte sans confort, volontairement sans confort. Louis a pris goût aussi à délaisser les carrosses pour voyager à cheval. Il se montre à « nos Français ». Car sa mémoire est phénoménale. Le cri d'amour d'un Paris noir de monde, de chapeaux et mouchoirs agités lors de sa majorité lui reste dans les oreilles. S'il joue plus mal de la guitare que son père, il possède en l'oreille un bon instrument de mesure des cris de joie, de liesse, d'amour des habitants d'une ville traversée ou conquise. On peut le tuer à cheval plus aisément qu'en carrosse, il le sait, il l'admet mais pense que sa majesté, celle de sa personne désormais qu'il a tant travaillée vaut toutes les cuirasses, qui ne font que briller au soleil des aubes d'attaque mais n'arrêtent pas les balles des mousquets.

Il est beau, il est courageux. Il se livre au public mais il est seul.

Seul ? M. Vautier en doute, que sa mère lui a donné comme médecin et qui est vieux et connaît tout de la vie, du corps de Marie de Médicis jusqu'aux cellules de la Bastille Or M. Vautier a décelé une blennorragie, cette maladie de garçon qui s'attrape avec les filles ! Mais qui ? Le Roi n'a pas d'amour connu !

La faculté de médecine y perd tous ses latins de cuisine. Vautier lui-même, qui connaît aussi les astres, ne voit nulle explication à la spontanéité du surgissement de cette maladie sur la verge du roi. On soigne, cela passe, la question demeure. Sa mère et Mazarin se perdent en conjectures avec le médecin. Le Roi couche, mais avec qui ? On se rend compte alors que le Roi, qui n'est plus puceau depuis le passage de dame Cathau de Beauvais à l'œil de verre, connaît certainement ces besoins du corps et les satisfait puisque son visage au teint frais n'a jamais eu ces boutons qui dénotent une abstinence forcée quand le corps ne peut travailler à sa satisfaction. Mais le Roi se tait.

Anne d'Autriche connaît-elle tout de son fils ? Non. Mazarin est-il si bien renseigné par les espions qui entourent la majesté encore si jeune, autant pour information du ministre que pour protection du souverain ? Que nenni !

Mais le Roi s'amuse avec des dames ? des filles de cuisine ? Est-il aussi priapique qu'Henri IV son grand-père ? On le croit. Mazarin s'inquiète, Anne s'étonne, puis admet les besoins de son fils. Elle interroge chaque dame ou fille d'atours, envoie La Porte espionner les servantes, les lingères. La Porte avoue son ignorance, lui qui ne quitte pas l'antichambre du Roi. Et n'a rien vu, rien soupçonné. On cherche une fille malade dans tout le château, les châteaux car on revagabonde de Saint-Germain à Fontainebleau et bien ailleurs aussi.

Mme de Sénecey se tait, par une fidélité curieuse, quasi amoureuse. Elle a vu un jeune homme de bonne figure, une nuit, sur les toits du Château Neuf de Saint-Germain. Elle est sûre qu'il s'agissait du Roi, qui s'allait introduire dans une chambre dans l'aile des filles d'honneur par une fenêtre au risque de se tuer. Elle, qui a toujours informé la Reine qui lui accorde une si belle affection, ne dénonce pas l'ancien enfant qu'elle eut à gouverner. Elle s'en repent, mais demeure ferme. Elle a même songé à laisser sa propre fenêtre ouverte... sans trop d'espoir et avec beaucoup de honte d'une telle pensée. Désormais le Roi la croise, la salue tant il est courtois, mais si son regard la reconnaît il ne la voit pas ; il ne la voit plus.

On ignorera toujours où Louis prit ce mal et en prenant qui ?

Mais on n'ignorait pas, et la Reine moins que quiconque, que le roi Louis était, selon le mot de son médecin M. Vautier et de son second M. Vallot qui l'allait remplacer, M. Vautier étant fort avancé en âge et ne devant cette place honorable qu'à la reine Anne pour le consoler de huit années et demie de Bastille, que le Roi était de « complexion amoureuse ». Ce que les médecins ne dirent pas à Sa Majesté la Reine mère, mais ce que lui démontra avec son élégance pudique Mme de Sénecey, qui auprès de la mère gardait la confiance et la tendresse qu'elle ne croyait plus avoir auprès du fils, est que la Fronde avait changé les dames.

Certaines se donnaient du « prix », on les nommait d'ailleurs Précieuses, et faisaient lanterner les galants ; la fille de Mme de Rambouillet, la belle Julie d'Angennes, avait décidé de faire lanterner quatorze ans, ce chiffre de l'éternité chez les Anciens et de la majorité pour nos Rois, avant d'accorder... quoi que ce soit. On y parcourait la *Carte de Tendre* où la sexualité ne figurait pas, sinon sans doute dans les étendues de la *Terra Incognita*. Mme de Sénecey, amante satisfaite de son amant Guitaut et amoureuse sans trop l'admettre d'un enfant grandi en roi, voyait là des fadaises. Ce que la réalité lui montrait en revanche était que désormais les dames « faisaient la moitié du chemin et plus » dans l'aventure des rapports amoureux, car la Fronde avec ses enrégimentements et mobilisations d'hommes pris tout à coup par la rage de tuer ou de politiquer les avait privées en grande partie de poulets, de baisers, de soupirs, de galanteries, d'étreintes, sinon par le viol.

La Reine écoutait son amie, et, contemplant sa volière de jolies volailles allant de la poulette à la palombe, de la perruche à la paonne, n'y distingua pas d'oie blanche. Toutes avaient des amants et en changeaient souvent. Passèrent un fantôme et un jardin, M. de Buckingham dans les vergers d'Amiens... Elle rougit, Mme de Sénecey crut que Sa Majesté songeait à Mazarin.

— Ainsi le Roi...

— Il lui faut des maîtresses, dit la femme la plus pieuse de la cour de France, mais qui avait su soigner les gencives du Dauphin, les pleurs d'un enfant roi en lui abandonnant ses seins, et les détresses de son cœur et de son âme avec l'imposition des lèvres en un baiser d'amour échangé en un jardin au vu de toute la Cour.

— Une seule suffirait, sourit la reine Anne.

— Je ne le pense pas, Madame.

— Mais que faire, je ne puis toutefois renouveler l'épisode de Cathau, il s'agissait là de déniaisage, de formation d'homme. Je ne puis désigner... Mon Dieu, quelle pensée ! Que faire, mon amie ?

— Permettre. Sa Majesté le Roi dissimule les nécessités de ses reins. Cela peut être dangereux.

Elle repensait au jeune homme de belle mine sur les toits et qui avait risqué de se rompre le cou.

— Lui dire que tout lui est permis ? Ce n'est point là l'éducation d'un Roi ni le discours d'une mère.

— Le Roi comprendra sans qu'on le dise. Il a l'esprit profond et plus vif qu'on ne croit..., surtout s'il s'agit des plaisirs, j'entends des siens.

— Laissons faire. Nous verrons bien.

Mme de Sénecey avait décidé de favoriser les amours d'un jeune homme qu'elle avait élevé en quelque sorte avec une tendresse qui n'avait fait que croître avec l'âge dudit enfant, qui n'en était plus un, et elle ne se sentait nullement le besoin de se repentir de la sorte d'amour qu'elle lui avait donné et lui vouait encore. Elle désirait que son Roi fût heureux.

Mazarin voulait clore le second acte de la guerre que le grand Richelieu avait commencée. Et ce pour les mêmes raisons, la grandeur du royaume, de son Roi... et du ministre.

Désormais affermi dans son pouvoir, étayé de réussites exemplaires, sûr de l'amitié confiante de la Reine, moins certain de celle du Roi mais sachant que ce dernier l'écoutait et lui obéissait en maints domaines, acceptait les remontrances d'un air studieux quitte ensuite à rire et faire le galopin avec Brienne et Vivonne, qui annonçait, qu'il allait mal tourner, Mazarin rétabli rappela sa famille, sa meute, sa horde, ses neveux et nièces et cousins. Il maria à tour de bras. D'abord les anciennes, celles qui avaient connu l'exil et la détestation du temps de la fuite chez l'Electeur de Cologne. Laure Mancini épousa le duc de Mercœur. La petite Manizzotti avait épousé un Conti. Puis Olympe avec Eugène de Savoie, fils du prince Thomas, et il releva le titre prestigieux de comte de Soissons (M. le Comte, comme chez les Condé on était M. le Prince et M. le Duc), car la mère de Thomas était la dernière survivante de cette branche des Bourbons, celle de Madame Chrétienne, sœur du défunt Roi. Celles-ci avaient connu la Fronde. Et tinrent leur rang.

Louis courtisa Laure de Mercœur, qui resta fidèle à son mari. Avec Olympe on alla jusqu'au lit. On maria vite Hortense avec le jeune fils du maréchal de La Meilleraie, enfant qui fut fait, pour l'occasion, duc de Mazarin ! Elle coucha, sans doute pas assez, car Sa Majesté courtisait avec entrain Mlle d'Argenson, fille d'honneur de la Reine, qui ignora que Mme de Sénecey encourageait icelle à céder malgré certaines propositions et exigences que le Roi exposait à Mlle d'Argenson.

La Reine convoqua son fils qui sortit les yeux rouges de chez elle et on éloigna Mlle d'Argenson.

Voir le Roi les yeux rougis fendit le cœur de l'ancienne gouvernante qu'il croisa au sortir du privé d'Anne. Il la salua et cette fois-ci lui sourit. Le Roi se rappelait-il qu'elle avait pu être consolante ? La marquise en rosit.

Alors arriva la Précieuse, la pimbêche que toute la Cour jugeait fort laide, brune de cheveux, mate de peau, le caractère vif, hardie, bref mal élevée ! Mme de Sénecey savait qu'on se trompait, et que cette jeune fille, qui sortait tout juste de la Visitation, avec ses dix-sept ans séduisait par sa culture, son intelligence, son esprit, son goût pour les romans et la poésie, les raffinements de l'art, et, elle le sentait, son appétit de la volupté. Encore fallait-il prêter quelque attention aux êtres avant que de les juger. Elle se nommait Marie comme l'illustre Hautefort, et Mancini comme toutes les nièces de Mazarin.

A l'automne à Fontainebleau, Louis XIV fut empressé. Mlle Mancini n'aimait pas les manières de soudard et lui inculqua celles de la cour que l'on fait, selon les règles du Tendre, par réaction fort saine aux rudesses des mœurs, à la crudité du langage ; un Roi se devait de paraître un prince. Louis fut conquis. Et amoureux éperdu.

Voilà qui allait le calmer. La Reine était satisfaite de cette amourette envers une jeune personne qu'elle traitait comme une nièce, l'emmenant avec elle visiter couvents et hospices où la petite Mazarin se comportait fort bien ; et puis, trop brune, trop mate, Marie Mancini ne semblait pas à la Reine une beauté à voler l'âme de son fils. Les sens suffiraient et cela aussi était fort bien. Cela l'occuperait sainement, comme le pensait son amie Sénecey, jusqu'au mariage, car le Roi l'ignorait mais on l'allait marier.

Le Royaume et la Paix l'exigeaient.

Mais Louis aimait la Couronne et la guerre. Il faillit en mourir. D'amour aussi. Après son métier de roi, appris à la dure et dans les pires tumultes, et dont l'enseignement n'était pas terminé, il fit alors connaissance du métier d'homme qui n'est guère facile non plus.

Turenne avait bousculé Condé et Don Juan d'Autriche à Dunkerque à la bataille des Dunes. Et continuait sa promenade guerrière dans la Flandre Maritime. Le Roi pour lui rendre hommage rejoignit ses armées. Pour l'hommage mais aussi l'oubli de cette Cour qui lui pesait. Et pour penser à Marie au grand vent des boulets. Certains hommes sont ainsi faits qu'il leur faut la distance pour mesurer le manque, et la proximité de la mort pour chérir ce qu'ils chérissent le plus en leur pauvre vie.

Le Roi est donc aux armées, dans les miasmes des blessés, dans le froid et la pluie, on est en juin mais la bise de la Manche est glacée et vient du cercle Polaire.

Douleurs de tête effroyables, fièvre immense, le corps se couvre de taches rouges, on parle de fièvre pourpre, celle qui emporte les enfants et tue les adultes encore plus vite. La langue est noire. Le Roi se meurt, transporté à Calais. On dit des messes plus qu'on ne donne de médicaments.

A Paris, c'est la panique et la honte. La Cour assiège déjà le duc d'Anjou, ce Monsieur qu'on oubliait hors ses facéties et scandales avec ses favoris, on dit « ses mignons », dont le beau Guiche. Mme de Choisy se voit reine, elle épousera Monsieur,

Mme de Fienne, maigre et garçonnière, veut coucher avec lui et s'habille en garçon.

On envoie des médecins, qui tremblent de peur devant une telle responsabilité. Olympe Mancini pense qu'elle a mal choisi son amant de naguère, et Marie pleure.

La Reine se rend à Calais avec Mme de Sénecey et d'autres suivantes. Elles prient. Et amènent Guénaud, médecin de la Reine. Et dame Perrette Dufour, nourrice de Sa Majesté. Le Roi, fiévreux, abattu, aux dernières extrémités, embrasse sa nourrice et son ancienne gouvernante.

On le purge, on ordonne des vésicatoires, rien ne fait rien sinon affaiblir ce beau corps de jeune homme terrassé.

— Sauvez-le, dit la Reine à Guénaud. Sauvez-le ! Philippe n'est pas digne de régner !

Guénaud va voir Vallot et Vautier. Ils discutent, sont sérieux, il n'est qu'une audace, un risque à prendre, il peut tuer le Roi mais le Roi déjà se meurt. On mêle trois onces de vin, de l'antimoine et une tisane laxative. On l'administre au malade.

Il crie. Il souffre. Il vomit vingt-deux fois, soutenu par dame Perrette et la marquise de Sénecey, chacune tenant un bras du malade couvert de sueur. Une matière séreuse et verdâtre sort du corps meurtri et amaigri. Enfin il repose.

Le lendemain, après une nuit où il dort sans râler, nouveaux vomissements.

— L'antimoine est un poison, confie Guénaud encore inquiet, mais ce poison fait sortir le mal quand il est bien dosé.

Il tait qu'il espère que les trois mesures étaient la bonne mesure.

Le Roi vomit, devant sa mère et les deux femmes qui éclairèrent son enfance, une grande quantité de bile jaune comme du miel mêlée de filaments glaireux qui semblent pourries.

Il s'écroule sur les oreillers, saisit une main qui touche son front, pense que c'est celle de sa mère, la baise, ouvre les yeux pour rencontrer le regard de Mme de Sénecey :

— Veillerez-vous donc, Madame, toujours à ma sauvegarde ?

— Oui, Sire.

Le Roi s'endort, il est guéri. Le lendemain il veut savoir ce qui s'est passé dedans Paris pendant qu'il se mourait :

— Qui a souri, qui a conspiré, qui a pleuré ?

Dame Perrette se tait, la Reine détourne la tête. Mme de Sénecey s'avance :

— Mlle Marie Mancini, la cadette, a pleuré chaque jour quand souffrait Votre Majesté.

— Marie ?

— Oui, Sire, Marie Mancini.

— Merci, Madame. Et mon frère ?

La Reine s'avance et, bonne mère, le prend dans ses bras et lui conseille de reposer, le berce et le dorlote, fredonne un air castillan. Louis ne dit rien. Il se laisse aller dans ces bras de velours noir. Il y est bien. Il sait aussi que Marie l'aime vraiment. C'était la nouvelle à le remettre sur pied. Le frère ? Quelle importance puisque le voilà guéri. Doit-on se venger quand on le peut si facilement qu'il suffit d'ordonner ? Le Roi oublie Philippe et son Guiche et ses perruches. Il regarde ces trois femmes près de lui, qui depuis sa naissance n'ont cessé selon leurs talents de veiller sur lui. A-t-il été ingrat envers elles ? oui. Le sera-t-il encore ? certainement. Lui pardonneront-elles ? la belle question, qu'elles nc songent pas à se poser... Il demande aux trois de l'embrasser ; Mme de Sénecey le fait sur sa bouche, qu'il sait puer le vomi.

Il a un saut du cœur en sa poitrine, c'est elle, cette gouvernante d'autrefois, elle qui a osé prononcer le nom tant chéri de Marie, elle qui savait ce que le Roi attendait, le Roi ou le jeune homme épris ? Elle au visage si fin, trop fin, et dont la beauté se fane avec grâce, elle a tout compris. Et il chuchote, ses lèvres à un doigt des siennes :

— Je sais aujourd'hui que je vous aime toujours, Madame.

— Moi aussi... Louis.

Le prénom tout simple, de simple homme, fut, par une folle audace que seule peut permettre la passion, abandonné dans un souffle. Il lui a semblé l'entendre prononcé par Marie. Il lui demandera de le dire ainsi.

— Merci de votre amour, Marie... Catherine.

La marquise frissonne sous la plus tendre des espiègleries.

On se retrouva à Compiègne. La Reine annonça que durant la maladie de son fils elle avait fait vœu devant le saint sacrement de consacrer désormais toutes ses forces à la Paix. La maladie du Roi aux armées était pour la fervente Espagnole un signe de Dieu. Mieux valait qu'il danse plutôt qu'il combatte ! Qu'il danse donc ses ballets avec la petite « Manchine » ; décidément les Français ne voudront jamais prononcer convenablement un nom étranger. Voici la Manchine après le Bouquinquant !

Louis dansa sur son théâtre qu'il aimait tant. Louis subit *Nicomède* de Corneille, bâilla quand Marie s'enthousiasmait et débitait des vers à mi-voix. Mais alors, à la fin de la tragédie, fort bien jouée au demeurant, le chef de troupe s'avança et déclara :

— Nous prions Vos Majestés de nous accorder un moment. En l'honneur de la santé du Roi qui a vaincu la maladie autant qu'il a vaincu l'ennemi, qu'on nous permette céans de présenter quelque acte de comédie, *Le Docteur amoureux*, qui amusa de fort honnêtes personnes en province.

Le Roi fit signe qu'il acceptait.

Dix minutes après le Roi et la Cour, et Marie qui était maintenant le baromètre des plaisirs de Sa Majesté, riaient aux éclats.

Le Roi se fit présenter la troupe.

— Jean-Baptiste Poquelin dit Molière, directeur de l'Illustre Théâtre et fils d'un tapissier de Sa Majesté.

— Eh bien, Molière, vous me plaisez.

Puis, se tournant vers Philippe, duc d'Anjou, Louis poursuivit :

— Monsieur mon frère, la politique aussi est un théâtre. Parfois tragique, parfois comique. Je ne puis vous offrir mon royaume, mais prenez celui-ci où l'on tue les Rois, épouvante les Reines dans les tragédies, et où la vie n'est que farce dans les comédies. De plus les comédiennes sont jolies, l'auteur plein d'esprit. Vous ne perdez pas au change. Monsieur Molière, si vous l'acceptez, vous voilà, ainsi que vos amis, Comédiens de Monsieur, Frère du Roi.

Philippe salua bien bas son frère en le remerciant, il outrait toujours ses saluts par dénigrement et singerie, et accepta le don, qu'il devrait payer par une pension aux histrions, car dans le ballet il avait remarqué quelque danseur sur la gauche qui lui plaisait. Celui qui distribuait avec tant d'impertinence les lavements.

TOUTES CES REINES

Le mariage du Roi mêla comédie et tragédie, et eut le plus beau résultat, que nul n'espérait plus ; la paix des armes.

Ce que la Reine n'avait pas avoué, en donnant à savoir ce vœu de paix fait devant les plus saintes espèces, est que cette paix passait par une alliance, sur le parchemin certes comme tout traité, mais aussi au doigt de son fils le Roi. L'idée venait de loin, de ses défunts malheurs au temps du défunt Roi, quand, après la naissance inespérée du Dauphin Louis Dieudonné, elle avait appris celle, divine surprise pour elle, d'une infante Maria Teresa à la cour d'Espagne. Une cousine, presque une sœur pour son fils chéri. La guerre alors faisait rage, mais avait-elle cessé sa rage depuis ?

Il fallait marier Louis de France à Marie-Thérèse d'Espagne, la Reine désormais pensait en français jusqu'aux noms de sa famille d'outre-Pyrénées.

Mais Philippe IV, malgré des défaites à répétition, ne voulait point désarmer.

Alors Mazarin, qui nous venait d'Italie, de l'opéra et de la commedia dell'arte qui triomphaient désormais à Paris, eut une idée de canevas, de scénario, comme il dit.

On envoya des ambassades en Savoie, au motif d'un mariage entre le roi de France Louis XIV et de la princesse Marguerite, fort laide, autre cousine du Roi par sa mère Madame Chrétienne, sœur de Louis XIII.

Toute la Cour se rendit à Lyon. Le Roi apprit cette nouvelle dans la plus belle indifférence. Il allait pouvoir chevaucher tout au long de la route avec le grand amour de sa vie, Marie de

Mancini. Le *de* avait été ajouté par la Cour devant l'image qu'offraient les deux amoureux.

Marie, au contraire des donzelles, chevauchait et chevauchait bien, préférant comme son royal et quasi divin amoureux (et amant) le grand air sur le visage au confiné des carrosses qui sentaient le cuir des mantelets, la poussière qui se logeait dans le velours des coussins, et la promiscuité de corps ballottés et trop parfumés...

« Et puis, pensait le Roi, je verrai bien. Il me suffira de dire non. Je suis le Roi ! » Justement, sire...

« Je verrai » devenait sa formule favorite. Sa réponse habituelle. On l'avait jugé un peu lent, il jouait de cette lenteur, ce qui était de bonne guerre et donnait le temps de réflexion nécessaire pour éloigner l'erreur.

Ce voyage fut bonheur, amour, passion, épanchements, étreintes. Le bavardage de Marie était éblouissant, sa mise d'une élégance si sobre qu'elle devenait princière, ou bien celle d'une nymphe, rôle qu'elle chantait et dansait à ravir dans chaque ballet que le Roi multipliait et dont son Molière, appartenant à son frère, bâtissait des arguments qu'un violon italien, un Lulli, mettait en musique avec grâce. La Reine et Mazarin se taisaient. Et applaudissaient au spectacle. Ils en avaient un autre en tête.

Il fut d'une intelligence toute cruelle.

On voyagea ainsi du 26 octobre au 24 novembre. A Lyon les attendait un ambassadeur d'Espagne, don Antonio Pimentel, que la Reine reçut fort bien.

Le Roi s'étonna. On expliqua.

Il clama partout son bonheur d'épouser la princesse de Savoie. Don Antonio en aurait avalé sa Toison d'or ! Marie s'inquiéta. Le Roi lui avoua que ce mariage n'était que comédie. Mais ne lui avoua pas qu'un mariage pouvait en cacher un autre. On n'est pas toujours courageux quand on est amoureux et on déteste aussi les larmes dans les beaux yeux qui ont déjà pleuré quand vous frôliez la mort.

On répéta les rôles.

Le Roi se montra froid avec la princesse Marguerite alors qu'il avait la joie au cœur. Après trois jours de tractations qui n'avaient aucun but du côté français, la reine Anne avertit sa belle-sœur, qu'on nommait Madame Royale, mère de la « fiancée », que l'affaire ne se pourrait conclure.

Madame Royale demanda des explications. La Reine l'envoya à Mazarin pendant qu'elle recevait, elle, don Antonio, à qui on avait courtoisement demandé de patienter un peu.

Madame Royale entra dans les appartements du Cardinal comme naguère les troupes de Savoie dans Pignerol reprise aux Français avant de la reperdre.

— Que je le plains, dit la Reine, elle va le tourmenter, elle est plus aigre que son frère.

Dernier hommage au caractère de son défunt mari.

Il fallut surtout plaindre Nicolas Fouquet qui dut trouver séance tenante 500 000 livres pour dédommager la maison de Savoie et autant en cadeaux.

Fouquet les trouva. Dans les bureaux de Mazarin, Colbert se demanda toujours où son ennemi (déjà, dès le premier regard !) avait pêché cela ! Même Mazarin n'en revint pas.

La Savoie regagna Chambéry. Pimentel se faisait aussi invisible que le marquis de Chouppes, ne rencontrant plus que Mazarin, en secret. Pendant ce temps, Louis et Marie parcouraient à cheval la place Bellecour, dont le nom leur faisait penser à leur amour (ah, délicieuse Précieuse et sa *Carte de Tendre*) ; le Roi ordonnait l'exercice des mousquetaires, M. d'Artagnan lui abandonnait bien volontiers son commandement ; la Reine visitait les couvents et les hospices ; le Roi à la soirée tombée menait Marie en carrosse, prenant les rênes au cocher, et l'on s'arrêtait dans quelque parc pour traquer parmi les étoiles l'éclat de Vénus, que lui trouvait plutôt en son mont sous la soie.

Le comte de Soissons se plaignit que le Roi négligeât ainsi de coucher avec Olympe, sa femme, au profit de ce petit laideron de Marie.

Le Roi était devenu fidèle et avait abandonné oies blanches, perruches et escapades sur les toits. On rentra au Louvre. L'amour continua, Pimentel suivit ou préséda, ayant rendez-vous aux étapes avec le Cardinal, parfois avec Doña Ana Maria Mauricia, ancienne infante et reine mère en France.

Don Antonio Pimentel avait un souci dont il s'ouvrit ;

— Le Roi n'est-il pas trop amoureux pour se résoudre à convoler avec une autre que cette demoiselle Mancini ?

Il posait la bonne question que chacun évitait soigneusement de soulever.

On mentit, bien sûr, il ne s'agissait que de politique d'un côté, de foucade de l'autre.

Beau mensonge qui dura cinq mois ! Pimentel était patient mais tout de même... il est vrai que dans le même temps tout se négociait entre ministres. Et qu'après plus de vingt années de guerre certains dossiers demeuraient encore pleins d'épines. Mais se concoctait jour après jour le bienvenu traité des Pyrénées.

Enfin l'accord tomba, sans lever les doutes de l'Espagnol. Il fallut avertir le Roi, qui déclara fort posément qu'il n'épouserait que Marie.

Anne menaça d'entrer immédiatement au Val-de-Grâce.

— Vous êtes libre d'y aller, Madame ma mère.

On se fâcha. Mazarin raccommoda. Marie s'inquiéta. Louis devint triste. Marie lui lut des poèmes anciens de Louise Labbé. Cela le fit pleurer par leur beauté et leur détresse. Elle proposa un ballet. On dansa. Mazarin grommela :

— Ma nièce est un Cinq-Mars en jupons !

Ce n'était pas un compliment.

Ce fut pis qu'un meurtre.

Marie fut exilée à Brouage, près de La Rochelle. Les adieux firent même pleurer certains à la Cour pourtant peuplée de cœurs de fer. Le Roi ne quittait pas Marie d'un cheveu, le Roi la conduisit au carrosse, s'accrocha à la portière. La Reine envoya Guitaut, qui faillit refuser pour la première fois d'obéir à un ordre.

Il attendait, impassible, deux pas derrière le Roi. C'était jour de l'été, la nuit la plus courte et la plus étoilée de l'année. Nul ne partait. Guitaut attendit, entendit les mots d'amour, entendit les sanglots ; partagé entre l'émotion et le reproche devant cette attitude qui n'était en rien celle du plus grand monarque du monde.

— Vous pleurez, vous êtes le maître et je pars.

La voix de Marie était brisée.

Guitaut s'approcha du Roi qui se retourna, vit le regard de son capitaine, et il le haït d'une haine de forcené. Guitaut ne broncha pas, ne dit mot, mais fit signe au cocher de fouetter les chevaux. Le Roi eut l'ombre d'un geste. Guitaut le regarda dans les yeux. Il fit un signe : deux gardes amenaient des montures.

Le Roi comprit. Ils se mirent en selle et firent en silence sur dix lieues l'escorte de la nièce d'un cardinal qui quittait un roi de France. Puis Guitaut s'adressa au Roi.

— C'est assez loin, Sire.

— Que dites-vous ?

— Nous pouvons rentrer.

— Pourquoi ?

— Vos yeux ont séché.

Louis pleura tous les soirs, Louis écrivit chaque matin et chaque soir ; la Reine autorisait que les amants échangent au moins des mots. Mazarin fit passer le courrier par le bureau de Colbert qui en tint copie.

La Reine mena la Cour à Fontainebleau, château favori du Roi depuis l'enfance. Elle lui parla chaque jour avec tendresse dans la plus totale intimité. Le Roi fut malade. On le soigna mais que peut-on faire contre le pire chagrin, celui de l'amour ?

— Commandons une comédie à Molière et faites aussi venir mon... « Amour médecin ».

La Reine ne comprit pas.

— Ma gouvernante, Mme de Sénecey. N'a-t-elle pas toujours trouvé le remède ?

La Reine sourit.

Au plus privé du plus privé, Louis XIV s'abandonna dans les bras et le giron de celle qui fut sa gouvernante. Elle ne dit mot, serrant ce jeune homme contre elle, subissant ses sanglots, les tressautements de ses épaules et de tout son corps. La nuit tombait. La nuit noircissait. La nuit était au plus profond du noir. Mme de Sénecey baisait les cheveux du Roi et le berçait.

Il releva la tête au visage ravagé.

— Que faire, Madame ? A vous j'obéirai.

— Sire, vous n'avez pas à m'obéir.

— Est-ce crime que d'aimer ?

— Sire, me demander cela ?

— J'épouserai l'Espagne, je le vois. Mais l'infante est fort laide, pire que la Savoie !

— Oui. Mais Dieu a établi les Rois pour veiller à la sûreté et au repos de leurs sujets, non pour sacrifier à leur passion, fût-elle la plus belle du monde.

— Le pensez-vous ou récitez-vous une leçon apprise de ma mère ou du Cardinal ?

— Sire, j'ai passé l'âge de réciter des leçons et de vous en donner. Nous sommes depuis quatre heures en cette chambre, vous en ai-je donné ?

— Non. Vous fûtes la tendresse même. J'étais petit enfant.

— Non, Sire, un homme malheureux.

— Un homme mort !

— Non, Sire. Malheureux, torturé par le plus noble des sentiments.

— Vous seule savez me parler d'amour. Et ce depuis toujours.

— Parce que toujours je vous ai parlé, Sire, en toute sincère vérité, sans rien vous celer de la vie, de ses aléas, de ses tourments, de ses bonheurs et des tourments qui naissent aussi du bonheur. Je sens, Sire, que je glisse vers de tendres banalités que Marie n'aurait point proférées. Vous m'excuserez de n'avoir pas son délicieux et inégalable esprit.

Le Roi rit.

— Oui, Marie, ma Précieuse. Comme vous, elle m'a dégrossi. Elle a parfait votre œuvre.

— Et donné ainsi à l'humanité son chef-d'œuvre.

— Un trait d'esprit, Madame ! Joliment vêtu en compliment !

— Non, Sire, rien qu'un mot ! Je suis cousine de La Rochefoucauld.

— Mais vous m'êtes plus fidèle.

Le Roi regarda autour de lui.

— J'ai faim !

— J'ai fait préparer un médianoche.

— Comme une femme qui reçoit son amant ! Que ne suis-je Guitaut !

— Vous êtes le Roi. Je pense qu'il sied de vous le répéter. Vous plaisantez pour éloigner la douleur, c'est une bonne médecine.

Elle se leva, ouvrit la porte, on apporta des plateaux, on s'esquiva.

Le Roi se servit un verre de vin, hésita et le tendit à la marquise.

— A vous, Madame...

La marquise but à peine et reposa le verre. Le Roi le prit, but où la marquise avait mis ses lèvres.

— Je ne plaisantais pas. Depuis mes dix ans ou douze, j'ai toujours envié Guitaut d'être votre amant.

Il se servit de poulet, prit une assiette, en prépara un blanc qu'il mêla de jambon pour sa commensale.

— Madame, c'est plaisir que vous servir. C'était plaisir de servir Marie à tout moment de sa vie.

— C'était ?

— Oui, « l'amour est morte » ! Jolie chanson... Des temps courtois. Vous la chantiez pour moi autrefois.

— Il est vrai. Ai-je bien fait ? Elle est si triste.

Elle picora dans le poulet. Quelque chose l'étranglait. Le Roi se leva pour se rendre à la fenêtre.

— Où est-elle maintenant ?

— Elle contemple l'Océan du haut d'une forteresse. Et pense à vous. Ou bien elle vous écrit et signe d'une larme.

La voix du Roi se fit si rauque que la marquise n'osa s'approcher.

— Il faut vivre, n'est-ce pas ? Et elle, et moi.

— Oui, Sire. Vivre et régner quant à vous. Marie n'a que la moitié de votre devoir.

— Et vous, Madame ?

— Vivre, c'est tout. Survivre même. C'est moins.

— Madame, je vous dois un aveu.

— Un aveu ? Un Roi qui avoue !

— Non, un homme. Louis... comme vous avez dit à Calais ; eh bien cet homme de Calais a haï Guitaut cette vêprée.

— Je m'en doute. Sa tâche était ardue et malvenue.

— Puis j'ai chevauché en compagnie d'un vrai gentilhomme.

— Il l'est.

— Il m'était supérieur ; j'ai pensé à le blesser.

— Guitaut, Sire, est fin bretteur ; il est vrai que devant son Roi il n'eût pas tiré l'épée.

— Oh, pas ainsi ; une blessure à jamais, pas une estafilade.

La marquise se tut. Elle vint près du Roi qui regardait le jardin sous la nuit.

— Vous ne voulez pas savoir comment ?

— Non, Sire.

— Par la pire cruauté.

— Elle serait inutile, Sire, ce que vous vouliez lui prendre je vous l'aurais donné. Et vous le savez.

— Me le donneriez-vous encore ?

— Non, Sire.

Le Roi hocha la tête, revint en le mitan de la chambre, but un autre verre de vin. Il entendit la marquise murmurer doucement à la nuit :

— Oui. Et vous le savez bien.

Sur le rectangle plus clair de la fenêtre Louis voyait se découper une mince et frêle forme noire. Oui, à Fontainebleau les apparitions abondaient, il le savait depuis l'enfance. C'étaient des femmes amoureuses qui hantaient les bosquets ou les longs corridors. Elles commandaient le respect.

— Partez, Madame. Laissez-moi.

La forme se tourna lentement, entra dans la lumière, elle n'était plus vêtue de nuit noire mais de soie et satin verts. Elle s'approcha du Roi, assis à la table du médianoche. Ombre triste devant un être torturé.

— Merci, Sire, de ce congé.

— Vous m'aimez comme Marie m'aime.

— Oui.

— Voici le plus beau mot entendu ce soir, mademoiselle... de La Rochefoucauld. Et prononcé par la plus tendre bouche qui se fût posée sur la mienne. Restez avec moi.

— Votre maîtresse pour une nuit ?

— Oui. Je vous désire ainsi, Madame.

— Malgré Marie.

— Malgré Guitaut aussi.

Et le Roi baisa la main de Mme de Sénecey comme celle d'une princesse du sang.

— Ne craignez rien ; l'homme que je suis n'a qu'une qualité de Roi : le secret quand il est nécessaire.

— Je vous en sais au moins une autre, Sire.

— Et laquelle, marquise ?

— Etre l'amant le plus désirable de la terre !

Le Roi épousa l'infante. A Saint-Jean-de-Luz, sur la route, il rencontra Marie et ses sœurs à Saint-Jean-d'Angély. Marie parut folle. Le Roi terrassé de douleur. On les sépara. Le mariage eut lieu à Saint-Jean, célébré par l'évêque de Bayonne. Sur l'île des Faisans au milieu de la Bidassoa, les diplomates et ministres s'escrimaient avec leurs plumes, avec les mots, avec espoir, avec crainte.

En naquit le traité des Pyrénées.

On s'embrassa entre Rois sur l'île des Faisans.

Et le cortège parcourut la France : Bordeaux la Rebelle, Poitiers, Richelieu, cette Florence peuplée par des vaches, Chambord... Paris qui s'était donné un air de théâtre avec des arcs de triomphe, des portiques, des verdures, des bergeries, ce fut le triomphe du Roi triste, la bienvenue à la Reine laide, le rêve d'Anne d'Autriche, la gloire de Mazarin.

La paix était faite !

Elle était née du malheur du Roi qui n'aurait pas dû naître quand le pays de sa mère et celui de son père se faisaient une guerre qui se perpétuerait jusque dans leur couple.

La Reine abusa du chocolat espagnol, but son hypocras avec des glaçons car l'Espagne torride connaissait la glacière et installait les poissons sur des lits de neige en plein juillet ! Elle avait embrassé son frère :

— Vous me pardonnerez de m'être montrée si bonne Française, je le devais à mon fils.

Le Roi embrassa sa sœur et devant elle couvrit de louanges son neveu.

— Maintenant je peux mourir, dit-elle à Louis.

— Le Roi vous l'interdit bien, Madame ma mère.

Dieu merci, ce n'était pas elle que Dieu allait rappeler.

On rit beaucoup à *L'Etourdi* et aux *Précieuses ridicules* de Molière. Sauf la jeune Reine qui parlait mal le français malgré les leçons de sa belle-mère et de Mme de Sénecey.

Le Roi était de plus en plus entiché de Molière. Anne avait ri aussi mais Mazarin avait toussé comme s'il s'ennuyait.

L'homme le plus haï de France était le plus glorieux et paraissait maussade bien qu'il fût aussi le plus riche, selon Colbert et selon Fouquet pour une fois d'accord.

D'ailleurs Mazarin devait s'ennuyer toute la journée car il toussait sans cesse. Des médecins le visitaient en secret.

« Le poumon », crie un personnage de Molière. Oui, le poumon qui tue le ministre.

Nul ne le sait. Il veut que nul ne le sache.

Il aménage Vincennes, château royal, dont il s'est nommé gouverneur, le Roi qui ne pensait qu'à Marie a signé sans regarder, avec Le Vau, le grand architecte du moment. Il y entasse des millions « réservés » que Colbert (sans Fouquet) a tâche de compter, de préserver et de donner au Roi, à la mort du ministre ; il a fait inscrire, par le même Colbert, dans son testament le vœu que son cœur soit déposé en l'église du couvent des Théatins, en bord de Seine, au sud, face au Louvre :

— Voilà qui fera plaisir à votre confesseur, qui appartient à l'ordre.

— Oui. Oui...

Colbert le regarde. Il cache quelque chose.

— Savez-vous, Colbert, comment se nomme cette église ?

— Non, Monseigneur, je l'avoue.

— Sainte-Anne-la-Royale...

Colbert rougit. Mazarin fait à la Reine mère une déclaration d'amour posthume.

Mazarin lui offre pour prix du secret 20 000 écus pour s'acheter la terre de Seignelay que lui-même fait ériger en marquisat.

— Vous voilà au-dessus de Fouquet, marquis !

Colbert déteste quand Mazarin rit ou se penche vers lui pour murmurer un secret ou une vilénie ; le Cardinal a une haleine à tomber évanoui.

Le cardinal le sait et s'en sert aussi pour tourmenter ce grattepapier. Il en épargne la Reine. Le Roi, il le voit peu. Il s'en méfie, et le Roi est occupé.

Colbert le suit partout dans la bibliothèque qui est la plus belle d'Europe, donc du monde, devant les Titien, les Carrache...

— *Ma*, il va falloir quitter tout cela. Ma pauvre famille va retomber dans la ruine.

— Léguez tout au Roi, Monseigneur, il se fera honneur de refuser l'héritage...

— Vous croyez cela ?

— Je ne côtoie pas le Roi, mais je sais le mesurer autant que je sais compter.

— Il faut voir le Roi, Colbert, il n'est que temps !

Le Cardinal est pressé. N'a-t-il rien oublié alors que cet œdème lui ronge un poumon et attaque l'autre ?

Il est beaucoup d'agonies ici, dans la jeunesse d'un monarque qui fuit tant la mort qu'il interdira bientôt dans sa Cour toute forme de deuil, sauf pour sa mère, et que la mort poursuivra durant toute sa longue vie, tuant ses enfants et petits-enfants. Nous ne conterons donc pas celle de Mazarin, qui fut longue et terrible souffrance. Le Cardinal-Ministre, joueur et tricheur, a réussi le plus grand coup politique de son siècle, laissons-lui cette image. D'autres se sont chargés de la ternir... avec son aide il est vrai. Le 9 mars 1661 Mazarin rend son âme à Dieu, ou plutôt à la Mère du Christ : « Sainte Vierge, ayez pitié de moi et recevez mon âme », s'était-il écrié à trois heures du matin.

Cet homme, qui n'avait accordé quelque confiance et n'avait sans doute aucun livré son âme qu'à une reine de France, s'abandonnait désormais à la Reine d'un autre royaume fabuleux, celui des Cieux.

Il laissait aussi, outre les millions et les souvenirs d'art, des lettres admirables qui font de lui un prosateur digne du style de son ennemi Retz. Lettres adressées à Anne d'Autriche mais aussi au roi Louis XIV et qui sont manuels de conduite pour un souverain. Louis en fit-il bon usage ? Louis n'en était pas là, Louis, une fois encore, apprenait à exister. Comme à sa naissance.

C'est assez que d'être.

NYMPHES ET DÉMONS

Grande et terrible fut cette année-là, mille six cent soixante et unième depuis la naissance du Christ et vingt-troisième depuis la naissance du Roi.

Grande et terrible car ce Roi naissait une nouvelle fois, avec une grande et terrible idée. Et un sentiment d'urgence frisant l'impatience, comme si, ayant attendu dans les limbes trop longtemps – vingt-trois ans également – sa naissance, il courait maintenant la poste vers l'avenir le plus long que connût jamais nul monarque.

La mort de son ministre lui donna des éperons dans le ventre, comme il donnait au ventre de sa monture préférée, une jument barbe isabelle.

Mazarin cadavre dans ce même château de Vincennes, le Roi dort encore. Il s'éveille près de la jeune reine qui sommeille et fut honorée ainsi que la loi et les sens le demandent.

Dame Perrette entre pour le baiser du matin. Il est sept heures. Louis tend son front. Le rite déjà s'est ancré dans la vie quotidienne.

— Est-il mort ?

Il parle à voix basse.

Perrette opine.

Il se lève. Sans bruit. On dit déjà la reine Marie-Thérèse enceinte. Au bout de huit mois, le Roi n'a pas chômé. Ce Dauphin-là n'attendra pas vingt-trois ans de mariage pour mordre les seins d'une nourrice.

Le Roi refuse toute aide, ne veut pas que Perrette appelle les valets ni les gentilshommes. Ce premier jour de Roi sans ministre, le Roi se vêt seul.

« On me l'a changé », pense dame Perrette qui assiste chaque matin au lever. Il lui fait un signe d'adieu et va s'enfermer en son cabinet.

Perrette sourit, le Roi tient ses chaussures à la main comme un mari volage rentrant de bordée, et marche sur ses bas, mais là c'est encore par respect pour le sommeil de son épouse.

Deux heures durant le Roi reste seul.

Puis il ira rendre ses devoirs au ministre défunt, son parrain.

Il envoie également des dépêches aux trois principaux membres du Conseil : Le Tellier qui tient la guerre, Lionne les affaires étrangères, Fouquet les finances. Ne rien signer avant le Conseil de demain, quelles que soient les affaires en train.

Le lendemain est convoqué le Conseil dans l'aile du Roi que Mazarin a commandée à Le Vau, en face de l'aile de la Reine, dans la cour de cet immense château qui sert aussi de forteresse et de banque, mais cela seul Colbert le sait.

A quatre heures le Roi paraît, salue ses ministres, se recoiffe, reste debout, le poing sur la hanche, et entame sa grande scène que tout le monde connaît et résumera en trois mots qu'il ne pro-nonça pas : l'Etat c'est moi.

Il s'adresse au chancelier Séguier qui seul a le droit de s'ap-puyer à la table, vu son grand âge de chancelier éternel et revenu après l'intermède de Molé.

« Monsieur le Chancelier, je vous ai fait assembler mes ministres et secrétaires d'Etat, pour vous dire que, jusqu'à présent, j'ai bien voulu laisser gouverner mes affaires par feu M. le Cardi-nal. Il est temps que je les gouverne moi-même. Vous m'aiderez de vos conseils quand je vous les demanderai.

« Messieurs, la face du théâtre change : j'aurai d'autres prin-cipes dans le gouvernement de mon Etat, dans la régie de mes finances et dans les négociations au-dehors que n'avait feu M. le Cardinal. Vous savez mes volontés. A vous de les exécuter. »

Sa mère l'attend et le mande. Elle n'a pas été invitée au Conseil. Elle hésite un temps pour le messager, Guitaut ou Mme de Séne-cey ; l'un est respecté par son fils, l'autre touche son cœur et sa conscience. Pas de sévérité, elle envoie sa chère Marie-Catherine. A laquelle elle vient de dire : « Je savais bien que mon fils vou-drait faire le capable ! »

La marquise a ri avec elle.

Elle est annoncée dans le cabinet du Roi, qui la reçoit immédiatement, se lève et va l'accueillir à la porte, comme une princesse du sang.

« Il me jauge, pense-t-elle. Il est courtois mais me jauge. »

— Sire, Sa Majesté la Reine... la Reine mère désirerait que vous la visitiez.

Il sourit à la belle messagère. Il va ériger sa terre de Randan en duché pairie. Son tabouret chez sa mère et sa femme, les deux Reines, ne sera plus de grâce mais d'honneur et de reconnaissance.

— Je la visiterai à six heures si ma mère le veut bien.

Elle se déplace pour éviter le soleil rasant. Elle préfère la pénombre. Il voit que je suis vieille !

— Bien, Sire.

Elle tombe en révérence et recule.

— Restez, Madame. Un instant !

Il s'approche. Il lui prend la main, la mène vers une table.

— M'aimez-vous toujours...

— Sire, vous avez la réponse. De toute mon âme.

— Comme en cette nuit de Fontainebleau, aussi ?

— Il faisait nuit, Sire, vous le dites, et l'ombre gommait...

— Vous n'avez pas répondu.

— Oui, Sire. De la même façon.

— Pourquoi parliez-vous d'ombre et de gomme ?

— Sire, ne me tourmentez pas. Je sais mon âge...

— Je le sais aussi. A-t-il tant changé depuis ?

— De quelques mois supplémentaires.

— Mais l'amour que vous me portez...

— Il est immuable.

— Alors, Madame, regardez.

Il lève un voile de soie de dessus la table. C'est un plan. Des jardins, des bassins, une sorte de château aux ailes immenses comme si cet oiseau de pierre se voulait albatros. Un Grand Canal comme si Venise était en France.

Elle regarde le Roi.

— Nous avons parlé un jour dans le jardin du Palais royal, devant des pivoines venues de Chine, de « parterres d'eau ». Le nom vous avait amusée, j'étais un enfant encore.

— En effet, Sire, votre mémoire est étonnante.

— J'ai bonne mémoire. Je vous avais dit que je construirais un château à nul autre pareil. Et que je vous y mènerais.

— Je crois, oui, mais suis moins sûre de la promesse...

Elle sourit.

— Le château est là, sur le papier. Je tenais à ce que vous fussiez la première à en voir l'esquisse et le plan. Pour vous prouver que je tiens toutes mes promesses, même celles d'un enfant. Et que je n'oublie rien des bienfaits ni des consolations, même si je fais mine d'en oublier les causes. Qu'en pensez-vous ?

— Où sera-t-il construit ?

— Chez mon père, dont je néglige trop le souvenir. A Versailles.

— Versailles. Il y vente sur des marécages.

— Il y ventera mais les marécages seront asséchés.

Le Roi se renfrogne légèrement.

— Vous me croyez ? !

— Oui, Sire. Toujours.

— A leur place il y aura des jeux d'eaux comme nous les aimions tant, mais en plus magnifique, des bosquets où l'on donnera théâtre et musique. Des galeries pleines de miroirs pour y surprendre votre merveilleux sourire.

Il replace le voile soyeux sur le plan.

— Je tenais à votre regard sur mon rêve d'enfant.

— Sire, c'est un honneur dont...

— Non, Madame, je vous le dois.

Elle baisse la tête. Il ne me doit rien du tout.

Il reprend sa main.

— Vous aussi fûtes mon rêve d'enfant. Et vous l'avez exaucé avec amour la nuit de l'été à Fontainebleau.

Il lui baise la main.

— Mon amour secret que nul ne connaîtra jamais.

— Sire, mon amour de toujours.

Il la reconduit à la porte.

— A six heures, Madame, je serai chez ma mère.

Chez la Reine mère était M. Fouquet. Anne l'appréciait, il était beau, aimable, créature de Mazarin, et avait ramené son cher Corneille au théâtre. Et puis il fournissait toujours l'argent qu'on demandait. Un magicien ! Il plaidait là une cause, celle d'une charmante personne, Mlle de Manneville, une nymphe qu'il osait demander dans un sourire éblouissant à la Reine mère de prendre au rang de ses filles d'honneur. Pourquoi désobliger un être si charmant. Et elle si endettée ! De plus il lui parlait d'une fête et Anne, Reine mère et écartée du Conseil, craignait de s'ennuyer.

Elle était satisfaite, elle avait obtenu 200 000 livres du surintendant pour ses travaux à son cher Val-de-Grâce qui un jour la recevrait à demeure, sa dernière demeure, comme elle le souhaitait. Bien sûr, qu'il n'en dise mot au Roi !

Fouquet dit tout. Il en avait l'ordre et, à celui-ci, il obéit.

A six heures le Roi gronde sa mère, lui interdisant de demander ou d'ordonner la moindre chose au moindre des secrétaires d'Etat.

La Reine proteste, Louis est de glace, ils se séparent fâchés.

Le 1er avril ils sont réconciliés, ils arrivent enfin à marier ce bel homosexuel de Monsieur avec Henriette Stuart, princesse d'Angleterre. L'ancienne exilée du Louvre qui quémandait du bois et du pain à son cousin qui n'avait pas liard en poche, tous les beaux portraits d'or sur les écus du roi Louis XIII allant dans les poches de Mazarin. Depuis tout a changé.

Henriette est laide selon les canons du temps, mais elle est piquante ; elle lui semble un squelette. Lui semblait, dans son souvenir. Mais elle apparaît. Bien vêtue, resplendissante, animée et entraînante, elle est la reine de la fête et non seulement parce qu'elle est la jeune épousée. Le Roi ne la quitte plus au bout de deux semaines.

Henriette loin des oubliettes du Louvre règne sur le Roi. La reine Marie-Thérèse ne voit rien, la Cour voit tout, la Reine mère demande à Henriette de se faire plus discrète. Rien n'y fait. On écrit au roi Charles II. Alors Henriette invente le plus doux stratagème : que Louis fasse semblant d'être amoureux d'une de ses filles d'honneur et ils auront la paix pour être amants.

La fille choisie passe pour nigaude et timide ; de plus elle boite.

Henriette et Louis s'aiment à la folie. Un nouvel épisode Marie. Mais celui-ci ne risque en rien de compromettre une paix.

La fille d'honneur Louise de Lavallière aime le Roi sincèrement, sans calcul, sans retenue. Et le Roi le voit et s'en satisfait. On jase. Henriette trépigne de joie, le piège a fonctionné, mais ignore que son beau-frère et amant se partage désormais entre elle et la boiteuse !

Encore Fontainebleau, ce château lui réussit, Louis est aux anges. Deux amours. Deux maîtresses. Il se fait discret. La Cour ne jase plus, Henriette ignore qu'elle est trompée, un homme se met sur les rangs de courtiser Mme de Lavallière, il a besoin de renseignements, chez Monsieur, toujours amant de Guiche, et Madame, maîtresse du Roi. C'est Fouquet.

Louise dit tout au Roi ! L'été était si beau pourtant à Fontainebleau.

Le démon de la vengeance s'empare du cœur du Roi.

Fouquet a promis de l'argent à Louise ! Comme il a acheté sa mère il veut acheter l'amour de la maîtresse du Roi. En août Fouquet invite la Cour en son château de Vaux.

Louis réfléchit, fort sombre. Emmener des mousquetaires et l'arrêter. Colbert déjà prépare les dossiers. Non. Voir d'abord. Et puis il y a Molière. Il y donne la comédie que le Roi lui-même lui a inspirée, *Les Fâcheux.* Ils n'ont jamais tant abondé.

La vie est un théâtre. Le Roi prépare son coup, mais Molière d'abord, Comédien de Monsieur que le Roi pensionne parfois. Et lui indique les caractères qu'il aimerait voir sur scène. Des gens qui l'entourent, des gens qui l'agacent, des gens qui l'étouffent, et qu'il écrive aussi ses belles comédies-ballets qu'enchante ce violon de Lulli et qu'Henriette danse avec la grâce de Marie.

Molière obéit, touche la pension de son titre de Tapissier de Sa Majesté auquel le Roi ajoute celui de Valet de Chambre, ce qui leur permet de se rencontrer dans le particulier.

La fête est au-delà du somptueux. Louise en est la reine, Henriette la princesse, le Roi en est le dieu, la Reine mère la conscience outrée.

Le Roi sourit à Fouquet dès l'entrée du parc, quand partent mille feux d'artifices.

Ces jets d'eaux qu'il aime tant montent dans l'or du couchant au-dessus du château de Vaux. Le Roi se fige, puis sourit.

Vatel a préparé un souper servi dans de la vaisselle d'or.

Au bout d'une allée un théâtre de verdure est entouré de sapins. On prend place. La Béjart, fol amour de Molière, entre en scène à peine vêtue de transparence.

« C'est Louis qui le veut, nymphes sortez, faune sortez. » Des bosquets surgissent nymphes et faune ainsi appelés, suivis de satyres et dryades.

Louis remontera dans son carrosse à trois heures du matin, après le bal qu'il aura ouvert avec sa femme, continué avec Henriette pour après ne plus lâcher Louise et partager un sorbet avec Mme de Sénecey, duchesse de Randan.

Mme de Sénecey hésite dans le carrosse de la Reine qui les ramène à Fontainebleau. Elle qui a vu certain plan comprend bien vite cet homme qu'elle connut enfant et suivit en ses heurs et malheurs, consola bien tôt et bien tard.

Fouquet a bâti avant Louis le rêve du Roi. Son château de Vaux possède des « parterres d'eau ».

Elle hésite dans les cahots et la Reine mère dodeline de la tête sur cette route de Fontainebleau.

— Madame...

— Oui, Marie-Catherine ?

— Vous appréciez M. Fouquet.

— Comme vous le savez.

— Le Roi... est mécontent de lui.

— Le Roi est mécontent de tous ceux que j'aime ! C'est sa nouvelle méthode de gouvernement. Mécontent de lui ! après une telle fête donnée en son honneur. Mon fils est un ingrat, mais jusqu'alors il ne l'était qu'avec moi. Ce qui dit-on est normal, il faut à un fils oublier sa mère s'il veut être libre de grandir et de conquérir la terre.

— Madame...

— Pourquoi vous inquiéter ? Laissez, il est jaloux car Fouquet, m'a-t-on dit, a courtisé la petite Lavallière. Il ignorait tout du penchant du Roi. J'en ai fait remontrance à mon fils.

— Il ne s'agit pas de maîtresses : le Roi est au-dessus de ces fadaises.

— Ah, Marie-Catherine, vous le défendrez toujours. Il eût dû vous faire maréchale de France, vous eussiez été un brave Turenne.

— Oui, Madame, j'aime le Roi.

— Il en a besoin, il est de moins en moins aimable. Vous l'aimez depuis son enfance. S'en rend-il compte ?

— Je crois. Il faut Madame que je vous dise que M. Fouquet, pour qui vous montrez de l'amitié, risque... énormément. Il a commis une faute que le Roi ne pardonnera pas.

— Quoi donc ?

— Il lui a volé son rêve !

La Reine mère rit aux éclats, bien réveillée maintenant en son carrosse alors que l'aube pointe.

— Volé son rêve ! La cousine de La Rochefoucauld ne se pique pas de maximes, mais de poésie...

— Madame, écoutez-moi.

La Reine mère voit que son amie a les larmes aux yeux.

Elle ne rit plus, saisit la main fine de la marquise dans sa main si célèbre. Deux mains de presque douairières s'étreignent dans une beauté inespérée. La Reine a cinquante-neuf ans, la marquise bien moins, mais se sent tout soudain prête à être rejetée par le monde.

— Dites-moi, mon amie.

— Je vais parler, Madame, et ensuite me retirer au Val-de-Grâce si vous m'y acceptez.

— Dites.

La marquise de Sénecey, duchesse de Randan, dit tout. Ou presque. Le plan du château... Les secrets des amours (pas les siennes), Colbert qui ourdit, mais elle tait comment elle a obtenu cette confidence, une nuit, la nuit de l'été à Fontainebleau l'an passé, quand le Roi venait de lui avouer un autre rêve de ses douze ans, la posséder. Rêve qu'elle partageait.

Elle trahit son Roi. Comme elle a trahi Guitaut. Elle n'est plus digne d'aimer qui que ce fût.

— Demain, je parlerai au Roi, dit la Reine Anne.

Elle parla.

Vous êtes devenu mécréant.

Vous ne recevez plus les sacrements.

Vous punissez la vertu.

Vous menacez la noblesse d'âme du plus brillant hôte qui vous ait jamais reçu.

Vous êtes incestueux avec votre belle-sœur. J'ai le grand tort d'avoir fermé les yeux.

Vous allez peupler cette Cour de bâtards !

Vous n'êtes plus roi mais vous vous sacrez tyran.

Vous êtes mon fils.

Je ne vous verrai plus sans que vous vous amendiez.

Les larmes montèrent aux yeux de l'Espagnole. Que tous les Habsbourg m'aident à convaincre ce Bourbon !

Le Roi se taisait.

La Reine se leva. Il fit de même.

Je quitte cette cour de... Sardanapale. J'y reviendrai quand ce sera celle du Roi que j'ai fait, du Roi enfant dont j'ai fait, moi, le plus grand Roi du monde et qui me doit tout.

Le Roi blêmit.

Elle a raison, il est coureur, rancunier, vaniteux, mais cette femme l'agace. Il n'est plus un enfant. Nul ne l'a fait. Nul ne le fera plus. Il se fait seul !

Je préfère, Louis, aller au Val-de-Grâce, car la seule chose dont vous ayez besoin est de prières, celles-là mêmes que vous méprisez et ne rendez plus à Dieu. Vous vous montrez à la messe chaque jour ? Ouiche, comme on va au théâtre, pour y paraître, pour y jouer, pour tromper le monde.

Il la regarde, baisse la tête, la relève.

— Allez, Madame, où vous désirez, votre Roi vous le permet.

Il resta seul, regardant l'ombre amincie – serait-elle malade ? – qui sortait, digne comme une reine d'Espagne.

Elle le quittait.

Il s'approcha de la fenêtre. Palefreniers et valets attelaient un carrosse noir, celui-là même dont elle avait demandé qu'on ôtât tout ornement.

Il ne pouvait la rattraper. Le Roi ne court jamais sauf quand il galope pour une maîtresse.

Marie...

Il rougit.

Henriette... Louise... les autres.

La rattraper est impossible à son orgueil. A son état.

Colbert le pourrait.

Oui. Le commis qui proteste et dit oui est là pour courir.

Il traversa deux pièces sans regarder quiconque, le trouva dans son cabinet avec un secrétaire, qui sortit.

— Colbert !

— Oui, Sire.

— Fouquet sera pendu. Préparez le procès.

— Mais... oui, Sire.

— Activez Versailles.

— Il nous faut bien deux millions pour les débuts.

— Mazarin les eût dénichés, Fouquet les eût payés ! Vous les trouverez !

— Oui, Sire. Ils sont à Vincennes. Je les y ai gardés à l'abri...
de la Surintendance.

Le Roi se tut, regarda vers la fenêtre mais sans s'approcher.
Puis il fixa Colbert dans les yeux :

— Colbert. Courez et envoyez Guitaut et d'Artagnan, l'un avec
douze gardes, l'autre douze mousquetaires, faire escorte à Mme la
Reine Mère jusqu'à son nouveau logis du Val-de-Grâce où elle
veut faire retraite quelque temps. Que les deux capitaines gardent
ses portières... et...

Colbert attendit.

— Si elle questionne au sujet d'une telle garde d'honneur,
qu'ils répondent : « Ordre du roi ! »

Il se retirait, se retourna, Colbert était encore courbé.

— Non. Qu'ils disent : « Ordre du Roi, votre fils ! » Courez,
Colbert, courez !

Le Roi sortit.

Seul, il affronta les murmures d'antichambre, la marée de plumets et de gorges, ne regarda personne, rentra en ses appartements, posa canne et épée sur une table italienne incrustée de
nacre et de corne.

Il songeait.

La lente marche de la dame en noir sortant de son cabinet,
rejointe par deux religieuses en cette cour sablonneuse...

Une autre image venue de loin dans le passé... Il la traquait
mais ne pouvait encore la voir. Un fantôme de dame en noir. Il
était enfant, et l'image l'avait marqué...

Marie princesse de Gonzague. Voilà ! De velours et faille noirs,
la blancheur du cou tranchée de deux rangs de rubis rouge sang.
Dans les chères allées de Fontainebleau. Elle venait, altière,
Némésis chrétienne, protester ainsi contre le meurtre de Cinq-
Mars...

Une autre dame qui paraissait en noir à une autre fenêtre de
Fontainebleau, la nuit de l'été même. La nuit la plus douce de
l'année qu'il avait entamée en pleurant dans les bras de sa gouvernante, comme un enfant. Encore une mort, la mort de l'« amour
morte » : Marie Mancini, aujourd'hui princesse Colonna. Et cette
autre dame en noir dans l'encadrement d'une fenêtre expliquait à
cet enfant contrarié ce qu'était l'amour vrai. Ce qu'était un Roi.
Ce qu'était un homme. Et quand il désespérait, car lui, Louis, roi
de France, avait désespéré, lui avait démontré combien il était

amant, roi et homme. Elle avait risqué, sans doute souillé ou terni du moins son propre amour pour panser le sien. Exilée quand il était bébé, elle n'avait cessé de le tenir dans ses bras, enfant, jeune homme, roi... une nuit, avait-elle dit. Une seule nuit. Elle avait tenu parole. Il avait tenu la sienne. Le secret.

Voilà ; et une autre dame en noir aujourd'hui le fuyait, l'abandonnait à sa vengeance. Des princesses et reines en deuil l'affrontaient et l'évitaient.

La conscience est une femme belle et en noir, en deuil d'un espoir condamné.

La conscience disparaissait dans des allées bordées de statues d'allégories morales et glorieuses. L'une avait annoncé ainsi la mort de Richelieu puis de son père, Louis XIII. La seconde, la mort de l'amour de Marie. Qu'annonçait le départ de sa mère ? Quelle mort ?

La mort dans l'âme ?

Il sentit un regain de cette timidité qui l'avait quitté peu après la mort de Mazarin. Avait-il un regret, un remords face au dos de cette ombre qui à cette heure devait être montée en son carrosse de deuil, escortée par deux hommes parmi les plus vaillants de France et qu'elle préférait à des ducs et pairs ?

Une autre ombre la rejoignait maintenant. Bien sûr celle-ci n'aurait su la quitter ; elle aussi ferait retraite avec sa Reine et son amie. La pieuse et amoureuse Mme de Sénecey. Il eut envie de... Non. Comment chantait-elle quand il avait six ans ?

« L'amour est morte. »

Bonne idée d'avoir mandé Guitaut en escorte ! Celui-ci sera fait demain chevalier de l'Ordre. L'honneur en est immense, il lui est donc dû !

Elle a regardé vers cette fenêtre. Elle m'a vu. La consolation s'en va. Il faudra agir, souffrir, faire souffrir seul.

Il en eut un frisson délicieux.

Louis sondait son âme. Il se reprocha avec joie ce regain de timidité qui l'avait enveloppé un instant car il avait remporté sur lui-même une victoire cruelle : il avait su cacher sa plus grande tendresse.

Il en fut satisfait, s'en sentit grandi. Peut-être était-ce pour cela qu'il restait debout dans cette pièce où personne n'osait pénétrer, même pas Colbert ; où il ne prenait la pose que pour lui-même devant le grand miroir offert par Venise.

Il observait cette apparence d'ingratitude qu'il venait de livrer à son public le plus cher, ce masque du visage sur lequel aucun trait n'avait bougé, comme ces masques d'or qui le dissimulaient pour mieux en faire reconnaître la majesté quand lui, le Roi, dansait et devenait peu à peu sa vérité première, masques qui l'enveloppaient mieux que rubans et rhingrave, et cela était à la fois moelleux comme velours et soie, et dur comme cuirasse quand il allait en guerre ; tout cela le confortait dans sa science si nouvelle qu'il se savait roi et né pour l'être. Et qu'il était le seul sur cette terre à qui Dieu avait octroyé cet état. Le seul né du ventre de sa mère.

Il ceignit à nouveau son épée, à la garde d'or et pierreries, reprit sa canne, avança sur le parquet comme on marche en campagne, au bruit la porte s'ouvrit, il allait réapparaître au monde ; à celles et ceux qu'il avait choisis pour être son monde, qu'il avait domestiqués et dont il entendait la rumeur comme on entend près d'une plage celle incessante de la mer.

« Sa Majesté le Roi ! » aboya l'huissier.

A Paris, près l'hôtel de Bourgogne,
en la paroisse Saint-Eustache,
le jour de la Saint-Jérôme 2002 A.D.

REMERCIEMENTS

L'auteur avoue toute sa gratitude, d'abord à Mmes Noëlle Dufreigne et Muriel Beyer, pour leurs encouragements et leur patience.

Ensuite à MM. Olivier Orban qui nous a imposé cette idée folle, et Alexandre Dumas, qui nous en a soufflé l'esprit.

Ainsi que, pour le plaisir des lectures, et leur collaboration involontaire, à Mmes Françoise Chandernagor ; Claude Dulong ; Anka Muhlstein ; Marie de Rabutin-Chantal, marquise de Sévigné ; Marie Geneviève Pioche de La Vergne, comtesse de La Fayette ; Françoise Bertaut, dame de Motteville ; Gilberte Perrier ; Françoise Hamel.

Ainsi qu'à MM. Jean-Baptiste Arouet, dit Voltaire ; Philippe Beaussant ; Claude Duneton ; Alain Decaux ; Hercule Savinien Cyrano de Bergerac ; Philippe Erlanger ; François Paul de Gondi, cardinal de Retz ; Jean Orieux ; Gédéon Tallemant des Réaux ; abbé Timoléon de Choisy ; Blaise Pascal ; Emmanuel Le Roy Ladurie ; Roger de Rabutin, comte de Bussy ; Louis de Rouvroy, duc de Saint-Simon ; prince Michel de Grèce ; Pierre (de) La Porte ; Paul Scarron.

Ainsi qu'à Mlles Dominique de Chevilly et Marianne François pour la vigilance de leur révision et la pertinence de leurs propositions de corrections.

TABLE

Cet ouvrage a été composé par
Nord Compo (Villeneuve-d'Ascq)
et imprimé sur presse Cameron
par **Bussière Camedan Imprimeries**
à Saint-Amand-Montrond (Cher)
pour le compte de la Librairie Plon

Achevé d'imprimer en octobre 2002.

N° d'édition : 13576. — N° d'impression : 025055/1.
Dépôt légal : novembre 2002.
Imprimé en France

T